新编21世纪中国语言文学系列教材

中国古代文学作品选简编（上）

第二版

The Concise Selected Works of Chinese Ancient Literature

袁世硕　主编

中国人民大学出版社
·北京·

作者简介

袁世硕　1929 年生，山东大学文学与新闻传播学院终身教授。著有《孔尚任年谱》、《蒲松龄事迹著述新考》、《文学史学的明清小说研究》、《敝帚集》等，主编《王士禛全集》等，发表《文学史的性质问题》、《接受理论的悖论》等论文。

内容简介

本书配合中国文学史课程的教学，按照历史的顺序，选注自先秦至 20 世纪五四新文学运动发生，历代主要文体的优秀作家作品二百五十多家近千首（篇）。入选篇目以经过历史选择的传世之作为主，注意突出在文学史上占有重要地位的作家的代表作，兼顾不同的流派、风格，以便与中国文学史的教材相呼应，体现出中国古代文学及其演变的风貌。第一版畅销多年，此次修订根据使用师生意见，增加了古代小说选篇，以使作品门类更加完整。

前　言

《中国古代文学作品选简编》是为大学中文系专业学生编选的一部基础课教材。

中国的古代文学有着悠久的历史，从先民的神话和谣谚算起已有数千年之久。中国幅员辽阔，东西南北风土各异，再加上历史的变迁，中国古代文学形式、题材、风格之多样，作家作品之繁多，是世界上其他国家所少有的。诗歌，包括经诗家定名的古、今诸体和词、曲，由于汉字原出于象形、会意的特性，以及先民比、兴手法的滥觞，最为富丽辉煌。文章虽然重在实用，不外乎记事、宣教、立言，但也讲究辞采，常假象以见意，乃至要辅以声韵，不止于辞达而已。戏曲、小说发展比较迟缓，也有不少传世佳作，或驰骋想象，假奇情异采启示人生，或直面现实，剖析社会诸相，感悟生存之苦乐。中国古代文学是古代中国人生活经验与语言艺术的复合结晶，是留给现代中国人的一份十分厚重的文化财富。

文学作品是时代的产物，其中凝聚着特定时代的特定人群的生活感受、思索、憧憬，由特定的文字构成的文本是基本凝固不变的。但优秀的文学作品并不随着创造它们的作者、产生它们的时代的消亡而消失，反而甚至是千古不朽。一代代的作家创造出了一代代的文学作品，虽经历史的筛选而有所淘汰，但优秀的文学作品却一代代地流传下来，不断地被阅读，反复地被解说，滋润着后世人的心灵，给人以激励、安慰和启迪，还有娱目游心的愉快，在历史的进程中，也维系着适合人类文明不断发展的社会价值观念、道德准则、文化素养。在当今时代，优秀的古代作品依然没有失去其文学的魅力和效用，人们依然可以用其丰富精神生活，从中获得有益的人生启示，增长向上向善的意志，提高文化素养。

文学的历史是由历史上逐次产生的文学作品的系列体现出来的。描述文学的历史的文学史，从某种意义上说，属于史学的范畴。文学史与一般以政治事件为中心的史学不同，史学研究的对象是已经过去了的事情，首要的工作是借助记载历史事件的文献，即所谓史料，进行表述性的复原，而文学史研究的对象，即体现着文学的历史演变的文学作品，现在却仍然存在，基本上用不着作历史的复原。另一方面，社会的历史，诸如朝代的兴替、政治事件的始末，都有着具体的连续性，所以，编年史就成为历史著作的重要类型。而历史上逐次产生的文学作品都是个体形态，作品与作品之间的历史联系，即所谓传承，乃蕴含在作品文本结构之中，只有通过对成系列的作品文本结构的解析，才能够揭示出来，从中寻绎出文学发展演变的历史轨迹。所以，描述文学的历史是要以解析作品为前提和基础的，对历史上有关文学史实的考索，是辅助性的。学习文学史，就必须阅读历代有代表性的文学作品，方能具体、深切地认识到文学发展演变的实际情况，从而提高文学的鉴赏力。人们的文学修养，主要是从大量阅读文学作品中获得增长的。

本书配合中国文学史课程的教学，按照历史的顺序，选注自先秦至20世纪五四新文学运动发生，历代主要文体的优秀作家作品凡二百五十家近千首（篇）。入选篇目以经过历史选择的传世之作为主，注意突出在文学史上占有重要地位的作家的代表作，兼顾不同的流派、风格，以便与中国文学史的教材相呼应，体现出中国古代文学及其演变的风貌。戏曲（杂剧、传奇）、章回小说篇幅一般过长，只能节录文学史上最著名的作品之最具经典性的析出章节。

关于本书的体例，说明以下几点。

本书分上、下两册：上册为先秦、秦、汉、魏、晋、南北朝、隋、唐、五代文学作品选，下册为宋、金元、明、清、近代文学作品选。照古今选本之通例，各时期的作品以作家（少数为总集）为小单元，每个单元前有作家（或总集）简介，注释随在各首（篇）之后。单元的编排，依作家的生年（总集依成书年代）为序，考虑到文体因素，间或作适当调整，是为与文学史的讲述相适应。

本书所选作品，尽量采用通行的古籍版本，与其他版本不同的语词，不单作校勘，极有必要说明者，于注释中顺便交代。古代的人名、地名、专用词，如刘眘虚、洪昇等中之“眘”、“昇”等字，仍用原字，不改作简化字。数字，除公元纪年用阿拉伯字码，其他如朝代年号纪年、古籍卷数等，均用汉字数码。凡此，意在与古代典籍相合。

本书对入选的作品，全部做了必要的注释。各首（篇）的第一条注释为题解，简要说明该首（篇）的写作背景、题旨、艺术特点。一般注释，重在解释语词，佐以典故出处；句子较为费解者，则对一句或数句作适当的串讲。生僻字注音，一律兼用汉语拼音和同音字。为方便单首（篇）作品的阅读，作品之间注释存在重复的，予以保留。

本书入选之作家、篇目，以及注释文字，难免尚有不少失误，敬请批评指正，以便来日修订。

参加本书选注的人员依次是：先秦部分，廖群；秦汉部分，王洲明、王培元；魏晋南北朝部分，张可礼、郑训佐、李剑锋；隋唐五代部分，张忠纲、孙奇、綦维；宋、金元部分，王小舒（刘乃昌审阅了原稿）；明代部分，孙之梅；清代部分，袁世硕；近代部分，郭延礼、武润婷。此外，董治安、朱德才（均已故）两先生曾对本书的体例、选目，提供过重要意见，在此一并说明。

本书原由人民文学出版社 2004 年出版，现改由中国人民大学出版社出版，以与该社出版的我和张可礼教授主编之《中国文学史》（第二版）（上下）相配合。这次出版对全书进行了一次认真的校订，并依照读者反馈的意见，节选了几部明清章回小说的精彩章节。

袁世硕

2014 年 7 月 10 日

目　　录

上　册

第一编　先秦文学

第二编 秦汉文学

第三编 魏晋南北朝文学

第四编 隋唐五代文学

第一编

先秦文学

一
上古神话

远古时代，幼稚的人类还不能区分自身与自然界的不同，往往根据自己有限的经验去推想、解释外部世界各种现象，于是在他们的观念中便出现了神灵及神们的活动。上古神话即是原始先民关于各种神灵的想象故事。它们是古代文学中第一批集体口头作品，因其在理解自然、反映生活、寄托理想中不自觉地采用了离奇、夸张、拟人化的艺术方式，而极富于幻想色彩，对后代偏于浪漫想象的文学创作有直接影响。

我国古代没有记录神话的专书，现存神话片段分别见于后代各种书籍，其中以《山海经》、《楚辞·天问》、《淮南子》保存较多。

女娲补天[1]

往古之时，四极废[2]，九州裂[3]，天不兼覆[4]，地不周载[5]。火爁炎而不灭[6]，水浩洋而不息[7]。猛兽食颛民[8]，鸷鸟攫老弱[9]。于是女娲炼五色石以补苍天，断鳌足以立四极[10]，杀黑龙以济冀州[11]，积芦灰以止淫水[12]。苍天补，四极正，淫水涸[13]，冀州平，狡虫死[14]，颛民生。

中华书局《诸子集成》本《淮南子》卷六

①本篇选自《淮南子·览冥训》。《淮南子》，西汉淮南王刘安及其门客编著的一部综合性论说著作，其思想于诸子中属杂家学家。女娲（wā 蛙），女神名，据说是我国化育万物的古创生神，有“抟（tuán 团）黄土作人”的故事流传。该篇讲述的是女娲补天止水、拯救人类的又一奇迹。

②四极：指传说中支撑天体的四根立柱。极，边，端。废：毁坏，此指折断。

③九州：传说中古代中国被划分为九个地区，《尚书·禹贡》称九州之名为冀、兖、青、徐、扬、荆、豫、梁、雍。州，水中陆地。

④天不兼覆：此指天体有塌落而不能全面覆盖大地。

⑤地不周载：此指大地有崩裂溢水而不能周全地容载万物。

⑥爁炎（làn yàn 烂焰）：大火绵延燃烧的样子。

⑦浩洋：水广大盛多的样子。

⑧颛（zhuān 专）：善良无辜。

⑨鸷鸟：凶猛的鸟。攫（jué 决）：抓取。

⑩鳌（áo 熬）：同“鳌”，大龟。

⑪黑龙：此当指水怪雨神之属。济：救助。冀州：九州之一，地当中原一带。此代指九州大地。

⑫芦灰：芦苇焚烧后的灰烬。淫水：平地出水。此指泛滥的洪水。

⑬涸（hé 禾）：干枯。

⑭狡虫：凶猛的禽兽。

夸父追日[①]

大荒之中[②]，有山名曰成都载天[③]。有人珥两黄蛇[④]，把两黄蛇[⑤]，名曰夸父。后土生信[⑥]，信生夸父。夸父不量力，欲追日景[⑦]，逮之于禺谷[⑧]。将饮河而不足也[⑨]，将走大泽[⑩]，未至，死于此[⑪]。

夸父与日逐走[⑫]，入日[⑬]。渴欲得饮，饮于河渭[⑭]；河渭不足，北饮大泽。未至，道渴而死。弃其杖，化为邓林[⑮]。

郝懿行笺疏本《山海经》卷一七、八

①本篇两段分别选自《山海经》中的《大荒北经》和《海外北经》。《山海经》是一部以记载远古山川地理为线索，兼及物产、部族、信仰、传说等多方面文化内容的古代典籍，作者不详，成书约在战国时期，秦汉间又有增补。夸父（fǔ 甫），神话中一个巨人神的名字。该篇讲述了英雄夸父追赶太阳、手杖化林的故事，表现了远古人类对力量和勇敢的崇拜。

②大荒：荒远的地方。海内、海外、大荒等是《山海经》中的地域概念。

③成都载天：传说中的山名。

④珥两黄蛇：两耳各戴一条黄蛇。珥，戴在耳朵上的饰物，此作动词用。

⑤把两黄蛇：两手各攥一条黄蛇。把，持，拿。

⑥后土：土神名。据《山海经·海内经》的说法，当属炎帝系大神。信：神名。

⑦景：同“影”。“日景”即太阳光影，代指太阳。

⑧逮（dài 代）：及，追上。禺谷：即虞渊，传说中太阳落下的地方。禺，通“虞”。

⑨将：乃，于是。下同。河：黄河。下同。

⑩走：跑。大泽：古大湖名，在雁门山北，据说纵横千里。下同。

⑪此：指成都载天山。

⑫逐走：互相追逐着跑，即赛跑。

⑬入日：进入太阳光环，即追上太阳。

⑭渭：渭水，在今陕西境内。

⑮邓林：即桃林。邓、桃音近相通，《山海经·中山经》谓“夸父之山……其北有林焉，名曰桃林”，当指此林。

羿为民除害[①]

帝俊赐羿彤弓素矰[②]，以扶下国[③]，羿是始去恤下地之百艰[④]。

郝懿行笺疏本《山海经》卷一八

逮至尧之时[⑤]，十日并出。焦禾稼，杀草木，而民无所食。猰貐、凿齿、九婴、大风、封豨、脩蛇[⑥]，皆为民害。尧乃使羿诛凿齿于畴华之野[⑦]，杀九婴于凶水之上[⑧]，缴大风于青邱之泽[⑨]，上射十日而下杀猰貐[⑩]，断脩蛇于洞庭[⑪]，禽封豨于桑林[⑫]。万民皆喜，置尧以为天子。

中华书局《诸子集成》本《淮南子》卷八

①本篇两段分别选自《山海经·海内经》和《淮南子·本经训》。羿，神名，以善射著称。本篇讲述的就是这位英雄手持弓箭、降妖伏魔、为民除害的故事，其中射日的情节尤其富于想象色彩，表现了上古人类对自身力量的肯定和战胜灾害的决心。

②帝俊：神话中的天帝，名俊。相传“十日”、“十二月”均为他所生。彤弓素矰（zēng 增）：红色的弓，白色的箭。矰，一种系着细丝的短箭。

③扶：扶助。下国：人间诸国。此从上天而言，故称“下”。

④是始：于是开始。恤：救助。下地：同“下国”。

⑤逮至：及，到。尧：神话中的天神名，又是传说中的古帝王。

⑥猰貐（yà yǔ 亚雨）：怪兽名，形状似龙首，或谓似狸，善跑，叫声似婴儿啼哭，吃人。凿齿：怪兽名，齿长三尺，其状如凿。九婴：长着九个脑袋的水火之怪，害人。大风：即风伯，一种极凶猛的大鸟，飞过后能坏人房屋，被视为风神。封豨（xī 希）：大野猪。封，大。脩蛇：长长的大蟒蛇。脩，同“修”。

⑦畴华：传说中的南方泽名。

⑧凶水：水名，据说在北方。

⑨缴（zhuó 茁）：系在箭上的生丝绳。此处用作动词，指用系着丝绳的箭来射鸟。青邱：传说中位于东方的大泽。

⑩射十日：王逸注《楚辞·天问》“羿焉彃日，乌焉解羽”句称：“羿仰射十日，中其九日，日中九乌皆死，堕其羽翼。”

⑪洞庭：南方泽名。

⑫禽：同“擒”。桑林：传说商汤曾在桑林祷告求雨，可能两者同为一地，当在中原一带。

鲧禹治水①

洪水滔天②，鲧窃帝之息壤以堙洪水③，不待帝命。帝令祝融杀鲧于羽郊④。鲧复生禹⑤。帝乃命禹卒布土以定九州⑥。

郝懿行笺疏本《山海经》卷一八

①本篇选自《山海经·海内经》。鲧，神名，传说中的人名，大禹的父亲，为治水而献身。禹，神名，亦为传说中的人名，治水英雄。这篇神话讲述了鲧禹父子前仆后继治理洪水的故事，两位英雄的表现，是中华民族不屈不挠精神的象征。

②洪水滔天：洪水漫到天际。滔，漫。

③帝：天帝。神话系列中，该帝应为黄帝。《山海经·海内经》称：“黄帝生骆明，骆明生白马，白马是为鲧。”息壤：相传一种能自生自长的神土。堙（yīn 因）：堵。

④祝融：火神名。羽郊：羽山之郊。

⑤复：当通“腹”。郭璞云：“《开筮》曰，‘鲧死，三岁不腐，剖之以吴刀，化为黄龙’也。”《归藏》云：“大副（pì 僻）之吴刀，是用出禹。”《楚辞·天问》云：“伯鲧愎禹，夫何以变化？”

⑥卒：终于。布：铺。

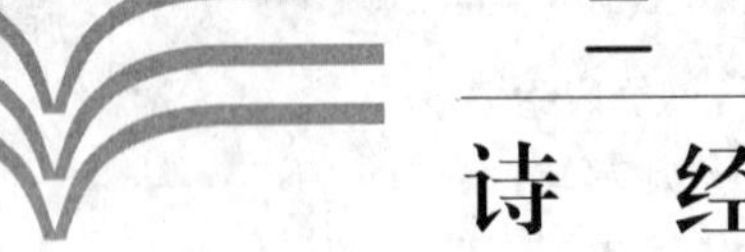

二
诗　经

《诗经》是我国最早的一部诗歌总集，共收诗三百零五篇，另有六篇只有目录。原只称“诗”或“诗三百”，汉代始称“诗经”。就可考诗作而言，这些诗的创作时间大约为西周初年（约公元前11世纪）至春秋中叶（约公元前6世纪），历时五百余年，可能经周王朝乐官陆续收集编订，结集于春秋中叶之后。

《诗经》中的诗本是可配乐演唱的乐歌，根据音乐的不同，分为“风”、“雅”、“颂”三个部分。“风”有十五国风，多为采风所得，保存了不少长期流传的民歌作品；“雅”分大雅、小雅，多为周朝卿大夫及士人依王畿雅调创作的诗篇；“颂”有周颂、鲁颂、商颂，大多是专门用于宗庙祭祀的乐章。

《诗经》内容丰富广泛，既有对周部族成长历史的回忆、王朝政治的兴废及其对时人心理的影响，又有对各阶层各种生活状态的写照和各种情感的表达，大多纯朴、真实，有极其珍贵的历史及文化认识价值。《诗经》中的诗歌形式以四言居多，整齐规范；风格各异，又以和谐为其主调；创作上运用了包括“赋”、“比”、“兴”在内的多种表现手法。这一切都为我国后代诗歌创作的发展奠定了基础。

《诗经》传本在汉代原有齐、鲁、韩、毛四家，今仅存《毛诗》。

关雎①

关关雎鸠②，在河之洲③。窈窕淑女④，君子好逑⑤。
参差荇菜⑥，左右流之⑦。窈窕淑女，寤寐求之⑧。
求之不得，寤寐思服⑨。悠哉悠哉⑩，辗转反侧⑪。
参差荇菜，左右采之。窈窕淑女，琴瑟友之⑫。
参差荇菜，左右芼之⑬。窈窕淑女，钟鼓乐之⑭。

中华书局《十三经注疏》本《诗经》卷一

①该篇选自《诗经·周南》，是国风中的首篇，也是全诗集第一篇。《毛诗序》称此诗是歌咏“后妃之德”，今人多不信此说。就诗本辞看，似是表现一个青年对一位美好女子的爱恋和思慕，有淑女配君子之意。

②关关：象声词，鸟的和鸣声。雎鸠（jū jiū 居究）：即王雎，又名鱼鹰，一种食鱼的水鸟。

③洲：水中陆地。

④窈窕（yǎo tiǎo 咬挑）：幽娴、恬静的样子。淑：善，美好。

⑤君子：男子的美称。好逑（qiú 求）：好的配偶。逑，匹配。

⑥参差：长短不齐貌。荇（xìng 幸）菜：一种水草，叶浮在水面，可食。

⑦流：通“摎（liú 流）”，捋取。之：指荇菜。

⑧寤（wù 勿）：醒来。寐：睡着，在此当指睡梦。求：此指心想追求。

⑨思服：想念。《毛传》：“服，思之也。”

⑩悠：长。哉：语气词，在此有长叹的意味。

⑪辗转反侧：翻来覆去不能入睡。辗，转。反，覆身而卧。侧，侧身而卧。

⑫琴瑟友之：弹奏琴瑟去亲近她。琴、瑟皆古代弦乐器。友，友好，在此有亲近之意。

⑬芼（mào 冒）：拔取。

⑭钟鼓乐之：敲击钟鼓使她快乐。钟，一种悬于架上的打击乐器。

汉广①

南有乔木，不可休息②。汉有游女，不可求思③。汉之广矣，不可泳思④。江之永矣，不可方思⑤。

翘翘错薪，言刈其楚⑥。之子于归，言秣其马⑦。汉之广矣，不可泳思。江之永矣，不可方思。

翘翘错薪，言刈其蒌⑧。之子于归，言秣其驹⑨。汉之广矣，不可泳思。江之永矣，不可方思。

中华书局《十三经注疏》本《诗经》卷一

①该篇选自《诗经·周南》。诗作抒发的是爱恋一位姑娘而不得亲近的惆怅深挚之情。

②“南有乔木”二句：南方有棵高大的树，无法到它下面去乘凉。用来比喻“不可得”之事。乔，高。休，休息。息，《韩诗外传》作“思”，与后句之“思”同，语气词，可从。

③“汉有游女”二句：汉水边有神女，不是能够追求到的。用来比喻心中爱恋的姑娘“不可求”。汉，水名，即今汉水。游女，当似《韩诗》所述之“汉皋女”。该传说大意是，郑交甫过汉皋，遇二女，妖服珮两珠。交甫与之言曰：“愿请子之珮。”二女解珮与交甫，而怀之。去十步，探之则亡矣，回顾，二女亦不见。

④“汉之广矣”二句：汉水太宽了，无法游泳到对岸。也是比喻“不可”之事，又有一种距离之感。下句意同。

⑤“江之永矣”二句：长江太长了，无法乘筏去漂流。江，指长江。方，竹木编制的筏子，此作动词用，乘筏渡水。

⑥“翘翘错薪”二句：以择取荆条起兴，隐喻对心上人的追求。翘翘，高貌。错，杂乱。薪，柴。言，乃，语首助词。刈（yì 义），割。楚，荆条。

⑦“之子于归”二句：这个女子若嫁给我，我定喂好牲口驾车亲迎。按，此为设想、希冀之辞，实际上是不可能的。欧阳修《诗本义》以为是歌者宁愿为那女子做仆役，亦通。之子，这个女子。于归，出嫁。秣（mò 末），喂牲口。

⑧蒌（lóu 楼）：蒌蒿。

⑨驹：小马。

氓[①]

氓之蚩蚩[②]，抱布贸丝[③]。匪来贸丝，来即我谋[④]。送子涉淇，至于顿丘[⑤]。匪我愆期，子无良媒[⑥]。将子无怒[⑦]，秋以为期。

乘彼垝垣[⑧]，以望复关[⑨]。不见复关，泣涕涟涟[⑩]；既见复关，载笑载言[⑪]。尔卜尔筮[⑫]，体无咎言[⑬]。以尔车来，以我贿迁[⑭]。

桑之未落，其叶沃若[⑮]。于嗟鸠兮，无食桑葚[⑯]。于嗟女兮，无与士耽[⑰]。士之耽兮，犹可说也[⑱]；女之耽兮，不可说也。

桑之落矣，其黄而陨[⑲]。自我徂尔[⑳]，三岁食贫[㉑]。淇水汤汤，渐车帷裳[㉒]。女也不爽[㉓]，士贰其行[㉔]。士也罔极[㉕]，二三其德[㉖]。

三岁为妇，靡室劳矣[㉗]；夙兴夜寐，靡有朝矣[㉘]。言既遂矣，至于暴矣[㉙]。兄弟不知，咥其笑矣[㉚]。静言思之，躬自悼矣[㉛]。

及尔偕老，老使我怨[㉜]。淇则有岸，隰则有泮[㉝]。总角之宴[㉞]，言笑晏晏[㉟]。信誓旦旦[㊱]，不思其反[㊲]。反是不思[㊳]，亦已焉哉[㊴]！

中华书局《十三经注疏》本《诗经》卷三

①该篇选自《诗经·卫风》。这是一首弃妇诗，诗的抒情主人公是一位被丈夫遗弃的妇女，她在无比悔恨的心绪中回忆起自己的婚恋生活，抒发了对负心丈夫的怨怒和决绝之情。这首诗抒情与叙事、描写交织，感情充沛，情境具体生动，还显示出女主人公一定的性格特点。

②氓（méng 萌）：民，此犹言“那个人”。蚩蚩：同“嗤嗤”，象声词，笑声。此指笑嘻嘻的样子。

③抱布贸丝：用布来换丝，即物物交易。布，布帛。贸，买，交易。

④“匪来”二句：并非真是要来买丝，而是要来接近我，向我求婚。匪，通“非”。即，就，接近。谋，商量，此当指商量结婚之事。

⑤“送子”二句：与你一起趟过淇水，把你一直送到顿丘。子，你，女子对男子直称的口吻。淇，淇水，卫国境内的河流。顿丘，即敦丘。《尔雅·释丘》：“如覆敦者，敦丘。”后转为地名，在淇水南，疑是男子居住之地。

⑥“匪我”二句：不是我拖延错过婚期，你还没找到好媒人呢。愆（qiān 千），错过。期，指婚期，下句“秋以为期”的“期”亦同。

⑦将（qiāng 枪）：请求。

⑧乘：登上。垝垣（guǐ yuán 轨员）：坍塌的墙壁。垝，毁。

⑨复关：返回的车子。关，车厢。《墨子·贵义》：“子墨子南游使卫，关中载书甚多。”关即车厢（用高亨说）。此以男子乘坐的车子代指男子。

⑩泣涕涟涟：泪流不断。

⑪载笑载言：又说又笑。载，则。

⑫尔：你，指男子，下同。卜、筮：指占卜婚期。古代占卜用龟甲曰卜，用蓍草曰筮。

⑬体：指兆体卦象。咎：不吉，祸凶。

⑭贿：财物，此指嫁妆。

⑮“桑之”二句：以桑叶尚未凋落时的茂盛润泽暗喻自己年轻貌美之时。沃若，肥泽貌。

⑯“于嗟”二句：以劝鸠不要贪食桑葚（shèn 甚），比喻下两句所言女子不可过于沉醉于

与男子相爱。于嗟（xū jiē 虚接），即“吁嗟”，感叹词。于，通“吁”。鸠，鹘（gǔ 古）鸠，一种喜吃桑葚的小鸟，此鸟吃多了桑葚就会昏醉。桑葚，桑树的果实，味甜。

⑰士：男子的通称。耽：过分地贪乐。

⑱说：读为“脱”，摆脱、解脱。

⑲“桑之”二句：以桑叶由黄而落暗喻自己年老色衰。陨（yǔn 允），落下。

⑳徂（cú 粗阳平）：往。“徂尔”谓嫁到夫家。

㉑三岁：三年，此泛指多年。食贫：过着穷日子。

㉒“淇水”二句：似是被遗弃后返回娘家时再过淇水的情景。主人公触景生情，于是引出了下面进一步的感叹。汤（shāng 商）汤，水势浩大急流貌。渐，浸湿。帷裳，车围子。

㉓女：主人公自指。爽：差错。

㉔士：指自己的丈夫。贰：当为“貣”的误字。貣读音“忒”，同音假借。忒，错（用马瑞辰说）。行：行为。

㉕罔极：没准，无常。罔，无，没有。

㉖二三其德：犹今言三心二意。

㉗“三岁”二句：多年做主妇，从来没有不愿操劳家务。妇，媳妇。靡，没有。室，指室家之事。劳，在此当为意动用法，以……为劳。

㉘“夙兴”二句：早起晚睡，天天都是如此。夙，早晨。靡有朝，此指不可用一朝一夕计。

㉙“言既”二句：遂心如愿，你的态度就变得暴虐起来。言，语首助词。遂，顺，如意。

㉚“兄弟”二句：娘家兄弟不知内情，见自己被休弃，一定会嘲笑不已的。咥（xì 细），笑貌。

㉛躬自悼：自己伤悼自己。躬，身体，引申为自身。

㉜“及尔”二句：当初曾和你相约白头偕老，现在却使我如此忧怨。

㉝“淇则”二句：淇水再宽总有个岸，隰地再大也有个边。反喻自己的痛苦却无边无际。隰（xí 习），低湿的地方。泮（pàn 畔），通“畔”，边。

㉞总角：古代未成年的人把头发扎成髻叫“总角”，此指童年时代。宴：欢乐。

㉟晏晏：温和貌。

㊱信誓旦旦：发起誓来很诚恳的样子。此指男子曾海誓山盟。旦旦，诚恳貌。

㊲不思其反：该句有多种理解。一说，没想到你会变了心，反，指反复；一说，那些誓言就不必去想了，想也枉然，反，指以往的事情；一说，你就不想想当年你发誓的事，反，指另一面，即当初相爱的一面。皆可通。

㊳反是不思：与上句同义，为叶韵而变换句式。

㊴亦已焉哉：那就算了吧！已，止。焉、哉，都是语气助词。

伯兮①

伯兮朅兮②，邦之桀兮③。伯也执殳④，为王前驱⑤。
自伯之东⑥，首如飞蓬⑦。岂无膏沐⑧，谁适为容⑨。
其雨其雨，杲杲出日⑩。愿言思伯⑪，甘心首疾⑫。
焉得谖草⑬，言树之背⑭。愿言思伯，使我心痗⑮。

中华书局《十三经注疏》本《诗经》卷三

①该篇选自《诗经·卫风》。这首诗表现一个女子在丈夫从军远征后的心绪，其中既有对

丈夫“为王前驱”的夸耀和自豪，又有久别后难耐的相思之苦，心理描写曲折有致。诗中第二章尤其富于表现力。

②伯：排行老大，犹言“哥哥”，此是女子对丈夫的昵称。朅（qiè 切）：英武貌。

③桀：通“傑”，杰出。

④殳（shū 书）：一种梃杖之类的兵器，长一丈二寸。

⑤前驱：排在最前列，打先锋。

⑥之：前往。

⑦首如飞蓬：因无心梳妆，头发乱得像蓬草一样。飞蓬，被风吹起的蓬草。

⑧膏沐：膏是润发油，沐是洗发。

⑨谁适为容：为了让谁高兴而打扮呢？适，读为“適（dí 敌）”，喜悦（用马瑞辰说）。

⑩“其雨”二句：就像盼着下雨时，偏偏出来大日头，事情总是这样不随人愿。杲（gǎo 搞）杲，明亮的样子。

⑪愿言：思念殷切貌。《郑笺》：“愿，念也。”言，犹“然”、“焉”。

⑫甘心首疾：即使想得头痛欲裂也是心甘情愿的。

⑬谖（xuān 宣）草：即萱草，又名忘忧草。

⑭言：语首助词。树：种植。背：“北”的本字，此指北檐之下。

⑮痗（mèi 昧）：病，痛。

黍离①

彼黍离离②，彼稷之苗③。行迈靡靡④，中心摇摇⑤。知我者，谓我心忧⑥。不知我者，谓我何求⑦。悠悠苍天⑧，此何人哉⑨？

彼黍离离，彼稷之穗。行迈靡靡，中心如醉⑩。知我者，谓我心忧。不知我者，谓我何求。悠悠苍天，此何人哉？

彼黍离离，彼稷之实。行迈靡靡，中心如噎⑪。知我者，谓我心忧。不知我者，谓我何求。悠悠苍天，此何人哉？

中华书局《十三经注疏》本《诗经》卷四

①该篇选自《诗经·王风》。这是一篇感情十分沉痛而含蓄的抒情之作，《诗序》称是东周大夫悲悼宗周的覆亡：“周大夫行役至于宗周，过故宗庙宫室，尽为禾黍。闵周室之颠覆，彷徨不忍去，而作是诗也。”这一说法在后代影响极大，“黍离之悲”已成为亡国之痛的象征。

②彼：那个地方。黍：黏性的黄米。离离：成排成行长得茂密的样子。

③稷：谷子。

④行迈：行、迈皆是步行的意思。靡靡：迟迟。

⑤中心：心中。摇摇：不安。

⑥“知我”二句：了解我的人，知道我是心中忧伤。

⑦“不知我”二句：不了解我的，还以为我行道迟迟是因为有什么希求。

⑧悠悠：深远。

⑨此何人哉：似是质问究竟是谁造的孽。

⑩如醉：像喝醉了酒那样难受。

⑪如噎（yē 耶）：如鲠在喉。

君子于役[①]

君子于役[②]，不知其期[③]，曷至哉[④]？鸡栖于埘[⑤]，日之夕矣[⑥]，羊牛下来[⑦]。君子于役，如之何勿思[⑧]。

君子于役，不日不月[⑨]，曷其有佸[⑩]？鸡栖于桀[⑪]，日之夕矣，羊牛下括[⑫]。君子于役，苟无饥渴[⑬]？

中华书局《十三经注疏》本《诗经》卷四

①该篇选自《诗经·王风》。这是一首思妇诗，女主人公当夕阳西下、人畜返家之时，越发思念牵挂久役在外的丈夫，黄昏图景的描写对怀人之情的抒发起到了很好的衬托作用。

②君子：思妇对丈夫的尊称。于：往。役：服兵役或徭役。

③期：指归期。

④曷（hé 何）至哉：即“何至哉”。曷，通“何”。关于该句，一说是问“何时返家”；一说是问“今亦何所至哉”（朱熹说），即现在他到了什么地方，皆可通。避免重复，当以后说为佳。

⑤鸡栖于埘（shí 时）：鸡已经进窝了。埘，在墙壁上挖洞做的鸡窝。

⑥日之夕：天色已至黄昏。

⑦羊牛下来：羊牛正从放牧之地纷纷返回。下来，似指从山坡下来。

⑧如之何：怎么能。

⑨不日不月：无日无月，极言时间之久。

⑩佸（huó 活）：相聚。

⑪鸡栖于桀：鸡已经睡觉了。桀，鸡栖息的横木。

⑫羊牛下括：牛羊已经进了栏和圈，挤在一起了。括，聚。

⑬苟：或许。

溱洧[①]

溱与洧，方涣涣兮[②]。士与女，方秉蕑兮[③]。女曰“观乎”？士曰“既且”[④]。“且往观乎[⑤]！洧之外，洵訏且乐[⑥]。”维士与女，伊其相谑[⑦]，赠之以勺药[⑧]。

溱与洧，浏其清矣[⑨]。士与女，殷其盈矣[⑩]。女曰“观乎”？士曰“既且”。“且往观乎！洧之外，洵訏且乐。”维士与女，伊其将谑[⑪]，赠之以勺药。

中华书局《十三经注疏》本《诗经》卷四

①该篇选自《诗经·郑风》。据《诗三家义集疏》引《韩诗》说：“郑国之俗，三月上巳（三月初三）之日于两水（溱水和洧水）上，招魂续魄，拂除不祥。故诗人愿与所说（悦）者俱往观也。”这首诗以第三人称口吻，描写了郑国民间宗教节日里男男女女相邀赴会的热闹情景，其中插入的简短对话，更给全诗增添了生动活泼的格调。

②溱（zhēn 真）、洧（wěi 委）：郑国境内两条河的名字。方：正当。涣涣：春暖解冻水势浩大的样子。

③士与女：这里泛指男男女女们。士，男子的通称。秉蕑（jiān 间）：手里都举着兰草。秉，持。蕑，一种味香的水草，即兰草。古俗，采兰水上以避邪，即“拂除不祥”。

④“女曰”二句：这里插入了其中一对男女的对话。女的提出一起去看看，男的说已经去过了。观，去看。既，已经。且，读为“徂（cú 促阳平）”，前往。

⑤且：再。这又是女子相邀之语。

⑥“洧之外”二句：洧水边上，真是又宽广又热闹好玩呀！洵（xún 寻），的确。訏（xū 须），大。

⑦“维士”二句：一对对男女，互相开着玩笑。这里又是泛指参加聚会的人们。维，语助词。伊，发语词。谑（xuè 血），嬉戏。

⑧勺药：香草名，三月开花。古代赠送花草有定情的意思。

⑨浏（liú 刘）：水清透明的样子。

⑩殷：众多。盈：满。

⑪将：当作“相”，与上章同。一说，“将谑，犹相谑也”（马瑞辰说）。

伐檀[①]

坎坎伐檀兮[②]，寘之河之干兮[③]，河水清且涟猗[④]。不稼不穑[⑤]，胡取禾三百廛兮[⑥]？不狩不猎[⑦]，胡瞻尔庭有县貆兮[⑧]？彼君子兮，不素餐兮[⑨]！

坎坎伐辐兮[⑩]，寘之河之侧兮[⑪]，河水清且直猗[⑫]。不稼不穑，胡取禾三百亿兮[⑬]？不狩不猎，胡瞻尔庭有县特兮[⑭]？彼君子兮，不素食兮！

坎坎伐轮兮[⑮]，寘之河之漘兮[⑯]，河水清且沦猗[⑰]。不稼不穑，胡取禾三百囷兮[⑱]？不狩不猎，胡瞻尔庭有县鹑兮[⑲]？彼君子兮，不素飧兮[⑳]！

中华书局《十三经注疏》本《诗经》卷五

①该篇选自《诗经·魏风》。这是一首极辛辣的讽刺诗，每章前三句以劳动者在河边伐木的情景起兴，接下来便以质问的口吻向不劳而获者发出了愤愤不平的声音，最后又用反语表现出对这些所谓“君子”的冷嘲热讽。

②坎坎：伐木声。檀：檀树，木质结实细密，可作车料。

③寘：同“置”，放。下同。之：指伐倒的树干。河之干：河岸上。干，涯岸，水边。

④涟：河水随风起的波纹。猗（yǐ 倚）：语气词，犹“兮”。下同。

⑤稼：播种。穑（sè 色）：收割。此泛指从事农业生产。

⑥胡：为什么。三百廛（chán 馋）：解法有几种。一说三百廛犹言三百户的庄稼，古制，一夫之居曰廛，当时诸侯大夫有采邑三百户；一说廛借作“缠”，三百廛即三百束，“三百”言其多，不必确指；一说三百廛即三百亩或三百顷，也是极言其多。

⑦狩、猎：冬天打猎叫“狩”，夜间打猎叫“猎”。此泛指打猎。

⑧瞻：看到。尔庭：你们家的院子里。县：同“悬”，挂着。貆（huān 欢，又读 xuān 喧）：即獾（huān 欢），一种小兽。

⑨“彼君子”二句：那些君子们呀，可真是不白吃饭呀。此是反讽之语。君子，指身份高贵的人。素餐，白吃饭，即不劳而获。

⑩辐（fú 福）：车轮中的辐条。伐辐指伐木做辐条。

⑪河之侧：河旁边。

⑫直：指水流直。

⑬三百亿：禾秉之数。周制十万曰亿。

⑭特：《毛传》：“兽三岁曰特。”

⑮伐轮：伐木做车轮。

⑯河之漘（chún 唇）：河边。

⑰沦：小波纹。

⑱囷（qūn 群阴平）：圆形谷仓，即粮囤。

⑲鹑（chún 纯）：鸟名，即鹌鹑。

⑳飧（sūn 孙）：熟食。此用为动词，是吃东西的意思。

硕鼠①

硕鼠硕鼠②，无食我黍。三岁贯女③，莫我肯顾④。逝将去女⑤，适彼乐土⑥。乐土乐土，爰得我所⑦。

硕鼠硕鼠，无食我麦。三岁贯女，莫我肯德⑧。逝将去女，适彼乐国。乐国乐国，爰得我直⑨。

硕鼠硕鼠，无食我苗。三岁贯女，莫我肯劳⑩。逝将去女，适彼乐郊。乐郊乐郊，谁之永号⑪。

中华书局《十三经注疏》本《诗经》卷五

①该篇选自《诗经·魏风》。这是一首劳动者之歌，强烈表达了对贪婪贵族们的怨恨背弃之心和对“乐土”的向往。

②硕鼠：大老鼠。一说硕同“鼫（shí 石）”，指一种专吃谷物的大田鼠。

③三岁：三年，此指多年。贯：事，养。女：通“汝”，你。下同。

④莫我肯顾：莫肯顾我，从来不肯为我想一想。

⑤逝：通“誓”，发誓。去：离开。

⑥适：往。乐土：歌者想象中幸福美满的乐园。下文“乐国”、“乐郊”同。

⑦爰（yuán 原）：乃。我所：属于我的家园。所，处所。

⑧德：恩惠。此作动词用，给予恩惠。

⑨直：读为“职”，与上文“所”同义，也指处所（用王引之说）。

⑩劳：慰劳。

⑪谁之永号（háo 嚎）：谁还会因劳累痛苦而长号呢？永，长。号，大叫。

蒹葭①

蒹葭苍苍②，白露为霜。所谓伊人③，在水一方④。溯洄从之⑤，道阻且长⑥。溯游从之⑦，宛在水中央⑧。

蒹葭萋萋⑨，白露未晞⑩。所谓伊人，在水之湄⑪。溯洄从之，道阻且跻⑫。溯游从之，宛在水中坻⑬。

蒹葭采采⑭，白露未已⑮。所谓伊人，在水之涘⑯。溯洄从之，道阻且右⑰。溯游从之，宛在水中沚⑱。

中华书局《十三经注疏》本《诗经》卷六

①该篇选自《诗经·秦风》。这是一篇含蓄朦胧、意味深长的抒情之作，通篇写的是在秋天一个凄清的早晨，主人公到芦苇凝霜的河边去追寻“伊人”的情景，字里行间，浸透了对意中人可望而不可即的无限怅惘。关于该诗的旨意，已有“怀人”、“相思”、“求贤”等多种说法，皆可通，“求贤”应是引申之意。

②蒹葭（jiān jiā 间家）：蒹，尚未吐穗的芦苇；葭，初生的芦苇。这里是泛指芦苇。苍苍：秋天水边芦苇茂密青苍之貌。

③所谓：心中所念叨的。伊人：这个人。“伊”同“繄”，是，此（用郑玄说）。

④一方：另一边。

⑤溯洄（sù huí 速回）：逆流而上。此指步行，犹言往上游走。从：接近，此指追寻。

⑥道阻且长：道路崎岖险碍，又远又长。

⑦溯游从之：顺流而下，此指往下游走。游，河流。

⑧宛在水中央：“伊人”又好像立在水中小岛上了。宛，宛如，好像。水中央，应指水中央的陆地。

⑨萋萋：与“苍苍”同义。

⑩晞（xī 西）：干。

⑪湄（méi 眉）：水边。

⑫跻（jī 机）：上升。

⑬坻（chí 池）：水中小高地。

⑭采采：众多而形形色色。

⑮未已：未尽。

⑯涘（sì 四）：水边。

⑰右：迂回。

⑱沚（zhǐ 止）：水中陆地。

七月①

七月流火②，九月授衣③。一之日觱发④，二之日栗烈⑤。无衣无褐⑥，何以卒岁⑦？三之日于耜⑧，四之日举趾⑨。同我妇子⑩，馌彼南亩⑪，田畯至喜⑫。

七月流火，九月授衣。春日载阳⑬，有鸣仓庚⑭。女执懿筐⑮，遵彼微行⑯，爰求柔桑⑰。春日迟迟⑱，采蘩祁祁⑲。女心伤悲，殆及公子同归⑳。

七月流火，八月萑苇㉑。蚕月条桑㉒，取彼斧斨㉓，以伐远扬㉔，猗彼女桑㉕。七月鸣鵙㉖，八月载绩㉗。载玄载黄，我朱孔阳㉘，为公子裳㉙。

四月秀葽㉚，五月鸣蜩㉛。八月其获，十月陨萚㉜。一之日于貉㉝，取彼狐狸，为公子裘㉞。二之日其同㉟，载缵武功㊱。言私其豵㊲，献豜于公㊳。

五月斯螽动股㊴，六月莎鸡振羽㊵。七月在野，八月在宇，九月在户，十月蟋蟀入我床下㊶。穹窒熏鼠㊷，塞向墐户㊸。嗟我妇子㊹，曰为改岁㊺，入此室处。

六月食郁及薁㊻，七月亨葵及菽㊼。八月剥枣㊽，十月获稻。为此春酒㊾，以介眉寿㊿。七月食瓜，八月断壶[51]，九月叔苴[52]。采荼薪樗[53]，食我农夫[54]。

九月筑场圃[55]，十月纳禾稼[56]。黍稷重穋[57]，禾麻菽麦。嗟我农夫，我稼既同[58]，上入执宫功[59]。昼尔于茅[60]，宵尔索绹[61]。亟其乘屋[62]，其始播百谷[63]。

二之日凿冰冲冲[64]，三之日纳于凌阴[65]。四之日其蚤[66]，献羔祭韭[67]。九月肃霜[68]，十月涤场[69]。朋酒斯飨[70]，曰杀羔羊。跻彼公堂[71]，称彼兕觥[72]，万寿无疆[73]。

中华书局《十三经注疏》本《诗经》卷八

①该篇选自《诗经·豳风》。这是产生在周人故地豳地的一首民歌，也是国风中最长的一

篇。全诗采用月调联唱形式，从各个方面讲述农夫们一年到头的劳作生活，客观表现了当时贵族对农夫的役使和劳动者生活的艰辛，有极其珍贵的史料价值。该诗多用铺叙手法，其中有的片段具体、逼真，给人以如临其境之感，艺术上颇有特色。《诗序》称此诗是周公"陈王业"之作："周公遭变故，陈后稷先公风化之所由，致王业之艰难也。"从《七月》已被周人用于礼乐看，周公曾陈述此诗以教诫成王，应是极有可能的。

②七月：夏历七月。下面四月、五月、六月、八月、九月、十月皆指夏历。流火：火星渐渐西沉。流，向下降行。火，心星，又名大火。该星每年夏历五月的黄昏出现于正南方，位置最高，六月以后就偏西下行。

③授衣：有几种解法。一说，发给农人制服；一说，贵族给家人寒衣；一说，把裁制寒衣的活计交给妇女们去做。授，给。

④一之日：豳历记月的说法，相当于夏历十一月。下面二之日、三之日、四之日、蚕月依次相当于夏历十二月、一月、二月、三月。觱发（bì bō 必拨）：大风触物声，此指寒风刮起。

⑤栗（lì 力）烈：即今之"凛冽"，寒气袭人。

⑥褐（hè 贺）：粗麻布制成的短衣。

⑦卒岁：终年。指度过寒冬。

⑧于耜（sì 四）：修理耒（lěi 垒）耜。于，为，此指修理。耒耜，犹今言犁耙。

⑨举趾（zhǐ 止）：举足前去耕作。

⑩同我妇子：与我的老婆孩子一起。同，会同。妇子，妻子儿女。

⑪馌（yè 业）：馈，饷，犹今言送饭。南亩：南北垄的地，此泛指田地。这里是说把饭送到田头。

⑫田畯（jùn 俊）：农官。喜：高兴。

⑬春日：春天的日子。载：则，就。阳：暖和。

⑭有鸣：鸣叫。有，语助词。仓庚：鸟名，即黄莺。

⑮执：持，拿着。懿（yì 益）筐：深筐。

⑯遵：沿着。微行：此指桑间小路。微，小。行（háng 杭），道。

⑰爰：语助词，犹"曰"。求：寻求，此指采摘。柔桑：柔嫩的桑叶。

⑱迟迟：缓缓，指天长。

⑲蘩（fán 繁）：植物名，即白蒿。古代多用来祭祀。一说，可供养蚕之用。祁祁：众多貌。

⑳"殆（dài 代）及"句：害怕被公子哥儿带回家去。一说，担心被女公子带去陪嫁。殆，不安，恐怕。及，与。公子，公侯之子、之女。同归，一起回家或一起出嫁。

㉑萑（huán 环）苇：两种植物，即蒹和葭。此指预备萑、苇，供明年做蚕箔篓用。

㉒蚕月：养蚕之月，三月。条桑：犹言修剪桑枝。

㉓斧斨（qiāng 枪）：圆孔斧曰"斧"，方孔斧曰"斨"。

㉔远扬：指又远又高的树枝。

㉕猗（yī 衣）：借作"掎（jǐ 挤）"，牵弓，拉扯。女桑：柔嫩的桑枝。

㉖鵙（jú 局）：鸟名，即伯劳。

㉗绩：与"织"同义。

㉘"载玄"二句：指把织物染成各种颜色。玄，黑红色。朱，大红色。孔阳，很鲜亮。

㉙裳：此作动词，泛指做衣裳。

㉚秀：植物结子。葽（yāo 腰）：植物名，即远志，可入药。

㉛蜩（tiáo 条）：蝉，俗名知了。

㉜陨萚（yǔn tuò 允拓）：皆是坠落之义，此指草木凋落。

㉝于：取，此指猎取。貉（hé 合）：一种似狐狸的野兽。

㉞裘：用作动词，做裘皮大衣。

㉟同：会合。

㊱缵（zuǎn 纂）：继续。武功：指狩猎。

㊲言私其豵（zōng 宗）：把小兽留给自己。豵，小兽。

㊳豜（jiān 间）：大兽。

㊴斯螽（zhōng 中）：蝗类动物。动股：相传斯螽以摩擦两腿而发声。

㊵莎（suō 梭）鸡：即纺织娘。振羽：振动翅膀而发声。

㊶"七月在野"四句：主语皆是蟋蟀。野，野地。宇，屋檐。户，门。

㊷穹窒（qióng zhì 穷至）：把窟窿堵起来。穹，洞，此指老鼠窟窿。窒，堵塞。

㊸塞向墐（jìn 尽）户：把北窗堵严实，把柴门用泥巴抹一抹。向，北面的窗子。墐，涂抹。

㊹嗟（jiē 接）：叹。

㊺曰为改岁：就算是过年了。曰，语助词。改岁，更改年岁。

㊻郁：郁李。薁（yù 玉）：野葡萄。皆野生植物。

㊼亨：同"烹"。葵：葵菜。菽（shū 叔）：豆类。

㊽剥：读为"扑"，敲打。

㊾为：造。春酒：经冬酿造、春天取用的酒。

㊿介：读为"丐"，祈求。眉寿：长寿。

51断壶：摘下葫芦。壶，瓠瓜，大型葫芦。

52叔：拾取。苴（jū 居）：麻子，可食。

53荼（tú 涂）：荼菜，味苦。薪：柴，这里用作动词，砍。樗（chū 出）：臭椿树。

54食（sì 四）：供食。

55筑场圃（pǔ 普）：把菜园平整为打谷场。古代场、圃用同一块地，春夏作菜园，秋后用作打谷场。

56纳禾稼：把庄稼收进谷仓。

57黍：黏黄米。稷：即"粟"，谷子。重（tóng 同）：通"穜"，晚熟的谷。穋（lù 陆）：早熟的谷。

58我稼既同：庄稼都已收好入仓。同，聚拢。

59上：尚，还要。执：做。宫功：修建房屋之事。

60昼：白天。尔：语助词。于茅：去割茅草。

61宵：夜里。索绹（táo 桃）：搓绳子。索，用作动词，搓制绳索。绹，绳子。

62亟：急，抓紧。乘屋：上房修缮。

63"其始"句：马上又要开始播种了。

64冲冲：凿冰的声音。

65纳于凌阴：把凿下的冰块放进冰室，以备暑天降温用。凌阴，藏冰室。阴，借作"窨"。

66蚤：通"早"，早晨。

67献羔祭韭：用羊羔、韭菜来祭祀祖先，即行仲春"献羔开冰"之礼。

68肃霜：此有二说。一说结霜而万物收缩；一说天高气爽，"霜"通"爽"。

(69)涤场：农事已毕，打扫谷场。

(70)朋酒：两壶酒。斯：语助词。飨（xiǎng 响）：聚餐。

(71)跻（jī 机）：登上。公堂：村社聚会的公共场所。

(72)称：举，端起。兕觥（sì gōng 四工）：形似犀牛角的大酒杯。

(73)万寿无疆：席间向长者祝寿的话。

东山①

我徂东山②，慆慆不归③。我来自东，零雨其濛④。我东曰归，我心西悲⑤。制彼裳衣⑥，勿士行枚⑦。蜎蜎者蠋⑧，烝在桑野⑨。敦彼独宿，亦在车下⑩。

我徂东山，慆慆不归。我来自东，零雨其濛。果蠃之实⑪，亦施于宇⑫。伊威在室⑬，蠨蛸在户⑭。町畽鹿场⑮，熠燿宵行⑯。不可畏也，伊可怀也⑰。

我徂东山，慆慆不归。我来自东，零雨其濛。鹳鸣于垤⑱，妇叹于室⑲。洒扫穹窒，我征聿至⑳。有敦瓜苦㉑，烝在栗薪㉒。自我不见，于今三年。

我徂东山，慆慆不归。我来自东，零雨其濛。仓庚于飞㉓，熠燿其羽㉔。之子于归㉕，皇驳其马㉖。亲结其缡㉗，九十其仪㉘。其新孔嘉，其旧如之何㉙？

中华书局《十三经注疏》本《诗经》卷八

①该篇选自《诗经·豳风》。这首诗表现久征在外的战士返乡途中的万千思绪，望着战后荒凉，忆起战争的艰苦，期盼着久别重逢，想象着妻子的思苦和准备迎接自己的忙碌身影，还想起当年她嫁过来时的情景，心理描写尤为曲折有致。《诗序》称此诗是大夫美周公东征之作：“周公东征，三年而归。劳归士，大夫美之，故作是诗也。”从诗中的感叹看，似无“美之”之意；而从“东山”、“三年”及战争规模看，与周公东征或许有些关系。原唱可能就是“归士”自己。

②徂（cū 粗阳平）：往。东山：东部的山，或主人公远戍之地的地名。

③慆（tāo 滔）慆：此指时间长久。

④零雨：零星小雨。濛：雨细微貌。

⑤“我东”二句：朱熹《诗集传》云：“其在东而言归之时，心已西向而悲。”可从。

⑥制：缝制。裳衣：普通的衣服，与战袍相区别。此当指脱下戎装，换上原先的百姓服。

⑦勿士行枚：不用再衔枚行军了。士，同“事”，从事。行，通“衔”，含着。枚，形如筷子，两端有带，可系于颈上。古代行军常令士兵衔枚口中，以防喧哗。

⑧蜎（yuān 渊）蜎：虫子盘曲蠕动貌。蠋（zhú 烛）：桑间野蚕。

⑨烝：久。下同。

⑩“敦彼”二句：言人也像野蚕一样蜷缩露宿。敦，团，把身子缩成团。彼，犹言“那时”，指还在征战之时。车，指战车。

⑪果蠃（luǒ 裸）：即栝（guā 瓜）楼，亦名瓜蒌，蔓生葫芦科植物。

⑫施（yì 易）：蔓延，爬占。宇：房檐。

⑬伊威：虫名，即土鳖。

⑭蠨蛸（xiāo shao 消稍）：长脚蜘蛛。户：门。

⑮町畽（tǐng tuǎn 挺团上声）鹿场：田地因无人耕种，已经印满兽迹，并已成了野鹿活动的场所。町，田亩。畽，亦作“疃”，禽兽所践处。

⑯熠燿（yì yào 义耀）宵行：夜里到处闪动着磷火。熠燿，发光貌，此指磷光，即鬼火。宵，夜里。行，流动。

⑰伊：是，此，指荒凉的家乡。怀：思念。

⑱鹳（guàn 冠）：鸟名，一种似鹤的水鸟。垤（dié 迭）：小土堆，即蚁封。古人以为蚁知雨，鹳喜水，则"鹳鸣于垤"就是天要下雨的征候。此是兴起下句"妇叹于室"。

⑲妇：征夫的妻子。叹：叹丈夫出征日久。

⑳"洒扫"二句：妻子听到丈夫要回来的消息，打扫屋子，堵鼠窟窿，作迎接的准备。此是征夫想象中的情景。穹，窟窿。窒，堵。聿（yù 玉），语助词，无义。

㉑敦：团团的。瓜苦：苦瓜，即瓠瓜，也就是葫芦。苦，借为"瓠"。

㉒栗薪：栗树柴。葫芦、薪在古代都是与婚配有关的意象。

㉓仓庚：鸟名，即黄莺。

㉔熠燿其羽：羽毛在阳光下闪闪发光。

㉕之子：指妻子。于归：出嫁。此指当年嫁过来时。

㉖皇驳：马毛黄色称"皇"，杂色称"驳"。

㉗亲：指女子的母亲。缡（lí 离）：佩巾。古代女子出嫁，由母亲亲手给她系好佩巾。

㉘九十其仪：形容礼仪隆重，项目很多。九十，九项、十项。

㉙"其新"二句：当年她做新媳妇时样子很好，不知现在怎么样了？孔，很。嘉，好。旧，过了几年之后。

鹿鸣①

呦呦鹿鸣②，食野之苹③。我有嘉宾，鼓瑟吹笙④。吹笙鼓簧⑤，承筐是将⑥。人之好我⑦，示我周行⑧。

呦呦鹿鸣，食野之蒿⑨。我有嘉宾，德音孔昭⑩。视民不恌⑪，君子是则是效⑫。我有旨酒⑬，嘉宾式燕以敖⑭。

呦呦鹿鸣，食野之芩⑮。我有嘉宾，鼓瑟鼓琴。鼓瑟鼓琴，和乐且湛⑯。我有旨酒，以燕乐嘉宾之心。

中华书局《十三经注疏》本《诗经》卷九

①该篇是《诗经·小雅》的首篇。《诗序》称此诗是周王"宴群臣嘉宾"的乐章，从内容看，此说可从。这首诗形式整齐，音韵和谐，读来朗朗上口；鲜明的兴象，和乐的气氛，也给人以赏心悦目之感。

②呦（yōu 幽）呦：鹿鸣的声音。

③苹：草名，蒿类植物。

④鼓：弹奏。瑟：一种弦乐器。笙：一种管乐器。

⑤簧：笙管中的发声部分，此代指笙。

⑥承筐是将：把筐中的礼品赠送给客人。这是古代宴会中的一个礼节。承，捧。将，送，献。

⑦人：客人。好我：对我友好。

⑧示我周行：《郑笺》："示，当作寘。寘，置也。周行，周之列位也。"朱熹《诗集传》："周行，大道也。""庶乎人之好我，而示我以大道也。"

⑨蒿（hāo 好阴平）：草名，指青蒿。

⑩德音孔昭：美名远近传扬。德音，犹“令闻”，好的名声。孔，大，很。昭，明。

⑪视民不恌（tiāo 挑）：向百姓显示出厚重的风范。视，同“示”，显示。恌，轻佻。

⑫“君子”句：君子以他们为效仿的楷模。则，榜样，准则。

⑬旨酒：美酒。

⑭式：语助词。燕：同“宴”，宴饮。下同。敖：同“遨”，游乐，逍遥。

⑮芩（qín 琴）：草名，蒿类植物。

⑯湛（dān 耽）：长久的快乐。

采薇①

采薇采薇②，薇亦作止③。曰归曰归④，岁亦莫止⑤。靡室靡家⑥，猃狁之故⑦。不遑启居⑧，猃狁之故。

采薇采薇，薇亦柔止⑨。曰归曰归，心亦忧止。忧心烈烈，载饥载渴⑩。我戍未定⑪，靡使归聘⑫。

采薇采薇，薇亦刚止⑬。曰归曰归，岁亦阳止⑭。王事靡盬⑮，不遑启处。忧心孔疚⑯，我行不来⑰。

彼尔维何⑱？维常之华⑲。彼路斯何⑳？君子之车㉑。戎车既驾㉒，四牡业业㉓。岂敢定居㉔，一月三捷㉕。

驾彼四牡，四牡骙骙㉖。君子所依，小人所腓㉗。四牡翼翼㉘，象弭鱼服㉙。岂不日戒㉚，猃狁孔棘㉛。

昔我往矣，杨柳依依㉜。今我来思，雨雪霏霏㉝。行道迟迟㉞，载渴载饥。我心伤悲，莫知我哀。

中华书局《十三经注疏》本《诗经》卷九

①该篇选自《诗经·小雅》。这是一首戍边诗，表现了西周后期抵御猃狁侵扰中战士们的生活和情感。诗的主人公对于保国保家态度是积极的，而对久戍不归、无人慰问的现实又感到忧伤。诗的最后一章把写景和抒情结合起来，通过今昔对照，抒发前后不同的复杂感受，艺术上很有特点。

②薇（wēi 微）：野豌豆苗，可食。

③作：开始，指薇菜刚刚生出。止：语尾助词。下同。

④曰：言，说。一说，发语词，无实义。归：回家。此句是表现盼归的心情，犹言“回家吧，回家吧”。

⑤岁亦莫止：已经到了年终。莫，即古“暮”字。

⑥靡（mǐ 米）室靡家：因出征而远离家人，没有了正常的家庭生活。靡，无，没有。室，同“家”。

⑦猃狁（xiǎn yǔn 险允）：亦作“玁狁”，即铭文之“严允”，北方族名，春秋时称戎、狄，秦汉时称匈奴。

⑧遑（huáng 皇）：闲暇。启居：安居休息。下文“启处”同。启，古人双膝着地挺直腰身而坐叫“启”。

⑨柔：指薇菜叶子柔嫩，较之“作”有进一步的生长。此是以薇菜的渐渐生长显示时间的推移。

⑩载饥载渴：又饥又渴。载，语助词。

⑪戍：防守。未定：地点变动不定。

⑫靡使归聘：也没有使者回去代为探问一下家人。使，使者。聘，问候。

⑬刚：坚硬。

⑭阳：暖和。此当指又到了来年的春天。

⑮王事：戍役之事。靡盬（gǔ古）：没完没了。盬，止息。

⑯孔疚：很痛苦。病痛叫“疚”。

⑰我行不来：我出征以来从未有人来慰问一下。来，同“勑（lài赖）”，慰勉。

⑱彼尔维何：那开得很茂盛的是什么花？尔，同“薾（ěr尔）”，花草茂盛的样子。

⑲常：同“棠（táng堂）”，即棠棣，木名，开红花、白花。华：古“花”字。

⑳路：同“辂（lù路）”，大车。

㉑君子：此指领兵的将帅、长官。

㉒戎车：战车。既驾：已经把马系好。

㉓牡：雄马。业业：高大的样子。

㉔岂敢定居：哪里敢固定在一个地方不动。

㉕一月三捷：一个月就打了三次胜仗。意谓战事频繁。《毛传》：“捷，胜也。”

㉖骙（kuí奎）骙：强壮的样子。

㉗“君子”二句：那战车是将帅乘坐的，是士兵用来挡身蔽体的。周代实行兵车冲击战，将官在兵车上，士兵跟在后面步行，一起向敌人进攻。小人，这里指士兵。腓（féi肥），同“庇”，保护。

㉘翼翼：整齐貌。

㉙象弭（mǐ米）鱼服：象牙做弓弭，沙鱼皮制箭袋。弭，弓两端受弦处。服，同“箙（fú服）”，装箭的袋子。

㉚日戒：每天都处在战备状态。

㉛棘：通“急”。

㉜“昔我”二句：当年我出征的时候，正是杨柳随风摇曳的春天。

㉝“今我”二句：现在我终于走在回家的路上，则已是又一个大雪纷飞的冬季。雨（yù育），落，下。霏（fēi飞）霏，雪花纷落的样子。

㉞迟迟：指因泥泞、饥渴而走得缓慢、艰难。

丰年①

丰年多黍多稌②，亦有高廪③，万亿及秭④。为酒为醴⑤，烝畀祖妣⑥，以洽百礼⑦，降福孔皆⑧。

中华书局《十三经注疏》本《诗经》卷一九

①该篇选自《诗经·周颂》。这是周王朝秋收后报祭天神和祖先所用的一首乐歌，对于了解周人农业规模及礼乐文化，有认识价值。

②黍：黏黄米。稌（tú涂）：稻。

③廪（lǐn凛）：粮仓。

④万亿及秭：极言粮食收获之丰。万万为亿，亿亿为秭。

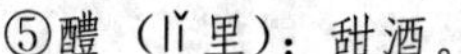

⑤醴（lǐ里）：甜酒。

⑥烝（zhēng争）：进献。畀（bì必）：给予。祖妣（bǐ比）：男祖先称“祖”，女祖先称“妣”。

⑦洽：《郑笺》：“合也。”百礼：祭祀百神之礼。

⑧孔：很，甚。皆：同“嘉”，好。

三
左传

《左传》，《春秋左氏传》的简称，又名《左氏春秋》。是一部编年记事的历史著作，以鲁国国君在位的年代为线索，记载了鲁隐公元年（前722）至鲁哀公二十七年（前468）鲁国、周王朝及其他各诸侯国发生的历史事件，成书约在战国初年，原作者可能是左丘明。该书附在孔子所撰《春秋经》之后，是“《春秋》三传”之一，实际上其记事范围和内容远远超出《春秋》，有自己的独立性。

《左传》又是一部长于叙事的文学著作，春秋年间贵族间的矛盾纠纷、新旧势力的消长、礼崩乐坏的程度、诸侯国的相互交往以及大大小小的争霸战争，还有这个时代观念的更新、各色历史人物的活动乃至特点性格等，都被记述描写得清楚明了，曲折生动，惟妙惟肖。它标志着历史散文的重要发展，也为后世叙事文学特点的形成奠定了基础。

郑伯克段于鄢[①]

初[②]，郑武公娶于申[③]，曰武姜[④]。生庄公及共叔段[⑤]。庄公寤生[⑥]，惊姜氏，故名曰寤生，遂恶之[⑦]。爱共叔段，欲立之[⑧]，亟请于武公[⑨]，公弗许。及庄公即位，为之请制[⑩]。公曰：“制，岩邑也[⑪]，虢叔死焉[⑫]，他邑唯命[⑬]。”请京[⑭]，使居之，谓之“京城大叔[⑮]”。

祭仲曰[⑯]：“都城过百雉[⑰]，国之害也。先王之制，大都不过参国之一，中五之一，小九之一[⑱]。今京不度[⑲]，非制也，君将不堪[⑳]。”公曰：“姜氏欲之，焉辟害[㉑]？”对曰：“姜氏何厌之有[㉒]！不如早为之所[㉓]，无使滋蔓[㉔]。蔓，难图也[㉕]。蔓草犹不可除，况君之宠弟乎？”公曰：“多行不义，必自毙[㉖]。子姑待之[㉗]。”

既而大叔命西鄙北鄙贰于己[㉘]。公子吕曰[㉙]：“国不堪贰[㉚]，君将若之何[㉛]？欲与大叔，臣请事之[㉜]；若弗也，则请除之，无生民心[㉝]。”公曰：“无庸[㉞]，将自及[㉟]。”

大叔又收贰以为己邑，至于廪延[㊱]。子封曰：“可矣！厚将得众[㊲]。”公曰：“不义不暱[㊳]，厚将崩[㊴]。”

大叔完聚[㊵]，缮甲兵[㊶]，具卒乘[㊷]，将袭郑[㊸]。夫人将启之[㊹]。公闻其期，曰：“可矣！”命子封帅车二百乘以伐京。京叛大叔段，段入于鄢。公伐诸鄢[㊺]。五月辛丑[㊻]，大叔出奔共[㊼]。

书曰[㊽]：“郑伯克段于鄢。”段不弟，故不言弟[㊾]；如二君，故曰克[㊿]；称郑伯，讥失教也[51]；谓之郑志[52]。不言出奔，难之也[53]。

遂寘姜氏于城颍[54]，而誓之曰：“不及黄泉，无相见也[55]。”既而悔之。颍考叔为颍谷封人[56]，闻之，有献于公[57]。公赐之食，食舍肉[58]。公问之，对曰：“小人有母，皆尝小人之食矣，未尝君之羹，请以遗之[59]。”公曰：“尔有母遗，繄我独无[60]。”颍考叔曰：“敢问何谓也？”公语之故，且告之悔。对曰：“君何患焉，若阙地及泉[61]，隧而相见[62]，其谁曰不然？”公从之。公入而赋[63]：“大隧之中，其乐也融融。”姜出而赋：“大隧之外，其乐也泄泄[64]。”遂为母子如初。

君子曰[65]：“颍考叔，纯孝也[66]，爱其母，施及庄公[67]。《诗》曰：‘孝子不匮，永锡尔类[68]。’其是之谓乎[69]？”

中华书局《十三经注疏》本《左传》卷二

①该篇选自《左传·隐公元年》。郑庄公是春秋初期一度图霸的郑国国君，这篇文章记述的是他此前与其弟、其母之间复杂的关系纠葛和无情的夺权斗争，具体生动地显示了进入春秋时代后宗法社会的问题和矛盾，其中对人物性格的刻画也比较成功。郑伯，指郑庄公，郑为伯爵，故称其君为伯。克，战胜。段，人名，郑庄公之弟，因后来逃亡于共（gōng 工），又称共叔段。鄢（yān 烟），地名，在今河南鄢陵附近。

②初：当初，追述往事之称。

③郑武公：郑庄公之父。娶于申：娶了申国的一位女子为妻。申，春秋时国名，在今河南南阳北。

④武姜：意为武公之妻姜氏。春秋时妇女称谓，从其夫，又系以母家之姓，申国姜姓，故称之为“姜”，“武”是从武公的谥号。这是后人对她的追称。

⑤“生庄公”句：先后生了庄公和共叔段。按，据《史记·十二诸侯年表》，庄公长共叔段三岁。

⑥寤（wù 务）生：即逆生，先出脚后出头，可造成母亲难产。寤，通“忤（wǔ 午）”，逆，不顺。

⑦“惊姜氏”三句：姜氏生庄公受到惊吓，便为庄公取名“寤生”，并因此而不喜欢他。遂，就，于是。恶（wù 误），厌恶。

⑧立：立为太子。

⑨亟（qì 器）请：屡次请求。

⑩为之请制：姜氏为共叔段请求制这个地方作为封邑。制，地名，一名成皋，又名虎牢，在今河南荥阳。

⑪岩邑：地势险峻的城邑。

⑫虢（guó 国）叔：东虢国之君，周成王之弟，其国后被郑武公所灭。死焉：死在那里。制当为东虢国属地。

⑬他邑唯命：除了制地，其他城邑唯命是听。按，郑庄公怕共叔段据险不好对付，所以不肯把制地封给他。

⑭京：地名，在今河南荥阳东南。

⑮大（tài 太）叔：对共叔段的尊称。大，同“太”。

⑯祭（zhài 寨）仲：郑国大夫，字足。

⑰都城：诸侯所属的大城。雉（zhì 制）：度量单位，古代城墙每长三丈、高一丈为一雉。周制规定，侯、伯一级的城方五里，每面长三百雉；侯、伯下属的城不得超过三分之一，所以不得过百雉。

⑱“先王”四句：开国之初就定下的规矩是，大都不得超过国都的三分之一，中等的不得超过五分之一，小城不得超过九分之一。参（sān 叁），同“叁”，即“三”。国，国都。

⑲京：共叔段所在的京地。不度：不合规定。

⑳不堪：难以承受，此是说难以控制。

㉑“姜氏”二句：大意是说，有姜氏怂恿共叔段，我怎么可能避免将会发生的冲突。欲，

想要。辟，通“避”。

㉒何厌之有：即“有何厌”，哪有知足的时候。厌，满足。

㉓早为之所：早给共叔段安排个适当的地方。意即把他控制起来。所，处所。

㉔滋蔓：滋长蔓延。

㉕难图：难以对付。

㉖自毙：自取灭亡。

㉗子：对祭仲的尊称。姑：姑且。

㉘既而：不久。鄙：边邑。贰于己：除了国君，还同时听命于自己，也就是明属庄公，暗属自己。

㉙公子吕：郑国大夫，字子封。

㉚国不堪贰：一个国家经不起这种两面听命的情况。

㉛若之何：打算怎么办。

㉜“欲与”二句：若想把国家交给共叔段，那我就去听他的。与，给。事，效劳。

㉝无生民心：不要使民众生出二心。

㉞无庸：不用。此是说先不必采取什么行动。庸，通“用”。

㉟自及：自取其祸。及，到，赶上。

㊱“大叔”二句：共叔段又把西北暗中听命于自己的边邑明确收归己有，势力范围一直扩张到廪（lǐn 凛）延这个北部边邑。廪延，郑国北边邑名，在今河南延津北。

㊲厚：指势力雄厚。得众：此指笼络人心。

㊳不义不暱（nì 逆）：谓共叔段的行事，对君而言是不义，对兄而言是不亲。暱，同“昵”，亲近。

㊴厚将崩：势力越大，越会因骄纵而导致最终的瓦解。

㊵完聚：完城郭，聚粮草。完，使坚牢。

㊶缮（shàn 善）甲兵：修整了盔甲兵器。

㊷具卒乘（shèng 胜）：备好了车马士卒。具，备。卒，步兵。乘，古时一车四马称一乘。

㊸袭郑：进攻郑国国都。

㊹夫人：指姜氏。启：开启，此指为共叔段开城门，做内应。

㊺诸：之于。

㊻辛丑：辛丑日。古代用干支纪日，辛丑为二十三日。

㊼出奔共：逃到共地去了。共，国名，在今河南辉县。

㊽书：指《春秋》。以下为解释《春秋》中“郑伯克段于鄢”这句话的提法。

㊾“段不弟”二句：段不守弟道而作乱，所以《春秋》不加“弟”字。

㊿“如二君”二句：这两兄弟相争，已经像两国交兵一样，所以称庄公之胜为“克”。

51“称郑伯”二句：共叔段走到这一步，也是庄公未尽为兄之责、失于教诲的缘故，所以不称“兄”，而是称他的爵位，以表讥讽。

52谓之郑志：认为赶走共叔段其实是庄公有意为之，即故意养成其罪。郑志，郑庄公之意志。

53“不言”二句：按照《春秋》惯例，若言共叔“出奔”，就是表示罪共叔，即主要认为罪在共叔，但此事庄公也有责任，所以不便单提共叔“出奔”。难，有两解：或解作“为难”，对于书写共叔“出奔”感到为难；或解作“责难”，不书写共叔“出奔”，有责难庄公的意思在里面。

(54)寘：同“置”，安置。城颍（yǐng 颖）：郑国邑名，在今河南临颍西北。

(55)“不及”二句：意思是今生今世不再相见。及，到。黄泉，指地下，古人认为天玄地黄，泉在地下，故称黄泉。地下相见也就是死后再见。

(56)颍考叔：郑国人。颍谷：郑国邑名，在今河南登封西南。封人：管理疆界的官吏。

(57)有献于公：称要献给庄公一些东西。

(58)食舍肉：吃东西时把肉挑出来放在一边不吃。

(59)遗（wèi 位）之：此指拿去给母亲吃。遗，赠予，致送。

(60)“尔有”二句：此是郑庄公之语，话中有与母亲决绝后的遗憾。繄（yī 医），语气词。

(61)阙（jué 掘）地及泉：挖地直到地下出水处。阙，通“掘”。

(62)隧（suì 岁）而相见：在冒出黄泉的地道里相见。隧，地道。

(63)赋：赋诗。此当是自作自赋。

(64)洩（yì 逸）洩：舒畅的样子。洩，同“泄”。

(65)君子：作者托言。这是《左传》作者对事件发表评说的一种模式。

(66)纯孝：犹至孝。纯，厚，大。

(67)施（yì 义）：推广。

(68)“孝子”二句：引自《诗经·大雅·既醉》，原诗大意是说祖神见你们这些孝子的孝心不竭，所以要永远赐福给你们。匮（kuì 愧），竭，尽。锡，通“赐”，赐予。尔类，你们。

(69)其是之谓乎：说的就是这种情况吧。

晋公子重耳之亡①

晋公子重耳之及于难也②，晋人伐诸蒲城③。蒲城人欲战，重耳不可，曰：“保君父之命而享其生禄，于是乎得人④；有人而校，罪莫大焉⑤。吾其奔也⑥。”遂奔狄⑦。从者狐偃、赵衰、颠颉、魏武子、司空季子⑧。狄人伐廧咎如⑨，获其二女叔隗、季隗，纳诸公子⑩。公子取季隗⑪，生伯儵⑫、叔刘；以叔隗妻赵衰⑬，生盾。将适齐⑭，谓季隗曰：“待我二十五年，不来而后嫁。”对曰：“我二十五年矣，又如是而嫁，则就木焉⑮。请待子。”处狄十二年而行。

过卫，卫文公不礼焉⑯。出于五鹿⑰，乞食于野人⑱，野人与之块⑲。公子怒，欲鞭之。子犯曰：“天赐也⑳。”稽首㉑，受而载之㉒。

及齐，齐桓公妻之，有马二十乘㉓。公子安之，从者以为不可。将行，谋于桑下。蚕妾在其上㉔，以告姜氏㉕。姜氏杀之，而谓公子曰：“子有四方之志㉖，其闻之者，吾杀之矣。”公子曰：“无之。”姜曰：“行也。怀与安，实败名㉗。”公子不可。姜与子犯谋，醉而遣之㉘。醒，以戈逐子犯㉙。

及曹，曹共公闻其骈胁㉚，欲观其裸㉛。浴，薄而观之㉜。僖负羁之妻曰㉝：“吾观晋公子之从者，皆足以相国㉞；若以相，夫子必反其国㉟；反其国，必得志于诸侯；得志于诸侯，而诛无礼，曹其首也。子盍蚤自贰焉㊱？”乃馈盘飧㊲，寘璧焉㊳。公子受飧反璧㊴。

及宋，宋襄公赠之以马二十乘。

及郑，郑文公亦不礼焉。叔詹谏曰㊵：“臣闻天之所启，人弗及也㊶。晋公子有三焉，天其或者将建诸㊷？君其礼焉。男女同姓，其生不蕃㊸，晋公子，姬出也，而至于今㊹，一也；离外之患㊺，而天不靖晋国㊻，殆将启之㊼，二也；有三士，足以上人，而从之㊽，三也。晋、郑同侪㊾，其过子弟㊿，固将礼焉，况天之所启乎？”弗听。

及楚，楚子飨之(51)，曰：“公子若反晋国，则何以报不穀(52)？”对曰：“子女玉帛(53)，则君有之；羽毛齿革[54]，则君地生焉。其波及晋国者，君之余也。其何以报君?”曰：“虽然[55]，何以报我？”对曰：“若以君之灵[56]，得反晋国，晋楚治兵，遇于中原，其辟君三舍[57]。若不获命[58]，其左执鞭弭[59]，右属櫜鞬[60]，以与君周旋。”子玉请杀之[61]。楚子曰：“晋公子广而俭[62]，文而有礼[63]，其从者肃而宽[64]，忠而能力[65]。晋侯无亲[66]，外内恶之。吾闻姬姓，唐叔之后其后衰者也[67]。其将由晋公子乎[68]？天将兴之，谁能废之？违天必有大咎。”乃送诸秦。

秦伯纳女五人[69]，怀嬴与焉[70]。奉匜沃盥[71]。既而挥之[72]。怒曰[73]：“秦、晋匹也，何以卑我?”公子惧，降服而囚[74]。他日，公享之[75]。子犯曰：“吾不如衰之文也[76]，请使衰从。”公子赋《河水》[77]，公赋《六月》[78]。赵衰曰：“重耳拜赐[79]。”公子降[80]，拜，稽首。公降一级而辞焉[81]。衰曰：“君称所以佐天子者命重耳，重耳敢不拜[82]?”

二十四年春，王正月[83]，秦伯纳之[84]。不书，不告入也[85]。及河[86]，子犯以璧授公子[87]，曰：“臣负羁绁从君巡于天下[88]，臣之罪甚多矣。臣犹知之，而况君乎？请由此亡[89]。”公子曰：“所不与舅氏同心者，有如白水[90]！”投其璧于河[91]。

中华书局《十三经注疏》本《左传》卷一五

①该篇选自《左传》僖公二十三年、二十四年。晋公子重耳即后来的晋文公，著名的春秋五霸之一，即位前曾因宫廷阴谋被迫逃亡国外，历十九年之久。这篇文章即以简洁、形象的笔墨和精当的剪裁布局，集中记述了他出奔、流亡直到回国夺取王位的曲折经历，显示了他的性格发展，并同时刻画了一系列颇有特点的历史人物，是《左传》文学叙事的代表作之一。亡，流亡。

②及于难（nàn 南去声）：指骊姬谗害太子申生之难。据《左传》载，僖公四年十二月，晋献公听信宠妃骊姬的谗言，误以为诸公子要谋害自己，致使太子申生自缢而死，其余二子重耳、夷吾同时出奔。

③晋人：指晋献公所派的军队。蒲城：今山西隰县，当时是重耳的采邑。伐蒲城是为了拘捕重耳。

④“保君父”二句：靠着父王所给的条件享受到优厚的禄位，才有了自己手下的人。保，倚仗。生禄，指养生的采邑，为贵族提供生活资料的地方。

⑤“有人”二句：以自己的人与父王的人对抗，没有比这更大的罪过了。校（jiào 较），通“较”，较量，对抗。

⑥奔：出奔，离开国家。

⑦狄：古代中国北方的部族，散处在北方诸侯国之间。

⑧狐偃：重耳的舅父，字子犯。赵衰（cuī 崔）：字子馀。魏武子：名犨（chōu 抽）。司空季子：一名胥臣。他们和颠颉（xié 斜）都是日后晋国的大夫。

⑨廧（qiáng 墙）咎（gāo 高）如：狄族的别种，隗姓。

⑩纳：致送。

⑪取：同“娶”。

⑫儵：音“由”。

⑬妻：用作动词，嫁给。

⑭适齐：到齐国去。适，往。

⑮就木：犹言“进棺材”，意思是年老将死，怎么还能再嫁人。

⑯不礼：不以礼相待，即不接待。

⑰五鹿：地名，在今河南濮阳东北。

⑱野人：村野之人。

⑲块：土块，俗称土坷垃。

⑳天赐也：土块象征土地，子犯把它视为重耳有朝一日能得到国家的预兆，所以称“天赐”。

㉑稽（qǐ 启）首：古时一种跪拜礼，叩头到地。

㉒受而载之：接受了土块，并把它装在车子上。

㉓ 二十乘（shèng 剩）：八十匹马。马四匹为一乘。

㉔蚕妾：采桑饲蚕的女仆。

㉕以告姜氏：把听到的秘密告诉姜氏。姜氏，即齐桓公嫁给重耳的齐女。齐，姜姓。

㉖四方之志：远大志向。此指离开齐国，到别国去谋求返国。

㉗“怀与安”二句：姜氏劝重耳不要因留恋妻室、贪图安逸而妨碍建立声名。怀，留恋。败名，摧毁人的名声。

㉘醉而遣之：把重耳灌醉，发送他上路。

㉙以戈逐子犯：重耳酒醒后发现已在路上，感到受了欺骗，一怒之下，持戈追子犯。

㉚骈胁（pián xié 骗阳平协）：腋下肋骨连成一片。骈，并列。胁，腋下肋骨所在的部分。

㉛欲观其裸：想在他光着身子时看他的肋骨。

㉜薄：迫近。

㉝僖负羁：曹大夫。

㉞相国：做国家的辅佐之臣。相，助。

㉟反：同“返”。

㊱“子盍”句：何不早些对重耳表示你不同于曹君呢。盍（hé 何），何不。蚤，通“早”。贰，不一样。

㊲馈盘飧（sūn 孙）：送去一盘晚餐。馈，赠，送。飧，晚饭。

㊳寘璧焉：在晚餐中藏着一枚玉璧。按，一国大夫不能私自与别国人交往，故在盘飧中藏璧，以免被人看到。寘，同“置”，放。

㊴受飧反璧：接受了晚餐，以示领情；退回了玉璧，以示不贪。

㊵叔詹：郑大夫。

㊶“臣闻”二句：我听说上天想要启发、抬举的人，人力是拿他没有办法的。启，开。弗及，不及，赶不上。

㊷“晋公子”二句：重耳有三件不同寻常的事情，或许预示着上天有意要使他有所建树吧。诸，同“之乎”。

㊸“男女同姓”二句：同一姓的男女相婚配，他们的后代就不繁盛，即不容易成活。按，中国古代有同姓不婚的说法。蕃（fān 番），繁殖。

㊹“晋公子”三句：言重耳虽属于男女同姓所生，但却能活到现在，是个奇迹。姬出，重耳的母亲是戎族的狐姬，与晋皆是姬姓。

㊺离外之患：遭遇逃亡在外的祸患。离，通“罹（lí 离）”，遭遇。

㊻天不靖晋国：上天不让晋国国内安定下来。靖，安。

㊼殆：大约。以上是说上天故意在为重耳返国成就霸业创造条件。

㊽“有三士”三句：有三个贤士，个个都足以胜过一般的人，却紧紧跟随着重耳，可见重耳更了不起。按，三士，据《国语·晋语》，是指狐偃、赵衰和贾佗。

㊾同侪（chái 柴）：处于同等地位。侪，辈，类。

㊿其过子弟：他们晋国从郑国过往的一般子弟。

51楚子：指楚成王。楚为子爵，故称其君为子。飨：设宴款待。

52何以报不穀：怎么样报答我。不穀，不善，谦称。

53子女玉帛：指童竖侍妾美玉丝绸等。

54羽毛齿革：指鸟羽兽毛象牙牛皮等物。

55虽然：虽然如此。

56以君之灵：犹言“托您的福”。

57辟君三舍（shè设）：此言晋楚若有战争，晋军当退九十里。辟，通“避”。舍，古代行军三十里为一舍。

58若不获命：如果还没有获得您退军的命令。

59鞭弭（mǐ米）：马鞭和不加装饰的弓。

60櫜鞬（gāo jiàn高建）：装弓箭的口袋。

61子玉：楚国的令尹（丞相）成得臣。

62广而俭：志向远大，用度节俭。

63文而有礼：注重文德和礼仪规范。

64肃而宽：办事严肃认真，待人宽和。

65忠而能力：忠心耿耿，尽心尽力。

66晋侯：指晋惠公，即另一位出奔的公子夷吾，先重耳回国即位。无亲：国内外关系搞得都不好。按，晋惠公在秦国帮助下回国，即位后背秦食言，曾因此而与秦交战。

67“吾闻”二句：我听到有这样一种说法，姬姓之国中，唐叔之后的晋国是最后才会衰败的。唐叔，周成王之弟，封于唐，后改唐为晋。

68“其将”句：看来是要由重耳这一支延续下去吧。

69秦伯：指秦穆公。秦为伯爵，故称其君为伯。纳女五人：把五位女子送给重耳做妾媵。

70怀嬴（yíng营）与焉：怀嬴也在其中。怀嬴，秦穆公之女，曾嫁给晋怀公（晋惠公之子圉），故称怀嬴。秦，嬴姓。怀公自秦逃归，秦穆公便又把怀嬴作为媵妾送给了重耳。

71奉匜（yí移）沃盥（guàn灌）：言怀嬴捧着水盆给重耳浇水洗手。奉，捧。匜，盛水器。沃，浇水。盥，洗。

72既：完毕。挥之：重耳用湿手挥怀嬴，让她离开。

73怒曰：主语是怀嬴。

74降服而囚：脱去上衣，自囚以谢罪。

75公：指秦穆公。享之：设宴款待重耳。

76衰：指赵衰。文：此指谈吐有文采，善于外交辞令。

77赋《河水》：吟诵《诗经·小雅·沔水》。赋，不歌而诵谓之赋。《河水》，当为《沔水》之误，《沔水》首章有“沔彼流水，朝宗于海”句，重耳用河水朝宗于海（流向大海）表达对秦的敬意，海喻秦。按，赋诗言志是春秋时礼仪场合的一种时尚。

78《六月》：亦见《诗经·小雅》，是称颂尹吉甫辅佐周宣王北伐获胜的诗。按，秦穆公赋此诗，当是隐以重耳比尹吉甫，希望他也能辅佐周王建功立业。

79拜赐：拜谢秦穆公所赐的美意。

80降：走下台阶。

81一级：一个台阶。辞：辞让，表示受不起稽首这样的大礼。

82“君称”二句：大意是说秦君已经把辅佐天子这样重要的使命交付给重耳，想必是要送重耳回国即位，如此厚意，重耳怎么能不特别拜谢呢。按，赵衰这是抓住秦穆公赋《诗》之意，表达求助于对方的愿望，这正是时人赋诗的功能之一。

(83)王正月：周历正月。王，指周王。

(84)纳之：此指派兵把重耳送回晋国。

(85)"不书"二句：鲁史《春秋》没有记载重耳回国之事，是因为晋国没有把这一消息通知鲁国。按，这是对《春秋》著述条例的解释。

(86)及河：到达黄河岸边。

(87)璧：《国语·晋语》作"载璧"，韦昭注曰："载，祀也。"授：给。大概子犯掌管着祭祀用璧，此时把它们还给重耳。

(88)负羁绁（xiè 泄）：用肩背牵引着马络头和马缰绳。羁，马络头；绁，绳索。巡：游，此指出奔流亡在外。

(89)请由此亡：请允许我就此离开，到别的地方去。亡，出奔。

(90)"所不与"二句：这是在指河水发誓，大意是我一定与舅父同心，如果您不相信，就让河水在这里作证。

(91)投其璧于河：以示取信于河神。

晋楚城濮之战①

宋人使门尹般如晋师告急②。公曰③："宋人告急，舍之则绝④，告楚不许⑤；我欲战矣，齐、秦未可⑥。若之何⑦？"先轸曰⑧："使宋舍我而赂齐、秦，藉之告楚⑨；我执曹君而分曹、卫之田，以赐宋人⑩。楚爱曹、卫，必不许也⑪。喜赂怒顽，能无战乎⑫？"公说⑬，执曹伯⑭，分曹、卫之田以畀宋人⑮。

楚子入居于申⑯，使申叔去穀⑰，使子玉去宋⑱，曰："无从晋师⑲。晋侯在外十九年矣⑳，而果得晋国。险阻艰难，备尝之矣㉑，民之情伪㉒，尽知之矣。天假之年，而除其害㉓；天之所置，其可废乎㉔？《军志》曰㉕：'允当则归㉖。'又曰：'知难而退。'又曰：'有德不可敌㉗。'此三志者㉘，晋之谓矣㉙！"

子玉使伯棼请战㉚，曰："非敢必有功也，愿以间执谗慝之口㉛。"王怒，少与之师㉜。唯西广、东宫与若敖之六卒实从之㉝。

子玉使宛春告于晋师曰㉞："请复卫侯而封曹，臣亦释宋之围㉟。"子犯曰㊱："子玉无礼哉！君取一，臣取二㊲。不可失矣㊳。"先轸曰："子与之㊴！定人之谓礼㊵。楚一言而定三国，我一言而亡之㊶，我则无礼，何以战乎？不许楚言，是弃宋也；救而弃之，谓诸侯何㊷？楚有三施㊸，我有三怨，怨仇已多，将何以战？不如私许复曹、卫以携之㊹，执宛春以怒楚㊺，既战而后图之㊻。"公说，乃拘宛春于卫，且私许复曹、卫。曹、卫告绝于楚㊼。

子玉怒，从晋师。晋师退。军吏曰㊽："以君辟臣㊾，辱也。且楚师老矣㊿，何故退？"子犯曰："师直为壮，曲为老(51)，岂在久乎？微楚之惠不及此(52)。退三舍辟之，所以报也(53)。背惠食言以亢其仇(54)，我曲楚直。其众素饱(55)，不可谓老。我退而楚还(56)，我将何求？若其不还，君退臣犯，曲在彼矣。"退三舍，楚众欲止，子玉不可。

夏四月戊辰(57)，晋侯、宋公、齐国归父、崔夭、秦小子慭次于城濮(58)。楚师背酅而舍(59)，晋侯患之(60)。听舆人之诵曰(61)："原田每每，舍其旧而新是谋(62)。"公疑焉(63)。子犯曰："战也！战而捷，必得诸侯(64)。若其不捷，表里山河(65)，必无害也。"公曰："若楚惠何(66)？"栾贞子曰(67)："汉阳诸姬，楚实尽之(68)。思小惠而忘大耻，不如战也。"晋侯梦与楚子搏(69)，楚子伏己而盬其脑(70)，是以惧。子犯曰：“吉！我得天，楚伏其罪[71]，吾且柔之矣[72]。”

子玉使鬬勃请战[73]，曰：“请与君之士戏[74]，君冯轼而观之[75]，得臣与寓目焉[76]！”晋侯使栾枝对曰：“寡君闻命矣[77]。楚君之惠，未之敢忘，是以在此[78]。为大夫退，其敢当君乎[79]？既不获命矣[80]，敢烦大夫谓二三子[81]，戒尔车乘[82]，敬尔君事[83]，诘朝将见[84]。”

晋车七百乘，韅、靷、鞅、靽[85]。晋侯登有莘之虚以观师[86]，曰：“少长有礼，其可用也[87]！”遂伐其木以益其兵[88]。己巳[89]，晋师陈于莘北[90]。胥臣以下军之佐当陈、蔡[91]。子玉以若敖之六卒将中军[92]，曰：“今日必无晋矣[93]。”子西将左[94]，子上将右[95]。

胥臣蒙马以虎皮，先犯陈、蔡。陈、蔡奔，楚右师溃。狐毛设二旆而退之[96]，栾枝使舆曳柴而伪遁[97]，楚师驰之[98]。原轸、郤溱以中军公族横击之[99]，狐毛、狐偃以上军夹攻子西，楚左师溃。楚师败绩[100]。子玉收其卒而止，故不败。

晋师三日馆谷[101]，及癸酉而还[102]。

中华书局《十三经注疏》本《左传》卷一六

①该篇选自《左传·僖公二十八年》。晋、楚城濮之战，发生在公元前632年，是春秋时期晋、楚两个诸侯大国争霸的第一次重要战役，以晋的取胜而告终，从此奠定了晋文公的霸主地位。对于这样一场大的战役，作者能够理清头绪，突出重点，不但有条不紊地叙述了事件的来龙去脉，交代了双方的条件及胜败因素，还有不失细腻的描写刻画，并以对比手法展示了不同人物的性格特点。城濮（pú葡），卫国地名，在今河南范县西南旧濮县境内。

②“宋人”句：宋国派门尹般到晋国军队这里来请求援助。门尹般，宋大夫。门尹，官名。如，往，到。告急，指被楚国包围之事。按，宋曾在与楚争霸中大败，从此臣服于楚。僖公二十四年（前636），重耳结束流亡生涯返晋即位，晋国逐渐强大，宋便转而与晋结为盟国，楚因此于僖公二十七年（前633）冬联合陈、蔡等国围宋。

③公：晋文公。

④舍之则绝：如果对宋弃之不顾，他们就会断绝与晋的联盟。舍，舍弃。

⑤告楚不许：说服楚国退兵，他们又不同意。告，正告。

⑥未可：不愿参战。

⑦若之何：怎么办。

⑧先轸（zhěn诊）：又名原轸，晋大夫，此时刚被任为晋中军主帅。

⑨“使宋”二句：让宋人不必在这里求我们，而应去把这些财物用在买通齐、秦两国方面，由齐、秦去说服楚国撤兵。藉（jiè借），凭借。之，指齐、秦。

⑩“我执”二句：我们这边则故意把曹国的国君抓起来，并把曹、卫的土地分一部分给宋国。执，捉，逮捕。按，曹、卫乃是楚的盟国，此前刚刚被晋国军队打败。

⑪“楚爱”二句：楚国因为心疼曹、卫的土地，肯定不会答应齐、秦的请求。爱，吝惜。

⑫“喜赂”二句：该句主语是齐、秦。他们一方面对宋国的贿赂感到高兴，另一方面又对楚国的顽固感到恼怒，怎么还能不参战呢。

⑬说（yuè悦）：通“悦”，高兴。

⑭曹伯：指曹共公。曹原被封为伯爵，故称其君为伯。

⑮畀（bì毕）：给予。

⑯楚子：此指楚成王。楚为子爵，故称其君为子。后来楚君自称为王。入居于申：退居到申地。申，楚方城内地名，在今河南南阳。成王由伐宋退居方城内，故曰“入”。

⑰“使申叔”句：命令申叔从穀地撤兵。申叔，楚大夫申公叔侯。去，离开。穀，齐地，

在今山东东阿。按，僖公二十六年（前 634）楚伐齐，占领穀地，由申公叔侯率军驻守。

⑱“使子玉”句：命令子玉从宋撤兵。子玉，楚国令尹（相），名成得臣，字子玉，楚对宋作战的统帅。

⑲从：追随，进逼。

⑳晋侯：此指晋文公重耳。晋为侯爵，故称其君为晋侯。在外十九年：事见《晋公子重耳之亡》篇。重耳自僖公四年（前 656）出奔，至僖公二十四年（前 636）返国，在外流亡达十九年之久。

㉑备：完全，都。

㉒情伪：真假虚实。情，真。

㉓“天假”二句：上天一方面让他长寿，另一方面又让妨碍他的人一个个死去。假，借，给予。年，年寿。重耳归国时已经六十六岁，晋献公九个儿子，唯他还在，其余皆相继死去。害，此指对他构成危害的人。

㉔“天之”二句：他是上天特意安排的晋侯，怎么可能对付得了呢？置，设置，安排。废，除掉，此指打败，推翻。

㉕《军志》：古代兵书，已失传。

㉖允当则归：犹言适可而止。允当，适当。归，此指收兵。

㉗敌：对抗，为敌。

㉘此三志者：《军志》上记载的这三句话。志，记载。

㉙晋之谓矣：说的就像是现在的晋国吧。

㉚伯棼（fén 焚）：楚大夫鬬（dòu 斗）越椒。请战：请求楚成王收回成命，批准对晋作战。

㉛“非敢”二句：不敢说一定成功，但想借此机会堵一堵那些说坏话的人的嘴。以间，趁机。执，堵塞。谗慝（tè 特），说坏话，恶意中伤。慝，邪恶，恶念。此指楚臣蔿（wěi 伟）贾。据《左传·僖公二十七年》载，此前子玉率军在蔿地练兵时，“终日而毕，鞭七人，贯三人耳”，蔿贾见状预言子玉若统领三百乘以上军队外出作战，必有去无还。子玉认为这是在中伤自己，想打个胜仗堵他的嘴。

㉜少与之师：给了子玉很少一部分兵力。与，给。

㉝西广：楚国的军队有左右广，西广即右广。楚军以十五辆战车编为一广，“广”为兵车之称。东宫：太子宫中的卫队。若敖之六卒：子玉的同族亲兵六百人。若敖，子玉之祖。卒，古代军队编制以一百人为一卒。实从之：实际上只有他们奉命跟着子玉去作战。

㉞宛（wǎn 晚）春：楚大夫。

㉟“请复”二句：大意是说，请你们恢复卫侯的地位，重新建立曹国，我们就解除对宋的包围。卫侯，此指卫文公。卫为侯爵，故称其君为卫侯。封，古代帝王把爵位或土地赐给臣子，诸侯国由此建立。这里是要求晋再把土地爵位还给曹国。臣，子玉自称。释，放下，舍弃。

㊱子犯：晋大夫，晋文公的舅父狐偃。

㊲“君取一”二句：意思是说晋文公是君，只得到对方“释宋围”这一个好处，子玉是臣，却想得到“复卫”、“封曹”两个好处。

㊳不可失：指不可失去进攻楚军的机会。

㊴子与之：您还是应该答应他的请求。子，对对方的尊称，此指子犯。与，应允，同意。

㊵定人：使人安定。

㊶“楚一言”二句：意思是说如果真能实现楚的那句话，则曹、卫、宋三个国家都能得到安定，我们一句不同意，就破坏了这个结果。亡，丢掉。

㊷“救而”二句：本来是要救宋，现在却又弃之不顾，这怎么向同我们联盟的诸侯国交代？

㊸三施：指对曹、卫、宋都给予好处。施，加，给予。

㊹“不如”句：不如私下允许曹、卫恢复自己的国家，以此离间他们和楚的关系。携，离。

㊺怒楚：激怒楚国。

㊻“既战”句：等打完仗之后再来考虑是否真的复曹、卫的问题。

㊼告绝于楚：与楚断绝了关系。

㊽军吏：此指晋军下级军官。

㊾以君辟臣：指晋文公避子玉。辟，通“避”。

㊿老：指楚军出兵时间已经很久。

51“师直”二句：对于出师来说，正义、有理才能气壮，不义、无理就会心虚气衰。

52“微楚”句：当年若没有楚的恩惠，晋国就不会有今天的局面。微，没有。按，重耳流亡到楚国时，楚成王曾设宴款待，并把他送到秦国，他才得以在秦的护佑下返国即位。

53“退三舍”二句：现在后退九十里，是为了兑现当时的许诺，以此报答楚的恩惠。事见《晋公子重耳之亡》篇。舍，古代行军三十里为一舍。

54亢其仇：庇护他们的仇敌。亢，遮蔽、庇护。仇，指宋国。

55其众素饱：意思是楚国军队向来给养充足，士兵们一直不缺吃的。素，向来，往常。

56还：回国，结束战争。

57四月戊辰：四月三日。

58宋公：宋成公。国归父、崔夭：二人均为齐国大夫。秦小子慭（yìn 印）：秦穆公的儿子。他们都是以盟军将领的身份率领本国军队前来参战的。次：驻扎。

59背酅（xī 西）而舍：背靠酅地宿营扎寨。酅，地名，是当时有名的险要地带。

60患之：为战事担心而有所犹豫。

61舆人：众人。诵：念诵歌辞。

62“原田”二句：原田中的草长得多么茂盛，这正是旧的被舍弃了，只图新的苗壮生长。每每，一作“莓莓”，草盛貌。谋，求。按，众人念这首歌辞，应是希望建立新功，有督促晋文公下决心的意思。

63疑：疑虑。

64得诸侯：得到诸侯的拥护，即成为霸主。

65表里山河：晋外有黄河，内有太行山，足以固守。表里，即外内。

66若楚惠何：楚国对晋曾有恩惠，怎么办呢？

67栾贞子：即下文的栾枝，晋下军主将。晋军分中军、上军、下军三部分。

68“汉阳”二句：汉水以北的姬姓诸国，都被楚吞并得差不多了。阳，水北岸称“阳”。姬，姬姓国家，与晋属于同宗。

69搏：交手对打。

70伏己：趴在自己身上。盬（gǔ 古）其脑：吸饮自己的脑浆。盬，吸。

71“我得天”二句：我们这边会得到上天的保护，因为文公是仰面朝天的；楚国方面会吃败仗而伏罪，因为楚成王虽压在文公身上，却是面朝地的。

72柔之：我们还能柔服他们。因为楚成王在吸饮文公的大脑，象征被灌输思想。

⑬鬬勃：楚大夫。

⑭戏：角力，较量。

⑮冯（píng 凭）轼：伏在车栏杆上。冯，通“凭”。轼，车前横木。

⑯得臣与寓目：我子玉也参与观看。得臣，子玉自称其名。与，参与。寓目，过目。

⑰寡君：对别国谦称自己的国君。闻命：听到命令了。此亦是谦称。

⑱在此：指在退了九十里之后的此地。

⑲“为大夫退”二句：我们都已经在子玉这样的大夫面前退兵了，哪里还敢对抗楚君？当，对抗。

⑳不获命：没有得到停战的命令。

㉑“敢烦”句：烦请您回去告诉几位将领。大夫，此指鬬勃。二三子，此指子玉等人。

㉒戒：备，准备好。

㉓敬：慎重对待。

㉔诘（jié 洁）朝：明晨。

㉕韅（xiǎn 显）、靷（yǐn 引）、鞅（yāng 央）、靽（bàn 半）：马身上的缰绳笼头之类。在背叫韅，在胸叫靷，在颈叫鞅，在后叫靽。这里是在形容晋军装备整齐。

㉖有莘（shēn 申）：旧诸侯国名，在今山东曹县。虚：同“墟”，旧城废址。

㉗“少长（zhǎng 掌）”二句：部队排列上下、少长极讲究礼义秩序，这样的军队上战场应该没有什么问题了。

㉘兵：武器。

㉙己巳：四月四日。

⑳陈：摆开阵势。莘北：即城濮。

㉑胥臣：晋大夫，下军副帅。佐：副职。当（dāng 铛）：抵敌。陈、蔡：楚盟国陈、蔡派来参战的军队。

㉒“子玉”句：子玉以若敖亲兵六百人作为中军，亲自担任中军主帅。

㉓无晋：指把晋军消灭干净。

㉔子西：楚司马鬬宜申。将左：统帅左军。

㉕子上：鬬勃的字。将右：统帅右军，实为陈、蔡的军队。

㉖狐毛：狐偃兄，晋上军主将。设二旆（pèi 佩）而退之：树起两面大旗佯装败退。按，当时主帅统率的中军才设两面大旗，狐毛统率的是上军，设二旆是为使敌方误以为主帅败退，以便诱敌深入。

㉗“栾枝”句：栾枝统率的下军用车拖着树枝，扬起尘土，也假装溃败逃跑。舆，车。曳（yè 业），拖。遁，逃。

㉘驰之：追逐晋军。

㉙原轸：即先轸。郤溱（xì zhēn 细真）：晋中军副帅。公族：此指晋文公的同族部队。横击之：指事先埋伏在路两旁，待楚追兵到达后拦腰加以袭击。

⑩败绩：大败。

⑩三日馆谷：意思是休息了三日。馆，住下来。谷，粮食，此作动词用，指就地吃楚军的粮食。

⑩癸酉：四月八日。

烛之武退秦师[①]

九月甲午[②]，晋侯、秦伯围郑[③]，以其无礼于晋[④]，且贰于楚也[⑤]。晋军函陵，秦军氾南[⑥]。

佚之狐言于郑伯曰[⑦]："国危矣，若使烛之武见秦君，师必退。"公从之[⑧]。辞曰[⑨]："臣之壮也，犹不如人，今老矣，无能为也已[⑩]。"公曰："吾不能早用子，今急而求子，是寡人之过也。然郑亡，子亦有不利焉。"许之[⑪]。

夜缒而出[⑫]。见秦伯曰："秦、晋围郑，郑既知亡矣[⑬]！若亡郑而有益于君，敢以烦执事[⑭]。越国以鄙远，君知其难也[⑮]；焉用亡郑以陪邻[⑯]？邻之厚，君之薄也[⑰]。若舍郑以为东道主[⑱]，行李之往来，共其乏困[⑲]，君亦无所害。且君尝为晋君赐矣[⑳]；许君焦、瑕[㉑]，朝济而夕设版焉[㉒]，君之所知也。夫晋何厌之有[㉓]？既东封郑，又欲肆其西封[㉔]，若不阙秦，将焉取之[㉕]？阙秦以利晋，唯君图之[㉖]。"

秦伯说[㉗]，与郑人盟。使杞子、逢孙、扬孙戍之[㉘]，乃还[㉙]。

子犯请击之[㉚]。公曰[㉛]："不可。微夫人之力不及此[㉜]。因人之力而敝之，不仁[㉝]；失其所与，不知[㉞]；以乱易整，不武[㉟]。吾其还也。"亦去之[㊱]。

中华书局《十三经注疏》本《左传》卷一七

①该篇选自《左传·僖公三十年》。公元前630年，秦、晋围郑，郑大夫烛之武临危受命，只身潜入秦军营晓以利害，说退秦兵，从而改变了郑国的危险处境。本篇即用精练之笔对烛之武的沉着机警及其有力的说辞作了真切的刻画和记述。

②九月甲午：九月十日。

③晋侯、秦伯：此指晋文公和秦穆公。

④无礼于晋：指晋文公重耳当年流亡过郑时，郑文公不予接待。见《晋公子重耳之亡》篇。

⑤贰于楚：怀有二心，倾向于楚。晋楚城濮之战打响后，郑曾派军队前去助楚，闻楚败而止，并转而向晋求和。

⑥"晋军"二句：晋、秦军队一个驻扎在函陵，一个驻扎在氾（fán 凡）水以南。函陵，在今河南新郑以北十三里。氾，水名，此指东氾水，在今河南中牟南，早已干涸。

⑦佚（yì 义）之狐：郑大夫。郑伯：此指郑文公。

⑧从之：听从了佚之狐的建议。

⑨辞曰：主语是烛之武。辞，辞让，推辞。

⑩"臣之壮"四句：我年轻的时候尚且比不上别人，现在年纪大了，更做不了什么了。壮，壮年。已，表确定语气。

⑪许之：烛之武应允了。

⑫夜缒（zhuì 坠）而出：趁着夜色从城墙上偷偷吊下潜出城去。缒，用绳缚住身体，从上吊下。

⑬既知亡矣：自己已经知道国家要毁于一旦了。

⑭敢以烦执事：那就麻烦您来用兵吧。执事，从字面看，是指对方手下做事的人，实际是指对方本人。

⑮"越国"二句：超越一个国家去把极远的地方作为自己的边境，您应该知道这是很难办到的。越，超越。鄙，边境。按，秦在西，郑在东，中间隔着晋。烛之武在此是要秦穆公明

白，灭郑对秦并无益处，因为你不可能越过晋国把郑当成自己国土的一部分。

⑯“焉用”句：哪里有通过灭亡郑国来增加邻国土地的道理呢。陪，增加。郑亡后，只可能归入晋的版图。

⑰“邻之厚”二句：邻国的国土扩大了，实力雄厚了，相对来说您的国土就变小了，实力就削弱了。厚、薄，可指土地多少，也可指实力强弱。

⑱舍郑：放过郑国，不把它灭掉。东道主：东路上提供食宿的主人。

⑲“行李”二句：您的外交使臣来来往往，有什么资粮不足等情况，我们还可以提供方便。行李，亦作“行理”，使者。共，同“供”，供应，主语是郑人。乏困，犹言“不足”。

⑳尝为晋君赐：曾对晋君（指晋惠公）施以恩惠。尝，曾经。按，晋惠公是在秦的帮助下先于晋文公重耳回国即位的。

㉑许君焦、瑕：晋惠公把晋的焦、瑕两邑许诺给你们秦国。按，二城故址均在今河南陕县附近。

㉒“朝济”句：晋惠公早上过河返晋即位，晚上就设版筑城，修建防御工事，不许秦来受地了。版，筑城所用的工具。

㉓何厌之有：哪里有满足的时候。厌，满足。

㉔“既东封郑”二句：晋把郑灭掉，使其成为自己东边的国界以后，就必然会考虑再扩展西边的国界。封，疆界。肆，延展。

㉕“若不”二句：如果不让秦的土地缺上一块，他们还能到哪里去扩展西边的疆土？阙（quē 缺），通“缺”，亏损。

㉖唯君图之：您自己考虑考虑吧。

㉗说（yuè 悦）：通“悦”，高兴。此指欣然信服烛之武的分析。

㉘杞（qǐ 起）子、逢（páng 旁）孙、扬孙：三人皆是秦大夫。戍之：驻军于郑，反而替郑戍守。

㉙乃还：秦穆公率其他秦军回国。

㉚子犯：晋大夫狐偃的字。击之：攻击秦师。

㉛公：晋文公。

㉜“微夫人”句：若不是靠着那个人的力量，我到不了今天。微，没有。夫人，那人，指秦穆公。晋文公曾流亡在外，后来由秦穆公出兵送他回国即位。事见《晋公子重耳之亡》篇。

㉝“因人”二句：借助了人家的力量反又去伤害人家，这不仁义。因，依靠。敝，坏，损害。

㉞“失其”二句：丧失与你结盟的国家，这不明智。与，犹言“同盟”。知，通“智”。

㉟“以乱”二句：用彼此的相互冲突来代替当初的合作一致，这就失去了威武的形象。乱，内讧。易，代替。整，步调一致。

㊱去：离开，此指撤军。

四

国语

《国语》是一部分国记事的历史散文著作，记载了西周至战国初年（约前967—前453）周王朝及鲁、齐、晋、郑、楚、吴、越等诸侯国的历史事件、人物活动及其言辞，记言多于记事。关于该书的撰写，司马迁有“左丘失明，厥有《国语》”之说，后人因此曾认为作者与著《左传》的左丘明为同一人。今人有称该书为先秦瞽矇讲史资料汇编者，就传授渊源来说，或与左丘明有关。

《国语》的记事虽与《左传》同样集中于春秋时代，也多涉及同一事件，但记述偏重不同，有些内容远较《左传》详尽，西周部分则是《左传》所无，作为先秦史料，同样为史家所珍视。就文学叙事而言，《国语》诸篇的风格、水平极不平衡，总体上不如《左传》形象生动，但其中有些篇什情节复杂曲折，语言形象逼真，达到了相当高的文学水平。

邵公谏厉王弭谤①

厉王虐，国人谤王②。邵公告曰：“民不堪命矣③。”王怒，得卫巫④，使监谤者。以告，则杀之⑤。国人莫敢言，道路以目⑥。

王喜，告邵公曰：“吾能弭谤矣，乃不敢言！”

邵公曰：“是障之也⑦。防民之口，甚于防川⑧。川壅而溃，伤人必多⑨；民亦如之。是故为川者，决之使导，为民者，宣之使言⑩。故天子听政，使公卿至于列士献诗⑪，瞽献曲⑫，史献书⑬，师箴⑭，瞍赋⑮，矇诵⑯，百工谏⑰，庶人传语⑱，近臣尽规⑲，亲戚补察⑳；瞽、史教诲㉑，耆、艾修之㉒，而后王斟酌焉㉓。是以事行而不悖㉔。民之有口，犹土之有山川也，财用于是乎出㉕；犹其原隰之有衍沃也，衣食于是乎生㉖。口之宣言也，善败于是乎兴㉗。行善而备败㉘，其所以阜财用衣食者也㉙。夫民虑之于心而宣之于口，成而行之㉚，胡可壅也？若壅其口，其与能几何㉛？”

王不听。于是国莫敢出言，三年，乃流王于彘㉜。

《四部备要》本《国语》卷一

①该篇选自《国语·周语上》。西周后期，暴虐的周厉王用压制办法杜绝国人谤言，邵公为此苦心劝谏，厉王却一意孤行，最终被国人流放。这篇文章以较大篇幅记述了邵公劝阻厉王弭谤的说辞，其中“防民之口，甚于防川”之说，比喻生动贴切，见解也颇为发人深省。邵公，即邵穆公，名虎，周卿士。谏，劝阻。厉王，周厉王，公元前877年即位，前841年被国人流放到彘（zhì至）地（在今山西霍州境内）。弭（mǐ米）谤，消除不满言论。此指厉王弭谤的做法。

②国人：西周春秋时对居住在国都的人的通称。

③民不堪命矣：人民已经承受不了王朝的酷政了。命，指厉王暴虐的政令。

④卫巫：卫国的巫。

⑤“以告”二句：只要卫巫报告谁有怨言，厉王就把被告发者杀掉。

⑥“国人”二句：国人都不再敢开口说话了，彼此在路上相遇，只能用目光示意。

⑦是障之也：这是在堵塞人们的嘴。障，防水堤，此用作动词，堵。

⑧“防民”二句：堵塞人们的口，比用堤来防水还要严重。

⑨“川壅（yōng 拥）”二句：用堤来堵拦河水，水道壅塞，一旦溃决泛滥，伤人反而更多。

⑩“是故”二句：所以治水的人挖通水道让水流走，治理人民的人应有意让他们说出心里话。为，作“治理”解。决，开通水道。导，通。宣，发泄，疏通。

⑪公卿：三公（太师、太傅、太保）九卿（少师、少傅、少保、冢宰、司徒、宗伯、司马、司寇、司空）的总称，这里泛指王朝高官。列士：周时士分上、中、下三等，系一般官吏，总称列士。献诗：此指献上讽谏之诗。

⑫瞽（gǔ 鼓）献曲：乐师向国王献上乐曲。瞽，盲人，古代乐师多为盲人。按，所献乐曲多采自各地，可据此了解民情。

⑬史献书：史官献上史料记载，以资借鉴。

⑭师：少师，乐官。箴（zhēn 针）：一种寓有批评劝诫意味的文辞，近似格言。此用作动词，进箴言于王。

⑮瞍（sǒu 叟）：盲人，无眸子曰瞍。赋：有一定音节腔调的吟诵，指吟诵公卿列士所献之诗。

⑯矇（méng 蒙）：盲人，有眸子而无所见曰矇。诵：朗诵。

⑰百工：宫廷中从事各种工艺的人。

⑱庶人：平民。传语：把对政事的意见间接传给国君知道。

⑲近臣：国君左右侍从之臣。尽规：无保留地规谏。尽，全部。一说，尽，即“进”（俞樾说）。

⑳亲戚：国君同宗大臣。补察：弥补过失，监督行为。

㉑瞽、史教诲：乐师、史官通过解释、讲述歌曲和传说来使国君明白事理。

㉒耆（qí 其）、艾：人到六十称耆，五十称艾，此泛指上了年纪的人。修之：把瞽、史的教诲加以整理。

㉓斟酌：考虑取舍，付诸实施。

㉔悖：违背情理。

㉕“犹土”二句：就好比大地上有山有水，财物用度都由此（山川）而产。是，这里。

㉖“犹其”二句：又好比大地上有沃土，衣食资源才由此而生。其，代指上面的“土”，即大地。原，宽阔而平坦的土地。隰（xí 习），低下而潮湿的土地。衍，低而平坦的土地。沃，有河流可以灌溉的土地。

㉗“善败”句：国家政事的好或坏，都可从人们的口中反映出来。兴，起，出现。

㉘“行善”句：大意是凡人们认为好的就继续推行，认为不好的就加以防止。备，防。

㉙“其所以”句：这才是用来增加财用衣食的途径。阜（fù 复），增多。

㉚成：善，好。

㉛“其与”句：这样做能持续多久呢？与，语助词。

㉜三年：过了三年。流：使流亡。彘：晋地名，在今山西霍州。

句践灭吴①

越王句践栖于会稽之上[2]，乃号令于三军曰："凡我父兄、昆弟及国子姓[3]，有能助寡人谋而退吴者，吾与之共知越国之政[4]。"大夫种进对曰[5]："臣闻之，贾人夏则资皮[6]，冬则资絺[7]，旱则资舟，水则资车，以待乏也[8]。夫虽无四方之忧，然谋臣与爪牙之士，不可不养而择也[9]。譬如蓑笠[10]，时雨既至，必求之。今君王既栖于会稽之上，然后乃求谋臣，无乃后乎[11]？"句践曰："苟得闻子大夫之言[12]，何后之有！"执其手而与之谋，遂使之行成于吴[13]。

曰[14]："寡君句践之无所使[15]，使其下臣种[16]，不敢彻声闻于天王，私于下执事曰[17]：寡君之师徒不足以辱君矣[18]，愿以金玉子女赂君之辱[19]，请句践女，女于王[20]，大夫女，女于大夫，士女，女于士。越国之宝器毕从[21]。寡君帅越国之众以从君之师徒[22]。唯君左右之[23]！若以越国之罪为不可赦也，将焚宗庙，系妻孥，沈金玉于江，有带甲五千人，将以致死，乃必有偶，是以带甲万人事君也[24]。无乃即伤君王之所爱乎[25]！与其杀是人也，宁其得此国也，其孰利乎？"

夫差将欲听，与之成。子胥谏曰[26]："不可！夫吴之与越也，仇雠敌战之国也[27]！三江环之[28]，民无所移。有吴则无越，有越则无吴矣，将不可改于是矣。员闻之：陆人居陆，水人居水。夫上党之国[29]，我攻而胜之，吾不能居其地，不能乘其车；夫越国，吾攻而胜之，吾能居其地，吾能乘其舟。此其利也，不可失也已。君必灭之！失此利也，虽悔之，必无及已。"

越人饰美女八人，纳之太宰嚭[30]，曰："子苟赦越国之罪，又有美于此者，将进之。"太宰嚭谏曰："嚭闻古之伐国者，服之而已。今已服矣，又何求焉？"夫差与之成而去之[31]。

句践说于国人曰："寡人不知其力之不足也，而又与大国执雠[32]，以暴露百姓之骨于中原[33]，此则寡人之罪也。寡人请更[34]！"于是葬死者，问伤者，养生者；吊有忧[35]，贺有喜；送往者，迎来者；去民之所恶，补民之不足。然后卑事夫差[36]，宦士三百人于吴[37]，其身亲为夫差前马[38]。

句践之地，南至于句无[39]，北至于御儿[40]，东至于鄞[41]，西至于姑蔑[42]，广运百里[43]。乃致其父母、昆弟而誓之[44]，曰："寡人闻古之贤君，四方之民归之，若水之归下也。今寡人不能，将帅二三子夫妇以蕃[45]。"令壮者无取老妇[46]，令老者无取壮妻。女子十七不嫁，其父母有罪；丈夫二十不取，其父母有罪。将免者[47]，以告，公医守之，生丈夫[48]，二壶酒、一犬，生女子，二壶酒、一豚[49]；生三人，公与之母[50]，生二人，公与之饩[51]。当室者死[52]，三年释其政[53]；支子死[54]，三月释其政，必哭泣葬埋之，如其子[55]。令孤子、寡妇、疾疹、贫病者[56]，纳宦其子[57]。其达士[58]，絜其居[59]，美其服，饱其食，而摩厉之于义[60]。四方之士来者必庙礼之[61]。句践载稻与脂于舟以行[62]，国之孺子之游者[63]，无不餔也[64]，无不歠也[65]，必问其名。非其身之所种则不食，非其夫人之所织则不衣。十年不收于国民[66]，俱有三年之食。

国之父兄请曰："昔者夫差耻吾君于诸侯之国，今越国亦节矣[67]，请报之[68]。"句践辞曰："昔者之战也，非二三子之罪也，寡人之罪也。如寡人者，安与知耻[69]，请姑无庸战[70]！"父兄又请曰："越四封之内亲吾君也[71]，犹父母也。子而思报父母之仇，臣而思报君之雠，其有敢不尽力者乎！请复战。"句践既许之，乃致其众而誓之曰："寡人闻古之贤君，不患其众之不足也，而患其志行之少耻也[72]。今夫差衣水犀之甲者亿有三千[73]，不患其志行之少耻也，而患其众之不足也，今寡人将助天威之。吾不欲匹夫之勇也[74]，欲其旅进旅退[75]。进则思赏，退则思刑，如此则有常赏[76]；进不用命[77]，退则无耻，如此则有常刑。"

果行[78]，国人皆劝[79]。父勉其子，兄勉其弟，妇勉其夫，曰："孰是吾君也，而可无死乎[80]！”是故败吴于囿[81]。又败之于没[82]，又郊败之[83]。夫差行成曰：“寡人之师徒不足以辱君矣，请以金玉子女赂君之辱。”句践对曰：“昔天以越予吴，而吴不受命[84]；今天以吴予越，越可以无听天之命，而听君之令乎？吾请达王甬、句东，吾与君为二君乎[85]！”夫差对曰：“寡人礼先壹饭矣[86]，君若不忘周室，而为敝邑宸宇，亦寡人之愿也[87]！君若曰：‘吾将残汝社稷[88]，灭汝宗庙。’寡人请死，余何面目以视于天下乎！越君其次也[89]。”遂灭吴。

《四部备要》本《国语》卷二〇

①该篇选自《国语·越语上》。春秋末期，相互毗邻的吴、越二国反复进行过争霸战争，结果是几乎灭掉越国的吴国反而为越所灭。本文记述的就是越王句践在几近亡国的危局中处心积虑、发奋图强终于报仇雪耻灭掉吴国的故事。文章能将这一复杂的历史事件记述得集中、完整，表现了较高的叙事水平。句（gōu 勾）践，越国国君，公元前 496 至公元前 465 年在位。公元前 496 年，句践与吴王阖庐作战，阖庐伤指而死，临死时嘱其子夫差报仇。后三年，吴王夫差伐越，大败之，入越。句践率残军五千人退保会（kuài 快）稽（山名，在今浙江绍兴东南）。句践灭吴的故事由此拉开序幕。句，同“勾”。

②栖：暂时停留。

③昆弟：兄弟。昆，兄。国子姓：国中百姓。子姓，犹言子民。

④知：管理，主持。

⑤大夫种：文种，原为楚人，越国大夫。

⑥贾（gǔ 古）人：商人。资皮：储备皮货。资，积蓄。

⑦絺（chī 吃）：细葛布，用来织夏季衣服。

⑧待乏：防用时缺乏。

⑨“夫虽无”三句：大意是即使在没有四方邻国来侵扰的情况下，也是要注意培养和挑选优秀的文臣武将的。爪牙，古时用来比喻武臣。

⑩蓑笠：蓑衣和斗笠。

⑪后：迟，晚。

⑫子大夫：对文种的尊称。子，您。

⑬行成于吴：向吴国求和。成，讲和。

⑭曰：主语是文种。

⑮无所使：没有可供派遣的人。使，派。

⑯下臣种：文种自称。

⑰“不敢”二句：不敢在天王您面前高声说话，请允许我低声对您手下执事的人说说我们的意思。此是外交辞令，实际说话的对象就是吴王。彻，达。天王，此指吴王夫差。私，私下低声说话。

⑱不足以辱君：不值得您屈尊亲自来讨伐。

⑲“愿以”句：愿献上金玉和子女来答谢您屈辱光临越国之劳。赂，以财物奉献。辱，辱临。

⑳“请句践”二句：请允许让句践之女做大王您的婢妾。后一“女”字读去声，用作动词。下两句仿此。

㉑毕从：随同着全部奉上。

㉒师徒：军队。

㉓唯君左右之：都由您随意调遣。

㉔“若以”八句：大意是如果吴国不想赦免越国，越国只好殊死一搏。系妻孥（nú奴），把妻子儿女捆在一起。意思是同生共死，即使失败也不让吴国得到。孥，子女。沈，同“沉”。致死，拼死命。偶，加倍。

㉕“无乃”句：这样岂不是要毁掉大王您所喜欢的东西了。所爱，指前面提到的越国民众与财物。

㉖子胥：即伍子胥，名员，吴国大夫。原为楚人，有为父兄复仇的故事流传。

㉗仇雠（chóu仇）：互相仇视。雠，同“仇”。

㉘三江：指环绕吴越两国的长江、钱塘江、浦阳江。

㉙上党：指北方陆居的诸侯国。党，所，地方。北方较南方地势为高，故称“上”。

㉚纳：送给。太宰嚭（pǐ匹）：吴国大夫，名嚭。太宰是官名。

㉛“夫差”句：夫差听从了太宰嚭之谏，与越国讲和后率师离开了越国。

㉜执雠：结仇。

㉝中原：即原中，原野上。

㉞更：重新来过。

㉟吊有忧：慰问有困难者。

㊱卑事夫差：降身前去服侍夫差。

㊲“宦士”句：派了三百名士人到吴国去做宫中卑贱的小臣。宦，宦竖，宫中仆役。

㊳“其身”句：句践自己则亲自为夫差当差，骑马在前面开路。

㊴句无：山名，在今浙江诸暨南。

㊵御儿：地名，在今浙江崇福东南。

㊶鄞（yín银）：地名，在今浙江鄞州。

㊷姑蔑：地名，在今浙江龙游北。

㊸广运：东西为广，南北为运。

㊹致：招致，召集。

㊺帅：率领。二三子：犹言你们。蕃（fán凡）：繁殖。

㊻取：通“娶”，下同。

㊼免：通“娩”，分娩。

㊽生丈夫：此言生下男孩。丈夫，男子。

㊾豚（tún屯）：小猪。

㊿“生三人”二句：生三胞胎的，由官家派给乳母。

51“生二人”二句：生双胞胎的，由官家供给饮食。饩（xì细），食物。

52当室者：承家人，指嫡子。

53释其政：免除其徭役。政，指徭役。

54支子：指庶出之子。

55如其子：如同嫡出。此言对庶子不得歧视。

56疹（chèn趁）：通“疢（chèn趁）”，一种热病。

57纳官其子：把他们的子女送到官府调教养活。

58达士：有名望的人。

59絜（jié洁）：同“潔（jié洁）”。

60摩厉：同“磨砺”，研思、修养、锻炼。义：道理。

61庙礼：接见宴享于庙堂之上，以示隆重。

⑥②稻：此指米饭。脂：肉食。行：巡视。

⑥③孺子：小孩。游：漂泊游荡。

⑥④餔（bǔ 哺）：通“哺”，以食给人。

⑥⑤歠（chuò 啜）：给水喝。

⑥⑥收：征收赋税。

⑥⑦节：有节度。指各方面都已秩序井然。

⑥⑧报：指向吴国复仇。

⑥⑨“如寡人”二句：像我这样的人，哪里知道什么耻辱。此是自谦之辞。与，语助词，无义。

⑦⓪姑：暂且。无庸：不用。

⑦①封：疆界。

⑦②少耻：缺少耻辱感。

⑦③水犀之甲：用水犀牛皮做成的铠甲。水犀，犀牛的一种。亿：此指十万。

⑦④匹夫之勇：指单凭个人血气之勇。

⑦⑤旅进旅退：军队同进同退。旅，俱。

⑦⑥常赏：定赏，赏赐有一定之规。下文“常刑”仿此。

⑦⑦用命：遵从命令。

⑦⑧果行：终于开始了伐吴的行动。

⑦⑨劝：互相勉励。

⑧⓪“孰是”二句：我们这样的君王，谁能不为他去拼死命呢。孰，谁，为加强语气而提前。

⑧①囿：笠泽，在今太湖一带。

⑧②没：吴地名，其址不详。

⑧③郊败之：败吴军于吴都郊外。吴国都城在今江苏吴中。

⑧④不受命：不接受天命。指当时没有趁机灭掉越国。

⑧⑤“吾请”二句：请让我把大王你遣送到甬江、句章以东，此后我与你仍像两个国君，怎么样？达，送达。甬、句东，韦昭注曰：“甬，甬江。句，句章。”《左传》、《史记·吴世家》均作甬东，即今浙江定海东北的海岛。

⑧⑥礼先壹饭：从礼节上说已经先对你有壹饭之恩了。指以前曾许越国讲和。壹饭，一顿饭，形容小小的恩惠。

⑧⑦“君若”三句：大意是您若能看在吴与周同宗的分上，让吴国在越国的屋檐边上生存下去，就是我最大的愿望了。敝邑，对本国的谦称。宸（chén 辰）宇，屋檐边。

⑧⑧残：毁坏。

⑧⑨“越君”句：越君你就只管进驻吴国吧。次，驻扎。

五

战国策

《战国策》，又称《国策》，是记载战国时人历史活动的文章汇编，以国为别，依次为东周、西周、秦、齐、楚、赵、魏、韩、燕、宋、卫、中山诸国。记事多不标出年代，据史实推断，大致上继春秋，下迄秦并六国。各篇作者不详，写作时间不明，曾分别见于汉中秘藏《国策》、《国事》、《短长》、《事语》、《长书》、《修书》及“国别者八篇”等书中，最终由西汉刘向加以汇辑、整理、校订，并定名为《战国策》（刘向《战国策书录》）。

《战国策》的内容偏重于当时活跃在诸侯国间的一些谋臣策士纵横捭阖的游说活动及其谋略和辞说。因其多涉及重大事件而具有较高的史料价值，为司马迁《史记》所取材；同时也因其出自游说之口的夸饰以及作者的部分虚构而不尽与史实相符，从而更具有文学叙事的色彩。其文注重渲染，富于气势，又巧于用譬，语言则浅明生动，并开始讲究形式修饰。

苏秦始将连横[1]（节选）

苏秦始将连横，说秦惠王曰[2]：“大王之国，西有巴、蜀、汉中之利[3]，北有胡貉、代马之用[4]，南有巫山、黔中之限[5]，东有肴、函之固[6]。田肥美，民殷富，战车万乘，奋击百万[7]，沃野千里，蓄积饶多，地势形便[8]，此所谓天府[9]，天下之雄国也。以大王之贤，士民之众，车骑之用，兵法之教，可以并诸侯，吞天下，称帝而治。愿大王少留意，臣请奏其效[10]。”

秦王曰：“寡人闻之：毛羽不丰满者不可以高飞，文章不成者不可以诛罚[11]，道德不厚者不可以使民，政教不顺者不可以烦大臣[12]。今先生俨然不远千里而庭教之[13]，愿以异日[14]。”

…………

说秦王书十上而说不行[15]，黑貂之裘弊[16]，黄金百斤尽[17]，资用乏绝，去秦而归。羸縢履蹻[18]，负书担橐[19]，形容枯槁[20]，面目犁黑[21]，状有归色[22]。归至家，妻不下纴[23]，嫂不为炊，父母不与言。苏秦喟叹曰[24]：“妻不以我为夫，嫂不以我为叔，父母不以我为子，是皆秦之罪也。”乃夜发书[25]，陈箧数十[26]，得太公阴符之谋[27]，伏而诵之，简练以为揣摩[28]。读书欲睡，引锥自刺其股[29]，血流至足，曰：“安有说人主，不能出其金玉锦绣[30]，取卿相之尊者乎？”期年[31]，揣摩成，曰：“此真可以说当世之君矣。”于是乃摩燕乌集阙[32]，见说赵王于华屋之下，抵掌而谈[33]，赵王大悦，封为武安君[34]。受相印[35]，革车百乘[36]，绵绣千纯[37]，白璧百双，黄金万溢以随其后[38]，约从散横以抑强秦[39]，故苏秦相于赵而关不通[40]。当此之时，天下之大，万民之众，王侯之威，谋臣之权[41]，皆欲决苏秦之策[42]。不费斗粮，未烦一兵，未战一士，未绝一弦[43]，未折一矢，诸侯相亲，贤于兄弟[44]。夫贤人在而天下服，一人用而天下从，故曰：式于政不式于勇[45]；式于廊庙之内[46]，不式于四境之外。当秦之隆[47]，黄金万溢为用，转毂连骑，炫熿于道[48]，山东之国从风而服[49]，使赵大重。且夫苏秦，特穷巷掘门桑户棬枢之士耳[50]，伏轼撙衔[51]，横历天下[52]，廷说诸侯之王[53]，杜左右之口[54]，天下莫之能伉[55]。

将说楚王，路过洛阳，父母闻之，清宫除道[56]，张乐设饮[57]，郊迎三十里[58]。妻侧目而视[59]，倾耳而听。嫂虵行匍伏[60]，四拜自跪而谢[61]。苏秦曰："嫂何前倨而后卑也[62]？"嫂曰："以季子之位尊而多金。"苏秦曰："嗟乎，贫穷则父母不子[63]，富贵则亲戚畏惧。人生世上，势位富贵[64]，盖可忽乎哉[65]？"

士礼居丛书本《战国策》卷三

①该篇节选自《战国策·秦策一》，记述的是著名策士苏秦说（shuì税）秦连横失败后发奋研读，转而说赵合纵，终于大获成功的故事。文章以渲染夸饰之笔突出显示了人物特点及命运变化，其中对世态炎凉的描写尤其惟妙惟肖。苏秦，洛阳人，字季子，为战国时纵横家代表人物之一，曾以"合纵"说为六国所任用，后奉燕昭王命入齐从事反间活动，为齐所杀。战国时，由秦分别与东方某国联合去攻打另外的国家，称"连横"；东方六国联合对付秦国，则称"合纵"。

②秦惠王：秦国国君，孝公之子，即位后杀掉了曾在秦推行变法的卫人商鞅，对外来游士存有戒心。

③巴：约为今以重庆为中心的川东地区。蜀：约为今以成都为中心的川西地区。汉中：约为今陕西南部地区。利：此指因土地富饶而可获利。

④胡貉（hé何）：胡地之貉，生长于当时匈奴地区的一种野兽，其皮可制裘。代马：代地所产的良马。代，今河北、山西两省北部地区。

⑤巫山：在今四川巫山县东。黔中：指今湖北、湖南、贵州、四川交界地区，原属楚国，后为秦所有。限：此有"屏障"之意。

⑥肴：通"殽（xiáo）"，山名，在今河南洛宁西北。函：函谷关，在今河南灵宝东北。

⑦奋击：奋勇战斗之士。

⑧形便：地形便于攻守。

⑨天府：天然富饶的府库。

⑩奏其效：禀奏说明事情的效应。

⑪文章：此指法令条款。

⑫烦大臣：指烦劳大臣们对外用兵。

⑬俨然：郑重其事貌。庭教：在厅堂上有所指教。

⑭愿以异日：请你以后再说。

⑮"说秦王"句：苏秦游说秦王的谏书献了十多次，其连横的主张也没有被采纳。前"说"为"游说"之"说"，后"说"为"学说"之"说"。

⑯弊：破。

⑰黄金：指战国时的铜属货币。

⑱羸縢（léi téng雷藤）：缠着绑腿布。羸，通"累"，绑缚。履蹻（jué决）：穿着草鞋。蹻，通"屩（juē决阴平）"，草鞋。

⑲负：背着。橐（tuó驼）：囊，口袋。

⑳形容枯槁：样子很憔悴。

㉑犁（lí黎）：通"黧"，黑色。

㉒归色：惭愧之色。归，当为"愧"，音近而误。

㉓纴（rèn任）：织布机机头，代指机子。

㉔喟：叹息。

㉕发：展开，打开。

㉖箧（qiè 切）：箱子，此指书箱。

㉗太公：姜尚，世称姜太公，曾佐周武王得天下。阴符：即《阴符经》，是托名太公的一部兵书。

㉘简：选择。练：熟习，练习。

㉙股：大腿。

㉚出：使其出，让他们拿出来赏赐于我。锦绣：精美华丽的丝织品。

㉛期（jī 基）年：一周年。

㉜摩：切近，接触，引申为到达。阙（què 却）：古代宫殿前面带有门楼的高建筑物，通常左右各一，因此也用来代称宫门。燕乌集，阙名。

㉝抵掌：亦作“抵（zhǐ 止）掌”，击掌。

㉞武安：赵国城邑，在今河南武安县西南。

㉟受相印：苏秦接到了相印，即赵王封苏秦为相。

㊱革车：战车。

㊲绵：丝棉。或当作“锦”，形近而误。纯（tún 屯）：匹，束。

㊳溢：通“镒（yì 益）”，古代重量单位，二十四两为一镒。

㊴约从散横：与各诸侯国订立合纵协约，拆散连横之盟。从，通“纵”。

㊵关：函谷关，秦与六国交通的要道。不通：六国断绝了与秦的来往。

㊶权：权变之计。

㊷“皆欲”句：都要取决于苏秦的策划，即由他来作决定。

㊸未绝一弦：没有拉断一根弓弦。

㊹贤于兄弟：比兄弟还好。

㊺式：运用。

㊻廊庙：古代国君祭祖处，此代指朝廷。

㊼当秦之隆：当苏秦得意之时。

㊽“转毂（gǔ 古）”二句：随从的车骑络绎不绝，在路上十分显眼。毂，车轮中心的圆木，代指车轮。骑（jì 计），一人一马的合称。炫熿（xuàn huáng 眩黄），光耀，显耀。

㊾山东之国：指华山以东诸国，即六国。从风而服：像风吹草伏一样听命臣服。

㊿“且夫”二句：况且苏秦本来只是个出身贫贱的士人。特，只是。掘（kū 窟），通“窟”。掘门，墙上挖窟窿当门。桑户，桑柴当门板。棬（quān 圈）枢，用弯木作门轴。

51伏轼撙（zǔn 遵上声）衔：伏在车前横木上，拉着马缰绳，意谓驾着高车大马，一派得意之状。撙，勒住。衔，马勒口。

52横历：横行，无所阻拦。

53廷说：在朝廷上游说。

54杜：堵住。

55伉（kàng 抗）：通“抗”，匹敌。

56清宫除道：收拾房间，打扫道路。宫，室。

57张乐设饮：摆设音乐，置办酒席。

58郊迎三十里：出郊三十里前去迎接。邑外为郊。

59侧目而视：不敢正面相看。

⑩蚰行匍伏：像蛇一样爬着向前。蚰，同“蛇”。

⑪谢：谢罪。指谢以前“不为炊”之罪。

⑫倨（jù 具）：傲慢。

⑬不子：不以为子。

⑭势位富贵：权势地位和财产。

⑮盖（hé 何）：通“盍”，何，怎么。

邹忌讽齐威王纳谏①

邹忌修八尺有余②，身体昳丽③。朝服衣冠④，窥镜，谓其妻曰：“我孰与城北徐公美⑤？”其妻曰：“君美甚！徐公何能及公也。”城北徐公，齐国之美丽者也。忌不自信，而复问其妾曰：“吾孰与徐公美？”妾曰：“徐公何能及君也！”旦日⑥，客从外来，与坐谈，问之客曰：“吾与徐公孰美？”客曰：“徐公不若君之美也！”

明日，徐公来。孰视之⑦，自以为不如；窥镜而自视，又弗如远甚。暮寝而思之，曰：“吾妻之美我者，私我也⑧；妾之美我者，畏我也；客之美我者，欲有求于我也。”

于是入朝见威王，曰：“臣诚知不如徐公美。臣之妻私臣，臣之妾畏臣，臣之客欲有求于臣，皆以美于徐公⑨。今齐地方千里，百二十城。宫妇左右，莫不私王；朝廷之臣，莫不畏王；四境之内，莫不有求于王：由此观之，王之蔽甚矣⑩。”王曰：“善。”

乃下令：“群臣吏民，能面刺寡人之过者⑪，受上赏；上书谏寡人者，受中赏；能谤议于市朝，闻寡人之耳者⑫，受下赏。”令初下，群臣进谏，门庭若市。数月之后，时时而间进⑬。期年之后⑭，虽欲言，无可进者。

燕、赵、韩、魏闻之，皆朝于齐⑮。此所谓战胜于朝廷⑯。

士礼居丛书本《战国策》卷八

①该篇选自《战国策·齐策一》，写的是齐相邹忌现身说法，劝齐威王广开言路的故事。文中人物善于取譬，说理令人信服；行文描写也委婉风趣，引人入胜。邹忌，齐人，曾为齐威王相国，封为成侯。讽，委婉劝谏。纳谏，听取批评意见。

②修：同“修”，长，此指身高。八尺：约合现在五尺六寸（约 1.87 米）左右（战国时一尺约合现在七寸左右）。

③昳（yì 义）丽：即逸丽，容光焕发，气度非凡。昳，通“逸”。

④朝服衣冠：早上起来穿戴整齐。服，用作动词，穿戴。

⑤“我孰与”句：我和城北徐公比起来，谁更英俊一些。孰，谁。

⑥旦日：明日。

⑦孰视：仔细端详。孰，通“熟”。

⑧私我：对我偏爱。

⑨“皆以”句：都说我比徐公美。

⑩蔽：被蒙蔽。

⑪面刺：当面批评。

⑫“能谤议”二句：在公共场所议论批评我的过失，传到我的耳中。

⑬间进：间或有人进谏。

⑭期（jī 基）年：满一年。

⑮朝于齐：前来朝见齐王。按，此是夸饰之笔。

⑯战胜于朝廷：在朝廷上就可以战胜敌国。指靠着修明政治而使敌国畏服。

冯谖客孟尝君①（节选）

齐人有冯谖者，贫乏不能自存。使人属孟尝君②，愿寄食门下。孟尝君曰："客何好？"曰："客无好也。"曰："客何能？"曰："客无能也。"孟尝君笑而受之，曰："诺。"

左右以君贱之也，食以草具③。居有顷④，倚柱弹其剑，歌曰："长铗，归来乎⑤！食无鱼。"左右以告。孟尝君曰："食之，比门下之客⑥。"居有顷，复弹其铗，歌曰："长铗，归来乎！出无车。"左右皆笑之，以告。孟尝君曰："为之驾⑦，比门下之车客⑧。"于是乘其车，揭其剑⑨，过其友，曰："孟尝君客我！"后有顷，复弹其剑铗，歌曰："长铗，归来乎！无以为家⑩。"左右皆恶之，以为贪而不知足。孟尝君问："冯公有亲乎？"对曰："有老母。"孟尝君使人给其食用，无使乏。于是冯谖不复歌。

后孟尝君出记⑪，问门下诸客："谁习计会，能为文收责于薛者乎⑫？"冯谖署曰："能⑬。"

孟尝君怪之，曰："此谁也？"左右曰："乃歌夫'长铗归来'者也！"孟尝君笑曰："客果有能也，吾负之⑭，未尝见也。"请而见之。谢曰⑮："文倦于事⑯，愦于忧⑰，而性懧愚⑱，沉于国家之事，开罪于先生⑲。先生不羞⑳，乃有意欲为收责于薛乎？"冯谖曰："愿之。"于是约车治装㉑，载券契而行㉒，辞曰："责毕收，以何市而反㉓？"孟尝君曰："视吾家所寡有者。"

驱而之薛。使吏召诸民当偿者，悉来合券㉔。券遍合，起，矫命㉕，以责赐诸民，因烧其券。民称万岁。

长驱到齐，晨而求见。孟尝君怪其疾也㉖，衣冠而见之，曰："责毕收乎？来何疾也！"曰："收毕矣！""以何市而反？"冯谖曰："君云：'视吾家所寡有者。'臣窃计：君宫中积珍宝，狗马实外厩，美人充下陈㉗；君家所寡有者，以义耳。窃以为君市义。"孟尝君曰："市义奈何？"曰："今君有区区之薛，不拊爱子其民㉘，因而贾利之㉙。臣窃矫君命，以责赐诸民，因烧其券，民称万岁。乃臣所以为君市义也。"孟尝君不说㉚，曰："诺。先生休矣㉛！"

后期年，齐王谓孟尝君曰："寡人不敢以先王之臣为臣㉜！"孟尝君就国于薛㉝。未至百里㉞，民扶老携幼，迎君道中。孟尝君顾谓冯谖："先生所为文市义者，乃今日见之！"

士礼居丛书本《战国策》卷一一

①该篇节选自《战国策·齐策四》，写的是门客冯谖（xuān 宣）为其主孟尝君"市义"的故事，情节曲折有致，主人公的见识和性格表现得也十分突出。客，用作动词，做门客。孟尝君，即田文，齐靖郭君田婴少子，时为齐相，轻财好士，门下食客号称三千，与魏信陵君、赵平原君、楚春申君齐名，称"四公子"。

②属：通"嘱"，请托。

③食（sì 四）以草具：给他吃粗糙的食物。食，给食。草具，略备粗糙食物。

④居有顷：过了不久。

⑤"长铗（jiá 颊）"二句：长剑啊，咱们还是回到原来的地方去吧。铗，剑。

⑥比门下之客：一本作"比门下之鱼客"，意谓和门下食鱼之客同样待遇。按，孟尝君门客分上中下三等，所居房舍依次为代舍、幸舍、传舍，代舍之客食肉，幸舍之客食鱼，传舍之客食菜。

⑦为之驾：为他准备车马。

⑧车客：代舍之客出可乘车。

⑨揭：高举。

⑩无以为家：没有钱养家。

⑪记：文件。一说，账簿。

⑫收责（zhài 债）于薛：到薛邑去收回债款。责，通“债”。薛，孟尝君袭其父的封邑，在今山东枣庄附近。

⑬“冯谖”二句：冯谖在文件上署名，并签上一个“能”字。

⑭负之：亏待了他。

⑮谢：道歉。

⑯倦于事：疲于琐事。

⑰愦（kuì 愧）于忧：因忧虑多而昏头。愦，昏乱。

⑱佇：同“懦”，怯懦，软弱。

⑲开罪：得罪。

⑳不羞：不以为辱。

㉑约车治装：准备车马，整理行装。

㉒券契：债券，还债契约。

㉓“责毕收”二句：债全收起来后，买些什么带回来。市，买。反，同“返”。

㉔合券：验对债券。古时债券甲、乙方各执一半，作为凭证，对证时必须两相合一。

㉕矫命：假托孟尝君之命。

㉖怪其疾：对他回来得这么快感到奇怪。疾，快。

㉗下陈：下列。此言身边有众多美女。

㉘拊爱：抚爱。子其民：视民如子。

㉙贾（gǔ 古）利之：用商贾手段从人民那里收取利息。

㉚不说（yuè 悦）：不高兴了。说，通“悦”。

㉛休矣：休息去吧。这里的意思是让他不要再解释了。

㉜“寡人”句：此是齐王废孟尝君相位的一种辞令。

㉝就国：返回自己的封邑。就，趋，归。

㉞未至百里：离薛城还有一百里。

庄辛说楚襄王①

庄辛谓楚襄王曰：“君王左州侯，右夏侯②，辇从鄢陵君与寿陵君③，专淫逸侈靡，不顾国政，郢都必危矣④！”襄王曰：“先生老悖乎⑤？将以为楚国袄祥乎⑥？”庄辛曰：“臣诚见其必然者也，非敢以为国袄祥也。君王卒幸四子者不衰⑦，楚国必亡矣。臣请辟于赵⑧，淹留以观之⑨。”

庄辛去之赵，留五月，秦果举鄢郢、巫、上蔡、陈之地⑩。襄王流揜于城阳⑪。于是使人发驺征庄辛于赵⑫，庄辛曰：“诺！”

庄辛至，襄王曰：“寡人不能用先生之言，今事至于此，为之奈何？”庄辛对曰：“臣闻鄙语曰⑬：‘见菟而顾犬，未为晚也；亡羊而补牢，未为迟也⑭。’臣闻昔汤武以百里昌，桀纣以天下亡⑮。今楚国虽小，绝长续短犹以数千里，岂特百里哉⑯！

“王独不见夫蜻蛉乎⑰？六足四翼，飞翔乎天地之间，俯啄蚊虻而食之⑱，仰承甘露而饮之，自以为无患，与人无争也；不知夫五尺童子，方将调饴胶丝[19]，加己乎四仞之上[20]，而下为蝼蚁食也。

“蜻蛉其小者，黄雀因是以[21]。俯噣白粒[22]，仰栖茂树，鼓翅奋翼，自以为无患，与人无争也；不知夫公子王孙，左挟弹[23]，右摄丸[24]，将加己乎十仞之上，以其类为招[25]，昼游乎茂树，夕调乎酸醎[26]。

“夫雀其小者也，黄鹄因是以[27]。游于江海，淹乎大沼，俯噣鳝鲤，仰啮蓤衡[28]，奋其六翮而凌清风[29]，飘摇乎高翔，自以为无患，与人无争也；不知夫射者方将修其碆卢[30]，治其缯缴[31]，将加己乎百仞之上，彼礛磻[32]，引微缴[33]，折清风而抎矣[34]，故昼游乎江河，夕调乎鼎鼐[35]。

“夫黄鹄其小者也，蔡圣侯之事因是以[36]。南游乎高陂[37]，北陵乎巫山[38]，饮茹谿流[39]，食湘波之鱼[40]，左抱幼妾，右拥嬖女[41]，与之驰骋乎高蔡之中[42]，而不以国家为事。不知夫子发方受命乎宣王[43]，系己以朱丝而见之也[44]。

“蔡圣侯之事其小者也，君王之事因是以。左州侯，右夏侯，辇从鄢陵君与寿陵君[45]，饭封禄之粟[46]，而戴方府之金[47]，与之驰骋乎云梦之中[48]，而不以天下国家为事。不知夫穰侯方受命乎秦王[49]，填黾塞之内[50]，而投己乎黾塞之外。”

襄王闻之，颜色变作[51]，身体战栗。于是乃以执珪[52]，而授之为阳陵君，与淮北之地也[53]。

士礼居丛书本《战国策》卷一七

①该篇选自《战国策·楚策四》，写楚人庄辛抓住时机力劝楚襄王居安思危的故事。文章用一连串的比喻说明事理，逐次展开，由远及近，语言也呈对仗铺排之势，显示了《战国策》讲求语言修饰的特点。庄辛，楚臣，楚庄王之后，故以庄为氏。说（shuì 税），劝说。楚襄王，楚顷襄王，战国末期楚国君王，怀王之子。

②“君王”二句：谓宠臣近在身边。州侯、夏侯，皆楚襄王宠臣。

③辇（niǎn 捻）从：紧跟在楚襄王辇车之后。鄢陵君、寿陵君：亦楚襄王宠臣。

④郢都：楚的国都，在今湖北江陵。

⑤老悖：年老糊涂。悖，昏乱。

⑥“将以为”句：想把你的话当作楚国吉凶的预兆吗？祆（yāo 妖）祥，凶兆和吉兆，在此应为偏正结构，重在不祥之兆。祆，同“妖”，凶兆。

⑦卒：一直。幸：宠爱。

⑧辟：通“避”。

⑨淹：滞留。

⑩举：攻取。鄢：楚别都，楚惠王曾迁都于此，故又称鄢郢，在今湖北宜城。巫：楚之巫郡，在今湖北宜昌以西沿江地区。上蔡、陈：当指楚所迁蔡人陈人新封地，似在郢都附近。

⑪流揜（yǎn 掩）：出去避难。揜，掩盖，此处有“躲藏”之意。城阳：即成阳，在今河南息县西北。

⑫发驺（zōu 邹）：派遣车骑（jì 计）。驺，前导或随从车驾的骑卒。征：召请。

⑬鄙语：俗语。

⑭“见菟”四句：看见兔子再回头呼唤猎犬，还不算太晚；丢了羊后只要能抓紧把羊圈补好，也不算太迟。菟，同“兔”。牢，羊圈。

⑮“臣闻”二句：大意是说，我听说商汤和周武王当年不过是百里小国的诸侯，却能昌盛起来，成为天下之主；夏桀和殷纣王虽然富有天下，却终于导致覆亡。

⑯“绝长”二句：大意是截长补短，把剩下的国土拼凑起来计算一下，还能有上千里，比

起汤武的百里要多得多了。绝，截断。以，有。岂特，何止，哪里只有。

⑰独：难道。蜻蛉（líng 灵）：即蜻蜓。

⑱虻（méng 萌）：昆虫名，状似蝇而稍大。

⑲调饴胶丝：调制粘糖涂抹丝绳，然后系在长杆上，用来粘取蜻蜓。饴，糖稀。按，饴原作“鈆”，从雅雨堂本改。

⑳加己：加于己身，指粘住自己。仞：古代长度单位，八尺或七尺为一仞。

㉑因是以：也是这样啊。因，犹，仍然。王引之《经传释词一》：“因，犹也。”是，这样。以，通“已”。

㉒噣：通“啄”。白粒：指米。

㉓挟（xié 斜）弹：用臂夹着弹弓。

㉔摄丸：手持弹丸。

㉕类（類）：当作“颈（頸）”，形近而误。招：目标，靶子。

㉖调乎酸醎：调上佐料，谓被人所烹。醎，同“咸（鹹）”。按，原文此句下有“倏忽之间，坠于公子之手”十字，从姚宏所引旧校删。

㉗黄鹄（hú 胡）：即天鹅。

㉘“俯噣”二句：俯食水中鱼，仰食水上草。鳝，字书无此字，据《诗经·小雅·鱼丽》“鱼丽于罶，鰋鲤”，此当作“鰋（yǎn 眼）”，一种白额的鱼。一说即鲇鱼。啮（niè 聂），咬。蔆，同“菱”，即菱角。衡，通“荇（xìng 幸）”，水草（依吴师道《战国策校正》说）。

㉙六翮（hé 合）：指鸟的翅膀。翮，羽毛的大茎。凌，乘，驾。

㉚碆（bō 波）：石镞（zú 族），石制箭头。按，碆原作“弃”，从雅雨堂本改。卢：通“玈”，黑弓。

㉛增缴（zēng zhuó 增卓）：一种系着丝绳的短箭。缴，系在箭尾上的丝绳。

㉜彼：当作“被”，形近而误。被礛磻（jiān bō 坚波）：被箭镞射中。礛磻，锐利的箭镞。磻，同“碆”。

㉝引微缴：指被带绳的箭射中。引，拖着，带着。微，细。

㉞“折清风”句：从空中跌落下来。抎（yǔn 陨），坠落。

㉟鼎鼐（nài 耐）：古代煮食物的器皿。大鼎叫鼐。

㊱蔡圣侯：当作蔡灵侯，鲁昭公十一年（前 531）被楚灵王诱杀于申地。

㊲高陂（bēi 碑）：高丘，高坡。

㊳陵：登。巫山：山名，在今四川巫山县。

㊴饮（yìn 印）：饮马。茹谿：水名，在巫山县北。谿，同“溪”。

㊵湘波：湘江，在今湖南省，流入洞庭湖。

㊶嬖女：宠爱的女人。

㊷高蔡：即上蔡。

㊸子发：楚大夫。宣王：楚宣王。按，诱杀蔡侯者当为楚灵王，奉命围蔡者乃公子弃疾而非子发。

㊹“系己”句：用红丝绳捆着自己去见楚王，即被俘。

㊺辇：当作“辇”，形近而误。姚宏注云：一本无“辇”字。

㊻饭封禄之粟：吃着各封邑进奉来的粮食。

㊼戴：通“载”。方府：各地府库。

㊽云梦：也称“云梦泽”，楚大泽，在今湖北中部。

㊾穰（rǎng 嚷）侯：姓魏名冉，秦昭王丞相，封于穰（治所在今河南邓县）。

㊿填：充满，占领。黾（mǐn 敏）塞：地名，即今河南信阳西南平靖关，当时为楚国可资防守的险要之地。

51变作：此指因恐惧而变了脸色。

52执珪（guī 规）：楚爵位名。楚功臣赐以圭，谓之执圭，为楚之最高爵位。珪，同“圭”。

53与：给予，赏赐。

触龙说赵太后①

赵太后新用事②，秦急攻之。赵氏求救于齐。齐曰：“必以长安君为质③，兵乃出。”太后不肯，大臣强谏。太后明谓左右：“有复言令长安君为质者，老妇必唾其面。”

左师触龙言愿见太后④，太后盛气而胥之⑤。入而徐趋⑥，至而自谢⑦，曰：“老臣病足，曾不能疾走⑧，不得见久矣，窃自恕⑨。而恐太后玉体之有所郄也⑩，故愿望见太后。”太后曰：“老妇恃辇而行⑪。”曰：“日食饮得无衰乎⑫？”曰：“恃鬻耳⑬！”曰：“老臣今者殊不欲食⑭，乃自强步⑮，日三四里，少益耆食⑯，和于身也⑰。”太后曰：“老妇不能。”太后之色少解⑱。

左师公曰：“老臣贱息舒祺⑲，最少，不肖⑳。而臣衰，窃爱怜之。愿令得补黑衣之数㉑，以卫王宫。没死以闻㉒。”太后曰：“敬诺㉓。年几何矣？”对曰：“十五岁矣。虽少，愿及未填沟壑而托之㉔。”太后曰：“丈夫亦爱怜其少子乎㉕？”对曰：“甚于妇人。”太后笑曰：“妇人异甚。”对曰：“老臣窃以为媪之爱燕后㉖，贤于长安君㉗。”曰：“君过矣㉘！不若长安君之甚。”左师公曰：“父母之爱子，则为之计深远㉙。媪之送燕后也，持其踵㉚，为之泣，念悲其远也。亦哀之矣。已行，非弗思也。祭祀必祝之㉛，祝曰：‘必勿使反㉜。’岂非计久长、有子孙相继为王也哉㉝？”太后曰：“然。”

左师公曰：“今三世以前，至于赵之为赵㉞，赵主之子孙侯者，其继有在者乎㉟？”曰：“无有。”曰：“微独赵㊱，诸侯有在者乎？”曰：“老妇不闻也。”“此其近者祸及身，远者及其子孙㊲。岂人主之子孙则必不善哉？位尊而无功，奉厚而无劳，而挟重器多也㊳。今媪尊长安君之位，而封之以膏腴之地㊴，多予之重器，而不及今令有功于国。一旦山陵崩㊵，长安君何以自托于赵㊶？老臣以媪为长安君计短也，故以为其爱不若燕后。”太后曰：“诺，恣君之所使之㊷。”于是为长安君约车百乘，质于齐，齐兵乃出。

子义闻之㊸，曰：“人主之子也，骨肉之亲也，犹不能恃无功之尊，无劳之奉，而守金玉之重也，而况人臣乎？”

士礼居丛书本《战国策》卷二一

①该篇见于《战国策·赵策四》，写赵国老臣触龙在赵威后执意拒谏的情况下，通过巧妙的迂回战术，终于说动对方遣爱子为质于齐。文章对人物语言、举止的描写极其细腻、传神，触龙进谏的成功则尤其表现出了高超的说话艺术。触龙，旧本作“触詟（zhé 折）”，《史记》和七十年代长沙马王堆汉墓出土帛书均作“触龙”。黄丕烈、王念孙等以为“詟”为“龙言”二字的误合。当是。说（shuì 税），劝谏。赵太后，即赵威后，赵惠文王之妻，夫死后曾因其子孝成王尚幼而代执赵国之政。

②新用事：刚刚执政。

③长安君：赵太后的幼子，封长安君。质：两国结盟作为凭信的抵押之人，即人质。

④左师：官名。

⑤胥：等待。按，胥原作“揖”，从《史记》改。

⑥徐：慢慢地。趋：碎步小跑。

⑦谢：谢罪。

⑧曾（zēng 增）：乃，竟然。疾走：快走。

⑨窃：私下里。

⑩郄（xì 隙）：同“郤”，空隙。此指身体有毛病。

⑪恃：依靠。辇（niǎn 碾）：一种用人牵引的车子。

⑫“日食饮”句：每天吃的喝的没有减少吧？衰，减少。

⑬鬻（zhōu 粥）：同“粥”。

⑭今者：近来。殊：特别。

⑮强（qiǎng 抢）步：勉强走路。

⑯少益耆（shì 嗜）食：稍稍变得爱吃东西了。耆，通“嗜”。

⑰和于身：指走走路会使身体变得舒适。

⑱“太后”句：太后的脸色稍微缓和了一些。指怒气消了一些。

⑲贱息：对自己儿子的谦称。息，子。舒祺（qí 其）：触龙子名。

⑳不肖：不像样，犹言没有出息。此是谦词。

㉑补黑衣之数：补充到黑衣侍卫的队伍里。指在宫中侍卫中得个名额。当时赵国侍卫皆穿黑衣。

㉒没死以闻：冒着死罪斗胆向您提出这个请求。没，犹“昧”，冒昧。闻，使您听到。

㉓敬诺：遵命。

㉔未填沟壑（huò 货）：未被扔在山沟里，意思是还没有死。壑，深沟。托：托付给太后。

㉕丈夫：男子。

㉖媪（ǎo 袄）：对老年妇女的尊称。燕后：赵太后的女儿，嫁到燕国做了王后。

㉗贤于：胜过。

㉘过：错。

㉙计深远：做长远打算。

㉚持其踵（zhǒng 肿）：意思是拉着女儿，不愿她走。踵，脚后跟。

㉛祝：祷告。

㉜必勿使反：一定不要让她回来。反，同“返”。古代诸侯的女儿嫁到别国，只有被废或者亡国，才能回到父母身边。

㉝相继为王：世世代代为燕王。

㉞“今三世”二句：大意是说从三辈以上一直上推到赵氏由大夫封为国君的时候。按，赵氏本是晋国大夫，后与韩、魏三家分晋，公元前403年，周天子封韩、赵、魏为诸侯。

㉟“赵主”二句：赵国历代国君的子孙受封为侯的人，他们的后代现在还有继承其封爵的吗？侯，封为侯。

㊱微独赵：不单是赵国。微，非。

㊲“此其”二句：大意是，这说明身为侯爵，如果不加小心，近则自身难保，远则连累子孙。

㊳挟（xié 协）：拥有。重器：宝器。

㊴膏腴：肥沃。

㊵山陵崩：古代喻指国主的去世，此指赵太后。

㊶托于赵：在赵国托身。

㊷“恣君”句：任凭你把他派到什么地方去。恣，任凭。

㊸子义：赵之贤士。

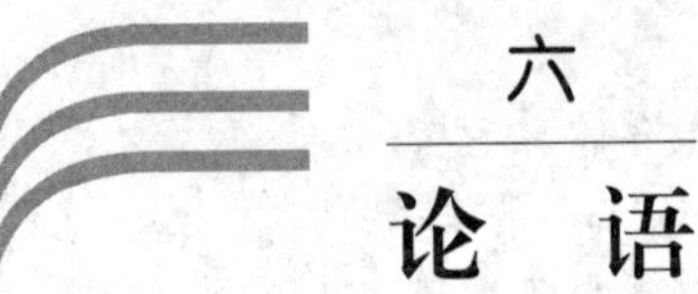

六

论　语

《论语》是一部以记述孔子言行为主要内容的语录体散文著作，作者为孔子弟子及再传弟子，成书约在战国前期。孔子（前551—前479），名丘，字仲尼，春秋末期鲁国陬（zōu邹）邑（今山东曲阜）人，我国古代著名的思想家、教育家，儒家学派的创始人，其“仁”、“礼”主张及其教育思想对后世影响极大。孔子曾为鲁国司寇，不久去鲁，率弟子周游列国，宣传自己的政治主张，后来返鲁，从事著述、整理古籍和讲学活动。相传弟子三千，其中名姓可考者七十余人。《论语》作为孔子日常行踪、谈话最原始的记录，是了解其为人、思想、性格的第一手材料。该书所记孔子之语，大多言简意赅，耐人寻味；有些谈话片段，则能于对话中显示不同人物的神态和特点。

子路曾晳冉有公西华侍坐①

子路、曾晳、冉有、公西华侍坐。子曰：“以吾一日长乎尔，毋吾以也②。居则曰：‘不吾知也③！’如或知尔，则何以哉④？”

子路率尔而对曰⑤：“千乘之国，摄乎大国之间⑥，加之以师旅，因之以饥馑⑦。由也为之⑧，比及三年⑨，可使有勇，且知方也⑩。”

夫子哂之⑪。

“求！尔何如⑫？”

对曰：“方六七十，如五六十⑬，求也为之，比及三年，可使足民⑭。如其礼乐，以俟君子⑮。”

“赤！尔何如？”

对曰：“非曰能之，愿学焉⑯。宗庙之事⑰，如会同⑱，端章甫⑲，愿为小相焉⑳。”

“点！尔何如？”

鼓瑟希，铿尔，舍瑟而作㉑。对曰：“异乎三子者之撰㉒。”

子曰：“何伤乎㉓？亦各言其志也。”

曰：“莫春者㉔，春服既成，冠者五六人㉕，童子六七人，浴乎沂㉖，风乎舞雩，咏而归㉗。”

夫子喟然叹曰㉘：“吾与点也㉙。”

三子者出，曾晳后㉚。曾晳曰：“夫三子者之言何如？”

子曰：“亦各言其志也已矣。”

曰：“夫子何哂由也？”

曰：“为国以礼，其言不让㉛，是故哂之。”

“唯求则非邦也与㉜？”

“安见方六七十如五六十而非邦也者[33]？”

“唯赤则非邦也与？”

“宗庙会同，非诸侯而何[34]？赤也为之小，孰能为之大[35]？”

中华书局《十三经注疏》本《论语》卷一一

①该篇选自《论语·先进》，记述的是孔子弟子子路等四人在先生面前各言其志的情景，以及孔子对他们的评价。篇中通过对话描写，展示了几个不同人物的形象，约略表现了各自的性格特点。子路，姓仲，名由，字子路。曾皙，名点，字皙。冉有，名求，字子有。公西华，复姓公西，名赤，字子华。四人皆为孔子弟子。侍坐，陪侍孔子坐在那里。

②“子曰”三句：孔子大意是说，不要因为我的年龄比你们长上几岁，就不好意思在我面前说话了。后一“以”字同“已”，止而不言。毋吾，不要因为我。

③“居则曰”二句：平日里你们总是说：“没有人了解我！”居，平居，常时。

④“如或”二句：如果有人用你们，你们打算怎么做？或，有人。知，此作赏识、任用解。尔，你们。

⑤率尔：轻率、急遽貌。

⑥“千乘（shèng 胜）”二句：犹言夹在大国之间的一个中等国家。千乘之国，有一千辆兵车的国家。乘，兵车。摄，夹处。（见俞樾《群经平议·论语二》。）

⑦“加之”二句：加上有外敌入侵，继而又有饥荒侵袭。师旅，军队。饥馑（jǐn 谨），饥荒。

⑧由：子路自称。为：治理。

⑨比及：待至，等到。

⑩知方：懂得礼义。方，准则。

⑪哂（shěn 审）：微笑。

⑫求，尔何如：孔子问冉有之语。下文“赤，尔何如”、“点，尔何如”也都是孔子之问。

⑬“方六七十”二句：方圆六七十里或者方圆五六十里的小国。如，或者。下同。

⑭足民：使民众富足。

⑮“如其”二句：至于礼乐教化，则要等德行高的人来做了。俟（sì 四），等待。

⑯“非曰”二句：不敢说能做什么，但愿意学着去做。

⑰宗庙之事：指祭祀。宗庙，君主祭祀祖先的地方。

⑱会同：诸侯会盟之事。

⑲端章甫：穿着礼服戴上礼帽。端，玄端，一种礼服。章甫，一种礼帽。在此二者都用作动词。

⑳相：祭祀、会盟等仪式中的赞礼、司仪之职。

㉑“鼓瑟”三句：曾皙在旁弹瑟，声音渐渐稀疏，听到孔子问他，“砰”的一声放下瑟，站了起来。鼓，用作动词，弹。瑟，古代一种弹奏乐器名。希，稀疏。铿，象声词。舍，放下。作，起立。

㉒“异乎”句：我的志向和他们三位所讲的不同。撰，述。

㉓何伤：何妨，有什么关系。

㉔莫（mù 暮）春：即暮春，夏历三月。莫，“暮”的本字。

㉕冠者：指成年人。古代男子二十岁举行冠礼，以示成年。

㉖沂：水名，在今山东曲阜城南。

㉗“风乎”二句：在舞雩（yú 于）坛上吹吹风，唱唱歌，然后回家。风，用作动词，吹

风乘凉。舞雩，鲁国祭天求雨的场所。咏，唱歌。

㉘喟（kuì 愧）然：感慨长叹貌。

㉙吾与点：我的想法跟曾点的差不多。与，赞同。

㉚后：最后出。

㉛不让：不谦让。

㉜“唯求”句：难道冉求所说的就不是治理国家了吗？

㉝“安见”句：怎见得方圆六七十或五六十里就不是国家呢？

㉞“宗庙”二句：祭祀祖先、交往会盟，不是诸侯国的事又是什么？

㉟“赤也”二句：如果公西赤只能做个小相，谁又能做大相呢？

樊迟问仁①

樊迟问仁。子曰：“爱人②。”问知③。子曰：“知人④。”樊迟未达⑤。子曰：“举直错诸枉，能使枉者直⑥。”

樊迟退，见子夏曰⑦：“乡也吾见于夫子而问知⑧，子曰：‘举直错诸枉，能使枉者直。’何谓也？”子夏曰：“富哉言乎⑨！舜有天下，选于众，举皋陶，不仁者远矣⑩。汤有天下⑪，选于众，举伊尹⑫，不仁者远矣。”

中华书局《十三经注疏》本《论语》卷一二

①该篇选自《论语·颜渊》，记述的是孔子弟子樊迟向先生请教问题的一个片段，篇幅不大，却有情节过程，孔子的含蓄、樊迟的勤奋以及子夏的伶俐等人物特点也得到了极好的表现。樊迟，姓樊，名须，字子迟。问仁，询问孔子学说中“仁”的含义。

②爱人：“仁”的核心就是用仁爱之心去待人。

③问知：询问怎样才叫富于智慧。知，通“智”。

④知人：对人有所了解。知，知道。

⑤未达：没能透彻理解。达，通晓，明白。

⑥“举直”二句：以直木弯木比喻把正直的人提拔起来，置于邪恶者之上，能使邪恶者变得正直起来。错，通“措”，安置。枉，弯曲。

⑦子夏：孔子弟子，卜姓，名商，字子夏。与樊迟同学。

⑧乡（鄉）（xiàng 向）：通“嚮（xiàng 向）”，往昔，此是说“刚才”。

⑨富哉言乎：这是意义多么丰富的话呀！

⑩“舜有天下”四句：大舜有了天下之后，在众人中经过挑选，把皋陶（gāo yáo 高摇）提拔起来，坏人就不见了。皋陶，舜的贤臣。

⑪汤：商开国之君商汤，伐夏桀而得天下。

⑫伊尹：汤的辅相。

子路从而后①

子路从而后，遇丈人②，以杖荷蓧③。

子路问曰：“子见夫子乎④？”

丈人曰：“四体不勤，五谷不分，孰为夫子⑤？”植其杖而芸⑥。

子路拱而立[⑦]。

止子路宿[⑧]，杀鸡为黍而食之[⑨]，见其二子焉[⑩]。

明日，子路行以告[⑪]。子曰："隐者也[⑫]。"使子路反见之[⑬]。至，则行矣[⑭]。

子路曰："不仕无义[⑮]。长幼之节，不可废也[⑯]。君臣之义，如之何其废之[⑰]？欲洁其身，而乱大伦[⑱]。君子之仕也[⑲]，行其义也。道之不行，已知之矣[⑳]。"

中华书局《十三经注疏》本《论语》卷一八

①该篇选自《论语·微子》，记述的是孔子的弟子子路在随夫子周游列国的路上遭遇一位隐者的故事片段，这位隐者的气性生动可见，孔子与隐者不同的人生态度也得到了集中表现。从而后，跟随孔子而落在了后面。

②丈人：老人。

③杖：棍棒。荷（hè 贺）：担着。莜（diào 吊）：锄田工具。

④夫子：先生。

⑤"四体"三句：你们这种人，四肢不劳动，五谷分不清，谁知道你的先生是什么人？四体，四肢。勤，劳动。五谷，稻子、黄米、谷子、麦子、豆子。

⑥植：同"置"，放下。芸：通"耘"，锄草。

⑦拱而立：拱着手恭恭敬敬站在那里。拱，两手合抱。

⑧止子路宿：老人留子路在自己家里住下。止，留。宿，住宿。

⑨为黍：用黍米做饭。食（sì 四）之：给他吃。

⑩见（xiàn 现）其二子：让他的两个儿子出来相见。见，通"现"，使出见。

⑪以告：把这件事告诉了孔子。

⑫"子曰"二句：孔子断言，这位老人必是一位隐居者。

⑬反见之：返回去再看看老人。

⑭至，则行矣：子路回到老人那里，老人已经走了。按，隐者这是故意避而不见。

⑮不仕无义：不出来做官是不合于义的。

⑯"长幼"二句：长辈晚辈的礼节，还知道是不能废弃的。这里是说，老人既然让两个儿子出来见子路，可见虽为隐者，还是知道长幼之礼的。

⑰"君臣"二句：君臣之间的名分，怎么可以废弃呢？按，这里主要是指臣子应该尽的责任。

⑱"欲洁"二句：你想洁身自好，却破坏了君臣大义。大伦，大道理。

⑲君子：这里是指孔子。

⑳"道之不行"二句：至于自己的主张不能实现，孔子早就知道了。

七

孟　子

《孟子》是一部以记录孟子言论为主要内容的散文著作，大约是孟子与其弟子共同编定而成的，共七篇。孟子（约前372—前289），名轲，战国中期邹国（今山东邹城）人。曾受业于孔子之孙子思的弟子，是儒家学派的又一重要代表。其“仁政说”和“性善论”是对孔子仁学的继承与发展。他也曾周游列国，但其主张不为当时急于开疆辟土的诸侯所用。晚年退而讲学著述，《孟子》一书的撰写，即当在此时。该书仍沿用《论语》的语录体，但篇幅明显加长。其中有些论辩说理文字，随文设喻，流畅犀利，滔滔不绝，充分显示了孟子善辩的特点；有些描写又细腻生动，十分富于表现力。

齐桓晋文之事[①]

齐宣王问曰[②]：“齐桓、晋文之事，可得闻乎[③]？”孟子对曰：“仲尼之徒，无道桓、文之事者，是以后世无传焉，臣未之闻也。无以，则王乎[④]？”

曰：“德何如，则可以王矣？”

曰：“保民而王，莫之能御也。”

曰：“若寡人者，可以保民乎哉？”

曰：“可。”

曰：“何由知吾可也？”

曰：“臣闻之胡龁曰[⑤]：‘王坐于堂上，有牵牛而过堂下者。王见之，曰：“牛何之[⑥]？”对曰：“将以衅钟[⑦]。”王曰：“舍之！吾不忍其觳觫[⑧]，若无罪而就死地[⑨]。”对曰：“然则废衅钟与？”曰：“何可废也，以羊易之。”’不识有诸[⑩]？”

曰：“有之。”

曰：“是心足以王矣！百姓皆以王为爱也[⑪]，臣固知王之不忍也。”

王曰：“然，诚有百姓者[⑫]。齐国虽褊小[⑬]，吾何爱一牛！即不忍其觳觫，若无罪而就死地，故以羊易之也。”

曰：“王无异于百姓之以王为爱也[⑭]。以小易大，彼恶知之[⑮]？王若隐其无罪而就死地[⑯]，则牛羊何择焉[⑰]？”

王笑曰：“是诚何心哉！我非爱其财而易之以羊也，宜乎百姓之谓我爱也[⑱]。”

曰：“无伤也[⑲]，是乃仁术也[⑳]！见牛未见羊也。君子之于禽兽也：见其生，不忍见其死；闻其声，不忍食其肉，是以君子远庖厨也。”

王说曰[㉑]：“《诗》云：‘他人有心，予忖度之[㉒]。’夫子之谓也。夫我乃行之，反而求之，不得吾心；夫子言之，于我心有戚戚焉[㉓]。此心之所以合于王者何也？”

曰："有复于王者曰[24]：'吾力足以举百钧[25]，而不足以举一羽；明足以察秋毫之末[26]，而不见舆薪[27]。'则王许之乎[28]？"

曰："否！"

"今恩足以及禽兽[29]，而功不至于百姓者，独何与[30]？然则一羽之不举，为不用力焉；舆薪之不见，为不用明焉；百姓之不见保[31]，为不用恩焉；故王之不王[32]，不为也，非不能也。"

曰："不为者与不能者之形[33]，何以异？"

曰："挟太山以超北海[34]，语人曰：'我不能。'是诚不能也。为长者折枝[35]，语人曰：'我不能。'是不为也，非不能也。故王之不王，非挟太山以超北海之类也；王之不王，是折枝之类也。老吾老，以及人之老[36]；幼吾幼，以及人之幼；天下可运于掌[37]。《诗》云：'刑于寡妻，至于兄弟，以御于家邦[38]。'言举斯心加诸彼而已[39]。故推恩足以保四海，不推恩无以保妻子。古之人所以大过人者，无他焉，善推其所为而已矣！今恩足以及禽兽，而功不至于百姓者，独何与？权[40]，然后知轻重；度[41]，然后知长短。物皆然，心为甚。王请度之[42]。抑王兴甲兵[43]，危士臣，构怨于诸侯[44]，然后快于心与？"

王曰："否，吾何快于是！将以求吾所大欲也。"

曰："王之所大欲，可得闻与？"

王笑而不言。

曰："为肥甘不足于口与[45]？轻暖不足于体与[46]？抑为采色不足视于目与？声音不足听于耳与？便嬖不足使令于前与[47]？王之诸臣，皆足以供之，而王岂为是哉！"

曰："否。吾不为是也。"

曰："然则王之所大欲可知已：欲辟土地，朝秦、楚[48]，莅中国[49]，而抚四夷也。以若所为[50]，求若所欲，犹缘木而求鱼也[51]。"

王曰："若是其甚与？"

曰："殆有甚焉[52]。缘木求鱼，虽不得鱼，无后灾；以若所为，求若所欲，尽心力而为之，后必有灾。"

曰："可得闻与？"

曰："邹人与楚人战[53]，则王以为孰胜？"

曰："楚人胜。"

曰："然则小固不可以敌大，寡固不可以敌众，弱固不可以敌强。海内之地，方千里者九，齐集有其一[54]；以一服八，何以异于邹敌楚哉！盖亦反其本矣[55]！今王发政施仁[56]，使天下仕者皆欲立于王之朝，耕者皆欲耕于王之野，商贾皆欲藏于王之市，行旅皆欲出于王之涂[57]，天下之欲疾其君者[58]，皆欲赴诉于王[59]：其若是，孰能御之？"

王曰："吾惛[60]，不能进于是矣！愿夫子辅吾志，明以教我。我虽不敏，请尝试之！"

曰："无恒产而有恒心者[61]，惟士为能。若民，则无恒产，因无恒心。苟无恒心，放辟邪侈[62]，无不为已。及陷于罪，然后从而刑之，是罔民也[63]。焉有仁人在位，罔民而可为也！是故明君制民之产[64]，必使仰足以事父母，俯足以畜妻子[65]，乐岁终身饱[66]，凶年免于死亡；然后驱而之善[67]，故民之从之也轻[68]。今也制民之产，仰不足以事父母，俯不足以畜妻子，乐岁终身苦，凶年不免于死亡；此惟救死而恐不赡[69]，奚暇治礼义哉[70]！王欲行之，则盍反其本矣！五亩之宅[71]，树之以桑，五十者可以衣帛矣[72]；鸡豚狗彘之畜，无失其时，七十者可以食肉矣；百亩之田[73]，勿夺其时[74]，八口之家，可以无饥矣；谨庠序之教[75]，申之以孝悌之义，颁白者不负戴于道路矣[76]。老者衣帛食肉，黎民不饥不寒[77]，然而不王者，未之有也。"

中华书局《十三经注疏》本《孟子》卷一

①该篇选自《孟子·梁惠王上》。文章通过孟子与齐宣王的对话，集中阐发了孟子推恩于人的仁政学说和“保民而王”的理论见解。孟子在劝说对方施行仁政时，因势利导，巧于设喻，侃侃而谈，表现出高超的说话艺术。

②齐宣王：田氏，名辟疆。在位时齐国富强，并召集了许多文学游说之士。

③“齐桓”二句：大意是说，您能给我讲讲当年齐桓公、晋文公的事情吗？按，齐桓公、晋文公为春秋五霸中的重要人物，宣王想效仿二公称霸诸侯，故以此问孟子。

④“无以”二句：一定要说点什么的话，咱们就说说王天下之道怎么样？以，通“已”，止，停下来。王（wàng 旺），用作动词，称王天下。

⑤胡龁（hé 和）：人名，齐王近臣。

⑥牛何之：这是要把牛牵到哪里去？之，往。

⑦将以衅钟：要用它（牛）的血去涂钟祭祀。按，新钟铸成，杀牲取血涂其隙，因而祭之，叫衅钟。

⑧觳觫（hú sù 胡速）：恐惧战栗貌。

⑨“若无罪”句：就这样无罪却要送进屠场。若，如此。

⑩不识有诸：不知有没有这回事？诸，之乎。

⑪以王为爱：以为大王您这是吝啬。爱，爱惜，吝啬。

⑫“诚有”句：确实有这样的百姓。

⑬褊（biǎn 扁）小：狭小。

⑭“王无异”句：大王您也别怪百姓说您吝啬。异，奇怪。

⑮“以小”二句：大意是说，他们只是见您用小的（羊）换了大的（牛），哪里了解您当时内心的感觉呢？恶（wū 乌），何，怎么。

⑯隐：同情。

⑰何择：有什么区别。

⑱“我非”二句：大意是说，我的确不是因爱惜钱财才用羊换牛的，但经您这么一说，百姓说我吝啬真还有一定道理了。

⑲无伤：无妨，不要紧。

⑳是乃仁术：大意是说，有这种同情心就已经是为仁之道了。

㉑说（yuè 悦）：通“悦”。

㉒忖度（duó 夺）：推测，揣摩。按，此诗句见于《诗经·小雅·巧言》。

㉓“夫子言之”二句：您的一番话，却说透、触动了我的心思。戚戚，心动貌。

㉔复：白，禀告。

㉕百钧：三千斤。三十斤为一钧。

㉖秋毫之末：秋天兽毛的末梢。极言其细微。

㉗舆薪：一车薪柴。

㉘许：赞许，此言“听信”。

㉙“今恩”句：以下为孟子之语，省去“曰”字，以表语气紧促。恩，恩惠。

㉚独何与：偏偏是何缘故？与，语气词。

㉛见：被。

㉜王之不王：前“王”指齐宣王，后“王”指“王天下”。

㉝形：情状。

㉞“挟（xié 协）太山”句：夹着泰山跳过北海。挟，夹在胳膊下。超，跨越。北海，即

渤海。

㉟折枝：弯腰鞠躬。枝，通“肢”。

㊱“老吾老”二句：尊敬我自己家的长辈，进而推广到尊敬别人家的长辈。前一“老”字用作动词。后两句句式仿此。

㊲运于掌：在手掌上把玩。极言其容易。

㊳“刑于寡妻”三句：见《诗经·大雅·思齐》。刑，通“型”，以身作则。寡妻，国君的妻子。御，治。家邦，国家。此言一国之君先要做好妻子的榜样，推而及于兄弟、邦国。

㊴“言举”句：上述诗句的意思说的就是把你爱自家的心推广到去爱他人罢了。

㊵权：秤锤。用作动词，称。

㊶度：丈尺。用作动词，读“夺”，丈量。

㊷度：忖度。

㊸抑：或者。

㊹构怨：结怨。

㊺“为肥甘”句：是因为肥美香甜的食物不够吃吗？

㊻“轻暖”句：轻快暖和的衣裘不够穿吗？

㊼便（pián 骈）嬖：指亲近宠爱的人。

㊽朝秦、楚：使秦楚等大国前来朝拜。

㊾莅（lì 力）中国：君临中原诸国之上。莅，临。

㊿若：你。

51缘木而求鱼：爬到树上去捉鱼。喻适得其反，劳而无功。

52殆有甚焉：恐怕比缘木求鱼还要严重呢。殆，可能。有，通“又”。

53邹：战国时一小诸侯国。在当时邹为小国，楚为大国。

54“海内”三句：整个中国，约有九千个平方里，齐国土地合起来不过仅居其中的一千个平方里。按，当时学者如邹阳等说中国有九州，九州外面是大海，并假定版图约有九千个平方里。集，凑集。

55盖（hé 何）：通“盍”，何不。反其本：回过头来寻求最根本的办法。反，同“返”。

56发政施仁：发布政令宣布施行仁政。

57涂：同“途”，道路。

58疾：痛恨。

59诉：申诉。

60惛（hūn 昏）：糊涂。

61恒产：固定产业。恒，常。恒心：安居守分之心。

62放：放荡。辟（pì 僻）：通“僻”，与“邪”同义，皆指不正当行为。侈：与“放”同义。

63罔：同“网（網）”，设网罗使陷入，引申为欺骗、坑陷之意。

64制：规定。

65畜（xù 蓄）：饲养禽兽，引申为养育，抚养。

66乐岁：丰年。

67驱：驱使、督促。之善：向善。

68从之：跟着行善。轻：容易。

69不赡（shàn 善）：不足。

⑦0奚暇：哪里有余力。

⑦1五亩之宅：相传古代一个男丁可分得五亩土地供建住宅使用。

⑦2衣帛：穿上丝绸衣服。

⑦3百亩之田：相传古井田制，每个男丁可分得一百亩土地。

⑦4勿夺其时：不要侵占其耕种时间。

⑦5谨：重视。庠（xiáng 详）序：古代学校名，周称“庠”，殷称“序”。

⑦6颁白者：指头发花白的人。颁，通“斑”。负：背上背东西。戴：头上顶东西。

⑦7黎民：黑头发的人民，此指少壮者。黎，黑色。

有为神农之言者许行①

有为神农之言者许行，自楚之滕，踵门而告文公曰②：“远方之人，闻君行仁政，愿受一廛而为氓③。”文公与之处④。其徒数十人，皆衣褐⑤，捆屦织席以为食⑥。

陈良之徒陈相⑦，与其弟辛，负耒耜而自宋之滕⑧。曰⑨：“闻君行圣人之政，是亦圣人也，愿为圣人氓。”

陈相见许行而大悦，尽弃其学而学焉⑩。

陈相见孟子，道许行之言曰⑪：“滕君则诚贤君也。虽然，未闻道也⑫。贤者与民并耕而食，饔飧而治⑬。今也滕有仓廪府库⑭，则是厉民而以自养也⑮，恶得贤⑯？”

孟子曰：“许子必种粟而后食乎？”

曰：“然。”

“许子必织布然后衣乎？”

曰：“否。许子衣褐。”

“许子冠乎⑰？”

曰：“冠。”

曰：“奚冠⑱？”

曰：“冠素⑲。”

曰：“自织之与？”

曰：“否。以粟易之。”

曰：“许子奚为不自织？”

曰：“害于耕。”

曰：“许子以釜甑爨⑳，以铁耕乎㉑？”

曰：“然。”

“自为之与？”

曰：“否，以粟易之。”

“以粟易械器者，不为厉陶冶；陶冶亦以械器易粟者，岂为厉农夫哉㉒？且许子何不为陶冶，舍皆取诸其宫中而用之㉓？何为纷纷然与百工交易？何许子之不惮烦㉔！”

曰：“百工之事，固不可耕且为也㉕。”

“然则治天下独可耕且为与？有大人之事，有小人之事。且一人之身，而百工之所为备，如必自为而后用之，是率天下而路也㉖。故曰：或劳心，或劳力。劳心者治人，劳力者治于人㉗；治于人者食人㉘，治人者食于人。天下之通义也。

“当尧之时，天下犹未平，洪水横流，泛滥于天下；草木畅茂，禽兽繁殖；五谷不登㉙，禽兽偪人[30]，兽蹄鸟迹之道，交于中国[31]。尧独忧之，举舜而敷治焉[32]。舜使益掌火[33]，益烈山泽而焚之[34]，禽兽逃匿。禹疏九河[35]，瀹济、漯而注诸海[36]，决汝、汉，排淮、泗[37]，而注之江，然后中国可得而食也。当是时也，禹八年于外，三过其门而不入，虽欲耕，得乎？

“后稷教民稼穑[38]，树艺五谷[39]，五谷熟而民人育。人之有道也，饱食暖衣，逸居而无教[40]，则近于禽兽。圣人有忧之[41]，使契为司徒[42]，教以人伦[43]：父子有亲，君臣有义，夫妇有别，长幼有叙[44]，朋友有信。放勋曰劳之、来之、匡之、直之、辅之、翼之[45]，使自得之[46]，又从而振德之[47]。圣人之忧民如此，而暇耕乎？

“尧以不得舜为已忧，舜以不得禹、皋陶为已忧[48]。夫以百亩之不易为已忧者[49]，农夫也。分人以财谓之惠，教人以善谓之忠，为天下得人者谓之仁[50]。是故以天下与人易[51]，为天下得人难。孔子曰：‘大哉尧之为君！惟天为大，惟尧则之[52]，荡荡乎民无能名焉[53]。君哉舜也！巍巍乎有天下而不与焉[54]！’尧舜之治天下，岂无所用其心哉？亦不用于耕耳[55]。

“吾闻用夏变夷者，未闻变于夷者也[56]。陈良，楚产也[57]。悦周公、仲尼之道，北学于中国；北方之学者，未能或之先也[58]。彼所谓豪杰之士也。子之兄弟，事之数十年，师死而遂倍之[59]。昔者孔子没[60]，三年之外[61]，门人治任将归[62]，入揖于子贡[63]，相向而哭[64]，皆失声，然后归。子贡反[65]，筑室于场[66]，独居三年，然后归。他日，子夏、子张、子游[67]，以有若似圣人[68]，欲以所事孔子事之[69]。强曾子[70]，曾子曰：‘不可。江汉以濯之[71]，秋阳以暴之[72]；皜皜乎不可尚已[73]。’今也，南蛮鴃舌之人[74]，非先王之道；子倍子之师而学之，亦异于曾子矣。吾闻‘出于幽谷，迁于乔木’者[75]，未闻下乔木而入于幽谷者。鲁颂曰：‘戎狄是膺，荆舒是惩[76]。’周公方且膺之[77]，子是之学[78]，亦为不善变矣[79]。”

中华书局《十三经注疏》本《孟子》卷五

①该篇选自《孟子·滕文公上》，记述的是孟子与农家学派许行、陈相的一场辩论。许行提出“贤者与民并耕而食，饔飧而治”，与儒家强调人君的教化、治理作用有所抵触，孟子遂用社会分工的道理予以反击。文中孟子善设机巧，引人入彀，使对方陷入自我矛盾，表现了极高的论辩才能；行文层层展开，完整而气势充沛；人物对话也语气逼真，富于个性。为神农之言者，研治神农学说的人，即农家信徒。神农，传说中的三皇之一，战国时农家学派托之以宣传耕农止乱的政治思想。

②踵（zhǒng 肿）门：亲自到门下。踵，走到。文公：滕文公。

③廛（chán 缠）：一夫所居之地。氓：民。一说，侨民，或居住乡野的人。

④与之处：给了他一处住宅。

⑤褐（hè 赫）：粗麻短衣。

⑥捆屦（jù 据）：编织草鞋。捆，编织。屦，麻鞋。以为食：以此谋生。

⑦陈良：楚国儒者。

⑧耒耜（lěi sì 垒四）：皆为犁田工具。

⑨曰：此是对滕文公说。

⑩“尽弃”句：把先前接受的儒家学说全都撇在一边，转而开始信奉起农家学说来。

⑪道许行之言：转述许行的话。

⑫“虽然”二句：虽然如此，但却还没有真正懂得治国之道。

⑬“贤者”二句：贤德之人应该和百姓一样在田里耕作，一边自谋其食一边治理国家。饔飧（yōng sūn 雍孙），皆指熟食，早餐称“饔”，晚餐称“飧”，此均作动词用。

⑭仓廪（lǐn 凛）：谷仓。

⑮厉民：损害百姓。桓宽《盐铁论·疾贪》："长吏厉诸小吏，小吏厉诸百姓。"

⑯恶（wū乌）得贤：怎么称得上贤呢？恶，何。

⑰冠：用作动词，戴帽子。

⑱奚：何。

⑲素：未染色的绢。

⑳釜（fǔ斧）：铁锅。甑（zèng憎）：瓦制蒸器。爨（cuàn窜）：烧火做饭。

㉑铁：此指铁制犁具。

㉒"以粟"四句：拿粮食换日用器物和生产工具，不能说是损害了瓦匠铁匠，反过来瓦匠铁匠用他们生产的器物工具去换粮食，难道说就是损害了农夫吗？陶，制陶者。冶，冶铁者。

㉓"且许子"二句：再说许行怎么不也亲自制陶炼铁，不管什么都从自己家里拿出来用呢？舍，同"啥"，什么。宫，住所，战国时贵贱皆可称"宫"。

㉔惮（dàn旦）：怕。

㉕"百工"二句：各种工匠所从事的工作，本来就是不能一边耕种一边去做的。

㉖"且一人"四句：再说一个人日常所需，总是需要各行各业的制品才能使他大致具备，如果都必须是亲手做的才能使用，这简直就是引着天下人奔忙劳碌不得安生了。路，奔走于道路。

㉗治于人：被人所治。

㉘食（sì四）：给人吃，奉养。下"食"字音同。

㉙登：成熟。

㉚偪：同"逼"，威胁。

㉛交：交错。中国：中原。

㉜敷治：普遍治理。

㉝益：人名，传说中舜的辅臣。掌火：任掌火之官，管理火。

㉞烈：火猛，用作动词，点燃大火。

㉟疏九河：开凿疏通九条河流。据称大禹治水时在黄河下游开出九条支流，分别是徒骇、太史、马颊、覆鬴、胡苏、简、絜（jié洁）、钩盘、鬲津（见《尔雅·释水》）。

㊱瀹（yuè越）：疏导。济、漯（tà踏）：济水和漯水。注诸海：使它们流向大海。

㊲"决汝、汉"二句：开掘加宽汝水、汉水的河道，排除淮河、泗水的壅塞。

㊳后稷：名弃，传说中周部族始祖，以始教人耕作著称。稼穑：种曰稼，收曰穑，泛指农业生产。

㊴树艺：种植。

㊵逸居而无教：指过着安逸的生活却无教化。

㊶有：通"又"。

㊷契：殷商族先祖，舜的臣子。司徒：掌教化的官职。

㊸人伦：人与人相处的道德关系。

㊹叙：等级，次第。

㊺放勋：传说中尧的称号。日：日日，每天。劳之、来（lài赖）之：劝勉抚慰人民。劳，慰劳。来，同"徕"。匡之、直之：匡劝纠正人民。辅之、翼之：帮助保护人民。

㊻使自得之：使他们各得其所。

㊼振："赈"的本字，救济。德：用作动词，施以恩惠。

㊽皋陶（gāo yáo高尧）：人名，舜时的贤臣。

㊾易：治，修整。

㊿得人：发现找到人才。

51以天下与人易：把天下传给别人容易。

52“惟天”二句：只有天是最伟大宽广的，又只有尧能效法天德。则，动词，奉为准则。

53荡荡：广大貌。此指圣德广阔无边。无能名：无法用言语来形容。

54与（yù预）：参与，在其中。此含有“私有”、“享受”之意。按，孔子语见《论语·泰伯》。

55亦：但，只是。

56“吾闻”二句：我只听说过有用华夏族的礼义改变夷族风俗的，却没听说过反被夷族改变的。夏，指中原一带的华夏诸族。夷，原指居住在东方的部族，此泛指居于边远地区未开化的部族。按，先秦时中原人对南方楚人有偏见，视为蛮夷，故孟子以此奚落陈相学于楚人许行。

57楚产：出生于楚地。

58未能或之先：没有能超过他的。

59倍：通“背”，背叛。

60没（mò末）：通“殁”，去世。

61三年之外：为孔子守孝三年之后。

62门人：指孔子弟子。治任：整理行李。任，挑在肩上的担子，即行李。

63揖：作揖，告别。子贡：孔子弟子，姓端木，名赐。按，子贡自愿再守孝三年，故离开的人去向他告别。

64相向：相对。

65反：同“返”，返回墓地。

66场：坟前平地，供祭祀用。

67子夏：姓卜，名商。子张：姓颛孙，名师。子游：姓言，名偃。三人皆孔子弟子。

68有若：孔子弟子，姓有，名若。似圣人：相貌长得像孔子。

69“欲以”句：打算照以前侍奉孔子那样侍奉他。

70强（qiǎng抢）：勉强。曾子：孔子弟子，姓曾，名参（shēn深）。

71濯（zhuó茁）：洗。

72秋阳：周历秋季相当于夏历五六月，为阳光最强之时。暴（pù曝）：“曝”的古字，晒。

73皜（gǎo搞）皜：同“杲杲”，光明貌。尚：上。以上三句言孔子品质像被江河洗涤过，被秋阳曝晒过，光明洁白，无人能比。

74“今也”二句：现在，许行这个说话怪腔怪调的南方蛮子。南蛮，对楚人的贬称。鴃（jué决）舌，比喻说话难听。鴃，伯劳鸟。

75“吾闻”二句：所引两句诗见于《诗经·小雅·伐木》，言鸟从深谷飞往高大的树木。

76“鲁颂曰”三句：此两句诗见于《诗经·鲁颂·閟宫》，本是称颂周人当年征伐外族的业绩，孟子借用来攻击许行。戎狄，西周时西方和北方的外族。膺，打击。荆舒，西周时南方的外族，荆即楚，舒是与楚相邻的一个小国。

77方且：尚要。

78子是之学：犹言“子是学之”，你却学习他们。

79不善变：不会变化，犹言“越变越坏”。

齐人有一妻一妾①

齐人有一妻一妾而处室者②，其良人出③，则必餍酒肉而后反④。其妻问所与饮食者⑤，则尽富贵也。其妻告其妾曰："良人出，则必餍酒肉而后反，问其与饮食者，尽富贵也，而未尝有显者来⑥，吾将瞷良人之所之也⑦。"

蚤起⑧，施从良人之所之⑨，遍国中无与立谈者⑩。卒之东郭墦间⑪，之祭者⑫，乞其余⑬；不足，又顾而之他⑭——此其为餍足之道也⑮。

其妻归，告其妾，曰："良人者，所仰望而终身也，今若此！"与其妾讪其良人⑯，而相泣于中庭⑰。而良人未之知也，施施从外来⑱，骄其妻妾⑲。

由君子观之，则人之所以求富贵利达者，其妻妾不羞也，而不相泣者，几希矣⑳。

中华书局《十三经注疏》本《孟子》卷八

①该篇选自《孟子·离娄下》，是一则描写曲折生动而又极富讽刺意味的寓言。

②处室：住在家里。

③良人：妇人尊称丈夫为良人。

④餍（yàn 宴）酒肉：吃饱喝足。餍，饱，满足。反：同"返"。

⑤所与饮食者：与他一起吃喝的人。

⑥显者：显贵人物。

⑦瞷（jiàn 见）：窥视。

⑧蚤：通"早"。

⑨施（yí 夷）从：犹言"尾随"。施，通"迤"，斜行。

⑩国：都城。无与立谈者：没有一位站住同他讲话的。

⑪"卒之"句：齐人最后到了东郊外的墓地。郭，城外曰郭。墦（fán 凡），坟墓。

⑫之祭者：走到祭扫坟墓的人面前。

⑬乞其余：讨些残菜剩饭。

⑭顾而之他：此言齐人又东张西望地走到另一处去讨吃喝。顾，视，看。

⑮"此其"句：这就是他的吃饱喝足的办法。

⑯讪：讥笑，嘲骂。

⑰相泣：面对面哭泣。相，相与，共同。中庭：庭中。

⑱施施（yí 怡）：喜悦自得貌。

⑲骄其妻妾：在妻妾面前夸口炫耀。

⑳"则人"四句：有些人所用的乞求升官发财的方法，能不使他的妻妾感到羞耻而哭泣的，是很少的。几（jī 机）希，很少，很微小。

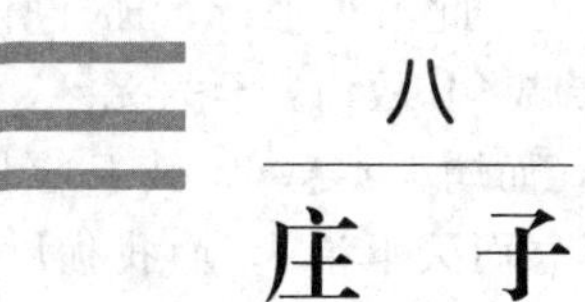

八 庄子

《庄子》是战国时代庄子及其后学所撰的一部哲理散文著作。庄子（约前369—前286），名周，宋国蒙（今河南商丘）人，先秦道家学派的主要代表之一，在老子“无为”学说基础上进而齐万物，尚返真，追求主观精神上的恬淡逍遥，避世自得，形成了与儒、墨诸学派的对立和互补。

《汉书·艺文志》著录《庄子》五十二篇，今本三十三篇，分《内篇》七篇，《外篇》十五篇，《杂篇》十一篇。研究者多认为《内篇》为庄子自作，《外篇》、《杂篇》多出于庄子后学所追记，基本上属于一个完整的思想体系，语言风格及表现方式也大体一致。其抒发议论常常运用新奇的想象，光怪陆离，仪态万方；又援引和创造了大量寓言故事，机智巧妙，富于情趣；文章体式则大开大阖，变化无穷，在先秦诸子散文中别具一格，最富文学特性。

逍遥游[①]

北冥有鱼[②]，其名为鲲[③]。鲲之大，不知其几千里也；化而为鸟，其名为鹏。鹏之背，不知其几千里也；怒而飞[④]，其翼若垂天之云[⑤]。是鸟也，海运则将徙于南冥[⑥]；南冥者，天池也[⑦]。《齐谐》者[⑧]，志怪者也[⑨]；《谐》之言曰：“鹏之徙于南冥也，水击三千里[⑩]，抟扶摇而上者九万里[⑪]，去以六月息者也[⑫]。”野马也，尘埃也，生物之以息相吹也[⑬]。天之苍苍，其正色邪？其远而无所至极邪[⑭]？其视下也，亦若是则已矣[⑮]。且夫水之积也不厚，则其负大舟也无力。覆杯水于坳堂之上[⑯]，则芥为之舟[⑰]，置杯焉则胶[⑱]，水浅而舟大也。风之积也不厚，则其负大翼也无力。故九万里则风斯在下矣[⑲]，而后乃今培风[⑳]，背负青天而莫之夭阏者[㉑]，而后乃今将图南[㉒]。

蜩与学鸠笑之曰[㉓]：“我决起而飞[㉔]，枪榆枋[㉕]，时则不至[㉖]，而控于地而已矣[㉗]；奚以之九万里而南为！”适莽苍者[㉘]，三飡而反[㉙]，腹犹果然[㉚]；适百里者，宿舂粮[㉛]；适千里者，三月聚粮[㉜]。之二虫，又何知[㉝]！

小知不及大知[㉞]，小年不及大年[㉟]。奚以知其然也[㊱]？朝菌不知晦朔[㊲]，惠蛄不知春秋[㊳]，此小年也。楚之南有冥灵者[㊴]，以五百岁为春，五百岁为秋；上古有大椿者，以八千岁为春，八千岁为秋，此大年也[㊵]。而彭祖乃今以久特闻，众人匹之[㊶]，不亦悲乎？

汤之问棘也是已[㊷]：“穷发之北[㊸]，有冥海者，天池也。有鱼焉，其广数千里，未有知其修者[㊹]，其名为鲲。有鸟焉，其名为鹏，背若泰山，翼若垂天之云，抟扶摇羊角而上者九万里[㊺]，绝云气[㊻]，负青天，然后图南，且适南冥也。斥鴳笑之曰[㊼]：‘彼且奚适也！我腾跃而上，不过数仞而下[㊽]，翱翔蓬蒿之间，此亦飞之至也[㊾]。而彼且奚适也！’”此小大之辨也[㊿]。

故夫知效一官，行比一乡，德合一君，而征一国者，其自视也亦若此矣[51]。而宋荣子犹然笑之[52]。且举世誉之而不加劝[53]。举世非之而不加沮[54]，定乎内外之分，辨乎荣辱之境[55]，斯已矣[56]；彼其于世，未数数然也[57]。虽然，犹有未树也[58]。夫列子御风而行[59]，泠然善也[60]，旬有五日而后反[61]；彼于致福者[62]，未数数然也。此虽免乎行，犹有所待者也[63]。若夫乘天地之正，而御六气之辩，以游无穷者，彼且恶乎待哉[64]！故曰：至人无己，神人无功，圣人无名[65]。

尧让天下于许由[66]，曰："日月出矣，而爝火不息[67]；其于光也，不亦难乎！时雨降矣，而犹浸灌[68]；其于泽也[69]，不亦劳乎！夫子立而天下治[70]，而我犹尸之[71]，吾自视缺然[72]，请致天下[73]。"许由曰："子治天下，天下既已治也；而我犹代子，吾将为名乎？名者实之宾也；吾将为宾乎[74]？鹪鹩巢于深林[75]，不过一枝；偃鼠饮河[76]，不过满腹。归休乎君，予无所用天下为[77]！庖人虽不治庖[78]，尸祝不越樽俎而代之矣[79]！"

肩吾问于连叔曰[80]："吾闻言于接舆[81]：大而无当，往而不返[82]；吾惊怖其言，犹河汉而无极也[83]；大有径庭[84]，不近人情焉。"连叔曰："其言谓何哉？"曰："'藐姑射之山[85]，有神人居焉；肌肤若冰雪，淖约若处子[86]，不食五谷，吸风饮露，乘云气，御飞龙，而游乎四海之外；其神凝，使物不疵疠而年谷熟[87]。'吾是以狂而不信也[88]。"连叔曰："然。瞽者无以与乎文章之观[89]，聋者无以与乎钟鼓之声；岂惟形骸有聋盲哉！夫知亦有之[90]。是其言也，犹时女也[91]。之人也，之德也，将磅礴万物以为一世蕲乎乱，孰弊弊焉以天下为事[92]！之人也，物莫之伤：大浸稽天而不溺[93]，大旱金石流、土山焦而不热。是其尘垢秕糠将犹陶铸尧舜者也[94]，孰肯以物为事！宋人资章甫而适诸越[95]，越人短发文身[96]，无所用之。尧治天下之民，平海内之政，往见四子藐姑射之山、汾水之阳[97]，窅然丧其天下焉[98]。"

惠子谓庄子曰[99]："魏王贻我大瓠之种[100]，我树之成[101]，而实五石[102]。以盛水浆，其坚不能自举也[103]。剖之以为瓢，则瓠落无所容[104]。非不呺然大也[105]，吾为其无用而掊之[106]。"庄子曰："夫子固拙于用大矣[107]！宋人有善为不龟手之药者[108]，世世以洴澼絖为事[109]。客闻之，请买其方百金。聚族而谋曰：'我世世为洴澼絖，不过数金；今一朝而鬻技百金[110]，请与之。'客得之，以说吴王。越有难，吴王使之将，冬与越人水战，大败越人[111]，裂地而封之。能不龟手一也，或以封，或不免于洴澼絖，则所用之异也。今子有五石之瓠，何不虑以为大樽而浮于江湖[112]，而忧其瓠落无所容，则夫子犹有蓬之心也夫[113]？"

惠子曰："吾有大树，人谓之樗[114]；其大本拥肿而不中绳墨[115]，其小枝卷曲而不中规矩[116]。立之涂，匠者不顾。今子之言，大而无用，众所同去也。"庄子曰："子独不见狸狌乎[117]？卑身而伏，以候敖者[118]；东西跳梁[119]，不辟高下[120]，中于机辟[121]，死于罔罟[122]。今夫斄牛[123]，其大若垂天之云；此能为大矣，而不能执鼠。今子有大树，患其无用，何不树之于无何有之乡[124]，广莫之野[125]，彷徨乎无为其侧，逍遥乎寝卧其下[126]；不夭斤斧[127]，物无害者[128]。无所可用，安所困苦哉[129]？"

中华书局《诸子集成》本《庄子集解》卷一

①该篇为《庄子·内篇》的第一篇，是《庄子》思想、艺术的代表作。"逍遥游"就是不受任何约束的自由自在的活动。庄子这里所阐发的是通过"无己"、"无功"、"无名"的"坐忘"，从主观上摆脱客观现实的制约，以达到精神上思接千里、与道合一的遨游。与之相应，该文借助一系列寓言和比喻，寓说理于离奇的想象和变幻莫测的形象境界之中，并以洒脱恣肆之笔，显示了自由无羁的风格。

②北冥：即北海。冥，幽深。一作"溟"，海。

③鲲（kūn 昆）：鱼苗的总称，这里用作大鱼的名字。

④怒：形容气势强盛，引申为奋发。此谓奋力鼓动翅膀。

⑤垂天之云：天边的云彩。垂，边际，后作“陲”。

⑥海运：海动，即海啸。徙：迁往。南冥：南海。

⑦天池：南海的别名，取义于天然而成的水池。

⑧《齐谐》：当是书名。

⑨志：记载。

⑩水击：击水，用翅拍打水面。

⑪抟（摶）（tuán 团）：一作“搏”，拍打，搏击。扶摇：即“飙”，一种从地面上升的暴风。

⑫“去以”句：大鹏飞去，是要凭着六月的大风才能成行的。以，因依。息，气息，此指风。按，这里是要指出，大鹏的高飞是有所“待”的。

⑬“野马”三句：那些看上去像奔马的浮尘游气，全是靠着生物间的呼吸吹拂才游动升腾的。

⑭“天之”三句：天是青苍苍的，这是它真正的颜色呢，还是因为相距太远而看不真切了呢？至极，到达尽头。

⑮“其视下”二句：飞到高空的大鹏从上面往下看，也会是如此（看不真切）的。此极言大鹏飞翔之高。

⑯覆：倒。坳（āo 凹）堂：即堂坳，地上低洼之处。

⑰芥：小草。

⑱胶：粘住。

⑲斯在下：就在大鹏的下面了。

⑳乃今：乃即，才就。培风：凭风，乘风。王念孙《读书杂志馀编》：“培之言冯（凭）也，冯，乘也。”此言大鹏需要高飞，凭借“厚”风才能飞往南海。

㉑夭：挫折。阏（è 遏）：阻止。

㉒图南：开始朝南飞去。图，谋求。

㉓蜩（tiáo 条）：蝉。学鸠（jiū 究）：小鸟名。

㉔决（xuè 穴）：迅急貌。

㉕枪：冲抵，碰撞。此指穿过。榆：榆树。枋（fāng 方）：树名，一说即檀木。

㉖时则不至：有时或许飞不到树上。

㉗控：投，落下。

㉘适莽苍者：适，往。莽苍，草色青青，指近郊。

㉙飡（cān 餐）：同“餐”。反，同“返”。

㉚果然：腹饱的样子。

㉛宿：隔夜，头天晚上。舂（chōng 充）粮：捣米备粮。

㉜三月聚粮：准备三个月的粮米。

㉝“之二虫”二句：这两只小鸟又知道什么呢！

㉞知（zhì 智）：通“智”。

㉟年：年寿。

㊱奚：何。

㊲朝（zhāo 召）菌：植物名，朝生暮死。晦：夜。朔：旦。

㊳惠蛄：虫名，夏初生，夏末死。惠一作“蟪”。

㊴冥灵：树名。

㊵此大年也：该句原文缺，今据宋人陈景元《庄子阙误》所考补。

㊶“而彭祖”二句：彭祖以高寿著称，一般人凡说到年寿，都拿他来作比较。彭祖，人名，传说生于尧舜时，死于殷时，活了七八百年。久，长寿。特闻，犹言“著称”。匹，比。

㊷棘：人名，相传商汤时大夫。《列子·汤问》篇作“夏革（jí极）”。

㊸穷发：不毛之地。

㊹修：长度。

㊺羊角：旋风。

㊻绝：超过。

㊼斥鴳（chǐ yàn尺宴）：鷃雀。斥，通“尺”，意谓小。鴳，同“鷃”，小雀名。

㊽仞：八尺，或曰七尺。

㊾飞之至：最好的飞翔。

㊿“此小大”句：这不过只是小和大的分别罢了。辨，别。按，这里是在指出大鹏和小鸟所不同的只不过是大待小待之别，但皆有其所待。

51“故夫”五句：由此看来那些才智只能胜任一官之职、行为只能庇护一乡之众、品德只能迎合一君之心、能耐只能折服一国之人的人，其自我感觉也和这些小鸟差不多。效，胜任。比，同“庇”。而（néng能），通“能”。征，信服。

52宋荣子：即宋钘（jiān坚），战国诸子，约与庄子同时，其学说接近墨家。犹然：笑貌。笑之：看不起上述小智之人。

53而不加劝：他（宋荣子）也不会特别加把劲。劝，勉，努力。

54非：非议。沮：沮丧。

55“定乎”二句：大意是说，在宋荣子看来，世人的非誉都是外在的，自己做得对不对才是内在的，他认定了内外二者的分际，自有荣辱之感，所以能够不为外在的毁誉所动。

56斯已矣：他所能做到的就是这些了。

57“彼其”二句：他在这个世上也就没有什么汲汲可求可争的了。数（shuò硕）数，迫切貌。

58未树：没有达到的境界。此指仍受荣辱之心束缚。

59列子：即列御寇，郑国人，相传能乘风而行。御风：即乘风。

60泠（líng零）然：轻妙的样子。

61旬有五日：十五天。旬，十天为一旬。有，通“又”。

62致福者：求得福禄之事。

63犹有所待：仍然还需要凭借其他条件。此指有待于风。待，凭依。

64“若夫”四句：若是乘着天地间的正常现象，驾驭着六气的自然变化，遨游在不受时空限制的“道”的领域，那还有什么需要凭借的呢！六气，阴阳风雨晦明。辩，通“变”。恶（wū乌），何。按，此是描述一种主观上与道合一、一切顺其自然的状态。

65“至人”三句：至人能够忘掉自己的形骸，神人能够无意于求功，圣人能够无意于求名。按，此是说只有修养最高的“至人”、“神人”、“圣人”才能达到与道合一、物我两忘、不受功名所累的境界，这种境界才是真正的逍遥游。

66许由：传说中著名贤士，尧让天下而不受，有“洗耳”故事，逃遁后隐于箕山。

67爝（jué决）火：小火把。

68浸灌：灌溉。

69泽：润泽庄稼。

⑦⓪夫子：此称许由。

⑦①尸：古代祭祖时祖神的化身，即神主，引申为徒居其名位者。此作动词，徒居。

⑦②缺然：不合适。

⑦③致天下：把天下奉交给您。

⑦④“子治”六句：大意是说我若接受您已治理好的天下，就是徒得其名，“名”不过是“实”的附庸，我怎么可能为了这种虚名而放弃自己的生活？

⑦⑤鹪鹩（jiāo liáo 焦聊）：小鸟名，喜居树林深处。

⑦⑥偃鼠：一作“鼹鼠”，常穿地而行，喜饮河水。按，许由是以小鸟、鼹鼠自比，以深林、河水喻天下，表示自己只求一栖一饱足矣。

⑦⑦“归休”二句：君王您还是回去吧，算了吧，我是用不着要这么大的天下的。

⑦⑧庖（páo 袍）人：掌管庖厨的人，犹今言“厨师”。治庖：此谓供应好牺牲等祭品。

⑦⑨祝：主持祭祀者。因其对神主（尸）而祝，故称尸祝。越：超越权限。樽（zūn 尊）：盛酒器。俎（zǔ 组）：盛肉器。樽、俎皆庖人所掌管。按，该段是引许由故事以证“圣人无名”。

⑧⓪肩吾、连叔：当为作者杜撰的人物名。

⑧①接舆：见于《论语》记载的楚国狂士。后面肩吾所述接舆之言，乃作者假托之辞。

⑧②往而不返：犹言一味说下去，越说越远。

⑧③河汉：指天上的银河。

⑧④径庭：此指与人情差别很大。径，门外小路。庭，庭院。

⑧⑤藐（miǎo 秒）姑射（yè 业）：传说中的仙山名。

⑧⑥淖（chuò 绰）约：同“绰约”，美好貌。处子：处女。

⑧⑦“其神凝”二句：他凝神静气，就能使万物不生病且庄稼成熟饱满。疵疠（cī lì 呲厉），疾病。

⑧⑧是以：以是，以此。狂：狂言，妄诞之语。

⑧⑨“瞽（gǔ 鼓）者”句：是瞎子就不要去观看美丽的花纹。瞽，盲人。与（yù 与），参与。文章，有文采的东西。下句仿此。

⑨⓪“岂惟”二句：岂止是身体方面有耳聋眼瞎的，人的智力方面，也是有这种情况的。

⑨①“是其”二句：这些话简直就像是在说你呀！时，是。女，汝。

⑨②“之人”四句：这位藐姑射神人，他的德泽是要广被万物，为整个宇宙祈求太平，哪里还会忙碌疲惫地以治理天下为事呢！磅礴（páng bó 旁薄），广被，包容。蕲（qí 祈），通“祈”，祈求。乱，治理。弊弊，劳苦貌。

⑨③大浸：大水。稽：至。

⑨④“是其”句：用他身上的琐细尘垢都能陶铸出几个尧舜来。秕（bǐ 比）糠，谷不熟为“秕”，谷皮叫“糠”，此指琐细之物。陶铸，制瓦器叫“陶”，制铜铁器叫“铸”。

⑨⑤资：采购。章甫：礼帽。适诸越：指到越国去销售。

⑨⑥短发文身：剪短了头发，身上画着花纹。短，一作“断”。这是一种野蛮人的装束，根本不需要礼帽。

⑨⑦四子：相传指王倪、啮（niè 聂）缺、被衣、许由，被《庄子》指为得道之人。汾水之阳：汾水北面。在今山西临汾一带。

⑨⑧窅（yǎo 杳）然：深远貌。丧：忘。此言尧往见四子之后，茫茫然竟把天下给忘掉了。按，该段借肩吾、连叔的对话以证“神人无功”，即“不以天下为事”。

⑨⑨惠子：即惠施，战国诸子中名家学派的代表，宋人，庄子好友，曾为梁（即魏）相。

⑩⓪魏王：指梁惠王。贻（yí宜）：送。大瓠（hú葫）：大葫芦。

⑩①树：种植。成：长成葫芦。

⑩②实五石（今读dàn旦）：能装得下五石东西那么大。实，容纳。石，十斗为一石。

⑩③“以盛”二句：葫芦皮脆，盛水太多就承受不了，无法提举。坚，坚固程度。

⑩④瓠落：犹言“廓落”，大而平浅。

⑩⑤呺（xiāo嚣）然：虚大貌。

⑩⑥掊（pǒu剖上声）：击破。

⑩⑦拙于用大：不善于给事物派大用场。

⑩⑧不龟（jūn君）手之药：防治冻伤手的药。龟，通“皲”，皮肤受冻而裂。

⑩⑨洴澼（píng pì瓶辟）在水中漂洗。绖（kuàng况）：同“纩”，细棉絮。

⑪⓪鬻（yù育）技：出卖制药技术。

⑪①大败越人：吴人用不龟手之药事先做了预防，冬季水战，皮肤不冻裂，故能取胜。

⑪②虑以为大樽：把它系在身上当腰舟。虑，结缚。大樽，一名“腰舟”，空心葫芦做成的漂浮用具，系在身上，可以自渡，因其形如酒器，故名“樽”。

⑪③“则夫子”句：老先生您的心是不是像蓬草心那样狭窄而弯曲呀？此以蓬心喻见识浅陋。

⑪④樗（chū初）：俗名臭椿，一种劣质大树。

⑪⑤大本：指主干。拥肿：同“臃肿”，指树干多赘瘤。绳墨：木匠用以求直的工具，即墨斗。

⑪⑥卷曲：弯弯扭扭。规矩：木匠求圆求方的工具。此连上句是言树的枝、干都不能用作制作器物的材料。

⑪⑦狸：野猫。狌（shēng生）：俗名黄鼠狼。

⑪⑧敖者：指往来的小动物。敖，闲游。

⑪⑨跳梁：同“跳踉（liàng亮）”，跳来跳去。

⑫⓪辟：通“避”。

⑫①机辟（pì僻）：捕鸟兽的机栝（kuò扩），装有机关，一触即发弓箭。

⑫②罔：同“網（网）”。罟（gǔ古）：网的通称。

⑫③斄（lí离）牛：即牦牛。

⑫④无何有之乡：什么也没有的去处。此谓对于现实之物视而不见。

⑫⑤广莫：广大。

⑫⑥“彷徨”二句：在它旁边无所事事地逛来逛去，在它下面怡然自得地躺着睡着。

⑫⑦不夭斤斧：不因刀斧砍伐而夭折。

⑫⑧物无害者：没有什么东西能侵害到它。

⑫⑨“无所”二句：意思是说，它没有什么用，就不会有困苦，这难道不是最大的用处吗？按，以上两段借与惠子的对话，谈“无用”之大“用”。

养生主[①]（节选）

吾生也有涯，而知也无涯[②]；以有涯随无涯，殆已[③]！已而为知者[④]，殆而已矣。为善无近名，为恶无近刑[⑤]，缘督以为经[⑥]，可以保身，可以全生[⑦]，可以养亲[⑧]，可以尽年[⑨]。

庖丁为文惠君解牛[⑩]，手之所触，肩之所倚，足之所履，膝之所踦[⑪]，砉然响然[⑫]，奏刀騞然[13]，莫不中音[14]，合于《桑林》之舞[15]，乃中《经首》之会[16]。

文惠君曰："嘻[17]！善哉！技盖至此乎[18]？"庖丁释刀对曰[19]："臣之所好者道也，进乎技矣[20]。始臣之解牛之时，所见无非牛者[21]。三年之后，未尝见全牛也[22]。方今之时，臣以神遇而不以目视[23]，官知止而神欲行[24]；依乎天理[25]，批大郤[26]，道大窾[27]，因其固然[28]，枝经肯綮之未尝[29]，而况大軱乎[30]？良庖岁更刀，割也[31]；族庖月更刀[32]，折也[33]。今臣之刀十九年矣，所解数千牛矣，而刀刃若新发于硎[34]。彼节者有间，而刀刃者无厚；以无厚入有间，恢恢乎其于游刃必有余地矣[35]。是以十九年而刀刃若新发于硎。虽然[36]，每至于族[37]，吾见其难为，怵然为戒[38]，视为止，行为迟[39]；动刀甚微，謋然已解[40]，如土委地[41]；提刀而立，为之四顾[42]，为之踌躇满志[43]，善刀而藏之[44]。"文惠君曰："善哉！吾闻庖丁之言，得养生焉[45]。"

中华书局《诸子集成》本《庄子集解》卷一

①《养生主》见于《庄子·内篇》，讲养生之道，是庄子人生哲学的集中阐释。该篇是作品开始的一个部分，基本内容是借助庖丁讲述解牛十九年不伤刀之事，阐发不谴是非、在矛盾夹缝中求生存的保身全性方法。其中的"庖丁解牛"故事，则因其客观上说明了尊重事物内在规律的重要性、描写又极其绘声绘色，而成为寓言名篇。

②"吾生"二句：人的生命是有限的，知识却是无限的。吾，代指人类。涯，边际。

③"以有涯"二句：用有限的生命去追求无限的知识，这就没法安生了。殆（dài代），危险，不安。

④已而：那么。为知者：有意追求知识名利的人。为，追求。

⑤"为善"二句：好事可以做，但不要去追求荣誉；不合规范的事也可以做，但不要触犯刑法。近，接近。名，名声，荣誉。

⑥"缘督"句：把遵循自然的中间之道作为行为的准则。缘，沿着，遵循。督，督脉，在人背之中；引申为居中之意。经，常，常规。

⑦全生：全性，本性不受戕害。生，通"性"。

⑧养亲：奉养父母。亲，双亲。

⑨尽年：尽其天年，寿终。

⑩庖丁：名叫丁的一位厨师。一说，庖丁即厨师。文惠君：即魏惠王，战国时魏国国君。解：肢解，宰割。

⑪"手之"四句：手接触的地方，肩膀倚着的地方，脚踩的地方，膝盖抵着的地方。"手触"、"肩倚"、"足履"、"膝踦"都是写解牛时的动作。踦（yǐ倚），抵着。

⑫砉（huā花）然：解牛时皮骨分离的声音。

⑬奏刀騞（huō豁）然：用刀刺入牛身发出騞然的响声。奏，进。騞，比"砉"更大的声音。

⑭中音：合乎音乐节奏。中，读去声。下同。

⑮《桑林》：传说中商汤时的乐曲名。此指庖丁的动作与《桑林》曲所伴的舞蹈合拍。

⑯《经首》：传说为帝尧时《咸池》乐中的一章。会：节奏（参看王先谦《庄子集解》）。

⑰嘻：赞叹声。

⑱"技盖（hé何）"句：解牛的技术怎么就能达到这种程度呢！盖，通"盍"，何。

⑲释刀：放下刀。

⑳"臣之"二句：我所看重的是掌握其内部的规律，这是远远超过单纯的技术的。好，读去声。道，指规律。

㉑“所见”句：大意是说，看到的只是牛的外身，而不明了牛的结构，看不出骨节间可以下刀的缝隙。

㉒“未尝”句：大意是说，由于熟悉了牛身中的骨节经络，看见的便不再是一头完整的牛，而只是一些可以拆卸的部件了。

㉓“臣以”句：已经不必用眼睛去看，只凭神思就知道哪里可以下刀了。神，精神。遇，碰，此指解牛。

㉔“官知止”句：感觉器官的作用停止了，而精神活动还在进行。官知，器官知觉。神欲，精神活动。

㉕天理：天然结构。

㉖批大郤（xì 隙）：刺入牛体内筋骨相连的空隙之处。批，击入。郤，通“隙”，空隙。

㉗道大窾（kuǎn 款）：顺着牛体内骨节的空处。道，通“导”。窾，空穴。

㉘因：依照。固然：指牛本来的结构。

㉙枝：枝脉。经：经脉。肯：粘着骨头的肉。綮（qìng 庆）：筋肉聚结处。这些地方都是用刀有所阻碍之处。未尝：没有碰到。尝，试。

㉚軱（gū 孤）：盘结骨。

㉛“良庖”二句：技术好的厨师一年换一次刀，他是在用刀割牛肉。

㉜族庖：一般的厨师。族，众。

㉝折：用刀劈骨头，这极易伤刀，故一个月就需换一次刀。

㉞硎（xíng 刑）：磨刀石。

㉟恢恢乎：宽绰的样子。游刃：动刀。

㊱虽然：虽然如此，但……

㊲族：筋骨交错处。

㊳怵（chù 触）然：害怕貌，引申为小心。

㊴“视为止”二句：目光为之集中，动作为之放慢。

㊵謋（huò 霍）然：哗啦一下，形容分解快速的样子。

㊶如土委地：好像一摊泥堆在地上一样。形容牛身被肢解后皮肉懈软的状态。委，堆积。

㊷四顾：四处看看，形容得意之状。

㊸踌躇：来回溜达，自得貌。满志：心满意足。

㊹善：犹“拭”。《释文》说，擦拭。藏：此指把刀插进刀鞘里。

㊺得养生焉：从中体会出养生的道理了。

秋水[①]（节选）

秋水时至，百川灌河，泾流之大[②]，两涘渚崖之间[③]，不辩牛马[④]。于是焉河伯欣然自喜[⑤]，以天下之美为尽在己，顺流而东行，至于北海，东面而视，不见水端。于是焉河伯始旋其面目[⑥]，望洋向若而叹曰[⑦]：“野语有之曰[⑧]，‘闻道百，以为莫己若’者[⑨]，我之谓也。且夫我尝闻少仲尼之闻，而轻伯夷之义者[⑩]，始吾弗信，今我睹子之难穷也[⑪]，吾非至于子之门，则殆矣[⑫]。吾长见笑于大方之家[⑬]。”

北海若曰：“井蛙不可以语于海者，拘于虚也[⑭]；夏虫不可以语于冰者，笃于时也[⑮]；曲士不可以语于道者[⑯]，束于教也。今尔出于崖涘[⑰]，观于大海，乃知尔丑[⑱]，尔将可与语大理矣[⑲]。天下之水，莫大于海，万川归之，不知何时止，而不盈[⑳]；尾闾泄之，不知何时已，而不虚[㉑]；

春秋不变，水旱不知[22]。此其过江河之流，不可为量数[23]。而吾未尝以此自多者，自以比形于天地，而受气于阴阳[24]，吾在天地之间，犹小石小木之在大山也。方存乎见少，又奚以自多[25]！计四海之在天地之间也，不似礨空之在大泽乎[26]？计中国之在海内，不似稊米之在大仓乎[27]？号物之数谓之万，人处一焉[28]；人卒九州[29]，谷食之所生，舟车之所通，人处一焉[30]；此其比万物也，不似豪末之在于马体乎[31]？五帝之所连[32]，三王之所争[33]，仁人之所忧，任士之所劳[34]，尽此矣[35]！伯夷辞之以为名[36]，仲尼语之以为博[37]，此其自多也[38]。不似尔向之自多于水乎[39]？"

中华书局《诸子集成》本《庄子集解》卷四

①《秋水》是《庄子·外篇》之一，全文从谈论事物的相对性入手，引出万物随"道"自化的道理，从而提出"无以人灭天"和以"无为"为大为的主张，是庄子哲学的集中阐释。同时，这又是《庄子》中最富文采的篇章之一。本文节录的是开篇部分，行文通过河伯与北海若的生动对话，极力渲染了认识的无涯和大小的相对不定。

②泾流：径直涌流的河水。泾，通"径"，直。

③涘（sì四）：水边。渚（zhǔ主）：水中陆地。

④辩：通"辨"，分辨。

⑤焉：同"乎"。河伯：河神，相传姓冯（píng平）名夷。

⑥旋：掉转。一说，转变。

⑦望洋：亦作"望羊"、"望阳"或"盳洋"，仰视貌。若：海神，名若，即下文"北海若"。

⑧野语：俗语。

⑨"闻道百"二句：听到一百样道理，就以为没有谁能比得上自己的人。百，泛指多。莫己若，莫若己。若，如。

⑩"且夫"二句：以孔子所知学问为少，以伯夷的义举为轻。"少"读上声，多少之"少"，与"轻"均为形容词意动用法。伯夷，殷诸侯孤竹国君的长子，因让君位与其弟叔齐逃至周，后又以武王伐纣为臣弑君的不义之举而同隐首阳山，不食周粟而饿死。

⑪穷：穷尽。

⑫殆（dài代）：危险，可怕。

⑬大方之家：懂得大道理的人。"方"即"道"。

⑭"井蛙"二句：语，谈论。拘于虚，受居所的局限。虚，处所，所在地。

⑮"夏虫"二句：夏虫，只生存在夏天的昆虫。笃，固，引申为限制。

⑯曲士：乡曲之士，此指居于一隅、浅见寡闻之人。

⑰尔：你。下同。

⑱丑：鄙陋低劣，此指拘于一隅之见的褊狭与自大。

⑲大理：大道理。

⑳而不盈：此句主语为大海。盈，盈满涨溢。

㉑"尾闾"三句：尾闾，传说排泄海水之处，又名"沃焦"。因在百川之下，故称"尾"；因是海水聚族之处，故称"闾"。闾，聚集。而不虚，主语亦是大海。虚，空。

㉒不知：感觉不到。此句意为无论水火旱灾，人海都看不出有什么改变。

㉓"此其"二句：过，超过。不可为量数，无法用数字来计量。

㉔"自以"二句：自认为寄形于天地之间，禀受阴阳之气。比，通"庇"，寄，托。

㉕"方存"二句：正感到所见太少，又哪里还能自傲。奚，何。

㉖礨（lěi 磊）空：小窟窿。礨，同“磊”，积石。空，读为“孔”。大泽：大湖沼。

㉗稊（tí 提）米：指极细小的米粒。“稊”是稗草一类的草，其米极细小。大仓：储粮的大仓库。

㉘“号物”二句：说到物的数量，常称之为万物，人仅居其中之一。这是以人类与万物相对比而言。

㉙人卒九州：人布满九州。卒，尽，占尽。

㉚“谷食”三句：谷物之所生产，车船之所交通，每人仅居其中之一。这是以个人与众人相对比而言。

㉛“此其”二句：此，指上述万物之一、众人之中的个人。豪末，动物毫毛末梢。豪，通“毫”。

㉜五帝：传说中上古的五个帝王，说法不一，《史记》载为黄帝、颛顼、帝喾、尧、舜。连：连续，此指五帝禅让天下。

㉝三王：指夏禹、商汤、周武王。争：争天下。

㉞任士：以天下为己任的贤能之士。“所忧”、“所劳”的对象亦为天下。

㉟尽此：全部不过如此。“此”指上文“豪末”。

㊱辞之：辞让天下。以为名：为了求得名声。

㊲博：广博。

㊳自多：自满，自夸。

㊴向：从前。

九

荀　子

《荀子》是一部以表现荀子思想为主要内容的先秦诸子散文著作，现存三十二篇，大部分是荀子自作。荀子（约前 313—约前 238），名况，字卿，战国后期赵国人，曾在齐国讲学，后来任楚国兰陵令，老死于楚。荀子是先秦儒家学派最后一位代表人物，又因博采众说而独成一家，其折中于礼法、重后天改造、尚贤使能等思想，带有总结诸子的性质，其否定天命、强调人为的信念，则是新兴力量的声音。

荀子散文浑厚朴实，说理细密，主题明确，词汇丰富，篇幅较长，显示了说理散文在战国后期的发展。

劝学[①]（节选）

君子曰[②]：学不可以已[③]。青取之于蓝，而青于蓝[④]；冰，水为之，而寒于水。木直中绳[⑤]，𫐓以为轮[⑥]，其曲中规[⑦]；虽有槁暴[⑧]，不复挺者[⑨]，𫐓使之然也。故木受绳则直，金就砺则利[⑩]，君子博学而日参省乎己，则知明而行无过矣[⑪]。

故不登高山，不知天之高也；不临深谿[⑫]，不知地之厚也；不闻先王之遗言[⑬]，不知学问之大也。干、越、夷、貉之子[⑭]，生而同声，长而异俗，教使之然也。《诗》曰[⑮]："嗟尔君子，无恒安息[⑯]。靖共尔位[⑰]，好是正直[⑱]。神之听之，介尔景福[⑲]。"神莫大于化道[⑳]，福莫长于无祸。

吾尝终日而思矣，不如须臾之所学也[㉑]。吾尝跂而望矣[㉒]，不如登高之博见也。登高而招，臂非加长也，而见远；顺风而呼，声非加疾也[㉓]，而闻者彰[㉔]。假舆马者[㉕]，非利足也[㉖]，而致千里[㉗]；假舟楫者[㉘]，非能水也，而绝江河[㉙]。君子生非异也，善假于物也[㉚]。

南方有鸟焉，名曰蒙鸠[㉛]。以羽为巢，而编之以发，系之苇苕[㉜]。风至苕折，卵破子死。巢非不完也，所系者然也。西方有木焉，名曰射干[㉝]，茎长四寸，生于高山之上，而临百仞之渊[㉞]。木茎非能长也，所立者然也。蓬生麻中[㉟]，不扶而直；白沙在涅，与之俱黑[㊱]。兰槐之根是为芷[㊲]，其渐之滫[㊳]，君子不近，庶人不服[㊴]。其质非不美也，所渐者然也。故君子居必择乡，游必就士[㊵]，所以防邪僻而近中正也。

物类之起[㊶]，必有所始。荣辱之来，必象其德[㊷]。肉腐出虫，鱼枯生蠹[㊸]。怠慢忘身[㊹]，祸灾乃作。强自取柱，柔自取束[㊺]。邪秽在身，怨之所构[㊻]。施薪若一，火就燥也[㊼]；平地若一，水就湿也。草木畴生[㊽]，禽兽群焉，物各从其类也。是故质的张而弓矢至焉[㊾]，林木茂而斧斤至焉，树成荫而众鸟息焉，醯酸而蜹聚焉[㊿]。故言有召祸也，行有招辱也，君子慎其所立乎[51]！

积土成山，风雨兴焉[52]；积水成渊，蛟龙生焉；积善成德，而神明自得[53]，圣心备焉[54]。故不积跬步[55]，无以至千里；不积小流，无以成江海。骐骥一跃[56]，不能十步；驽马十驾[57]，功在不舍[58]。锲而舍之[59]，朽木不折；锲而不舍，金石可镂[60]。蚓无爪牙之利[61]，筋骨之强，上食埃土，下饮黄泉，用心一也。蟹八跪而二螯[62]，非蛇蟺之穴无可寄托者[63]，用心躁也[64]。是故无冥冥之志者，无昭昭之明，无惛惛之事者，无赫赫之功[65]。行衢道者不至[66]，事两君者不容。目不能两视而明，耳不能两听而聪[67]。螣蛇无足而飞[68]，鼫鼠五技而穷[69]。《诗》曰[70]："尸鸠在桑[71]，其子七兮。淑人君子[72]，其仪一兮[73]。其仪一兮，心如结兮[74]！"故君子结于一也。

中华书局《诸子集成》本《荀子集解》卷一

①《劝学》为今本《荀子》第一篇，系统论述了后天学习、改造的重要性，强调了生活环境、客观条件对人的影响，并提出了专心致志、锲而不舍、持之以恒等提高学习成果的优良途径和方法。文中以论学为中心，层层说明道理，内容丰富而脉络清晰，语句整齐，所用的一连串比喻也贴切实在，极具说服力。本文所选为全文的前半部分。劝，劝勉、鼓励。学，此指后天的学习、修养和改造。

②君子曰：古代常用"君子曰"来发表公正而有价值的议论。君子，多指有才德的人。

③已：中止，放弃。

④"青取"二句：青色是从蓝草中提取出来的，却又比蓝草更青。蓝，一种可以提制青色染料的植物。

⑤中：读去声，合于。绳：木匠取直的墨线。

⑥輮（rǒu柔上声）：通"煣"，用火烤木使其弯曲。轮，车轮。

⑦规：圆规。

⑧槁（gǎo搞）：枯干。暴（pù瀑）：晒干。

⑨挺：直。

⑩金就砺（lì厉）则利：刀在磨刀石上磨过才锋利。金，指金属制刀具。就，靠近，接触。砺，磨刀石。

⑪"君子"二句：君子广泛地学习而又每天都反省自己，就能明达事理而杜绝过错了。参，同"三"，多次。省（xǐng醒），省察。知，通"智"。

⑫深谿：深谷。谿，同"溪"。

⑬先王：指古代贤明的君主。

⑭干、越：春秋时南方诸侯国名。夷：古代东方族名。貉（mò末）：同"貊"，古代北方族名。

⑮《诗》：《诗经》。以下引诗见于《诗经·小雅·小明》。

⑯"无恒"句：不要常常贪图安逸。恒，常。

⑰"靖共（gōng恭）"句：谨慎地守着你的职位。靖，敬慎。共，通"恭"，守奉。

⑱好：读去声，喜好。

⑲"神之"二句：天神听到这些，一定会赐给你洪福。介，助，给予。景，大。

⑳神：指一种很高的精神境界。化道：为道所化，在道的熏陶感染下变化、提高。此"道"是指圣贤之道。

㉑"吾尝"二句：花一整天去空想，还不如片刻从事学习有所收获。吾尝，我曾经。此为泛指，下同。

㉒跂（qǐ企）：通"企"，踮起脚尖。

㉓疾：壮，声音洪亮。

㉔彰：清楚。

㉕假：借助。舆：车。

㉖利足：善于走路。

㉗致千里：到达千里之外。致，使至，使到达。

㉘楫（jí 及）：船桨。

㉙绝：横渡。

㉚善假于物：此言区别就只在于谁更善于借助条件。

㉛蒙鸠：鸟名，即鷦鹩（jiāo liáo 焦辽），一种善于筑巢的小鸟。

㉜系（jì 记）：结。苇：芦苇。苕（tiáo 条）：芦苇穗。

㉝射（yè 业）干：植物名，白花长茎，生于高处。

㉞仞：古代长度单位，七尺或八尺为一仞。此处“百仞”极言其深，不是确数。

㉟蓬：又名飞蓬，草名。麻：大麻，植物名。

㊱“白沙”二句：原本脱此二句，据王念孙说补。涅（niè 聂），黑泥。

㊲兰槐：香草名，其根叫“芷（zhǐ 止）”。

㊳其：若，如果。渐（jiān 尖）：浸泡。滫（xiū 修）：臭水。

㊴服：佩带。

㊵游：出行，游学。就士：接近贤士。

㊶物类：万物，同类的物。

㊷象其德：与他本人德行的好坏相适应。象，相似，相应。

㊸蠹（dù 杜）：蛀虫。

㊹怠慢：懒惰疏忽。忘身：忘记有关自身的荣辱利害。

㊺“强自”二句：刚强坚硬者就会自作支柱，柔软懦弱者就会自找约束。按，“柱”，一说通“祝”，断，意谓物强自取断折。

㊻“邪秽”二句：大意是说，自身邪恶污秽，尽做坏事，当然就会招来一大堆怨恨仇视。构，集结。

㊼“施薪”二句：柴禾同样放在那里，火会向干燥处延烧。施，放置。薪，柴。就，靠近。

㊽畴生：同类生在一起。畴，通“俦（chóu 仇）”，同类。

㊾质的：箭靶。张：立在那里。

㊿醯（xī 西）：醋。蜹（ruì 锐）：同“蚋”，蚊虫。

51“故言”三句：大意是说，一个人的言行不慎，就会惹祸招辱，所以君子都应谨慎自己的立身行事。

52“积土”二句：古人认为风雨起自山谷。兴，起。此喻学习必须积少成多方见成效。

53神明：此指人的智慧。

54圣心：圣人应有的思想。备：具备。

55跬（kuǐ 傀）步：半步。按，古人两跨为一步，其半步相当于今天的一步。跬，同“跬”。

56骐骥：泛指良马。

57驽（nú 奴）马：庸劣的马。十驾：指走十天的路程。每天需驾马卸马，故一日称一驾。

58不舍：不舍弃，不中止。

59锲（qiè 切）：刻。

60镂（lòu 漏）：雕刻。

(61)蚓：蚯蚓。

(62)八跪：八，原本作“六”，据卢文弨说校改。跪，足。螯（áo 遨）：螃蟹的第一对脚，形状像钳子。

(63)蟺（shàn 善）：通“鳝”。无可寄托：无处居住。

(64)躁：浮躁，不专一。

(65)“是故”四句：言没有精诚专注的努力，就没有显赫的成功。冥冥、惛（hūn 昏）惛，皆默默、专注的意思。事，工作。昭昭，明达貌。赫赫，显盛貌。

(66)“行衢（qú 渠）道”句：徘徊于岔路口的人永远到不了目的地。衢道，四下通行的道路，引申为岔路、歧路的意思。

(67)“目不能”二句：眼睛不能同时看两样东西而又看得清楚，耳朵不能同时听两种声音而又听得清楚。明，视力好。聪，听力好。

(68)螣（téng 腾）蛇：传说一种会飞的蛇。

(69)鼫（shí 石）鼠：原本作“梧鼠”，据杨倞说改。鼫鼠，一种似鼠的小动物，据说有五种技能，但都不精通：会飞但飞不过房屋，会爬树但爬不到树顶，会游泳但游不过山涧，会掏洞但藏不住身体，会走但跑不到人前头。穷：穷困。

(70)《诗》曰：以下引诗见《诗经·曹风·鸤（shī 尸）鸠》。

(71)尸鸠：同“鸤鸠”，即布谷鸟。《毛传》：“鸤鸠之养七子也，旦从上而下，莫从下而上，其于子也平均如壹。”桑：桑树。

(72)淑：善。

(73)仪：举止态度。

(74)结：绳子打结。在此形容用心专一。

赋①（节选）

有物于此，生于山阜②，处于室堂；无知无巧③，善治衣裳；不盗不窃，穿窬而行④，日夜合离⑤，以成文章⑥；以能合从，又善连衡⑦；下覆百姓，上饰帝王；功业甚博，不见贤良⑧；时用则存，不用则亡⑨。臣愚不识，敢请之王。

王曰：此夫始生钜、其成功小者邪⑩？长其尾而锐其剽者邪⑪？头铦达而尾赵缭者邪⑫？一往一来，结尾以为事⑬；无羽无翼，反覆甚极⑭；尾生而事起⑮，尾邅而事已⑯；簪以为父⑰，管以为母⑱；既以缝表，又以连里⑲：夫是之谓箴理⑳。——箴㉑。

中华书局（诸子集成）本《荀子集解》卷一八

①《赋》篇以隐喻方式写礼、知、云、蚕、箴（针）五种事物，设为问答，铺陈描绘，并最早以赋名篇，这些因素都对汉赋的出现有一定影响。这里选取的是有关“箴”的一节，含蓄风趣、妙用比喻是其特点。按，“箴”即古“鍼”字，今通作“针”。

②阜（fù 负）：土山。

③知：通“智”。

④穿窬（yú 余）：穿洞。窬，小孔。按，盗贼窃物多“穿窬”入室。

⑤合离：使离者相合，即把若干片布连在一起。

⑥文章：有花纹之物。

⑦“以能”二句：此以战国诸侯“合纵”、“连横”为喻，描写其纵横缝合、连缀的状貌。

从（zòng 纵），通“纵”。衡，通“横”。

⑧不见贤良：不被称颂。见，被。贤良，用作动词，称善。

⑨“时用”二句：用时它出现在人们的眼前，不用时就不见了。

⑩“此夫”句：这莫非是那个初生时很大、制成后反而很小的东西吗？钜，同“巨”。按，此指把铁磨成针是由大变小。

⑪长其尾：指针鼻上连着线。锐其剽（biǎo 表）：指针尖很锋利。剽，末梢。

⑫铦（xiān 先）：锋利。达：畅通。赵缭：读为“掉缭”，长貌。一说缠绕貌，均指尾部拖着长线。

⑬“结尾”句：行针前需先在线尾处打结。

⑭极：通“亟”，急，迅速。

⑮尾生：指在针鼻上穿好线。

⑯尾邅（zhān 沾）：指缝合完毕时把线盘绕一下绾个结。邅，转，回绕盘结之意。

⑰簪：头发簪子，似针而大，故称针之父。

⑱管：指针筒，用以盛针，故称针之母。

⑲“既以”二句：表，指衣服面子；里，指衣服里子。

⑳箴理：字面意义是指针线缝过的纹理，实指上述种种描写，即“针的道理”。

㉑箴：此处为最后揭开谜底。

一〇
韩非子

《韩非子》是一部以表现韩非思想为主要内容的先秦诸子散文著作，现存五十五篇，大都出于韩非自作。韩非（约前280—前233），战国末年韩国公子，屡次上书韩王，韩王不肯用，秦王激赏其文章，遂攻韩迫使其入秦，在秦遭受忌害而死。韩非是荀子的弟子，却接受了法家思想，熔商鞅的“法”、申不害的“术”、慎到的“势”于一炉而又有所发展，主张因时制宜，强调君主集权，重视赏罚手段，提出了一整套完整的法治理论，成为法家思想的集大成者。

韩非散文长于说理论事，思理严谨细密，言词切实犀利，分析入木三分；有些篇集中运用寓言故事，则使事理浅近而易晓。

五蠹[①]（节选）

上古之世，人民少而禽兽众，人民不胜禽兽虫蛇。有圣人作[②]，构木为巢以避群害，而民悦之，使王天下[③]，号之曰有巢氏。民食果蓏蚌蛤[④]，腥臊恶臭而伤害腹胃，民多疾病。有圣人作，钻燧取火以化腥臊[⑤]，而民说之[⑥]，使王天下，号之曰燧人氏。中古之世，天下大水，而鲧、禹决渎[⑦]。近古之世，桀、纣暴乱，而汤、武征伐。今有构木钻燧于夏后氏之世者[⑧]，必为鲧、禹笑矣；有决渎于殷、周之世者，必为汤武笑矣。然则今有美尧、舜、鲧、禹、汤、武之道于当今之世者[⑨]，必为新圣笑矣。是以圣人不期修古，不法常可，论世之事，因为之备[⑩]。宋人有耕者，田中有株[⑪]，兔走触株，折颈而死；因释其耒而守株[⑫]，冀复得兔；兔不可复得，而身为宋国笑。今欲以先王之政，治当世之民，皆守株之类也。

古者丈夫不耕，草木之实足食也；妇人不织，禽兽之皮足衣也。不事力而养足[⑬]，人民少而财有余，故民不争。是以厚赏不行，重罚不用，而民自治。今人有五子，不为多；子又有五子，大父未死[⑭]，而有二十五孙。是以人民众而货财寡，事力劳而供养薄，故民争。虽倍赏累罚[⑮]，而不免于乱。

尧之王天下也，茅茨不翦[⑯]，采椽不斫[⑰]；粝粢之食[⑱]，藜藿之羹[⑲]；冬日麑裘[⑳]，夏日葛衣[㉑]；虽监门之服养，不亏于此矣[㉒]。禹之王天下也，身执耒臿[㉓]，以为民先，股无完胈[㉔]，胫不生毛[㉕]，虽臣虏之劳，不苦于此矣。以是言之，夫古之让天子者，是去监门之养而离臣虏之劳也，古传天下而不足多也[㉖]。今之县令，一日身死，子孙累世絜驾[㉗]，故人重之。是以人之于让也，轻辞古之天子，难去今之县令者，薄厚之实异也。夫山居而谷汲者，媵腊而相遗以水[㉘]；泽居苦水者，买庸而决窦[㉙]。故饥岁之春，幼弟不饷[㉚]；穰岁之秋[㉛]，疏客必食。非疏骨肉爱过客也，多少之心异也。是以古之易财[㉜]，非仁也，财多也；今之争夺，非鄙也，财寡也。轻辞天子，非高也，势薄也；重争土橐[㉝]，非下也，权重也。故圣人议多少、论薄厚为之政。

故罚薄不为慈，诛严不为戾，称俗而行也[34]。故事因于世而备适于事[35]。

古者，文王处丰、镐之间[36]，地方百里，行仁义而怀西戎[37]，遂王天下。徐偃王处汉东[38]，地方五百里，行仁义，割地而朝者三十有六国。荆文王恐其害己也[39]，举兵伐徐，遂灭之。故文王行仁义而王天下，偃王行仁义而丧其国，是仁义用于古而不用于今也。故曰：世异则事异[40]。当舜之时，有苗不服[41]，禹将伐之。舜曰："不可！上德不厚而行武[42]，非道也。"乃修教三年，执干戚舞[43]，有苗乃服。共工之战[44]，铁铦短者及乎敌[45]，铠甲不坚者伤乎体。是干戚用于古，不用于今也。故曰：事异则备变[46]。上古竞于道德，中世逐于智谋，当今争于气力。齐将攻鲁，鲁使子贡说之[47]。齐人曰："子言非不辩也，吾所欲者土地也，非斯言所谓也[48]。"遂举兵伐鲁，去门十里以为界[49]。故偃王仁义而徐亡，子贡辩智而鲁削。以是言之，夫仁义辩智，非所以持国也。去偃王之仁，息子贡之智，循徐、鲁之力，使敌万乘[50]，则齐、荆之欲，不得行于二国矣。

中华书局《诸子集成》本《韩非子集解》卷一九

①《五蠹》是韩非系统论述法治理论的长篇大文，在追溯社会历史变迁的基础上，论证了因时制宜的必然性和现时实行法治的合理性，指斥当时的学者（儒家）、言谈者（纵横家）、带剑者（游侠）、患御者（宠近之臣）和商工之民五种人为社会蠹虫，主张养耕战之士，除五蠹之民。蠹（dù杜），木中虫，即蛀虫。这里所选的是其中的第一部分，集中阐释"世异则事异"的道理，著名的"守株待兔"寓言就见于此。

②作：兴起，出现。

③王：读去声，动词，称王。

④果：木本植物所结的果实。蓏（luǒ 裸）：草本植物所结的果实。蚌（bàng 蚌）：同"蚌"。蛤（gé 革）：蛤蜊。"蚌"、"蛤"皆水生动物。

⑤钻燧（suì 岁）：钻木取火。燧，古代取火器。该句谓教民熟食。

⑥说（yuè 悦）：通"悦"。

⑦决渎（dú 读）：疏通河流。渎，指独流入海的河流，古代长江、黄河、淮河、济水称四渎。

⑧夏后氏之世：指禹之时。禹乃夏后氏部落领袖，其子启建立了夏王朝。

⑨尧、舜、鲧、禹、汤、武：原作"尧、舜、汤、武、禹"，据王先慎说改。

⑩"是以"四句：大意是说，圣人治世不必依古代之法，不必按旧有惯例，而应研究当前情况，采取相应措施。修，习，治。常可，犹言"惯例"。论，研究。备，设施，办法。

⑪株：伐木后所残留的树桩。

⑫耒（lěi 垒）：翻土农具。

⑬不事力：犹言不必费劲劳作。养足：生活资料充足。

⑭大父：祖父。

⑮累罚：层层刑罚。

⑯茅茨（cí 词）：用茅草覆盖屋顶。翦（jiǎn 剪）：同"剪"，修剪。

⑰采：木名，即栎（lì 利）树。椽（chuán 船）：屋顶上承瓦的木条。斫（zhuó 浊）：砍削，此作"雕饰"解。

⑱粝（lì 力）：粗米。粢（zī 资）：稻饼。

⑲藜（lí 离）：草名，可食。藿（huò 或）：豆叶。

⑳麑（ní 尼）：幼小的鹿。

㉑葛（gé 革）：麻布。

㉒“虽监门”二句：拿今天来说，即使一个看门人的吃穿用度，也不会低于这个水平了。监门，看守里门的人。亏，损，减少。

㉓臿（chā 插）：掘土农具，即锹（qiāo 敲）。

㉔股：大腿。完：原本无此字，据王先慎引《御览》增。胈（bá 拔）：股上细毛。一说，腿上肌肉。

㉕胫：小腿。

㉖古：通“故”。传天下：把天下传给别人，即禅让。多：赞美。

㉗累世：几代。絜（xié 协）驾：系马驾车，指乘车，这里用来形容享受富贵。

㉘膢（lóu 楼）：楚俗二月祭饮食之神的节日。腊：腊月祭百神的节日。相遗（wèi 胃）以水：山居的人汲水困难，故以水为贵重之物，每逢节日以此相馈赠。遗，赠送。

㉙买庸：花钱雇人。庸，通“佣（傭）”，雇佣工。窦：水沟。

㉚饷：给食。

㉛穰（ráng 瓤）：庄稼丰熟。

㉜易财：把财物看得很轻。

㉝土：当作“士”，同“仕”，指仕进，做官。橐（tuó 砣）：通“托”，指依附于诸侯士大夫。

㉞“故罚薄”三句：大意是说，古代刑罚轻算不得仁慈，后世刑罚严也算不得暴虐，都是根据各自的风俗情况而行事的。戾（lì 利），凶残。

㉟“故事”句：大意是说，举事要视时代的不同而有所区别，措施要适应新的情况而有所变化。

㊱文王：周文王。丰：在今陕西户县东。镐（hào 浩）：在今陕西西安市长安区西南。周文王自岐山下迁都于丰，武王又自丰迁都于镐。

㊲怀西戎：感化了西戎族使之归附。

㊳徐偃王：西周穆王时徐国国君，国境在今江苏徐州一带，因行仁义使诸侯归附，国境遂延至汉水以东。

㊴荆：即楚。按，楚文王，春秋时人，距徐偃王三百余年，此言楚文王可能有误。

㊵“世异”句：时代不同，情况就不同。

㊶有苗：三苗，古代异族。有，语助词，无义。

㊷上德不厚：君王德化不足。

㊸执干戚舞：指音乐教化。干，盾。戚，斧。此言把干、戚用为舞具而不用于战争，以德教感化三苗。

㊹共工：古代部族首领名，被视为“四凶”之一，古帝王曾与之交战。

㊺铦（xiān 先）：类似标枪的武器。及乎敌：指为敌所制。

㊻“事异”句：情况不同，措施就不同。

㊼子贡：孔子弟子，善辞令。说（shuì 税）：游说劝阻。

㊽“非斯言”句：不是说几句话就能解决问题的。

㊾“去门”句：言齐国侵占了鲁国大片土地，国界离鲁国都城城门只有十里了。

㊿“循徐、鲁”二句：利用徐、鲁两国的民力去抵御大国的入侵。循，顺着，依照。万乘（shèng 剩），拥有一万辆战车，代指大国。

难一[①]（节选）

历山之农者侵畔[②]，舜往耕焉，期年甽亩正[③]。河滨之渔者争坻[④]，舜往渔焉，期年而让长[⑤]。东夷之陶者器苦窳[⑥]，舜往陶焉，期年而器牢。仲尼叹曰："耕、渔与陶非舜官也[⑦]，而舜往为之者，所以救败也[⑧]。舜其信仁乎[⑨]！乃躬藉处苦[⑩]，而民从之。故曰，圣人之德化乎[⑪]！"

或问儒者曰[⑫]："方此时也，尧安在[⑬]？"其人曰："尧为天子。"然则仲尼之圣尧奈何[⑭]？圣人明察在上位，将使天下无奸也[⑮]。令耕渔不争[⑯]，陶器不窳，舜又何德而化[⑰]？舜之救败也，则是尧有失也。贤舜，则去尧之明察；圣尧，则去舜之德化[⑱]。不可两得也[⑲]。

楚人有鬻楯与矛者[⑳]，誉之曰[㉑]："吾楯之坚，物莫能陷也[㉒]。"又誉其矛曰："吾矛之利[㉓]，气于物无不陷也。"或曰："以子之矛，陷子之楯，何如[㉔]？"其人弗能应也[㉕]。夫不可陷之楯，与无不陷之矛，不可同世而立[㉖]。今尧舜之不可两誉，矛楯之说也[㉗]。

且舜救败，期年已一过[㉘]，三年已三过。舜寿有尽[㉙]，天下过无已者[㉚]；以有尽逐无已，所止者寡矣[㉛]。赏罚[㉜]，使天下必行之。令曰："中程者赏[㉝]，弗中程者诛。"令朝至暮变[㉞]，暮至朝变，十日而海内毕矣[㉟]，奚待期年[㊱]！舜犹不以此说尧，令从己，乃躬亲，不亦无术乎[㊲]？

且夫以身为苦而后化民者[㊳]，尧舜之所难也。处势而矫下者，庸主之所易也[㊴]。将治天下，释庸主之所易[㊵]，道尧舜之所难[㊶]，未可与为政也[㊷]。

中华书局《诸子集成》本《韩非子集解》卷一五

①《难》是韩非自设问答的辩难文字，共四篇，每篇中又分若干节，分别就一些历史人物的言行提出责问，借此进一步阐发自己的法家学说。本文节选自第一篇《难一》，专驳儒家津津乐道的尧舜事迹，抓住对方矛盾层层进逼是该文的显著特点，著名的"矛盾"之说就出于此。难（nàn南去声），驳诘。

②历山：在今山东济南历城南，又名舜耕山。侵畔（pàn判）：越过田界争夺耕地。畔，田界。

③期（jī基）年：满一周年。甽（quǎn犬）亩正：田界规整。甽，田间小沟。

④坻（chí池）：水中高地，渔人捕鱼时立脚之地。

⑤让长（zhǎng掌）：把好地方让给年长者。

⑥东夷：古代对居住在东方的各族的称呼。陶者：制造陶器的人。器苦窳（yǔ雨）：烧制出的陶器苦于不结实。窳，粗劣。

⑦非舜官：并非舜分内之事。官，职责。

⑧救败：犹言"解决问题"。救，补救。败，败坏，引申作"毛病"。

⑨信仁：实在是个有仁德的人。信，的确。

⑩躬藉（jí籍）：亲自实践。躬，身体，引申为自身、亲自。藉，践。处苦：受辛苦。

⑪"圣人"句：圣人的仁德是可以感化人心的。

⑫或问：有人问。此是韩非假设，借以质疑。

⑬"方此时"二句：舜躬自化天下的这个时候，尧在哪里？方，正当。

⑭"然则"句：既然如此，孔子又把尧尊为圣人，这该怎么理解？按，自此以下，全部是韩非对儒家的反驳。

⑮"圣人"二句：若是圣人，就该在天子之位上明察秋毫，使天下不再有奸邪之事。

⑯令：原本作“今”，据王渭说改。令，假使。

⑰“舜又”句：舜又用仁德去感化谁呢？

⑱“贤舜”四句：表彰舜的贤能，就不能赞美尧的明察；推崇尧的圣明，就不能赞叹舜的以德化天下。去，除掉。

⑲“不可”句：意思是二者必居其一。两得，两个都要。

⑳鬻（yù玉）：卖。楯（dùn盾）：同“盾”，古代交战中用于防御的盾牌。矛：用于冲刺的兵器。

㉑誉之：此为称赞其盾。

㉒“物莫”句：没有什么东西能够刺穿它。陷，攻入，此指刺透。

㉓利：锋利。

㉔“以子”三句：用您的矛，去刺您的盾，会怎么样？子，您。

㉕“其人”句：那卖盾和矛的人回答不上来了。应，答。

㉖同世而立：同时存在。

㉗“今尧舜”二句：如今对尧和舜不能同时赞誉，就像对矛、盾不能同时夸口，道理是一样的。

㉘已一过：犹言“解决一个问题”。已，中止。

㉙“舜寿”句：原本作“舜有尽，寿有尽”，据顾广圻说删改。

㉚“天下”句：天底下的问题却没有完结的时候。

㉛“以有尽”二句：用有限的生命去追着解决无穷无尽的问题，所能解决的毕竟不多。

㉜赏罚：此是韩非提出的另一种治理办法，即不必亲自去感化，而是制定有关奖赏和惩罚的法规。

㉝中（zhòng众）程：合乎规格。

㉞朝至暮变：命令早上到达，晚上面貌就会发生改观。

㉟“十日”句：只要十天时间，全国范围内就能一律按法令行事了。海内，当时地理观念认为中国四面是大海，故以海内指全国。毕，全部。

㊱“奚（xī西）待”句：哪里用得着等上一年。奚，何。

㊲“舜犹”四句：舜不能用这个道理劝说尧，使他听从自己，却亲自出马，不是太缺少办法了么？说（shuì税），劝说。

㊳以身为苦：亲自吃苦。

㊴“处势”二句：居于支配地位，用命令来纠正下民，是平庸的君主都容易做到的。矫，原作“骄”，据顾广圻说改。矫，纠正。

㊵释：放弃。

㊶道：取道，实行。

㊷“未可”句：不可用来作为治国之策。与，以。

外储说[①]（节选）

（一）

郑人有欲买履者[②]，先自度其足[③]，而置之其坐[④]，至之市而忘操之。已得履，乃曰：“吾忘持度[⑤]。”反归取之[⑥]。及反，市罢[⑦]，遂不得履。人曰：“何不试之以足？”曰：“宁信度无自信也[⑧]！”

(二)

宋人有酤酒者[⑨]，升概甚平[⑩]，遇客甚谨[⑪]，为酒甚美，县帜甚高[⑫]，然而不售[⑬]，酒酸。怪其故，问其所知闾长者杨倩[⑭]。倩曰："汝狗猛耶?"曰："狗猛则酒何故而不售?"曰："人畏焉！或令孺子怀钱[⑮]，挈壶瓮而往酤[⑯]，而狗迓而龁之[⑰]，此酒所以酸而不售也。"

夫国亦有狗。有道之士，怀其术，而欲以明万乘之主[⑱]，大臣为猛狗，迎而龁之。此人主之所以蔽胁[⑲]，而有道之士所以不用也。

故桓公问管仲曰："治国最奚患?"对曰："最患社鼠矣[⑳]！"公曰："何患社鼠哉?"对曰："君亦见夫为社者乎? 树木而涂之[㉑]，鼠穿其间，掘穴托其中。熏之则恐焚木，灌之则恐涂阤[㉒]，此社鼠之所以不得也。今人君之左右，出则为势重而收利于民，入则比周而蔽恶于君[㉓]，内间主之情以告外[㉔]。外内为重[㉕]，诸臣百吏以为富[㉖]。吏不诛则乱法，诛之则君不安。据而有之[㉗]，此亦国之社鼠也。"

故人臣执柄而擅禁[㉘]，明为己者必利[㉙]，而不为己者必害，此亦猛狗也。夫大臣为猛狗而龁有道之士矣，左右又为社鼠而间主之情！人主不觉。如此，主焉得无壅[㉚]，国焉得无亡乎?

中华书局《诸子集成》本《韩非子集解》卷一一、一三

①《韩非子》中有《储说》一篇，分为内、外篇，内篇又分上下，外篇分为左右，左右又各分上下，是韩非集中汇集寓言和历史故事以备论证之用的作品。储，储备。这里选取的两节分别见于《外储说》左上和右上。前一节"郑人市履"讽刺了一个墨守成规、不知变通的蠢人，后一节"宋人有酤酒者"则尖锐指出了国君身边的权奸重臣对国家的危害。

②履：鞋。

③度（duó 夺）：量。

④"而置"句：而把量好的尺码放在了座位上。坐，通"座"。

⑤度（dù 肚）：指量好的尺码。

⑥反：同"返"，下同。

⑦市罢：集市已经散了。

⑧"宁信"句：宁肯相信量好的尺码，也不相信自己的脚。

⑨酤（gū 估）酒：买酒，卖酒，此指卖酒。

⑩"升概"句：犹言"分量很足"。升，量酒器。概，古代量米麦时刮平斗斛的器具，此作"分量"解。平，满。

⑪"遇客"句：招待客人很周到。

⑫"县（xuán 悬）帜"句：酒幌高悬着特别惹人注目。县，同"悬"。

⑬不售：酒却卖不出去。

⑭"问其"句：卖酒的人就去向乡里他所认识的一个名叫杨倩的年长者打听原因。闾（lǘ 吕），里门。

⑮孺子：小孩。

⑯挈（qiè 窃）：提着。瓮：同"瓮"，储酒器。酤：此指买酒。

⑰迓（yà 亚）：相迎。龁（hé 核）：咬。

⑱明：晓谕，进言。万乘（shèng 剩）之主：拥有兵车万乘的大国国君。

⑲蔽：受蒙蔽。胁：受胁迫。

⑳社鼠：穴居社树中的老鼠。社，古代祭祀社神（土地神）之所，多植树以为社主。

㉑树木：栽树。涂之：指在树的外表涂上泥灰。

㉒涂陁（tuó 砣）：涂好的泥灰脱落下来。陁，同“陀”。陀，通“堕”，落。

㉓“出则”二句：到了外面就倚仗权势而搜刮民财，在朝廷之中就互相勾结以掩盖自己的罪恶。比周，结党营私。

㉔“内间（jiàn 见）”句：在国君跟前刺探到一些隐情，然后泄露给别人。间，窥探。

㉕外内为重：在内在外都营造出自己炙手可热的权势。

㉖“诸臣”句：大意是说，那些贪官污吏们依附于这些重臣而发不义之财。

㉗据而有之：言重臣们靠着接近国君而保有其权势地位。

㉘执柄：掌权。擅禁：擅自动用法令。

㉙“明为”句：知道某些人对自己有好处就一定加以优待。

㉚壅：蔽塞。

一

屈原

屈原（前340？—前278?），名平，战国后期楚国人。与楚王同宗，楚怀王时曾任左徒之职。政治上对内主张改革弊政，对外主张联合抗秦，受到旧贵族集团排挤、诬陷，被怀王疏远，贬官汉北。在楚遭到秦重创后，曾被召回郢都。其后怀王客死秦国，顷襄王即位，旧贵族集团当政，屈原受到更大迫害，被放逐江南（今湖南长沙一带），最后投汨罗江自尽。

屈原是楚辞的创立者和代表作家，也是我国第一位伟大诗人，主要作品有《离骚》、《九歌》（十一篇）、《九章》（九篇）、《天问》、《招魂》等，大都是贬官后和流放中所作。其抒情之作表达了对楚国命运的忧虑，抒发了遭谗害的愤懑和痛苦，也表白了至死不渝的人格追求。还有一些篇章则是南方民间艺术的集成和升华。这些作品均收入西汉刘向所辑《楚辞》一书之中。

屈原作品情感充沛，诗思奔放，并大量运用神话传说和丰富奇特的想象构筑抒情境界，从而形成了鲜明独特的创作风格。

离骚[1]

帝高阳之苗裔兮[2]，朕皇考曰伯庸[3]。摄提贞于孟陬兮[4]，惟庚寅吾以降[5]。皇览揆余初度兮[6]，肇锡余以嘉名[7]：名余曰正则兮，字余曰灵均[8]。

纷吾既有此内美兮[9]，又重之以脩能[10]；扈江离与辟芷兮[11]，纫秋兰以为佩[12]。汩余若将不及兮[13]，恐年岁之不吾与[14]。朝搴阰之木兰兮[15]，夕揽洲之宿莽[16]。日月忽其不淹兮[17]，春与秋其代序[18]。惟草木之零落兮[19]，恐美人之迟暮[20]。不抚壮而弃秽兮[21]，何不改乎此度[22]？乘骐骥以驰骋兮[23]，来吾道夫先路[24]！

昔三后之纯粹兮[25]，固众芳之所在[26]。杂申椒与菌桂兮[27]，岂维纫夫蕙茝[28]。彼尧舜之耿介兮[29]，既遵道而得路；何桀纣之猖披兮[30]，夫唯捷径以窘步[31]！惟夫党人之偷乐兮[32]，路幽昧以险隘。岂余身之惮殃兮[33]，恐皇舆之败绩[34]。忽奔走以先后兮[35]，及前王之踵武[36]。荃不察余之中情兮[37]，反信谗而齌怒[38]。余固知謇謇之为患兮[39]，忍而不能舍也[40]。指九天以为正兮[41]，夫唯灵脩之故也[42]。曰黄昏以为期兮，羌中道而改路[43]。初既与余成言兮[44]，后悔遁而有他[45]。余既不难夫离别兮[46]，伤灵脩之数化[47]。

余既滋兰之九畹兮[48]，又树蕙之百亩[49]；畦留夷与揭车兮[50]，杂杜衡与芳芷[51]。冀枝叶之峻茂兮[52]，愿俟时乎吾将刈[53]。虽萎绝其亦何伤兮[54]，哀众芳之芜秽[55]。

众皆竞进以贪婪兮[56]，凭不厌乎求索[57]。羌内恕己以量人兮[58]，各兴心而嫉妒[59]。忽驰骛以追逐兮[60]，非余心之所急。老冉冉其将至兮[61]，恐脩名之不立[62]。朝饮木兰之坠露兮，夕餐秋菊之落英[63]。苟余情其信姱以练要兮[64]，长顑颔亦何伤[65]？擥木根以结茝兮[66]，贯薜荔之落蕊[67]，矫菌桂以纫蕙兮[68]，索胡绳之纚纚[69]。謇吾法夫前修兮[70]，非世俗之所服[71]；虽不周于今之人兮[72]，愿依彭咸之遗则[73]。长太息以掩涕兮[74]，哀民生之多艰[75]。余虽好修姱以鞿羁兮[76]，謇朝谇而夕替[77]。既替余以蕙纕兮[78]，又申之以揽茝[79]。亦余心之所善兮，虽九死其犹未悔。怨灵修之浩荡兮[80]，终不察夫民心[81]。众女嫉余之蛾眉兮[82]，谣诼谓余以善淫[83]。固时俗之工巧兮[84]，偭规矩而改错[85]；背绳墨以追曲兮[86]，竞周容以为度[87]。忳郁邑余侘傺兮[88]，吾独穷困乎此时也！宁溘死以流亡兮[89]，余不忍为此态也[90]！鸷鸟之不群兮[91]，自前世而固然。何方圜之能周兮[92]，夫孰异道而相安？屈心而抑志兮[93]，忍尤而攘诟[94]；伏清白以死直兮[95]，固前圣之所厚[96]。

悔相道之不察兮[97]，延伫乎吾将反[98]。回朕车以复路兮，及行迷之未远。步余马于兰皋兮[99]，驰椒丘且焉止息[100]。进不入以离尤兮[101]，退将复修吾初服[102]。制芰荷以为衣兮[103]，集芙蓉以为裳[104]。不吾知其亦已兮[105]，苟余情其信芳。高余冠之岌岌兮[106]，长余佩之陆离[107]。芳与泽其杂糅兮[108]，唯昭质其犹未亏[109]。忽反顾以游目兮[110]，将往观乎四荒[111]。佩缤纷其繁饰兮[112]，芳菲菲其弥章[113]。民生各有所乐兮，余独好修以为常。虽体解吾犹未变兮[114]，岂余心之可惩[115]？

女媭之婵媛兮[116]，申申其詈予[117]。曰："鲧婞直以亡身兮[118]，终然殀乎羽之野[119]。汝何博謇而好修兮[120]，纷独有此姱节[121]。薋菉葹以盈室兮[122]，判独离而不服[123]。众不可户说兮[124]，孰云察余之中情[125]？世并举而好朋兮[126]，夫何茕独而不予听[127]？"

依前圣以节中兮[128]，喟凭心而历兹[129]。济沅湘以南征兮[130]，就重华而敶词[131]："启《九辩》与《九歌》兮[132]，夏康娱以自纵[133]。不顾难以图后兮[134]，五子用失乎家巷[135]。羿淫游以佚畋兮[136]，又好射夫封狐[137]。固乱流其鲜终兮[138]，浞又贪夫厥家[139]。浇身被服强圉兮[140]，纵欲而不忍[141]。日康娱而自忘兮，厥首用夫颠陨[142]。夏桀之常违兮[143]，乃遂焉而逢殃[144]。后辛之菹醢兮[145]，殷宗用而不长[146]。汤禹俨而祗敬兮[147]，周论道而莫差，举贤而授能兮，循绳墨而不颇。皇天无私阿兮[148]，览民德焉错辅[149]。夫维圣哲以茂行兮[150]，苟得用此下土[151]。瞻前而顾后兮，相观民之计极[152]。夫孰非义而可用兮，孰非善而可服[153]。阽余身而危死兮[154]，览余初其犹未悔。不量凿而正枘兮[155]，固前修以菹醢。"曾歔欷余郁邑兮[156]，哀朕时之不当。揽茹蕙以掩涕兮[157]，沾余襟之浪浪[158]。

跪敷衽以陈辞兮[159]，耿吾既得此中正[160]。驷玉虬以乘鹥兮[161]，溘埃风余上征[162]。朝发轫于苍梧兮[163]，夕余至乎县圃[164]。欲少留此灵琐兮[165]，日忽忽其将暮。吾令羲和弭节兮[166]，望崦嵫而勿迫[167]。路曼曼其修远兮[168]，吾将上下而求索[169]。饮余马于咸池兮[170]，总余辔乎扶桑[171]。折若木以拂日兮[172]，聊逍遥以相羊[173]。前望舒使先驱兮[174]，后飞廉使奔属[175]。鸾皇为余先戒兮[176]，雷师告余以未具[177]。吾令凤鸟飞腾兮，继之以日夜。飘风屯其相离兮[178]，帅云霓而来御[179]。纷总总其离合兮[180]，斑陆离其上下[181]。吾令帝阍开关兮[182]，倚阊阖而望予[183]。时暧暧其将罢兮[184]，结幽兰而延伫[185]。世溷浊而不分兮[186]，好蔽美而嫉妒。

朝吾将济于白水兮[187]，登阆风而緤马[188]。忽反顾以流涕兮，哀高丘之无女[189]。溘吾游此春宫兮[190]，折琼枝以继佩[191]。及荣华之未落兮[192]，相下女之可诒[193]。吾令丰隆乘云兮，求宓妃之所在[194]。解佩纕以结言兮[195]，吾令謇修以为理[196]。纷总总其离合兮[197]，忽纬繣其难迁[198]。夕归次于穷石兮[199]，朝濯发乎洧盘[200]。保厥美以骄傲兮[201]，日康娱以淫游[202]。虽信美而无礼兮，来违弃而改求[203]。览相观于四极兮[204]，周流乎天余乃下[205]。望瑶台之偃蹇兮[206]，见有娀之佚女[207]。吾令鸩为媒兮[208]，鸩告余以不好[209]。雄鸠之鸣逝兮[210]，余犹恶其佻巧[211]。心犹豫而狐疑兮，欲自适而不可[212]。凤皇既受诒兮[213]，恐高辛之先我[214]。欲远集而无所止兮[215]，聊浮游以逍遥。及少康之未家兮[216]，留有虞之二姚[217]。理弱而媒拙兮[218]，恐导言之不固[219]。世溷浊而嫉贤兮，好蔽美而称恶。闺中既以邃远兮[220]，哲王又不寤[221]。怀朕情而不发兮[222]，余焉能忍与此终古[223]！

索藑茅以筳篿兮[224]，命灵氛为余占之[225]。曰："两美其必合兮[226]，孰信修而慕之[227]？思九州之博大兮[228]，岂唯是其有女[229]？"曰："勉远逝而无狐疑兮[230]，孰求美而释女[231]？何所独无芳草兮，尔何怀乎故宇[232]？世幽昧以昡曜兮[233]，孰云察余之善恶[234]？民好恶其不同兮，惟此党人其独异。户服艾以盈要兮[235]，谓幽兰其不可佩。览察草木其犹未得兮[236]，岂珵美之能当[237]？苏粪壤以充帏兮[238]，谓申椒其不芳。"

欲从灵氛之吉占兮，心犹豫而狐疑。巫咸将夕降兮[239]，怀椒糈而要之[240]。百神翳其备降兮[241]，九疑缤其并迎[242]。皇剡剡其扬灵兮[243]，告余以吉故[244]。曰："勉升降以上下兮[245]，求榘矱之所同[246]。汤禹严而求合兮[247]，挚咎繇而能调[248]。苟中情其好修兮，又何必用夫行媒？说操筑于傅岩兮[249]，武丁用而不疑。吕望之鼓刀兮[250]，遭周文而得举。甯戚之讴歌兮[251]，齐桓闻以该辅[252]。及年岁之未晏兮[253]，时亦犹其未央[254]。恐鹈鴂之先鸣兮[255]，使夫百草为之不芳。"

何琼佩之偃蹇兮[256]，众薆然而蔽之[257]？惟此党人之不谅兮[258]，恐嫉妒而折之[259]。时缤纷其变易兮[260]，又何可以淹留[261]？兰芷变而不芳兮，荃蕙化而为茅。何昔日之芳草兮，今直为此萧艾也[262]！岂其有他故兮，莫好修之害也！余以兰为可恃兮[263]，羌无实而容长[264]。委厥美以从俗兮[265]，苟得列乎众芳[266]！椒专佞以慢慆兮[267]，榝又欲充夫佩帏[268]。既干进而务入兮，又何芳之能祗[269]！固时俗之流从兮[270]，又孰能无变化？览椒兰其若兹兮，又况揭车与江离？惟兹佩之可贵兮[271]，委厥美而历兹[272]。芳菲菲而难亏兮，芬至今犹未沬[273]。和调度以自娱兮[274]，聊浮游而求女。及余饰之方壮兮[275]，周流观乎上下。

灵氛既告余以吉占兮，历吉日乎吾将行[276]。折琼枝以为羞兮[277]，精琼爢以为粻[278]。为余驾飞龙兮，杂瑶象以为车[279]。何离心之可同兮，吾将远逝以自疏。邅吾道夫昆仑兮[280]，路修远以周流[281]。扬云霓之晻蔼兮[282]，鸣玉鸾之啾啾[283]。朝发轫于天津兮[284]，夕余至乎西极[285]。凤皇翼其承旂兮[286]，高翱翔之翼翼[287]。忽吾行此流沙兮[288]，遵赤水而容与[289]。麾蛟龙使梁津兮[290]，诏西皇使涉予[291]。路修远以多艰兮，腾众车使径待[292]。路不周以左转兮[293]，指西海以为期[294]。屯余车其千乘兮[295]，齐玉轪而并驰[296]。驾八龙之婉婉兮[297]，载云旗之委蛇[298]。抑志而弭节兮[299]，神高驰之邈邈[300]。奏《九歌》而舞《韶》兮[301]，聊假日以媮乐[302]。陟升皇之赫戏兮[303]，忽临睨夫旧乡[304]。仆夫悲余马怀兮[305]，蜷局顾而不行[306]。

乱曰[307]：已矣哉[308]！国无人莫我知兮[309]，又何怀乎故都！既莫足与为美政兮[310]，吾将从彭咸之所居[311]。

《四部备要》本《楚辞》卷一

①《离骚》为屈原的代表作，是中国古代文学史上著名的抒情长诗。关于该诗的创作，司马迁在《史记·屈原贾生列传》中指出："屈平疾王听之不聪也，谗谄之蔽明也，邪曲之害公也，方正之不容也，故忧愁幽思而作《离骚》。"具体写作时期有其初被怀王疏远时、贬官汉北时及放逐后等不同说法，今取放流沅湘一带时所作说。全诗通过抒情主人公的倾吐，抒写了政治上遭受挫折和打击后寻觅、期待、失望、孤独、彷徨的内心凄苦，及对当时恶劣政治环境的憎恶、愤慨，同时反复表白了对母国的忧虑、眷恋和至死不渝、坚持操守的决心。该诗内容丰富，结构庞大，借助神话传说创造奇幻境界，从而开创了以想象为特征的骚诗传统。"离骚"二字的含义，有"离忧"（司马迁说）、"遭忧"（班固说）、"别愁"（王逸说）等诸说，今人游国恩认为是楚国固有歌曲的名称，即"劳商"，有"牢骚"之意。

②高阳：远古帝王颛顼（zhuān xū 专虚）的称号。苗裔（yì 议）："苗"是初生的草木，"裔"是衣边，引申为后代子孙。

③朕（zhèn 阵）：古代贵贱通用的第一人称代名词，秦以后成为帝王自称的专用词。皇考：对先祖的美称。皇，光明。考，指已故的祖先。伯庸：皇考的字。

④摄提：摄提格的简称。古代将天宫划为子、丑、寅、卯、辰、巳、午、未、申、酉、

戌、亥十二等分，谓之十二宫，以岁星（木星）在天空运转所指向的方位来纪年，岁星指向寅宫（斗、牛之间）的那一年，叫作摄提格。摄提格即寅年的别称，这里省去“格”字。贞：通“正”，正当。孟陬（zōu 邹）：一年之始的孟春正月。孟，始。陬，即陬月，是夏历正月的别名。夏历正月建寅，陬月也即寅月。

⑤惟：语助词。庚寅：庚寅日（纪日的干支）。降：降临。

⑥皇：“皇考”的简称。览：观察。揆（kuí 葵）：衡量。初度：刚刚降临时的情况。似更指其特殊生辰——寅年、寅月、寅日。后来因称生日为“初度”。

⑦肇（zhào 照）：始。锡：赐，给予。嘉：美好。

⑧“名余”二句：意思是赋予自己以美好的名字。正则，公正的法则。灵均，美善而均平。

⑨纷：美盛貌，形容后面的“内美”。楚辞句例，往往形容词前置。内美：内在的美质，指前八句所言的世系、降生时日、名字。

⑩重（chóng 虫）：加上。脩能（tài 太）：美好的容态。脩，同“修”，善，美好。能，通“态（態）”。按，以下所言“脩能”均象征对美善的追求。

⑪扈（hù 户）：披在身上。离：一作“蓠”，香草，生于江中，故称“江离”，又名“蘼（mí 迷）芜”。芷：即白芷，香草，生于幽僻之处，故称“辟（pì 僻）芷”。辟，通“僻”，幽也。

⑫纫：串联。秋兰：香草名，秋天开小花。佩：披戴在身上的饰物。

⑬汩（yù 域）：水流疾貌。

⑭不吾与：即“不与我”，犹言时不我待。

⑮搴（qiān 千）：拔取。阰（pí 皮）：土坡。木兰：香树名。

⑯揽：采。洲：水中陆地。宿莽：一种冬天不枯的草。

⑰忽：速也。淹：久留。

⑱代序：交替更代。

⑲惟：思也。

⑳美人：此“美人”有喻怀王、作者自喻、泛指贤士等诸说，清戴震以为喻壮盛之年，稍近似。

㉑抚壮：趁年盛之时。抚，持，把握。壮，壮盛之年。秽：指不好的行为。

㉒度：态度，或指现行法度。

㉓骐骥：良马。乘良马喻用贤人。

㉔道：通“导（導）”，导引。夫：语助词。先路：犹言“前驱”。

㉕三后：指夏禹、商汤、周文王。后，君。纯粹：纯正不杂，指有美好的德行。

㉖固：本来。众芳：许多香草，比喻众多贤臣。在：聚集。

㉗杂：此指广泛搜罗。申椒：申地出产的花椒。菌（jùn 俊）桂：即肉桂，一种香木。

㉘岂维：岂止。维，通“唯”。蕙：香草，又名薰草。茝（chāi 钗上声）：一种香草。以上申椒、菌桂、蕙、茝等芳香之物皆用来比喻贤人。

㉙耿介：光明正大。耿，光明。介，大。

㉚猖披：衣不束带之貌，引申为狂悖偏邪。

㉛捷径：邪出的小路。窘步：困窘难行。

㉜党人：结党营私之人。先秦的“党”字多指朋比为奸的不正当的结合。偷乐：苟且享乐。

㉝惮（dàn 旦）：害怕。殃：祸灾。

㉞皇舆：帝王的车子。喻指国家。败绩：指战车翻覆，引申为国家崩溃。

㉟“忽奔走”句：指为国事匆匆奔忙。忽，迅疾貌，犹言“匆匆地”。以，犹“于”。

㊱及：赶上。前王：指“三后”。踵武：脚步。踵，脚后跟。武，足迹。

㊲荃（quán 全）：香草名，此喻楚王。

㊳齌（jì 记）怒：暴怒。齌，本指用猛火烧饭，引申为猛烈。

㊴謇（jiǎn 俭）謇：忠言直谏貌。

㊵“忍而”句：想忍着不说却又无法放弃。

㊶九天：古代传说天有九层，故称。正：通“证”。

㊷灵脩：此谓神明而有远见的人，是对君王的尊称。楚人谓神为“灵”；脩，同“修”，长，远。

㊸“曰黄昏”二句：洪兴祖曰：“一本有此二句，王逸无注，至下文‘羌内恕己以量人’句始释‘羌’义，疑此二句后人所增耳。”羌，楚人发语词。

㊹成言：指彼此有约定。

㊺遁：回避，此谓改变心意。他：指他心。

㊻难：犹“惮”，怕，畏惧。

㊼数（shuò 朔）化：屡次变化。

㊽滋：栽培，繁殖。九：这里是虚数，表示很多（下文“九死”同此）。畹（wǎn 晚）：三十亩地为一畹。一说为十二亩。

㊾树：作动词用，种植。百：也是虚数。

㊿畦（xí 席）：田垄，这里作动词用，一行行地种植。留夷、揭车：均为香草名。

51杂：掺杂种植。杜衡：香草名，俗名马蹄香。以上借种植各种香草，比喻广泛培植人才。

52冀：希望。

53俟（sì 四）：等待。刈（yì 义）：收割。

54萎绝：枯萎死去。

55芜秽：荒芜污秽，这里比喻人才的堕落变质。

56竞进：竞相奔走以追逐名利。婪（lán 兰）：也是贪求之意。

57凭（píng 平）：满足，楚方言。求索：此处谓营求私利。

58恕：原谅。以量人：以己心揣度别人。量，衡量、猜测。

59兴心而嫉妒：指生不良之心而嫉妒贤良。

60驰骛（wù 务）：胡乱奔跑。追逐：在此指相互追名逐利。

61冉冉：渐进貌。

62脩名：美名。

63落英：初开的花。落，开始。《尔雅·释诂》：“落，始也。”英，花。一般菊花不自落，因而不能作“凋落的花瓣”解。

64苟：如果。信：真诚。姱（kuā 夸）：美好。练要：精粹。

65顑颔（kǎn hàn 坎汉）：因饥饿而面色憔悴的样子。

66擥（lǎn 揽）：同“揽”。根：指香木根。

67贯：串联。薜荔（bì lì 辟力）：香草名。落蕊：同“落英”。

68矫：举，取用。

(69)索：绳索，此作动词用，搓绳。胡绳：一种蔓生的香草。缅（xǐ洗）缅：长而下垂、整齐美观的样子。

(70)謇：楚方言，发语词（与前“謇謇”之意不同）。前修：此谓前代贤人。

(71)服：佩戴。

(72)周：合。

(73)彭咸：据王逸注，彭咸乃殷代贤臣，谏君不听，投水而死。遗则：遗留下来的法则。

(74)太息：即叹息。掩涕：掩面拭泪。

(75)民：人也。民生泛指人生。

(76)鞿羁（jī jī机积）：缰绳和马笼头，在此作动词用，意思是受拘束，被牵制。

(77)谇（suì岁）：谏劝。王逸注：“谇”为进，“替”为被废弃。

(78)蕙纕（xiāng香）：“纕蕙”的倒文。纕，缠臂袖的带子，这里作动词用，佩戴。

(79)申：重也。加上。按，该句主语是“余”，表示不会因佩蕙遭殃而退却，还要再采香茝，坚守节操。

(80)浩荡：原意为水大貌，此处引申为放纵自恣、无思无虑、糊里糊涂。

(81)民心：人心。一谓主人公自指。

(82)众女：喻包围在君王左右的一群小人。娥眉：蚕蛾须般的眉毛，用以代指美貌。此以众女妒美喻群小嫉贤。

(83)诼（zhuó浊）：污蔑。善淫：善于淫荡，长于诱惑。

(84)工巧：善于取巧。

(85)偭（miǎn免）：违背。规矩：匠人工具。规以量圆，矩以量方，引申为标准、正常的法则。错：通“措”，措施。

(86)背：违背。绳墨：匠人打线用的墨斗，这里也比喻法度。追曲：追随邪曲。

(87)周容：苟合取容。度：行为准则。

(88)忳（tún屯）：烦闷，忧郁。郁邑：愁苦，不安。侘傺（chà chì岔赤）：失意，孤独。

(89)“宁溘（kè客）死”句：宁愿立即死去，或者流放他乡。溘，忽然。以，作并列连词用，在此有选择之意。

(90)忍：容忍。此态：指苟合取容之态。

(91)鸷（zhì志）鸟：指鹰隼一类猛禽。不群：此谓不与凡鸟为伍。

(92)圜：同“圆”。能周：能够相合。

(93)屈心：使心受委屈。抑志：压抑意志。

(94)忍尤：忍受不白之冤。尤，罪过。攘（ráng瓤）：取也，引申为忍受。诟（gòu够）：辱骂。

(95)伏：通“服”，保持，怀抱。死直：为正道而死。

(96)厚：看重，重视。

(97)相道：审视、选择道路。不察：看得不清楚。

(98)延伫（zhù注）：长久站立。一说伸颈垫脚而望，即张望的样子。反：同“返”。

(99)步：漫步，此指使马徐行。兰皋（gāo高）：生有兰草的水边高地。皋，泽畔高地。

(100)椒丘：生有椒树的山丘。且：暂且。焉：于此，在那里。

(101)进：进身。不入：不被接纳。此谓不被重用。离尤：遭遇罪责。离，通“罹（lí离）”，遭受。

(102)初服：从前的服饰，喻固有的品德。

⑬制：裁制。芰（jì寄）：菱花。荷：指荷叶。

⑭集：积聚。芙蓉：即荷花。裳：下衣。

⑮不吾知：即“不知吾”，不了解我。已：罢。

⑯岌（jí及）岌：高貌。

⑰陆离：曼长的样子。

⑱“芳与泽”句：一说，指花饰的芳香与玉佩的润泽交相辉映，美上加美。泽，润泽。糅，掺和。一说，指芬芳和污浊混合在一起，比喻与奸邪小人共处，以应下句“昭质未亏”意。泽，川泽之泽，指卑下处，引申作污浊解（郭沫若说）。

⑲昭质：洁白的质地。昭，明，光明。亏：减损。

⑩反顾：回头看。游目：纵目四望。

⑪四荒：四方边远的地方。

⑫缤纷：盛貌。

⑬菲菲：香气浓郁。弥章：更加显著。章，彰明。

⑭体解：古代的一种酷刑，分裂人的四肢。

⑮惩：戒惧。

⑯女媭：关心主人公的一位女性。婵媛（chán yuán 蝉原）：感情深切而缠绵的样子。

⑰申申：反复，一再。詈（lì力）：责备。

⑱鲧（gǔn 滚）：同“鲧”，禹的父亲。婞（xìng 幸）直：倔强刚直。亡身：忘我。亡，通“忘”。

⑲殀（yǎo 咬）：同“夭”，早死。羽之野：羽山的郊野。传说帝舜把鲧杀死在羽山。

⑳博謇：犹言过分直率。博，多。謇，忠贞直谏。

㉑纷：众盛貌。姱（kuā 夸）节：美好的节操。

㉒薋（cí 瓷）：草多貌，这里用为动词，指把许多草堆积起来。菉（lù 录）、葹（shī 施），皆恶草名。

㉓判：分开，离开。服：佩用。

㉔户说：挨家挨户去说明。

㉕余：犹言“我们”、“咱们”。

㉖并举：互相吹捧抬举。好朋：热衷于结党营私。

㉗茕（qióng 穷）独：孤单。

㉘节中：犹言“取正”，用为判断事物的准则。节，读为“折”。

㉙喟（kuì 愧）：叹息。凭心：意为愤懑满怀。凭，懑。历兹：至此。

⑬⑩沅湘：沅水、湘水。南征：向南进发。

⑬⑪就：趋，前往。重（chóng 虫）华：舜的别名，传说舜葬于沅湘以南的九嶷山（即苍梧山，在今湖南宁远县）。敶（chén 陈）词：申述，表白。敶，同“陈”，陈述。

⑬⑫启：夏代帝王，禹的儿子。《九辩》、《九歌》：神话传说是天上的乐章，启上三嫔于天而得之。

⑬⑬夏：与上句“启”为互文，即指夏后启。或曰夏指夏代帝王。康娱：安逸享乐。纵：放纵。

⑬⑭顾难：顾及危难。图后：考虑后果。

⑬⑮五子：即五观，《竹书纪年》作“武观”，启之幼子。用失乎：当作“用乎”，犹言“因而”，“于是乎”。“失”字衍（王引之说）。家巷（hàng 沆）：发生内乱。巷，借作“讧（hòng

红去声)”，相斗。按，史称启的儿子五观曾作乱，后为启平定。

⑬⑥羿：即后羿，夏代部落有穷氏的君长，在启的儿子太康时代，乘夏乱夺取了政权。佚畋（tián 田）：放肆无度地耽于田猎。佚，放荡。畋，打猎。

⑬⑦封：大。

⑬⑧乱流：犹言“好乱之辈”。鲜终：少有好结果。

⑬⑨浞（zhuó 浊）：即寒浞，相传是羿的相，杀掉羿而强占了羿的妻子。厥：其。家：妻室。

⑭⓪浇（ào 傲）：即寒浞与羿之妻所生之子。被服：穿戴，引申为依仗、负恃。强圉（yǔ 语）：强壮多力。

⑭①不忍：不能自制。

⑭②用夫：因而。颠陨：坠落。按，史传浇杀死夏后相，后来他又被夏后相的儿子少康杀死。

⑭③常违：即违常，违背常道。

⑭④遂焉：终究的意思。

⑭⑤后辛：即殷纣王，“辛”是其名。菹醢（zū hǎi 租海）：把人剁成肉酱。

⑭⑥殷宗：指殷王朝世系。

⑭⑦俨（yǎn 眼）：恭谨庄重。祗（zhī 知）敬：敬畏。

⑭⑧阿（ē 恶阴平）：亲近，偏袒。

⑭⑨民德：人的德行，此指君主。错辅：给予辅助。错，通“措”，施于。

⑮⓪维：通“唯”。茂行：黾勉而行。茂，通“懋（mào 茂）”，勉。

⑮①苟得：才可能。苟，乃。用此下土：意思是得以享用这下方世界。“下”是对上天而言。

⑮②相观：观察。民之计极：犹言人们论事的终极法则。民，人们。计，虑事。极，准则。

⑮③可服：犹言“可行”。服，服事。

⑮④阽（diàn 店）：临近危险的样子。危死：险些致死。

⑮⑤凿（zuò 做）：孔眼。枘（ruì 锐）：榫头。“量凿正枘”是说量好穿孔来削正一个与之相适应的木榫，在此用以比喻进谏必须看准对象。

⑮⑥曾（céng 层）：重叠，此犹言“屡次地”。戯欷（xū xī 虚希）：抽噎声。郁邑：抑郁愁闷的样子。

⑮⑦茹蕙：柔软的蕙草。茹，柔软。

⑮⑧浪（láng 郎）浪：泪流不止的样子。

⑮⑨敷衽（rèn 刃）：铺开衣襟。衽，衣服的前下摆。

⑯⓪耿：清楚明白。中正：恰当、正确的道理。

⑯①驷：本义是驾车的四匹马，此用作动词，驾。玉虬（qiú 求）：白色的无角龙。鹥（yī 医）：凤凰一类的鸟。

⑯②“溘埃风”句：言等待大风一到我就很快地往天上飞行。溘，迅疾。埃，当作“竢（sì 四）”，等待。

⑯③发轫（rèn 刃）：出发。“轫”是放在车轮前制动的横木，车行前需把轫木撤去。苍梧：山名，传说是舜的葬处。

⑯④县（xuán 玄）圃：神话中的地名，传说在神山昆仑山的上一层。县，通“悬”。

⑯⑤灵琐：神灵住处的宫门。琐，原为门上雕刻的花纹，这里代指门。

⑯⑥羲和：神话中为太阳驾车者。弭（mǐ 米）节：控制节奏缓慢前进。弭，止。

⑯⑦崦嵫（yān zī 淹资）：神话中的山名，据说太阳由此落入地平线下。迫：靠近。

⑱曼曼：遥远的样子。一作“漫漫”。

⑲上下：上天下地。求索：此谓寻求、寻找志同道合者。

⑰咸池：神话中的水名，据说为太阳洗澡之处。

⑰总：系结。辔：马缰绳。扶桑：神话中的树名，太阳所居之处。

⑰若木：也是神话中的树名，生在昆仑山的西极，青叶红花，光华下照。拂日：拂拭太阳，使之放出光明。

⑰聊：姑且。相羊：即“徜徉”，自由自在地徘徊。

⑰望舒：神话传说中月亮的驾车者。先驱：先行开道。

⑰飞廉：神话中的风神。奔属（zhǔ主）：奔走相随。属，连接。

⑰鸾皇：即凤凰。先戒：先行而警戒，犹言“前卫”。

⑰雷师：神话中的雷神，名丰隆。未具：指尚未准备齐全。

⑰飘风：旋风。屯：聚合。离（lì丽）：通“丽”，附着在一起。

⑰帅：率领。霓（ní泥）：虹的一种，或叫雌虹。御（yà亚）：通“迓（yà亚）”，迎接。

⑱纷总总：云霓盛多而聚集貌。离合：忽离忽合。

⑱斑陆离：龟彩错杂灿烂貌。上下：指云霓忽上忽下。

⑱帝阍（hūn昏）：天帝的守门人。关：门闩。

⑱阊阖（chāng hé昌合）：天门。

⑱暧暧：昏暗貌。罢（pí皮）：王逸注：“罢，极也。罢，一作疲”。指一天将尽。

⑱结幽兰：将幽兰束结起来。按，古有结言于兰以赠所爱的习俗，此用空结幽兰以表达知己难求的怅惘之情。

⑱溷（hùn混）浊：同“混浊”。

⑱白水：神话中的水名，据说源出于昆仑山。

⑱阆（làng浪）风：神话中昆仑山的一个山峰名。緤（xiè谢）：同“绁”，拴系。

⑱高丘：高山，指“阆风”。一说，楚山名。女：指神女。按，“高丘无女”象征上天求女的失败结局，喻求知音而不得的孤独情状。

⑲春宫：据说为东方青帝所居之宫。

⑲琼枝：玉树的树枝。继佩：增加佩饰。

⑲荣华：花朵的通称，指琼枝的花朵。草本植物开的花叫做“荣”，木本植物开的花叫做“华”（古“花”字）。

⑲下女：指下文宓妃、简狄、二姚等下界美女，她们也都是神话和传说中的人物，因不住在天上，故称“下女”。诒：通“贻”，赠送。

⑲宓（fú伏）妃：传说为伏羲氏之女，溺死在洛水，为洛水神。宓，通“伏”。

⑲佩纕：佩戴的丝带。结言：结佩为记，以贻其人，己所欲言者皆寓其中，谓之“结言”。此犹言致爱慕之意。

⑲蹇脩：神话中人物，旧说为伏羲之臣。理：使者，引申为媒人。

⑲纷总总：形容宓妃随从之盛。离合：若即若离，指宓妃态度迟疑不定。

⑲纬繣（huà画）：乖违，不相投合。迁：改动。

⑲次：住宿。穷石：山名，传说为后羿所居处。据说宓妃是河伯之妻，常与后羿偷情。

⑳濯发：洗头发。洧盘：神话中的水名，发源于崦嵫山。

⑳保：保持，拥有，引申作仗恃。

⑳康娱：安逸享乐。康，安也。

⑳来：乃。违弃：离开、放弃，指抛开宓妃。改求：另求他女。

㉔览相观：连用三个同义词，都是看的意思。四极：四方的远处。

㉕周流：犹言“周游”，遍行。

㉖瑶台：以美玉砌成的楼台。偃蹇：高貌。

㉗有娀（sōng 松）之佚女：指简狄。传说有娀氏女简狄住在瑶台，后嫁给帝喾，生契（商的祖先）。佚，美。

㉘鸩（zhèn 振）：恶鸟名，羽毛有毒。比喻小人。

㉙告余以不好：此言鸩从中破坏，说简狄的坏话。

㉚雄鸠：雄斑鸠鸟。鸣逝：边叫边飞。

㉛佻巧：轻佻巧诈。

㉜自适：亲身前往。指不用行媒，亲自去找简狄。不可：指自觉于礼不合。

㉝凤皇：一说即“玄鸟”，就是燕子。受：通“授”。“受诒”指致送聘礼（受帝喾委托）。传说帝喾妃简狄吞食玄鸟的卵而生契。

㉞高辛：帝喾的称号。先我：是说凤皇已经送过聘礼，恐怕帝喾已先我而得简狄了。

㉟集：本指鸟栖于木，此喻安居。无所止：无处栖身。止，居处。

㊱少康：夏后相之子，杀寒浞和浇等，中兴夏朝。未家：未娶妻成家。

㊲有虞之二姚：指有虞国君的两个女儿。少康幼时受寒浞迫害，逃到有虞国，国君把两个女儿许配给他。国君姚姓，所以两个女儿称“二姚”。

㊳“理弱”句：指媒人无能。

㊴导言：指媒人从中说合的话。不固：不坚决，犹言无力。

㊵闺中：女子所居之处。以：一本无此字，一本作“已”。邃远：深远。此句总括求女而不得。

㉑哲王：对君王的尊称。寤：觉醒。

㉒发：抒发。

㉓此：这种现状。终古：永远，久远。

㉔索：取。藑（qióng 穷）茅：供占卜用的一种草。筳（tíng 廷）：占卦用的小竹片。篿（zhuān 专）：楚人结草折竹来占卦叫篿。

㉕灵氛：传说中古代的神巫，“氛”是其名。楚人称巫为灵。

㉖两美：男女两美，即美男美女，喻贤者两美或君臣两美。合：投合。

㉗慕：与上下文义矛盾，可能是“莫念”二字连写之误（从闻一多说）。念，思，恋。

㉘九州：泛指天下。

㉙是：此，此地。女：指可追求之女。

㉚曰：以下仍为灵氛所言。勉：奋勉。狐疑：义同犹豫、容与。

㉛释：放过，丢下。女：汝。

㉜故宇：旧居，故土。

㉝眩曜（xuàn yào 炫耀）：纷乱迷惑貌。

㉞云：语助词。余：犹言“咱们”，是一种表示亲密的称谓。

㉟户：犹言“家家户户”。艾：艾蒿，指恶草。要：古“腰”字。

㊱“览察”句：言众人连草木都分辨不清美恶。得：谓得出正确的评价。

㊲珵（chéng 呈）：美玉。当：指给予正确的估价。

㊳苏：借作“叔”，取。粪壤：粪土。帏：佩在身上的香囊。

㉓⑨巫咸：据说是殷代神巫，“咸”是其名。夕降：于傍晚降神。古代巫被视为人神间的媒介，可凭借其虔诚使神降临附体，传达神的旨意。

㉔⓪糈（xǔ 许）：祭神用的精米。要（yāo 腰）：通“邀”，迎候。

㉔①翳（yī 医）：遮蔽。遮天蔽日，形容神之多。备：全，都。

㉔②九疑：指九嶷山诸神。缤：众多的样子。

㉔③皇剡（yǎn 眼）剡：明亮发光的样子。皇，犹“煌”，辉煌。剡剡，同“炎炎”。扬灵：显示神异。此句当指巫咸降神附体后的一种状貌。

㉔④吉故：吉善的往事。

㉔⑤曰：此“曰”字以下至“使夫百草为之不芳”为巫咸转述的百神之语。勉：尽力。升降以上下：犹言俯仰浮沉，意谓等待时机，求得与己相合的贤君。

㉔⑥榘矱（jǔ yuē 矩曰）：犹言法度。榘，同矩。矱，尺度。

㉔⑦严：同“俨”，恭敬庄重。求合：访求志同道合的人。

㉔⑧挚：商汤贤相伊尹的名字。咎繇（gāo yáo 高遥）：即皋陶（yáo 遥），禹的贤臣。调：和合。此指君臣之间和衷共济。

㉔⑨说（yuè 悦）：即傅说，殷高宗武丁的贤臣。据说傅说本是傅岩地方筑土墙的奴隶，武丁梦到他，画了像到处寻访，举为国相。筑：打土墙用的杵。

㉕⓪吕望：又称吕尚，俗称姜太公。姜姓，吕是其氏。传说曾在朝歌当屠夫，遇文王而被重用。鼓刀：敲刀发声，以招揽生意。

㉕①甯（níng 宁）戚：春秋时卫国人，喂牛时敲着牛角唱歌，抒发怀抱，被齐桓公听到，带回宫中列为客卿。

㉕②该：通“赅”，赅备，全面。辅：辅佐。

㉕③晏：晚。

㉕④央：终，尽。“犹其未央”即“其犹未央”。

㉕⑤鹈鴂（tí jué 提决）：鸟名，又名伯劳，秋天鸣。

㉕⑥偃蹇：长长的样子。

㉕⑦薆（ài 爱）然：掩蔽不明的样子。

㉕⑧谅：信实。

㉕⑨折：损害。

㉖⓪缤纷：这里是形容纷杂而混乱的样子。变易：变化无常。

㉖①淹留：久留。

㉖②直：简直，一种痛惜的语气。萧艾：皆恶草名。

㉖③兰：旧说是暗射楚令尹子兰。按，此“兰”当是“余既滋兰之九畹兮”之“兰”，因后来“兰芷变而不芳”，故有此种悲叹。

㉖④羌：发语词。容：外表。长：义同“修”，美好。

㉖⑤委：弃。

㉖⑥苟得：苟且而得。

㉖⑦椒：旧说是暗射楚大夫子椒。按，此当属于“委厥美以从俗”之流。专佞：专横而谗佞。慢慆（tāo 滔）：傲慢，自高自大。

㉖⑧榝（shā 杀）：木名，不香。

㉖⑨“既干进”二句：言那些一心只想着往上爬的人，是不可能敬重美德的。干进、务入，皆指钻营以求进身升迁。祗，恭敬。

㉗⓪流从：随波逐流，趋炎附势。

㉗①惟：同“唯”。兹佩：自身之玉佩，喻自己的品德。兹，此。

㉗②委：疑是“秉”的错字（高亨说）。秉，抱持。历兹：至今。

㉗③沫（mò末）：消散、终止。

㉗④和调度：谓步履和着玉佩相击的节奏。和，指节奏和谐。调，指玉佩叮咚有节。度，指步履疾徐有度。

㉗⑤饰：指玉佩。壮：盛。

㉗⑥历：通“遴（lín林）”，选择。吾将行：意思是说打算听取灵氛的劝告而远行。

㉗⑦羞：脯，即干肉，这里泛指美好的菜肴。

㉗⑧精：捣碎。靡（mí迷）：碎屑细末。粻（zhāng张）：食粮。

㉗⑨象：指象牙。

㉘⓪邅（zhān沾）：转，转道。

㉘①周流：周游。

㉘②云霓：指旌旗。晻（yǎn掩）蔼：形容旗帜蔽日的样子。

㉘③玉鸾（luán峦）：玉制车铃，形如鸾鸟。啾啾：铃声。

㉘④天津：天河的渡口，传说在箕、斗二星之间。津，渡口。

㉘⑤西极：西天的尽头。

㉘⑥翼：展翅。承：举，擎。旂（qí旗）：旌旗的共名。

㉘⑦翼翼：整齐之状。

㉘⑧流沙：西北沙漠地带。

㉘⑨遵：沿着。赤水：神话中发源于昆仑山的水名。容与：从容缓行貌。

㉙⓪麾（huī挥）：指挥。梁：桥梁，此处用作动词，架桥。

㉙①诏：命令。西皇：西方天帝少皞。涉予：帮助我渡河。

㉙②腾：驰起。径待：当作“径侍”，在路两旁侍卫。

㉙③路：路经。不周：山名，在昆仑山西北。

㉙④西海：神话中的海，在最西方。期：目的地，极限。

㉙⑤屯：聚集。

㉙⑥轪（dài代）：车轮的别名。

㉙⑦婉婉：龙身弯曲的样子。

㉙⑧委蛇（yí移）：即“逶迤”，舒卷蜿蜒貌。

㉙⑨抑志：即“抑帜”，收下旗子。志，读为“帜”。

㉚⓪神：精神、心绪。邈（miǎo秒）邈：遥远的状态。

㉚①《九歌》：古乐曲名（参见前注）。《韶》：虞舜的舞乐名。

㉚②假日：借此时光。媮（yú愉）：通“愉”，快乐。

㉚③陟（zhì至）升：上升。陟，登。皇：皇天的省文。赫戏：光明灿烂貌。戏，通“曦”。

㉚④临睨（nì逆）：俯视。睨，斜视。

㉚⑤怀：思念，怀恋。

㉚⑥蜷（quán拳）局：卷曲不伸的样子。顾：回头看。

㉚⑦乱：尾声的意思。

㉚⑧已矣哉：算了吧。绝望之词。

㉚⑨莫我知：即“莫知我”，无人了解我。

㉚美政：指理想的政治。

㉛从彭咸之所居：含有效法彭咸品德、遵从彭咸所选的道路之意。

湘君①

君不行兮夷犹，蹇谁留兮中洲②？美要眇兮宜修③，沛吾乘兮桂舟④。令沅湘兮无波⑤，使江水兮安流。望夫君兮未来，吹参差兮谁思⑥！

驾飞龙兮北征，邅吾道兮洞庭⑦。薜荔柏兮蕙绸⑧，荪桡兮兰旌⑨。望涔阳兮极浦⑩，横大江兮扬灵⑪。扬灵兮未极⑫，女婵媛兮为余太息⑬。横流涕兮潺湲⑭，隐思君兮陫侧⑮。桂棹兮兰枻，斫冰兮积雪⑯。

采薜荔兮水中，搴芙蓉兮木末⑰。心不同兮媒劳，恩不甚兮轻绝⑱！石濑兮浅浅，飞龙兮翩翩⑲。交不忠兮怨长⑳，期不信兮告余以不闲㉑。

鼂骋骛兮江皋㉒，夕弭节兮北渚㉓。鸟次兮屋上，水周兮堂下㉔。

捐余玦兮江中㉕，遗余佩兮醴浦㉖，采芳洲兮杜若㉗，将以遗兮下女㉘。时不可兮再得，聊逍遥兮容与㉙！

《四部备要》本《楚辞》卷二

①该篇选自《楚辞·九歌》，《九歌》是屈原所作《东皇太一》、《东君》、《云中君》、《湘君》、《湘夫人》、《大司命》、《少司命》、《河伯》、《山鬼》、《国殇》、《礼魂》十一首诗歌的总称，“九”在这里不指具体篇数，或认为泛表多数，或认为“九”借作“纠”，或读为“鬼”，等等，至今尚无定论。这是屈原被放后深入沅、湘一带，在民间祀神歌舞的基础上加工而成的一组乐歌作品，是南方民俗的生动展现，其中也自然隐含着作者的情感寄托。作品文辞优美，形象动人，表现出很高的艺术造诣。该篇与下列《湘夫人》为同一篇祭歌的上下篇（用林河说，见《〈九歌〉与湘沅民俗》），是祭湘水之神的乐歌。湘君、湘夫人被想象为一对配偶神，这两篇祭歌即是通过表现他们的恋爱生活以娱神。歌曲由男巫、女巫分别扮演湘君、湘夫人，全篇当为二神对唱。虽为神歌，歌词却极富人情味，对环境的描写也极其优美细腻。

②“君不行”二句：好人您犹豫着到现在还没来相会，会是谁把您留在了洲中？夷犹，即“犹豫”。蹇（jiǎn 简），发语词。洲，水中陆地。按，自此以下八句是湘夫人所唱，她盼望湘君到来，由等待而生出隐忧。

③要眇（yāo miào 妖妙）：美好貌。宜修：修饰打扮得恰到好处。

④沛：迅疾貌。桂舟：桂木造的船。此是湘夫人等湘君未来，自乘舟去迎候。

⑤沅湘：沅水、湘水，均在今湖南。无波：不生波浪。

⑥参差：排箫，以竹管编排而成，其状参差不齐，故称。谁思：谁来想念我。

⑦“驾飞龙”二句：驾着飞龙舟向北行驶，我正在洞庭巡回。邅（zhān 沾），转，绕道。道，取道，行进。按，自此以下十二句为湘君所唱，此时他正忙于公务，未及赴约。

⑧“薜荔（bì lì 毕力）”句：薜荔作舟的壁挂，兰草作舟的饰物。薜荔，藤本植物，味香。柏（bó 博），通“迫”，逼近，附着。蕙，兰草的一种，又名佩兰。绸，缠缚。

⑨“荪桡（sūn náo 孙挠）”二句：香荪饰船桨，兰花饰旌旗。荪，香草名。桡，短桨。

⑩涔（cén 岑）阳：江岸名，今湖南澧（lǐ 礼）县有涔阳浦。极浦：遥远的水边。

⑪横：横渡。扬灵：显灵。

⑫未极：未到，此言尚未到达江北。

⑬“女婵媛（chán yuán 蝉原）”句：仿佛听到湘夫人情思牵萦地在为我而叹息。婵媛，牵肠挂肚。太息，即叹息。

⑭潺湲（chán yuán 蝉原）：水流貌，此指流泪。

⑮“隐思君”句：她在那里想我想得好凄苦。隐，痛。陫（fěi 悱）侧，同“悱恻”，形容内心悲苦凄切。

⑯“桂棹（zhào 兆）”二句：大意是说，为了快些赶到她身边，我长桨短桨都用上，冲激得水珠如冰崩，浪花如堆雪。棹，长桨。枻（yì 义），短桨。斫（zhuó 茁），斫开，此是形容舟行破浪。

⑰“采薜荔”二句：就像在水中采那缘木而生的薜荔，到树梢采摘水生的芙蓉，我想他也是白想。搴（qiān 千），手取。按，自此以下八句是湘夫人所唱，她不了解湘君正在赶路，仍在继续着自己的怨歌。

⑱“心不同”二句：若两心不同，纵有媒人也是徒劳；若情意不深，当然会轻易把它抛开。

⑲“石濑（lài 赖）”二句：意思是水流很急，龙舟飞快，他本不难来到我身边。石濑，石上急流。浅（jiān 坚）浅，水疾流貌。翩翩，疾飞貌。

⑳交：彼此的感情。怨长：长相怨恨。

㉑期：约会。信：讲信用。不闲：没有空闲。

㉒“鼂（zhāo 朝）骋骛”句：自此以下四句是湘君所唱。鼂，同“朝”，早上。骋骛（wù 务），直驰狂奔。皋（gāo 高），水旁高地，岸边。

㉓弭（mǐ 米）节：停止鞭马使车缓行。弭，止。节，马鞭。此处谓止息。渚（zhǔ 主）：水中小岛。

㉔“鸟次”二句：意思是只见鸟止宿在房上，水环绕在屋的四周，却未见到湘夫人的身影。次，止宿。周，围绕。

㉕“捐余玦（jué 决）”句：把佩玉扔到江中。自此以下是湘夫人所唱，表达她在仍未等到湘君时的幽怨、决绝之情。捐，舍弃。玦，玉佩名。

㉖遗：留下。佩：玉佩。醴浦：即澧水，在今湖南省，流入洞庭湖。

㉗芳洲：香草丛生之洲。杜若：香草名。

㉘遗（wèi 谓）：赠送给。下女：下界凡女。

㉙“聊逍遥”句：大意是说寂寞中只好姑且逍遥以解忧。容与，舒闲貌。

湘夫人①

帝子降兮北渚[②]，目眇眇兮愁予[③]。袅袅兮秋风[④]，洞庭波兮木叶下[⑤]。

登白薠兮骋望[⑥]，与佳期兮夕张[⑦]。鸟何萃兮蘋中，罾何为兮木上[⑧]？沅有茝兮醴有兰[⑨]，思公子兮未敢言。荒忽兮远望[⑩]，观流水兮潺湲。麋何食兮庭中，蛟何为兮水裔[⑪]？

朝驰余马兮江皋，夕济兮西澨[⑫]。闻佳人兮召予，将腾驾兮偕逝[⑬]。

筑室兮水中[⑭]，葺之兮荷盖[⑮]。荪壁兮紫坛[⑯]，播芳椒兮成堂[⑰]。桂栋兮兰橑[⑱]，辛夷楣兮药房[⑲]。罔薜荔兮为帷[⑳]，擗蕙櫋兮既张[㉑]。白玉兮为镇[㉒]，疏石兰兮为芳[㉓]。芷葺兮荷屋，缭之兮杜衡[㉔]。合百草兮实庭[㉕]，建芳馨兮庑门[㉖]。九嶷缤兮并迎[㉗]，灵之来兮如云[㉘]。

捐余袂兮江中[㉙]，遗余褋兮醴浦[㉚]。搴汀洲兮杜若[㉛]，将以遗兮远者[㉜]。时不可兮骤得，聊逍遥兮容与[㉝]！

《四部备要》本《楚辞》卷二

①该篇为《湘君》的续篇，表现湘君、湘夫人二神的相思以及终于相会的欢愉情景。

②帝子：天帝之子。湘君自称。降：降临。自此以下四句为湘君所唱，表达不见湘夫人的惆怅。

③眇（miǎo 秒）眇：远望不见貌。愁予：使我忧愁。

④袅袅：吹拂貌。

⑤波：生波。下：落。

⑥“登白薠（fán 烦）”句：登上铺满湖泽的白薠极目张望。自此以下十句为湘夫人所唱。薠，草名，生湖泽间。按，“登”字原本无，据明夫容馆本《楚辞》补。

⑦“与佳期”句：大意是为了与你在佳期相会，我早已做了准备。与，与会。夕，昨晚。张，铺设张罗。

⑧“鸟何萃（cuì 翠）兮”二句：大意是说，怎么就像小鸟觅巢却飞入了浮萍，渔人打鱼却把网张到树梢，结果总是徒劳。萃，集。蘋，（píng 平），水草。罾（zēng 增），渔网。按，“萃”上原无“何”字，据王逸注补。

⑨茝（zhǐ 止）：白芷，植物名。古称“香草”。

⑩荒忽：犹“恍惚”，不分明貌。

⑪“麋何食兮”二句：意与“鸟何萃兮”二句相仿，言怎么就像麋鹿跑到了庭中，蛟龙游到了岸上，所处都失其常。

⑫“朝驰”二句：自此以下四句为湘君所唱。济，渡水。澨（shì 式），水边。

⑬“将腾驾”句：我要飞马驱车去接她，与她同往。偕逝，同往。

⑭“筑室”句：大意是说，在水中构筑、布置我们的婚房。此为湘夫人所唱。按，自此以下写湘君、湘夫人终于相会的情景，为男女对歌，四句一换，最后两句可视为二人合唱。

⑮葺（qì 器）：覆盖。荷盖：荷叶搭成的屋顶。

⑯“荪壁”句：用荪草饰壁，用紫贝铺地。紫，此谓紫色斑纹的贝壳。坛，中庭。

⑰播：布，铺。芳椒：充满芬芳的花椒。成堂：涂饰室壁。成，饰。

⑱栋：屋栋，屋脊柱。橑（lǎo 老）：屋椽。

⑲辛夷：木名，初春开花。楣（méi 眉）：门上横梁。药：白芷。

⑳罔：同“网（網）”，系结。帷：帷帐。

㉑“擗（pǐ 匹）蕙櫋（mián 棉）”句：把蕙草析开悬在屋檐作为装饰。擗，析开。櫋，屋檐木。

㉒镇：压席之物。

㉓疏：分布。石兰：香草名。

㉔缭：缠绕。杜衡：香草名。

㉕合：汇集。实：充实，布满。

㉖建：树栽。庑（wǔ 午）：门廊。

㉗九嶷：此谓九嶷山神。并迎：都迎接进来。

㉘灵：神。如云：形容众多。

㉙袂（mèi 妹）：衣袖，代指上衣。

㉚褋（dié 叠）：单衣。

㉛汀（tīng 厅）洲：水中平地。

㉜远者：远道而来为我们祝福的客人。

㉝“时不可”二句：良宵美景怎可多得，且快活逍遥尽情欢乐。

国殇①

操吴戈兮被犀甲②，车错毂兮短兵接③。旌蔽日兮敌若云，矢交坠兮士争先。凌余阵兮躐余行④，左骖殪兮右刃伤⑤。霾两轮兮絷四马⑥，援玉枹兮击鸣鼓⑦。天时坠兮威灵怒⑧，严杀尽兮弃原壄⑨。

出不入兮往不反⑩，平原忽兮路超远⑪。带长剑兮挟秦弓⑫，首身离兮心不惩⑬。诚既勇兮又以武⑭，终刚强兮不可凌⑮。身既死兮神以灵⑯，子魂魄兮为鬼雄⑰。

《四部备要》本《楚辞》卷二

①该篇选自《楚辞·九歌》，是为追悼为国捐躯者所作的祭歌。一说，是祭战神之歌。作品突出表现了不屈的精神。殇（shāng 伤），未成年而死或在外而死的人。

②操：手持。吴戈：吴国造的戈。被（pī 披）：通“披”。犀甲：犀牛皮制的铠甲。

③错毂（gǔ 古）：战车交错。毂，轮中圆木。

④凌：侵凌。躐（liè 列）：践踏。行（háng 杭）：行列。此指敌人进攻过来。

⑤左骖（cān 参）：左边的骖马。古代四马驾车，内两马称“服”，外两马称“骖”。殪（yì 义）：倒地而死。右刃伤：右骖为兵刃所伤。

⑥霾（mái 埋）：通“埋”。絷（zhí 值）：绊住。

⑦援：拿着。枹（fú 服）：鼓槌。鸣鼓：战鼓。

⑧天时坠：犹言天地昏暗。威灵怒：鬼神震怒。

⑨严杀：指惨烈牺牲。弃原壄（yě 野）：尸体横在战场。壄，同“野”。

⑩反：同“返”。

⑪忽：恍惚不明貌，此形容风尘弥漫。超远：遥远。

⑫挟（xié 胁）：夹着。秦弓：秦国造的弓。

⑬首身离：身首异处。心不惩：心中无所畏惧。

⑭诚：诚然。勇：指精神。武：指力量。

⑮不可凌：指精神不可凌辱。

⑯神以灵：精神不死，化为神灵。

⑰子：您。鬼雄：鬼中的英雄。

涉江①

余幼好此奇服兮，年既老而不衰②。带长铗之陆离兮③，冠切云之崔嵬④。被明月兮珮宝璐⑤。世溷浊而莫余知兮⑥，吾方高驰而不顾。驾青虬兮骖白螭⑦，吾与重华游兮瑶之圃⑧。登昆仑兮食玉英⑨，与天地兮同寿，与日月兮齐光⑩！

哀南夷之莫吾知兮⑪，旦余济乎江湘⑫。乘鄂渚而反顾兮⑬，欸秋冬之绪风⑭。步余马兮山皋⑮，邸余车兮方林⑯。乘舲船余上沅兮⑰，齐吴榜以击汰⑱。船容与而不进兮⑲，淹回水而疑滞⑳。朝发枉陼兮㉑，夕宿辰阳㉒。苟余心其端直兮，虽僻远之何伤㉓！

入溆浦余儃佪兮㉔，迷不知吾所如㉕。深林杳以冥冥兮㉖，猨狖之所居㉗。山峻高以蔽日兮，下幽晦以多雨。霰雪纷其无垠兮㉘，云霏霏而承宇㉙。哀吾生之无乐兮，幽独处乎山中。吾不能变心而从俗兮，固将愁苦而终穷㉚。

接舆髡首兮[31]，桑扈臝行[32]。忠不必用兮，贤不必以[33]。伍子逢殃兮[34]，比干菹醢[35]。与前世而皆然兮[36]，吾又何怨乎今之人！余将董道而不豫兮[37]，固将重昏而终身[38]。

乱曰：鸾鸟凤皇，日以远兮[39]。燕雀乌鹊，巢堂坛兮[40]。露申辛夷，死林薄兮[41]。腥臊并御，芳不得薄兮[42]。阴阳易位，时不当兮[43]！怀信侘傺[44]，忽乎吾将行兮[45]！

《四部备要》本《楚辞》卷四

①该篇选自《楚辞·九章》，是屈原流放后的作品。诗中所写的是渡江而南、沿沅水西上、最后困处山中的一段经历和感受，故题名“涉江”。该诗在具体叙写其行程和所历的同时，反复申述其志行的高远、对时俗混乱的愤慨以及不畏打击坚持理想的决心，是屈原放逐生活的真实记录和人格精神的集中写照。其中既有感情激越的直白，又有富于象征和蕴含情感的环境描写，艺术上也极有特点。

②“余幼”二句：用“好奇服”比喻自己与众不同的追求，并称始终如一，不见衰损。自此以下至“与日月兮齐光”均是以象征手法写自己高洁不凡的追求。

③长铗（jiá 颊）：长剑。陆离：长貌，形容剑之长。

④冠：用作动词，戴。切云：高冠名。崔嵬：高貌，形容冠之高。

⑤被（pī 披）：通“披”。明月：夜光珠。珮（pèi 佩）：佩戴。璐（lù 路）：美玉。

⑥溷（hùn 混）浊：同“混浊”。莫余知：即“莫知余”，没有人了解我。

⑦虬（qiú 求）：无角龙。一说，龙子而有角者。骖白螭（chī 吃）：以白螭为骖。螭，无角龙。

⑧重华：即舜。参见《离骚》注。瑶之圃：玉树的园圃。瑶，美玉。

⑨玉英：玉石之花。

⑩齐光：原作“同光”，据王逸注改。

⑪南夷：南方夷人。夷，蛮夷，当时对异族的称谓。

⑫旦：清晨。济：渡。江湘：长江和湘水。一说，“湘”指洞庭湖。湘水为注入洞庭湖的主流，故古代也以此称洞庭湖。

⑬乘：登上。鄂渚（zhǔ 主）：地名，在今湖北武昌以西。反顾：频频回首。

⑭欸（āi 哀）：叹。绪风：余风。

⑮山皋（gāo 高）：依山傍水的高地。皋，近水处的高地。

⑯邸（dǐ 抵）：停放。方林：地名。

⑰舲船：有窗的船。上沅：溯沅水而上。

⑱吴榜：大的船桨。吴，大。汰（tài 太）：水波。

⑲容与：缓慢貌。

⑳淹：留。回水：回旋的水。疑（níng 宁）滞：即“凝滞”，停滞不前。

㉑枉陼（zhǔ 渚）：地名，在今湖南境内。陼，同“渚”。

㉒辰阳：地名，在枉陼以西。

㉓“苟余心”二句：只要我的内心是正直的，虽然来到这偏僻边远的地方，对我又有什么损伤？

㉔溆（xù 叙）浦：地名，今湖南溆浦县，这里似指溆水岸边。溆水源出溆浦县南，北流又折而往西，注入沅水。儃佪（chán huái 蝉怀）：徘徊。

㉕如：往。

㉖杳（yǎo 咬）：远。冥冥：昏暗貌。

㉗猨（yuán猿）：同“猿”。狖（yòu右）：黑色的长尾猿。

㉘霰（xiàn线）：小的雪粒。无垠（yín银）：无边。

㉙霏霏：盛多貌。承宇：此谓连接着天边。

㉚终穷：永远穷困。

㉛接舆：与孔子同时的楚国贤者，曾自剃其发，表示不仕。髡（kūn昆）：剃发，本指一种刑罚。古人留长发，有罪者被强行剃发，叫“髡”。

㉜桑扈：古代贤者。臝（luǒ裸）行：裸体而行，应是一种佯狂的举动。臝，通“裸”。

㉝“忠不必用”二句：自古以来，忠臣和贤者是不一定为世所用的。以，也是“用”的意思。

㉞伍子：即伍员（yún云），号子胥，吴王夫差不听他的忠言劝谏，反而迫他自杀。

㉟比干：殷纣王时忠臣，被纣王害死，以其肉为酱。菹醢（zū hǎi租海），把人剁成肉酱。

㊱与：通“举”，全，整个。

㊲董道：沿正道而行。董，正。豫：犹豫。

㊳重（chóng虫）昏：意为处于层层黑暗之中。重，重叠。

㊴“鸾鸟”二句：比喻贤人一天比一天远离了朝廷。

㊵“燕雀”二句：比喻小人占据了要位。巢，筑巢。坛，祭坛。

㊶“露申”二句：比喻贤人多被困死。露申，一种开香花的灌木。辛夷，玉兰树，香木。薄，草木交错处。

㊷“腥臊”二句：比喻小人被重用，贤人难进身。御，进用。薄，迫近。

㊸“阴阳”二句：言世道反常，是非颠倒。当（dàng档），适当，合宜。

㊹怀信：怀抱忠信。侘傺（chà chì岔翅）：失意貌。

㊺忽：恍惚，形容内心茫然，无所适从。

天问[①]（节选）

曰[②]：遂古之初，谁传道之[③]？上下未形，何由考之[④]？冥昭瞢暗，谁能极之[⑤]？冯翼惟像，何以识之[⑥]？明明暗暗，惟时何为[⑦]？阴阳三合，何本何化[⑧]？

圜则九重，孰营度之[⑨]？惟兹何功，孰初作之[⑩]？斡维焉系[⑪]？天极焉加[⑫]？八柱何当[⑬]？东南何亏[⑭]？九天之际，安放安属[⑮]？隅隈多有[⑯]，谁知其数？

天何所沓[⑰]？十二焉分[⑱]？日月安属[⑲]？列星安陈[⑳]？出自汤谷，次于蒙汜，自明及晦，所行几里[㉑]？夜光何德，死则又育？厥利维何，而顾菟在腹[㉒]？

女岐无合，夫焉取九子[㉓]？伯强何处[㉔]？惠气安在[㉕]？何阖而晦？何开而明[㉖]？角宿未旦，曜灵安藏[㉗]？

《四部备要》本《楚辞》卷三

①《天问》是屈原在《离骚》之外所作的又一首长诗，全由提问形式组篇。在所问的一百七十多个问题中，既有关于天地自然的，如天地开辟、日月运行；也有关于神话传说的，如洪水、石林、灵蛇、黄熊；还有关于历史人物的，如从尧舜直到齐桓、晋文，等等。诗歌形式奇特，气魄宏伟，汇集了人类早期丰富的思想文化资料。这里所选是开头关于宇宙天体的部分。天问，关于天道的问题。

②曰：启问。

③“遂古”二句：宇宙形成之初遥远渺茫，谁能说出它的情形？遂古，远古。遂，通“邃”。

④“上下”二句：天地还未形成时的情况，依据什么考究分明？上下，指天地。何由，由何，凭借什么。

⑤“冥昭”二句：天体混沌或明或暗，谁能穷究其中的缘故？冥昭，暗和明。瞢（méng蒙）暗，混沌不清。极，追根穷究。

⑥“冯翼”二句：其中只是一些鼓荡流动的大气，凭着什么认识清楚？冯（píng凭），冯冯，大气鼓荡貌。翼，翼翼，大气流动貌。像，同“象”，形象，样子。

⑦“惟时”句：这又是为了什么？时，通“是”，这个。何为，为何。

⑧“阴阳”二句：阴气阳气混合在一起，根据什么，又变成了什么？阴阳，阴气和阳气，指构成宇宙大气的两种成分，前者属地，后者属天。三（cān参），同“参”。

⑨“圜（yuán圆）则”二句：据说天体有九层，这是谁计算的？圜，同“圆”，指天体。九重，九层，传说中天分九层。营度（duó夺），计算。

⑩“惟兹”二句：这是何等伟大的事业，是谁最先开始做的？兹，这个。

⑪“斡（guǎn管）维”句：那拴住天的绳子系在哪里？斡，车轮的一部分，可以旋转，这里指天。维，绳子。传说有绳拴天。

⑫“天极”句：那天屋的栋梁安在哪里？极，传说天有南北极，如房屋的栋梁。加，安放。

⑬“八柱”句：那支撑天的八根柱子，指的该是什么？八柱，传说天有八山为柱。何当，与什么相当。

⑭“东南”句：东部和南部为何凹下一片？亏，此指东南方都是海洋。

⑮“九天”二句：九层天的边际，和什么相连接？属（zhǔ主），连接。

⑯隅隈（wēi微）：角落和弯曲之处，指天弯曲的边缘。

⑰沓（tà踏）：会合，此指天和地的会合。

⑱十二：传说天上星辰分为十二个区域。

⑲日月安属（zhǔ主）：太阳、月亮连在哪里？

⑳列星安陈：群星在天空是怎么分布的？

㉑“出自”四句：太阳自汤谷出发，在蒙水边落下，从早到晚，究竟要走多少路程？次，停住。汤（yáng羊）谷，即旸谷，古代神话中的日出之处。蒙汜（sì四），古代神话中的日入之处。

㉒“夜光”四句：月亮得了什么灵丹妙药，总是能够死而复生？它肚里装个蟾蜍（或兔子），有什么好处？夜光，月亮别名。德，得。又育，再生，指月亮缺后又圆。厥，它的。维，通“唯”。顾菟（tù兔），蟾蜍。一说即顾兔，月中兔名。一说“顾”、“菟”为两物，即蟾蜍和兔子。

㉓“女岐”二句：女岐没有丈夫，为何生了九个儿子？女岐，古代神话中的神女名。

㉔伯强：即“隅强”，传说中北方风神之名。何处（chǔ楚）：住在哪里。

㉕惠气：和顺之气，即“和风”。

㉖“何阖（hé合）”二句：为何天门关闭就晦冥昏暗，大门开启就大放光明？阖，关上。

㉗“角宿（xiù秀）”二句：天尚未明还能看到星辰的时候，太阳究竟藏在哪里？角宿，星辰名，这里泛指星辰。旦，天亮。曜（yào耀）灵，太阳。

招魂[①]（节选）

魂兮归来，去君之恒干，何为四方些[②]！舍君之乐处，而离彼不祥些[③]！

魂兮归来，东方不可以托些[④]！长人千仞，惟魂是索些[⑤]！十日代出，流金铄石些[⑥]！彼皆习之，魂往必释些[⑦]！归来兮，不可以托些！

魂兮归来，南方不可以止些！雕题黑齿[⑧]，得人肉以祀，以其骨为醢些[⑨]！蝮蛇蓁蓁[⑩]，封狐千里些[⑪]！雄虺九首[⑫]，往来儵忽[⑬]，吞人以益其心些！归来兮，不可以久淫些[⑭]！

魂兮归来，西方之害，流沙千里些！旋入雷渊[⑮]，爢散而不可止些[⑯]！幸而得脱，其外旷宇些！赤蚁若象[⑰]，玄蜂若壶些[⑱]！五谷不生，藂菅是食些[⑲]！其土烂人，求水无所得些！彷徉无所倚[⑳]，广大无所极些！归来兮，恐自遗贼些[㉑]！

魂兮归来，北方不可以止些！增冰峨峨[㉒]，飞雪千里些！归来兮，不可以久些！

魂兮归来，君无上天些！虎豹九关[㉓]，啄害下人些！一夫九首，拔木九千些[㉔]！豺狼从目[㉕]，往来侁侁些[㉖]！悬人以娭[㉗]，投之深渊些！致命于帝，然后得瞑些[㉘]！归来归来[㉙]，往恐危身些！

魂兮归来，君无下此幽都些[㉚]！土伯九约[㉛]，其角觺觺些[㉜]！敦脄血拇[㉝]，逐人駓駓些[㉞]！参目虎首[㉟]，其身若牛些！此皆甘人[㊱]，归来归来，恐自遗灾些！

《四部备要》本《楚辞》卷九

①本篇是利用民间招魂形式写成的抒情诗。关于它的作者和作意，有屈原招怀王、屈原自招、宋玉招屈原等不同说法，今从司马迁之说，断为屈原所作，当是怀王客死秦国后屈原借招魂以表哀思的作品。全诗除开篇序辞和结尾部分外，其中的招魂辞可分为两大部分，前一部分铺写东南西北及上下之可怖，后一部分极写故都之可爱，借此感召亡灵的归来。诗篇结构完整，想象新奇，描写铺排，辞采绚丽，对后代辞赋创作有直接影响。这里选取的是招魂辞的前一部分。

②“魂兮”三句：魂啊，归来吧！您为何要离开长久托身的躯体，跑到四方去游荡？恒，常，久。干，躯干。些（suò 所去声），楚方言，句尾虚词。洪兴祖补注：“凡禁咒句尾皆称些，乃楚人旧俗。”

③离（lí 篱）：通“罹”，遭遇。

④托：寄身，作客。

⑤“长人”二句：言东方长人专食鬼魂。长人，古代传说中长人国的人。千仞，极言其高。七尺或八尺曰“仞”。索，求。

⑥“十日”二句：代出，一个接一个出现。铄（shuò 朔），熔化。

⑦“彼皆”二句：那里的长人都已习于酷热，您去了却肯定会烤化的。释，熔解。

⑧雕题：额上刻着花纹。题，额头。

⑨醢（hǎi 海）：肉酱。

⑩蝮（fù 复）蛇：毒蛇。蓁（zhēn 珍）蓁：群蛇聚集貌。

⑪封狐：大狐狸。千里：言其善走，一日千里。

⑫雄虺（huǐ 毁）：九头怪蛇。

⑬儵（shū 叔）忽：同“倏忽”，疾急貌。

⑭淫：王逸注：“淫，游也。”五臣云：“淫，淹也。”淹，滞留。

⑮旋入：卷入。雷渊：神话中的水名。

⑯靡（mí 弥）散：散成碎屑。

⑰螘（yǐ 蚁）："蚁"的本字。

⑱玄蜂：黑色的蜂。

⑲藂菅（cóng jiān 丛坚）：丛生的茅草。藂，同"丛"。

⑳彷徉（páng yáng 旁羊）：往来行走。

㉑遗（wèi 慰）贼：给自己招来灾害。遗，送给。贼，害。

㉒增（céng 层）：通"层"。峨峨：高貌。

㉓九关：指九重门，守门者为虎豹。

㉔"一夫"二句：有九头巨人一天能拔九千棵大树。

㉕从（zòng 纵）目：同"纵目"，竖着眼。

㉖侁（shēn 申）侁：往来走动的声音。

㉗娭（xī 嬉）：同"嬉"，玩耍。

㉘"致命"二句：谓必待天命尽后，方得瞑目而死。致，委，托付。帝，天。瞑，谓死而瞑目。

㉙归来归来：原作"归来"，据王逸注补。下文"归来归来"同。

㉚幽都：地下都城，传说为土神所治处。

㉛土伯：地下怪物名。九约：同"纠钥"，把关。

㉜觺（yí 疑）觺：角锐利貌。

㉝敦脄（méi 枚）：背上的夹脊肉厚墩墩地高高隆起。脄，脊侧之肉。血拇：爪子上沾满人血。

㉞駓（pī 批）駓：奔跑时发出的声响。

㉟参目：三只眼睛。参，同"叁"。

㊱甘人：以人肉为美食，即喜吃人肉。

一二
宋玉

宋玉，战国末期楚国人，生卒年不可考，是稍后于屈原的辞赋作家。相传地位不高，经人推荐曾仕于楚襄王，近似文学侍从，后来受谗罢官，郁郁不得志。宋玉的作品收入《楚辞》、《文选》的有《九辩》、《高唐赋》、《神女赋》、《风赋》、《登徒子好色赋》、《对楚王问》等，其中《九辩》公认为宋玉所作，其余各篇是否出自宋玉手笔，后人曾颇多争议，近年随着新材料的发现，肯定者成为主流。

九辩①（节选）

悲哉秋之为气也！萧瑟兮草木摇落而变衰②。憭慄兮若在远行③，登山临水兮送将归④。泬寥兮天高而气清⑤，宲廫兮收潦而水清⑥。憯凄增欷兮薄寒之中人⑦，怆怳懭悢兮去故而就新⑧，坎廪兮贫士失职而志不平⑨。廓落兮羁旅而无友生⑩，惆怅兮而私自怜。燕翩翩其辞归兮，蝉宲漠而无声⑪。雁廱廱而南游兮⑫，鹍鸡啁哳而悲鸣⑬。独申旦而不寐兮⑭，哀蟋蟀之宵征⑮。时亹亹而过中兮⑯，蹇淹留而无成⑰。

《四部备要》本《楚辞》卷八

①《九辩》见于《楚辞》，是宋玉的代表作，表达了遭排挤失职后的不平和感伤。该诗在内容和形式上均可见屈原作品的明显影响，但全诗情景交融，比喻丰富，特别是结合秋景以写愁绪，艺术上形成了自己的风格，其“悲秋”意象已对后代创作产生了独特影响。这里选取的即是开篇以秋景起兴的一节。九辩，原是古乐曲名，宋玉借以名篇。

②萧瑟：秋风吹动树叶的声音。

③憭慄（liáo lì 辽力）：凄凉、寒冷。若在远行：言面对秋景，心中凄冷，就像远行在外孤独无依的感觉一样。

④“登山”句：言又像登山临水送人回乡那般惆怅。

⑤泬（xuè 谑）寥：空旷清朗貌。

⑥宲廫：一作“寂谬”，同“寂寥”，冷清貌，此指水。收潦（lǎo 老）：犹言雨止。潦，雨水。

⑦憯（cǎn 惨）凄：悲痛。增：屡次。欷（xī 息）：感叹。薄寒：微寒。

⑧怆怳（chuàng huǎng 创谎）：怅惘失意貌。懭悢（kuàng lǎng 旷朗）：与“怆怳”意同。去故而就新：离开楚都到一个陌生的地方去。

⑨坎廪（lǎn 览）：犹“坎坷”，遭遇不平，受挫折。贫士：作者自称。

⑩廓落：孤独空虚。羁旅：在外谋生。友生：朋友。

⑪宗漠：同“寂寞”。

⑫廱（yōng 拥）廱：雁叫声。廱，同“雍”。

⑬鹍（kūn 昆）鸡：鸟名，似鹤，黄白色。啁哳（zhōu zhá 周札）：声音繁碎的样子。

⑭申旦：直到天明。申，达。

⑮宵征：夜行。此指蟋蟀的夜鸣。

⑯亹（wěi 尾）亹：形容时间过得很快。过中：过了中年。

⑰蹇：发语词。淹留：久留。无成：无所成就。

第二编

秦汉文学

一

李 斯

李斯（？—前208），战国楚上蔡（今河南上蔡县）人。初为郡吏，后与韩非俱学于荀子。战国末入秦，为客卿，后为廷尉。秦统一六国后，为丞相。秦二世时，为赵高所诬陷，以谋反罪被诛，夷三族。

李斯是秦代著名政治家，在秦统一六国及建立中央集权制度方面起过重要作用，也是秦代散文家的代表。为文富于文采而论证周详，带有浓厚的战国纵横家的习气。散文作品主要有《谏逐客书》、《行督责书》等，此外尚有刻石文多篇。

李斯作品散见于《史记》及《古文苑》中。

谏逐客书①

臣闻吏议逐客，窃以为过矣②。

昔缪公求士，西取由余于戎，东得百里奚于宛，迎蹇叔于宋，来丕豹、公孙支于晋③。此五子者，不产于秦，而缪公用之，并国二十④，遂霸西戎。孝公用商鞅之法⑤，移风易俗，民以殷盛，国以富强，百姓乐用，诸侯亲服⑥，获楚、魏之师，举地千里⑦，至今治强⑧。惠王用张仪之计⑨，拔三川之地⑩，西并巴、蜀⑪，北收上郡⑫，南取汉中⑬，包九夷，制鄢、郢⑭，东据成皋之险⑮，割膏腴之壤，遂散六国之从，使之西面事秦，功施到今⑯。昭王得范雎，废穰侯，逐华阳⑰，强公室，杜私门⑱，蚕食诸侯，使秦成帝业。此四君者，皆以客之功⑲。由此观之，客何负于秦哉！向使四君却客而不内，疏士而不用⑳，是使国无富利之实而秦无强大之名也。

今陛下致昆山之玉，有随、和之宝，垂明月之珠，服太阿之剑，乘纤离之马，建翠凤之旗，树灵鼍之鼓㉑。此数宝者，秦不生一焉，而陛下说之㉒，何也？必秦国之所生然后可，则是夜光之璧不饰朝廷㉓，犀象之器不为玩好㉔，郑、卫之女不充后宫㉕，而骏良駃騠不实外厩㉖，江南金锡不为用，西蜀丹青不为采㉗。所以饰后宫充下陈娱心意说耳目者㉘，必出于秦然后可，则是宛珠之簪，傅玑之珥，阿缟之衣，锦绣之饰不进于前㉙，而随俗雅化佳冶窈窕赵女不立于侧也㉚。夫击瓮叩缶弹筝搏髀，而歌呼呜呜快耳者㉛，真秦之声也；《郑》、《卫》、《桑间》、《昭》、《虞》、《武》、《象》者㉜，异国之乐也。今弃击瓮叩缶而就《郑》、《卫》，退弹筝而取《昭》、《虞》，若是者何也？快意当前，适观而已矣㉝。今取人则不然。不问可否，不论曲直㉞，非秦者去，为客者逐。然则是所重者在乎色乐珠玉，而所轻者在乎人民也。此非所以跨海内制诸侯之术也㉟。

臣闻地广者粟多，国大者人众，兵强则士勇㊱。是以太山不让土壤㊲，故能成其大；河海不择细流，故能就其深㊳；王者不却众庶，故能明其德。是以地无四方，民无异国，四时充美，鬼神降福，此五帝、三王之所以无敌也㊴。今乃弃黔首以资敌国㊵，却宾客以业诸侯㊶，使天下之士退而不敢西向，裹足不入秦，此所谓“藉寇兵而赍盗粮”者也㊷。

夫物不产于秦，可宝者多；士不产于秦，而愿忠者众。今逐客以资敌国，损民以益仇[43]，内自虚而外树怨于诸侯[44]，求国无危，不可得也。

中华书局校点本《史记》卷八七

①本篇选自《史记·李斯列传》，题目为后人所加。本文写于秦王政十年（前237），是针对当时“逐客”之令给秦王的上书。书中以大量事实，分析“逐客”的错误，排比为文，辞气俱足，极有说服力，终使秦王除逐客之令。故《史记集解》引《新序》曰：“斯在逐中，道上上谏书，达始皇。始皇使人逐至骊邑，得还。”客，指客卿，非秦国人士而在秦为官的人。书，上书，古代臣子向帝王陈述意见的一种公文文体。

②“臣闻”二句：指出逐客乃错误之举。吏议逐客，据《史记》载，韩国苦于秦兵，乃使水工郑国至秦作渠，以分散秦力。此事被发觉，于是，“秦宗室大臣皆言秦王曰：‘诸侯人来事秦者，大抵为其主游间于秦耳，请一切逐客’”（见《李斯列传》）。即此。窃，私下。谦辞。过，错误。

③“昔缪公”五句：言缪公求士之事。缪公，秦穆公，名任好，春秋五霸之一，公元前659—前621年在位。缪，通“穆”。由余，春秋时晋人，亡入戎。后为戎使于秦。穆公知由余贤，遂为离间而降之。由余为秦谋伐戎之策，并国十二，辟地千里，遂霸西戎。戎，古代对西部少数民族的统称。百里奚，春秋时楚国宛（今河南南阳）人。曾为虞大夫。晋灭虞，被俘，作为晋献公女的陪嫁奴仆至秦，逃之宛，为楚人所执。秦穆公知其贤，以五张黑公羊皮与楚人交换得之，任以为相。人称“五羖大夫”。蹇（jiǎn 简）叔，岐（今陕西岐山一带）人，游于宋。与百里奚为好友。百里奚荐于秦穆公，穆公迎以为上大夫。宋，诸侯国，子姓。周初封商纣王庶兄微子启于宋，都商丘（今河南商丘）。延至战国，公元前286年灭于齐。丕豹，晋大夫丕郑之子。丕郑被杀，丕豹逃至秦，穆公以之为将。公孙支，字子桑，岐人，居于晋。后归秦，穆公以之为大夫。

④并国二十：此总言五人之功，或为夸饰之辞。

⑤孝公：秦孝公，名渠梁，公元前361—前338年在位。商鞅：战国时卫人，名公孙鞅，亦称卫鞅。先仕魏，后入秦。孝公用其实行变法，奠定了秦国统一六国的基础。封于商，故称商鞅、商君。孝公死，子惠文王即位，以谋反罪被杀。

⑥“百姓”二句：意为百姓乐于为国效力，诸侯也依附服从。用，为之所用。亲，亲近，指结为友好。

⑦“获楚”二句：意为打败了楚、魏的军队，夺取了千里之地。获，俘虏，俘获。举，攻取，占领。据《史记》，秦孝公十年（前352），商鞅“将兵围魏安邑，降之”；孝公二十二年（前340），商鞅大破魏军，“虏魏公子卬”；同年，商鞅又“南侵楚”。

⑧治强：犹言政治安定，国家强盛。

⑨惠王：指秦惠文王，名驷，孝公之子，公元前337—前311年在位。张仪：战国魏人，入秦为惠文王相，主张“连横”以对抗“合纵”，为战国著名纵横家。

⑩拔：攻取。三川之地：今河南黄河以南、灵宝以东至洛阳一带，因境内有涧、洛、伊三水（或曰黄河、洛水、伊水）故名。三川之地原属韩，张仪为秦相，请伐韩，下兵三川。后张仪死，至秦武王时，才令甘茂拔宜阳（今河南宜阳）而通三川。

⑪并：吞并。巴、蜀：皆古国名。巴在今四川东部一带。蜀在今四川中部一带。秦惠文王后元九年（前316），派司马错伐蜀，取之，分以为巴、蜀二郡。

⑫收：收服。上郡：魏地，在今陕西北部一带。秦惠文王十年（前328），公子华与张仪攻

魏，魏纳上郡十五县求和。

⑬汉中：楚地，今陕西西南部地区。秦惠文王后元十三年（前312），秦“庶长章击楚于丹阳，虏其将屈匄，斩首八万；又攻楚汉中，取地六百里，置汉中郡”（《史记·秦本纪》）。

⑭“包九夷”二句：意为控制了楚国少数部族地区及鄢、郢之地。包，囊括。九夷，泛指当时楚国境内的少数部族。鄢，楚地，今湖北宜城。郢，楚都城，今湖北江陵纪南城。

⑮据：据有。成皋：古邑名，即虎牢，今河南荥阳汜水镇。形势险要，为古代军事要地。原属韩，秦庄襄王元年（前249），韩献于秦。

⑯“遂散”三句：于是瓦解了六国的联合，让他们听命于秦国，功业延续到现在。散，离散，瓦解。从，同“纵”，合纵。事，指服从。施（yì意），继续，延续。

⑰“昭王”三句：秦昭王得到范睢，放逐了专权的穰侯和华阳君。昭王，秦昭襄王，公元前306—前251年在位。名则，又名稷，秦惠文王子，武王异母弟，继武王立。范睢，字叔，战国魏人，入秦，说昭襄王，为昭襄王相。对外提出远交近攻的策略，以削弱诸侯力量；对内劝说昭襄王“废太后，逐穰侯、高陵、华阳、泾阳君于关外”（《史记·范睢蔡泽列传》）。后封于应，号为应侯。废，废除，罢免。穰侯，名魏冉，秦昭襄王母宣太后异父弟。封于穰，故称穰侯。数为秦相，专秦政三十余年。逐，放逐。华阳，华阳君，名芈（mǐ米）戎，昭襄王母宣太后之同父弟，亦号新城君。曾为秦将，与魏冉并专秦政，“以太后故，私家富重于王室”（《史记·范睢蔡泽列传》）。

⑱“强公室”二句：意为加强了秦王室的力量，而杜绝了私人势力的发展。即指上文“废穰侯，逐华阳”之事。公室，指秦王室。私门，私家，指豪门贵族。

⑲以客之功：凭借客卿之力而成就功业。以，犹用也。之，到达。此引申为成就。

⑳“向使”二句：当初假使以上四位君主拒不接纳这些客卿，疏远而不重用他们。却，拒绝。内，同“纳”，接纳。士，指客卿。

㉑“今陛下”七句：历数秦王所拥有的宝物。致，得到。昆山，即昆仑山，古时以产美玉闻名。随、和之宝，指随侯珠和和氏璧，都是难得的宝物。随，周初诸侯国，在今湖北境内。《说苑》记载，随侯见一大蛇受伤，遂以药救治。后这条蛇衔一珠来报答。此珠遂称随侯珠。和，指卞和，春秋时楚人。《韩非子》记载，卞和曾于山中得一玉璞，先后献给楚厉王和楚武王。玉工不识，厉王、武王皆以为诳，卞和分别被砍去左、右脚。至楚文王时，卞和抱此璞在山下大哭。文王使人凿开，果得美玉，遂命为和氏璧。明月之珠，一种宝珠，或说即指夜明珠。太阿之剑，宝剑名，传说为春秋时铸剑名匠欧冶子与干将所铸。纤离，古代骏马名。建，立。翠凤之旗，用翠鸟羽毛装饰成凤凰图案的旗子。树，设置。灵鼍（tuó驼）之鼓，用鼍皮做成的大鼓。鼍，俗称猪婆龙，鳄鱼类，皮可制鼓，声洪大。

㉒说：同“悦”。

㉓夜光之璧：夜间发光的玉璧。《战国策·楚策》载，张仪为秦说楚王，楚王乃遣使献夜光之璧于秦。饰：装饰。

㉔犀象之器：指用犀牛角和象牙做成的器物。玩好：供赏玩的物品。

㉕郑、卫之女：指美女。郑、卫，皆春秋时诸侯国。古时郑、卫之女以美而善歌舞著称。

㉖骏良駃騠（jué tí 决提），指良马。駃騠，骏马名。厩（jiù旧）：马棚。

㉗丹青：丹砂和青雘（hù户），古时绘画用的颜料。

㉘下陈：犹下列，后列。指侍妾之类。

㉙“则是”四句：意为各种好的服饰用品就不能得到。宛珠之簪，用宛珠装饰的簪子。宛珠，宛地出产的珠子。傅玑之珥，附有玑珠的耳饰。傅，通“附”。玑，不圆的珠子。珥，耳

饰。阿缟，阿地出产的缟。阿，齐国东阿（今山东阳谷县阿城镇一带），以产缟著名。缟，白色精细丝织品。锦，织有花纹的彩色丝织品。绣，刺绣。

㉚“而随俗”句：意为时髦漂亮的美女也不能拥有。随俗雅化，时尚漂亮而举止娴雅。佳冶窈窕，姿容娇艳，体态优美。赵女，赵地女子。古时认为燕、赵多美女。立于侧，站在身边，指为自己所拥有。

㉛“夫击瓮”三句：是对秦地音乐的描摹。击、叩，并指敲击。瓮、缶（fǒu 否），并为瓦器，可作为打击乐器。筝，古代秦地的一种弦乐器。搏髀（bì 必），拍打大腿，指打拍子的动作。搏，击。髀，大腿。歌呼，歌唱。呜呜，形容秦人歌声。快耳，悦耳。

㉜“《郑》、《卫》”二句：历数优美的音乐。《郑》、《卫》、《桑间》，指郑、卫两国的音乐。古人称郑、卫之音“淫”，实际是音调非常优美动听的音乐。桑间，卫国地名，在濮水之滨。桑间濮上之音是极为动人的音乐。《昭》、《虞》，虞舜时乐名，当即为《韶》乐。相传是非常优美的音乐。《论语》曾载，孔子在齐闻《韶》，三月不知肉味。昭，通“韶”。《武》，周武王时的乐曲名。《象》，周武王时的舞名。

㉝适观：指乐于观赏。适，悦也。

㉞曲直：邪正。

㉟跨海内、制诸侯：横跨海内，制服诸侯，指统一天下。跨，横跨，占有。海内，指全国。制，控制，制服。

㊱兵：指军队。

㊲太山：即泰山。一说，太山，大山。让：辞让，拒绝。

㊳就：成。

㊴“是以”五句：意为不论何方之地，不管何国之民，贤君能普施德化，使他们一年四季都能富足美好，得到鬼神的福佑，这是五帝、三王之所以无敌的原因。充美，指富足而生活美好。五帝、三王，指古代贤君。五帝，一般指黄帝、颛顼（zhuān xū 专须）、帝喾（kù 库）、尧、舜。三王，指夏禹、商汤、周武王这三代开国君王。

㊵黔（qián 前）首：秦称民众为黔首。黔，黑。资：帮助。

㊶业诸侯：使诸侯成就功业。

㊷藉寇兵而赍（jī 基）盗粮：意为帮助敌人。藉，借给。兵，兵器。赍，给予，赠送。

㊸“损民”句：意为减少自己的人员而增加敌人的力量。损，减少。益，增加。

㊹“内自虚”句：意为对内使自己虚弱而对外与诸侯结怨。自虚，使自己虚弱。树怨，立怨，结怨。

二
贾 谊

贾谊（前200—前168），汉初洛阳（今河南洛阳）人。出仕前就以善属文而闻名。二十多岁被汉文帝刘恒召为博士，不久升为太中大夫。后由于受到权贵排斥，被贬为长沙王太傅；又改任梁怀王太傅。因政治上不得志，三十三岁便郁郁而死。曾屡次向皇帝上疏，指陈时弊。主张削减地方王侯权势，抗击匈奴侵扰，重视农业，安定人民，从而稳固中央政权。

贾谊为汉初重要的政论文作家和辞赋家。其文章善于通过分析形势来陈述利害，说理透辟，语言富于形象性，且使用排偶句较多。作有《陈政事疏》、《论积贮疏》、《过秦论》、《吊屈原赋》、《鹏鸟赋》等。现存贾谊文集《新书》十卷，为后人所编辑。

过秦论（上）[①]

秦孝公据殽函之固[②]，拥雍州之地[③]，君臣固守而窥周室[④]，有席卷天下，包举宇内，囊括四海之意，并吞八荒之心[⑤]。当是时，商君佐之[⑥]，内立法度，务耕织[⑦]，修守战之备[⑧]，外连衡而斗诸侯[⑨]，于是秦人拱手而取西河之外[⑩]。

孝公既没[⑪]，惠王、武王蒙故业[⑫]，因遗册[⑬]，南兼汉中[⑭]，西举巴、蜀[⑮]，东割膏腴之地，收要害之郡[⑯]。诸侯恐惧，会盟而谋弱秦[⑰]，不爱珍器重宝肥美之地[⑱]，以致天下之士[⑲]，合从缔交，相与为一[⑳]。当是时，齐有孟尝，赵有平原，楚有春申，魏有信陵[㉑]。此四君者，皆明知而忠信[㉒]，宽厚而爱人，尊贤重士，约从离衡[㉓]，并韩、魏、燕、楚、齐、赵、宋、卫、中山之众[㉔]。于是六国之士，有宁越、徐尚、苏秦、杜赫之属为之谋[㉕]，齐明、周最、陈轸、昭滑、楼缓、翟景、苏厉、乐毅之徒通其意[㉖]，吴起、孙膑、带佗、兒良、王廖、田忌、廉颇、赵奢之朋制其兵[㉗]。常以十倍之地，百万之众，叩关而攻秦[㉘]。秦人开关延敌[㉙]，九国之师逡巡遁逃而不敢进[㉚]。秦无亡矢遗镞之费[㉛]，而天下诸侯已困矣。于是从散约解，争割地而奉秦。秦有余力而制其敝[㉜]，追亡逐北[㉝]，伏尸百万[㉞]，流血漂卤[㉟]。因利乘便，宰割天下，分裂河山，强国请服，弱国入朝。

延及孝文王、庄襄王[㊱]，享国日浅[㊲]，国家无事。及至秦王[㊳]，续六世之余烈[㊴]，振长策而御宇内[㊵]，吞二周而亡诸侯[㊶]，履至尊而制六合[㊷]，执棰拊以鞭笞天下[㊸]，威振四海。南取百越之地[㊹]，以为桂林、象郡[㊺]，百越之君俛首系颈[㊻]，委命下吏[㊼]。乃使蒙恬北筑长城而守藩篱[㊽]，却匈奴七百余里[㊾]，胡人不敢南下而牧马[㊿]，士不敢弯弓而报怨[51]。于是废先王之道，焚百家之言[52]，以愚黔首[53]。隳名城[54]，杀豪俊，收天下之兵聚之咸阳[55]，销锋铸鐻，以为金人十二[56]，以弱黔首之民。然后斩华为城，因河为津[57]，据亿丈之城[58]，临不测之溪以为固[59]。良将劲弩守要害之处[60]，信臣精卒陈利兵而谁何[61]，天下以定[62]。秦王之心，自以为关中之固[63]，金城千里[64]，子孙帝王万世之业也[65]。

秦王既没，余威振于殊俗[66]。陈涉，瓮牖绳枢之子，甿隶之人，而迁徙之徒[67]，才能不及中人[68]，非有仲尼、墨翟之贤[69]，陶朱、猗顿之富[70]，蹑足行伍之间[71]，而倔起什伯之中[72]，率罢散之卒[73]，将数百之众，而转攻秦。斩木为兵，揭竿为旗[74]，天下云集响应，赢粮而景从[75]，山东豪俊遂并起而亡秦族矣[76]。

且夫天下非小弱也，雍州之地，殽函之固自若也[77]。陈涉之位，非尊于齐、楚、燕、赵、韩、魏、宋、卫、中山之君；鉏櫌棘矜[78]，非铦于句戟长铩也[79]；适戍之众，非抗于九国之师[80]；深谋远虑，行军用兵之道，非及乡时之士也[81]。然而成败异变，功业相反也。试使山东之国与陈涉度长絜大[82]，比权量力，则不可同年而语矣[83]。然秦以区区之地，千乘之权[84]，招八州而朝同列[85]，百有余年矣。然后以六合为家，殽函为宫[86]，一夫作难而七庙隳[87]，身死人手[88]，为天下笑者，何也？仁义不施而攻守之势异也[89]。

中华书局校点本《史记》卷六

①该篇选自《史记·秦始皇本纪》。《过秦论》有上、下两篇和上、中、下三篇不同的分法。贾谊《新书》最早的版本分上、下两篇。《史记·秦始皇本纪》太史公论后，引录下篇（后又接着引录上篇、中篇，当为后人补入）。《陈涉世家》后又录上篇。今仍从旧说，分为三篇。过秦，言秦之过，"过"用作动词。目的在于总结秦灭亡的教训以作为汉朝的借鉴。上篇分析秦夺取政权的历史，总结秦灭亡的主要原因。通篇纵横开阖，气势雄伟，感情充沛，史论结合，历来为世人所传诵。

②秦孝公：秦献公子，姓嬴，名渠梁。战国时秦国国君，公元前361—前338年在位。殽：殽山，一作崤山，在今河南洛宁县北。函：函谷关，在今河南灵宝东北。皆为当时秦国险要关隘。

③拥：拥有，占据。雍州：古九州之一，约相当于今陕西主要部分、甘肃西北部、青海东南部及宁夏一带。秦原就封于该地区。

④窥周室：谓伺机图谋吞并周朝。窥，偷看。周室，东周王朝。

⑤"有席卷"四句：皆谓并吞天下之意。席卷，谓用席尽卷之。包举，谓用包袱尽裹之。囊括，谓用袋子尽装之。宇内、四海、八荒，皆指天下。

⑥商君：即商鞅，姓公孙，名鞅。战国时卫人，又称卫鞅，辅佐秦孝公变法使秦富强。

⑦务：努力，专力从事。

⑧修：整治。守战之备：防守和攻战的装备。

⑨"外连衡"句：谓实行秦与东方六国联合的策略，使诸侯间互相争斗。连衡，即"连横"。当时有两种斗争策略，秦与东方媾和，称"连横"；诸侯六国南北联合以抗秦，称"合纵"。

⑩拱手：比喻毫不费力。西河之外：指魏国与秦接壤的黄河以西的广大土地。

⑪没（mò末）：通"殁"，死亡。

⑫惠王：即秦惠文王，孝公之子。武王：惠文王之子。蒙故业：继承旧业。

⑬因遗册：因循前代遗留下来的方略。因，遵循，凭借。册，记载方略的典册。

⑭兼：兼并，占有。汉中：今陕西南部汉水流域，本为楚地。

⑮举：攻取。巴、蜀：古二国名，在今四川。

⑯"东割"二句：指秦割取韩、魏等国土地、城邑。要害之郡，指重要的城邑。

⑰谋弱秦：商量削弱秦国的策略。弱，用作动词。

⑱爱：珍惜。

⑲致：招纳，罗致。

⑳“合从”二句：谓实行合纵策略，缔结友好关系，相互联合为一体。从，通“纵”。

㉑“齐有孟尝”四句：孟尝，即孟尝君田文，齐公子。平原，即平原君赵胜，赵公子。春申，即春申君黄歇，楚贵族。信陵，即信陵君魏无忌，魏公子。四人皆以招贤纳士著称。

㉒知：通“智”。

㉓约从离衡：约为合纵，离散连横。

㉔并：聚合。

㉕“有宁越”句：宁越，赵人。徐尚，宋人。苏秦，周人。杜赫，周人。这些人都是当时主张合纵抗秦的谋士。

㉖齐明：东周臣。周最：东周君之子。陈轸：曾仕齐、楚。昭滑：楚臣。楼缓：曾任魏相。翟景：魏人。苏厉：苏秦之弟。乐毅：燕将，中山国人。

㉗吴起：卫人，曾在鲁、魏为将，后为楚相。孙膑：孙武之后，齐将。带佗：楚将。兒（ní倪）良、王廖：都是当时著名的将领。田忌：齐将。廉颇、赵奢：皆赵将。朋：伦、类。制：控制、统帅。

㉘叩关：攻打函谷关。

㉙延：引，往里让。

㉚九国之师：指上文所说韩、魏、燕、楚等九国军队。逡巡：犹豫不前。

㉛亡矢遗镞之费：损失一支箭、一个箭头，指很少的损失。

㉜制其敝：谓利用他们的失败。

㉝追亡逐北：谓追击败逃的军队。亡，逃跑。北，溃败。

㉞伏尸百万：谓斩首极多。此为夸张说法。

㉟流血漂卤：血流成河，漂起盾牌。卤，通“橹”，大盾牌。

㊱延及：延续到。孝文王：昭襄王之子。庄襄王：孝文王之子。

㊲享国日浅：在位时间短。孝文王即位三日而死，庄襄王在位也仅三年。

㊳秦王：即秦始皇。

㊴续：继续，连接。六世：指前代秦孝公、惠文王、武王、昭襄王、孝文王、庄襄王。余烈：遗留的功业。

㊵“振长策”句：比喻用武力统治各诸侯国。振，举起。策，马鞭。御，驾驭，统治。

㊶吞：吞并。二周：指周末的东、西周两小国。东周周赧王时分化为东、西二周，西周都洛（今河南洛阳），东周都巩（今河南巩义）。秦昭襄王五十一年（前256）灭西周，秦庄襄王元年（前249）灭东周。亡：使动用法。

㊷履至尊：指登上皇帝位子。至尊，指帝位。制六合：指统治天下。六合，天地四方，指天下。

㊸“执棰拊”句：指用严酷刑罚奴役和统治百姓。棰，杖。拊（fǔ府），即棓，大棒。鞭笞，抽打。

㊹百越：古代南方越族各部落的总称。

㊺桂林、象郡：秦置二郡名，在今广西壮族自治区一带。

㊻俛首系颈：表示服从、投降之义。俛首，低头。俛，同“俯”。系颈，脖子拴上绳索。

㊼委命下吏：把自己性命交给秦国下级官吏。

㊽“乃使”句：于是命令蒙恬在北方修筑长城抵御匈奴侵扰。蒙恬，秦名将，祖先是齐国人。藩篱，指边防。

㊾却：退。

㊿牧马：此指侵扰。

(51)士：指六国遗民。一说指胡人的军士。弯弓：拉弓。报怨：报复怨恨。

(52)焚百家之言：指烧毁诸子百家之书。

(53)黔（qián 前）首：秦人称老百姓为“黔首”。

(54)堕（huī 灰）：通“隳”，毁坏。

(55)兵：兵器。咸阳：秦国都城，今陕西咸阳市。

(56)“销锋”二句：谓将兵器熔化制成乐器，又铸成十二个金人。销，熔化。锋，泛指兵器。镰（jù 巨），乐器。《史记·秦始皇本纪》：二十六年，“收天下兵，聚之咸阳，销以为钟镰，金人十二，重各千石，置廷宫中”。

(57)“然后”二句：谓据守华山以为城，就着黄河以为护城河。斩，《新书》作“践”，为是。津，渡口，此处指护城河。《新书》作“池”。

(58)亿丈之城：指华山。

(59)不测之溪：指黄河。固：险要。

(60)劲弩：强弓，此处指弓弩手。弩，一种用机械发射的弓。

(61)信臣：可信赖的大臣。精卒：指善战军卒。谁何：谓督察呵问来往行人。何，呵问。

(62)以：通“已”。

(63)关中：即秦雍州之地。秦以函谷关为门户。固：牢固。

(64)金城：坚固的城池。金，形容像金属一样坚固。《文选》李善注：“金城，言坚也。《史记》张良曰：‘关中所谓金城千里，天府之国也。’”

(65)万世之业：指世世代代永远相传。《史记·秦始皇本纪》：“朕为始皇帝，后世以计数，二世三世至于万世，传之无穷。”

(66)殊俗：不同风俗的地方，指边远地区。

(67)“陈涉”四句：极写陈涉出身地位卑贱。陈涉，名胜，秦末农民起义领袖。事见《史记·陈涉世家》。瓮牖绳枢，以破瓮做窗户，用绳索系门轴。甿（méng 萌）隶，指出卖劳动力的农民。甿，种田之民。迁徙之徒，被征发服役的人。

(68)中人：平常人。

(69)仲尼：孔子。墨翟：墨子。

(70)陶朱：即范蠡，春秋时越人。他帮助越王句践灭吴后，就跑到陶地经商，自称陶朱公，后来成为大富翁。猗（yī 衣）顿：春秋时鲁人，也是著名的富商。

(71)蹑（niè 聂）足：犹“出身于”。蹑，践、蹈。行伍：指军队。行、伍，皆军队下层组织名称。

(72)倔起：指首先举起义旗。什伯：当为军中下级组织名。十人为什，百人为伯。

(73)罢：通“疲”。

(74)揭：举。

(75)赢粮：担粮。赢，担负，带着。景从：如影从形般跟从。景，同“影”。

(76)山东：指殽山、函谷关以东原六国之地。

(77)自若：如故。

(78)钼櫌（yōu 忧）棘矜：泛指起义军的粗笨武器。钼，同“锄”。櫌，锄柄。棘矜，谓伐棘以为杖。矜，杖。

(79)铦（xiān 先）：通“铦”，锋利。句戟：带钩的戟。句，同“勾”。长铩（shā 杀）：长矛一类的武器。

⑩"适（zhé 辙）戍"二句：因罪被贬谪戍边的人，并不比九国的军队强大。适，通"谪"。抗，强，高。

⑪乡时之士：先前的士人。指上述六国贤能之士。乡，通"向"。

⑫度（duó 夺）长絜（xié 协）大：比量长短大小。絜，衡量。

⑬不可同年而语：谓不能相提并论。同年而语，与"同日而语"义同。

⑭"然秦"二句：皆言秦国小力单。区区之地，形容地少。千乘之权，是说力单。周制，天子地方千里，兵车万乘；诸侯地方百里，兵车千乘。

⑮"招八州"句：谓秦招令六国来臣服朝拜。八州，古时天下分为九州，秦据雍州，其他六国分居八州。朝，使来朝。同列，指原先与秦平等的六国。

⑯"然后"二句：谓秦兼并六国，把天下作为私有，把殽山、函谷关以西作为宫室。

⑰一夫作难：指陈涉起义反秦。七庙隳（huī 灰）：宗庙毁坏，即国家灭亡。周制，天子祖庙奉祀七代祖先，后以七庙作为封建政权的代称。

⑱身死人手：指秦王子婴被杀。子婴先是投降刘邦，不久即为项羽所杀。

⑲"仁义"句：谓因为不能施行仁政，攻和守所面临的形势截然不同的缘故。"攻"指秦统一天下时而言，"守"指面对陈涉起义而处的守势而言。

吊屈原赋①

共承嘉惠兮②，俟罪长沙③。侧闻屈原兮④，自沈汨罗⑤。造托湘流兮，敬吊先生⑥。遭世罔极兮⑦，乃陨厥身⑧。呜呼哀哉，逢时不祥⑨！鸾凤伏窜兮，鸱枭翱翔⑩。阘茸尊显兮，谗谀得志⑪；贤圣逆曳兮，方正倒植⑫。世谓伯夷贪兮⑬，谓盗跖廉⑭；莫邪为顿兮⑮，铅刀为铦⑯。于嗟嚜嚜兮⑰，生之无故⑱！斡弃周鼎兮宝康瓠⑲，腾驾罢牛兮骖蹇驴⑳，骥垂两耳兮服盐车㉑。章甫荐屦兮，渐不可久㉒；嗟苦先生兮，独离此咎㉓！

讯曰㉔：已矣，国其莫我知，独堙郁兮其谁语㉕？凤漂漂其高逝兮，夫固自缩而远去㉖。袭九渊之神龙兮，沕深潜以自珍㉗。弥融爚以隐处兮，夫岂从蚁与蛭螾㉘？所贵圣人之神德兮，远浊世而自藏㉙。使骐骥可得系羁兮，岂云异夫犬羊㉚！般纷纷其离此尤兮㉛，亦夫子之辜也㉜！瞝九州而相君兮㉝，何必怀此都也？凤皇翔于千仞之上兮㉞，览德辉而下之㉟；见细德之险征兮㊱，摇增翮逝而去之㊲。彼寻常之汙渎兮㊳，岂能容吞舟之鱼！横江湖之鳣鲟兮，固将制于蝼蚁㊴。

中华书局校点本《史记》卷八四

①本篇选自《史记·屈原贾生列传》，题目为后加。《汉书》和《文选》亦载录。据《史记》记载，贾谊因遭周勃、灌婴等人的谗毁，被贬为长沙王太傅。"贾生既辞往行，闻长沙卑湿，自以寿不得长，又以适（谪）去，意不自得。及渡湘水，为赋以吊屈原"。赋作借祭吊屈原以抒发自己郁郁不得志的思想感情。

②共：通"恭"。嘉惠：指皇帝的恩命。

③俟罪：待罪。长沙：郡国名，其辖境在今湖南东半部，都临湘（今长沙市）。汉初分封，长沙王为异姓诸侯王之一。

④侧闻：从旁闻知。此谓传闻，听说。

⑤沈：同“沉”。汨（mì 密）罗：江水名，在湖南省，流入湘江。

⑥“造托”二句：谓凭借湘水而恭敬地吊祭屈原。造，到。托，凭。

⑦遭世罔极：遭遇到不公正的世道。罔极，犹无极，即无中正之道。

⑧乃陨厥身：而丧失了生命。陨，通“殒”，死亡。厥，其。

⑨逢时不祥：遇到的时候不好，即生不逢时之意。

⑩“鸾凤”二句：凤鸟藏匿在下而鸱枭高高飞翔。比喻贤人退避而小人得志。鸱枭（chī xiāo 吃消），古书上所说的一种恶鸟，犹猫头鹰之类。

⑪“阘茸（tà róng 榻容）”二句：没有才能的人官高位显，谗邪谄谀之人得遂其志。阘茸，指才能低下的人。

⑫“贤圣”二句：贤能的人不能行他们的正道，端方正直的人反在下位。逆曳，倒着拽，指不能顺道而行。倒植，倒置，指地位颠倒。

⑬伯夷：殷、周时代有名的贤人。周武王伐纣后，伯夷因不食周粟而饿死在首阳山。贪：贪婪。

⑭盗跖：春秋时代鲁国人，是古代著名大盗。廉：廉洁，清廉。

⑮莫邪（yé 爷）：古代有名的宝剑，锋利无比。

⑯铅刀：铅做的刀子。铦（xiān 先）：锋利。

⑰于嗟：叹词。于，同“吁”。嘿嘿：不得意的样子。嘿，同“默”。

⑱生：指屈原。故：通“辜”，过错。

⑲“斡（wò 卧）弃”句：把周鼎那样贵重的物品抛弃，而把破瓦壶当作宝贝。斡弃，转而弃去，不以为意。斡，旋转。康瓠（hù 户），破瓦壶。瓠，通“壶”。

⑳“腾驾”句：用疲惫的牛驾车，用跛驴为骖。腾，驾。罢，通“疲”。骖，在车辕两旁拉车的牲畜。蹇驴，跛腿驴。

㉑“骥垂”句：以骥服盐车喻贤者不得重用。典出《战国策·楚策四》：“夫骥之齿至矣，服盐车而上太行……白汗交流，中阪迁延，负辕不能上。伯乐遭之，下车攀而哭之。”骥，良马。服，驾驭。

㉒“章甫”二句：谓贤者不会久居下位。章甫荐屦，冠被垫在鞋子下，喻上下颠倒。章甫，殷冠名。荐，草席，草垫。此用作动词。屦（jù 聚），古代一种鞋。渐，事物发展的开端。

㉓“嗟苦”二句：叹息屈原劳苦，却独遭此难。嗟苦，嗟叹劳苦。离，通“罹”，遭受，下同。咎，灾难。

㉔讯曰：相当于楚辞中的“乱曰”，有总括文章要旨的作用。讯，一作“谇”。

㉕“国其”二句：国人都不了解我，心中的忧愁能向谁诉说？壹郁，义同抑郁，忧愁烦闷。

㉖“凤漂漂”二句：凤凰高高地飞去，一定是自己远远地离开。漂漂，即飘飘，高飞的样子。逝，通“逝”。缩，退，抽身。《汉书》作“自引”。

㉗“袭九渊”二句：要像深渊中的神龙那样，深深潜藏以自为珍重。袭，因袭，仿效。九渊，九重之渊，即深渊。沕（mì 密），深藏不易见的样子。

㉘“弥融爚（yuè 跃）”二句：远离明光，深潜水中去隐居，又怎能与蛤蟆、水蛭等在一起呢！弥，远。融，明。爚，光。螘，同“蚁”。《汉书》作“虾”，当从。虾（há 蛤），即蛤蟆，青蛙和癞蛤蟆的通称。蛭螾（zhì yǐn 至引），水蛭和蚯蚓。

㉙自藏：指保全自己。

㉚“使骐骥”二句：假如骏马能够束缚羁绊得住，还与犬羊有什么两样。

㉛般纷纷：形容小人纷纷构谗。般，乱。离：遭受。尤：罪过。此指非难。

㉜“亦夫子”句：谓屈原不能如凤远去、如龙自珍，故遭此难。夫子，指屈原。辜，通“故”，原因。

㉝瞝（chī 痴）：历观。九州：古代分中国为九州，此泛指当时各国。相君：选择君主。

㉞千仞：形容其高。古代以八尺（一说七尺）为仞。

㉟“览德辉”句：看到仁德的光辉才肯下来。

㊱细德：小人之德，即不良的德行。险征：危险征兆。

㊲摇：扇动。增翮（céng hé 层合）：指鸟的翅膀。增，通“层”。翮，鸟羽。

㊳寻常：古代八尺为寻，倍寻为常。此处形容其小。汙渎：污浊的小水沟。

㊴“横江湖”二句：可以横行江湖的大鱼，落在小水沟之中，必定要受到蝼蚁的挟制。《庄子·庚桑楚》：“吞舟之鱼，砀而失水，则蚁能苦之。”鳣鱏（zhān xún 沾旬），代指大鱼。鳣，鳇鱼。鱏，鲟鱼的古称。蝼蚁，蝼蛄和蚂蚁，代指微小的动物。

三

晁 错

晁错（？—前154），颍川（今河南禹州）人，汉文帝时为博士，景帝时任御史大夫。主张对外防御匈奴入侵，对内实行重农贵粟的政策，并要求加强中央集权。景帝采纳晁错建议，剥夺诸侯王土地，引起吴、楚等七国之乱，最后晁错以此被杀。他的文章长于分析问题，注重说理，讲求实用，逻辑性较强，但文采稍嫌不足。

论贵粟疏[1]

圣王在上而民不冻饥者，非能耕而食之、织而衣之也[2]，为开其资财之道也。故尧、禹有九年之水，汤有七年之旱，而国亡捐瘠者[3]，以畜积多而备先具也[4]。今海内为一，土地人民之众不避汤、禹[5]，加以亡天灾数年之水旱，而畜积未及者[6]，何也？地有遗利[7]，民有余力，生谷之土未尽垦，山泽之利未尽出也，游食之民未尽归农也[8]。民贫，则奸邪生。贫生于不足，不足生于不农，不农则不地著[9]，不地著则离乡轻家，民如鸟兽，虽有高城深池[10]，严法重刑，犹不能禁也。

夫寒之于衣，不待轻暖[11]；饥之于食，不待甘旨[12]；饥寒至身，不顾廉耻。人情，一日不再食则饥[13]，终岁不制衣则寒[14]。夫腹饥不得食，肤寒不得衣，虽慈母不能保其子[15]，君安能以有其民哉[16]！明主知其然也[17]，故务民于农桑[18]，薄赋敛，广畜积，以实仓廪，备水旱，故民可得而有也[19]。

民者，在上所以牧之[20]，趋利如水走下，四方亡择也[21]。夫珠玉金银，饥不可食，寒不可衣，然而众贵之者，以上用之故也。其为物轻微易臧[22]，在于把握[23]，可以周海内而亡饥寒之患[24]。此令臣轻背其主[25]，而民易去其乡，盗贼有所劝[26]，亡逃者得轻资也[27]。粟米布帛生于地，长于时[28]，聚于力[29]，非可一日成也；数石之重，中人弗胜，不为奸邪所利，一日弗得而饥寒至[30]。是故明君贵五谷而贱金玉。

今农夫五口之家，其服役者不下二人[31]，其能耕者不过百畮[32]，百畮之收不过百石。春耕夏耘，秋获冬臧，伐薪樵[33]，治官府[34]，给繇役[35]；春不得避风尘，夏不得避暑热，秋不得避阴雨，冬不得避寒冻，四时之间亡日休息；又私自送往迎来[36]，吊死问疾，养孤长幼在其中[37]。勤苦如此，尚复被水旱之灾，急政暴赋[38]，赋敛不时[39]，朝令而暮改。当具有者半贾而卖，亡者取倍称之息[40]，于是有卖田宅鬻子孙以偿责者矣[41]。而商贾大者积贮倍息[42]，小者坐列贩卖[43]，操其奇赢[44]，日游都市，乘上之急，所卖必倍[45]。故其男不耕耘，女不蚕织，衣必文采[46]，食必粱肉；亡农夫之苦，有仟伯之得[47]。因其富厚[48]，交通王侯[49]，力过吏势[50]，以利相倾[51]；千里游敖[52]，冠盖相望[53]，乘坚策肥[54]，履丝曳缟[55]。此商人所以兼并农人，农人所以流亡者也。

今法律贱商人[56]，商人已富贵矣；尊农夫，农夫已贫贱矣。故俗之所贵，主之所贱也；吏之所卑，法之所尊也。上下相反，好恶乖迕[57]，而欲国富法立，不可得也。方今之务，莫若使民务农而已矣。欲民务农，在于贵粟；贵粟之道，在于使民以粟为赏罚[58]。今募天下入粟县官[59]，得以拜爵[60]，得以除罪。如此，富人有爵，农民有钱，粟有所渫[61]。夫能入粟以受爵，皆有余者也；取于有余，以供上用，则贫民之赋可损[62]，所谓“损有余，补不足[63]”，令出而民利者也。顺于民心，所补者三：一曰主用足，二曰民赋少，三曰劝农功[64]。今令民有车骑马一匹者，复卒三人[65]。车骑者，天下武备也，故为复卒。神农之教曰[66]：“有石城十仞，汤池百步[67]，带甲百万，而亡粟，弗能守也。”以是观之，粟者，王者大用，政之本务。令民入粟受爵至五大夫以上，乃复一人耳[68]，此其与骑马之功相去远矣[69]。爵者，上之所擅[70]，出于口而亡穷；粟者，民之所种，生于地而不乏。夫得高爵与免罪，人之所甚欲也。使天下人入粟于边[71]，以受爵免罪，不过三岁，塞下之粟必多矣[72]。

中华书局校点本《汉书》卷二四上

①本文是晁错向汉文帝上的一篇奏疏，选自《汉书·食货志》，题目为后加。文章论述了务民于农和实行贵粟政策的重要，暴露了当时社会土地兼并、贫富悬殊和农民无以为生的现象。文章中心明确，组织严密，慷慨激切，语言有力。粟，指粮食。

②“非能”句：谓并不是圣王亲自从事耕织供给人民吃穿。食（sì 四）之，指给人民粮食吃。衣之，指给人民衣服穿。

③亡：通“无”。捐瘠：指因饥饿而死。捐，弃。瘠，通“胔（zì 自）”，腐尸。

④备先具：预先做好了准备。

⑤不避汤、禹：指不比汤、禹的时候差。避，让，次于。

⑥畜积：即蓄积。未及：指比不上汤、禹时代。

⑦地有遗利：土地有尚未利用的潜力。

⑧归农：归田务农。

⑨地著：固定居住在一个地方。著，附着、固定。

⑩高城深池：指很高的城墙，很深的护城河。

⑪轻暖：指重量轻、保暖性强的御寒衣裳。

⑫甘旨：指好吃的食品。甘，甜。旨，美。

⑬人情：人之常情。再食：吃两顿饭。

⑭终岁：一年到头。

⑮保：养。

⑯以有其民：指在缺衣无食的情况下保有他的人民。

⑰“明主”句：谓贤明的君主懂得这个道理。

⑱务：致力。此为使动用法，使致力于。

⑲“故民”句：谓所以明主可以得到人民的拥戴。

⑳“民者”二句：就人民来说，要看君主如何去治理。牧，养，管理。

㉑“趋利”二句：谓人民对利的追求就像水向低处流，并不选择方向。

㉒其为物：指像珠玉金银这类东西。臧：通“藏”。

㉓在于把握：谓可以拿在手中。

㉔周海内：指走遍全国各处。

㉕此：指上三句所说的情况。轻背其主：轻易地背叛他的君主。

㉖有所劝：受到引诱。劝，鼓励，此处指引诱。

㉗亡逃者：指有罪逃亡之人。轻资：指便于携带的财物。

㉘长于时：生长于一定的季节。

㉙聚于力：谓把它们聚集起来要用人力。

㉚“数石”四句：谓几石重的粟米布帛，中等体力的人就拿不动，不是奸邪之人所贪求的东西，但一天得不到它却要忍饥受寒。石（dàn旦，古读shí时），计量单位。古代一百二十市斤为一石。弗胜，指力气不能胜任。利，贪爱，喜好。

㉛服役者：指为官府服劳役的人。

㉜能耕者：指能够耕种的土地。晦：同“亩”。

㉝伐薪樵：指砍柴打草以做燃料。

㉞治官府：指修整官方房舍。

㉟给繇役：服劳役，出官差。繇，通“徭”。

㊱私自：指农民私人之间的，非官派的。送往迎来：指亲友之间的交际往来。

㊲养孤长（zhǎng掌）幼：供养孤独无依靠的人，抚养幼儿。在其中：指上述总花销都出自不过百石的收入。

㊳急政暴赋：指猛烈严酷地征收赋税。政，通“征”。

㊴赋敛不时：征收赋税不定时候。

㊵“当具”二句：当要交纳赋税的时候，有东西可卖的人就半价出售，没有东西的人就用加倍的利息去借债。具，备，准备交纳。贾，同“价”。倍称之息，加倍的利息。借一还二叫“倍称”。

㊶鬻（yù育）：卖。责：同“债”。

㊷“而商贾（gǔ古）”句：指大商人靠囤积物资获取加倍利息。商贾，商人。行走经营的称商，坐店经营的称贾。

㊸列：指列肆，一排排的店铺。

㊹奇（jī击）赢：指不正当的赢利。

㊺“日游”三句：谓商人们整天在都会集市上游逛，趁着朝廷急需某种物品，卖出时的价格一定要加倍。

㊻文采：指华美的衣服。

㊼有仟伯之得：谓能得到像有土地一样的大量收益。仟伯，同“阡陌（qiān mò千末）”，本指田中疆界，代指田地。

㊽因：凭借。

㊾交通：交结。

㊿力过吏势：谓权力超过官府。

51相倾：互相倾轧。

52游敖：游玩。敖，通“遨”。

53冠盖相望：谓富商们来来往往不绝于路。冠盖，常用以指古代上层社会的官吏或富有的人。冠，指礼帽。盖，指有顶盖的车。

54乘坚策肥：坐着结实的车子，驾着肥壮的马。

55履丝曳缟（yè gǎo夜搞）：穿着丝鞋，披着丝织长衣。曳，拖着。缟，一种不染色的丝织品。

56“今法律”句：汉初曾有限制商人社会地位的法律，如商人不得衣丝乘车等。

57好恶乖迕（wǔ午）：指所推崇的和所轻贱的，在实际上不一致，互相倒置。

⑱以粟为赏罚：用粮食来求赏免罚。

⑲募：征求。入粟县官：向朝廷交纳粮食。县官，指朝廷。古代称天子所居之处叫“县”。

⑳拜爵：封给爵位。古代任官爵叫“拜”。

㉑粟有所渫（xiè 泄）：谓粮食就会被送到需用之处，而不会被商贾积贮。渫，分散，流通。

㉒损：减少。

㉓“损有余”二句：语出《老子》第七十七章：“天之道，损有余而补不足。”

㉔劝农功：鼓励农民从事农业生产。劝，助，鼓励。

㉕“今令”二句：按照现行法令，民户能够出车骑马一匹的，就免除三个人的兵役。车骑马，供驾车或骑乘用的马匹。复，免除。卒，步兵，指兵役。

㉖神农：传说中的古代帝王，曾教民耕种。又，《汉书·艺文志》有“《神农》二十篇”，今不存，“神农之教”或即引此书中的话。

㉗汤池：指难以逾越的护城河。汤，沸水。极言其难渡。

㉘“令民”二句：谓用粮食换得的爵位高到五大夫以上，也不过被免掉一个人的兵役。五大夫，汉代二十级爵位的第九级。

㉙“此其”句：谓入粟受爵的功用和出“车骑马”以“复卒”的功用相差甚远。（意即“入粟受爵”较之“出车骑马”对朝廷更为有利。）

㉚擅：专有。

㉛入粟于边：交纳粮食用于边防。

㉜塞下：指边地。当指长城一带地方。

四

枚乘

枚乘（? —约前140），字叔，淮阴（今江苏淮阴县）人。他生活在汉文帝和汉景帝时代，初为吴王刘濞（bì必）的郎中，后为梁孝王门客，以辞赋著称于时。武帝即位，征召入京，死于途中。枚乘赋《汉书·艺文志》著录有九篇，今流传的有《七发》、《梁王菟园赋》及《忘忧馆柳赋》三篇，其中《七发》一篇较为可靠，也最有名。

七发[①]（节选）

楚太子有疾，而吴客往问之，曰："伏闻太子玉体不安[②]，亦少间乎[③]？"太子曰："惫[④]，谨谢客。"客因称曰："今时天下安宁，四宇和平，太子方富于年[⑤]。意者久耽安乐[⑥]，日夜无极，邪气袭逆[⑦]，中若结轖[⑧]。纷屯澹淡[⑨]，嘘唏烦酲[⑩]，惕惕怵怵[⑪]，卧不得瞑[⑫]。虚中重听[⑬]，恶闻人声。精神越渫[⑭]，百病咸生[⑮]。聪明眩曜[⑯]，悦怒不平[⑰]。久执不废，大命乃倾[⑱]。太子岂有是乎[⑲]？"太子曰："谨谢客。赖君之力，时时有之，然未至于是也[⑳]。"客曰："今夫贵人之子，必宫居而闺处[㉑]，内有保母，外有傅父，欲交无所[㉒]。饮食则温淳甘膬[㉓]，脭醲肥厚[㉔]，衣裳则杂遝曼暖，燂烁热暑[㉕]。虽有金石之坚，犹将销铄而挺解也[㉖]，况其在筋骨之间乎哉？故曰：纵耳目之欲，恣支体之安者，伤血脉之和[㉗]。且夫出舆入辇，命曰蹷痿之机[㉘]；洞房清宫，命曰寒热之媒[㉙]；皓齿娥眉[㉚]，命曰伐性之斧[㉛]；甘脆肥脓，命曰腐肠之药[㉜]。今太子肤色靡曼[㉝]，四支委随[㉞]，筋骨挺解，血脉淫濯[㉟]，手足堕窳[㊱]。越女侍前[㊲]，齐姬奉后[㊳]。往来游醼，纵恣于曲房隐间之中[㊴]。此甘餐毒药[㊵]，戏猛兽之爪牙也[㊶]。所从来者至深远[㊷]，淹滞永久而不废[㊸]，虽令扁鹊治内[㊹]，巫咸治外[㊺]，尚何及哉！今如太子之病者，独宜世之君子，博见强识[㊻]，承间语事[㊼]，变度易意[㊽]，常无离侧[㊾]，以为羽翼。淹沉之乐[㊿]，浩唐之心[51]，遁佚之志[52]，其奚由至哉[53]！"太子曰："诺。病已，请事此言[54]。"客曰："今太子之病，可无药石针刺灸疗而已[55]，可以要言妙道说而去也[56]。不欲闻之乎？"太子曰："仆愿闻之[57]。"

客曰："龙门之桐[58]，高百尺而无枝。中郁结之轮菌[59]，根扶疏以分离[60]。上有千仞之峰[61]，下临百丈之溪[62]。湍流遡波[63]，又澹淡之。其根半死半生，冬则烈风、漂霰、飞雪之所激也[64]，夏则雷霆、霹雳之所感也[65]。朝则鹂黄、鳱鴠鸣焉[66]，暮则羁雌、迷鸟宿焉[67]。独鹄晨号乎其上[68]，鹍鸡哀鸣翔乎其下[69]。于是背秋涉冬[70]，使琴挚斫斩以为琴[71]，野茧之丝以为弦[72]，孤子之钩以为隐[73]，九寡之珥以为约[74]。使师堂操《畅》[75]，伯子牙为之歌[76]，歌曰：'麦秀蔪兮雉朝飞[77]，向虚壑兮背槁槐[78]，依绝区兮临回溪[79]。'飞鸟闻之，翕翼而不能去[80]；野兽闻之，垂耳而不能行；蚑、蟜、蝼、蚁闻之[81]，拄喙而不能前[82]。此亦天下之至悲也！太子能强起听之乎？"太子曰："仆病未能也。"

中华书局影印李善注本《文选》卷三四

①本文节选自（梁）萧统编《文选》卷三四。篇中假借楚太子有病，吴客探问，用七件事启发太子，说明贪图享乐、安逸腐化的弊害，指出清除病害，必须从思想上治疗。文章有不少夸张、铺排的描写，辞藻丰富且比较形象生动。全文开始一段为序，以下通过主、客问答，用七段文字分别描写七件事（音乐、饮食、骏马、宫苑、游猎、观涛、“要言妙道”），后人沿袭这种写法，被称为“七体”。这里选的是序和关于音乐的部分。

②伏：谦敬之词，多用于臣对君。

③少间（jiàn 见）：稍愈，稍好一些。

④惫（bèi 备）：疲乏。是说自己觉得极疲乏。

⑤方富于年：正是年轻时候。年轻人，将来的日子多，所以称“富”。

⑥意者：想来，估计是。耽（dān 丹）：迷恋，沉溺于。

⑦袭逆：侵袭。

⑧“中若”句：谓心中闷乱，像纠结堵塞了一样。结轖（sè 啬），把蒙在车上的皮革固结起来，使车中闭塞气不畅。比喻郁塞不通。轖，古代车子周围用皮革交错做成的遮蔽物。

⑨纷屯澹淡：形容心情烦闷躁动。纷屯，纷扰聚集。澹淡，水波动荡。

⑩嘘唏：叹息呻吟声。烦酲（chéng 成）：心意烦乱像酒醉后一样。

⑪惕惕怵怵：惊慌不安的样子。

⑫卧不得瞑：指躺倒不能入睡。瞑，寐。

⑬虚中：体中虚弱。重听，听觉不灵。

⑭越渫（xiè 泄）：消散。

⑮百病咸生：极言所患疾病之多。咸，都。

⑯聪：指听觉。明：指视觉。眩曜：迷乱的样子。

⑰悦怒不平：指喜怒失常。

⑱“久执”二句：谓若长久保持这种病态而不痊愈，则生命将不保。废，止，指病愈。大命，生命。倾，坏。

⑲是：指上述种种病态。

⑳“赖君”三句：谓依靠国君的力量，我常常享受安乐，但还没到你说的那种程度。

㉑宫居：居住宫室。闺处：指生活在深宫内院。

㉒“内有”三句：内有照顾生活的妇女，外有教导陪伴的师傅，想交游没有机会。

㉓温淳：指味道厚美的食物。甘脆（cuì 翠）：指香甜可口的食物。脆，同“脆”。

㉔腥酞（chéng nóng 呈农）肥厚：如说“腥肥酞厚”，意思是肉肥酒醇。腥，肥肉。酞，浓烈味醇的酒。

㉕“衣裳”二句：穿的衣裳很多而且轻细温暖，热得像过盛暑一样。杂遝（tà 踏），众多的样子。曼，轻细。燂烁（xún shuò 巡朔），形容火热、燥热。

㉖“虽有”二句：谓生活在那样安乐舒适的环境里，即使身体像金石一样坚固，也将要熔消而解散。销铄，熔化。挺解，解散开。挺，也是“解”的意思。

㉗“纵耳目”三句：谓放纵沉湎于声色欲望和肢体安逸，就会妨害血脉调和。支，通“肢”。

㉘“且夫”二句：况且出来进去都坐着车子，这就是腿脚瘫痪的先兆。命，名。蹶痿（jué wěi 决尾），都是手脚瘫痪不能行走的病症。机，先兆。

㉙“洞房”二句：幽深、清凉的宫室，是受寒受热的媒介。

㉚皓齿娥眉：指漂亮的女子。

㉛伐性之斧：砍伤性命的刀斧。以上二句谓女色伤身。

㉜“甘脆”二句：甜美食品和醇厚美酒，都是腐烂肚肠的毒药。脓，通“醲”。

㉝靡曼：细嫩的意思。

㉞支：通“肢”。委随：困顿疲弱。

㉟血脉淫濯：指脉象不正常。“淫”、“濯”都有“大”的意思。一说，“淫濯”指阻塞不通。

㊱堕窳（yǔ雨）：疲劳无力。

㊲越女：越国的女子，此指美女。

㊳齐姬：齐国的女子。姬，美女。

㊴“往来”二句：谓不断地吃喝游玩，纵情取乐于曲折幽深的内室。醼，同“宴”。

㊵甘餐毒药：把毒药当作美食吃。

㊶“戏猛兽”句：与猛兽的爪牙为戏。意思是拿生命当儿戏。

㊷所从来者：指受病的根源。至深远：甚为深远。

㊸淹滞：停留，拖延。废：止。

㊹扁鹊：春秋时名医。治内：治疗内脏的疾病。

㊺巫咸：据说是殷代的神巫。咸，神巫名。治外：指用巫术进行祷祝之类。

㊻博见强识：见闻广博而记忆力强。识，志，记。

㊼承间语事：谓利用机会向太子谈谈事情。

㊽变度易意：谓把太子的思想意识改变过来。

㊾常无离侧：谓经常不离太子身边。

㊿淹沉之乐：指过分的享乐。淹沉，沉溺。

51浩唐之心：指荒唐、放荡的想法。浩唐，同“浩荡”。

52遁佚：放纵过度。

53奚：何。此句是说以上那些不好的想法做法还从何处产生呢？

54“病已”二句：谓等我的病好了，一定照你说的去办。

55无：不用。已：止，指把病治好。

56以：用。要言妙道：中肯的言辞和精妙的道理。去：指治好病。

57仆：太子自己的谦称。

58龙门：即禹门口，在今陕西韩城市东北和山西河津市西北。黄河至此，两岸峭壁对峙。古人以为这里的桐木适合于制琴瑟等乐器。

59郁结：积聚的意思。轮菌：形容树干中纹理盘曲的样子。

60扶疏：形容树根繁茂分披的状态。

61千仞之峰：极言山高。仞，八尺，或言七尺。

62溪：此指深山水流。

63湍流：急流的水。遡（sù素）波：回波，逆流。

64漂：通“飘”。霰（xiàn现）：小的雪粒。激：冲激。

65霹雳（pī lì批力）：响雷。感：通“撼”，震撼。

66鹂黄：即黄鹂，体黄色，善鸣，一名黄莺。鳱鴠（hàn dàn汗旦）：鸟名。《文选》李善注引郭璞《方言》注说：“鸟似鸡，冬无毛，昼夜鸣。”

67羁雌：失伴的雌鸟。迷鸟：迷途的鸟。

68独鹄（hú胡）：孤独的鹄鸟。鹄，天鹅。

⑲鹍（kūn 昆）鸡：一作“鹍鸡”，鸟名，似鹤，黄白色。

⑳背秋涉冬：离秋至冬，即冬秋之间。

㉑琴挚：春秋时鲁国太师挚（也称师挚），善于弹琴。斫（zhuó 浊）斩以为琴：砍下桐木，以其做成琴。斫，用斧砍。

㉒纮：同“弦”。

㉓“孤子”句：用孤儿身上的衣带钩作琴上的装饰物。隐，琴上的一种装饰物。

㉔“九寡”句：谓用九子之寡母的耳环做琴徽。《文选》李善注引《列女传》说：“鲁之母师，九子之寡母也。不幸早失夫，独与九子居。”珥（ěr 耳），耳环之类。约，琴上的标徽。按，以上两句所写的饰物，在古人看来，都可以使琴声多悲愁之音。

㉕师堂：据说是春秋的师堂子京，一称师襄，古代乐师，孔子曾向他学琴。操：演奏。《畅》：相传为尧时的琴曲名。

㉖伯子牙：即伯牙，古代善鼓琴者。

㉗“麦秀”句：麦子结穗，雉鸟晨飞。麦秀，麦子结穗。蔪（jiàn 谏），通“渐”。雉，野鸡。

㉘虚壑：空旷山谷。此句是说雉鸟离开枯槁的槐树，向空旷的山谷飞去。

㉙绝区：危险的地方，如悬崖之类。回溪：曲折的溪涧。此句是说背后是危险的地方，面前是曲折的山涧。

㉚翕（xì 细）翼：合拢翅膀。

㉛蚑（qí 其）、蟜（jiǎo 狡）：都是爬行的小虫。蝼：蝼蛄。

㉜拄喙（huì 会）：支起嘴巴。形容听到歌声不能自主的样子。拄，支。

五

司马相如

司马相如（前 179—前 118），字长卿，蜀郡成都（今四川成都）人。景帝时为武骑常侍，因病免，从梁孝王，与枚乘等游。武帝时，因所作《子虚赋》、《上林赋》得到赏识，用为郎。曾以中郎将奉使西南少数民族。后有人告发他出使时受金，被免官。年余，又重新召用为郎。后拜孝文园令，再以病免，家居至死。

司马相如是汉初以来最有名的辞赋家。在政治上，他积极执行汉武帝的政策，曾出使西南少数民族，加强了汉王朝同西南地区各少数民族的联系。在文学上，他是汉大赋的代表作家。他的赋体制博大，辞藻富丽，对后代大赋作家产生了很大的影响。

司马相如之赋，《汉书·艺文志》著录为二十九篇。今存有《天子游猎赋》、《大人赋》、《哀二世赋》、《长门赋》、《美人赋》。《天子游猎赋》，《文选》将其分作《子虚》、《上林》两篇。其他赋作大多散佚。后人辑其辞赋和散文为《司马文园集》二卷。

上林赋[①]

亡是公听然而笑曰[②]：“楚则失矣[③]，而齐亦未为得也。夫使诸侯纳贡者[④]，非为财币，所以述职也[⑤]。封疆画界者[⑥]，非为守御，所以禁淫也[⑦]。今齐列为东藩[⑧]，而外私肃慎[⑨]，捐国逾限[⑩]，越海而田[⑪]，其于义固未可也。且二君之论[⑫]，不务明君臣之义，正诸侯之礼，徒事争于游戏之乐，苑囿之大，欲以奢侈相胜[⑬]，荒淫相越，此不可以扬名发誉[⑭]，而适足以贬君自损也[⑮]。

“且夫齐楚之事，又乌足道乎[⑯]！君未睹夫巨丽也，独不闻天子之上林乎？左苍梧[⑰]，右西极[⑱]。丹水更其南[⑲]，紫渊径其北[⑳]。终始灞浐[㉑]，出入泾渭[㉒]；酆镐潦潏[㉓]，纡余委蛇[㉔]，经营乎其内[㉕]。荡荡乎八川分流[㉖]，相背而异态[㉗]。东西南北，驰骛往来[㉘]，出乎椒丘之阙[㉙]，行乎洲淤之浦[㉚]，经乎桂林之中[㉛]，过乎泱莽之野[㉜]。汩乎混流[㉝]，顺阿而下[㉞]，赴隘陿之口[㉟]，触穹石[㊱]，激堆埼[㊲]，沸乎暴怒，汹涌澎湃。滭弗宓汩[㊳]，偪侧泌瀄[㊴]。横流逆折，转腾潎洌[㊵]，滂濞沆溉[㊶]。穹隆云桡[㊷]，宛潬胶盭[㊸]。逾波趋浥[㊹]，涖涖下濑[㊺]。批岩冲拥[㊻]，奔扬滞沛[㊼]。临坻注壑[㊽]，瀺灂霣坠[㊾]，沈沈隐隐[㊿]，砰磅訇磕[51]，潏潏淈淈[52]，湁潗鼎沸[53]。驰波跳沫[54]，汩濦漂疾[55]。悠远长怀[56]，寂漻无声[57]，肆乎永归[58]。然后灏溔潢漾[59]，安翔徐回[60]，翯乎滈滈[61]，东注太湖[62]，衍溢陂池[63]。于是乎鲛龙赤螭[64]，䱭䲛渐离[65]，鰅鳙鰬魠[66]，禺禺鱋魶[67]，揵鳍掉尾[68]，振鳞奋翼，潜处乎深岩，鱼鳖讙声[69]，万物众伙。明月珠子[70]，的皪江靡[71]。蜀石黄碝[72]，水玉磊砢[73]，磷磷烂烂[74]，采色澔汗，藂积乎其中[75]。鸿鹔鹄鸨[76]，駕鹅属玉[77]，交精旋目[78]，烦鹜庸渠[79]，箴疵鵁卢[80]，群浮乎其上，泛淫泛滥[81]，随风澹淡[82]，与波摇荡，奄薄水渚[83]，唼喋菁藻[84]，咀嚼菱藕。

“于是乎崇山矗矗[85]，茏苁崔巍[86]，深林巨木，崭岩参差[87]，九嵕巀嶭[88]。南山峨峨[89]，岩陁甗锜[90]，摧崣崛崎[91]。振溪通谷[92]，蹇产沟渎[93]，谽呀豁閜[94]。阜陵别隝[95]，崴磈嵔廆[96]，丘虚堀礨[97]，隐辚郁壘[98]，登降施靡[99]，陂池貏豸[100]，沇溶淫鬻[101]，散涣夷陆[102]，亭皋千里，靡不被筑[103]。揜以绿蕙[104]，被以江蓠[105]，糅以蘼芜[106]，杂以留夷[107]。布结缕[108]，攒戾莎[109]，揭车衡兰[110]，稾本射干[111]，茈姜蘘荷[112]，葴持若荪[113]，鲜支黄砾[114]，蒋苎青薠[115]，布濩闳泽[116]，延曼太原[117]。离靡广衍[118]，应风披靡，吐芳扬烈[119]，郁郁菲菲[120]，众香发越[121]，肸蚃布写[122]，晻薆咇茀[123]。

“于是乎周览泛观，缜纷轧芴[124]，芒芒恍忽[125]。视之无端，察之无涯，日出东沼[126]，入乎西陂[127]。其南则隆冬生长，涌水跃波[128]。其兽则獛旄貘犛[129]，沈牛麈麋[130]，赤首圜题[131]，穷奇象犀[132]。其北则盛夏含冻裂地[133]，涉冰揭河[134]。其兽则麒麟角端[135]，騊駼橐驼[136]，蛩蛩驒騱[137]，駃騠驴骡[138]。

“于是乎离宫别馆[139]，弥山跨谷，高廊四注[140]，重坐曲阁[141]，华榱璧珰[142]，辇道纚属[143]，步櫩周流[144]，长途中宿[145]。夷嵕筑堂[146]，累台增成[147]，岩窔洞房[148]，頫杳眇而无见[149]，仰攀橑而扪天[150]，奔星更于闺闼[151]，宛虹拖于楯轩[152]，青龙蚴蟉于东箱[153]，象舆婉僤于西清[154]，灵圄燕于闲馆[155]，偓佺之伦[156]，暴于南荣[157]。醴泉涌于清室[158]，通川过于中庭[159]。盘石振崖[160]，嵚岩倚倾[161]。嵯峨嶕嶫[162]，刻削峥嵘[163]。玫瑰碧琳[164]，珊瑚丛生，瑉玉旁唐[165]，玢豳文鳞[166]，赤瑕驳荦[167]，杂臿其间[168]，晁采琬琰[169]，和氏出焉[170]。

“于是乎卢橘夏熟[171]，黄甘橙楱[172]，枇杷橪柿[173]，亭柰厚朴[174]，樗枣杨梅[175]，樱桃蒲陶[176]，隐夫薁棣[177]，答遝离支[178]，罗乎后宫，列乎北园。貤丘陵[179]，下平原，扬翠叶，扤紫茎[180]，发红华，垂朱荣[181]，煌煌扈扈[182]，照曜钜野[183]。沙棠栎槠[184]，华枫枰栌[185]，留落胥邪[186]，仁频并闾[187]，欃檀木兰[188]，豫章女贞[189]，长千仞，大连抱[190]，夸条直畅[191]，实叶葰楙[192]，攒立丛倚[193]，连卷欐佹[194]，崔错癹骩[195]，坑衡閜砢[196]，垂条扶疏，落英幡纚[197]，纷溶箾蔘[198]，猗狔从风[199]，藰莅卉歙[200]，盖象金石之声，管籥之音[201]。偨池茈虒，旋还乎后宫[202]，杂袭絫辑[203]，被山缘谷，循阪下隰[204]，视之无端[205]，究之无穷。

“于是乎玄猨素雌[206]，蜼玃飞蠝[207]，蛭蜩蠼猱[208]，獑胡豰蛫[209]，栖息乎其间。长啸哀鸣，翩幡互经[210]。夭蟜枝格[211]，偃蹇杪颠[212]。隃绝梁[213]，腾殊榛[214]，捷垂条[215]，掉希间[216]，牢落陆离[217]，烂漫远迁[218]。若此者数百千处。娱游往来，宫宿馆舍[219]，庖厨不徙，后宫不移，百官备具[220]。

“于是乎背秋涉冬[221]，天子校猎[222]。乘镂象[223]，六玉虬[224]，拖蜺旌[225]，靡云旗[226]，前皮轩[227]，后道游[228]。孙叔奉辔[229]，卫公参乘[230]，扈从横行[231]，出乎四校之中[232]。鼓严簿[233]，纵猎者，河江为陆[234]，泰山为橹[235]，车骑雷起[236]，殷天动地[237]，先后陆离[238]，离散别追[239]。淫淫裔裔[240]，缘陵流泽[241]，云布雨施。生貔豹[242]，搏豺狼[243]，手熊罴[244]，足壄羊[245]，蒙鹖苏[246]，绔白虎[247]，被班文[248]，跨壄马[249]，凌三嵕之危[250]，下碛历之坻[251]。径峻赴险[252]，越壑厉水[253]。椎蜚廉[254]，弄獬豸[255]，格虾蛤[256]，鋋猛氏[257]，羂騕褭[258]，射封豕[259]。箭不苟害[260]，解脰陷脑[261]，弓不虚发，应声而倒。于是乘舆弭节徘徊[262]，翱翔往来，睨部曲之进退[263]，览将帅之变态[264]。然后侵淫促节[265]，儵夐远去[266]，流离轻禽[267]，蹴履狡兽[268]。轊白鹿[269]，捷狡兔[270]，轶赤电[271]，遗光耀[272]。追怪物[273]，出宇宙[274]，弯蕃弱[275]，满白羽[276]，射游枭[277]，栎蜚遽[278]。择肉而后发[279]，先中而命处[280]，弦矢分，艺殪仆[281]。然后扬节而上浮[282]，凌惊风，历骇猋[283]，乘虚无[284]，与神俱。躏玄鹤[285]，乱昆鸡[286]，遒孔鸾[287]，促鵔鸃[288]，拂翳鸟[289]，捎凤凰[290]，捷鹓鸰[291]，揜焦明[292]，道尽途殚，回车而还。消遥乎襄羊[293]，降集乎北纮[294]，率乎直指[295]，晻乎反乡[296]。蹷石阙，历封峦，过䴔鹊，望露寒[297]，下棠梨[298]，息宜春[299]，西驰宣曲[300]，濯鹢牛首[301]，登龙台[302]，掩细柳[303]。观士大夫之勤略[304]，均猎者之所得获[305]，徒车之所辚轹[306]，步骑之所蹂若[307]，人臣之所蹈籍[308]，与其穷极倦𠋐[309]，惊惮詟伏[310]，不被创刃而死者，他他籍籍[311]，填坑满谷，掩平弥泽[312]。

“于是乎游戏懈怠[313]，置酒乎颢天之台[314]，张乐乎胶葛之寓[315]。撞千石之钟[316]，立万石之虡[317]，建翠华之旗[318]，树灵鼍之鼓[319]，奏陶唐氏之舞[320]，听葛天氏之歌[321]，千人唱，万人和，山陵为之震动，川谷为之荡波。巴渝宋蔡[322]，淮南干遮[323]，文成颠歌[324]，族居递奏[325]，金鼓迭起，铿铃闛鞈[326]，洞心骇耳[327]。荆吴郑卫之声，韶濩武象之乐[328]，阴淫案衍之音[329]，鄢郢缤纷[330]，激楚结风[331]。俳优侏儒[332]，狄鞮之倡[333]，所以娱耳目乐心意者，丽靡烂漫于前[334]，靡曼美色[335]，若夫青琴、宓妃之徒[336]，绝殊离俗，妖冶娴都[337]，靓妆刻饰[338]，便嬛绰约[339]，柔桡嫚嫚[340]，妩媚孅弱[341]。曳独茧之褕绁[342]，眇阎易以邮削[343]，便姗嫳屑[344]，与俗殊服，芬芳沤郁[345]，酷烈淑郁[346]；皓齿粲烂，宜笑的皪[347]；长眉连娟[348]，微睇绵藐[349]，色授魂与[350]，心愉于侧[351]。

“于是酒中乐酣[352]，天子芒然而思[353]，似若有亡[354]，曰：‘嗟乎！此大奢侈。朕以览听余闲[355]，无事弃日[356]，顺天道以杀伐[357]，时休息于此[358]。恐后叶靡丽[359]，遂往而不返[360]，非所以为继嗣创业垂统也[361]。’于是乎乃解酒罢猎，而命有司曰：‘地可垦辟，悉为农郊[362]，以赡萌隶[363]，隤墙填堑[364]，使山泽之人得至焉。实陂池而勿禁[365]，虚宫馆而勿仞[366]，发仓廪以救贫穷，补不足，恤鳏寡，存孤独，出德号[367]，省刑罚，改制度，易服色，革正朔[368]，与天下为更始[369]。’

“于是历吉日以斋戒[370]，袭朝服[371]，乘法驾[372]，建华旗，鸣玉鸾[373]，游于六艺之囿[374]，驰骛乎仁义之塗[375]，览观《春秋》之林[376]，射《狸首》[377]，兼《驺虞》[378]，弋玄鹤[379]，舞干戚[380]，载云罕[381]，揜群雅[382]，悲《伐檀》[383]，乐乐胥[384]，修容乎《礼》园[385]，翱翔乎《书》圃[386]，述《易》道[387]，放怪兽，登明堂[388]，坐清庙[389]，次群臣，奏得失，四海之内，靡不受获[390]。于斯之时，天下大说[391]，乡风而听，随流而化[392]，芔然兴道而迁义[393]，刑错而不用[394]，德隆于三王[395]，而功羡于五帝[396]。若此故猎，乃可喜也。若夫终日驰骋，劳神苦形，罢车马之用[397]，抏士卒之精[398]，费府库之财，而无德厚之恩，务在独乐，不顾众庶，忘国家之政，贪雉兔之获，则仁者不繇也[399]。从此观之，齐楚之事，岂不哀哉！地方不过千里，而囿居九百[400]，是草木不得垦辟，而人无所食也。夫以诸侯之细[401]，而乐万乘之侈[402]，仆恐百姓被其尤也[403]。”

于是二子愀然改容[404]，超若自失[405]，逡巡避席[406]，曰：“鄙人固陋[407]，不知忌讳[408]，乃今日见教，谨受命矣。”

中华书局影印李善注本《文选》卷八

①本篇选自《文选》卷八。《上林赋》是《子虚赋》的姊妹篇。据《史记》记载，《子虚赋》写于梁孝王门下，《上林赋》写于武帝朝廷之上，是司马相如最著名的作品。《上林赋》以夸耀的笔调描写了汉天子上林苑的壮丽及汉天子游猎的盛大规模，歌颂了统一王朝的声威和气势。在写作上，它充分体现了汉大赋铺张夸饰的特点，规模宏大，叙述细腻。上林，上林苑，故址在今陕西西安市西及周至、户县界。它本是秦代的旧苑，汉武帝时重修并加以扩大。

②亡是公：作者假托的人名。亡，通“无”。听（yǐn 引）然：张口而笑的样子。

③失：指不对。《上林赋》是承《子虚赋》而来，《子虚赋》是借楚国子虚和齐国乌有先生的对话展开，以折齐称楚结束，所以本文这样承接。

④纳贡：交纳贡物。

⑤述职：古代诸侯朝见天子，陈述政务方面的情况。

⑥封疆画界：指画定诸侯国之间的疆界。古代植树为界，称封疆，在两封之间又树立标志，称画界。

⑦淫：放纵，过分。指诸侯国不知节制，侵入别国疆界。

⑧东藩：东方的藩国。齐国在东，故称“东藩”。藩，藩篱、屏障。

⑨私：指私自交好。肃慎：古国名，在今长白山以北至黑龙江一带。

⑩捐国：指离开自己的国家。逾限：越过本国边界。

⑪越海而田：指《子虚赋》言齐王“秋田乎青丘”之事。“青丘”为传说中的海外国名，故云“越海”。田，通“畋”，畋猎。

⑫二君：指《子虚赋》中的子虚和乌有先生。

⑬相胜：相互压服。

⑭扬名发誉：即发扬名誉。意思是使好的名声传播开来。

⑮贬君自损：贬低君主，损害自己的声誉。

⑯乌：何。

⑰左：指东方。苍梧：汉郡名，治所在今广西苍梧县。苍梧古属交州，在长安东南，故言“左”。

⑱右：指西方。西极：古指豳地，在长安西北一带，故言“右”。

⑲丹水：水名，出陕西商州西北冢岭山，东南流入河南境。更：经过。

⑳紫渊：当为上林苑北边水名。径：同“经”。

㉑终始灞浐：指灞水和浐水始终流在上林苑中。终始，作动词用。灞浐，都是渭水的支流。

㉒出入泾渭：指泾水和渭水流入苑中又流出苑去。泾，泾水，源出宁夏南部六盘山东麓，流经甘肃，至陕西高陵县境入渭水。渭，渭水，源出甘肃渭源县之鸟鼠山，东流至陕西潼关县入黄河。

㉓酆镐（hào 浩）潦（lǎo 老）潏（jué 决）：皆为水名。酆，源出陕西宁陕县东北秦岭，东北流经长安入渭水。镐，源出陕西西安市长安区南，北注于渭水。现下游已湮，上游北注于潏水。潦，源出陕西户县南山涝谷，东北经咸阳西南境注于渭水。潏，源出陕西户县南山石鳖谷，北经长安入渭水。

㉔纡余委蛇（yí 移）：形容水流曲折宛转的样子。委蛇，同“逶迤”。

㉕经营乎其内：指诸水流经其中。经营，周旋。

㉖八川分流：指上述灞、浐、泾、渭、酆、镐、潦、潏八条河流各自流动。

㉗相背：指诸水流向不一。

㉘驰骛：马疾行的样子，这里指水流很快。

㉙椒丘之阙：生满椒树的山相对而立，类似于阙的形状。阙，又名门观。门前两旁建台，上有楼观，中间有阙口为通道，故称阙。

㉚洲淤：水中可居之地。古时长安一带人呼洲为淤。浦：水边。

㉛桂林：指上林苑中的桂树林。

㉜泱漭：广大、辽阔。

㉝汩（yù 玉）乎混流：指水流很急，水势很大。汩，水流迅速。混，水势浩大。

㉞阿：高大的山丘。

㉟隘陿：即狭隘。陿，同“狭”。

㊱穹石：大石。

㊲堆埼（qí 奇）：高大曲折的河岸。

㊳滭弗（bì fèi 毕沸）：同“觱沸”，水上涌的样子。宓（mì 密）汩：水流疾去的样子。

㊴偪侧：水迫近岸边。偪，同“逼”。泌㵒（jié 节）：水浪涌起互相冲击的样子。

㊵转腾：旋转激荡。潎（piē 瞥）洌：水波互相冲击的样子。

㊶滂濞（pāng pì 乓僻）：即“澎湃”，水波相互撞击的声音。沆（hàng 杭去声）溉：水浪

愤怒涌起的样子。

㊷穹隆：水势高起的样子。云桡：形容水势回旋翻滚如云涌。桡，扰动。

㊸宛潬（shàn 善）：水流盘曲的样子。胶盭：水流纠绞在一起的样子。盭，同“戾”。

㊹逾波：一波超一波，即后浪推前浪。趋浥：指很快地流向低处。

㊺涖（lì 利）涖：水流急的样子。濑（lài 赖）：浅水沙石滩。

㊻批：击打。拥：同“壅”，防水堤。

㊼奔扬：水流奔腾。滞沛：浪花翻卷。

㊽临坻（chí 持）：临近小丘。坻，水中小丘。注壑：流入沟壑之中。

㊾瀺灂（chán zhuó 馋着）：小水声。指水流近小丘时发出的细小声音。霣坠：指水从高处落到低处。霣，通“陨”。

㊿沈沈：水深的样子。隐隐：水势盛大。

51砰磅（pēng pāng 烹乓）：即“乒乓”，象声词。訇磕（hōng kē 轰科）：指水流激荡发出轰隆隆的声音。

52潏潏淈（gǔ 古）淈：水涌出的样子。潏，水涌出貌。淈淈，同“汩汩”。

53湁潗（chì jí 赤集）鼎沸：形容水流上涌如沸腾的样子。湁潗，水沸腾的样子。

54驰波跳沫：水流疾泻而飞沫跳荡。

55汩濦（yù xī 遇吸）：水流急转的样子。濦，《汉书》作“潝”。漂疾：同“剽疾”，形容水势猛悍。

56怀：归往。

57寂漻：同“寂寥”，水流平缓而无声。

58肆：安，指水流平稳安定。

59灏溔（hào yǎo 号杳）：水势广大无际的样子。潢（guāng 光）漾：水势深广，水波荡漾。

60安翔徐回：形容水流缓慢。回，回旋。

61翯（hè 鹤）乎滈（hào 浩）滈：谓大水泛着白光。翯，白而有光泽。滈滈，指水泛着白光。

62太湖：在今江苏省。因在长安东方，故曰“东注”。

63衍溢陂（pí 皮）池：谓水流满池塘。陂池，池塘。

64螭（chī 吃）：传说中蛟龙一类动物，无角。

65䱭䲛（gèng méng 更去声萌）：鱼名，形似鳝。渐离：鱼名，形状不详。

66鰅（yú 于）：鲶类的一种，皮肤有纹。鰫（yōng 庸）：同“鳙”，即花鲢鱼。鰬（qián 虔）：鱼名，形似鲤而体长。魠（tuō 托）：即河豚。或说即黄颊鱼，口大而食小鱼。

67禺禺：黄地黑纹、皮上有毛的一种鱼。魼（qū 区）：即比目鱼。鳎（tǎ 塔）：亦比目鱼一类。

68揵（qián 虔）：扬起。掉：摇动。

69讙：喧哗，闹嚷。

70明月：宝珠名。

71的皪（lì 历）江靡（méi 眉）：谓宝珠的光芒照耀江边。的皪，明亮的样子。靡，通“湄”，水边。

72蜀石：质次于玉的一种石。黄碝（ruǎn 软）：黄色的碝石。碝，石名，质地次于玉。

73水玉：即水晶石。磊砢（luǒ 裸）：众多。

⑭磷磷烂烂：谓玉石色泽鲜明，光彩灿烂。

⑮“采色”二句：谓玉石积聚于水中，光芒辉映。澔汗，同“浩瀚”，盛多的样子。这里指光彩灼灼，相互映辉。藂，同“丛”。

⑯鸿：大雁。鹔（sù 肃）：即鹔鹴，雁的一种，毛为绿色。鹄：天鹅。鸨：似雁而大，灰颈白腹，背部有黄褐和黑色斑纹。

⑰驾（jiā 家）鹅：雁的一种，形比鸭大而嘴小。《方言》：“雁，自关而东谓之鴐鹅。”驾，同“鴐”。属（zhú 烛）玉：即“鸀鳿”，水鸟，似鸭而大。

⑱交精：同“䴔䴖”，水鸟名，俗名茭鸡，形如凫而腿长。旋目：鸟名，大于鹭而尾短，眼旁毛呈现回旋的样子。

⑲烦鹜：鸟名，外形像鸭而小。庸渠：鸟名，俗名水鸡，外形像鸭而鸡足。

⑳箴疵：水鸟名，形似鱼虎，毛呈苍黑色。䴋卢：俗称水老鸦。

㉑汎淫泛滥：指鸟浮于水面上自由自在的样子。汎，同“泛”，漂浮。

㉒澹淡：此指飘动的样子。

㉓奄薄水渚：指群鸟止息于小洲之上。奄，息。薄，集。

㉔唼喋（zā dié 匝谍）：指鸟聚在一起吃食。菁、藻：都是水草名。

㉕矗矗：山直立高耸的样子。

㉖巃嵸（lóng zōng 龙宗）崔巍：山高峻的样子。

㉗崭（chán 缠）岩㟥差：山势险要高低不平。崭，同“巉”。㟥差，同“参差”。

㉘九嵕（zōng 宗）：山名，在陕西礼泉东北。嶻嶭（jié niè 截聂）：山高峻的样子。

㉙南山：终南山，主峰在陕西西安市南。峨峨：高大。

㉚岩陁（zhì 志）甗（yǎn 眼）锜（qí 其）：指山中多穴洞。陁，坂，山坡。甗，瓦器名，即甑。锜，三只脚的釜。王先谦《补注》说：“山之嵌空玲珑有若锜然，与甗对文。”

㉛摧崣：同“崔巍”，山势高峻的样子。崛崎：形容山势陡峭险绝。

㉜振溪通谷：指大的山谷。振，开放。溪，溪谷。通，通达。

㉝蹇产：曲折的样子。

㉞谽（hān 酣）呀豁閜（xiā 虾）：指山谷幽远空洞的样子。谽呀，形容山谷幽深。豁閜，空虚的样子。

㉟阜陵别隝：谓山丘像被水分成的一个个小岛。隝，同“岛”。

㊱崴磈（wēi 危）嵔廆（wěi 伟）：都是高峻的意思。

㊲丘虚崛礨（jué lěi 决垒）：指山凸起不平的样子。虚，通“墟”。

㊳隐辚郁𡾋（lěi 磊）：指山堆积不平的样子。

㊴登降施（yǐ 以）靡：指山势高下绵延。施靡，山势倾斜绵延的样子。

㊵陂池貏豸（bǐ zhì 比至）：指山势渐渐平坦。陂池，读如“坡陀”，倾斜的样子。貏豸，渐趋平坦。

㊶沇（wěi 伟）溶淫鬻：指水在山涧中缓缓流动。淫鬻，水流缓慢。

㊷散涣：涣散，散开。夷陆：平坦的原野。

㊸“亭皋”二句：谓水边地方没有不平坦的。亭，平。皋，水边地。被筑，指筑地令平。

㊹掩（yǎn 眼）：遮盖。绿蕙：香草名。

㊺被：覆盖。江蓠：香草名。

㊻糅：掺杂。蘪芜：香草名，又名蕲芷。

㊼留夷：香草名。

⑩⑧布：布满。结缕：草名，多年曼生，叶如白茅。

⑩⑨攒戾莎：戾莎丛聚而生。戾莎，草名。

⑪⓪揭车衡兰：指揭车、杜衡和兰草三种香草。

⑪①槀（gǎo 稿）本：香草名，根可入药。射干：草名，根可入药。

⑪②茈姜：即紫姜，嫩姜。茈，同“紫”。蘘（ráng 瓤）荷：一名蘘草，茎叶似姜，根可食，也可入药。

⑪③葴（zhēn 针）持：即酸浆草。若荪：杜若和荪草，都是香草。

⑪④鲜支：香草名，又名燕支，可染红色。黄砾：香草名，可染黄色。

⑪⑤蒋：即菰蒲草，又名茭，所结实即菰米。苎（zhù 注）：同“苧”，草名，即三棱草。青薠：草名，形状类莎（suō 蓑）草而稍大。

⑪⑥布濩（hù 户）：散布，布满。闳泽：大水泽。闳，宏大。

⑪⑦延曼：蔓延。太原：广大原野。

⑪⑧离靡：连绵不断的样子。广衍：广泛散布开来。衍，展开。

⑪⑨吐芳扬烈：谓花草散发出浓烈的香气。

⑫⓪郁郁菲菲：形容香气浓烈。

⑫①发越：发扬，散发。

⑫②肸蚃（xī xiǎng 希响）：指香气四散，沁入人心。肸，响声传布。蚃，对声音反应敏感的一种虫子。布写：四散传布。写，通“泻”。

⑫③晻薆咇茀（bì bó 必伯）：形容香气充盛。

⑫④缜纷：茂密繁多。轧芴（wù 勿）：致密而不可分辨。

⑫⑤芒芒恍忽：眼花缭乱的样子。

⑫⑥东沼：上林苑东边池沼。

⑫⑦西陂：亦上林苑池名。与上句联系，极言上林苑之大。

⑫⑧“其南”二句：指上林苑面积广阔，其南部隆冬也草木生长，水不结冻。

⑫⑨㺎（róng 容）：又名封牛，颈上有肉堆，有力而善于奔走。旄：旄牛。貘（mò 莫）：形似犀牛而略小，鼻长无角。犛（lí 犁）：小于旄牛，皮黑色。

⑬⓪沈牛：水牛。麈（zhǔ 主）：鹿类，一角，尾大，可作拂尘。麋：即驼鹿，又叫犴（hān 鼾）、四不像。

⑬①赤首：传说中的一种兽的名称。圜题：亦是一种兽名。传说两兽均生活在南方。题，额。

⑬②穷奇：传说中的怪兽，能食人，外形像牛，毛如蝟，声音像嗥狗。

⑬③其北：指上林苑北部。

⑬④揭（qì 器）：提起衣服渡水。

⑬⑤角端：兽名，外形像貊（形似熊），角生在鼻上。

⑬⑥騊駼（táo tú 陶途）：兽名，形似马。橐驼：即骆驼。

⑬⑦蛩（qióng 穷）蛩：一种白色野兽，形似马。驒騱（tuó xī 驼溪）：野马的一种，青黑色，有白色鳞纹。

⑬⑧駃騠（jué tí 决提）：骏马名。驘：同“骡”。

⑬⑨离宫别馆：指皇宫以外供皇帝临时居住的宫殿馆舍。

⑭⓪四注：四面围绕。

⑭①重坐：指两层楼房。曲阁：指曲折联结的楼阁。

⑭²华榱（cuī 崔）：用花纹装饰的椽子。璧珰：用璧玉装饰的瓦当。

⑭³辇道缅（xǐ 喜）属：指宫中辇道四通八达。辇道，可以乘辇而行的阁道。缅属，阁道回环，如织丝之相连属。缅，束发的帛。

⑭⁴步櫩（yán 言）：可以通行的长廊。櫩，同“檐”。周流：周遍。

⑭⁵长途中宿：谓长廊走不完，中间需要停宿。

⑭⁶夷嵕筑堂：削平山岭，建筑房屋。夷，削平。嵕，高的山。

⑭⁷累台增成：高的楼台一层又一层。增，通“层”。成，一层叫一成。

⑭⁸岩窔（yǎo 咬）：深邃的样子。洞房：幽深的房屋。

⑭⁹頫：同“俯”。杳眇：深邃的样子。此句是形容亭台极高，下视不见地。

⑮⁰橑（lǎo 老）：屋椽。扪（mén 门）：用手摸。此句亦形容亭台极高。

⑮¹奔星：流星。更：经过。闺闼：宫中的小门。

⑮²宛虹：弯曲的虹。扡：同“拖”。楯（shǔn 吮）轩：指门窗的栏杆。

⑮³“青龙”句：谓青龙驾的车子可以在东厢房行进。此极力形容房屋的宽阔。蚴蟉（yǒu liú 友流），龙行的样子。此用以形容车子。东箱，东边厢房。箱，通“厢”。原作“葙”，据《考异》改正。

⑮⁴象舆：象拉的车子。婉僤（shàn 善）：车行进的样子。西清：指西厢房。清，清静之处。

⑮⁵灵圄（yǔ 语）：对于仙人的总称。燕：燕息，闲居。闲馆：清雅的馆舍。

⑮⁶偓佺：古代传说的仙人名。伦：类。

⑮⁷暴：通“曝”，晒太阳。荣：指飞檐。

⑮⁸醴泉：甘甜的泉水。清室：即静室。

⑮⁹通川：流水。

⑯⁰盘石：大石。盘，通“磐”。振崖：砌成整齐的石崖。振，《考异》以为当作“裖（zhèn 振）”，累积整齐。

⑯¹嵚（qīn 钦）岩：倾斜的样子。倚倾：偏斜倾侧。

⑯²嵯峨：高大的样子。嶕嶫（jié yè 捷业）：高峻的样子。

⑯³刻削：形容石崖险峻，像刀削过一样。

⑯⁴玫瑰：珍珠名。碧琳：玉石名。

⑯⁵瑉玉：像玉的美石。瑉，同“珉”。旁唐：如说“磅礴”，广大的样子。

⑯⁶玢（bīn 宾）豳：有纹理的样子。文鳞：文彩斑斓像鳞片一样排列。

⑯⁷赤瑕：赤色的玉。驳荦（luò 洛）：色彩斑驳。驳，同“驳”。

⑯⁸杂臿：夹杂。臿，通“插”。

⑯⁹晁采：美玉名。琬琰（yǎn 演）：美玉名。

⑰⁰和氏：指和氏璧。为春秋时楚国人卞和所发现。

⑰¹卢橘：橘子的一种，皮厚，大小像柑。秋天结实，第二年夏天始熟。

⑰²黄甘：即黄柑，橘的一种。榛（còu 凑）：橘的一种，又称小橘。

⑰³枏（rán 然）：即酸枣。

⑰⁴亭：即棠梨，又名海棠果。奈：属苹果一类的水果。厚朴：树名，果实甘美，树皮可入药。

⑰⁵梬（yǐng 影）枣：枣类，外形似柿而小。

⑰⁶蒲陶：即葡萄。

⑰⁷隐夫：果木名，形状不详。薁（yù 郁）棣：即唐棣，又名郁李，果实可食，种子入药。

⑰⑧荅遝（tà 踏）：木名，果实像李子。离支：即荔枝。

⑰⑨竾（yí 宜）：通“迤”，延及，绵延。

⑱⓪扤（wù 物）：摇动不定。

⑱①荣：木本植物的花。

⑱②煌煌扈扈：光彩鲜艳的样子。

⑱③钜野：广阔的原野。钜，同“巨”。

⑱④沙棠：果名，俗名沙果。栎（lì 立）：橡实。槠（zhū 朱）：苦槠，木名，常绿乔木，果实小于橡实。

⑱⑤华：即桦树。枰（píng 平）：平仲树，即银杏树。栌（lú 卢）：黄栌。

⑱⑥留落：即石榴树。胥邪：即椰子树。

⑱⑦仁频：即槟榔树。并闾：即棕榈树。

⑱⑧欃檀：植木的一种。木兰：又名杜兰，木名。

⑱⑨豫章：即樟树。女贞：即冬青树。

⑲⓪大连抱：指树干很粗，几个人才能合抱过来。

⑲①夸条：指花朵和枝条。夸，通“荂（huā 花）”，花。直畅：指任意舒展。

⑲②葰楙（jùn mào 俊茂）：肥大茂盛。葰，大。楙，同“茂”。

⑲③攒立丛倚：指草木丛聚而生，或直立，或相互依傍。

⑲④连卷（quán 拳）：即“连蜷”，指枝柯屈曲生长。欐佹（lì guǐ 立鬼）：指树枝相互交错，向背不一。欐，依附。佹，背离。

⑲⑤崔错：错杂的样子。癹骫（bō wěi 拨委）：指枝条屈曲错杂的样子。骫，通“委”。

⑲⑥坑衡：抗衡。坑，通“抗”。閜砢（kě luǒ 可裸）：指枝条盘屈扭结，互相倾倚。

⑲⑦落英：落花。幡纚（xǐ 喜）：飞扬的样子。

⑲⑧纷溶：繁盛的样子。箾蔘（xiāo sēn 萧森）：高大的样子。

⑲⑨猗狔从风：指花随风飘动。猗狔，同“旖旎”，柔美的样子。

⑳⓪莿莅：风吹草木发出的声音。卉歙（xī 吸）：如同说“呼吸”，指风迅疾吹木的声音。

⑳①籥：古代的一种管乐器。

⑳②“傑池”二句：指高高低低的树木围绕后宫生长。傑池，同“差池”，高低不平的样子。茈虒（cí chí 词池），义亦同“差池”，不整齐。旋还，环绕。

⑳③杂袭：错杂重复。絫辑：同“累集”，众多繁盛。

⑳④循：沿着。阪：山坡。隰（xí 习）：低湿的地方。

⑳⑤无端：无边。

⑳⑥玄猨素雌：黑色的雄猿，白色的雌猿。猨，同“猿”。

⑳⑦蜼（wěi 伟）：一种长尾猿，形如猕猴，黄黑色。玃（jué 觉）：大母猴。蠝（lěi 垒）：鼯鼠，前后肢间有薄膜，能从树上飞翔。

⑳⑧蛭：传说中一种能飞的兽，四翼。蜩：当作“猠（zhǒu 帚）”，传说中一种兽名，大如驴，形如猴，善爬树。蠼猱（jué náo 决挠）：同“玃猱”，老猕猴。

⑳⑨獑（chán 馋）胡：同“獑猢”，兽名，似猿。豰（hú 狐）：即白狐子，以猴类为食物。蛫（guǐ 诡）：猿类。

㉑⓪翩幡：鸟飞轻疾的样子。这里指猿类来往轻捷灵巧。幡，通“翻”。互经：互相经过。

㉑①夭蟜（jiǎo 狡）：指猿猴跳荡矫健的动作。枝格：长的树枝。

㉑②偃蹇：指猿猴身体活动屈曲宛转的样子。杪（miǎo 秒）颠：树枝顶端。杪，树梢。

㉑③踰：同“逾”，越过。绝梁：断的桥梁。这里形容从甲树跃到乙树如越绝梁，非实指。

㉑④腾：跃上。殊榛（zhēn 真）：另一片榛树丛。

㉑⑤捷垂条：拉住下垂的树枝。捷，通“接”。

㉑⑥掉希间：指猿猴在树枝稀疏的空间荡来荡去。掉，摆动，摇荡。

㉑⑦牢落陆离：指猿猴零落不齐，聚散无常。牢落，散漫的样子。陆离，参差不齐。

㉑⑧烂漫远迁：指猿猴往来迁徙。烂漫，形容猿猴奔走蹦跳的样子。

㉑⑨宫宿馆舍：在离宫止宿，在别馆居住。

㉒⓪“庖厨”三句：谓离宫别馆中有庖厨，有宫女，有百官侍奉，不必从朝廷调来。

㉒①背秋涉冬：指秋末冬初。背，离开。涉，入。

㉒②校（jiào 较）猎：用木栏圈起猎场打猎。校，木栏。

㉒③镂象：指用象牙雕刻装饰的车子。

㉒④六玉虬：指用六匹马驾车。虬，无角的龙。这里指马。

㉒⑤拖：曳。蜺旌：指色彩斑斓有如虹蜺的旌旗。蜺，同“霓”。

㉒⑥靡：倾斜。云旗：画有熊虎的大旗。

㉒⑦皮轩：以兽皮作饰的车子。

㉒⑧道游：指道车和游车。古代天子出行，用道车五乘、游车九乘作为前导。道，通“导”。

㉒⑨孙叔：古代善于驾车的人。一说，指汉武帝时的太仆公孙贺（字子叔）。奉：捧。

㉓⓪卫公：也是指古代善于驾车的人。一说，指汉武帝时大将军卫青。参乘：陪乘，即车右，担任护卫。参，通“骖”。

㉓①扈从：即护从，指天子的侍卫。

㉓②四校：指天子射猎时的四支扈从部队。

㉓③鼓严簿：指在戒备森严的仪仗侍卫队伍中击鼓。簿，卤簿，天子出行时的随行仪仗。

㉓④河江：即江河。阹（qū 去）：阻拦禽兽的围阵。

㉓⑤橹：望楼。

㉓⑥雷起：形容车骑声很大，如同雷响。

㉓⑦殷天：震天。

㉓⑧陆离：分散。

㉓⑨别追：指分别追逐禽兽。

㉔⓪淫淫裔裔：指围猎的人来来往往。

㉔①流泽：指打猎的车骑密密麻麻地拥向水泽。

㉔②生貔（pí 皮）豹：活捉貔豹等野兽。貔，豹一类的猛兽。

㉔③搏：搏击。

㉔④手：徒手击杀。羆：熊类猛兽。

㉔⑤足：用脚踏住。壄：同“野”。

㉔⑥蒙鹖苏：指戴着用鹖鸟尾装饰的帽子。鹖，鸟名，形像雉鸡，斗时至死不退却。苏，尾。

㉔⑦绔（kù 库）白虎：穿着织有白虎纹饰的裤子。绔，同“袴”，套裤，此指穿套裤。

㉔⑧被：通“披”，穿着。班文：指用虎豹一类兽皮做成的衣服。

㉔⑨跨：骑。壄马：指北地所产的良马，又名騊駼。

㉕⓪凌：登。三嵕：山名。危：顶巅。

㉕①碛（qì 气）历：高低不平的样子。坻（dǐ 底）：山斜坡。

㉒径：同“经”，过。

㉓厉：涉水。

㉔椎：击杀。蜚廉：龙雀，鸟身鹿头。

㉕弄：用手摆弄，此也指擒获。獬豸：神兽名，相传似鹿而一角。

㉖格：搏杀。虾蛤：猛兽名。

㉗铤（chán 谗）：铁柄短矛。这里指用短矛刺杀。猛氏：兽名，形状像熊而小，毛短，有光泽。

㉘羂（juǎn 卷）：用绳索绊取野兽。騕褭（yǎo niǎo 咬鸟）：神马名，传说能日行千里。

㉙封豕：大野猪。

㉚箭不苟害：指每箭必射中要害，而不是胡乱将猎物射伤即可。

㉛解：分解，分开。脰（dòu 豆）：颈项。

㉜乘（shèng 胜）舆：皇上乘坐的车。此指皇上。弭节：驻节，停车。

㉝睨：视。部曲：指参加围猎的队伍。

㉞变态：指各种各样的形态。

㉟侵淫促节：逐渐加快行驶的速度。

㊱儵夐（shū xiòng 抒兄去声）：忽然远去的样子。儵，同“倏”。

㊲流离：四散，即冲散。轻禽：指飞鸟。轻，轻捷。

㊳蹴履：即践踏。狡兽：猛兽。狡，健。

㊴轊（wèi 卫）白鹿：用车轴头挂住白鹿。轊，车轴头。

㊵捷：疾取。

㊶轶赤电：形容车骑疾速。轶，超过。

㊷遗光耀：也极言车骑迅疾。遗，指抛在后面。

㊸怪物：指奇珍怪兽。

㊹出：超出。宇宙：指天地之间的空间。天地四方称“宇”，古往今来称“宙”。

㊺蕃弱：传说中夏后氏良弓名。

㊻满：拉弓到箭头称为满。白羽：指用白色翎毛作尾羽的箭。

㊼游枭：各处游荡的枭。枭，一名枭羊，兽名。一说即狒狒。

㊽栎（lì 力）：击打。蜚遽：神兽名，鹿头龙身。

㊾择肉：指选择肥胖的。一说选择禽兽身上可射的地方。

㊿“先中”句：谓先指明要射中什么地方，然后射中预定目标。

281艺：箭靶。这里指射的目标。殪（yì 意）仆：指猎物被射死倒下。

282扬节而上浮：旌节飞扬上游于太空。

283骇猋（biāo 标）：即惊风，疾风。猋，通“飙”，从下向上刮的疾风。

284乘：升，登。虚无：指天空。

285躏：践踏。玄鹤：黑色的鹤。

286乱：指使其行列混乱。昆鸡：同“鹍鸡”，鸟名，形状似鹤，赤喙长颈，全身黄白色。

287遒：迫，追捕。孔鸾：孔雀和鸾鸟。

288促：捕捉。鵔鸃：即赤雉，毛五彩，有花纹。

289拂：击。翳鸟：传说中的大鸟，毛五彩，飞起能遮蔽一乡。

290捎：同“箾”，以竹竿击打。

291捷：取。鹓鸰：凤凰一类的鸟。

㉒揜：同“掩”，捕捉。焦明：西方鸟名，也属凤凰一类。又作“焦朋”。

㉓消遥：同“逍遥”，悠游自得的样子。襄羊：同“徜徉”，自由徘徊的样子。

㉔降集：停留。降，下降。集，止。北纮：指极北边的地方。古代认为地的周围有八泽，八泽之外有八纮，北纮称为委羽。纮，维。

㉕率乎：直指的样子。直指：一直往前。

㉖晻乎：迅速的样子。反乡：即“反向”，返回。

㉗“蹷（jué 厥）石阙”四句：指经过了石阙、封峦、鳷鹊、露寒四个观。这四个观是汉武帝建元间所建，在甘泉宫外。蹷，踏过。望，探看。

㉘下：住。棠梨：宫名，在甘泉宫东南三十里。

㉙宜春：宫名，在陕西户县以东。

㉚宣曲：宫名，在昆明池以西（今陕西西安市西南）。

㉛濯鹢：指划船。濯，通“櫂”，摇船的工具。鹢，船头有鹢鸟图形装饰的船。牛首：池名，在上林苑西边（今陕西西安市西北）。

㉜龙台：观名，在今陕西户县东北，靠近渭水。

㉝掩：止息。细柳：观名，在昆明池南面（今陕西西安市西南）。

㉞勤略：辛勤巡查。略，巡行。

㉟均：比较多少。得获：获得。

㊱徒车：指士卒和车骑。徒，车前步行的士卒。蔺（lìn 吝）：践踏。轹（lì 历）：碾压。

㊲步骑：指步兵骑士。蹂若：践踏。

㊳蹈籍：踏踩。籍，通“藉”。

㊴穷极倦谻（jù 剧）：走投无路，疲惫不堪。谻，极度疲惫。

㊵惊惮詟（zhé 折）伏：惊恐而不敢活动。詟，同“慑”，恐惧。

㊶他他籍籍：纵横交错的样子。

㊷掩平：遮蔽了平原。弥泽：填满了大泽。此句极言死亡禽兽之多。

㊸懈怠：疲劳懒怠。此指射猎活动后放松。

㊹颢天之台：上接天宇的高台。颢天，同“昊天”。

㊺张：陈设。胶葛之寓：指空旷辽阔的屋子。胶葛，寥廓。寓，同“宇”，屋宇。

㊻石：古代重量单位，一石重一百二十斤。

㊼虡（jù 巨）：悬挂钟磬的木架。

㊽翠华之旗：以翠羽装饰的旗子。

㊾灵鼍（tuó 驼）之鼓：用鼍皮做成的鼓。鼍，鳄鱼一类的动物。

㊿陶唐氏：即唐尧。

(321)葛天氏：古代部落首领，据说其善歌。

(322)巴渝宋蔡：指这些地方的歌舞。巴、渝，今四川一带。宋、蔡，今河南一带。

(323)淮南：诸侯国名，相当于今安徽淮河以南、和县以北地区，治所寿春。干遮：曲名。

(324)文成：县名，当今河北卢龙县境，其地人善歌。颠歌：指滇地的乐歌。颠，同“滇”，即今云南一带，汉时属西南夷的一部分。

(325)族居：聚集在一起。递奏：互相交替地演奏。

(326)铿铃：同“铿锵”，指钟声。闛鞈（táng tà 唐踏）：指鼓声。

(327)洞心：响彻内心。

(328)韶：虞舜时乐名。濩：商汤时乐名。武：周武王时乐名。象：周公旦时乐名。

㉙阴淫案衍：指过度而无节制的音乐。
㉚鄢郢：都是楚地名。缤纷：指舞蹈时交杂错落的样子。
㉛激楚：指楚地的歌曲。结风：指歌曲结尾余音悠长。
㉜俳优：古代表演杂戏等以供人取乐的人。侏儒：矮人。此指侏儒中任优伶、乐师者。
㉝狄鞮（dī 低）：西方部族名。倡：乐工。
㉞丽靡烂漫：美好华丽，色彩鲜明。
㉟靡曼：指美人的细腻润泽，姿态美妙。
㊱青琴：传说中的古代神女。宓（fú 伏）妃：传说中的伏羲氏之女，溺死于洛水，遂为洛水之神。
㊲妖冶：美好。娴都：美丽典雅。
㊳靓（jìng 静）妆：指以粉黛妆扮。刻饰：指修整头发。以胶刷鬓发，使其整齐如刻画。
㊴便嬛（huán 环）：轻盈俏丽的样子。绰约：柔婉的样子。
㊵柔桡嫚嫚：指身体柔软苗条、姣好多姿。桡，曲。
㊶妩媚：容貌美丽，悦人心意。孅弱：指身体轻细柔软。
㊷独茧：一个蚕茧的丝。指丝线颜色纯净一致。褕（yú 俞）：短衣。绁：同"袣（yì 异）"，衣袖。此皆指衣服。
㊸眇：美好，形容下文"阎易"、"恤削"。阎易：衣长的样子。恤削：指衣服线条整齐清晰。
㊹便姗嫳（piè 撇去声）屑：衣服翩翩飘动的样子。
㊺沤郁：郁积，指香气浓盛。
㊻淑郁：形容香气浓厚、美好。
㊼宜笑：微露牙齿的笑。的皪（lì 历）：指牙齿鲜白的样子。
㊽连娟：又弯又细的样子。
㊾微睇：微微顾盼。睇，流盼。绵藐：指眼光的绵长悠远。
㊿色授魂与：指女子以颜色、精神勾引人。一说"色授"是指女子以色勾引男子，"魂与"是指男子与之精神相应。
351心愉于侧：指倾心于侧。愉，通"输"，心输，即倾心。
352酒中：饮酒到一半时。
353芒然：怅然。芒，通"茫"。
354亡：失。
355览听余闲：指处理政事之后的空闲时间。
356无事弃日：指没有政事，只是虚度时日。弃，抛弃、闲置。
357"顺天道"句：指顺应天道在秋末冬初打猎。
358此：指上林苑。
359后叶：后世。靡丽：奢华。
360往而不返：指一味追求奢侈，不知回头。
361继嗣：继承者，后嗣。创业垂统：创立基业，留传后代。
362农郊：农田。郊，田。
363萌隶：农夫。萌，通"氓"。
364隤（tuí 颓）墙填堑：谓把上林苑四周的墙推倒，把壕沟填平。隤，毁坏。
365实陂池：指在陂池中放养鱼类。勿禁：指让百姓随意打鱼。

㊱“虚宫馆”句：指不再使用上林苑中的宫馆。虚宫馆，使宫馆空虚。仞，满。

㊲出德号：指发布实行德政的命令。

㊳革正朔：改革历法。正，指每年的正月。朔，指每月的初一。古代封建王朝新建立之时，总要易服色，革正朔，以表示与前一个朝代不同。

㊴更始：指重新开始。更，变更。

㊵历：选择。斋戒：古人在举行典礼之前，为了表示恭敬，不饮酒，不吃荤，不宿内寝，称为斋戒。

㊶袭：穿。

㊷法驾：天子车驾的一种，用于通常的行动，由奉车郎御车，侍中骖乘，属车四十六乘。

㊸鸣玉鸾：指车辆行走时发出和谐悦耳的铃声。鸾，马辔上的铃。

㊹六艺：即《诗》、《书》、《礼》、《乐》、《易》、《春秋》六经。此句是说遍读六经。

㊺塗：通“途”。

㊻《春秋》之林：指《春秋》中包含的众多的经验道理。

㊼射：指行射礼。《狸首》：古逸诗的篇名。古代诸侯举行射礼时，奏《狸首》乐章。

㊽《驺虞》：《诗经·召南》中的一篇。古代天子举行射礼时，奏《驺虞》乐章。驺虞，相传是一种动物，性仁慈。

㊾弋玄鹤：指表演弋射玄鹤的舞蹈。弋，用弓缴来射。玄鹤，黑色的鹤，古代认为它是一种瑞鸟。

㊿干戚：盾和斧。相传舜舞干戚，感服了南方的有苗氏。后演化为舞干戚的大夏舞。

381云罕（hǎn 罕）：本指捕捉禽兽的网，此指旌旗。古注说，云罕用以猎兽，今载之于车，象征“捕群雅”。

382揜：罩住，捕。这里指收罗。群雅：指众多的有才能的人。雅，既指才俊之士，又同“鸦”，语义双关。

383悲《伐檀》：谓汉天子因读《伐檀》而兴悲。《伐檀》，《诗经·魏风》中的一篇。旧说这首诗是讽刺贤者不遇明主。

384乐乐胥：谓汉天子因读到“乐胥”的诗句而高兴。《诗经·小雅·桑扈》：“君子乐胥，受天之祜。”郑玄笺：“胥，有才智之名也。祜，福也。王者乐臣下有才智，知文章，则贤人在位，庶官不旷，政和而民安，天予之以福禄。”

385修容：修饰容仪。《礼》园：指《礼》的规定范围。

386翱翔：往来游观。《书》圃：指《尚书》的规定范围。

387《易》：指六经之一的《易经》。古人认为《易》包含有一些洁静微妙的道理。

388明堂：古代天子朝见诸侯的地方。此指处理政事、朝见大臣的地方。

389清庙：太庙，天子祭祖先之庙。

390靡不受获：没有人不受到天子的恩泽。获，猎获物，此处指恩惠。

391说：通“悦”。

392“乡风”二句：谓像风行水流一样，百姓乐意服从天子。乡，通“向”。

393芔（huì 卉）然：勃然兴起的样子。兴道：指按道行事。迁义：指逐渐接近义。迁，登，接近。

394错：通“措”，弃置。

395“德隆”句：谓德高过了三王。隆，高，盛。三王，即夏禹、商汤、周武王。

396羡：溢，超过。五帝：指黄帝、颛顼、帝喾、尧、舜。

㊳罢：通“疲”。作动词用。
㊳抏（wán完）：损耗。精：指精力。
㊳繇：通“由”，从。此句指仁德之人不照这个样子做。
㊵囿居九百：极言苑囿之广。
㊵细：微小。
㊵乐万乘之侈：喜好天子的奢华。万乘，代指天子。
㊵被其尤：遭受那种做法带来的祸殃。尤，祸患。
㊵愀然改容：改变了脸色。愀然，脸色改变的样子。
㊵超若自失：怅然若失。超，怅惘，惆怅。若，义同“然”。
㊵逡巡：向后退。避席：古人席地而坐，有所敬则离座而起，谓之避席。
㊵鄙人：粗鄙的人，谦称。固陋：指见识狭隘浅陋，不合于礼义。
㊵忌讳：指不应当说、不应当做的事。

六

司马迁

司马迁（前 145—约前 93），字子长，生于龙门（今陕西韩城附近），西汉著名的历史学家和文学家。父司马谈于汉武帝初年为太史令。司马迁幼时有过一段“耕牧”生活，后随父至长安。二十岁开始漫游，先后到过长江和黄河中下游一带；后任郎中，曾奉使至云南、四川等地。公元前 108 年继父职任太史令，四年后开始编写《史记》。公元前 98 年因替投降匈奴的李陵辩护，被关进监狱，遭受腐刑。出狱后任中书令，继续坚持编写《史记》。约在《史记》完成后不久即去世。

《史记》全书共五十二万多字，包括十二本纪、八书、十表、三十世家和七十列传，共一百三十篇。所记历史上自传说中的黄帝，下至汉武帝时代。从文学的角度来看，其中的人物传记部分比较重要。战国历史散文主要是通过历史事件来显现人物的，而《史记》的许多传记，则是以人物为中心，通过写人物来记叙历史，这是由历史散文到传记文学的一个发展。

项羽本纪[①]（节选）

初，宋义所遇齐使者高陵君显在楚军[②]，见楚王曰[③]：“宋义论武信君之军必败，居数日，军果败[④]。兵未战而先见败征[⑤]，此可谓知兵矣。”王召宋义与计事而大说之，因置以为上将军[⑥]。项羽为鲁公，为次将[⑦]，范增为末将[⑧]，救赵[⑨]。诸别将皆属宋义，号为卿子冠军[⑩]。行至安阳[⑪]，留四十六日不进。项羽曰：“吾闻秦军围赵王钜鹿[⑫]，疾引兵渡河[⑬]，楚击其外，赵应其内，破秦军必矣。”宋义曰：“不然。夫搏牛之蝱不可以破虮虱[⑭]，今秦攻赵，战胜则兵罢[⑮]，我承其敝[⑯]；不胜，则我引兵鼓行而西[⑰]，必举秦矣[⑱]。故不如先斗秦赵[⑲]。夫被坚执锐[⑳]，义不如公；坐而运策，公不如义。”因下令军中曰：“猛如虎，很如羊[㉑]，贪如狼，强不可使者[㉒]，皆斩之。”乃遣其子宋襄相齐，身送之至无盐[㉓]，饮酒高会[㉔]。天寒大雨，士卒冻饥。项羽曰：“将戮力而攻秦[㉕]，久留不行。今岁饥民贫[㉖]，士卒食芋菽[㉗]，军无见粮[㉘]，乃饮酒高会，不引兵渡河因赵食，与赵并力攻秦，乃曰‘承其敝’。夫以秦之强，攻新造之赵[㉙]，其势必举赵。赵举而秦强，何敝之承[㉚]！且国兵新破[㉛]，王坐不安席，埽境内而专属于将军[㉜]，国家安危，在此一举。今不恤士卒而徇其私[㉝]，非社稷之臣[㉞]。”项羽晨朝上将军宋义[㉟]，即其帐中斩宋义头，出令军中曰：“宋义与齐谋反楚，楚王阴令羽诛之。”当是时，诸将皆慑服，莫敢枝梧[㊱]。皆曰：“首立楚者，将军家也[㊲]。今将军诛乱。”乃相与共立羽为假上将军[㊳]。使人追宋义子，及之齐[㊴]，杀之。使桓楚报命于怀王[㊵]。怀王因使项羽为上将军，当阳君、蒲将军皆属项羽[㊶]。

项羽已杀卿子冠军，威震楚国，名闻诸侯。乃遣当阳君、蒲将军将卒二万渡河[㊷]，救钜鹿。

战少利[43]，陈馀复请兵。项羽乃悉引兵渡河，皆沈船，破釜甑，烧庐舍[44]，持三日粮，以示士卒必死，无一还心[45]。于是至则围王离[46]，与秦军遇，九战[47]，绝其甬道[48]，大破之，杀苏角[49]，虏王离。涉间不降楚，自烧杀。

当是时，楚兵冠诸侯[50]。诸侯军救钜鹿下者十余壁[51]，莫敢纵兵[52]。及楚击秦，诸将皆从壁上观[53]。楚战士无不一以当十，楚兵呼声动天，诸侯军无不人人惴恐[54]。于是已破秦军，项羽召见诸侯将，入辕门[55]，无不膝行而前[56]，莫敢仰视。项羽由是始为诸侯上将军，诸侯皆属焉。

…………

行略定秦地[57]。函谷关有兵守关[58]，不得入。又闻沛公已破咸阳[59]，项羽大怒，使当阳君等击关。项羽遂入，至于戏西[60]。沛公军霸上[61]，未得与项羽相见。沛公左司马曹无伤使人言于项羽曰[62]："沛公欲王关中[63]，使子婴为相[64]，珍宝尽有之。"项羽大怒，曰："旦日飨士卒[65]，为击破沛公军！"当是时，项羽兵四十万，在新丰鸿门[66]，沛公兵十万，在霸上。范增说项羽曰[67]："沛公居山东时[68]，贪于财货，好美姬[69]。今入关，财物无所取，妇女无所幸[70]，此其志不在小。吾令人望其气[71]，皆为龙虎，成五采，此天子气也。急击勿失。"

楚左尹项伯者[72]，项羽季父也，素善留侯张良[73]。张良是时从沛公，项伯乃夜驰之沛公军，私见张良，具告以事[74]，欲呼张良与俱去，曰："毋从俱死也。"张良曰："臣为韩王送沛公[75]，沛公今事有急，亡去不义[76]，不可不语[77]。"良乃入，具告沛公。沛公大惊，曰："为之奈何？"张良曰："谁为大王为此计者？"曰："鲰生说我曰[78]：'距关，毋内诸侯[79]，秦地可尽王也。'故听之。"良曰："料大王士卒足以当项王乎？"沛公默然，曰："固不如也，且为之奈何[80]？"张良曰："请往谓项伯，言沛公不敢背项王也。"沛公曰："君安与项伯有故[81]？"张良曰："秦时与臣游[82]，项伯杀人，臣活之[83]。今事有急，故幸来告良。"沛公曰："孰与君少长[84]？"良曰："长于臣。"沛公曰："君为我呼入，吾得兄事之[85]。"张良出，要项伯[86]。项伯即入见沛公。沛公奉卮酒为寿[87]，约为婚姻[88]，曰："吾入关，秋豪不敢有所近[89]，籍吏民[90]，封府库，而待将军[91]。所以遣将守关者，备他盗之出入与非常也[92]。日夜望将军至，岂敢反乎！愿伯具言臣之不敢倍德也[93]。"项伯许诺，谓沛公曰："旦日不可不蚤自来谢项王[94]。"沛公曰："诺。"于是项伯复夜去，至军中，具以沛公言报项王。因言曰："沛公不先破关中，公岂敢入乎？今人有大功而击之，不义也，不如因善遇之[95]。"项王许诺。

沛公旦日从百余骑来见项王[96]，至鸿门，谢曰："臣与将军戮力而攻秦[97]，将军战河北[98]，臣战河南，然不自意能先入关破秦[99]，得复见将军于此。今者有小人之言，令将军与臣有郤[100]。"项王曰："此沛公左司马曹无伤言之；不然，籍何以至此[101]。"项王即日因留沛公与饮。项王、项伯东向坐，亚父南向坐[102]。亚父者，范增也。沛公北向坐，张良西向侍。范增数目项王[103]，举所佩玉玦以示之者三[104]，项王默然不应。范增起，出召项庄[105]，谓曰："君王为人不忍[106]，若入前为寿[107]，寿毕，请以剑舞，因击沛公于坐，杀之。不者，若属皆且为所虏[108]。"庄则入为寿，寿毕，曰："君王与沛公饮，军中无以为乐[109]，请以剑舞。"项王曰："诺。"项庄拔剑起舞，项伯亦拔剑起舞，常以身翼蔽沛公[110]，庄不得击。于是张良至军门，见樊哙[111]。樊哙曰："今日之事何如？"良曰："甚急！今者项庄拔剑舞，其意常在沛公也。"哙曰："此迫矣，臣请入，与之同命[112]！"哙即带剑拥盾入军门。交戟之卫士欲止不内[113]，樊哙侧其盾以撞，卫士仆地，哙遂入，披帷西向立[114]，瞋目视项王[115]，头发上指[116]，目眦尽裂[117]。项王按剑而跽曰[118]："客何为者？"张良曰："沛公之参乘樊哙者也[119]。"项王曰："壮士，赐之卮酒。"则与斗卮酒[120]。哙拜谢，起，立而饮之。项王曰："赐之彘肩[121]！"则与一生彘肩[122]。樊哙覆其盾于地，加彘肩上[123]，拔剑切而啖之[124]。项王曰："壮士，能复饮乎？"樊哙曰："臣死且不避，卮酒安足辞！夫秦王有虎狼之心，杀人如不能举，刑人如恐不胜[125]，天下皆叛之。怀王与诸将约曰：'先破秦入咸阳者王之[126]。’今沛公先破秦入咸阳，豪毛不敢有所近，封闭宫室，还军霸上，以待大王来。故遣将守关者，备他盗出入与非常也。劳苦而功高如此，未有封侯之赏，而听细说[127]，欲诛有功之人。此亡秦之续耳[128]，窃为大王不取也。”项王未有以应[129]，曰：“坐。”樊哙从良坐。坐须臾[130]，沛公起如厕，因招樊哙出。

沛公已出，项王使都尉陈平召沛公[131]。沛公曰：“今者出，未辞也，为之奈何?”樊哙曰：“大行不顾细谨，大礼不辞小让[132]。如今人方为刀俎，我为鱼肉[133]，何辞为[134]。”于是遂去。乃令张良留谢。良问曰：“大王来何操[135]?”曰：“我持白璧一双，欲献项王，玉斗一双[136]，欲与亚父。会其怒，不敢献。公为我献之。”张良曰：“谨诺。”当是时，项王军在鸿门下，沛公军在霸上，相去四十里。沛公则置车骑[137]，脱身独骑，与樊哙、夏侯婴[138]、靳强[139]、纪信[140]等四人持剑盾步走[141]，从郦山下[142]，道芷阳间行[143]。沛公谓张良曰：“从此道至吾军，不过二十里耳。度我至军中[144]，公乃入。”沛公已去，间至军中[145]，张良入谢，曰：“沛公不胜桮杓[146]，不能辞。谨使臣良奉白璧一双，再拜献大王足下[147]；玉斗一双，再拜奉大将军足下[148]。”项王曰：“沛公安在?”良曰：“闻大王有意督过之[149]，脱身独去，已至军矣。”项王则受璧，置之坐上。亚父受玉斗，置之地，拔剑撞而破之，曰：“唉！竖子不足与谋[150]。夺项王天下者，必沛公也，吾属今为之虏矣。”沛公至军，立诛杀曹无伤。

…………

汉欲西归[151]，张良、陈平说曰：“汉有天下太半[152]，而诸侯皆附之。楚兵罢食尽，此天亡楚之时也，不如因其机而遂取之[153]。今释弗击，此所谓‘养虎自遗患’也。”汉王听之。汉五年[154]，汉王乃追项王至阳夏南[155]，止军，与淮阴侯韩信、建成侯彭越期会而击楚军[156]。至固陵[157]，而信、越之兵不会。楚击汉军，大破之。汉王复入壁[158]，深堑而自守[159]。谓张子房曰：“诸侯不从约[160]，为之奈何?”对曰：“楚兵且破，信、越未有分地[161]，其不至固宜。君王能与共分天下，今可立致也[162]。即不能，事未可知也[163]。君王能自陈以东傅海[164]，尽与韩信；睢阳以北至谷城[165]，以与彭越：使各自为战，则楚易败也。”汉王曰：“善。”于是乃发使者告韩信、彭越曰：“并力击楚。楚破，自陈以东傅海与齐王，睢阳以北至谷城与彭相国。”使者至，韩信、彭越皆报曰[166]：“请今进兵。”韩信乃从齐往，刘贾军从寿春并行[167]，屠城父[168]，至垓下[169]。大司马周殷叛楚，以舒屠六[170]，举九江兵[171]，随刘贾、彭越皆会垓下，诣项王[172]。

项王军壁垓下，兵少食尽，汉军及诸侯兵围之数重。夜闻汉军四面皆楚歌[173]，项王乃大惊曰：“汉皆已得楚乎？是何楚人之多也!”项王则夜起，饮帐中。有美人名虞，常幸从[174]；骏马名骓[175]，常骑之。于是项王乃悲歌忼慨[176]，自为诗曰：“力拔山兮气盖世，时不利兮骓不逝[177]。骓不逝兮可奈何，虞兮虞兮奈若何[178]!”歌数阕[179]，美人和之[180]。项王泣数行下，左右皆泣，莫能仰视。

于是项王乃上马骑[181]，麾下壮士骑从者八百余人，直夜溃围南出[182]，驰走。平明，汉军乃觉之，令骑将灌婴以五千骑追之。项王渡淮，骑能属者百余人耳[183]。项王至阴陵[184]，迷失道，问一田父[185]，田父绐曰[186]：“左。”左，乃陷大泽中。以故汉追及之。项王乃复引兵而东，至东城[187]，乃有二十八骑。汉骑追者数千人。项王自度不得脱[188]。谓其骑曰：“吾起兵至今八岁矣，身七十余战[189]，所当者破[190]，所击者服，未尝败北，遂霸有天下。然今卒困于此，此天之亡我，非战之罪也。今日固决死[191]，愿为诸君快战[192]，必三胜之，为诸君溃围，斩将，刈旗[193]，令诸君知天亡我，非战之罪也。”乃分其骑以为四队，四向。汉军围之数重。项王谓其骑曰：“吾为公取彼一将。”令四面骑驰下，期山东为三处[194]。于是项王大呼驰下，汉军皆披靡[195]，遂斩汉一将。是时，赤泉侯为骑将[196]，追项王，项王瞋目而叱之[197]，赤泉侯人马俱惊，辟易数里[198]。与其骑会为三处。汉军不知项王所在，乃分军为三，复围之。项王乃驰，复斩汉一都尉，杀数十百人，复聚其骑，亡其两骑耳。乃谓其骑曰：“何如？”骑皆伏曰[199]：“如大王言。”

于是项王乃欲东渡乌江[200]。乌江亭长檥船待[201]，谓项王曰：“江东虽小[202]，地方千里，众数十万人，亦足王也。愿大王急渡。今独臣有船，汉军至，无以渡[203]。”项王笑曰：“天之亡我，我何渡为！且籍与江东子弟八千人渡江而西，今无一人还，纵江东父兄怜而王我[204]，我何面目见之？纵彼不言，籍独不愧于心乎？”乃谓亭长曰：“吾知公长者。吾骑此马五岁，所当无敌，尝一日行千里，不忍杀之，以赐公。”乃令骑皆下马步行，持短兵接战。独籍所杀汉军数百人。项王身亦被十余创[205]。顾见汉骑司马吕马童[206]，曰：“若非吾故人乎[207]？”马童面之[208]，指王翳曰：“此项王也。”项王乃曰：“吾闻汉购我头千金，邑万户，吾为若德[209]。”乃自刎而死。王翳取其头，余骑相蹂践争项王，相杀者数十人。最其后，郎中骑杨喜[210]，骑司马吕马童，郎中吕胜、杨武各得其一体。五人共会其体[211]，皆是。故分其地为五[212]：封吕马童为中水侯[213]，封王翳为杜衍侯[214]，封杨喜为赤泉侯，封杨武为吴防侯[215]，封吕胜为涅阳侯[216]。

项王已死，楚地皆降汉，独鲁不下[217]。汉乃引天下兵欲屠之，为其守礼义，为主死节[218]，乃持项王头视鲁[219]，鲁父兄乃降。始，楚怀王初封项籍为鲁公，及其死，鲁最后下，故以鲁公礼葬项王谷城。汉王为发哀[220]，泣之而去。

诸项氏枝属[221]，汉王皆不诛。乃封项伯为射阳侯[222]。桃侯、平皋侯、玄武侯皆项氏[223]，赐姓刘。

太史公曰：吾闻之周生曰[224]，舜目盖重瞳子[225]。又闻项羽亦重瞳子，羽岂其苗裔邪[226]？何兴之暴也！夫秦失其政，陈涉首难，豪杰蜂起[227]，相与并争，不可胜数。然羽非有尺寸乘埶[228]，起陇亩之中，三年，遂将五诸侯灭秦[229]，分裂天下，而封王侯，政由羽出，号为“霸王”，位虽不终，近古以来未尝有也。及羽背关怀楚[230]，放逐义帝而自立[231]，怨王侯叛己，难矣。自矜功伐[232]，奋其私智而不师古[233]，谓霸王之业，欲以力征经营天下[234]，五年卒亡其国，身死东城，尚不觉寤而不自责[235]，过矣。乃引“天亡我，非用兵之罪也”，岂不谬哉！

中华书局校点本《史记》卷七

①《项羽本纪》是叙写项羽一生事迹的传记。按《史记》体例，“本纪”是记载历代帝王的事迹的。司马迁认为，在楚、汉相争的几年中“政由羽出”，所以把项羽的传也列入“本纪”。项羽（前232—前202），秦末起义军领袖。出身贵族。公元前209年项羽从叔父项梁在吴（今江苏苏州）起兵响应陈胜、吴广起义。陈胜、吴广失败以后，项羽于公元前207年率军击败章邯，消灭了秦王朝军队的主力。第二年刘邦率领另一支起义军攻入咸阳。此后项、刘之间展开争夺统治权的斗争，最终项羽战败自杀，刘邦建立了汉王朝。本篇节选了《项羽本纪》中关于巨鹿之战、鸿门宴和垓下之围的三段内容。

②初：当初。宋义：项梁的下属，据说曾为楚国的令尹。高陵君显：封于高陵，名显。项羽叔父项梁军在定陶时，曾派宋义出使齐国，路上遇见齐使者高陵君显。

③“见楚王”句：此句主语为“高陵君显”。楚王，指楚怀王心，战国时楚怀王熊槐之孙。秦灭楚后，流落民间，为人牧羊，被项梁拥立为怀王。

④“宋义”三句：宋义路遇高陵君时，曾对他说：“臣论武信君军必败。”不久，项梁果然败于秦将章邯，身死军中。武信君，项梁起兵后的自号。

⑤征：征象，预兆。

⑥上将军：诸将军的首领，即主帅。

⑦次将：副帅。

⑧范增：项羽的主要谋士，曾被项羽尊为亚父。末将：位次于次将的将领。

⑨救赵：陈胜起义后，令武臣、张耳、陈馀等人北略赵地。武臣至邯郸，自立为赵王。后武臣为人所杀，张耳、陈馀遂立战国时赵国后人赵歇为赵王，张耳为相，陈馀为将。事见《史记·张耳陈馀列传》。此时秦军主力攻赵，故楚出兵救赵。

⑩卿子：当时对人的尊称。冠军：指位列诸军之上。

⑪安阳：在今山东曹县东南，非河南省安阳。

⑫钜鹿：即巨鹿，今河北平乡县西南。钜，同“巨”。

⑬河：黄河。

⑭搏：击，搏斗。蝱：同“虻”，牛虻。虮（jǐ 己）：虱卵。宋义以此喻指其志在大不在小。

⑮罢：通“疲”。

⑯敝：疲困。

⑰鼓行：指大张旗鼓地进军。

⑱举：取，攻克。

⑲先斗秦赵：先使秦、赵互相攻打。

⑳被：通“披”。坚：指坚甲。锐：指锐利的兵器。

㉑很：通“狠”。羊性好斗，故曰“狠”。

㉒强（jiàng 匠）：倔强。以上四句都暗指项羽。

㉓身送之：亲自送宋襄。无盐：在今山东东平县东。

㉔高会：盛会，指大会宾客。

㉕戮（lù 路）力：并力，协力。

㉖岁饥：年荒。

㉗芋：薯类。菽：豆类。

㉘见粮：存粮。见，同“现”。

㉙造：建立。

㉚何敝之承：有什么疲困的机会可以利用呢？何敝之承，即“承何敝”。

㉛国兵：楚人自称其军队。破：失败。指项梁兵败事。

㉜“埽境内”句：把国内的全部兵力交给了将军。埽，同“掃”，聚集。属（zhǔ 主），通“嘱”，委托。将军，指宋义。

㉝不恤士卒：不体恤士卒困苦。徇（xùn 迅）其私：谋求个人的私利。

㉞非社稷之臣：不是忠于国家的大臣。社稷，本为古代天子、诸侯所祭的土神与谷神，以代指国家。

㉟朝（cháo 潮）：谒见。

㊱枝梧：这里有抵触、抗拒的意思。枝，架屋的小柱。梧，架屋的斜柱。

㊲家：家族，指项氏叔侄。

㊳假上将军：暂代上将军（因尚未得到楚王的正式任命）。

㊴及之齐：即“及之于齐”，在齐国境内赶上了他。

㊵桓楚：楚将名。报命于怀王：把经过向怀王报告。报命，奉命办事完毕回来报告。

㊶当阳君：黥布的封号。当阳，今湖北当阳市。黥布本姓英，因受黥面之刑，故称黥布。蒲将军：姓名不详。

㊷河：指漳河。

㊸战少利：战斗稍有胜利。

㊹“皆沈船”三句：沈，同“沉”。釜，饭锅。甑（zèn 赠），蒸煮用的瓦器。庐舍，指营房。

㊺“以示”二句：用来向士卒表示必死的决心，没有一点后退的打算。

㊻王离：秦将，秦名将王翦之孙。

㊼九战：经过多次战斗。

㊽绝：截断。甬道：两旁筑有垣墙的通道。秦军为防备敌军袭击，筑甬道运粮。

㊾苏角：秦将。下文“涉间”同。

㊿冠诸侯：即为诸侯之冠，意思是楚军的声势压倒诸侯之兵。

51下：指钜鹿城下。十余壁：十几座营垒。壁，营垒。

52纵兵：派兵出战。

53从壁上观：从营垒上观看。

54惴（zhuì 缀）恐：惊惧慌恐。

55辕门：古代行军以战车为阵列，把车辕竖起，对立为门，故称辕门。后来泛指官署的外门。

56膝行而前：双膝跪着前进。

57行：将要。略定：攻取。秦地：指战国时秦国本土，在函谷关以西。

58函谷关：在今河南灵宝市东北王垛村。时刘邦已先入关破秦，派兵把守函谷关，以拒项羽。

59沛公：即汉高祖刘邦。秦末刘邦起兵于沛（今江苏沛县），号称沛公。咸阳：秦京城，在今陕西咸阳市东北。

60戏：指戏水，在今陕西临潼东。

61军：驻军，作动词用。霸上：亦作“灞上”，即灞水西白鹿原，在今陕西西安市东。

62左司马：掌管军政的官名。

63欲王（wàng 旺）关中：想在关中为王。王，作动词用。关中，指函谷关以西秦国故地。

64子婴：秦二世（胡亥）的侄子。赵高逼二世自杀，立子婴为帝。后投降刘邦。

65旦日：明天。飨（xiǎng 享）：用酒食款待。

66新丰：汉县名，在今陕西西安市东北。鸿门：在新丰东十七里，今名项王营。

67说（shuì 税）：劝说。

68山东：战国时泛称六国之地为山东，因为六国在崤山以东。

69美姬：美女。

70幸：亲近。

71望其气：这是迷信说法，认为看人头上的云气，可知其人的命运。

72左尹：楚国官名。项伯：名缠，项羽的族叔，后投降刘邦。

73善：友好。此处作动词用，交好。张良：字子房，刘邦主要谋士，后封为留侯。

74具告以事：把项羽欲击刘邦的事全部告诉了张良。具，完全。

75“臣为”句：张良曾劝项梁立韩公子成为韩王，项梁从之，并以良为韩司徒。后刘邦令韩王成留守阳翟（今河南禹州），自与张良同入武关击秦军。事见《史记·留侯世家》。

76亡去：逃跑。

77语（yù 育）：告诉。

78鲰（zōu 邹）生：浅陋的小人。后亦被用作自谦之词。鲰，浅陋渺小。

79“距关”二句：距，通“拒”，把守。内，通“纳”。

⑧0且：将。

⑧1安：怎么。故：旧，指交情。

⑧2游：交游往来。

⑧3活之：即“使之活”，使他免于偿命。

⑧4“孰与君”句：谓项伯和你年纪谁小谁大。

⑧5“吾得”句：我要像对待兄长一样地对待他。事，尊敬地对待，侍奉。

⑧6要：通“邀”，请。

⑧7奉：两手恭敬地捧着。卮（zhī 支）酒：一杯酒。卮，一种酒杯。为寿：敬酒祝福。

⑧8约为婚姻：约定做儿女亲家。

⑧9秋豪：兽类秋天新生的细毛，比喻细小的东西。豪，通“毫”。

⑨0籍吏民：把官吏、人民登记在户口簿，即造户口册子。籍，注册，登记。

⑨1将军：指项羽。

⑨2备：防备。非常：意外的事变。

⑨3倍德：忘恩。倍，通“背”。

⑨4蚤：通“早”。

⑨5因善遇之：就此好好地对待他。

⑨6从百余骑（jì 季）：使百余骑跟随他。骑，指一人一马。

⑨7臣：指刘邦自己。

⑨8河北：黄河以北。

⑨9不自意：自己没料想到。

⑩0郤：通“隙”，隔阂。

⑩1籍：项羽名籍，字羽。

⑩2亚父：项羽对范增的尊称。亚，次的意思。

⑩3数（shuò 朔）目项王：屡次向项羽使眼色。目，作动词用，使眼色。

⑩4“举所佩”句：三次把所佩的玉玦举起来给项羽示意。玉玦（jué 决），有缺口的玉环。因“玦”与“决”同音，所以范增的这一动作，是暗示项羽要下决心杀死刘邦。

⑩5项庄：项羽的堂弟。

⑩6不忍：不能下狠心。

⑩7若：你。

⑩8若属：你们。且为所虏：将为他所俘虏。

⑩9“军中”句：军营里没有用来取乐的东西。

⑪0翼蔽：掩护。

⑪1樊哙（kuài 快）：沛人，原以屠狗为业，后随刘邦起事。

⑪2与之同命：指和刘邦同生死。

⑪3交戟之卫士：持戟守门的卫士。交戟，交叉持戟。

⑪4披帷：揭开帷帐。

⑪5瞋（chēn 抻）目：瞪着眼睛。

⑪6上指：向上竖起。

⑪7目眦（zì 自）：眼眶。

⑪8跽（jì 记）：长跪。古人席地而坐，以两膝着地，臀部贴在脚后跟上为坐；直身，臀不着脚后跟为跪；跪而挺腰耸身为跽，即长跪。

⑲参乘：即“骖乘”，在车右担任警卫的人。

⑳斗卮：大卮，大酒杯。

㉑彘（zhì至）肩：整条猪腿。

㉒生：未熟。

㉓加彘盾上：把猪腿放在盾牌上。

㉔啖（dàn淡）：吃。

㉕“杀人”二句：杀人多得不能悉数，用刑唯恐不重。此极言其残酷。如，连词，而。举，全数的意思。胜，加，过。

㉖“怀王”二句：怀王心与刘邦、项羽等人相约事，见《史记·高祖本纪》。

㉗细说：小人的谗言。

㉘亡秦之续：指继续亡秦的道路。亡秦，已亡之秦。

㉙未有以应：无言对答。应，对答。

㉚须臾：一会儿。

㉛都尉：武官名。陈平：阳武（今河南原阳东南）人。此时尚在项羽部下，不久即投刘邦，后为汉丞相。

㉜“大行”二句：谓干大事要注意大的方面，不必拘泥于小节。大行，指行大事。大礼，指举行大的典礼。细谨、小让都是细枝末节的意思。

㉝“如今”二句：现在人家正像刀俎，我们却像鱼肉。俎（zǔ阻），切肉的案板。

㉞何辞为：还告辞干什么。“为”置于句末，是古汉语中疑问句法。

㉟来何操：来时带了什么礼品。操，持。

㊱玉斗：玉制的酒器。

㊲置车骑（jì季）：丢下车马。

㊳夏侯婴：沛人，从刘邦起事，后封汝阴侯。

㊴靳强：刘邦的部下，后封汾阳侯。

㊵纪信：从刘邦为将军，后项羽围刘邦于荥阳，他装作刘邦来骗项军，被项羽烧死。

㊶步走：徒步争行。走，跑，急行。

㊷郦山：即骊山，位于鸿门西，在今陕西西安市临潼区东南。

㊸道：取道。芷（zhǐ止）阳：在今西安市东。间行：指避开楚军，抄小路走。间，空隙。

㊹度（duó夺）：估计，揣度。

㊺间至军中：由间道（小路）到军中。这是张良的估计。

㊻不胜桮杓：禁不起酒力，即不能再饮酒。不胜，禁不起。桮杓，此为酒的代称。桮，同“杯”。杓，同“勺”。

㊼再拜：古代一种礼节，先后拜两次，表示礼节隆重。足下：对人的尊称。

㊽大将军：指范增。

㊾督过：责备。

㊿竖子：小子。不足与谋：不值得替他出主意。此句明骂项庄，暗指项羽。

(151)汉欲西归：刘邦、项羽双方约定，以鸿沟（古运河名，故道自今河南荥阳市北引黄河水，东流经今中牟、开封北，折而南经通许东、太康西，至淮阳东南入颍水）为界，东为楚而西为汉。项羽退兵之后，刘邦也打算退兵，故说“汉欲西归”。

(152)太半：即一多半。

(153)“不如”句：不如趁着现在的机会而攻取楚地。因其机，即趁楚兵疲食尽的机会。

⑭汉五年：指公元前202年。

⑮阳夏（jiǎ甲）：秦代县名，治今河南太康县境。

⑯建成侯彭越：彭越当时为魏相国，史书无彭越封建成侯的记载。据《史记·高祖功臣侯者年表》，建成侯为吕后次兄吕释之的始封号。期会：约期会合。

⑰固陵：地名，今河南太康南。

⑱入壁：回到营垒。壁，壁垒。

⑲深堑而自守：深挖沟堑，坚守自保。堑，深的壕沟。

⑳从约：遵从约言。

⑯分地：分封的土地。

⑯立致：马上使他们来到。

⑯“即不能”二句：如果不能这样做，事情就不可预料了。

⑯自陈以东傅海：从陈地往东直到沿海一带。陈，故地在今河南淮阳一带。傅，至，达。

⑯睢阳：秦代县名，治今河南商丘市南。谷城：古城名，故址在今山东平阴西南东阿镇。

⑯报：答复。

⑯刘贾：刘邦的从兄，汉朝建立后封为荆王。后来被黥布所杀。寿春：秦代县名，治今安徽寿县。

⑯城父：汉代县名。治今安徽亳州市东南的城父镇。

⑯垓（gāi该）下：古地名，今安徽灵璧东南沱河北岸。

⑰以舒屠六：用舒地的力量屠杀六地的人众。舒，汉代县名，治今安徽庐江西南。六，西汉郡国名，治今安徽六安市北。

⑰举九江兵：发动九江兵马。据《史记·黥布列传》载，黥布（英布）于秦末率骊山刑徒起事，归项羽，封九江王；后随何说之归汉，封淮南王。汉六年（前201），“布与刘贾入九江，诱大司马周殷，周殷反楚，遂举九江兵与汉击楚，破之垓下”。举，发。九江，郡名，地当今江西及安徽淮河以南地区。

⑰诣项王：谓上述几路军马都集中到项王所在的地方。

⑰楚歌：用楚地声调演唱的歌曲。

⑰幸从：受到项羽宠爱而随时跟从。

⑰骓：苍白杂色的马。

⑰悲歌：唱着悲壮的歌。忼慨：愤激感慨。忼，同“慷”。

⑰时：指天时。逝：奔驰向前。

⑰奈若何：拿你怎么办呢？若，你。

⑰阕：一曲终了叫一阕。

⑱和（hè贺）之：应和着一同歌唱。和，声音相应。

⑱马骑（jì寄）：坐骑。骑，即一人乘一匹马。

⑱直夜：当夜。溃围：突破包围。

⑱属（zhǔ主）：跟随。

⑱阴陵：秦县名，治今安徽定远县西北。

⑱田父：农夫。

⑱绐（dài代）：欺骗。

⑱东城：秦县名，治今安徽定远县东南。

⑱自度（duó夺）：自料，自己估计。

⑱身：亲身经历。

⑲所当者破：谓凡遇到的敌人都被打败。

⑲固决死：一定必死无疑。

⑲快战：痛痛快快打一仗。

⑲刈旗：砍倒敌将旗帜。刈，砍，割。

⑲“期山东”句：相约在山东面分三个地方聚合。山，当指四隤山，在今安徽和县北七十里。见《汉书·陈胜项籍传》。

⑲披靡：随风倒伏。此形容汉军溃散而逃的样子。

⑲赤泉侯：即下文的“郎中骑杨喜”，灭项羽后封为赤泉侯。赤泉侯当为县侯，封地不详。

⑲瞋目而叱之：愤怒地瞪大眼睛呵斥他。

⑲辟（bì 币）易：后退。辟，退避。

⑲伏：伏身，表示敬佩的样子。

⑳东渡乌江：从乌江这里东渡过江。乌江，古地名，在今安徽和县东北乌江镇。

⑳亭长：秦汉时制度，十里一亭，设亭长一人，类似于后来里正一类。杈（yí 仪）：把船靠拢岸边。

⑳江东：泛指今芜湖以下长江南岸地区。项羽初起兵反秦，即在这一带。

⑳无以渡：谓无船可渡。

⑳纵：纵然，即使。怜而王（wàng 旺）我：可怜我而尊我为王。王，用作动词。

⑳被十余创：受了十几处伤。创，创伤。

⑳顾：回头看。骑司马：骑兵队伍中的官名。

⑳故人：老朋友。

⑳面之：面向项王。有面向审视之义。

⑳吾为若德：谓我就送你个人情吧。德，恩惠。

㉑郎中骑：武官名。下文“郎中”同。

㉑会其体：指把抢到的残骸拼合到一起。

㉑分其地：指瓜分所悬赏的“邑万户”的土地。

㉑中水侯：中水县侯。封地在今河北献县西北。

㉑杜衍侯：杜衍县侯。封地在今河南南阳西南。

㉑吴防侯：亦为县侯。封地在今河南遂平县。

㉑涅阳侯：亦为县侯。封地在今河南镇平县南。

㉑鲁：指春秋时鲁国故地，在今山东曲阜一带。战国时曾为项氏封地。下：屈服，投降。

㉑死节：以死来坚守节操。谓宁可去死，也不改变节操。

㉑视鲁：给鲁地人看。视，通“示”，展示给人看。

㉒发哀：举行哀悼仪式。

㉒枝属：指同宗族的人。

㉒射阳侯：县侯，封地在今江苏淮安市东南。

㉒桃侯：名襄。封地在今山东汶上县东北。一说在今河北冀州西北。平皋侯：名佗。封地在今河南温县东。玄武侯：不详。

㉒周生：汉初的儒者，名不详。

㉒盖：表示不肯定的语气。重瞳子：眼中有两个瞳子。

㉒苗裔：后代子孙。

㉗蜂起：如群蜂飞舞，纷纷并起。

㉘尺寸：此指极少的一点凭借和权柄。

㉙将：率领。五诸侯：指为秦所灭的齐、赵、韩、魏、燕五国。

㉚背关怀楚：指项羽灭秦之后，焚烧咸阳，放弃关中，思归楚而都彭城。背，背弃。

㉛"放逐"句：灭秦后，项羽尊怀王心为"义帝"，自立为西楚霸王。汉元年（前206），又把义帝迁徙到长沙郴县，并暗地命令衡山王吴芮、临江王共敖以及九江王英布等将其劫杀于江中。

㉜自矜（jīn今）功伐：自己夸耀自己的功劳。矜，自夸。伐，功劳。

㉝奋：逞。私智：个人短浅的识见。不师古：指不效法古代贤王。

㉞力征：武力征讨。经营天下：此指开创天下。经营，治理、整顿。

㉟觉寤：觉醒，醒悟。寤，通"悟"。

魏公子列传①

魏公子无忌者，魏昭王少子而魏安釐王异母弟也②。昭王薨，安釐王即位，封公子为信陵君。是时范雎亡魏相秦③，以怨魏齐故④，秦兵围大梁⑤，破魏华阳下军，走芒卯⑥。魏王及公子患之。

公子为人仁而下士⑦，士无贤不肖皆谦而礼交之⑧，不敢以其富贵骄士。士以此方数千里争往归之⑨，致食客三千人⑩。当是时，诸侯以公子贤，多客，不敢加兵谋魏十余年。

公子与魏王博⑪，而北境传举烽⑫，言"赵寇至，且入界"。魏王释博，欲召大臣谋。公子止王曰："赵王田猎耳，非为寇也。"复博如故。王恐，心不在博。居顷⑬，复从北方来传言曰："赵王猎耳，非为寇也。"魏王大惊，曰："公子何以知之？"公子曰："臣之客有能深得赵王阴事者⑭，赵王所为，客辄以报臣⑮，臣以此知之。"是后魏王畏公子之贤能，不敢任公子以国政。

魏有隐士曰侯嬴，年七十，家贫，为大梁夷门监者⑯。公子闻之，往请，欲厚遗之⑰。不肯受，曰："臣修身絜行数十年⑱，终不以监门困故而受公子财。"公子于是乃置酒大会宾客。坐定，公子从车骑⑲，虚左⑳，自迎夷门侯生。侯生摄敝衣冠㉑，直上载公子上坐㉒，不让，欲以观公子。公子执辔愈恭㉓。侯生又谓公子曰："臣有客在市屠中㉔，愿枉车骑过之㉕。"公子引车入市，侯生下见其客朱亥，俾倪故久立㉖，与其客语，微察公子。公子颜色愈和。当是时，魏将相宗室宾客满堂，待公子举酒㉗。市人皆观公子执辔。从骑皆窃骂侯生。侯生视公子色终不变，乃谢客就车。至家，公子引侯生坐上坐㉘，遍赞宾客㉙，宾客皆惊。酒酣，公子起，为寿侯生前㉚。侯生因谓公子曰："今日嬴之为公子亦足矣㉛！嬴乃夷门抱关者也㉜，而公子亲枉车骑㉝，自迎嬴于众人广坐之中，不宜有所过㉞，今公子故过之。然嬴欲就公子之名㉟，故久立公子车骑市中，过客以观公子，公子愈恭。市人皆以嬴为小人，而以公子为长者能下士也。"于是罢酒，侯生遂为上客。

侯生谓公子曰："臣所过屠者朱亥，此子贤者，世莫能知，故隐屠间耳。"公子往数请之㊱，朱亥故不复谢㊲，公子怪之。

魏安釐王二十年，秦昭王已破赵长平军㊳，又进兵围邯郸。公子姊为赵惠文王弟平原君夫人㊴，数遗魏王及公子书㊵，请救于魏。魏王使将军晋鄙将十万众救赵。秦王使使者告魏王曰："吾攻赵旦暮且下，而诸侯敢救者，已拔赵，必移兵先击之。"魏王恐，使人止晋鄙，留军壁邺㊶，名为救赵，实持两端以观望㊷。平原君使者冠盖相属于魏㊸，让魏公子曰㊹："胜所以自附为婚姻者[45]，以公子之高义，为能急人之困。今邯郸旦暮降秦而魏救不至，安在公子能急人之困也[46]！且公子纵轻胜，弃之降秦，独不怜公子姊邪[47]？”公子患之[48]，数请魏王[49]，及宾客辩士说王万端[50]。魏王畏秦，终不听公子。公子自度终不能得之于王[51]，计不独生而令赵亡，乃请宾客，约车骑百余乘[52]，欲以客往赴秦军，与赵俱死。

行过夷门，见侯生，具告所以欲死秦军状。辞决而行[53]，侯生曰：“公子勉之矣，老臣不能从。”公子行数里，心不快，曰：“吾所以待侯生者备矣[54]，天下莫不闻。今吾且死而侯生曾无一言半辞送我[55]，我岂有所失哉？”复引车还，问侯生。侯生笑曰：“臣固知公子之还也[56]。”曰：“公子喜士，名闻天下。今有难，无他端而欲赴秦军[57]，譬若以肉投馁虎[58]，何功之有哉？尚安事客[59]？然公子遇臣厚，公子往而臣不送，以是知公子恨之复返也。”公子再拜，因问。侯生乃屏人间语[60]，曰：“嬴闻晋鄙之兵符常在王卧内，而如姬最幸[61]，出入王卧内，力能窃之。嬴闻如姬父为人所杀，如姬资之三年[62]，自王以下欲求报其父仇，莫能得。如姬为公子泣，公子使客斩其仇头，敬进如姬。如姬之欲为公子死，无所辞，顾未有路耳[63]。公子诚一开口请如姬，如姬必许诺，则得虎符夺晋鄙军[64]，北救赵而西却秦，此五霸之伐也[65]。”公子从其计，请如姬。如姬果盗晋鄙兵符与公子。

公子行，侯生曰：“将在外，主令有所不受，以便国家。公子即合符[66]，而晋鄙不授公子兵而复请之，事必危矣。臣客屠者朱亥可与俱，此人力士。晋鄙听[67]，大善；不听，可使击之。”于是公子泣。侯生曰：“公子畏死邪？何泣也？”公子曰：“晋鄙嚄唶宿将[68]，往恐不听，必当杀之，是以泣耳，岂畏死哉？”于是公子请朱亥。朱亥笑曰：“臣乃市井鼓刀屠者[69]，而公子亲数存之[70]，所以不报谢者，以为小礼无所用[71]。今公子有急，此乃臣效命之秋也[72]。”遂与公子俱。公子过谢侯生[73]。侯生曰：“臣宜从，老不能。请数公子行日，以至晋鄙军之日，北乡自刭[74]，以送公子。”公子遂行。

至邺，矫魏王令代晋鄙[75]。晋鄙合符，疑之，举手视公子曰[76]：“今吾拥十万之众，屯于境上，国之重任。今单车来代之[77]，何如哉？”欲无听。朱亥袖四十斤铁椎[78]，椎杀晋鄙，公子遂将晋鄙军。勒兵下令军中曰[79]：“父子俱在军中，父归；兄弟俱在军中，兄归；独子无兄弟，归养[80]。”得选兵八万人，进兵击秦军。秦军解去[81]，遂救邯郸，存赵。赵王及平原君自迎公子于界，平原君负韊矢[82]，为公子先引[83]。赵王再拜曰：“自古贤人未有及公子者也。”当此之时，平原君不敢自比于人[84]。

公子与侯生决，至军，侯生果北乡自刭。

魏王怒公子之盗其兵符，矫杀晋鄙，公子亦自知也。已却秦存赵，使将将其军归魏，而公子独与客留赵。赵孝成王德公子之矫夺晋鄙兵而存赵[85]，乃与平原君计，以五城封公子。公子闻之，意骄矜而有自功之色[86]。客有说公子曰：“物有不可忘[87]，或有不可不忘。夫人有德于公子，公子不可忘也；公子有德于人，愿公子忘之也。且矫魏王令，夺晋鄙兵以救赵，于赵则有功矣，于魏则未为忠臣也。公子乃自骄而功之，窃为公子不取也。”于是公子立自责[88]，似若无所容者[89]。赵王埽除自迎[90]，执主人之礼，引公子就西阶[91]。公子侧行辞让[92]，从东阶上[93]。自言罪过，以负于魏，无功于赵。赵王侍酒至暮，口不忍献五城，以公子退让也。公子竟留赵。赵王以鄗为公子汤沐邑[94]，魏亦复以信陵奉公子。公子留赵。

公子闻赵有处士毛公藏于博徒、薛公藏于卖浆家[95]，公子欲见两人，两人自匿不肯见公子。公子闻所在，乃间步往从此两人游[96]，甚欢。平原君闻之，谓其夫人曰：“始吾闻夫人弟公子天下无双，今吾闻之，乃妄从博徒卖浆者游[97]，公子妄人耳[98]。”夫人以告公子。公子乃谢夫人去[99]，曰：“始吾闻平原君贤，故负魏王而救赵，以称平原君[100]。平原君之游，徒豪举耳[101]，不求士也。无忌自在大梁时，常闻此两人贤，至赵，恐不得见。以无忌从之游，尚恐其不我欲也[102]，今平原君乃以为羞，其不足从游。”乃装为去[103]。夫人具以语平原君。平原君乃免冠谢[104]，固留公子。平原君门下闻之[105]，半去平原君归公子，天下士复往归公子，公子倾平原君客[106]。

公子留赵十年不归。秦闻公子在赵，日夜出兵东伐魏。魏王患之，使使往请公子。公子恐其怒之[107]，乃诫门下[108]：“有敢为魏王使通者，死。”宾客皆背魏之赵[109]，莫敢劝公子归。毛公、薛公两人往见公子曰：“公子所以重于赵、名闻诸侯者，徒以有魏也。今秦攻魏，魏急而公子不恤[110]，使秦破大梁而夷先王之宗庙[111]，公子当何面目立天下乎？”语未及卒，公子立变色，告车趣驾归救魏[112]。

魏王见公子，相与泣，而以上将军印授公子，公子遂将。魏安釐王三十年，公子使使遍告诸侯。诸侯闻公子将，各遣将将兵救魏。公子率五国之兵破秦军于河外[113]，走蒙骜[114]。遂乘胜逐秦军至函谷关，抑秦兵，秦兵不敢出。当是时，公子威振天下，诸侯之客进兵法，公子皆名之[115]，故世俗称《魏公子兵法》[116]。

秦王患之，乃行金万斤于魏[117]，求晋鄙客，令毁公子于魏王曰：“公子亡在外十年矣，今为魏将，诸侯将皆属，诸侯徒闻魏公子，不闻魏王。公子亦欲因此时定南面而王[118]，诸侯畏公子之威，方欲共立之。”秦数使反间[119]，伪贺公子得立为魏王未也[120]。魏王日闻其毁，不能不信，后果使人代公子将。公子自知再以毁废[121]，乃谢病不朝[122]，与宾客为长夜饮[123]，饮醇酒，多近妇女。日夜为乐饮者四岁，竟病酒而卒[124]。其岁，魏安釐王亦薨。

秦闻公子死，使蒙骜攻魏，拔二十城，初置东郡[125]。其后秦稍蚕食魏[126]，十八岁而虏魏王、屠大梁[127]。

高祖始微少时[128]，数闻公子贤。及即天子位，每过大梁，常祠公子[129]。高祖十二年，从击黥布还，为公子置守冢五家[130]，世世岁以四时奉祠公子。

太史公曰：吾过大梁之墟[131]，求问其所谓夷门。夷门者，城之东门也。天下诸公子亦有喜士者矣，然信陵君之接岩穴隐者[132]，不耻下交，有以也[133]。名冠诸侯，不虚耳。高祖每过之而令民奉祠不绝也。

中华书局校点本《史记》卷七七

①本篇记述了魏公子信陵君一生的事迹。全文以“窃符救赵”为中心，通过对这一事件前前后后的描写，表现了信陵君礼贤下士的品质和作风。文章结构严密完整，描写细致具体，人物性格生动鲜明，很能体现《史记》传记文学的特色。魏公子，名无忌，封信陵君，封地在葛乡（今河南宁陵县境），为著名的战国四公子之一（其他三个为齐孟尝君、赵平原君、楚春申君）。

②魏昭王：名遫，魏国第五代国君，公元前 295 年至前 277 年在位。魏安釐王：昭王子，名圉，魏国的第六代国君，公元前 276 年至前 243 年在位。釐，同“僖”。

③范雎：魏人，字叔。初欲事魏王，不得。后亡入秦，事秦昭王，甚见信用。后为相，封应侯。详见《史记·范雎蔡泽列传》。亡魏，逃离魏国。相秦，为秦相。

④魏齐：魏王宗室，曾为魏相。他曾使舍人打折范雎肋骨和牙齿，范雎装死才得以逃脱。

⑤大梁：魏都，今河南开封市。

⑥“破魏”二句：击败驻扎在华阳的魏军，打败了芒卯。华阳，地名，在今河南新郑市东南。走，打败，使败走。芒卯，魏国将领。按，秦围大梁在公元前 275 年（魏安釐王二年，秦昭襄王三十二年），破华阳下军、走芒卯在公元前 273 年（魏安釐王四年，秦昭襄王三十四年）。其时距范雎为秦相尚有近十年时间。此处叙事似有舛误。

⑦仁而下士：仁爱而能谦虚待士。

⑧无贤不肖：无论贤与不贤。

⑨方数千里：方圆几千里的地方。此形容范围之广。归：归附。

⑩致：招致。食客：旧时寄食于豪门帮忙或帮闲的门客。

⑪博：博戏，古代可以赌赛的一种棋类游戏。

⑫举烽：点烽火报警。举，起。

⑬居顷：过了不长时间。

⑭深得赵王阴事：谓详细探知赵王的秘密。

⑮辄：经常，总是。

⑯夷门监者：夷门的守门人。夷门，魏国都城大梁的东门。

⑰欲厚遗（wèi 卫）之：想送他一份厚礼。遗，赠送。

⑱修身絜行：谓修养品德和检点行为。絜，同“洁”。

⑲从车骑：带着随行的车马。

⑳虚左：空着车子左边的位子。古代以左边为上座，故以虚左表示尊敬。

㉑摄：整理。

㉒直上：谓迳行上车，毫不推托。公子上坐：即上文所言空出的左首位置。

㉓执辔：谓手持马缰驾车。辔，马缰绳。

㉔市屠：市井中屠宰牲畜的地方。

㉕枉车骑：谓委屈您的车马随从。过：拜访，探望。

㉖俾（bǐ 比）倪：同“睥睨”，斜视的样子。

㉗待公子举酒：谓等公子回来开始饮酒，即宣布宴会开始。

㉘坐上坐：坐于上首座位。上一“坐”字为动词；下一“坐”为名词，通“座”。

㉙遍赞宾客：一一对各位宾客作介绍。赞，引见。

㉚为寿侯生前：即在侯生面前敬酒祝福。

㉛为公子亦足矣：谓难为您已经够了。

㉜夷门抱关者：即夷门守门人。关，即门栓。

㉝枉：委屈。

㉞过：拜访，探望。一说，指过分的礼节。

㉟就：成就。

㊱往数请之：屡屡前往致意、问候。请，拜访，问候。

㊲故不复谢：有意地不答谢。

㊳“魏安釐王”二句：秦昭襄王四十七年（前 260），秦将白起围赵军四十万于长平（今山西高平市），射杀赵将赵括，尽降其众。除遣年少者二百四十人归赵外，其余全部坑杀。其时距魏安釐王二十年（前 257）已有三年。

㊴赵惠文王：名何，赵武灵王之子，为赵国第七代君主，在位三十三年（前 298 至前 266）。平原君：赵武灵王之子，名胜，封平原君，为战国四公子之一。

㊵“数遗”句：谓屡次送信给魏安釐王和信陵君。

㊶壁邺：驻扎在邺城。壁，营垒。此作动词用。邺，魏地名，在今河北临漳县西南邺镇东。

㊷两端：指游移于两者之间的态度。

㊸冠盖相属：谓使者往返不断。冠盖，指使者的冠冕和所乘车的车盖。属，连属，连续

不断。

㊹让：责备。

㊺自附为婚姻：自愿结为婚姻。附，托。

㊻安在：何在，哪里见得。

㊼怜：爱。

㊽患：忧愁。

㊾数请魏王：谓屡次请求魏王发兵。

㊿说王万端：谓千方百计游说魏王。

51自度：自己估量。得之于王：从魏王处得到出兵的允诺。

52约：凑集。

53辞决：告别。决，通“诀”。

54备：周到。

55曾：竟然。

56固知：本来就知道，此指早已料到。

57端：端绪，办法。

58馁虎：饥饿的老虎。

59尚安事客：那还用宾客干什么。尚，还。安，意同“何”。事，用。

60屏（bǐng 饼）人间语：遣开其他人而悄悄地说。间，秘密地，私下里。

61幸：指受宠爱。

62资之三年：为捉拿仇人而悬赏了三年时间。资，赏金，此用作动词。

63顾：但，只。路：路径，机会。

64虎符：虎形兵符。初以玉为之，后改用铜，剖为两半，是古代调遣军队的凭信。

65五霸之伐：五霸一样的功勋。五霸，春秋时先后称霸的五个诸侯，说法不一，一说为齐桓公、宋襄公、晋文公、秦穆公、楚庄王。伐，功业。

66即合符：即使兵符两半相合。

67听：服从。

68嚄唶（huò zè 或仄）宿将：有叱咤风云之气概的老将。嚄唶，《史记评林》引明董份曰：“‘嚄唶’，即项羽‘喑噁叱咤’，状其勇气也。”

69鼓刀：敲刀，指拿刀屠杀。鼓，击物作声。

70亲数存之：亲自多次地慰问帮助我。存，慰问，顾恤。

71小礼：琐细的礼节往来，指回访等事。

72效命之秋：以生命来报效的时节。效命，献出生命。秋，时期，时候。

73过谢：前往拜谢。

74乡：通“向”。

75矫：假托。

76举手视公子：抬起手看信陵君。表示满腹怀疑的样子。

77单车：独车，指没有随护的兵马。

78袖：动词，指藏在衣袖中。椎：捶击具，亦为兵器。

79勒兵：治军，整顿军队。

80归养：回家奉养父母。

81解去：撤围而去。

㉜负韊（lán 兰）矢：背负着箭袋、弓箭。韊，盛弩箭的袋子。

㉝先引：先行，先导。

㉞不敢自比于人：指平原君不敢与信陵君相比。

㉟赵孝成王：名丹，赵惠文王之子，为赵国第八代君主，在位二十一年（前 266 至前 245）。德：感激。

㊱“意骄矜”句：有骄傲夸耀之意，而露出自以为有功的神色。

㊲物：事情。

㊳立自责：立刻自我责备。

㊴似若无所容者：好像无地自容的样子。

㊵埽除自迎：打扫道路，亲自迎接。古代礼节，迎接贵宾，主人必须亲自打扫道路。埽，同“扫”。

㊶引公子就西阶：古代礼节，升堂时，主人应当从东阶上，客人应当从西阶上。就，趋向，靠近。

㊷侧行辞让：谓侧着身子走，表示谦让。

㊸从东阶上：谓公子自谦，与主人一起从东阶升堂。

㊹鄗（hào 浩）：赵邑名，在今河北柏乡县北。汤沐邑：本是古代天子赐给诸侯来朝时用来斋戒洗浴的城邑，此指赐给的封地。

㊺处士：学问道德很好而隐居不做官的人。博徒：赌徒。卖浆家：卖酒的店家。

㊻间步：私下步行。游：交游，交往。

㊼妄：胡乱，指不加辨别。

㊽妄人：无知妄为的人。

㊾谢：辞别。

⑩以称（chèn 衬）平原君：谓这样做才对得起平原君的才德。称，适合，相称。

⑩徒豪举耳：只是一种夸耀的行为罢了。

⑩不我欲：即“不欲我”，谓不肯和我交往。

⑩乃装为去：于是整理行装准备离开赵国。

⑩免冠谢：脱冠谢罪。免冠，脱去冠，是古人谢罪的一种表示。

⑩门下：门客，指投奔平原君的士人。

⑩“公子”句：谓信陵君的门客大大超过平原君。倾，超过，压倒。

⑩恐其怒之：害怕魏王恨他窃符杀晋鄙之事。

⑩诫：告诫，警告。

⑩“宾客”句：谓信陵君的门客都是背弃魏国来到赵国的。

⑩恤：救援，救助。

⑪使：假如。夷：削平。

⑪告车：指吩咐套车。趣（cù 促）驾：指驾车疾行。趣，疾速。

⑪五国之兵：指救魏的齐、楚、燕、韩、赵五国的军队。河外：指黄河以南的地区。

⑪蒙骜：秦国的上卿，蒙恬之祖。时率军攻魏。

⑪皆名之：都署上自己的名字。按，这种做法在当时比较普遍，《吕氏春秋》等就是这样成书的。

⑪《魏公子兵法》：刘歆《七略》曾著录有《魏公子兵法》二十一篇，图七卷。

⑪行金万斤：以金万斤来行贿。

⑱定南面而王：打算南面称王。定，打算，预备。南面，坐北向南。古代以坐北向南为尊位。

⑲数使反间：屡次用反间计。

⑳"伪贺"句：谓假装不知而来魏国向公子道贺，问他是否已立为王。

㉑再以毁废：第二次因受谗毁被废置不用。此与上文所言"不敢任公子以国政"相呼应。

㉒谢病不朝：以有病为托辞，不再朝见魏王。

㉓为长夜饮：指通宵达旦饮酒。

㉔竟病酒而卒：谓终因饮酒过多患病而死。

㉕东郡：秦所置郡，辖地相当于今山东西部与河北东南部一带地区。

㉖稍蚕食魏：逐渐像蚕食桑叶般占领魏地。

㉗"十八岁"句：指信陵君死后十八年秦灭魏国。时间在公元前225年，即秦王政二十二年。

㉘始微少时：起初微贱的时候。

㉙祠：祭祀。

㉚置守冢五家：安排五户人家守护坟墓。

㉛大梁之墟：大梁城的遗迹。墟，废墟。

㉜接岩穴隐者：谓虚心接纳那些处于极偏僻环境中的隐士。

㉝有以也：是很有道理的。即是说，信陵君这样做，是很有见地、很有眼光的。

廉颇蔺相如列传[1]（节选）

廉颇者，赵之良将也。赵惠文王十六年[2]，廉颇为赵将伐齐，大破之，取阳晋[3]，拜为上卿[4]，以勇气闻于诸侯。蔺相如者，赵人也，为赵宦者令缪贤舍人[5]。

赵惠文王时，得楚和氏璧[6]。秦昭王闻之[7]，使人遗赵王书[8]，愿以十五城请易璧[9]。赵王与大将军廉颇诸大臣谋：欲予秦，秦城恐不可得，徒见欺[10]；欲勿予，即患秦兵之来[11]。计未定，求人可使报秦者[12]，未得。宦者令缪贤曰："臣舍人蔺相如可使。"王问："何以知之？"对曰："臣尝有罪[13]，窃计欲亡走燕[14]，臣舍人相如止臣，曰：'君何以知燕王？'臣语曰[15]：'臣尝从大王与燕王会境上[16]，燕王私握臣手，曰："愿结友。"以此知之，故欲往。'相如谓臣曰：'夫赵强而燕弱，而君幸于赵王[17]，故燕王欲结于君。今君乃亡赵走燕[18]，燕畏赵，其势必不敢留君，而束君归赵矣[19]。君不如肉袒伏斧质请罪[20]，则幸得脱矣[21]。'臣从其计，大王亦幸赦臣。臣窃以为其人勇士，有智谋，宜可使[22]。"于是王召见，问蔺相如曰："秦王以十五城请易寡人之璧，可予不[23]？"相如曰："秦强而赵弱，不可不许。"王曰："取吾璧，不予我城，奈何？"相如曰："秦以城求璧而赵不许，曲在赵。赵予璧而秦不予赵城，曲在秦。均之二策，宁许以负秦曲[25]。"王曰："谁可使者？"相如曰："王必无人[26]，臣愿奉璧往使[27]。城入赵而璧留秦；城不入，臣请完璧归赵[28]。"赵王于是遂遣相如奉璧西入秦。

秦王坐章台见相如[29]，相如奉璧奏秦王[30]。秦王大喜，传以示美人及左右[31]，左右皆呼万岁。相如视秦王无意偿赵城，乃前曰："璧有瑕[32]，请指示王。"王授璧，相如因持璧却立，倚柱[33]，怒发上冲冠[34]，谓秦王曰："大王欲得璧，使人发书至赵王，赵王悉召群臣议，皆曰：'秦贪，负其强[35]，以空言求璧[36]，偿城恐不可得。'议不欲予秦璧。臣以为布衣之交尚不相欺[37]，况大国乎！且以一璧之故逆强秦之欢[38]，不可。于是赵王乃斋戒五日[39]，使臣奉璧，拜送书于庭[40]。何者？严大国之威以修敬也[41]。今臣至，大王见臣列观[42]，礼节甚倨[43]；得璧，传之美人，以戏弄臣。臣观大王无意偿赵王城邑，故臣复取璧。大王必欲急臣[44]，臣头今与璧俱碎于柱矣！”相如持其璧睨柱[45]，欲以击柱。秦王恐其破璧，乃辞谢固请[46]，召有司案图[47]，指从此以往十五都予赵[48]。相如度秦王特以诈详为予赵城[49]，实不可得，乃谓秦王曰：“和氏璧，天下所共传宝也[50]，赵王恐，不敢不献。赵王送璧时，斋戒五日，今大王亦宜斋戒五日，设九宾于廷[51]，臣乃敢上璧[52]。”秦王度之，终不可强夺，遂许斋五日，舍相如广成传[53]。相如度秦王虽斋，决负约不偿城[54]，乃使其从者衣褐怀其璧[55]，从径道亡[56]，归璧于赵。

秦王斋五日后，乃设九宾礼于廷，引赵使者蔺相如。相如至，谓秦王曰：“秦自缪公以来二十余君[57]，未尝有坚明约束者也[58]。臣诚恐见欺于王而负赵[59]，故令人持璧归，间至赵矣[60]。且秦强而赵弱，大王遣一介之使至赵[61]，赵立奉璧来。今以秦之强而先割十五都予赵，赵岂敢留璧而得罪于大王乎？臣知欺大王之罪当诛，臣请就汤镬[62]，唯大王与群臣孰计议之[63]！”秦王与群臣相视而嘻[64]。左右或欲引相如去[65]，秦王因曰：“今杀相如，终不能得璧也，而绝秦赵之欢，不如因而厚遇之[66]，使归赵，赵王岂以一璧之故欺秦邪！”卒廷见相如[67]，毕礼而归之[68]。

相如既归，赵王以为贤大夫使不辱于诸侯[69]，拜相如为上大夫[70]。秦亦不以城予赵，赵亦终不予秦璧。

其后秦伐赵，拔石城[71]。明年，复攻赵，杀二万人。

秦王使使者告赵王，欲与王为好会于西河外渑池[72]。赵王畏秦，欲毋行[73]。廉颇、蔺相如计曰：“王不行，示赵弱且怯也。”赵王遂行，相如从。廉颇送至境，与王诀曰[74]：“王行，度道里会遇之礼毕，还，不过三十日[75]。三十日不还，则请立太子为王，以绝秦望[76]。”王许之，遂与秦王会渑池。秦王饮酒酣[77]，曰：“寡人窃闻赵王好音[78]，请奏瑟[79]。”赵王鼓瑟。秦御史前书曰[80]：“某年月日，秦王与赵王会饮，令赵王鼓瑟。”蔺相如前曰：“赵王窃闻秦王善为秦声[81]，请奏盆缻秦王，以相娱乐[82]。”秦王怒，不许。于是相如前进缻，因跪请秦王。秦王不肯击缻。相如曰：“五步之内，相如请得以颈血溅大王矣[83]！”左右欲刃相如[84]，相如张目叱之[85]，左右皆靡[86]。于是秦王不怿[87]，为一击缻[88]。相如顾召赵御史书曰[89]：“某年月日，秦王为赵王击缻。”秦之群臣曰：“请以赵十五城为秦王寿[90]。”蔺相如亦曰：“请以秦之咸阳为赵王寿[91]。”秦王竟酒[92]，终不能加胜于赵[93]。赵亦盛设兵以待秦，秦不敢动。

既罢归国，以相如功大，拜为上卿，位在廉颇之右[94]。廉颇曰：“我为赵将，有攻城野战之大功，而蔺相如徒以口舌为劳，而位居我上，且相如素贱人[95]，吾羞，不忍为之下。”宣言曰[96]：“我见相如，必辱之。”相如闻，不肯与会。相如每朝时，常称病，不欲与廉颇争列[97]。已而相如出[98]，望见廉颇，相如引车避匿[99]。于是舍人相与谏曰：“臣所以去亲戚而事君者[100]，徒慕君之高义也[101]。今君与廉颇同列，廉君宣恶言而君畏匿之，恐惧殊甚[102]，且庸人尚羞之[103]，况于将相乎！臣等不肖[104]，请辞去。”蔺相如固止之[105]，曰：“公之视廉将军孰与秦王[106]？”曰：“不若也[107]。”相如曰：“夫以秦王之威，而相如廷叱之[108]，辱其群臣。相如虽驽[109]，独畏廉将军哉？顾吾念之[110]，强秦之所以不敢加兵于赵者，徒以吾两人在也。今两虎共斗，其势不俱生。吾所以为此者，以先国家之急而后私雠也[111]。”廉颇闻之，肉袒负荆[112]，因宾客至蔺相如门谢罪[113]。曰：“鄙贱之人，不知将军宽之至此也[114]！”卒相与欢[115]，为刎颈之交[116]。

中华书局校点本《史记》卷八一

①本篇“列传”记述廉颇、蔺相如两人的事迹，节录部分主要为蔺相如的故事。文中通过“完璧归赵”、“渑池会”、“将相和”等情节，表现了蔺相如坚持正义、不畏强暴和顾全大局、“先国家之急而后私雠”的精神。全文严密紧凑、波澜迭起，是一篇有名的传记文学作品。廉颇，战国后期赵国的名将。

②赵惠文王：名何，武灵王子。其十六年，为公元前283年。

③阳晋：本为卫邑，后属于齐，其地约在今山东菏泽市西北。

④上卿：战国时最高职位的官。

⑤宦者令：宫中太监的头目。舍人：战国至汉初王公贵官的侍从宾客、左右亲近的通称。

⑥和氏璧：美玉名。

⑦秦昭王：即秦昭襄王，名则，公元前306年至前251年在位。

⑧遗（wèi位）：送给。

⑨易：交换。

⑩徒见欺：白白受欺骗。

⑪即：则，又。患：担心。

⑫报：答复。

⑬尝：曾。

⑭亡走燕：逃跑到燕国去。

⑮语（yù玉）：告诉。

⑯会境上：在边境相会。

⑰幸于赵王：为赵王所宠爱。幸，宠爱。

⑱亡赵走燕：从赵国逃到燕国去。

⑲束君归赵：捆起你来送回赵国。

⑳肉袒伏斧质：请求受刑的意思。肉袒，脱去上衣，露出肩臂。斧质，古代斩人的刑具。质，斩刑时垫在下面的砧板。请罪：承认有罪，请求处置。

㉑脱：指免罪。

㉒宜：应该。可使：可供派遣。

㉓不：同“否”。

㉔曲在赵：理曲在赵国方面。

㉕“均之”二句：权衡这两种方法，宁肯答应秦国而让他们负理亏的责任。

㉖必无人：谓实在无人可派遣。

㉗奉：恭敬地用手捧着。此指小心保护。往使：出使秦国。

㉘完璧归赵：把玉璧完整无损地归还赵国。

㉙章台：战国时秦王渭南离宫（如同别墅）的一个台名，故址在今陕西西安市长安区故城西南隅。不在正朝接见，有轻视之意。

㉚奏：呈献。

㉛传：传递。美人：指姬妾。左右：指近侍。

㉜瑕：玉上的斑点。

㉝“相如”二句：蔺相如趁机拿着玉倒退几步站定，把身体倚在庭柱上。

㉞“怒发”句：谓因愤怒，头发也竖起来，以至于帽子被顶起。此为夸张描写。

㉟负其强：仗恃自己强大。

㊱空言：说空话（指用十五城换璧）。

㊲布衣之交：指平民之间的交往。

㊳逆：违背，触犯。

㊴斋戒：表示恭敬。做法是沐浴更衣、戒酒戒荤等。

㊵拜送书于庭：谓赵王按照礼节在朝廷上恭敬地把国书交给我送来。

㊶严：尊重。威：威望。修敬：有意地表示敬意。

㊷列观（guàn 贯）：一般的台观，此指章台。观，楼台之类。

㊸倨（jù 剧）：傲慢。

㊹必欲急臣：一定要逼迫我。臣，蔺相如自称。

㊺睨（nì 逆）柱：斜眼看柱子。睨，斜视。

㊻辞谢：道歉。固请：坚持请求相如不要那样做（指破璧）。

㊼有司：官吏，此指掌管地图和户籍的官吏。案图：查看地图。

㊽十五都：十五座城。

㊾“相如”句：蔺相如推测秦王只不过是故意假装要把这几座城给赵国。特，只是。详（yáng 羊）为，同“佯为”，假装。

㊿共传：大家公认。

51设九宾于廷：此为当时外交上最隆重的礼节，做法是在朝廷上排列宾相（赞礼传呼的人）九人来接待使者。

52上璧：进献和氏璧。

53舍：用作动词，留宿的意思。广成传（zhuàn 赚）：传舍之名。

54决：必然，一定。

55衣褐（hè 贺）：穿上粗布衣服。怀其璧：怀中藏着和氏璧。

56从径道亡：从小路逃走。

57缪公：指春秋时的秦穆公。缪，通“穆”。

58坚明约束：牢固明确的信用。约束，信用的意思。

59见欺于王：受大王（秦王）欺骗。负赵：有负于赵国。

60间（jiàn 见）：走小路。

61一介之使：一个使者。

62就汤镬（huò 获）：指受烹刑。汤镬，煮着滚水的大锅。古代用作刑具，用来烹煮罪人。

63孰：同“熟”。

64嘻：一种惊讶、恼怒的声音。此用作动词。

65引相如去：指拉相如就汤镬。

66因而厚遇之：趁此机会好好款待他。

67卒：终于。廷见：在朝廷上正式接见。

68毕礼：尽礼，该用的礼节都用了。

69“赵王”句：谓赵王认为相如是个称职的大夫，出使外国能够不辱使命。按，当时出使外国的使臣，例须大夫担任，故相如已为大夫身份。

70上大夫：大夫中地位最高的一级。

71拔：攻下。石城：在今河南林州市西南。此事发生在赵惠文王十八年（前 281）。

72好会：友好会见。西河外：古称黄河南北流向的部分为西河。此指自北而南流经今山西、陕西的一段。秦在其西，渑池在其东，故就秦而言，渑池在“西河外”。渑（miǎn 免）池：地名，约在今河南渑池县西。渑池之会在赵惠文王二十年（前 279）。

73毋（wú 无）行：不去。毋，不。

74诀：辞别。

75“度（duó 夺）道里”三句：估计从上路到完成全部会见礼节至回国，所需时间不过三十日。度，推测，估计。

⑯以绝秦望：以断绝秦国的念头（如扣留赵王等）。

⑰酒酣：酒兴正浓之时。

⑱好音：喜欢音乐。

⑲奏瑟：弹瑟。瑟为弦乐器，一般二十五弦，形似琴而大。

⑳御史：掌管图籍和记载国家大事的官。前书曰：向前写上道。

㉑秦声：秦地地方音乐。

㉒“请奏”二句：谓请允许我把瓦盆献给秦王，愿您按节拍敲打以互相娱乐。奏，进，奉献。缻（fǒu 否），同“缶”，瓦器，口小而肚大，秦人歌唱时击缶以为节拍。

㉓“相如”句：谓相如要与秦王以死相拼。

㉔刃：刀锋，用作动词，杀的意思。

㉕张目叱之：睁大眼睛向他们大喝一声。

㉖靡：倒，此指倒退。

㉗不怿（yì 义）：不高兴。

㉘为一击缻：谓勉强敲了一下。

㉙顾召：回头召唤。

㉚为秦王寿：作为给秦王祝贺的礼物。

㉛咸阳：秦国都城。

㉜竟酒：指直至宴会终了。

㉝加胜：盖过，占上风。

㉞在廉颇之右：即在廉颇之上。秦、汉以前以右为尊。

㉟素贱人：一向是个低贱之人。指相如曾为宦者令缪贤舍人。

㊱宣言：对外扬言。

㊲争列：争朝会时的位次先后。

㊳已而：过了不久。

㊴引车避匿：谓掉转车子的方向躲避。

⑩去亲戚：谓离别亲属。

⑩徒：只是。

⑩殊甚：特别厉害。

⑩庸人：指一般的人，与下句“将相”相对应。

⑩不肖：不贤。此为自谦之词。

⑩固止之：坚决挽留他们。

⑩“公之”句：你们看廉将军与秦王相比谁强？孰与，比对方怎么样。

⑩不若也：谓廉将军不如秦王。

⑩廷叱之：在朝廷上斥责他。

⑩驽（nú 奴）：劣马，此指无能。

⑩顾：但。

⑪雠：同“仇”。

⑫负荆：背着荆杖，表示认罪请责。

⑬因：通过。

⑭将军：上卿职兼将相，故称相如为“将军”。宽之至此：宽容我到这样地步。

⑮卒相与欢：终于彼此相归于好。

⑯刎颈之交：谓生死之交。

报任少卿书[1]

太史公牛马走司马迁再拜言[2]，少卿足下[3]：曩者辱赐书[4]，教以顺于接物、推贤进士为务[5]，意气勤勤恳恳，若望仆不相师，而用流俗人之言[6]。仆非敢如此也。仆虽罢驽[7]，亦尝侧闻长者之遗风矣[8]。顾自以为身残处秽[9]，动而见尤[10]，欲益反损[11]，是以独郁悒而与谁语[12]！谚曰："谁为为之，孰令听之[13]？"盖钟子期死，伯牙终身不复鼓琴[14]。何则？士为知己者用，女为说己者容[15]。若仆大质已亏缺矣[16]。虽才怀随和[17]，行若由夷[18]，终不可以为荣，适足以见笑而自点耳[19]。书辞宜答，会东从上来[20]，又迫贱事[21]，相见日浅，卒卒无须臾之间得竭至意[22]。今少卿抱不测之罪[23]，涉旬月，迫季冬[24]，仆又薄从上雍[25]，恐卒然不可为讳[26]，是仆终已不得舒愤懑以晓左右，则长逝者魂魄私恨无穷[27]，请略陈固陋[28]。阙然久不报[29]，幸勿为过。

仆闻之：修身者，智之符也[30]；爱施者，仁之端也[31]；取与者，义之表也[32]；耻辱者，勇之决也[33]；立名者，行之极也[34]。士有此五者，然后可以托于世[35]，而列于君子之林矣。故祸莫憯于欲利，悲莫痛于伤心，行莫丑于辱先，诟莫大于宫刑[36]。刑余之人，无所比数[37]，非一世也，所从来远矣。昔卫灵公与雍渠同载，孔子适陈[38]；商鞅因景监见，赵良寒心[39]；同子参乘，袁丝变色[40]：自古而耻之。夫以中才之人，事有关于宦竖，莫不伤气，而况于慷慨之士乎[41]！如今朝廷虽乏人，奈何令刀锯之余[42]，荐天下豪俊哉[43]！仆赖先人绪业[44]，得待罪辇毂下[45]，二十余年矣。所以自惟[46]：上之不能纳忠效信[47]，有奇策才力之誉，自结明主；次之又不能拾遗补阙[48]，招贤进能，显岩穴之士；外之又不能备行伍[49]，攻城野战，有斩将搴旗之功[50]；下之不能积日累劳[51]，取尊官厚禄，以为宗族交游光宠[52]。四者无一遂[53]，苟合取容[54]，无所短长之效[55]，可见如此矣[56]。向者仆常厕下大夫之列，陪外廷末议[57]，不以此时引维纲、尽思虑[58]，今以亏形为扫除之隶[59]，在阘茸之中[60]，乃欲仰首伸眉，论列是非[61]，不亦轻朝廷、羞当世之士邪[62]？嗟乎，嗟乎！如仆，尚何言哉，尚何言哉！

且事本末未易明也[63]。仆少负不羁之行，长无乡曲之誉[64]。主上幸以先人之故，使得奏薄伎，出入周卫之中[65]。仆以为戴盆何以望天[66]，故绝宾客之知[67]，亡室家之业，日夜思竭其不肖之才力，务一心营职[68]，以求亲媚于主上。而事乃有大谬不然者。夫仆与李陵[69]，俱居门下[70]，素非能相善也。趣舍异路[71]，未尝衔杯酒、接殷勤之余欢[72]。然仆观其为人，自守奇士[73]，事亲孝，与士信，临财廉，取与义，分别有让，恭俭下人，常思奋不顾身，以徇国家之急[74]，其素所蓄积也[75]，仆以为有国士之风[76]。夫人臣出万死不顾一生之计，赴公家之难，斯以奇矣[77]。今举事一不当[78]，而全躯保妻子之臣，随而媒孽其短[79]，仆诚私心痛之。且李陵提步卒不满五千[80]，深践戎马之地[81]，足历王庭[82]，垂饵虎口[83]，横挑强胡，仰亿万之师[84]，与单于连战十有余日，所杀过半当[85]。虏救死扶伤不给[86]，旃裘之君长咸震怖[87]，乃悉征其左、右贤王[88]，举引弓之人，一国共攻而围之。转斗千里，矢尽道穷[89]，救兵不至，士卒死伤如积[90]。然陵一呼劳军[91]，士无不起，躬自流涕，沫血饮泣，更张空拳，冒白刃，北向争死敌者[92]。陵未没时[93]，使有来报，汉公卿王侯，皆奉觞上寿[94]。后数日，陵败书闻，主上为之食不甘味，听朝不怡[95]。大臣忧惧，不知所出[96]。仆窃不自料其卑贱，见主上惨怆怛悼[97]，诚欲效其款款之愚[98]，以为李陵素与士大夫绝甘分少[99]，能得人死力，虽古之名将，不能过也。身虽陷败[100]，彼观其意[101]，且欲得其当而报于汉[102]。事已无可奈何，其所摧败[103]，功亦足以暴于天下矣[104]。仆怀欲陈之而未有路[105]，适会召问，即以此指推言陵之功[106]，欲以广主上之意，塞睚眦之辞[107]。未能尽明，明主不晓，以为仆沮贰师[108]，而为李陵游说，遂下于理[109]。拳拳之忠，终不能自列[110]。因为诬上，卒从吏议[111]。家贫，货赂不足以自赎[112]；交游莫救[113]，左右亲近不为一言[114]。身非木石，独与法吏为伍，深幽囹圄之中[115]，谁可告愬者[116]！此真少卿所亲见[117]，仆行事岂不然乎？李陵既生降，隤其家声[118]，而仆又佴之蚕室，重为天下观笑[119]。悲夫！悲夫！事未易一二为俗人言也[120]。

仆之先，非有剖符丹书之功[121]，文史星历，近乎卜祝之间[122]。固主上所戏弄[123]，倡优所畜[124]，流俗之所轻也。假令仆伏法受诛[125]，若九牛亡一毛，与蝼蚁何以异？而世又不与能死节者[126]，特以为智穷罪极[127]，不能自免，卒就死耳。何也？素所自树立使然也[128]。人固有一死，或重于太山，或轻于鸿毛，用之所趋异也[129]。太上不辱先[130]，其次不辱身，其次不辱理色[131]，其次不辱辞令[132]，其次诎体受辱[133]，其次易服受辱[134]，其次关木索、被箠楚受辱[135]，其次剔毛发、婴金铁受辱[136]，其次毁肌肤、断肢体受辱，最下腐刑极矣[137]！传曰："刑不上大夫[138]"。此言士节不可不勉励也[139]。猛虎在深山，百兽震恐，及在槛穽之中[140]，摇尾而求食，积威约之渐也[141]。故有画地为牢，势不可入；削木为吏，议不可对，定计于鲜也[142]。今交手足，受木索，暴肌肤，受榜箠，幽于圜墙之中[143]。当此之时，见狱吏则头枪地，视徒隶则正惕息[144]。何者？积威约之势也[145]。及以至是，言不辱者，所谓强颜耳[146]，曷足贵乎！且西伯，伯也，拘于羑里[147]；李斯，相也，具于五刑[148]；淮阴，王也，受械于陈[149]；彭越、张敖，南面称孤，系狱抵罪[150]；绛侯诛诸吕，权倾五伯，囚于请室[151]；魏其，大将也，衣赭衣，关三木[152]；季布为朱家钳奴[153]，灌夫受辱于居室[154]。此人皆身至王侯将相，声闻邻国，及罪至罔加[155]，不能引决自裁，在尘埃之中[156]。古今一体，安在其不辱也[157]？由此言之，勇怯，势也；强弱，形也[158]。审矣[159]，何足怪乎！夫人不能早自裁绳墨之外[160]，以稍陵迟，至于鞭箠之间，乃欲引节，斯不亦远乎[161]！古人所以重施刑于大夫者，殆为此也。夫人情莫不贪生恶死，念父母，顾妻子。至激于义理者不然，乃有所不得已也[162]。今仆不幸，早失父母，无兄弟之亲，独身孤立。少卿视仆于妻子何如哉！且勇者不必死节。怯夫慕义，何处不勉焉[163]！仆虽怯懦，欲苟活，亦颇识去就之分矣[164]，何至自沈溺缧绁之辱哉[165]！且夫臧获婢妾[166]，由能引决[167]，况仆之不得已乎？所以隐忍苟活[168]，幽于粪土之中而不辞者[169]，恨私心有所不尽，鄙陋没世而文采不表于后世者也[170]！

古者富贵而名摩灭[171]，不可胜记，惟倜傥非常之人称焉[172]。盖文王拘而演《周易》[173]；仲尼厄而作《春秋》[174]；屈原放逐，乃赋《离骚》；左丘失明[175]，厥有《国语》[176]；孙子膑脚[177]，《兵法》修列[178]；不韦迁蜀[179]，世传《吕览》[180]；韩非囚秦[181]，《说难》、《孤愤》；《诗》三百篇，大底圣贤发愤之所为作也[182]。此人皆意有郁结，不得通其道[183]，故述往事、思来者[184]。乃如左丘无目[185]，孙子断足，终不可用，退而论书策以舒其愤，思垂空文以自见[186]。仆窃不逊[187]，近自托于无能之辞[188]，网罗天下放失旧闻[189]，略考其行事，综其终始，稽其成败兴坏之纪[190]，上计轩辕[191]，下至于兹，为十表、本纪十二、书八章、世家三十、列传七十，凡百三十篇，亦欲以究天人之际，通古今之变，成一家之言[192]。草创未就，会遭此祸，惜其不成，已就极刑而无愠色[193]。仆诚以著此书，藏诸名山，传之其人[194]，通邑大都[195]，则仆偿前辱之责[196]，虽万被戮，岂有悔哉！然此可为智者道，难为俗人言也。

且负下未易居，下流多谤议[197]。仆以口语遇此祸，重为乡党所笑[198]，以污辱先人，亦何面目复上父母丘墓乎！虽累百世，垢弥甚耳[199]。是以肠一日而九回[200]，居则忽忽若有所亡，出则不知其所往[201]。每念斯耻，汗未尝不发背沾衣也。身直为闺阁之臣[202]，宁得自引于深藏岩穴邪[203]？故且从俗浮沈[204]，与时俯仰，以通其狂惑[205]。今少卿乃教以推贤进士，无乃与仆私心剌谬乎[206]！今虽欲自雕琢[207]，曼辞以自饰[208]，无益，于俗不信，适足取辱耳。要之，死日然后是非乃定。书不能悉意[209]，略陈固陋[210]。谨再拜。

中华书局影印李善注本《文选》卷四一

①本文选自《文选》。《汉书·司马迁传》也载有这篇文章，而字句稍有不同。任安，字少卿，汉荥阳（今河南荥阳市）人。少年家贫，后为大将军卫青舍人，被卫青推荐为郎中，又升任益州刺史、北军使者护军。汉武帝征和二年（前91），以戾太子事得罪，被判腰斩。他在益州时曾写信给司马迁，要他“以顺于接物、推贤进士为务”。任安获罪后，司马迁才写了这封回信。他在信中说明了自己得罪受刑的经过和自己甘愿蒙受这种奇耻大辱的原因，表达了自己愤懑不平的情绪和受刑后的痛苦心情。报，回复。

②太史公牛马走：写信开头的谦辞。太史公，对太史令的敬称。太史，汉代为太常属官，掌记史事，兼管图书典籍、天文历法等。牛马走，是一种自谦说法。走，如同说仆人。一说，“牛马走”当为“先马走”（马前行走的健卒）之误。再拜，敬辞。按，《汉书·司马迁传》没有这一句。司马迁写这封信时，已改任中书令；又给他人写信，也不应当自称“太史公”（一说，太史公指司马谈，也不妥）。似当从《汉书·司马迁传》为是。

③足下：对人的尊敬的称呼。

④曩：先前，以前。

⑤顺于接物：谓待人接物要和顺。推贤进士：推举和引进贤人。为务：当作自己的事情。

⑥“意气”三句：谓信的口气是那样诚恳，好像埋怨我不听你的意见，而信从一些世俗人的言语。望，怨。

⑦罢（pí 疲）驽：比喻没有才能。罢，通“疲”。驽，劣马。此句系自谦之辞。

⑧侧闻：从旁听到。谦词。遗风：遗留下来的风教。

⑨顾：只是。身残处秽：指身体受宫刑，处于污秽不名誉的地位。

⑩动而见尤：谓动辄招来责难。

⑪欲益反损：想于事有益，却反而损害它。

⑫郁悒：忧愁烦闷。

⑬“谚曰”三句：谚语说：“为谁去做事，又能让谁听从我呢?”谁为，即为谁。为之，指做推贤进士这件事。

⑭“盖钟子期”二句：钟子期、俞伯牙二人都是春秋时楚国人。俞伯牙善鼓琴，钟子期最能领悟俞伯牙琴音的妙理。因此，两人结为生死之交。后来钟子期死，俞伯牙破琴绝弦，终生不再鼓琴。

⑮说：同“悦”。容：打扮修饰。

⑯大质：指身体。已亏缺：指已受宫刑。

⑰才怀随和：具有像随侯珠、和氏璧那样美好的才能。随和，指随侯珠与和氏璧，是古代传说中最有名的宝珠和美玉。

⑱行若由夷：品行像许由和伯夷那样高尚。许由、伯夷，都是古代廉士。

⑲自点：自取侮辱。点，玷污，污辱。

⑳东从上来：跟随皇帝向东来。此指汉武帝征和二年，戾太子举兵诛江充，汉武帝由甘泉宫（今陕西淳化以北）返回长安，司马迁以中书令随从武帝。

㉑又迫贱事：谓又忙于琐细之事。

㉒“相见”二句：谓彼此相见的机会很少，没有一点时间把我内心的想法全都表达出来。卒卒，同“猝猝”，急忙匆促的样子。至意，深切的意思。

㉓不测之罪：不能预料之罪，指死罪。此为婉转说法。

㉔“涉旬月”二句：谓再过一个月，就临近危险的十二月了。季冬，指十二月。汉律十二月处决囚犯。旬，满，周遍。

㉕薄从上雍：临近跟从皇帝到上雍的日子。薄，临近。上雍，在今陕西凤翔南，是武帝祭祀五帝的地方。

㉖“恐卒然”句：谓恐怕突然之间任安会被处死。不可为讳，被处死的委婉说法。

㉗“是仆”二句：谓这样自己就始终不能把愤懑之情明白告诉任安，那么死去的人（指任安）在精神上也会有无穷的怨恨。左右，指任安。不直称对方，只称其执事者，表示尊敬。

㉘略陈固陋：稍陈粗浅看法。此为自谦之辞。

㉙阙然：空缺的样子。久不报：指长期不回信。

㉚“修身”二句：培养自身的道德，是智慧的证明。符，标志，凭证。

㉛“爱施”二句：施行仁爱，这是仁的首要内容。

㉜“取与”二句：如何对待索取与施予的关系，是判断一个人是否义的标志。

㉝“耻辱”二句：如何对待耻辱，是判断一个人是否勇敢的标准。

㉞“立名”二句：树立好的名声，是行为的最高准则。

㉟托于世：谓可以在世上托身。

㊱“故祸”四句：祸没有比对于“利”怀有强烈欲望更惨烈的，悲伤没有比心灵受到伤害更痛苦的，行为没有比辱没祖先更丑恶的，耻辱没有比受宫刑更大的了。憯，同“惨”。诟，耻辱。

㊲“刑余”二句：受过宫刑的人，是不能被同等对待的。刑余，此指受过宫刑。比数，相与并列，相提并论。

㊳“昔卫灵公”二句：据《史记·孔子世家》载，孔子在卫国时，卫灵公与夫人同车出游，让宦者雍渠陪同，而让孔子坐第二辆车。孔子认为卫灵公这样做是不好“德”，因而离开卫国，到曹、宋、郑等国，最后到陈国，住了三年。

㊴“商鞅”二句：据《史记·商君列传》载，商鞅通过秦孝公很宠信的宦者景监才见到秦孝公，从而得官，赵良认为这是很不名誉的事。寒心，失望，痛心。

㊵“同子”二句：据《史记·袁盎晁错列传》载，汉文帝一次与宦者赵谈同车到东宫去，袁盎当即俯伏车前谏止，于是汉文帝就叫赵谈下车。同子，指赵谈。司马迁的父亲名谈，司马迁避父讳，在《史记》中把赵谈写作赵同，故此处又称“同子”。“子”为尊称。袁丝，即袁盎，字丝。

㊶“夫以”四句：谓凡事涉及宦者，一般的人都感到丧气，何况意气激昂、怀抱不凡的人物。宦竖，对宦者的蔑称。伤气，意气受到损伤。

㊷刀锯之余：此指受过宫刑的人，为司马迁自指。

㊸荐：举荐。豪俊：英杰。

㊹赖先人绪业：谓仰赖父亲司马谈之学问与职业。绪业，事业，遗业。

㊺待罪辇毂下：指在皇帝身边做官。待罪，等待处罚，为官的一种委婉自谦的说法。辇毂下，皇帝的车驾左右，代指京城。

㊻自惟：自己考虑。惟，思考，考虑。

㊼上：对上。纳忠效信：谓献纳自己的忠信。纳，献纳。效，报效，贡献。

㊽次：其次。拾遗补阙：拾遗忘，补缺漏。

㊾外：在外。备行伍：指从军。备，置身。行伍，指军队。古代军队编制，五人为伍，五伍为行。

㊿搴（qiān 千）旗：谓拔取敌方旗帜。

51下：此指对亲友。

52“以为”句：作为亲戚朋友引为荣耀的事。交游，朋友。光宠，荣耀。

53“四者”句：四方面没有一样有所成就。

54苟合取容：附和迁就，以求容纳于世。

55无所短长：谓不能提出意见、论列是非。短长，评议，批评。

56可见如此：于此可见。

57“向者”二句：从前我也曾置身于下大夫行列中，参加朝堂议论。常，通“尝”，曾经。厕，混杂，置身于。为自谦的说法。下大夫，古代爵位的一级。汉代太史令秩六百石，相当于下大夫的级别。外廷末议，伴随外朝官员发表微末意见，意即参加朝廷上国家大事的讨论。外廷，国君听政的地方。相对内廷、禁中而言。

58引维纲、尽思虑：申张法度，竭尽心智。维纲，指治国的法令、纪纲。

59扫除之隶：主管洒扫的仆役。此为对自己官职的谦虚说法。

60阘（tà榻）茸：细碎微贱之人。

61“乃欲”二句：谓无拘无束，平等地参加是非得失的讨论。

62轻朝廷、羞当世之士：轻视朝廷无人，羞辱当今有名的士人。

63本末：始终，指经过情形。

64“仆少负”二句：谓小时没有出众的才能和行为，成人后也得不到乡里的赞誉。负，缺乏，欠缺。不羁，不可羁绊，即不可约束。

65“使得”二句：谓使我得以施展微薄的才能，而出入于宫廷之中。周卫，即朝廷。

66戴盆何以望天：戴着盆子就不能仰望天空。比喻事难两全。这里用来说明自己忙于公务，无暇顾及私事。

67知：结交，交游。

68营职：经营本职事务。

69李陵：汉景帝、武帝时名将李广的孙子，字少卿，善骑射。曾率兵与匈奴作战，被包围，矢尽粮绝，最后投降匈奴。事见《史记·李将军列传》、《汉书·李陵传》。

70俱居门下：都在皇帝跟前任职。李陵少时曾为侍中，司马迁曾为太史令，都是能出入宫廷的官。门下，门庭之下，此指皇帝身边。

71趣舍异路：谓志趣爱好不同。趣舍，追求和舍弃。

72接殷勤之余欢：谓相互表示情意，有少少的一点欢乐。

73自守奇士：能够坚守自己节操的奇异之士。

74徇：通“殉”，以身从事，即作出牺牲。

75蓄积：此指平时积累起来的优良品质。

76国士之风：国士的风度。国士，指为全国所推重、敬仰的人。

77“夫人臣”三句：谓人臣抱万死不辞的决心，奔赴国家的危难之事，已经是非常的了不起。以，通“已”。

78举事一不当：此指李陵战败后投降匈奴。举事，做事。一，一旦。

79媒孽（niè聂）其短：渲染、夸大他的短处。媒孽，麹饼，即用于酿酒的酵母。用以比喻借端构陷，酿成他人罪过。孽，同“蘖”。

80提：率领。

81“深践”句：谓深入匈奴腹地。戎马之地，有重兵把守的地方。

82足历王庭：足迹到达匈奴君王的驻地。

83垂饵虎口：到像虎口那样危险的地方诱敌。

㉞仰：迎着，面对。

㉟所杀过半当：《汉书·司马迁传》作“所杀过当”。指所杀的敌人超过了自己军队的总人数。当，相当，相等。此从《汉书》。

㊱不给：指没有充裕的时间，即来不及。给，丰足，充裕。

㊲旃裘之君长：匈奴首领们。旃裘，匈奴人所穿的衣服，此代指匈奴。咸震怖：都震惊害怕。

㊳左、右贤王：匈奴单于以下两个最高首领的称号。

㊴道穷：无路可走。指被围困。

㊵死伤如积：指死伤之人成堆。极言死人之多。

㊶陵一呼劳军：谓李陵一对军士表示慰劳、勉励。

㊷“士无”六句：谓军士人人奋起，感动得流下眼泪，然后满脸带血，含着热泪，拉开空弓，迎着敌人刀剑，争着与敌人进行拼死战斗。躬自，自己。沬（huì惠）血，以血洗面。沬，通“颒”，洗脸。拳，通“弮”，强弓。北向，指面对着敌人。死敌，死于敌，即与敌人战斗到底。

㊸没：覆没。

㊹奉觞上寿：谓举酒向皇帝祝贺。

㊺怡：快乐。

㊻不知所出：提不出什么办法。

㊼惨怆怛（dá达）悼：忧伤痛惜。

㊽“诚欲”句：确实想表达自己诚恳的见解。效，献。款款，忠诚恳切。愚，谦称自己的见解。

㊾绝甘分少：甘美的食物自己不吃，东西很少也要与大家分享。谓自己不图享受，待人优厚。

⑩⓪身虽陷败：谓虽然失败被俘虏。陷，沦陷，指做了俘虏。

⑩①彼观：即“观彼”。彼，他。

⑩②且：将要。得其当（dàng荡）：指得到适当的时机。

⑩③其所摧败：谓李陵兵败前一路击败匈奴之事。

⑩④暴（pù瀑）：显露。

⑩⑤“仆怀”句：谓自己的想法要向皇帝述说但没有机会。怀，心中的想法。路，途径，机会。

⑩⑥“即以”句：就按照这个意思述说李陵的功劳。指，意旨。推言，推断论说。

⑩⑦“欲以”二句：想以这种方法宽慰皇帝，堵塞那些怨恨的说法。广，宽慰。睚眦（yá zì涯字），怒目而视，指怨忿。

⑩⑧“以为”句：认为我有意诋毁贰师将军。沮，诋毁，说人坏话。贰师，即贰师将军李广利，汉武帝宠妃李夫人的哥哥，贰师将军是他的封号。此次出征匈奴，李陵自请为前部，李广利统兵在后。李陵被围之后，李广利却坐视不救，因而李陵兵败被俘。司马迁为李陵说话，因而被认为是诋毁李广利。

⑩⑨理：主管刑狱的官，秦称廷尉，汉景帝中元六年（前144）改名大理，武帝建元四年（前137）又改称廷尉。

⑪⓪“拳拳”二句：谓自己忠诚之心终不能分剖清楚。拳拳，忠诚的样子。列，陈述。

⑪①“因为”二句：谓终于听从了刑狱官吏的建议，以为我欺蒙皇上。因为，因此以为。吏

议，指刑狱官们给司马迁定的罪名。

⑫货赂：财产。自赎：自己赎罪。根据汉代法律，可以用钱财赎罪。

⑬莫：没有谁。

⑭左右亲近：指皇帝身边受信用的人。

⑮幽：幽闭，囚禁。囹圄：监狱。

⑯愬：同“诉”，诉说。

⑰真：正。

⑱隤（tuí 颓）：败坏。

⑲“而仆”二句：谓自己又受了宫刑，深深地受到天下人的耻笑。佴，次，紧接着。之，至，到。蚕室，犯人受宫刑时居住的屋子。因温暖而不透风，类似于养蚕的屋子，故称。

⑳“事未”句：谓事情的真相不容易对世俗之人一一说明。一二，即逐一，一一。

㉑剖符丹书之功：指能获得皇帝颁赐的剖符丹书这样的功劳。剖符丹书，皇帝对于有功大臣的一种特殊待遇，汉初多有。剖符，分符，即把符信一分为二，君臣各执其一，作为某种誓约的凭证。丹书，即丹书铁券，在铁券上用朱丹写上约誓，作为后世子孙享受某种待遇的凭证。

㉒卜祝：占卜和祭祀，这里指专管占卜和祭礼的人。

㉓固：本来就是。戏弄：玩弄。

㉔倡优：乐舞艺人。此指像倡优一样。在古代，倡优是极受轻贱的一类人，社会地位极低。畜：畜养，养活。

㉕伏法受诛：依照法令而被杀死。

㉖“而世”句：谓世人又不把我看作能尽臣节而死的人。与，许，认可。死节，为保全节操而死。

㉗特：只是。智穷罪极：智虑穷尽，罪过深重。

㉘“素所”句：谓自己平素的作为所导致的结果。此指其为人所轻视的职业而言。

㉙“用之”句：因此，人们对于死所采取的态度就有所不同。用之，因为这样。趋，趋向。这里指人们所采取的态度、做法。

㉚太上不辱先：最上不辱没祖先。

㉛不辱理色：不在理色上受污辱。理，道理。色，颜面。

㉜不辱辞令：不在言辞上受污辱。

㉝诎（qū 屈）体受辱：身体被捆绑而受到污辱。诎体，弯曲肢体。指被捆绑起来。

㉞易服：指换上罪人所穿的衣服。古代罪人要穿赭红色的囚服。

㉟关木索、被箠楚：带上刑具，受到拷打。关，通“贯”，带上。木索，刑具。木，指项枷、手梏、足桎，即下文所说的“三木”。索，绳索。箠、楚，都是刑杖。

㊱剔毛发、婴金铁：指受到髡刑和钳刑。髡刑是剃去头发，钳刑是用铁圈束颈。剔，同“剃”。婴，绕。

㊲腐刑：即宫刑。极：到顶。

㊳“传曰”二句：引文见《礼记·曲礼上》。传，指古书。大夫，爵位的一种，各个朝代级别不同。这里泛指有官爵的人。

㊴勉励：努力磨炼。

㊵槛：关野兽的木笼。穽：同“阱”，捕兽的陷阱。

㊶“积威约”句：这是威势长期被人制约，逐渐形成的结果。积，长久。

⑭②“定计”句：谓早就有明确的打算。指不等到受辱就自杀。定计，做打算。鲜，明确。

⑭③圜墙：指监狱。

⑭④“视徒隶”句：看到狱卒就胆战心惊。正，当从《汉书·司马迁传》作“心”。惕息，害怕喘息，形容胆战心惊。

⑭⑤势：势态，指所造成的情势。

⑭⑥强（jiàng降）颜：厚脸皮，不顾羞耻。

⑭⑦“且西伯”三句：谓西伯是一方之长，曾被拘于羑里。西伯，殷纣王时对周文王的封号。伯，指方伯，为古时一方诸侯的首领。羑（yǒu有）里，古地名，在今河南汤阴。殷纣王曾经把周文王囚禁在这里。

⑭⑧“李斯”三句：谓李斯是丞相，也备受五刑。五刑，据《汉书·刑法志》，当为黥劓、斩左右趾、笞杀、枭首、菹骨肉五种刑罚。此泛指酷刑。

⑭⑨“淮阴”三句：谓淮阴侯是诸侯王，也在陈地遭到械系。淮阴，指淮阴侯韩信。王，韩信先被刘邦封为齐王，后封为楚王。受械于陈，韩信为楚王时曾被刘邦在陈（今河南淮阳）地逮捕，械至洛阳，改封为淮阴侯。械，指桎梏一类刑具。这里用作动词。事见《史记·淮阴侯列传》。

⑮⓪“彭越”三句：谓彭越、张敖都曾经南面称王，也曾被关进监狱以抵罪。彭越，秦末农民起义的首领，后归附刘邦。刘邦封他为梁王，后来称病不朝，被刘邦囚禁。张敖，赵王张耳的儿子，继父位为赵王。后来，因为赵相贯高等谋刺刘邦未遂，被人告发，因此刘邦将他逮捕到长安，下狱。事见《史记》中的《魏豹彭越列传》和《张耳陈馀列传》。

⑮①“绛侯”二句：谓绛侯曾除掉吕氏一伙，权力超过春秋五霸，但也曾被囚于请室。绛侯，周勃，因从刘邦有功，封为绛侯。刘邦死后，为太尉。吕后篡汉，任用亲族吕禄、吕产等。吕后死，诸吕谋作乱，周勃与丞相陈平等定计尽诛诸吕，迎立刘恒，是为文帝。后来，有人诬告周勃谋反，遂被囚禁。请室，大臣待罪之室。事见《史记·绛侯周勃世家》。

⑮②“魏其（jī基）”四句：谓魏其侯是大将军，也曾穿上罪衣，戴上刑具。魏其，窦婴，汉景帝时，在平定吴楚七国之乱中有功，封魏其侯。后来因和丞相田蚡有矛盾，被杀。赭衣，为囚犯之服。关三木，头、手、脚都带着刑具。事见《史记·魏其武安侯列传》。

⑮③季布：楚人，好任侠。初为项羽将，曾多次困窘刘邦。项羽灭亡后，刘邦出重金捉拿季布，季布藏于濮阳周家。后来，周氏与季布定计，髡钳为奴，卖给鲁地大侠朱家。事见《史记·季布栾布列传》。

⑮④灌夫：颍阴（今河南许昌一带）人。汉武帝时为太仆。后因得罪武安侯田蚡，劾不敬，被囚于居室。居室，官署名，为少府下属的机构之一。事见《史记·魏其武安侯列传》。

⑮⑤罔加：法网加身。罔，网。

⑮⑥“不能”二句：谓不能下决心自杀，而置身于牢狱之中。引决，下决心，指自杀。尘埃，污秽之处。此指牢狱。

⑮⑦“安在”句：谓他们哪能不受污辱呢？

⑮⑧“勇怯”四句：谓勇敢和怯懦，是由于形势不同；强大和软弱，是由于情况不同。

⑮⑨审：明白，清楚。

⑯⓪“夫人”句：谓人不能在受到法律制裁之前就早点自杀。绳墨之外，在法律所及的范围之外，即还没有遭受刑罚的时候。绳墨，指法律。

⑯①“以稍”四句：因而情况逐渐变坏，等到刑罚临身的时候，才想到要坚守节操而自杀，这不与坚持节操相去太远了吗？稍，逐渐。陵迟，衰败，指情况逐渐变坏。引节，指守节

自杀。

⑯“至激”二句：至于那些被义理所激发的人就不这样，那是由于情况使他不得不这样做。义理，指合于正义、道理的事情。

⑯“怯夫”二句：谓怯懦的人要是钦慕“义”的话，在什么情况下不能自勉呢！

⑯去就之分（fèn 份）：此指舍生就义的道理。去，指舍生；就，指就义。

⑯沈：同“沉”。缧绁（léi xiè 垒谢）之辱：指被囚禁的耻辱。缧绁，拘系罪人的绳索。

⑯臧获：对于奴仆的贱称。

⑯由：通“犹”，还，尚且。引决：自杀。

⑯隐忍苟活：极力忍耐，苟且偷生。

⑯幽：囚禁。粪土之中：形容污浊之处，指牢狱。

⑰“鄙陋”句：谓以在耻辱中死去而著作不能显露于后世为耻辱。没世，指死去。文采，文章之事，指著作。表，显露。

⑰摩灭：同“磨灭”。

⑰倜傥：洒脱而不受拘束，即特出、卓越。称：受到赞扬。指著称于世。

⑰文王：指周文王。据说周文王被殷纣王囚禁在羑里，根据古代的八卦推衍而成六十四卦，称为《周易》。演：推衍。

⑰厄：困厄。据《史记·孔子世家》载，孔子在政治上很不得意，其主张无法实现，因而便根据鲁国的史书写成了《春秋》一书。

⑰左丘：左丘明，据说《国语》是他所作。按，左丘失明后乃作《国语》一事，他书无载。

⑰厥：乃。

⑰孙子：指孙膑。膑脚：被砍去双足。一说，被削去膝盖骨。

⑰修列：撰著，写作。

⑰不韦：吕不韦，原为大商人，因立秦庄襄王有功，始皇初年为相国，后被免职。又奉命迁蜀，自杀。事见《史记·吕不韦列传》。

⑱《吕览》：即《吕氏春秋》，为吕不韦集合其门客所著而成，因它全书分为八览六论十二纪，因此又名《吕览》。

⑱韩非：战国末年韩国人，后到秦国，被李斯等所谗，下狱死。《说难》、《孤愤》是韩非著作中的篇名，实作于到秦国之前。事见《史记·老子韩非列传》。

⑱大底：大抵，大都。

⑱通：实行。道：主张。

⑱述往事：追述以往之事。思来者：希望将来的人能从这里知道自己的抱负和胸怀。

⑱乃如：就像。

⑱垂：流传。空文：即文章。因为不是在社会上建立实际的功业，所以称为空文。自见（xiàn 现）：表明自己的主张或见解。见，同“现”。

⑱仆窃不逊：谓自己不自量。窃，私下，谦辞。逊，辞让。

⑱“近自托”句：谓近来差不多把自己的全部力量用来著述。无能之辞，没用的文辞，犹说拙劣文辞。谦辞。

⑱放失：散佚。

⑲稽：考察，探究。兴坏：兴盛和衰亡。纪：纪纲，此指原则、规律。

⑲轩辕：传说中的上古五帝之一，即黄帝，号轩辕氏。

⑲“亦欲”三句：也想以此探究自然界与人类社会之间的关系，了解古今的变化，成为一家之言。天人之际，指天道与人事相互之间的关系。

⑲就极刑：谓受极其残酷的宫刑。无愠色：没有恼怒的表示。

⑲其人：指能理解自己、理解这部著作的人。

⑲通邑大都：大都会，大城市。此指传播到通邑大都中去。

⑲责：同“债”。指所遭受到的耻辱。

⑲“且负下”二句：况且身负侮辱之名不容易居处，身居下流毁谤必多。下流，下游，指处于卑贱地位。谤议，毁谤非议。

⑲“仆以”二句：谓自己因说话而遭受祸患，深为乡里人所耻笑。口语，言语。重（zhòng 众），深深的。

⑲“虽累”二句：谓即使百代以后，这种耻辱仍会越来越厉害。累，积累，多。

⑳肠一日而九回：指忧愤之情在胸中反复回荡。九，形容其多。回，回转。

⑳“居则”二句：居处则心神恍惚若有所失，出行则不知要到何处去。忽忽，形容心中空虚恍惚的样子。亡，失。

⑳直：仅仅是，不过是。闺阁之臣：指宦者充当的官员。

⑳宁得：哪能。自引：指自动隐退。深藏岩穴：指远远地隐居起来。

⑳沈：同“沉”。

⑳通其狂惑：谓顺适自己狂妄昏惑的性情，不自振作。这是愤激之词。通，顺。

⑳无乃：岂不是。剌（là 辣）谬：违背，乖谬。

⑳雕琢：比喻修饰美化。

⑳曼辞：美好动听的言词。自饰：指自己掩饰自己的耻辱。

⑳悉意：尽意。

㉑固陋：指闭塞、浅陋之见。固，偏执一端，不能通变。陋，见闻短浅。

七

扬 雄

扬雄（前53—18），字子云，蜀郡成都（今四川成都）人。少好学博览，但不喜章句训诂，通其大义而已。四十几岁时，由蜀来游京师，以文见召，侍从汉成帝祭祀游猎，上《甘泉》、《河东》、《羽猎》、《长杨》四大赋，被任为郎官，给事黄门。历经成、哀、平三朝。王莽篡汉后，被封为大夫，作《剧秦美新》赞美新朝。后校书天禄阁，受刘歆事牵累，被收捕，投阁自杀未死。晚年潜心经学，仿《周易》作《太玄》，仿《论语》作《法言》，并著有《训纂》、《方言》等语言文字学著作。扬雄是著名辞赋家，除上述四大赋作外，尚有《反离骚》、《解嘲》、《解难》等作品。张溥编《汉魏六朝百三名家集》有《扬侍郎集》。

长杨赋[1]（节选）

子墨客卿问于翰林主人曰："盖闻圣主之养民也，仁霑而恩洽[2]，动不为身[3]。今年猎长杨，先命右扶风[4]，左太华而右褒斜[5]，椓巀嶭而为弋[6]，纡南山以为罝[7]，罗千乘于林莽[8]，列万骑于山隅[9]，帅军踤阹[10]，锡戎获胡[11]。搤熊罴[12]，拕豪猪[13]，木雍枪累[14]，以为储胥[15]，此天下之穷览极观也。虽然，亦颇扰于农民[16]。三旬有余，其廑至矣[17]，而功不图[18]，恐不识者[19]，外之则以为娱乐之游[20]，内之则不以为干豆之事[21]，岂为民乎哉！且人君以玄默为神[22]，澹泊为德[23]，今乐远出以露威灵[24]，数摇动以罢车甲[25]，本非人主之急务也，蒙窃或焉[26]。"

翰林主人曰："吁[27]，谓之兹邪[28]！若客，所谓知其一未睹其二，见其外不识其内者也。仆尝倦谈[29]，不能一二其详[30]，请略举凡[31]，而客自览其切焉[32]。"

客曰："唯，唯。"

主人曰："昔有强秦，封豕其士，窫窳其民[33]，凿齿之徒相与摩牙而争之[34]，豪俊麋沸云扰[35]，群黎为之不康[36]。于是上帝眷顾高祖[37]，高祖奉命，顺斗极，运天关[38]，横钜海[39]，票昆仑[40]，提剑而叱之，所麾城摲邑[41]，下将降旗[42]，一日之战，不可殚记[43]。当此之勤[44]，头蓬不暇疏[45]，饥不及餐，鞮鍪生虮虱[46]，介胄被霑汗[47]，以为万姓请命虖皇天[48]。乃展民之所诎[49]，振民之所乏[50]，规亿载[51]，恢帝业[52]，七年之间而天下密如也[53]。

"逮至圣文[54]，随风乘流[55]，方垂意于至宁[56]，躬服节俭[57]，绨衣不敝，革鞜不穿[58]，大夏不居[59]，木器无文[60]。于是后宫贱瑇瑁而疏珠玑[61]，却翡翠之饰[62]，除彫瑑之巧[63]，恶丽靡而不近[64]，斥芬芳而不御[65]，抑止丝竹晏衍之乐[66]，憎闻郑卫幼眇之声[67]，是以玉衡正而太阶平也[68]。

…………

"今朝廷纯仁[69]，遵道显义，并包书林[70]，圣风云靡[71]；英华沈浮[72]，洋溢八区[73]，普天所覆，莫不沾濡；士有不谈王道者则樵夫笑之。故意者以为事罔隆而不杀，物靡盛而不亏[74]，故平不肆险[75]，安不忘危。乃时以有年出兵[76]，整舆竦戎[77]，振师五莋[78]，习马长杨[79]，简力狡兽[80]，校武票禽[81]。乃萃然登南山[82]，瞰乌弋[83]；西厌月蜡[84]，东震日域[85]。又恐后世迷于一时之事[86]，常以此取国家之大务[87]，淫荒田猎[88]，陵夷而不御也[89]，是以车不安轫[90]，日未靡旃[91]，从者仿佛[92]，骫属而还[93]；亦所以奉太宗之烈[94]，遵文武之度[95]，复三王之田[96]，反五帝之虞[97]；使农不辍耰[98]，工不下机，婚姻以时，男女莫违；出恺弟[99]，行简易[100]，矜劬劳[101]，休力役[102]；见百年[103]，存孤弱[104]，帅与之，同苦乐[105]。然后陈钟鼓之乐，鸣鞀磬之和[106]，建碣磍之虡[107]，拮隔鸣球[108]，掉八列之舞[109]；酌允铄，肴乐胥[110]，听庙中之雍雍[111]，受神人之福祜[112]；歌投颂，吹合雅[113]。其勤若此，故真神之所劳也[114]。方将俟元符[115]，以禅梁甫之基，增泰山之高[116]，延光于将来，比荣乎往号[117]，岂徒欲淫览浮观，驰骋粳稻之地[118]，周流梨栗之林[119]，蹂践刍荛[120]，夸诩众庶[121]，盛狖玃之收，多麋鹿之获哉[122]！且盲不见咫尺[123]，而离娄烛千里之隅[124]；客徒爱胡人之获我禽兽，曾不知我亦已获其王侯[125]。"

言未卒，墨客降席再拜稽首曰[126]："大哉体乎[127]！允非小子之所能及也[128]。乃今日发蒙[129]，廓然已昭矣[130]！"

中华书局校点本《汉书》卷八七下

①本篇节选自《汉书·扬雄传》。长杨，宫殿名，原址在今陕西周至县境内。据《汉书》记载，汉成帝为了向胡人显示禽兽之多，在长杨宫田猎时，圈出场地，将禽兽放养其中，"令胡人手搏之，自取其获"。成帝还亲自去观览。扬雄侍从成帝，回来之后，写了这篇赋。赋以子墨客卿和翰林主人对话的方式写出，委婉讽谏"淫荒田猎"之不当。

②霑：同"沾"。洽：浸润。

③身：自己。

④右扶风：官名，又为其所辖政区名。汉武帝太初元年（前104），改主爵都尉为右扶风。其地在今陕西西安市长安区西，为拱卫长安的三辅之一。

⑤"左太华"句：指东起太华山、西至褒斜二谷。太华，即西岳华山。褒斜，褒水、斜水流经的两条山谷。褒，同"褒"。

⑥椓：敲打，槌击。巀嶭（jié niè 截聂）：即嵯峨山。弋：橛，木桩。

⑦纡（yū 迂）：弯曲。罝（jū 拘）：捕兽的网。

⑧罗：聚集。林莽：草木丛聚之处。此处指原野。

⑨山隅：山旁。此指山脚下。

⑩帅军：犹"率军"。踤阹（cuì qū 翠区）：指聚集在一起围猎野兽。踤，通"萃"，聚。阹，用天然地形围猎野兽。

⑪"锡戎"句：胡人所获禽兽，皆赐予之。锡，通"赐"。

⑫搤（è 饿）：同"扼"。掐住，捉住。

⑬拕：同"拖"。豪猪：一种身上长满硬刺的动物，又称箭猪。

⑭木雍枪累：将木和枪排起，并用绳索联结起来。

⑮储胥：藩篱，栅栏。

⑯扰：扰乱。

⑰廑：同"勤"，勤劳。

⑱功不图：指劳而无益。图，谋取。

⑲不识者：不识事之人。识，明白，明了。

⑳外：指民间。

㉑内：朝廷。干豆之事：指宗庙祭祀。即猎取禽兽，做成干肉，盛满祭器以祭宗庙。干，

干肉。豆，古代食器，也用作祭器，形似盘，下有高足。

㉒玄默：幽玄恬默。指清静无为。

㉓澹泊：恬淡寡欲。

㉔乐远出：以远出为乐。露威灵：宣耀声威。

㉕罢：通“疲”。

㉖蒙：犹愚，自称谦词。或：通“惑”。

㉗吁（xū虚）：叹词，表示惊怪、不以为然。

㉘谓之兹邪：何为如此。

㉙仆：谦称。尝：通“常”。倦谈：懒于讲话。

㉚一二其详：指一一细说。一二，一一，逐一。

㉛举凡：陈述其大概。凡，大概，大略。

㉜览：了解，考察。切：切要，要领。

㉝“封豕”二句：谓秦贪婪，像猛兽一样残食士民。封豕，大猪。窫窳（yà yǔ 轧雨），一种形状奇异的吃人怪兽。

㉞“凿齿”句：谓其他像凿齿一样的凶恶之人，也磨爪牙而相争，加害士民。凿齿，一种怪兽名，相传有凿子一样的牙齿。摩，通“磨”。

㉟麋沸云扰：形容豪俊失路，四处奔走，如糜之沸，如云之扰。麋，同“糜”，粥。沸、扰，纷乱。

㊱群黎：百姓。康：安定。

㊲眷顾：垂爱，关注。此指因关爱而授命。高祖：汉高祖刘邦。

㊳“顺斗极”二句：顺天承命的意思。斗极，北斗星和北极星。天关，指北辰，即北极星。一说，指牵牛星。斗极、天关喻指天帝。

㊴横钜海：横渡大海。钜，同“巨”，大。

㊵票昆仑：摇荡昆仑山。极言刘邦起兵声势之大。票，通“飘”，摇荡。

㊶麾城搟（chàn 忏）邑：指攻城略地。麾城，指挥攻城。搟邑，攻取城邑。搟，芟，削除。

㊷下将：俘虏敌军将帅。降旗：降下敌军旌旗。

㊸殚记：尽记。此句极言交战之多。

㊹勤：苦。

㊺蓬：蓬草，此形容头发像蓬草一样乱。疏：理，梳理。

㊻鞮鍪（dī móu 低谋）：头盔。

㊼介胄：铠甲和头盔。被霑汗：被汗水浸湿。霑，渍，浸。

㊽“以为”句：谓用上述做法而替百姓向皇天请命。虖，同“乎”，于。

㊾展：申，伸张。诎：通“屈”，冤枉，委屈。

㊿振：救。

51规亿载：建立永久的法度。规，法度，作动词用。

52恢：光大。

53密如：安静，安定。如，助词。

54圣文：指汉文帝刘恒。

55随风乘流：指继承汉高祖的传统。

56垂意：留意，关心。至宁：至安之道。

⑰躬服节俭：身体力行，实行节俭。服，实行，致力。

⑱“绨衣”二句：谓衣服、鞋子不穿破，不更换新的。绨衣，厚缯制成的衣服；革鞜（tà沓），皮革做的鞋子。二者均为粗厚耐用之物。敝、穿，均为破敝之意。

⑲大夏：广厦，宽敞的房屋。

⑳无文：不作文饰。

㉑后宫：代指妃嫔。贱、疏：均为轻视之意。此指不使用。瑇瑁：此指用玳瑁甲壳制成的装饰品。瑇，同“玳”。珠玑：珠玉。

㉒却：拒绝。翡翠：玉石的一种。

㉓彫瑑（zhuàn篆）：雕刻。彫，同“雕”。

㉔恶：厌恶。丽靡：指华丽的色彩。

㉕斥：屏弃。芬芳：指装饰用的香物。御：用。

㉖晏衍之乐：邪淫的音乐。

㉗郑卫幼眇（yào miào要妙）之声：指《诗经》中的《郑风》和《卫风》。正统儒家视郑卫之音为乱世之音，因而对其加以排斥。幼眇，细微，犹今言“靡靡之音”。

㉘玉衡正而太阶平：天下太平安定的意思。玉衡，泛指北斗星。北斗七星的第五颗叫玉衡。太阶，古代讲星历，认为天上的星宿分作三台，又称三阶，上阶为天子，中阶为诸侯公卿大夫，下阶为士庶人。三阶平则阴阳和顺，风雨及时，天下太平。

㉙朝廷：指汉武帝。纯仁：至仁。

㉚并包书林：指能包容各类文人学者。书林，文人学者之群。

㉛圣风云靡：谓圣人的教化施及天下。靡，弥漫，笼罩。

㉜英华沈浮：比喻皇帝恩德像英华一样多。英华，草木之美者。比喻皇帝的恩德。沈浮，众多。一说，指轻重得中。沈，同“沉”。

㉝洋溢八区：谓皇帝的恩德沾溉八方。洋溢，充满，广泛传播。

㉞“故意者”二句：谓或许主上知道一切事物是没有长盛不衰的。意者，测度之词，大概，或许。此指揣度成帝心意。以为，认为。罔、靡，无，没有。隆，盛。杀（shài晒），衰微，凋零。亏，减少，毁坏。

㉟平不肆险：平安时不忘记有危险。肆，放，弃。

㊱时：适时。有年：丰年。

㊲整舆竦戎：整治兵车，戮力用兵。竦，通“怂”，劝诫，怂恿。戎，军队，士兵。

㊳振师五莋（zuó昨）：从五莋宫举兵。振，奋，发。五莋，宫殿名。

㊴习马长杨：在长杨宫操练军马，指在长杨宫射猎。

㊵简力狡兽：捕猎凶猛的野兽。简力，犹角力。狡兽，凶猛的野兽。

㊶校武票禽：通过射疾飞的鸟来比试技艺。校，考。票禽，飞得轻快的鸟禽。票，通“飘”。

㊷苹然：聚集在一起的样子。

㊸瞰：远视。乌弋：汉西部边远地区小国名。

㊹西：西望。厌：满足，合心。此指心满意足。月𥦜（kū窟）：又作“月窟”，传说中月的归宿之处。

㊺东：东望。震：振奋，心情激动。日域：太阳升起之处。

㊻一时之事：指田猎。

㊼取：用，当作。国家之大务：国家大事。

⑱淫荒：指过度迷恋，沉溺。

⑲陵夷：指接连不断。御：止，禁。

⑳车不安轫：谓没时间停下车马休息。指田猎的时间安排很紧凑。轫，止车之木。

㉑日未靡旃（zhān 毡）：在日光下旌旗的影子没有移动。指田猎用时短暂。靡，倒，移动。旃，纯赤色的曲柄旗。

㉒从者仿佛：谓随从田猎者人数不多。仿佛，似有若无的样子。

㉓骫（wěi 委）属而还：谓田猎一毕，立即返回。骫属，左右相随。骫，通“委”。

㉔太宗：《文选》作“太尊”，指高祖刘邦。烈：功业。

㉕文武：指汉文帝、汉武帝。度：法度，规范。

㉖复：恢复。三王之田：指古代贤王田猎的“三驱”之制，即田猎时须让开一面，只在三面驱赶，以示好生之德。一说，指田猎以一年三次为度。三王，指夏、商、周三代之君。

㉗反：同“返”。五帝之虞：当指五帝之一的舜之时，以益为负责山泽、苑囿之事的官，开辟山泽，繁衍禽兽。五帝，指黄帝、颛顼、高喾、唐尧、虞舜五位传说中的帝王。虞，官名，负责山泽苑囿之事。《尚书·舜典》：“咨益，汝作朕虞。”《史记·五帝本纪》：“益主虞，山泽辟。”

㉘农不辍耰（yōu 优）：农民不停止耕作。耰，锄田工具。

㉙出恺弟（tì 替）：指处事平和宜人。恺，和乐。弟，通“悌”。此指谦和。

⑩行简易：指做事简单易行，不苛求仪法。

⑩矜劬（qú 渠）劳：怜惜同情劳苦之人。矜，怜悯。劬劳，辛劳，劳苦。

⑩休力役：停止各种徭役。

⑩见百年：前往探视百岁以上老人。

⑩存孤弱：关心照顾幼弱的孤儿和孤苦无依的人。存，抚慰，顾恤。

⑩“帅与之”二句：谓带领并帮助他们，与之同甘共苦。帅，带领。与，帮助。

⑩鞀（táo 逃）：同“鼗”，有柄的小鼓。

⑩建碣磍（jié xiá 捷辖）之虡（jù 俱）：谓建起刻有猛兽形象的钟鼓架。碣磍，猛兽震怒的样子。虡，悬挂钟鼓之类的礼器的架子。

⑩拮隔：敲击。鸣球：玉磬。

⑩掉：指摇动身体。八列之舞：即八佾之舞。八佾即八列，每列八人，共六十四人舞蹈，为天子之乐舞。

⑩“酌允铄”二句：谓酌信义以当酒，帅礼乐以为肴，在饮宴中尽情享受礼乐之美。允，信。铄，美。胥，语气词。

⑪“听庙”句：谓在庙中举行祭祖之礼乐。《诗经·大雅·思齐》：“雍雍在宫，肃肃在庙。”雍雍，形容祭祀时乐声和谐。

⑪福祜（hù 户）：赐福保佑。

⑪“歌投颂”二句：指歌乐符合雅颂的要求。投，合。

⑪“故真”句：所以真正受到神祇的关怀和勉励。劳，劝勉。《诗经·大雅·旱麓》：“恺悌君子，神所劳矣。”

⑪俟：等待。元符：大的祥瑞。

⑪“以禅”二句：指在泰山行封禅大典。到山顶祭天称作“封”，在山下祭地称“禅”。梁甫，泰山脚下小山名，在今山东新泰市西。古代帝王常在此山辟基祭奠山川。

⑪“延光”二句：谓传光耀于将来，比荣华于往古帝王。往号，古帝王的称号。此指三王五帝。

⑱粳稻之地：即稻田。粳，稻之不黏者。

⑲周流：即周游。

⑳蹂践：践踏，扰害。刍荛：草野鄙陋之人。此泛指百姓。

㉑夸诩：夸耀。众庶：指天下百姓。

㉒“盛狖玃（yòu jué又觉）”二句：谓猎获很多狖玃、麋鹿等野兽。盛、多，皆用作动词。狖，猿猴的一种，又称黑猿。玃，大母猴。麋，鹿的一种。

㉓咫尺：极言其短。八寸为咫。

㉔离娄：古代传说中视力很强的人。烛：明察。隅：边远地方。

㉕“客徒”二句：谓墨客只知对将猎获的禽兽送给胡人感到吝惜，却不知这样做已使胡人的王侯归服了我们。爱，吝惜，舍不得。

㉖降席：离开席位。稽首：古时一种跪拜礼，叩头到地。

㉗体：体统，规范，指上述田猎制度。

㉘允：确实。

㉙发蒙：使盲人复明。比喻大开眼界。蒙，盲，目失明。

㉚廓然：豁然开朗的样子。昭：明。

八

班 固

班固（32—92），字孟坚，东汉扶风安陵（今陕西咸阳东）人，出身世代显贵家庭。父班彪，汉代著名学者，曾为《史记》作“后传”数十篇。其后班固在此基础上撰写《汉书》。明帝时以班固为兰台令史（掌章奏及印工文书），继续《汉书》的写作。晚年因大将军窦宪问罪，牵连被捕，死于狱中。《汉书》由其妹班昭及马续续成。

《汉书》继承史家的“实录”精神，叙写西汉一代二百三十年的历史（武帝以前部分多采用《史记》的材料而稍作增删），是我国第一部纪传体断代史，也是一部有成就的史传文学作品，具有与《史记》并称的美誉。《汉书》叙事，“文赡而事详”，“赡而不秽，详而有体”（《后汉书·班固传论》），表现出文辞富赡、组织细密的特点，对后代散文有较大的影响。另外，班固也是有名的汉赋作家。其赋作极力追摹司马相如，规模宏大，尤以《两都赋》最为有名。

苏武传[①]（节选）

武字子卿[②]，少以父任，兄弟并为郎[③]。稍迁至栘中厩监[④]。时汉连伐胡，数通使相窥观[⑤]。匈奴留汉使郭吉、路充国等前后十余辈[⑥]。匈奴使来，汉亦留之以相当[⑦]。天汉元年[⑧]，且鞮侯单于初立[⑨]，恐汉袭之，乃曰：“汉天子我丈人行也[⑩]。”尽归汉使路充国等。武帝嘉其义[⑪]，乃遣武以中郎将使持节送匈奴使留在汉者[⑫]，因厚赂单于[⑬]，答其善意。武与副中郎将张胜及假吏常惠等[⑭]，募士、斥候百余人俱[⑮]。既至匈奴，置币遗单于[⑯]。单于益骄，非汉所望也[⑰]。

方欲发使送武等，会缑王与长水虞常等谋反匈奴中[⑱]。缑王者，昆邪王姊子也[⑲]，与昆邪王俱降汉，后随浞野侯没胡中[⑳]。及卫律所将降者[㉑]，阴相与谋劫单于母阏氏归汉[㉒]。会武等至匈奴，虞常在汉时素与副张胜相知[㉓]，私候胜曰[㉔]：“闻汉天子甚怨卫律，常能为汉伏弩射杀之[㉕]。吾母与弟在汉，幸蒙其赏赐[㉖]。”张胜许之，以货物与常。后月余，单于出猎，独阏氏子弟在[㉗]。虞常等七十余人欲发[㉘]，其一人夜亡，告之[㉙]。单于子弟发兵与战[㉚]。缑王等皆死，虞常生得[㉛]。

单于使卫律治其事[㉜]。张胜闻之，恐前语发，以状语武[㉝]。武曰：“事如此，此必及我[㉞]。见犯乃死，重负国[㉟]。”欲自杀，胜、惠共止之[㊱]。虞常果引张胜[㊲]。单于怒，召诸贵人议[㊳]，欲杀汉使者。左伊秩訾曰[㊴]：“即谋单于[㊵]，何以复加？宜皆降之[㊶]。”单于使卫律召武受辞[㊷]，武谓惠等：“屈节辱命，虽生，何面目以归汉[㊸]！”引佩刀自刺。卫律惊，自抱持武，驰召毉[㊹]。凿地为坎，置煴火[㊺]，覆武其上，蹈其背以出血[㊻]。武气绝，半日复息[㊼]。惠等哭，舆归营[㊽]。单于壮其节[㊾]，朝夕遣人候问武，而收系张胜[㊿]。

武益愈[51]，单于使使晓武。会论虞常，欲因此时降武[52]。剑斩虞常已，律曰：“汉使张胜谋杀单于近臣[53]，当死，单于募降者赦罪。”举剑欲击之，胜请降。律谓武曰：“副有罪，当相坐[54]。”武曰：“本无谋[55]，又非亲属，何谓相坐？”复举剑拟之[56]，武不动。律曰：“苏君！律前负汉归匈奴，幸蒙大恩[57]，赐号称王，拥众数万，马畜弥山[58]，富贵如此。苏君今日降，明日复然。空以身膏草野[59]，谁复知之！”武不应。律曰：“君因我降[60]，与君为兄弟。今不听吾计，后虽欲复见我，尚可得乎[61]？”武骂律曰：“女为人臣子，不顾恩义，畔主背亲，为降虏于蛮夷，何以女为见[62]？且单于信女，使决人死生，不平心持正[63]，反欲斗两主，观祸败[64]。南越杀汉使者，屠为九郡[65]；宛王杀汉使者，头县北阙[66]；朝鲜杀汉使者，即时诛灭[67]。独匈奴未耳。若知我不降明[68]，欲令两国相攻，匈奴之祸从我始矣。”

律知武终不可胁，白单于[69]。单于愈益欲降之，乃幽武[70]，置大窖中[71]，绝不饮食[72]。天雨雪，武卧啮雪与旃毛并咽之[73]，数日不死，匈奴以为神。乃徙武北海上无人处，使牧羝[74]，羝乳乃得归[75]。别其官属常惠等[76]，各置他所。

武既至海上，廪食不至[77]，掘野鼠去草实而食之[78]。杖汉节牧羊[79]，卧起操持，节旄尽落。积五六年，单于弟於靬王弋射海上[80]。武能网纺缴，檠弓弩[81]，於靬王爱之，给其衣食。三岁余，王病，赐武马畜、服匿、穹庐[82]。王死后，人众徙去[83]。其冬，丁令盗武牛羊，武复穷厄[84]。

…………

数月，昭帝即位[85]。数年，匈奴与汉和亲。汉求武等，匈奴诡言武死[86]。后汉使复至匈奴，常惠请其守者与俱[87]，得夜见汉使，具自陈道。教使者谓单于，言天子射上林中，得雁，足有系帛书，言武等在某泽中[88]。使者大喜，如惠语以让单于[89]。单于视左右而惊[90]，谢汉使曰[91]：“武等实在[92]。”……单于召会武官属，前以降及物故，凡随武还者九人[93]。

武以始元六年春至京师[94]。……武留匈奴凡十九岁，始以强壮出，及还，须发尽白。

中华书局校点本《汉书》卷五四

①本篇选自《汉书·李广苏建传》，叙述苏武出使匈奴的事迹，表现了他在万般危难的情况下艰苦卓绝、誓死不屈的节操。其中“苏武牧羊”的故事成为我国人民所熟悉和喜爱的故事之一，后代许多戏剧、歌词、绘画都取材于此。

②武字子卿：这里只叙苏武的名和字，没有提姓和籍贯，因为节去的上一段文字是其父苏建传，已经说过姓苏，是杜陵（在今陕西西安市长安区南）人。

③“少以”二句：年轻时凭父亲的职位，弟兄几个人都做了郎官。父任，父亲的职位。苏建曾做代郡太守，封平陵侯。兄弟，苏武兄名嘉，弟名贤。郎，汉代侍卫皇帝的官员。

④栘（yí 移）中厩（jiù 旧）监：在皇宫栘园的马房中主管鞍马、鹰犬和射猎用具的官员。栘，木名，即唐棣，这里是汉宫中的园名。

⑤“时汉”二句：当时汉朝接连攻打匈奴，常常互相派人窥探对方。胡，这里指匈奴。数（shuò 朔），多次。

⑥留：扣留。十余辈：十多次的使者。

⑦相当：相对抵。

⑧天汉元年：公元前100年。天汉，汉武帝的年号（前100—前97年）。

⑨且鞮（jū dī 居低）侯单（chán 蝉）于：匈奴称其君主为单于，且鞮侯是当时单于嗣位以前的封号。

⑩丈人行（háng 杭）：长辈。丈人，对父辈的尊称。行，辈。

⑪嘉：赞赏。义：指上文释放汉使的行为。

⑫“乃遣”句：于是派遣苏武以中郎将的身份带着皇帝的旄（máo毛）节去出使，以送还汉朝扣留的匈奴使者。中郎将，汉代皇宫主宿卫侍从的武官，秩比二千石。节，即旄节，在竹竿上饰以三层旄牛尾，作为使者的信物。

⑬赂（lù路）：用财物赠送或收买别人。

⑭假吏：临时充任的官吏。

⑮募：招募。士：指随从。斥候：侦察人员。俱：一同前往。

⑯置币：准备财物。遗（wèi位）：赠送。

⑰“非汉”句：不像汉武帝原来希望的那样。

⑱会：恰好遇上。缑（gōu钩）王：匈奴的一个贵族。长水：地名，在今陕西蓝田县。其地多胡骑。虞常：人名，长水人。

⑲昆邪（hún yē浑噎）王：匈奴贵族，汉武帝元狩二年（前121）降汉。姊子：外甥。

⑳浞（zhuó浊）野侯：指汉将赵破奴。武帝太初二年（前103）被匈奴俘虏。没胡中：陷入匈奴，指缑王跟着赵破奴一起为匈奴所俘。

㉑卫律：长水胡人，先在汉朝为官，后降匈奴，封丁零王。所将：所统率的。

㉒“阴相与”句：暗中共同策划，要把单于母亲阏氏劫持到汉朝。阴，暗暗地。劫，劫持。阏氏（yān zhī烟支），单于配偶的称号。

㉓素：平素。相知：互相熟识。

㉔私候：私下拜访。

㉕伏弩（nǔ努）：埋伏弓箭。弩，一种设有机关的弓。

㉖“幸蒙”句：希望得到汉朝的赏赐。其，指汉朝廷。

㉗子弟：指单于的年轻子弟们。

㉘发：发动叛乱。

㉙“其一人”二句：其中有一个人连夜逃出，揭发了这件事。亡，逃走。告，告发。

㉚与战：指与缑王、虞常等人作战。

㉛生得：活捉。此指被活捉。

㉜治：审理。

㉝“恐前语”二句：担心过去和虞常所说的合谋造反的话被泄露，就把情况告诉了苏武。发，泄露。语（yù育）武，告诉苏武。

㉞及：连累。

㉟“见犯”二句：被侮辱之后才死，更加对不起国家。见犯，被侵犯，指被逮捕侮辱。重（chóng虫），更加。

㊱止：劝阻。

㊲引：牵扯，攀连。指虞常供出张胜合谋之事。

㊳诸贵人：指匈奴的贵族。

㊴左伊秩訾（zī资）：匈奴官名。

㊵谋：谋害。

㊶宜皆降之：应该都让他们投降。降之，使之降。

㊷受辞：受审讯。

㊸“屈节”三句：有损于自己的节操，辱没了国家的使命，虽然还活着，但有什么脸面回到汉朝去呢！

㊹“卫律”三句：卫律大惊，亲自抱住苏武，并使人快马请来医生。毉，同“医”。

㊺“凿地”二句：在地上掘个坑，里边点上有烟无焰的火。煴（yūn 晕）火，初燃未旺、有烟无焰的火。

㊻“覆武”二句：把苏武面朝下伏在坑上，敲打他的背以把血放出来（免得血淤积体内为害）。蹈，通“掐（tāo 滔）”，轻轻敲打。

㊼复息：恢复正常的呼吸。

㊽舆归营：用车把苏武运回营帐。舆，作动词用，用车运载。

㊾壮其节：即“以其节为壮”，认为他的气节了不起。

㊿收系：逮捕关押。

51武益愈：苏武的伤渐渐痊愈。

52“单于”三句：单于派使者告知苏武，共同审判虞常，打算趁这时迫使苏武投降。晓，告知。会论，犹言会审。

53“汉使”句：指上文虞常与张胜商议以伏弩射杀卫律之事。近臣，亲近的臣，卫律自指。

54“副有罪”二句：言副使张胜有罪，苏武应当连坐。相坐，连带治罪。

55本无谋：本来没有和张胜同谋。

56“复举剑”句：卫律又举起剑来做出要杀人的样子。拟，比划着做个样子。

57幸蒙大恩：有幸蒙受匈奴单于的大恩。

58“拥众”二句：拥有好几万人，马匹等牲畜漫山遍野。弥，满。

59“空以”句：白白地让自己的肉体变做野草的肥料。指徒然流血牺牲。膏，作动词用，使……肥沃。

60因我：随顺我。

61得：能够。

62“为降虏”二句：你被俘虏而投降了外族，我见你做什么。何以女为见，即“何以见女为”，为什么要见你。女，同“汝”。为，语气助词。

63平心：居心公平。

64“反欲”二句：反而要唆使两方君主相斗，坐观成败。斗两主，使汉和匈奴两主相斗。

65“南越”二句：汉武帝元鼎五年（前 112）夏四月，南越王相吕嘉反，杀其王、王太后及汉使者。武帝遣将征讨。六年，杀吕嘉，遂分南越之地为南海、苍梧、郁林、合浦、交阯、九真、日南、珠厓、儋耳九郡。屠，分裂。

66“宛王”二句：大宛出汗血马。汉武帝派遣使者车令持重金求良马，大宛不与。使者因此辱骂宛王，大宛中贵人乃使东边郁成王遮杀汉使。武帝遂于太初元年（前 104）发兵征大宛。四年，大宛诸贵人乃谋杀大宛王毋寡，献其头并良马于汉。宛王，指大宛王毋寡。大宛，汉代西域国名，在今中亚费尔干纳盆地一带。县，同“悬”。北阙，指汉宫北阙。

67“朝鲜”二句：汉武帝元封二年（前 109），派涉何为使说降朝鲜王右渠，未果。而涉何派人刺死送其返国的朝鲜裨王长。后涉何封辽东东部都尉，朝鲜发兵袭杀何。武帝乃派兵征朝鲜。至元封三年，朝鲜尼溪相参乃使人刺杀朝鲜王右渠，归降汉朝。汉分朝鲜地为真番、临屯、乐浪、玄菟四郡。

68“若知”句：你明知我不肯投降。若，你。

69“律知”二句：卫律知道终究不能用威胁的手段使苏武投降，便报告了单于。白，告诉。

70幽：禁闭，关押。

⑰窖（jiào 叫）：收藏粮食的地洞。

⑫绝不饮食：断绝供应，不给他吃喝。饮食（yìn sì 印寺），都作动词用。

⑬“天雨”二句：天下雪，苏武躺在地窖里嚼着雪，和毡毛一起吞下。雨，落下。啮（niè 孽），咬。旃（zhān 沾），同“毡”，毛织物。

⑭“乃徙”二句：于是把苏武迁到北海没人住的地方，叫他牧羊。徙，迁居。北海，即今贝加尔湖，在今俄罗斯东西伯利亚南部。羝（dī 堤），公羊。

⑮“羝乳”句：等到公羊产下小羊，才能回来。意即永不得归。这是匈奴威胁苏武的话。乳，指生小羊。

⑯别：分别，隔离开。

⑰廪（lǐn 林上声）食：公家供应的粮食。

⑱去：通“弆（jǔ 举）”，储藏。

⑲“杖汉节”句：拿着汉朝的旄节放羊。杖，拄着。

⑳於靬（wū jiān 乌坚）王：且鞮侯单于之弟。弋（yì 义）：用带细绳的箭射猎，此泛指射猎。

㉑“武能”二句：苏武会结渔网，纺缴丝，矫正弓弩。网，作动词用，结网的意思。一本“网”上有“结”字。缴（zhuó 酌），系在箭上的细绳。檠（jǐng 警），矫正弓的工具，这里作动词用，矫正弓弩的意思。

㉒服匿：盛酒酪（lào 涝）的瓦器。穹（qióng 穷）庐：北方游牧民族居住的圆形毡帐，即今“蒙古包”。

㉓“人众”句：意为於靬王部下的人都迁走了。

㉔“丁令”二句：丁令人偷走苏武的牛羊，苏武又穷困了。丁令，即“丁灵”、“丁零”，匈奴的别支。厄（è 饿），困苦。

㉕昭帝：武帝的儿子刘弗陵，公元前 87 年继位。

㉖诡言：诈言，假说。

㉗“常惠”句：常惠请求和看守自己的人一起去。

㉘“言天子”四句：请汉使向单于说，汉帝在上林苑打猎，射到一只大雁，脚上系着用帛写的信，里边说苏武等人在某一个水泽里。上林，即上林苑，汉代皇家苑囿。帛，一种丝织品。

㉙“如惠语”句：照着常惠的话来责怪单于说谎。让，责怪。

㉚“单于”句：单于看看左右侍从，感到非常惊讶。

㉛谢：谢罪，道歉。

㉜实在：确实还活着。

㉝“单于”三句：单于召集当初跟从苏武的僚属，除去以前已投降匈奴和死了的，现在跟随苏武一起回去的共有九人。以，同“已”。物故，死亡。

㉞始元六年：公元前 81 年。京师：京城，指长安。

两都赋[①]并序（节选）

或曰：“赋者，古诗之流也[②]。”昔成康没而颂声寝[③]，王泽竭而诗不作[④]。大汉初定，日不暇给[⑤]。至于武、宣之世[⑥]，乃崇礼官，考文章[⑦]。内设金马、石渠之署[⑧]，外兴乐府、协律之事[⑨]，以兴废继绝，润色鸿业[⑩]。是以众庶悦豫[⑪]，福应尤盛[⑫]。《白麟》、《赤雁》、《芝房》、《宝鼎》之歌[13]，荐于郊庙[14]；神雀、五凤、甘露、黄龙之瑞，以为年纪[15]。故言语侍从之臣，若司马相如、虞丘寿王、东方朔、枚皋、王褒、刘向之属[16]，朝夕论思[17]，日月献纳[18]。而公卿大臣御史大夫倪宽、太常孔臧、太中大夫董仲舒、宗正刘德、太子太傅萧望之等[19]，时时间作。或以抒下情而通讽谕[20]，或以宣上德而尽忠孝，雍容揄扬[21]，著于后嗣，抑亦雅颂之亚也[22]。故孝成之世论而录之[23]，盖奏御者千有余篇[24]，而后大汉之文章，炳焉与三代同风[25]。且夫道有夷隆[26]，学有粗密，因时而建德者，不以远近易则[27]。故皋陶歌虞[28]，奚斯颂鲁[29]，同见采于孔氏，列于诗书，其义一也。稽之上古则如彼，考之汉室又如此。斯事虽细，然先臣之旧式[30]，国家之遗美[31]，不可阙也。

臣窃见海内清平，朝廷无事；京师修宫室，浚城隍[32]，起苑囿，以备制度[33]；西土耆老[34]，咸怀怨思[35]，冀上之眷顾，而盛称长安旧制，有陋雒邑之议[36]。故臣作《两都赋》，以极众人之所眩曜[37]，折以今之法度[38]。其词曰：

有西都宾问于东都主人曰[39]："盖闻皇汉之初经营也[40]，尝有意乎都河洛矣[41]。辍而弗康[42]，寔用西迁，作我上都[43]。主人闻其故而睹其制乎[44]？"主人曰："未也。愿宾摅怀旧之蓄念[45]，发思古之幽情，博我以皇道[46]，弘我以汉京[47]。"

宾曰："唯唯。汉之西都，在于雍州[48]，寔曰长安。左据函谷、二崤之阻[49]，表以太华、终南之山[50]。右界褒斜、陇首之险[51]，带以洪河泾渭之川[52]。众流之隈，汧涌其西[53]。华实之毛[54]，则九州之上腴焉[55]；防御之阻，则天地之隩区焉[56]。是故横被六合，三成帝畿[57]；周以龙兴[58]，秦以虎视[59]。及至大汉受命而都之也，仰悟东井之精[60]，俯协河图之灵[61]，奉春建策，留侯演成[62]，天人合应[63]，以发皇明[64]，乃眷西顾，寔惟作京[65]。于是睎秦岭[66]，睋北阜[67]，挟沣灞[68]，据龙首[69]，图皇基于亿载[70]，度宏规而大起[71]。肇自高而终平[72]，世增饰以崇丽[73]。历十二之延祚[74]，故穷泰而极侈[75]。建金城而万雉[76]，呀周池而成渊[77]。披三条之广路[78]，立十二之通门[79]。内则街衢洞达，闾阎且千[80]；九市开场[81]，货别隧分[82]。人不得顾，车不得旋，阗城溢郭[83]，旁流百廛[84]，红尘四合[85]，烟云相连。于是既庶且富，娱乐无疆，都人士女[86]，殊异乎五方[87]。游士拟于公侯[88]，列肆侈于姬姜[89]。乡曲豪举[90]，游侠之雄，节慕原尝[91]，名亚春陵[92]，连交合众，骋骛乎其中。

"若乃观其四郊，浮游近县[93]，则南望杜霸[94]，北眺五陵[95]，名都对郭[96]，邑居相承[97]。英俊之域[98]，绂冕所兴[99]，冠盖如云，七相五公[100]。与乎州郡之豪杰，五都之货殖[101]，三选七迁[102]，充奉陵邑[103]。盖以强干弱枝[104]，隆上都而观万国也[105]。封畿之内，厥土千里，逴跞诸夏[106]，兼其所有。其阳则崇山隐天[107]，幽林穹谷[108]，陆海珍藏[109]，兰田美玉[110]。商、洛缘其限[111]，鄠、杜滨其足[112]。源泉灌注，陂池交属[113]。竹林果园，芳草甘木，郊野之富[114]，号为近蜀[115]。其阴则冠以九嵕[116]，陪以甘泉[117]。乃有灵宫起乎其中[118]，秦汉之所极观[119]，渊、云之所颂叹[120]，于是乎存焉。下有郑、白之沃[121]，衣食之源，提封五万[122]，疆埸绮分[123]。沟塍刻镂[124]，原隰龙鳞[125]。决渠降雨，荷插成云[126]。五谷垂颖[127]，桑麻铺菜[128]。东郊则有通沟大漕[129]，溃渭洞河[130]，泛舟山东，控引淮湖[131]，与海通波。西郊则有上囿禁苑，林麓薮泽。陂池连乎蜀、汉[132]，缭以周墙，四百余里，离宫别馆，三十六所[133]，神池灵沼[134]，往往而在。其中乃有九真之麟[135]，大宛之马[136]，黄支之犀[137]，条支之鸟[138]。逾昆仑，越巨海[139]，殊方异类[140]，至于三万里。

"其宫室也，体象乎天地[141]，经纬乎阴阳[142]。据坤灵之正位[143]，仿太紫之圆方[144]。树中天之华阙[145]，丰冠山之朱堂[146]。因瑰材而究奇[147]，抗应龙之虹梁[148]。列棼撩以布翼[149]，荷栋桴而高骧[150]。雕玉瑱以居楹[151]，裁金璧以饰珰[152]。发五色之渥彩[153]，光焰朗以景彰[154]。于是左墄右平[155]，重轩三阶，闺房周通[156]，门闼洞开[157]。列钟虡于中庭[158]，立金人于端闱[159]。仍增崖而衡阈[160]，临峻路而启扉[161]。徇以离宫别寝[162]，承以崇台闲馆[163]。焕若列宿，紫宫是环[164]。清凉宣温[165]，神仙长年[166]。金华玉堂，白虎麒麟[167]。区宇若兹[168]，不可殚论。增盘崔嵬[169]，登降炤烂[170]，殊形诡制，每各异观。乘茵步辇[171]，惟所息宴。后宫则有掖庭椒房[172]，后妃之室。合欢增城，安处常宁，茝若椒风，披香发越，兰林蕙草，鸳鸾飞翔之列[173]。昭阳特盛[174]，隆乎孝成[175]。屋不呈材，墙不露形[176]。裛以藻绣[177]，络以纶连[178]。随侯明月[179]，错落其间。金釭衔璧[180]，是为列钱[181]。翡翠、火齐[182]，流耀含英[183]；悬黎、垂棘[184]，夜光在焉。于是玄墀釦砌[185]，玉阶彤庭[186]。碝磩彩致[187]，琳珉青荧[188]。珊瑚碧树[189]，周阿而生[190]。红罗飒纚[191]，绮组缤纷[192]，精曜华烛[193]，俯仰如神[194]。后宫之号，十有四位[195]。窈窕繁华[196]，更盛迭贵[197]。处乎斯列者，盖以百数。左右庭中，朝堂百寮之位[198]。萧曹魏邴[199]，谋谟乎其上[200]。佐命则垂统[201]，辅翼则成化[202]，流大汉之恺悌[203]，荡亡秦之毒螫[204]。故令斯人扬乐和之声[205]，作画一之歌[206]。功德著乎祖宗[207]，膏泽洽乎黎庶[208]。又有天禄、石渠[209]，典籍之府。命夫惇诲故老[210]，名儒师傅，讲论乎六艺，稽合乎同异[211]。又有承明、金马[212]，著作之庭。大雅宏达，于兹为群[213]。元元本本[214]，殚见洽闻[215]，启发篇章，校理秘文[216]。周以钩陈之位[217]，卫以严更之署[218]。总礼官之甲科[219]，群百郡之廉孝[220]。虎贲赘衣[221]，阉尹阍寺[222]，陛戟百重，各有典司。周庐千列[223]，徼道绮错[224]。辇路经营[225]，修除飞阁[226]。自未央而连桂宫[227]，北弥明光而亘长乐[228]。凌隥道而超西墉[229]，掍建章而连外属[230]。设璧门之凤阙[231]，上觚棱而栖金爵[232]。内则别风之嶕峣[233]，眇丽巧而耸擢[234]。张千门而立万户[235]，顺阴阳以开阖[236]。尔乃正殿崔嵬，层构厥高，临乎未央。经骀荡而出馺娑[237]，洞枍诣以与天梁[238]。上反宇以盖戴[239]，激日景而纳光[240]。神明郁其特起[241]，遂偃蹇而上跻[242]。轶云雨于太半[243]，虹霓回带于棼楣[244]。虽轻迅与僄狡[245]，犹愕眙而不能阶[246]。攀井幹而未半[247]，目眴转而意迷[248]。舍棂槛而却倚[249]，若颠坠而复稽[250]。魂怳怳以失度[251]，巡回途而下低[252]。既惩惧于登望[253]，降周流以徬徨[254]。步甬道以萦纡[255]，又杳窱而不见阳[256]。排飞闼而上出[257]，若游目于天表[258]，似无依而洋洋[259]。前唐中而后太液[260]，览沧海之汤汤[261]。扬波涛于碣石，激神岳之嶈嶈[262]。滥瀛洲与方壶[263]，蓬莱起乎中央[264]。于是灵草冬荣[265]，神木丛生[266]，岩峻崷崒[267]，金石峥嵘[268]。抗仙掌以承露[269]，擢双立之金茎[270]。轶埃堨之混浊[271]，鲜颢气之清英[272]。骋文成之丕诞[273]，驰五利之所刑[274]。庶松乔之群类[275]，时游从乎斯庭[276]。实列仙之攸馆[277]，非吾人之所宁[278]。”

中华书局影印李善注本《文选》卷一

①本篇最早见于范晔《后汉书·班彪列传》所附之《班固传》。在描写都邑的汉赋作品中，《两都赋》体制宏大完备，是这类作品的代表。在写作上，它第一次采用了在正文之前加序的方法，使序成为作品的构成部分。《两都赋序》阐明了班固对于汉赋及其流变过程的看法，是研究汉赋发展历史的重要资料。这里节选的是序及《两都赋·西都赋》的前半部分。两都，指汉之西都长安和东都洛阳。

②古诗：古代诗歌，此指“诗三百”之类。流：品类。

③成康：指周成王、周康王。史称成康时天下安宁，刑措不用，为至治之世。周成王，名诵，武王子。周康王，名钊，成王子。颂声：歌颂赞美之声。此指《诗经》中的“颂”诗之类作品。寝：息。

④泽：德泽。

⑤日不暇给：每天忙于事务，没有闲暇时间。给，足。

⑥武、宣之世：指汉武帝、汉宣帝时期。

⑦“乃崇”二句：崇，尊崇。礼官，掌礼仪教化之官。考，考校。文章，著作。此指诗赋之类作品。

⑧金马：汉代官署，以其门前有铜马，故称金马门，为各地征召的优秀之士待诏之处。石

渠：石渠阁。汉高祖时建于未央宫内，是收藏图书典籍之处。署：官署。

⑨乐府：汉代设立的音乐机关。武帝时扩大，除演奏音乐外，又有负责采集歌诗、创作乐曲等任务。协律：协调音律，指整理、创作乐曲等。汉乐府中设协律都尉，主持此事。

⑩鸿业：大业。

⑪悦豫：高兴快乐。

⑫福应：吉祥的感应。这是谶纬迷信的说法。

⑬“白麟”句：这几支歌都是武帝时因为出现了所谓的祥瑞而创作的。汉武帝到雍（今陕西凤翔县一带）游幸，获白麟，作《白麟之歌》。到东海时获赤雁，作《赤雁之歌》。甘泉宫生出芝草，九茎，叶子互相联结，于是作《芝房歌》。又在后土祠旁得到铜鼎，于是作《宝鼎歌》。

⑭荐：进献。郊庙：祭天和祭祖之地。庙，宗庙。

⑮“神雀”二句：这几种是汉宣帝时出现的所谓祥瑞。宣帝时，有神雀集于长乐宫，第二年改元为神爵元年（前61）。公元前57年，有五只凤凰飞来，因而改元为五凤元年。公元前53年，甘露降，因而改元为甘露元年。公元前49年，有黄龙现于广汉郡，因而改元为黄龙元年。瑞，祥瑞。年纪，年号。

⑯“若司马”句：司马相如、虞丘寿王、东方朔、枚皋都是汉武帝时的辞赋作家，王褒为宣帝时作家，刘向为宣、元、成帝时期的作家。虞丘寿王，即吾丘寿王，字子赣，为侍中。东方朔，字曼倩，为太中大夫，给事中。枚皋，字少孺，为郎。王褒，字子渊，为谏大夫。刘向，字子政，为中垒校尉。

⑰论思：讨论思考。指研究辞赋。

⑱献纳：指将所作辞赋献呈给皇帝。

⑲“而公卿”句：倪宽、孔臧、董仲舒、刘德皆为武帝时大臣，萧望之为宣帝时大臣。御史大夫，汉代三公之一，司监察之职。太常，九卿之一，掌典礼祭祀诸事。太中大夫，掌议论之官。宗正，九卿之一，掌皇室宗族事务。太子太傅，辅导太子之官。

⑳通：达。讽谕：用委婉的语言进行劝说。

㉑雍容：和缓的样子。揄扬：赞扬称誉。

㉒雅颂：《诗经》中的雅诗、颂诗。亚：匹、类。

㉓孝成：即汉成帝。论而录之：指成帝时诏刘向校中秘书，因而对于辞赋也加以整理记录。论，论定，评定。

㉔奏御：进献给皇帝看。千有余篇：据《汉书·艺文志》载，包括屈原、宋玉等人的作品及乐府采集的歌诗在内，诗赋共一百零六家，一千三百一十八篇。若以汉代赋作论，则不足千篇。这里说千有余篇，只是约数而已。

㉕炳：显。指成绩辉煌显著。三代：指夏、商、周。风：景象。

㉖道：指世道。夷隆：即盛衰。

㉗远近：指距离当时年代的远近。易则：改变法则。

㉘皋陶（yáo 尧）歌虞：皋陶歌颂虞舜。《尚书》载《皋陶歌》：“元首明哉，股肱良哉，庶事康哉。”皋陶，舜的臣子。

㉙奚斯颂鲁：奚斯赞美鲁国。《诗经·鲁颂·閟宫》有“新庙奕奕，奚斯所作”的句子，《韩诗》薛君注说：“是诗，公子奚斯所作也。”把“作”解释为作这篇诗，与毛诗解释“作”为“作是庙”不同。这里是以韩诗为说。奚斯，鲁国的公子。

㉚先臣：指前文所列举的皋陶、奚斯以及司马相如等汉代诸臣。旧式：老规矩。式，法式。

㉛遗美：遗传下来的美好风尚、德行等。

㉜浚城隍：挖掘护城河。浚，疏通，挖深。隍，没有水的护城河。

㉝备制度：使按制度应有的设施完备。

㉞西土：指长安，西汉京都。耆老：指老者。古人六十称耆，七十称老。

㉟怨思：怨望的情绪。

㊱“有陋”句：存有认为雒邑狭小简陋的议论。雒邑，洛阳，东汉京都。

㊲极：止。眩曜：惑乱。

㊳折：折服。法度：规模，体制。

㊴西都宾、东都主人：《两都赋》中假设的代表西都长安和东都洛阳的两个人物。

㊵皇汉：大汉。经营：筹划营谋，指治理天下。

㊶“尝有意”句：《汉书·高帝纪》载，高祖初都洛阳，后因戍卒娄敬劝说而西都长安。都河洛，在河洛建都。河洛，黄河和洛水之间的地区。这里指洛阳。

㊷辍（chuò绰）而弗康：指建都洛阳的事未能实现。辍，停止。康，安。

㊸“寔（shí石）用”二句：寔用，因此。寔，通“是”，此，这。用，因。作，作成，修建。上都，指长安。古时以右为上。长安在西，居右，故称上都。

㊹故：缘故。指建都于长安的原因。制：形制，样子。

㊺摅（shū书）：发抒。蓄念：积念。

㊻博：广博。指使其更多地了解。皇道：大道。指建都长安的道理。

㊼弘：扩大。指使其增加了解。汉京：指长安。

㊽雍州：中国古代所分的九州之一，相当于现在的陕西、甘肃一带。

㊾左：因函谷、二崤在长安东，所以称左。函谷：函谷关。在今河南灵宝市东北。二崤：崤山。在今河南西部，分东西两支，所以称二崤。阻：险隘之地。

㊿表：指在其外。太华：太华山，即华山，在今陕西华阴市南。终南：终南山，又名南山，秦岭主峰之一，在今陕西西安市西南。

51界：接临，接壤。褒斜：秦岭谷名，长四百七十里。南口称褒谷，北口称斜谷。陇首：山名，在今陕西陇县西北。

52洪河：指黄河。洪，大。泾渭：泾水和渭水。

53汧（qiān牵）涌：汧水涌流。汧河，源于甘肃东部六盘山麓，东南流经陇县、千阳县，至宝鸡入渭水。

54华实之毛：开花结实的草木。华，同“花”。毛，指草木。草木生于地，如同毛发之于人体，所以称“毛”。

55九州：古代传说中的行政区划。说法不一。《尚书·禹贡》以冀、兖、青、徐、扬、荆、豫、梁、雍为九州。上腴：上等富庶的地区。

56隩（ào奥）区：深险的地区。

57“是故”二句：所以能够总领天下，三次成为帝王之都。横被，遍及，广泛覆盖。六合，天地四方。三成帝畿，三次作为帝王之都。三，指周、秦、汉三朝。畿，古时帝王所居方千里的地区称畿。

58龙兴：指王业的创立，如龙之兴起。

59虎视：如虎之视。指威加于全国。

60悟：见。东井之精：据记载，沛公刘邦灭秦时，五星见于东井之野，据说这是刘邦受天命而为帝王的征象。东井，即井宿，古代认为它是属于秦地的分野。精，指五星，即岁星、荧惑、镇星、太白、辰星。古代认为，五星所聚宿，其国王天下（见《汉书·天文志》）。

(61)协：合。河图：据传说，伏羲氏时，有神龙负图出于河，称为河图。后来也把记载帝王受命符应的书称为河图，如汉代的纬书之类。灵：灵验。据纬书《春秋汉含孳》说，刘邦握卯金刀而服天下，成功在西，所以建都长安。

(62)“奉春”二句：指娄敬提出建议，而张良促成之。据记载，刘邦最初想定都洛阳，戍卒娄敬对他陈述建都洛阳的不便，劝刘邦西都长安。刘邦以此询问张良，张良也极力劝刘邦这样做。于是刘邦即日驾至长安。后来，刘邦封娄敬为奉春君，并赐姓刘氏。策，策略，意见。留侯，张良的封号。演成，即促成。

(63)天人合应：指天意和人谋相符合。

(64)发：发扬，显现。皇明：大明，指汉高祖刘邦的圣明。

(65)作京：建成为京都。

(66)睎：望。秦岭：秦岭山脉。这里指终南山。

(67)睋：看。北阜：北山。关中平原北部诸山的总称。

(68)挟：依傍。沣：沣水，源于户县南部山谷，北流入渭水。灞：灞水，源于蓝田县山谷，北流入渭水。

(69)据：靠着。龙首：山名，在华山之西。

(70)图：谋。皇基：皇帝的基业。

(71)度（duó 夺）：谋划。宏规：宏大的规模。大起：大肆兴建。

(72)肇：起始。高：指汉高祖刘邦。平：指汉平帝刘衎。

(73)世：世代。崇丽：高大华丽。

(74)“历十二”句：指从汉高祖到平帝共绵延经历十二代。祚，国祚。

(75)穷泰：穷极奢侈。泰，侈。

(76)金城：语出《管子·度地》，指坚固的城。万雉：极言城墙高广，古代以城墙高三丈、长一丈为雉。

(77)呀（xiā 虾）：大空貌。这里指又宽又深。周池：指护城河。

(78)“披三条”句：开辟三条宽阔的道路。按，古代制度，国都方九里，每边三门，每门都修一条道路，所以说三条。披，开辟。

(79)立：设立，建立。十二之通门：指城四周有十二座城门。通门，指城门之大，可以通达无阻。

(80)闾阎：指里巷。且：近。

(81)九市：汉时长安设立九市，以分别贸易。开场：如同说开张，即开始交易之时。

(82)隧：市中的道路。

(83)阗城溢郭：指城中人众之多，把城郭都塞满了。阗，充塞。

(84)旁流百廛：指在九市之外有许多商业街市。廛（chán 蝉），此指列有店铺的街市。

(85)红尘四合：指尘土飞扬，塞满天地之间。红尘，尘土。四合，从四周合拢来，即笼罩之意。

(86)都人士女：漂亮的男子和女子。都，美好。

(87)殊异：非常不同。五方：东西南北中。这里泛指全国各地。

(88)游士：宦游之士。此指游人。拟丁公侯：指车用服饰可以与公侯相比拟。

(89)列肆：各市中，这里指各市中的妇女。肆，市中店铺。侈于姬姜：指服饰装扮的奢华超过姬姜。姬，周姓。姜，齐国之姓。因姬姜二姓常通婚姻，后因以姬姜作为贵族妇女的美称。

⑩乡曲：乡里。豪举：指举动豪迈的人。

⑪节：志向。原尝：平原君和孟尝君。平原君赵胜，战国时赵国公子，招致宾客数千人。孟尝君田文，战国齐人，也以养士著称，有宾客数千。

⑫亚：匹俦。春陵：春申君和信陵君。春申君黄歇，战国时楚人，为楚考烈王相，封春申君，有宾客三千多人。信陵君魏无忌，详见《史记·魏公子列传》。

⑬浮游：漫游。近县：指临近长安的各县。

⑭杜霸：杜陵和霸陵，汉宣帝刘询和汉文帝刘恒的陵墓。两陵都在长安东南。

⑮五陵：指汉高祖刘邦长陵、汉惠帝刘盈安陵、汉景帝刘启阳陵、汉武帝刘彻茂陵、汉昭帝刘弗陵平陵。五陵都在渭水以北。

⑯名都对郭：指长安与近县之城郭遥遥相对。名都，指长安。

⑰邑居相承：城邑的住宅互相接连。承，承接。

⑱英俊：指才能超群、出类拔萃的人才。古人谓智慧超过万人称英，超过千人称俊（见《文子·上礼》）。

⑲绂冕：指为官的人。绂，印绶。冕，古时大夫以上的人所戴的冠。

⑳七相五公：指丞相、御史大夫和将军等王公大臣。七相，指曾经作过丞相的韦贤、车千秋、黄霸、平当、魏相、王商、王嘉等七人。五公，指作过御史大夫的张汤、杜周和作过将军的萧望之、冯奉世、史丹等五人。公，御史大夫和将军的通称。

⑩五都：指洛阳（今河南洛阳）、邯郸（今河北邯郸）、临淄（今山东临淄）、宛（今河南南阳）、成都（今四川成都）。货殖：指经商的富豪之家。

⑩三选：选择三种人，指上文的七相五公、州郡豪杰、五都货殖。七迁：迁徙于七陵的所在地。五陵加杜陵、霸陵合称七陵，泛指长安地区。秦汉时多有迁关东豪族于关中地区的记载。如《史记》载秦始皇“徙天下豪富于咸阳十二万户”。《汉书·地理志》载：“汉兴，立都长安，徙齐诸田，楚昭、屈、景及诸功臣家于长陵。后世世徙吏二千石、高訾富人及豪桀并兼之家于诸陵。盖亦以强干弱支，非独为奉山园也。”

⑩充奉陵邑：承担供奉皇陵的事务。充，任，担任。陵邑，指皇陵所在地。

⑩强干弱枝：加强主干，削弱旁枝。指加强汉王朝中央的控制力量，削弱各地的地方势力。

⑩隆上都：使长安隆盛。指提高长安的地位。观万国：让万国观瞻。观，给人看。万国，指天下。

⑩逴跞（chuō luò 戳洛）：超绝。诸夏：指全国。

⑩其阳：指长安之南。

⑩穹谷：深谷。

⑩陆海：泛指关中地区。因其地为平原而且物产富饶，所以称为陆海。《汉书·东方朔传》：“汉兴，去三河之地，止霸、产以西，都泾、渭之南，此所谓天下陆海之地。”

⑩兰田：县名，在长安东，以产美玉著名。

⑪商、洛：指商县和上洛县（今陕西商洛一带）。隈：山水弯曲的地方。

⑫鄠（hù 户）、杜：指鄠县（今陕西户县）和杜阳县（今陕西麟游县）。滨：临近。足：指山脚下。

⑬陂（bēi 杯）池：池沼。交属（zhǔ 主）：一个接着一个。

⑭郊野：泛指城外之地。古代城外称郊，郊外称野。

⑮号为近蜀：号称近似于蜀地。蜀地土地肥沃，物产富饶，关中与其相类，所以称为近蜀。

⑯其阴：指长安之北。冠：山势高峻在上，所以称冠。九嵕（zōng 宗）：山名，详见《上林赋》注⑱。

⑰陪：陪衬。甘泉：山名，在今陕西淳化县西北。

⑱“乃有”句：指秦始皇在甘泉山建林光宫，汉武帝又增建扩大为甘泉宫，又建延寿馆、通天台等。灵宫，汉武帝置宫甘泉山以祈祀求仙，所以称为灵宫。

⑲极观：大观。极，最高的。观，景象。

⑳渊、云：指王褒和扬雄。王褒，字子渊，宣帝时人，曾作《甘泉颂》。扬雄，字子云，成帝、新莽时人，曾作《甘泉赋》。

㉑郑、白：指郑国渠和白渠。郑国渠，秦王政十年（前237）开凿。起自中山西瓠口（今陕西泾阳县境），引泾水东流，会合浊水、石川河，东流入洛河，长三百多里，是汉、魏时泾水流域的主要灌溉系统。白渠，也称白公渠，汉武帝太始二年（前95）开凿。起自谷口（今陕西礼泉东北），引泾水东南流，至下邽南注入渭水，全长二百多里，为重要人工灌溉渠道。沃：灌溉。

㉒提封：封限，即界限。提，通“堤”，积土为界称堤。五万：指两渠所能灌溉的大概亩数。据记载，郑国渠可灌田四万余顷，白渠可灌田四千五百余顷。

㉓疆埸（yì 易）：指田地之间的疆界。绮分：分割得像绸子的花纹一样。

㉔刻镂：指沟塍交错像雕刻的一般。

㉕原隰龙鳞：指高地和低湿之地像龙鳞一样排列着。原，高平之地。隰，低湿之地。

㉖“决渠”二句：意指因有郑、白二渠的灌溉之利，乃有下文之丰饶景象。《汉书·沟洫志》载民谣：“郑国在前，白渠起后，举臿为云，决渠为雨。泾水一石，其泥数斗。”荷插，扛着铁锹。插，通“锸”，铁锹。成云，极言修渠人数之多。

㉗颖：禾穗。

㉘铺棻：密布而且茂盛。棻，通“纷”，茂盛的样子。

㉙通沟大漕：指与黄河相通的鸿沟和与渭水相连的漕渠。

㉚溃渭：从旁穿渠直通渭水。溃，决，此指决口引水。据记载，汉武帝时穿漕渠通渭水。洞河：指通于黄河。据《史记》载，黄河水通过鸿沟与淮、泗相通。

㉛控引淮湖：指与淮、湖的水流相通。控引，控制、牵引，长安一带居诸水上游，所以称控引。湖，疑当作“泗”。

㉜蜀、汉：指蜀郡和汉中郡。

㉝“离宫”二句：据《后汉书》注引《三辅黄图》记载，汉代“上林有建章、承光等一十一宫，平乐、茧馆等二十五，凡三十六所”。

㉞神池灵沼：指上林苑中的池沼。“神”、“灵”是对池沼的赞美、形容。

㉟九真之麟：宣帝时，九真郡（今越南河静、清化两省及义安省东部地区）曾献奇兽，此兽驹形、麟色、牛角。

㊱大宛之马：大宛出产的汗血马。大宛，古西域国名，在今中亚的费尔干纳盆地，以出产汗血马著名。

㊲黄支之犀：黄支国出产的犀牛。黄支，古国名，在南海中。

㊳条支之鸟：条支国出产的大鸟。条支，古西域国名，临波斯湾，据说有鸟，卵如瓮。

㊴巨海：大海。

㊵殊方：异域。异类：指各种各样不同种类的禽兽。

㊶“体象”句：指宫室的方圆取象于天地的形态。古人观念是天圆地方，因此，圆象

天而方象地。

⑭“经纬”句：指宫室的布置合于阴阳的法度。经，南北方向。纬，东西方向。

⑭据：占据。坤灵：指地。正位：中正的位置。

⑭太紫：太微和紫宫。太微十二星，四方形，故象方；紫宫环十二星，故象圆。

⑭中天之华阙：高入半天的阙。华，美好壮观。阙，宫门、城门两侧的高台，中间为道路，台上筑楼观。

⑭丰：使广大。冠山之朱堂：在山顶之上的朱红色殿堂。冠山，堂在山上，如同戴有帽子一样，所以称冠山。朱堂，指未央殿。

⑭因：凭借。瑰材：珍奇的材质。究奇：穷尽奇异的形态。

⑭抗：高。此指高高地架起。应龙之虹梁：形如应龙的虹梁。应龙，有翼的龙。虹梁，形容所架之梁如长虹贯空。

⑭棼（fén 坟）：重楼的栋。橑：屋椽。布翼：指栋上布椽，像两翅一样。

⑮荷：负载。栋桴：屋梁。栋，大梁，正梁。桴，位于正梁前后的屋梁。高骧：高举。指栋桴把棼橑高高撑起。

⑮玉瑱（tiàn 天去声）：玉石的柱础。居楹：安放房柱。楹，柱。

⑮“裁金璧”句：用金铂裁制为璧形，用作椽头的装饰。珰，指椽头。

⑮渥彩：鲜明润泽的色彩。

⑮焰朗：像火焰一样明亮。焰，火苗。景彰：影像彰明。景，同“影”。

⑮左墄（qī 戚）右平：左供人行，故为之阶；右供车行，故使之平。墄，台阶。

⑮闺房周通：指殿中和各小室之间都有小门互相连通。闺，宫中小门。

⑮门闼：宫门。大门为门，中门为闼。

⑮钟虡（jù 巨）：悬挂的钟。虡，悬钟的架子。

⑮金人：铜铸的人像。端闱：端门，宫中正门。闱，宫中门。

⑯仍：因。增（céng 层）崖：层层高崖。增，通“层”。衡阈（yù 玉）：设立门槛。衡，通“横”。

⑯峻路：高峻的道路。

⑯徇：绕。离宫别寝：指正宫之外供帝王出巡时居住的宫室。寝，寝殿，指帝王卧室。

⑯承：接。崇台闲馆：高台大馆。闲，空阔宽大。

⑯“焕若”二句：谓诸宫寝台馆周回布列，环绕着未央殿，就像粲粲列星围绕着紫宫一样。

⑯清凉宣温：未央宫中的清凉殿、宣室殿、温室殿。

⑯神仙：指长乐宫的神仙殿。长年：殿名。

⑯“金华”二句：指未央宫中的金华殿、玉堂殿、白虎殿、麒麟殿。

⑯区宇：一处处的殿宇。兹：指上述各殿。

⑯增：通“层”，重重。盘：屈曲。崔嵬：高大貌。

⑰登降：上下。炤（zhāo 召）烂：明亮，灿烂。炤，同“昭”。

⑰“乘茵”句：乘坐带有车垫的辇车。茵，垫子。步辇，乘辇而行。辇，人挽的车，秦汉以后称帝王后妃专用之车。

⑰掖庭：宫中的旁舍，宫人居住之地。椒房：宫中后妃居住的殿舍，以椒泥涂壁，故称。

⑰“合欢”六句：合欢、增成至鸳鸾、飞翔，均未央宫后宫殿名，为后妃所居。列，类，指上述诸宫殿。

⑰④昭阳：未央宫后宫殿名，汉成帝时赵飞燕所居。飞燕初为婕妤，后为皇后，其妹为昭仪，贵倾后宫。

⑰⑤隆乎孝成：在成帝之世最盛，暗指赵氏姊妹深受成帝宠爱。隆，兴盛。

⑰⑥“屋不”二句：谓因装饰华丽繁复，以至于看不出房屋墙壁的本来面貌。呈，显露。

⑰⑦裛：缠绕。藻绣：五彩的绣品。

⑰⑧络：绕。纶连：用丝带结成的网络。犹今之扎彩。

⑰⑨随侯：随侯珠。见《谏逐客书》注㉑。明月：宝珠，以其光辉如月，所以称明月珠。

⑱⓪金釭（gōng工）：宫殿壁带（壁中横木露出如带形）上的环形金属饰物。衔璧：嵌镶着璧玉。《汉书·外戚传·孝成赵皇后》：“壁带往往为黄金釭，函蓝田璧，明珠、翠羽饰之，自后宫未尝有焉。”可参考。

⑱①列钱：指像钱币一样排成行列。

⑱②翡翠：指翠鸟的羽毛。用以饰帏帐。火齐：火齐珠，宝珠的一种。

⑱③流耀：光彩流动。含英：光明内含。

⑱④悬黎、垂棘：都是玉璧名。

⑱⑤玄墀：以黑漆涂地。墀，殿上的地面。釦（kòu扣）砌：用金玉缘饰台阶。釦，以金玉饰器。砌，台阶。

⑱⑥玉阶：以白玉为台阶。彤庭：将厅堂漆成红色。

⑱⑦碝（ruǎn软）、磩（qī戚）：都是次于玉的石名。綵致：文理致密。

⑱⑧琳、珉：也都是次于玉的石名。青荧：发出青色的光彩。

⑱⑨珊瑚碧树：指珊瑚、玉树等摆设。

⑲⓪周阿而生：谓置之殿庭之隅。阿，曲隅。

⑲①红罗：红色丝织品。此指用红罗所制衣裙。飒纚（xǐ喜）：长袖飘舞貌。

⑲②绮组：用织有花纹的缯做成的绶带。缤纷：盛多貌。

⑲③精曜华烛：宫中美人神采飞扬，像华美的蜡烛一样光彩照人。

⑲④俯仰如神：美人动作俯仰如神仙般姣好。

⑲⑤“后宫”二句：指汉代后宫的称号共有十四等。据《汉书》记载，汉代后宫正嫡称皇后，妾皆称夫人，共有十四等。这十四等是昭仪、婕妤、娙娥、容华、美人、八子、充依、七子、良人、长使、少使、五官、顺常以及无涓、共和、娱灵、保林、良使、夜者（以上六种共为一等）。

⑲⑥繁华：喻容貌美丽。

⑲⑦更盛迭贵：谓贵盛不一，相继替代。更，替。迭，代。

⑲⑧百寮：百官。寮，通“僚”。

⑲⑨萧：指萧何，沛人，随刘邦定天下，刘邦即位，拜为相国。曹：曹参，沛人，萧何死后，代萧何为相国。魏：魏相，字弱翁，济阴人，汉宣帝时为丞相。邴：邴吉，字少卿，鲁国人，代魏相为丞相。

⑳⓪谋谟：出谋划策。谟，谋。

⑳①佐命：辅佐帝王创业。垂统：指帝王把基业传给后代。此指能长治久安。

⑳②辅翼：辅佐协助。此指辅佐帝王治理天下。成化：形成风气。指开一代新风气。

⑳③流：流布。恺悌：和易近人。这里指仁爱之德。

⑳④荡：荡涤，消除。毒螫（shì是）：毒害。指秦的酷虐之政。

⑳⑤乐和之声：欢乐和谐的乐曲。此代指善政。《孔丛子》云：“古之帝王，功成作乐，其功

善者其乐和。”

⑳⑥画一之歌：汉代颂扬萧何、曹参德政的歌谣，见《汉书·萧何曹参传》。歌曰：“萧何为法，讲若画一；曹参代之，守而勿失。载其清靖，民以宁壹。”画一，整齐，一致。

⑳⑦祖宗：指汉高祖和汉文帝。高祖庙号太祖，文帝庙号太宗，故称。

⑳⑧膏泽：指恩泽。洽：遍及。黎庶：指百姓。

⑳⑨天禄、石渠：都是汉王室收藏图书的阁名，在未央宫大殿北。

㉑⓪惇诲故老：指勉力教诲的老臣。故老，年老而有声望的人，多指旧臣。

㉑①“讲论”二句：六艺，指儒家六经，即《诗》、《书》、《礼》、《乐》、《易》、《春秋》。稽合，考校。

㉑②承明、金马：承明庐和金马门，汉代文士待诏者所居之处。

㉑③“大雅”二句：指德行高尚而又学识渊博的人，在这里有很多。群，众多。

㉑④元元本本：追源寻本。元元，探索原始。本本，寻求根本。

㉑⑤殚见：识见精微。殚，尽。洽闻：闻见广博。

㉑⑥秘文：秘书，指宫廷藏书。

㉑⑦周：环绕。钩陈之位：指宫殿侍卫之位。钩陈，星名，卫紫微宫，所以这里用作宫卫的象征。

㉑⑧严更之署：主管夜间巡视报时的署衙。

㉑⑨总：聚集。礼官之甲科：礼官试策的优秀人才。礼官，指奉常。汉代奉常署设博士官掌试策，考其优劣以定甲乙科。

㉒⓪群：汇合。百郡：指全国各地。百郡是举其概数而言。廉孝：指以孝廉而被荐举的人。

㉒①虎贲：主管天子宿卫的人员。赘衣：主管天子衣物的官。

㉒②阉尹、阍寺：掌管宫禁门户诸事的宦官。阍、寺，都是宦者。

㉒③周庐：皇宫周围所设的警卫庐舍。千列：形容极多。

㉒④徼道：往来巡查警戒所经过的道路。绮错：交错。

㉒⑤辇路：楼阁可以行辇的陛阶。经营：设计营造。

㉒⑥修除：修治。飞阁：指阁道，空中架设的通道。

㉒⑦未央：未央宫。桂宫：宫名，汉武帝造，在未央宫北，有复道与未央宫相连。

㉒⑧弥：终。明光：明光宫，汉武帝为求仙而建。亘：连接。长乐：长乐宫，汉高祖由秦兴乐宫改建。

㉒⑨隥（dèng邓）道：阁道，由石级组成的山道。超：超越。墉：城墙。

㉓⓪“掍（hùn混）建章”句：建章宫在未央宫西，长安城外。汉武帝时，在未央、建章二宫之间，跨城作飞阁，有辇道相通。掍，同“混”。外属，指城外的建章宫。属，类。

㉓①壁门：建章宫正门。凤阙：在建章宫东，高二十余丈。

㉓②觚棱：殿堂的最高处。这里指凤阙的最高处。金爵：铜凤凰。建章宫阙上有铜凤凰。爵，通“雀”，此指凤凰。

㉓③别风：指建章宫壁门内的折风阙，折风一名别风。嶕峣：高耸。

㉓④眇：通“妙”。美好。丽巧：壮丽奇巧。

㉓⑤“张千门”句：指建章宫设立的门户之多。

㉓⑥顺阴阳：按照阴阳的变化。过去说晚为阴，朝为阳。

㉓⑦骀（dài殆）荡、馺（sà飒）娑：都是建章宫中宫殿名。

㉓⑧洞：穿过。枍（yì义）诣、天梁：均为建章宫中宫殿名。

㉓⑨反宇：飞檐上翻。盖戴：覆盖。

㉔⓪激日景：指宫殿的光彩与日光互相激荡。景，同“影”。纳光：指光线射入室内。纳，收纳。

㉔①神明：神明台，汉武帝建。郁：盛貌。

㉔②偃蹇：高耸貌。跻（jī 机）：升。

㉔③轶：超过。太半：三分之二称为太半。

㉔④回带：萦曲盘绕。棼楣：指楼阁的栋梁。

㉔⑤轻迅：轻捷迅疾。僄（piào 票）狡：敏捷勇猛。

㉔⑥愕眙（chì 翅）：惊恐貌。眙，眼直视。阶：攀登。

㉔⑦井幹：楼名，汉武帝建，高五十丈。

㉔⑧眴（xuàn 炫）转：目光摇曳，看不清楚。意迷：神智迷惘。

㉔⑨舍：止。棂槛：栏杆。

㉕⓪若：似乎。稽：留。

㉕①怳怳：不能自持貌。失度：失去常度。

㉕②巡（yán 沿）：通“沿”，顺着。回塗：即回途，依原路。下低：下至低处。

㉕③惩惧：恐惧。

㉕④周流：周游。

㉕⑤甬道：楼阁的空中通道。萦纡：萦回曲折。

㉕⑥杳窱（tiǎo 挑）：同“窈窕”，深邃貌。阳：光明。

㉕⑦排：推开。飞闼：阁道上的门，因其势若凌空，所以称飞闼。

㉕⑧游目：目光由近及远，随意观览。天表：天外。

㉕⑨洋洋：无所归依的样子。

㉖⓪唐中：池名，在建章宫太液池南。太液：池名，在建章宫北，中起三山，以象蓬莱、方丈、瀛洲。

㉖①汤（shāng 商）汤：水势浩大貌。

㉖②“扬波涛”二句：言池水像大海波涛冲激碣石山一样发出大声响。碣石，碣石山，在河北昌黎县北。激，冲激。神岳，神山，指碣石山。嶈（qiāng 抢）嶈，水波冲击山石的声音。

㉖③滥：浮。指瀛洲、方丈等仙山在浩渺的水波中，如同漂浮着一样。方壶，方丈山的别名。

㉖④中央：指蓬莱居于瀛洲、方丈的中央。

㉖⑤灵草：仙草，传说食之可以长生。荣：茂盛。

㉖⑥神木：指灵异的树木。

㉖⑦崷崪（qiú zú 酋卒）：高峻貌。

㉖⑧金石：形容仙山石头的贵重。

㉖⑨抗：高举。仙掌以承露：汉武帝时，在建章宫以铜做承露盘，高二十丈，上有仙人掌以承接露水，冀饮以延年。

㉗⓪擢：耸立。金茎：指承露盘的铜柱。

㉗①轶：超过。埃堨（ài 爱）：尘埃。堨，尘。

㉗②鲜：净洁。颢气：指洁白的露气。颢，气白貌。清英：精华。指澄澈纯净的露水。

㉗③文成：指文成将军。齐人李少翁以方术进见汉武帝，声称可以招致天神，汉武帝封李少翁为文成将军。丕诞：大话。指大法术。

㉗④五利：五利将军。胶东人栾大多方略，又敢为大言，曾声称在东海中见到安期、羡门这些仙人。汉武帝就拜他为五利将军。刑：法，榜样。

㉗⑤庶：希幸。松乔：指赤松子和王子乔，都是传说中的仙人。赤松子，传说是神农时的雨师，常服食水玉，并以此教神农。王子乔，传说为周灵王的太子晋，被道士浮丘公接到嵩山之上而成仙。群类：指众仙人之类。

㉗⑥时：时时。游从：相随而游。斯庭：指上述诸官殿。

㉗⑦攸馆：住所。

㉗⑧所宁：指安居之处。宁，安居。

咏史①

三王德弥薄②，惟后用肉刑③。太仓令有罪④，就递长安城⑤。自恨身无子，困急独茕茕⑥。小女痛父言，死者不可生⑦。上书诣阙下⑧，思古歌《鸡鸣》⑨。忧心摧折裂⑩，《晨风》扬激声⑪。圣汉孝文帝，恻然感至情⑫。百男何愦愦⑬，不如一缇萦。

中华书局校点本《史记》卷一〇五

①本篇选自《史记·扁鹊仓公列传》唐张守节“正义”所引，题目据《诗品》“孟坚才流，而老于掌故，观其《咏史》，有感叹之词”而加。诗作概述缇萦上书救父故事，虽质木无文，却是我国现存最早的文人五言诗。

②三王：三代之王，指夏禹、商汤、周武王。弥：益也，犹言“越来越”。

③惟后：随后。肉刑：指残伤人体的刑罚，如黥、劓、刖以至大辟等。

④太仓令：主管国家仓库之官，此指淳于意，缇萦之父，汉代良医。

⑤递：押送。《史记·扁鹊仓公列传》：“文帝四年中，人上书言意，以刑罪当传西之长安。”递，一作“逮”。

⑥茕茕：孤独无援状。

⑦“小女”二句：《史记·扁鹊仓公列传》载淳于意被逮之时，“意有五女，随而泣。意怒，骂曰：‘生子不生男，缓急无可使者!’于是少女缇萦伤父之言，乃随父西。上书曰：‘妾父为吏，齐中称其廉平。今坐法当刑，妾切痛死者不可复生，而刑者不可复续，虽欲改过自新，其道莫由，终不可得。妾愿入身为官婢，以赎父刑罪，使得改行自新也’”。小女，即指缇萦。

⑧阙下：指朝廷。

⑨思古：追思古人。《鸡鸣》：见《诗经·齐风》，含无罪被谗之意，见三家诗说。

⑩“忧心”句：意为内心忧伤如折裂般痛苦。摧，悲痛。

⑪《晨风》：见《诗经·秦风》。《毛诗序》以为该诗刺康公“弃其贤臣”，本篇取义亦在此，即上书中所谓“妾父为吏，齐中称其廉平”而将被刑之意。激声：令人感动之声。

⑫恻然：忧伤貌。至情：指父女之情。情，或作“诚”。《史记·扁鹊仓公列传》：“书闻，上悲其意，此岁中亦除肉刑法。”

⑬愦愦：庸碌无能的样子。愦愦，或作“愤愤”。

九

张衡

张衡（78—139），字平子，南阳西鄂（今南阳石桥镇）人。精天文、阴阳、历算之学，东汉安帝时被召为郎中，先后做过太史令、侍中（皇帝的侍从官）、河间相（河间王刘政的相）等。为官时，敢于对国家政事提出意见；但遭到宦官谗毁后，时有全身远害、归隐田园的思想。

张衡是我国古代著名的科学家，曾发明浑天仪和候风地动仪，著有《灵宪》、《算罔论》等。在文学方面，创作有诗、赋多篇。较著名的赋作有《二京赋》、《南都赋》、《思玄赋》、《归田赋》等；诗作有《四愁诗》、《同声歌》等。

归田赋①

游都邑以永久②，无明略以佐时③。徒临川以羡鱼④，俟河清乎未期⑤。感蔡子之慷慨，从唐生以决疑⑥。谅天道之微昧⑦，追渔父以同嬉⑧。超埃尘以遐逝⑨，与世事乎长辞⑩。

于是仲春令月⑪，时和气清，原隰郁茂⑫，百草滋荣。王雎鼓翼⑬，鸧鹒哀鸣⑭。交颈颉颃⑮，关关嘤嘤⑯。于焉逍遥⑰，聊以娱情。尔乃龙吟方泽，虎啸山丘⑱。仰飞纤缴⑲，俯钓长流。触矢而毙⑳，贪饵吞钩㉑。落云间之逸禽㉒，悬渊沉之魦鰡㉓。于时曜灵俄景，系以望舒㉔。极般游之至乐㉕，虽日夕而忘劬㉖。感老氏之遗诫㉗，将回驾乎蓬庐㉘。弹五弦之妙指㉙，咏周孔之图书㉚。挥翰墨以奋藻㉛，陈三皇之轨模㉜。苟纵心于物外，安知荣辱之所如㉝。

中华书局影印李善注本《文选》卷一五

①这是一篇抒情短赋，主要抒写田园之美、隐逸之乐，反映了作者政治上受打击后的归隐情绪。全篇清新自然，行文有骈偶成分，显示了东汉赋作的一种发展变化。

②都邑：指东汉的都城洛阳。永久：长久。

③“无明略”句：没有智谋辅佐当世的君主。这是自谦的话。明略，高明的谋略。

④“徒临川”句：意为自己空怀佐时之愿而无所实施。“临川羡鱼”当为汉人的一句俗语。《淮南子·说林训》：“临河而羡鱼，不如归家织网。”《汉书·董仲舒传》：“临渊羡鱼，不如退而结网。”义并同。本意为羡慕荣利不如退而修德。这里指空有佐时之志而不能施展，不如归田以修身养性。

⑤俟（sì四）：等待。河清：指政治清明之时。古人认为黄河水清是政治清明的表现，而据说黄河几百年才清一次。未期：未知具期。

⑥“感蔡子”二句：意思说，想到了蔡泽那样慷慨不得志，愿意也请唐生给自己决断一下前途命运。感，有所感，想到。蔡子，即蔡泽，战国时燕人，先不得志，去求术士唐举看相，

后来到秦国代范睢为相。慷慨，不得志貌。唐生，即唐举。决疑，指请唐举看相事。

⑦谅：信，诚然是。天道：天理。微昧：昏暗不明。

⑧渔父：《楚辞·渔父》中的人物，是屈原描述的一个避世的隐者形象。嬉：游玩。

⑨埃尘：比喻纷乱污浊的现实。遐逝：远远地离开。

⑩世事：指世俗之事。长辞：永别。

⑪仲春：阴历二月。令：善，好。"月"称"令月"，如同"日"、"时"称"吉日"、"良辰"一样。

⑫隰（xí 席）：低湿之地。郁茂：形容草木繁盛。

⑬王雎：即雎鸠，一种水鸟。

⑭鸧鹒（cāng gēng 仓庚）：黄莺。

⑮颉颃（xié háng 协杭）：鸟上下翻飞貌。

⑯关关：王雎和鸣的声音。嘤嘤：鸧鹒的叫声。以上六句写万物各尽其性，各得其乐。

⑰于焉：于是，在这里。

⑱"尔乃"二句：以龙吟、虎啸自比，写出一种逍遥自在的生活状态。尔乃，于是乎。方泽，大湖。

⑲飞：这里是射出之意。纤缴（zhuó 浊）：指射鸟的箭。纤，细。缴，系在箭上的丝绳。

⑳触矢而毙：写鸟被射死。应上"仰飞"句。

㉑贪饵吞钩：贪图吃食而吞下钓钩，写鱼被钓到。应上"俯钓"句。

㉒"落云间"句：再写射鸟之乐。逸禽，指飞得高远的鸟。

㉓"悬渊沉"句：再写钓鱼之乐。悬，指钓起。渊沉，深渊。魦，同"鲨"，指吹沙鱼，古代一种小鱼名。鰡（liú 留），即鲻（zī 资）鱼。

㉔"于时"二句：这时候，阳光西落，明月东上。曜灵，一作"耀灵"，太阳。俄，倾斜。景，同"影"。系，接续。"系"一作"继"。望舒，神话中月神的御者，代指月。

㉕极：尽情地。般（pán 盘）游：同"盘游"，盘桓游玩。

㉖劬（qú 渠）：过分的劳累。

㉗老氏：指老子。遗诫：遗留下来的告诫。《老子》十二章有"驰骋畋猎，令人心发狂"的话。即告诫人们不能耽于田猎。

㉘回驾：驾着车子返回。蓬庐：茅屋。

㉙五弦：五弦琴。相传为舜所制。指，通"旨"，旨趣。

㉚周孔：周公和孔子。

㉛"挥翰墨"句：言奋笔写作。翰墨，笔墨。奋藻，写文章。藻，辞藻，指文章。

㉜陈：述说。三皇：传说中远古的帝王，具体名号传说不一，或说为天皇、地皇、泰皇，或说为燧人、伏羲、神农，或说为伏羲、神农、黄帝等。轨模：法规，法度。

㉝"苟纵心"二句：是说只要自己能放纵心志于世俗之外，哪里还去考虑荣辱得失的结果呢。如，往，归。

一〇 赵壹

赵壹（生卒年不详），字元叔，汉阳西县（今甘肃天水市）人，主要活动约在东汉桓帝、灵帝时。为人不满世俗，恃才倨傲，初屡抵罪，几被处死。灵帝光和元年（178），举郡上计吏，到京师，名声大振。后十辟公府，皆不就，终老于家，终身为官不过郡吏。他的著作，据《后汉书》本传所记，有赋、颂、箴、诔、书、论及杂文十六篇。流传到现在的，以《刺世疾邪赋》最有名。

刺世疾邪赋[①]

伊五帝之不同礼，三王亦又不同乐[②]，数极自然变化[③]，非是故相反驳[④]。德政不能救世溷乱[⑤]，赏罚岂足惩时清浊[⑥]？春秋时祸败之始[⑦]，战国愈复增其荼毒[⑧]。秦、汉无以相逾越[⑨]，乃更加其怨酷[⑩]。宁计生民之命[⑪]，唯利己而自足[⑫]。

于兹迄今[⑬]，情伪万方[⑭]。佞谄日炽[⑮]，刚克消亡[⑯]。舐痔结驷[⑰]，正色徒行[⑱]。妪媀名埶[⑲]，抚拍豪强[⑳]。偃蹇反俗[㉑]，立致咎殃[㉒]。捷慑逐物[㉓]，日富月昌。浑然同惑[㉔]，孰温孰凉[㉕]。邪夫显进[㉖]，直士幽藏[㉗]。

原斯瘼之攸兴[㉘]，实执政之匪贤[㉙]。女谒掩其视听兮[㉚]，近习秉其威权[㉛]。所好则钻皮出其毛羽[㉜]，所恶则洗垢求其瘢痕[㉝]。虽欲竭诚而尽忠，路绝崄而靡缘[㉞]。九重既不可启[㉟]，又群吠之狺狺[㊱]。安危亡于旦夕，肆嗜欲于目前[㊲]。奚异涉海之失柂[㊳]，积薪而待燃。荣纳由于闪揄[㊴]，孰知辨其蚩妍[㊵]。故法禁屈挠于埶族[㊶]，恩泽不逮于单门[㊷]。宁饥寒于尧舜之荒岁兮，不饱暖于当今之丰年。乘理虽死而非亡[㊸]，违义虽生而匪存[㊹]。

有秦客者[㊺]，乃为诗曰："河清不可俟[㊻]，人命不可延。顺风激靡草[㊼]，富贵者称贤[㊽]。文籍虽满腹[㊾]，不如一囊钱。伊优北堂上[㊿]，抗脏倚门边[51]。"

鲁生闻此辞[52]，系而作歌曰[53]："埶家多所宜，欬唾自成珠[54]。被褐怀金玉，兰蕙化为刍[55]。贤者虽独悟，所困在群愚[56]。且各守尔分，勿复空驰驱[57]。哀哉复哀哉，此是命矣夫[58]！"

中华书局校点本《后汉书》卷八〇下

①本篇选自《后汉书·文苑列传》。文中大胆抨击了东汉后期的黑暗政治和腐败的社会风气，言辞质直，感情激昂，较能切中时弊，是汉赋中不多见的作品。疾，憎恨。一作"嫉"，义同。

②"伊五帝"二句：言五帝、三王的时代不同，典章制度也有所不同。伊，发语词。五帝，传说中的五个古帝王，据《史记》所记，为黄帝、颛顼、帝喾、尧、舜。礼，泛指典章制度。下句"乐"义同此。三王，指夏、商、周三代开国的君主禹、汤和周武王。

③“数极”句：气数到了极限，自然要发生变化。数，气数，即命运，是古代一种不科学的、先验论的观念。极，指发展到顶点。

④“非是”句：非和是本来就是相互排斥的。反驳，反对，排斥。

⑤溷（hùn混）乱：浑浊纷乱。溷，同“混”。

⑥岂足：怎能够。惩：惩戒。清浊：偏义复词，浊乱之意。

⑦时：是。

⑧愈复：更加。荼（tú途）毒：残害。此指人们的苦难。

⑨“秦、汉”句：秦、汉没有什么比以前（春秋战国）好的地方。逾越，超出。

⑩怨酷：惨酷暴烈。

⑪宁计：哪里能想到。

⑫唯：只是。自足：指满足自己的欲望。

⑬于兹：自此，从这时。

⑭情伪：情弊，弊病。万方：指众多。

⑮佞谄（nìng chǎn泞产）：奸巧谄媚。炽（chì翅）：盛行。

⑯刚克：指一种刚正胜人的品德。《尚书·洪范》说，治民要靠三德：“一曰正直，二曰刚克，三曰柔克。”

⑰“舐（shì士）痔”句：意为那些善于阿谀拍马的人得到了高车驷马，非常显赫。《庄子·列御寇》有一篇寓言说，宋人曹商为秦王舐痔而得到车乘的赏赐。舐，舔。痔，痔疮。

⑱正色：指不能巧言令色的正直之人。徒行：徒步行路（与“结驷”者成对照）。

⑲妪踽（yǔ qǔ羽取）：即“伛偻”，这里形容弯腰打躬的样子。名執：指有名有势的人。執，同“势”。下同。

⑳抚拍：亲附、取谀。

㉑偃蹇：高傲。指独立不羁。反俗：不同于世俗。

㉒立致：立即招致。咎殃：灾祸。

㉓捷慑：同“捷蹑（niè聂）”，快步走。逐物：指追逐权势名利。

㉔“浑然”句：意为是非不分。惑，辨认不清。

㉕“孰温”句：指冷热不分，好坏莫辨。

㉖邪夫：奸邪小人。显进：得到荣耀和提升。

㉗直士：正直之士。幽藏：潜居隐藏，指沉沦底层。

㉘原：作动词用，指追根究源。斯：这。瘼：病症。攸：所。兴：兴起，发生。

㉙执政：掌权的统治者。匪：同“非”，不。

㉚女谒（yè业）：指宫中得宠的女人。掩：遮蔽。

㉛近习：指执政者平素所亲狎的人。秉：持，把握。

㉜所好（hào号）：指“女谒”、“近习”所喜爱的人。钻皮出其毛羽：形容百般加以美化。

㉝恶（wù务）：厌恶。洗垢求其瘢痕：形容吹毛求疵地加以指摘。

㉞绝崄（xiǎn险）：极其险峻。崄，同“险”。靡缘：指没有任何机会。缘，因缘，机遇。

㉟九重：九重门，指皇帝所居之处。启：打开。

㊱“又群吠”句：喻指皇帝周围小人的谗言。狺（yín寅）狺，狗叫声。

㊲“安危亡”二句：执政者安心地处于这危亡即将发生之时，并放纵着自己眼前的贪欲。

㊳奚异：有何不同。柂：同“舵”。

㊴荣纳：享荣宠而被进用。闪揄：同“闪输”，邪佞不正貌。

㊵蚩：同“媸（chī痴）”，丑陋。妍（yán言）：美好。

㊶法禁：法令。屈挠：被阻挠破坏。埶族：与“寒门”相对，指豪门大族。

㊷逮：及，到达。单门：指无权势的寒门。

㊸乘理：顺理，坚持真理。

㊹违义：违背正义。

㊺秦客：作者所虚拟的人物。

㊻河清：指政治清明之时。参见《归田赋》注⑤。俟：待。

㊼“顺风”句：形容世俗之人像小草随风倒伏。激，吹动。靡草，细小的草。

㊽“富贵者”句：言富贵之人总是被称颂为贤者。

㊾文籍：文章典籍，指学问。

㊿“伊优”句：意为小人得到重用。伊优，指阿谀谄媚的人。北堂，坐北朝南的厅堂，富贵者所居。

(51)抗脏：指刚直的人。倚门边：形容被执政者弃置不用。

(52)鲁生：也是作者虚拟的人物。

(53)系：接着。

(54)“埶家”二句：意为有权势的人家，他们的所作所为，总是被认为是适当的；他们所说的话，都被视为珠玉之言。欬唾，指谈吐议论。欬，同“咳”。

(55)“被褐”二句：意为贫贱的人即使满怀德才，也被人轻视，就像兰蕙被看作刍草一样。被褐，身穿粗布衣，指贫贱者。金玉，喻指好的德才。兰、蕙，都是香草名。刍，喂牲畜的干草。

(56)“贤者”二句：意为贤能的人虽然自己觉悟到这种情况，但却为众多愚昧之人的俗见所困，不能改变这种现实。独悟，独自觉悟，指认识到上述“埶家”和贫贱有德之人的不同境遇。群愚，众多的昏愚之人。

(57)“且各”二句：姑且各自守住自己的本分吧，不要再白白地奔波了。

(58)命：命运。在作了一系列的揭露之后，上面四句语含讽刺。

一一 蔡邕

蔡邕（132—192），字伯喈，陈留圉（今河南杞县）人。东汉末文学家，书法家。有才学，好辞章、数术、天文，通音律，善鼓琴。灵帝时为议郎，因上书匡谏朝政阙失，几被杀，后减罪流放朔方。遇赦后，畏宦官陷害，“亡命江海，远迹吴会”（《后汉书·蔡邕列传》）十余年。董卓专权，被任为侍御史，官至左中郎将。卓被诛后，为王允所捕，死于狱中。

蔡邕“所著诗、赋、碑、诔、铭、赞、连珠、箴、吊、论议、独断、劝学、释诲、叙乐、女训、篆势、祝文、章表、书记，凡百四篇”（《后汉书·蔡邕列传》），多散佚。有后人所辑《蔡中郎集》行世。

述行赋[1]并序

延熹二年秋[2]，霖雨逾月[3]。是时梁冀新诛[4]，而徐璜、左悺等五侯擅贵于其处[5]。又起显明苑于城西[6]，人徒冻饿，不得其命者甚众[7]。白马令李云以直言死[8]，鸿胪陈君以救云抵罪[9]。璜以余能鼓琴，白朝廷[10]，敕陈留太守遣余[11]。到偃师[12]，病不前，得归。心愤此事，遂托所过，述而成赋。

余有行于京洛兮，遘淫雨之经时[13]。涂屯邅其蹇连兮，潦污滞而为灾[14]。乘马蟠而不进兮，心郁伊而愤思[15]。聊弘虑以存古兮[16]，宣幽情而属词。

夕余宿于大梁兮[17]，诮无忌之称神[18]。哀晋鄙之无辜兮，忿朱亥之篡军[19]。历中牟之旧城兮[20]，憎佛肸之不臣[21]。问甯越之裔胄兮，藐仿佛而无闻[22]。经圃田而瞰北境兮[23]，晤卫康之封疆[24]。迄管邑而增叹兮，愠叔氏之启商[25]。过汉祖之所隘兮[26]，吊纪信于荥阳[27]。降虎牢之曲阴兮，路丘墟以盘萦[28]。勤诸侯之远戍兮，侈申子之美城。稔涛涂之愎恶兮，陷夫人以大名[29]。登长阪以凌高兮[30]，陟葱山之峣嵴[31]；建抚体而立洪高兮，经万世而不倾[32]。回峭峻以降阻兮[33]，小阜寥其异形[34]。冈岑纡以连属兮，溪壑夐其杳冥[35]。迫嵯峨以乖邪兮，廓岩壑以嵴嵘[36]。攒棫朴而杂榛楛兮，被浣濯而罗布[37]。亹菼薁与台菌兮，缘增崖而结茎[38]。行游目以南望兮，览太室之威灵[39]。顾大河于北垠兮，瞰洛汭之始并[40]。追刘定之攸仪兮，美伯禹之所营[41]。悼太康之失位兮，愍五子之歌声[42]。

寻修轨以增举兮，邈悠悠之未央[43]。山风泊以飙涌兮，气懆懆而厉凉[44]。云郁术而四塞兮[45]，雨蒙蒙而渐唐[46]。仆夫疲而劬瘁兮[47]，我马虺隤以玄黄[48]。格莽丘而税驾兮[49]，阴曀曀而不阳[50]。

哀衰周之多故兮，眺濒隈而增感[51]。忿子带之淫逸兮，唁襄王于坛坎。悲宠嬖之为梗兮，心恻怆而怀懆[52]。操方舟而溯湍流兮，浮清波以横厉[53]。想宓妃之灵光兮，神幽隐以潜翳[54]。实熊耳之泉液兮[55]，总伊瀍与涧濑[56]。通渠源于京城兮[57]，引职贡乎荒裔[58]。操吴榜其万艘兮[59]，充王府而纳最[60]。济西溪而容与兮[61]，息巩都而后逝[62]。愍简公之失师兮，疾子朝之为害[63]。

玄云黯以凝结兮，集零雨之溱溱[64]。路阻败而无轨兮[65]，涂泞溺而难遵。率陵阿以登降兮，赴偃师而释勤[66]。壮田横之奉首兮，义二士之侠坟[67]。伫淹留以候霁兮，感忧心之殷殷[68]。并日夜而遥思兮，宵不寐以极晨[69]。候风云之体势兮[70]，天牢湍而无文[71]。弥信宿而后阕兮[72]，思逶迤以东运[73]。见阳光之颢颢兮[74]，怀少弭而有欣[75]。

命仆夫其就驾兮，吾将往乎京邑[76]。皇家赫而天居兮[77]，万方徂而并集[78]。贵宠扇以弥炽兮[79]，佥守利而不戢[80]。前车覆而未远兮，后乘驱而竞入[81]。穷变巧于台榭兮，民露处而寝湿[82]。清嘉谷于禽兽兮，下糠粃而无粒[83]。弘宽裕于便辟兮[84]，纠忠谏其侵急[85]。怀伊吕而黜逐兮，道无因而获入[86]。唐虞眇其既远兮[87]，常俗生于积习；周道鞠为茂草兮[88]，哀正路之日淴[89]。

观风化之得失兮，犹纷掌其多违[90]。无亮采以匡世兮，亦何为乎此畿[91]？甘衡门以宁神兮[92]，咏《都人》而思归[93]。爰结踪而回轨兮[94]，复邦族以自绥[95]。

乱曰：跋涉遐路，艰以阻兮。终其永怀，窘阴雨兮[96]。历观群都，寻前绪兮[97]。考之旧闻，厥事举兮[98]。登高斯赋，义有取兮[99]。则善戒恶，岂云苟兮[100]。翩翩独征，无俦与兮[101]。言旋言复[102]，我心胥兮[103]。

《四部备要》本《蔡中郎集》

①本篇选自《蔡中郎集·外纪》。《后汉书·蔡邕列传》："桓帝时，中常侍徐璜、左悺等五侯擅恣，闻邕善鼓琴，遂白天子，敕陈留太守督促发遣。邕不得已，行到偃师，称疾而归。"本篇即其归后所作。篇中凭吊古迹，抒发感慨，同情民众，批评时政，是东汉后期一篇重要的抒情短赋。

②延熹二年：公元159年。延熹是汉桓帝刘志年号（158—167）。

③霖雨：久雨不止。

④梁冀：桓帝梁皇后的哥哥，扶立桓帝，并以外戚的身份执政专权。梁皇后死后，桓帝与宦官密谋诛杀之。

⑤五侯：指徐璜、左悺、单超、具瑗、唐衡五位宦官，因他们参与密谋诛杀梁冀，被同日封侯，故称"五侯"。擅贵：以贵要而专权。于其处：意为替代梁冀的位置。

⑥起：兴建。显明苑：宫苑名。

⑦"人徒"二句：意为服役百姓冻饿而死的很多。人徒，指被役使的百姓。不得其命，不能享受应有的寿命，指因冻饿而死。

⑧白马令：白马县令。白马，东汉县名，治在今河南滑县东北。李云：字行祖，曾上书桓帝，认为五侯当政是"官位错乱，小人谄进"。桓帝怒，捕李云入狱，死于狱中。事见《后汉书·李云传》。

⑨鸿胪：官职名，掌管宣赞相礼等事。陈君：指陈蕃。蕃为汉末名臣，桓帝时官至太尉。灵帝时，与大将军窦武谋诛宦官侯览等，事泄被害。《后汉书·李云传》载，陈蕃曾上书桓帝救李云。桓帝甚怒，诏切责蕃，免归田里。"抵罪"即指此而言。

⑩"璜以余"二句：徐璜因为我善于弹琴而奏诸朝廷。璜，徐璜。白，禀告，奏明。

⑪敕（chì斥）：命令。陈留：汉代郡名，治今河南陈留镇。太守：汉代郡的长官。

⑫偃师：今河南偃师市。

⑬"余有行"二句：意为我在前往京城途中，遭遇到连绵的阴雨。京洛，京城洛阳。因东汉建都洛阳，故云。遘，遭遇。淫雨，连绵阴雨。经时，很久一段时间。

⑭“涂屯邅（zhān毡）”二句：意为路途泥泞难行，积水成灾。涂，通“途”。屯邅、蹇连，皆指因路途泥泞，艰苦难行之意。潦污，雨后的积水。滞，积聚。

⑮“乘（shèng胜）马”二句：意为马匹也难以前进，因而内心忧愁而浮想联翩。乘马，四匹马拉的车。此指拉车的马匹。蟠，盘桓不进貌。愤思，指思绪不断。愤，发。

⑯弘虑：放开思绪。弘，大。存古：回想以往的事情。

⑰夕：原为“久”，形近致误。据明兰雪堂本改。大梁：战国时魏国的国都，即今河南开封市。

⑱诮：讥讽。无忌：战国时魏国公子，号信陵君，以养士著名。称神：指被推崇。

⑲“哀晋鄙”二句：信陵君曾使朱亥袖铁椎杀晋鄙，夺其军以救赵。事见《史记·魏公子列传》。作者不同意这种做法，所以对晋鄙的死表示伤悼，而愤怒朱亥的“篡军”。忿，原作“忽”，据《全汉文》改。

⑳历：经过。中牟：汉县名，由战国魏中牟邑置，即今河南中牟县。又春秋时古邑名，当时属晋国，在今河南鹤壁市西，或曰即今河南中牟。

㉑佛肸（bì xī毕希）：晋国大夫范中行氏家臣，为中牟邑宰（地方官）。晋国另一大夫赵简子以晋君命伐中牟，佛肸据中牟拒之。不臣：不守臣道。

㉒“问甯越”二句：意为访问甯越的后裔，却因时间久远而无人了解。甯越，战国时中牟人，刻苦好学。《吕氏春秋》载，别人说他三十年可以学成，他只学了十五年，就做了周威公师。裔胄，后代。藐，通“邈”，时间久远。仿佛，模糊不清之貌。

㉓圃田：古代薮泽名，在今河南中牟县境。

㉔晤：见。卫康：指卫国国君康叔。康叔为周武王同母弟，受封于卫（今河南淇县、滑县、濮阳一带）。

㉕“迄管邑”二句：意为到了管邑更为感叹，怨恨管叔、蔡叔帮助商的遗民叛乱。迄，到。管邑，又名管城，为周武王弟管叔封地。在今河南郑州市附近。愠，怒。叔氏，指管叔和蔡叔。启商，指引发武庚叛乱。武王灭商纣后，封纣子武庚为诸侯，并令管、蔡安抚商遗民。武王死后，管、蔡挟武庚作乱反周。启，招致，引发。

㉖汉祖：汉高祖刘邦。隘：指刘邦遭受困厄之处。

㉗“吊纪信”句：谓在荥阳凭吊纪信。史载，汉高祖刘邦被项羽围困在荥阳，将领纪信假扮刘邦投降项羽，刘邦方溃围而出。纪信后被项羽所杀。荥阳，故城在今河南荥阳市东北。

㉘“降虎牢”二句：意为沿着虎牢的山谷下行，走过了曲折的山路。虎牢，古城邑名，在今河南荥阳市境内。曲阴，弯弯曲曲的山谷。丘墟，山丘。盘萦，盘绕。

㉙“勤诸侯”四句：据《左传》僖公四年、五年、七年记载：春秋时，齐桓公伐楚旋师，途经陈国和郑国。陈国大夫辕涛涂对郑国大夫申侯说：齐国军队路经陈、郑，对两国都很不利，不如让齐军沿东海回国。申侯表示同意。当辕涛涂把这个意见告诉齐桓公，桓公已同意后，申侯却又去见桓公，主动劝说齐军路经陈、郑回国。桓公于是非常喜欢申侯，把虎牢赏赐给他，而“执辕涛涂”。辕涛涂怨恨申侯出尔反尔，在被放回后便设计报复。他劝申侯在虎牢修个“美城”，以获得“大名”，并答应助成其事。当城修好后，又随即向郑文公告发，说“美城其赐邑，将以叛也”。申侯由此获罪，并终被杀。联系史实，大意是：让诸侯勤于戍守，却又制裁申侯建城。深知辕涛涂是恶意中伤，用劝人家获“大名”的手段陷人以死罪。侈，恃多以凌人，引申为“制裁”。美城，指城楼及其他守备设施完美。稔，熟知，指洞察。愎恶（wù务），指中伤别人的乖戾的做法。恶，谗毁、中伤。

㉚阪：崎岖难行的山路。凌高：登高。

㉛陟：登上。葱山：山名，在今河南巩义境。峣（yáo 尧）崤：当为“晓崝（同‘峥’）”，山势高峻貌。“崤”与“崝”形近致误。

㉜“建抚体”二句：意为回望申侯建立的虎牢关，又稳又高，即使经万代也不会坍塌。含有对辕涛涂陷人以罪的做法不以为然之意。抚体，形容城池岿然不动。抚，安稳意。洪高，大而高。

㉝“回峭峻”句：意为从险峻的高山上下来。阻，险。

㉞小阜：小土冈。寥：空阔。异形：形状各异。

㉟“冈岑”句：意为“冈”和“岑”曲曲折折地连接在一起，溪谷幽深昏暗。冈，土冈。岑，小而高的山。纡，曲折。夐（xiòng 兄去声），幽深貌。杳冥，昏暗。

㊱“迫嵯峨”二句：意为溪谷有时被山势逼迫得萦回曲折，有时又冲破山岩的阻滞露出原来的面目。廓，清，清除阻滞。

㊲“攒棫朴”二句：意为丛生的棫朴和榛楛，因受雨露滋润而繁茂生长，满山遍野。攒、杂，聚集之意。棫（yù 域）、朴、榛（zhēn 真）、楛（hù 户），并木名。《诗经·大雅·棫朴》：“芃芃棫朴”。《诗经·大雅·旱麓》：“榛楛济济”。罗布，罗列。布，《全后汉文》作“生”。

㊳“亹菼（wěi tǎn 尾毯）”二句：亹，草名。菼，苇类植物，又名荻。薁（yù 玉），即野葡萄，又名蘡薁。台，同“苔”，即莎草。莔（méng 萌），即贝母。增，通“层”。

㊴太室：太室山，即嵩山。

㊵“顾大河”二句：意为在北边看到了洛水流入黄河。大河，黄河。垠，边际。洛汭（ruì 锐），地名，汉代为洛水入黄河处，在今河南巩义。

㊶“追刘定”二句：意为想起刘定公敬仰夏禹，赞美他治水的功绩。追，追思，想到。刘定，指刘定公，名夏，周景王卿士。他曾说：“美哉禹功，明德远矣。微禹，吾其鱼乎!”（《左传·昭公元年》）攸，所。仪，善，这里是赞美敬仰之意。伯禹，夏禹。传说禹为伯爵，故称。

㊷“悼太康”二句：意为伤悼夏王太康因喜欢游猎而失去君位，为五子所唱之歌而悲哀。传说太康为禹之孙，喜欢游猎，长久不归，政事败坏，以致失国。其弟五人在洛汭作歌，表劝诫之意。《古文尚书序》云：“太康失邦，兄弟五人，须于洛、汭，作《五子之歌》。”愍（mǐn 敏），哀伤。

㊸“寻修轨”二句：意为在悠远的路途上不断地前行。寻，通“循”，沿着。修轨，长远的路途。轨，车辙。增举，继续前行。未央，未尽。

㊹“山风”二句：意为山风狂暴地刮起来，气氛是那样悲惨而凄苦。泊，通“薄”，至。飙涌，狂风骤起。慅（cǎo 草）慅，愁惨貌。厉，很。

㊺郁术：烟云上升貌。塞：充满。

㊻渐唐：指雨越下越大。唐，大。一说：渐（jiān 尖），沾湿；唐，同“塘”，指堤岸。

㊼劬（qú 渠）瘁：极度劳累。

㊽“我马”句：意为马匹也积劳成疾。虺隤（huǐ tuí 毁颓），病足跛蹶。玄黄，马病貌。《诗经·周南·卷耳》：“我马虺隤”、“我马玄黄”。

㊾“格莽丘”句：意为到了杂草丛生的高地暂时停息。格，至。莽丘，杂草丛生的高地。税驾，止驾，车马停止行进。税，止息。

㊿“阴曀（yì 意）曀”句：意为天色昏暗而无阳光。曀曀，阴暗貌。不阳，不见日光。

(51)濒隈：近水之地，这里指洛水边的巩义一带。

(52)“忿子带”四句：据《左传·僖公二十四年》记载，太子郑和王子带为周惠王二子。王子带“有宠于惠后，惠后将立之，未及而卒”。太子郑即位后，是为周襄王。王子带因争位失败而逃奔齐国。后王子带曾一度回国，并与襄王后隗氏私通，又勾结戎狄举兵逐襄王，襄王出奔在坎欿（dàn淡）。此处所指就是这段史事。坛坎，当作“坎欿”，在今河南巩义市东。宠嬖，指王子带被惠后宠信。梗，祸患。恻怆，悲伤意。懆，愁不安貌。

㊾“操方舟”二句：写在洛水上乘船前行。操，一作“乘”。方舟，两船相并。溯（sù素），逆水而上。横厉，横渡。

㊿“想宓（fú伏）妃”二句：意为由于阴雨，洛水之神的灵光也隐而不露。宓妃，洛水之神。详见《离骚》注⑲④。灵光，神异之光。此处为有灵验之意。幽隐、潜翳，都是隐而不露之意。

55“实熊耳”句：意为洛水发源于熊耳山。熊耳，山名，在洛阳西南。

56“总伊瀍”句：意为洛水汇集了伊、瀍、涧三条河流。按，伊、瀍、涧三水均于洛阳附近注入洛水。濑，急流。

57“通渠”句：意为作为阳渠源头的洛水直通京城洛阳。渠源，阳渠水的源头，指洛水。渠，春秋时地名，即阳渠，亦名九曲渎，在今河南巩义市西。由此可溯洛水直达洛阳。

58“引职贡”句：意为由洛水运来远方朝贡的物品。职贡，藩属或外国对朝廷的贡纳。荒裔，指边远地区。

59吴榜：大船桨，此指船。

60纳最：积聚。最，聚。

61济：渡。西溪：《左传·昭公二十二年》杜预注：“河南巩县西有荣锜涧。”或即指此。容与：徘徊不进貌。

62巩都：巩邑。巩为周畿内国，故称“都”，即今河南巩义市。逝：去。

63“愍简公”二句：据《左传·昭公二十二年》记载，周景王死后，其庶子王子朝和王子猛（即周悼王）争位，双方各有私党，属于王子猛一派的巩简公曾被王子朝打得大败。后来赖晋国出兵援助，才驱逐王子朝使王子猛复位。作者途经巩县，故言及巩简公事。简公，巩简公，周卿士。疾，痛恨、憎恶。子朝，王子朝。

64“集零雨”句：意为雨由小变大。集，降，降下。零雨，时断时续的雨。溱（zhēn珍）溱，盛多貌。形容雨水很大。

65阻败：指道路泥泞难行。

66“率陵阿”二句：意为为了躲避泥泞，只好沿着高地上上下下，到偃师才得休息。率，沿着。阿，大土山。释勤，解除疲劳，即得到休息之意。

67“壮田横”二句：意为赞赏田横和二士的悲壮行为。《史记·田儋列传》记载，汉高祖刘邦灭齐，齐王田横逃入海岛，高祖召之。田横不得已与二客奉召前往洛阳，未至，自杀，令二客奉首级见高祖。高祖礼葬田横后，二客也自杀。壮，以……为壮，赞赏。奉首，献上首级。义，以……为义。坟，一作“愤”。

68“伫淹留”句：意为停了很长时间以等待天晴，内心却充满忧伤。霁，天晴。殷殷，忧愁的样子。

69“宵不寐”句：意为彻夜不寐直到早晨。极，至。

70“候风云”句：谓等待天气变化，盼望天晴。候，伺望，观测。体势，形势。

71牢湍：“牢”谓阴云密布，“湍”谓雨势盛大。无文：没缝隙。文，通“纹”。

72“弥信宿”句：意为住了两夜，不准备再住下去了。弥，满。信宿，两夜，再宿为“信”。阕（què却），停止。

73“思逶迤”句：意为打算不再前往京城，而要转道东返故乡。逶迤，从容自得貌。东运，向东行。

(74)颢（hào 皓）颢：阳光明媚的样子。

(75)“怀少弭”句：谓内心稍得平静而有欣喜之意。弭，平静。

(76)“命仆夫”二句：意为由于天气好转，命仆夫驾车重新向京师进发。按，前文“思逶迤以东运”，是作者的真实思想；此处重向京师，只是表面意思，且可引起下文，为文蓄势。就驾，开始驾车。

(77)“皇家”句：意为皇室显赫威风如同居住在天上一般。赫，显赫、兴盛意。

(78)“万方”句：意为天下的人都来到这里聚集。徂，来到。

(79)“贵宠”句：意为权贵及其亲信们的气焰，如火被扇一样，更加炽烈。扇，作动词用。

(80)“佥守利”句：意为共同贪利而不止。佥，皆。守利，贪利，把持利益。戢，停止。

(81)乘：指车。入：进。此指重蹈覆辙。

(82)“穷变巧”二句：意为权贵们的宫室建筑花样翻新，极其豪华，而百姓却无处居住。榭，台上有亭叫“榭”。露处、寝湿，并露宿意。

(83)“清嘉谷”二句：意为把好粮食全用来喂养禽兽（供玩乐），下民则因无粮而只好吃糠粃。清，尽。

(84)“弘宽裕”句：意为对于奸佞之徒非常宽宏大量。便辟（pì 僻），奸巧邪僻之人。

(85)“纠忠谏”句：谓对忠谏者的迫害则越来越厉害。纠，督责，惩治。侵，渐。

(86)“怀伊吕”二句：意为即使具有伊尹、吕尚那样的才德的人也会被赶走，他们的主张也不会被采纳。伊吕，伊尹、吕尚，分别为商、周开国的功臣。吕尚，即姜尚。黜逐，被贬职斥退。道，指治国之正道。

(87)“唐虞”句：意为尧舜的盛世已经很远了。唐虞，指尧舜。尧号陶唐氏，舜号有虞氏。眇，同“渺”，极远。

(88)“周道”句：平坦的大道长满了野草。喻时君治国不由正道。鞠，尽，全部。《诗经·小雅·小弁》：“踧踧周道，鞫为茂草。”鞫，同“鞠”。

(89)正路：大路。此指朝政。日淴（hū 乎）：一天天坏下去。淴，水流貌。

(90)“犹纷掌”句：意为风化纷乱，多有不合正道之处。掌，当从《全汉文》作“挐”。纷挐，纷乱。违，失，错误。

(91)“无亮采”二句：意为既无才德以救世，为什么还要到京师去呢？亮采，指辅佐帝业的才德。畿，京郊，此代指京城。

(92)“甘衡门”句：意为甘心过平民的清贫生活，以求心神安定。《诗经·陈风·衡门》：“衡门之下，可以栖迟。”这里用其意。衡门，即以横木为门，言其卑陋。此指隐者所居。

(93)《都人》：《诗经·小雅》有《都人士》篇，《毛序》以为是“伤今不复见古人也”，郑笺以为“疾时皆奢淫”。蔡邕借以表示他对时事的感伤和思归之情。

(94)“爰结踪”句：意为于是回车往回赶路。结踪，犹止踪，指不再往前走。结，结束，停止。回轨，即回车，沿原路往回走。

(95)“复邦族”句：意为回到家乡求得自安。复，返。邦族，犹俗称本乡本土。绥，安。

(96)“终其”二句：意为我一直对京城十分怀念，不想却为阴雨所困不能前往。此为委婉之词。终，到底，始终。永怀，长久怀念。窘，困，为……所困。

(97)“历观”二句：意为遍览了沿途的古城，寻求前人的事迹。前绪，前人的事业。

(98)厥事：指上文所述诸史实。厥，其。举：列举。

(99)“登高”二句：谓其写此赋本有所寄寓，即下文所谓的“则善戒恶”。斯，则，乃。按，

《汉书·艺文志》云：“登高能赋，可以为大夫。”谓登高见广，能赋诗述其感受，当是士大夫所应具备的能力之一。“登高”句即用其意。

⑩“则善”二句：意为写此赋的目的本是为了扬善惩恶，并非随意为之。则，效法。苟，随便，不审慎。

⑩侍与：同行者。俦，匹，伴侣。

⑩言：语助词。“旋”和“复”都是回返之意。

⑩胥：喜悦，快乐。

一二

汉代乐府民歌

“乐府”，原为汉代设立的一个掌管音乐的机构，后来人们便把这个机构所收集和配乐演唱的歌辞，称为“乐府诗”，也简称“乐府”。汉代的乐府诗，既有贵族、文人的创作，也包括一部分民歌。据记载，仅西汉乐府机构收集民歌的地区即几乎遍及当时的全国，范围超出了《诗经》十五国风产生的地域。但是，由于年代久远和其他原因，当时收集到的民歌，很多都已经亡佚了。

现存汉代乐府民歌，大都收录在宋人郭茂倩编的《乐府诗集》中。《乐府诗集》收集汉代至唐代的乐府诗，并根据音乐的不同，将其分为十二大类。其中汉代乐府民歌多见于鼓吹曲辞、相和歌辞和杂歌谣辞等几类中，有三四十首。这些作品，有的真实地再现了民众的种种悲惨遭遇，有的揭露了封建礼教、封建制度的罪恶，还有的反映了人民的爱情生活和对于美好理想的追求。它们往往叙事的成分较多，形式自由而富于变化，语言则以刚健清新和朴素自然为特色。

战城南[①]

战城南，死郭北，野死不葬乌可食[②]。为我谓乌[③]：“且为客豪[④]！野死谅不葬[⑤]，腐肉安能去子逃？”水深激激[⑥]，蒲苇冥冥[⑦]。枭骑战斗死[⑧]，驽马徘徊鸣[⑨]。梁筑室[⑩]，何以南，何以北[⑪]，禾黍不获君何食[⑫]？愿为忠臣安可得？思子良臣[⑬]，良臣诚可思。朝行出攻，暮不夜归[⑭]！

文学古籍刊行社影宋本《乐府诗集》卷一六

①本篇选自《乐府诗集·鼓吹曲辞·汉铙歌》，最早见于《宋书·乐志》。本诗以强烈的感情，诅咒战争给民众带来的苦难，并对战死者深表哀悼。诗中以战死者的口吻叙写其与乌鸦的对话，读来倍感痛切。

②乌：乌鸦。

③我：战死者自称。

④客：指战死者。豪：同“嚎”，哭号。

⑤谅：诚然，当然。

⑥激激：流水声。

⑦冥冥：幽深静寂之状。

⑧枭骑：勇健的马，兼喻战死的勇士。枭，通“骁”，勇。

⑨驽马：劣马，兼喻懦夫。

⑩梁：桥梁。筑室：指构筑工事。

⑪“何以”二句：意为怎能够南北来往。指交通断绝。“何以北”原作“梁何北”，据宋陈仁子辑《文选补遗》卷三十四改。

⑫不：原作“而”，据元刘履辑《风雅翼》改。君：君主。一说指士卒。

⑬子：你们，指战死者。

⑭“暮不”句：或当作“暮夜不归”，汉人多“暮夜”连文。《文选补遗》正作此。

有所思①

有所思，乃在大海南。何用问遗君②？双珠玳瑁簪③，用玉绍缭之④。闻君有他心，拉杂摧烧之⑤。摧烧之，当风扬其灰⑥。从今以往，勿复相思！相思与君绝⑦！鸡鸣狗吠，兄嫂当知之⑧。妃呼狶⑨！秋风肃肃晨风飔⑩，东方须臾高知之⑪。

文学古籍刊行社影宋本《乐府诗集》卷一六

①本篇选自《乐府诗集·鼓吹曲辞·汉铙歌》，最早见于《宋书·乐志》。写一位女子要与情人断绝关系，却又不能完全断绝的炽烈复杂感情。有所思，有所爱之意。

②何用：拿什么。问遗（wèi 畏）：赠送。为当时口语。

③玳瑁：一种龟类动物，其甲可做成各种装饰品。簪：古人用来插挽发髻的饰发之物。

④“用玉”句：意为以玉饰簪，以表示她的深情。绍缭，缠绕。

⑤拉杂：胡乱，不再珍惜之意。摧烧之：指把“双珠玳瑁簪”摧毁烧坏。

⑥“当风”句：迎风抛洒其灰。写女子极度怨恨。

⑦“从今”三句：从今以后，不再相爱，对你的爱永远断绝。

⑧“鸡鸣”二句：写女子回想当初和男子幽会时的情景，觉得旧情难舍。

⑨妃呼狶（xī 希）：表声字，无意义。

⑩肃肃：犹“萧萧”。晨风：鸟名，又名鹯，属鹞鹰一类，善疾飞。飔（sī 思）：疾速。一说晨风即雉。雉常朝鸣以求偶。飔，同“思”，思慕。

⑪“东方”句：意为过一会儿，东方日出，将照见我的本心，并非一定要和你绝交。一说，此为自慰之词，意为天亮之后我就会知道应该怎么办了。须臾，一会儿。高，通“皜”，指东方发白。

上邪①

上邪！我欲与君相知②，长命无绝衰③。山无陵④，江水为竭，冬雷震震⑤，夏雨雪⑥，天地合，乃敢与君绝！

文学古籍刊行社影宋本《乐府诗集》卷一六

①本篇选自《乐府诗集·鼓吹曲辞·汉铙歌》，最早见于《宋书·乐志》。当为民间情歌，为女子指天自誓之辞，率直地表达了作品主人公对爱情的真挚、专一和生死不渝的态度。上邪犹言“天哪”。上，指天；邪，同“耶”。

②相知：相爱。

③命：令，使。绝衰：指感情断绝或减弱。

④山无陵：意为高山化为平地。陵，指山峰。

⑤震震：雷声。

⑥雨：作动词用，降、落。

十五从军征[①]

十五从军征，八十始得归[②]。道逢乡里人："家中有阿谁[③]？""遥看是君家，松柏冢累累[④]。"兔从狗窦入[⑤]，雉从梁上飞。中庭生旅谷[⑥]，井上生旅葵[⑦]。舂谷持作饭[⑧]，采葵持作羹。羹饭一时熟，不知饴阿谁[⑨]。出门东向看，泪落沾我衣！

文学古籍刊行社影宋本《乐府诗集》卷二五

①本篇选自《乐府诗集·横吹曲辞·梁鼓角横吹曲》，为《紫骝马歌辞》中的一部分，题注引《古今乐录》曰："'十五从军征'以下是古诗。"本诗以一位从军六十多年的老兵退伍回乡后的悲惨境况，反映繁重的兵役对民众生活的破坏。诗中抓住典型情景描述，给人以真切的感受。

②"十五"二句：汉代规定，民众服兵役的年限，是二十岁至五十六岁，但诗中这位老人却足足服了六十五年兵役，可见制度之名存实亡。

③阿：语助词。这句是老兵的发问。

④冢：坟。累累：形容坟头很多。这两句是"乡里人"的回答。

⑤狗窦：狗洞。此下四句写老兵回家所见。

⑥中庭：院中。旅谷：未经播种而野生的谷子。下句"旅葵"同此。

⑦葵：菜名，叶可食。

⑧饭：同"饭"。下同。

⑨饴：通"贻"，送给。

陌上桑[①]

日出东南隅[②]，照我秦氏楼。秦氏有好女，自名为罗敷[③]。罗敷憙蚕桑[④]，采桑城南隅。青丝为笼系，桂枝为笼钩[⑤]。头上倭堕髻[⑥]，耳中明月珠[⑦]。缃绮为下裙[⑧]，紫绮为上襦[⑨]。行者见罗敷[⑩]，下担捋髭须[⑪]。少年见罗敷，脱帽著帩头[⑫]。耕者忘其犁，锄者忘其锄[⑬]。来归相怒怨，但坐观罗敷[⑭]。

使君从南来[⑮]，五马立踟蹰[⑯]。使君遣吏往，问是谁家姝[⑰]？"秦氏有好女，自名为罗敷[⑱]。""罗敷年几何[⑲]？""二十尚不足，十五颇有余[⑳]。"使君谢罗敷[㉑]："宁可共载不[㉒]？"罗敷前置辞："使君一何愚[㉓]！使君自有妇，罗敷自有夫。"

"东方千余骑[㉔]，夫婿居上头[㉕]。何用识夫婿？白马从骊驹[㉖]。青丝系马尾，黄金络马头。腰中鹿卢剑[㉗]，可直千万余。十五府小史[㉘]，二十朝大夫[㉙]；三十侍中郎[㉚]，四十专城居[㉛]。为人洁白皙[㉜]，鬑鬑颇有须[㉝]。盈盈公府步[㉞]，冉冉府中趋[㉟]。坐中数千人，皆言夫婿殊[㊱]。"

文学古籍刊行社影宋本《乐府诗集》卷二八

①本篇选自《乐府诗集·相和歌辞·相和曲》。最早见于《宋书·乐志》，属"大曲"，题为《艳歌罗敷行》；《玉台新咏》又题之为《日出东南隅行》。篇中叙写采桑女子秦罗敷拒绝太守调戏引诱的故事，刻画了一位美丽、机智、坚贞的女子形象。诗中以夸饰的言辞和衬托的手法写出罗敷的形象和对使君的讥讽，富有喜剧效果。陌（mò 末）上桑，取采桑于陌上之意。陌，田间小路。

②东南隅：东南方。隅，角，指方位。

③自名：本名，犹言名字叫做。罗敷，汉人常用作美女的名字，如《焦仲卿妻》中也有一个“秦罗敷”。

④憙：同“喜”，喜好，爱好。

⑤“青丝”二句：用青色丝绳做篮子上的系绳，用桂树枝条做其提把，言其华美。笼，指采桑用的篮子。系，竹篮上用以络系的绳子。

⑥倭堕（wǒ duǒ 我朵）：同“鬌鬌”。倭堕髻又名堕马髻，发髻偏在一边，呈欲堕的样子，是东汉时髦的发式。

⑦耳中：指戴在耳垂上。明月珠：一种宝珠，有光泽而大。

⑧缃（xiāng 香）：浅黄色。绮（qǐ 起）：有花纹的丝织品。

⑨上襦（rú 儒）：短上衣。

⑩行者：指过路的人。

⑪捋髭（luō zī 罗阴平姿）须：用手抚摸着胡须，形容看得出神的样子。髭，上唇的胡子。

⑫著：露出。帩（qiào 俏）头：一作“绡头”，即帕头，古代男子裹发的纱巾。

⑬“耕者”二句：耕田的与锄地的人都忘记了手中的工作。极力形容其出神的状态。

⑭“来归”二句：意为回家后都互相埋怨，因为只顾看秦罗敷而耽误了干活。来归，归来。但，只。坐，因为。

⑮使君：汉代对太守（一郡之最高长官）或刺史（低于太守，为部所置巡察官）的称呼。

⑯五马：指使君的车驾。古礼，诸侯驾五。太守为一方之长，与诸侯相当，故汉太守之车五马。踟蹰（chí chú 池除），徘徊不前貌。

⑰姝（shū 书）：美女。

⑱“秦氏”二句：这是吏回答使君的话。

⑲“罗敷”句：是使君的问话。

⑳“二十”二句：是吏再次回答使君的话。

㉑谢：问，告。

㉒宁：表示诘问，用同“其”。共载：同乘一车，指嫁给自己。不：同“否”。

㉓一何：何等，多么。

㉔东方：指罗敷丈夫做官的地方。千余骑（jì 寄）：指其夫随从之盛，系夸张之辞。以下并以夸张笔法写出。

㉕夫婿：丈夫。居上头：在前列。

㉖从：后面跟着。骊驹：黑马驹。

㉗鹿卢剑：同“辘轳剑”。剑柄上有辘轳形花纹或装饰，故名。

㉘十五：十五岁。下文“二十”、“三十”、“四十”统指年龄。府小史，指在郡府中做小官。小史：从事文案工作的吏员。史，《玉台新咏》作“吏”。

㉙朝大夫：在朝为大夫。

㉚侍中郎：侍中之职。汉代多为加官。

㉛专城居：为一城之长，如太守之类。

㉜白皙（xī 西）：指皮肤细而白。

㉝鬑（lián 廉）鬑：须发稀疏貌。一说，须发美长貌。颇：少，略微。

㉞盈盈：缓步从容貌。公府步：官步，犹言四方步。公府，官府。

㉟冉冉：意同“盈盈”。趋：走动。

㊱殊：与众不同。

东门行[1]

出东门，不顾归[2]。来入门，怅欲悲[3]，盎中无斗米储[4]，还视架上无悬衣。

拔剑东门去，舍中儿母牵衣啼[5]："他家但愿富贵，贱妾与君共餔糜[6]。上用仓浪天故，下当用此黄口儿[7]。"

"今非[8]！咄[9]！行[10]！吾去为迟！白发时下难久居[11]！"

文学古籍刊行社影宋本《乐府诗集》卷三七

①本篇选自《乐府诗集·相和歌辞·瑟调曲》。叙述一个男子在饥寒交迫之下，忍无可忍，毅然拒绝妻子的劝阻，打算离家而去，奋起反抗。《宋书·乐志》亦载此篇，但属"大曲"，词句有所不同。《乐府诗集》称其为"晋乐所奏"，而称本诗为"本辞"。东门，诗中主人公所住城邑的东门。行，古代乐曲的一种。

②顾：念，想。顾，一作"愿"。

③怅（chàng 唱）：烦恼失望。

④盎（àng 昂去声）：一种腹大口小的陶制容器。

⑤儿母：指妻子。

⑥贱妾：古时女子对丈夫自称的谦词。餔糜（bū mí 卜阴平迷）：吃粥。

⑦"上用"二句：意为上为苍天，下为幼儿，你不要去铤而走险。用，为了。仓浪天，如说苍天、青天。仓浪，苍青色。

⑧今非：意为如今世道不好。

⑨咄（duō 多）：呵叱声。

⑩行：走开！

⑪时下：不时地脱落。难久居：难以生活下去。

饮马长城窟行[1]

青青河畔草，绵绵思远道[2]。远道不可思，宿昔梦见之[3]。梦见在我傍，忽觉在他乡[4]。他乡各异县，展转不相见[5]。枯桑知天风，海水知天寒[6]。入门各自媚，谁肯相为言[7]！

客从远方来，遗我双鲤鱼[8]。呼儿烹鲤鱼，中有尺素书[9]。长跪读素书，书中竟何如[10]？上言加飡饭，下言长相忆[11]。

文学古籍刊行社影宋本《乐府诗集》卷三八

①本篇选自《乐府诗集·相和歌辞·瑟调曲》，最早见于《文选》卷二七，为思妇怀念征夫之辞。题目当为乐府古题，又曰《饮马行》。《古今乐录》引王僧虔《技录》云："《饮马行》，今不歌。"《玉台新咏》收此诗题为蔡邕作，似不确。以顶真格修辞视之，当出民间。

②"青青"二句：以青草绵延远去，引起对远方亲人的思念。绵绵，心不绝貌。远道，远方。

③宿昔：意同"夙夕"，即早晚，犹言"不分早晚"。一说，宿昔，昨晚。宿，一作"夙"。

④"梦见"二句：梦中见到亲人在我身旁，猛然惊醒却仍远在异乡。忽觉，猛然醒来。

⑤展转：同"辗转"，反复貌，形容翻来覆去，不能入睡。不相见：不能相见。相，一本

作“可”。

⑥“枯桑”二句：以枯桑、海水为喻。意为枯桑虽枯，但亦知风，海水虽深，但亦知寒，只是迹象不明显。比喻思妇、征夫离别孤凄之苦，也只有内心自知而已。

⑦“入门”二句：意为从远方归家之人各自爱其家人，谁肯与己言谈以慰孤独呢！媚，爱。为言，同我交谈。为，施与，给予。

⑧双鲤鱼：代指书信。是一种比喻，详下。

⑨“呼儿”二句：《诗经·桧风·匪风》：“谁能亨（烹）鱼，溉之釜鬵；谁将西归，怀之好音。”烹鱼得书，古辞借以为喻（黄节说）。故这里是得到书信的一种隐喻说法。烹，煮。尺素书，用帛写的信。古人书信，多用一尺一寸长的简或帛书写，故称书信为“尺书”、“尺牍”、“尺素”等。

⑩“长跪”二句：写女子看信的迫切情状。长跪，伸直了腰跪着。竟何如，究竟如何，即究竟写什么内容。

⑪“上言”二句：概言信中内容为互勉保重，彼此永远相念。上、下，犹言前后。加飡饭，一本作“加餐食”，义同。飡，同“餐”。相忆，相思。

妇病行①

妇病连年累岁②，传呼丈人前一言③。当言未及得言④，不知泪下一何翩翩⑤！“属累君两三孤子⑥，莫我儿饥且寒⑦，有过慎莫笪笞⑧，行当折摇⑨，思复念之⑩。”

乱曰⑪：抱时无衣⑫，襦复无里⑬。闭门塞牖⑭，舍孤儿到市。道逢亲交⑮，泣坐不能起。从乞求与孤买饵⑯，对交啼泣，泪不可止。“我欲不伤悲不能已⑰！”探怀中钱持授交⑱。入门见孤儿，啼索其母抱。徘徊空舍中。行复尔耳，弃置勿复道⑲！

文学古籍刊行社影宋本《乐府诗集》卷三八

①本篇选自《乐府诗集·相和歌辞·瑟调曲》，写的是一个贫穷人家，病妇死后，丈夫无力照应幼子，以致无以措手的境地，反映了当时社会的悲惨现实。典型场景的描写，给人以悲风刺骨的感觉。

②连年、累岁：多年之意。因为音节的需要而重复。

③丈人：指病妇的丈夫。

④“当言”句：要说话还没来得及说话。

⑤翩翩：本为鸟飞貌，此指泪流不断。

⑥属：同“嘱”，托付。累：牵累，拖累。君：你。病妇称丈夫。

⑦“莫我儿”句：不要让我儿挨饿受冻。

⑧笪笞（dá chì 达斥）：击打。笪，击，打。笞，用鞭子或竹板打。

⑨行当：即将。折摇：同“折夭”，夭折。这句话指的是孤儿。

⑩“思复”句：意为望你常惦念着这些话。复，再。

⑪乱：曲调的末段，相当于“尾声”。

⑫衣：指长衣。

⑬“襦复”句：意为虽有件短上衣，却是单的，也不能防寒。襦（rú 儒），短上衣。

⑭牖（yǒu 友）：窗户。此下七句写丈夫。

⑮道：路上。亲交：亲友。

⑯“从乞”句：谓请求亲交代其给孤儿买食。与，替。饵（ěr 耳），糕饼，此指食物。

⑰“我欲”句：我想要不悲伤也不能够。这是亲交的话。

⑱交：一说“交”或可属下读。

⑲“行复”二句：意为孤儿又将像他母亲一样（死掉）啊，还是丢开别说了吧！行复，又将要。尔，这样。弃置，丢开。

白头吟①

皑如山上雪，皎若云间月②。闻君有两意③，故来相决绝④。今日斗酒会，明旦沟水头⑤。躞蹀御沟上，沟水东西流⑥。凄凄重凄凄，嫁娶不须啼。愿得一心人，白头不相离⑦。竹竿何袅袅，鱼尾何簁簁。男儿重意气，何用钱刀为⑧！

文学古籍刊行社影宋本《乐府诗集》卷四一

①本篇选自《乐府诗集·相和歌辞·楚调曲》，描写一位被遗弃女子的悲伤心情和表现的决绝态度，反映了封建社会妇女们婚姻中的不幸。白头吟，《西京杂记》曰：司马相如将聘茂陵女为妾，卓文君作《白头吟》以自绝，相如乃止。又一说云：《白头吟》，疾人相知以新间旧，不能至于白首，故以为名。得名之意，并可参考。

②“皑如”二句：用“雪”和“月”比喻女子自己的情感纯洁专一。“皑”和“皎”都是洁白之意。

③两意：二心。指另有所欢。

④决绝：分手，一刀两断。

⑤“今日”二句：意为今天饮酒是最后一次聚会，明早就要在沟边分手。斗，酒器。沟水头，取沟水流去之意，象征分手。

⑥“躞蹀（xiè dié 谢蝶）”二句：意为想到明早相别后，独自在御沟边徘徊，过去的爱情也如同沟水般流逝了。躞蹀，徘徊。御沟，封建时代环绕宫苑而修的水沟。据此，这首民歌应产生于长安或洛阳。东西，偏义复词，此指东流。

⑦“凄凄”四句：是女子经过这番痛苦遭遇得出的结论。凄凄，悲伤意。嫁娶，偏义复词，指女子出嫁。

⑧“竹竿”四句：意为钓鱼的人要凭钓竿得鱼，男子汉须凭情义娶妇；如若三心二意，即使有很多钱又有什么用呢！袅（niǎo 鸟）袅，摇动貌。簁（xǐ 喜）簁，指鱼刚被钓出水面时，鱼尾摆动貌。意气，情义。钱刀，金钱。古代钱币有的作刀形，故称。

焦仲卿妻①并序

汉末建安中②，庐江府小吏焦仲卿妻刘氏③，为仲卿母所遣④，自誓不嫁。其家逼之，乃没水而死⑤。仲卿闻之，亦自缢于庭树⑥。时人伤之，而为此辞也⑦。

孔雀东南飞，五里一徘徊⑧。“十三能织素⑨，十四学裁衣，十五弹箜篌⑩，十六诵诗书。十七为君妇，心中常苦悲。君既为府吏，守节情不移⑪。鸡鸣入机织⑫，夜夜不得息。三日断五匹⑬，大人故嫌迟⑭。非为织作迟，君家妇难为⑮。妾不堪驱使，徒留无所施⑯。便可白公姥⑰，及时相遣归⑱。”府吏得闻之，堂上启阿母⑲：“儿已薄禄相，幸复得此妇⑳。结发同枕席，黄泉共为友㉑。共事二三年，始尔未为久㉒。女行无偏斜㉓，何意致不厚㉔？”阿母谓府吏：“何乃太区区[25]！此妇无礼节，举动自专由[26]。吾意久怀忿，汝岂得自由！东家有贤女，自名秦罗敷[27]。可怜体无比[28]，阿母为汝求。便可速遣之，遣去慎莫留！”府吏长跪告[29]，伏惟启阿母[30]：“今若遣此妇，终老不复取[31]！”阿母得闻之，槌床便大怒[32]：“小子无所畏，何敢助妇语！吾已失恩义，会不相从许[33]！”

府吏默无声，再拜还入户[34]。举言谓新妇[35]，哽咽不能语[36]：“我自不驱卿[37]，逼迫有阿母。卿但暂还家，吾今且报府[38]。不久当归还，还必相迎取。以此下心意[39]，慎勿违吾语。”新妇谓府吏：“勿复重纷纭[40]！往昔初阳岁，谢家来贵门[41]。奉事循公姥，进止敢自专[42]？昼夜勤作息[43]，伶俜萦苦辛[44]。谓言无罪过，供养卒大恩[45]。仍更被驱遣，何言复来还？妾有绣腰襦[46]，葳蕤自生光[47]。红罗复斗帐[48]，四角垂香囊[49]。箱帘六七十[50]，绿碧青丝绳[51]。物物各自异，种种在其中[52]。人贱物亦鄙，不足迎后人[53]。留待作遣施，于今无会因[54]。时时为安慰，久久莫相忘。”鸡鸣外欲曙，新妇起严妆[55]。著我绣夹裙[56]，事事四五通[57]；足下蹑丝履[58]，头上玳瑁光[59]；腰若流纨素[60]，耳著明月珰[61]；指如削葱根[62]，口如含朱丹[63]。纤纤作细步[64]，精妙世无双[65]。上堂谢阿母，母听去不止[66]。“昔作女儿时，生小出野里[67]。本自无教训，兼愧贵家子[68]。受母钱帛多[69]，不堪母驱使。今日还家去，念母劳家里。”却与小姑别[70]，泪落连珠子：“新妇初来时，小姑始扶床；今日被驱遣，小姑如我长[71]。勤心养公姥[72]，好自相扶将[73]；初七及下九[74]，嬉戏莫相忘[75]。”出门登车去，涕落百余行。

府吏马在前，新妇车在后，隐隐何甸甸[76]，俱会大道口。下马入车中，低头共耳语：“誓不相隔卿[77]。且暂还家去，吾今且赴府。不久当还归，誓天不相负。”新妇谓府吏：“感君区区怀[78]。君既若见录[79]，不久望君来。君当作磐石[80]，妾当作蒲苇[81]。蒲苇纫如丝[82]，磐石无转移。我有亲父兄，性行暴如雷，恐不任我意，逆以煎我怀[83]。”举手长劳劳[84]，二情同依依[85]。

入门上家堂，进退无颜仪[86]。阿母大拊掌[87]：“不图子自归[88]！十三教汝织，十四能裁衣，十五弹箜篌，十六知礼仪，十七遣汝嫁，谓言无誓违[89]。汝今无罪过，不迎而自归[90]？”“兰芝惭阿母，儿实无罪过。”阿母大悲摧[91]。

还家十余日，县令遣媒来。云“有第三郎，窈窕世无双[92]，年始十八九，便言多令才[93]”。阿母谓阿女：“汝可去应之。”阿女衔泪答：“兰芝初还时，府吏见丁宁，结誓不别离[94]。今日违情义，恐此事非奇[95]。自可断来信，徐徐更谓之[96]。”阿母白媒人：“贫贱有此女，始适还家门[97]。不堪吏人妇，岂合令郎君[98]！幸可广问讯，不得便相许[99]。”媒人去数日[100]，寻遣丞请还[101]，说“有兰家女，承籍有宦官[102]”。云“有第五郎，娇逸未有婚。遣丞为媒人，主簿通语言[103]”。直说“太守家，有此令郎君。既欲结大义，故遣来贵门[104]”。阿母谢媒人[105]：“女子先有誓，老姥岂敢言[106]？”阿兄得闻之，怅然心中烦。举言谓阿妹：“作计何不量[107]！先嫁得府吏，后嫁得郎君。否泰如天地[108]，足以荣汝身。不嫁义郎体[109]，其往欲何云[110]？”兰芝仰头答：“理实如兄言。谢家事夫婿，中道还兄门，处分适兄意[111]，那得自任专？虽与府吏要[112]，渠会永无缘[113]。登即相许和[114]，便可作婚姻。”媒人下床去，诺诺复尔尔[115]。还部白府君[116]：“下官奉使命，言谈大有缘[117]。”府君得闻之，心中大欢喜。视历复开书[118]：“便利此月内，六合正相应[119]。良吉三十日[120]，今已二十七，卿可去成婚[121]。”交语速装束[122]，络绎如浮云[123]。青雀白鹄舫[124]，四角龙子幡[125]，婀娜随风转[126]。金车玉作轮，踯躅青骢马[127]，流苏金镂鞍[128]。赍钱三百万[129]，皆用青丝穿。杂彩三百匹[130]，交广市鲑珍[131]。从人四五百，郁郁登郡门[132]。阿母谓阿女：“适得府君书[133]，明日来迎汝。何不作衣裳？莫令事不举[134]！”阿女默无声，手巾掩口啼，泪落便如泻。移我琉璃榻[135]，出置前窗下。左手持刀尺，右手执绫罗，朝成绣夹裙，晚成单罗衫。晻晻日欲暝[136]，愁思出门啼[137]。

府吏闻此变，因求假暂归。未至二三里，摧藏马悲哀[138]。新妇识马声，蹑履相逢迎。怅然遥相望，知是故人来。举手拍马鞍，嗟叹使心伤：“自君别我后，人事不可量[139]。果不如先愿，又非君所详[140]。我有亲父母，逼迫兼弟兄。以我应他人，君还何所望！”府吏谓新妇：“贺卿得高迁[141]！磐石方且厚，可以卒千年[142]；蒲苇一时纫，便作旦夕间[143]。卿当日胜贵[144]，吾独向黄泉。”新妇谓府吏：“何意出此言！同是被逼迫，君尔妾亦然。黄泉下相见，勿违今日言[145]！”执手分道去，各各还家门。生人作死别，恨恨那可论！念与世间辞，千万不复全[146]。

府吏还家去，上堂拜阿母：“今日大风寒[147]，寒风摧树木，严霜结庭兰[148]。儿今日冥冥，令母在后单[149]。故作不良计，勿复怨鬼神[150]！命如南山石，四体康且直[151]。”阿母得闻之，零泪应声落：“汝是大家子，仕宦于台阁[152]。慎勿为妇死，贵贱情何薄[153]！东家有贤女，窈窕艳城郭[154]。阿母为汝求，便复在旦夕[155]。”府吏再拜还，长叹空房中，作计乃尔立[156]。转头向户里，渐见愁煎迫[157]。

其日牛马嘶[158]，新妇入青庐[159]。菴菴黄昏后[160]，寂寂人定初[161]。“我命绝今日，魂去尸长留。”揽裙脱丝履，举身赴清池[162]。府吏闻此事，心知长别离。徘徊庭树下，自挂东南枝[163]。

两家求合葬，合葬华山傍[164]。东西植松柏，左右种梧桐。枝枝相覆盖，叶叶相交通[165]。中有双飞鸟，自名为鸳鸯；仰头相向鸣，夜夜达五更。行人驻足听，寡妇起彷徨[166]。多谢后世人[167]，戒之慎勿忘[168]！

文学古籍刊行社影宋本《乐府诗集》卷七三

①本篇选自《乐府诗集·杂曲歌辞》。最早见于南朝陈徐陵所编《玉台新咏》卷一，题为《古诗为焦仲卿妻作并序》。后人或取其首句，题为《孔雀东南飞》。大约为东汉末年作品，在流传过程中，或经过不断修改、丰富。诗中通过刘兰芝、焦仲卿的婚姻悲剧，暴露了封建礼教、封建家长制的吃人罪恶。全诗长达三百五十多句，结构完整，叙述委婉，线索清晰，形象较为鲜明，是我国古代著名的叙事长诗。

②“汉末”句：原文此句前尚有“《焦仲卿妻》，不知谁氏之所作也。其序曰”云云。今不录，仅取其序文。建安，汉献帝刘协年号（196—220）。

③庐江：汉郡名。郡治初在今安徽庐江县西一百二十里，汉末移治今安徽潜山县。府小吏：太守府中的小官吏。

④遣：旧时指女子被夫家休弃回娘家。

⑤没水：投水。

⑥自缢（yì 益）：上吊。

⑦为：作。《玉台新咏》本句作“为诗云尔”。

⑧“孔雀”二句：借鸟飞起兴。古乐府民歌写夫妇离别，多以鸟飞起兴。徘徊，来回飞翔。

⑨十三：指刘兰芝的年龄。下文“十四”等同此。素：白色绸绢。从这句到“及时相遣归”都是刘兰芝向焦仲卿诉说的话。

⑩箜篌（kōng hóu 空侯）：古弹拨乐器名。

⑪守节：持守节操。情：指对仲卿的感情。此句兰芝自谓。一说，此句系指焦仲卿忠于职守，不为夫妇之情所转移。按，《玉台新咏》此句下有“贱妾留空房，相见常日稀”二句。

⑫入机：坐上织布机。

⑬“三日”句：三天织成五匹布。断，指从织布机上把织好的布截下来。

⑭大人：指婆婆。故：犹。迟：慢。

⑮“非为”二句：不是我织作太慢，而是你们家的媳妇太难做了。

⑯“妾不”二句：我既然不能胜任婆婆的驱使，白白地留在这里也无用处。妾，刘兰芝自称。驱使，使唤。所施，所用。

⑰白：告诉。公姥（mǔ 母）：公婆。本诗当专指婆婆。下同。

⑱及时：犹言“趁早”。遣归：打发回娘家。

⑲启：禀告。阿母：母亲。

⑳“儿已”二句：我已生就一个福浅禄薄的穷相，幸亏还能娶得这个媳妇。禄相，古人迷信，认为从相貌上可以看出一个人的福禄寿命。禄，福禄，这里指官职地位等。

㉑“结发”二句：意为我们两个一成年便结成夫妇，一直到死也要作为伴侣。结发，束发，指成年。古代男子二十岁束发加冠，女子十五岁束发加笄（jī 基）。黄泉，地下，指死去。

㉒始尔：开始这种生活，指两人的婚后生活。尔，如此。

㉓行：行为。

㉔“何意”句：哪里料到招致了母亲的不喜欢呢。意，意料。厚，厚爱，厚待。

㉕区区：愚拙，犹言固执，想不开。下文“感君区区怀”的“区区”指感情真挚专一。

㉖自专由：即自专自由，自作主张。

㉗秦罗敷：汉乐府中常用作美女的代称。

㉘可怜：可爱。体：指体态相貌。

㉙长跪：伸长腰跪着。

㉚伏惟：伏身思念。古人常用为谦恭和敬谨之语。启：告。

㉛取：同“娶”。

㉜槌（chuí 锤）床：拍打着床。此极言其怒。床，古代一种坐具。

㉝“会不”句：决不依从和允许你。会不，当不、决不之意。

㉞“再拜”句：拜别母亲回到房内。上文言“长跪”，故此言“再拜”，犹言“拜别”。再，又一次。

㉟举言：发言，开口说。新妇：即媳妇，这里不是新娘之意。

㊱哽咽：悲痛至极，气咽不能发声。

㊲卿：你，夫妻间的亲切称呼。

㊳报（fù 付）府：到府署办公。报，通“赴”，往，去。

㊴“以此”句：为了这个缘故你先受些委屈罢。下心意，低声下气之意，指容忍。

㊵“勿复”句：意为不必再说什么迎取的事了。纷纭，多而杂乱，引申为找麻烦。

㊶“往昔”二句：意为那年冬末春初的季节，嫁到你家来。初阳岁，指冬末春初的时候。谢家，辞别娘家。

㊷“奉事”二句：行事都顺着婆婆的心意，进退举止哪里敢自作主张呢？这是针对前面婆婆说“此妇无礼节，举动自专由”而言。奉，行。循，顺着。进止，进退举止，即一切行动。止，原作“心”，误。据《玉台新咏》改。

㊸作息：劳作和休息。在此为偏义复词，指劳作。

㊹“伶俜（pīng 乒）”句：孤孤单单，为辛苦所牵绕。伶俜，孤单。萦（yíng 营），缠绕。

㊺“谓言”二句：自以为没有过错，可以终生孝敬婆婆以报答她的大恩。卒，终了，指孝敬一生。

㊻绣腰襦（rú 儒）：绣花的齐腰短袄。

㊼葳蕤（wēi ruí 威锐阳平）：草木茂盛貌。这里形容衣上刺绣的花纹繁富美丽。生光：闪烁着光彩。

㊽罗：细软的丝织品。复斗帐：两层而状如覆斗的帐子。斗帐，小帐，形如覆斗。斗，量具，旧时斗的形状是方口方底，口大底小。

㊾香囊：装有香料的小口袋。

㊿箱帘：泛指大小箱子。帘，同“奁（lián 连）”，盛梳妆用具等物的匣子。

51“绿碧”句：箱子都用青丝绳捆扎着。“绿”、“碧”、“青”同指一种颜色。

52“物物”二句：各件物色都不相同，各种东西都在里边。

53“人贱”二句：人既已受轻贱，我的东西也会被人鄙弃，不配留给后来的人使用。后人，设想焦仲卿日后再娶的妻子。

54“留待”二句：这些东西留下来以为赠送之用吧，从此我们再没有相见的机会了。遣施，赠送。遣，一作“遗”。会因，见面机会。

55严妆：郑重地打扮起来。

56夹裙：有里子的裙。

57事事：指穿衣、戴首饰诸事。四五通：指每件事都反复四五次。通，遍。

58蹑（niè 聂）：指穿鞋。

59玳瑁（dài mào 代冒）：龟一类的动物，甲壳有光泽，可以做装饰品。这里指用玳瑁制成的发簪之类的首饰。光：有光泽，闪光。

60“腰若”句：腰束纨素，好像就要飘荡起来。纨素，白色的绸子，这里代指用白绸制成的服饰。

61明月珰（dāng 当）：用明月珠做的耳珰。珰，耳坠。

62削葱根：尖的葱白，形容手指纤细洁白。

63“口如”句：形容嘴唇的红艳好像含着红宝石。朱丹，一种红宝石。

64纤纤：细巧貌。细步：小步。

65精妙：指姿态美妙。

66“上堂”二句：兰芝上堂辞别婆婆，婆婆听任她自去，不加挽留。

67野里：村野之地。

68“本自”二句：本来缺乏教养，又加上嫁给你们贵家子弟，更使我惭愧。兼，又加上。

69钱帛：指聘礼。

70却：退，犹言“转身”。

71“新妇”四句：回忆与小姑的相处。原文无“小姑始扶床；今日被驱遣”二句，据《玉台新咏》补。如我长：和我一样高了。

72“勤心”句：殷勤小心地侍奉母亲。

73“好自”句：自己好好保重。扶将，扶持，照应。

74初七：指农历七月初七，旧俗妇女在这天晚上祭织女。下九：每月十九日。古人以二十九日为“上九”，初九日为“中九”，十九日为“下九”。古代妇女常在“下九”日置酒相会，结伴游戏。

75莫相忘：意为不要忘记我。

76隐隐、甸甸：均为车声。何：语气助词。

77“誓不”句：意为发誓不与你分离。隔，离开、断绝。卿，原作“乡”，误。据《玉台新咏》改。

78“感君”句：感激你对我的挚爱之心。

79“君既”句：意为既然蒙你记着我。见，被，蒙。录，记。

⑳磐石：大石。比喻情意坚定不移。

㉑蒲苇：水草。比喻虽然柔弱，然而坚韧。

㉒纫：通“韧”。

㉓“逆以”句：预想到这些，使我心如油煎。逆，预料。一说，逆，违背。指违背我的心愿。

㉔劳劳：忧伤不已。

㉕依依：恋恋不舍。

㉖无颜仪：没脸面。

㉗阿母：指兰芝的母亲。拊（fǔ 府）掌：拍手。当是表示惊讶的动作。

㉘“不图”句：没有想到你自己回娘家来了！等于说，没想到你竟被人家撵回来了。古代女子出嫁后，通常母家来迎接才能回娘家，自己回娘家是被休弃的表现。图，料想。

㉙誓：疑为“諐（qiān 千）”之误。諐，同“愆”。愆违，即过失。

㉚“汝今”二句：你若是没有过错，怎么不等娘家去迎接而自己回来了？

㉛悲摧：悲伤。

㉜“云有”二句：县令差遣的媒人来说“县令有个三儿子，漂亮得世上没有可以与他相比的”。窈窕，美好貌。

㉝便（旧读 pián 骈）言：即“辩言”，有口才。令：善，美。

㉞“府吏”二句：意为被仲卿一再嘱咐过，发誓决不分离。见，被。丁宁，同“叮咛”。结誓，誓约。

㉟非奇：不佳，不妙。

㊱“自可”二句：应该回绝媒人，然后慢慢再说。自可，自当。断，指回绝。信，送信的人，这里指媒人。更，再。谓，说。之，代词，指上文说亲的事。

㊲“始适”句：出嫁不久就被遣送回家了。适，嫁。

㊳“不堪”二句：既然都不配做小吏的媳妇，又怎么能配得上贵公子呢？合，配得上。

㊴“幸可”二句：意为希望你们再广泛地打听一下还有谁家姑娘合适，不宜现在就这样答应你。幸，委婉语，希望。

⑩⓪“媒人”句：媒人离去几天以后。

⑩①“寻遣”句：谓不久太守派郡丞说媒至刘家。寻，随即，接着。丞，郡丞。此字原作“承”，误。据《玉台新咏》改。

⑩②“说有”二句：郡丞对太守说“有个兰家的女子，是官宦人家出身”。意谓郡丞建议太守向兰家（即刘兰芝家）求婚。说，原文作“谁”，误。据《玉台新咏》改。承籍，同“承藉（jiè 介）”，如同说“出身”。

⑩③“云有”四句：为太守叮嘱郡丞之语。意谓太守要郡丞为儿子向刘家求婚。主簿，掌管文书档案的官。

⑩④“直说”四句：郡丞到刘家说“太守家有这么个好公子，愿意和你家结亲，所以派遣我来到你们家”。结大义，指结成婚姻。按，前面从“寻遣丞请还”到“主簿通语言”数句，历代注释意见分歧较大，疑其文字有脱漏。此只举一种观点，以供参考。

⑩⑤谢：谢绝。

⑩⑥“老姥”句：我怎么敢对兰芝说起婚事呢？老姥，老妇，兰芝母自称。

⑩⑦“作计”句：考虑问题怎么不盘算盘算！作计，等于说“拿主意”。量，思量。

⑩⑧“否泰”句：两次婚姻的好坏有如天地之别。否（pǐ 匹）、泰，《易经》卦名。“否”表

示坏运，“泰”表示好运。

⑲义郎：对太守儿子的美称。郎，原作“即”，据《玉台新咏》改。按上文云“后嫁得郎君”，当以作“郎”为是。

⑩“其往”句：这样下去打算怎么办呢？往，原作“住”，据闻人倓说改。闻云：“其往，犹言过此以往。”解较顺畅。云，语助词。

⑪处分：处理。适：顺。

⑫要（yāo 夭）：约定。指上文与焦仲卿的约定。

⑬渠会：与他相会。渠，他，指焦仲卿。

⑭登即：当即，立即。许和：答应。

⑮诺诺、尔尔：都是应答声，如同说“好好”、“是是”。

⑯“还部”句：回到衙门禀告太守。部，衙门。

⑰“下官”二句：意为我奉了你的命令去说媒，谈话十分投机。“下官”是郡丞对太守的自称。

⑱“视历”句：意为翻看并查阅历书。

⑲“便利”二句：在本月内就合适，六合相应正宜结婚。旧时迷信，结婚要选择吉日，六合相应才是吉日。利，适宜。六合，指月建与日辰的干支相适合。即子与丑合，寅与亥合，卯与戌合，辰与酉合，巳与申合，午与未合，总称六合。

⑳良吉：良辰吉日。

㉑卿：你。这里是太守对郡丞的称呼。成婚：办理婚事。

㉒交语：传话给手下的人。装束：指筹办婚礼用的东西。

㉓“络绎”句：形容筹办婚礼的人像浮云一样连续不断。络绎，连续不断。

㉔“青雀”句：青雀舫和白鹄（hú 胡）舫，即画有青雀、白鹄的船。舫（fǎng 纺），船。

㉕龙子幡：绣龙的旗幡。指悬于船四角的装饰。幡，长条形旗帜。

㉖婀娜：龙子幡随风轻柔飘动之状。

㉗踯躅（zhí zhú 直竹）：徘徊不进。骢（cōng 聪）：青白杂色的马。

㉘流苏：用彩色羽毛或丝线做的穗子，挂在马鞍上做装饰品。金镂鞍：用金属镂花装饰成的马鞍。

㉙“赍钱”句：是说下了三百万的聘礼。赍（jī 基），送给。

㉚杂彩：各色缎匹。

㉛“交广”句：从交州、广州一带买来山珍海味。交，交州，汉置，东汉治所在广信（今广西梧州市），旋移治番禺（在今广东广州市）。鲑（xié 鞋），鱼类菜肴的总称。

㉜郁郁：盛多貌。登郡门：聚集到太守府。一说，“登”当作“发”。

㉝适：方才。书：信。

㉞事：指婚事。不举：不能举行，指措办不及。

㉟琉璃榻：镶嵌琉璃的坐榻。榻，比床矮的坐具。

㊱晻（yǎn 掩）晻：日色昏暗。日欲暝（míng 冥）：天要黑了。

㊲“愁思”句：写兰芝满怀愁思地到门外哭泣。

㊳“未至”二句：意为焦仲卿还差二三里路未到兰芝的家门，就感到心情悲伤，马也为之哀鸣。摧藏，即“凄怆”，悲伤。

㊴不可量：是说变化很大，不可预料。

㊵详：尽知。

⑭“府吏”二句：意为仲卿对兰芝说，祝贺你登了高枝儿。谓，原作“为”；得，原作“德”，并据《玉台新咏》改。按，此下七句都是焦仲卿由于不了解详情而产生的误会之辞。

⑭“磐石”二句：为仲卿自喻。方且厚，又方又厚。方则不移，厚则坚实，故以为喻。且，原作“可”，据《古诗源》改。卒千年，意为一千年也不变化。

⑭“蒲苇”二句：蒲苇虽坚韧一时，不过只能维持旦夕而已。这是指责兰芝的话。

⑭日胜贵：指生活一天比一天好，地位一天比一天高。

⑭“同是”四句：尔、然，都是“如此”之意。下，原作“不”；勿，原作“忽”，据《玉台新咏》改。

⑭“生人”四句：意为二人生离死别，满怀愤恨无法倾诉。想到无论如何总是一死，便不想再保全自己。这里同时写两人当时的心情。

⑭大风寒：比喻有不幸的事情发生。

⑭“寒风”二句：寒风摧残了树木，严霜凝结在庭前的兰花上（使花凋零了）。这两句用树摧花零比喻自己生命即将完结。

⑭“儿今”二句：我今天像太阳快要落山一样（生命就要结束了），使母亲以后孤单地留在世上。日冥冥，指日暮。

⑮“故作”二句：这是我自己有意寻短见，你不要怨恨鬼神。不良计，不好的打算，指自杀。

⑮“命如”二句：祝你寿命像南山石一样长久，身体健康又舒适。这是焦仲卿与母亲诀别的话。四体，四肢，指身体。直，顺，指舒服。

⑮“汝是”二句：你是高贵门第出身的人，将来还要到台阁去做大官。台阁，指尚书台（官署名）。尚书是汉代在宫中掌管机要文书的官。一说，台阁泛指官府，此句指现在官府任职。

⑮“贵贱”句：意为你同她贵贱悬殊，把她休弃了算什么薄情！

⑮“窈窕”句：意为是全城最美的人。

⑮“便复”句：旦夕之间就可以得到答复。便，即。复，答复。

⑮“作计”句：主意就这样拿定了。计，指自杀的主意。乃尔，就这样。立，定。

⑮“渐见”句：越来越被愁苦所熬煎逼迫。见，被。

⑮其日：指太守家迎娶兰芝那天。牛马嘶：形容迎娶时的热闹景象。嘶，鸣叫。

⑮青庐：用青布幔搭成的棚子，即喜棚，婚礼时用。

⑯奄奄：昏暗貌。奄，通“暗”。

⑯寂寂：寂静无声。人定初：指夜深人声初静时。

⑯举身：纵身。赴清池：指投水自杀。

⑯“自挂”句：在东南边的一棵树上上吊自杀。

⑯华山：当是庐江郡内小山，今不可考。

⑯相交通：相接连之意。

⑯“行人”二句：意为行人及寡妇都为之感动而忧伤。驻足，停住脚步。起，原作“赴”，据《玉台新咏》改。

⑯多谢：再三嘱告。谢，告。

⑯戒之：以之为鉴戒，引申为“牢牢记住”之意。

一三

辛延年

辛延年，东汉人，生平事迹不详。

羽林郎①

昔有霍家奴，姓冯名子都②，依倚将军势，调笑酒家胡③。胡姬年十五，春日独当垆④。长裾连理带⑤，广袖合欢襦⑥。头上蓝田玉⑦，耳后大秦珠⑧。两鬟何窈窕⑨，一世良所无⑩。一鬟五百万，两鬟千万余⑪。不意金吾子⑫，娉婷过我庐⑬。银鞍何煜爚⑭，翠盖空踟蹰⑮。就我求清酒，丝绳提玉壶。就我求珍肴，金盘鲙鲤鱼⑯。贻我青铜镜，结我红罗裾⑰。不惜红罗裂，何论轻贱躯⑱！男儿爱后妇，女子重前夫。人生有新故⑲，贵贱不相逾⑳。多谢金吾子㉑，私爱徒区区㉒。

文学古籍刊行社影宋本《乐府诗集》卷六三

①本篇选自《乐府诗集·杂曲歌辞》，最早见于《玉台新咏》卷一。诗篇应写于和帝时代。假借西汉霍光家奴冯子都之事，曲折地揭露了东汉外戚窦氏家奴调戏妇女的行径。《后汉书·窦融列传》载，东汉和帝（刘肇）即位，太后（窦宪妹）临朝，以窦宪为大将军，其弟景为执金吾，“权贵显赫，倾动京都”，“奴客缇骑（执金吾部下）依倚形势，侵陵小人，强夺财货，篡取罪人，妻略妇女。商贾闭塞，如避寇仇。有司畏懦，莫敢举奏”。诗中暴露的便是“妻略妇女”这一方面的不法之行。羽林郎，汉武帝时所置，掌宿卫和侍从皇帝。诗篇描写中表现出明显的汉乐府民歌的影响。

②“昔有”二句：以西汉霍光事比附东汉窦家之事。霍光是西汉外戚权贵，昭帝时为大将军。《汉书·霍光金日磾传》载：“光爱幸监奴冯子都，常与计事。”监奴，颜师古曰：“谓奴之监知家务者也。”犹言家务总管。奴，原作“姝”，误。据《玉台新咏》改。

③酒家胡：卖酒的胡女。汉时称西北地区少数民族为“胡”。

④当垆：即卖酒。垆，放酒坛子的台子。

⑤裾：衣的前襟。连理带：意思是系衣服的带子结成双飘的样式。连理，异根草木枝干连生。

⑥广袖：汉时以衣袖阔大为时尚。合欢襦：绣有对称花纹图案的短衣，穿在单衫之外。

⑦“头上”句：意为头上戴着名贵的玉簪。蓝田，地名，即今陕西蓝田县，以产美玉著称。玉，指玉簪。

⑧大秦：国名，即古罗马帝国。据《后汉书·西域传》载，大秦国“多金银奇宝”，有夜光璧、明月珠等。

⑨鬟：环形的发髻。窈窕，原作“窕窕”，误，据《玉台新咏》改。

⑩一世：全世上。良：实在是。

⑪“一鬟”二句：意指头上饰品贵重，价值万千。

⑫金吾子：执金吾的人。执金吾，“掌宫外戒司非常水火之事”（《后汉书·百官志》）。这里以“金吾子”代指冯子都。冯虽不是执金吾，但作者以冯代表窦氏的“奴客缇骑”，而“奴客缇骑”隶属执金吾，故称冯为“金吾子”。以下转为胡姬自述。

⑬娉婷：本指姿容美好，这里形容装模作样。

⑭煜爚（yuè 月）：形容银鞍光明眩目。

⑮翠盖：以翠鸟羽毛装饰的车盖。踟蹰：不进貌。此指停留。

⑯鲙鲤鱼：细切的鲤鱼肉做成的肴馔。

⑰“贻我”二句：意为金吾子赠胡姬以铜镜，并亲自系在其衣裾之上。此即上文所说的“调笑酒家胡”。

⑱“不惜”二句：写胡姬对于金吾子的调戏不惜裂裾拒绝，并表示，如若再无礼，就不惜舍命相拼。轻贱躯，胡姬自谓。与下文“贵贱”句相照应。

⑲新故：即新旧。新，对金吾子的调戏求欢而言。故，指自已爱情已有所属。

⑳“贵贱”句：意为你贵我贱的界限是不能逾越的。逾，越。

㉑多谢：十分感谢。这里含拒绝意味。

㉒“私爱”句：意为向我献殷勤只是一厢情愿，白费心机。私爱，私心爱慕。徒，枉然。区区，自得之貌。

一四

古诗十九首

《古诗十九首》，始见于南朝梁萧统《文选》。十九首不是一人一时之作，前后排列也没有严格的顺序。从诗的本身看，作者可能多是社会中下层文人，写成的时间大约都在东汉后期。其内容，有的是抒发仕途的失意和不满，有的是描写朋友、夫妇间的离情别绪，有的是感慨岁月的流逝等。虽内容各有不同，而格调却是一致的，表现的是文人心灵中带有普遍性的几种感伤情结，意蕴深微，故能引起后世读者的广泛共鸣。艺术上，这些诗写得朴素而清新，能够用生动的比喻和具体的物象，把主观的感情表现得委曲尽致。它们的出现，标志着五言抒情诗进一步走向成熟。

行行重行行[①]

行行重行行，与君生别离[②]。相去万余里，各在天一涯[③]。道路阻且长，会面安可知？胡马依北风，越鸟巢南枝[④]。相去日已远，衣带日已缓[⑤]。浮云蔽白日，游子不顾反[⑥]。思君令人老，岁月忽已晚[⑦]。弃捐勿复道，努力加餐饭[⑧]。

中华书局影印李善注本《文选》卷二九

①本诗为“十九首”之第一首，原无题，据首句加。诗中写一位女子对长期在外的丈夫的思念，语言朴素，情深意笃，可以明显看出受同样题材乐府民歌的影响。行行重行行，意为不停顿地前行，以女方的想象写其在外的丈夫。

②生别离：《楚辞·九歌·少司命》：“悲莫悲兮生别离。”这里化用其意。

③“各在”句：犹言天各一方。涯，方。

④“胡马”二句：意为胡地产的马依恋北风，而越地生的鸟总是在向南的树枝上做窝，表明它们都不忘故土。依，依恋。

⑤“相去”二句：意为离别甚久，日夜思念，身体都变瘦了。缓，宽松。衣带不会自宽，人瘦方觉衣带宽。

⑥“浮云”二句：是说由于政治险恶（“浮云蔽日”比喻谗邪害贤良），所以游子不想回家。一说，“浮云蔽日”比喻游子为别的女人所惑，亦可。顾，念。

⑦“岁月”句：意为岁月流逝，一年很快又要过完了。忽，迅速，突然。晚，终，将尽。

⑧“弃捐”二句：犹言丢开这些不管，还是要多多保重吧。为自我宽解、安慰之意。按，《妇病行》有“弃置勿复道”，为无奈中自慰之词。《饮马长城窟行》有“上言加飡饭”，亦为相思慰勉之语。故疑此二句为当时习用之语。弃捐，丢开。

冉冉孤生竹①

冉冉孤生竹，结根泰山阿②。气与君为新婚，兔丝附女萝③。兔丝生有时④，夫妇会有宜⑤。千里远结婚，悠悠隔山陂⑥。思君令人老，轩车来何迟⑦。伤彼蕙兰花⑧，含英扬光辉⑨。过时而不采，将随秋草萎。君亮执高节⑩，贱妾亦何为⑪！

中华书局影印李善注本《文选》卷二九

①本诗为“十九首”之第八首，原无题，据首句加。关于本诗含意有二说：一说为写女子新婚久别之怨；一说属于婚迟怨望之作。似以前说为长。全诗以比兴手法，抒写缠绵哀婉之情，深微细致。

②“冉冉”二句：冉冉孤竹，结根泰山，象征女子婚姻，为比兴义。冉冉，柔弱貌。结根，生根。泰山，一说通“大山”，指高山。阿，角落，指山坳。

③“兔丝”句：以二物纠缠喻指夫妻情笃。兔，通“菟”。菟丝，一种蔓生植物，茎细长，夏季开淡红小花。此为女子自指。女萝，即松萝，亦蔓生、细枝，代指女子之夫。附，攀附，附着。

④生有时：指菟丝开花有定时。生，指旺盛、鲜活。时，时节。

⑤会有宜：指相聚也应在最好的时间，即应趁青春之时聚会。会，聚首。宜，适宜。

⑥“悠悠”句：写新婚之后即远别。悠悠，远貌。隔山陂，犹言“隔山隔水”。陂（bēi 杯），水泽。

⑦“轩车”句：指丈夫久出不归。轩车，汉代的一种车，上有车盖，两边有蔽障，多为官员所乘。此指女子丈夫所乘之车。

⑧“伤彼”句：蕙、兰均为香草名，女子自喻。伤，痛惜。按，“伤彼”以下四句当为女子自伤之辞，有失时之叹。

⑨含英：花初放而未尽发之时。英，花。

⑩亮：诚，必定。执：坚持。高节：高尚节操，指对爱的忠贞专一。

⑪何为：意谓何必如此感伤呢！

庭中有奇树①

庭中有奇树，绿叶发华滋②。攀条折其荣③，将以遗所思④。馨香盈怀袖⑤，路远莫致之⑥。此物何足贡⑦，但感别经时⑧！

中华书局影印李善注本《文选》卷二九

①本诗为“十九首”之第九首，原无题，据首句加。本篇抒发对于亲人的思念，以行动写心态．具体而细腻。奇树，指嘉树，美树。

②发华滋：花开得很茂盛。华，同“花”。滋，繁盛。

③条：枝条。荣：花，此指枝梢上开得最好的花。

④遗（wèi 位）：送给。所思：指自己想念的人。

⑤馨（xīn 辛）：香气。盈：充溢。

⑥莫致之：指不能把花送到。

⑦何足贡：哪值得献给对方呢。贡，一作“贵”。

⑧“但感”句：意为只是感到离别时间已久，想借以寄托思念之情罢了。

迢迢牵牛星①

迢迢牵牛星，皎皎河汉女[②]。纤纤擢素手[③]，札札弄机杼[④]。终日不成章[⑤]，泣涕零如雨[⑥]。河汉清且浅，相去复几许[⑦]？盈盈一水间[⑧]，脉脉不得语[⑨]。

中华书局影印李善注本《文选》卷二九

①本诗为“十九首”之第十首，原无题，据首句加。诗中借牵牛、织女的神话故事，抒写男女离别之情，想象丰富，是一篇风格特异之作。迢（tiáo 条）迢，遥远貌。牵牛星，俗称牛郎星，为天鹰座中最亮的一颗星，同织女星隔银河相对。

②皎皎：明亮貌。河汉：银河，俗称天河。女：织女星。为天琴座中最亮的一颗星。

③纤纤：形容手的细长柔美。擢（zhuó 浊）：举起。素：白色。

④札札：织布时机杼的响声。杼：织机上的梭子。

⑤“终日”句：意为织女思念牛郎，无心织布。不成章，织不成布之意。章，布上的纹理，代指布。

⑥零：落下。

⑦复几许：又能有多远呢？意为不远。

⑧盈盈：水清浅貌。一水：指天河。

⑨脉脉：含情对视貌。

明月何皎皎①

明月何皎皎，照我罗床帏[②]。忧愁不能寐，揽衣起徘徊[③]。客行虽云乐，不如早旋归[④]。出户独彷徨，愁思当告谁。引领还入房[⑤]，泪下沾裳衣。

中华书局影印李善注本《文选》卷二九

①本诗为“十九首”之最末一首，原无题，据首句加。关于诗之含义有二说：一为游子思归；一为女子闺中盼夫。后说似较贴切。诗中描写了主人公一连串的行动，曲折地反映了其内心无法排遣的忧愁，构思新颖，表情逼真。

②床帏：即床帐。

③揽衣：此指穿衣或披衣。揽，持。

④“客行”二句：这是女子对外出丈夫所说的话。言客游在外虽说也有乐趣，但不如及早归家。旋归：还归、回返之意。

⑤“引领”句：意为抬头远望，不见所思念之人的踪影，又只好再回到房中。引领，仰头远望。领，脖子。

一五

吴越春秋

《吴越春秋》十卷，题汉赵晔撰。今人或以为系隋唐间人皇甫遵合赵晔《吴越春秋》十二卷本及杨方《吴越春秋削繁》五卷本而成今本。赵晔（生卒年不详），字长君，东汉会稽山阴（今浙江绍兴）人。少为县吏，后从杜抚受韩诗，积二十年。著有《吴越春秋》、《诗细历神渊》等（见《后汉书·儒林传》）。

《吴越春秋》以记载吴国历史为主，多记述吴越争霸时期的情况，本属杂史。在记述中，许多段落吸收了不少"迂怪妄诞"的传说内容，因而表现出较浓厚的历史小说意味。

干将莫耶①

干将者，吴人也。与欧冶子同师②，俱能为剑。越前来献三枚③，阖闾得而宝之④，以故使剑匠作为二枚⑤：一曰干将，二曰莫耶。莫耶，干将之妻也。

干将作剑，采五山之铁精、六合之金英⑥，候天伺地⑦，阴阳同光⑧，百神临观，天气下降，而金铁之精不销沦流⑨。于是干将不知其由⑩。莫耶曰："子以善为剑闻于王。使子作剑，三月不成，其有意乎⑪？"干将曰："吾不知其理也。"莫耶曰："夫神物之化，须人而成⑫。今夫子作剑，得无得其人而后成乎⑬？"干将曰："昔吾师作冶，金铁之类不销，夫妻俱入冶炉中，然后成物⑭。至今后世，即山作冶，麻绖葌服⑮，然后敢铸金于山。今吾作剑不变化者，其若斯耶⑯？"莫耶曰："师知烁身以成物⑰，吾何难哉！"于是干将妻乃断发剪爪，投于炉中⑱，使童女童男三百人鼓橐装炭，金铁刀濡⑲，遂以成剑。阳曰干将，阴曰莫耶；阳作龟文，阴作漫理⑳。干将匿其阳，出其阴而献之㉑，阖闾甚重㉒。

既得宝剑，适会鲁使季孙聘于吴㉓。阖闾使掌剑大夫以莫耶献之。季孙拔剑之㉔，钢中缺者大如黍米㉕。叹曰："美哉剑也！虽上国之师何能加之㉖！夫剑之成也吴霸，有缺则亡矣㉗。我虽好之，其可受乎㉘！"不受而去。

《四部备要》本《吴越春秋》卷四

①本篇节选自《吴越春秋·阖闾内传第四》，题目为编者所加。篇中记述干将、莫耶铸剑的经过。文虽简短，但突出了铸剑过程中的神奇成分，表现出较浓厚的传说色彩。

②欧冶子：春秋时越人，以善铸剑闻名。

③"越前"句：意为以前越国曾献给吴王阖闾欧冶子所铸的宝剑三把。《吴越春秋》同卷载风湖子曰："臣闻吴王得越所献宝剑三枚，一曰鱼肠，二曰磐郢，三曰湛卢。"又《越绝书》卷一一载："欧冶乃因天之精神，悉其伎巧，造为大刑三、小刑二，一曰湛卢，二曰纯钧，三曰胜邪，四曰鱼肠，五曰巨阙。吴王阖闾之时，得其胜邪、鱼肠、湛卢。"并可参考。

④宝之：以之为宝。

⑤“以故”句：意为阖闾因得到并且喜爱欧冶子所铸的三把宝剑，因而又让干将铸造两把剑。剑匠，铸剑之名工，指干将。另本径作“干将”。

⑥五山、六合：泛指天下之山。五山，五方之山。五，东西南北中。六合，天地四方，指天下。铁精、金英：铁之精华。金，指铁。

⑦“候天”句：意为掌握天地气候之变化。候、伺，并为观察意。

⑧“阴阳”句：指阴、阳并在旺盛之时。古人观念，阴阳偏胜则不能成物，故须阴阳和合。同光，指阴阳相当，成物之机也。

⑨“而金铁”句：意为不能将铁冶炼成铸剑的铁汁。销，熔化。沦流，指流动。

⑩于是：对于这种情况。是，指上文“不销沦流”的现象。由：原因。

⑪“其有意”句：意为对此你曾预料到了吗？其，指铸剑不成事。意，料，考虑。

⑫“夫神物”二句：神物，神奇之物。化，变化。须人而成，须要有人为之牺牲才能成功。

⑬得无：表反诘，“怕不是”、“是不是”之意。

⑭成物：成其器物。此指成剑。

⑮麻绖（dié 蝶）蔹（jiān 奸）服：用葛麻作带、菅茅为服。此为古代丧服，表示随时准备牺牲自己。绖，葛麻带。蔹，同“菅”，菅茅。

⑯“其若”句：是不是这个缘故呢？指没有人做出牺牲。若，如。斯，这，此。

⑰烁身：指上文“夫妻俱入冶炉中”。烁，同“铄”，销熔。

⑱“于是”二句：意为莫耶将自己的头发、指甲剪下，投入炉内，以代身体。

⑲“使童女”二句：意为三百童女童男奋力烧火，铁才熔化。童女童男，没有结婚的青年男女。鼓橐（tuó 驮），犹今之拉风箱。橐，古代冶炼鼓风用具。刀，他本一作“乃”，是，此误。濡，意同“软”。

⑳“阳作”二句：古人的观念重视阴阳相配，故剑文亦如此。龟文，花纹凸起，犹今称“阳文”；漫理，平的花纹，犹今称“阴文”。漫，平。理，纹理。

㉑“干将”二句：干将将铸好的干将剑藏起，而把莫耶剑献给阖闾。阳、阴指阳剑干将和阴剑莫耶，其区分在花纹之阴阳。

㉒重：看重。另本“重”后有“之”字。

㉓适会：恰碰上。季孙：鲁国公族大夫季孙氏。以其时考之，当为季平子意如。聘：聘问。古代诸侯国之间或天子与诸侯国之间的遣使访问。

㉔“季孙”句：“之”前疑脱“视”字。

㉕钢：误，另本作“锷”，是。锷，剑刃也。

㉖上国之师：指中原各国的铸剑工匠。加之：在其上，指胜过他。

㉗“有缺”句：暗示吴将中道灭亡。

㉘受：接受。

第三编

魏晋南北朝文学

一

曹 操

曹操（155—220），字孟德，沛国谯郡（今安徽亳州）人。东汉灵帝时征拜议郎，进济南相。献帝时参与讨伐董卓，建安元年（196）迎献帝至许昌，为大将军，削平北方割据豪强，任丞相，封魏王。曹丕代汉称帝，追尊为魏武帝。擅诗能文。今存诗二十余首，全用乐府古题，叙写战乱，抒发理想和慨叹人生，风格古直悲凉，境界雄深阔大。散文直抒胸臆，清峻通脱。有《魏武帝集》。

蒿里行[①]

关东有义士[②]，兴兵讨群凶[③]。初期会盟津，乃心在咸阳[④]。军合力不齐[⑤]，踌躇而雁行[⑥]。势利使人争，嗣还自相戕[⑦]。淮南弟称号[⑧]，刻玺于北方[⑨]。铠甲生虮虱[⑩]，万姓以死亡[⑪]。白骨露于野，千里无鸡鸣。生民百遗一[⑫]，念之断人肠。

《四库全书》影印本《汉魏六朝百三家集》卷二三

①《蒿里行》，属汉乐府“相和歌辞·相和曲”，本为送葬唱的挽歌，曹操借旧题写时事。东汉末年，董卓专权乱政。初平元年（190）春，函谷关以东诸州郡推举袁绍为盟主，起兵讨伐董卓。诸州郡首领各怀私心，踌躇观望，为扩大势力，甚至互相火并。此诗写汉末群雄争战，民遭涂炭，被赞为“汉末实录”。蒿里，传说人死后魂魄聚居的地方。

②关东：函谷关以东。义士：指起兵讨伐董卓的诸州郡首领。

③群凶：指董卓一伙。

④“初期”二句：本来期望同心合力，讨伐董卓，兴复王室。盟津，即“孟津”，今属河南洛阳。相传周武王伐纣时曾在此大会八百诸侯。乃心，其心，指“义士”之心。咸阳，秦京都，此借指汉长安皇室，当时献帝被挟持到长安。长安与咸阳都在关中，今属陕西。

⑤力不齐：指讨伐董卓的诸州郡首领各有打算，力量不集中。

⑥“踌躇”句：正常语序当为“雁行而踌躇”，为叶韵，故前后移置。踌躇，犹豫不前。雁行（háng杭），阵名，横列队伍，如飞雁的行列。银雀山汉墓竹简《孙膑兵法·十阵》：“雁行之阵者，所以接射也。”一说指飞雁的行列，形容诸军列阵观望的样子。

⑦嗣还（sì xuán 四旋）：其后不久。戕（qiāng 枪）：杀害。

⑧“淮南”句：指袁绍的异母弟袁术于建安二年（197）在淮南寿春（今安徽寿县）自称帝号。

⑨“刻玺（xǐ 喜）”句：指初平二年（191）袁绍谋废献帝，想立刘虞为皇帝，并刻制印玺事。玺，印，秦以后专指皇帝用的印章。

⑩“铠（kǎi 凯）甲”句：由于久战不息，不脱战服，战服上都生了虱子。铠甲，古代的护身战服，金属制成的叫铠，皮革制成的叫甲。虮，虱卵。

⑪万姓：百姓。以：因此。

⑫生民：百姓。遗：剩下。

步出夏门行[①]

观沧海[②]

东临碣石[③]，以观沧海。水何澹澹[④]，山岛竦峙[⑤]。树木丛生，百草丰茂。秋风萧瑟[⑥]，洪波涌起[⑦]。日月之行，若出其中；星汉灿烂，若出其里[⑧]。幸甚至哉！歌以咏志[⑨]。

①《步出夏门行》，一名《陇西行》，属汉乐府“相和歌辞·瑟调曲”。原题《碣石篇》，此从《宋书·乐志》。共五部分，开头是“艳”辞（即序曲），下分四解（四章）。此选第一解和第四解。两解的题目为后人所加。

②建安十二年（207），曹操北征乌桓（辽东半岛的少数民族），途经碣石山，作此诗。诗中描写登山观海所见到和想象的雄浑壮丽的景象。沧海，大海，指渤海。

③碣石：山名，在今河北乐亭县滦河入渤海口附近，后陷入海中。一说指今河北昌黎县西北之碣石山。

④澹（dàn 淡）澹：水波动荡貌。

⑤竦峙（sǒng zhì 耸志）：高高直立。竦，通“耸”。

⑥萧瑟：风声。

⑦洪波：大的波涛。

⑧“日月”四句：日月星辰光辉灿烂，都像从大海里出来一样。行，运行。其，代指大海。星汉，银河，常用作星辰的总称。

⑨“幸甚”二句：乐府本是用来配乐歌唱的，这两句是配乐时附加的，不属正文。意思是：好极了，让我用诗歌来咏唱自己的志意。幸甚，表示非常庆幸。

龟虽寿[①]

神龟虽寿，犹有竟时[②]。腾蛇乘雾，终为土灰[③]。老骥伏枥[④]，志在千里。烈士暮年[⑤]，壮心不已。盈缩之期[⑥]，不但在天[⑦]；养怡之福[⑧]，可得永年[⑨]。幸甚至哉！歌以咏志。

《四库全书》影印本《汉魏六朝百三家集》卷二三

①本诗作于建安十二年（207），时曹操五十三岁。诗中熔哲理思考、慷慨激情和艺术形象于一炉，表现了老当益壮、积极进取的人生态度。

②“神龟”二句：神龟虽能长寿，但还有死亡的时候。神龟，传说中的通灵之龟，能活几千岁（见《庄子·秋水》）。寿，长寿。竟，尽，完。

③“腾蛇”二句：腾蛇即使能乘雾升天，最终也得死亡，变成灰土。腾蛇，传说中与龙同类的神物，能兴云驾雾。

④骥（jì 计）：千里马。枥（lì 力）：马槽。

⑤烈士：有雄心壮志的人。暮年：晚年。

⑥盈缩：指人的寿命长短。盈，长。缩，短。

⑦但：仅，只。

⑧养怡：保养身心健康。怡，本作“恬”，据别本改。

⑨永：长久。

短歌行[①]

对酒当歌[②]，人生几何[③]！譬如朝露，去日苦多[④]。慨当以慷[⑤]，忧思难忘。何以解忧？唯有杜康[⑥]。青青子衿，悠悠我心[⑦]。但为君故[⑧]，沉吟至今[⑨]。呦呦鹿鸣，食野之苹。我有嘉宾，鼓瑟吹笙[⑩]。明明如月，何时可掇[⑪]？忧从中来，不可断绝。越陌度阡，枉用相存[⑫]。契阔谈宴[⑬]，心念旧恩。月明星稀，乌鹊南飞。绕树三匝，何枝可依[⑭]？山不厌高，海不厌深[⑮]。周公吐哺，天下归心[⑯]。

《四库全书》影印本《汉魏六朝百三家集》卷二三

①《短歌行》，属汉乐府“相和歌辞·平调曲”。原诗有两首，此选第一首。张玉谷《古诗赏析》卷八云：“此叹流光易逝，欲得贤才以早建王业之诗。”立意深远，情深而曲，悲而不颓；情、事、理相交融，摇曳多姿。

②当：对着。

③几何：指岁月有多少。

④“譬如”二句：人生短暂，如朝露见日即干，逝去的岁月太多，使人感到痛苦。

⑤慨：叹息。当：对，配合。慷：激昂扬声。

⑥杜康：传为古代开始造酒之人，此用以代酒。

⑦“青青”二句：用《诗经·郑风·子衿（jīn 今）》成句，表示对贤才的思慕。衿，衣领。青衿，周代学生穿的服装。悠悠，长远貌，形容思念深沉。

⑧但：只。君：指所渴望的人才。

⑨沉吟：沉思吟咏。

⑩“呦（yōu 优）呦”四句：用《诗经·小雅·鹿鸣》成句。原意是鹿看到艾蒿，相呼而食；我有好友，设宴奏乐，盛情接待。此谓渴望得到贤才。呦呦，鹿叫声。苹，艾蒿。鼓，弹。瑟，古代一种弦乐器。笙，一种管乐器。

⑪“明明”二句：贤明如月的人才，何时可以得到？明明，指贤明的人才。掇（duō 多），取得。一作“辍”，停止运行。以月之运行不息，喻忧思不绝。

⑫“越陌”二句：贤才屈驾远道前来问候。陌、阡，道路。枉，枉驾，屈尊。用，以。存，问候。

⑬契阔：聚散。此处是复词偏义，久别重逢之意。

⑭“月明”四句：喻当时天下尚未统一，霸主四起，人才不知依附于谁。匝，周，圈。

⑮“山不”二句：喻自己渴望招纳众多贤才。厌，嫌恶。海，原作“水”，据《文选》卷二七改。

⑯“周公”二句：要像周公一样虚心接待贤才，如此则天下归服。周公，周文王之子、周武王之弟。他为接待贤才，曾经自称“一沐三捉发，一饭三吐哺，起以待士，犹恐失天下之贤人”（《史记·鲁周公世家》）。吐哺，吐出嚼着的食物。

二

蔡 琰

蔡琰，生卒年不详，字文姬，汉末陈留圉（今河南杞县）人，东汉著名学者、作家蔡邕之女。在董卓之乱中被胡人掳入南匈奴，嫁左贤王，留十二年，生二子。建安十二年(207)，曹操遣使赎回中原，嫁屯田都尉董祀。博学能文，通音律。作品今传《悲愤诗》二首，一为五言，一为骚体。另有《胡笳十八拍》一篇。其骚体《悲愤诗》和《胡笳十八拍》，疑为伪作。

悲愤诗①

汉季失权柄②，董卓乱天常③。志欲图篡弑④，先害诸贤良⑤。逼迫迁旧邦⑥，拥主以自强。海内兴义师⑦，欲共讨不祥⑧。卓众来东下⑨，金甲耀日光⑩。平土人脆弱⑪，来兵皆胡羌⑫。猎野围城邑⑬，所向悉破亡⑭。斩截无孑遗⑮，尸骸相掌拒⑯。马边悬男头，马后载妇女。长驱西入关⑰，迥路险且阻⑱。还顾邈冥冥，肝脾为烂腐⑲。所略有万计⑳，不得令屯聚㉑，或有骨肉俱㉒，欲言不敢语。失意机微间㉓，辄言毙降虏㉔！“要当以亭刃㉕，我曹不活汝㉖！”岂复惜性命？不堪其詈骂㉗。或便加棰杖㉘，毒痛参并下㉙。旦则号泣行，夜则悲吟坐。欲死不能得，欲生无一可。彼苍者何辜？乃遭此厄祸㉚！

边荒与华异㉛，人俗少义理㉜。处所多霜雪，胡风春夏起㉝。翩翩吹我衣㉞，肃肃入我耳㉟。感时念父母，哀叹无穷已。有客从外来，闻之常欢喜。迎问其消息，辄复非乡里㊱。邂逅徼时愿㊲，骨肉来迎己㊳。己得自解免㊴，当复弃儿子。天属缀人心㊵，念别无会期。存亡永乖隔㊶，不忍与之辞。儿前抱我颈，问母欲何之㊷。“人言母当去，岂复有还时？阿母常仁恻㊸，今何更不慈？我尚未成人，奈何不顾思！”见此崩五内㊹，恍惚生狂痴㊺。号泣手抚摩，当发复回疑㊻。兼有同时辈㊼，相送告离别。慕我独得归，哀叫声摧裂㊽。马为立踟蹰㊾，车为不转辙㊿。观者皆歔欷[51]，行路亦呜咽[52]。

去去割情恋，遄征日遐迈[53]。悠悠三千里，何时复交会[54]？念我出腹子[55]，匈臆为摧败[56]。既至家人尽[57]，又复无中外[58]。城郭为山林，庭宇生荆艾[59]。白骨不知谁，从横莫覆盖[60]。出门无人声，豺狼号且吠[61]。茕茕对孤景[62]，怛咤糜肝肺[63]。登高远眺望，魂神忽飞逝。奄若寿命尽，旁人相宽大[64]。为复强视息[65]，虽生何聊赖[66]！托命于新人[67]，竭心自勖厉[68]。流离成鄙贱，常恐复捐废[69]。人生几何时，怀忧终年岁[70]！

中华书局校点本《后汉书》卷八四

①该诗选自《后汉书·列女传》，约写于建安十三年（208），蔡琰由南匈奴回乡再嫁董祀后不久。诗抒写个人的惨痛遭遇和汉末战乱给民众带来的深重灾难。叙事与抒情融为一体，于

婉转中见深切，悲怆感人。

②汉季：汉末。权柄：统治权力。

③董卓：汉末军阀，中平六年（189）拥兵入洛阳，废少帝为弘农王，次年又杀之，并毒死何太后。天常：天理伦常，指君臣间的封建纲常。

④篡弑（shì 市）：夺位杀君。弑，指以下杀上。

⑤贤良：指周珌（bì 必）、伍琼等人，因反对董卓而被杀。

⑥“逼迫”句：初平元年（190），董卓迫献帝迁都长安。旧邦，长安本是西汉都城，故称。

⑦义师：指袁绍、孙坚、曹操等讨伐董卓的盟军。

⑧不祥：不祥之人，指董卓。祥，善。

⑨东下：初平三年（192），董卓部下李傕（jué 决）、郭汜（fàn 范）等出函谷关东下，大掠陈留、颍川一带。蔡琰大约于此时被掳。

⑩金甲：铁甲，护身军服。

⑪平土：平原。

⑫胡羌：董卓部队多羌、氐族人。胡，古代汉人对北方少数民族的通称。羌，东汉时分布于今甘肃东部地区的少数民族。

⑬猎野：洗劫乡村。

⑭悉：全，尽。

⑮截：斩杀。无孑（jié 杰）遗：一个不留。孑，独。

⑯尸骸（hái 孩）：尸骨。掌拒：支拄。形容尸骨杂乱堆积。

⑰西入关：李、郭部队返回函谷关。

⑱迥（jiǒng 窘）：远。

⑲“还顾”二句：写被虏途中留恋家乡的心情。还顾，回头看。邈冥冥，指家乡越来越远而看不清。邈，远。冥冥，迷茫不清貌。

⑳略：掳掠。

㉑屯聚：聚集。

㉒骨肉俱：亲人被掳在一起。

㉓失意：不合掳掠者之意。机微：细小。此指细小的原因。机，一作“几”。

㉔辄：就。毙降虏：杀死你这俘虏！

㉕要当：应当。亭刃：指用刀杀。亭，盖“事”之误。

㉖我曹：我们。曹，辈。不活汝：不让你们活。

㉗詈（lì 利）：骂。

㉘棰（chuí 垂）杖：用木棍打。

㉙“毒痛”句：毒骂痛打一起来。参，兼。

㉚“彼苍者”二句：天啊！我有何罪，竟遭到这样的灾祸？苍，青苍色，指天。辜，罪过。厄，灾难。

㉛边荒：边远荒凉之地。指南匈奴。

㉜义理：道义伦理。

㉝胡风：指北方的寒风。

㉞翩翩：风吹衣飘貌。

㉟肃肃：风声。

㊱辄：往往。

㊲邂逅（xiè hòu 谢后）：偶然相遇。徼时愿：侥幸实现平时的愿望。徼，通“侥”。

㊳骨肉：指曹操派去迎接蔡琰的使臣。

㊴解免：指免除远离家乡的不幸。

㊵天属：指母子之间的天性。缀：牵扯。

㊶乖：分离。

㊷之：去。

㊸仁恻：慈爱。

㊹五内：五脏。

㊺恍惚：神志迷糊不清。

㊻当发：临到出发。回疑：迟疑不决。

㊼同时辈：指一起被掳至匈奴者。

㊽摧裂：摧折心碎。

㊾踟蹰（chí chú 持除）：徘徊不前。

㊿辙：车轮轧的痕迹。此指车轮。

51歔欷（xū xī 虚西）：悲泣抽噎。

52行路：指路过的人。呜咽：低声哭泣。

53遄（chuán 船）征：疾行。日遐迈：一天比一天远离。

54交会：相会见。

55出腹子：指在匈奴所生之子。

56匈：同“胸”。

57家人尽：蔡琰初平三年（192）春被掳，蔡邕同年死于狱中。疑蔡琰一直不知父死，故在匈奴“感时念父母”，现在到家，方知家人皆已不存。

58中外：即中表，今俗言之表兄弟姊妹。此处代指亲戚。

59荆艾：荆棘艾蒿，泛指杂草。

60从横：即纵横。莫覆盖：指无人掩埋。

61吠：狗叫声。此指豺狼叫声。

62茕（qióng 穷）茕：孤独貌。景：影，指自己。

63怛咤（dá zhà 达诈）：因悲痛而惊呼。縻：烂。

64“奄若”二句：忽然感到无法再活下去了，旁边的人便相劝宽慰。奄，忽然。

65强视息：勉强生活下去。视，睁开眼看。息，呼吸。

66聊赖：依赖。指生活上的依靠或精神上的寄托。

67“托命”句：指再嫁董祀。

68竭心：尽心，努力。勖（xù 续）厉：勉励。

69“流离”二句：长期流离，被人轻视，常怕又被抛弃。捐弃，遗弃。

70终年岁：终身。

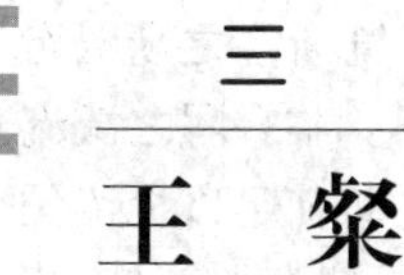

三

王粲

王粲（177—217），字仲宣，山阳高平（今山东邹城西南）人，建安七子之一。初平四年（193）避乱荆州，依刘表。建安十三年（208）归曹操，受器重，初为丞相掾，迁军谋祭酒。入魏，拜侍中。能诗善赋，语意清警，情调悲怆。刘勰《文心雕龙》称他为“七子之冠冕”。有《王侍中集》。《建安七子集》辑存诗二十余首，文四十余篇。

七哀诗[①]（三首选一）

西京乱无象[②]，豺虎方遘患[③]。复弃中国去[④]，远身适荆蛮[⑤]。亲戚对我悲，朋友相追攀[⑥]。出门无所见，白骨蔽平原。路有饥妇人，抱子弃草间。顾闻号泣声[⑦]，挥涕独不还。“未知身死处，何能两相完[⑧]？”驱马弃之去，不忍听此言。南登霸陵岸[⑨]，回首望长安。悟彼《下泉》人[⑩]，喟然伤心肝[⑪]！

中华书局版俞绍初辑校本《建安七子集》卷三

①《七哀》，当是汉末乐府新题。王粲有《七哀诗》三首，不是同时所作。这是第一首。《三国志·魏书·王粲传》云：“（粲）年十七，司徒辟，诏除黄门侍郎，以西京扰乱，皆不就。乃之荆州依刘表。”是年为初平四年（193）。此诗写汉末离乱中所见生民死亡、母弃其子的悲惨景象，或即作于此次初离长安时。

②“西京”句：东汉初平三年（192），董卓部将李傕、郭汜等在长安作乱，大肆屠杀，长安一片混乱。西京，指长安。无象，指社会秩序乱得不成样子。

③豺虎：喻李傕、郭汜等。遘（gòu 够）：通“构”，制造。

④中国：指中原一带。

⑤远身：一作“委身”。适：往。荆蛮：指荆州。因古代中原人称南方人为“蛮”，故云。

⑥攀：指攀拉车辕，形容恋恋不舍。

⑦顾：回头看。

⑧“未知”二句：是妇人说的话。身，我。《尔雅注疏·释诂下》：“身……我也。”完，保全性命。

⑨霸陵：汉文帝陵墓，在今陕西西安市长安区东。岸：高地。

⑩“悟彼”句：领悟到《下泉》诗作者的心情。《下泉》，《诗经·曹风》篇名，《毛诗序》云：“《下泉》，思治也，曹人……思明王贤伯也。”

⑪喟（kuì 愧）然：叹息貌。

登楼赋[①]

登兹楼以四望兮，聊暇日以销忧[②]。览斯宇之所处兮[③]，实显敞而寡仇[④]。挟清漳之通浦兮[⑤]，倚曲沮之长洲[⑥]。背坟衍之广陆兮[⑦]，临皋隰之沃流[⑧]。北弥陶牧[⑨]，西接昭丘[⑩]。华实蔽野[⑪]，黍稷盈畴[⑫]。虽信美而非吾土兮[⑬]，曾何足以少留[⑭]！

遭纷浊而迁逝兮[⑮]，漫逾纪以迄今[⑯]。情眷眷而怀归兮[⑰]，孰忧思之可任[⑱]？凭轩槛以遥望兮[⑲]，向北风而开襟。平原远而极目兮[⑳]，蔽荆山之高岑[㉑]。路逶迤而修迥兮[㉒]，川既漾而济深[㉓]。悲旧乡之壅隔兮[㉔]，涕横坠而弗禁[㉕]。昔尼父之在陈兮，有“归欤”之叹音[㉖]。钟仪幽而楚奏兮[㉗]，庄舄显而越吟[㉘]。人情同于怀土兮，岂穷达而异心[㉙]！

惟日月之逾迈兮[㉚]，俟河清其未极[㉛]。冀王道之一平兮[㉜]，假高衢而骋力[㉝]。惧匏瓜之徒悬兮[㉞]，畏井渫之莫食[㉟]。步栖迟以徙倚兮[㊱]，白日忽其将匿[㊲]。风萧瑟而并兴兮[㊳]，天惨惨而无色[㊴]。兽狂顾以求群兮，鸟相鸣而举翼。原野阒其无人兮[㊵]，征夫行而未息。心凄怆以感发兮[㊶]，意忉怛而憯恻[㊷]。循阶除而下降兮[㊸]，气交愤于胸臆。夜参半而不寐兮，怅盘桓以反侧[㊹]。

中华书局版俞绍初辑校本《建安七子集》卷三

①本篇为作者避乱荆州登麦城（在今湖北当阳东南）城楼所作，借登楼所望，抒写思乡之情和不被重用的愤慨。在写法上尽脱汉赋铺陈堆砌习气，成为建安时期抒情小赋的代表作。王粲登楼处有襄阳、江陵、当阳三说。此从郦道元《水经注》之《沮水》、《漳水》注。

②聊：姑且。暇：闲。一作“假”。销忧：消除忧愁。

③斯宇：此楼。所处：指楼所在的地势。

④显敞：明亮宽大。寡仇：少比。仇，匹敌。

⑤“挟清漳”句：城楼坐落在漳水的一条支流边上。挟，带。漳，漳水，发源湖北荆山，南流至下游与沮水汇为漳河，再南流至沙市入长江。浦，大水有小口别通他水。

⑥“倚曲沮（jū 居）”句：城楼靠着曲折的沮水中的一块长洲。沮，沮水。洲，水中陆地。

⑦背：背对着。坟衍：地势高平。

⑧临：面对。皋：水边高地。隰（xí 席）：低湿地。沃流：可灌溉土地的流水。沃，美。

⑨弥：终至。陶牧：指范蠡的坟墓所在地。陶，陶朱公，即春秋时越国之范蠡。牧，郊远之地。

⑩昭丘：楚昭王的墓地，在当阳东南七十里。

⑪华：同“花”。实：果实。

⑫黍稷：泛指庄稼。黍，黍子。稷，粟，谷子。盈畴：遍野。盈，充满。畴，田野。

⑬信：的确。吾土：指作者的故乡。

⑭曾：语气助词。足：值得。少留：短时停留。

⑮纷浊：指董卓专权残暴，政治混乱。纷，纷扰。迁逝：迁徙流亡。

⑯漫：长久。逾纪：超过了十二年。纪，古以十二年为一纪。迄（qì 气）：至。

⑰眷眷：形容依恋不舍。

⑱孰：谁。任：当，经受。

⑲凭：依靠。轩：有窗的长廊。槛（jiàn 剑）：栏杆。

⑳极目：放眼远望。

㉑荆山：在今湖北南漳县。岑（cén 涔）：小而高的山。

㉒逶迤（wēi yí 威移）：长而曲折貌。修：长。迥（jiǒng 窘）：远。

㉓漾（yàng 样）：水流长。济：渡。

㉔壅（yōng 拥）隔：阻塞隔绝。

㉕横坠：零乱地落下。

㉖“昔尼父”二句：谓当年孔子在陈国断粮，曾有“归与（回去吧）”之叹（见《论语·公冶长》）。

㉗“钟仪”句：春秋时楚国钟仪被晋国俘囚，晋侯让他弹琴，他弹的仍是楚国的乐调。事见《左传·成公九年》。幽，囚。

㉘“庄舄（xì 细）”句：越国人庄舄在楚国做大官，病时思念故乡，仍用越国语说话、呻吟。事见《史记·张仪列传》。显，地位显赫。

㉙穷达：指困窘失意和富贵得志。异心：指改变思乡之情。

㉚惟：想。日月：指时间。逾迈：消逝。

㉛俟（sì 伺）：等待。河清：《左传·襄公八年》：“俟河之清，人寿几何?”传说黄河水一千年清一次。后以河清喻时世太平。极：至。

㉜冀：期望。王道：王政。一平：统一平正。

㉝假：借。高衢（qú 瞿）：大道。骋力：施展才力。

㉞“惧匏（páo 袍）瓜”句：孔子曾说：“吾岂匏瓜也哉，焉能系而不食!”（《论语·阳货》）意为我岂能像匏瓜一样只挂在那儿而不被任用！此用其意。匏瓜，一种葫芦。徒悬，白白地挂着。

㉟“畏井渫（xiè 屑）”句：语出《周易·井卦》：“井渫不食，为我心恻。”井渫，把井淘干净。意思是担心淘干净了井却没人吃水。喻指自己恐怕修身高洁而不为世所用。

㊱栖迟：游息。徙倚：徘徊。

㊲忽：迅速。匿：藏。

㊳萧瑟：风声。

㊴惨惨：暗淡无色。

㊵阒（qù 去）：寂静。

㊶凄怆：悲伤。

㊷忉怛（dāo dá 刀达）：哀伤。憯（cǎn 惨）恻：悲痛。憯，同“惨”。

㊸循：沿着。阶除：指楼梯。除，台阶。

㊹怅：惆怅，悲伤。盘桓：徘徊，此指反复思考。反侧：身体翻来覆去。

四

刘 桢

刘桢（？—217），字公幹，东平宁阳（今属山东）人，建安七子之一。曹操辟为丞相掾属，后为五官中郎将曹丕文学、临淄侯曹植庶子（太子属下掌教养的宫官）。以五言诗著称，言壮情骇，气势过人。《建安七子集》辑存诗十三首并佚句、文十一篇及失题文若干。

赠从弟[①]（三首选一）

亭亭山上松[②]，瑟瑟谷中风[③]。风声一何盛，松枝一何劲！冰霜正惨凄[④]，终岁常端正。岂不罗凝寒[⑤]，松柏有本性。

中华书局版俞绍初辑校本《建安七子集》卷七

①《赠从弟》共三首，分别以蘋藻、松、凤凰为喻，勉励从弟，亦以自勉。从弟，堂弟。

②此为第二首，通过赞颂不畏严寒的松柏，借以勉励他的从弟要有高洁坚贞的品质。亭亭，耸立貌。

③瑟瑟：风声。

④惨凄：寒冷。

⑤罗：通“罹（lí黎）”，遭受。凝寒：严寒。

五

曹丕

曹丕（187—226），字子桓，曹操次子。建安十六年（211）任五官中郎将、副丞相。二十二年（217）立为魏太子。二十五年（220）代汉称帝，为魏文帝。建安文坛的领袖人物。现存诗四十余首，多写游子思妇和男女爱情，形式多样，清新流丽。其《典论·论文》是我国现存第一篇文学理论批评专论。有《魏文帝集》。

燕歌行[①]（二首选一）

秋风萧瑟天气凉，草木摇落露为霜。群燕辞归雁南翔，念君客游思断肠[②]。慊慊思归恋故乡[③]，何为淹留寄他方[④]？贱妾茕茕守空房[⑤]，忧来思君不敢忘，不觉泪下沾衣裳。援琴鸣弦发清商[⑥]，短歌微吟不能长[⑦]。明月皎皎照我床，星汉西流夜未央[⑧]。牵牛织女遥相望，尔独何辜限河梁[⑨]。

中华书局影印李善注本《文选》卷二七

①《燕歌行》，属汉乐府“相和歌辞·平调曲”。今存曹丕《燕歌行》二首，此为第一首，是我国现存最早、最完整的七言诗。写妇女在秋夜思念客居在外的丈夫，感情缠绵悱恻，描写细腻委婉，音韵和谐舒缓。

②君：指客游未返的丈夫。思断肠：一作“多思肠”。

③“慊（qiàn 欠）慊”句：想象丈夫此时也在痛苦地思念故乡。慊慊，怨恨貌。

④何为：一作“君何”。淹留：久留。

⑤贱妾：古代妇女自称的谦词。茕（qióng 穷）茕：孤独貌。

⑥援：取。清商：古曲调名，音节短促。

⑦微吟：低声吟唱。

⑧星汉：银河。西流：银河在不同季节方向不同，秋天转向西。央：尽。

⑨“牵牛”二句：借牵牛织女相望而不能相会，表现自己的孤独悲伤。牵牛、织女，二星座名，隔银河相对。传说牵牛、织女为夫妻，每年仅七月七日相聚一次。尔，你们，代指牵牛、织女。独，偏偏。何辜，何故。河梁，河上的桥梁，此指银河。

又与吴质书[①]

二月三日，丕白[②]：岁月易得[③]，别来行复四年[④]。三年不见，《东山》犹叹其远[⑤]，况乃过之，思何可支[⑥]！虽书疏往返[⑦]，未足解其劳结[⑧]。

昔年疾疫[9]，亲故多离其灾[10]，徐、陈、应、刘[11]，一时俱逝，痛可言邪！昔日游处，行则连舆[12]，止则接席[13]，何曾须臾相失[14]。每至觞酌流行[15]，丝竹并奏[16]，酒酣耳热，仰而赋诗。当此之时，忽然不自知乐也[17]。谓百年已分[18]，可长共相保[19]。何图数年之间[20]，零落略尽[21]，言之伤心！顷撰其遗文，都为一集[22]。观其姓名，已为鬼录[23]。追思昔游，犹在心目，而此诸子，化为粪壤[24]，可复道哉！

观古今文人，类不护细行[25]，鲜能以名节自立[26]。而伟长独怀文抱质[27]，恬淡寡欲，有箕山之志[28]，可谓彬彬君子者矣[29]。著《中论》二十余篇[30]，成一家之言，辞义典雅，足传于后，此子为不朽矣。德琏常斐然有述作之意[31]，其才学足以著书。美志不遂，良可痛惜[32]。

间者历览诸子之文[33]，对之抆泪[34]。既痛逝者，行自念也[35]。孔璋章表殊健[36]，微为繁富[37]。公幹有逸气[38]，但未遒耳[39]，其五言诗之善者，妙绝时人[40]。元瑜书记翩翩[41]，致足乐也[42]。仲宣续自善于辞赋[43]，惜其体弱[44]，不足起其文[45]，至于所善，古人无以远过。昔伯牙绝弦于钟期[46]，仲尼覆醢于子路[47]，痛知音之难遇，伤门人之莫逮[48]。诸子但为未及古人[49]，自一时之俊也。今之存者，已不逮矣。后生可畏[50]，来者难诬[51]，然恐吾与足下不及见也[52]。

年行已长大[53]，所怀万端。时有所虑，至通夜不瞑[54]。志意何时复类昔日？已成老翁，但未白头耳！光武言[55]："年三十余，在兵中十岁，所更非一[56]。"吾德不及之，年与之齐矣。以犬羊之质，服虎豹之文；无众星之明，假日月之光[57]；动见瞻观[58]，何时易乎[59]？恐永不复得为昔日游也！少壮真当努力，年一过往，何可攀援[60]！古人思炳烛夜游[61]，良有以也[62]。

顷何以自娱[63]？颇复有所述造不[64]？东望於邑[65]，裁书叙心[66]。丕白。

中华书局影印李善注本《文选》卷四二

①原题作《与吴质书》，据四库影印本《汉魏六朝百三家集》卷二四改。现存曹丕文集中，有一篇写于建安二十二年（217）的《与吴质书》。《三国志·魏书·吴质传》注引《魏略》云："（建安）二十三年，太子又与吴质书。"在此信中，曹丕回忆与建安诸子流连诗酒的欢快情景，简评他们的文学成就，流露出怀念之情和对岁月的迁逝之悲。情真意切，平易晓畅。吴质，字季重，博学多智，官至振威将军，封列侯，与曹丕友善。

②白：说。

③岁月易得：指时间过得很快。

④行：将。复：又。

⑤"《东山》"句：《诗经·豳风·东山》："自我不见，于今三年。"写士兵的思乡之情。远，指时间久远。

⑥支：承受。

⑦书疏：书信。

⑧劳结：因忧思而生的郁结。

⑨昔年疾疫：指建安二十二年发生的疾疫。

⑩离：通"罹"，遭遇。

⑪徐、陈、应、刘：徐幹、陈琳、应玚、刘桢。

⑫连舆：车与车相连。舆，车。

⑬接席：座位相挨。

⑭须臾：一会儿。相失：相离。

⑮觞酌流行：传杯接盏，饮酒不停。觞，酒杯。酌，斟酒，代指酒。

⑯丝：指琴类弦乐器。竹：指箫笙类管乐器。

⑰忽然：一会儿，形容时间过得很快。不自知乐：不觉得自己处在欢乐之中。

⑱谓百年己分（fèn 奋）：以为长命百年是自己的当然之事。分，本应有的。

⑲相保：相互保有同处的欢娱。

⑳图：料想。

㉑零落略尽：大多已经死去。零落，本指草木凋落，此喻人死亡。略，差不多。

㉒“顷撰”二句：我最近撰集他们的遗作，汇成了一部集子。顷，近来。都，汇集。

㉓鬼录：死人的名录。

㉔化为粪壤：指死亡。人死归葬，久而朽为泥土。

㉕类：大多。护：注意。细行：小节，细小行为。

㉖鲜：少。名节：名誉节操。

㉗伟长：徐幹的字。怀文抱质：文质兼备。文，文采。质，质朴。

㉘箕山之志：鄙弃利禄的高尚之志。箕山，相传为尧时许由、巢父隐居之地，后常用以代指隐逸的人或地方。

㉙彬彬君子：《论语·雍也》：“文质彬彬，然后君子。”彬彬，文质兼备貌。

㉚《中论》：分为上下卷，部分散佚。是一部哲理性学术著作。

㉛德琏：应玚的字。斐然：有文采貌。述：阐发前人著作。作：自己创作。

㉜良：确实。

㉝间（jiàn 见）者：近来。

㉞抆（wěn 稳）：擦拭。

㉟“既痛”两句：既悲痛死者，又想到自己。行，又。

㊱孔璋：陈琳的字。章表：奏章、奏表，均为臣下上给皇帝的奏书。殊健：言其文气十分刚健。

㊲微：稍微。繁富：指辞采繁多，不够简洁。

㊳公幹：刘桢的字。逸气：超迈流俗的气质。

㊴遒：刚劲有力。

㊵绝：超过。

㊶元瑜：阮瑀的字。书记：指军国书檄等官方文字。翩翩：形容词采飞扬。

㊷致足乐也：十分令人快乐。致，至，极。

㊸仲宣：王粲的字。续：一作“独”。

㊹体弱：《三国志·魏书·王粲传》说王粲“容状短小”，“体弱通侻（脱）”。体，体质，气质。

㊺起其文：勃起他的文气。

㊻“昔伯牙”句：春秋时俞伯牙善弹琴，唯钟子期为知音。子期死，伯牙毁琴，不再弹。事见《吕氏春秋·本味》。钟期，即钟子期。

㊼“仲尼”句：孔子的学生子路在卫国被杀并被剁成肉酱后，孔子便不再吃肉酱一类的食物。事见《礼记·檀弓上》。覆，倒。醢（hǎi 海），肉酱。

㊽门人：门生。莫逮：没有人能赶上。

㊾但为：只是。

㊿后生可畏：年轻人值得敬畏。《论语·子罕》：“后生可畏，焉知来者之不如今也！”

51诬：妄言，乱说。

52足下：对吴质的敬称。

(53)年行：行年，已度过的年龄。

(54)瞑：合眼入睡。

(55)光武：东汉开国皇帝刘秀的庙号。

(56)“年三十”三句：李善注以为语出《东观汉记》载刘秀《赐隗嚣书》。所更非一，所经历的事不只一件。

(57)“以犬羊”四句：谦称自己并无特出德能，登上太子之位，全凭父亲指定。扬雄《法言·吾子》：“羊质而虎皮，见草而说，见豺而战，忘其皮之虎矣。”《文子》：“百星之明，不如一月之光。”服，披，穿。假，借。日月，喻帝后、天地。此喻指曹操。

(58)见：被。

(59)易：改变。

(60)攀援：挽留。

(61)炳烛夜游：点着烛火，夜以继日地游乐。《古诗十九首》：“昼短苦夜长，何不秉烛游?”炳，燃。一作“秉”，持。

(62)良有以也：确有原因。

(63)顷：最近。

(64)述造：即“述作”。不：同“否”。

(65)於邑（wū yè 乌业）：同“呜咽”，低声哭泣。

(66)裁书：写信。古人写字用的帛、纸往往卷成轴，写字时要先剪裁下来。

六

曹植

曹植（192—232），字子建，曹操子，曹丕弟。在曹操军旅中长大。建安十六年（211）封平原侯，十九年（214）徙封临淄侯。天资聪敏，备受父宠，几为太子，因放纵任性，而渐失宠。曹丕称帝后，受猜忌，屡次贬爵徙封。明帝曹叡即位后，几次上疏请求任用，均遭拒绝。十一年中，孤独困顿，同于软禁，终抑郁而死。死后谥“思”，因终封陈地，世称“陈思王”。

曹植诗现存九十余首，风格清新，形象飞动，语言自然流丽，内容主要抒写建功立业的壮志和遭受迫害的愤懑。其诗体多样，尤以五言诗的成就突出，影响较大。赋和散文也有佳作。清人丁晏有《曹集铨评》，近人黄节有《曹子建诗注》，今人赵幼文有《曹植集校注》。

白马篇①

白马饰金羁②，连翩西北驰③。借问谁家子？幽并游侠儿④。少小去乡邑⑤，扬声沙漠垂⑥。宿昔秉良弓⑦，楛矢何参差⑧。控弦破左的⑨，右发摧月支⑩。仰手接飞猱⑪，俯身散马蹄⑫。狡捷过猴猿⑬，勇剽若豹螭⑭。边城多警急，虏骑数迁移⑮。羽檄从北来⑯，厉马登高堤⑰。长驱蹈匈奴⑱，左顾陵鲜卑⑲。弃身锋刃端，性命安可怀⑳！父母且不顾，何言子与妻！名在壮士籍㉑，不得中顾私㉒。捐躯赴国难㉓，视死忽如归㉔。

人民文学出版社版赵幼文《曹植集校注》卷三

①《白马篇》，一名《游侠篇》，乐府歌辞，属“杂曲歌·齐瑟行”。无古辞，以篇中首二字名篇。全诗用酣畅豪爽的笔调，从多角度塑造了一个武艺高强、捐躯为国、视死如归的游侠形象，表现了诗人建功立业的雄心壮志。

②羁：马笼头。

③连翩：飞翔不停貌。此形容白马疾驰。

④幽并：古代两个州名。幽州，今河北北部一带。并州，今山西、陕西北部一带。

⑤去乡邑：离开家乡。

⑥扬声：扬名。垂：同“陲”，边疆。

⑦宿昔：向来。秉：持。

⑧楛（hù户）：树木名，可制作箭杆。

⑨控弦：拉弓。的：箭靶。

⑩摧：此指射穿。月支：又名素支，一种箭靶。

⑪接：迎射。猱（náo挠）：猿类动物，善攀树木，动作敏捷。

⑫散：射碎。马蹄：一种箭靶。

⑬狡捷：灵活敏捷。

⑭剽（piào 票）：轻快。螭（chī 吃）：相传为一种似龙的凶猛动物，能攀树木，动作轻捷。

⑮虏骑（jì 记）：指鲜卑、匈奴的骑兵。一作“胡虏”。数（shuò 朔）：屡次。迁移：指流动骚扰。

⑯羽檄（xí 习）：紧急征召的文书。檄，征召的文书，写在一尺二寸长的木筒上，情况紧急时上插羽毛。

⑰厉马：策马疾驰。

⑱匈奴：古代北方少数民族之一。

⑲左顾：回看。陵：压倒。鲜卑：古代北方少数民族之一。

⑳怀：爱惜。

㉑在：一作“编”。籍：簿籍，指登记人名的册子。

㉒中顾私：心中考虑私事。

㉓捐躯：献身。

㉔忽：轻忽。

野田黄雀行[①]

高树多悲风，海水扬其波[②]。利剑不在掌[③]，结友何须多[④]！不见篱间雀，见鹞自投罗[⑤]？罗家见雀喜[⑥]，少年见雀悲。拔剑捎罗网[⑦]，黄雀得飞飞。飞飞摩苍天[⑧]，来下谢少年。

人民文学出版社版赵幼文《曹植集校注》卷一

①《野田黄雀行》，属古乐府“相和歌辞·瑟调曲”。建安二十五年（220）曹丕称帝后，诛曹植好友丁仪、丁廙等。本篇用黄雀投罗作比，抒写诗人无力营救遇难朋友的悲愤心情。

②“高树”二句：树高多招风吹，海大易扬波涛。喻处境险恶。悲风，凄厉的寒风。

③利剑：喻权力。

④结友：一作“结交”。

⑤鹞（yào 耀）：鹰类。似鹰而小，性凶猛。罗：网。

⑥罗家：设置罗网者。

⑦捎：斩除。

⑧摩：接近。

杂诗[①]（六首选一）

南国有佳人[②]，容华若桃李。朝游北海岸[③]，夕宿潇湘沚[④]。时俗薄朱颜[⑤]，谁为发皓齿[⑥]？俯仰岁将暮[⑦]，荣曜难久恃[⑧]。

人民文学出版社版赵幼文《曹植集校注》卷三

①《杂诗》，《文选》中收为一组，共六首，但不是同时所作，内容上也无关联。此为第四首，借佳人自比，感叹年华空逝、怀才不遇。约作于曹丕称帝之后。

②南国：南方。

③北海：一作“江北”。

④潇：水深清。一说指潇水，在今湖南。湘：湘江，在今湖南。沚：水中小洲。

⑤朱颜：红颜。

⑥谁为：为谁。发皓齿：犹言启玉齿，指歌唱或言笑。皓，白。

⑦俯仰：俯仰之间，指瞬间。暮：晚。

⑧荣曜：指女子美丽的容貌。恃（shì 是）：依赖。

赠白马王彪①并序

黄初四年五月②，白马王、任城王与余俱朝京师③，会节气④。到洛阳，任城王薨⑤。至七月，与白马王还国⑥。后有司以二王归藩⑦，道路宜异宿止⑧，意毒恨之⑨！盖以大别在数日⑩，是用自剖⑪，与王辞焉⑫，愤而成篇。

谒帝承明庐⑬，逝将归旧疆⑭。清晨发皇邑⑮，日夕过首阳⑯。伊洛广且深⑰，欲济川无梁⑱。泛舟越洪涛⑲，怨彼东路长⑳。顾瞻恋城阙㉑，引领情内伤㉒。

太谷何寥廓㉓，山树郁苍苍㉔。霖雨泥我途㉕，流潦浩纵横㉖。中逵绝无轨㉗，改辙登高冈㉘。修坂造云日㉙，我马玄以黄㉚。

玄黄犹能进，我思郁以纡㉛。郁纡将难进㉜，亲爱在离居㉝。本图相与偕㉞，中更不克俱㉟。鸱枭鸣衡轭㊱，豺狼当路衢㊲。苍蝇间白黑㊳，谗巧令亲疏㊴。欲还绝无蹊㊵，揽辔止踟蹰㊶。

踟蹰亦何留？相思无终极！秋风发微凉，寒蝉鸣我侧㊷。原野何萧条！白日忽西匿㊸。归鸟赴乔林㊹，翩翩厉羽翼㊺。孤兽走索群㊻，衔草不遑食㊼。感物伤我怀，抚心长太息㊽。

太息将何为？天命与我违！奈何念同生，一往形不归㊾。孤魂翔故域㊿，灵柩寄京师[51]。存者忽复过，亡殁身自衰[52]。人生处一世，去若朝露晞[53]。年在桑榆间，景响不能追[54]。自顾非金石[55]，咄唶令心悲[56]。

心悲动我神，弃置莫复陈[57]。丈夫志四海，万里犹比邻[58]。恩爱苟不亏[59]，在远分日亲[60]。何必同衾帱，然后展殷勤[61]！忧思成疾疢[62]，无乃儿女仁[63]。仓猝骨肉情[64]，能不怀苦辛[65]！

苦辛何虑思？天命信可疑[66]！虚无求列仙[67]，松子久吾欺[68]。变故在斯须[69]，百年谁能持[70]。离别永无会，执手将何时[71]？王其爱玉体，俱享黄发期[72]。收泪即长路[73]，援笔从此辞[74]。

人民文学出版社版赵幼文《曹植集校注》卷二

①该诗抒写诗人被监视、受迫害的痛苦和愤慨。全诗借助叙事、写景、抒情、议论等多种方式，章章蝉联，上递下接，抒情淋漓尽致，节奏回环迂曲。诗最早见于《三国志·魏书·陈思王传》注引《魏氏春秋》，本无序。序最早见于《文选》。白马王彪，曹彪，曹植异母弟，封白马王。白马，地名，在今河南滑县东。

②黄初四年：公元223年。黄初，魏文帝曹丕年号。

③任城王：曹彰，字子文，曹植同母兄，封任城王。任城，地名，在今山东济宁市。京师：京城洛阳。

④会节气：魏制，每年立春、立夏、立秋和立冬四节气前十八天，诸王到京城朝会，举行迎节气之礼。

⑤薨（hōng 轰）：诸侯及有爵位之臣死亡称薨。

⑥国：指各自的封地。

⑦有司：官吏。此指魏文帝派往各诸侯封地监督诸侯的监国使者。藩：封地。

⑧“道路”句：二王在路上不得同行同宿。宜，应当。异，分开。

⑨毒恨：痛恨。

⑩大别：永别。时魏已规定藩国之间不得交通，故云。

⑪自剖：自己表露心意。

⑫辞：告别。

⑬谒（yè 叶）帝：进见皇帝。承明庐：《三国志·魏书·文帝纪》裴注："是时帝（指魏文帝）居北宫，以建始殿朝群臣，门曰承明，陈思王植诗曰'谒帝承明庐'是也。"

⑭逝：发语词。旧疆：指曹植此时的封地鄄（juàn 倦）城（今属山东）。

⑮发：出发。皇邑：皇都洛阳。

⑯日夕：傍晚。首阳：山名，在洛阳东北。

⑰伊洛：两水名。伊水源出河南熊耳山，至今偃师市入洛水。洛水源出陕西冢岭山，至今河南巩义市入黄河。

⑱济：渡。川：河流。梁：桥梁。

⑲泛舟：乘船。

⑳东路：鄄城在洛阳东，故称。

㉑顾瞻：回头观望。城阙：指都城洛阳。

㉒引领：伸长脖子，形容远望。

㉓太谷：谷名，在洛阳东南五十里。寥廓：空阔貌。

㉔苍苍：深青色。

㉕霖雨：连下不停的雨。泥：泥泞。

㉖潦（lǎo 老）：积水。

㉗"中逵（kuí 葵）"句：四通八达的道路为水所淹，不能行车。中逵，道路交错之处。此指大路。轨，轨道，指车道。

㉘改辙：改道。

㉙修坂（bǎn 板）：长山坡。造云日：形容山坡高达云日。造，至。

㉚玄以黄：指马因累而病。《诗经·周南·卷耳》："陟彼高冈，我马玄黄。"王引之《经义述闻·毛诗上》："玄黄，双声字，谓病貌也。"

㉛郁：忧郁。纡：屈曲难解。

㉜难进：宋刊本《曹子建文集》作"何念"，是。

㉝亲爱：指兄弟白马王曹彪。

㉞图：打算。偕：一起。

㉟中更：中途改变。克：能够。俱：一起。

㊱"鸱枭（chī xiāo 吃消）"句：喻小人在皇帝面前拨弄是非。鸱枭，猫头鹰，古人认为是恶鸟，此处喻奸邪小人。衡轭（yuè 月），代指皇帝车驾。衡，古代车辕上的横木。轭，车衡与车辕前端衔接处的销钉。用于大车的称輗，用于小车的称軏。一作"軛（è 饿）"，套在马颈上的曲木。

㊲豺狼：喻险恶小人。当：阻挡。衢（qú 渠）：通达四方的路。

㊳苍蝇：喻小人。间（jiàn 件）：乱。

㊴令亲疏：使亲人疏远。

㊵蹊（xī 西）：小路。

㊶揽辔（pèi 配）：握着马缰绳。

㊷寒蝉：蝉的一种，又名寒蜩（tiáo 条），较小，鸣则天凉。

㊸匿（nì 逆）：隐藏。

㊹乔林：高大的树林。

㊺厉：用力振动。

㊻走：跑。索：寻找。

㊼不遑（huáng 皇）：没时间。

㊽太息：叹息。

㊾“奈何”二句：悲叹任城王曹彰突然死去。同生，亲兄弟。往，指死亡。

㊿故域：指曹彰生前的封地任城。

51灵柩（jiù 旧）：装着尸体的棺材。

52“存者”二句：活着的人很快就要度过一生，死去的人身体不久就要衰朽。存者，指自己和白马王曹彪。亡殁（mò 没），指死去的任城王曹彰。

53“人生”二句：人生一世，若日照朝露，须臾即干。晞（xī 西），干。

54“年在”二句：人至晚年，时光迅逝；快如光、声，无法追及。桑榆，二星名。每当傍晚时太阳就会运行到桑榆间。此喻人至晚年。景响，光影、声音。此以影响易逝难追比喻晚年岁月。景，同“影”。

55顾：念。

56咄唶（duō jiè 多介）：惊叹声。

57陈：陈述。

58比邻：近邻。

59苟：倘使。

60分（fèn 份）：情分。日亲：日益亲密。

61“何必”二句：不一定只有生活在一起，才能深表情意。衾（qīn 亲），被子。帱（chóu 仇），帐子。殷勤，亲切的情意。

62疾疢（chèn 趁）：疾病。疢，同“疢”，病。

63无乃：岂非。儿女仁：指儿女之间的亲情。仁，相亲相爱。

64仓猝（cù 促）：匆促。指与白马王在匆忙之间要分别。

65苦辛：痛苦。

66信：的确。

67列仙：诸仙。

68松子：赤松子，传说中的神仙名。吾欺：欺骗我。

69变故：发生灾祸。斯须：转瞬之间。

70百年：指长寿。持：保持。

71执手：握手相见。

72黄发：人老后头发变黄。此谓高寿。

73即：就，走上。

74援：拿。辞：辞别。

七

诸葛亮

诸葛亮（181—234），字孔明，汉末琅邪阳都（今山东沂南县）人。幼年随叔父诸葛玄避乱荆州（今湖北襄阳）。建安十二年（207），刘备三顾茅庐，请出诸葛亮。从此，他协助刘备，联吴抗魏，建立蜀汉。蜀章武元年（221），刘备称帝，以诸葛亮为丞相。亮治蜀法度严谨，赏罚分明，为西南地区的开发和统一做出了贡献。章武三年（223），刘备死时，受遗命辅佐后主刘禅，被封为武乡侯，领益州牧。死后，谥"忠武"。今本有张连科、管淑珍《诸葛亮集校注》。

出师表[1]

先帝创业未半而中道崩殂[2]。今天下三分[3]，益州疲弊[4]，此诚危急存亡之秋也[5]。然侍卫之臣不懈于内，忠志之士忘身于外者，盖追先帝殊遇[6]，欲报之于陛下也。诚宜开张圣听[7]，以光先帝之遗德[8]，恢弘志士之气[9]；不宜妄自菲薄[10]，引喻失义[11]，以塞忠谏之路也。

宫中府中[12]，俱为一体[13]，陟罚臧否[14]，不宜异同。若有作奸犯科及为忠善者[15]，宜付有司论其刑赏[16]，以昭陛下平明之理[17]，不宜偏私，使内外异法也[18]。侍中、侍郎郭攸之、费祎、董允等[19]，此皆良实[20]，志虑忠纯，是以先帝简拔以遗陛下[21]。愚以为宫中之事，事无大小，悉以咨之[22]，然后施行，必能裨补阙漏[23]，有所广益。将军向宠[24]，性行淑均[25]，晓畅军事，试用于昔日，先帝称之曰能，是以众议举宠为督。愚以为营中之事，悉以咨之，必能使行阵和睦，优劣得所。亲贤臣，远小人，此先汉所以兴隆也[26]；亲小人，远贤臣，此后汉所以倾颓也。先帝在时，每与臣论此事，未尝不叹息痛恨于桓、灵也[27]。侍中、尚书、长史、参军[28]，此悉贞良死节之臣[29]，愿陛下亲之信之，则汉室之隆，可计日而待也。

臣本布衣，躬耕于南阳[30]，苟全性命于乱世，不求闻达于诸侯[31]。先帝不以臣卑鄙[32]，猥自枉屈[33]，三顾臣于草庐之中，咨臣以当世之事，由是感激，遂许先帝以驱驰[34]。后值倾覆，受任于败军之际，奉命于危难之间，尔来二十有一年矣[35]。先帝知臣谨慎，故临崩寄臣以大事也[36]。受命以来，夙夜忧叹[37]，恐托付不效，以伤先帝之明。故五月渡泸，深入不毛[38]。今南方已定，兵甲已足，当奖率三军，北定中原，庶竭驽钝[39]，攘除奸凶[40]，兴复汉室，还于旧都[41]。此臣所以报先帝而忠陛下之职分也。至于斟酌损益[42]，进尽忠言，则攸之、祎、允之任也。

愿陛下托臣以讨贼兴复之效[43]；不效，则治臣之罪，以告先帝之灵。若无兴德之言，则责攸之、祎、允等之慢[44]，以彰其咎[45]。陛下亦宜自谋，以咨诹善道[46]，察纳雅言[47]，深追先帝遗诏。臣不胜受恩感激。今当远离，临表涕零，不知所言。

中华书局校点本《三国志》卷三五

①本篇选自《三国志·蜀书·诸葛亮传》。蜀汉建兴五年（227），诸葛亮驻军汉中，准备北伐曹魏，临行前上表后主刘禅。文章以恳切的态度，希望刘禅继承先帝刘备的遗志，清明为政，同时表达了北伐的决心。篇名为后人所加。表，古代疏奏的一种。

②先帝：指刘备。崩殂（cú 徂）：指天子之死。

③三分：指魏、蜀、吴三国鼎立。

④益州：这里指蜀汉政权所辖地区，包括今四川的大部分及贵州、云南和陕西等省的部分地区。

⑤秋：时。

⑥殊遇：特殊的恩遇。

⑦开张圣听：广开言路，听取臣下的意见。圣听，圣明的听闻。听，原作“德”，据《文选》改。

⑧光：发扬光大。

⑨恢弘：发扬。

⑩妄自菲薄：毫无根据地小看自己。菲薄，轻视。

⑪引喻失义：称引譬喻而不合义理。

⑫宫中府中：宫中，指皇宫中的近臣。府中，指丞相府中的官员。据《三国志·蜀书·董允传》，刘禅宠幸宦者董皓。又，诸葛亮封侯后，开府治事，丞相府为国家政务机构。因此，“宫中府中”四句非泛言，而是实有所指。

⑬俱为一体：指皇宫中的近臣和相府中的官员，皆为蜀汉之臣，不应有所区别。

⑭陟（zhì 治）罚：指官吏的升降。臧否（pǐ 痞）：指对人物的评价。臧，赞扬。否，贬斥。

⑮作奸犯科：营私舞弊，违法乱纪。犯科，违法。

⑯有司：承担专门职司的官员。

⑰平明：公平明达。

⑱内外：指“宫中”与“府中”。

⑲侍中、侍郎：皆为官名，皇帝的近侍之臣。郭攸之：字演长，南阳人，此时任侍中。费祎（yī 依）：字文伟，江夏人，此时亦任侍中。董允：字休昭，南郡人，此时任黄门侍郎。此三人才德并优，为诸葛亮所赏识。

⑳良实：忠良诚实之人。

㉑简拔：选拔。简，同“柬”，选择。

㉒咨：询问。

㉓裨：增益。阙漏：欠缺。阙，同“缺”。

㉔向宠：字巨违，襄阳宜城人。刘备伐吴兵败，唯宠兵无损。刘禅时封都亭侯，后为中部督。诸葛亮北伐时，迁为中领军。

㉕淑均：性格善良，处事公平。

㉖先汉：指西汉王朝。

㉗桓、灵：指东汉桓帝刘志和灵帝刘宏，在位时皆宠信宦官，杀害忠良，造成政治上的腐败与动乱，被视为昏君。

㉘侍中：指郭攸之、费祎、董允等。尚书：官名，此指陈震。字孝起，南阳人。长史：官名，此指张裔。字君嗣，成都人。参军：官名，此指蒋琬。字公琰，湘乡人。

㉙贞良死节之臣：坚贞良善、能以死报国的贤臣。

㉚“臣本布衣”二句：《三国志·蜀志·诸葛亮传》裴松之注引《汉晋春秋》：“亮家于南阳之邓县，在襄阳城（今湖北襄阳）西二十里，号曰隆中。”布衣，平民。躬，亲自。

㉛闻达：扬名显达。

㉜卑鄙：地位低微，见识鄙陋。

㉝猥自枉屈：此谓刘备能礼贤下士。猥，谦词，犹“辱”也。枉屈，指以尊贵的身份屈就卑下之人。

㉞驱驰：奔走效命。

㉟“后值”四句：建安十三年（208），刘备于当阳、长坂为曹操所败，诸葛亮奉命出使东吴，联合孙权抗曹，于赤壁大败曹军。而诸葛亮于刘备兵败前一年与之相遇，距上此表时已二十一年。

㊱“故临崩”句：《三国志·蜀书·诸葛亮传》载，刘备临终时召见诸葛亮，托付身后之事：“谓亮曰：‘君才十倍曹丕，必能安国，终定大事。若嗣子（指刘禅）可辅，辅之；如其不才，君可自取。’亮涕泣曰：‘臣敢竭股肱之力，效忠贞之节，继之以死！’”

㊲夙夜：早晚。

㊳“故五月渡泸”二句：建兴元年（223），南中诸郡发生变乱，三年（225），诸葛亮南征，连连取得胜利，从而解除了北伐的后顾之忧。泸，水名，金沙江支流。不毛，即不毛之地，指荒瘠不能生长五谷的土地。

㊴庶：庶几，或许可以。竭：尽。驽钝：自谦之词。驽，劣马；钝，不锋利。皆喻才力平庸。

㊵攘除：排除。奸凶：指曹魏。

㊶旧都：指长安和洛阳，两地分别为西汉和东汉的都城。蜀汉政权以汉朝正统自居，故有“还于旧都”之说。

㊷斟酌损益：衡量得失，考虑取舍。

㊸效：犹任。下句“不效”指任务完不成。

㊹慢：怠慢。

㊺以彰其咎：以暴露他们的过失。

㊻咨诹（zōu 邹）：征询。善道：向善之道。

㊼雅言：正言。

八

阮　籍

阮籍（210—263），字嗣宗，陈留（今河南尉氏县）人。竹林七贤之一。曾任步兵校尉，故又称“阮步兵”。他本怀济世宏志，但因处于易代之际，便纵酒尚玄，以狂放的方式对抗虚伪的名教。常独自驾车，率意而行，车迹所穷，即恸哭而返，由此可见精神压抑之重。其诗歌代表作为《咏怀诗》八十二首，内容复杂，笔致隐晦，素有“阮旨遥深”之评。其文则长于玄思，风格泼辣雄放，体现了魏晋风度的典型特征。有《阮步兵集》。

咏怀诗①（八十二首选三）

夜中不能寐②，起坐弹鸣琴。薄帷鉴明月③，清风吹我襟。孤鸿号外野，翔鸟鸣北林④。徘徊将何见，忧思独伤心。

①《咏怀诗》今存八十二首，非一时之作。内容复杂，主要表达了由人生有限、祸福无常而引发的悲慨，并抒发了超越功利、遗世高蹈的情怀。风格朦胧晦涩。

②此为第一首，写夜深人静之时所流露的莫名的惆怅与哀愁。夜中，半夜。

③帷：帐幔。鉴：照。

④翔鸟：飞翔的鸟。

嘉树下成蹊，东园桃与李①。秋风吹飞藿，零落从此始②。繁华有憔悴，堂上生荆杞③。驱马舍之去④，去上西山趾⑤。一身自不保，何况恋妻子。凝霜被野草⑥，岁暮亦云已⑦。

①此为第三首，言世事变幻，富贵不常，应及早隐退以避乱。“嘉树”二句，《史记·李将军列传》“太史公曰”引谚语：“桃李不言，下自成蹊。”诗中化用此典喻繁盛之时。嘉树，指桃李。蹊，道路。

②“秋风”二句：以秋风吹藿、桃李凋零喻衰败。藿（huò 货），豆叶。

③“繁华”二句：意谓繁华终有衰败之时，殿堂上也会长出荆杞。憔悴，指衰落。荆、杞，两种灌木。

④舍之：指抛离乱世。

⑤西山：指首阳山，相传商周之际的高士伯夷、叔齐隐于此。趾（zhǐ 止）：山脚。

⑥凝霜：严霜。被：覆盖。

⑦云：语气词。已：完。

炎光延万里[1]，洪川荡湍濑[2]。弯弓挂扶桑，长剑倚天外[3]。泰山成砥砺，黄河为裳带[4]。视彼庄周子[5]，荣枯何足赖？捐身弃中野，乌鸢作患害[6]。岂若雄杰士，功名从此大[7]。

中华书局版陈伯君《阮籍集校注》

①此为第三十八首。本诗以藐视河岳、剑倚天外的豪情，展示高迈的人格风度。造语雄奇，境界阔大。炎光，日光。延，扩展。

②洪川：洪流。湍濑（lài 赖）：指小的水流。湍，急流。濑，水流于沙上。

③“弯弓”二句：扶桑，传说中的神木，为日出之处，长数千丈，一千余围，两干同根。宋玉《大言赋》：“长剑耿耿倚天外”。

④“泰山”二句：表现藐视河岳的豪情。《史记·高祖功臣侯者年表》：“封爵之誓曰：‘使河如带，泰山若厉（砺）。’”砥砺（dǐ lì 底厉），磨石。

⑤庄周子：即庄周。

⑥“捐身”二句：《庄子·列御寇》：“庄子将死，弟子欲厚葬之。庄子曰：‘吾以天地为棺椁，以日月为连璧，星辰为珠玑，万物为赍送，吾葬具岂不备耶？何以加此？’弟子曰：‘吾恐乌鸢之食夫子也。’庄子曰：‘在上为乌鸢食，在下为蝼蚁食，夺彼与此，何其偏也。’”此二句意谓：庄子的态度虽然达观，但死后终不免为乌鸢所食，而不可能长荣不枯。乌，乌鸦。鸢，鹫鸟，一种猛禽。

⑦“岂若”二句：意谓弓挂扶桑、剑倚天外、以泰山为砥砺、以黄河为裳带的雄杰之士，其功名是远大的，与俗人迥别。

九

嵇康

嵇康（224—263），字叔夜，谯国铚（今安徽宿州）人，竹林七贤之一。曾做过中散大夫，世称“嵇中散”。与阮籍齐名。美风姿，性不偶俗，崇尚老、庄，越名教而任自然，最终因触犯司马氏而被杀。其哲理文章成就尤高，思维缜密，笔锋犀利；其四言诗于曹操之后别开生面，体现了峻洁淡远的特色，但时露玄言习气。今本有戴明扬《嵇康集校注》。

兄秀才公穆入军赠诗[①]（十九首选一）

良马既闲[②]，丽服有晖[③]。左揽繁弱[④]，右接忘归[⑤]。风驰电逝，蹑景追飞[⑥]。凌厉中原[⑦]，顾盼生姿。

人民文学出版社版戴明扬《嵇康集校注》

①戴本按：“《六朝诗集》，题目及序次与此同，馀书所题‘兄公穆秀才’等字有无、多寡不同，又多以五言一首居末。”这一组诗是嵇康为其兄嵇喜从军而作，共十九首。秀才，是汉魏时举荐人才的科目之一，嵇康兄嵇喜字公穆，曾举为秀才。此首通过想象，描述嵇喜的军旅生活，笔势豪纵。

②此为第九首。闲，熟练。

③丽服：指军服。晖：光彩。

④繁弱：古代良弓。

⑤忘归：古代良箭。

⑥“风驰”二句：形容马奔之迅疾。蹑，追踪。景，同“影”。飞，指飞鸟。

⑦凌厉：奋起向前。

与山巨源绝交书[①]

康白：足下昔称吾于颍川[②]，吾常谓之知言[③]。然经怪此意尚未熟悉于足下[④]，何从便得之也。前年从河东还[⑤]，显宗、阿都说足下议以吾自代[⑥]，事虽不行，知足下故不知之[⑦]。足下傍通[⑧]，多可而少怪[⑨]。吾直性狭中[⑩]，多所不堪[⑪]，偶与足下相知耳，间闻足下迁[⑫]，惕然不喜[⑬]，恐足下羞庖人之独割，引尸祝以自助[⑭]，手荐鸾刀[⑮]，漫之膻腥[⑯]，故具为足下陈其可否[⑰]。

吾昔读书，得并介之人[⑱]，或谓无之，今乃信其真有耳[⑲]。性有所不堪，真不可强[⑳]；今空语同知有达人[㉑]，无所不堪，外不殊俗[㉒]，而内不失正[㉓]，与一世同其波流，而悔吝不生耳[㉔]。

老子庄周[25]，吾之师也，亲居贱职；柳下惠、东方朔[26]，达人也，安乎卑位，吾岂敢短之哉[27]。又仲尼兼爱[28]，不羞执鞭[29]，子文无欲卿相，而三登令尹[30]，是乃君子思济物之意也[31]。所谓达能兼善而不渝，穷则自得而无闷[32]。以此观之，故尧舜之君世[33]，许由之岩栖[34]，子房之佐汉[35]，接舆之行歌[36]，其揆一也[37]。仰瞻数君[38]，可谓能遂其志者也[39]。故君子百行[40]，殊途而同致，循性而动[41]，各附所安。故有处朝廷而不出、入山林而不返之论[42]。且延陵高子臧之风[43]，长卿慕相如之节[44]，志气所托，不可夺也。吾每读尚子平、台孝威传[45]，慨然慕之，想其为人。加少孤露[46]，母兄见骄[47]，不涉经学[48]。性复疏懒，筋驽肉缓[49]，头面常一月十五日不洗，不大闷痒，不能沐也[50]。每常小便，而忍不起，令胞中略转乃起耳[51]。又纵逸来久[52]，情意傲散，简与礼相背，懒与慢相成[53]，而为侪类见宽[54]，不攻其过。又读庄、老，重增其放[55]，故使荣进之心日颓[56]，任实之情转笃[57]。此犹禽鹿[58]，少见驯育[59]，则服从教制[60]，长而见羁，则狂顾顿缨[61]，赴蹈汤火，虽饰以金镳[62]，飨以嘉肴[63]，愈思长林而志在丰草也。

阮嗣宗口不论人过[64]，吾每师之而未能及；至性过人[65]，与物无伤，唯饮酒过差耳[66]；至为礼法之士所绳[67]，疾之如雠[68]，幸赖大将军保持之耳[69]。吾不如嗣宗之资[70]，而有慢弛之阙，又不识人情，闇于机宜[71]；无万石之慎[72]，而有好尽之累[73]，久与事接，疵衅日兴[74]，虽欲无患，其可得乎！又人伦有礼[75]，朝廷有法，自惟至熟[76]，有必不堪者七，甚不可者二：卧喜晚起，而当关呼之不置[77]，一不堪也；抱琴行吟，弋钓草野，而吏卒守之，不得妄动，二不堪也；危坐一时，痹不得摇[78]，性复多虱[79]，把搔无已[80]，而当裹以章服[81]，揖拜上官，三不堪也；素不便书[82]，又不喜作书，而人间多事，堆案盈机[83]，不相酬答，则犯教伤义，欲自勉强，则不能久，四不堪也；不喜吊丧，而人道以此为重，已为未见恕者所怨[84]，至欲见中伤者[85]。虽瞿然自责[86]，然性不可化[87]，欲降心顺俗[88]，则诡故不情[89]，亦终不能获无咎无誉如此[90]，五不堪也；不喜俗人，而当与之共事，或宾客盈坐，鸣声聒耳[91]，嚣尘臭处[92]，千变百伎[93]，在人目前，六不堪也；心不耐烦，而官事鞅掌[94]，机务缠其心，世故烦其虑[95]，七不堪也。又每非汤武而薄周孔[96]，在人间不止，此事会显[97]，世教所不容[98]，此甚不可一也。刚肠疾恶，轻肆直言[99]，遇事便发，此甚不可二也。以促中小心之性[100]，统此九患，不有外难，当有内病[101]，宁可久处人间邪？

又闻道士遗言：饵术黄精[102]，令人久寿。意甚信之；游山泽，观鱼鸟，心甚乐之；一行作吏，此事便废，安能舍其所乐，而从其所惧哉！

夫人之相知，贵识其天性，因而济之[103]。禹不偪伯成子高，全其节也[104]；仲尼不假盖于子夏，护其短也[105]；近诸葛孔明不偪元直以入蜀[106]，华子鱼不强幼安以卿相[107]，此可谓能相终始，真相知者也。足下见直木，必不可以为轮，曲者，不可以为桷[108]，盖不欲以枉其天才[109]，令得其所也。故四民有业[110]，各以得志为乐，唯达者为能通之[111]，此足下度内耳[112]。不可自见好章甫，强越人以文冕也[113]；己嗜臭腐，养鸳雏以死鼠也[114]。吾顷学养生之术[115]，方外荣华[116]，去滋味[117]，游心于寂寞[118]，以无为为贵。纵无九患[119]，尚不顾足下所好者。又有心闷疾，顷转增笃[120]，私意自试[121]，不能堪其所不乐。自卜已审[122]，若道尽途穷则已耳，足下无事冤之[123]，令转于沟壑也[124]。

吾新失母兄之欢，意常凄切。女年十三，男年八岁，未及成人，况复多病，顾此悢悢[125]，如何可言！今但愿守陋巷，教养子孙，时与亲旧叙阔[126]，陈说平生，浊酒一杯，弹琴一曲，志愿毕矣。足下若嬲之不置[127]，不过欲为官得人，以益时用耳[128]。足下旧知吾潦倒粗疏[129]，不切事情[130]，自惟亦皆不如今日之贤能也[131]。若以俗人皆喜荣华，独能离之，以此为快，此最近之可得言耳[132]。然使长才广度[133]，无所不淹[134]，而能不营[135]，乃可贵耳。若吾多病困，欲离事自全，以保余年，此真所乏耳[136]，岂可见黄门而称贞哉[137]！若趣欲共登王途[138]，期于相致，时为欢益[139]，一但迫之，必发其狂疾，自非重怨，不至于此也[140]。

野人有快炙背而美芹子者，欲献之至尊[141]，虽有区区之意[142]，亦已疏矣[143]。愿足下勿似之。其意如此，既以解足下[144]，并以为别[145]。嵇康白。

人民文学出版社版戴明扬《嵇康集校注》

①山涛，字巨源。他和嵇康皆为“竹林七贤”中的人物。山涛由选曹郎迁官，欲荐嵇康代其原职，但嵇康不愿与当时专权的司马氏集团合作，毅然拒绝，并作书与其绝交。文中通过“七不堪”、“二甚不可”，揭示出嵇康崇尚老庄、蔑视封建礼法的价值取向，同时表露了对司马氏阴谋篡权的愤激之情。这件事为嵇康最终被杀埋下了伏笔。

②“足下”句：此谓山涛曾在他叔父山嵚面前称赏嵇康。足下，旧时对人的尊称。颍川，指山嵚。山嵚曾任颍川太守。古人常以籍贯、官名、任职之地作为某人的代称。

③知言：知己之言。

④经：常。此意：不愿出仕的想法。

⑤河东：地名，今山西南部黄河以东地区，嵇康曾避居此地。

⑥显宗：公孙崇，字显宗。阿都：吕安，字仲悌，小名阿都。二人均为嵇康的好友。以吾自代：指山涛欲举嵇康代其原职之事。

⑦故不知之：原本就不了解我。故，原来。

⑧傍通：善于权变。

⑨“多可”句：多有认可而少有责怪，即为人宽容。

⑩直性狭中：性情直露，心胸狭隘。中，心地。

⑪不堪：不能忍受。

⑫间：近来。迁：指山涛由选曹郎升为大将军从事中郎。一说迁散骑常侍。

⑬惕然：恐惧的样子。

⑭“恐足下”二句：《庄子·逍遥游》：“庖人虽不治庖，尸祝不越樽俎而代之矣。”是说尸祝不会越俎代庖。此二句意谓，忧虑山涛羞于独自在司马氏手下为官而举荐自己做官，如同厨师硬拉祭师去帮忙一样。庖人，厨师。割，宰杀，切割。尸祝，主持祭祀的人。

⑮荐：举。鸾刀：把上装饰有铃的刀。

⑯漫：污染。

⑰具：全。

⑱并介：指既兼济天下又性情耿介的人。

⑲“今乃”句：今天才相信真有其人。

⑳强：勉强。

㉑“今空语”句：现在空说大家都知道有一种通达之人。

㉒外不殊俗：外表与俗人没有什么不同。

㉓内不失正：内心不违正道。

㉔“与一世”二句：同其波流，随波逐流。悔吝，指悔恨顾惜之心。

㉕老子：姓李，名耳，曾任周朝的柱下史、守藏史。庄周：即庄子，名周。曾为宋国蒙地漆园吏。此二人皆官职低微。

㉖柳下惠：即展禽，春秋时鲁国人，居于柳下，为人端贞，卒谥惠。为鲁国士人之师，官位低下。《孟子·公孙丑》说他“不卑小官”。东方朔：字曼卿，西汉武帝时人。曾为侍郎，作论以慰位卑的处境。

㉗短：轻视，批评。

㉘仲尼：孔子的字。兼爱：博爱无私。

㉙不羞执鞭：《论语·述而》："子曰：'富而可求也，虽执鞭之士，吾亦为之。'"执鞭，指赶车。

㉚"子文"二句：子文，姓斗，名谷於菟，春秋时楚国人。令尹，官名，春秋时楚国执政的上卿，地位相当于后来的相。《论语·公冶长》："令尹子文，三仕为令尹，无喜色；三已之，无愠色。"

㉛济物：济世。

㉜"所谓"二句：意谓仕途显达能够兼济天下而不动摇；处境困厄则悠然自得，无忧无虑。《孟子·尽心上》："古之人，得志，泽加于民；不得志，修身见于世。穷则独善其身，达则兼善天下。"又《易经·乾卦》："遁世无闷。"达，显达。渝，变。无闷，无所忧虑。

㉝尧舜：唐尧、虞舜，皆为传说中的上古圣君。君世：为世之君。

㉞许由：尧时的高士。据传，尧欲让位于他，他却逃到箕山下隐居起来。岩栖：指隐于山林。

㉟子房：张良的字。他是辅佐汉高祖刘邦建立汉朝的重要谋臣之一。

㊱接舆：春秋时楚国的隐士。孔子游楚时，他唱着歌从孔子的车旁经过，讽喻并劝他放弃对禄位的追求。

㊲其揆（kuí 葵）一也：意谓前面提到的这些人，其处世之道是一致的。揆，准则。

㊳数君：指上面提到的尧、舜等五人。

㊴遂其志：实现他们的志向。

㊵百行：指多种多样的行为。

㊶"殊途"二句：殊途而同致，意谓选择的道路不同，但最终的目标却是一致的。《易经·系辞传》："天下同归而殊途，一致而百虑。"循性，顺着本性。

㊷"故有"句：《韩诗外传》卷五："朝廷之士为禄，故入而不出；山林之士为名，故往而不返。"

㊸"且延陵"句：典出《左传》成公十三年、襄公十四年。子臧，一名欣时，曹国公子。曹宣公死，曹国人欲立之为君，欣时拒不接受。吴国公子季札贤，其父兄欲立之为嗣君，季札引欣时为例，力辞君位。延陵，今江苏武进，春秋时季札居此，人称延陵季子。高，用作动词，推崇。

㊹"长卿"句：《史记·司马相如列传》："司马相如者……字长卿。……其亲名之曰犬子。相如既学，慕蔺相如之为人，更名相如。"节，气节。

㊺尚子平：东汉人。《后汉书·逸民传》作"向子平"。《文选》李善注引王粲《英雄记》："尚子平有道术，为县功曹，休归，自入山担薪，卖以供食饮。"台孝威：名佟。《后汉书·逸民传》云其隐于武安山，凿穴为室，采药为生。

㊻孤露：谓自己年少丧父，没有荫庇。露，暴露。

㊼见骄：被骄纵。

㊽涉：涉猎，指阅读学习。经学：指儒家经典。

㊾驽：迟钝。缓：松弛。

㊿"不大"二句：意谓头面不感到很闷痒，是不愿洗濯的。能，通"耐"。不耐，不愿。

51"每常"三句：意谓要忍到小便在膀胱中胀得开始转动了，才起身解手。胞（pāo 抛），同"脬"，膀胱。

(52)纵逸来久：放纵已久。来，由来。

(53)“简与礼”二句：意谓言行随便与礼俗相悖，懒散与怠慢相辅相成。简，简略，指言行随便。背，违背。慢，怠慢。

(54)侪（chái 柴）类：同辈。见宽：被宽容。

(55)重增其放：更加重了放荡的习气。

(56)荣进：为求荣耀而进取。日颓：一天天减弱。

(57)任实：指放任本性。实，本性。转笃：变强，加深。

(58)禽：同“擒”。

(59)少：幼小。驯育：驯服养育。

(60)教制：调教制约。

(61)狂顾顿缨：疯狂地转头张望，挣断绳索。缨，绳索。

(62)金镳（biāo 标）：指贵重的马嚼子。镳，原作“镳”，据《文选》改。

(63)飨（xiǎng 享）：用酒食款待人。这里是喂养的意思。

(64)口不论人过：不议论别人的过错，言处世态度谨慎。

(65)至性：质朴的天性。

(66)过差：过量。一说，过失。

(67)“至为”句：《文选》李善注引孙盛《晋阳秋》云：何曾尝在司马昭面前诋毁阮籍，说他任性放荡，败坏礼教，应予严惩。但司马昭却为之开脱，并宽恕了他。礼法之士，指何曾。绳，纠正。此指弹劾。

(68)疾：恨。雠：同“仇”。

(69)大将军：指司马昭。保持：保护。

(70)资：资质。原作“贤”，据《晋书》本传改。

(71)阇：不明。机宜：随机应变。

(72)万石：指西汉人石奋。历仕高祖、文帝、景帝，以为人谨慎著称。他的四个儿子亦官位显赫。父子五人职俸皆二千石，共万石，故景帝称石奋为万石君。

(73)好尽：喜欢直言不讳、痛快淋漓地发表言论。累：毛病。

(74)疵：挑剔，非议。衅（xìn 信）：仇隙。

(75)人伦：指君臣、父子、夫妇、兄弟、朋友等尊卑长幼的关系。

(76)自惟：自己思考。至熟：很周详。

(77)当关：守门人。不置：不止，不放过。

(78)痹（bì 必）：麻痹。

(79)性：指身体。

(80)把搔：抓搔痒处。

(81)当：若。章服：官服。

(82)不便：不熟习。书：信札。

(83)机：同“几”，案。

(84)“已为”句：意谓已经为不愿宽恕我的人所怨恨。

(85)至：甚至。

(86)瞿（jù 具）然；惊恐的样子。

(87)性：本性。化：改变。

(88)降心顺俗：压抑放荡的情意，迁就世俗。

⑧⁹诡故：违背本性。故，本性。不情：不合常情。

⑨⁰无咎无誉：既无过错，也无荣誉。

⑨¹聒（guō 郭）耳：噪声刺耳。

⑨²嚣尘：嘈杂多尘。臭处：脏臭的地方。

⑨³千变：变化无端。百伎：各种各样的伎俩。

⑨⁴鞅掌：事务繁忙。

⑨⁵世故：世俗人情。

⑨⁶每：常常。非：指责。汤武：商汤和周武王。薄：轻视。周孔：周公和孔子。

⑨⁷“在人间”二句：在人间，指出仕。会显，总会暴露出来。

⑨⁸世教：指当时信奉的正统礼教。

⑨⁹轻肆：轻率放肆。

⑩⁰促中小心：心地狭隘。促，促狭。中，内心。

⑩¹内病：指精神上的压抑。

⑩²饵：服食。术、黄精：皆为药名，古人认为服之可以养生。

⑩³济：成全。

⑩⁴“禹不偪”二句：据《庄子·天地》，尧舜时伯成子高为诸侯，及禹为天子，他辞去诸侯之职，躬耕于田野，禹没有逼迫他做官，而是成全他的志向。偪，同“逼”。

⑩⁵“仲尼”二句：《孔子家语·致思》：“孔子将行，雨而无盖。门人曰：‘商也有之。’孔子曰：‘商之为人也，甚吝于财。吾闻与人交，推其长者，违其短者，故能久也。’”假，借。盖，雨盖，如雨伞。子夏，卜商，字子夏，孔子的学生。

⑩⁶“近诸葛孔明”句：《三国志·蜀书·诸葛亮传》：徐庶本与诸葛亮同事刘备，后其母为曹操所俘，徐庶便离蜀而归曹操。诸葛孔明，诸葛亮，字孔明。元直，徐庶的字。

⑩⁷“华子鱼”句：《三国志·魏书·管宁传》载：魏文帝时华歆曾举荐管宁；魏明帝时，华歆为太尉，又欲举宁自代，但管宁皆推辞不受。华子鱼，华歆，字子鱼。幼安，管宁的字。管宁与华歆是少年共读的好友。

⑩⁸桷（jué 决）：直而方的椽子。

⑩⁹枉：屈。天才：指本性。

⑪⁰四民：指士农工商。

⑪¹达者：通达之人。通之：理解这个道理。

⑪²度内：意料之中。

⑪³“不可”二句：《庄子·逍遥游》：“宋人资章甫而适诸越，越人断发文身，无所用之。”章甫，商代冠名。越，今福建、江苏、浙江一带。文冕，漂亮的帽子。

⑪⁴“已嗜”二句：《庄子·秋水》：惠子在梁国为相，担心庄子取代他，庄子对他说：“南方有鸟，其名为鹓鶵……非梧桐不止，非练实不食，非醴泉不饮。于是鸱得腐鼠，鹓鶵过之，仰而视之，曰：‘嚇！’今子欲以子之梁国而嚇我邪！”鹓鶵，同“鸳雏”。此二句意谓山涛自己喜欢做官，但不可以之强加于别人，如同自己喜欢腐烂的食物，但不可以用死鼠去喂鸳雏。

⑪⁵顷：近来。

⑪⁶方：正在。外荣华：以荣华富贵为身外之物。

⑪⁷去：弃绝。滋味：指美味。

⑪⁸寂寞：清静无为。

⑪⁹九患：即“七不堪”和“二甚不可”。

⑫增笃：加重。

⑫自试：自问。

⑫卜：考虑。审：详明。

⑫无事冤之：不要无缘无故委屈我。

⑫转于沟壑：辗转于沟壑间，指死亡。

⑫悢（liàng 亮）悢：悲恨。

⑫叙阔：叙阔别之情。

⑫嬲（niǎo 鸟）：纠缠。

⑫益：助。时用：为当世所用。

⑫潦倒粗疏：颓唐散漫。疏，原作“踈”，据七贤贴改。

⑬不切事情：不合世故人情。

⑬贤能：指为官者。

⑬此最近之：这样说最切合我的情况。

⑬使：假若。长才广度：高才大度。

⑬淹：通达。

⑬不营：指不经营仕途。

⑬“此真”句：意谓“长才广度”的确是我所缺乏的。

⑬“岂可”句：意谓宦官是有生理缺陷的人，不能再称赞他的贞洁。喻指自己不喜荣华是因为自己没有才能，并不值得称赏。黄门，宦官。

⑬趣：通“促”，急促。共登王途：指同在朝中做官。

⑬“期于”二句：意谓希望把我招到官场，随时与你共同欢乐。欢益，欢乐。

⑭“自非”二句：意谓如果没有深重的怨恨，是不至于如此的。自，若，如。

⑭“野人”二句：《列子·杨朱》说，宋国有一个农民，以为晒背可以取暖，便想把这个方法献给国君以邀赏。同里的一位富人告诉他：从前有人爱吃芹菜，便向乡绅称道之，乡绅吃后腹痛，因此受到众人嘲笑，你就属于这种人。野人，生活在田野中的人，指农民。炙，晒。芹子，芹菜。至尊，指天子。

⑭区区：诚恳的样子。

⑭疏：不近情理。

⑭解：解释。

⑭别：告别，即绝交。

一〇

李 密

李密（224—282），字令伯，三国时犍为武阳（今四川彭山县东）人。少年孤苦，由祖母刘氏抚养成人。曾任蜀汉尚书郎。后晋武帝召他为太子洗马，因行孝道而谢绝。祖母死后，出仕为县令。

陈情事表[①]

臣密言：臣以险衅[②]，夙遭闵凶[③]，生孩六月[④]，慈父见背[⑤]，行年四岁，舅夺母志[⑥]。祖母刘愍臣孤弱[⑦]，躬亲抚养。臣少多疾病，九岁不行[⑧]，零丁孤苦，至于成立[⑨]，既无伯叔，终鲜兄弟[⑩]，门衰祚薄[⑪]，晚有儿息[⑫]。外无期功强近之亲[⑬]，内无应门五尺之僮，茕茕独立，形影相吊[⑭]，而刘夙婴疾病[⑮]，常在床蓐[⑯]，臣侍汤药，未曾废离[⑰]。

逮奉圣朝[⑱]，沐浴清化[⑲]。前太守臣逵，察臣孝廉[⑳]；后刺史臣荣，举臣秀才。臣以供养无主[㉑]，辞不赴命。诏书特下，拜臣郎中[㉒]，寻蒙国恩，除臣洗马[㉓]。猥以微贱[㉔]，当侍东宫[㉕]，非臣陨首所能上报[㉖]。臣具以表闻，辞不就职。诏书切峻[㉗]，责臣逋慢[㉘]；郡县逼迫，催臣上道；州司临门[㉙]，急于星火。臣欲奉诏奔驰，则刘病日笃；欲苟顺私情，则告诉不许[㉚]。臣之进退，实为狼狈[㉛]。

伏惟圣朝以孝治天下，凡在故老[㉜]，犹蒙矜育[㉝]，况臣孤苦，特为尤甚。且臣少仕伪朝[㉞]，历职郎署[㉟]，本图宦达[㊱]，不矜名节[㊲]。今臣亡国贱俘，至微至陋[㊳]，过蒙拔擢[㊴]，宠命优渥[㊵]，岂敢盘桓[㊶]，有所希冀[㊷]？但以刘日薄西山[㊸]，气息奄奄[㊹]，人命危浅，朝不虑夕[㊺]。臣无祖母，无以至今日；祖母无臣，无以终余年。母孙二人，更相为命[㊻]，是以区区不能废远[㊼]。臣密今年四十有四，祖母刘今年九十有六，是臣尽节于陛下之日长，报养刘之日短也。乌鸟私情[㊽]，愿乞终养。臣之辛苦[㊾]，非独蜀之人士及二州牧伯所见明知[㊿]，皇天后土[51]，实所共鉴。愿陛下矜愍愚诚，听臣微志[52]，庶刘侥幸，保卒余年。臣生当陨首，死当结草[53]。臣不胜犬马怖惧之情，谨拜表以闻。

中华书局影印李善注本《文选》卷三七

①《陈情事表》一作《陈情表》。李密自幼由祖母抚养，晋武帝立太子，召其为太子洗马，李密因祖母年高病笃，便写了这篇书信陈述苦衷。文章既饱含深情，又措辞得体。表，古代章奏的一种。

②险衅：厄运，指命运不好。衅，恶兆。

③夙：早。闵凶：指不幸之事。

④生孩：刚生下来，指还是婴儿的时候。

⑤见背：离世。

⑥“舅夺”句：舅父逼迫母亲改嫁。夺，以逼迫的方式使其改变不再嫁的志向。

⑦愍（mǐn 悯）：怜悯。

⑧不行：不会行走。

⑨成立：成人自立。

⑩“终鲜”句：语出《诗经・邶风・谷风》。鲜，少。

⑪祚：福。

⑫儿息：儿子。

⑬“外无”句：指没有很近的亲属。期（jī 机），期服，穿一年丧服。功，功服，有大功小功之分。大功服丧九个月，小功服丧五个月。期、功皆代指关系较近的亲属。强近，勉强比较亲近。

⑭形影相吊：只有自己的身体和影子互相慰问，形容孤独。吊，慰。

⑮夙婴疾病：疾病缠身多年。夙，早。婴，缠绕。

⑯蓐（rù 褥）：草褥。

⑰废：指停止侍奉。离：离去。

⑱圣朝：指晋朝。

⑲“沐浴”句：蒙受清明的政治教化。

⑳察：举荐。孝廉：汉代创立的一种选拔才的科目。每年由地方官考察当地孝顺父母、品行端方的人才，向朝廷推荐以出仕。郡举孝廉，州举秀才。晋代亦沿用此制。

㉑供养无主：指如果应召便没有人供养祖母了。

㉒郎中：官名，晋代为尚书曹司的官员。

㉓除：授职。洗马：太子的属官。

㉔猥：鄙贱，谦辞。

㉕东宫：太子所居，代指太子。

㉖陨（yǔn 允）首：指杀身。

㉗切峻：急切严厉。

㉘逋（bū 不阴平）慢：逃避诏令，态度怠慢。

㉙州司：指州里的官员。

㉚告诉不许：虽陈述苦衷但不蒙许可。

㉛狼狈：形容进退两难的困境。

㉜故老：遗老，这里指旧臣。

㉝矜育：哀怜、供养。

㉞伪朝：指为晋所灭的蜀汉政权。

㉟郎署：指尚书台。李密在蜀汉政权中曾做过郎中和尚书郎。

㊱宦达：官位隆达。

㊲矜：注重。

㊳至微至陋：身价卑微鄙陋到极点。

㊴拔擢（zhuó 浊）：提拔。

㊵“宠命”句：蒙恩授官，待遇优厚。

㊶盘桓：徘徊不前的样子。

㊷希冀：此指非分之想。这是作者为了避免朝廷的猜疑所作的申述。

㊸日薄西山：喻临近死亡。薄，迫近。

㊹奄奄：气息微弱的样子。

㊺朝不虑夕：早上预料不了晚间的情况，形容生命危急。

㊻“更相”句：相互依靠，维持生存。

㊼区区：指私情，谦辞。废远：指废止奉养，远离而去。

㊽“乌鸟”句：传说乌鸦能反哺其母。比喻人之孝道。

㊾辛苦：指困难的处境和内心的苦衷。

㊿二州牧伯：指上文所说的太守逵和刺史荣。

51皇天后土：指天神和地神。

52微志：指供养祖母以终余年的想法。

53结草：《左传·宣公十五年》载，春秋时，晋大夫魏武子有爱妾，武子病中嘱咐其子魏颗，死后令妾改嫁。但病危时又令妾殉葬。武子死后，魏颗嫁妾，并说这是遵循父亲清醒时的遗命。后来，魏颗与秦将杜回作战，见一老人结草绊倒杜回。夜间老人托梦，自称是武子爱妾之父，结草绊回是为了报答魏颗不以女儿殉葬的恩情。

一一

张　华

张华（232—300），字茂先，范阳方城（今河北固安县南）人。少年贫苦。因伐吴有功而封侯，官位显赫。后因拒绝参与赵王司马伦和孙秀的谋篡而被杀。张华在当时以博学著称。其诗歌多情致缠绵之作，因此获“儿女情多，风云气少”（钟嵘《诗品》）之讥。实则其作品时有铿锵之声。著有《张司空集》。

情诗[①]（五首选一）

游目四野外[②]，逍遥独延伫[③]。兰蕙缘清渠[④]，繁华荫绿渚[⑤]。佳人不在兹[⑥]，取此欲谁与[⑦]？巢居知风寒，穴处识阴雨[⑧]。不曾远别离，安知慕俦侣[⑨]？

中华书局版逯钦立辑校本《先秦汉魏晋南北朝诗·晋诗》卷三

①《情诗》共五首，为夫妇赠答之辞。此为第五首，表达了游子对妻子深切的思念。遣词婉丽，寄意深微。

②游目：随意观望。

③延伫：久立。

④兰蕙：皆为香草。缘：沿。

⑤繁华：指兰蕙。华，即“花”。荫：覆遮。渚：小洲。

⑥佳人：指妻子。

⑦谁与：与谁。

⑧“巢居”二句：《汉书·翼奉传》：“犹巢居知风，穴处知雨。”诗中化用此典，意谓如同巢居的鸟儿最能感受风寒，穴处的虫蚁最能预知阴雨，亲身经历了离别的夫妇，最能体会相思之苦。

⑨慕：思念。俦侣：伴侣。

一二
潘　岳

潘岳（247—300），字安仁，荥阳中牟（今河南中牟县）人。任河阳令、给事黄门侍郎等职。谄事权贵贾谧，为贾谧门下"二十四友"之首。因旧怨为赵王司马伦和孙秀所杀。他早负才名，擅长哀诔文字，文风华丽。其《悼亡诗》对后世影响尤大，别开"悼亡"一体。今本有董志广《潘岳集校注》。

悼亡诗[①]（三首选一）

荏苒冬春谢[②]，寒暑忽流易[③]。之子归穷泉[④]，重壤永幽隔[⑤]。私怀谁克从[⑥]？淹留亦何益[⑦]。僶俛恭朝命[⑧]，回心返初役[⑨]。望庐思其人[⑩]，入室想所历[⑪]。帏屏无仿佛[⑫]，翰墨有余迹[⑬]。流芳未及歇[⑭]，遗挂犹在壁[⑮]。怅怳如或存[⑯]，周遑忡惊惕[⑰]。如彼翰林鸟[⑱]，双栖一朝只[⑲]；如彼游川鱼，比目中路析[⑳]。春风缘隙来[㉑]，晨霤承檐滴[㉒]。寝息何时忘，沉忧日盈积。庶几有时衰[㉓]，庄缶犹可击[㉔]。

中华书局影印李善注本《文选》卷二三

①《悼亡诗》共三首。后人感怀亡妻的作品多沿袭之，用"悼亡"为题。此为第一首，写赴任前对亡妻的悼念，其对恍惚之景的刻画，感人至深，为潘岳的代表作。

②荏苒（rěn rǎn 忍染）：（时间）渐渐流逝。谢：代谢，指冬春的转换。

③流易：消逝、变换。

④之子：那人，指亡妻。穷泉：深泉，指地下。

⑤重壤：层叠的土壤。幽隔：深幽地阻隔。

⑥私怀：指与亡妻永不分离的愿望。谁克从：如何才能实现？

⑦淹留：滞留在家中。

⑧僶俛（mǐn miǎn 敏免）：勉强。朝命：朝廷的命令。

⑨"回心"句：从悼亡之情中走出，心事转回到公务中。初役，指原任职务。

⑩庐：住所。

⑪历：指与亡妻生前的生活经历。

⑫"帏屏"句：帏屏之间已看不到妻子的影像了。帏，帏帐。屏，屏风。仿佛，指相似的身影。《汉书·外戚传》："上思念李夫人不已，方士齐人少翁言能致其神，乃夜张灯烛，设帏帐，陈酒肉，而令上居他帐，遥望见好女如李夫人之貌，还幄坐而步，又不得就视。"

⑬翰墨：指用笔墨写成的文字。

⑭流芳：亡妻所用之芳香品散发的香气。

⑮遗挂：挂在墙壁上的亡妻的遗物。

⑯“怅恍”句：恍惚中好像妻子仍然活着。

⑰周遑：彷徨，犹疑不定。忡（chōng 充）：忧伤。惕：惧。

⑱翰林鸟：栖于林中的鸟。此指林中比翼双飞之鸟。翰，羽。

⑲只：单个。

⑳比目：比目鱼，常以喻感情真挚的夫妻。《尔雅·释地》：“东方有比目鱼焉，不比不行。”析：分散。

㉑隙：缝隙。

㉒霤（liù 六）：屋檐上流下的水。承：顺。

㉓庶几：希望。衰：指怀念亡妻的情感有所减弱。

㉔“庄缶”句：《庄子·至乐》说，庄子的妻子死了，惠子前往吊丧，庄子却鼓盆而歌。此指忘记丧妻之痛，为作者的自慰之辞。庄，庄周，即庄子。缶，瓦盆。

一三
陆　机

陆机（261—303），字士衡，吴郡（今上海松江）人。出身高华，其祖陆逊、其父陆抗皆为东吴名将。吴亡后家居十年，太康末携弟陆云到洛阳。任平原内史等职，后为成都王司马颖后将军、河北大都督，率兵讨伐长沙王司马乂，兵败为颖所杀。他素有“太康之英”之称。理论上颇有建树，其《文赋》中多精辟见解。创作上重拟古，讲究排偶、辞藻，对六朝文学有着重大的影响。今本有刘运好《陆士龙文集校注》。

赴洛道中[①]（二首选一）

远游越山川，山川修且广。振策陟崇丘[②]，安辔遵平莽[③]。夕息抱影寐，朝徂衔思往[④]。顿辔倚嵩岩[⑤]，侧听悲风响[⑥]。清露坠素辉[⑦]，明月一何朗。抚枕不能寐，振衣独长想[⑧]。

中华书局版金涛声校点本《陆机集》卷五

①本诗共二首，为太康末年赴洛阳途中所作。此为第二首，写赴洛途中的所见所思。意象玲珑，情意真挚。

②振策：挥动马鞭。陟（zhì 至）：登。崇丘：高山。

③安辔（pèi 配）：放缓马缰绳，任马慢行。安，徐缓。一作“按”。遵：沿。平莽：平野。莽，杂草丛生之地。

④“夕息”二句：晚上休息的时候与影子为伴，早上起程后心含悲情。徂（cú 殂），往。衔思，含悲。

⑤顿辔：拉住马缰绳，使马停下。嵩岩：高岩。

⑥侧听：倾听。

⑦素辉：皎洁的月光。

⑧振衣：披衣而起。

拟明月何皎皎[①]

安寝北堂上[②]，明月入我牖[③]。照之有余辉，揽之不盈手。凉风绕曲房[④]，寒蝉鸣高柳。踟蹰感节物[⑤]，我行永已久。游宦会无成[⑥]，离思难常守。

中华书局版金涛声校点本《陆机集》卷六

①此诗拟《古诗十九首》中《明月何皎皎》。立意与原作近似，抒写游宦者的思归之情。

②北堂：北屋。

③牖（yǒu 友）：窗子。

④曲房：深幽的房间。

⑤踟蹰：徘徊。节物：季候。此指季节转换。

⑥会：当，料想。

一四

张 协

张协（？—307），字景阳，安平（今河北安平县）人，曾出仕为河间内史等职。后见天下昏乱，便寄迹草泽，以吟咏自娱。才气清拔，与兄张载、弟张亢并称“三张”。其诗感觉细腻，造语清警。有《张景阳集》。

杂诗[①]（十首选一）

秋夜凉风起，清气荡暄浊[②]。蜻蛚吟阶下[③]，飞蛾拂明烛。君子从远役，佳人守茕独。离居几何时？钻燧忽改木[④]。房栊无行迹[⑤]，庭草萋以绿[⑥]。青苔依空墙，蜘蛛网四屋。感物多所怀，沉忧结心曲[⑦]。

中华书局影印李善注本《文选》卷二九

①《杂诗》共十首，非一时之作，内容多抒写对世俗的不满和苦闷的心情。此为第一首，以细腻的笔调刻画思妇的孤独和怀人之情。

②荡暄浊：清除炎热浑浊之气。

③蜻蛚（qīng liè 青列）：蟋蟀的一种。

④“钻燧”句：意谓忽然间季节更替了。《邹子》：“春取榆柳之火，夏取枣杏之火，季夏取桑柘之火，秋取柞楢之火，冬取槐檀之火。”钻燧，钻木取火。改木，所钻之木随季节的改变而改变。

⑤房栊（lóng 龙）：房舍。无行迹：指没有丈夫的踪迹。

⑥萋：草盛貌。以：而。

⑦心曲：内心深处。

一五

左　思

左思（250？—305?），字太冲，临淄（今山东淄博市）人。出身寒素。因妹左棻入宫为妃，移家京都。欲为《三都赋》，自以所见不博，求为秘书郎。及赋成，洛阳为之纸贵。后齐王司马冏命为记室督，不就。晚年家居，专意典籍。因家世寒素，怀才不遇，其诗多抨击门阀之作。风格挺健，语言遒丽，素有“左思风力”之称。后人辑有《左太冲集》。

咏史[①]（八首选二）

弱冠弄柔翰[②]，卓荦观群书[③]。著论准《过秦》[④]，作赋拟《子虚》[⑤]。边城苦鸣镝[⑥]，羽檄飞京都[⑦]。虽非甲胄士[⑧]，畴昔览《穰苴》[⑨]。长啸激清风，志若无东吴[⑩]。铅刀贵一割，梦想骋良图[⑪]。左眄澄江湘[⑫]，右盼定羌胡[⑬]。功成不受爵，长揖归田庐[⑭]。

①《咏史》共八首，名为咏史，实为咏怀。展示了作者因门阀的限制，由积极入世走向高蹈出世的精神轨迹。

②此为第一首，抒发了建功立业而又不受爵赏的情怀。弱冠：古时男子二十岁行冠礼，因此时身体未壮，故称弱冠。弄柔翰：即写作。柔翰，毛笔。

③卓荦（luò 落）：杰出，卓越。

④准：作为准则。《过秦》：指汉代贾谊的《过秦论》。

⑤拟：效法。《子虚》：指汉代司马相如的《子虚赋》。

⑥鸣镝：响箭。苦鸣镝，指为战争所苦。

⑦羽檄：檄是一种征召文书，写在木简上，插上羽毛，表示紧急。

⑧甲胄士：武士。胄，头盔。

⑨畴昔：往日。《穰苴》（rǎng jū 攘居）：春秋时人田穰苴任齐国大司马，后齐威王命大夫论历代司马的兵法，其中有田穰苴，因称其书为《司马穰苴兵法》。这里泛指兵书。

⑩“志若”句：意谓不把东吴放在眼里。

⑪“铅刀”二句：意谓自己虽才能低下，但也希望施展抱负。铅刀，铅质之刀，一割便钝，喻才能低劣，谦词。良图，良好的抱负。

⑫眄（miǎn 勉）：顾，看。江湘：指长江、湘水一带，当时为东吴所属。

⑬羌胡：指羌族，当时分布在西北一带。

⑭长揖：拜别的意思。田庐：家园。

郁郁涧底松[①]，离离山上苗[②]。以彼径寸茎[③]，荫此百尺条[④]。世胄蹑高位[⑤]，英俊沉下僚[⑥]。地势使之然，由来非一朝。金张藉旧业[⑦]，七叶珥汉貂[⑧]。冯公岂不伟，白首不见招[⑨]。

中华书局影印李善注本《文选》卷二一

①此为第二首。此诗通过对比揭示了士族子弟凭借祖荫窃据高位，而富有才华的寒门人士却沉沦下僚的不公平的社会现象。郁郁，茂盛的样子。涧底松，喻地位卑下的寒门人士。

②离离：下垂的样子。山上苗：喻占据高位的士族子弟。苗，初生的草木。

③径寸茎：直径一寸的树干，此指“山上苗”。

④荫：遮盖。百尺条：此指“涧底松”。

⑤世胄：士族子弟。蹑：登。

⑥下僚：卑微的小官。

⑦金张：指汉宣帝时金日磾（mì dī 密低）、张安世两大家族，为当时权门。藉：凭借。旧业：先人的遗业。

⑧七叶：七世。珥（ěr 耳）：插。貂（diāo 凋）：指貂尾。汉代侍中、中常侍等高官在冠上插貂尾为饰。《汉书·金日磾传赞》：“七世内侍，何其盛也。”戴逵《释疑论》：“张汤（张安世之父）酷吏，七世珥貂。”

⑨“冯公”二句：汉代冯唐年近七十，仍然官职卑微。伟，特异。白首，指年老。招，指为皇帝所招揽重用。

一六

刘琨

刘琨（271—318），字越石，中山魏昌（今河北无极县）人。在西晋末年五胡乱华之时，慷慨自励，投身国难。曾出任并州刺史，都督并、冀、幽三州诸军事，力保北部边疆。后为石勒所败，投奔段匹磾，为段所害。其诗洋溢着真挚的爱国情感，也透露了末路英雄的情怀。格调直承建安，今本有赵天瑞编注《刘琨集》。

扶风歌①

朝发广莫门②，暮宿丹水山③。左手弯繁弱④，右手挥龙渊⑤。顾瞻望宫阙⑥，俯仰御飞轩⑦。据鞍长叹息⑧，泪下如流泉。系马长松下，发鞍高岳头⑨。烈烈悲风起，泠泠涧水流⑩。挥手长相谢⑪，哽咽不能言。浮云为我结⑫，归鸟为我旋⑬。去家日已远，安知存与亡！慷慨穷林中⑭，抱膝独摧藏⑮。麋鹿游我前，猿猴戏我侧。资粮既乏尽，薇蕨安可食⑯？揽辔命徒侣⑰，吟啸绝岩中。君子道微矣，夫子故有穷⑱。惟昔李骞期，寄在匈奴庭；忠信反获罪，汉武不见明⑲。我欲竟此曲⑳，此曲悲且长；弃置勿重陈，重陈令心伤。

中华书局影印李善注本《文选》卷二八

①元嘉元年（307）九月，刘琨自洛阳出发，到晋阳（今山西太原市西南）任并州刺史。此诗描述了旅途的艰辛，并抒发了抑郁的心情，风调苍凉悲壮，颇近建安。扶风歌，乐府题名，属“杂歌谣辞”。

②广莫门：洛阳的北门。

③丹水山：即丹朱岭，丹水发源处，在今山西高平市。

④繁弱：古代良弓名。

⑤龙渊：古代宝剑名。

⑥宫阙：此指洛阳皇宫。

⑦御飞轩：驾着飞驰的车子。

⑧据鞍：靠着马鞍。

⑨发鞍：卸下马鞍。高岳：高山。

⑩泠（líng 灵）泠：水流声。

⑪谢：告辞。

⑫结：停滞。

⑬旋：盘旋。

⑭慷慨：感叹。穷林：荒林。

⑮摧藏：深重的忧伤。

⑯薇蕨（jué 决）：指野菜。

⑰揽辔：执着马缰绳。徒侣：随从。

⑱“君子”二句：以孔子绝粮的故事表达虽身处困境仍坚持操守的气节。《论语·卫灵公》：“（孔子）在陈绝粮，从者病莫能兴。子路愠，见曰：‘君子亦有穷乎？’子曰：‘君子固穷，小人穷斯滥矣！’”微，衰落。夫子，指孔子。

⑲“惟昔”四句：以李陵之事说明自己得不到朝廷信任的忧虑。据司马迁《报任少卿书》，汉武帝时李广之孙李陵出征匈奴，因寡不敌众，兵败而降。司马迁认为他“欲得其当而报于汉”，但武帝却杀了李陵全家。李，指李陵。骞期，延期。骞，通“愆”。这里有等待的意思。

⑳竟：完。

一七
郭　璞

郭璞（276—324），字景纯，河东闻喜（今山西闻喜县）人。以博学多闻著称，尤精阴阳卜筮之术。曾任王敦记室参军，因谏阻其谋反而被害。王敦之乱平定后，追赠弘农太守。他博学多才，好古文奇字，曾注释过《尔雅》、《山海经》等书。诗赋都很有名，以《游仙诗》为代表作。有《郭弘农集》。

游仙诗（十四首选二）

逸翮思拂霄，迅足羡远游[①]。清源无增澜，安得运吞舟[②]？珪璋虽特达[③]，明月难闇投[④]。潜颖怨青阳，陵苕哀素秋[⑤]。悲来恻丹心，零泪缘缨流[⑥]。

①今存郭璞《游仙诗》十四首，此为第五首，抒发了怀才不遇的激忿，同时也提示了由人生的“穷”、“达”所引发的忧思，体现了郭璞游仙诗“坎壈咏怀”的一面。“逸翮”二句，以鸟兽比喻有抱负的人都希望施展自己的才能。逸翮，指善飞的鸟。拂霄，凌空翱翔。迅足，指善跑的兽。

②“清源”二句：比喻有才之人如无适宜的环境，便难以施展怀抱。增澜，重叠的巨浪。增，通“层”。吞舟，指能吞下舟船的大鱼。《韩诗外传》卷六：“吞舟之鱼，不居潜泽。”

③“珪璋（guī zhāng 规章）”句：比喻有才能的人可以特立独行，无需借助外力。珪璋，古代诸侯朝聘时所用的玉制礼品，可以单独送达，不需以货币为辅助，故云“特达”。

④“明月”句：比喻有才能的人如果不被人赏识，便如在暗中将明珠投于人，必为人所拒绝。邹阳《狱中上梁王书》：“明月之珠，夜光之璧，以暗投人于道，众莫不按剑相眄者。”明月，一种宝珠。

⑤“潜颖”二句：比喻地位隐微的人怨恨自己不能早日腾达，而腾达的人又埋怨因地位高显而易遭风险。潜颖，指生长在幽潜之处的植物，喻隐微者。青阳，春光。陵苕（tiáo 条），指生长在高处的植物，喻显达者。素秋，秋天。

⑥零：落。缨：系冠的带子。

杂县寓鲁门，风暖将为灾[①]。吞舟涌海底[②]，高浪驾蓬莱[③]。神仙排云出，但见金银台[④]。陵阳挹丹溜[⑤]，容成挥玉杯[⑥]。姮娥扬妙音[⑦]，洪崖颔其颐[⑧]。升降随长烟[⑨]，飘飖戏九垓[⑩]。奇龄迈五龙[⑪]，千岁方婴孩[⑫]。燕昭无灵气[⑬]，汉武非仙才[⑭]。

中华书局影印李善注本《文选》卷二一

①此为第六首，描述神仙之乐，表达了对仙境的向往，同时对俗气未除、不得要领的求仙者表示了讥讽。“杂县”二句，言海上将有大风。《国语·鲁语》：“海鸟曰爰居，止于鲁东门外三日……展禽曰：‘……今兹海其有灾乎？夫广川之鸟兽，常知风而避其灾也。’是岁也，海多大风，冬暖。”杂县，即爰居，一种海鸟。

②吞舟：指巨鱼。

③驾：凌，超越。

④金银台：《史记·封禅书》：“自威、宣、燕昭使人入海求蓬莱、方丈、瀛洲。此三神山者……诸仙人及不死之药皆在焉。其物禽兽尽白，而黄金银为宫阙。未至，望之如云。”

⑤陵阳：古代仙人陵阳子明。相传其得服食之法，为龙迎去而成仙。丹溜：流丹，即石脂，相传服之可以成仙。

⑥容成：古代仙人容成公。相传他善补导之事，能使白发转黑，齿落复生。

⑦姮（héng 恒）娥：嫦娥。相传因偷服西王母赐给后羿的不死之药而奔月。

⑧洪崖：传说中的古代仙人。尧时已三千岁。领其颐：上下摆动下颏，表示赞许。

⑨“升降”句：《列仙传》：“宁封子者，黄帝时人也……积火自烧，而随烟气上下。”

⑩九垓（gāi 该）：九天。

⑪迈：超过。五龙：传说中的五个人面龙身的仙人。父宫龙，为土仙；长子角龙，为木仙；次徵龙，为火仙；次商龙，为金仙；次羽龙，为水仙。

⑫“千岁”句：意谓以上仙人年龄都在千岁以上，但都显得非常年轻，如小儿一样。

⑬“燕昭”句：《拾遗记》载，燕昭王向臣子甘需问求仙之道，甘需认为昭王欲念太重，其欲学仙，犹如“操圭爵以量沧海，执毫釐而回日月，其可得乎”？

⑭“汉武”句：《汉武内传》：“西王母曰：‘刘彻好道，然形慢神秽，虽当语之以至道，殆恐非仙才也。’”

一八

王羲之

王羲之（303—361），字逸少，琅邪临沂（今属山东）人，后定居会稽山阴（今浙江省绍兴市），东晋杰出的书法家，有“书圣”之称。曾任右军将军、会稽内史等职。工诗善文，有《王右军集》。

兰亭集序①

永和九年，岁在癸丑，暮春之初，会于会稽山阴之兰亭，修禊事也②。群贤毕至，少长咸集。此地有崇山峻岭，茂林修竹，又有清流激湍③，映带左右④，引以为流觞曲水⑤，列坐其次⑥，虽无丝竹管弦之盛⑦，一觞一咏，亦足以畅叙幽情⑧。是日也，天朗气清，惠风和畅⑨，仰观宇宙之大，俯察品类之盛⑩，所以游目骋怀⑪，足以极视听之娱⑫，信可乐也⑬。

夫人之相与⑭，俯仰一世⑮，或取诸怀抱⑯，悟言一室之内⑰，或因寄所托⑱，放浪形骸之外⑲；虽趣舍万殊⑳，静躁不同㉑，当其欣于所遇，暂得于己㉒，快然自足，不知老之将至㉓。及其所之既倦㉔，情随事迁，感慨系之矣！向之所欣㉕，俛仰之间㉖，已为陈迹，犹不能不以之兴怀㉗；况修短随化㉘，终期于尽㉙。古人云：“死生亦大矣㉚。”岂不痛哉！每览昔人兴感之由，若合一契㉛，未尝不临文嗟悼，不能喻之于怀㉜。固知一死生为虚诞㉝，齐彭殇为妄作㉞，后之视今，亦犹今之视昔，悲夫！故列叙时人，录其所述㉟，虽世殊事异，所以兴怀，其致一也㊱。后之览者，亦将有感于斯文㊲。

中华书局校点本《晋书》卷八〇

①本篇选自《晋书·王羲之列传》。东晋穆帝永和九年（353）农历三月三日，王羲之与谢安、孙绰等四十一人在兰亭聚会，赋诗抒怀，后将这些诗作汇编成集，本文就是为这一诗集所作的序文。文章在感慨人生短暂之余表现了对生命的执着，反映了晋人多情的性格特征。兰亭，在今浙江绍兴市西南。

②修禊（xì 戏）：古人风俗。农历三月上旬的巳日（魏以后固定为三月三日），临水而祭，以消除不祥。

③激湍：有漩涡的急流。

④映带：景物互相映衬，彼此关联。

⑤流觞曲水：让酒杯沿着环曲的水流循流而下，停在谁的面前即取而饮之。

⑥其次：指水边。

⑦丝竹管弦：乐器，这里指音乐。

⑧幽情：静穆深沉的情怀。

⑨惠风：春风。

⑩品类：天地万物。

⑪游目骋怀：纵目游观，舒散怀抱。

⑫极：尽。

⑬信：确，实。

⑭相与：相处。

⑮俯仰一世：指很快度过一生。

⑯取诸怀抱：展现抱负。

⑰悟言：面对面交谈。悟，通“晤”。

⑱因寄所托：有所寄托。

⑲“放浪”句：指不拘形迹。放浪，放达不拘。形骸，形体。

⑳趣舍：取舍。趣，同“趋”。万殊：千差万别。

㉑静躁：沉静、躁动。

㉒“当其”二句：为自己暂时的满足而欣喜。

㉓“不知”句：《论语·述而》：“发愤忘食，乐以忘忧，不知老之将至云尔。”

㉔所之既倦：对所向往爱好的事物已经厌倦。

㉕所欣：指为之欣喜的事物。

㉖俛仰：同俯仰，指短暂的片刻。

㉗以之兴怀：因它而引发感触。

㉘修短：指生命的长短。化：自然变化。

㉙“终期”句：指人终究要死亡。期，期限。

㉚“死生”句：《庄子·德充符》：“仲尼曰：‘死生亦大矣，而不得与之变。’”

㉛“若合”句：指前人的感慨与自己的感喟十分一致。契，符契，分左右两半，双方各执其一，用时合对以做凭信。

㉜“不能”句：意谓对生死问题不能透彻地领悟释之于怀。喻，解释。

㉝一死生：即将生和死看作一回事。《庄子·大宗师》：“孰知生死存亡之一体者，吾与之友矣。”

㉞齐彭殇：将长寿和短命等量齐观。《庄子·齐物论》：“莫寿于殇子，而彭祖为夭。”彭，彭祖，传说中的长寿者。殇，短命者。妄作：虚妄的说法。

㉟述：指参与兰亭聚会者所作的诗文。

㊱致：所要表达的宗旨。

㊲斯文：这篇文章，即《兰亭集序》。

一九 陶渊明

陶渊明（365—427），字元亮，一说名潜，字渊明，自号“五柳先生”。寻阳柴桑（今江西九江西南）人。少有高趣，颖脱不群。二十九岁始，断续出任江州祭酒、镇军参军、建威参军、彭泽令。四十一岁辞官归隐，躬耕田园，直至去世。死后，亲友私谥“靖节”。今存诗歌一百二十四首、辞赋三篇、记传赞述疏祭九篇。尤以田园诗的成就和影响为最大。其作品表现了一个个性鲜明、人品高洁的知识分子对虚伪、欺诈的官场和世俗社会的鄙弃，对自然、自由、和谐的人生理想和社会理想的追求。风格冲淡自然，真淳隽永。语言质朴无华。陶集旧本有清人陶澍编注的《靖节先生集》，今本有逯钦立校注《陶渊明集》、袁行霈《陶渊明集笺注》。

归园田居[①]（五首选二）

少无适俗韵[②]，性本爱丘山。误落尘网中，一去三十年[③]。羁鸟恋旧林[④]，池鱼思故渊[⑤]。开荒南野际[⑥]，守拙归园田[⑦]。方宅十余亩，草屋八九间。榆柳荫后檐，桃李罗堂前。暧暧远人村[⑧]，依依墟里烟[⑨]。狗吠深巷中，鸡鸣桑树巅。户庭无尘杂[⑩]，虚室有余闲[⑪]。久在樊笼里[⑫]，复得返自然。

①《归园田居》是反映陶渊明辞官归田生活的组诗，共五首，约作于辞彭泽令后的第二年（406）。

②此为第一首，写归耕的原因和融入田园生活及景色的愉悦心境。跌宕飞动，朴中蕴秀。适俗韵，投合世俗的性情。

③三十年：一说应作“十三年”，自陶为江州祭酒（393）至弃彭泽令（405），共十三年。

④羁鸟：关在笼中之鸟。

⑤故渊：原来生活的深水潭。

⑥际：间。

⑦守拙：谦词。意为安守愚拙的本性。

⑧暧（ài 爱）暧：依稀可见貌。

⑨依依：轻柔上飘貌。墟里：村落。

⑩户庭：门庭，院子。尘杂：尘俗杂事。

⑪虚室：空寂的居室。一说指心。《庄子·人间世》：“虚室生白。”司马彪注：“室，喻心。心能空虚，则纯白独生也。”

⑫樊笼：篱障、笼子。此喻官场。

种豆南山下[①]，草盛豆苗稀。晨兴理荒秽[②]，带月荷锄归[③]。道狭草木长，夕露沾我衣。衣沾不足惜，但使愿无违[④]。

中华书局版逯钦立校注本《陶渊明集》卷二

①此为第三首，写晨出晚归的劳动生活和心愿。平易亲切。“真景真味真意，如化工元气。”（方东树《昭昧詹言》）南山，指庐山。

②晨兴：早起。理荒秽：锄杂草。理，清除。

③带：一作“戴”。荷：扛，担。

④愿无违：不违背隐退躬耕的心愿。

饮酒[①]（二十首选一）

结庐在人境[②]，而无车马喧。问君何能尔[③]？心远地自偏[④]。采菊东篱下，悠然见南山[⑤]。山气日夕佳[⑥]，飞鸟相与还[⑦]。此还有真意，欲辨已忘言[⑧]。

中华书局版逯钦立校注本《陶渊明集》卷三

①《饮酒》为组诗，共二十首，非一时之作。组诗借酒言怀，寄托深远。诗前原有小序。此选其中一首。

②此为第五首，借田园生活传达诗人浑忘物我、化入自然的佳妙心境。语似平淡，然奇绝难及。结庐，搭建住宅。

③尔：这样。

④“心远”句：只要精神高远，不为俗羁，即使居于车马喧闹之地也如同居于偏僻之地了。

⑤悠然：悠闲自得貌。南山：指庐山。

⑥日夕：傍晚。

⑦相与还：结伴而回。

⑧“此还”二句：谓对于大自然中所含的真谛早已领会于心，要想辨析却已不知如何用语言来表达了。《庄子·渔父》：“真者，所以受于天也，自然不可易也。”又，《庄子·外物》：“言者所以在意，得意而忘言。”还，就飞鸟归林喻自己归田。此字一作“中”。

庚戌岁九月中于西田获早稻[①]

人生归有道[②]，衣食固其端[③]。孰是都不营[④]，而以求自安！开春理常业[⑤]，岁功聊可观[⑥]。晨出肆微勤[⑦]，日入负禾还[⑧]。山中饶霜露[⑨]，风气亦先寒[⑩]。田家岂不苦？弗获辞此难[⑪]。四体诚乃疲，庶无异患干[⑫]。盥濯息檐下[⑬]，斗酒散襟颜[⑭]。遥遥沮溺心[⑮]，千载乃相关。但愿长如此，躬耕非所叹。

中华书局版逯钦立校注本《陶渊明集》卷三

①本诗写秋收时的喜悦、感慨和躬耕的坚定志愿。通篇理直气壮，风骨凌人。庚戌岁，晋安帝义熙六年（410）。西田，住处西边的田地。

②归：归趣。道：常道，常理。

③固：本是。端：首位。

④孰：何。是：指衣食。营：经营。

⑤常业：指农事。

⑥岁功：一年的收成。

⑦肆：从事。微勤：轻微的劳动。

⑧禾：一作“耒”，一种农具。

⑨饶：多。

⑩风气：气候。

⑪“弗获”句：无法摆脱这样的艰难。

⑫庶：希望。异患：意外的祸患。干：侵犯。

⑬盥（guàn 灌）：洗手。濯：洗。

⑭斗酒：杯酒。散襟（jīn 襟）颜：驱散寒气，舒展容颜。襟，寒战。一作“襟”。

⑮沮溺：长沮、桀溺。春秋时楚国隐士。事见《论语·微子》。

咏荆轲①

燕丹善养士②，志在报强嬴③。招集百夫良④，岁暮得荆卿⑤。君子死知己，提剑出燕京；素骥鸣广陌⑥，慷慨送我行。雄发指危冠⑦，猛气冲长缨⑧。饮饯易水上⑨，四座列群英。渐离击悲筑⑩，宋意唱高声⑪。萧萧哀风逝，淡淡寒波生。商音更流涕⑫，羽奏壮士惊⑬。心知去不归，且有后世名。登车何时顾，飞盖入秦庭⑭。凌厉越万里⑮，逶迤过千城⑯。图穷事自至⑰，豪主正怔营⑱。惜哉剑术疏⑲，奇功遂不成！其人虽已没⑳，千载有余情。

中华书局版逯钦立校注本《陶渊明集》卷四

①此诗歌咏荆轲行刺秦王嬴政之事，诗风激荡有力。荆轲，战国时卫国人，游于燕国，受燕太子丹隆遇。后应太子丹恳请，赴秦行刺秦王，未成，被杀。事见《史记·刺客列传》。

②燕丹：燕国太子丹。

③报强嬴：报复强暴的秦王嬴政。燕丹在秦做人质时，秦王待之不恭，故回燕后图谋报复。

④百夫良：百里挑一的杰出者。

⑤岁暮：年终。荆卿：燕人对荆轲的敬称。

⑥素骥：白马。骥，千里马。荆轲赴秦前，燕丹率众穿丧服在易水边饯行，作者因而想象马亦白色。广陌：大路。

⑦指：撑起。危冠：高帽子。

⑧长缨：系帽子的长丝带。

⑨饮饯：饮酒送行。易水：在今河北西部。

⑩渐离：高渐离，燕人，荆轲好友。荆轲死后，渐离因善击筑而接近秦王，想用填铅之筑击杀秦王，不中，被杀。筑：乐器名，似筝。

⑪宋意：燕国勇士。

⑫商音：悲音。商为古“五音”（宫、商、角、徵、羽）之一，其调凄伤。

⑬羽奏：用羽音弹奏。羽音慷慨。

⑭飞盖：形容车驰如飞。盖，车盖。

⑮凌厉：勇猛直前貌。

⑯逶迤（wēi yí 威移）：形容路途曲折而遥远。

⑰“图穷”句：地图打开后，行刺之事自然发生。荆轲见秦王，以献燕国地图（卷成轴状）为名，图内藏匕首。

⑱豪主：指秦王嬴政。怔（zhēng 争）营：惊慌失措貌。

⑲疏：粗疏。指不精。

⑳没（mò 莫）：同“殁”，死。

读山海经[1]（十三首选一）

孟夏草木长[2]，绕屋树扶疏[3]。众鸟欣有托[4]，吾亦爱吾庐。既耕亦已种，时还读我书。穷巷隔深辙[5]，颇回故人车。欢然酌春酒，摘我园中蔬。微雨从东来，好风与之俱。泛览周王传[6]，流观山海图[7]。俯仰终宇宙[8]，不乐复何如？

中华书局版逯钦立校注本《陶渊明集》卷四

①《读山海经》为组诗，共十三首，写读《山海经》和《穆天子传》时的奇思异想及对人生和政治的感慨。《山海经》，一部记述古代山川异物、神话传说的书。此为第一首，写耕余读书之乐。

②孟夏：初夏。

③扶疏：枝叶繁茂貌。

④“众鸟”句：言众鸟因有树可依而欣喜。

⑤穷巷：陋巷。隔：隔绝。深辙：大车所轧之痕迹，此代指贵者所乘之车。

⑥周王传：指《穆天子传》，写有关周穆王的神话传说。

⑦山海图：《山海经图》。古人疑《山海经》本依图画而述之。晋郭璞有《山海经图赞》，而图则久佚。

⑧“俯仰”句：顷刻间遍游宇宙。俯仰，俯仰之间，指时间短暂。

归去来兮辞[1]并序

余家贫，耕植不足以自给。幼稚盈室[2]，瓶无储粟[3]，生生所资[4]，未见其术。亲故多劝余为长吏[5]，脱然有怀，求之靡途[6]。会有四方之事[7]，诸侯以惠爱为德[8]，家叔以余贫苦[9]，遂见用为小邑[10]。于时风波未静[11]，心惮远役[12]，彭泽去家百里[13]，公田之利[14]，足以为酒[15]，故便求之。及少日[16]，眷然有归欤之情[17]。何则？质性自然，非矫励所得[18]。饥冻虽切[19]，违己交病[20]。尝从人事，皆口腹自役[21]。于是怅然慷慨，深愧平生之志。犹望一稔[22]，当敛裳宵逝[23]。寻程氏妹丧于武昌[24]，情在骏奔[25]，自免去职。仲秋至冬，在官八十余日。因事顺心[26]，命篇曰《归去来兮》。乙巳岁十一月也[27]。

归去来兮，田园将芜胡不归[28]？既自以心为形役，奚惆怅而独悲[29]！悟已往之不谏，知来者之可追[30]；实迷途其未远，觉今是而昨非。舟遥遥以轻飏[31]，风飘飘而吹衣。问征夫以前路，恨晨光之熹微[32]。

乃瞻衡宇[33]，载欣载奔[34]。僮仆欢迎，稚子候门。三径就荒[35]，松菊犹存。携幼入室，有酒盈樽[36]。引壶觞以自酌[37]，眄庭柯以怡颜[38]。倚南窗以寄傲[39]，审容膝之易安[40]。园日涉以成趣[41]，门虽设而常关。策扶老以流憩[42]，时矫首而遐观[43]。云无心以出岫[44]，鸟倦飞而知还。景翳翳以将入[45]，扶孤松而盘桓[46]。

归去来兮，请息交以绝游。世与我而相违，复驾言兮焉求[47]？悦亲戚之情话，乐琴书以消忧。农人告余以春及[48]，将有事于西畴[49]。或命巾车[50]，或棹孤舟[51]。既窈窕以寻壑[52]，亦崎岖而经丘。木欣欣以向荣[53]，泉涓涓而始流[54]。善万物之得时[55]，感吾生之行休[56]。

已矣乎[57]！寓形宇内复几时[58]，曷不委心任去留[59]？胡为乎遑遑欲何之[60]？富贵非吾愿，帝乡不可期[61]。怀良辰以孤往，或植杖而耘耔[62]。登东皋以舒啸[63]，临清流而赋诗。聊乘化以归尽[64]，乐夫天命复奚疑[65]！

中华书局版逯钦立校注本《陶渊明集》卷五

①本文作于晋义熙元年（405），陶渊明辞彭泽令后不久。序文写出仕及归隐的经过、原因。正文写回家时的愉快、隐居的乐趣及乐天知命的情怀。归去来，即归去。来，语助词。

②幼稚：年小的孩子。据陶渊明《责子》等诗文，陶至少有五个孩子。

③瓶：腹大口小的容器。此指盛粮器具。

④生生所资：维持生计的凭借。生生，前“生”为动词，后“生”为名词。资，凭借，依托。

⑤长吏：此指郡县中的佐吏。

⑥“脱然”二句：言心里有做长吏的念头，却没有门路。脱然，豁然。怀，想法。此指出仕的念头。靡途，没有途径。

⑦会：恰逢。四方之事：指经略四方的事，即地方势力的相互争斗。

⑧诸侯：指当时地方长官。惠爱：仁爱。

⑨家叔：指渊明叔父陶夔（kuí 魁），时任太常卿，掌朝廷祭祀礼乐。

⑩见：被。

⑪风波未静：喻时世不宁。

⑫惮（dàn 淡）：怕。

⑬彭泽：县名。故城在今江西湖田东。去：离。

⑭公田：供给官俸的田地。利：收益。

⑮足以为酒：《晋书·隐逸传》称渊明“在县，公田悉令种秫谷，曰：‘令吾常醉于酒足矣’”！

⑯少日：不多几天。

⑰眷然：怀念貌。归欤：回去。欤，语助词。语出《论语·公冶长》。

⑱矫励：造作，矫情。得：能够。

⑲切（qiè 妾）：急切，急迫。

⑳违己交病：违反自己的意愿会更加痛苦。

㉑口腹自役：为口腹之需而奔忙。

㉒犹望一稔（rěn 忍）：尚希望公田里的庄稼收获一次。稔，庄稼成熟。

㉓敛裳宵逝：收拾衣物，连夜归去。

㉔寻：不久。程氏妹：渊明同父异母妹，嫁程家。渊明有《祭程氏妹文》。武昌：今湖北鄂城。

㉕情在骏奔：犹言心情急迫，如骏马奔驰，不可羁勒。

㉖顺心：依从自己的心意。

㉗乙巳岁：晋义熙元年（405）。

㉘芜：荒芜。胡：为什么。

㉙奚（xī 息）：何。

㉚“悟已往”二句：觉悟到过去不可挽救，未来尚可弥补。《论语·微子》：“往者不可谏，来者犹可追。”谏，劝止，犹言挽救。追，追及，犹言弥补。

㉛飏（yáng 扬）：飘荡。

㉜熹（xī 熙）微：阳光微弱。熹，光明。

㉝瞻：望见。衡宇：横木为门的简陋房屋。此指旧宅。

㉞载：助词，且。

㉟三径：汉代赵岐《三辅决录》载：汉代蒋诩隐居时，在房前竹下开三条小径，只与求仲、羊仲二人往来。后以“三径”指称隐者之所。就：将要。

㊱樽（zūn 尊）：盛酒器具。

㊲引：取，拿。觞（shāng 伤）：酒杯。酌（zhuó 茁）：斟酒。

㊳眄（miǎn 免）：斜眼观看，此指浏览。柯（kē 苛）：树枝。怡（yí 宜）颜：开颜，脸生喜色。怡，愉悦。

㊴寄傲：寄托高傲的情志。

㊵审：明白。容膝：放得下双膝，喻房屋狭小。易安：容易安身。

㊶成趣：成了散步的场所。趣，同“趋”。一说“趣”指趣味。

㊷策：持。扶老：指手杖。流：流览。憩（qì 气）：休息。

㊸矫首：抬头。遐：远。

㊹岫（xiù 秀）：山峰。

㊺景：太阳。翳（yì 亦）翳：昏暗貌。

㊻盘桓：徘徊。

㊼驾：驾车外出。言：语助词。焉求：何求，追求什么。

㊽及：到。

㊾事：指农事。畴：田地。

㊿巾车：当时一种农用车。又称“巾柴车”。江淹《陶征君潜田居》：“日暮巾柴车。”一说指有帷幕的车子。

51棹：船桨。此用作动词，划。

52窈窕：山路深曲貌。壑（hè 鹤）：山沟。

53向：正。时间副词。荣：草木茂盛。

54涓涓：水细流不断貌。

55善：欣喜，叹羡。

56行休：将要结束。

57已矣乎：犹言算了吧。已，止。

58寓形宇内：寄身天地间。犹言活在世上。

59曷（hé 合）不：何不。委心：随意。任去留：任其自然地对待死和生。

60胡为：何为，为什么。遑遑：急切貌。欲何之：想到何处？之，到。

61帝乡：仙境。

62植：通“置”，放下。《论语·微子》：“植其杖而芸。”《汉石经》“植”作“置”。杖：手杖。耘：锄草。耔（zǐ 子）：培土固苗。

63皋：田边高地。舒啸：放意长啸。

㉔聊：姑且。乘化：依顺自然之大化。

㉕“乐夫”句：《周易·系辞》：“乐天知命故不忧。”夫，助词。奚，何。

桃花源记①

晋太元中②，武陵人捕鱼为业③；缘溪行④，忘路之远近。忽逢桃花林，夹岸数百步，中无杂树，芳华鲜美⑤，落英缤纷⑥。

渔人甚异之。复前行，欲穷其林⑦。林尽水源⑧，便得一山。山有小口，髣髴若有光⑨。便舍船，从口入。初极狭，才通人⑩。复行数十步，豁然开朗。土地平旷，屋舍俨然⑪，有良田、美池、桑竹之属⑫，阡陌交通⑬，鸡犬相闻。其中往来种作，男女衣着，悉如外人⑭。黄发垂髫⑮，并怡然自乐。见渔人，乃大惊。问所从来，具答之⑯。便要还家⑰，设酒杀鸡作食。村中闻有此人，咸来问讯⑱。自云先世避秦时乱，率妻子邑人⑲，来此绝境⑳，不复出焉，遂与外人间隔。问今是何世，乃不知有汉，无论魏晋。此人一一为具言所闻，皆叹惋㉑。余人各复延至其家㉒，皆出酒食。停数日，辞去。此中人语云：“不足为外人道也㉓。”

既出，得其船，便扶向路㉔，处处志之㉕。及郡下，诣太守说如此㉖。太守即遣人随其往，寻向所志，遂迷不复得路。南阳刘子骥㉗，高尚士也。闻之，欣然规往㉘，未果㉙，寻病终㉚。后遂无问津者㉛。

中华书局版逯钦立校注本《陶渊明集》卷六

①本文原配有诗歌，多数学者认为作者作于晚年。记中虚构了一个没有战乱、剥削和贫穷，人们和乐相处、淳朴宁静的理想世界。文笔朴实明净。

②太元：晋孝武帝年号（376—396）。

③武陵：郡名，治所在今湖南常德市西。

④缘：沿着。

⑤华：花。一作“草”。

⑥落英：落花。缤纷：纷繁凌乱貌。

⑦穷：尽。

⑧林尽水源：桃林尽处便是溪水的源头。

⑨髣髴：同“仿佛”，隐约。

⑩才通人：仅容一人通过。

⑪俨然：整齐貌。

⑫属：类。

⑬阡陌（qiān mò 千莫）：田间小路，南北为阡，东西为陌。交通：交错通接。

⑭悉：全。

⑮黄发：指老人。老年人发色由白转黄，故称。垂髫（tiáo 条）：指儿童。髫，小孩垂下来的头发。

⑯具：全。

⑰要：通“邀”。

⑱咸：全。讯：消息。

⑲妻子：妻室子女。邑人：同邑的人。邑，古代区域单位。《周礼·地官·小司徒》：“九夫为井，四井为邑。”

⑳绝境：与外界隔绝之地。

㉑叹惋：惊叹惋惜。

㉒延：请。

㉓“不足”句：不必告诉外人。

㉔扶：顺着。向路：先前进来时走的路。

㉕志：作标记。

㉖诣：到，拜见。

㉗南阳：郡名，治所在今河南南阳市。刘子骥：名驎之，字子骥，晋时著名隐士，好游山水。《晋书·隐逸传》有传。

㉘规往：计划前往。规，一作“亲”。

㉙未果：没有实现。

㉚寻：不久。

㉛问津：询问渡口。指寻访桃花源。

二〇
谢灵运

谢灵运（385—433），陈郡阳夏（今河南太康县）人。出身士族，为东晋名将谢玄之孙，袭封康乐公，曾任相国从事中郎、永嘉太守、侍中、临川内史等职。终因政治纠葛而被杀。性嗜山水，踪迹所至，辄付之吟咏，因而成为文学史上第一位大量创作山水诗的诗人。其诗擅长对自然景物的刻画，造语精工，对改变东晋诗坛的玄言习气，起到了重要的推动作用。但有的作品过于繁富，流于生涩。今本有顾绍柏《谢灵运集校注》。

登池上楼[①]

潜虬媚幽姿[②]，飞鸿响远音[③]。薄霄愧云浮[④]，栖川怍渊沉[⑤]。进德智所拙[⑥]，退耕力不任。徇禄及穷海[⑦]，卧痾对空林[⑧]。衾枕昧节候[⑨]，褰开暂窥临[⑩]。倾耳聆波澜，举目眺岖嵚[⑪]。初景革绪风[⑫]，新阳改故阴[⑬]。池塘生春草，园柳变鸣禽。祁祁伤豳歌[⑭]，萋萋感楚吟[⑮]。索居易永久[⑯]，离群难处心。持操岂独古[⑰]，无闷征在今[⑱]。

中州古籍出版社版顾绍柏《谢灵运集校注》

①永初三年（422）秋，谢灵运因“非毁执政”（《宋书·谢灵运传》）而出为永嘉太守，景平元年（423）七、八月间离任。此诗写于景平元年春。通过久病初起对春景的感受，抒发了仕途失意的伤感情绪。池，在浙江温州市永嘉县西北，后人名之为谢公池。

②潜虬（qiú求）：沉潜于水中的龙，喻隐者。虬，传说中的一种无角龙。媚：自赏、自爱。幽姿：深藏不露的姿态。

③飞鸿：喻仕途腾达者。

④薄霄：指高飞而逼近云霄，喻仕途腾达。愧：就自己的仕途坎坷而言。云浮：指“响远音”之飞鸿。

⑤栖川：喻归隐。怍（zuò坐）：惭愧。渊沉：指“媚幽姿”之潜虬。

⑥“进德”句：意谓进德修业是自己的智能难以企及的。进德，进德修业，指增进道德以建功立业，即出仕。《周易·乾卦》：“君子进德修业，欲及时也。”

⑦徇禄：追求禄位。及穷海：指出守永嘉。穷海，荒僻的海边。

⑧痾（ē屙）：病。

⑨衾枕：卧具，此指卧病。昧节候：指因卧病而不知季节的变换。

⑩褰（qiān千）：拉开帷帘。窥临：临窗眺望。

⑪ 岖嵚（qū qīn区亲）：山高峻的样子，这里指山。

⑫初景：初春的阳光。革：驱除。绪风：指冬日的余风。

⑬新阳：指春日。故阴：指冬日。

⑭“祁祁”句：抒发伤春之意。《诗经·豳风·七月》：“春日迟迟，采蘩祁祁。女心伤悲，殆及公子同归。”祁祁，草木繁盛的样子。

⑮“萋萋”句：抒发春日难归之意。《楚辞·招隐士》：“王孙游兮不归，春草生兮萋萋。”

⑯索居：离群独居。易永久：容易感到时光漫长。

⑰持操：保持操守。独古：只有古人。

⑱无闷：指避世而无烦恼。《易经·乾卦》：“龙德而隐者也，不易乎世，不成乎名，遁世无闷。”征在今：验于我之今日。

登江中孤屿①

江南倦历览②，江北旷周旋③。怀新道转迥④，寻异景不延⑤。乱流趋正绝⑥，孤屿媚中川⑦。云日相辉映，空水共澄鲜⑧。表灵物莫赏⑨，蕴真谁为传⑩？想像昆山姿⑪，缅邈区中缘⑫。始信安期术⑬，得尽养生年。

中州古籍出版社版顾绍柏《谢灵运集校注》

①此诗作于景平元年（423），作者时在永嘉太守任上。诗中描述孤屿秀丽的景观，并抒发了超尘出世以求长生的情怀。江，指永嘉江。孤屿，孤屿山，在温州附近永嘉江中。

②江南：指永嘉江南岸。倦：厌倦。历览：遍览。

③江北：指永嘉江北岸。旷：长时间地废止。周旋：周游。

④怀新：怀着寻求新的景观的心情。道转迥：因为急于寻求新的景观，而感到路程遥远。

⑤“寻异”句：因探寻奇异的景观而感到时光短促。景，指日光。

⑥“乱流”句：意谓航船横绝急流而渡。正绝，横流直渡。正，直。

⑦中川：江中。

⑧空水：指天空和江水。

⑨表灵：呈现出灵秀的风光。物：人。赏：欣赏。

⑩蕴真：藏着仙人。

⑪昆山姿：昆仑山的姿态。

⑫“缅邈”句：意谓孤屿景物幽绝，好像远离尘世。缅邈，辽远，此作动词用。区中缘，尘缘。

⑬安期术：指传说中的仙人安期生的长生不老之术。

石壁精舍还湖中作①

昏旦变气候②，山水含清晖。清晖能娱人，游子憺忘归③。出谷日尚早，入舟阳已微。林壑敛暝色④，云霞收夕霏⑤。芰荷迭映蔚⑥，蒲稗相因依⑦。披拂趋南径⑧，愉悦偃东扉⑨。虑澹物自轻⑩，意惬理无违⑪。寄言摄生客⑫，试用此道推⑬。

中州古籍出版社版顾绍柏《谢灵运集校注》

①此诗作于元嘉元年（424）至元嘉二年。此时作者已辞去永嘉太守之职，回到始宁县（今浙江上虞）别墅闲居。诗中描述了自石壁精舍到巫湖游程中的所见景观，并抒发了超然物累的情怀。石壁精舍，始宁别墅附近的佛寺。湖，指巫湖。谢灵运《游名山志》：“湖三面悉高

山枕水渚，山溪涧凡有五处。南第一谷，今在所谓石壁精舍。”

②昏旦：傍晚和清晨。

③“清晖”二句：语出屈原《九歌·东君》：“羌声色兮娱人，观者憺兮忘归。”憺（dàn 淡），安适的样子。

④林壑：树林和山沟。敛：集聚。暝（míng 明）色：暮色。暝，日暮。

⑤夕霏：傍晚的雾气。

⑥芰（jì 记）：菱。迭映蔚：菱荷茂盛的叶子互相映照。

⑦蒲：菖蒲。稗：一种像稻的草。因依：相互倚傍。

⑧披拂：拨开草木。

⑨偃：歇息。东扉：指东轩。

⑩“虑澹”句：意谓思虑淡泊则物累自轻。

⑪“意惬”句：意谓精神上知足便无违于养生之理。

⑫摄生客：养生的人。

⑬此道：指“虑淡”二句所阐发的人生哲理。

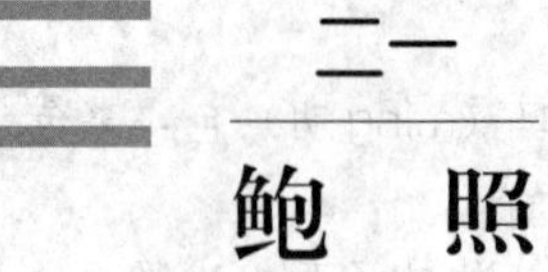

二一

鲍 照

鲍照（414？—466），字明远，东海（今山东郯城县一带）人。出身寒微，少负文才，慷慨不羁。宋文帝元嘉中，因献诗临川王刘义庆而获知赏，擢为临川国侍郎。后历任太学博士、中书舍人、秣陵令、临海王刘子顼前军参军等职。子顼反，兵败，鲍照为乱兵所杀。

鲍照与颜延之、谢灵运并称“元嘉三大家”。他兼善诗赋骈文，诗风遒丽，操调险急。乐府诗和七言诗成就尤著。辞赋、骈文写景寓情，亦高出流俗。鲍照诗文多散佚。南齐虞炎编其遗文为《鲍氏集》。今人钱仲联有《鲍参军集注》。

代出自蓟北门行[①]

羽檄起边亭[②]，烽火入咸阳[③]。征骑屯广武[④]，分兵救朔方[⑤]。严秋筋竿劲[⑥]，虏骑精且强。天子按剑怒，使者遥相望[⑦]。雁行缘石径[⑧]，鱼贯度飞梁[⑨]。箫鼓流汉思[⑩]，旌甲被胡霜[⑪]。疾风冲塞起，沙砾自飘扬。马毛缩如猬[⑫]，角弓不可张[⑬]。时危见臣节，世乱识忠良。投躯报明主，身死为国殇[⑭]。

上海古籍出版社版钱仲联《鲍参军集注》卷三

①本篇为拟乐府。《出自蓟北门行》是乐府旧题，属“杂曲歌辞”。《乐府解题》云：“其致与《从军行》同，而兼言燕、蓟风物及突骑勇悍之状。”代，拟。蓟，古地名，在今北京市西南。本诗写北方发生边警，将士不畏艰险、誓死卫国的决心。诗风奇峻迅急。

②羽檄（xí习）：紧急征召的文书。檄，征召的文书，写在一尺二寸长的木简上，情况紧急时插上羽毛。边亭：边地岗亭。

③烽火：古代边防报警的烟火。咸阳：秦都城，故址在今陕西长安西。此泛指京都。

④骑（jì寄）：骑兵。屯：驻扎。广武：县名，在今山西代县西。

⑤朔方：郡名，治所在今内蒙古鄂尔多斯西北。

⑥严秋：肃杀的秋天。筋：弓弦。竿：箭杆。

⑦遥相望：形容使者往来不绝。

⑧雁行：形容军队沿石径行进，如雁飞排成的行列。缘：沿。

⑨鱼贯：形容士兵依次渡过桥梁，如游鱼前后连贯。飞梁：高架的桥梁。

⑩“箫鼓”句：谓军乐流露出汉人的情思。箫鼓，两种乐器，此代指军乐。

⑪旌甲：旌旗、铠甲。

⑫猬：刺猬。

⑬角弓：用角装饰的弓。

⑭国殇（shāng 商）：为国牺牲的人。《楚辞·九歌》有《国殇》篇，追悼阵亡战士。

拟行路难[①]（十八首选二）

泻水置平地，各自东西南北流[②]。人生亦有命，安能行叹复坐愁！酌酒以自宽[③]，举杯断绝歌《路难》[④]。心非木石岂无感，吞声踯躅不敢言[⑤]。

①本篇为拟乐府。《行路难》是乐府古题，属“杂曲歌辞”，大旨是“备言世路艰难及离别悲伤之意”（《乐府解题》）。鲍照《拟行路难》共十八首，多抒写人生苦闷和愤慨不平。

②此为第四首，写诗人怀才不遇，遭受压抑的愤懑不平。“泻水”二句，以水倒平地四处流淌，喻人生命运遭际不同。

③ 酌：斟。

④断绝：歌声因饮酒而断绝。《路难》：指《行路难》。

⑤吞声：欲言强止。踯躅（zhí zhú 侄竹）：徘徊。

对案不能食[①]，拔剑击柱长叹息。丈夫生世会几时，安能蹀躞垂羽翼[②]？弃置罢官去，还家自休息。朝出与亲辞，暮还在亲侧。弄儿床前戏，看妇机中织。自古圣贤尽贫贱，何况我辈孤且直[③]！

上海古籍出版社版钱仲联《鲍参军集注》卷四

①此为第六首，写诗人仕途失意、辞官还家的悲愤，强作宽慰，愈见其愤慨。案，放食器的小几。一说通“盌”，碗。

②蹀躞（dié xiè 叠谢）：小步行走貌。垂羽翼：此喻失意貌。

③孤：孤寒无势。直：正直。

梅花落[①]

中庭杂树多，偏为梅咨嗟[②]。问君何独然[③]？念其霜中能作花，露中能作实，摇荡春风媚春日。念尔零落逐寒风[④]，徒有霜华无霜质[⑤]！

上海古籍出版社版钱仲联《鲍参军集注》卷四

①《梅花落》，古乐府“横吹曲”名，“本笛中曲也”（《乐府诗集》卷二四）。本诗赞美傲霜独放的梅花，寓含诗人孤直的性格和对奔竞世风的不满。端直古朴中见老劲。

②咨嗟：赞叹。

③“问君”句：发问者是“杂树”。君，指作者。何独然，为何独独如此。

④尔：你们，代指杂树。

⑤霜华：花色似霜。华，花。质：品质。

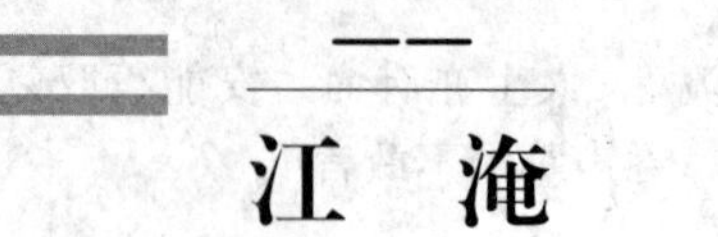

二二 江淹

江淹（444—505），字文通，济阳考城（今河南民权县）人。宋时任始安王、建平王幕僚，贬建安吴兴令。升明初，依萧道成，受器重。入齐，历任中书侍郎、骁骑将军兼尚书左丞、御史中丞、秘书监等职。入梁，官至金紫光禄大夫，封醴陵伯。现存诗赋章表诸体二百六十余篇。多为永明以前作品。诗风“幽深奇丽”，善于模拟。后人辑有《江文通集》。

别赋[1]

黯然销魂者[2]，唯别而已矣。况秦吴兮绝国[3]，复燕宋兮千里[4]。或春苔兮始生，乍秋风兮暂起[5]。是以行子肠断[6]，百感凄恻。风萧萧而异响，云漫漫而奇色[7]。舟凝滞于水滨，车逶迤于山侧。棹容与而讵前[8]，马寒鸣而不息。掩金觞而谁御，横玉柱而沾轼[9]。居人愁卧[10]，恍若有亡[11]。日下壁而沉彩[12]，月上轩而飞光[13]。见红兰之受露，望青楸之罹霜[14]。巡层楹而空掩[15]，抚锦幕以虚凉。知离梦之踯躅[16]，意别魂之飞扬[17]。

故别虽一绪，事乃万族[18]。

至若龙马银鞍[19]，朱轩绣轴[20]。帐饮东都[21]，送客金谷[22]。琴羽张兮箫鼓陈[23]，燕赵歌兮伤美人[24]。珠与玉兮艳暮秋，罗与绮兮娇上春[25]。惊驷马之仰秣[26]，耸渊鱼之赤鳞[27]。造分手而衔涕[28]，咸寂寞而伤神[29]。

乃有剑客惭恩[30]，少年报士[31]。韩国赵厕[32]，吴宫燕市[33]。割慈忍爱，离邦去里。沥泣共诀[34]，抆血相视[35]。驱征马而不顾，见行尘之时起。方衔感于一剑[36]，非买价于泉里[37]。金石震而色变[38]，骨肉悲而心死[39]。

或乃边郡未和，负羽从军[40]。辽水无极[41]，雁山参云[42]。闺中风暖，陌上草薰[43]。日出天而曜景[44]，露下地而腾文[45]。镜朱尘之照烂[46]，袭青气之烟煴[47]。攀桃李兮不忍别，送爱子兮沾罗裙[48]。

至如一赴绝国，讵相见期[49]。视乔木兮故里，诀北梁兮永辞[50]。左右兮魂动，亲宾兮泪滋。可斑荆兮增恨[51]，惟樽酒兮叙悲。值秋雁兮飞日[52]，当白露兮下时。怨复怨兮远山曲[53]，去复去兮长河湄[54]。

又若君居淄右[55]，妾家河阳[56]。同琼珮之晨照，共金炉之夕香[57]。君结绶兮千里[58]，惜瑶草之徒芳[59]。惭幽闺之琴瑟[60]，晦高台之流黄[61]。春宫閟此青苔色[62]，秋帐含兹明月光；夏簟青兮昼不暮[63]，冬釭凝兮夜何长[64]！织锦曲兮泣已尽，回文诗兮影独伤[65]。

傥有华阴上士，服食还仙[66]。术既妙而犹学，道已寂而未传[67]。守丹灶而不顾[68]，炼金鼎而方坚[69]。驾鹤上汉[70]，骖鸾腾天[71]。暂游万里[72]，少别千年。惟世间兮重别，谢主人兮依然[73]。

下有芍药之诗[74]，佳人之歌[75]；桑中卫女，上宫陈娥[76]。春草碧色，春水渌波[77]。送君南浦[78]，伤如之何！至乃秋露如珠，秋月如珪[79]。明月白露，光阴往来。与子之别，思心徘徊[80]。

是以别方不定[81]，别理千名[82]。有别必怨，有怨必盈[83]，使人意夺神骇[84]，心折骨惊[85]。虽渊、云之墨妙[86]，严、乐之笔精[87]；金闺之诸彦[88]，兰台之群英[89]；赋有凌云之称[90]，辩有雕龙之声[91]；讵能摹暂离之状[92]，写永诀之情者乎？

中华书局版李长路、赵威校点本《江文通集汇注》卷一

①本篇铺写种种离别情形，依次涉及富贵者之别、剑客之别、从军者之别、赴绝国者之别、夫妻之别、求仙得道者之别和热恋男女之别。擅长概括，多借景色、动作衬写离情别绪，细腻传神。

②黯（àn暗）然：心情沮丧貌。销魂：丧魂。

③秦吴：二古国名。秦在今陕西一带。吴在今江苏、浙江一带。绝国：因两国距离远而隔绝，故称“绝国”。

④燕宋：二古国名。燕在今河北一带。宋在今河南东部。

⑤“或春苔”二句：写春秋二季最易引起人的离情别绪。乍，忽然。暂，突然。

⑥行子：行旅之人。

⑦“风萧萧”二句：写行人满怀离愁，感到风云也不同于平时。

⑧棹（zhào罩）：船桨。容与：徘徊不前貌。讵前：不前。讵，岂。

⑨“掩金觞”二句：写行子对酒而不能饮，对瑟而不忍奏，终于洒泪登车而去。掩，覆盖。觞，酒杯。御，进。柱，琴瑟一类乐器的弦柱。沾轼，泪湿车轼。轼，车前横木。

⑩居人：留在家的人，与上文“行子”相对。

⑪怳：失意貌。亡：失。

⑫日下壁：太阳从屋后落下去。沉彩：阳光消失。彩，阳光。

⑬轩：窗。

⑭楸（jiū丘）：一种落叶乔木。罹（lí梨）：遭受。

⑮巡：指巡视。层楹：指高大的房屋。楹，屋前柱。掩：关门。

⑯踯躅（zhí zhú执竹）：徘徊不前。

⑰意：料想。以上二句为居人设想行子离别后的悲伤。

⑱“故别”二句：领起下文诸种离别情形。一绪，情绪相同。族，类。

⑲龙马：骏马。古代称八尺以上的马为“龙马”。

⑳朱轩：漆成红色的车。轩，车。绣轴：镌刻着图纹的车轴。

㉑帐饮东都：在东都门外设帷帐饮酒饯行。《汉书·疏广传》载，疏广、疏受告老回乡，朝臣数百人在长安东都门外为其饯行。

㉒金谷：地名，在洛阳西北，因金水流经而得名。晋富豪石崇于此建金谷园。元康六年(296)，石崇出为征虏将军，监青、徐诸军事。时征西将军王诩当还长安，石崇与当时名流于金谷游宴赋诗相送。

㉓羽：古代宫、商、角、徵、羽五音之一，其声偏于悲壮。张、陈：犹言弹奏。

㉔燕赵：二古国名。在今山西和河北北部。古代二地多出歌女。伤：悲伤。

㉕上春：初春。

㉖驷马：同拉一车的四匹马。仰秣：谓正在吃草料的马，听到演唱音乐后仰起头来。秣，喂牲口的饲料。

㉗耸：惊动。渊鱼：深水之鱼。二句语出《荀子·劝学》：“昔者瓠巴鼓瑟，而流鱼出听；

伯牙鼓琴，而六马仰秣。”

㉘造：到。衔涕：含泪。

㉙咸：俱。一作“感”，或作“各”。

㉚惭恩：因感于他人恩德而惭愧。

㉛报士：报恩之士。

㉜韩国：指战国时聂政刺杀侠累事。韩国严仲子与韩相侠累有仇，逃亡至齐，以百金结交刺客聂政。聂政感其意，为之刺杀侠累。赵厕：指战国时豫让刺杀赵襄子事。豫让事晋国智伯，极受专宠，后智伯为赵襄子所灭。豫让为报主恩，化装隐伏在厕所里伺机行刺襄子。

㉝吴宫：指战国时专诸刺杀吴王僚事。专诸为助吴公子夺吴国王位，于宴席上刺杀吴王僚。燕市：指战国时荆轲助燕太子丹行刺秦王事。以上四事见《史记·刺客列传》。

㉞沥泣：流泪。

㉟抆（wěn 刎）血：擦拭血泪。

㊱“方衔感”句：将感激之情寄于一剑。衔感，心怀感激。

㊲买价：沽取声名。泉里：黄泉。

㊳“金石”句：《燕丹子》云，随荆轲刺秦王的壮士武阳，至秦宫殿，见武士夹立、钟鼓并发、群臣山呼，因恐惧而面如死灰。金石，钟磬之类乐器。

㊴“骨肉”句：《史记·刺客列传》载，聂政刺杀侠累后，为避免被人认出自己，毁面剖腹自杀。韩人暴聂政尸于市，悬赏知其名者。其姊聂荣（一作“嫈”）为扬弟美名，至韩伏尸恸哭，尽哀而死。心死，深沉悲哀。《庄子·田子方》引仲尼曰：“夫哀莫大于心死。”

㊵羽：箭。

㊶辽水：即辽河，在今辽宁西部。无极：无尽头。

㊷雁山：雁门山，在今山西代县西北。参云：形容山高入云。

㊸薰：香。

㊹曜：照耀。景：日光。

㊺腾文：闪烁着光彩。

㊻“镜朱尘”句：阳光照耀着红尘，使之显得明亮灿烂。镜，作动词用，照。照烂，明亮灿烂。

㊼“袭青气”句：春天的郊野笼罩着云气。袭，披，笼盖。青气，春天草木清新的气息。烟煴（yūn 氲），同“氤氲”，云气弥漫貌。

㊽沾：泪湿。

㊾讵相见期：岂有再会之期。

㊿“视乔木”二句：乔木，王充《论衡·佚文》篇：“睹乔木知旧都。”此用其意。北梁，北边的桥梁。辞，辞别。

51班荆：谓朋友相遇于途，铺荆坐地，共叙情怀。典出《左传·襄公二十六年》：楚人伍举与声子交好，不期而遇于郑国之郊，“班荆相与食，而言复故”。班，通“班”。《文选》作“班”。

52飞日：南飞之日。

53“怨复怨”句：送行人望断远山曲处，离愁满怀。曲，回曲之处。

54“去复去”句：行人沿着长河越走越远。湄（méi 枚），水边。

55淄右：淄水之西。淄水，今名淄河，源出今山东莱芜市，东北流经临淄东，北上入小清河出海。

(56)河阳：黄河之北。水之北曰阳。

(57)“同琼珮（pèi 佩）”二句：意为晨则同起，夜则共卧。琼珮，美玉做的佩饰。照，指琼珮映射的晨光。炉，指香炉。

(58)结绶：指做官。绶，系官印的带子。

(59)瑶草：香草，此为思妇自喻。

(60)“暂幽闺”句：谓因离别相思而无心弹奏琴瑟。暂，《文选》作“惭”。

(61)“晦高台”句：因愁深而懒于清洗，楼上的帷幕已颜色晦暗。晦，暗。流黄，褐黄色的绢，此指帷幕。

(62)春宫：闺房。閟（bì 闭）：关闭。

(63)簟（diàn 店）：席子。

(64)釭（gāng 缸）：灯。凝：静而不动。

(65)“织绵曲”二句：《晋书·列女传》载，苏蕙因思念被徙沙漠的丈夫窦韬，织锦为回文诗以寄赠。织锦曲，因回文诗织在锦上，故称。回文诗，是古代从正反方向均能读出意思的诗体。苏蕙回文诗则外加横直、旁斜读皆通。

(66)“傥有”二句：据《列仙传》，魏人修芊曾于华阴山下食黄精，后得道而去。傥，或。华阴，即华山，在今陕西华阴市南。上士，对求仙之士的敬称。服食，道士修炼术的一种，即服丹药。还，求。

(67)道已寂：在求道中达到了极高的寂静境界。

(68)丹灶：炼丹炉。不顾：不问世事。

(69)金鼎：指炼丹用的鼎。方坚：意谓成仙的意志正坚。

(70)驾鹤上汉：骑鹤升天。汉，天河。

(71)骖（cān 餐）：驾。

(72)暂：短时。

(73)谢：辞别。依然：依依不舍貌。

(74)芍药之诗：《诗经·郑风·溱洧》：“维士与女，伊其相谑，赠之以勺药。”

(75)佳人之歌：《汉书·外戚传上·李夫人》：“（李）延年侍上（武帝）起舞，歌曰：‘北方有佳人，绝世而独立。一顾倾人城，再顾倾人国……’”

(76)“桑中”二句：《诗经·鄘风·桑中》：“期我乎桑中，要我乎上宫，送我乎淇之上矣。”桑中、上宫，皆青年男女经常约会的地方。卫、陈，皆诸侯国名。卫在今河南北部、河北南部。陈在今河南东南部。二地民歌中多男女相爱之辞。

(77)渌（lù 路）：清澈。

(78)南浦：面南的水边，此泛指离别之地。《楚辞·九歌·河伯》：“子交手兮东行，送美人兮南浦。”

(79)珪（guī 规）：瑞玉。《文选》李善注引《遁甲开山图》：“禹游于东海，得玉珪，碧色，圆如日月，以自照，目达幽冥。”

(80)徘徊：指心思波动不定。

(81)方：方式，形式。

(82)理：指原因。

(83)盈：满，溢。指怨恨增多，超过了人的心理承受能力。

(84)骸：《文选》作“骇”。

(85)心折骨惊：“心惊骨折”的倒语，以与上下文押韵。

㊵渊：指王褒，字子渊。云：指扬雄，字子云。二人均为西汉著名辞赋家。

㊶严、乐：严安、徐乐，二人皆西汉著名文人。

㊷金闺：指汉代长安金马门。汉武帝曾令公孙弘等待诏于此，以备顾问。彦：俊才。

㊸兰台：东汉宫中藏书的地方，后设兰台令史，掌管兰台图籍。

㊹凌云之称：《史记·司马相如列传》称汉武帝读相如《大人赋》，觉飘飘有凌云之气。

㊺“辩有”句：《史记·孟子荀卿列传》称驺奭“颇采驺衍之术以纪文”。裴骃集解引刘向《别录》：“驺奭修衍之文，饰若雕镂龙文，故曰‘雕龙’。”驺奭为战国齐国阴阳家，善于推辩物理。

㊻讵：岂。一作“谁”。

二三

陶弘景

陶弘景（456—536），字通明，自号“华阳隐居”，卒谥“贞白先生”。丹阳秣陵（今江苏南京）人。宋末，萧道成引为诸子侍读。齐时，官至奉朝请。后隐居修道，潜心学术，晚年信佛。曾多次辅助萧衍定大事。入梁，国家每有吉凶征讨大事，无不咨询，时人谓为“山中宰相”。后人辑有《陶弘景集》。

答谢中书书①

山川之美，古来共谈。高峰入云，清流见底。两岸石壁，五色交辉。青林翠竹，四时俱备。晓雾将歇②，猿鸟乱鸣；夕日欲颓③，沉鳞竞跃④。实是欲界之仙都⑤。自康乐以来⑥，未复有能与其奇者⑦。

《四库全书》影印本《汉魏六朝百三家集》卷八九

①本文写江南山水秀美，清新流丽。谢中书，名徵（一作“微”），字玄度，陈郡阳夏（今河南太康县）人，好学能文。中书，官名。谢徵曾任豫章王中书舍人，故称。

②歇：消散。

③颓：沉落。

④沉鳞：水中游鱼。跃：《艺文类聚》作“跃”。

⑤欲界：佛教称地狱、饿鬼、畜生、修罗、人间和六欲天为欲界。欲界众生不能自拔于食、色诸欲，故称。此处代指世俗人间。仙都：仙人居住之地。

⑥康乐：谢灵运。他袭封康乐公，喜游山水，开山水诗一格。

⑦“未复”句：再没有能欣赏这奇妙山水的人了。与，参与，投身其中。

二四

谢　朓

谢朓（464—499），字玄晖，祖籍陈郡阳夏（今河南太康县）。“竟陵八友”之一。齐永明初出仕，任参军、祭酒、太子舍人等职。永明八年（490）任随王萧子隆镇西功曹，转文学。从随王至荆州，受赏识。十一年（493），遭谗调入京都，适逢宫廷之争，受猜忌。后虽由宣城太守直升至尚书吏部郎，但终因难脱上层权力之争，被始安王萧遥光逮捕下狱而死。

谢朓是谢灵运族侄，其诗不如灵运朴茂峭劲，然流转圆美，清丽工巧，无芜累板滞之病。二人并称大、小谢。有《谢宣城集》。今有曹融南《谢宣城集校注》。

暂使下都夜发新林至京邑赠西府同僚①

大江流日夜，客心悲未央②。徒念关山近，终知返路长③。秋河曙耿耿④，寒渚夜苍苍⑤。引领见京室⑥，宫雉正相望⑦。金波丽鳷鹊⑧，玉绳低建章⑨。驱车鼎门外⑩，思见昭丘阳⑪。驰晖不可接，何况隔两乡⑫？风云有鸟路，江汉限无梁⑬。常恐鹰隼击⑭，时菊委严霜⑮。寄言罻罗者⑯，寥廓已高翔⑰。

《四库全书》影印本《汉魏六朝百三家集》卷七七

①本诗写作者遭谗回京时的悲愤和对旧日同僚的思念。起句气象雄浑。《南齐书·谢朓传》：“（萧）子隆在荆州，好辞赋，数集僚友，朓以文才尤被赏爱，流连晤对，不舍日夕。长史王秀之以朓年少相动（惑），密以启闻。”永明十一年（493），齐武帝敕令谢朓还都。下都，指建康。相对于荆州治所江陵，建康在长江下游。新林，即新林浦，在今南京市西南。京邑，京城建康。西府，荆州随王萧子隆的府邸。

②未央：不尽，不止。

③“徒念”二句：初离荆州时，以为关山无多，京城离荆州很近；当望见京城时，才知道回荆州的路很长。关山，关隘山岭。此指路途。

④秋河：秋天的银河。耿耿：明亮貌。

⑤渚：水中小块陆地。

⑥引领：伸长脖子，指眺望。

⑦宫雉：宫墙。雉，城上的齿状墙堵。

⑧金波：指月光。丽：辉映。鳷（zhī 支）鹊：汉代宫观名，此代指京城建筑。

⑨玉绳：星名。建章：汉代宫观名，此代指京城宫殿。

⑩鼎门：借指建康城南门。《文选》李善注引《帝王世纪》：“《春秋》成王定鼎于郏鄏（jiá rǔ 荚辱，在今河南洛阳市西），其南门名定鼎门，盖九鼎所从入也。”

⑪昭丘：楚昭王墓，在湖北当阳市东南。阳：太阳。

⑫“驰晖”二句：太阳尚且不能异地看到，何况是相隔两地的人呢？驰晖，如奔驰的日光。

⑬“风云”二句：风云之上鸟有飞路，而江、汉隔绝，却无桥可通。指自己难回荆州。江，长江。汉，汉水。梁，桥梁。

⑭隼（sǔn笋）：鹰类猛禽。喻奸邪势力。

⑮委：通“萎”，枯萎。

⑯尉（wèi胃）罗者：施设罗网者，喻指王秀之等奸邪小人。

⑰“寥廓”句：鸟儿已飞上辽阔的天空，远离了祸害之地。寥廓，指广阔无垠的天空。

之宣城郡出新林浦向板桥[①]

江路西南永[②]，归流东北骛[③]。天际识归舟[④]，云中辨江树[⑤]。旅思倦摇摇[⑥]，孤游昔已屡。既叹怀禄情[⑦]，复协沧洲趣[⑧]。嚣尘自兹隔[⑨]，赏心于此遇[⑩]。虽无玄豹姿，终隐南山雾[⑪]。

《四库全书》影印本《汉魏六朝百三家集》卷七七

①齐明帝建武二年（495）春，谢朓外任宣城太守，从建康乘船，逆长江西行，作此诗。本诗写谢朓赴任途中所见所想，流露出去国怀乡之情和远害全身之思。写景入神，“全不及情而情自无限”（王夫之评语）。之，到。宣城，在今安徽宣城市。板桥，板桥浦，在离建康不远的西南方。“水上南北结浮桥渡水，故曰板桥浦，江又北经新林浦。”（《文选》李善注引《水经注》）

②“江路”句：写诗人逆水向西南而行。永，长，远。

③归流：归向大海的江流。骛（wù务）：奔驰。

④天际：天边，指江天相接处。归舟：归向京城的船。

⑤江树：江边之树。

⑥摇摇：心情恍惚貌。

⑦怀禄：怀恋俸禄。

⑧协：合。沧洲：临水之地，多代指隐逸之地。

⑨嚣尘：喧嚣的尘世。

⑩赏心：令人心情舒畅的事。

⑪“虽无”二句：刘向《列女传》卷二载，陶答子治陶（古邑名，在今山东）三年，名誉不兴，家富三倍。其妻独抱儿而泣，曰：“妾闻南山有玄豹，雾雨七日而不下食者，何也？欲以泽其毛而成文章也，故藏而远害。犬彘（猪）不择食以肥其身，坐而须（等待）死耳。”一年后，答子之家果以盗诛。玄豹，颜色黑中带红的豹。此以玄豹为喻，说自己外任宣城，远离京都是非之地，可以全身远害。

晚登三山还望京邑[①]

灞涘望长安[②]，河阳视京县[③]。白日丽飞甍[④]，参差皆可见[⑤]。余霞散成绮[⑥]，澄江静如练[⑦]。喧鸟覆春洲[⑧]，杂英满芳甸[⑨]。去矣方滞淫[⑩]，怀哉罢欢宴[⑪]。佳期怅何许[⑫]，泪下如流霰[⑬]。有情知望乡，谁能鬒不变[⑭]？

《四库全书》影印本《汉魏六朝百三家集》卷七七

①本诗作于建武二年（495）作者离京城外任宣城太守途中，写登上三山时回望京城和大江的美景而引发的乡国愁思。写景视野开阔，绚丽多姿。三山，山名，在今南京市西南长江南岸，上有三峰。京邑，京城建康。

②灞涘（bà sì 罢四）：灞水之岸。灞，水名，在今陕西。涘，岸。王粲离长安赴荆州避乱时，作《七哀诗》："南登霸陵岸，回首望长安。"

③"河阳"句：潘岳任河阳（在今河南）县令时，作《河阳诗》："引领望京室。"京县，指洛阳。以上两句借王、潘二人望京以自况。

④丽：使绚丽。飞甍（méng 蒙）：凌空如飞的屋檐。

⑤参差：错落不齐。

⑥绮：有美丽花纹的丝织品。

⑦练：白绢。

⑧覆：遮盖。春洲：春天江中的小洲。

⑨杂英：各种花卉。甸：郊野。

⑩方：将。滞淫：停留。

⑪怀哉：《诗经·王风·扬之水》："怀哉怀哉！曷月予还归哉！"怀，想念。罢：止。

⑫佳期：指回乡日期。诗人出生于建康，故视京都为故乡。怅：惆怅。何许：如何。指不知有多少。

⑬霰：小雪粒。

⑭鬒（zhěn 诊）：黑发。

二五

吴　均

吴均（469—520），字叔庠，吴兴故鄣（今浙江安吉县）人。家世寒微，好学能文。曾参与南齐与北魏之战。梁吴兴太守柳恽召为主簿。后入建安王萧伟府任记室，与何逊、王筠、王僧孺等游处。除奉朝请。因私撰《齐春秋》获罪于梁武帝，免官。后又被武帝召撰历代通史，未竟而卒。《梁书》本传称："均文体清拔有古气，好事者或敩之，谓为'吴均体'。"后人辑有《吴均集》。

与宋元思书①

风烟俱净，天山共色。从流飘荡，任意东西。自富阳至桐庐②，一百许里③，奇山异水，天下独绝。水皆缥碧④，千丈见底；游鱼细石，直视无碍。急湍甚箭⑤，猛浪若奔。夹岸高山，皆生寒树⑥，负势竞上⑦，互相轩邈⑧，争高直指，千百成峰。泉水激石，泠泠作响⑨；好鸟相鸣，嘤嘤成韵⑩。蝉则千转不穷⑪，猿则百叫无绝。鸢飞戾天者望峰息心⑫，经纶世务者窥谷忘反⑬。横柯上蔽⑭，在昼犹昏；疏条交映⑮，有时见日。

《四库全书》影印本《汉魏六朝百三家集》卷一〇一

①本篇写自富阳至桐庐沿途的山水景色。宋元思，原作"朱元思"。黎经诰《六朝文絜笺注》云："宋，一作朱，非。案宋元思，字玉山。刘峻有《与宋玉山元思书》。"

②富阳、桐庐：富春江沿岸地名，均属浙江。

③一百许里：一百里左右。许，约计之语。

④缥（piǎo 瞟）：淡青色。

⑤急湍（tuān 团阴平）甚箭：急流比箭还快。湍，急流。

⑥寒树：耐寒长绿的树。

⑦负：依凭。

⑧互相轩邈：山与山互相争高。轩，高。邈，远。

⑨泠（líng 灵）泠：形容流水击石的清脆声。

⑩嘤（yīng 英）嘤：鸟鸣声。

⑪千转不穷：久鸣不断。转，通"啭"。

⑫鸢（yuān 渊）飞戾（lì 力）天者：喻追逐权位者。《诗经·大雅·旱麓》："鸢飞戾天，鱼跃于渊。"鸢，鹰类猛鸟。戾，至。息心：消除竞进之心。

⑬经纶世务者：指从政做官者。经纶，经营，处理。窥谷，看到山谷。

⑭柯：树枝。

⑮条：小枝。

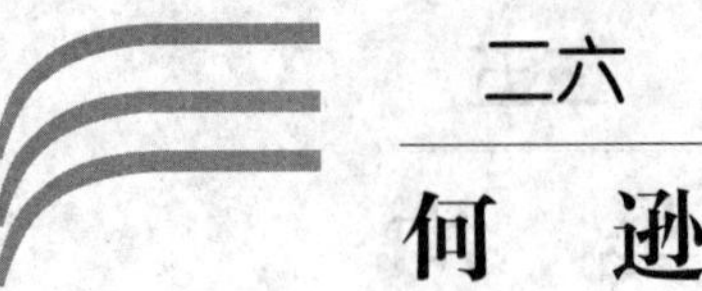

二六
何　逊

何逊（472？—519?），字仲言，东海郯（今山东郯城县）人。二十岁举州秀才，诗文极为当时名流范云、沈约所称赏。梁天监中，为建安王萧伟水曹行参军，兼记室。后为安成王萧秀参军，兼尚书水部郎。卒于庐陵王萧续记室。诗风近谢朓，清新精巧。对唐杜甫等人影响甚大。有《何记室集》，今存诗一百一十余首。

临行与故游夜别①

历稔共追随②，一旦辞群匹③。复如东注水④，未有西归日。夜雨滴空阶，晓灯暗离室⑤。相悲各罢酒，何时同促膝⑥。

《四库全书》影印本《汉魏六朝百三家集》卷一〇〇

①《艺文类聚》、《文苑英华》均题作《从镇江州与故游别》。何逊第一次从镇江州在天监九年（510）。其时建安王萧伟被任命为江州（今江西九江）刺使，何逊随任，仍任掌书记。本诗即作于是年，写与众友分别时的凄伤。

②稔（rěn忍）：年。

③群匹：众友。

④东注水：东流水。

⑤“夜雨”二句：写聚饮通宵。夜无人迹，故阶“空”；天已至晓，故灯“暗”。离室，离别前饮酒相聚之室。

⑥促膝：促膝相谈。促，靠近。

二七
阴　铿

阴铿，生卒年不详，字子坚，武威姑臧（今甘肃武威市）人。梁时任湘东王法曹参军，入陈迁招远将军、晋陵太守、员外散骑常侍。五言诗长于模山范水。风格清新隽丽，与何逊并称“阴何”，对唐杜甫等人有较多影响。原有集三卷，今残存一卷，最早为明刻《六朝诗集》本。逯钦立《先秦汉魏晋南北朝诗》辑诗三十四首。

开善寺诗①

鹫岭春光遍②，王城野望通③。登临情不极④，萧散趣无穷。莺随入户树⑤，花逐下山风⑥。栋里归云白⑦，窗外落晖红。古石何年卧⑧，枯树几春空⑨？淹留惜未及⑩，幽桂在芳丛⑪。

中华书局版逯钦立辑校本《先秦汉魏晋南北朝诗·陈诗》卷一

①本诗写开善寺春天的秀丽风光，流露吊古、慕隐之情。对句工整，造语奇丽。开善寺，在今南京钟山独龙阜上（明孝陵处），始建于刘宋元嘉年间，梁武帝天监年间重建，并建宝公塔。

②鹫岭：古印度灵鹫山，释迦牟尼曾于此讲《法华》等经。此借指钟山。

③王城：指京都建康（今南京市）。野望通：指在钟山上可俯瞰城内。

④不极：不尽。

⑤“莺随”句：谓树枝伸入户内，树上黄莺也随之入户。户，门。

⑥“花逐”句：谓花被风吹落，却像花在追逐下山的风。

⑦“栋里”句：谓白云飘入室内。

⑧古石：疑指开善寺附近的“定心石”。

⑨枯树：疑指梁朝名僧宝志出生之事。据《六朝事迹编类》引《宝公实录》和《高僧传》，宝志在元嘉年间生于一棵古树的鹰巢里，为朱氏妇收养，七岁出家。卒后，梁武帝建宝公塔，以资纪念。

⑩淹留：久留，指归隐。未及：不能做到。

⑪“幽桂”句：淮南小山《招隐士》：“桂树丛生兮山之幽……攀援桂枝兮聊淹留。”末二句意为，自己因不能在深谷的芳桂丛中久留而深感惋惜。

二八

庾 信

庾信（513—581），字子山，南阳新野（今属河南）人。早年同父亲庾肩吾及徐摛、徐陵父子出入梁萧纲宫廷，与徐陵并为抄撰学士。所作诗赋绮艳靡丽，世号“徐庾体”。侯景叛乱，建康失守，他逃至江陵。梁元帝即位，任右卫将军，封武康县侯，加散骑侍郎。承圣三年（554），出使西魏至长安，梁亡，西魏慕其文名，扣不放归。北周代魏后，弥受厚待，加官至骠骑大将军、开府仪同三司。

庾信今存诗三百二十余首，赋十五篇，多为羁北作品，常有乡关之思，风格沉郁苍劲，技巧纯熟，诸体皆工，集六朝文学之大成，有承前启后、南北融合之功。清人倪璠有《庾子山集注》。

奉和山池①

乐宫多暇豫②，望苑暂回舆③。鸣笳陵绝浪④，飞盖历通渠⑤。桂亭花未落，桐门叶半疏。荷风惊浴鸟，桥影聚行鱼。日落含山气⑥，云归带雨余⑦。

中华书局版许逸民校点本《庾子山集注》卷三

①本诗为和萧纲《山池》诗之作，写游赏皇家池苑的场面和所见之景色，对句工稳精巧，笔致清新入微。

②乐宫：长乐宫，西汉主要宫殿之一，系汉高祖就秦兴乐宫改建而成。此借指梁皇家宫殿。暇豫：闲暇逸乐。豫，逸乐。

③望苑：博望苑，汉宫苑名，系汉武帝为戾太子建，以供其交接宾客。此借指梁皇家苑囿。回舆：乘车周游。舆，车。

④笳：胡笳，形似笛子，北方少数民族的一种乐器。陵：越。绝浪：极高的浪。

⑤飞盖：疾驰的车辆。盖，车盖，代指车。通渠：四通八达的大道。渠，通“衢”。

⑥山气：山中云雾之气。

⑦雨余：雨后湿气。

拟咏怀①（二十七首选二）

榆关断音信②，汉使绝经过③。胡笳落泪曲④，羌笛断肠歌。纤腰减束素⑤，别泪损横波⑥。恨心终不歇，红颜无复多⑦。枯木期填海，青山望断河⑧。

①《拟咏怀》共二十七首，为作者羁留北周时所作。阮籍有《咏怀诗》，庾信诗题虽言

“拟”，实自抒胸臆而非专在拟古。

②此为第七首，以汉朝出塞和蕃之女子自喻，感伤身世，思念故国。悲郁深曲，清艳含骨。榆关，秦、汉北部边关。此泛指北方边关。

③汉使：汉代使者，如张骞、甘英等。此代指梁朝使者。

④胡笳：与下句“羌笛”皆北方少数民族乐器。

⑤“纤腰”句：形容女子腰身日渐消瘦如一束素绢。宋玉《登徒子好色赋》：“腰如束素。”

⑥横波：喻眼睛。傅毅《舞赋》：“目流睇而横波。”

⑦红颜：喻女子的美好青春、姿色。

⑧“枯木”二句：上句用《山海经·北山经》精卫鸟衔木石填海之典。下句典见《水经注·河水注》：“华岳本一山，当河，河水过而曲行。河神巨灵手荡脚蹋，开而为两。”此反用其意。二句意谓自己南归故国的愿望，如同希望精卫能填海、青山能断河一样。

摇落秋为气①，凄凉多怨情。啼枯湘水竹②，哭坏杞梁城③。天亡遭愤战④，日蹙值愁兵⑤。直虹朝映垒⑥，长星夜落营⑦。楚歌饶恨曲⑧，南风多死声⑨。眼前一杯酒，谁论身后名⑩！

中华书局版许逸民校点本《庾子山集注》卷三

①此为第十一首，沉痛悼念江陵失陷、梁朝灭亡的悲剧。由眼前秋景忆及往事，通篇用典贴切自然。“摇落”句，用宋玉《九辩》之典：“悲哉秋之为气也！萧瑟兮草木摇落而变衰。”气，节气。

②“啼枯”句：传说舜死于苍梧，舜二妃娥皇、女英望苍梧而哭，泪洒竹上尽成斑。

③“哭坏”句：传说春秋时齐大夫杞梁战死，其妻（或云即孟姜）号哭过哀，杞城为之崩塌。

④天亡：天意使亡。《史记·项羽本纪》载，项羽败亡时对部下说：“此天之亡我，非战之罪也。”愤战：使人怨愤的战争。

⑤日蹙（cù促）：指国土一天比一天缩减。《诗经·大雅·召旻》：“今也日蹙国百里。”蹙，紧缩。值：遭遇。

⑥“直虹”句：古人认为长虹映照军营为兵败之兆。垒，军营。

⑦“长星”句：古人认为长星流落营中为主将死亡的凶兆。

⑧“楚歌”句：《史记·项羽本纪》载：项羽兵困垓下，“夜闻汉军四面皆楚歌，项王乃大惊曰：‘汉皆已得楚乎？是何楚人之多也’”！饶，多。

⑨“南风”句：《左传·襄公十八年》：“晋人闻有楚师。师旷曰：‘不害。吾骤歌北风，又歌南风。南风不竞，多死声。楚必无功。’”“南风”、“北风”指南方音乐、北方音乐。以上两句言梁朝国势日益窘迫，终至灭亡。西魏困江陵，犹如汉困项羽。梁在南方，故以楚歌、南风为比。

⑩“眼前”二句：《世说新语·任诞》：“张季鹰纵任不拘，时人号为‘江东步兵’。或谓之曰：‘卿乃可纵适一时，独不为身后名邪？’答曰：‘使我有身后名，不如即时一杯酒！’”此句有两解：一为谴责梁朝君臣只图眼前享乐，不虑身后骂名；一为作者自我慰解，借酒浇愁。

哀江南赋序①

粤以戊辰之年②，建亥之月③，大盗移国④，金陵瓦解。余乃窜身荒谷⑤，公私涂炭⑥。华阳奔命，有去无归[7]。中兴道销，穷于甲戌[8]。三日哭于都亭，三年囚于别馆[9]。天道周星，物极不反[10]。傅燮之但悲身世，无处求生[11]；袁安之每念王室，自然流涕[12]。昔桓君山之志事[13]，杜元凯之平生[14]，并有著书，咸能自序[15]。潘岳之文采，始述家风[16]；陆机之辞赋，先陈世德[17]。信年始二毛[18]，即逢丧乱，藐是流离[19]，至于暮齿[20]。《燕歌》远别，悲不自胜[21]；楚老相逢，泣将何及[22]。畏南山之雨，忽践秦庭[23]；让东海之滨，遂餐周粟[24]。下亭漂泊，高桥羁旅[25]。楚歌非取乐之方[26]，鲁酒无忘忧之用[27]。追为此赋[28]，聊以记言，不无危苦之辞，惟以悲哀为主。

日暮途远，人间何世！将军一去，大树飘零[29]；壮士不还，寒风萧瑟[30]。荆璧睨柱，受连城而见欺[31]；载书横阶，捧珠盘而不定[32]。钟仪君子，入就南冠之囚[33]；季孙行人，留守西河之馆[34]。申包胥之顿地，碎之以首[35]；蔡威公之泪尽，加之以血[36]。钓台移柳，非玉关之可望[37]；华亭鹤唳，非河桥之可闻[38]！

孙策以天下为三分，众才一旅[39]；项籍用江东之子弟，人唯八千[40]。遂乃分裂山河，宰割天下[41]。岂有百万义师[42]，一朝卷甲[43]；芟夷斩伐，如草木焉[44]。江、淮无涯岸之阻[45]，亭壁无藩篱之固[46]。头会箕敛者[47]，合纵缔交[48]；锄耰棘矜者，因利乘便[49]。将非江表王气[50]，终于三百年乎[51]？是知并吞六合[52]，不免轵道之灾[53]；混一车书[54]，无救平阳之祸[55]。呜呼！山岳崩颓[56]，既履危亡之运；春秋迭代[57]，必有去故之悲[58]。天意人事，可以凄怆伤心者矣！况复舟楫路穷，星汉非乘槎可上；风飙道阻，蓬莱无可到之期[59]。穷者欲达其言，劳者须歌其事[60]。陆士衡闻而抚掌，是所甘心；张平子见而陋之，固其宜矣[61]！

中华书局版许逸民校点本《庾子山集注》卷二

①《哀江南赋》是庾信后期为哀叹梁王朝而作的。它详尽地描述了梁王朝由盛转衰的历史轨迹，悲愤地展示了侯景之乱等祸难的过程，揭露了梁统治集团的荒淫，讴歌了为国捐躯的英雄们的献身精神。这里所选的赋序，主要说明作赋的宗旨，并概括了“悲身世”、“念王室”、“述家风”、“陈世德”的基本内容。沉抑苍凉的风格代表了庾信后期作品的典型特征。

②粤：发语词。戊辰之年：梁武帝太清二年（548）。

③建亥之月：农历十月。

④大盗移国：指梁武帝太清二年侯景作乱，攻陷金陵（今江苏南京）。

⑤窜身：逃亡。荒谷：春秋时楚地名，在湖北江陵附近，此代指江陵。

⑥公私涂炭：公室和私门皆遭灾难，如陷入泥途炭火之中。

⑦“华阳”二句：梁元帝承圣三年（554），庾信奉命从江陵出使西魏，同年西魏攻陷江陵，庾信被留在西魏都城长安。华阳，此指江陵。江陵在华山之南，故云。

⑧“中兴”二句：意谓中兴之业毁于一旦。中兴，指梁元帝即位于江陵，平定侯景之乱，梁朝复兴。道销，国运消亡。穷于甲戌，指承圣三年十一月，西魏攻陷江陵，梁元帝被杀。

⑨“三日”二句：《晋书·罗宪传》载，魏灭蜀时，蜀将罗宪听到后主刘禅降魏的消息，率领部下在都亭哭了三天。《左传·昭公二十三年》载，春秋时鲁国叔孙婼出使晋国，曾被囚于客馆。此二句暗示庾信的亡国之痛和羁留北朝的生涯。都亭，都城内的亭子。三年，言时间之长。别馆，指客馆。

⑩“天道”二句：意谓自然之道周而复始，但人事到了极端却不会复原。此指梁王朝一蹶不振。天道，自然之道。周星，指十二年绕天一周的岁星，即木星。

⑪“傅燮”二句：《后汉书·傅燮传》载，傅燮不容于朝，出为汉阳太守。王国、韩遂等围攻汉阳，城中兵少粮尽，其子劝他弃郡归乡，他却抗志力战而死。此二句暗示庾信无处求生的困境。身世，指一生遭遇。

⑫“袁安”二句：《后汉书·袁安传》载，汉人袁安为司徒，面对皇帝幼弱、外戚专权的局面，每与人谈及国事，常常呜咽流涕。此喻庾信面对困难无能为力的困境。

⑬桓君山：桓谭，字君山，东汉哲学家，著有《新论》一书。志事：有志于事业。

⑭杜元凯：杜预，字元凯，晋人，著有《春秋经传集解》。平生：一生，这里指平生抱负。

⑮咸：都。自序：自著文章，叙生平志趣。序，同叙。

⑯“潘岳”二句：晋人潘岳作《家风》诗，叙述家族风尚。

⑰“陆机”二句：晋人陆机作《祖德》、《述先》二赋，颂扬祖先的功德。陈，陈述。

⑱二毛：头发黑白相杂，指中年。

⑲藐是：藐，弱小。是，此，指自己。或作“狼狈”。

⑳暮齿：晚年。

㉑“《燕歌》”二句：与庾信同时的王褒曾作《燕歌行》，梁元帝和文士们皆作歌和之，庾信也有和作（见《北史·王褒传》）。这些诗均抒写别离之悲苦。此二句表达庾信远离故国的哀伤。

㉒“楚老”二句：《汉书·王贡两龚鲍传》载，楚人龚胜为光禄大夫，王莽篡汉后，因为不愿一身事二姓而绝食饿死。有一老父来吊唁，哭得很悲伤。此二句流露庾信屈仕敌国的忏悔之情。

㉓“畏南山”二句：《列女传·贤明传》说，南山有玄豹，为了保护毛皮，当雾雨天气便不出来觅食。《史记·楚世家》载，春秋时，吴国攻楚，申包胥到秦国求救。此二句是说，本欲远害自藏，却又不得不出使西魏。

㉔“让东海”二句：《孟子·离娄》说，姜太公为了逃避商纣而居于东海之滨。《史记·伯夷列传》载，武王灭殷后，伯夷、叔齐耻而不食周粟，终饿死。让，逊色，不及。此二句是说自己没有姜太公和伯夷、叔齐的气节。

㉕“下亭”二句：《后汉书·范式传》载，孔嵩宿于下亭，马被人盗窃。《后汉书·梁鸿传》载，东汉梁鸿至吴，曾依皋伯通，居庑下。此二句写羁旅困顿和漂泊之苦境。高桥，一作皋桥，在吴（苏州）阊门内，因皋伯通曾居于其旁而得名。

㉖楚歌：《汉书·高帝纪》载，项羽被围于垓下，夜闻四面楚歌。方：方法。

㉗鲁酒：鲁国之酒，味甚淡薄。《庄子·胠箧》：“鲁酒薄而邯郸围。”

㉘追为：追作。

㉙“将军”二句：《后汉书·冯异传》载，冯异为人谦逊，每当诸将论功，他却倚树不语，人称“大树将军”。此二句比喻人事变化，故国沦亡。

㉚“壮士”二句：用战国荆轲事。荆轲赴秦，燕太子丹送别于易水。荆轲作歌曰：“风萧萧兮易水寒，壮士一去兮不复还。”两句喻自己出使不得归。

㉛“荆璧”二句：《史记·廉颇蔺相如列传》载，蔺相如奉和氏璧入秦以换取十五城，面对秦王的欺诈，持璧睨柱，欲以生命捍卫赵国尊严。荆，楚。荆璧即楚之和氏璧。此二句言聘于西魏，为其所欺。

㉜“载书”二句：《史记·平原君列传》载，战国时毛遂随平原君出使楚国，合纵抗秦，但从日出谈到正午，却没有结果。毛遂按剑历阶而上，说服了楚王，当即捧铜盘歃血为盟。载书，盟书。庾信化用此典，意谓毛遂助平原君成就了合纵之盟，而自己却没有完成使命。

㉝“钟仪”二句：《左传》成公七年、九年载，春秋时，楚人钟仪为郑国所俘，解献于晋。晋侯到军府视察时，见他著南冠（楚国样式的帽子），就询问他的情况，当得知他是一位乐师，便让他弹琴，但他所弹的却是楚乐，晋范文子便说：“楚囚君子也。”此二句意在说明庾信如南

冠之囚的处境。

㉞“季孙”二句：《左传·昭公十三年》载，季孙如意随鲁昭公参加平丘之盟，被晋国扣留，临释放时，又威吓他，要把他留于西河之馆。此二句意谓自己被扣西魏。行人，指使者。

㉟“申包胥”二句：《左传·定公四年》载，春秋时，吴国攻占楚国，申包胥到秦国请求援兵，倚墙哭了七日，秦终于答应出兵，申包胥才“九顿首而坐”。此二句意谓自己未能如申包胥那样挽救梁朝。顿地，叩首至地。

㊱“蔡威公”二句：《说苑·权谋》载，春秋时蔡威公知国家将亡，闭门哭了三天，泪尽而继之以血。此二句意谓自己对国之灭亡万分悲痛而无能为力。

㊲“钓台”二句：意谓身居北地，无缘目睹故国风物。钓台移柳，《晋书·陶侃传》载，侃任武昌太守时，在钓台练兵，曾种植了很多柳树。玉关，玉门关，在今甘肃敦煌西北，此代指北朝。

㊳“华亭”二句：《世说新语·尤悔》载，陆机于吴亡后隐居故里华亭（今上海市松江区），后仕于晋，为成都王司马颖带兵与长沙王司马乂战于河桥，兵败后被司马颖所杀。临刑前叹息：“欲闻华亭鹤唳，可复得乎！”唳（lì利），鹤鸣声。河桥，陆机兵败之地，在今河南境内。此二句意谓故国难返。

㊴“孙策”二句：《三国志·吴书·陆逊传》载陆逊上疏云：“昔桓王（孙策）创基，兵不一旅，而开大业。”一旅，五百人。

㊵“项籍”二句：《史记·项羽本纪》载，项羽于江东起兵反秦，只有精兵八千。项籍，即项羽。

㊶宰割：割据。

㊷百万义师：侯景反叛时，梁朝发兵抵抗，众号百万。

㊸一朝卷甲：一时间弃甲逃跑。

㊹“芟夷”二句：侯景破城，乱杀无辜。芟夷，除草，此指杀人。

㊺“江、淮”句：谓梁兵不战自退，使长江、淮河起不到天险的作用。

㊻亭壁：亭障壁垒，即战地工事。藩篱：用竹子编成的屏障。

㊼头会箕敛：指按人头数出谷，用簸箕收取。头会箕敛者指梁朝贪婪的官吏。

㊽合纵缔交：本来指战国时代的外交联合方式，这里指梁朝官吏的对外勾结。

㊾“锄耰”二句：指出身低微的陈霸先代梁事。锄耰，皆为农具。棘，即戟，兵器。矜，矛的柄。因利乘便，指乘机便宜行事。

㊿将非：莫不是。江表王气：江南的天子之气，也隐指梁朝的气数。江表，指江南一带。

51三百年：从东吴定都建康，历经宋、齐、梁三朝，约三百年。

52并吞六合：指秦王朝统一中国。六合，指天地四方。

53轵道之灾：《史记·高祖本纪》载，刘邦入关，秦王子婴于轵道（亭名）旁迎降，秦遂亡。

54混一车书：即车同轨，书同文，指统一天下。

55平阳之祸：《晋书·孝怀帝本纪》和《孝愍帝本纪》载，西晋末，刘聪、刘曜分别迁晋怀帝和晋愍帝于平阳（今山西省临汾市），然后将其杀害。刘聪，十六国时汉国君主；刘曜，十六国时前赵君主。

56山岳崩颓：喻梁朝灭亡。

57春秋迭代：指改朝换代。

58去故：失去故国。

⑲“况复”四句：据《荆楚岁时记》载，汉代张骞出使西域，寻找河源时乘槎上了天河。又传说海上有神山蓬莱。此四句形容环境险恶，无法南归。况复，何况。星汉，指天河。槎，木筏。飙，迅猛。

⑳“穷者”二句：意谓穷困忧伤的人到一定的境地，会记叙自己的遭遇，抒发自己的情感。穷者，指不得志的人。劳者，指劳苦之人。

㉑“陆士衡”四句：《晋书·左思传》载，陆机（字士衡）听说左思要作《三都赋》，抚掌而笑，认为他不自量力。《艺文类聚》载，张衡（字平子）认为班固的《两都赋》鄙陋不足观，因而另作《二京赋》。此四句为自谦之辞。

二九

温子昇

温子昇（495—547），字鹏举，自称祖籍太原，晋大将军温峤后代。家居济阴冤句（今山东菏泽西南）。家世寒素，以文才显贵，为“北地三才”之一。仕北魏、东魏，官至金紫光禄大夫、散骑常侍、中军大将军。后因被怀疑参与元瑾等谋反，下狱饿死。文风雅丽，有南朝风致。有《温子昇集》，佚。严可均《全上古三代秦汉三国六朝文》辑其文二十余篇，逯钦立《先秦汉魏晋南北朝诗》辑其诗十一首。

捣衣诗①

长安城中秋夜长，佳人锦石捣流黄②。香杵纹砧知近远，传声递响何凄凉。七夕长河烂③，中秋明月光。蠮螉塞边绝候雁④，鸳鸯楼上望天狼⑤。

中华书局版逯钦立辑校本《先秦汉魏晋南北朝诗·北魏诗》卷二

①本诗写思妇秋夜捣衣，思念征夫。意境凄美，七言、五言相间，音调悠长宛转。捣衣，古时衣料质地粗硬，须用木杵在捣衣石上捣软，方可缝制。

②锦石：即下句中的“纹砧（zhēn 珍）”，有美丽花纹的砧石。砧，捣衣石。流黄：一种杂色的丝织品。

③七夕：指七月七日牛郎织女渡河相会之夜。长河：银河。

④蠮螉（yē wēng 噎翁）塞：居庸关，在今北京市昌平区西北。绝候雁：指音信断绝。候雁，雁为候鸟，秋天南飞，故云。

⑤天狼：星宿名。古人认为此星现隐主战事有无。

三〇

郦道元

郦道元（？—527），字善长，北魏范阳涿（今河北涿州）人。历任尚书主客郎、冀州镇东府长史、鲁阳太守、东荆州刺史、河南尹、御史中尉等职。执法严猛，为权豪所忌。孝昌三年（527），出为关右大使，为雍州刺史萧宝夤所害。著有《水经注》。《水经》本是一部记述水道的地理书，旧传汉代桑钦作，清代学者多疑为三国时人作，内容极简略。道元旁征博引，又结合游历考察，作《水经注》四十卷。擅长摹写山水之美，文风清峭隽永，绚丽多姿。《水经注》版本较著名的有清人戴震、王先谦等人的校注本，近代杨守敬、熊会贞《水经注疏》集各家校勘之大成。

巫峡[1]（节选）

江水又东，经巫峡，杜宇所凿以通江水也[2]。郭仲产云[3]："按《地理志》，巫山在县西南[4]。"而今县东有巫山，将郡县居治无恒故也[5]。

江水历峡东，经新崩滩[6]。此山汉和帝永元十二年崩[7]，晋太元二年又崩[8]。当崩之日，水逆流百余里，涌起数十丈。今滩上有石，或圆如箪[9]，或方似笥[10]，若此者甚众，皆崩崖所陨[11]，致怒湍流[12]，故谓之新崩滩。其颓岩所余，比之诸岭，尚为竦桀[13]。

其下十余里，有大巫山[14]，非惟三峡所无，乃当抗峰岷、峨[15]，偕岭衡、疑[16]。其翼附群山[17]，并概青云[18]，更就霄汉，辨其优劣耳[19]。神孟涂所处[20]。《山海经》曰："夏后启之臣孟涂[21]，是司神于巴[22]，巴人讼于孟涂之所[23]，其衣有血者执之[24]，是请生居山上[25]，在丹山西[26]。"郭景纯云："丹山在丹阳，属巴[27]。"丹山西即巫山者也。又帝女居焉。宋玉所谓天帝之季女[28]，名曰瑶姬，未行而亡[29]，封于巫山之台[30]，精魂为草[31]，实为灵芝[32]。所谓巫山之女，高唐之姬[33]，旦为行云，暮为行雨，朝朝暮暮，阳台之下，旦早视之[34]，果如其言。故为立庙[35]，号"朝云"焉。其间首尾一百六十里，谓之巫峡，盖因山为名也[36]。

自三峡七百里中，两岸连山，略无阙处[37]。重岩叠嶂[38]，隐天蔽日，自非停午夜分[39]，不见曦月[40]。至于夏水襄陵[41]，沿溯阻绝[42]。或王命急宣[43]，有时朝发白帝[44]，暮到江陵[45]，其间千二百里，虽乘奔御风[46]，不以疾也[47]。春冬之时，则素湍绿潭[48]，回清倒影[49]。绝巘多生柽柏[50]，悬泉瀑布，飞漱其间，清荣峻茂[51]，良多趣味[52]。每至晴初霜旦，林寒涧肃，常有高猿长啸，属引凄异[53]，空谷传响，哀转久绝。故渔者歌曰："巴东三峡巫峡长，猿鸣三声泪沾裳。"

江水又东，经石门滩[54]。滩北岸有山，山上合下开，洞达东西，缘江步路所由[55]。刘备为陆逊所破[56]，走经此门，追者甚急，备乃烧铠断道[57]。孙桓为逊前驱[58]，奋不顾命，斩上夔道[59]，截其要径。备逾山越险，仅及得免，忿恚而叹曰[60]："吾昔至京[61]，桓尚小儿，而今迫孤，乃至于此。"遂发愤而薨矣[62]。

江苏古籍出版社版《水经注疏》卷三四

①本文节选自《水经注·江水二》。巫峡是长江三峡中最为险丽幽深的峡谷，在重庆巫山县大溪口和湖北巴东县官渡口之间。文中主要写巫峡山水的雄丽峭拔、幽奇清绝，中间穿插历史掌故、神话传说。风格神奇清丽，行文跌宕不拘。

②杜宇：传说中东周末年古蜀国国君，号“望帝”。事见《蜀王本纪》、《华阳国志·蜀志》。

③郭仲产：晋代人，曾任荆州从事。《新唐书·艺文志》录其《荆州记》二卷。

④“按《地理志》”二句：查《汉书·地理志》并无此语，不知此《地理志》为何人所作。县，当指重庆巫山县。

⑤“将郡县”句：或许是郡县治所变动的缘故吧。将，表示推测的副词。居治，郡县衙门所在地。

⑥新崩滩：巫峡中险滩之一。

⑦汉和帝永元十二年：公元100年。

⑧晋太元二年：公元377年。太元，东晋孝武帝年号。

⑨箪：古代盛饭竹具，圆形。

⑩笥（sì寺）：古代盛饭或物的竹具，方形。“笥”一作“屋”，熊会贞云：“‘屋’与‘箪’不类，不得对举。”从其说。

⑪陨：坠落。

⑫致怒湍流：谓石积江中，急流受阻，流势更加汹涌。湍流，急流。

⑬竦桀（sǒng jié耸杰）：耸立突出，形容崩裂后的山高峻耸立的样子。

⑭大巫山：陆游《入蜀记》：“新奔滩（按，即新崩滩）下十余里有大巫山。”

⑮岷、峨：指四川岷山、峨眉山。

⑯偕岭衡、疑：与衡山、九疑山比肩并立。衡、疑，指湖南衡山和九疑山（又作九嶷山、苍梧山）。

⑰翼附群山：谓依附于大巫山周围的群山。

⑱并概青云：与青云平齐。概，量粮食时用以刮平量器的工具。此用作动词。

⑲“更就”二句：谓只有到天上才能分辨其高低。霄汉，高空。霄，云霄。汉，天河。

⑳孟涂：一作“血涂”，司法之神。

㉑夏后启：夏朝帝王启。后，帝君。

㉒是司神于巴：是巴地的司法神。司神，郭璞注：“听其狱讼，为之神主。”巴，今四川东部、重庆、湖北西部一带。

㉓讼：打官司。

㉔执：逮捕。

㉕是请生：郭璞注：“言好生也。”指孟涂这样做，表现了他爱护生命、不随便杀人的严肃态度。

㉖丹山：山名，在今湖北巴东县西。上面一段引文出自《山海经·海内南经》，文字稍有出入。

㉗“郭景纯”三句：郭璞，字景纯。引文为《山海经》郭璞注文。

㉘“宋玉”句：此句至“号‘朝云’焉”，参用了宋玉《高唐赋序》的说法。季女，年龄最小的女儿。

㉙行：出嫁。

㉚封：埋葬。台：阳云台，即下文之“阳台”，在巫山县西北。《太平寰宇记》卷一四八：

“（阳云）台高一百二十丈，南枕长江。”

㉛为：变为。

㉜实：通“寔”，是。

㉝高唐：楚国台观名，在云梦泽中。姬：古人对妇女的美称。

㉞旦早：次日早上。

㉟庙：即神女祠。《巫山县志》：“神女祠在县东三里，十二峰南，龙凤峰之处。”

㊱盖：大概。

㊲阙：通“缺”。

㊳嶂：山峰。

㊴停午：中午。夜分：半夜。

㊵曦（xī 昔）：日光。此指太阳。

㊶襄：漫上。陵：山陵。

㊷沿溯阻绝：顺水、逆水之船都被阻断。沿，顺流而下；溯，逆流而上。

㊸或王命急宣：有时朝廷的旨令急于传达。宣，传布。

㊹白帝：城名，在今重庆奉节县东白帝山上。

㊺江陵：今湖北江陵县。

㊻乘奔御风：骑马驾风。

㊼不以疾也：不如峡中船行之快。不以，不如。

㊽素湍：白色急流。

㊾回清：映照着清光。一说指曲折的清流。倒影：倒映着景物。

㊿巘（yǎn 眼）：山峰。柽（chēng 撑）：柽柳，又称“三春柳”或“红柳”，一种落叶小乔木。一作“怪”。

51清荣峻茂：水清花荣，山高树茂。

52良多：甚多。

53属（zhǔ 主）引凄异：谓猿的叫声相续不绝，音调格外凄凉。属引，连续。

54石门滩：在今湖北巴东县东。陆游《入蜀记》：“石门滩为天下之至险。”

55步路所由：行路必经之地。

56“刘备”句：公元 222 年，刘备伐吴，陆逊以火攻败之。陆逊，字伯言，东吴名将。

57铠：铠甲。

58孙桓：字叔武。骁勇善战，积功封吴国丹徒侯。

59斩上夔（kuí 魁）道：截断去夔州的道路。夔，夔州，在今重庆奉节县。

60恚（huì 会）：恨，怒。

61京：指京口（今江苏镇江市），吴时仅谓之京。

62薨（hōng 轰）：古代称诸侯或有爵位的高官死去为薨。

三一

杨衒之

杨衒之，杨或作阳，又误作羊。生卒年不详，北平（今天津蓟县一带）人。北魏永安中（528—530）为奉朝请。历期城太守、抚军府司马。东魏孝静帝武定五年（547），因行役重览洛阳，感其战后之残破，撰《洛阳伽（qié 茄）蓝记》。“伽蓝”为梵语“僧伽蓝摩”略语，佛寺之意。魏末为秘书监，曾上书孝静帝。《洛阳伽蓝记》五卷，历叙佛寺兴废，寄托亡国悲慨；语言洁净明快，描写生动精致。今有周祖谟《洛阳伽蓝记校释》、范祥雍《洛阳伽蓝记校注》。

洛阳大市[①]（节选）

出西阳门外四里御道南[②]，有洛阳大市，周回八里。市南有皇女台[③]，汉大将军梁冀所造[④]，犹高五丈余。景明中[⑤]，比丘道恒立灵仙寺于其上[⑥]。台西有河阳县，台东有侍中侯刚宅[⑦]。市西北有土山鱼池，亦冀之所造，即《汉书》所谓“采土筑山，十里九坂，以象二崤”者[⑧]。

市东南有通商、达货二里[⑨]。里内之人尽皆工巧屠贩为生，资财巨万。有刘宝者，最为富室。州郡都会之处皆立一宅，各养马十匹。至于盐粟贵贱，市价高下，所在一例[⑩]。舟车所通，足迹所履[⑪]，莫不商贩焉[⑫]。是以海内之货，咸萃其庭[⑬]，产匹铜山[⑭]，家藏金穴[⑮]。宅宇逾制[⑯]，楼观出云，车马服饰，拟于王者[⑰]。

市南有调音、乐律二里，里内之人，丝竹讴歌[⑱]，天下妙伎出焉[⑲]。有田僧超者，善吹笳，能为《壮士歌》、《项羽吟》[⑳]，征西将军崔延伯甚爱之[㉑]。正光末[㉒]，高平失据[㉓]，虎吏充斥[㉔]，贼帅万俟丑奴寇暴泾岐之间[㉕]。朝廷为之旰食[㉖]，诏延伯总步骑五万讨之[㉗]。延伯出师于洛阳城西张方桥，即汉之夕阳亭也。时公卿祖道[㉘]，车骑成列，延伯危冠长剑耀武于前[㉙]，僧超吹《壮士笛曲》于后，闻之者懦夫成勇，剑客思奋。延伯胆略不群[㉚]，威名早著，为国展力，二十余年，攻无全城，战无横阵[㉛]，是以朝廷倾心送之。延伯每临阵，常令僧超为壮士声，甲胄之士莫不踊跃[㉜]。延伯单马入阵，旁若无人，勇冠三军，威镇戎竖[㉝]。二年之间，献捷相继。丑奴募善射者射僧超亡，延伯悲惜哀恸，左右谓伯牙之失钟子期不能过也[㉞]。后延伯为流矢所中，卒于军中。于是五万之师，一时溃散。

市西有延酤、治觞二里，里内之人多酝酒为业[㉟]。河东人刘白堕善能酿酒[㊱]。季夏六月[㊲]，时暑赫晞[㊳]，以罂贮酒[㊴]，暴于日中[㊵]，经一旬[㊶]，其酒味不动[㊷]。饮之香美，醉而经月不醒。京师朝贵多出郡登藩[㊸]，远相饷馈[㊹]，逾于千里[㊺]，以其远至，号曰“鹤觞”，亦名“骑驴酒”。永熙年中[㊻]，南青州刺史毛鸿宾赍酒之藩[㊼]，路逢贼盗，饮之即醉，皆被擒获，因此复名“擒奸酒”。游侠语曰：“不畏张弓拔刀，唯畏白堕春醪[㊽]”。

市北有慈孝、奉终二里，里内之人以卖棺椁为业[49]，赁輀车为事[50]。有挽歌孙岩[51]，娶妻三年，妻不脱衣而卧。岩因怪之，伺其睡[52]，阴解其衣[53]，有毛长三尺，似野狐尾，岩惧而出之。妻临去，将刀截岩发而走[54]。邻人逐之，变成一狐，追之不得。其后京邑被截发者，一百三十余人。初变为妇人，衣服靓妆[55]，行于道路，人见而悦近之，皆被截发。当时有妇人着彩衣者，人皆指为狐魅。熙平二年四月有此[56]，至秋乃止。

别有阜财、金肆二里，富人在焉。凡此十里，多诸工商货殖之民[57]。千金比屋[58]，层楼对出，重门启扇，阁道交通，迭相临望。金银锦绣，奴婢缇衣[59]；五味八珍，仆隶毕口[60]。神龟年中[61]，以工商上僭[62]，议不听衣金银锦绣[63]。虽立此制，竟不施行。

中华书局版周祖谟《洛阳伽蓝记校释》卷四

①本篇节选自《洛阳伽蓝记·法云寺》，题目延用今人所拟。写洛阳大市东、南、西、北四市十“里”的繁华豪奢和各具特色的行业与传说。用笔井然有序，有繁有简。穿插传说，平中见奇。

②西阳门：洛阳正西门。

③市南：据周祖谟校文应作“市东南”。皇女台：传说汉时皇女早夭，埋于西门外台侧，故名。参见《水经注·谷水》。

④梁冀：东汉顺帝梁皇后之兄，官拜大将军。

⑤景明：北魏宣武帝年号（500—503）。

⑥比丘：僧人。

⑦侍中：北朝时为门下省（掌诏诰、进奏等事）长官。侯刚：字乾之。历任武卫将军、卫尉卿、侍中等职。

⑧“采土”三句：引自《后汉书·梁冀传》，为状梁冀“广开园囿”之语。坂，斜坡。二崤，东崤和西崤，并称崤山，在今河南洛宁县北。

⑨市东南：据范祥雍《洛阳伽蓝记校注》疑作“市东”。

⑩所在一例：指刘宝在各地所卖盐粟等价钱一样。

⑪履：到。

⑫商贩：经商。

⑬萃：集。

⑭匹：比，敌。铜山：汉文帝时，邓通用皇帝所赐铜山，私自铸钱，富甲天下。

⑮金穴：东汉光武帝屡赐其内弟郭况金钱缣帛，郭况豪富莫比，京都称其家为金穴。

⑯逾制：超越朝廷规定的规格。

⑰拟：比。

⑱丝竹：弦乐器和管乐器。此指弹奏乐器。

⑲伎：古代对艺人的称呼。

⑳《壮士歌》：当为歌颂西晋都尉陈安的《陇上歌》，载《乐府诗集》卷八五，首句为“陇上壮士有陈安”。《项羽吟》：疑为项羽被困垓下时所作《垓下歌》。

㉑崔延伯：博陵人。北魏武官，以善战闻名。

㉒正光：北魏孝明帝年号（520—525）。

㉓高平：地名，在今宁夏固原市。失据：失守。

㉔充斥：言其众多。

㉕万俟（mò qí莫奇）丑奴：原为胡琛部将，孝庄帝建义元年（528）僭称天子。后被尔朱

天光擒获。寇暴：侵夺劫掠。泾：泾州，在今甘肃泾川县一带。岐：岐州，在今陕西凤翔县一带。

㉖旰（gàn 干）食：因担忧而不能及时进食。旰，天晚。

㉗总：统帅。

㉘祖道：饮宴送行。祖，为求吉利，古人在送行时祭奠路神。

㉙危：高。

㉚不群：超众。

㉛横（hèng 亨去声）阵：横逆迎抗之阵。

㉜甲胄（zhòu 咒）之士：披甲戴盔的战士。

㉝戎竖：对敌人的蔑称。戎，对少数民族的泛称。竖，犹言小子，骂人之语。

㉞伯牙、钟子期：春秋时，俞伯牙善弹琴，唯钟子期为知音。子期死，伯牙于是不复弹琴。

㉟酝：酿造。

㊱河东：郡名。北魏时治所在蒲坂（今山西永济市蒲州镇）。

㊲季夏：夏季的最后一个月，即农历六月。

㊳赫晞：炎热。

㊴罂：口小腹大的盛酒器。贮：盛，装。

㊵暴：通“曝”，晒。

㊶一旬：十天。

㊷不动：没有变化。

㊸出郡登藩：从京师到外郡做官或到封地去。

㊹饷馈：馈赠。

㊺逾：超过。

㊻永熙：北魏孝武帝年号（532—534）。

㊼南青州：原名东徐州。北魏太和二十二年（498）改。治所在团城（又名东莞，在今山东沂水市）。毛鸿宾：明帝时为北雍州刺史，后转南青州刺史。赍（jī 机）：携带。

㊽春醪（láo 劳）：春酒。

㊾椁（guǒ 果）：套在棺材外的大棺材。

㊿赁：出租。輀（ér 而）车：丧车。

51挽歌：丧歌。此指以唱丧歌为业者。

52伺：等候。

53阴：暗地。

54走：奔逃。

55靓（jìng 敬）妆：浓妆艳抹。此指华丽的服饰。

56熙平二年：公元 517 年。熙平，北魏孝明帝年号。

57货殖：卖货增殖钱财，指经商。

58千金比屋：有千金财产的人家一家挨着一家。比，并，挨着。

59缇（tí 提）衣：用橘红色绸缎裁制的衣服。

60毕口 ：皆可以吃到。

61神龟：北魏孝明帝年号（518—520）。

62上僭（jiàn 见）：超越身份。僭，同“僭”。

63议：朝廷决议。不听：不准。

三二

南朝乐府民歌

南朝乐府民歌现存五百首左右，辑入宋人郭茂倩《乐府诗集》。其中大多被归入清商曲辞，极少被归入杂曲歌辞和杂歌谣辞；归入清商曲辞的按其产生地域又分为“吴声歌曲”和“西曲歌”两大类。“吴声歌曲”流传于六朝故都建业（今南京市）一带，这一带习称吴地，故称其民歌为“吴声歌曲”、“吴声”或“吴歌”。“西曲歌”流传于江汉流域的荆（今湖北江陵）、郢（今江陵附近）、樊（今湖北襄阳）、邓（今河南邓州）等地，它们是南朝西部的经济文化重镇，故称其民歌为“西曲歌”或“西曲”。吴歌产生于东晋至刘宋的居多，西曲产生于宋、齐的居多。南朝乐府民歌百分之九十以上属情歌，多用女子口吻，以五言四句为主。诗风明快，情感纯真热烈，基调哀伤缠绵。出语天然，或素朴，或鲜丽，皆清新浅易，多用双关、谐音手法。

子夜歌[①]（四十二首选二）

宿昔不梳头[②]，丝发被两肩[③]。婉伸郎膝上[④]，何处不可怜[⑤]？

①《子夜歌》现存四十二首，出自《乐府诗集·清商曲辞·吴声歌曲》。《唐书·乐志》：“《子夜歌》者，晋曲也。晋有女子名子夜，造此声，声过哀苦。”这大约指《子夜歌》的源起。

②本首为第三首，写热恋中女子的娇美和炽热的爱情表白，出语率真无饰。宿昔，晚间。

③被：通“披”。

④婉伸：屈伸。

⑤可怜：可爱。

夜长不得眠[①]，明月何灼灼[②]。想闻散唤声[③]，虚应空中诺[④]。

文学古籍刊行社影宋本《乐府诗集》卷四四

①本首为第三十三首，写女子月夜思念情人的微妙心理，以幻觉写相思，巧妙而传神。

②灼灼：皎洁明亮貌。

③“想闻”句：想念中仿佛听见了情人的呼唤声。散，散乱，引申为不真切。

④“虚应”句：在虚想中回应了情人的呼唤声。诺，答应之辞。速答为“唯”，缓答为“诺”。《礼记·玉藻》：“父命呼，唯而不诺。”

子夜四时歌[①]（七十五首选四）

春　歌

春林花多媚[②]，春鸟意多哀，春风复多情，吹我罗裳开[③]。

①《子夜四时歌》出自《乐府诗集·清商曲辞·吴声歌曲》，现存七十五首，其中春歌二十首，夏歌二十首，秋歌十八首，冬歌十七首。又称《吴声四时歌》，简称《四时歌》。

②本首为《春歌》第十首，写春日少女的春情。巧用繁复、递进，自然活泼。

③罗：质地稀疏的丝织品。

夏 歌

朝登凉台上[①]，夕宿兰池里[②]。乘月采芙蓉[③]，夜夜得莲子[④]。

①本首为《夏歌》第八首，写夏日采莲少女的恋情。巧用谐音，含蓄有味。凉台，夏日乘凉之台。

②兰池：长着兰花的池塘。

③芙蓉：谐“夫容”。

④莲子：谐“怜子”。怜，爱恋。子，男子。

秋 歌

白露朝夕生[①]，秋风凄长夜。忆郎须寒服，乘月捣白素[②]。

①本首为《秋歌》第十六首，写秋日女子赶制寒衣送情郎。素朴笃实，清丽动人。

②白素：白色的丝织品。

冬 歌

渊冰厚三尺[①]，素雪覆千里。我心如松柏，君情复何似？

文学古籍刊行社影宋本《乐府诗集》卷四四

①本首为《冬歌》第一首，借冬日物象作喻，表白自己坚贞的爱情。渊，深水潭。

华山畿[①]（二十五首选一）

华山畿，君既为侬死[②]，独生为谁施[③]？欢若见怜时[④]，棺木为侬开。

文学古籍刊行社影宋本《乐府诗集》卷四六

①《华山畿》现存二十五首，出自《乐府诗集·清商曲辞·吴声歌曲》。这里所选的为第一首，据《古今乐录》，写华山附近一对青年男女的殉情悲剧。华山，在今江苏句容市北。畿，山边。

②侬：我，吴地方言。

③为谁施：为谁而活下去。施，施用。

④欢：对情人的爱称。

青溪小姑曲[①]

开门白水[②]，侧近桥梁[③]。小姑所居，独处无郎。

文学古籍刊行社影宋本《乐府诗集》卷四七

①本篇是《乐府诗集·清商曲辞·吴声歌曲》中《神弦歌》十八首之一，写青溪小姑的孤清寂寞。《神弦歌》是南朝民间娱神歌曲。青溪小姑，汉末蒋子文第三妹。蒋子文为秣陵尉，因击贼至钟山，负伤而死，其妹亦投水自尽。吴孙权时封子文为中都侯，立庙钟山。至迟到晋代，小姑亦被祀为青溪神。青溪，水名，在今南京市钟山附近。

②白水：指青溪。

③侧近：旁近，临近。

西洲曲①

忆梅下西洲②，折梅寄江北③。单衫杏子红，双鬓鸦雏色④。西洲在何处？两桨桥头渡⑤。日暮伯劳飞⑥，风吹乌臼树⑦。树下即门前，门中露翠钿⑧。开门郎不至，出门采红莲。采莲南塘秋，莲花过人头。低头弄莲子，莲子青如水⑨。置莲怀袖中，莲心彻底红⑩。忆郎郎不至，仰首望飞鸿⑪。鸿飞满西洲，望郎上青楼⑫。楼高望不见，尽日栏干头。栏干十二曲，垂手明如玉。卷帘天自高，海水摇空绿⑬。海水梦悠悠⑭，君愁我亦愁。南风知我意，吹梦到西洲。

文学古籍刊行社影宋本《乐府诗集》卷七二

①《西洲曲》出自《乐府诗集·杂曲歌辞》，写一江南女子对江北情人的缠绵情思。声情摇曳，流转圆美。相思的时间自春及秋，自早及晚；相思的空间由西洲而江北，由“门中”而南塘、青楼：时空不断转换，思情似断还连，恍如梦境。对此诗，历来歧解纷纭，见解大致有三种：其一，以女子口气叙述；其二，以男子口气叙述；其三，以第三者代女子叙述。此从第一种。西洲，地名。当在女子住所附近，是昔日与男子幽会之处。

②梅：梅花。当为女子在西洲与情人幽会时所见之景物。下：往。

③“折梅”句：六朝人有折梅寄远以示思念的习俗。江北，长江以北，当指男子所在。

④鸦雏：小乌鸦。

⑤“两桨”句：划着双桨经过桥头渡口就是西洲。

⑥伯劳：鸟名，仲夏始鸣，喜独处。

⑦乌臼树：落叶乔木，夏日开花。

⑧翠钿：饰有翠玉的首饰。

⑨莲子：谐音“怜子”。怜，怜爱。青如水：谐“清如水”，兼喻情人品格。

⑩莲心：谐音“怜心”。

⑪望飞鸿：望飞雁，指盼望男方书信。古有鸿雁传书的传说。

⑫青楼：富贵人家用青漆涂饰的闺楼。曹植《美女篇》：“青楼临大路，高门结重关。”六朝以前的诗中常用来指女子居处，与后来用以指妓院不同。

⑬海水：从上文“折梅寄江北”看，此处实指江水，因江水很大，浩渺似海，故称。摇空绿：指海水空自摇绿。此以海水与己无干，衬写寂寞之感。一说指水天一色相接，好像一齐摇荡起来。

⑭悠悠：渺茫貌。

苏小小歌①

我乘油壁车②，郎乘青骢马③。何处结同心？西陵松柏下④。

文学古籍刊行社影宋本《乐府诗集》卷八五

①《苏小小歌》，一题作《钱塘苏小小歌》，《玉台新咏》题为《钱塘苏小歌》。出自《乐府诗集·杂歌谣辞》，解题引《乐府广题》云：“苏小小，钱塘名倡也，盖南齐时人。西陵在钱塘江之西，歌云‘西陵松柏下’是也。”钱塘，今杭州。本诗写苏小小与情郎同心相爱。

②我：《玉台新咏》作“妾”。油壁车：一种车壁用油涂饰的车。

③乘：《玉台新咏》作“骑”。青骢（cōng 匆）马：毛色青白的马。

④西陵：又名西泠、西村、西林，在杭州西湖孤山的西北方。

三三

北朝乐府民歌

流传至今的北朝乐府民歌有七十首左右，基本上皆辑入宋代郭茂倩编的《乐府诗集》。其中编入横吹曲辞“梁鼓角横吹曲”的有六十六首，其他则收在杂曲歌辞和杂歌谣辞中。“横吹曲，其始亦谓之鼓吹，马上奏之，盖军中之乐也。北狄诸国皆马上作乐，故自汉已来，北狄乐总归鼓吹署。其后分为二部，有箫笳者为鼓吹，用之朝会、道路，亦以给赐……有鼓角者为横吹，用之军中。”（《乐府诗集》卷二一）北朝民歌流入南方后，为梁朝乐府机构所采录，故在乐曲名称前加“梁”字。北朝民歌绝大部分反映的是北方氐、羌、鲜卑等少数民族的生活。多为婚恋之歌，也有反映北国风光、豪侠尚武、民生疾苦等内容的篇什。风格大都刚健质朴，粗犷直率。五言四句的形式约占百分之六十，其次多为七言、四言，杂言极少。

企喻歌辞[①]（四首选二）

男儿欲作健[②]，结伴不须多。鹞子经天飞[③]，群雀两向波[④]。

①《企喻歌辞》共四首，出自《乐府诗集·横吹曲辞·梁鼓角横吹曲》。
②此为第一首，以比喻手法写北方民族的尚武精神。健，健儿。
③鹞（yào 耀）子：似鹰而小，捕雀为食。
④两向波：像被劈开的波浪一样两边分飞。

男儿可怜虫[①]，出门怀死忧[②]。尸丧狭谷中[③]，白骨无人收。

文学古籍刊行社影宋本《乐府诗集》卷二五

①此为第四首，以愤激之笔反映战争的残酷。
②怀死忧：担心被杀死。
③丧：丢弃。

琅琊王歌辞[①]（八首选一）

新买五尺刀，悬著中梁柱[②]。一日三摩挲[③]，剧于十五女[④]。

文学古籍刊行社影宋本《乐府诗集》卷二五

①《琅琊王歌辞》共八首，出自《乐府诗集·横吹曲辞·梁鼓角横吹曲》。此为第一首，

写北方勇士的尚武精神。

②悬著：悬挂在。著，着，附着。中梁柱：指屋中承梁的中柱。

③摩挲（suō 梭）：用手抚摩。

④剧于：胜过。

捉搦歌[①]（四首选一）

谁家女子能行步[②]，反著袂禅后裙露[③]。天生男女共一处，愿得两个成翁妪[④]。

文学古籍刊行社影宋本《乐府诗集》卷二五

①《捉搦（nuò 诺）歌》共四首，出自《乐府诗集·横吹曲辞·梁鼓角横吹曲》。捉搦，犹言捉弄、戏闹，指男女间相互戏谑。

②此为第二首，写男子思与心爱的女子结为夫妻，白头到老。

③反著：反穿。袂禅（jiá dān 夹单）：夹衣和单衣。

④成翁妪（yù 玉）：即成夫妇，含有白头偕老之意。妪，老年妇女。

木兰诗[①]

唧唧复唧唧[②]，木兰当户织[③]。不闻机杼声[④]，唯闻女叹息。问女何所思，问女何所忆？女亦无所思，女亦无所忆。昨夜见军帖[⑤]，可汗大点兵[⑥]，军书十二卷[⑦]，卷卷有爷名[⑧]。阿爷无大儿，木兰无长兄，愿为市鞍马[⑨]，从此替爷征。

东市买骏马，西市买鞍鞯[⑩]，南市买辔头[⑪]，北市买长鞭。旦辞爷娘去，暮宿黄河边，不闻爷娘唤女声，但闻黄河流水鸣溅溅[⑫]。旦辞黄河去，暮至黑山头[⑬]，不闻爷娘唤女声，但闻燕山胡骑鸣啾啾[⑭]。

万里赴戎机[⑮]，关山度若飞。朔气传金柝[⑯]，寒光照铁衣[⑰]。将军百战死，壮士十年归。

归来见天子，天子坐明堂[⑱]。策勋十二转[⑲]，赏赐百千强[⑳]。可汗问所欲，“木兰不用尚书郎[㉑]。愿驰千里足[㉒]，送儿还故乡[㉓]”。

爷娘闻女来，出郭相扶将[㉔]；阿姊闻妹来，当户理红妆；小弟闻姊来，磨刀霍霍向猪羊[㉕]。开我东阁门，坐我西间床。脱我战时袍，著我旧时裳。当窗理云鬓[㉖]，对镜帖花黄[㉗]。出门看火伴[㉘]，火伴皆惊惶[㉙]。“同行十二年，不知木兰是女郎。”

雄兔脚扑朔[㉚]，雌兔眼迷离[㉛]，双兔傍地走[㉜]，安能辨我是雄雌！

文学古籍刊行社影宋本《乐府诗集》卷二五

①《木兰诗》最早著录于陈释智匠所编《古今乐录》，郭茂倩收入《乐府诗集·横吹曲辞·梁鼓角横吹曲》。这是一首长篇叙事诗，写木兰女扮男装代父从军的故事，塑造了一位善良勇敢、本领非凡、沉着机智和坚毅纯朴的女英雄形象。韵调和谐上口，语言朴素生动，有繁有简，剪裁得当。

②唧唧：织布声。一说指叹息声。

③当户：对着门。

④机杼（zhù 住）声：织布机的声音。杼，织机的梭子。

⑤军帖：征兵的公文、名册。

⑥可汗（kè hán 客寒）：古代西北少数民族对君主的称呼。大点兵：大规模征兵。

⑦十二：言数量多，非确指。

⑧爷：父亲。

⑨市：买。

⑩鞯（jiān 肩）：马鞍下的垫子。

⑪辔（pèi 配）头：马笼头。

⑫溅溅：水流迅急声。

⑬至：一作“宿”。黑山：杀虎山，在今呼和浩特市东南。一说为天寿山，在今北京昌平区境内。

⑭燕山：指今天津蓟县古燕山。一说在今内蒙古巴彦淖尔盟五原县。

⑮戎机：军机，指战争。

⑯朔气：北方的寒气。金柝（tuò 拓）：一名刁斗，古代军用三脚铜锅，有柄，夜间可用来打更。

⑰铁衣：即铠甲。

⑱明堂：皇帝用以朝会、祭祀、庆赏、选士的殿堂。

⑲策勋：记功。十二转：言功多。转，升迁。

⑳百千强：指钱财很多。强，有余。

㉑不用：不做。尚书郎：中央尚书省的属官。

㉒“愿驰”句：段成式《酉阳杂俎》作“原借明驼千里足”。明驼，骆驼。《杨太真外传》：“明驼腹下有毛，夜能明，日驰五百里。”《酉阳杂俎》：“驼卧，腹不贴地，屈足漏明，则行千里。”

㉓儿：木兰自称。

㉔郭：外城。扶将：搀扶。

㉕霍霍：磨刀声。

㉖云鬓：指头发。

㉗对镜：一作“挂镜”。帖：同“贴”。花黄：古代妇女的面饰，黄色。王士禛《五代诗话》卷四引《西神脞说》：“妇人匀面，古惟施朱傅粉而已。至六朝，乃兼尚黄。”

㉘火：通“伙”。

㉙惶：一作“忙”。

㉚扑朔：形容兔前后脚扑打不齐。

㉛迷离：形容眼神不定。

㉜傍地：挨着。傍，依傍。走：跑。

敕勒歌①

敕勒川②，阴山下③。天似穹庐④，笼盖四野。天苍苍，野茫茫，风吹草低见牛羊⑤。

文学古籍刊行社影宋本《乐府诗集》卷八六

①该诗选自《乐府诗集·杂歌谣辞》。“其歌本鲜卑语”（《乐府广题》），描绘苍茫辽阔的草原风光。风格浑浩雄放。敕勒，古代中国北部的少数民族部落之一，又称“铁勒”，匈奴的后裔。北朝时居住在今山西北部一带。

②川：平原。

③阴山：山名，绵延于河套西北至今内蒙古自治区南境一带。

④穹（qióng 穷）庐：游牧民族居住的圆顶大帐篷，即“蒙古包”。

⑤见：同“现”，呈现。

三四

列异传

《列异传》，《隋书·经籍志》题为曹丕作，新、旧《唐书》始题晋张华作。南朝刘宋裴松之《三国志注》、后魏郦道元《水经注》皆有征引，当为魏晋人所作，或为曹丕所作而后人有所增益。书中叙鬼物神怪，一般篇幅较长，情节曲折，细节逼真，颇有佳作。原书已佚，鲁迅《古小说钩沉》辑有五十则。

谈生①

谈生者，年四十，无妇。常感激读书②。忽夜半有女子，可年十五六③，姿颜服饰，天下无双，来就生为夫妇④。乃言："我与人不同，勿以火照我也。三年之后，方可照。"为夫妻，生一儿。已二岁，不能忍，夜伺其寝后⑤，盗照视之⑥。其腰已上生肉如人，腰下但有枯骨⑦。妇觉，遂言曰："君负我。我垂生矣⑧，何不能忍一岁而竟相照也？"生辞谢⑨。涕泣不可复止，云："与君虽大义永离⑩，然顾念我儿。若贫不能自偕活者⑪，暂随我去，方遗君物⑫。"生随之去，入华堂，室宇器物不凡。以一珠袍与之，曰："可以自给。"裂取生衣裾⑬，留之而去。

后生持袍诣市⑭，睢阳王家买之⑮，得钱千万。王识之，曰："是我女袍，此必发墓⑯。"乃取拷之⑰。生具以实对。王犹不信，乃视女冢，冢完如故。发视之，果棺盖下得衣裾。呼其儿，正类王女⑱。王乃信之。即召谈生，复赐遗衣⑲，以为主婿⑳。表其儿以为侍中㉑。

中华书局版《太平广记》卷三一六

①本篇写谈生与睢阳王女儿的鬼魂相恋的故事。想象奇特，细节逼真。

②感激：感于世事而欲发奋有为。

③可：大约。

④就：从，随。

⑤伺：等待。寝：入睡。

⑥盗：偷偷地。

⑦但：只。

⑧垂生：将要复活。垂，将近。

⑨辞谢：谢罪。

⑩大义：指夫妻关系。《焦仲卿妻》："既欲结大义，故遣来贵门。"

⑪"若贫"句：你贫穷不能自己养活全家。若，你。自偕活，疑为当时口语，养家糊口之意。

⑫方：将。遗：赠。

⑬衣裾（jū居）：上衣前襟。

⑭诣市：到市场出卖。

⑮睢（suī虽）阳：古郡名，治所在今河南商丘市。

⑯发墓：盗掘坟墓。

⑰取拷：抓来拷问。

⑱类：似。

⑲遗衣：睢阳王女遗留的衣服。

⑳主：即郡主。诸王之女称郡主。

㉑表：指上表陈请。侍中：皇帝左右的侍从官。

宋定伯[①]

南阳宋定伯[②]，年少时，夜行逢鬼。问之，鬼言："我是鬼。"鬼问："汝复谁?"定伯诳之[③]，言："我亦鬼。"鬼问："欲至何所?"答曰："欲至宛市[④]。"鬼言："我亦欲至宛市。"遂行数里。鬼言："步行太迟[⑤]，可共递相担[⑥]，何如?"定伯曰："大善。"鬼便先担定伯数里。鬼言："卿太重，不是鬼也!"定伯言："我新鬼，故身重耳。"定伯因复担鬼，鬼略无重[⑦]。如是再三。

定伯复言："我新鬼，不知有何所恶忌[⑧]?"鬼答言："唯不喜人唾[⑨]。"于是共行。道遇水，定伯令鬼渡；听之了然无水音。定伯自渡，漕漼作声[⑩]。鬼复言："何以有声?"定伯曰："新死，不习渡水，故尔[⑪]。勿怪吾也。"行欲至宛市，定伯便担鬼著肩上，急执之[⑫]。鬼大呼，声咋咋然[⑬]，索下[⑭]。不复听之，径至宛市中[⑮]。下著地，化为一羊，便卖之。恐其变化，唾之。得钱千五百，乃去。

当时有言："定伯卖鬼，得钱千五。"

中华书局版《太平广记》卷三二一

①宋定伯，一作宗定伯。本篇写宋定伯骗鬼、捉鬼、卖鬼的故事。定伯的大胆、机智，鬼的幼稚、轻信，皆鲜活可感，栩栩如生。风格幽默诙谐。

②南阳：郡名，在今河南西南部和湖北北部。

③诳：骗。

④宛：南阳郡治所在，今河南南阳市。市：集市。

⑤迟：慢。

⑥共递相担：相互轮流背负。递，轮流。担，担负，背负。

⑦略无重：几乎没有重量。略，基本上，几乎。

⑧恶（wù勿）忌：厌恶、忌讳。

⑨唾：吐唾沫。

⑩漕漼（cáo cuī曹崔）：涉水时，腿脚与水相撞击的声音。

⑪故尔：所以这样。

⑫执：捉牢，抓紧。

⑬咋（zhà乍）咋：形容鬼叫声。

⑭索下：要求下来。

⑮径：直接。

三五

搜神记

《搜神记》，干宝撰。干宝（？—336），字令升，新蔡（今属河南）人。少以才器召为佐著作郎。平杜弢有功，赐爵关内侯。晋元帝时，领国史。以家贫，求补山阴令，迁始安太守，又迁散骑常侍。著述极富。有《晋纪》二十卷，时称“良史”，已亡佚。性喜阴阳术数，集古今怪异之事为《搜神记》，旨在“发明神道之不诬”，“游心寓目而无尤焉”。时人因称干宝为“鬼之董狐”。《搜神记》原为三十卷，后散佚，明人胡应麟辑为十二卷。通行本有今人汪绍楹校注《搜神记》二十卷、李剑国《新辑搜神记》三十卷。

三王墓①

楚干将、莫邪为楚王作剑，三年乃成。王怒，欲杀之。剑有雌雄。其妻重身当产②，夫语妻曰：“吾为王作剑，三年乃成。王怒，往必杀我。汝若生子是男，大③，告之曰：‘出户望南山，松生石上，剑在其背。’”于是即将雌剑④，往见楚王。王大怒，使相之⑤：“剑有二，一雄一雌。雌来，雄不来。”王怒，即杀之。

莫邪子名赤，比后壮⑥，乃问其母曰：“吾父所在？”母曰：“汝父为楚王作剑，三年乃成。王怒，杀之。去时嘱我：‘语汝子：出户望南山，松生石上，剑在其背。’”于是子出户南望，不见有山，但睹堂前松柱下，石低之上⑦，即以斧破其背，得剑。日夜思欲报楚王⑧。

王梦见一儿，眉间广尺⑨，言欲报仇。王即购之千金。儿闻之，亡去⑩。入山行歌⑪。客有逢者⑫，谓：“子年少，何哭之甚悲耶？”曰：“吾干将、莫邪子也。楚王杀吾父，吾欲报之！”客曰：“闻王购子头千金，将子头与剑来，为子报之。”儿曰：“幸甚！”即自刎，两手捧头及剑奉之，立僵⑬。客曰：“不负子也⑭。”于是尸乃仆⑮。

客持头往见楚王，王大喜。客曰：“此乃勇士头也。当于汤镬煮之⑯。”王如其言。煮头三日三夕，不烂。头踔出汤中⑰，踬目大怒⑱。客曰：“此儿头不烂，愿王自往临视之，是必烂也。”王即临之。客以剑拟王⑲，王头随堕汤中。客亦自拟己头，头复堕汤中。三首俱烂，不可识别。乃分其汤肉葬之，故通名“三王墓”。今在汝南北宜春县界⑳。

中华书局版汪绍楹校注本《搜神记》卷一一

①本篇写干将为楚王铸剑被杀，儿子为父报仇的传说。想象出人意表，情节曲折完整，震撼人心。题目有的作《干将莫邪》。干将，春秋时铸剑名匠，其妻为莫邪。后人以夫妻二人之名代称雄、雌剑。

②重（chóng 虫）身：指怀孕。

③大：长成大人。

④将：携带。

⑤相（xiàng 向）：察看。

⑥比：等到。

⑦柢：当作“砥”，指柱础。“之上”疑为衍文。

⑧报：报仇。

⑨眉间广尺：两眉间宽有一尺。

⑩亡去：逃走。

⑪行歌：边走边唱。

⑫客：指山中侠客。

⑬立僵：直立不倒。僵，僵硬。

⑭不负：不辜负。

⑮仆：倒。

⑯汤镬（huò 获）：沸水锅。镬，古代似鼎而无足的锅。

⑰踔（chuō 戳）：跳。

⑱踬（zhì 至）目：疑当作“瞋目”，睁圆眼睛。

⑲拟：比划，对准。

⑳汝南：郡名。北宜春县：在今河南汝南县西南。

韩凭妻①

宋康王舍人韩凭②，娶妻何氏，美，康王夺之。凭怨，王囚之，论为城旦③。妻密遗凭书④，缪其辞曰⑤：“其雨淫淫⑥，河大水深，日出当心⑦。”既而王得其书，以示左右，左右莫解其意。臣苏贺对曰：“其雨淫淫，言愁且思也；河大水深，不得往来也；日出当心，心有死志也。”俄而凭乃自杀⑧。其妻乃阴腐其衣⑨。王与之登台，妻遂自投台⑩，左右揽之，衣不中手而死⑪。遗书于带曰：“王利其生，妾利其死。愿以尸骨，赐凭合葬。”王怒，弗听。使里人埋之，冢相望也⑫。王曰：“尔夫妇相爱不已，若能使冢合，则吾弗阻也。”宿昔之间⑬，便有大梓木生于二冢之端⑭，旬日而大盈抱，屈体相就⑮，根交于下，枝错于上⑯。又有鸳鸯，雌雄各一，恒栖树上，晨夕不去，交颈悲鸣，音声感人。宋人哀之，遂号其木曰“相思树”。相思之名，起于此也。南人谓此禽即韩凭夫妇之精魂。今睢阳有韩凭城⑰，其歌谣至今犹存⑱。

中华书局版汪绍楹校注本《搜神记》卷一一

①本篇揭露宋康王的荒淫残暴，颂扬韩凭夫妇对爱情的忠贞和宁死不屈的抗暴精神，结尾富于幻想。韩凭，有作“韩冯”、“韩朋”。题目有的作《相思树》。

②宋康王：名偃，谥号康王，战国末宋国国君，公元前 328 年至前 286 年在位。好酒荒淫。舍人：官名。战国及汉初王公贵官均有舍人，为左右亲近通称。

③论：论定罪名。城旦：一种徒刑，刑期四年，获刑者黥面髡首，白日戍边，晚上筑城。

④遗（wèi 胃）：给予。

⑤缪（miù 谬）其辞：把信中的话说得很隐曲。缪，通“谬”，错误，用作动词，引申为隐讳。

⑥淫淫：形容雨水连绵不断。

⑦当心：指太阳照着心。表示对天发誓，死志已定。

⑧俄而：不久。

⑨阴：暗地。腐：使朽烂。

⑩投台：从台上跳下。

⑪衣不中手：衣服经不住抓拉。

⑫相望：远远相对。

⑬宿昔：旦夕，谓时间不长。

⑭梓（zǐ 姊）：一种枝干高大的落叶乔木。

⑮就：靠近。

⑯错：交错。

⑰睢阳：宋国国都，在今河南商丘市南。

⑱歌谣：《彤管集》："韩凭为宋康王舍人，妻何氏美，王欲之，捕舍人筑青陵之台。何氏作《乌鹊歌》以见志：'南山有鸟，北山张罗；鸟自高飞，罗当奈何！''乌鹊双飞，不乐凤凰。妾是庶人，不乐宋王。'遂自缢。"这里所指，当是此类歌谣。

三六

世说新语

《世说新语》，刘义庆撰。刘义庆（403—444），彭城（今江苏徐州市）人，刘宋宗室。永初元年（420）袭封临川王。历任侍中、丹阳尹、荆州刺史、江州刺史、开府仪同三司等职。性简素，寡嗜欲。爱好文艺，喜纳文学之士。

《世说新语》，又名《世说新书》，简称《世说》，全书分德行、言语、政事、文学等三十六门。记事上起东汉，下迄东晋。主要记载魏晋三百年间士族阶层的琐闻逸事，尤多东晋人事，为魏晋名士精神风貌之写照。文字精练传神，意味隽永。梁刘孝标为之作注，“征引浩博。或驳或申，映带本文，增其隽永，所用书四百余种，今又多不存，故世人尤珍重之”（鲁迅《中国小说史略》）。原书为八卷，宋以后多分为三卷。今人余嘉锡有《世说新语笺疏》、徐震堮有《世说新语校笺》。

管宁华歆共园中锄菜①

管宁、华歆共园中锄菜，见地有片金，管挥锄与瓦石不异，华捉而掷去之。又尝同席读书，有乘轩冕过门者②，宁读如故，歆废书出看③。宁割席分坐曰④：“子非吾友也。”

上海古籍出版社版余嘉锡《世说新语笺疏》

①本篇通过管宁、华歆二人在锄菜见金、见轩冕过门时的不同表现，显示出二人德行之高下。原属《德行》第十一则。管宁，字幼安，北海朱虚（今山东临朐县东）人，传为管仲之后。少恬静，不慕荣利。华歆，字子鱼，高唐（今属山东）人，汉桓帝时任尚书令，曹魏时官至太尉。

②轩冕：轩车。复词偏义。指古代士大夫所乘的华贵车辆。

③废书：放下书。

④席：坐席。古人席地而坐。

过江诸人①

过江诸人，每至美日，辄相邀新亭②，藉卉饮宴③。周侯中坐而叹曰④：“风景不殊⑤，正自有山河之异！”皆相视流泪。唯王丞相愀然变色曰⑥：“当共戮力王室⑦，克复神州⑧，何至作楚囚相对⑨？”

上海古籍出版社版余嘉锡《世说新语笺疏》

①公元316年，西晋灭亡。次年，司马睿在建业（今南京）即位，为元帝，史称东晋。因黄河流域为外族所侵占，中州士族多渡江南下。本篇写西晋灭亡后，南渡士族国破家亡的情感。原属《言语》第三十一则。

②新亭：三国时吴国所建，名临沧观。晋安帝隆安年间重修，改名新亭。故址在今江苏南京江宁区南。

③藉（jiè借）卉：坐于草地上。藉，坐卧其上。卉，草的总称。

④周侯：周顗（yǐ乙），字伯仁，汝南安城（今河南汝南县东南）人，官至尚书仆射。后为王敦所害。侯是对州牧刺史的尊称，周顗曾任荆州刺史等，故称。中坐：坐中。

⑤不殊：没有区别。

⑥王丞相：王导，字茂弘，临沂（今属山东）人。东晋元帝即位后任丞相，辅佐晋室。愀（qiǎo巧）然：面色突变貌。

⑦戮（lù路）力：合力。

⑧神州：古代称中国为赤县神州，此指西晋失陷的江北地区。

⑨楚囚：《左传·成公九年》载，楚人钟仪被俘，囚于晋，晋人称他为楚囚。后借指处境窘困之人。

王子猷居山阴①

王子猷居山阴，夜大雪，眠觉[②]，开室，命酌酒，四望皎然。因起仿徨，咏左思《招隐诗》[③]，忽忆戴安道[④]。时戴在剡[⑤]，即便夜乘小船就之[⑥]。经宿方至[⑦]，造门不前而返[⑧]。人问其故，王曰："吾本乘兴而行，兴尽而返，何必见戴？"

上海古籍出版社版余嘉锡《世说新语笺疏》

①本篇通过王徽之访戴逵"乘兴而行，兴尽而返"的言行，表现了当时名士率性任情的风度。原属《任诞》第四十七则。王子猷（yóu由），王徽之，字子猷，王羲之子。山阴，旧县名，在今浙江绍兴市。

②眠觉：睡醒。

③左思《招隐诗》：见本书左思部分。

④戴安道：戴逵，字安道，谯郡铚（今安徽宿州市）人。博学多艺，隐居不仕。

⑤剡（shàn善）：今浙江嵊州市。

⑥即便：立即。

⑦经宿方至：经过一夜才到。

⑧"造门"句：到门前不进去见面就返回。造，到。前，进门见面。

石崇要客燕集①

石崇每要客燕集，常令美人行酒[②]，客饮酒不尽者，使黄门交斩美人[③]。王丞相与大将军尝共诣崇[④]。丞相素不能饮[⑤]，辄自勉强，至于沉醉[⑥]。每至大将军，固不饮[⑦]，以观其变。已斩三人，颜色如故，尚不肯饮。丞相让之[⑧]，大将军曰："自杀伊家人[⑨]，何预卿事[⑩]！"

上海古籍出版社版余嘉锡《世说新语笺疏》

①本篇通过石崇以美人劝酒，王敦不肯饮酒，石崇便残杀美人的情节，反映了二人的惨无

人道。原属《汰侈》第一则。石崇，字季伦，西晋渤海南皮（今属河南）人。因伐吴有功，封安阳乡侯。惠帝时，出任荆州刺史，因劫掠官商而获巨富。后因谋诛赵王伦，事泄被杀。要，通“邀”。燕集，设宴集会。燕，通“宴”。

②行酒：斟酒劝饮。

③黄门：东汉黄门令、中黄门诸官，皆为宦者所充任，后世遂以黄门代称阉人。此处指供内室使令的阉人。交：更，更换。

④王丞相：王导，字茂弘，东晋元帝时任丞相。大将军：指王敦，字处仲。元帝时任征南大将军。

⑤素：平时。

⑥沉醉：大醉。

⑦固：坚持。

⑧让：责备。

⑨伊家：他家。

⑩“何预”句：关您什么事。预，关涉。

王蓝田性急①

王蓝田性急。尝食鸡子，以箸刺之②，不得，便大怒，举以掷地。鸡子于地圆转未止，仍下地以屐齿蹍之③，又不得，瞋甚④，复于地取内口中⑤，啮破即吐之。王右军闻而大笑曰⑥：“使安期有此性，犹当无一豪可论，况蓝田邪⑦？”

上海古籍出版社版余嘉锡《世说新语笺疏》

①本篇写王述吃鸡蛋时急躁而可笑的行为。原属《忿狷》第二则。王蓝田，王述，字怀祖，太原晋阳（今山西太原市）人，袭封蓝田侯。官至散骑常侍、尚书令。

②箸（zhù 助）：竹筷。刺：探取，夹取。

③仍：于是。屐：古人穿的一种木制鞋，鞋底由木齿支撑。蹍（zhǎn 展）：踏，踩。

④瞋（chēn 抻）：怒。

⑤内：通“纳”，放入。

⑥王右军：王羲之，字逸少。曾任右军将军。

⑦“使安期”三句：使，假使。安期，王述父王承的字。王承曾任东海内史、从事中郎。豪，通“毫”。当时士族名士尤重从容不迫，故王羲之对王述性急有此贬评。

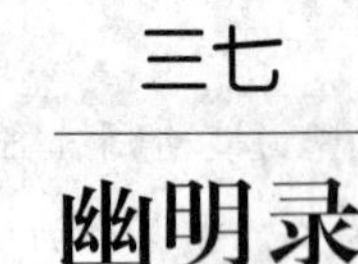

三七

幽明录

《幽明录》，又名《幽冥录》、《幽冥记》，志怪小说集。作者刘义庆，生平见《世说新语》部分。与《搜神记》相比，《幽明录》增加了许多宣扬佛教的故事，文笔更加生动优美、细致入微，情节也较曲折完整。《隋书·经籍志》著录二十卷，佚。元代以后有辑本一卷。鲁迅《古小说钩沉》辑有二百六十五则。

卖胡粉女子①

有人家甚富，止有一男，宠恣过常②。游市③，见一女子美丽，卖胡粉，爱之。无由自达④，乃托买粉，日往市，得粉便去，初无所言。

积渐久，女深疑之。明日复来，问曰："君买此粉，将欲何施⑤？"答曰："意相爱乐，不敢自达，然恒欲相见，故假此以观姿耳⑥。"女怅然有感，遂相许以私⑦，克以明夕⑧。其夜，安寝堂屋，以俟女来⑨。薄暮果到，男不胜其悦，把臂曰："宿愿始伸于此！"欢踊遂死。女惶惧，不知所以，因遁去，明还粉店⑩。

至食时，父母怪男不起，往视，已死矣。当就殡殓⑪，发箧笥中⑫，见百余裹胡粉，大小一积⑬。其母曰："杀我儿者，必此粉也。"人市遍买胡粉，次此女⑭，比之⑮，手迹如先。遂执问女曰⑯："何杀我儿？"女闻呜咽，具以实陈。父母不信，遂以诉官。女曰："妾岂复吝死，乞一临尸尽哀。"县令许焉。

径往⑰，抚之恸哭，曰："不幸致此，若死魂而灵，复何恨哉⑱！"男豁然更生，具说情状。遂为夫妇，子孙繁茂⑲。

中华书局版《太平广记》卷二七四

①原题为《买粉儿》。本篇写一富家子与卖胡粉女子私恋过欢，死而复生的故事。胡粉，搽脸用的铅粉。

②宠恣：宠爱娇惯。恣，放任。

③游市：在市场上闲逛。

④达：通达心曲。

⑤施：用。

⑥假：借。

⑦私：私情。指私下幽会。

⑧克：约定。

⑨俟（sì寺）：等待。

⑩明：天明。
⑪当就：将要。殡殓（bìn liàn 摈恋）：装殓收葬。
⑫箧笥（qiè sì 怯四）：箱匣之类的器具。
⑬一积：一堆。
⑭次此女：至此女店中。次，至。
⑮比之：将富家子所买胡粉包裹形状与现在买的相比照。
⑯执：抓住。
⑰径：直接。
⑱恨：遗憾。
⑲繁茂：形容子孙繁盛。

第四编

隋唐五代文学

一

骆宾王

骆宾王（635?—684?），字观光，婺州义乌（今属浙江）人。七岁能属文，作《咏鹅》诗，号称神童。父官青州博昌（今山东博兴）令，随父来山东，寓居齐鲁十余年。后为道王府属。乾封元年（666）应举及第，拜奉礼郎，为东台详正学士，以事罢职，从军西北。又调赴姚州（今云南姚安）平叛，奉使西南。上元三年（676）春，为武功主簿，寻调明堂主簿。仪凤三年（678），授长安主簿，旋迁侍御史，被诬下狱。遇赦，从军北讨突厥。调露二年（680）夏，除临海丞，世称“骆临海”。武后光宅元年（684），徐敬业（即李敬业）在扬州起兵讨武则天，宾王为记室，作《代李敬业传檄天下文》，兵败不知所终。骆宾王为“初唐四杰”之一，为诗擅长七言歌行，与卢照邻同创初唐近体歌行破奇为偶、四句一转、上下蝉联、以赋为诗的基本体式。吴之器称其：“五言气象雄杰，构思精沉，含初（唐）包盛（唐），卓然鲜俪。七言缀锦贯珠，汪洋洪肆。《帝京》、《畴昔》，特为擅场；《灵妃》、《艳情》，尤极凄靡。虽本体间有离合，抑亦六代之遗则也。”（《骆丞列传》）有《骆宾王文集》。

在狱咏蝉[①]并序

余禁所禁垣西[②]，是法曹厅事也[③]，有古槐数株焉。虽生意可知，同殷仲文之枯树[④]；而听讼斯在，即周邵伯之甘棠[⑤]。每至夕照低阴[⑥]，秋蝉疏引[⑦]，发声幽息[⑧]，有切尝闻[⑨]。岂人心异于曩时[⑩]，将虫响悲乎前听[⑪]？嗟乎！声以动容[⑫]，德以象贤[⑬]。故洁其身也，禀君子达人之高行[⑭]；蜕其皮也，有仙都羽毛之灵姿[⑮]。候时而来，顺阴阳之数[⑯]；应节为变，审藏用之机[⑰]。有目斯开，不以道昏而昧其视[⑱]；有翼自薄，不以俗厚而易其真[⑲]。吟乔树之微风，韵资天纵[⑳]；饮高秋之坠露，清畏人知[㉑]。仆失路艰虞[㉒]，遭时徽纆[㉓]，不哀伤而自怨，未摇落而先衰[㉔]。闻蟪蛄之流声[㉕]，悟平反之已奏[㉖]；见螳螂之抱影，怯危机之未安[㉗]。感而缀诗[㉘]，贻诸知己[㉙]。庶情沿物应[㉚]，哀弱羽之飘零[㉛]；道寄人知，悯馀声之寂寞[㉜]。非谓文墨[㉝]，取代幽忧云尔[㉞]。

西陆蝉声唱[㉟]，南冠客思侵[㊱]。那堪玄鬓影，来对白头吟[㊲]。露重飞难进，风多响易沉[㊳]。无人信高洁，谁为表予心[㊴]？

上海古籍出版社版陈熙晋《骆临海集笺注》卷四

①仪凤三年（678）冬，骆宾王被诬下狱，次年六月，改元调露，大赦天下。时高宗、武后在东都洛阳，诏书到达长安并传至狱中，当有一段时间。此诗序云“秋蝉疏引”，则诗当作于调露元年（679）秋。这是一首借蝉以自喻的诗，其序思理周密，用典贴切；诗歌感情深挚，意在言外，诚咏物诗之佳作。

②禁所：囚禁之所。指御史台监狱。垣：墙。

③法曹：指司法官署。厅事：即“听事”。汉、晋作“听事”，六朝后始作“厅事”，指中庭。法曹厅事，是司法机关审理诉讼的地方。

④“虽生意”二句：殷仲文，东晋人。《世说新语·黜免》：“大司马府听前有一老槐，甚扶疏，殷因月朔，与众在听，视槐良久，叹曰：‘槐树婆娑，无复生意。’”借以自叹其不得意。庾信《枯树赋》：“殷仲文风流儒雅，海内知名。……常忽忽不乐，顾庭槐而叹曰：‘此树婆娑，生意尽矣！’”此以殷仲文自比。

⑤“而听讼”二句：听讼斯在，谓自己就在此受审。甘棠，即棠梨。传说周代召伯听男女之讼，不重烦劳百姓，就在小甘棠树下断案。人们感其公正无私，就作诗赞美他。《诗经·召南·甘棠》：“蔽芾甘棠，勿剪勿败，召伯所憩。”邵、召，古通。此以古槐比甘棠。

⑥夕照：夕阳。

⑦疏引：鸣声清远。

⑧幽息：指发声犹如深长的叹息。

⑨切：凄切。尝闻：曾闻。句谓此时听蝉鸣，觉得比往时凄切。

⑩曩（nǎng 攮）时：从前。

⑪将：抑或。虫响：指蝉鸣。

⑫声以动容：谓蝉之悲鸣使人听来感动。

⑬德以象贤：谓蝉之德操就像贤人一样。陆云《寒蝉赋序》云：“昔人称鸡有五德，而作者赋焉。至于寒蝉，才齐其美，独未之思，而莫斯述。夫头上有缕，则其文也；含气饮露，则其清也；黍稷不享，则其廉也；处不巢居，则其俭也；应候守常，则其信也；加以冠冕，取其容也。君子则其操，可以事君，可以立身，岂非至德之虫哉？”以下皆据此而发挥。

⑭禀：禀受，具有。高行：高尚情操。

⑮“蜕（tuì 退）其皮”二句：蜕，脱皮。《淮南子·说林训》：“蝉饮而不食，三十日而蜕。”仙都，仙人所居。羽毛，一作“羽化”，较胜。羽化，指飞升成仙。《抱朴子·对俗》：“古之得仙者，或身生羽翼，变化飞行。”夏侯湛《东方朔画赞》：“蝉蜕龙变，弃俗登仙。”灵姿，犹仙姿。

⑯顺：顺应。阴阳之数：自然变化的规律。曹植《蝉赋》：“盛阳则生，太阴逝兮。”

⑰“应节”二句：节，节气，季节。审，洞察，明白。藏用，指退隐和出仕。《论语·述而》：“用之则行，舍之则藏。”机，机宜，时机。二句以蝉适应节气的变化来比喻士人的进退出处。

⑱道昏：世道昏暗。昧其视：犹视而不见。昧，目不明。

⑲俗厚：指世俗看重权势利禄。真：指淡泊自守。曹植《蝉赋》：“实淡泊而寡欲兮，独怡乐而长吟。声皦皦而弥厉兮，似贞士之介心。内含和而弗食兮，与众物而无求。”

⑳“吟乔树”二句：乔树，高树。天纵，谓大自然所赋予。《吴越春秋·夫差内传》载，太子友曰：“夫秋蝉登高树，饮清露，随风㧑挠，长吟悲鸣，自以为安。”曹植《蝉赋》：“栖乔枝而仰首兮，漱朝露之清流。”

㉑清畏人知：《晋书·胡威传》载，威父质，以忠清著称。晋武帝谓威曰：“卿孰与父清？”威对曰：“臣不如也。”武帝曰：“卿父以何为胜耶？”对曰：“臣父清恐人知，臣清恐人不知，是臣不及远也。”

㉒仆：自称谦词。失路：指仕途失意。艰虞：艰难忧伤。

㉓徽纆（mò 墨）：捆犯人的绳索。此指入狱。

㉔摇落：指秋天。宋玉《九辩》："悲哉秋之为气也！萧瑟兮草木摇落而变衰。"

㉕蟪蛄（huì gū 惠姑）：蝉的一种。《孔子家语·子路初见》云：孔子为鲁司寇（主管刑狱），鲁人闻之曰："圣人将治，何不先自远刑罚！"孔子谓宰予曰："违山十里，蟪蛄之声，犹在于耳。故政事莫如应之。"（按，《家语》实本《说苑·政理》篇）王肃注："言政事须慎听之，然后行之者也。"

㉖平反：谓从轻判罚。《汉书·隽不疑传》载，不疑为京兆尹，"京师吏民敬其威信，每行县录囚徒还，其母辄问不疑：'有所平反，活几何人？'不疑多有所平反，母喜笑，为饮食语言异于他时；或亡所出，母怒，为之不食。故不疑为吏，严而不残"。颜师古注引如淳曰："反音幡。幡，奏使从轻也。"以上二句自比蟪蛄，希望从轻发落。

㉗"见螳螂"二句：《说苑·正谏》："园中有树，其上有蝉，蝉高居悲鸣饮露，不知螳螂在其后也，螳螂委身曲附欲取蝉。"蝉将为螳螂所捕杀，故曰"危机"。

㉘缀诗：作诗。

㉙贻：赠。

㉚庶：庶几，希冀之词。物：指蝉。应：感应。

㉛弱羽：指蝉。

㉜寂寞：无声静寂貌。宋玉《九辩》："蝉宋漠而无声。"

㉝文墨：文辞。

㉞幽忧：深忧。云尔：犹如此而已。

㉟西陆：指秋天。《隋书·天文志中》："日循黄道东行……行东陆谓之春，行南陆谓之夏，行西陆谓之秋，行北陆谓之冬。"

㊱南冠：指代囚徒。《左传·成公九年》："晋侯观于军府，见钟仪，问之曰：'南冠而絷者谁也？'有司对曰：'郑人所献楚囚也。'"宾王系南方人，又在狱中，故以"南冠"自称。客思：客居在外的思乡情绪。

㊲"那堪"二句：玄鬓，指蝉。古时妇女梳鬓发如蝉翼状，称蝉鬓。玄，黑色。与下"白"相对。白头，作者自指。汉乐府古辞《古歌》："座中何人，谁不怀忧？令我白头。"吟，谓蝉鸣。白头吟，又借用乐府曲名《白头吟》字面，自喻清直受诬。《乐府古题要解》卷上《白头吟》条，谓鲍照、张正见、虞世南诸作，"皆自伤清直芬馥，而遭铄金点玉之谤"。

㊳"露重"二句：以蝉的艰难处境喻己之冤屈难伸。《礼记·月令》："孟秋之月……凉风至，白露降，寒蝉鸣。"张正见《赋新题得寒树晚蝉疏诗》："叶迥飞难住，枝残影共空。声疏饮露后，唱绝断弦中。还因摇落处，寂寞尽秋风。"诗化用其意。

㊴"无人"二句：高洁，指蝉。蝉居高食洁，如序中所云"禀君子达人之高行"。借喻自己清白无辜。沈约《咏竹诗》："无人赏高节，徒自抱贞心。"二句化用其意。

二

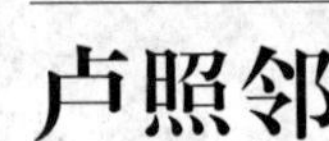

卢照邻（636?—695?），字昇之，或谓名子昇。范阳（今河北涿州）人。初授邓王府典签。曾以横祸下狱，为友人救护得免。高宗麟德二年（665）年底，出为益州新都（今属四川）尉。后染风疾，乃去官归长安太白山，曾从孙思邈问医道。咸亨四年（673）作《病梨树赋》，序称“余年垂强仕，则有幽忧之疾”，遂自号幽忧子。后客东龙门山，服药疗养。晚年徙居阳翟（今河南禹州）具茨山下。终因不堪病痛折磨，自投颍水而死。照邻以七言歌行见长，为“初唐四杰”之一。有《幽忧子集》。

长安古意[1]

长安大道连狭斜[2]，青牛白马七香车[3]。玉辇纵横过主第[4]，金鞭络绎向侯家[5]。龙衔宝盖承朝日[6]，凤吐流苏带晚霞[7]。百丈游丝争绕树[8]，一群娇鸟共啼花。啼花戏蝶千门侧[9]，碧树银台万种色。复道交窗作合欢[10]，双阙连甍垂凤翼[11]。梁家画阁天中起[12]，汉帝金茎云外直[13]。楼前相望不相知，陌上相逢讵相识？借问吹箫向紫烟[14]，曾经学舞度芳年。得成比目何辞死[15]，愿作鸳鸯不羡仙。比目鸳鸯真可羡，双去双来君不见。生憎帐额绣孤鸾[16]，好取门帘帖双燕。双燕双飞绕画梁，罗帏翠被郁金香[17]。片片行云着蝉鬓[18]，纤纤初月上鸦黄[19]。鸦黄粉白车中出，含娇含态情非一。妖童宝马铁连钱[20]，娼妇盘龙金屈膝[21]。

御史府中乌夜啼，廷尉门前雀欲栖[22]。隐隐朱城临玉道，遥遥翠幰没金堤[23]。挟弹飞鹰杜陵北[24]，探丸借客渭桥西[25]。俱邀侠客芙蓉剑[26]，共宿娼家桃李蹊[27]。娼家日暮紫罗裙，清歌一啭口氛氲[28]。北堂夜夜人如月[29]，南陌朝朝骑似云。南陌北堂连北里[30]，五剧三条控三市[31]。弱柳青槐拂地垂[32]，佳气红尘暗天起。汉代金吾千骑来[33]，翡翠屠苏鹦鹉杯[34]。罗襦宝带为君解[35]，燕歌赵舞为君开[36]。

别有豪华称将相，转日回天不相让[37]。意气由来排灌夫，专权判不容萧相[38]。专权意气本豪雄，青虬紫燕坐春风[39]。自言歌舞长千载，自谓骄奢凌五公[40]。节物风光不相待，桑田碧海须臾改[41]。昔时金阶白玉堂[42]，即今唯见青松在。

寂寂寥寥扬子居[43]，年年岁岁一床书。独有南山桂花发[44]，飞来飞去袭人裾[45]。

中华书局版李云逸《卢照邻集校注》卷二

①古意，表示拟古之作。此篇托古咏今，写汉代长安的各色人物驱驰在名利场中，追逐权力、财富与情欲，最后作者以扬雄自比，冷眼旁观这场热闹。此诗采用赋法，善于使用叠字骈句，琢句秀媚，而又能感情充沛，神采飞动，形成龙虎腾挪的节奏和圆美流转的韵律。在初唐诗风由藻绘向风骨、兴象的转变中，此诗标志着长篇歌行的新发展。

②狭斜：小巷。古乐府《长安有狭斜行》："长安有狭斜，狭斜不容车。"

③七香车：用多种香木制成的车。

④玉辇：本指帝王所乘的车，此泛指权贵所乘车。主第：公主第宅。

⑤侯家：王侯之家。

⑥宝盖：华丽的伞状车盖。

⑦流苏：下垂的彩色丝缕。

⑧游丝：蛛丝等虫类所吐的丝。

⑨千门：指宫门。

⑩复道：即阁道，宫苑中架木于空际的道路。交窗：用木条交错制成的窗。合欢：一名马缨花。落叶乔木，羽状复叶，小叶对生，夜间成对相合。

⑪甍（méng 蒙）：屋脊。凤翼：形容屋檐的形状似凤翼。

⑫梁家画阁：东汉顺帝外戚梁冀为大将军，在洛阳大起第舍，台阁周通，柱壁窗牖皆加雕绘。洛阳为唐东都，高宗、武后长居洛阳，故言京城连类而及。天中：一作"中天"。

⑬汉帝金茎：汉武帝在建章宫立铜柱，高二十丈，上有仙人掌擎露盘以接仙露。

⑭吹箫向紫烟：春秋时秦穆公的女儿弄玉跟萧史学吹箫作凤鸣，后来他俩都成仙飞去。紫烟，指云。这里借传说中的仙女指楼中女子。

⑮比目：鱼名。相传其成双配对而行。

⑯生憎：偏憎，最憎。生，甚。帐额：帐檐。

⑰帏：帐。翠被：绣有翡翠纹饰的被子。郁金香：香草名，可以制成香料。

⑱行云、蝉鬓：形容女子的鬓发式样美丽，似蝉翼，似云片。

⑲初月、鸦黄：六朝和唐代女子所描月形黄色的额饰。鸦黄，嫩黄色。

⑳妖童：打扮艳丽的少年。铁连钱：有圆钱斑纹的青色马。

㉑屈膝：即屈戌，门窗、橱柜和屏风上的环纽、搭扣。此指屏风上的铰链。《邺中记》："石季伦（崇）作金钿屈膝屏风。"一说指车上所装的合叶。

㉒"御史"二句：御史，司弹劾的官。《汉书·朱博传》："（御史）府中列柏树，常有野乌数千栖宿其上，晨去暮来，号曰朝夕乌。"廷尉，执法之官。《史记·汲郑列传》："始翟公为廷尉，宾客阗门；及废，门外可设雀罗。"

㉓翠幰（xiǎn 险）：饰以翠羽的车帷。

㉔挟弹飞鹰：指打猎。杜陵：汉宣帝陵墓，在长安东南。

㉕探丸借客：指游侠助人杀人报仇。汉代游侠炽盛，长安有专门杀吏报仇的组织。《汉书·尹赏传》载："闾里少年群辈杀吏，受赇报仇，相与探丸为弹，得赤丸者斫武吏，得黑丸者斫文吏，白者主治丧。"借，助。渭桥：渭水上的桥，在长安西北。

㉖芙蓉剑：即纯钩剑。亦作纯钩剑。春秋时越王允常聘欧冶子铸宝剑五，其一名纯钩。秦客薛烛善相剑，观之，赞曰："光乎如屈阳之华，沉沉如芙蓉始生于湘。"（《越绝书》卷一一）

㉗桃李蹊：《史记·李将军列传》："桃李不言，下自成蹊。"这里借指娼妓居处。

㉘氛氲（yūn 晕）：气盛貌。这里指香气浓。

㉙北堂：与下句"南陌"对举，泛指娼家、冶游之处。

㉚北里：即平康里，长安妓女聚居之处。

㉛"五剧三条"句：谓北里与繁华的街市相通。剧，交错的道路。《尔雅·释宫》："三达谓之剧旁。"郭璞注："今南阳冠军乐乡，数道交错，俗呼之五剧乡。"三条，通达的道路。《文选》班固《西都赋》："披三条之广路。"张铣注："三条，三达之路也。"控，贯通。三市，《文

选》左思《魏都赋》："廓三市而开廛。"张载注引《周礼》曰："大市，日昃而市；朝市，朝时而市；夕市，日夕而市：此三市之谓也。"三、五，这里是引用成语，非实指。

㉜青：一作"轻"。

㉝金吾：即执金吾，汉禁卫军军官名。

㉞翡翠：喻酒色。屠苏：美酒名。鹦鹉杯：用鹦鹉螺制成的一种酒杯。

㉟"罗襦（rú如）"句：《史记·滑稽列传》："日暮酒阑，合尊促坐，男女同席，履舄交错，杯盘狼藉，堂上烛灭"，"罗襦襟解，微闻芗（香）泽"。这里暗用其意。襦，短衣。

㊱燕歌赵舞：战国时燕国赵国多出美丽善舞的女子。此泛指美妙的歌舞。

㊲转日回天：言权势之大，可以势倾朝廷，左右皇帝。

㊳"意气"二句：此处用典，指官廷斗争激烈，文武大臣彼此倾轧，互不相让。灌夫，汉武帝时将军，因与窦婴相结，好使酒骂座，被丞相田蚡陷害，族诛。萧相，汉高祖时宰相萧何，以小心谨慎闻名。一说指萧望之，宣帝时为御史大夫、太子太傅，元帝时为前将军，曾自谓"备位将相"，后被中书令宦者石显所陷害而自杀。判，同"拼"。

㊴"青虬"句：是说坐在车上让骏马在春风中自由奔驰。青虬，代指马。《楚辞·九章·涉江》："驾青虬兮骖白螭。"虬，本是无角的龙。紫燕，骏马名。

㊵五公：《文选》班固《西都赋》："冠盖如云，七相五公。"李善注引《汉书》谓五公即张汤、杜周、萧望之、冯奉世、史丹，汉代著名权贵。

㊶桑田碧海：谓世事变幻之大。《神仙传·王远》："麻姑自说：'接侍以来，已见东海三为桑田。'"亦谓沧海桑田。须臾：一刹那，一会儿。

㊷金阶白玉堂：汉乐府《相逢行》："黄金为君门，白玉为君堂。"

㊸扬子：指汉代扬雄。他历汉成帝、哀帝、平帝三世，仕宦一直不得意，后闭门著《太玄》、《法言》。左思《咏史》："寂寂扬子宅，门无卿相舆。"这里用以自况。

㊹南山：终南山，在长安南。

㊺袭：侵，触。裾（jū居）：衣服的前襟。

三

杜审言

杜审言（645？—708），字必简，郡望京兆（今陕西西安），祖籍襄阳（今湖北襄阳），洛州巩县（今河南巩义）人。为大诗人杜甫祖父。咸亨元年（670）进士。官隰城尉，累转洛阳丞。圣历元年（698）坐事贬吉州司户参军。后武后召见，授著作佐郎，迁膳部员外郎。神龙元年（705），因谄附张易之、张昌宗兄弟，与宋之问、沈佺期等人同时遭贬，流放南方峰州。召还，授国子监主簿、修文馆直学士。景龙二年（708）冬病卒。少与李峤、崔融、苏味道为“文章四友”。为人恃才傲物，能诗工书，对近体诗的形成贡献颇大。现存诗四十三首，古诗仅两首，五律多达二十八首，只有一首不合律，七绝三首全合律，五排七首，《和李大夫嗣真奉使存抚河东》长达四十韵，在初唐是极为罕见的。他的诗由绮靡纤弱转向壮阔雄浑，体现了唐代初、盛过渡时期的特色。许学夷曰：“五言律体实成于杜、沈、宋，而后人但言成于沈、宋，何也？审言较沈、宋复称俊逸，而体自整栗，语自雄丽，其气象风格自在，亦是律诗正宗。”（《诗源辩体》卷一三）有《杜审言诗集》。

和晋陵陆丞早春游望①

独有宦游人②，偏惊物候新③。云霞出海曙④，梅柳渡江春。淑气催黄鸟⑤，晴光转绿蘋⑥。忽闻歌古调⑦，归思欲沾巾⑧。

中华书局校点本《全唐诗》卷六二

①晋陵，即今江苏常州市。武则天永昌元年（689）前后，杜审言曾在江阴县任县丞、县尉一类小官。晋陵、江阴同属毗陵郡。晋陵县丞陆某作有《早春游望》诗，杜审言以同郡僚友，作此诗赓和。杜审言为初唐近体诗奠基人之一，这首诗是他五律的代表作，章法严密、对仗工整、句律精切，明人胡应麟推为初唐五律第一（见《诗薮·内编》卷四）。

②宦游人：在外做官的人。

③物候：节物气候。

④“云霞”句：曙光自海上出，彩云片片。曙，朝阳晓色。

⑤淑气：温馨的春的气息。黄鸟：即黄莺，又名黄鹂，亦名仓庚。陆机《悲哉行》：“蕙草饶淑气，时鸟多好音。翩翩鸣鸠羽，喈喈仓庚吟。”此句化用陆机诗意。

⑥晴光：明媚的春光。转绿蘋：指蘋草颜色由嫩绿转为深绿。蘋，一种水草。此句化用江淹诗句．“江南二月春，东风转绿蘋。”（《咏美人春游》）

⑦古调：指陆丞之诗。

⑧沾巾：泪湿衣巾。

四

王　勃

王勃（650—676，或谓649生，或谓675卒），字子安，绛州龙门（今山西河津）人。隋末著名学者王通之孙。早慧好学，被誉为“神童”，荐之于朝，对策高第，授朝散郎。征为沛王府侍读，因事被逐出府。高宗总章二年（669）夏，南游巴蜀，后补虢州参军，因匿杀官奴，死罪当诛，遇赦除名。其父王福畤亦坐贬交趾（今越南河内西北）令。上元二年（675）秋，勃随父赴任，路经洪州（今江西南昌），作有著名的《滕王阁序》。三年八月，不幸溺海死，年仅二十七岁。王勃被推为“初唐四杰”之首。陆时雍曰：“王勃高华，杨炯雄厚，照邻清藻，宾王坦易。子安其最杰乎？调入初唐，时带六朝锦色。”（《诗镜总论》）胡应麟谓其五言律：“兴象婉然，气骨苍然，实首启盛（唐）中（唐）妙境。五言绝亦舒写悲凉，洗削流调。究其才力，自是唐人开山祖。”（《诗薮·内编》卷四）闻一多称“五律到王杨的时代是从台阁移至江山与塞漠”（《唐诗杂论·四杰》），扩大了诗的题材范围。现存诗百首左右。有《王子安集》。

送杜少府之任蜀州①

城阙辅三秦②，风烟望五津③。与君离别意，同是宦游人④。海内存知己⑤，天涯若比邻⑥。无为在歧路，儿女共沾巾⑦。

上海古籍出版社汪贤度校点本《王子安集注》卷三

①诗题一作《杜少府之任蜀川》。蜀州，垂拱二年（686）方置，时作者已死多年，当以“蜀川”为是。蜀川，指西川，即今四川岷江流域。杜少府，不详何人。或谓即杜审言，尚待详考。少府为县尉的别称。约作于乾封元年至总章元年（666—668）作者任职长安期间。此诗一洗以往送别诗悲酸哀伤的情调，抒发了壮阔豪迈的胸怀，意境高远，是一首传诵千古的名作。

②城阙：指长安。辅：护卫。三秦：指陕西关中一带。关中古为秦国，项羽破秦入关，三分关中之地，以封秦降将章邯为雍王，司马欣为塞王，董翳为翟王，合称“三秦”。详见《史记·项羽本纪》。

③五津：指岷江自都江堰至彭山间的五大渡口：白华津、皂（多误作“万”）里津、江首津、沙（多误作“涉”）头津、江南津。详见刘琳《华阳国志校注》卷三《蜀志》。

④宦游人：在外求官的人。

⑤海内：四海之内，犹言天下。知己：彼此相知而又情谊深挚的朋友。

⑥天涯：喻极远之地。比邻：犹近邻。曹植《赠白马王彪》：“丈夫志四海，万里犹比邻。”

⑦“无为”二句：无为，犹不用、不要。歧路，岔路，指分手之处。儿女沾巾，曹植《赠白马王彪》：“忧思成疾疢，无乃儿女仁。”《孔丛子·儒服》载，子高游赵返，其友邹文、季节见而流涕。子高责曰：“始吾谓此二子丈夫尔，今乃知其妇人也。人生则有四方之志，岂鹿豕也哉，而常聚乎？”谓大丈夫志在四方，不要像小儿女那样，分别时哭哭啼啼。巾，佩巾。

五

杨 炯

杨炯（650—703?），弘农华阴（今属陕西）人。高宗显庆四年（659）举神童，待制弘文馆。上元三年（676）应制举及第，授校书郎。永隆二年（681）为太子詹事府司直、充崇文馆学士。为人“恃才简倨”，常嘲讽矫饰无实的朝官为“麒麟楦”，故不容于时。武则天垂拱元年（685），因其从弟参与徐敬业起兵事受牵连，贬为梓州（今四川三台）司法参军。天授元年（690），执教于洛阳习艺馆。晚年任盈川（今浙江衢州境内）县令，卒于官。世称“杨盈川”。有《盈川集》。炯为“初唐四杰”之一。擅长边塞诗，诗中洋溢着为国立功的战斗豪情，气势雄放。其他唱和、纪游之诗则未脱尽绮艳之风。

从军行①

烽火照西京②，心中自不平。牙璋辞凤阙③，铁骑绕龙城④。雪暗凋旗画⑤，风多杂鼓声。宁为百夫长⑥，胜作一书生。

中华书局版徐明霞校点本《杨炯集》下册卷二

①从军行，乐府“相和歌辞·平调曲”旧题。此诗表现慷慨从军、誓扫敌寇的豪情，裁乐府作律，语丽音鸿，豪劲浑厚。

②西京：指长安。

③牙璋：古代调兵所用的兵符，由两块合成，相嵌合处呈牙状，分掌在朝廷和主帅手中。这里借指出征的将帅。凤阙：汉宫阙名。建章宫东有圆阙，上有金凤，故称凤阙。此泛指皇宫。

④铁骑（jì 计）：精锐骑兵。龙城：汉时龙城，为匈奴大会祭天之所，在今蒙古人民共和国境内。又，前燕慕容皝所筑龙城，后为国都，故址在今辽宁朝阳。后燕、北燕都曾以此为都。后魏置营州。隋大业初置辽西郡。唐初改营州都督府。天宝元年改柳城郡。其地西北接奚，北接契丹，经常发生战争。唐人诗中多以“龙城”代指敌方要地。

⑤凋旗画：使有彩绘的军旗褪色暗淡。

⑥百夫长：指下级军官。

六

宋之问

宋之问（656？—713？），一名少连，字延清。汾州西河（今山西汾阳）人，一说虢州弘农（今河南灵宝）人。与沈佺期同为上元二年（675）进士。天授元年（690）武则天召与杨炯在洛阳分直习艺馆，后任洛州参军，转尚方监丞、左奉宸内供奉，预修《三教珠英》。中宗神龙元年（705），因谄事张易之，坐贬泷州参军。逃归洛阳，因告密有功擢升鸿胪主簿，转户部员外郎，兼修文馆直学士。迁考功员外郎，世称“宋考功”。后因贡举贪贿，贬越州长史。睿宗立，配徙钦州。玄宗先天中，赐死徙所。之问能诗，与沈佺期齐名。《新唐书》本传云：“魏建安后迄江左，诗律屡变，至沈约、庾信，以音韵相婉附，属对精密。及之问、沈佺期，又加靡丽，回忌声病，约句准篇，如锦绣成文。学者宗之，号为沈宋。”沈、宋对唐代近体诗的发展，有着不可磨灭的贡献，如赵翼所说：“至唐初沈、宋诸人，益讲求声病，于是五七律遂成一定格式，如圆之有规，方之有矩，虽圣贤复起，不能改易矣。”（《瓯北诗话》卷一二）沈、宋并称，但各具千秋。胡应麟曰：“沈、宋本自并驱，然沈视宋稍偏枯，宋视沈较缜密。沈制作亦不如宋之繁富。”（《诗薮·内编》卷四）现存诗二百余首。明人辑有《宋之问集》。

度大庾岭①

度岭方辞国②，停轺一望家③。魂随南翥鸟④，泪尽北枝花⑤。山雨初含霁，江云欲变霞。但令归有日，不敢恨长沙⑥。

中华书局版陶敏、易淑琼《沈佺期宋之问集校注》下册卷二

①神龙元年（705），宋之问因谄附张易之，被贬泷州（今广东罗定南）。此诗即为远赴贬所途经大庾岭时所作。大庾岭，五岭之一，又名梅岭，在今江西、广东交界处。诗写乡关之思、贬谪之恨，凄咽欲绝。

②国：指京城。

③轺（yáo 尧）：轻便的马车。

④翥（zhù 住）：飞。

⑤“泪尽”句：作者由北地贬谪至此，睹梅花北枝，不禁触动思乡之情而泪流不止。作者同时所作的《题大庾岭北驿》诗云：“阳月南飞雁，传闻至此回。我行殊未已，何日复归来。”阳月，就是农历十月。《尔雅·释天》：“十月为阳。”可知宋之问度大庾岭时正当十月。南方梅开较早，十月正是岭上梅开的季节。又据《白氏六帖·梅部》记载，大庾岭南北冷暖迥异，岭

上之梅常南枝已落而北枝犹开。

⑥恨长沙：以被贬而恨。《史记·屈原贾生列传》："乃以贾生（谊）为长沙王太傅。贾生既辞往行，闻长沙卑湿，自以寿不得长，又以适（谪）去，意不自得。及渡湘水，为赋以吊屈原。"该语本此。此句反用其意，愈加沉痛。

七

沈佺期

沈佺期（656？—715?），字云卿，排行三，故人称沈三。相州内黄（今属河南）人。上元二年（675）进士。曾授协律郎，后迁通事舍人。圣历中，预修《三教珠英》。长安元年（701）迁考功员外郎，再迁给事中。中宗神龙元年（705），张柬之等发动宫廷政变，中宗复位，诛张易之兄弟，沈佺期因谄事张易之，坐流驩州（今越南荣市）。遇赦，量移台州录事参军。后召拜起居郎，兼修文馆直学士，历中书舍人，终太子少詹事，世称“沈詹事”。沈佺期与宋之问齐名，二人俱以律诗见称，时号“沈宋”。独孤及《皇甫公集序》云：“至沈詹事、宋考功，始裁成六律，彰施五色，使言之而中伦，歌之而成声，缘情绮靡之功，至是乃备。”元稹《唐故工部员外郎杜君墓系铭序》亦云：“沈宋之流，研练精切，稳顺声势，谓之为律诗。自是而后，文体之变极焉。”沈、宋对律诗的贡献，就是使律诗在形式上定型化，使近体诗和古体诗的界限有了更明确的划分。可以说近体诗的诗律规范在沈宋时代基本完成，这在中国诗歌发展史上有重要意义。沈、宋为御用文人，所作多应制诗，写得好的是反映贬谪生活和抒发内心情思的作品。沈佺期现存诗约一百六十首。明人辑有《沈佺期集》。

独不见[①]

卢家少妇郁金堂[②]，海燕双栖玳瑁梁[③]。九月寒砧催木叶[④]，十年征戍忆辽阳[⑤]。白狼河北音书断[⑥]，丹凤城南秋夜长[⑦]。谁为含愁独不见，更教明月照流黄[⑧]。

中华书局版陶敏、易淑琼《沈佺期宋之问集校注》上册卷一

①诗题原本作《古意呈乔补阙知之》，《乐府诗集》作《独不见》。《独不见》，乐府旧题，南朝梁柳恽诗有“奉帚长信宫，谁知独不见”句，盖本为宫怨诗。《乐府诗集》引《乐府解题》曰：“《独不见》，伤思而不得见也。”全诗描写思妇孤独愁苦的情怀，凄婉缠绵，感人至深。

②“卢家”句：梁武帝萧衍《河中之水歌》云：“河中之水向东流，洛阳女儿名莫愁。……十五嫁为卢家妇，十六生儿字阿侯。卢家兰室桂为梁，中有郁金苏合香。”后遂以卢家妇代指年轻貌美之少妇。少妇，一作“小妇”。妾亦称小妇。郁金，即郁金香，一种珍贵香料，香气馥郁。堂，一作“香”。

③海燕：燕之一种，又名越燕，筑巢于梁间。玳瑁：一种似龟动物，背有花纹，甲片可做装饰品。玳瑁梁，即画有玳瑁斑纹的屋梁，或谓以玳瑁为饰的屋梁。

④砧（zhēn 针）：捣衣石。

⑤辽阳：秦置辽东郡，汉因之，下设辽阳县。晋为辽东国。后地入高句丽为辽东城。唐太宗征高丽，克辽东城，以其地为辽州，高宗置辽城州都督府。其地在今辽宁辽阳一带。

⑥白狼河：《水经注·大辽水》："辽水右会白狼水，水出右北平白狼县东南……白狼水又北径黄龙城东。""《魏土地记》曰：'黄龙城西南有白狼河，东北流，附城东北下。'"即今大凌河。黄龙城，在今辽宁朝阳。

⑦丹凤城：传说秦穆公之女弄玉，吹箫引来凤凰，降于秦京咸阳。后因以丹凤城为帝都的代称。亦称凤城、凤凰城。此指长安。骆宾王《帝京篇》云："丹凤朱城白日暮。"唐长安，宫城在北，居民区在南。丹凤城南，即为少妇所居。

⑧流黄：黄紫相间的丝织品。此指少妇所捣之衣物。二句写少妇对月怀人、捣衣不寐的凄苦情景。王湾《捣衣篇》佚句"月华照杵空随妾，风响传砧不到君"，与此意同。

八

陈子昂

陈子昂（659—700），字伯玉，一说名冕，字子昂，梓州射洪（今属四川）人。文明元年（684）进士。武后奇其才，擢麟台正字，世称“陈正字”。转右卫胄曹参军，升右拾遗，世因称“陈拾遗”。曾两次从军边塞，后以父老解官归侍，被县令段简诬陷，死于狱中。陈子昂为初唐重要作家，陈振孙称“其诗文在唐初，实首起八代之衰者”（《直斋书录解题》卷十六）。论诗强调“兴寄”，提倡“汉魏风骨”、“正始之音”，反对齐梁绮靡文风，为诗歌走向盛唐做出了卓越贡献。但对齐、梁一概排斥，未免失之偏颇。现存诗一百二十余首。有《陈伯玉文集》。

登幽州台歌①

前不见古人，后不见来者②。念天地之悠悠③，独怆然而涕下④。

中华书局校点本《全唐诗》卷八三

①幽州台，即蓟北楼，故址在今北京市西南。武则天万岁通天元年（696），契丹进陷营州，建安郡王武攸宜率军征讨，表陈子昂为参谋。攸宜轻率无将略，子昂再三切谏而不听，反被降为军曹。“子昂知不合，因钳默下列，但兼掌书记而已。因登蓟北楼，感昔乐生（毅）、燕昭之事，赋诗数首，乃泫然流涕而歌。”（卢藏用《陈氏别传》）所歌即此诗。这首诗在无限广阔的时空背景下，唱出了历代志士仁人壮志难酬的忧愤、知遇难逢的孤独、时不我待的焦灼，在悲怆中激荡着豪情，质朴中蕴含着沉思，故成为一首震撼人心的千古绝唱。

②“前不见”二句：古人，指古代的明君贤士，如燕昭王、乐毅等。来者，指后世的明君贤士。《楚辞·远游》：“往者余弗及兮，来者吾不闻。”宋武帝刘裕称赞谢庄《月赋》亦有“可谓前不见古人，后不见作者”（《诗话总龟》前集卷六引）的话，或为二句所本。

③悠悠：旷远无穷尽貌。《诗经·唐风·鸨羽》：“悠悠苍天，曷其有极?”《楚辞·远游》：“惟天地之无穷兮，哀人生之长勤。”

④怆然：悲痛貌。

九

贺知章

贺知章（659—744），字季真，越州永兴（今浙江萧山）人。少以文词著名，与张旭、包融、张若虚号称“吴中四士”。武则天证圣元年（695）登进士第，授国子四门博士，历太常少卿、礼部侍郎、工部侍郎、太子宾客，授秘书监，故世称“贺监”。天宝初求还为道士，敕赐镜湖以居。为人放达，晚年尤甚，自号“四明狂客”。好饮酒，与李白、张旭等合称“饮中八仙”。亦工书法，善为草隶。《全唐诗》录其诗一卷，以七绝为妙。

回乡偶书①（二首选一）

少小离乡老大回②，乡音难改鬓毛衰③。儿童相见不相识，笑问客从何处来？

中华书局校点本《全唐诗》卷一一二

①天宝三载（744）正月，贺知章告老还乡，玄宗曾亲自作诗送之。诗人时已八十六岁高龄，回乡不久即去世。这首诗当写于诗人入乡以后。诗本二首，此为第一首。诗通过层层对比，揭示出诗人初踏久别故土的复杂感情，既朴素又深婉，既深沉又旷达，所谓真情实感，出乎天籁。

②少小：年幼时。离乡：一作“离家”。老大：年老。汉末古诗《长歌行》云：“少壮不努力，老大徒伤悲。”

③难改：一作“无改”。鬓毛衰（cuī 催）：谓两鬓斑白，毛发减少。为衰老之状。

一〇 张若虚

张若虚，生卒年不详，扬州（今属江苏）人。曾官兖州兵曹。与贺知章、包融、张旭并以文辞俊秀齐名，号“吴中四士”。诗以《春江花月夜》最为著名。存诗仅两首。

春江花月夜①

春江潮水连海平，海上明月共潮生。滟滟随波千万里②，何处春江无月明。江流宛转绕芳甸③，月照花林皆似霰④，空里流霜不觉飞，汀上白沙看不见⑤。江天一色无纤尘，皎皎空中孤月轮。江畔何人初见月，江月何年初照人？人生代代无穷已，江月年年只相似。不知江月待何人，但见长江送流水。白云一片去悠悠，青枫浦上不胜愁⑥。谁家今夜扁舟子⑦？何处相思明月楼⑧？可怜楼上月裴回⑨，应照离人妆镜台。玉户帘中卷不去，捣衣砧上拂还来。此时相望不相闻，愿逐月华流照君⑩。鸿雁长飞光不度，鱼龙潜跃水成文⑪。昨夜闲潭梦落花，可怜春半不还家。江水流春去欲尽，江潭落月复西斜。斜月沉沉藏海雾，碣石潇湘无限路⑫。不知乘月几人归，落月摇情满江树⑬。

中华书局校点本《全唐诗》卷一一七

①《春江花月夜》，乐府“清商曲辞·吴声歌”旧题，曲调创始于南朝陈后主，原词已佚。今存曲词，为隋炀帝及唐张若虚、张子容、温庭筠等拟题之作。此篇写月下春江景色纯净灵动之美，由之生发人生易逝之感，引入游子、思妇之哀，景情相融，语言清丽，在诗情与画意中蕴含着深沉的哲理。

②滟（yàn艳）滟：水波闪光貌。

③甸（diàn店）：郊野。

④霰（xiàn线）：雪珠。

⑤汀（tīng听）：水边平地。

⑥青枫：暗用《楚辞·招魂》：“湛湛江水兮上有枫，目极千里兮伤春心。”浦：水边，岸边。常是分别之处。

⑦扁（piān偏）舟：小舟。

⑧明月楼：明月下的闺楼。

⑨裴回：同“徘徊”。曹植《七哀诗》：“明月照高楼，流光正徘徊。上有愁思妇，悲叹有余哀。”

⑩逐：随。月华：月光。

⑪“鸿雁”二句：这里是一种联想，有双关意。一层是想到月光下的广大空间，有两地相

隔遥远之意。一层是暗示没有音信（因为传说鸿雁和鱼可以传信）。这种联想是由“相望不相闻”自然而生，因而又逗起下文的梦想。

⑫碣石：山名，在今河北昌黎北渤海边上，现已沉没。潇湘：水名，潇水在湖南永州汇入湘江称潇湘。此处泛指地北天南。

⑬摇情：摇荡情思。

一一

张九龄

张九龄（678—740），字子寿，一名博物，韶州曲江（今广东韶关）人，世称“张曲江”。长安二年（702）进士。历官校书郎、左拾遗、司勋员外郎、洪州都督，开元二十一年（733）拜中书侍郎、同中书门下平章事。明年，迁中书令。二十四年以尚书右丞相罢知政事。后坐举非其人，贬荆州长史。九龄为唐名相，深谋有远识。工诗能文，为盛唐前期重要诗人，尤擅五言古诗。其写景抒情诸作，以和雅清淡为宗，实开王孟一派。明胡应麟曰：“张子寿首创清澹之派，盛唐继起，孟浩然、王维、储光羲、常建、韦应物本曲江之清澹，而益以风神者也。”（《诗薮·内编》卷二）有《曲江张先生文集》。

望月怀远[①]

海上生明月，天涯共此时[②]。情人怨遥夜[③]，竟夕起相思[④]。灭烛怜光满[⑤]，披衣觉露滋[⑥]。不堪盈手赠[⑦]，还寝梦佳期[⑧]。

中华书局校点本《全唐诗》卷四八

①此诗作年失考。怀远，怀念远方之人。是怀念恋人、友人、亲人，抑或别有寄托，难以遽定。此诗委婉深曲，富于情致，是一首脍炙人口的佳作。

②“海上”二句：天涯，遥远的地方。谢庄《月赋》：“隔千里兮共明月。”南朝乐府《子夜四时歌·秋歌》：“仰头看明月，寄情千里光。”二句化用其意。作者《秋夕望月》云：“清迥江城月，流光万里同。”意亦相近。

③情人：有怀远之情的人。作者自谓。遥夜：长夜。

④竟夕：终夜，通宵。

⑤怜：爱惜。光满：指月明。

⑥滋：沾湿。露滋，表示望久夜深。

⑦盈手：满手。语本陆机《拟明月何皎皎》：“照之有余辉，揽之不盈手。”月光不能持赠，难寄相思之情，故曰“不堪”。

⑧还寝：回到卧室。佳期：欢会之期。语本《楚辞·九歌·湘夫人》：“与佳期兮夕张。”谢庄《月赋》亦云：“佳期可以还，微霜沾人衣。”

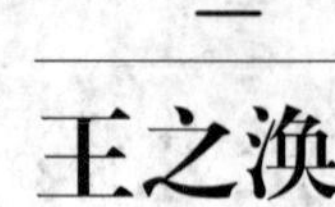

一二 王之涣

王之涣（679—742），字季淩，原籍晋阳（今山西太原），六世祖以官迁居绛州（今山西新绛）。初以门荫得补衡水主簿，被诬去官，优游山水，晚年复补莫州文安（今属河北）尉。为人倜傥，曾游边塞，善写边塞诗，境界壮阔雄浑，广为流传。薛用弱《集异记》卷二载其与王昌龄、高适“旗亭画壁”故事，可见名噪当时。今存诗仅数首。

凉州词①（二首选一）

黄河远上白云间②，一片孤城万仞山③。羌笛何须怨杨柳，春风不度玉门关④。

中华书局校点本《全唐诗》卷二五三

①原题二首，此为第一首，题一作《出塞》。这首边塞诗，既意象开阔，苍茫悲壮，又含思婉转，语带微讽，当时就已经广泛传唱。

②原注：“一本次句为第一句，‘黄河远上’作‘黄沙直上’。”

③仞：八尺。一说七尺。

④“羌笛”二句：既实写边塞景色荒凉，又暗指沙场艰苦，君恩难及。羌，指我国古代西部的少数民族。杨柳，笛曲中有《折杨柳》。古人有折柳送别的习俗。《乐府诗集·梁鼓角横吹曲》载《折杨柳歌辞》五首、《折杨柳枝歌》四首。《折杨柳歌辞》其一云：“上马不捉鞭，反折杨柳枝。蹀座吹长笛，愁杀行客儿。”在诗歌中，经常将怨别之情与笛、杨柳联系在一起。玉门关，汉武帝时置，故址在今甘肃敦煌西北小方盘城，六朝时关址东移至今甘肃安西东双塔堡附近，是古代通往西域的要道。风，原作“光”，唐薛用弱《集异记》（明顾元庆刻《文房小说》本）作“风”，较胜，据改。

一三

孟浩然

孟浩然（689—740），名浩，以字行，襄州襄阳（今湖北襄阳）人，世称“孟襄阳”。曾隐居鹿门山。开元十六年（728），至长安应试，落第回乡。开元十七年至二十年（729—732），漫游吴越等地。二十五年（737），张九龄镇荆州，署为从事，不久即辞归养病。二十八年（740），友人王昌龄自岭南赦还，相见欢饮，食鲜疾发而卒。孟浩然可谓一生布衣，过的是隐居与漫游生活，但并未忘情仕进。他和王维同为盛唐山水田园诗派的代表作家，时并称“王孟”。许顗《彦周诗话》云：“孟浩然、王摩诘诗，自李杜而下，当为第一。”他的诗风格冲淡清幽，但“冲淡中有壮逸之气”（《唐音癸签》卷五引《吟谱》）。尤工五言诗，谢榛云：“浩然五言古诗、近体，清新高妙，不下李杜。”（《四溟诗话》卷二）现存诗二百六十余首，有《孟浩然集》。

夜归鹿门歌①

山寺鸣钟昼已昏②，渔梁渡头争渡喧③。人随沙岸向江村，余亦乘舟归鹿门。鹿门月照开烟树④，忽到庞公栖隐处⑤。岩扉松径长寂寥⑥，唯有幽人自来去⑦。

人民文学出版社版徐鹏《孟浩然集校注》卷二

①诗题一作《夜归鹿门山歌》。鹿门山，在今湖北襄阳市东南。《清一统志·湖北·襄阳府》：“鹿门山在襄阳县东南三十里。《襄阳记》：‘鹿门山旧名苏岭山，建武中，襄阳侯习郁立神祠于山，刻二石鹿，夹神道口，俗因谓之鹿门庙，遂以庙名山也。’”孟浩然于景龙二年（708）至先天元年（712）隐居鹿门山，诗当作于此时期内。诗歌抒发诗人恬淡的隐逸情怀。

②山寺：指鹿门庙。

③渔梁：当作“鱼梁”。《水经注·沔水》：“襄阳城东沔水中有鱼梁洲，庞德公所居。”

④开烟树：月光照耀着暮烟笼罩的树木，豁然开朗。

⑤庞公：即庞德公，东汉襄阳隐士，避世隐于鹿门山。

⑥岩扉：石门。

⑦幽人：隐逸之士。

临洞庭①

八月湖水平②，涵虚混太清③。气蒸云梦泽④，波撼岳阳城⑤。欲济无舟楫⑥，端居耻圣明[7]。坐观垂钓者，徒有羡鱼情[8]。

人民文学出版社版徐鹏《孟浩然集校注》卷三

①诗题一作《望洞庭湖赠张丞相》。张丞相，指张九龄。九龄曾拜相，开元二十五年（737）四月，以尚书右丞相贬荆州长史。是年秋，浩然游洞庭湖，作诗赠张九龄以吐心曲。一说张丞相为张说，说开元四年（716）由中书令贬岳州刺史。此诗前四句写洞庭湖的磅礴景象，力透纸背；后四句抒写求仕不得的隐衷，感慨深沉。

②平：指湖水涨满而与岸齐。

③涵：包含。虚：元虚，指构成天地万物的元气。混：混一。太清：天空。《文选》左思《吴都赋》："鲁阳挥戈而高麾，回曜灵于太清。"刘渊林注："太清，谓天也。"

④气蒸：水气蒸腾。云梦泽：古泽薮名。一说本二泽，江北为云，江南为梦；一说云梦实为一泽。其遗址约在今湖南益阳、湘阴以北，湖北荆州、安陆以南，武汉市以西地区，洞庭湖即在其内。

⑤撼：一作"动"。宋范致明《岳阳风土记》云："孟浩然洞庭诗有'波撼岳阳城'，盖城据湖东北，湖面百里，常多西南风，夏秋水涨，涛声喧如万鼓，昼夜不息，漱齿城岸，岸常倾颓。"

⑥济：渡。楫（jí 吉）：船桨。

⑦端居：犹独处、闲居。此指隐居。圣明：犹言太平盛世。《论语·泰伯》："邦有道，贫且贱焉，耻也；邦无道，富且贵焉，耻也。"为此句所本。

⑧"坐观"二句：意谓自己欲仕而不能。坐，因，乃。垂钓，垂竿钓鱼。垂钓者，喻出仕者。《楚辞·哀时命》："下垂钓于溪谷兮，上要求于仙者。"徒有，空有。羡鱼，《淮南子·说林训》："一目之罗，不可以得鸟；无饵之钓，不可以得鱼；遇士无礼，不可以得贤。""临河而羡鱼，不如归家织网。"

一四

王　翰

王翰，一作王瀚，生卒年不详。字子羽，并州晋阳（今山西太原）人。景云元年（710）进士。历昌乐县尉、秘书省正字、通事舍人、驾部、兵部员外郎、汝州长史、仙州别驾、道州司马。其间多以恃才傲物、纵欲狂欢遭贬。善写边塞诗，为当时宰相张说所看重。

凉州词[①]（二首选一）

蒲萄美酒夜光杯[②]，欲饮琵琶马上催。醉卧沙场君莫笑[③]，古来征战几人回！

中华书局校点本《全唐诗》卷一五六

①题一作《凉州曲》。凉州曲，唐宫调曲名。《新唐书·礼乐志十二》："《凉州曲》，本西凉所献也，其声本宫调，有大遍、小遍。"诗本二首，此为第一首。此诗语言明快跳宕，情绪奔放热烈，充满洒脱豪迈的乐观精神，可称真正的盛唐边塞诗。

②蒲萄美酒：即葡萄美酒，"蒲"与"葡"通。此酒来自西域，唐时已能自酿。《史记·大宛列传》："其俗土著，耕田，田稻麦。蒲陶酒。"夜光杯：夜间能发光的酒杯。《海内十洲记》云："周穆王时，西胡献昆吾割玉刀及夜光常满杯。……杯是白玉之精，光明夜照。"此泛指珍贵精美的酒杯。

③沙场：平沙旷野。后多用指战场。王昌龄《塞上曲》："从来幽并客，皆向沙场老。"

一五

刘昚虚

刘昚（古“慎”字）虚，生卒年不详，字全乙，洪州新吴（今江西奉新）人。开元二十一年（733）进士，累官弘文馆校书郎。诗负盛名，流落不偶。殷璠《河岳英灵集》录其诗十一首，并云：“昚虚诗，情幽兴远，思苦词奇，忽有所得，便惊众听。顷东南高唱者十数人，然声律婉态，无出其右。唯气骨不逮诸公。自永明已还，可杰立江表。……惜其不永，天碎国宝。”《河岳英灵集》成书于天宝十二载（753），据此可知昚虚卒于天宝十二载前。其性高古，脱略势利，啸傲风尘，与孟浩然、高适、王昌龄等友善。乔亿谓其诗“空明深厚，饶有理趣”（《剑溪说诗》卷上）。《全唐诗》编其诗为一卷，仅十五首，尚杂有他人之作。

阙题[①]

道由白云尽，春与青溪长。时有落花至，远随流水香。闲门向山路[②]，深柳读书堂。幽映每白日，清辉照衣裳[③]。

中华书局校点本《全唐诗》卷二五六

①殷璠《河岳英灵集》评昚虚诗时引录此诗，但未录诗题，后遂以“阙题”命之。阙，同“缺”。此诗系五律拗体，写春日山中景色和幽居情趣，清空古朴而又情韵盎然。

②“闲门”句：《河岳英灵集》引作“开门向溪路”。闲门，谓门前清静。

③辉：《河岳英灵集》引作“晖”。

一六
李颀

李颀（690？—754?），郡望赵郡（今河北赵县），长期居住颍阳（今河南登封）东川，故世称“李东川”。开元二十三年（735）进士及第，调新乡（今属河南）县尉，世称“李新乡”。久不迁调，乃归隐东川。故殷璠叹曰：“惜其伟才，只到黄绶。”（《河岳英灵集》卷上）颀性疏简，厌薄世务，慕神仙，好道术，服饵丹砂，结好尘嚣之外。与王维、高适、王昌龄等相友善，有诗酬赠。诗作风格奇拔雄浑，清新秀丽。尤擅七言，前人评曰：“新乡七古，每于人不经意处忽出异想，令人心赏其奇逸，而不知其所从来者。新乡七律，篇篇机宕神远，盛唐妙品也。”（《唐诗选脉会通评林》）现存诗一百二十余首，有《李颀诗集》。

古从军行①

白日登山望烽火，黄昏饮马傍交河②。行人刁斗风沙暗③，公主琵琶幽怨多④。野云万里无城郭，雨雪纷纷连大漠。胡雁哀鸣夜夜飞，胡儿眼泪双双落。闻道玉门犹被遮⑤，应将性命逐轻车⑥。年年战骨埋荒外⑦，空见蒲桃入汉家⑧。

中华书局校点本《全唐诗》卷一三三

①《从军行》，属乐府“相和歌辞·平调曲”，《乐府古题要解》卷下：“《从军行》，皆述军旅苦辛之词也。”前加“古”字，表示拟古之意，实寓以古讽今之旨。此诗约作于玄宗天宝年间，借汉讽唐，揭露边塞战争的艰苦和罪过。

②交河：在今新疆吐鲁番西北，因河水分流绕城下而得名。唐为安西都护府治所。

③行人：从军之人。刁斗：军用金属器具，日以炊饭，夜以打更。

④公主琵琶：汉武帝时遣江都王刘建女细君以公主身份远嫁乌孙和亲，使人马上弹琵琶以解其思乡之愁，故曰“公主琵琶”。

⑤玉门犹被遮：言皇帝不准罢兵。《史记·大宛列传》载，汉武帝太初元年（前104），命贰师将军李广利率兵数万攻大宛。李广利攻战不利，引兵还敦煌，士卒存者不过什一二，请暂罢兵。武帝闻之大怒，“使使遮玉门，曰：‘军有敢入者，辄斩之’”！遮，阻挡。玉门，指西汉玉门关，故址在今甘肃敦煌西北小方盘城。

⑥逐：追随。轻车：汉有轻车将军、轻车都尉。此泛指将领。

⑦荒外：边远荒凉之地。

⑧空见：只见，徒见。蒲桃：即葡萄，亦作蒲陶。《汉书·西域传》：“宛王蝉封与汉约，岁献天马二匹。汉使采蒲陶、目宿种归。天子以天马多，又外国使来众，益种蒲陶、目宿离宫馆旁，极望焉。”

一七
王昌龄

王昌龄（690?—756? 或谓 698—757），字少伯，京兆万年（今陕西西安）人。开元十五年（727）进士及第，授校书郎。开元二十二年（734）登博学宏词科，迁汜水（今河南巩义市东北）尉。后以事贬岭南，北归后改江宁（今江苏南京）尉，世称“王江宁”。天宝中，再贬龙标（今湖南黔阳）尉，世又称“王龙标”。安史乱起，避乱江淮，为亳州刺史闾丘晓所杀。王昌龄为开元、天宝间著名诗人，有“诗家天（一作‘夫’）子王江宁”之称。尤擅七绝，出语爽朗，意蕴深长。清人宋荦说：“三唐七绝，并堪不朽。太白、龙标，绝伦逸群。”（《漫堂说诗》）现存诗一百八十多首，有《王昌龄集》，还有《诗格》等著作。

出塞[①]（二首选一）

秦时明月汉时关，万里长征人未还[②]。但使龙城飞将在[③]，不教胡马度阴山[④]。

中华书局校点本《全唐诗》卷一四三

①出塞，乐府“横吹曲”旧题。王昌龄《出塞》诗原为二首，此为第一首。诗题又作《塞上行》、《塞上曲》、《从军行》等。约作于开元十五年（727）中进士前后，诗人游历西北边塞时。诗以凝练的语言，融历史与现实、批判与憧憬为一体，内容丰富而又举重若轻，是一首浑然天成的佳作。

②“秦时”二句：“秦时明月”与“汉时关”乃互文见义，意即秦汉时的明月，秦汉时的关塞，一切都没有改变。万里，言极远。长征，远行，多用于军旅征戍。唐郭震《塞上》：“久戍人将老，长征马不肥。”

③但使：只要。龙城：即黄龙城，又名龙都、和龙城，唐属营州柳城郡，故址在今辽宁朝阳。宋刊本王安石《唐百家诗选》作“卢城”，亦通。飞将：指汉名将李广。《史记·李将军列传》载，李广居右北平，匈奴称为“汉之飞将军”，数岁不敢入右北平。清阎若璩《潜丘札记》卷二云：“右北平，唐北平郡，又名平州，治卢龙县。《唐书》有卢龙府，有卢龙军。”故阎氏考订以“卢城”为是。此以飞将军喻指像李广那样守边御敌的军事统帅。

④胡：指匈奴等北方少数民族。阴山：在今内蒙古中部，匈奴常越过阴山来犯汉境。

芙蓉楼送辛渐[①]（二首选一）

寒雨连江夜入吴，平明送客楚山孤[②]。洛阳亲友如相问，一片冰心在玉壶[③]。

中华书局校点本《全唐诗》卷一四三

①芙蓉楼，一说在龙标（今湖南黔阳），一说在润州（今江苏镇江）。原诗二首，此为其一，据其二中“丹阳（即润州治所）城”可知，此处芙蓉楼当为润州芙蓉楼。辛渐，作者友人。此诗当作于开元末年作者出任江宁（今南京市）尉后。诗写送人深情，可谓别有怀抱。俞陛云曰：“借送友以自写胸臆，其词自潇洒可爱。”（《诗境浅说》续编）

②“寒雨”二句：江，原作“天”；吴，原作“湖”。皆据明赵宧（yí 怡）光、黄习远重编《万首唐人绝句》改。吴，古国名，据有淮、泗以南至浙江太湖以东地区。此处泛指润州一带。楚，与“吴”为互文，因润州春秋时属吴，战国时属楚。

③“一片”句：以“玉壶冰”比喻自己心地清明纯洁，表里如一。鲍照《代白头吟》：“直如朱丝绳，清如玉壶冰。”姚崇《冰壶诫》序云：“内怀冰清，外涵玉润，此君子冰壶之德也。”

一八

王　维

王维（701—761），字摩诘，祖籍太原祁县（今属山西），后徙家于蒲州河东郡（今山西永济西），遂为河东人。开元九年（721）进士，授太乐丞，因坐伶人舞黄狮子事贬济州司仓参军。二十三年（735），张九龄荐为右拾遗。天宝元年（742）改官左补阙，迁给事中。十四载（755），安史乱起，陷贼，迫受伪职。西京收复，陷贼官以六等定罪，维以《凝碧池诗》闻于行在，为肃宗称许，又得弟王缙力救，获免，责授太子中允，迁太子中庶子、中书舍人，改给事中。上元元年（760），转尚书右丞，故世称“王右丞”。王维奉佛，笃信禅宗，诗饶禅趣，故人称“诗佛”。王维性喜山水，在蓝田营建辋川别墅，弹琴赋诗，啸咏终日，长期过着亦官亦隐的生活。他是盛唐山水田园诗派的代表作家，向与孟浩然并称“王孟”。又是一位艺术天才，诗、文、书法、音乐、绘画，样样精通。仅就诗论，诸体兼工，尤擅五言律诗。贺裳说：“唐无李、杜，摩诘便应首推。”（《载酒园诗话又编》）徐增说：“诗总不离乎才也。有天才，有地才，有人才。吾于天才得李太白，于地才得杜子美，于人才得王摩诘。太白以气韵胜，子美以格律胜，摩诘以理趣胜。”（《而庵诗话》）有《王右丞集》。

使至塞上①

单车欲问边②，属国过居延③。征蓬出汉塞④，归雁入胡天。大漠孤烟直，长河落日圆⑤。萧关逢候骑⑥，都护在燕然⑦。

中华书局版陈铁民《王维集校注》卷二

①开元二十五年（737），河西节度副大使崔希逸战吐蕃获胜，时王维为监察御史，奉使出塞劳军。作者写边塞开阔壮丽之景，借助于绘画的白描手法，收到了语简意丰的效果。

②单车：单车独行，不带随从。问：慰问。

③“属国”句：经过属国居延。居延，地名，在今内蒙古境内。一说，属国，是典属国（秦汉官名）的省称，代指使臣。这里是王维自指。

④征蓬：随风远飞的蓬草，这里用以自喻。

⑤“大漠”二句：清赵殿成注曰：“或谓边外多回风，其风迅急，袅烟沙而直上。亲见其景者，始知‘直’字之佳。”

⑥萧关：故址在今宁夏固原东南，是关中通向塞北的要道。唐中宗神龙元年（705），特置萧关县（今宁夏同心县东南）。候骑（jì记）：侦察、通信的骑兵。

⑦都护：都护府的长官（唐代设安东、安南、安西、安北、单于、北庭六都护府）。这里

指河西节度使。燕然：古山名，即今蒙古人民共和国境内的杭爱山。东汉窦宪领兵大破北匈奴，登燕然山，刻石勒功而还。这里泛指边防前线。

观猎①

风劲角弓鸣②，将军猎渭城③。草枯鹰眼疾，雪尽马蹄轻。忽过新丰市④，还归细柳营⑤。回看射雕处⑥，千里暮云平。

中华书局版陈铁民《王维集校注》卷七

①此首可能是早期作品。诗起处突兀，结尾健举，中间一气承转，笔无停顿。“草枯”一联，正面写狩猎，体物工细传神。沈德潜云：“章法、句法、字法俱臻绝顶，盛唐诗中亦不多见。”（《唐诗别裁集》卷九）

②角弓：以兽角为饰的弓。

③渭城：本秦都咸阳，汉武帝时改名渭城，在长安西北渭水北岸，即今陕西咸阳东北窑店镇附近。东汉并入今陕西西安市长安区。

④新丰市：故址在今陕西临潼城东七公里新丰镇，在当时长安的东北。市，集市、市场。

⑤细柳营：汉代名将周亚夫驻兵处。故址在渭水北今陕西咸阳西南两寺渡村附近。

⑥射雕：《北齐书·斛律光传》载，北齐斛律光校猎时，“见一大鸟，云表飞飏，光引弓射之，正中其颈。此鸟形如车轮，旋转而下，至地乃大雕也”。随从人叹曰：“此射雕手也。”

汉江临眺①

楚塞三湘接②，荆门九派通③。江流天地外，山色有无中。郡邑浮前浦④，波澜动远空。襄阳好风日，留醉与山翁⑤。

中华书局版陈铁民《王维集校注》卷二

①题一作《汉江临泛》。此诗为开元二十八年（740）十月，王维以殿中侍御史知南选，途经襄阳（今湖北襄阳）时作。诗作描绘汉江烟波浩渺、雄浑壮阔的生动景象，中二联一虚写，一实写，注重空间构图，最能体现王维“诗中有画”的神境。

②楚塞：指楚国地界。三湘：说法不一，或谓湘潭、湘乡、湘阴（或湘源），或指潇湘、蒸湘、沅湘，或指潇湘、资湘、沅湘。多泛指今洞庭湖南北、湘江流域一带。

③荆门：山名，在今湖北宜昌市东南长江南岸，与虎牙山隔江相对，为楚之西塞。因山形似门，又在楚（楚亦称荆）地，故名。《文选》郭璞《江赋》：“虎牙嵥竖以屹崒，荆门阙竦而磐礴。圆渊九回以悬腾，湓流雷响而电激。”李善注引盛弘之《荆州记》曰：“郡西泝江六十里，南岸有山，名曰荆门，北岸有山，名曰虎牙，二山相对，楚之西塞也。”九派：九条支流。郭璞《江赋》：“流九派乎浔阳。”

④郡邑：指沿江的城市都邑。

⑤“襄阳”二句：好风日，好风光。山翁，指山简。据《晋书·山简传》载，简镇襄阳，优游卒岁，唯酒是耽。豪族习氏有佳园池，简每出嬉游，多之池上，置酒辄醉，名之曰高阳池。

鹿柴[①]

空山不见人，但闻人语响[②]。返景入深林[③]，复照青苔上。

中华书局版陈铁民《王维集校注》卷五

①鹿柴（zhài 债），王维辋川别墅之一景。柴，即用于防守的栅栏、篱障。通“寨”、“砦”。天宝九载（750），王维的母亲去世，他遵制丁忧，遂隐居辋川。这期间，他写了大量山水田园诗，《鹿柴》即为其五绝组诗《辋川集》二十首之一。诗歌着力描摹山林的幽静，体现出诗佛王维禅味诗的特色。

②但：只。

③返景：夕阳反照。《初学记》卷一：“日西落，光反射于东，谓之反景。”

竹里馆[①]

独坐幽篁里[②]，弹琴复长啸[③]。深林人不知，明月来相照。

中华书局版陈铁民《王维集校注》卷五

①竹里馆，王维辋川别墅之一景。此诗亦为《辋川集》二十首之一。诗塑造了一个自得幽居之乐、孤高自标的隐者形象，反映出诗人看穿宦海沉浮，寄意佛老山水，深得自然宁静之趣的心境。

②幽篁：深邃阴暗的竹林。《楚辞·九歌·山鬼》：“余处幽篁兮终不见天，路险难兮独后来。”篁，竹林。

③长啸：撮口而出声。《诗经·召南·江有汜》：“其啸也歌。”成公绥《啸赋》：“邈姱俗而遗身，乃慷慨而长啸。”《三国志·蜀书·诸葛亮传》注引《魏略》：“每晨夜从容，常抱膝长啸。”可知长啸与歌咏一样，是古人表达情感的特殊方式。

山居秋暝[①]

空山新雨后，天气晚来秋。明月松间照，清泉石上流。竹喧归浣女[②]，莲动下渔舟。随意春芳歇[③]，王孙自可留[④]。

中华书局版陈铁民《王维集校注》卷五

①秋暝，秋日傍晚。诗当作于王维晚年隐居辋川时，写秋晚雨后山间景色，清新自然，明丽如画。中间两联，以动写静，是千古佳句。

②竹喧：指竹间传来浣纱女的笑语声。

③随意：有任凭意。春芳：春天生长的花草。歇：衰谢。

④“王孙”句：《楚辞·招隐士》：“王孙兮归来，山中兮不可以久留。”此句反用其意。

一九

高　适

高适（700—765），字达夫，德州蓨（tiáo条）（今河北景县）人。出仕前，居住宋城（今河南商丘），曾游闽粤、荆襄、幽蓟、淮楚、齐鲁等地。天宝三载（744），与李白、杜甫同游梁宋，共登吹台，为一时之盛事。八载（749），举有道科，授封丘尉。十一载（752）辞官去长安，与杜甫、岑参等同游。后入河西节度使哥舒翰幕任掌书记。安史乱起，入朝拜左拾遗，转监察御史，佐哥舒翰守潼关。潼关失守，玄宗奔蜀，适间道追及河池，迁侍御史，擢谏议大夫。至德元载（756）十二月，出任淮南节度使、扬州大都督府长史。乾元二年（759）授彭州刺史，转蜀州刺史，迁剑南西川节度使。广德二年（764）召还京，任刑部侍郎，转左散骑常侍，故世称"高常侍"。永泰元年（765）卒。《旧唐书》本传称："有唐以来，诗人之达者，唯适而已。"高适为盛唐边塞诗派的代表作家，与岑参齐名，并称"高岑"。二人诗风同属悲壮，但高悲壮质实，岑悲壮奇峭，所谓"岑超高实"，又各具特色。现存诗二百余首，有《高常侍集》。

燕歌行[①]并序

开元二十六年，客有从元戎出塞而还者[②]，作《燕歌行》以示适。感征戍之事，因而和焉。

汉家烟尘在东北[③]，汉将辞家破残贼[④]。男儿本自重横行[⑤]，天子非常赐颜色[⑥]。摐金伐鼓下榆关[⑦]，旌旆逶迤碣石间[⑧]。校尉羽书飞瀚海[⑨]，单于猎火照狼山[⑩]。山川萧条极边土[⑪]，胡骑凭陵杂风雨[⑫]。战士军前半死生，美人帐下犹歌舞。大漠穷秋塞草腓[⑬]，孤城落日斗兵稀。身当恩遇常轻敌[⑭]，力尽关山未解围。铁衣远戍辛勤久[⑮]，玉箸应啼别离后[⑯]。少妇城南欲断肠[⑰]，征人蓟北空回首[⑱]。边庭飘飖那可度[⑲]，绝域苍茫更何有[⑳]？杀气三时作阵云[㉑]，寒声一夜传刁斗[㉒]。相看白刃血纷纷，死节从来岂顾勋[㉓]？君不见沙场征战苦[㉔]，至今犹忆李将军[㉕]。

中华书局版刘开扬《高适诗集编年笺注》

①此诗为开元二十六年（738）作。《燕歌行》，属乐府"相和歌辞·平调曲"，多写边地征戍之事，思妇怀念征人之情。《乐府诗集》卷三二引《乐府广题》曰："燕，地名也，言良人从役于燕，而为此曲。"高适此诗，系用乐府古题抒写现实内容。序中"元戎"，指张守珪。或据此认为诗乃刺张，或谓刺安禄山，俱不确。实则高适乃就"客"所示《燕歌行》借题发挥，结合自己的坎坷遭遇，特别是开元二十年（732）前后在幽蓟一带所见所闻的"征戍之事"，揭露军中的种种情事，抒发了自己爱国忧民、怀才不遇的思想感情。诗人运用对比手法，错综交织，发人深省。四句一换韵，且平仄相间，抑扬有节，散偶交错，宛转自然，构成一曲悲壮的史诗。

②元戎：军事统帅，此指张守珪。张为幽州长史、河北节度副大使、河北采访处置使，开元二

十三年（735）拜辅国大将军、右羽林大将军，兼御史大夫。故“元戎”亦作“御史大夫张公”。

③汉家：以汉代唐，唐人习用。烟尘：烽烟和尘土，谓边疆寇警。

④残贼：残暴的敌人。

⑤横行：纵横弛骋，勇战疆场。《史记·季布栾布列传》载樊哙曰：“臣愿得十万众，横行匈奴中。”

⑥非常赐颜色：谓宠赐优渥，非同寻常。

⑦摐（chuāng窗）：敲击。金：指钲、铃一类行军乐器。伐：击。古时军中以击打金鼓为指挥进退的信号。榆关：即今山海关，亦名渝关。

⑧逶迤（wēi yí威仪）：弯曲而长，指旌旗飘扬貌。碣（jié节）石：山名，在今河北昌黎县北。

⑨校尉：武职名。汉武帝时置八校尉，为特种部队将领。唐为武散官，位次将军。此泛指武将。羽书：即羽檄，指插有鸟羽的紧急军事文书。瀚海：北海名，在今蒙古高原东北，亦作“翰海”。《史记·卫将军骠骑列传》：“骠骑将军（霍）去病率师”，大破匈奴，“封狼居胥山，禅于姑衍，登临翰海”。司马贞《索隐》引崔浩云：“北海名，群鸟之所解羽，故云翰海。”下句“狼山”，即狼居胥山，在今内蒙古狼山镇西北。

⑩单（chán缠）于：匈奴君长的称号。此泛指敌方首领。猎火：围猎之火，此喻指战火。

⑪萧条：荒凉。极边土：边境之地。

⑫凭陵：恃势侵陵。风雨：形容胡骑来势凶猛。《新序·善谋》：“且匈奴者，轻疾悍亟之兵也，来若风雨，解若收电。”

⑬穷秋：深秋。腓（féi肥）：草木衰萎变黄。一作“衰”。虞世基《陇头吟》：“穷秋塞草腓，塞外胡尘飞。”

⑭恩遇：朝廷宠任。轻敌：不把敌人放在眼里。

⑮铁衣：铁甲，代指出征战士。《木兰诗》：“寒光照铁衣。”

⑯玉箸：玉做的筷子。此指思妇的眼泪。刘孝威《独不见》：“谁怜双玉箸，流面复流襟。”

⑰少妇：指战士妻子。

⑱征人：指远戍战士。蓟北：指唐蓟州（今天津蓟县）以北地区。

⑲边庭飘飖：一作“边风飘飘”。边庭，边地。飘飖，远阔。度：越过。

⑳绝域：极僻远之地。苍茫：茫茫无际貌。更何有：原作“无所有”。另本作“更何有”，较胜，据改。

㉑三时：指早、午、晚，即一整天。

㉒刁斗：军用金属工具，日以炊饭，夜以打更。

㉓死节：指为国捐躯。节，气节，节操。勋：指个人功勋。

㉔沙场：战场。

㉕李将军：指汉代抵抗匈奴的名将李广。《史记·李将军列传》：“广居右北平，匈奴闻之，号曰‘汉之飞将军’，避之数岁，不敢入右北平。”“广之将兵，乏绝之处，见水，士卒不尽饮，广不近水；士卒不尽食，广不尝食。宽缓不苛，士以此爱乐为用。”或谓指战国时赵国良将李牧。但此诗全用汉事，当以李广为是。

别董大① （二首选一）

千里黄云白日曛②，北风吹雁雪纷纷。莫愁前路无知己，天下谁人不识君。

中华书局版刘开扬《高适诗集编年笺注》

①原题二首，此为第二首，敦煌《唐诗选》残卷题作《别董令望》。令望事迹不可考。董大，旧注或谓指庭兰。有人认为董大非著名琴师董庭兰，当是作者在长安认识的一位友人。此诗写景悲凉，而后转安慰之情，风格粗豪。

②千：原作“十”，《唐诗选》残卷作“千”，较胜，据改。曛（xūn 熏）：落日的余光。这里指黄云蔽日的景象。

二〇
李　白

李白（701—762，或谓699年生，或谓763年、764年卒），字太白，自号“青莲居士”，故世称“李青莲”。祖籍陇西成纪（今甘肃秦安）。他的出生地，众说纷纭，大致划定在西域为近是。幼年随父迁居绵州昌隆（今四川江油）。少年即博览群书，喜纵横术，击剑任侠，求仙学道。二十五六岁时，出蜀东游，在安陆（今属湖北）与故相许圉师孙女结婚。后移居任城（今山东济宁），与孔巢父、韩准、裴政、张叔明、陶沔等隐于徂徕山，号“竹溪六逸”。天宝元年（742），因玉真公主荐，玄宗诏入长安，供奉翰林，故世称“李供奉”、“李翰林”。往见贺知章，贺奇其文才风骨，呼为“谪仙人”，故世称“李谪仙”。后遭谗谤，天宝三载（744）赐金还山，在洛阳与杜甫相识，同游梁宋、齐鲁等地。后游吴越。安史之乱爆发，入永王李璘幕，李璘兵败，白获罪流放夜郎（今贵州桐梓一带），途中遇赦，得以东归。卒于当涂（今属安徽）县令李阳冰家。代宗时，诏授左拾遗，时白已卒，故世又称“李拾遗”。李白诗重在抒发激昂情怀，想象神奇，风格雄放，语言清新明快，是继屈原之后我国最伟大的浪漫主义诗人。他与杜甫并称，对后世影响至为深远。韩愈写诗赞曰：“李杜文章在，光焰万丈长。”（《调张籍》）他的诗现存约千首。有《李太白集》。

金陵酒肆留别[①]

白门柳花满店香[②]，吴姬压酒唤客尝[③]。金陵子弟来相送，欲行不行各尽觞[④]。请君问取东流水[⑤]，别意与之谁短长[⑥]？

百花文艺出版社版詹锳主编《李白全集校注汇释集评》卷一三

①此诗为李白送别名篇，作于开元十四年（726）春李白自金陵赴广陵（今江苏扬州）时。诗写送别，设想奇妙，清新俊逸，深挚动人。沈德潜《唐诗别裁集》卷六云：“语不必深，写情已足。”金陵，今江苏南京市。酒肆，酒店。

②白门：一作“风吹”。白门为金陵正西门。李白《杨叛儿》：“何许最关人？乌啼白门柳。”又称白下门，有驿亭名白下亭，为送别之地。李白诗《金陵白下亭留别》云：“驿亭三杨树，正当白下门。”又《留别金陵诸公》诗：“五月金陵西，祖余白下亭。”皆指其地。柳花：指柳絮。

③吴姬：吴地美女。金陵古属吴地。压酒：新酒酿熟时，压糟取酒。唤：一作“劝”。

④欲行：将行之人，指作者。不行：送行之人，指金陵子弟。尽觞：倾杯而饮。正如李白《江夏别宋之悌》所云：“人分千里外，兴在一杯中。”

⑤东流水：指长江。六朝吴歌《子夜歌》：“不见东流水，何时复西归？”

⑥之：指东流水。

黄鹤楼送孟浩然之广陵①

故人西辞黄鹤楼②，烟花三月下扬州③。孤帆远影碧空尽，唯见长江天际流④。

百花文艺出版社版詹锳主编《李白全集校注汇释集评》卷一三

①黄鹤楼，故址在今湖北武汉武昌黄鹤矶。因楼在黄鹤矶上而得名。后人附会，说有仙人乘黄鹤过此，因名。广陵，今江苏扬州市。诗题一作《送孟浩然之广陵》。这首诗是李白寓居安陆（今属湖北）时期（727—736），在武昌送孟浩然去广陵时所作。诗为送别之作，但语言轻捷明快，意境阔大开朗，不但没有伤感之情，在对友人的深情厚谊之中，更洋溢着一种乐观向上的积极情绪。

②故人：老朋友。因黄鹤楼位于扬州之西，故曰“西辞”。

③烟花：泛指春天的景色。

④“孤帆”二句：帆影在蓝天的背景中渐去渐远，终于消失，只有长江水向着东方天际滚滚流去。碧空，原作“碧山”，诸本多作“碧空”，似较胜，据改。

蜀道难①

噫吁嚱②，危乎高哉！蜀道之难，难于上青天！蚕丛及鱼凫③，开国何茫然④。尔来四万八千岁⑤，不与秦塞通人烟⑥。西当太白有鸟道⑦，何以横绝峨眉巅⑧。地崩山摧壮士死，然后天梯石栈方钩连⑨。上有六龙回日之高标⑩，下有冲波逆折之回川⑪。黄鹤之飞尚不得过，猿猱欲度愁攀缘⑫。青泥何盘盘⑬，百步九折萦岩峦⑭。扪参历井仰胁息⑮，以手抚膺坐长叹⑯。问君西游何时还？畏途巉岩不可攀⑰。但见悲鸟号古木，雄飞雌从绕林间。又闻子规啼夜月⑱，愁空山。蜀道之难，难于上青天！使人听此凋朱颜⑲。连峰去天不盈尺，枯松倒挂倚绝壁。飞湍暴流争喧豗，砯崖转石万壑雷⑳。其险也若此，嗟尔远道之人胡为乎来哉？剑阁峥嵘而崔嵬㉑，一夫当关，万人莫开。所守或匪亲，化为狼与豺㉒。朝避猛虎，夕避长蛇，磨牙吮血㉓，杀人如麻。锦城虽云乐㉔，不如早还家。蜀道之难难于上青天！侧身西望长咨嗟㉕。

百花文艺出版社版詹锳主编《李白全集校注汇释集评》卷三

①《蜀道难》为乐府古题，《乐府诗集》卷四〇谓属“相和歌辞·瑟调曲”，并引《乐府解题》曰：“《蜀道难》，备言铜梁、玉垒（皆蜀中山名）之阴。”此诗作年，众说不一，当以天宝初作于长安为近是。《蜀道难》是李白最著名的诗篇之一。它以“蜀道之难难于上青天”为主线贯串全诗，以散文笔法极写蜀道之艰难险阻，造语奇丽，想象奇瑰，豪纵恣肆，气势雄伟，一唱三叹，一泻千里。

②噫吁嚱（yī xū xī 依虚希）：惊叹词。宋祁《宋景文公笔记·释俗》：“蜀人见物惊异，辄曰‘噫嘻嚱’，李白作《蜀道难》，因用之。”

③蚕丛、鱼凫：传说中古蜀国的两位先王。《文选》左思《蜀都赋》：“夫蜀都者，盖兆基于上世，开国于中古。”李善注引扬雄《蜀王本纪》：“蜀王之先，名蚕丛、拍濩、鱼凫、蒲泽、开明。……从开明上到蚕丛，积三万四千岁。”

④茫然：指年代久远，难以详悉。

⑤尔来：从那时以来。四万八千岁：极言年代悠久。

⑥秦塞：指秦地。贾谊《过秦论》下：“秦地被山带河以为固，四塞之国也。”故云。秦、蜀为邻国，战国时秦惠文王灭蜀，置蜀郡，秦蜀始交通往来。

⑦太白：山名，为终南山主峰，在今陕西眉县东南。鸟道：谓山峦险峻，人迹难至，只有飞鸟才能通过，极言山路之险。

⑧横绝：跨越。峨眉：山名，在今四川峨眉山市。

⑨“地崩”二句：写古蜀道之开辟。《艺文类聚》卷九四引《蜀王本纪》：“秦惠王欲伐蜀，乃刻五石牛，置金其后。蜀人见之，以为牛能大便金。……蜀王以为然，即发卒千人，使五丁力士，拖牛成道，致三枚于成都。秦得道通，石牛力也。后遣丞相张仪等，随石牛道伐蜀。”又卷九六引《蜀王本纪》：“秦惠王欲伐蜀。蜀王好色，乃献美女五人。蜀王遣五丁迎女。还至梓潼，见一大蛇入山穴中，一丁引其尾，不能出，五丁共引蛇，山崩，压五丁。”山即今四川江油东北近剑阁界的五华山，或称五子山。壮士，即指五丁。天梯，指崎岖陡峭的山路。石栈，即山中栈道。

⑩六龙：传说日神乘坐六条龙拉的车子在天空中旅行。此谓碰到蜀道上的高山，日神亦不能不为之回驾。高标：即指蜀山之最高而为一方之标识者。语本左思《蜀都赋》：“羲和假道于峻岐，阳乌回翼乎高标。”

⑪逆折：曲折回旋。

⑫猱（náo 挠）：猿类，极善攀援。

⑬青泥：岭名。《元和郡县图志·山南道·兴州》：“青泥岭，在（长举）县西北五十三里接溪山东，即今通路也。悬崖万仞，山多云雨，行者屡逢泥淖，故号青泥岭。”岭在今甘肃徽县南。盘盘：山路曲折盘旋。

⑭萦：盘绕。

⑮扪参（shēn 申）历井：参、井为二星宿名，参为蜀之分野，井为秦之分野。青泥岭为自秦入蜀之要道，过此仰视天星，去人不远，若可以手扪及之，极言其高而险。胁息：屏气不敢呼吸。

⑯膺：胸。

⑰“问君”二句：乃旅人扪心自问之词。巉岩，险峻的山岩。

⑱子规：即杜鹃，又名杜宇，蜀中最多，夜啼甚哀。

⑲凋：衰谢。朱颜：青春容颜。

⑳“飞湍”二句：湍，急流。暴流，一作“瀑流”，瀑布。喧豗（huī 辉），喧闹声。砯（pīng 乒），水击岩石声。原本作“冰”，据别本改。二句即作者《剑阁赋》所云：“旁则飞湍走壑，洒石喷阁，汹涌而惊雷。”

㉑剑阁：在今四川剑阁县北大小剑山之间，又名剑门关。《水经注·漾水》：“又东南径小剑戍北，西去大剑三十里，连山绝险，飞阁通衢，故谓之剑阁也。”《元和郡县图志·剑南道·剑州》：“剑阁道……秦惠王使张仪、司马错从石牛道伐蜀，即此也。后诸葛亮相蜀，又凿石驾空为飞梁阁道，以通行路。”峥嵘：高峻貌。崔嵬：高而不平貌。晋张载《剑阁铭》云：“惟蜀之门，作固作镇。是曰剑阁，壁立千仞。穷地之险，极路之峻。”

㉒“一夫”四句：《剑阁铭》：“一人荷戟，万夫趑趄。形胜之地，匪亲勿居。”四句本此。万人，另本作“万夫”。匪，同“非”。

㉓吮（shǔn 顺上声）：吸。

㉔锦城：即锦官城，成都的别称。

㉕咨嗟：叹息。长咨嗟，一作“令人嗟”。

月下独酌[①]（四首选一）

花间一壶酒，独酌无相亲。举杯邀明月，对影成三人[②]。月既不解饮[③]，影徒随我身。暂伴月将影[④]，行乐须及春。我歌月徘徊，我舞影凌乱。醒时同交欢，醉后各分散。永结无情游[⑤]，相期邈云汉[⑥]。

百花文艺出版社版詹锳主编《李白全集校注汇释集评》卷二一

①原诗共四首，此为第一首。宋本李白集题下原注："长安。"第三首有"三月咸阳时，千花昼如锦"句。所以一般认为是天宝三载（744）春李白供奉翰林离朝前夕所作，抒发了壮志难酬、无人可与共语的极度寂寞孤独之情。

②三人：指自己本身与影、月。陶渊明《杂诗十二首》其二："欲言无予和，挥杯劝孤影。"白意本此。《南史·沈庆之传》："我每游履田园，有人时与马成三，无人则与马成二。"白语似本此。

③不解：不懂，不会。

④将：和，共。

⑤无情：忘情。无情游，指超乎尘世俗情的交游。

⑥相期：相约。邈（miǎo 秒）：遥远。云汉：天河。此指天上仙境。

梦游天姥吟留别[①]

海客谈瀛洲[②]，烟涛微茫信难求。越人语天姥[③]，云霓明灭或可睹。天姥连天向天横，势拔五岳掩赤城[④]。天台四万八千丈[⑤]，对此欲倒东南倾[⑥]。我欲因之梦吴越，一夜飞度镜湖月[⑦]。湖月照我影，送我至剡溪[⑧]。谢公宿处今尚在[⑨]，渌水荡漾清猿啼[⑩]。脚著谢公屐[⑪]，身登青云梯[⑫]。半壁见海日[⑬]，空中闻天鸡[⑭]。千岩万转路不定[⑮]，迷花倚石忽已暝。熊咆龙吟殷岩泉[⑯]，栗深林兮惊层巅[⑰]。云青青兮欲雨，水澹澹兮生烟[⑱]。列缺霹雳[⑲]，丘峦崩摧。洞天石扇[⑳]，訇然中开[㉑]。青冥浩荡不见底[㉒]，日月照耀金银台[㉓]。霓为衣兮风为马，云之君兮纷纷而来下[㉔]。虎鼓瑟兮鸾回车，仙之人兮列如麻。忽魂悸以魄动[㉕]，恍惊起而长嗟[㉖]。惟觉时之枕席[㉗]，失向来之烟霞[㉘]。世间行乐亦如此，古来万事东流水。别君去兮何时还[㉙]？且放白鹿青崖间[㉚]，须行即骑访名山。安能摧眉折腰事权贵[㉛]，使我不得开心颜！

百花文艺出版社版詹锳主编《李白全集校注汇释集评》卷一三

①《河岳英灵集》诗题作《梦游天姥山别东鲁诸公》，一作《别东鲁诸公》。天姥，山名，为越州名山，在今浙江嵊州东，天台县西北。天宝三载（744），李白因遭谗毁，在供奉翰林三年后，被赐金放还，遂离京漫游梁宋、齐鲁，并决计南游。此诗为李白自东鲁赴吴越前作，时当天宝四、五载间。这首诗托言梦游，表达诗人不愿屈身权贵，愿游名山以终天年的思想。全诗豪迈悲愤，纵横奇恣，而又流畅自然，一气贯注，堪称绝唱。

②瀛洲：传说为海上三神山之一，在东海中，洲上多仙人，风俗似吴越。

③越：今浙江一带。

④拔：超出。赤城：山名，在今浙江天台县西北。山上赤石屏列如城，状似云霞，故名。赤城栖霞，为天台八景之一。

⑤天台：山名，在今浙江天台县城北，是我国佛教天台宗的发源地。

⑥此：指天姥山。倾：倾斜。天台山在天姥山东南，故云“东南倾”。

⑦镜湖：一名鉴湖，在今浙江绍兴市南。

⑧剡（shàn 扇）溪：水名，在今浙江嵊州南，北流入州北界曰曹娥江，又北流入绍兴市上虞区界，名上虞江。李白青年时代所作《秋下荆门》诗即云：“此行不为鲈鱼鲙，自爱名山入剡中。”

⑨谢公：指谢灵运。谢家居会稽始宁（今浙江上虞）时，曾恣游山水，遍及附近一带。其《登临海峤初发强中作与从弟惠连见羊何共和之》诗云：“暝投剡中宿，明登天姥岑。高高入云霓，还期那可寻。”

⑩渌：一作“绿”。

⑪谢公屐：指谢灵运为登山而特制的一种木屐。《南史・谢灵运传》载，灵运家居始宁时，“寻山陟岭，必造幽峻，岩嶂数十重，莫不备尽。登蹑常着木屐，上山则去其前齿，下山去其后齿”。

⑫青云梯：谓山岭高峻，上入青云。谢灵运《登石门最高顶》诗：“惜无同怀客，共登青云梯。”

⑬半壁：半山腰。

⑭天鸡：《玄中记》：“东南有桃都山，上有大树，名曰桃都，枝相去三千里，上有天鸡。日初出照此木，天鸡即鸣，天下鸡皆随之。”（《艺文类聚》卷九一引）

⑮转：一作“壑”。

⑯殷（yǐn 隐）：震动。司马相如《上林赋》：“车骑雷起，殷天动地。”

⑰栗：战栗。

⑱澹澹：水波动荡貌。

⑲列缺：闪电。霹雳：惊雷。

⑳洞天：道家称仙人所居之地。石扇：一作“石扉”，石门。

㉑訇（hōng 轰）然：大声。

㉒青冥：青天。

㉓金银台：神仙居处。郭璞《游仙诗》：“神仙排云出，但见金银台。”

㉔“霓为衣”二句：风，原作“凤”。他本多作“风”，据改。傅玄《吴楚歌》：“云为车兮风为马。”云之君，指乘风云而降的仙人。

㉕悸：惊动。

㉖恍（huǎng 谎）：猛然。长嗟：长叹。

㉗觉：梦醒。

㉘向来：刚才。烟霞：指梦中仙境。

㉙君：指东鲁诸公。

㉚白鹿：仙人所乘。

㉛安能：怎能，岂能。摧眉：低头。

独坐敬亭山①

众鸟高飞尽，孤云独去闲②。相看两不厌，只有敬亭山。

百花文艺出版社版詹锳主编《李白全集校注汇释集评》卷二一

①此首约作于天宝十二载（753）。敬亭山，在今安徽宣城北，原名昭亭山，晋初避司马昭讳改敬亭山，又名查山。李攀龙《唐诗训解》：“鸟飞云去，似有厌时，求不相厌者，惟此敬亭耳。描写独坐之景，非深知山水趣者不能道。”

②孤云：陶渊明《咏贫士七首》其一：“万族各有托，孤云独无依。”

秋浦歌[1]（十七首选一）

白发三千丈，缘愁似个长[2]。不知明镜里[3]，何处得秋霜[4]？

百花文艺出版社版詹锳主编《李白全集校注汇释集评》卷七

①秋浦，唐县名，即今安徽池州市，因境内有秋浦水而得名。天宝十三载（754），李白游秋浦而作此组诗，共十七首，这里选的是第十五首。诗表达了志士失意的悲伤，意象、笔致俱壮伟纵恣。

②缘：因为。个：这样。

③明镜：喻指秋浦水，言水清似镜，非实指镜。

④秋霜：指白发。

望庐山瀑布[1]（二首选一）

日照香炉生紫烟[2]，遥看瀑布挂长川[3]。飞流直下三千尺，疑是银河落九天。

百花文艺出版社版詹锳主编《李白全集校注汇释集评》卷一九

①此题两首，第一首为五古，此首为七绝。诗末原注：“一本题云《望庐山香炉山瀑布》”。此诗为庐山瀑布传神写照，由实入虚，取喻瑰丽，可谓兴到神会，自然天成。

②香炉：庐山峰名，一在北，一在南，此当为南峰。《艺文类聚》卷七山部引慧远《庐山记》曰：“东南有香炉山，孤峰秀起，游气笼其上，则氛氲若烟。”陈舜俞《庐山记》卷一《叙山北第二》云：“次香炉峰，山南山北皆有，其形圆耸，常出云气，故名以象形。李白诗曰：‘日照香炉生紫烟，遥看瀑布挂长川。’即谓在山南者也。”

③长：一作“前”。

二一

崔 颢

崔颢（704?—754），汴州（今河南开封）人。开元十一年（723）进士。开元后期，以监察御史任职河东军幕。天宝初任太仆寺丞，迁司勋员外郎，世称“崔司勋”。天宝十三载（754）卒。颢为盛唐著名诗人。殷璠曰：“颢少年为诗，属意浮艳，多陷轻薄，晚节忽变常体，风骨凛然，一窥塞垣，说尽戎旅……可与鲍照、江淹并驱也。”（《河岳英灵集》卷下）存诗四十余首。有《崔颢诗集》。

黄鹤楼①

昔人已乘黄鹤去②，此地空余黄鹤楼。黄鹤一去不复返，白云千载空悠悠。晴川历历汉阳树③，芳草萋萋鹦鹉洲④。日暮乡关何处是⑤？烟波江上使人愁。

中华书局校点本《全唐诗》卷一三〇

①黄鹤楼，见前李白《黄鹤楼送孟浩然之广陵》诗注。此诗为千古传诵的名篇，被严羽誉为“唐人七言律第一”（见《沧浪诗话·诗评》）。诗以古体行律，气格超然，不为律缚，纯以韵胜。前四句借黄鹤楼发思古之幽情，后四句即景寓情以抒怀乡之思，意得象先，神行语外，一气流转，雄浑苍茫，全然盛唐气象。

②昔人：指传说中乘黄鹤的仙人。黄鹤：一作“白云”。

③晴川：指长江。历历：分明可数貌。汉阳：黄鹤楼在武昌，与汉阳隔江相对。树：一作“戍”。

④芳草：一作“春草”。萋萋：草盛貌。《楚辞·招隐士》：“王孙游兮不归，春草生兮萋萋。”鹦鹉洲：原在武昌城外长江中，相传因东汉末年祢衡在此赋《鹦鹉赋》而得名，后渐湮没。今汉阳拦江提外的鹦鹉洲，系清乾隆年间新淤的一洲，原名补得洲，嘉庆间改今名，已非原址。

⑤乡关：故乡。是：一作“在”。

二二

杜甫

杜甫（712—770），字子美，巩县（今河南巩义）人。因远祖杜预为京兆杜陵（在今陕西西安市长安区东北）人，故自称“杜陵布衣”、“杜陵野老”、“杜陵野客”。青年时期曾漫游三晋、吴越、齐赵等地。追求功名，应试不第。唐玄宗天宝十载（751），献“三大礼赋”，玄宗命待制集贤院。十四载（755）授河西尉，不就，旋改右卫率府兵曹参军。困守长安期间，尝居城南少陵附近，自称“少陵野老”，世因称“杜少陵”。安史乱起，曾陷贼中。肃宗至德二载（757）四月，自长安奔赴凤翔行在，授左拾遗，故世称“杜拾遗”。旋因疏救房琯，被贬华州司功参军。后弃官流寓陇、蜀、荆、湘等地，所谓“漂泊西南天地间”。其间曾卜居成都浣花溪畔，人又称“杜浣花”。因代宗广德二年（764）剑南节度使严武表奏为节度参谋、检校工部员外郎，故世称“杜工部”。杜甫生当李唐王朝由盛转衰的历史时期，他的诗广泛而深刻地反映了安史之乱前后的现实生活和社会矛盾，向被誉为“诗史”。他是我国古典诗歌的集大成者，诸体兼擅，无体不工，锤炼精严，沉郁顿挫，被世尊为“诗圣”。元稹《唐故工部员外郎杜君墓系铭序》盛赞其“上薄风骚，下该沈宋，言夺苏李，气吞曹刘，掩颜谢之孤高，杂徐庾之流丽，尽得古今之体势，而兼人人之所独专”，“诗人以来，未有如子美者”。现存诗一千四百五十余首。有《杜工部集》。

望岳[①]

岱宗夫如何[②]？齐鲁青未了[③]。造化钟神秀[④]，阴阳割昏晓[⑤]。荡胸生曾云，决眦入归鸟[⑥]。会当凌绝顶，一览众山小[⑦]！

中华书局校点本《杜诗详注》卷一

①开元二十四年（736），应试落第的杜甫开始了“放荡齐赵间，裘马颇清狂”的漫游生活。他的父亲杜闲，时为兖州（今属山东）司马。省亲漫游，可谓一举两得。这首诗即是他这次漫游时所作。杜诗以“望岳”为题者共三首，这首望的是东岳泰山。诗作既生动地描绘出泰山巍峨的雄姿和壮丽的景象，更突出表现了青年诗人广阔的胸怀和远大的抱负。意境开阔，造语警拔。

②岱宗：泰山别称。岱，始也；宗，长也。泰山为五岳之首，故称岱宗。夫（fú扶）：指代词，指岱宗而言。

③齐鲁：周代两大诸侯国名，并在今山东境内。齐在泰山之北，鲁在泰山之南。青：指山色。未了：没有尽头。施补华曰：“五字囊括数千里，可谓雄阔。”（《岘佣说诗》）

④造化：谓天地，大自然。钟：聚。神秀：神奇峻秀。

⑤“阴阳”句：山南向阳，故天色明亮；山北背阴，故日色昏暗。一山之隔，判若昏晓，可见泰山之高大。割，分。

⑥“荡胸”二句：曾，通“层”。决，裂开。眦（zì自），眼角。

⑦“会当”二句：会当，定当，表示心所预期。凌，登临。绝顶，最高峰。众山小，化用《孟子·尽心上》“孔子登东山而小鲁，登太山而小天下”意。

兵车行①

车辚辚②，马萧萧③，行人弓箭各在腰④。耶娘妻子走相送⑤，尘埃不见咸阳桥⑥。牵衣顿足拦道哭，哭声直上干云霄⑦。道旁过者问行人⑧，行人但云点行频⑨。或从十五北防河，便至四十西营田⑩。去时里正与裹头⑪，归来头白还戍边。边庭流血成海水⑫，武皇开边意未已⑬。君不闻，汉家山东二百州⑭，千村万落生荆杞⑮。纵有健妇把锄犁，禾生陇亩无东西。况复秦兵耐苦战⑯，被驱不异犬与鸡。长者虽有问⑰，役夫敢伸恨⑱？且如今年冬，未休关西卒⑲。县官急索租⑳，租税从何出？信知生男恶，反是生女好㉑。生女犹得嫁比邻㉒，生男埋没随百草。君不见，青海头㉓，古来白骨无人收㉔。新鬼烦冤旧鬼哭，天阴雨湿声啾啾㉕。

中华书局校点本《杜诗详注》卷二

①史载，玄宗天宝十载（751）四月，剑南节度使鲜于仲通率兵六万讨南诏（今云南一带），全军陷没。杨国忠掩其败状，仍叙其战功。又大募两京及河南、北兵以击南诏。人闻云南多瘴疠，士卒未战而死者十之八九，莫肯应募。杨国忠遂遣御史分道捕人，连枷强征入伍。于是行者愁怨，父母妻子送之，所在哭声震野。又玄宗连年用兵吐蕃，死伤甚众。杜甫亲见征人服役惨状，遂作此诗。《兵车行》是杜甫即事名篇的新题乐府。诗歌纯用客观叙述的表现手法，真实而深刻地揭露了穷兵黩武政策给人民带来的深重苦难。

②辚（lín林）辚：众车声。

③萧萧：马长嘶声。

④行人：出征之人，唐人诗中亦称征人。即后所云“役夫”。

⑤耶：同“爷”。

⑥咸阳桥：在咸阳西南渭水上，汉时名便桥。

⑦干：冲犯。此句犹言哭声震天。

⑧过者：过路人，实即杜甫自己。

⑨点行：即按丁籍强制征调。频：频繁，指下“防河”、“营田”等事。按，“但云”以下，皆行人答语。借问答，就行人口中说出苦情。

⑩“或从”二句：十五、四十，皆指年龄言。防河，是时吐蕃侵扰河右，曾征召陇右、河西、关中、朔方诸军防秋，故云“防河”。营田，屯田。无事则耕，有事则战，寓兵于农。《新唐书·食货志三》：“唐开军府以捍要冲，因隙地置营田，天下屯总九百九十二。”

⑪里正：唐以百户为里，每里设正一人，负责里中事务。裹头：古以皂罗三尺裹头，曰头巾。因年小从军，故里正为之裹头。按，唐之丁中制，人有黄、小、中、丁之分。开元二十六年（738），“诏民三岁以下为黄，十五以下为小，二十以下为中”；“天宝三载，更民十八以上为中男，二十三以上成丁”（《新唐书·食货志一》）。诗言十五防河，是当时兵役征发，已及于丁、中以下十五岁之少年。

⑫边庭：边疆，边境。

⑬武皇：本指汉武帝。武帝喜开边，唐玄宗亦好开边，犹似武帝，当时不便直斥，故比之武帝。唐人多如此。意未已：意犹未尽，指一味穷兵黩武。故《新唐书·杨炎传》云："玄宗事夷狄，戍者多死。"

⑭山东：指崤山或华山以东。亦称关东，因在函谷关以东。二百州：《钱注杜诗》卷一引《十道四蕃志》："关以东七道，凡二百一十一州。"曰二百，实已尽天下矣。

⑮落：人聚居之地。荆杞：因连年战争，兵乱地荒，遂尽生荆棘枸杞。

⑯秦兵：即关中之兵。耐苦战：即能苦战。岑参《胡歌》："关西老将能苦战，七十行兵仍未休。"

⑰长者：行人对杜甫之尊称。

⑱敢伸恨：不敢申说怨恨，即所谓"敢怒而不敢言"。敢，岂敢。《旧唐书·杨国忠传》载：征南诏，"其征发皆中国利兵，然于土风不便，沮洳之所陷，瘴疫之所伤，馈饷之所乏，物故者十八九。凡举二十万众，弃之死地，只轮不还，人衔冤毒，无敢言者"。

⑲关西：指函谷关以西。诗前言"山东"，后言"关西"，表明无处不用兵也。

⑳县官：指朝廷，亦专指皇帝。《史记·绛侯周勃世家》："庸知其盗买县官器。"司马贞《索隐》："县官，谓天子也。所以谓国家为县官者，《夏官》王畿内县即国都也。王者官天下，故曰县官也。"

㉑信知：诚知。《水经·河水注》引杨泉《物理论》："秦始皇使蒙恬筑长城，死者相属。民歌曰：生男慎勿举，生女哺用餔。不见长城下，尸骸相支拄。"二句本此。

㉒比邻：犹近邻。邻为当时基层组织单位之一。《旧唐书·职官志二》："四家为邻，五邻为保。"

㉓青海：古名鲜水、西海，北魏时始名青海，在今青海省境内。唐高宗龙朔三年（663），青海为吐蕃所并。玄宗开元中，王君㚟、张景顺、张忠亮、崔希逸、皇甫惟明、王忠嗣等先后破吐蕃，皆在青海西，死者甚众。天宝间，哥舒翰攻吐蕃石堡城，拔之，唐士卒死者数万。故下云"新鬼"、"旧鬼"。

㉔白骨无人收：语出梁鼓角横吹曲《企喻歌辞》："尸丧狭谷中，白骨无人收。"

㉕啾啾：即唧唧，呜咽声。李华《吊古战场文》："往往鬼哭，天阴则闻。"

自京赴奉先县咏怀五百字①

杜陵有布衣②，老大意转拙③：许身一何愚④，窃比稷与契⑤！居然成濩落⑥，白首甘契阔⑦。盖棺事则已，此志常觊豁⑧。穷年忧黎元⑨，叹息肠内热。取笑同学翁，浩歌弥激烈⑩。非无江海志⑪，萧洒送日月⑫；生逢尧舜君⑬，不忍便永诀。当今廊庙具⑭，构厦岂云缺⑮？葵藿倾太阳，物性固难夺⑯。顾惟蝼蚁辈⑰，但自求其穴。胡为慕大鲸，辄拟偃溟渤⑱？以兹误生理，独耻事干谒⑲。兀兀遂至今⑳，忍为尘埃没㉑？终愧巢与由，未能易其节㉒。沉饮聊自遣，放歌破愁绝㉓。

岁暮百草零㉔，疾风高冈裂。天衢阴峥嵘㉕，客子中夜发㉖。霜严衣带断，指直不能结㉗。凌晨过骊山㉘，御榻在嵽嵲㉙。蚩尤塞寒空㉚，蹴踏崖谷滑㉛。瑶池气郁律㉜，羽林相摩戛㉝。君臣留欢娱，乐动殷胶葛㉞。赐浴皆长缨㉟，与宴非短褐㊱。彤庭所分帛㊲，本自寒女出。鞭挞其夫家，聚敛贡城阙㊳。圣人筐篚恩㊴，实愿邦国活㊵。臣如忽至理㊶，君岂弃此物？多士盈朝廷㊷，仁者宜战栗㊸！况闻内金盘㊹，尽在卫霍室㊺。中堂舞神仙，烟雾蒙玉质㊻。暖客貂鼠裘，悲管逐清瑟㊼。劝客驼蹄羹㊽，霜橙压香橘㊾。朱门酒肉臭㊿，路有冻死骨！荣枯咫尺异[51]，惆怅难再述[52]！北辕就泾渭[53]，官渡又改辙[54]。群水从西下[55]，极目高崒兀[56]。疑是崆峒来[57]，恐触天柱折[58]。河梁幸未拆[59]，枝撑声窸窣[60]。行李相攀援[61]，川广不可越。老妻寄异县[62]，十口隔风雪。谁能久不顾？庶往共饥渴[63]！入门闻号咷[64]，幼子饿已卒[65]。吾宁舍一哀，里巷亦呜咽[66]。所愧为人父，无食致夭折[67]！岂知秋禾登[68]，贫窭有仓卒[69]？生常免租税，名不隶征伐[70]。抚迹犹酸辛[71]，平人固骚屑[72]。默思失业徒[73]，因念远戍卒。忧端齐终南[74]，澒洞不可掇[75]！

中华书局校点本《杜诗详注》卷四

①这首诗是天宝十四载（755）十一月杜甫由长安到奉先县（今陕西蒲城）探望家小时所作。诗中叙述平生抱负，记叙途中见闻及归家后情况，贯穿着“穷年忧黎元”的精神。杜甫此类五古长篇，发挥赋的铺陈排比的手法，夹叙夹议，便于表达复杂的感情、错综的内容。五古前人多以质厚清远胜，而杜甫出之以沉郁顿挫。

②“杜陵”句：杜陵布衣，作者自称。杜陵，地名，在长安南。杜甫祖籍杜陵，困守长安时，亦曾居此。

③老大：这年杜甫四十四岁。拙：笨拙，此指不通世故。实际上是反话，意思是不同流俗。

④许身：期望自己。

⑤稷、契（xiè谢）：都是传说中尧舜时代的贤臣。稷，即后稷，曾教民稼穑。契，曾佐禹治水。

⑥居然：竟然。濩（huò获）落：亦写作“廓落”、“瓠落”，大而无用的意思。

⑦契阔：勤苦，劳苦。《诗经·邶风·击鼓》：“死生契阔，与子成说。”毛传：“契阔，勤苦也。”

⑧“盖棺”二句：言死而则已，只要活着就总是希望实现自己的抱负。盖棺，指死亡。觊豁（jì huò计货），希望达到目的。

⑨穷年：一年到头。黎元：老百姓。

⑩“取笑”二句：意思是别人越讥笑，自己意志越坚决。“翁”字在这里有嘲讽意味。浩歌，高歌。

⑪江海志：隐遁江海的愿望。

⑫萧洒：同“潇洒”，无拘无束，自由自在的样子。送日月：犹度日月。

⑬尧舜君：尧舜似的皇帝。此代指唐玄宗。

⑭廊庙具：朝廷中栋梁之臣。廊庙，朝廷。

⑮构厦：比喻成就稷、契的事业。

⑯“葵藿”二句：语本曹植《求通亲亲表》：“若葵藿之倾叶，太阳虽不为之回光，然终向之者，诚也。”葵，葵菜。藿，豆叶。难，一作“莫”。

⑰顾惟：自念。如杜甫《寄题江外草堂》：“顾惟鲁钝姿，岂识悔吝先。”蝼蚁辈：喻地位低下的小人物。此为愤慨性的自喻。

⑱辄拟：总打算。偃：伏卧，休息。溟渤：指大海。

⑲“以兹”二句：以此耽误了自己的生计，却仍不肯去奔走权门，营求富贵。误，原作“悟”，校云：“一作‘误’。”较胜，据改。干谒：钻营请托。

⑳兀（wù悟）兀：劳苦貌。一说穷困貌。

㉑忍：岂忍。尘埃没：没于尘埃，被埋没。

㉒“终愧”二句：是说自己终于无法改变自己的初志而效法巢、由的避世。巢，巢父。

由，许由。传说中尧时的两个隐士。作者这里是婉转地说反话。

㉓愁绝：愁极。

㉔零：凋谢。

㉕天衢（qú渠）：天空。天空广阔，任意通行，如世之广衢，故称。阴峥嵘：阴云重叠如山。峥嵘，本山高貌，这里形容云盛貌。杜甫《羌村》："峥嵘赤云西，日脚下平地。"用法与此同。

㉖客子：旅居在外的人。这里是作者自指。中夜：半夜。发：出发。

㉗指直：手指冻得僵直。能：一作"得"。

㉘骊山：在今陕西省临潼东南，离长安六十里。骊山有温泉，唐玄宗置温泉宫，天宝六载（747）改名华清宫，每年十月带着杨贵妃及其姊妹到此避寒。

㉙"御榻"句：指皇帝住在骊山。嵽嵲（dié niè迭聂），本山高貌，此处指代骊山。

㉚蚩（chī吃）尤：上古神话中人物，相传蚩尤与黄帝作战时，曾作大雾以迷惑对方。此借指雾。

㉛蹴（cù促）：踩，踏。

㉜瑶池：古代传说中昆仑山上的池名，西王母所居。此指骊山温泉。郁律：烟雾蒸腾貌。

㉝羽林：羽林军，皇帝的禁卫军。摩戛（jiá荚）：犹摩擦。

㉞殷：盛，引申为充塞。胶葛：深远广大貌，此指天空。

㉟长缨：长帽带，指权贵。

㊱短褐：粗布短衣，指平民。

㊲彤庭：朝廷。汉代宫殿以朱漆涂饰，故称。后亦泛指皇宫。

㊳聚敛：横征暴敛。城阙：本为城门上的建筑物，此指京城、朝廷。

㊴圣人：君主时代对帝王的尊称。《礼记·大传》："圣人南面而治天下，必自人道始矣。"仇兆鳌注曰："《通鉴注》：唐人称天子皆曰圣人。"筐、篚：都是盛东西的竹器。古礼，皇帝宴会，以筐篚盛币帛赏赐大臣。

㊵愿：一作"欲"。邦国：国家。

㊶忽：忽视，轻视。至理：最正确的道理。

㊷多士：群臣。

㊸仁者：此指体恤民劳的官员。战栗：颤抖，引申有警惕的意思。

㊹内金盘：内廷的金盘。内，大内，皇帝的宫禁。

㊺卫霍：卫青、霍去病，都是汉武帝的外戚，这里借指杨氏家族。

㊻"中堂"二句：形容杨国忠兄妹之家，姬侍众多，室中香烟缭绕，望之若神仙。舞，原作"有"。校云："一作'舞'。"较胜，据改。神仙，唐代人常用以比喻美女、歌妓。烟雾，云烟，雾气。此指富贵人家室中熏香所生的烟。玉质，指肌肤洁腻的美女。

㊼"悲管"句：指管瑟合奏。悲、清，都是形容乐器的音色。逐，伴随。

㊽劝客：敬客。驼蹄羹：用骆驼蹄做成的肉汤，即八珍之一。

㊾霜橙：极言果品之新鲜。

㊿朱门：指贵族官僚之家。

51荣：指朱门的荣华。枯：指冻死骨。咫尺：形容距离近。八寸为咫。

52惆怅：伤感。

53北辕：车辕向北，即车向北行。北，使动用法。就：靠近。泾渭：二河名，这里指昭应县（今陕西临潼）泾渭合流的地方。

(54)官渡：官家设的渡口。此指官府在昭应县泾渭合流处设的渡口。改辙：改道，指渡口又换了地方。

(55)群水：指泾渭诸水。

(56)崒（cù促）兀：高而险貌。

(57)崆峒（kōng tóng空铜）：山名，在甘肃平凉西，泾河发源地。

(58)“恐触”句：形容水势凶猛。天柱，神话传说中支撑天的柱子。《淮南子·天文训》：“昔者共工与颛顼争为帝，怒而触不周之山，天柱折，地维绝。”

(59)河梁：桥。拆：一作“坼（chè彻）”，裂开。

(60)枝撑：指桥的支柱。窸窣（xī sū西苏）：象声词，形容轻微细碎之声。

(61)行李：行人。《左传·僖公三十年》：“行李之往来，共其乏困。”杜预注：“行李，使人。”又《左传·襄公八年》：“亦不使一介行李，告于寡君。”杜预注：“行李，行人也。”相攀援：相互牵拉。

(62)寄：寄居。异县：他县，此指奉先县。

(63)庶：庶几，表示希望和意愿的副词。

(64)号咷（táo桃）：放声大哭。

(65)卒：死。

(66)“吾宁”二句：我哪能忍住悲痛呢，连邻居都呜咽流泪。宁，岂能。舍，割舍。里巷，指里巷邻人。

(67)夭折：人幼年死亡。

(68)登：庄稼成熟。

(69)贫窭（jù具）：贫穷，指贫苦人家。窭，贫。仓卒（cù促）：突然，此指发生突然事故，即幼子夭折。

(70)隶：属。征伐：征讨，此指被征从军。

(71)抚迹：犹抚事，回忆发生的事。

(72)平人：平民，一般老百姓。固：本应。骚屑：本是形容风吹的声音，这里形容人心惊慌不安。

(73)失业徒：失去产业（土地）的人。

(74)忧端：忧思的端绪。齐终南：和终南山一样高。终南，山名，在长安南，为秦岭山脉的主峰。

(75)澒洞（hòng tóng讧童）：绵延，弥漫。掇（duō多）：收拾。

春望①

国破山河在②，城春草木深③。感时花溅泪④，恨别鸟惊心。烽火连三月⑤，家书抵万金⑥。白头搔更短，浑欲不胜簪⑦。

中华书局校点本《杜诗详注》卷四

①至德二载（757）三月，杜甫陷贼长安时作。诗写国破家亡的深忧剧痛，字字血泪，语语沉痛，撼人心魄。

②国：指国都。国破，谓长安陷落。山河在：山河依旧。

③草木深：草木丛生，意谓人烟稀少。

④时：指时事、时局。

⑤烽火：战火。连三月：是接连三个月不断，谓整个春天都在打仗。

⑥家书：家信。抵：抵当。抵万金，极言家书之难得。

⑦“白头”二句：白头，指白发。短，短少。浑欲，简直，几乎。不胜，犹不能。簪，用来束发于冠的饰具。鲍照《拟行路难十八首》其十六：“年去年来自如削，白发零落不胜冠。”二句化用鲍诗。

羌村[①]（三首选一）

峥嵘赤云西[②]，日脚下平地[③]。柴门鸟雀噪，归客千里至。妻孥怪我在[④]，惊定还拭泪。世乱遭飘荡，生还偶然遂[⑤]。邻人满墙头，感叹亦歔欷[⑥]。夜阑更秉烛[⑦]，相对如梦寐。

中华书局校点本《杜诗详注》卷五

①羌村，在鄜州城北，旧址在今陕西富县岔口乡大申号村。至德二载（757）闰八月，杜甫忤肃宗意，墨敕放还，从凤翔回鄜州的羌村探望家小。这组诗是回到家后所作。共三首，这里选的是第一首，写战乱中流离失散的亲人相见，悲喜交集。诗写得朴素精警，真挚动人。

②峥嵘：山高貌。此处形容云峰。赤云：云被落日映红，故云。

③日脚：云间透出的阳光。

④妻孥（nú 奴）：本指妻和子，此处仅指妻。

⑤“世乱”二句：飘荡，颠沛流离。遂，如愿。战乱中侥幸不死，喜与家人团聚，故曰“偶然遂”。

⑥歔欷（xū xī 虚希）：哽咽，抽泣。

⑦夜阑：夜深。

蜀相[①]

丞相祠堂何处寻[②]？锦官城外柏森森[③]。映阶碧草自春色[④]，隔叶黄鹂空好音[⑤]。三顾频繁天下计[⑥]，两朝开济老臣心[⑦]。出师未捷身先死[⑧]，长使英雄泪满襟。

中华书局校点本《杜诗详注》卷九

①此诗为上元元年（760）春杜甫到成都后初游诸葛亮庙时作。亮为三国蜀汉丞相，建兴元年（223）被后主刘禅封为武乡侯，故其庙又称武侯祠。诗用反衬手法极写诗人对诸葛亮的倾慕之情，而对其大业未竟，赍志而殁，深表痛惜。

②丞相祠堂：即武侯祠，在今成都南郊，现已辟为公园。

③锦官城：在成都城西南部，汉代主管织锦业的官员居此，故称。后作为成都的别称。如《春夜喜雨》：“花重锦官城。”即指成都。森森：高大茂密貌。传说武侯祠前有一柏为诸葛亮手植。

④自春色：自为春色。自，与下句“空”字，都含对庙主不胜仰慕与凄恻之感。

⑤空好音：空作好音。

⑥三顾：指刘备三顾茅庐请诸葛亮出山。频繁：一作“频烦”。意为多次烦劳，反复咨询。天下计：安天下之大计。指诸葛亮在《隆中对》中提出的东连孙权，北抗曹操，西取刘璋，三分天下的谋国方略。此句即诸葛亮《出师表》所云：“先帝（指刘备）不以臣卑鄙，猥自枉屈。

三顾臣于草庐之中，咨臣以当世之事。”

⑦两朝开济：指诸葛亮先辅佐先主刘备开创帝业，建立蜀汉政权，后又辅佐后主刘禅巩固帝业，济美守成。老臣心：即“鞠躬尽瘁，死而后已”之心。

⑧出师未捷：指“北定中原……兴复汉室，还于旧都”（《出师表》）的理想未得实现。《三国志·蜀志·诸葛亮传》载，建兴十二年（234）春，诸葛亮出师伐魏，据武功五丈原，与司马懿对抗于渭南，相持百余日。其年八月，亮病卒于军中，时年五十四。

茅屋为秋风所破歌①

八月秋高风怒号，卷我屋上三重茅②。茅飞渡江洒江郊，高者挂罥长林梢③，下者飘转沉塘坳④。南村群童欺我老无力，忍能对面为盗贼⑤，公然抱茅入竹去，唇焦口燥呼不得⑥！归来倚杖自叹息。俄顷风定云墨色⑦，秋天漠漠向昏黑⑧。布衾多年冷似铁，娇儿恶卧踏里裂⑨。床头屋漏无干处，雨脚如麻未断绝⑩。自经丧乱少睡眠⑪，长夜沾湿何由彻⑫！安得广厦千万间，大庇天下寒士俱欢颜⑬，风雨不动安如山！呜呼！何时眼前突兀见此屋⑭？吾庐独破受冻死亦足⑮！

中华书局校点本《杜诗详注》卷一〇

①肃宗上元二年（761）秋，一场暴风卷走了杜甫成都草堂上的茅草，秋雨随之而至。面对这恶作剧似的命运，作者联想到战乱以来万方多难，发为高唱，写下这首叙事兼抒情的歌行体七言古诗。此诗感慨淋漓，精神光照千古。王安石《杜甫画像》诗云：“宁令吾庐独破受冻死，不忍四海赤子寒飕飗。”所赞扬的正是杜甫的这种精神。

②三重：三层。三，言其多。

③挂罥（juàn 倦）：挂结。

④塘坳（ào 傲）：低洼积水之处。

⑤忍能：竟忍心这样做。

⑥呼不得：即喊不出声来。

⑦俄顷：一会儿。

⑧漠漠：阴沉迷濛貌。向：接近。

⑨恶卧：睡相不好，脚乱蹬。踏里裂：把被里子都蹬破了。

⑩雨脚如麻：形容雨点不断，如麻线一样。

⑪丧乱：指安史之乱。

⑫彻：彻晓，天亮。

⑬庇（bì 毕）：遮护。

⑭突兀（wù 悟）：高耸貌。见：同“现”。

⑮庐：房舍，即指茅屋。

闻官军收河南河北①

剑外忽传收蓟北②，初闻涕泪满衣裳③。却看妻子愁何在④？漫卷诗书喜欲狂⑤！白日放歌须纵酒⑥，青春作伴好还乡⑦。即从巴峡穿巫峡⑧，便下襄阳向洛阳⑨。

中华书局校点本《杜诗详注》卷一一

①诗题一作《闻官军收两河》。宝应元年（762）冬十月，唐军屡破史朝义兵，收复东京洛阳及河阳，伪邺郡节度使、伪恒阳节度使降，河北州郡悉平。广德元年（763）正月，史朝义败走广阳自缢，其将田承嗣以莫州降，李怀仙以幽州降，并斩史朝义首级来献。至此河南、河北诸州郡尽被唐军收复，延续八年之久的安史之乱宣告平息。是年春，流寓梓州（今四川三台）的杜甫闻知这个大快人心的消息，欣喜若狂，遂走笔写下这首著名的诗篇。全诗虽章法、句法、字法整饬谨严，但以律为古，一气流注，法极无迹，晓畅自然。诗人将"初闻"官军收复河南、河北特大喜讯一刹那间的惊喜之情、狂喜之态、欲歌欲哭之状，写得绘声绘色，跃然纸上，宛如目见。故浦起龙称这是杜甫"生平第一首快诗"（《读杜心解》卷四之一）。

②剑外：剑门关以外，即剑南。杜甫时在梓州，故云。蓟北：即指幽州，是安史之乱的发源地，为叛军老巢。

③初闻：乍听到。涕泪满衣裳：即"喜心翻倒极，呜咽泪沾巾"（《喜达行在所三首》其二）意。

④却看：回头看。

⑤漫卷：胡乱地卷起，有喜不暇整之意。

⑥白日：原作"白首"，一作"白日"，较胜，据改。放歌：放声高歌。纵酒：开怀痛饮。

⑦青春：大好春光。杜甫作此诗时，正是春天。春和景明，伴人归乡，颇不寂寞。二句以"青春"对"白日"，出《楚辞·大招》："青春受谢，白日昭只。"

⑧即：即刻，立即。巴峡：指嘉陵江流经阆中至巴县（今重庆市）一段。参见《嘉庆一统志》。巫峡：长江三峡之一，西起今重庆巫山县大宁河口，东至湖北巴东县官渡口。

⑨襄阳：在今湖北襄阳，为杜甫祖籍。洛阳，今属河南，为杜甫故乡。诗末原注："余田园在东京"。东京即洛阳。

咏怀古迹[①]（五首选一）

群山万壑赴荆门[②]，生长明妃尚有村[③]。一去紫台连朔漠[④]，独留青冢向黄昏[⑤]。画图省识春风面[⑥]，环珮空归夜月魂[⑦]。千载琵琶作胡语，分明怨恨曲中论[⑧]。

中华书局校点本《杜诗详注》卷一七

①《咏怀古迹》组诗共五首，为大历元年（766）杜甫寓居夔州（今重庆奉节）时所作。此为第三首。诗咏王昭君被遣远嫁匈奴，身殁异域的悲哀，微婉语深含悲愤情，极有韵致。亦寄寓了作者怀才不遇的深沉感慨。

②荆门：山名，在今湖北宜昌市东南长江南岸，详前王维《汉江临眺》注③。

③明妃：即王昭君，名嫱，汉元帝时宫人，远嫁匈奴呼韩邪单于。晋人避司马昭讳，改昭君为明君，故曰"明妃"。昭君村，在今湖北兴山县南妃台山下，唐属归州。

④紫台：即紫宫，天子所居。此指汉宫。连：联姻。《史记·南越列传》："（吕嘉）男尽尚王女，女尽嫁王子兄弟宗室，及苍梧秦王有连。"朔漠：北方沙漠之地，指匈奴。

⑤青冢：王昭君墓，在今内蒙古自治区呼和浩特市南。

⑥画图：《西京杂记》卷二："元帝后宫既多，不得常见，乃使画工图形，案图召幸之。诸宫人皆赂画工，多者十万，少者亦不减五万。独王嫱不肯，遂不得见。匈奴入朝求美人为阏氏，于是上案图，以昭君行。及去，召见，貌为后宫第一，善应对，举止闲雅。帝悔之，而名籍已定。帝重信于外国，故不复更人。"省识：犹不识，与下"空"字对文。案图召幸，自不

能识人真面目。春风面：美丽面容。

⑦空归：魂归而身不得归，故云。

⑧“千载”二句：意为千载以下，人们还分明从琵琶所奏的《昭君怨》一类歌曲中，听到昭君在诉说她那无穷的怨恨。吴师道《昭君出塞图》：“琵琶马上无穷恨，最恨当年误入宫。”胡语，犹胡音。曲，指琵琶曲《昭君怨》。相传王昭君远嫁匈奴，心中不乐，乃作《怨旷思惟歌》，后人名为《昭君怨》。

秋兴[①]（八首选一）

玉露凋伤枫树林，巫山巫峡气萧森[②]。江间波浪兼天涌，塞上风云接地阴[③]。丛菊两开他日泪，孤舟一系故园心[④]。寒衣处处催刀尺，白帝城高急暮砧[⑤]。

中华书局校点本《杜诗详注》卷一七

①《秋兴》八首是杜甫的七律名篇，作于代宗大历元年（766）秋诗人客居夔州（今重庆奉节）时。秋兴，因秋感兴而作。这组诗抒发了诗人面对萧瑟秋景，思念故乡，忧虑国事，缅怀盛世，嗟叹身世的万千感慨。八首诗实虚互渗，今昔交错，意境浑厚，语言精粹，音韵铿锵，又脉络贯通，正是惨淡经营的大家手笔。此为第一首，是后七首的发端，写面对三峡萧森景象而引起的流寓怀乡的悲伤。

②萧森：萧瑟阴森。《水经注·江水》：“自三峡七百里中，两岸连山，略无缺处，重岩叠嶂，隐天蔽日。自非亭午夜分，不见曦月。”

③“江间”二句：兼天，犹连天。塞，关隘险要之处，这里指夔州的山。杜甫《白帝城楼》诗“城高绝塞楼”，用法与此同。接地阴，指风云笼罩，地上阴暗。金圣叹云：“‘波浪兼天涌’者，自下而上一片秋也；‘风云接地阴’者，自上而下一片秋也。”（《唱经堂杜诗解》卷三）

④“丛菊”二句：丛菊两开，即两见菊开，此是就去蜀时日而言。代宗永泰元年（765）五月，杜甫离开成都南下，秋居云安（今重庆云阳），是一见菊开也。大历元年春，自云安至夔州，至秋，是两见菊开也。他日，常指后日、来日，也可指往日、前日。这里是后者。他日泪，犹言往日泪，流了多年的眼泪。孤舟一系，由蜀至夔，是沿水路乘舟东下，一身系于孤舟，故云。故园心，思念长安的心情。长安是唐王朝的首都，也是杜甫祖籍所在地。因此，在这里故园、故国是合二为一的。这两句里的“开”、“系”都有双关义。开，是指花开，也是指泪下。系，是指身系孤舟，也是指心系故园。

⑤“寒衣”二句：谓深秋时节家家都在为游子赶制寒衣，傍晚时分白帝城高处传来阵阵捣衣声，更触动漂泊者的怀乡之情。催刀尺，赶裁寒衣。砧，捣衣石。

登高[①]

风急天高猿啸哀[②]，渚清沙白鸟飞回[③]。无边落木萧萧下[④]，不尽长江滚滚来[⑤]。万里悲秋常作客[⑥]，百年多病独登台[⑦]。艰难苦恨繁霜鬓[⑧]，潦倒新亭浊酒杯[⑨]。

中华书局校点本《杜诗详注》卷二○

①古人有九月九日登高的风俗。这首诗就是代宗大历二年（767）重阳节，杜甫在夔州（今重庆奉节）登高时所作。此诗境界高远，气势雄浑，语言精练，意蕴深广，极沉郁顿挫之

致。且八句皆对，对仗工整自然，章法错综变化，前后紧相照应，被明胡应麟誉为“古今七言律第一”（《诗薮·内编》卷五）。

②猿啸哀：巫峡多猿，鸣声甚哀，所谓“巴东三峡巫峡长，猿鸣三声泪沾裳”（《水经注·江水》）。

③渚：水中小洲。回：回旋。

④落木：落叶。萧萧：风吹叶动之声。

⑤滚滚：相继不绝，奔腾不息。

⑥万里：远离故乡，指夔州距长安遥远，回京无望。常作客：长期漂泊在外。杜甫自乾元二年（759）弃官流寓秦州、同谷、成都，至大历二年（767）在夔州作诗，颠沛流离近十年，所谓“一辞故国十经秋”。

⑦百年：犹言一生。多病：杜甫患有疟疾、肺病、风痹、糖尿病、耳聋等多种疾病。独登台：时逢佳节，诸弟分散，好友先死，孤客夔州，举目无侣，故云。

⑧艰难：一指个人生活多艰，一指国家世乱多难。苦恨：极恨。繁霜鬓：白发日多。

⑨潦倒：犹衰颓，因多病故潦倒，即《夔府书怀四十韵》所谓“形容真潦倒”意。新亭：最近方停。亭，通“停”。时杜甫因病戒酒。浊酒：混浊的酒，指劣酒。

登岳阳楼①

昔闻洞庭水②，今上岳阳楼。吴楚东南坼③，乾坤日夜浮④。亲朋无一字⑤，老病有孤舟⑥。戎马关山北⑦，凭轩涕泗流⑧。

中华书局校点本《杜诗详注》卷二二

①岳阳楼，唐岳州巴陵县城门西楼。相传原为三国吴时鲁肃在洞庭湖操练水军的阅兵台。玄宗开元四年（716），中书令张说谪守岳州，遂在阅兵台旧址建楼，但张说诗中仍称“西楼”，尚无岳阳楼之名，至李白、杜甫始以岳阳楼为题。今为湖南岳阳市西门城楼，濒临洞庭湖。杜甫于大历三年（768）岁暮登楼而作此诗。前四句赞叹久已闻名的洞庭湖的浩瀚壮观，后四句抒发自怜身世，忧怀国事的万千感慨。意境高远雄浑，感情深沉博大，结构工整谨严。胡应麟推为盛唐五言律第一（见《诗薮·内编》卷四）。

②洞庭水：即洞庭湖。

③坼（chè 澈）：分裂。湖在楚之东，吴之南，中由湖水分开，故曰“坼”。

④乾坤：指日月。《水经注·湘水》：“（洞庭）湖水广圆五百余里，日月若出没于其中。”

⑤字：指书信。

⑥老病：杜甫时年五十七，身患多种疾病，故云。有孤舟：谓水上漂泊，只有以舟为家。

⑦戎马：指战争。据史载，大历三年秋冬，吐蕃屡侵陇右、关中一带，京师戒严。因其地在岳阳西北，故曰“关山北”。

⑧凭轩：倚楼上栏杆。涕泗：眼泪曰涕，鼻涕曰泗。涕泗流，犹言老泪纵横。张载《拟四愁诗》：“登崖远望涕泗流。”

二三

岑参

岑参（715—770，或谓717年生），江陵（今湖北荆州）人，郡望南阳（今属河南）。其家三世为相，但自伯父岑羲伏诛后，家道衰落。天宝三载（744）登进士第，授右内率府兵曹参军。八载（749），入安西四镇节度使高仙芝幕任掌书记。十三载（754），又在封常清幕任安西北庭节度判官，后迁支度副使。西北多年的军旅生活，是其一生中最富传奇色彩的重要时期，其边塞名篇多作于此时。安史之乱后始东归。至德二载（757），为杜甫等所举荐，授右补阙。乾元二年（759），出为虢州长史。大历二年（767），赴嘉州刺史任，故世称“岑嘉州”。后罢官，卒于成都旅舍。他为盛唐边塞诗派的代表作家，与高适齐名，并称“高岑”。因其“累佐戎幕，往来鞍马烽尘间十余载，极征行离别之情，城障塞堡，无不经行”（《唐才子传》卷三），深有生活体验，所以他的边塞诗雄奇瑰丽，风格奇峭，读来令人慷慨感奋。殷璠评其诗曰：“参诗语奇体峻，意亦造奇。”（《河岳英灵集》卷中）杜确《岑嘉州集序》云：“属辞尚清，用意尚切，其有所得，多入佳境，迥拔孤秀，出于常情。”今存诗约四百首，有《岑嘉州集》。

白雪歌送武判官归京①

北风卷地白草折②，胡天八月即飞雪。忽如一夜春风来，千树万树梨花开③。散入珠帘湿罗幕，狐裘不暖锦衾薄。将军角弓不得控④，都护铁衣冷难著⑤。瀚海阑干百丈冰⑥，愁云惨淡万里凝⑦。中军置酒饮归客⑧，胡琴琵琶与羌笛。纷纷暮雪下辕门⑨，风掣红旗冻不翻⑩。轮台东门送君去，去时雪满天山路。山回路转不见君，雪上空留马行处。

巴蜀书社版刘开扬《岑参诗集编年笺注》

①诗题一本“归”下无“京”字。天宝十三载（754），岑参赴安西北庭节度使封常清幕任节度判官。武判官回京，岑为其送行而作此诗。诗中着重描绘西疆壮丽雪景，烘托出与友人的依依惜别之情。全诗奇景奇语，奇思奇笔，很能代表岑参的创作个性。

②白草：西域草名，其干熟时色白，冬枯而不萎，性至坚韧。

③梨花：喻雪。萧子显《燕歌行》：“洛阳梨花落如雪。”

④角弓：劲弓。不得控：拉不开。

⑤都护：镇守边疆的长官。唐大都护府设大都护一人，副大都护一人，副都护二人；上都护府设都护一人，副都护二人。“都护、副都护之职，掌抚慰诸蕃，辑宁外寇，觇候奸谲，征讨携离。”（《唐六典》卷三〇）铁衣：犹铁甲。著：穿。

⑥瀚海：沙漠。唐有瀚海军，在北庭都护府，封常清时兼瀚海军使。阑干：纵横貌。

⑦惨淡：阴暗。凝：冻结。

⑧中军：主帅亲自率领的军队，此指主帅营帐。饮：宴饮，谓饯行。归客：指武判官。

⑨辕门：军营门。古时军营前，两车辕木相向交叉为门。

⑩“风掣（chè 撤）”句：谓红旗为雨雪所湿，冻结僵硬，风吹而不能飘扬。语本虞世南《出塞》：“霜旗冻不翻。”掣，拽，拉。

走马川行奉送出师西征[①]

君不见走马川行雪海边[②]，平沙莽莽黄入天[③]。轮台九月风夜吼，一川碎石大如斗[④]，随风满地石乱走。匈奴草黄马正肥[⑤]，金山西见烟尘飞[⑥]，汉家大将西出师[⑦]。将军金甲夜不脱[⑧]，半夜军行戈相拨[⑨]，风头如刀面如割。马毛带雪汗气蒸，五花连钱旋作冰[⑩]，幕中草檄砚水凝[⑪]。虏骑闻之应胆慑[⑫]，料知短兵不敢接[⑬]，车师西门伫献捷[⑬]。

巴蜀书社版刘开扬《岑参诗集编年笺注》

①此诗作于天宝十三载（754）九月。诗题一作《走马川行奉送封大夫出师西征》。封大夫，即封常清，时摄御史大夫，以安西四镇节度使权知北庭都护、伊西节度使。岑参在其幕下充任安西北庭节度判官。走马川即在北庭（故址在今新疆吉木萨尔县北破城子）、轮台（在北庭之西，常为大将旌节所驻之地，故址在今新疆昌吉境内）附近，亦称北庭川。出师西征，或谓西征突厥叛酋阿布思余部。这首诗采用反衬手法，通过渲染出征时的恶劣环境和强敌犯境的紧急军情，反衬出唐军的雄壮军威和英雄气概。全诗雄奇恣肆，音调激越，洋溢着高昂乐观的精神。

②行：通往。雪海：《新唐书・西域传下》：“勃达岭……水南流者经中国入于海，北流者经胡入于海，北三日行度雪海，春夏常雨雪。”此雪海即今新疆阿克苏西北中亚的阿克西腊克雪山。或谓可能指大雪后的古尔班通古特大沙漠。

③莽莽：茫无边际貌。

④川：平川。

⑤匈奴：借指突厥阿布思余部。

⑥金山：即今新疆北部和蒙古西部的阿尔泰山。烟尘飞：指发生战争。

⑦汉家大将：指封常清。

⑧金甲：即铁甲。

⑨戈：一种兵器。拨：碰击。

⑩五花、连钱：皆承上句指马毛色。五花，谓马毛色斑驳。杜甫《高都护骢马行》：“五花散作云满身。”连钱，谓马纹点缀如连钱。《尔雅・释畜》：“青骊驎驒。”郭璞注：“色有深浅，斑驳隐粼，今之连钱骢。”杜甫《骢马行》：“肉骢碨礧连钱动。”旋：随即。

⑪幕：军帐。草檄：起草讨伐敌人的檄文。

⑫虏骑（jì 寄）：指阿布思余部。慑：惧怕。

⑬短兵：指刀、剑一类兵器。《史记・匈奴列传》：“其长兵则弓矢，短兵则刀铤。”

⑭车师：即指北庭，为汉车师后国故地，在今新疆吉木萨尔。伫：等候。献捷：报捷。

二四

张　继

张继（725? —779?），字懿孙，襄州（今湖北襄阳）人。郡望南阳（今属河南）。天宝十二载（753）进士。安史之乱时避居江南，大历年间曾任侍御史、检校祠部员外郎兼转运使判官，故世称“张祠部”、“张员外”。为人自矜气节，素怀大志。工诗文，诗风清迥，所作流传不多。《全唐诗》编为一卷，混入他人之作不少。

枫桥夜泊①

月落乌啼霜满天，江枫渔火对愁眠②。姑苏城外寒山寺③，夜半钟声到客船。

中华书局校点本《全唐诗》卷二四二

①安史之乱爆发，张继避居江南，至德年间（756—758）他在会稽、吴郡一带。枫桥，在今江苏苏州市西阊门外十里枫桥镇。此诗大约作于至德年间或其后不久。诗题一作《夜泊松江》、《夜泊枫江》。诗作以洗练的笔墨写出深夜不眠的旅人的愁绪。空灵清迥的境界，含蓄深沉的感情，使这首诗流传甚广。

②江枫：江边的枫树。火：原作“父”，注云：“一作‘火’。”较胜，据改。愁眠：因旅愁而不能入眠。

③姑苏：苏州别称，因城西南姑苏山得名。寒山寺：在今苏州市西枫桥镇。传说因唐代诗僧寒山、拾得住过而得名。本名妙利普明塔院，又名枫桥寺。或谓“寒山”乃泛指肃寒之山，非寺名。可备一说。

二五

刘长卿

刘长卿（726—790?），字文房，祖籍宣州（今属安徽），洛阳（今属河南）人。至德间进士，授长洲（今江苏吴江）尉，摄海盐（今属浙江）令。上元元年（760），贬南巴（今广东电白东）尉。广德间，官殿中侍御史。大历中，以检校祠部员外郎出任转运使判官，知淮西、鄂岳转运留后。为鄂岳观察使吴仲孺诬奏犯赃，贬睦州（今浙江建德）司马。后迁随州（今属湖北）刺史，世称“刘随州”。晚年流寓江淮间。刘长卿为中唐前期著名诗人，与钱起、郎士元、李嘉祐并称“钱郎刘李”。他作诗自许为“五言长城”。诗歌内容比较广泛，风格工秀邃密而又委婉多讽。卢文弨谓其“含情悱恻，吐辞委婉，绪缠绵而不断，味涵咏而愈旨”（《刘随州文集题辞》）。丁仪曰：“长卿诗务质实，尚情性，尤善使事，格高气劲，自然沉着。”（《诗学渊源》卷八）现存诗五百余首。有《刘随州文集》。

逢雪宿芙蓉山主人①

日暮苍山远，天寒白屋贫②。柴门闻犬吠，风雪夜归人。

中华书局版储仲君《刘长卿诗编年笺注》

①诗写天寒日暮野行投宿景象，着笔简淡，清妙入画，萧索的意境里蕴含着似乎难以言传的意味。诗作于大历十年（775）闲居义兴时。芙蓉山，山以芙蓉为名的很多，此诗所咏当指义兴（今江苏宜兴市）芙蓉山。

②白屋：以白茅覆盖的房屋。一说指没有漆饰的房屋。为古代平民所居。

二六

韩 翃

韩翃，生卒年不详。字君平，南阳（今属河南）人。天宝十三载（754）进士。宝应元年（762），淄青节度使侯希逸署为幕中从事、检校金部员外郎。后归京闲居十年，又入汴宋节度使幕任职。建中元年（780），德宗以其有诗名，擢为驾部郎中、知制诰，官终中书舍人。韩翃为“大历十才子”之一，存诗较多，大都是送行赠别、流连光景之作。高仲武评其诗曰：“韩员外诗，匠意近于史，兴致繁富，一篇一咏，朝士珍之，多士之选也。”（《中兴间气集》）徐献忠曰：“君平意气清华，才情俱秀，故发调警拔，节奏琅然，每一篇出，辄相传布，亦雅道之中兴也。”（《唐诗品》）有《韩君平集》。

寒食①

春城无处不飞花②，寒食东风御柳斜③。日暮汉宫传蜡烛④，轻烟散入五侯家⑤。

中华书局校点本《全唐诗》卷二四五

①诗题一作《寒食日即事》。寒食，节令名，在农历清明前一日或二日。南朝梁宗懔《荆楚岁时记》：“去冬节（即冬至）一百五日，即有疾风甚雨，谓之寒食，禁火三日，造饧大麦粥。”相传春秋时介子推辅佐重耳（晋文公）回国后，隐于绵山，重耳烧山逼他出来，他却抱树不出，烧死山中。晋文公为悼念他，乃禁止在他死之日生火，只准吃冷食。以后相沿为寒食禁火风俗。据《周礼·司烜氏》中“仲春以木铎修火禁于国中”、汉刘向《别录》中“寒食蹋蹴”的记述，实古有寒食禁火之制。晋陆翙《邺中记》、《后汉书·周举传》等始有附会介子推故事者。此诗应作于唐德宗建中元年（780）以前，诗人在长安时期。含蓄而富有韵致的境界使这首诗在当时即有盛名。

②春城：春天的都城。飞花：指春天百花盛开、柳絮飘飞的情景。

③御柳：皇城内的柳树。当时风俗，寒食日折柳插门，故此句写柳树。斜（xiá 霞）：指春风吹拂柳枝状。

④汉宫：此指代唐宫。传蜡烛：《唐会要》卷二九《节日》记：“天宝十载三月敕……自今以后，寒食并禁火三日。”《唐辇下岁时记》：“清明日取榆柳之火以赐近臣。”蜡烛，用以传播火种。

⑤五侯：泛指朝中权贵。

二七

韦应物

韦应物（737—792?），京兆万年（今陕西西安）人。出自名门望族，十五岁即以三卫郎为玄宗近侍。安史之乱后，失职流落。代宗广德元年（763）为洛阳丞。德宗建中二年（781）擢尚书比部员外郎。三年出为滁州刺史。贞元元年（785）任江州刺史，世称“韦江州”。三年入朝为左司郎中，人称“韦左司”。四年出为苏州刺史，故世称“韦苏州”。韦应物为中唐著名诗人。其诗众体兼擅，尤长于五言。白居易评曰：“韦苏州歌行，才丽之外，颇近兴讽；其五言诗，又高雅闲淡，自成一家之体。”（《与元九书》）韦诗题材广泛，而以山水田园诗最著。后人往往将他与王维、孟浩然、柳宗元并称为“王孟韦柳”，或与柳宗元并称“韦柳”。《四库全书总目提要》称其“五言古诗源出于陶，而熔化于三谢，故真而不朴，华而不绮”。有《韦苏州集》（又称《韦江州集》）。

寄李儋元锡[①]

去年花里逢君别，今日花开又一年。世事茫茫难自料，春愁黯黯独成眠[②]。身多疾病思田里[③]，邑有流亡愧俸钱[④]。闻道欲来相问讯[⑤]，西楼望月几回圆[⑥]。

上海古籍出版社版陶敏、王友胜《韦应物集校注》卷三

①李儋（dān 丹），给事中李升期之子，曾官殿中侍御史。元锡，字君贶（kuàng 况），吏部员外郎元挹之子，曾任山南西道节度推官，历衢、婺、苏、福、宣诸州刺史，除秘书监分司东都，以罪贬壁州刺史，官终淄王傅，赠尚书右仆射。韦与二人交善，屡有诗寄赠。此诗作于德宗兴元元年（784）春任滁州刺史时。诗写别后的思念和盼望，更因关心民瘼、勇于自责而向被称道。

②黯黯：心情沮丧貌。

③思田里：想归隐田园。

④邑：指自己管辖的滁州。流亡：指灾民。俸钱：俸禄。

⑤问讯：问候，探望。

⑥西楼：在滁州。韦应物《寄别李儋》诗：“远郡卧残疾，凉气满西楼。想子临长路，时当淮海秋。”又《送中弟》诗：“山郡多风雨，西楼更萧条。嗟予淮海老，送子关河遥。”滁州，唐属淮南道，故云“淮海”。或谓即苏州观风楼，非是。

滁州西涧[①]

独怜幽草涧边生[②]，上有黄鹂深树鸣[③]。春潮带雨晚来急，野渡无人舟自横[④]。

上海古籍出版社版陶敏、王友胜《韦应物集校注》卷八

①此诗作于德宗贞元元年（785）韦应物罢滁州刺史闲居滁州西涧时。其《岁日寄京师诸季端武等》云："昨日罢符竹，家贫遂留连。……听松南岩寺，见月西涧泉。"《西涧种柳》云："邑宰乖所愿，僶俛愧昔人。聊将休假日，种柳西涧滨。"可证。西涧，在滁州城西，俗名上马河。诗以淡笔写常景，有动有静，绘声绘色，充满幽情野趣。

②独怜：唯独喜爱。生：一作"行"，较胜。何良俊《四友斋丛说》："韦苏州《滁州西涧》诗，有手书，刻在太清楼帖中。本作'独怜幽草涧边行，尚有黄鹂深树鸣'。盖怜幽草而行于涧边，始与性情有关，今集本'行'作'生'、'尚'作'上'，则与我了无与矣。其为传刻之讹无疑。"王安石《初夏即事》之"绿阴幽草胜花时"，与此意同。

③上：一作"尚"。黄鹂：即黄莺，正是春日所见。

④野渡：郊野渡口。宋代寇准《春日登楼怀归》之"野水无人渡，孤舟尽日横"，即化用韦句。

二八

张志和

张志和（743?—810?），初名龟龄，字子同，号烟波钓徒、玄真子、浪迹先生。婺州金华（今属浙江）人。肃宗时以明经擢第，待诏翰林，授左金吾卫录事参军。后因事贬南浦尉，而绝意仕进，隐居江湖。大历九年（774）游湖州刺史颜真卿幕，撰《渔父歌》五首，广为传诵。又工诗善画。

渔父歌[①]（五首选一）

西塞山前白鹭飞[②]，桃花流水鳜鱼肥[③]。青箬笠[④]，绿蓑衣，斜风细雨不须归。

中华书局校点本《全唐诗》卷三〇八

①一作“渔歌子”。据施蛰存《唐诗百话》云：张志和《渔歌》五首，与李颀、岑参等人所作渔父歌一样，歌咏逍遥自在的渔人生活。但在形式上，张志和采用了三、七言混合的长短句法。唐末五代，有和凝、欧阳炯等作同样形式的渔歌，被选入《花间集》，改题为“渔父”。到宋代，又被改名为“渔歌子”，与《教坊记》所载曲名“渔歌子”相混。从此“渔歌子”成为一个词牌名，而张这五首《渔父》也被视为唐词了。这里选的是第一首。诗写逍遥之趣，会心不远，不用去寻世外桃源，有自然高致，亦有盎然的生活气息。

②西塞山：在今湖北黄石市东长江边。详见后刘禹锡《西塞山怀古》注。

③鳜（guì贵）鱼：体侧扁，口大鳞细，体青黄色，有黑色斑点，味鲜美。

④箬（ruò弱）笠：用竹篾编的斗笠。箬，竹篾。

二九

卢　纶

卢纶（748? —798?），字允言，河中蒲州（今山西永济）人。早岁避安史之乱，客居鄱阳，曾游吴越。大历初，还京师，屡试不第。大历六年（771），由宰相元载、王缙举荐为阌乡尉，旋任密县令、昭应令。迁监察御史、集贤学士、秘书省校书郎。十二年（777），坐与元载、王缙善，下狱去官。十四年（779），调陕府户曹。贞元元年（785），为奉天行营副元帅浑瑊判官、检校金部郎中。十四、十五年间，因舅氏韦渠牟荐，拜户部郎中，世因称“卢户部”。卢纶为“大历十才子”之一，诗名颇著。胡震亨引遁叟曰：“卢诗开朗，不作举止；陡发惊彩，焕尔触目。篇章亦富埒钱（起）、刘（长卿）。”（《唐音癸签》卷七）其诗多送别赠答、奉陪游宴之作，而边塞诗不乏盛唐之音。存诗三百余首。有《卢户部诗集》。

和张仆射塞下曲①（六首选二）

林暗草惊风②，将军夜引弓③。平明寻白羽，没在石棱中④。

①诗题一作《塞下曲》。张仆射，指张延赏，贞元初任左仆射。诗共六首，这里选的是第二、三首。虽是短短二十字，却都既有跌宕起伏的情节，又具沉雄豪迈的气格。

②“林暗”句：谓林中幽暗，风吹草动。俗谓“虎行从风”，此暗示林中似有猛虎潜行。

③引弓：拉弓。

④“平明”二句：用汉名将李广故事。《史记·李将军列传》：“广出猎，见草中石，以为虎而射之，中石没镞，视之，石也。”平明，天刚亮。白羽，白羽箭。《史记·司马相如列传》：“弯繁弱，满白羽，射游枭。”没（mò莫），进入。

月黑雁飞高，单于夜遁逃①。欲将轻骑逐②，大雪满弓刀。

上海古籍出版社版刘初棠《卢纶诗集校注》卷三

①“月黑”二句：上句言雁夜间觅隐蔽处休息，月被云掩而黑，雁忽然高飞，暗示雁被惊动。下句言有单于遁逃之师经过事。单（chán缠）于，汉时匈奴君主之称。此泛指来犯边地的部族。

②将（jiàng匠）：率领，统率。轻骑（jì寄）：精锐骑兵。逐：追逐逃跑的敌人。

三〇
李　益

李益（748—829），字君虞，祖籍陇西姑臧（今甘肃武威），徙居郑州（今属河南）。大历四年（769）进士及第，六年（771）中讽谏主文科，授郑县（今陕西华县）尉，迁主簿。建中四年（783），又登拔萃科，为侍御史。官低位卑，抑郁不得志，先后从军朔方、鄜坊、邠宁、幽州等地，任职幕府，度过了二十多年的边塞军旅生活，写下了大量诗篇。元和元年（806），入朝为都官郎中，历中书舍人、河南少尹、秘书少监、集贤学士，累迁太子右庶子、集贤学士判院事、右散骑常侍。大和元年（827）以礼部尚书致仕。李益身经玄、肃、代、德、顺、宪、穆、敬、文九朝，阅历丰富，诗名卓著。其诗题材广泛，尤以边塞诗著称，是中唐边塞诗的代表作家。其《从军诗序》云："五在兵间，故其为文咸多军旅之思。……或因军中酒酣，或时塞上兵寝，相与拔剑秉笔，散怀于斯文，率皆出于慷慨意气，武毅犷厉。"为诗诸体兼工，尤擅七绝。现存诗一百六十余首。有《李益集》。

夜上受降城闻笛①

回乐烽前沙似雪，受降城外月如霜②。不知何处吹芦管③，一夜征人尽望乡。

中华书局校点本《全唐诗》卷二八三

①受降城，唐景龙二年（708）中宗命张仁愿在黄河以北筑东、西、中三受降城，以拂云祠为中城，与东西两城相距各四百余里，并置烽火台一千八百所，首尾呼应，巩固了唐朝北部边防。此指西受降城，为大历间防御吐蕃的前线，在今内蒙古杭锦后旗乌加河北。建中元年（780），诗人入朔方（治所在今宁夏灵武）节度使崔宁幕府，随崔宁巡行边地，此诗即作于此时。诗写征人思乡之情，短短二十八字，而声、色、情并具，当时便"天下以为歌辞"（《旧唐书·李益传》），可见影响之大。

②"回乐"二句：互文见义，谓月光朗朗，照耀沙漠，沙、月皆皎洁清冷如同霜雪。烽，原作"峰"。注云："一作'烽'。"是，据改。回乐烽，指受降城附近的一个烽火高台。外，原作"下"，据《文苑英华》改。

③芦管：乐器，截芦为之，与觱篥（bì lì 毕立）相似。

三一

孟郊

孟郊（751—814），字东野，湖州武康（今浙江德清）人，少隐嵩山，称处士。贞元十二年（796）中进士，时已四十六岁。四年后方调溧阳尉，又四年辞官家居。元和元年（806）冬，郑馀庆为河尹兼水陆运使，奏郊为水陆运从事、试协律郎。后郑馀庆为山南西道节度使，又召郊为其节度参谋，试大理评事。郊携妻赴任，途中暴病卒。友人私谥“贞曜先生”。孟郊潦倒一生，有诗名，与韩愈并称“韩孟”。为诗刻意苦吟，思苦奇涩，韩愈称其“刿目鉥心，刃迎缕解，钩章棘句，掐擢胃肾，神施鬼设，间见层出”（《贞曜先生墓志铭》）。苏轼称他“诗从肺腑出，出辄愁肺腑”（《读孟郊诗二首》其二），并将他与贾岛并称“郊寒岛瘦”（《祭柳子玉文》）。郊诗今存五百余首，有《孟东野诗集》。

游子吟[①]

慈母手中线，游子身上衣。临行密密缝，意恐迟迟归[②]。谁言寸草心，报得三春晖[③]。

人民文学出版社版华忱之、喻学才《孟郊诗集校注》卷一

①游子吟，属乐府“杂曲歌辞”。《乐府诗集》卷六七：“汉苏武诗曰：‘幸有弦歌曲，可以喻中怀。请为游子吟，泠泠一何悲。’又有《游子移》，亦类此也。”《全唐诗》题下自注云：“迎母漂上作。”“漂”为“溧”之误。韩愈《贞曜先生墓志铭》谓孟郊“为溧阳尉，迎侍溧上”。孟郊于贞元十六年（800）为溧阳（今属江苏）尉，二十年去官。诗当作于此期间。这是一首歌颂伟大母爱的绝唱，历久弥新。全诗纯用白描手法，质朴自然，明白如话；语浅情深，亲切感人；以小见大，深寓哲理。

②迟迟：时间长久貌。

③“谁言”二句：以象征手法，极言子女难报母恩之万一。寸草心，小草的嫩芽，象征对母爱的一点回报。三春，春天。春季三个月，合称三春。晖，阳光。

三二

韩　愈

韩愈（768—824），字退之，河南河阳（今河南孟州）人，郡望昌黎，故世称“韩昌黎”。幼孤力学，三试不第，贞元八年（792）方中进士，又三试博学宏词而不入选，乃先后入董晋、张建封节度使幕任推官，后迁监察御史，又以直言得罪，贬阳山令。元和十二年（817），以行军司马从裴度征讨淮西吴元济叛乱，以功升任刑部侍郎。十四年（819），又因谏迎佛骨，触怒宪宗，被贬潮州刺史，量移袁州。后回朝历官国子祭酒、兵部侍郎、吏部侍郎、京兆尹等职，世称“韩吏部”。卒谥文，世又称“韩文公”。韩愈以弘扬儒家道统为己任，反对六朝以来的骈俪文风。他和柳宗元倡导的古文运动，开辟了唐宋以来古文的发展道路，苏轼称其“文起八代之衰，而道济天下之溺”（《潮州韩文公庙碑》）。他是韩孟（郊）诗派的领袖人物，以文为诗，以议论为诗，风格奇崛险怪，豪健奔放，但亦有平易清新之作。清叶燮谓：“唐诗为八代以来一大变，韩愈为唐诗之一大变，其力大，其思雄，崛起特为鼻祖。宋之苏、梅、欧、苏、王、黄，皆愈为之发其端，可谓极盛。”（《原诗·内篇上》）有《昌黎先生集》。

八月十五夜赠张功曹①

纤云四卷天无河②，清风吹空月舒波③。沙平水息声影绝④，一杯相属君当歌⑤。君歌声酸辞且苦，不能听终泪如雨：“洞庭连天九疑高⑥，蛟龙出没猩鼯号⑦。十生九死到官所⑧，幽居默默如藏逃⑨。下床畏蛇食畏药⑩，海气湿蛰熏腥臊⑪。昨者州前捶大鼓⑫，嗣皇继圣登夔皋⑬。赦书一日行万里，罪从大辟皆除死⑭。迁者追回流者还⑮，涤瑕荡垢朝清班⑯。州家申名使家抑⑰，坎轲只得移荆蛮⑱。判司卑官不堪说⑲，未免捶楚尘埃间⑳。同时辈流多上道㉑，天路幽险难追攀㉒。”君歌且休听我歌，我歌今与君殊科㉓：“一年明月今宵多㉔，人生由命非由他，有酒不饮奈明何㉕？”

四川大学出版社版屈守元、常思春主编《韩愈全集校注》

①张功曹，即张署，行十一，河间（今属河北）人。德宗贞元十九年（803），关中旱饥，人死相枕藉，当时同为监察御史的韩愈和张署，直言上谏，请德宗减免关中租赋（见《御史台上论天旱人饥状》），得罪权臣，同遭贬谪。韩愈贬连州阳山（今属广东）令，张署贬郴州临武（今属湖南）令。永贞元年（805）正月，顺宗即位，大赦天下，愈与署俱遇赦待命郴州，因湖南观察使杨凭阻挠，未得调任。八月，宪宗即位，又大赦，二人方同调江陵府，愈为法曹参军，署为功曹参军，故称张功曹。此诗即为由郴州将赴江陵时所作。诗借张署之悲歌，倾诉己之幽愤，较现身说法，更有一唱三叹的艺术效果。

②纤云：纤细的云。河：指银河。因皓月当空而银河不显，故曰“天无河”。

③波：指月光。

④水：指郴江。

⑤属（zhǔ 主）：倾注。《仪礼·士昏礼》：“酌玄酒，三属于尊。”相属，此有相劝意。

⑥洞庭：湖名。九疑：山名。在湖南境。由长安贬临武，途经洞庭湖，九疑山在临武西。

⑦猩：猩猩。鼯（wú 无）：鼯鼠，又名大飞鼠。

⑧官所：指贬所临武。

⑨幽居：潜居不出。如藏逃：像藏匿的逃犯似的。

⑩食畏药：饮食时担心中毒。

⑪湿蛰（zhé 折）：潮湿潜伏。

⑫州前：指郴州衙前。捶大鼓：指皇帝登位大赦。《新唐书·百官志》：“赦日击挏鼓千声，集百官父老囚徒。”

⑬嗣皇：继位的皇帝，指唐顺宗。登：进用。夔皋（kuí gāo 葵高）：尧舜时的两位贤臣夔和皋陶。此指新皇帝起用贤臣。

⑭大辟：死刑。《礼记·文王世子》：“其死罪，则曰某之罪在大辟。”除死：免死。

⑮迁者：遭迁谪的人。流者：被流放的人。

⑯涤瑕荡垢：指清刷罪名，恢复名誉。朝清班：一作“清朝班”。

⑰州家：指州刺史。申名：申报名册。使家：指湖南观察使杨凭。抑：压制。

⑱坎坷：指命运不济。荆蛮：张署量移江陵功曹，江陵古属荆蛮之地。

⑲判司：唐代州郡佐吏的统称。愈为法曹，署为功曹，皆为江陵府佐吏，正七品下小官，故曰“判司卑官”。

⑳捶楚：指杖刑。捶，通“棰”，杖。楚，荆木。尘埃间：指伏地受刑。杜牧《冬至日寄小侄阿宜诗》：“参军与县尉，尘土惊劻勷。一语不中治，笞棰身满疮。”唐时参军官卑，有过不免受笞杖之刑。

㉑同时辈流：同时受贬谪的人。上道：走上回长安的路。

㉒天路：喻指回朝之路。幽险：险恶不平。

㉓殊科：不一样，不同类。

㉔多：最圆，最美。

㉕奈明何：怎么对得起这美好的明月呵！

左迁至蓝关示侄孙湘①

一封朝奏九重天，夕贬潮州路八千②。欲为圣明除弊事③，肯将衰朽惜残年④。云横秦岭家何在⑤？雪拥蓝关马不前⑥。知汝远来应有意，好收吾骨瘴江边⑦。

四川大学出版社版屈守元、常思春主编《韩愈全集校注》

①元和十四年（819）正月，宪宗命人从凤翔法门寺迎佛骨入宫供养，韩愈时为刑部侍郎，上《论佛骨表》极言其弊，触怒宪宗，被贬为潮州刺史。这首诗是途中所作。诗风沉郁顿挫，悲凉雄健。左迁，贬官。蓝关，即蓝田关，在今陕西蓝田东南。湘，韩湘，作者侄子韩老成的长子，生于贞元十年（794），长庆三年（823）进士。

②“一封”二句：朝奏与夕贬相对而言，言得罪之速。潮州，又称潮阳郡，今属广东。

州，一作“阳”。

③圣明：指唐宪宗。欲：一作“本”。明：一作“朝”。事：一作“政”。

④肯：岂肯。这年韩愈五十二岁，故称衰朽残年。

⑤秦岭：即终南山，在陕西南部。

⑥马不前：用《离骚》“仆夫悲余马怀兮，蜷局顾而不行”之意。

⑦瘴江边：指潮州。古称岭南一带多瘴气。

杂说[①]（四首选一）

世有伯乐，然后有千里马[②]；千里马常有，而伯乐不常有。故虽有名马，只辱于奴隶人之手[③]，骈死于槽枥之间[④]，不以千里称也。

马之千里者，一食或尽粟一石[⑤]。食马者[⑥]，不知其能千里而食也；是马也，虽有千里之能，食不饱，力不足，才美不外见[⑦]；且欲与常马等不可得，安求其能千里也？

策之不以其道[⑧]，食之不能尽其材，鸣之而不能通其意，执策而临之[⑨]，曰：“天下无马。”呜呼！其真无马邪？其真不知马也邪？

四川大学出版社版屈守元、常思春主编《韩愈全集校注》

①原四篇，这里选的是第四篇。此文以伯乐和千里马为喻，感叹人才难遇知音。篇幅短小，而多转折，有波澜。寥寥数笔，千里马的委屈之状呼之欲出，作者的不平之情也跃然纸上。

②“世有”二句：伯乐，春秋秦穆公时人，姓孙名阳，以善相马著称，故以伯乐称之。《庄子·马蹄》：“及至伯乐。”陆德明释文引《石氏星经》：“伯乐，天星名，主典天马。孙阳善驭，故以为名。”千里马，日行千里的骏马。《战国策·燕策一》：“臣闻古之君人，有以千金求千里马者，三年不能得。”

③奴隶人：奴仆。

④骈：并列。槽枥：同义复指，马槽。

⑤“一食”句：每吃一顿可能要吃掉一石的饲料。石（今读担），容量单位。十斗为一石。

⑥食（sì 四）：后来写作“饲”，喂养。食马者，即喂马的人。下文“而食”、“食之”的“食”同。

⑦才美不外见：美好的才能不能表现出来。见，同“现”。

⑧“策之”句：不用适合它的方法来驾驭它。策，马鞭，这里作动词，驾驭，驱使。

⑨执策：拿着鞭子。

送李愿归盘谷序[①]

太行之阳有盘谷[②]。盘谷之间，泉甘而土肥，草木丛茂，居民鲜少[③]。或曰：“谓其环两山之间，故曰盘。”或曰：“是谷也，宅幽而势阻[④]，隐者之所盘旋[⑤]。”友人李愿居之。

愿之言曰：“人之称大丈夫者，我知之矣！利泽施于人，名声昭于时[⑥]，坐于庙朝[⑦]，进退百官[⑧]，而佐天子出令；其在外，则树旗旄[⑨]，罗弓矢，武夫前呵[⑩]，从者塞途，供给之人，各执其物，夹道而疾驰。喜有赏，怒有刑；才畯满前[⑪]，道古今而誉盛德，入耳而不烦。曲眉丰颊，清声而便体[⑫]，秀外而惠中[⑬]，飘轻裾，翳长袖[⑭]，粉白黛绿者[⑮]，列屋而闲居，妒宠而负侍，争妍而取怜。大丈夫之遇知于天子，用力于当世者之所为也[16]，吾非恶此而逃之，是有命焉，不可幸而致也。穷居而野处，升高而望远，坐茂树以终日，濯清泉以自洁；采于山，美可茹[17]，钓于水，鲜可食；起居无时，惟适之安[18]。与其有誉于前，孰若无毁于其后？与其有乐于身，孰若无忧于其心？车服不维，刀锯不加[19]；理乱不知，黜陟不闻[20]。大丈夫不遇于时者之所为也，我则行之。伺候于公卿之门，奔走于形势之途[21]，足将进而趑趄[22]，口将言而嗫嚅[23]，处秽污而不羞，触刑辟而诛戮[24]，侥幸于万一，老死而后止者，其于为人贤不肖何如也[25]！”

昌黎韩愈闻其言而壮之[26]，与之酒而为之歌曰：“盘之中，维子之宫；盘之土，维子之稼[27]；盘之泉，可濯可沿[28]；盘之阻，谁争子所！窈而深[29]，廓其有容[30]；缭而曲，如往而复。嗟盘之乐兮，乐且无殃[31]；虎豹远迹兮，蛟龙遁藏；鬼神守护兮，呵禁不祥[32]；饮则食兮寿而康，无不足兮奚所望！膏吾车兮秣吾马[33]，从子于盘兮，终吾生以徜徉[34]！”

四川大学出版社版屈守元、常思春主编《韩愈全集校注》

①贞元十七年（801），隐士李愿归盘谷，韩愈时在洛阳，写这篇序文送他。文章构思巧妙，开头略点盘谷得名，后以一歌咏盘谷，中间主体部分，借李愿之口描画了三种人，以隐士的高洁生活与大官僚的装腔作势和钻营者的趋炎附势形成鲜明对比。尤其是其设辞，有图画般的形象，有音乐般的节奏，骈散错落，文采飞扬，气格自健，可谓善于取熔六朝而自铸伟辞。李愿，隐士，号盘谷子，生平事迹不详。盘谷，在今河南济源城北二十里。

②太行（háng 杭）：山名，在山西高原与河南、河北平原之间。上多横谷（陉），古有“太行八陉”之称。阳：山的南面。

③鲜少：稀少。

④宅幽：位置幽僻。势阻：山势险阻。

⑤盘旋：盘桓，往来。

⑥昭：昭彰，显耀。

⑦庙朝：宗庙，朝廷。

⑧进退：升降，任免。

⑨树：树立。旄（máo 毛）：用旄牛尾饰于旗杆的一种旗，是权力的象征。

⑩呵（hē 喝）：喝道。

⑪才畯：指才俊之士。畯，通“俊”。

⑫便（pián 骈）体：体态轻盈、闲雅。便，便娟，美好。

⑬秀外而惠中：容貌秀美，资质聪明。惠，通“慧”。

⑭“飘轻裾”二句：裾（jū 居），衣襟。翳（yì 意），遮蔽，掩映。

⑮粉白黛绿：《战国策·楚策》：“张子（仪）曰：‘彼郑周之女，粉白黛黑，立于衢间，非知而见之者，以为神。’”黛，用以画眉的青黑色颜料，青黑近绿，故曰黛绿。

⑯“用力”句：一本无“所”。下文“于时者之所为也”同此。

⑰茹：食，吃。

⑱惟适之安：只求安适。

⑲“车服”二句：意谓刑赏不相及。车服，代指官职与功名利禄。维，系，束缚。刀锯，代指刑罚。

⑳“理乱”二句：意谓朝政不相关。理乱，治与乱。黜陟（chù zhì 触志），贬职与升职。

㉑形势：指权势。

㉒越趄（zī jū 咨拘）：徘徊不进貌。

㉓嗫嚅（niè rú 聂如）：欲言又止貌。

㉔“处秽污”二句：秽污，谓贪赃枉法。刑辟（pì 僻），刑法。《说文》：“辟，法也。”

㉕不肖：不贤。

㉖昌黎韩愈：韩愈世居颍川，常据先世郡望自称昌黎（今属河北）人。

㉗维子之稼：原作“可以稼”，据别本改。稼，播种五谷，古音“古”，与上句“土”字叶韵。

㉘沿：沿水而行。

㉙窈（yǎo 杳）：幽深貌。

㉚廓（kuò 扩）：广阔。其：语助词。

㉛殃：祸患。一作“央”。

㉜呵禁：呵斥，禁止。不祥：指怪物，如魑魅魍魉之类。

㉝膏（gào 告）：油脂，这里作动词，给车轴涂油。秣（mò 末）：用草料喂养。

㉞徜徉（cháng yáng 常羊）：徘徊，自由自在往来。

进学解[①]

国子先生晨入太学[②]，招诸生立馆下[③]，诲之曰：“业精于勤荒于嬉[④]，行成于思毁于随[⑤]。方今圣贤相逢[⑥]，治具毕张[⑦]，拔去凶邪[⑧]，登崇畯良[⑨]。占小善者率以录[⑩]，名一艺者无不庸[⑪]；爬罗剔抉[⑫]，刮垢磨光[⑬]。盖有幸而获选[⑭]，孰云多而不扬[⑮]？诸生业患不能精，无患有司之不明；行患不能成，无患有司之不公[⑯]。”

言未既[⑰]，有笑于列者曰[⑱]：“先生欺余哉！弟子事先生于兹有年矣[⑲]。先生口不绝吟于六艺之文[⑳]，手不停披于百家之编[㉑]；记事者必提其要[㉒]，纂言者必钩其玄[㉓]；贪多务得[㉔]，细大不捐[㉕]；焚膏油以继晷[㉖]，恒兀兀以穷年[㉗]。先生之业可谓勤矣。觝排异端[㉘]，攘斥佛老[㉙]；补苴罅漏[㉚]，张皇幽眇[㉛]；寻坠绪之茫茫[㉜]，独旁搜而远绍[㉝]，障百川而东之[㉞]，回狂澜于既倒[㉟]。先生之于儒，可谓有劳矣[㊱]。沉浸醲郁[㊲]，含英咀华[㊳]；作为文章，其书满家[㊴]。上规姚姒[㊵]，浑浑无涯[㊶]；《周诰》、《殷盘》[㊷]，佶屈聱牙[㊸]；《春秋》谨严[㊹]，《左氏》浮夸[㊺]；《易》奇而法[㊻]，《诗》正而葩[㊼]；下逮《庄》、《骚》[㊽]，太史所录[㊾]，子云、相如[㊿]，同工异曲[51]。先生之于文，可谓闳其中而肆其外矣[52]。少始知学，勇于敢为[53]；长通于方[54]，左右具宜。先生之于为人，可谓成矣[55]。然而公不见信于人[56]，私不见助于友，跋前踬后[57]，动辄得咎[58]。暂为御史，遂窜南夷[59]；三年博士，冗不见治[60]；命与仇谋[61]，取败几时[62]；冬暖而儿号寒，年丰而妻啼饥；头童齿豁[63]，竟死何裨[64]？不知虑此，而反教人为？”

先生曰：“吁[65]！子来前。夫大木为杗[66]，细木为桷[67]，欂栌侏儒[68]，椳闑扂楔[69]，各得其宜，施以成室者，匠氏之工也；玉札丹砂，赤箭青芝[70]，牛溲马勃，败鼓之皮[71]，俱收并蓄，待用无遗者，医师之良也；登明选公[72]，杂进巧拙[73]，纡余为妍[74]，卓荦为杰[75]，校短量长，惟器是适者[76]，宰相之方也。昔者孟轲好辩，孔道以明，辙环天下，卒老于行[77]；荀卿守正，大论是弘，逃谗于楚，废死兰陵[78]。是二儒者，吐辞为经[79]，举足为法[80]，绝类离伦[81]，优入圣域[82]，其遇于世何如也？今先生学虽勤而不繇其统[83]，言虽多而不要其中[84]，文虽奇而不济于用，行虽修而不显于众，犹且月费俸钱，岁靡廪粟[85]，子不知耕，妇不知织，乘马从徒[86]，安坐而食，踵常途之促促[87]，窥陈编以盗窃[88]；然而圣主不加诛，宰臣不见斥，兹非其幸欤？动而得谤，名亦随之[89]。投闲置散[90]，乃分之宜[91]。若夫商财贿之有亡[92]，计班资之崇庳[93]，忘己量之所称[94]，指前人之瑕疵，是所谓诘匠氏之不以杙为楹[95]，而訾医师以昌阳引年[96]，欲进其豨苓也[97]。”

四川大学出版社版屈守元、常思春主编《韩愈全集校注》

①此文是元和八年（813）春韩愈任国子博士时所作。文章假托师生对话，用反语巧妙地抒发了自己才高数黜的牢骚，同时又在进学问题上强调了“业精于勤荒于嬉”、“行成于思毁于随”的道理。作者善于借别人之口来发牢骚，“以怨怼无聊之词托之人，自责自咎之词托之己”（吴楚材、吴调侯《古文观止》卷八评语），不怨而怨，寓庄于谐，奇正相济。文中许多地方用韵，整散结合，严谨活泼。进学，使学业有所进益。解，对疑难问题的辨析。

②国子先生：即国子博士。当时韩愈任国子博士。国子指国子监中的国子学。西晋咸宁二年（276）始立国子学，教育五品以上官僚子弟。以公卿大夫之子弟曰国子，故曰国子学。以后或称国学，或称太学。北齐始立专署，称国子寺。唐代改为国子监，辖国子学、太学、四门学、律学、书学、算学等学，各学设有博士。唐代的国子学设博士五人，正五品上，掌教三品以上国公子孙、从二品以上曾孙之为生者。太学：这里指国子监。

③馆：学舍。

④业：指学业。嬉：玩乐。

⑤行：德行。思：指独立思考。随：指盲从随俗。

⑥圣贤：圣君贤臣。

⑦治具：指法令。毕张：全部得以实施。张，设，施。

⑧凶邪：凶恶奸邪之人。

⑨登崇：提拔。畯良：贤才。畯，通“俊”。

⑩占：有。率：大都。录：使用。

⑪名一艺者：有一技之长的人。庸：通“用”。

⑫爬罗剔抉：指选拔人才。爬罗，爬梳和搜罗。剔抉，剔除和抉择。

⑬刮垢磨光：指训练人才。刮垢，刮去污垢。磨光，磨出光亮。

⑭幸：侥幸。获选：获得选用。

⑮孰云：谁说。多：指多才多艺。扬：举。

⑯有司：古代设官分职，各有专司，故称主管的官吏或官府为有司。这里指负责选拔人才的官吏。

⑰既：完，尽。

⑱列：行列。

⑲事：侍奉。这里指师事。兹：此，今。有年：多年。

⑳六艺：即《诗》、《书》、《礼》、《乐》、《易》、《春秋》。

㉑披：打开，翻开，此指翻阅。百家之编：诸子百家的著作。

㉒记事者：记事的著作，指史籍之类。

㉓纂（zuǎn 攥上声）言者：立论的著作，指学术著作。钩：求取。玄：深奥的道理。

㉔务得：务必掌握。

㉕细：小。捐：舍弃。

㉖膏油：指烛灯。晷（guǐ 轨）：日影。此指日光。这句是说夜以继日。

㉗兀（wù 务）兀：劳苦貌。穷年：终年。

㉘觝（dǐ 底）排：抵制排斥。觝，同“牴”，抵触。异端：不合正道的学说，此处即指佛

老等学说。

㉙攘斥：排斥。

㉚补苴（jū居）罅（xià下）漏：谓弥补儒术的缺漏之处。苴，鞋里垫的草，引申为填补。罅，裂缝。

㉛张皇幽眇：谓发扬光大儒学中的精深微妙之处。张皇，张大。幽，微。眇，小。

㉜坠绪：指断绝了的儒家道统。

㉝旁搜：从各方面搜求。指广泛搜求圣人的遗绪。远绍：远继。指远承孔孟的事业。

㉞"障百川"句：谓防止异端邪说流行而使之纳入正道。障，防堵。东之，使之向东流。

㉟回：扭转。狂澜：比喻异端邪说。既倒：已倒，指狂澜横决。

㊱劳：功劳。

㊲沉浸：沉潜其中，用心体会。酞（nóng农）郁：浓厚馥郁。酞，通"浓"。

㊳含英咀（jǔ举）华：仔细体会文章的精华。咀，细嚼，品味。

㊴"作为"二句：作为，写作。其书，指韩愈的著作。

㊵规：取法。姚姒（sì寺）：代表虞夏时代的作品，即《尚书》中的《虞书》、《夏书》。姚，虞舜的姓。姒，夏禹的姓。

㊶浑浑：深大貌。此指学问博大精深。语本扬雄《法言·问神》："虞夏之书，浑浑尔。"

㊷《周诰（gào告）》：《尚书·周书》中有《大诰》、《康诰》、《召诰》、《洛诰》等篇。《殷盘》：《尚书·商书》中有《盘庚》篇。

㊸佶（jí吉）曲聱（áo遨）牙：指文辞艰涩难读。佶曲，曲折。聱牙，文句念不顺口。

㊹《春秋》谨严：孔子所修《春秋》，以体例严格、用字褒贬谨慎著称。

㊺《左氏》浮夸：指《左传》文辞富艳夸张。

㊻《易》奇而法：指《周易》善于表现事物变易而又有法则。

㊼《诗》正而葩（pā趴）：指《诗经》思想纯正而文采华美。《论语·为政》："诗三百，一言以蔽之，曰思无邪。"葩，华美。

㊽《庄》、《骚》：即《庄子》、《离骚》。

㊾太史：史官。这里指太史公司马迁。所录：指司马迁所著《史记》。

㊿子云：扬雄的字。相如：司马相如。

51同工异曲：乐曲不同而同样精妙，喻文章风格不同而各极其妙。

52闳（hóng宏）其中而肆其外：内容精深博大而文辞随心所欲。闳，大。

53勇于敢为：敢作敢为。

54长通于方：年长时通达礼法。方，礼法，道理。

55成：成熟。

56见信于人：被别人信任。

57跋前踬（zhì至）后：进退两难。跋，踩。踬，绊倒。一作"疐"。《诗经·豳风·狼跋》："狼跋其胡，载疐其尾。"疐，跌倒。

58辄：就，总是。咎：罪。

59"暂为"二句：贞元十九年（803）韩愈为监察御史，这年冬，韩愈因如实上奏天旱人饥状，得罪幸臣，被贬为连州阳山令。窜，贬逐。南夷，南方少数民族地区。

60"三年"二句：做博士这样闲散的官，也没有表现什么政绩。韩愈曾三为博士。自贞元十八年（802）春到贞元十九年，授四门博士。元和元年（806）至四年（809）六月，为国子博士。元和七年（812）二月至八年（813）三月，为国子博士。三年，一作"三为"。冗，闲散。见，同“现”。

(61)命与仇谋：指命运故意做对。谋，合。

(62)几时：不多时，很快。

(63)头童：头秃。齿豁：牙齿残缺。

(64)竟：终。裨（bì 壁）：补益。

(65)吁（xū 虚）：叹词，表示惊疑。

(66)宋（máng 忙）：屋大梁。

(67)桷（jué 决）：方形的椽子。

(68)欂栌（bó lú 勃卢）：柱顶上承托栋梁的方木。侏儒：原为矮人之称，此指短柱。

(69)椳（wēi 威）：门枢。闑（niè 聂）：门中央所竖的短木。扂（diàn 店）：门闩。楔（xiē 些）：门两旁所竖的短木，用来防备车碰坏门。

(70)“玉札”二句：指贵重药材。玉札，即地榆。丹砂，即朱砂。赤箭，天麻的别名。青芝，即灵芝，据说产于泰山。以上四物，古人认为久服可以延年益寿。

(71)“牛溲（sōu 搜）”二句：指粗贱药材。牛溲，牛尿，治水肿、腹胀等。马勃，又叫马屁菌，治恶疮。败鼓之皮，破烂的鼓皮，治蛊毒。

(72)登明选公：选拔人才做到公平合理。

(73)杂进巧拙：指材质不同的人得到不同的录用。巧拙，指巧者与拙者，就人而言。

(74)纡（yū 迂）余：屈曲，这里指为人委婉周全。

(75)卓荦（luò 洛）：特立出众。

(76)惟器是适：即“唯适器”。根据各人的材质来合理使用。器，才能。适，适用，适合。

(77)“昔者”四句：言孟子周游列国，提倡孔子的学说，极力批驳杨朱、墨翟的学说，但不被诸侯重用，最后在奔波中老去。孟子晚年回到故乡邹国，“退而与万章之徒，序《诗》《书》述仲尼之意，作《孟子》七篇”（《史记·孟子荀卿列传》）。好辩，《孟子·滕文公下》：“予岂好辩哉？予不得已也。”辙，车轮的痕迹。卒，终。

(78)“荀卿”四句：荀子曾游学齐国稷下，齐襄王时，三为祭酒。后被齐人谗毁，逃到楚国，楚相春申君任为兰陵令。春申君一死，他被废，因家兰陵，著书数万言，终老其地。守正，遵循正道。大论，正大的言论，指儒家的学说。弘，发扬。兰陵，古县名。治所在今山东兰陵县。

(79)吐辞：言论。经：经典。

(80)举足：行动。法：准则。

(81)绝类离伦：超越一般儒者。绝、离，超越。类、伦，同类，同辈。

(82)优入圣域：已进入圣人的境界。优，有余，足够。

(83)不繇（yóu 由）其统：不能遵从儒家的道统。繇，通“由”。

(84)不要（yāo 邀）其中：不得要领。要，约束，归结。中，中庸之道。

(85)靡：浪费。一本作“縻”。廪：米仓。

(86)从徒：仆役跟随。

(87)踵：追随。促促：同“娖（cuò 挫）娖”，拘谨貌。一作“役役”。

(88)陈编：古籍。盗窃：抄袭。

(89)“动而”二句：一动就受到毁谤，名声亦因此而大起来。这两句同《送穷文》中“吾立子名，百世不磨”一样，是自嘲也是自负的话。谤，毁谤，非议。

(90)投闲置散：被放到闲散的位置。

㉑分（fèn 忿）：本分。

㉒商：计较。财贿：财物，此指俸禄。亡：通“无”。

㉓班资：位次，资历。崇庳：高低。“庳”，通“卑”。

㉔称（chèn 衬）：相当，适合。

㉕诘（jié 节）：责问。杙（yì 义）：小木柱。楹：堂屋前部的大柱。

㉖訾（zī 资）：诋毁。昌阳：昌蒲。据说久服可以轻身延年。引年：延年。

㉗豨苓（xī líng 西玲）：又名猪苓、豕苓，一种中药，但没有延年的作用。

三三 张籍

张籍（770—830?），字文昌，和州乌江（今安徽和县）人。贞元十五年（799）进士。元和元年（806），补太常寺太祝，沉滞下僚。长庆元年（821），韩愈荐为国子博士。次年改水部员外郎，世称“张水部”。大和二年（828），迁国子司业，世又称“张司业”。张籍一生贫病潦倒，中年，患眼疾几近失明，孟郊戏称“穷瞎张太祝”。张籍工诗，尤长于乐府，与王建齐名，并称“张王乐府”。刘攽《中山诗话》谓“张籍乐府词清丽深婉，五言律诗亦平淡可爱，至七言诗，则质多文少”。存诗四百八十余首。有《张司业集》。

野老歌[①]

老农家贫在山住[②]，耕种山田三四亩。苗疏税多不得食，输入官仓化为土[③]。岁暮锄犁傍空室，呼儿登山收橡实[④]。西江贾客珠百斛[⑤]，船中养犬长食肉。

中华书局校点本《全唐诗》卷三八二

①题一作《山农词》。中唐时期农村凋敝，城市商业畸形繁荣，农民在残酷压榨下生活更加艰难。此诗运用对比手法，以事实说话，语言平易凝练。

②农：一作“翁”。

③化为土：指粮食霉烂。

④橡实：栎树的果实，味苦，可以充饥。

⑤西江：西来大江，此指长江。元稹《相忆泪》：“西江流水到江州，闻道分成九道流。”张籍《楚妃叹》亦云：“西江若翻云梦中。”贾（gǔ古）客：商人。斛（hú胡）：十斗为一斛。南宋末改为五斗。

三四

王　建

王建（770—829?），字仲初，关辅（今陕西）人，郡望颍川（今河南许昌）。曾与张籍同学于齐州鹊山。贞元、元和间转历淄青、幽州、岭南、荆南、魏博幕，后任昭应丞，转渭南尉，与宦官王守澄联宗，写《宫词》百首。又历太府丞、秘书郎、陕州司马，晚年罢任闲居于京郊。建有诗名，长于乐府、宫词，与张籍并称“张王”。二人作诗重写实，尚通俗，为新乐府运动的先导。白居易说他“所著章句，往往在人口中，求之辈流，亦不易得”（《授王建秘书郎制》）。沈德潜称张王乐府“心思之巧，辞句之隽，最易启人聪颖”（《唐诗别裁集》卷八）。有《王建诗集》（又称《王司马集》）。

新嫁娘词①（三首选一）

三日入厨下，洗手作羹汤②。未谙姑食性③，先遣小姑尝④。

中华书局校点本《全唐诗》卷三〇一

①诗本三首，这是第三首。诗作反映了封建家庭新嫁娘的畏怯心理，饶有生活情趣。或者也可理解为对封建官场的讽刺。诗虽浅易，却寄兴深远。

②“三日”二句：古代妇女嫁后第三天称“三朝”，依习俗要下厨做饭。羹（gēng 耕）汤，此处泛指饭菜。

③谙（ān 安）：熟悉。姑：丈夫的母亲。食性：口味。

④遣：使，让。小姑：丈夫的妹妹。《焦仲卿妻》：“新妇初来时，小姑始扶床。”

三五

刘禹锡

刘禹锡（772—842），字梦得，洛阳（今属河南）人，出生在嘉兴（今属浙江）。贞元九年（793）登进士第，又中博学宏词科。十一年（795），授太子校书。后入杜佑幕任掌书记，调渭南县主簿，入朝为监察御史。永贞革新时，他是王叔文集团的核心人物，任屯田员外郎。革新失败，被贬朗州（今湖南常德）司马。后奉召回朝，旋因玄都观诗得罪权贵，出为连州、夔州、和州刺史，前后度过了二十二年的贬谪生活。入朝历主客、礼部郎中，集贤殿学士，又出为苏州、汝州、同州刺史，开成元年（836），改任太子宾客分司东都，世因称“刘宾客”。后迁秘书监分司，加检校礼部尚书。刘禹锡奋发有为，立志改革，虽屡遭贬谪而不改初衷，身处逆境而不肯屈服，历任地方官而多有惠政。他是唐代古文运动的积极参加者，与柳宗元为文章之友，并称“刘柳”。尤工于诗，与白居易齐名，世称“刘白”。诗题材广泛，内容丰富，精练含蓄，骨力豪劲，富有哲理，并注意向民歌学习，清新自然，脍炙人口。现存诗八百余首。有《刘梦得文集》。

竹枝词① （二首选一）

杨柳青青江水平，闻郎江上唱歌声。东边日出西边雨，道是无晴还有晴②。

上海古籍出版社版瞿蜕园《刘禹锡集笺证》中册卷二七

①原题二首，这是第一首。诗作于穆宗长庆二年（822）。竹枝词，是唐代流行于巴渝一带（今重庆）的民歌。刘禹锡任夔州刺史时学习民歌作了十几首竹枝词。这些新歌词含思宛转，音节和谐，语语可歌。后传入京城，盛行于贞元、元和间。

②晴：谐“情”。这是采用了民歌中常用的谐声双关手法。无晴，原作“无情”。《全唐诗》作“无晴”，较胜，据改。还，一作“却”。

西塞山怀古①

西晋楼船下益州②，金陵王气漠然收③。千寻铁锁沉江底④，一片降幡出石头⑤。人世几回伤往事⑥，山形依旧枕寒流⑦。今逢四海为家日⑧，故垒萧萧芦荻秋⑨。

上海古籍出版社版瞿蜕园《刘禹锡集笺证》中册卷二四

①西塞山，又名道士洑矶，在今湖北黄石市东长江边，横江一面，既险且峻，状若关塞。三国吴设江防于此。晋太康元年（280），王濬（jùn 俊）率晋军舰队，自蜀东下灭吴，在此用烈火烧熔东吴横江铁锁，乘胜直取金陵，统一全国。此诗即咏这段史事。刘禹锡在长庆四年

(824) 由夔州(今重庆奉节)刺史调任和州（今安徽和县）刺史，沿江东下，途经西塞山，感而赋诗。此诗以生动形象的语言将怀古慨今、垂戒后世融为一体，发人深思，含蕴无穷。

②西晋：一作“王濬”。楼船：高大的战船。益州：即今四川成都。王濬时任益州刺史。《晋书·王濬传》载：“武帝谋伐吴，诏濬修舟舰。濬乃作大船连舫，方百二十步，受二千余人。以木为城，起楼橹，开四出门，其上皆得驰马来往。……舟楫之盛，自古未有。”太康元年正月，濬自成都率水军攻吴。

③金陵：即今江苏南京，时称建业，为东吴国都。王气：帝王之气。漠然：一作“黯然”，较优。黯然，昏暗无光貌。

④寻：古以八尺（一说七尺）为一寻。《晋书·王濬传》：“吴人于江险碛要害之处，并以铁锁横截之，又作铁锥长丈余，暗置江中，以逆距船。……濬乃作大筏数十，亦方百余步，缚草为人，被甲持杖，令善水者以筏先行，筏遇铁锥，锥辄著筏去。又作火炬，长十余丈，大数十围，灌以麻油，在船前，遇锁，然炬烧之，须臾，融液断绝，于是船无所碍。”故曰“铁锁沉江底”。

⑤降幡（fān 番）：降旗。石头：城名。亦名石首城，又名石城。原为战国楚威王金陵邑，筑于威王七年（前 333）。东汉建安十六年（211），吴孙权徙治秣陵，翌年在石头山金陵邑原址筑城，改名石头。依山为城，因江为池，形势险要，为攻守金陵必争之地。故址在今南京市西石头山后，南北全长约三千米，地基遗迹为赭红色。《晋书·王濬传》载，濬自发蜀，兵不血刃，攻无坚城，顺流鼓棹，直达三山（在今南京西南板桥街道江边）。吴主孙皓闻之破胆。濬军入石头，皓乃备亡国之礼，素车白马，肉袒面缚，造于垒门。濬受降，将皓送往京师，吴遂亡。

⑥往事：兼指吴、东晋、宋、齐、梁、陈六朝迭相亡国的史事，因六朝都建都金陵。

⑦山形：指西塞山。寒流：指长江。

⑧四海为家：意即国家统一。《史记·高祖本纪》：“天子四海为家。”

⑨故垒：六朝以来的营垒遗迹。萧萧：秋风声。芦荻：两种生长于湿地和水边的同科异种植物。

石头城①

山围故国周遭在②，潮打空城寂寞回③。淮水东边旧时月④，夜深还过女墙来⑤。

上海古籍出版社版瞿蜕园《刘禹锡集笺证》中册卷二四

①此诗与《乌衣巷》、《台城》、《生公讲堂》、《江令宅》为一组联章诗，题为《金陵五题》。序云：“余少为江南客，而未游秣陵，尝有遗恨。后为历阳守，跂而望之，适有客以《金陵五题》相示，逌（yóu 由，自然而然）尔生思，欻然有得。”按，金陵、秣陵皆今江苏南京别称。历阳即和州，长庆四年（824），刘禹锡调任和州刺史，这组诗即作于和州任职二年期间。这是《金陵五题》的第一首。无限兴亡之感寄寓在萧瑟之景中。诗序中提到白居易读到此诗叹赏云：“吾知后之诗人，不复措词矣。”石头城，在今南京市。即战国时楚国的金陵城，三国吴时改为石头城。

②故国：故城。金陵在六朝时一直是国都。

③潮：指长江的江潮。

④淮水：指秦淮河，流经南京市区。

⑤女墙：城上凸凹形的矮墙。

乌衣巷①

朱雀桥边野草花②，乌衣巷口夕阳斜。旧时王谢堂前燕③，飞入寻常百姓家④。

上海古籍出版社版瞿蜕园《刘禹锡集笺证》中册卷二四

①乌衣巷，地名，三国时吴在此置乌衣营，以士兵穿乌衣而得名。东晋时，王、谢等望族居此。在今南京市东南。此诗是《金陵五题》的第二首。末二句将燕子的灵巧与历史的沉重糅和在一起，举重若轻，含蕴无穷。

②朱雀桥：六朝时建康（今南京）南城门朱雀门外的古浮桥，横跨秦淮河上。晋时称“朱雀桁（háng 航）”。桁为连船而成。故址在今南京镇淮桥东。乌衣巷即在朱雀桥附近。

③王谢：六朝时王、谢世为望族，故常并称。《南史·侯景传》：“（景）请娶于王、谢，帝曰：‘王、谢门高非偶，可于朱、张以下访之。’”后世以王、谢为高门世族的代称。堂前：正房前面，此指官僚府第。

④寻常：平常，普通。

酬乐天扬州初逢席上见赠①

巴山楚水凄凉地②，二十三年弃置身③。怀旧空吟闻笛赋④，到乡翻似烂柯人⑤。沉舟侧畔千帆过，病树前头万木春⑥。今日听君歌一曲，暂凭杯酒长精神⑦。

上海古籍出版社版瞿蜕园《刘禹锡集笺证》中册《外集》卷一

①这首诗作于唐敬宗宝历二年（826）冬，刘禹锡罢和州刺史归洛阳，与罢苏州刺史的白居易久别初逢于扬州。在筵席上白居易先写了《醉赠刘二十八使君》诗。诗云：“为我引杯添酒饮，与君把箸击盘歌。诗称国手徒为尔，命压人头不奈何。举眼风光长寂寞，满朝官职独蹉跎。亦知合被才名折，二十三年折太多。”刘禹锡即兴作答。诗中抒发了人事沧桑的复杂感情，而又能推开一层，将个人的命运放在社会历史发展的进程中加以观照，从而写出了“沉舟侧畔千帆过，病树前头万木春”这样境界高远、意兴豪迈的诗句。

②巴山楚水：作者先后被贬朗州、连州、夔州、和州等地。夔州古属巴国，其他三州古属楚国。

③二十三年：作者自顺宗永贞元年（805）被贬为朗州司马，至敬宗宝历二年（826）罢和州刺史回京，是二十二年，因诗作于岁暮，自计到达洛阳是次年春，故云二十三年。

④闻笛赋：魏晋之间，向秀与嵇康友善，嵇康为司马昭所杀，向秀经康山阳旧居，闻邻人笛声，感怀故友，作《思旧赋》。后以“闻笛”为怀念故人之词。

⑤烂柯：南朝梁任昉《述异记》卷上：“信安郡石室山，晋时王质伐木至，见童子数人，棋而歌，质因听之。童子以一物与质，如枣核，质含之，不觉饥。俄顷，童子谓曰：‘何不去？’质起，视斧柯烂尽，既归，无复时人。”后以之表示时光流逝，世事变迁。柯，斧柄。

⑥“沉舟”二句：“沉舟”、“病树”，是诗人自喻，表现了诗人坦荡的胸怀。

⑦长（zhǎng 掌）：增长，振作。

三六

白居易

白居易（772—846），字乐天，号“香山居士”、“醉吟先生”。下邽（今陕西渭南）人，祖籍太原(今属山西)，出生于郑州新郑（今属河南）。贞元十六年（800）进士及第。十九年（803）中书判拔萃科，授秘书省校书郎。元和元年（806）中才识兼茂明于体用科，授盩厔（今陕西周至）尉。后历官翰林学士、左拾遗等职。元和十年（815），被贬江州（今江西九江）司马。这是白氏一生思想的转折点，由“兼济天下”转向“独善其身”。后屡经内外迁调，曾外任忠州、杭州、苏州等地刺史，多有政绩。大和三年（829）以太子宾客分司东都，定居洛阳，直到逝世。因晚年官太子少傅，故世称“白傅”、“白太傅”。卒谥文，世又称“白文公”。与元稹友善，皆以诗名，时号“元白”，并为中唐新乐府运动的倡导者，继承并发展了我国自《诗经》以来直到杜甫的现实主义传统。他主张“文章合为时而著，歌诗合为事而作”（《与元九书》），强调诗歌的现实内容和社会作用。诗风平易浅近，明畅通俗，因而广为流传。现存诗近三千首，是唐代诗人中数量最多的。有《白氏长庆集》。

赋得古原草送别①

离离原上草②，一岁一枯荣。野火烧不尽，春风吹又生。远芳侵古道，晴翠接荒城③。又送王孙去，萋萋满别情④。

上海古籍出版社版朱金城《白居易集笺校》卷一三

①当是白居易青年时作。张固《幽闲鼓吹》云：“白尚书应举，初至京，以诗谒顾著作况。顾睹姓名，熟视白公，曰：‘米价方贵，居亦弗易。’乃披卷，首篇曰：‘咸阳原上草，一岁一枯荣。野火烧不尽，春风吹又生。’即嗟赏曰：‘道得个语，居即易矣。’因为之延誉，声名大振。”《旧唐书·白居易传》则谓其“年十五六时”谒著作郎顾况。他如《唐摭言》、《唐语林》、《北梦琐言》等均载此事，内容多雷同，实不足信。朱金城曰：“居易十五六岁时在江南，至长安实不可能，往长安至少在贞元五年以后，而此时顾况已贬官饶州司户，则此诗或系在江南时作。”（《白居易集笺校》卷一三）诗以比兴手法表现送别情怀，语极平淡，意却新奇，深含哲理，激人奋进，故而千古传诵。

②离离：分披繁茂貌。二字一作“咸阳”。

③“远芳”二句：远芳，绵延无际的芳草。晴翠，阳光照耀下的绿草。乐府《饮马长城窟行》：“青青河边草，绵绵思远道。”二句化用其意。

④“又送”二句：《楚辞·招隐士》：“王孙游兮不归，春草生兮萋萋。”二句本此。王孙，此指远行的友人。萋萋，草盛貌。

长恨歌[①]

汉皇重色思倾国[②]，御宇多年求不得[③]。杨家有女初长成，养在深闺人未识[④]。天生丽质难自弃，一朝选在君王侧。回眸一笑百媚生，六宫粉黛无颜色[⑤]。春寒赐浴华清池[⑥]，温泉水滑洗凝脂[⑦]。侍儿扶起娇无力[⑧]，始是新承恩泽时。云鬓花颜金步摇[⑨]，芙蓉帐暖度春宵。春宵苦短日高起，从此君王不早朝。承欢侍宴无闲暇，春从春游夜专夜[⑩]。后宫佳丽三千人，三千宠爱在一身[⑪]。金屋妆成娇侍夜[⑫]，玉楼宴罢醉和春。姊妹弟兄皆列土，可怜光彩生门户[⑬]。遂令天下父母心，不重生男重生女[⑭]。骊宫高处入青云[⑮]，仙乐风飘处处闻。缓歌慢舞凝丝竹[⑯]，尽日君王看不足。渔阳鼙鼓动地来，惊破《霓裳羽衣曲》[⑰]。九重城阙烟尘生[⑱]，千乘万骑西南行[⑲]。翠华摇摇行复止[⑳]，西出都门百余里[㉑]。六军不发无奈何，宛转蛾眉马前死[㉒]。花钿委地无人收，翠翘金雀玉搔头[㉓]。君王掩面救不得，回看血泪相和流。黄埃散漫风萧索，云栈萦纡登剑阁[㉔]。峨嵋山下少人行[㉕]，旌旗无光日色薄。蜀江水碧蜀山青，圣主朝朝暮暮情。行宫见月伤心色[㉖]，夜雨闻铃肠断声[㉗]。天旋日转回龙驭[㉘]，到此踌躇不能去[㉙]。马嵬坡下泥土中，不见玉颜空死处[㉚]。君臣相顾尽沾衣，东望都门信马归。归来池苑皆依旧，太液芙蓉未央柳[㉛]。芙蓉如面柳如眉，对此如何不泪垂？春风桃李花开夜，秋雨梧桐叶落时。西宫南苑多秋草[㉜]，宫叶满阶红不扫。梨园弟子白发新[㉝]，椒房阿监青娥老[㉞]。夕殿萤飞思悄然[㉟]，孤灯挑尽未成眠。迟迟钟鼓初长夜[㊱]，耿耿星河欲曙天[㊲]。鸳鸯瓦冷霜华重[㊳]，翡翠衾寒谁与共[㊴]？悠悠生死别经年，魂魄不曾来入梦[㊵]。临邛道士鸿都客[㊶]，能以精诚致魂魄。为感君王展转思，遂教方士殷勤觅[㊷]。排空驭气奔如电，升天入地求之遍。上穷碧落下黄泉[㊸]，两处茫茫皆不见。忽闻海上有仙山[㊹]，山在虚无缥缈间[㊺]。楼阁玲珑五云起[㊻]，其中绰约多仙子[㊼]。中有一人字太真[㊽]，雪肤花貌参差是[㊾]。金阙西厢叩玉扃[㊿]，转教小玉报双成[51]。闻道汉家天子使，九华帐里梦魂惊[52]。揽衣推枕起徘徊[53]，珠箔银屏逦迤开[54]。云髻半偏新睡觉[55]，花冠不整下堂来。风吹仙袂飘飘举[56]，犹似霓裳羽衣舞。玉容寂寞泪阑干[57]，梨花一枝春带雨[58]。含情凝睇谢君王[59]，一别音容两渺茫。昭阳殿里恩爱绝[60]，蓬莱宫中日月长[61]。回头下望人寰处[62]，不见长安见尘雾。唯将旧物表深情[63]，钿合金钗寄将去[64]。钗留一股合一扇，钗擘黄金合分钿[65]。但令心似金钿坚，天上人间会相见[66]。临别殷勤重寄词，词中有誓两心知。七月七日长生殿[67]，夜半无人私语时。在天愿作比翼鸟，在地愿为连理枝[68]。天长地久有时尽，此恨绵绵无绝期[69]！

上海古籍出版社版朱金城《白居易集笺校》卷一二

①此诗作于元和元年（806）任盩厔（今陕西周至）尉时。诗写唐玄宗李隆基和杨贵妃的爱情悲剧，与其友人陈鸿同时所撰《长恨歌传》为姊妹篇，可以互读。《长恨歌传》云："元和元年冬十二月，太原白乐天自校书郎尉于盩厔，鸿与琅玡王质夫家于是邑，暇日相携游仙游寺，话及此事，相与感叹。质夫举酒于乐天前曰：'夫稀代之事，非遇出世之才润色之，则与时消没，不闻于世。乐天深于诗，多于情者也，试为歌之如何？'乐天因为《长恨歌》。"《长恨歌》是白居易根据历史事实和故事传说，经过艺术加工，融合古诗、乐府以及说唱艺术的表现手法，以优美的旋律、绚丽的辞藻、平畅的语言、浓烈的抒情格调，生动形象地表现了唐玄宗和杨贵妃这对特殊历史人物的深挚的恋情、遗恨，在其感伤的情调里隐含着垂戒来世的讽喻之意。

②汉皇：汉武帝。此借指唐玄宗。《长恨歌传》直曰"玄宗"。倾国：绝世美人。《汉书·外戚传》引武帝李夫人兄延年歌曰："北方有佳人，绝世而独立。一顾倾人城，再顾倾人国。

宁不知倾城与倾国，佳人难再得!”《长恨歌传》则谓杨贵妃“如汉武帝李夫人”。

③御宇：统治天下。

④“杨家”二句：杨家有女，指杨贵妃，小名玉环，父玄琰。始为玄宗子寿王李瑁妃，玄宗爱之，出为女道士，号太真。旋入禁中，甚得玄宗宠幸。天宝四载（745）册为贵妃，礼秩同于皇后。《长恨歌传》云：“诏高力士潜搜外宫，得弘农杨玄琰女于寿邸。”此谓“养在深闺人未识”，何焯曰：“此为尊者讳。”（《白居易集笺校》卷一二引）

⑤六宫粉黛：指后宫妃嫔。无颜色：与杨妃娇媚相比都黯然失色。

⑥华清池：指骊山（在今西安东临潼区）华清宫的温泉。按，华清宫原名温泉宫，天宝六载（747）始改名华清，白诗所称赐浴华清，系用后改之名。

⑦凝脂：形容皮肤白嫩柔滑。《诗经·卫风·硕人》：“肤如凝脂。”

⑧侍儿：侍女。娇无力：《长恨歌传》云：“别疏汤泉，诏赐澡莹。既出水，体弱力微，若不任罗绮，光彩焕发，转动照人。”

⑨金步摇：一种金质首饰。《西京杂记》卷一载，赵飞燕为皇后，其女弟在昭阳殿遗书上送衣物中有“黄金步摇”。《释名·释首饰》曰：“步摇，上有垂珠，步则摇也。”乐史《杨太真外传》卷上曰：“是夕授金钗钿合，上（玄宗）又自执丽水镇库紫磨金琢成步摇，至妆阁亲与插鬓。上喜甚，谓后宫人曰：‘朕得杨贵妃如得至宝也。’”

⑩“承欢”二句：《新唐书·杨贵妃传》：“太真得幸。善歌舞，邃晓音律，且智算警颖，迎意辄悟。帝大悦，遂专房宴。”专夜，指专宠。

⑪“后宫”二句：佳丽，指妃嫔宫人。《旧唐书·杨贵妃传》：“惠妃薨，帝悼惜久之，后庭数千，无可意者。”《长恨歌传》：“（贵妃）与上行同辇，居同室，宴专席，寝专房，虽有三夫人、九嫔、二十七世妇、八十一御妻暨皇宫才人、乐府妓女，使天子无顾盼意，自是六宫无复进幸者。”

⑫金屋：用汉武帝金屋藏娇事，典出《汉武故事》。

⑬“姊妹”二句：列土，指封官晋爵。杨玉环册贵妃后，玄宗追赠其父玄琰太尉、齐国公；母封凉国夫人；叔玄珪光禄卿；从兄铦鸿胪卿；锜侍御史，尚武惠妃女太华公主；国忠位至右相，封魏国公；三姊并封国夫人，帝呼为姨，大姨封韩国，三姨封虢国，八姨封秦国。故曰“皆列土”。满门荣耀，故曰：“光彩生门户。”可怜，可羡。

⑭“遂令”二句：《长恨歌传》云：“当时谣咏有云：‘生女勿悲酸，生男勿喜欢。’又曰：‘男不封侯女作妃，看女却为门上楣。’其人心羡慕如此。”

⑮骊宫：即骊山华清宫。

⑯丝竹：管乐器和弦乐器。

⑰“渔阳”二句：谓安史之乱爆发。渔阳，天宝元年蓟州改为渔阳郡，约今天津蓟县一带。高步瀛曰：“唐蓟州天宝时改渔阳郡，隶范阳节度。安禄山据范阳反唐，如彭宠据渔阳反汉，故不举范阳而举渔阳也。”（《唐宋诗举要》卷二）鼙（pí 皮）鼓，战鼓。《霓裳羽衣曲》，著名舞曲名。本传自西凉，名《婆罗门》，开元中凉州都督杨敬述献，经玄宗润色，天宝十三载（754）七月改为《霓裳羽衣曲》，杨贵妃善为此舞。白居易后于宝历元年（825）作有《霓裳羽衣歌》，述之甚详，可参看。

⑱九重城阙：指国都长安。烟尘：指战火。

⑲西南行：指天宝十五载（756）六月，安禄山陷潼关，玄宗仓皇离京奔蜀。

⑳翠华：用翡翠羽毛装饰的旗子。此指皇帝仪仗。

㉑百余里：指马嵬坡，距京城一百一十余里。在今西安西兴平市北。

㉒“六军”二句：六军，泛指天子禁军。玄宗时实为四军，即左右龙武军、左右羽林军。肃宗至德二载（757），又置左右神武军，始成六军。白诗盖沿天子六军旧说。宛转，缠绵悱恻状。蛾眉，指杨贵妃。蛾，原作“娥”，据《全唐诗》改。《旧唐书·杨贵妃传》：“及潼关失守，从幸至马嵬，禁军大将陈玄礼密启太子，诛国忠父子。既而四军不散，玄宗遣力士宣问，对曰‘贼本尚在’，盖指贵妃也。力士复奏，帝不获已，与妃诀，遂缢死于佛室。”二句本事指此。

㉓“花钿”二句：花钿、翠翘、金雀、玉搔头，均为首饰名。玉搔头，即玉簪。《西京杂记》卷二：“武帝过李夫人，就取玉簪搔头。自此后宫人搔头皆用玉。”

㉔云栈：栈道高入云天，故云。萦纡：盘旋萦绕。剑阁：即剑门关，在今四川剑阁县北，为川陕间重要通道。

㉕峨嵋山：在今四川峨眉山市西南。玄宗幸蜀，只到成都，未到峨嵋，此泛用。

㉖行宫：皇帝出行时居住的宫殿。

㉗夜雨闻铃：郑处诲《明皇杂录·补遗》：“明皇既幸蜀，西南行。初入斜谷，属霖雨涉旬，于栈道雨中闻铃音与山相应。上既悼念贵妃，采其声为《雨霖铃》曲，以寄恨焉。”

㉘天旋日转：指形势好转。回龙驭：皇帝车驾回京。

㉙此：指贵妃缢死处。踌躇（chóu chú 愁除）：留恋徘徊。

㉚玉颜：指杨贵妃。空死处：空见死处。

㉛太液：池名，在长安东北大明宫麟德殿西北，遗址在今西安北郊未央区孙家湾之南。芙蓉：荷花。未央：汉宫名，遗址在今西安未央区马家寨。此泛指唐宫苑。

㉜西宫：即西内太极宫。南苑：一作“南内”，即兴庆宫。玄宗回京后，初居南内，后被胁迫移居西内，不准过问国事。

㉝梨园弟子：崔令钦《教坊记》：“西京右教坊在光宅坊，左教坊在延政坊，古多善歌，左多工舞，盖相因成习。”《雍录》卷九：“开元二年正月，置教坊于蓬莱宫，上自教法曲，谓之‘梨园弟子’。……至天宝中，即东宫置宜春北苑，命宫女数百人为梨园弟子。”

㉞椒房：后妃所居宫室。阿监：指宫中女官。青娥：指年轻貌美的女子，即上椒房阿监。

㉟悄然：忧思貌。

㊱迟迟：徐缓貌。

㊲耿耿：明亮貌。星河：银河。

㊳鸳鸯瓦：嵌合成对的琉璃瓦。霜华：即霜花。

㊴翡翠衾：绣有翡翠鸟的被子。此鸟雄曰翡，雌曰翠。

㊵魂魄：指杨贵妃的亡魂。

㊶临邛（qióng 穷）：唐属邛州临邛郡，今四川邛崃市。鸿都：东汉京城洛阳宫门名，此借指长安。句谓临邛道士客居长安。

㊷“为感”二句：展转，即辗转。方士，神仙方术之人。

㊸穷：穷尽。碧落：指天空，系道家语。《灵宝无量度人上品妙经》卷一：“昔于始青天中碧落空歌。”上阳子注：“始青天乃东方第一天，有碧霞遍满，是云碧落。”黄泉：指地下。

㊹“忽闻”句：海上仙山，指传说中的蓬莱、方丈、瀛洲三神山。

㊺虚无缥缈：形容仙境之渺茫。早于白居易的李益有《过马嵬二首》，其二云：“南内真人悲帐殿，东溟方士问蓬莱。”可见方士寻访杨贵妃的传说，当时已广泛流传。

㊻五云起：耸立于五色彩云之中。

㊼绰约：轻盈柔美貌。仙子：仙女。《庄子·逍遥游》：“藐姑射之山，有神人居焉，肌肤若冰雪，绰约若处子。”

㊽太真：为杨贵妃道号。

㊾参差（cēn cī 岑平声疵）：仿佛，差不多。

㊿金阙：金碧辉煌的仙宫。玉扃（jiōng 迥阴平）：玉石作的门扉。

[illegible]localhost51转教：转托。小玉：相传为吴王夫差之女。双成：姓董，传说为西王母侍女。《汉武帝内传》："西王母命玉女董双成吹云和之笙。"此以小玉、双成借指太真的侍婢。

52九华帐：典出《博物志》卷三："汉武帝好仙道，祭祀名山大泽，以求神仙之道。时西王母遣使乘白鹿告帝当来，乃供帐九华殿以待之。"一说指绣有多种花饰图案的帷帐。

53揽衣：披衣。

54珠箔：珠帘。《西京杂记》卷二："昭阳殿织珠为帘，风至则鸣，如珩珮之声。"银屏：嵌有银丝花纹的屏风。逦迤：一作"迤逦（yǐ lǐ 以里）"，连延不断貌。

55云髻（jì 季）：原作"云鬓"，一作"云髻"，较胜，据改。云髻，发髻如云。半偏：散乱不整。新睡觉：刚刚睡醒。

56袂（mèi 妹）：衣袖。

57寂寞：凄凉忧伤。阑干：纵横貌。

58"梨花"句：形容杨贵妃泪流满面时的姿容。

59凝睇（dì 弟）：注视。

60昭阳殿：汉宫殿名。《三辅黄图》卷三《未央宫》："武帝时后宫八区，有昭阳……成帝赵皇后居昭阳殿，有女弟，俱为婕妤，贵倾后宫。"后遂以昭阳殿借指受宠后妃居住的宫殿。杜甫《哀江头》："昭阳殿里第一人，同辇随君侍君侧。"李白《宫中行乐词八首》其二："宫中谁第一？飞燕在昭阳。"皆指杨贵妃。

61蓬莱宫：指海上蓬莱仙山之宫殿。

62人寰处：犹言尘世间。

63旧物：指与玄宗定情时的信物，即下云"钿合金钗"。

64钿合：镶金花的盒子，即首饰盒。盒，古作"合"。金钗：金制首饰，有两股。寄将去：托请方士捎去。

65擘（bò 伯去声）：分开。《长恨歌传》云："定情之夕，授金钗钿合以固之。"后方士来仙山寻访太真，"指碧衣取金钗钿合，各析其半，授使者曰：'为我谢太上皇，谨献是物，寻旧好也'"。

66天上人间：《长恨歌传》："或为天，或为人，决再相见，好合如旧。"会：定会。

67长生殿：为华清宫之斋殿，天宝元年（742）十月修建，又名集灵台，用以祀神。郑嵎《津阳门诗》注："飞霜殿即寝殿，而白傅《长恨歌》以长生殿为寝殿，殊误矣。"又云："有长生殿，乃斋殿也。有事于朝元阁，即御长生殿以沐浴也。"《长恨歌传》叙此事甚详："玉妃茫然退立，若有所思，徐而言曰：'昔天宝十载，侍辇避暑于骊山宫。秋七月，牵牛织女相见之夕，秦人风俗，是夜张锦绣，陈饮食，树瓜华，焚香于庭，号为乞巧，宫掖间尤尚之。时夜殆半，休侍卫于东西厢，独侍上。上凭肩而立，因仰天感牛女事，密相誓心，愿世世为夫妇。言毕，执手各呜咽。此独君王知之耳。'"

68"在天"二句：比翼鸟，《尔雅·释地》："南方有比翼鸟焉，不比不飞，其名谓之鹣鹣。"比，并也。连理枝，两树之枝连生在一起。理，纹理。《焦仲卿妻》："东西植松柏，左右种梧桐。枝枝相覆盖，叶叶相交通。"即为连理枝。此以比翼鸟、连理枝，比喻夫妻和好，恩爱不离。

69绵绵：长久不绝貌。高步瀛曰："结处戛然而止，不纠缠方士复命、上皇震悼不豫等事，笔力高人数倍。"（《唐宋诗举要》卷二）

卖炭翁①

苦宫市也。

卖炭翁，伐薪烧炭南山中②。满面尘灰烟火色，两鬓苍苍十指黑。卖炭得钱何所营？身上衣裳口中食。可怜身上衣正单，心忧炭贱愿天寒。夜来城外一尺雪，晓驾炭车辗冰辙[3]；牛困人饥日已高，市南门外泥中歇。翩翩两骑来是谁？黄衣使者白衫儿[4]。手把文书口称敕[5]，回车叱牛牵向北[6]。一车炭重千余斤[7]，宫使驱将惜不得[8]。半匹红纱一丈绫，系向牛头充炭直[9]。

上海古籍出版社版朱金城《白居易集笺校》卷四

①《新乐府》五十首是元和四年（809）任左拾遗时作。此诗是第三十二首。宫中用品本来由官吏采办，中唐以后，改由宦官掌管采购。他们在东西两市以低价抢购货物，或拒不付值，甚至让人把货物送进去，还勒索“门户钱”。故此诗小序云：“苦宫市也。”韩愈《顺宗实录》卷二：“名为宫市，而实夺之。”诗通过刻画一个具体人物的经历，生动地表现了宫市给人民带来的苦难。由于用事实说话，且刻画人物时善于抓住传神的外貌和心理细节，因而含蓄有力。《唐宋诗醇》卷二〇评云：“直书其事，而其意自见，更不用著一断语。”

②南山：即终南山。在今陕西西安市南。

③辗：滚压。

④黄衣使者：指宦官。唐代宦官品级较高的穿黄衣，无品级的穿白衣。因为自称是皇帝派出来的，所以称使者。

⑤敕：皇帝的命令。

⑥“回车”句：唐长安东西二市在宫城南，故回车入宫曰“牵向北”。

⑦“一车”句：一作“一车炭，千余斤”。

⑧将：语助词。

⑨直：通“值”。

琵琶行[1]并序

元和十年[2]，予左迁九江郡司马[3]。明年秋，送客湓浦口[4]，闻舟中夜弹琵琶者。听其音，铮铮然有京都声[5]。问其人，本长安倡女，尝学琵琶于穆、曹二善才[6]。年长色衰，委身为贾人妇[7]。遂命酒，使快弹数曲[8]，曲罢悯默[9]。自叙少小时欢乐事，今漂沦憔悴[10]，转徙于江湖间[11]。予出官二年[12]，恬然自安[13]；感斯人言[14]，是夕始觉有迁谪意[15]。因为长句，歌以赠之。凡六百一十六言[16]，命曰《琵琶行》。

浔阳江头夜送客[17]，枫叶荻花秋瑟瑟[18]。主人下马客在船，举酒欲饮无管弦。醉不成欢惨将别，别时茫茫江浸月。忽闻水上琵琶声，主人忘归客不发。寻声暗问弹者谁[19]，琵琶声停欲语迟。移船相近邀相见，添酒回灯重开宴[20]。千呼万唤始出来，犹抱琵琶半遮面。转轴拨弦三两声[21]，未成曲调先有情。弦弦掩抑声声思[22]，似诉平生不得意[23]。低眉信手续续弹[24]，说尽心中无限事。轻拢慢捻抹复挑[25]，初为《霓裳》后《绿腰》[26]。大弦嘈嘈如急雨，小弦切切如私语[27]。嘈嘈切切错杂弹，大珠小珠落玉盘。间关莺语花底滑[28]，幽咽泉流冰下难[29]。冰泉冷涩弦凝绝，凝绝不通声暂歇[30]。别有幽愁暗恨生，此时无声胜有声[31]。银瓶乍破水浆迸[32]，铁骑突出刀枪鸣[33]。曲终收拨当心画[34]，四弦一声如裂帛[35]。东船西舫悄无言[36]，唯见江心秋月白。沉吟放拨插弦中[37]，整顿衣裳起敛容[38]。自言本是京城女，家在虾蟆陵下住[39]。十三学得琵琶成，名属教坊第一部[40]。曲罢曾教善才伏，妆成每被秋娘妒[41]。五陵年少争缠头[42]，一曲红绡不知数[43]。钿头云篦击节碎[44]，血色罗裙翻酒污。今年欢笑复明年，秋月春风等闲度[45]。弟走从军阿姨死，暮去朝来颜色故[46]。门前冷落鞍马稀，老大嫁作商人妇。商人重利轻别离，前月浮梁买茶去[47]。去来江口守空船，绕船月明江水寒。夜深忽梦少年事，梦啼妆泪红阑干[48]。我闻琵琶已叹息，又闻此语重唧唧[49]。同是天涯沦落人，相逢何必曾相识。我从去年辞帝京，谪居卧病浔阳城。浔阳小处无音乐，终岁不闻丝竹声。住近湓江地低湿[50]，黄芦苦竹绕宅生[51]。其间旦暮闻何物，杜鹃啼血猿哀鸣[52]。春江花朝秋月夜，往往取酒还独倾[53]。岂无山歌与村笛，呕哑嘲哳难为听[54]。今夜闻君琵琶语，如听仙乐耳暂明。莫辞更坐弹一曲[55]，为君翻作《琵琶行》[56]。感我此言良久立，却坐促弦弦转急[57]。凄凄不似向前声[58]，满座重闻皆掩泣。座中泣下谁最多？江州司马青衫湿[59]。

上海古籍出版社版朱金城《白居易集笺校》卷一二

①元和十一年（816）秋，白居易被贬江州（今江西九江）司马时作，诗题原作《琵琶引》，作者序与诗自称“琵琶行”，故据以改之。洪迈《容斋三笔》卷六：“白乐天《琵琶行》，盖在浔阳江上为商人妇所作。”《琵琶行》和《长恨歌》一样，也是白居易的叙事名篇之一。诗作以完美的艺术形式，通过琵琶女精妙绝伦的演奏和撼人心魄的泣诉，抒发了古今失意人共有的“天涯沦落之恨”，缠绵悱恻，凄婉动人，达到了声情并茂的极境。

②元和：唐宪宗年号。

③左迁：贬官降职。九江郡：隋郡名，唐武德四年（621）置江州，天宝元年（742）改浔阳郡，乾元元年（758）复为江州，州治在浔阳。司马：官名，州刺史副职。时为闲职。白《江州司马厅记》云：“州民康，非司马功；郡政坏，非司马罪。无言责，无事忧。”“惟司马，绰绰可以从容于山水诗酒间。”可见有职无权闲散情状。

④湓浦口：湓水（一名湓浦水）入江处名湓口，在今九江市西。

⑤铮铮：象声词，此指弹琵琶发出的响亮声音。京都声：京城中流行的乐调。

⑥善才：曲师通称。元稹《琵琶歌》：“铁山已近曹穆间。”原注云：“一善才姓。”

⑦委身：托身于人。贾（gǔ古）人：商人。

⑧快弹：尽兴弹奏。

⑨悯默：忧伤不语。

⑩漂沦：漂泊沦落。憔悴：困苦貌。

⑪转徙（xǐ喜）：辗转迁移。

⑫出官：出任外官，指出为江州司马。

⑬恬然：闲适貌。

⑭斯人：这人，指琵琶女。

⑮迁谪：降职外调。

⑯六百一十六言：一作“六百一十二言”。全诗实为六百一十六字，“二”当是传写之误。

⑰浔阳江：亦名九江，即长江流经今九江市北一段的别名。

⑱瑟瑟：萧瑟。卢照邻《秋霖赋》：“风横天而瑟瑟。”杨慎《升庵诗话》卷一一则云：“瑟瑟，本是宝名，其色碧。此句言枫叶赤、荻花白、秋色碧也。”虽甚新奇，终嫌牵强。

⑲暗问：低声询问。

⑳“移船”二句：陈寅恪曰：“‘移船相近邀相见’之‘船’，乃‘主人下马客在船’之‘船’，非‘去来江口守空船’之‘船’。盖江州司马移其客之船，以就浮梁茶商外妇之船，而邀此长安故倡从其所乘之船出来，进入江州司马所送客之船中，故能添酒重宴。否则江口茶商女妇之空船中，恐无如此预设之盛筵也。”（《元白诗笺证稿》第二章）回灯，移灯。

㉑转轴拨弦：指弹奏前校弦试音。轴为琵琶上调弦的把手。

㉒掩抑：声调幽咽。思：忧思。

㉓意：一作“志”。

㉔信手：得心应手，状其弹技娴熟。续续：连续不断。

㉕拢：叩弦。捻：揉弦。抹：顺手下拨。挑：反手回拨。皆为弹奏指法，拢、捻为左手指法，抹、挑为右手指法。

㉖《霓裳》：即《长恨歌》所云《霓裳羽衣曲》。《绿腰》：唐大曲名，又名六幺、录要、乐世。白居易《听歌六绝句·乐世》云：“管急弦繁拍渐稠，《绿腰》宛转曲终头。”题下自注：“一名《六幺》。”元稹《琵琶歌》：“管儿还为弹《六幺》，《六幺》依旧声迢迢。”

㉗“大弦”二句：大弦，琵琶四弦或五弦，大弦指粗弦。嘈嘈，声音粗而繁。小弦，指细弦。切切，声音细而清。白居易《秦中吟·五弦》云：“大声粗若散，飒飒风和雨；小声细欲绝，切切鬼神语。”又《新乐府·五弦弹》：“第一第二弦索索，秋风拂松疏韵落。第三第四弦泠泠，夜鹤忆子笼中鸣。”

㉘间关：鸟鸣宛转。滑：轻快流利。

㉙幽咽：形容声涩不畅，悲抑哽塞。冰下难：一作“水下滩”。按，作“冰下难”为是。段玉裁《经韵楼文集》卷八《与阮芸台书》：“‘泉流水下滩’不成语，且何以与上句属对？昔年曾谓当作‘泉流冰下难’。……莺语花底，泉流冰下，形容涩滑二境，可谓工绝。”

㉚“冰泉”二句：冰泉，一作“水泉”。凝绝，凝结滞涩。《五弦弹》云：“第五弦声最掩抑，陇水冻咽流不得。”可参看。暂，一作“渐”。

㉛“别有”二句：白居易《夜筝》诗云：“弦凝指咽声停处，别有深情一万重。”与此二句意近。

㉜银瓶：汲水器。乍：突然。迸：溅射。

㉝铁骑（jì 寄）：精锐的骑兵。

㉞拨：弹弦的拨子。画：同“划”。

㉟四弦：所弹琵琶为四弦。裂帛：撕裂丝帛，声音清厉。

㊱舫：船。

㊲沉吟：沉重不语貌。

㊳敛容：显出端庄有礼的仪容。

㊴虾蟆陵：在长安城东南曲江附近。旧说本董仲舒墓，门人过此皆下马，故谓之下马陵，久而讹作虾蟆陵。

㊵教坊：唐代教习歌舞曲艺的官办机构，详见前白居易《长恨歌》注。第一部：即坐部。唐教坊分乐为二部：堂下立奏，谓之立部伎；堂上坐奏，谓之坐部伎。立部贱，坐部贵，坐部伎不可教者退为立部伎。

㊶“曲罢”二句：曾，一作“常”。伏，一作“服”，古通。秋娘，当时长安名倡。白诗有三处提到秋娘。

㊷五陵年少：指贵富子弟。缠头：古时歌舞艺人以锦缠头，表演完毕，客以罗锦为赠，称缠头。后遂作为赠送女伎财物的通称。

㊸绡：精美的薄纱。红绡即缠头。

㊹钿头云篦（bì 毙）：两头镶有金花的发篦。云，一作“银”。击节：打拍子。

㊺秋月春风：一年中美景，喻指青春年华。等闲度：犹言虚度。

㊻颜色故：年长色衰。

㊼浮梁：唐属饶州鄱阳郡，在今江西景德镇北，当时为著名产茶地。

㊽阑干：泪流纵横貌。

㊾唧唧：叹息声。《木兰诗》："唧唧复唧唧。"

㊿湓江：即湓水。一作"湓城"。湓城，即浔阳城。《新唐书·地理志五》："浔阳，本湓城，武德四年更名。"

51苦竹：竹之一种，其笋味苦不中食。

52杜鹃：又名子规、杜宇。传说蜀望帝杜宇，死而化为杜鹃，鸣声哀而吻有血。

53独倾：独酌，独饮。

54呕哑嘲哳（zhā 扎）：形容声音杂乱而细碎。

55更坐：再坐。

56翻作：按曲谱填写歌词。

57却坐：退回原处坐下。

58向前声：刚才弹奏过的音调。

59青衫：唐制服色不视职事官，而视阶官品级而定，九品服用青。白时虽为江州司马，从五品下，但其阶官为将仕郎，从九品下，故服青衫。

忆江南词[①]（三首选一）

江南好，风景旧曾谙[②]：日出江花红胜火[③]，春来江水绿如蓝[④]。能不忆江南？

上海古籍出版社版朱金城《白居易集笺校》卷三四

①作于开成三年（838）在洛阳为太子少傅时。原题三首，此为第一首。原题下注："此曲亦名《谢秋娘》，每首五句。"郭茂倩《乐府诗集》列为"近代曲辞"，云："《忆江南》，一曰《望江南》。《乐府杂录》曰：'《望江南》本名《谢秋娘》，李德裕镇浙西为妾谢秋娘所制，后改为《望江南》。'"任二北《敦煌曲初探·杂考与臆说》云："早在白、刘（禹锡）二人作《忆江南》长短句之六十年前代宗大历年间，类似《忆江南》或《梦江南》之诗题或曲名，即已风行。"

②谙（ān 安）：熟悉。

③胜：一作"似"。

④蓝：植物名，有多种，如蓼蓝、松蓝、木蓝等，叶可制蓝色染料。

三七
李　绅

李绅（772—846），字公垂，祖籍亳州谯县（今安徽亳州），后家迁无锡（今属江苏）。为人短小精悍，人称“短李”。元和元年（806）进士。累官翰林学士，与李德裕、元稹时号“三俊”。后历中书舍人、御史中丞、户部侍郎等职。敬宗即位，贬为端州司马。武宗会昌二年（842），自淮南节度使入为中书侍郎、同中书门下平章事，进尚书右仆射、门下侍郎，封赵郡公，复出为淮南节度使。李绅与白居易、元稹交往甚密，共同倡导了新乐府运动。他在晚年曾自编其部分诗作为《追昔游诗》。

古风二首[①]

春种一粒粟，秋成万颗子[②]。四海无闲田，农夫犹饿死。

锄禾日当午，汗滴禾下土。谁知盘中餐[③]，粒粒皆辛苦。

中华书局校点本《全唐诗》卷四八三

①题一作《悯农》。此诗是李绅早年所作。诗使用对比手法，聚焦在农民的辛苦上，加之采用仄韵古绝的形式，风格简朴厚重，发人深省。

②成：一作“收”。

③餐：一作“飧（sūn 孙）”。

三八

柳宗元

柳宗元（773—819），字子厚，祖籍河东（今山西永济），世称“柳河东”。德宗贞元九年（793）进士，十四年（798）登博学宏词科，授集贤殿正字，迁蓝田尉。十九年（803）拜监察御史里行。二十一年（805）擢升礼部员外郎，积极参加王叔文革新集团。永贞革新失败，被贬永州（今属湖南）司马。宪宗元和十年（815）正月，召回京师。三月又出为柳州（今属广西）刺史，十四年（819）卒于任所，世称“柳柳州”。柳宗元是唐代著名的哲学家、文学家。他和韩愈同是古文运动的倡导者，并称“韩柳”。文章多借物说理，批判时政，用语警辟，富有哲理性。山水游记，刻画细微，寄托幽远。其诗内容广泛，风格多样，尤其是山水纪游之作，向与韦应物并称“韦柳”。他的诗不拘一格而又自成一格，苏轼称其“发纤秾于简古，寄至味于澹泊”（《书黄子思诗集后》），“外枯而中膏，似淡而实美”（《评韩柳诗》）。有《柳河东集》。

渔翁①

渔翁夜傍西岩宿②，晓汲清湘燃楚竹③。烟销日出不见人④，欸乃一声山水绿⑤。回看天际下中流⑥，岩上无心云相逐⑦。

中华书局校点本《柳宗元集》卷四三

①观诗中“晓汲清湘燃楚竹”句，知为柳宗元被贬永州期间（805—815）所作。此诗为柳诗名篇，表现了他避世绝俗，寄情山水白云，超然物外的精神境界。

②西岩：即西山，在今湖南永州市西，柳宗元有《始得西山宴游记》。

③汲：取水。湘：湘水，在西山东。《湘中记》云：“湘水至清，虽深五六丈，见底了了然。”（《太平御览》卷六五引）故曰“清湘”。此句谓早晨汲水燃竹做饭。

④销：通“消”。

⑤欸乃（ǎi nǎi 矮奶）：划船摇橹之声。一说为棹歌，划船者歌唱之声。唐湘中有渔歌《欸乃曲》。元结《欸乃曲》云：“谁能听欸乃，欸乃感人情。不恨湘波深，不怨湘水清。……昔闻扣断舟，引钓歌此声。”绿：原作“渌”，据《全唐诗》改。

⑥天际：天边。

⑦“岩上”句：化用陶渊明《归去来兮辞》“云无心以出岫”语意。

江雪①

千山鸟飞绝②，万径人踪灭③。孤舟蓑笠翁④，独钓寒江雪。

中华书局校点本《柳宗元集》卷四三

①柳宗元永贞元年（805）十一月被贬永州（今属湖南）司马，此诗约作于谪居永州期间。诗绘出一幅寒江独钓图，空寂寒凉的环境中，显示出作者一种兀傲不屈的顽强精神。

②绝：尽。句谓山上所有的鸟儿都不见了。

③人踪灭：不见人的踪迹，即不再有人行走。

④蓑（suō 梭）：雨具，即蓑衣。笠：笠帽，用以御雨。《诗经·小雅·无羊》："何蓑何笠，或负其𩞄。"

三戒[①]并序

吾恒恶世之人，不知推己之本[②]，而乘物以逞[③]，或依势以干非其类[④]，出技以怒强，窃时以肆暴，然卒迨于祸[⑤]。有客谈麋、驴、鼠三物[⑥]，似其事，作《三戒》。

临江之麋

临江之人，畋得麋麑[⑦]，畜之[⑧]。入门，群犬垂涎，扬尾皆来，其人怒，怛之[⑨]。自是日抱就犬，习示之[⑩]，使勿动，稍使与之戏[⑪]。积久，犬皆如人意。麋麑稍大，忘己之麋也，以为犬良我友，抵触偃仆，益狎[⑫]。犬畏主人，与之俯仰甚善，然时啖其舌[⑬]。

三年，麋出门，见外犬在道甚众，走欲与为戏。外犬见而喜且怒，共杀食之，狼藉道上[⑭]。麋至死不悟。

黔之驴

黔无驴[⑮]，有好事者船载以入[⑯]。至则无可用，放之山下。虎见之，庞然大物也[⑰]，以为神。蔽林间窥之，稍出近之，慭慭然莫相知[⑱]。他日，驴一鸣，虎大骇，远遁，以为且噬己也[⑲]，甚恐。然往来视之，觉无异能者。益习其声，又近出前后，终不敢搏。稍近，益狎，荡倚冲冒[⑳]，驴不胜怒，蹄之。虎因喜，计之曰："技止此耳！"因跳踉大㘎[㉑]，断其喉，尽其肉，乃去。噫！形之庞也类有德，声之宏也类有能。向不出其技[㉒]，虎虽猛，疑畏，卒不敢取。今若是焉，悲夫！

永某氏之鼠

永有某氏者[㉓]，畏日[㉔]，拘忌异甚。以为己生岁直子[㉕]，鼠，子神也。因爱鼠，不畜猫犬，禁僮勿击鼠[㉖]。仓廪庖厨[㉗]，悉以恣鼠不问。由是鼠相告，皆来某氏，饱食而无祸。某氏室无完器，椸无完衣[㉘]，饮食大率鼠之余也。昼累累与人兼行[㉙]，夜则窃啮斗暴[㉚]，其声万状，不可以寝，终不厌。

数岁，某氏徙居他州；后人来居，鼠为态如故。其人曰："是阴类恶物也[㉛]，盗暴尤甚。且何以至是乎哉？"假五六猫[㉜]，阖门撤瓦灌穴[㉝]，购僮罗捕之[㉞]。杀鼠如丘，弃之隐处[㉟]，臭数月乃已。

呜呼！彼以其饱食无祸为可恒也哉[㊱]！

中华书局校点本《柳宗元集》卷一九

①柳宗元的寓言小品多作于贬谪永州期间。作品短而生动，善于使用比喻、夸张、人格化等手法，把先秦诸子散文中的寓言片段，发展为一种独立的文学样式。此文虽意在讽刺社会上某种人的丑行，而形象与寓意却具有更大的普遍性。三戒，语出《论语·季氏》："孔子曰：'君子有三戒。'"

②"吾恒恶"二句：恒恶（wù 务），常常憎恶。知，原无，据《文苑英华》补。推己之

本，审察自己的实际能力。推，推究。

③乘物以逞：凭借某种外部条件而肆意横行。乘，因，依仗。逞，肆意而行。

④或：有的。此“或”字贯下三句。三句分指麋、驴、鼠。干：触犯。

⑤卒：终于。迨（dài 代）：及。

⑥麋（mí 迷）：麋鹿，俗称四不像。

⑦“临江”二句：临江，指忠州临江县（今属重庆忠县）。畋（tián 田），打猎。麋麑（ní 泥），小鹿，即幼麋。

⑧畜：喂养。

⑨怛（dá 达）：使惊惧。

⑩习：常。

⑪稍：渐渐。戏：玩耍。

⑫“抵触”二句：抵触偃仆，形容麋与狗嬉戏的样子。抵触，用头角相牴触。偃仆，指翻滚。往后倒叫偃，往前倒叫仆。狎（xiá 侠），亲昵。

⑬啖（dàn 但）其舌：形容狗想吃麋的馋相。啖，吃，嚼。此处作舔讲。

⑭狼藉：散乱貌。指小鹿被狗吃后，皮毛骨头丢了一地。

⑮黔：唐代的黔中道，治黔州（今重庆彭水），包括现在贵州、重庆、广西、湖北、湖南等的部分地区。

⑯好（hào 号）事者：喜欢多事的人。

⑰庞然：巨大的样子。

⑱慭（yìn 印）慭然：敬畏的样子。

⑲噬（shì 世）：咬。

⑳荡：游荡。指虎在驴周围打转转。倚：靠拢。冲冒：冲撞冒犯。

㉑跳踉（liáng 良）：跳跃。㘎（hǎn 喊）：咆哮吼叫。

㉒向：原先。

㉓永：永州。

㉔畏日：怕犯日忌。古人迷信，认为某些年、月、日不宜做某种事情，称为日忌。

㉕生岁直子：生年正当子年。直，通“值”。子，指子年，子年的属相是“鼠”。

㉖僮：僮仆。

㉗仓廪（lǐn 凛）：米仓。庖厨：厨房。

㉘椸（yí 移）：衣架。

㉙累累：连贯成串貌。兼行：并行。

㉚窃啮（niè 聂）：偷咬东西。斗暴：打架吵闹。

㉛阴类：在阴暗处活动的动物。

㉜假：借。

㉝阖（hé 和）：关。

㉞购僮：出钱雇人。罗捕：围捉。罗，网。

㉟隐处：偏僻的地方。

㊱恒：常，永久。

钴鉧潭西小丘记①

得西山后八日，寻山口西北道二百步②，又得钴鉧潭。潭西二十五步，当湍而浚者③，为鱼梁[4]。梁之上有丘焉，生竹树。其石之突怒偃蹇，负土而出，争为奇状者[5]，殆不可数。其嵚然相累而下者[6]，若牛马之饮于溪；其冲然角列而上者[7]，若熊罴之登于山。

丘之小不能一亩，可以笼而有之。问其主，曰："唐氏之弃地，货而不售[8]。"问其价，曰："止四百。"余怜而售之[9]。李深源、元克己时同游[10]，皆大喜，出自意外。即更取器用，铲刈秽草[11]，伐去恶木[12]，烈火而焚之[13]。嘉木立，美竹露，奇石显。由其中以望，则山之高，云之浮，溪之流，鸟兽之遨游，举熙熙然回巧献技[14]，以效兹丘之下[15]。枕席而卧，则清泠之状与目谋[16]，瀯瀯之声与耳谋[17]，悠然而虚者与神谋[18]，渊然而静者与心谋[19]。不匝旬而得异地者二[20]，虽古好事之士，或未能至焉。

噫！以兹丘之胜，致之沣、镐、鄠、杜[21]，则贵游之士争买者，日增千金而愈不可得。今弃是州也，农夫渔父过而陋之[22]，贾四百[23]，连岁不能售。而我与深源、克己独喜得之，是其果有遭乎[24]！书于石，所以贺兹丘之遭也。

中华书局校点本《柳宗元集》卷二九

①这是《永州八记》中的第三篇。作者在西山西面发现了钴鉧（gǔ mǔ 古母）潭。不久又在钴鉧潭西发现了小丘。此篇记小丘之景，及游览时的别有会心。景清意幽、澄洁峻深而弃之遐荒的小丘，正是作者怀才受谤、贬官荒远境遇之形象的写照。钴鉧潭，形如熨斗，故名。

②寻：缘，沿着。

③湍（tuān 团阴平）：急流的水。浚（jùn 俊）：深。

④鱼梁：拦截水流以捕鱼的设施。以土石筑堤横截水中，在中间的缺口处置竹笱或竹架，拦捕游鱼。

⑤"其石"三句：突怒，突起貌。偃蹇（yǎn jiǎn 眼简），屈曲貌。负土而出，这句是拟人化写法，意谓刚从地下钻出，身上还背着泥土。

⑥嵚（qīn 钦）然：石势高耸貌。相累：互相叠压。

⑦冲然：突起貌。角列：卓然特立。角，如角之特立。

⑧货：卖。售：卖出。

⑨售：买。

⑩李深源、元克己：作者友人，此时同贬居永州。或疑李幼清，字深源；元友让，字克己。

⑪刈（yì 义）：割。秽草：杂草。

⑫恶木：不成材的杂木。

⑬烈火：燃起猛火。烈，使……烈。

⑭举：都。熙熙然：和乐貌。回：运。

⑮效：呈献。

⑯清泠（líng 零）：清凉寒冷，此指清澈明净。谋：合。

⑰瀯（yíng 营）瀯：泉水声。

⑱悠然而虚者：指邈远空灵的境界。

⑲渊然而静者：指幽深清静的气氛。

⑳不匝：不满。匝，周。旬：十日。异地者二：指钴鉧潭和小丘。异地，胜地。

㉑致：使至。沣（fēng 丰）：在今陕西户县东。镐（hào 浩）：在今陕西西安西南。鄠（hù 户）：在今陕西户县北。杜：杜陵，在今西安东南。以上四地都是唐代都城近郊豪贵居住的地方。

㉒陋之：以之为陋，轻视它。

㉓贾：后来写作“价”。

㉔遭：遭逢，际遇。

至小丘西小石潭记①

从小丘西行百二十步，隔篁竹②，闻水声，如鸣珮环③，心乐之。伐竹取道，下见小潭，水尤清冽④。全石以为底⑤，近岸，卷石底以出⑥，为坻为屿⑦，为嵁为岩⑧。青树翠蔓⑨，蒙络摇缀⑩，参差披拂。潭中鱼可百许头，皆若空游无所依⑪。日光下澈，影布石上，佁然不动⑫，俶尔远逝⑬，往来翕忽⑭，似与游者相乐⑮。

潭西南而望，斗折蛇行⑯，明灭可见⑰。其岸势犬牙差互⑱，不可知其源。坐潭上，四面竹树环合，寂寥无人，凄神寒骨⑲，悄怆幽邃⑳。以其境过清，不可久居㉑，乃记之而去。

同游者：吴武陵、龚古、余弟宗玄㉒；隶而从者㉓，崔氏二小生：曰恕己，曰奉壹㉔。

中华书局校点本《柳宗元集》卷二九

①此篇是《永州八记》的第四篇。题一作《小石潭记》。文中写景，灵动传神。潭中鱼之静动，通过语言节奏之舒缓急促而生动传出。景中渗透着作者远窜偏荒的孤独寂寞之感，景情相娱相悲。正如作者所云：“时到幽树好石，暂得一笑，已复不乐。”（《与李翰林建书》）

②“以小丘”二句：小丘，即上文《钴鉧潭西小丘记》所写之小丘。篁（huáng 皇）竹，竹丛。

③珮环：佩玉。古人系在衣带上，行动时会发出声响。《礼记・玉藻》：“君子在车，则闻鸾和之声，行则鸣佩玉。”

④冽：寒冷。

⑤“全石”句：即“以全石为底”，潭底是一整块岩石。

⑥“卷石”句：潭底的岩石向上翻卷而露出水面。一说，卷，通“拳”；卷石，指如拳大之石。

⑦坻（chí 池）：水中高地。屿：岛。

⑧嵁（kān 堪）：不平的山石。岩：高耸的大石。

⑨翠蔓：翠绿的藤蔓。

⑩蒙络：覆盖缠绕。摇缀：摇曳连缀。

⑪“潭中”二句：明杨慎认为此二句“本之郦道元《水经注》‘渌水平潭，清洁澄深，俯视游鱼，类若乘空’”（《升庵诗话》卷九）。

⑫佁（chì 翅）然：呆呆地愣着。佁，原本作“怡”，据别本改。

⑬俶（chù 触）尔：忽然。

⑭翕（xī 夕）忽：迅疾貌。

⑮“似与”句：《庄子・秋水》：“庄子与惠子游于濠梁之上。庄子曰：‘倏鱼出游从容，是鱼之乐也。’”

⑯斗折蛇行：形容溪流像北斗星那样曲折，像蛇爬行那样蜿蜒。

⑰明灭可见：忽明忽暗，隐约可见。

⑱犬牙差（cī 疵）互：如犬牙般参差交错。

⑲凄神寒骨：使神凄使骨寒。这句同下句都是侧重写心理感觉。

⑳悄怆：忧伤。幽邃：幽深。

㉑居：留。

㉒吴武陵：信州人，元和二年（807）进士。元和三年得罪贬永州。龚古：未详。古，原作“右”，据世綵堂本改。宗玄：作者从弟。

㉓隶而从者：侍从的人。隶，依附。

㉔崔氏二小生：指作者姊夫崔简二子。

三九

元 稹

元稹（779—831），字微之，别字威明，为北魏鲜卑族拓跋部后裔，洛阳（今属河南）人。贞元九年（793）以明两经擢第。十九年（803）登书判拔萃科，授秘书省校书郎。元和元年（806）中才识兼茂明于体用科，授左拾遗。四年（809），任监察御史，出使剑南东川。因得罪宦官权贵，贬江陵府士曹参军。十年（815）奉召回朝，不久出为通州司马，转虢州长史。十四年（819），再度回朝任膳部员外郎，擢祠部郎中，知制诰。长庆二年（822），以工部侍郎同平章事，居相位三月，即出为同州刺史，改浙东观察使。大和三年（829），入为尚书左丞，又出为武昌军节度使。元稹工诗，与白居易齐名，时称“元白”，同为新乐府运动的倡导者，推崇杜甫，主张乐府由“寓意古题，刺美见事”，进而“即事名篇，无复倚傍”（《乐府古题序》）。元诗有特色的是艳体诗和悼亡诗，有“元轻白俗”之讥。赵翼曰：“中唐诗以韩、孟、元、白为最。韩、孟尚奇警，务言人所不敢言；元、白尚坦易，务言人所共欲言……坦易者，多触景生情，因事起意，眼前景，口头语，自能沁人心脾，耐人咀嚼。”（《瓯北诗话》卷四）现存诗近九百首。有《元氏长庆集》。

莺莺传①

贞元中，有张生者，性温茂②，美风容，内秉坚孤，非礼不可入。或朋从游宴，扰杂其间，他人皆汹汹拳拳，若将不及③，张生容顺而已④，终不能乱。以是年二十三，未尝近女色。知者诘之。谢而言曰：“登徒子非好色者⑤，是有凶行；余真好色者，而适不我值。何以言之？大凡物之尤者⑥，未尝不留连于心，是知其非忘情者也。”诘者识之。

无几何，张生游于蒲⑦。蒲之东十余里，有僧舍曰普救寺，张生寓焉。适有崔氏孀妇，将归长安，路出于蒲，亦止兹寺。崔氏妇，郑女也。张出于郑⑧，绪其亲，乃异派之从母⑨。是岁，浑瑊薨于蒲⑩。有中人丁文雅⑪，不善于军，军人因丧而扰，大掠蒲人。崔氏之家，财产甚厚，多奴仆。旅寓惶骇，不知所托。先是，张与蒲将之党有善，请吏护之，遂不及于难。十余日，廉使杜确将天子命以总戎节⑫，令于军，军由是戢⑬。

郑厚张之德甚，因饰馔以命张⑭，中堂宴之。复谓张曰：“姨之孤嫠未亡⑮，提携幼稚。不幸属师徒大溃，实不保其身。弱子幼女，犹君之生，岂可比常恩哉！今俾以仁兄礼奉见，冀所以报恩也。”命其子，曰欢郎，可十余岁，容甚温美。次命女：“出拜尔兄，尔兄活尔。”久之，辞疾⑯。郑怒曰：“张兄保尔之命，不然，尔且掳矣。能复远嫌乎⑰？”久之，乃至。常服睟容⑱，不加新饰，垂鬟接黛⑲，双脸销红而已⑳。颜色艳异，光辉动人。张惊，为之礼。因坐郑旁。以郑之抑而见也㉑，凝睇怨绝，若不胜其体者㉒。问其年纪，郑曰：“今天子甲子岁之七月，终于贞元庚辰，生年十七矣㉓。”张生稍以词导之，不对，终席而罢。张自是惑之，愿致其情，无由得也。

崔之婢曰红娘。生私为之礼者数四，乘间遂道其衷。婢果惊沮，腆然而奔[24]。张生悔之。翼日，婢复至。张生乃羞而谢之，不复云所求矣。婢因谓张曰："郎之言，所不敢言，亦不敢泄。然而崔之姻族，君所详也。何不因其德而求娶焉？"张曰："余始自孩提[25]，性不苟合。或时纨绮闲居[26]，曾莫流盼。不为当年，终有所蔽[27]。昨日一席间，几不自持。数日来，行忘止，食忘饱，恐不能逾旦暮。若因媒氏而娶，纳采问名[28]，则三数月间，索我于枯鱼之肆矣[29]。尔其谓我何[30]？"婢曰："崔之贞慎自保，虽所尊不可以非语犯之[31]。下人之谋，固难入矣。然而善属文[32]，往往沉吟章句，怨慕者久之[33]。君试为喻情诗以乱之[34]，不然，则无由也。"张大喜，立缀《春词》二首以授之。是夕，红娘复至，持彩笺以授张，曰："崔所命也。"题其篇曰《明月三五夜》。其词曰："待月西厢下，迎风户半开。拂墙花影动，疑是玉人来。"张亦微喻其旨。是夕，岁二月旬有四日矣[35]。崔之东有杏花一株，攀援可逾。既望之夕，张因梯其树而逾焉[36]。达于西厢，则户半开矣。红娘寝于床上，因惊之。红娘骇曰："郎何以至？"张因绐之曰[37]："崔氏之笺召我也。尔为我告之。"无几，红娘复来，连曰："至矣！至矣！"张生且喜且骇，必谓获济[38]。及崔至，则端服严容，大数张曰[39]："兄之恩，活我之家，厚矣。是以慈母以弱子幼女见托。奈何因不令之婢[40]，致淫逸之词？始以护人之乱为义，而终掠乱以求之[41]，是以乱易乱，其去几何？诚欲寝其词[42]，则保人之奸，不义；明之于母，则背人之惠，不祥；将寄于婢仆，又惧不得发其真诚。是用托短章，愿自陈启。犹惧兄之见难[43]，是用鄙靡之词，以求其必至。非礼之动，能不愧心？特愿以礼自持，毋及于乱！"言毕，翻然而逝。张自失者久之。复逾而出，于是绝望。

数夕，张生临轩独寝，忽有人觉之[44]。惊骇而起，则红娘敛衾携枕而至，抚张曰："至矣！至矣！睡何为哉！"并枕重衾而去。张生拭目危坐久之[45]，犹疑梦寐；然而修谨以俟[46]。俄而红娘捧崔氏而至。至，则娇羞融冶[47]，力不能运支体[48]，曩时端庄，不复同矣。是夕，旬有八日也。斜月晶莹，幽辉半床。张生飘飘然，且疑神仙之徒，不谓从人间至矣。有顷，寺钟鸣，天将晓。红娘促去。崔氏娇啼宛转，红娘又捧之而去，终夕无一言。张生辨色而兴，自疑曰："岂其梦邪？"及明，睹妆在臂，香在衣，泪光荧荧然[49]，犹莹于茵席而已。是后又十余日，杳不复知。张生赋《会真》诗三十韵[50]，未毕，而红娘适至，因授之，以贻崔氏。自是复容之。朝隐而出，暮隐而入，同安于曩所谓西厢者，几一月矣。张生常诘郑氏之情。则曰："我不可奈何矣。"因欲就成之。

无何，张生将之长安，先以情谕之。崔氏宛无难词，然而愁怨之容动人矣。将行之再夕，不复可见，而张生遂西下。

数月，复游于蒲，会于崔氏者又累月。崔氏甚工刀札[51]，善属文。求索再三，终不可见。往往张生自以文挑，亦不甚睹览。大略崔之出人者，艺必穷极，而貌若不知；言则敏辩，而寡于酬对。待张之意甚厚，然未尝以词继之。时愁艳幽邃，恒若不识，喜愠之容，亦罕形见。异时独夜操琴，愁弄凄恻。张窃听之。求之，则终不复鼓矣，以是愈惑之。张生俄以文调及期[52]，又当西去。当去之夕，不复自言其情，愁叹于崔氏之侧。崔已阴知将诀矣，恭貌怡声，徐谓张曰："始乱之，终弃之，固其宜矣。愚不敢恨。必也君乱之，君终之，君之惠也。则没身之誓[53]，其有终矣，又何必深感于此行？然而君既不怿，无以奉宁[54]。君常谓我善鼓琴，向时羞颜，所不能及。今且往矣，既君此诚[55]。"因命拂琴，鼓《霓裳羽衣》序[56]，不数声，哀音怨乱，不复知其是曲也。左右皆歔欷。崔亦遽止之，投琴，泣下流连，趋归郑所，遂不复至。明旦而张行。

明年，文战不胜，张遂止于京。因赠书于崔，以广其意。崔氏缄报之词，粗载于此，曰：

"捧览来问，抚爱过深。儿女之情，悲喜交集。兼惠花胜一合、口脂五寸[57]，致耀首膏唇之饰。虽荷殊恩，谁复为容？睹物增怀，但积悲叹耳。伏承使于京中就业，进修之道，固在便安[58]。但恨僻陋之人，永以遐弃。命也如此，知复何言！自去秋已来，常忽忽如有所失。于喧哗之下，或勉为语笑，闲宵自处，无不泪零。乃至梦寐之间，亦多感咽离忧之思。绸缪缱绻，暂若寻常，幽会未终，惊魂已断。虽半衾如暖，而思之甚遥。一昨拜辞，倏逾旧岁。长安行乐之地，触绪牵情。何幸不忘幽微，眷念无斁[59]，鄙薄之志，无以奉酬。至于终始之盟[60]，则固不忒[61]。鄙昔中表相因，或同宴处。婢仆见诱，遂致私诚。儿女之心，不能自固。君子有援琴之挑[62]，鄙人无投梭之拒[63]。及荐寝席[64]，义盛意深。愚陋之情，永谓终托。岂期既见君子，而不能定情，致有自献之羞，不复明侍巾帻[65]。没身永恨，含叹何言！倘仁人用心，俯遂幽眇[66]，虽死之日，犹生之年。如或达士略情，舍小从大，以先配为丑行，以要盟为可欺[67]，则当骨化形销，丹诚不泯[68]，因风委露，犹托清尘[69]。存没之诚，言尽于此。临纸呜咽，情不能申。千万珍重，珍重千万！玉环一枚，是儿婴年所弄[70]，寄充君子下体所佩。玉取其坚润不渝，环取其终始不绝。兼乱丝一絇、文竹茶碾子一枚[71]。此数物不足见珍，意者欲君子如玉之真，弊志如环不解。泪痕在竹，愁绪萦丝，因物达情，永以为好耳。心迩身遐，拜会无期。幽愤所钟[72]，千里神合。千万珍重！春风多厉，强饭为嘉。慎言自保，无以鄙为深念。"张生发其书于所知，由是时人多闻之。

所善杨巨源好属词[73]，因为赋《崔娘》诗一绝云："清润潘郎玉不如[74]，中庭蕙草雪销初。风流才子多春思，肠断萧娘一纸书[75]。"河南元稹亦续生《会真》诗三十韵，诗曰："微月透帘栊，萤光度碧空。遥天初缥缈[76]，低树渐葱茏。龙吹过庭竹，鸾歌拂井桐[77]。罗绡垂薄雾，环珮响轻风。绛节随金母[78]，云心捧玉童。更深人悄悄，晨会雨濛濛。珠莹光文履[79]，花明隐绣龙。瑶钗行彩凤，罗帔掩丹虹[80]。言自瑶华浦，将朝碧玉宫[81]。因游洛城北，偶向宋家东[82]。戏调初微拒，柔情已暗通。低鬟蝉影动[83]，回步玉尘蒙。转面流花雪[84]，登床抱绮丛[85]。鸳鸯交颈舞，翡翠合欢笼。眉黛羞偏聚，唇朱暖更融。气清兰蕊馥，肤润玉肌丰。无力慵移腕，多娇爱敛躬[86]。汗流珠点点，发乱绿葱葱。方喜千年会，俄闻五夜穷。留连时有恨，缱绻意难终。慢脸含愁态[87]，芳词誓素衷。赠环明运合，留结表心同[88]。啼粉流宵镜，残灯远暗虫[89]。华光犹苒苒[90]，旭日渐曈曈[91]。乘鹜还归洛[92]，吹箫亦上嵩[93]。衣香犹染麝，枕腻尚残红。幂幂临塘草[94]，飘飘思渚蓬[95]。素琴鸣怨鹤[96]，清汉望归鸿[97]。海阔诚难渡，天高不易冲。行云无处所[98]，萧史在楼中[99]。"

张之友闻之者，莫不耸异之，然而张志亦绝矣。稹特与张厚，因征其词。张曰："大凡天之所命尤物也，不妖其身[100]，必妖于人。使崔氏子遇合富贵，乘宠娇，不为云为雨，则为蛟为螭[101]，吾不知其变化矣。昔殷之辛，周之幽[102]，据百万之国，其势甚厚。然而一女子败之，溃其众，屠其身，至今为天下僇笑[103]。予之德不足以胜妖孽，是用忍情。"于时坐者皆为深叹。

后岁余，崔已委身于人，张亦有所娶。适经所居，乃因其夫言于崔，求以外兄见。夫语之，而崔终不为出。张怨念之诚，动于颜色。崔知之，潜赋一章，词曰："自从消瘦减容光，万转千回懒下床。不为旁人羞不起，为郎憔悴却羞郎。"竟不之见。后数日，张生将行，又赋一章以谢绝云："弃置今何道，当时且自亲。还将旧时意，怜取眼前人。"自是，绝不复知矣。

时人多许张为善补过者。予尝于朋会之中，往往及此意者，夫使知者不为，为之者不惑[104]。贞元岁九月，执事李公垂宿于予靖安里第[105]，语及于是。公垂卓然称异，遂为《莺莺歌》以传之。崔氏小名莺莺，公垂以命篇。歌曰[106]："伯劳飞迟燕飞疾[107]，垂杨绽金花笑日。绿窗娇女字莺莺，金雀娅鬟年十七[108]。黄姑上天阿母在[109]，寂寞霜姿素莲质。门掩重关萧寺中[110]，芳草花时不曾出。"

人民文学出版社版张友鹤《唐宋传奇选》

①《莺莺传》又名《会真记》。这篇传奇写张生与崔莺莺的自发的恋情及其相诀绝的悲剧，显示出情与礼的矛盾。莺莺形象之凄婉动人，使这一故事具有持久的生命力。后世题咏、改编的很多，如宋秦观、毛滂《调笑令》词，赵令畤《商调·蝶恋花》鼓子词，金董解元《西厢记诸宫调》，元王实甫《西厢记》杂剧，明李日华《南调西厢记》传奇等。

②温茂：温和而感情丰富。

③“他人”二句：别人都吵吵嚷嚷，好像不能充分表现自己似的。汹汹拳拳，喧闹欢腾貌。

④容顺：表面随和。

⑤登徒子：登徒，复姓。子，男子的通称。宋玉《登徒子好色赋》：“其（登徒子）妻蓬头挛耳，齞（yǎn眼，露齿貌）唇历（疏）齿，旁行踽偻，又疥又痔。登徒子悦之，使有五子。”后因称好色而不择美丑者为“登徒子”。

⑥物之尤者：尤物，特美之女。《左传·昭公二十八年》：“夫有尤物，足以移人；苟非德义，则必有祸。”

⑦蒲：蒲州，即河中府。州治在今山西永济市。

⑧张出于郑：张生的母亲也是郑家女。

⑨异派之从母：远房的姨母。

⑩浑瑊（jiān缄）：唐朝大将（736—799），铁勒九姓浑部人。英勇善战，屡立战功，官至中书令。兴元元年（784）为河中尹，治蒲十六年，君子贤之。

⑪中人：指监军的宦官。

⑫廉使：唐观察使。唐初于各道设按察使，开元时改设采访处置使，掌举劾所属州县官吏。肃宗以后改为观察处置使。杜确：继浑瑊之后任河中尹兼河中绛州观察使。总戎节：统管军事。

⑬戢：收敛，此指安定。

⑭饰馔以命张：设宴款待张生。命，呼，引申指邀请。

⑮嫠（lí离）：寡妇。未亡：未亡人，古代寡妇自称。

⑯辞疾：以疾病推辞。

⑰远嫌：远离以避免嫌疑。

⑱睟（suì碎）容：天然光泽的面容。睟，润泽貌。一本作“悴”。

⑲垂鬟接黛：两鬓垂到眉旁。

⑳双脸销红：两颊红润。销，通“绡”，丝绢。

㉑抑而见：强迫出见。

㉒若不胜其体：娇弱得身体好像支持不住似的。

㉓“今天子”三句：今天子甲子岁，指唐德宗兴元元年（784）。贞元庚辰，指贞元十六年（800）。莺莺生于兴元元年七月，到现在贞元十六年，已有十七岁了。

㉔腆（tiǎn舔）然：害羞貌。

㉕孩提：幼儿。

㉖纨绮闲居：指与女性在一起。纨绮，精美的丝织品。这里以女子的服饰指代妇女。

㉗“不为”二句：当年不愿做那种事，现在却终于被迷惑。

㉘纳采问名：旧时婚礼中的六礼之二。纳采，男方向女方送求婚礼物。问名，男家具书托媒请问女子的名字和出生的年月日，女家复书具告。

㉙枯鱼之肆：干鱼店。《庄子·外物》：“（庄）周昨来，有中道而呼者。周顾视车辙中，有

鲋鱼焉。周问之曰：‘鲋鱼来！子何为者邪？’对曰：‘我，东海之波臣也。君岂有斗升之水而活我哉？’周曰：‘诺，我且南游吴越之王，激西江之水而迎子，可乎？’鲋鱼忿然作色曰：‘……吾得斗升之水然活耳，君乃言此，曾不如早索我于枯鱼之肆！’”后因以喻困境。

㉚尔其谓我何：你说我怎么办。

㉛非语：不正当的话。

㉜属（zhǔ 嘱）文：作文章。把东西连缀起来称作“属”。

㉝“往往”二句：沉吟章句，低声吟咏诗文。怨慕，因不得相见而思慕。

㉞乱之：挑动她。

㉟旬有四日：十四日。有，同“又”。

㊱“既望”二句：既望，农历十五日称“望”，十六日称“既望”。梯，爬，登。

㊲绐（dài 待）：欺哄。

㊳必谓获济：以为一定会成功。

㊴数（shǔ 暑）：数落，责备。

㊵不令：不好。

㊶掠乱：乘危打劫。

㊷寝：隐藏。

㊸见难：有顾虑。

㊹觉之：叫醒他。

㊺危坐：端坐。

㊻修谨以俟：态度恭谨地等待着。

㊼融冶：温顺艳冶。

㊽支：同“肢”。

㊾荧荧：光亮微弱貌。

㊿会真：遇见神仙。三十韵：近体诗两句一押韵，三十韵是六十句。

(51)工刀札：字写得好。古代用笔写在竹简木片上，错了用刀刮去。

(52)文调及期：考试的日子临近。

(53)没（mò 末）身：终身。没，死。

(54)“然而”二句：您既然不高兴，我无法安慰您。怿（yì 义），喜悦。

(55)既君此诚：满足您的愿望。既，全，引申为满足。

(56)《霓裳羽衣》：霓裳羽衣曲，唐代著名法曲。为开元中河西节度使杨敬述所献，经唐玄宗润色并制歌词。传说中亦有为唐玄宗登三乡驿，望女儿山，及游月宫密记仙女之歌，归而所作等说。序：乐曲的开始部分。

(57)花胜：古代妇女的一种首饰。以剪彩为之。

(58)便（pián 骈）安：安静。便，安逸。

(59)无斁（yì 义）：无厌。斁，厌弃。

(60)终始之盟：始终不渝的盟约。《荀子·礼论》：“故君子敬始而慎终，终始如一，是君子之道。”

(61)不忒（tè 特）：不变。忒，差错。

(62)援琴之挑：《史记·司马相如列传》：“是时，卓王孙有女文君新寡，好音，故相如缪与令相重，而以琴心挑之。”

(63)投梭之拒：《晋书·谢鲲传》：“邻家高氏女有美色，鲲尝挑之，女投梭，折其两齿。”后以此为女子拒绝调戏的典故。

⑭荐寝席：侍寝。

⑮明侍巾帻：公开地服侍。指正式结婚。帻（zé 责），古代的一种头巾。

⑯遂：成全，使如愿。幽眇：指隐微的心事。

⑰要（yāo 腰）盟：胁迫对方订立的盟约。此泛指盟约。

⑱丹诚：赤诚的心。不泯：不灭。

⑲托清尘：追随着您。清尘，对人的敬称。不直说对方，而说托于对方脚下的尘土。

⑳儿：青年女子的自称。

㉑一絇（qú 渠）：一缕。茶碾子：茶磨。古时一种碾茶叶的器具。

㉒幽愤：幽思郁闷。

㉓杨巨源：唐蒲州人，贞元五年（789）进士。诗人。

㉔潘郎：晋潘岳，貌美，诗文中常用作美男子的代称。这里指张生。

㉕萧娘：《南史·梁宗室传上·临川靖惠王宏》载，萧宏貌美而柔弱，北魏将他看作女子，称作"萧娘"。后泛指美丽而多情的女子。这里指莺莺。

㉖缥缈：高远隐约。

㉗"龙吹"二句：谓风吹庭中之竹、井旁梧桐，声如龙吟鸾歌。

㉘绛节：古代使者持作凭证的红色符节。这里指仙人的仪仗。金母：神话传说中的西王母，因古人以西方属金，故称。这里指崔莺莺。下句玉童指张生，皆以神仙作比。

㉙文履：绣鞋。

㉚"瑶钗"二句：谓头上颤动着形如彩凤的玉钗，身上披掩着色如虹霓的罗帔。

㉛"言自"二句：瑶华浦、碧玉宫都是仙人居处，这里借指莺莺和张生的住所。

㉜"因游"二句：指张生因游蒲地而无意间与莺莺相识。洛城，用《洛神赋》事，此借指蒲州。宋家东，宋玉《登徒子好色赋》载宋玉东邻有一美女，登墙窥视宋玉三年，而宋玉不为所动。后以宋家东邻喻指美貌而多情的女子。

㉝低鬟蝉影动：谓低头时蝉鬓在颤动。蝉鬓，古代妇女的一种发式，形如蝉翼。

㉞花雪：如花之艳、雪之白。

㉟绮丛：指丝绸类的被子。

㊱敛躬：拳曲着身子。

㊲慢：同"曼"，美好，妩媚。

㊳结：指同心结。用锦带等编成回文形状，以表示爱情。

㊴"啼粉"二句：夜间对镜整妆，脸上脂粉随泪而流；天晓灯残，暗中传来远处的虫声。这两句写莺莺与张生将离别时的愁情。

㊵"华光"句：谓重新梳妆后依然光彩照人。华，铅华。苒苒，草盛貌。

㊶曈（tóng 童）曈：太阳初出由暗而明的光景。

㊷"乘鹜"句：谓莺莺从张生那里回去如洛神乘鹜回到洛水那样。鹜，水禽。

㊸"吹箫"句：用王子乔的故事表示张生将去长安。汉刘向《列仙传·王子乔》："王子乔者，周灵王太子晋也。好吹笙作凤凰鸣。游伊洛之间，道士浮丘公接以上嵩高山。三十余年后，求之于山上，见柏良曰：'告我家：七月七日待我于缑氏山巅。'至时，果乘白鹤驻山头，望之不可到。举手谢时人，数日而去。"

㊹幂（mì 密）幂：浓密貌。

㊺渚蓬：小洲上的蓬草。

⑯怨鹤：指《别鹤操》。晋崔豹《古今注》："《别鹤操》，商陵牧子所作也。娶妻五年而无子，父兄将为之改娶。妻闻之，中夜起，倚户而悲啸。牧子闻之，怆然而悲，乃歌曰：'将乖比翼隔天端，山川悠远路漫漫，揽衣不寝食忘餐！'后人因为乐章焉。"后用以指夫妻分离，抒发别情。

⑰"清汉"句：盼望得到消息。清汉，银河。归鸿，古代以鸿雁为传信的使者。

⑱行云：本指巫山神女。此代指莺莺。《文选》宋玉《〈高唐赋〉序》："昔者先王尝游高唐……梦见一妇人，曰：'妾巫山之女也，为高唐之客，闻君游高唐，愿荐枕席。'王因幸之。去而辞曰：'妾在巫山之阳，高丘之阻，旦为朝云，暮为行雨，朝朝暮暮，阳台之下。'"

⑲萧史：相传为春秋秦穆公时人。刘向《列仙传》卷上："（萧史）善吹箫，能致孔雀、白鹤于庭。穆公有女字弄玉，好之。公遂以女妻焉。（史）日教弄玉作凤鸣，居数年，吹似凤声，凤凰来止其屋。（穆）公为筑凤台，夫妇止其上，不下数年。一旦，皆随凤凰飞去。"此处代指张生。

⑳妖：祸害。

㉑蛟：古代传说中的一种龙，常居深渊，能发洪水。螭（chī 吃）：传说中无角的龙。

㉒"昔殷之辛"二句：指殷纣王（名受辛）和周幽王。纣王宠爱妲己，幽王宠爱褒姒，最终亡国。

㉓僇（lú 卢）笑：辱笑，耻笑。

㉔"夫使知者"二句：使明智的人不去做这种事，已经做的人不迷惑沉溺。

㉕执事：有职守的人，指官员。李公垂：唐诗人李绅，字公垂。曾任尚书右仆射、门下侍郎等职。靖安里：长安里坊名，在皇城南，元稹宅在靖安北街。

㉖歌曰：此下文字张友鹤本尢，从中华书局《元稹集》外集卷六补出。

㉗"伯劳"句：《玉台新咏》卷九《东飞伯劳歌》："东飞伯劳西飞燕，黄姑（牵牛）织女时相见。"后称朋友别离为劳燕分飞。伯劳，鸟名，属鸣禽科。

㉘金雀：钗名。娅（yā 鸭）鬟：一作"鸦鬟"，古代少女的一种发式。此指少女。

㉙黄姑：牵牛星。

㉚萧寺：唐李肇《国史补》卷中："梁武帝造寺，令萧子云飞白大书'萧'字，至今一'萧'字存焉。"后因称佛寺为萧寺。

四〇

贾岛

贾岛（779—843），字浪仙，一作阆仙，自号“碣石山人”，范阳幽都县（今北京市西南）人。早年出家为僧，法名无本，后还俗。屡举进士不第。文宗开成二年（837），年已五十九岁，始任遂州长江县（今四川蓬溪）主簿，故世称“贾长江”。任满迁普州（今四川安岳）司仓参军，转授司户参军，未受命卒。临终之日，家无一钱，唯病驴、古琴而已。岛与姚合交谊很深，又因其诗风相近，并称“姚贾”。贾岛诗风清峭，诗思奇僻，善写荒凉清幽之景，多抒愁苦幽独之情，为著名苦吟诗人。对晚唐、南宋永嘉四灵、江湖派，乃至晚明竟陵派都有很深的影响。现存诗约四百首，有《长江集》。

忆江上吴处士①

闽国扬帆去②，蟾蜍亏复团③。秋风生渭水④，落叶满长安。此地聚会夕，当时雷雨寒。兰桡殊未返⑤，消息海云端⑥。

上海古籍出版社版李嘉言《长江集新校》卷五

①此诗约作于贾岛在长安应试时。诗为思念一位到福建去的朋友而作。“秋风生渭水，落叶满长安”一联，深情寄托在富于季节特征的景物中，含思宛转，意境清远。江，长江。处士，隐居不仕的人。

②闽国：今福建一带。

③蟾蜍（chán chú 蝉除）：癞蛤蟆。此指月。传说嫦娥窃不死之药而奔月，化为蟾蜍。

④渭水：源出甘肃鸟鼠山，横贯陕西中部，至潼关入黄河。渭水在长安郊外，是送客出发的地方。生，一作“吹”。

⑤兰桡（ráo 饶）：木兰树做的桨，代指木兰舟。殊：犹。

⑥“消息”句：作者估计朋友还在江上，故言。

四一

李朝威

李朝威，郡望陇西（今甘肃秦安），生卒年不详。其作品《柳毅传》约成于贞元、元和年间。

柳毅传[①]

仪凤中[②]，有儒生柳毅者，应举下第，将还湘滨[③]。念乡人有客于泾阳者[④]，遂往告别。至六七里，鸟起马惊，疾逸道左。又六七里，乃止。

见有妇人，牧羊于道畔。毅怪视之，乃殊色也。然而蛾脸不舒[⑤]，巾袖无光，凝听翔立[⑥]，若有所伺。毅诘之曰："子何苦而自辱如是？"妇始楚而谢[⑦]，终泣而对曰："贱妾不幸，今日见辱问于长者。然而恨贯肌骨，亦何能愧避，幸一闻焉。妾，洞庭龙君小女也。父母配嫁泾川次子[⑧]，而夫婿乐逸[⑨]，为婢仆所惑，日以厌薄。既而将诉于舅姑[⑩]，舅姑爱其子，不能御[⑪]。迨诉频切，又得罪舅姑。舅姑毁黜以至此[⑫]。"言讫，歔欷流涕，悲不自胜。又曰："洞庭于兹，相远不知其几多也。长天茫茫，信耗莫通[⑬]。心目断尽，无所知哀。闻君将还吴，密通洞庭。或以尺书寄托侍者，未卜将以为可乎？"毅曰："吾义夫也。闻子之说，气血俱动，恨无毛羽，不能奋飞[⑭]。是何可否之谓乎[⑮]！然而洞庭，深水也。吾行尘间，宁可致意邪[⑯]？唯恐道途显晦[⑰]，不相通达，致负诚托，又乖恳愿。子有何术，可导我邪？"女悲泣且谢，曰："负载珍重，不复言矣。脱获回耗[⑱]，虽死必谢。君不许，何敢言？既许而问，则洞庭之与京邑，不足为异也。"

毅请闻之。女曰："洞庭之阴，有大橘树焉，乡人谓之社橘[⑲]。君当解去兹带，束以他物。然后叩树三发，当有应者。因而随之，无有碍矣。幸君子书叙之外，悉以心诚之话倚托，千万无渝[⑳]！"毅曰："敬闻命矣。"女遂于襦间解书[㉑]，再拜以进，东望愁泣，若不自胜。毅深为之戚。乃置书囊中，因复问曰："吾不知子之牧羊，何所用哉？神祇岂宰杀乎？"女曰："非羊也，雨工也[㉒]。""何为雨工？"曰："雷霆之类也。"毅顾视之，则皆矫顾怒步[㉓]，饮龁甚异[㉔]。而大小毛角，则无别羊焉。毅又曰："吾为使者，他日归洞庭，幸勿相避。"女曰："宁止不避，当如亲戚耳。"语竟，引别东去。不数十步，回望女与羊，俱亡所见矣。其夕，至邑而别其友。

月余到乡，还家，乃访于洞庭。洞庭之阴，果有社橘。遂易带向树[㉕]，三击而止。俄有武夫出于波间，再拜请曰："贵客将自何所至也？"毅不告其实，曰："走谒大王耳。"武夫揭水指路[㉖]，引毅以进。谓毅曰："当闭目，数息可达矣[㉗]。"毅如其言，遂至其宫，始见台阁相向，门户千万，奇草珍木，无所不有。夫乃止毅，停于大室之隅，曰："客当居此以伺焉。"毅曰："此何所也？"夫曰："此灵虚殿也。"谛视之，则人间珍宝，毕尽于此。柱以白璧，砌以青玉，床以珊瑚，帘以水精[㉘]，雕琉璃于翠楣[㉙]，饰琥珀于虹栋[㉚]。奇秀深杳，不可殚言。

然而王久不至。毅谓夫曰："洞庭君安在哉？"曰："吾君方幸玄珠阁，与太阳道士讲《火经》，少选当毕[31]。"毅曰："何谓《火经》？"夫曰："吾君，龙也。龙以水为神，举一滴可包陵谷。道士，乃人也。人以火为神圣，发一灯可燎阿房[32]。然而灵用不同，玄化各异[33]。太阳道士精于人理，吾君邀以听焉。"语毕而宫门辟。景从云合[34]，而见一人，披紫衣，执青玉。夫跃曰："此吾君也！"乃至前以告之。君望毅而问曰："岂非人间之人乎？"毅对曰："然。"毅遂设拜，君亦拜，命坐于灵虚之下。谓毅曰："水府幽深，寡人暗昧，夫子不远千里，将有为乎？"毅曰："毅，大王之乡人也。长于楚，游学于秦[35]。昨下第，闲驱泾水之涘[36]，见大王爱女牧羊于野，风鬟雨鬓[37]，所不忍视。毅因诘之。谓毅曰：'为夫婿所薄，舅姑不念，以至于此。'悲泗淋漓，诚怛人心[38]。遂托书于毅。毅许之，今以至此。"因取书进之。洞庭君览毕，以袖掩面而泣曰："老父之罪，不能鉴听，坐贻聋瞽[39]，使闺窗孺弱，远罹构害。公，乃陌上人也，而能急之。幸被齿发[40]，何敢负德[41]！"词毕，又哀咤良久。左右皆流涕。

时有宦人密侍君者，君以书授之，令达宫中。须臾，宫中皆恸哭。君惊谓左右曰："疾告宫中，无使有声，恐钱塘所知。"毅曰："钱塘，何人也？"曰："寡人之爱弟。昔为钱塘长，今则致政矣[42]。"毅曰："何故不使知？"曰："以其勇过人耳。昔尧遭洪水九年者[43]，乃此子一怒也。近与天将失意，塞其五山[44]。上帝以寡人有薄德于古今，遂宽其同气之罪[45]。然犹縻系于此[46]，故钱塘之人，日日候焉。"语未毕，而大声忽发，天拆地裂，宫殿摆簸，云烟沸涌。俄有赤龙长千余尺，电目血舌，朱鳞火鬣[47]，项掣金锁，锁牵玉柱，千雷万霆，激绕其身，霰雪雨雹，一时皆下。乃擘青天而飞去[48]。毅恐蹶仆地。君亲起持之曰："无惧，固无害。"毅良久稍安，乃获自定。因告辞曰："愿得生归，以避复来。"君曰："必不如此。其去则然，其来则不然。幸为少尽缱绻[49]。"因命酌互举，以款人事。

俄而祥风庆云，融融怡怡，幢节玲珑[50]，箫韶以随[51]。红妆千万，笑语熙熙。中有一人，自然蛾眉[52]，明珰满身[53]，绡縠参差[54]。迫而视之，乃前寄辞者。然若喜若悲，零泪如丝。须臾，红烟蔽其左，紫气舒其右，香气环旋，入于宫中。君笑谓毅曰："泾水之囚人至矣。"君乃辞归宫中。须臾，又闻怨苦，久而不已。

有顷，君复出，与毅饮食。又有一人，披紫裳，执青玉，貌耸神溢，立于君左。君谓毅曰："此钱塘也。"毅起，趋拜之。钱塘亦尽礼相接，谓毅曰："女侄不幸，为顽童所辱。赖明君子信义昭彰[55]，致达远冤。不然者，是为泾陵之土矣。飨德怀恩[56]，词不悉心。"毅㧑退辞谢[57]，俯仰唯唯。然后回告兄曰："向者辰发灵虚，巳至泾阳，午战于彼，未还于此[58]。中间驰至九天，以告上帝。帝知其冤，而宥其失[59]。前所谴责，因而获免。然而刚肠激发，不遑辞候[60]，惊扰宫中，复忤宾客[61]。愧惕惭惧，不知所失。"因退而再拜。君曰："所杀几何？"曰："六十万。""伤稼乎？"曰："八百里。""无情郎安在？"曰："食之矣。"君怃然曰[62]："顽童之为是心也，诚不可忍。然汝亦太草草。赖上帝显圣，谅其至冤。不然者，吾何辞焉。从此已去，勿复如是。"钱塘复再拜。是夕，遂宿毅于凝光殿。

明日，又宴毅于凝碧宫。会友戚，张广乐[63]，具以醪醴[64]，罗以甘洁。初，笳角鼙鼓，旌旗剑戟，舞万夫于其右。中有一夫前曰："此《钱塘破阵乐》[65]。"旌铓杰气[66]，顾骤悍栗[67]，坐客视之，毛发皆竖。复有金石丝竹，罗绮珠翠，舞千女于其左。中有一女前进曰："此《贵主还宫乐》[68]。"清音宛转，如诉如慕，坐客听之，不觉泪下。二舞既毕，龙君大悦，锡以纨绮[69]，颁于舞人。然后密席贯坐，纵酒极娱。酒酣，洞庭君乃击席而歌曰："大天苍苍兮，大地茫茫。人各有志兮，何可思量。狐神鼠圣兮，薄社依墙[70]。雷霆一发兮，其孰敢当！荷贞人兮信义长[71]，令骨肉兮还故乡。齐言惭愧兮何时忘[72]！"洞庭君歌罢，钱塘君再拜而歌曰："上天配合兮，生死有途。此不当妇兮，彼不当夫。腹心辛苦兮，泾水之隅。风霜满鬓兮，雨雪罗襦。赖明公兮引素书，令骨肉兮家如初。永言珍重兮无时无。”钱塘君歌阕[73]，洞庭君俱起，奉觞于毅。毅踧踖而受爵[74]，饮讫，复以二觞奉二君。乃歌曰：“碧云悠悠兮，泾水东流。伤美人兮，雨泣花愁。尺书远达兮，以解君忧。哀冤果雪兮，还处其休[75]。荷和雅兮感甘羞。山家寂寞兮难久留[76]。欲将辞去兮悲绸缪[77]。”歌罢，皆呼万岁。洞庭君因出碧玉箱，贮以开水犀[78]；钱塘君复出红珀盘，贮以照夜玑[79]，皆起进毅。毅辞谢而受。然后宫中之人，咸以绡彩珠璧，投于毅侧。重叠焕赫[80]，须臾埋没前后。毅笑语四顾，愧揖不暇。洎酒阑欢极[81]，毅辞起，复宿于凝光殿。

翌日[82]，又宴毅于清光阁。钱塘因酒作色，踞谓毅曰[83]：“不闻猛石可裂不可卷[84]，义士可杀不可羞邪[85]？愚有衷曲，欲一陈于公。如可，则俱在云霄；如不可，则皆夷粪壤[86]。足下以为何如哉？”毅曰：“请闻之。”钱塘曰：“泾阳之妻，则洞庭君之爱女也。淑性茂质，为九姻所重[87]。不幸见辱于匪人[88]。今则绝矣。将欲求托高义[89]，世为亲戚。使受恩者知其所归[90]，怀爱者知其所付，岂不为君子始终之道者？”毅肃然而作，欻然而笑曰[91]：“诚不知钱塘君孱困如是[92]！毅始闻跨九州，怀五岳[93]，泄其愤怒；复见断金锁，掣玉柱，赴其急难。毅以为刚决明直，无如君者。盖犯之者不避其死，感之者不爱其生[94]，此真丈夫之志。奈何箫管方洽，亲宾正和，不顾其道，以威加人？岂仆之素望哉！若遇公于洪波之中，玄山之间[95]，鼓以鳞须，被以云雨，将迫毅以死，毅则以禽兽视之，亦何恨哉！今体被衣冠，坐谈礼义，尽五常之志性[96]，负百行之微旨[97]，虽人世贤杰，有不如者，况江河灵类乎？而欲以蠢然之躯，悍然之性，乘酒假气，将迫于人，岂近直哉[98]！且毅之质[99]，不足以藏王一甲之间。然而敢以不伏之心，胜王不道之气。惟王筹之[100]！”钱塘乃逡巡致谢曰[101]：“寡人生长宫房，不闻正论。向者词述疏狂，妄突高明[102]。退自循顾[103]，戾不容责[104]。幸君子不为此乖间可也[105]。”其夕，复欢宴，其乐如旧。毅与钱塘，遂为知心友。

明日，毅辞归。洞庭君夫人别宴毅于潜景殿。男女仆妾等，悉出预会。夫人泣谓毅曰：“骨肉受君子深恩，恨不得展愧戴[106]，遂至睽别[107]。”使前泾阳女当席拜毅以致谢。夫人又曰：“此别岂有复相遇之日乎？”毅其始虽不诺钱塘之请，然当此席，殊有叹恨之色。宴罢辞别，满宫凄然。赠遗珍宝，怪不可述。毅于是复循途出江岸，见从者十余人，担囊以随，至其家而辞去。毅因适广陵宝肆[108]，鬻其所得[109]。百未发一，财以盈兆[110]。故淮右富族[111]，咸以为莫如。遂娶于张氏，亡。又娶韩氏，数月，韩氏又亡。徙家金陵[112]。常以鳏旷多感[113]，或谋新匹。有媒氏告之曰：“有卢氏女，范阳人也[114]。父名曰浩，尝为清流宰[115]。晚岁好道，独游云泉，今则不知所在矣。母曰郑氏。前年适清河张氏[116]，不幸而张夫早亡。母怜其少，惜其慧美，欲择德以配焉。不识何如？”毅乃卜日就礼。既而男女二姓，俱为豪族，法用礼物[117]，尽其丰盛。金陵之士，莫不健仰[118]。

居月余，毅因晚入户，视其妻，深觉类于龙女，而逸艳丰厚，则又过之。因与话昔事。妻谓毅曰：“人世岂有如是之理乎？”经岁余，有一子。毅益重之。既产，逾月，乃秾饰换服，召毅于帘室之间，笑谓毅曰：“君不忆余之于昔也？”毅曰：“夙非姻好，何以为忆？”妻曰：“余即洞庭君之女也。泾川之冤，君使得白，衔君之恩，誓心求报。洎钱塘季父论亲不从，遂至睽违，天各一方，不能相问。父母欲配嫁于濯锦小儿某[119]。遂闭户剪发，以明无意。虽为君子弃绝，分无见期；而当初之心，死不自替。他日父母怜其志，复欲驰白于君子。值君子累娶，当娶于张，已而又娶于韩。迨张、韩继卒，君卜居于兹，故余之父母乃喜余得遂报君之意。今日获奉君子，咸善终世，死无恨矣！”因呜咽，泣涕交下。对毅曰：“始不言者，知君无重色之心；今乃言者，知君有爱子之意。妇人匪薄[120]，不足以确厚永心，故因君爱子，以托相生[121]。未知君意如何？愁惧兼心，不能自解。君附书之日，笑谓妾曰：‘他日归洞庭，慎无相避。’诚不知当此之际，君岂有意于今日之事乎？其后季父请于君，君固不许。君乃诚将不可邪，抑忿然邪？君其话之。”毅曰：“似有命者。仆始见君于长泾之隅，枉抑憔悴，诚有不平之志。然自约其心者，达君之冤，余无及也。以言慎勿相避者，偶然耳，岂有意哉！洎钱塘逼迫之际，唯理有不可直，乃激人之怒耳。夫始以义行为之志，宁有杀其婿而纳其妻者邪？一不可也。某素以操贞为志尚，宁有屈于己而伏于心者乎[112]？二不可也。且以率肆胸臆，酬酢纷纶[113]，唯直是图，不遑避害。然而将别之日，见君有依然之容[114]，心甚恨之。终以人事扼束，无由报谢。吁！今日，君，卢氏也，又家于人间，则吾始心未为惑矣。从此以往，永奉欢好，心无纤虑也。”妻因深感娇泣，良久不已。有顷，谓毅曰：“勿以他类，遂为无心，固当知报耳。夫龙寿万岁，今与君同之。水陆无往不适。君不以为妄也。”毅嘉之曰：“吾不知国容乃复为神仙之饵[115]。”乃相与觐洞庭[116]。既至，而宾主盛礼，不可具纪。

后居南海[117]，仅四十年，其邸第、舆马、珍鲜、服玩，虽侯伯之室，无以加也。毅之族咸遂濡泽[118]。以其春秋积序[119]，容状不衰，南海之人，靡不惊异。洎开元中[120]，上方属意于神仙之事，精索道术[121]。毅不得安，遂相与归洞庭。凡十余岁，莫知其迹。

至开元末，毅之表弟薛嘏为京畿令[122]，谪官东南。经洞庭，晴昼长望，俄见碧山出于远波。舟人皆侧立[123]，曰：“此本无山，恐水怪耳。”指顾之际，山与舟相逼，乃有彩船自山驰来，迎问于嘏。其中有一人呼之曰：“柳公来候耳。”嘏省然记之[124]，乃促至山下，摄衣疾上。山有宫阙如人世，见毅立于宫室之中，前列丝竹，后罗珠翠，物玩之盛，殊倍人间。毅词理益玄，容颜益少。初迎嘏于砌，持嘏手曰：“别来瞬息，而发毛已黄。”嘏笑曰：“兄为神仙，弟为枯骨，命也！”毅因出药五十丸遗嘏，曰：“此药一丸，可增一岁耳。岁满复来，无久居人世以自苦也。”欢宴毕，嘏乃辞行。自是已后，遂绝影响[125]。嘏常以是事告于人世。殆四纪，嘏亦不知所在。

陇西李朝威叙而叹曰[126]：五虫之长[127]，必以灵著，别斯见矣[128]。人，裸也，移信鳞虫[129]。洞庭含纳大直[130]，钱塘迅疾磊落，宜有承焉[131]。嘏咏而不载，独可邻其境[132]。愚义之，为斯文。

人民文学出版社版张友鹤《唐宋传奇选》

①这篇传奇小说，通过柳毅、龙女、洞庭君、钱塘君四者之间的关系，赞美了以道义为基础的美好的爱情和友情。作品情节奇幻，布局谨严，人物个性鲜明，语言华美，洋溢着浓郁的浪漫气息，具有优美的诗的意境。元人尚仲贤的《洞庭湖柳毅传书》、李好古的《沙门岛张生煮海》，明人黄维楫的《龙绡记》、许自昌的《橘浦记》，清人李渔的《蜃中楼》、何镛的《乘龙佳话》等都脱胎于此。

②仪凤：唐高宗年号（676—679）。

③湘：湘江，源出广西，纵贯湖南，流入洞庭湖。

④泾阳：今属陕西，在西安北、泾河北岸。

⑤蛾：即蛾眉，形容女子美丽的眉毛。

⑥凝听翔立：站在那里出神地静听。翔，止。

⑦楚：悲伤。

⑧泾川：泾河，渭河的支流，在陕西中部。此指泾河龙君。

⑨乐逸：喜爱放纵。

⑩舅姑：公婆。

⑪御：控制，约束。

⑫毁黜（chù处）：糟蹋，虐待。黜，贬退。

⑬耗：消息，音信。

⑭不能奋飞：《诗经·邶风·柏舟》："静言思之，不能奋飞。"谓不能如鸟奋翼而飞。

⑮"是何"句：这还说什么可以不可以呢。

⑯"吾行"二句：尘间，尘世间。宁可，怎么能够。

⑰道途显晦：谓尘世间与神仙界幽明不同。

⑱脱：倘若。

⑲社橘：社，土地神，亦指祭土地神的社坛。古代封土为社（社坛），各栽种其土所宜之树，以为祀神所在，这树就称作社树。社橘就是指那充当社树的橘树。

⑳无渝：不要改变。

㉑襦：短袄。

㉒雨工：雨神。

㉓矫顾：昂首看。矫，举起，抬起。怒步：健步。

㉔龁（hé 核）：咬嚼。

㉕易带：解带。

㉖揭水：分开水。

㉗数息：呼吸几次，形容时间短。

㉘水精：水晶。

㉙楣：门上横木。

㉚虹栋：彩丽的屋梁。

㉛少选：少顷，须臾。

㉜阿房：阿房宫，秦时所建，故址在今陕西西安市西南阿房村一带。

㉝玄化：玄妙的变化。

㉞景从云合：喻侍从众多。景从，如影之从形。景，同"影"。

㉟游学于秦：指到长安应举事。长安古属秦国。

㊱涘（sì 四）：水边。

㊲风鬟雨鬓：形容女子头发美丽或蓬松散乱。此处指后者。

㊳怛（dá 达）：忧伤，悲伤。

㊴"不能"二句：自己不了解情况，像聋子、瞎子一样。坐贻，因而导致。

㊵幸被齿发：谓恩德遍及全身。齿发，指代全身。

㊶德：原误作"听"，据鲁迅校录《唐宋传奇集》改。

㊷致政：犹"致仕"，官吏将执政的权柄归还给君主，即退职。致，归。

㊸尧遭洪水九年：《史记·夏本纪》："当帝尧之时，鸿水滔天。……用鲧治水，九年而水不息。"鸿水，《尚书·尧典》作"洪水"。

㊹塞其五山：发大水淹掉五座山。

㊺同气：指同胞兄弟。

㊻縻系：拘禁。

㊼火鬣（liè 列）：火红色的鬣毛。鬣，兽类颈上的长毛。

㊽擘（bò 簸去声）：分开。

㊾缱绻（qiǎn quǎn 浅犬）：犹"缠绵"，深厚情意。

㊿幢（chuáng 床）节：作为仪仗用的旗帜和旌节。

(51)箫韶：本是虞舜时的乐曲，此指音乐或乐队。

(52)自然蛾眉：出自天然的美丽。

(53)明珰（dāng 当）：以珠玉串成的耳饰品，此泛指珠玉装饰品。

(54)绡縠（hú 壶）：轻纱之类的丝织品。此指丝绸的衣服。

(55)明君子：敬称，指柳毅。

(56)飨（xiǎng 想）：通“享”。

(57)㧑（huī 挥）退：谦逊。

(58)“向者”四句：辰、巳、午、未，均为十二地支之一，指时间。

(59)宥（yòu 又）：宽恕。

(60)不遑：来不及。

(61)忤（wǔ 午）：冒犯。

(62)怃（wǔ 五）然：惊愕貌。

(63)张：演奏。古时称奏乐为张乐。广乐：盛大之乐，多指仙乐。

(64)醪醴（láo lǐ 劳里）：醇美的酒。醪，醇酒。醴，甜酒。

(65)《钱塘破阵乐》：为钱塘君战胜而制的曲。《破阵乐》，唐乐曲名。《旧唐书·音乐志二》：“《破阵乐》，太宗所造也。太宗为秦王之时，征伐四方，人间歌谣《秦王破阵乐》之曲。及即位，使吕才协音律，李百药、虞世南、褚亮、魏征等制歌辞。”

(66)旌铓杰气：谓挥舞旗帜、武器，表现英武之气。铓，字书无此字。一本作“铫”。铫（tiáo 条），矛。

(67)顾骤悍栗：谓舞者顾盼驰骤，勇猛使人畏惧。骤，指动作、步伐。

(68)《贵主还宫乐》：为龙女还宫而制的乐曲。唐曲有《还宫乐》。

(69)锡：通“赐”。纨绮：指绢绸之类。纨，细绢。

(70)“狐神鼠圣”二句：以城墙洞中的狐狸、社坛里的老鼠喻有所凭依而为非作歹的人。《晋书·谢鲲传》载：“（王敦）谓鲲曰：‘刘隗奸邪，将危社稷。吾欲除君侧之恶，匡主济时，何如?’对曰：‘隗诚始祸，然城狐社鼠也。’”

(71)荷：感激。贞：正直。

(72)言：助词。下文“永言珍重”同。

(73)阕（què 确）：曲终。

(74)踧踖（cù jí 促辑）：恭敬而不安的样子。

(75)还处其休：回家过幸福的生活。休，美善。

(76)山家：对自己家的谦称。

(77)绸缪（móu 谋）：缠绵。

(78)开水犀：传说中可以把水分开的犀牛角。

(79)照夜玑：夜光珠。

(80)焕赫：光亮显赫。

(81)洎（jì 计）：及，到。酒阑：酒将尽。

(82)翌（yì 义）日：次日。

(83)踞（jù 锯）：通“倨（jù 锯）”。倨傲，傲慢。

(84)“不闻”句：《诗经·邶风·柏舟》：“我心匪石，不可转也。我心匪席，不可卷也。”《毛传》：“石虽坚，尚可转；席虽平，尚可卷。”郑玄笺：“言己心志坚平，过于石席。”此处化用其意。猛石，坚石。

(85)“义士”句：出自《礼记·儒行》：“儒有可亲而不可劫也，可近而不可迫也，可杀而不可辱也。”

㊱夷粪壤：夷为粪土。夷，平。

㊲九姻：九族。有二说：一说以自己为本位，上至高祖，下至玄孙为九族；一说为父族四、母族三、妻族二。此当指后者。

㊳匪人：行为不端正的人。匪，通“非”。

㊴高义：高尚重义之人。指柳毅。

㊵归：旧时称女子出嫁为归。

㊶欻（xū 虚）然：忽然。欻，同“欻”。

㊷孱（chán 蝉）困：浅陋无礼。

㊸怀：《尚书·虞书·尧典》：“怀山襄陵。”孔安国传：“怀，包。襄，上。”五岳：《尔雅·释山》：“泰山为东岳，华山为西岳，霍山为南岳，恒山为北岳，嵩高为中岳。”

㊹“犯之者”二句：这里之、其，都是指自己，重叠使用以使语气铿锵有力。

㊺玄山：形容碧浪。玄，天青色。

㊻五常：指仁、义、礼、智、信。

㊼百行：指各种德行。刘义庆《世说新语·贤媛》载，许允之妇奇丑，“许因谓曰：‘妇有四德，卿有其几?’妇曰：‘新妇所乏唯容尔。然士有百行，君有几?’许云：‘皆备。’妇曰：‘夫百行以德为首，君好色不好德，何谓皆备?’允有惭色，遂相敬重”。微旨：精义。

㊽直：公正，有理。

㊾质：指身体。

⑩筹：考虑，思量。

⑩逡（qūn 群阴平）巡：恭敬地后退。

⑩妄突：无理冒犯。高明：对人的尊称。

⑩循顾：犹“循省”、“循察”，检查之义。

⑩戾不容责：谓罪过很大，不是责备可以了之的。

⑩乖间（jiàn 剑）：隔阂，疏远。乖，本义为背离，引申作隔离。

⑩愧戴：惭愧、爱戴之情。

⑩睽（kuí 葵）别：离别。睽，乖离，违背。

⑩广陵：今江苏扬州市。

⑩鬻（yù 玉）：卖。

⑪兆：百万。

⑪淮右：亦称“淮西”，淮水上游地区。

⑪金陵：今江苏南京市。

⑪鳏（guān 关）旷：鳏男和旷女。泛指没有配偶的人。鳏，无妻的成年男子。旷，无妻的成年男子（旷男）或无夫的成年女子（旷女）。

⑪范阳：唐县名，治今河北涿州。一为唐郡名，即幽州，治今北京市。

⑪清流：县名，今安徽滁州。宰：县令。

⑪清河：郡名，治所在今河北清河县。

⑪法用礼物：结婚仪式上所用的礼物。

⑪健仰：十分仰慕。

⑪濯锦小儿：濯锦江龙君之子。濯锦江即锦江，为岷江流经成都附近的一段。一说，为成都市内之浣花溪。相传成都一带所产的织锦，濯于江水，锦彩鲜润逾于常。

⑫⓪匪薄：浅陋。匪，通“菲”。

⑫①“故因君”二句：谓借助于您爱子的感情而使我能与您生活在一起。

⑫②屈于己：自己被威势所迫，受到委屈。伏：通“服”。

⑫③酬酢（zuò 作）：主客相互敬酒。酬，劝酒，敬酒。酢，客人回敬酒。纷纶：众多杂乱。

⑫④依然：恋恋不舍貌。

⑫⑤国容：国色。神仙之饵：成为神仙的诱饵。此指龙女，是柳毅的调侃语。此句的意思是，我得到国色，也因你而成了神仙。

⑫⑥觐（jìn 进）：觐省，拜见。

⑫⑦南海：今广东广州市。

⑫⑧咸遂濡泽：都受到恩惠。遂，尽，遍。

⑫⑨春秋积序：指岁月流逝。序，时序。

⑬⓪开元：唐玄宗李隆基年号（713—741）。

⑬①“上方”二句：王谠《唐语林》卷五：“玄宗好神仙，往往诏郡国，征奇异之士。”

⑬②薛嘏（gǔ 古）：虚构人物。京畿（jī 机）令：京兆府所属县的县令。畿，京城所管辖的地区。

⑬③侧立：侧身而立，表示恐惧或恭敬。此处指前者。

⑬④省（xǐng 醒）然：省悟貌。

⑬⑤影响：影子和声响，引申为踪迹、消息。

⑬⑥陇西：唐郡名，也称渭州，州治在今甘肃陇西县。

⑬⑦五虫之长：《大戴礼记·易本命》：“有羽之虫三百六十，而凤凰为之长；有毛之虫三百六十，而麒麟为之长；有甲之虫三百六十，而神龟为之长；有鳞之虫三百六十，而蛟龙为之长；倮（同‘裸’）之虫三百六十，而圣人为之长。”

⑬⑧别斯见矣：谓灵顽之间的区别于此可见。意思是称为灵物非虚然也。

⑬⑨“人，裸也”三句：谓人是裸虫，而能同鳞虫类的龙讲信义。

⑭⓪含纳：有度量。大直：非常正直。《老子》四十五章：“大直若屈，大巧若拙，大辩若讷。”《韩诗外传》卷九：“大直若诎，大辩若讷。”

⑭①宜有承焉：应是秉承了自然的灵气变化。

⑭②“嘏咏”二句：薛嘏亲身经历了仙境，向人谈起柳毅成仙的故事，可是却没有用文字记载下来。

四二
许　浑

许浑（788？—860?），字用晦，一作仲晦，郡望安陆（今属湖北），籍贯洛阳（今属河南）。寓居润州丹阳（今属江苏）丁卯涧，并自名其集为《丁卯集》，故人称“许丁卯”。大和六年（832）进士及第。后授当涂县尉，转令，移摄太平县令。大中初，为监察御史，以疾辞官东归，起为润州司马。后官虞部员外郎、分司东都，历睦、郢二州刺史，世称“许郢州”。浑为晚唐重要诗人，与杜牧关系甚密。诗歌题材广泛，感时伤事、怀古咏史、登临题咏、田园风光、寓兴抒怀，多所吟唱。韦庄赞其“江南才子许浑诗，字字清新句句奇”（《题许浑诗卷》）。所作诗全为近体。清初田雯谓“声律之熟，无如浑者”（《古欢堂集·杂著》卷三）。现存诗约五百首，《全唐诗》编录十一卷，多混杜牧及他人作品。浑诗误入杜牧集者亦不少。有《许用晦文集》。

咸阳城东楼①

一上高城万里愁，蒹葭杨柳似汀洲②。溪云初起日沉阁③，山雨欲来风满楼。鸟下绿芜秦苑夕，蝉鸣黄叶汉宫秋④。行人莫问当年事⑤，故国东来渭水流⑥。

中华书局校点本《全唐诗》卷五三三

①诗作于宣宗大中三年（849）任监察御史时。诗题一作《咸阳城西楼晚眺》，又作《咸阳西门城楼晚眺》。这是一首怀古咏怀诗。诗写秋夕登咸阳城楼远眺的感慨，情景融合无间，章法开合有致，语言工丽自然。“溪云初起日沉阁，山雨欲来风满楼”一联，是一篇灵魂。有此，前面愁字形象可感，后面消息包蕴其中。此联自然流动，富于象征意义。咸阳，秦都城。旧址在今陕西咸阳东。咸阳在渭河北岸，秦在渭河南岸建有离宫。汉兴，在南岸营建都城长安。隋唐自汉长安故城东南移二十里置新都长安。咸阳隔渭水与长安相望。

②蒹葭：芦苇。汀洲：此指家乡的小洲。

③溪：指磻溪。阁：指慈福寺阁。作者自注：“（咸阳城）南近磻溪，西对慈福寺阁。”

④“鸟下”二句：写昔日的秦苑、汉宫，野草丛生，黄叶满林，已经繁华消歇。芜，丛生的草。

⑤行人：游人，此作者自指。当年事：前朝事，指秦、汉的兴亡。当年，一作“前朝”。

⑥故国：古都，故城。此句一作“渭水寒声昼夜流”。

四三
李　贺

李贺（790—816），字长吉，福昌（今河南宜阳）人。因家居福昌之昌谷，故或称其为“李昌谷”，其诗集或称为“昌谷集”。贺为唐高祖李渊叔父郑王李亮之后，李唐皇室以陇西成纪为郡望，故贺常自称“陇西长吉”、“刺促成纪人”。本欲应进士试，排挤者谓其父名“晋肃”，“晋”与“进”同音，“肃”与“士”音近，不得参加进士考试。后在京城做了三年奉礼郎小官，郁郁不得志，回到故乡，在贫病交加中病逝，年仅二十七岁。李贺是著名的苦吟诗人，诗多抒发怀才不遇的忧愤，也有针砭时弊、反映人民疾苦之作。在艺术上“离绝远去笔墨畦径间”（杜牧《李长吉歌诗序》），刻意追求创新，想象丰富，立意新奇，辞藻瑰丽，形成了奇崛幽峭、秾丽凄清的独特风格，但某些篇章过于晦涩。有《李长吉歌诗》。

雁门太守行①

黑云压城城欲摧，甲光向日金鳞开②。角声满天秋色里，塞上燕脂凝夜紫③。半卷红旗临易水④，霜重鼓寒声不起⑤。报君黄金台上意⑥，提携玉龙为君死⑦。

人民文学出版社版叶葱奇疏注《李贺诗集》卷一

①《雁门太守行》系乐府旧题，属“相和歌辞·瑟调曲”，本事不可知。梁简文帝作有此曲，歌咏边塞征战。此诗作于元和初。诗以奇情异彩写边塞将士誓死报国的悲壮气概。清沈德潜云：“字字锤炼而成，《昌谷集》中定推老成之作。”（《唐诗别裁集》卷八）雁门，郡名，治所在今山西右玉县南。

②“黑云”二句：明暗对比，突出战争形势酷烈。《晋书·天文志》：“凡坚城之上，有黑云如屋，名曰军精。”甲光，铠甲迎着太阳发出的光芒。因铠甲用金属片连缀而成，状如鱼鳞，故云“金鳞”。

③“塞上”句：写塞上凄凉景色。燕脂，即胭脂，喻塞上土色。晋崔豹《古今注》：“秦筑长城，土色皆紫，汉塞亦然，故称紫塞焉。”此句即由此而化出。

④易水：在今河北易县南。荆轲《易水歌》：“风萧萧兮易水寒，壮士一去兮不复还。”这里非必实指其地，而是由字面联想暗示一种悲壮情调。

⑤“霜重”句：以战地奇寒、鼓声不扬暗示兵气不扬。《汉书·李陵传》：“吾士气少衰，而鼓不起者何也？”

⑥黄金台：故址在今河北易县东南。战国时燕昭王所筑，昭王曾置千金于台上以招延天下贤士。

⑦玉龙：指剑。传说晋人雷焕于丰城县得一玉匣，内藏二剑，后入水化为龙。事见《晋书·张华传》。

金铜仙人辞汉歌[①]并序

魏明帝青龙九年八月[②]，诏官牵车西取汉孝武捧露盘仙人[③]，欲立置前殿。宫官既拆盘，仙人临载乃潸然泪下[④]。唐诸王孙李长吉遂作《金铜仙人辞汉歌》[⑤]。

茂陵刘郎秋风客[⑥]，夜闻马嘶晓无迹。画栏桂树悬秋香，三十六宫土花碧[⑦]。魏官牵车指千里，东关酸风射眸子[⑧]。空将汉月出宫门[⑨]，忆君清泪如铅水[⑩]。衰兰送客咸阳道[⑪]，天若有情天亦老！携盘独出月荒凉，渭城已远波声小[⑫]。

人民文学出版社版叶葱奇疏注《李贺诗集》卷二

①此诗大约是元和八年（813）李贺因病辞去奉礼郎时，由京赴洛途中作。诗借金铜仙人辞汉故事，表现自己的去国之思。汉武帝刘彻在长安建章宫前造神明台，上铸铜仙人手擎承露盘，储露水和玉屑服之以求长生。魏明帝景初元年（237），曾命官官从长安拆移铜人迁至洛阳，后因过重，留于霸城。传说铜人临载下泪。作者化凡为奇，创造了一个更加奇异的境界，其虚幻荒诞的风格正足以副其哀愤孤激之思。

②青龙九年：一作“青龙元年”，皆误。青龙五年三月即改元景初。《三国志·魏志·明帝纪》“景初元年”裴松之注引《魏略》，云魏明帝搬迁金铜仙人在景初元年。

③牵（xiá 霞）：同“辖”，车轴头，此指驾驶。一作“牵”。汉孝武：即汉武帝。

④潸（shān 山）然：流泪貌。

⑤唐诸王孙：李贺是唐宗室大郑王李亮（唐高祖李渊之叔）的后代，所以自称“唐诸王孙”。

⑥茂陵：汉武帝刘彻的陵墓，在今陕西兴平东北。秋风客：指刘彻。汉武帝著有《秋风辞》，结句云：“欢乐极兮哀情多，少壮几时兮奈老何！”

⑦三十六宫：指汉代长安的宫殿。班固《西都赋》：“离宫别馆，三十六所。”土花：指苔藓。

⑧东关：东边的城门。酸风：令人酸楚的凄风。眸子：瞳仁。

⑨将：与，和。“汉月”与上文的“魏官”形成对照。

⑩君：指汉武帝。铅水：指铜人所流的眼泪。

⑪客：指金铜仙人。咸阳：秦都城。唐人多借指长安。

⑫渭城：本指秦都咸阳，汉武帝时改名渭城，在长安西北渭水北岸。东汉并入长安县。此借指长安。

梦天[①]

老兔寒蟾泣天色[②]，云楼半开壁斜白[③]。玉轮轧露湿团光[④]，鸾珮相逢桂香陌[⑤]。黄尘清水三山下，更变千年如走马[⑥]。遥望齐州九点烟，一泓海水杯中泻[⑦]。

人民文学出版社版叶葱奇疏注《李贺诗集》卷一

①此属游仙诗。李贺厌苦人世，常欲摆脱世间牢笼，突破时空限制。此诗写梦天游月，俯视人间。其通感的手法、对时空的变形处理，折射出奇幻的超现实色彩。

②“老兔”句：月光惨淡，天色凄清。在月与天之间著一“泣”字，渲染了一种幽怨情调。兔、蟾，皆指月。传说月中有兔和蟾蜍。

③云楼：月中白云掩映的宫殿楼阁。

④玉轮：指月。湿团光：濡湿了月光。这是修辞中的“通感”手法。

⑤鸾珮：雕有鸾凤形象的玉珮。此处指代仙人。桂香陌：桂花飘香的道路。传说月中有桂树。

⑥“黄尘”二句：谓三山之下，时为黄尘，时为清水，千年之间，时复变换，而自天上观之，则如走马之速。三山，传说中的海上三神山，即蓬莱、方丈、瀛洲。晋葛洪《神仙传·王远》：“麻姑自说云：接侍以来，已见东海三为桑田。向到蓬莱，水又浅于往者会时略半也，岂将复还为陵陆乎?”

⑦“遥望”二句：谓远望下界，九州小得像九点烟尘，大海只不过是一杯水而已。齐州，中州，中国。中国古分九州。一泓（hóng 弘），一汪。郭璞《游仙诗》十九首：“东海犹蹄涔，昆仑蝼蚁堆。”“四渎流如泪，五岳罗若垤。”

四四

杜牧

杜牧（803—852），字牧之，京兆万年（今陕西西安）人。祖居长安南樊川，世称“杜樊川”。文宗大和二年（828）进士，又登贤良方正能直言极谏科，授弘文馆校书郎。旋沈传师辟为江西、宣州幕吏，又为牛僧孺淮南节度掌书记，世称“杜书记”。入朝为监察御史、左补阙，出为黄、池、睦三州刺史。再入为司勋员外郎，因称“杜司勋”。复出为湖州刺史。官终中书舍人，故世称“杜舍人”。因中书舍人尝称紫微舍人，故又称“杜紫微”。杜牧是晚唐杰出诗人，诗学杜甫，时称“小杜”。他的诗题材广泛，风格多样。古体诗风格跌宕豪雄。近体诗更富独创性，特别是绝句，能于拗折峭健之中，兼寓风华掩映之美，充溢着一种俊爽清丽而又明快自然的情韵。与李商隐齐名，而风格各有特色。二人时号“小李杜”。明人杨慎曰：“律诗至晚唐，李义山而下，惟杜牧之为最。宋人评其诗豪而艳，宕而丽，于律诗中特寓拗峭，以矫时弊，信然。”（《升庵诗话》卷五）现存诗四百余首，有《樊川文集》。

江南春绝句[①]

千里莺啼绿映红，水村山郭酒旗风[②]。南朝四百八十寺[③]，多少楼台烟雨中。

上海古籍出版社版陈允吉校点本《樊川文集》卷三

①此诗作于文宗大和七年（833）。诗写江南春景，在短短的四句里，作者将现实与历史、自然与文化融合在一起，在欣赏中有沉思。

②山郭：依山的城郭。酒旗：即酒帘。酒店的标帜。

③“南朝”句：南朝统治者多好佛，大兴佛寺。《南史·郭祖深传》载：“都下佛寺，五百余所。……所在郡县，不可胜言。”

赠别[①]（二首）

娉娉袅袅十三余[②]，豆蔻梢头二月初[③]。春风十里扬州路[④]，卷上珠帘总不如[⑤]。

①诗题一作《赠别二首》。高彦休《唐阙史》云：“牧少隽，性疏野放荡，虽为检刻，而不能自禁。会丞相牛僧孺出镇扬州，辟节度掌书记。牧供职之外，唯以宴游为事。扬州，胜地也，每重城向夕，倡楼之上，常有绛纱灯万数，辉罗耀烈空中，九里三十步街中，珠翠填咽，邈若仙境。牧常出没驰逐其间，无虚夕。”（《太平广记》卷二七三引）大和九年（835），杜牧由淮南节度掌书记内擢为监察御史，离扬赴京时，与所爱歌妓分别，作此二诗相赠。前者着重

写歌妓之美，后者着重写离别之情。诗写男女风情而情感真挚。

②娉（pīng 乒）娉袅（niǎo 鸟）袅：形容体态轻盈柔美。

③豆蔻：多年生草本植物，亦名鸳鸯花，初夏开花，二月初犹含苞未放，借以比未嫁少女。后称十三四岁少女为豆蔻年华，即本此。

④春风十里：形容扬州娼楼妓馆、舞榭歌台分布之广。

⑤“卷上”句：谓珠帘之下，虽美女如云，但都不及赠别者。

多情却似总无情，唯觉樽前笑不成[①]。蜡烛有心还惜别[②]，替人垂泪到天明[③]。

上海古籍出版社版陈允吉校点本《樊川文集》卷四

①“多情”二句：谓越是多情，越是显得无情。临别凄然相对，惨不成欢，故“笑不成”。

②蜡烛有心：蜡烛中有烛芯，如人有心。

③垂泪：指蜡泪下垂。

赤壁[①]

折戟沉沙铁未销[②]，自将磨洗认前朝[③]。东风不与周郎便[④]，铜雀春深锁二乔[⑤]。

上海古籍出版社版陈允吉校点本《樊川文集》卷四

①武宗会昌二年（842）四月，杜牧出任黄州（今属湖北）刺史，四年（844）九月，转池州刺史。黄州有赤壁矶，本作“赤鼻矶”，后人附会为三国时周瑜破曹操之赤壁。杜牧守黄游此，因感于三国赤壁之战事，而作此诗。另外，其《齐安郡晚秋》诗亦有“可怜赤壁争雄渡”句。齐安郡，即黄州。这首诗表现了杜牧对赤壁之战的独特见解。全诗豪迈俊爽，峭拔劲健，尤能体现杜牧绝句的特色。同时议论精辟，对宋诗影响很大。

②折戟：断折的战戟。销：销蚀。

③自将：自己拿起。认：有鉴别辨识意。黄叔灿曰：“‘认’字妙，怀古情深，一字传出。下二句翻案，亦从‘认’字生出。”（《唐诗笺注》）前朝：指汉末三国争雄时期。

④东风：指赤壁之战乘东风火烧曹操事。周郎：即周瑜，时为吴军前线总指挥。便：方便。

⑤铜雀：台名，曹操所建，在魏都邺城（今河北临漳西）。二乔：即大乔、小乔。大乔嫁孙权之兄孙策，小乔嫁周瑜。锁二乔，意谓周瑜如战败，二乔也会被掳入铜雀台中。

遣怀[①]

落魄江湖载酒行[②]，楚腰纤细掌中轻[③]。十年一觉扬州梦[④]，赢得青楼薄幸名[⑤]。

上海古籍出版社版陈允吉校点本《樊川文集·外集》

①此诗当作于会昌二年（842）四月杜牧出任黄州刺史时。同年所作《上李中丞书》云：“某入仕十五年间，凡四年在京。”牧自大和二年（828）入仕为校书郎，至此恰为十五年，则外任洪州、宣州、扬州等地幕僚恰为十年，故诗谓“落魄江湖”、“十年一觉”云云。此诗言短意深，表现了作者回首往事时的复杂情怀。

②落魄（tuò 拓）：失意潦倒。魄，通“拓”。湖：原作“南”，一作“湖”，较胜，据改。

江湖，对庙堂而言。范仲淹《岳阳楼记》："居庙堂之高，则忧其民；处江湖之远，则忧其君。"载酒：携酒。

③楚腰：《墨子·兼爱中》："昔者，楚灵王好士细要（腰）。"后亦用以称美女腰身纤细。此指美女。纤细：原作"肠断"，一作"纤细"，较胜，据改。掌中轻：相传汉成帝皇后赵飞燕体轻能为掌上舞。此指体态轻盈。

④"十年"句：犹言落魄江湖十年，好似大梦方醒。因牧在扬州纵情声色，冶游特著，故曰"扬州梦"。觉，睡醒。牧《念昔游三首》其一："十载飘然绳检外。"与此句意同。

⑤赢：原作"占"，一作"赢"，较胜，据改。青楼：本指华丽之楼阁，后亦指妓女所居之处。南朝梁刘邈《万山见采桑人》："倡妾不胜愁，结束下青楼。"薄幸：犹言薄情。

泊秦淮①

烟笼寒水月笼沙②，夜泊秦淮近酒家。商女不知亡国恨③，隔江犹唱《后庭花》④。

上海古籍出版社版陈允吉校点本《樊川文集》卷四

①秦淮，即秦淮河，流经今南京市区西入长江，相传为秦始皇时所凿，向为游览胜地。陈寅恪说："牧之此诗所谓'隔江'者，指金陵（即今南京）与扬州二地而言。此商女当即扬州之歌女，而在秦淮商人舟中者。夫金陵，陈之国都也。玉树后庭花，陈后主亡国之音也。此来自江北扬州之歌女，不解陈亡之恨，在其江南故都之地，尚唱靡靡遗音。牧之闻其歌声，因为诗以咏之耳。"（《元白诗笺证稿·新乐府·盐商妇》）杜牧《江南怀古》诗有"戊辰年向金陵过，惆怅闲吟忆庾公"句。戊辰，为宣宗大中二年（848）。此诗或为其时作。这首诗在描写秦淮夜色的同时，透露出深沉的感慨，主旨是针对当时的绮靡风气而发，向被誉为绝唱。

②笼：笼罩。

③商女：歌女，或指商人妇。刘禹锡《夜闻商人船中筝》："扬州市里商人女，来占江西明月天。"白居易《盐商妇》："本是扬州小家女，嫁得西江大商客。"

④《后庭花》：即《玉树后庭花》，属乐府吴声歌曲，为陈后主所作。李白《金陵歌送别范宣》："天子龙沉景阳井，谁歌《玉树后庭花》。"刘禹锡《金陵五题·台城》亦云："万户千门成野草，只缘一曲《后庭花》。"

过华清宫绝句①（三首选一）

长安回望绣成堆②，山顶千门次第开③。一骑红尘妃子笑，无人知是荔枝来④。

上海古籍出版社版陈允吉校点本《樊川文集》卷二

①作者路经华清宫，有感统治者淫乐误国而作。原题三首，此为第一首。杜牧的咏史诗经常是举重若轻，将无限感慨寄托在小细节的鲜明刻画里。华清宫，在今陕西临潼城南骊山上，其地有温泉，是唐玄宗和杨贵妃纵情游乐之地。

②"长安"句：从长安回望骊山，景色装点得像成堆的锦绣。按，骊山有东西绣岭。《雍大记》："东绣岭在骊山右，西绣岭在骊山左。唐玄宗时植林木花卉如锦绣，故名。"

③千门：指宫门。次第：一个接一个地。

④"一骑"二句：《新唐书·杨贵妃传》载："妃嗜荔支，必欲生致之，乃置骑传送，走数

千里，味未变已至京师。”苏轼《荔枝叹》：“颠坑仆谷相枕藉，知是荔枝龙眼来。飞车跨山鹘横海，风枝露叶如新采。宫中美人一破颜，惊尘溅血流千载。”即据牧诗生发致慨。

山行①

远上寒山石径斜，白云生处有人家②。停车坐爱枫林晚③，霜叶红于二月花。

上海古籍出版社版陈允吉校点本《樊川文集·外集》

①寒山与白云、霜叶，加上所联想到的二月花，色彩鲜明，而一切统一在诗人清雅脱俗的情怀中。“霜叶红于二月花”，以其新警为人所诵。

②生：一作“深”。

③坐：因。

四五

李商隐

李商隐（813？—858），字义山，号“玉谿生”、“樊南生”，祖籍怀州河内（今河南沁阳），后迁居郑州荥阳（今属河南）。九岁丧父，少有文名。文宗大和三年（829）入天平军节度使令狐楚幕为巡官，甚得赏识。六年（832），令狐楚调河东节度使，商隐随至太原。开成二年（837）进士及第。入泾原节度使王茂元幕为掌书记，王爱其才，以女妻之。时牛（僧孺）李（德裕）党争激烈，商隐无辜受其牵累，屡遭排挤，先后做过校书郎、县尉、秘书省正字、节度判官一类小官，在忧愤潦倒中度过一生。李商隐为晚唐著名诗人，与杜牧齐名，时称“小李杜”。又与温庭筠并称“温李”。其诗伤时忧国，深情绵邈，用事婉曲，寄托遥深，字字锤炼，精密华丽，博取众长，独标一格。张綖誉为“晚唐之冠”（《刊西昆诗集序》）。但“总因不肯吐一平直之语，幽咽迷离，或彼或此，忽断忽续，所谓善于埋没意绪者”（冯浩《玉谿生诗集笺注》卷三《燕台诗》注），时有晦涩费解之弊。现存诗六百余首。商隐亦是晚唐骈文名家。有《李义山诗集》、《樊南文集》。

无题[①]（二首选一）

昨夜星辰昨夜风，画楼西畔桂堂东[②]。身无彩凤双飞翼，心有灵犀一点通[③]。隔座送钩春酒暖，分曹射覆蜡灯红[④]。嗟余听鼓应官去，走马兰台类转蓬[⑤]。

中华书局版刘学锴、余恕诚《李商隐诗歌集解》

①原题二首，此为第一首。无题，诗人对诗作内容有所忌讳，未便明说，即以“无题”称之。“无题诗格，创自玉谿。”（张采田《玉谿生年谱会笺》）此诗约作于开成四年（839），时诗人官秘书省校书郎。这是一首千百年来脍炙人口的爱情名篇，情致缠绵，构思巧妙，精工富丽。

②“昨夜”二句：《尚书·洪范》：“星有好风。”含有好会之意。二句乃点出宴乐的时间、地点，并隐指艳情。

③“身无”二句：彩凤，彩羽的凤凰。灵犀，古人视犀牛为通灵神兽，犀角中有髓质如白纹贯通。因以喻心意相通。二句谓虽身份、地位不同，但两情欣羡，内心相通。

④“隔座”二句：据邯郸淳《艺经》载：“义阳腊日饮祭之后，叟妪儿童为藏钩之戏，分为二曹，以校胜负。”隔座送钩，一队将一钩藏在手内，隔座传送，使另一队猜钩之所在。射覆，《汉书·东方朔传》：“上尝使诸数家（方术家）射覆，置守宫（壁虎）盂下，射之，皆不能中。”颜师古注：“于覆器之下而置诸物，令暗射之，故云射覆。”射，猜。二句描写灯红酒暖的宴乐场面。

⑤“嗟余”二句：慨叹自己身世飘零，屈沉下僚，应官点卯，犹如转蓬。鼓，更鼓。听鼓应官，古代官府卯刻击鼓，召集官员上班，午刻击鼓下班。此指听鼓上班。走马，跑马。兰台，《旧唐书·职官志》：“秘书省，龙朔（高宗年号）初改为兰台。”转蓬，蓬草遇风拔根而飘转。多以喻身世飘零。

夜雨寄北①

君问归期未有期②，巴山夜雨涨秋池③。何当共剪西窗烛，却话巴山夜雨时④？

中华书局版刘学锴、余恕诚《李商隐诗歌集解》

①这首诗是诗人在梓州（今四川三台）柳仲郢幕时（851—855）作。以问归而不得归起，结以神往回归，迭见“巴山夜雨”之象，正见其心情之孤寂。诗作情景交融，虚实相生，虽语言浅显，却含蓄隽永，余味无穷。

②“君问”句：意为你问我何时归去，我自己也不知道，因此不能告诉你明确的日期。

③巴山：泛指东川境内的山。

④何当：何时。却话：追忆，追谈。二句谓不知何时能回到家中，那时将与思念的人一起挑灯夜谈，追忆此时巴山夜雨的情景。

锦瑟①

锦瑟无端五十弦②，一弦一柱思华年③。庄生晓梦迷蝴蝶④，望帝春心托杜鹃⑤。沧海月明珠有泪⑥，蓝田日暖玉生烟⑦。此情可待成追忆，只是当时已惘然⑧。

中华书局版刘学锴、余恕诚《李商隐诗歌集解》

①锦瑟，绘纹如锦之瑟。瑟为弦乐器之一种。此诗约作于大中十二年（858），李商隐罢盐铁推官，还郑州闲居，不久即病故。诗以多种富于暗示色彩、亦富于歧义的意象创造出一个迷离惝恍的境界。

②无端：没来由。五十弦：《世本》：“瑟，庖牺作，五十弦。”《史记·封禅书》：“太帝使素女鼓五十弦瑟，悲，帝禁不止，故破其瑟为二十五弦。”

③柱：系弦的短木柱。华年：盛年。《湘素杂记》引《古今乐志》曰：“锦瑟之为器也，其弦五十，其柱如之，其声也适怨清和。”此句谓锦瑟之形、之声都令人感叹盛年不再、韶华易逝。

④“庄生”句：语出《庄子·齐物论》：“昔者庄周梦为胡蝶，栩栩然胡蝶也。自喻适志与！不知周也。俄然觉，则蘧蘧然周也。不知周之梦为胡蝶与？胡蝶之梦为周与？”诗句隐旨迷离，或为状世事人生之惝恍变迁，令人无以判明真幻。

⑤“望帝”句：据晋人常璩《华阳国志·蜀志》载，相传战国时蜀王杜宇称帝，号望帝。其相除水患有功，帝乃禅位，退隐西山，化为杜鹃，啼声哀切。诗句以失国望帝将心事寄托在杜鹃身上，暗含悲悼之意。

⑥珠有泪：《博物志》卷二载：“南海外有鲛人，水居如鱼，不废绩织。其眼能泣珠。”或说此乃据《新唐书·狄仁杰传》：“为吏诬诉，黜陟，使阎立本召讯，异其才，谢曰：‘仲尼称观过知仁，君可谓沧海遗珠矣。’”即指贤能之士被遗忘于山野，不得擢用。

⑦蓝田：山名，在陕西蓝田县东，骊山之东阜，山出美玉，又名玉山。玉生烟：司空图

《与极浦论诗书》引戴叔伦语曰："诗家之景，如蓝田日暖，良玉生烟，可望而不可置于眉睫之前也。"此借他人论诗语，抒发其仕宦之路可望而不可即的感慨。

⑧"此情"二句：意谓上述感慨岂待今日追忆才产生，在当时就已令人不胜惘然了。可待，岂待。只是，单是。惘然，失意貌，不知所以。

无题[①]

相见时难别亦难，东风无力百花残[②]。春蚕到死丝方尽，蜡炬成灰泪始干[③]。晓镜但愁云鬓改，夜吟应觉月光寒[④]。蓬山此去无多路，青鸟殷勤为探看[⑤]。

中华书局版刘学锴、余恕诚《李商隐诗歌集解》

①此诗或谓向令狐绹陈情作，不如径作爱情诗读。诗写痴情苦意，其恳恻精诚，撼人心魄。颔联两句更是情缠绵而意沉痛，可谓字字珠玑，遂成千古名句。

②"东风"句：意谓正值暮春时节，百花凋零，春意阑珊，令人倍感伤情。

③"春蚕"二句：蚕丝与蜡泪，比喻相思。丝与"思"谐音双关。古乐府《清商曲辞·子夜歌》："春蚕易感化，丝子已复生。"庾信《对烛赋》："铜荷承泪蜡，铁铗染浮烟。"二句谓人至死相思方止，泪水始干。

④"晓镜"二句：谓晨妆时觉韶华流逝之快，夜吟时感到月光凉如冰水，表达惆怅、孤寂的相思情态。云鬓，女子浓密的头发。

⑤"蓬山"二句：谓所思之人离此不远，可使青鸟去探视，传达殷殷情意。蓬山，海中仙山，此喻指女子居所。青鸟，传说中西王母座前传递消息之神鸟。《汉武故事》载，七月七日，忽有青鸟飞集殿前，东方朔曰："此西王母欲来。"有顷，王母至，二青鸟夹侍王母旁。

乐游原[①]

向晚意不适[②]，驱车登古原[③]。夕阳无限好，只是近黄昏。

中华书局版刘学锴、余恕诚《李商隐诗歌集解》

①乐游原，即乐游苑。故址在今陕西西安东南，本为秦宜春苑，汉宣帝神爵三年（前59）修乐游庙，因以为名。小诗语言平直朴素，赞美夕阳之美好，惋惜美好时光行将逝去，既寄寓着诗人的迟暮之感，又含有人生哲理意味。情思抑扬尽致，令人含咀不尽。

②向晚：傍晚。意不适：心情不好。适，惬意舒适。

③古原：指乐游原。

四六
罗隐

罗隐（833—909），字昭谏，原名横，因屡试不第，愤而改为隐，自号“江东生”，杭州新城（今浙江富阳）人。二十七岁即在贡籍，却十试而不中。后从事湖南，历淮、润诸镇，皆不得意，直至五十五岁才投奔雄踞东南的杭州刺史钱镠，辟为从事，又请置钱塘县，表为县令。天祐三年（906），转司勋郎中，充镇海节度判官。梁开平元年（907），钱镠被封为吴越王，又表荐罗隐为给事中，世称“罗给事”。二十二年中，宾主遇合，如鱼得水。罗隐诗文多愤世之作，但散佚较多，今存《甲乙集》。

雪[①]

尽道丰年瑞，丰年事若何[②]？长安有贫者，为瑞不宜多[③]。

浙江古籍出版社版潘慧惠《罗隐集校注·甲乙集》卷五

①此诗在咏雪诗中别具一格。五绝本来拙于议论，此诗的议论中宛然浮现着作者的幽默、愤激和同情，启发人们从不同的角度看待生活现象。

②“尽道”二句：谓都说瑞雪兆丰年，但丰年时情况又怎么样呢？瑞，祥瑞，吉兆。此特指雪。事，一作“瑞”。

③“为瑞”句：承上句而言，意谓雪多贫民遭罪。

四七

皮日休

皮日休（834？—883？），字逸少，后改袭美，自号“间气布衣”、“醉吟先生”、“鹿门子”等。襄阳(今湖北襄阳)人。懿宗咸通七年（866），入京应进士试不第，退居寿州（今安徽寿县），自编所作诗文集《皮子文薮》。八年（867）再应进士试，以榜末及第。曾在苏州刺史崔璞幕下做郡从事，后入京任著作佐郎、太常博士。僖宗乾符二年（875）出为毗陵副使。后参加黄巢起义军，任翰林学士。巢败，不知所终。皮日休为晚唐著名诗人、散文家，与陆龟蒙并称“皮陆”，有唱和集《松陵唱和集》。诗文多抨击时弊、同情人民疾苦之作。他和陆龟蒙、罗隐的小品文被鲁迅誉为唐末“一榻胡涂的泥塘里的光彩和锋铓”（《小品文的危机》）。有《皮子文薮》。

橡媪叹①

秋深橡子熟，散落榛芜冈②。伛伛黄发媪③，拾之践晨霜。移时始盈掬④，尽日方满筐；几曝复几蒸⑤，用作三冬粮⑥。山前有熟稻，紫穗袭人香。细获又精舂，粒粒如玉珰⑦。持之纳于官，私室无仓厢⑧。如何一石余，只作五斗量？狡吏不畏刑，贪官不避赃。农时作私债，农毕归官仓⑨。自冬及于春，橡实诳饥肠⑩。吾闻田成子，诈仁犹自王⑪。吁嗟逢橡媪，不觉泪沾裳。

上海古籍出版社版萧涤非、郑庆笃校点本《皮子文薮》卷一〇

①皮日休的《正乐府》十首，在精神和手法上继承了白居易的《新乐府》。此是第二首，通过贫苦橡媪的苦难，揭露官吏征敛营私的社会现实。作品先叙后议，采用多重对比，文笔质直，感情充沛。橡，栎树的果实，即下云“橡子”、“橡实”。媪（ǎo 袄），年老的妇女。

②榛（zhēn 针）芜冈：草木丛生的山冈。榛，树木丛生。

③伛（yǔ 雨）伛：背曲貌。一作“伛偻”。黄发：指老年人的头发。

④盈掬：满一捧。

⑤曝（pù 瀑）：晒。

⑥三冬：冬季三个月。

⑦玉珰（dāng 当）：妇女头上的玉制装饰品。这里形容米粒晶莹圆润。

⑧无仓厢：指没有剩余。仓厢，装粮食的工具。大者为仓，小者为厢。

⑨“农时”二句：指官吏在农时拿出官粮放私债，农毕取得暴利后，再把本钱放回仓库。

⑩诳饥肠：谓只能勉强充饥。诳，哄骗。

⑪“吾闻”二句：田成子，春秋时齐相田常，他为了收买人心，大斗贷出，小斗收进，因而取得了老百姓的信任，后来他的子孙夺取了齐国的王位。这里借以讽刺那些贪官狡吏连这点假仁义也没有。

四八

陆龟蒙

陆龟蒙（？—881?），字鲁望，苏州长洲（今江苏苏州）人。举进士不第，曾任苏、湖二郡从事。后隐居松江甫里，自号“江湖散人”、“天随子”、“甫里先生”。懿宗咸通十年（869）得识皮日休，二人相与唱和，后自编其唱和诗为《松陵唱和集》。乾符六年（879）春，卧病笠泽，隐居著书，自编其诗文为《笠泽丛书》。大约于中和初年病卒。其诗文与皮日休齐名，并称“皮陆”。有《甫里先生文集》。

白莲[1]

素蘤多蒙别艳欺[2]，此花真合在瑶池[3]。还应有恨无人觉[4]，月晓风清欲堕时。

《四部丛刊》影明抄本《甫里先生文集》卷一一

①陆龟蒙有《和袭美木兰后池三咏》，此为第三首。诗借白莲咏怀，清丽脱俗。尤其是后二句结想，得白莲风神。

②素蘤（wěi 伟）：指白莲。蘤，花。别艳：其他艳丽的花。

③真：一作“端”。瑶池：传说中昆仑山上的池名，西王母居处。此泛指仙境。

④还应：一作“无情”。无：一作“何”。

四九

聂夷中

聂夷中（837？—907?），字坦之，河南中都（今河南沁阳）人。出身贫苦，奋起草泽，备尝艰辛。懿宗咸通十二年（871）登进士第，适值兵荒马乱，且无人援引，久滞长安。后授华阴县尉，仕途亦不得意。他工于五言，擅长乐府，多关怀民生疾苦与讽喻时世之作，古朴无华。

伤田家[①]

二月卖新丝，五月粜新谷[②]。医得眼前疮[③]，剜却心头肉[④]。我愿君王心，化作光明烛。不照绮罗筵[⑤]，只照逃亡屋[⑥]。

中华书局校点本《全唐诗》卷六三六

①题一作《咏田家》。作者以朴素凝练之笔，入木三分地揭示了农民遭受的沉重剥削。

②“二月”二句：二月蚕种始生，五月秧苗始插，所谓“卖新丝”、“粜新谷”是指“卖青”，将还未产出的农产品预先低价抵押。粜（tiào跳），卖出粮食。

③眼前疮：喻眼前的急难。

④心头肉：喻新丝、新谷，这是农民的希望、命根子。

⑤绮罗筵：坐满衣着华丽的人的酒宴，指富贵人家。

⑥逃亡屋：逃亡在外的穷人家。

五〇

杜荀鹤

杜荀鹤（846—904），字彦之，自号“九华山人”，池州石埭（今安徽石台）人。未仕前隐居九华山、庐山，足迹遍及浙、闽、湘等地。大顺二年（891）中进士。后为宣州节度使从事。天祐元年（904），朱温表荐为主客员外郎、知制诰，充翰林学士，因疾旬日而卒。杜荀鹤继承杜甫、白居易的现实主义诗歌传统，自称“诗旨未能忘救物”（《自叙》），“言论关时务，篇章见国风”（《秋日山中寄李处士》）。其诗能反映社会民生疾苦。他专攻近体，无一篇古体。语言浅近通俗，明白晓畅，亦被人讥为“鄙俚近俗”。有《杜荀鹤文集》。

山中寡妇①

夫因兵死守蓬茅②，麻苎衣衫鬓发焦③。桑柘废来犹纳税④，田园荒后尚征苗⑤。时挑野菜和根煮，旋斫生柴带叶烧⑥。任是深山更深处，也应无计避征徭⑦。

中华书局校点本《全唐诗》卷六九二

①题一作《时世行》。诗通过对一个寡妇艰难生活的描写，表现战乱和征徭给人民带来的深重灾难。以近体诗的形式写生民病，语言通俗浅近，是对新乐府精神的发扬。

②蓬茅：蓬草和茅草。此指简陋的草屋。

③麻苎（zhù 注）：即苎麻，皮可织麻布。

④柘（zhè 这）：柘树，落叶灌木或小乔木，叶子可喂蚕。

⑤征苗：征收青苗税。

⑥旋：便，随即。斫（zhuó 卓）：用刀斧砍。

⑦征徭：赋税和劳役。

五一 敦煌词

敦煌词，是指清末在敦煌石窟发现的唐、五代词写本。其写作年代，大抵自唐初迄于五代，除少数几首署名外，均为无名氏作品。敦煌词内容广泛，王重民《敦煌曲子词集·叙录》说："今兹所获，有边客游子之呻吟，忠臣义士之壮语，隐君子之怡情悦志，少年学子之热望与失望，以及佛子之赞颂，医生之歌诀，莫不入调。"更多的作品还反映了广大妇女的生活和情感。敦煌词具有浓重的民间色彩，表现出质朴浑厚、清新刚健的艺术特色。

菩萨蛮[①]

枕前发尽千般愿：要休且待青山烂。水面上秤锤浮[②]，直待黄河彻底枯。　白日参辰现[③]，北斗回南面[④]。休即未能休，且待三更见日头[⑤]。

中华书局版曾昭岷等编《全唐五代词》正编卷四

①《菩萨蛮》，唐玄宗时教坊曲名，后用为词调。此词与通行的四十四字体不同，任二北《敦煌曲校录》："原卷调名作《菩萨曼》"，"据现有资料言，可能是历史上最古之《菩萨蛮》"。词作以六种不可能的自然现象为喻，表达了自己对爱情的坚贞不渝，与汉乐府《上邪》题旨、手法相似。

②锤：原写作"磓"。

③参（shēn 身）辰：参星和辰星，是二十八宿中的两个星。此处泛指星辰。

④北斗：星座名，位置在北，形状如斗。

⑤三更：半夜。日头：太阳。

鹊踏枝[①]

叵耐灵鹊多瞒语[②]，送喜何曾有凭据。几度飞来活捉取，锁上金笼休共语。　比拟好心来送喜[③]，谁知锁我在金笼里。欲他征夫早归来[④]，腾身却放我向青云里[⑤]。

中华书局版曾昭岷等编《全唐五代词》正编卷四

①《鹊踏枝》，原注："此调原题《雀踏枝》"。此词咏鹊，符合词调名本意。词作通过人与鹊的对话，表达了思妇对征夫的深切思念，生动活泼，趣味盎然。

②叵（pǒ 笸）耐：叵为"不可"两字的合音，不可耐即不可容忍。灵鹊：即喜鹊。俗谓

鹊能报喜。王仁裕《开元天宝遗事·灵鹊报喜》："时人之家，闻鹊声，皆为喜兆，故谓灵鹊报喜。"瞒语：谎话。瞒，一作"谩"。

③比拟：本来打算。

④欲：愿。征夫：行役在外的人。指思妇的丈夫。

⑤腾身：飞身。

五二

温庭筠

温庭筠（801—866，或谓 812—870），本名岐，字飞卿，太原祁（今属山西）人。貌丑，才思敏捷，尤工律赋。每试押官韵，未尝起草，每赋一韵，一吟而已，故场中号“温八吟”；又谓八叉手而八韵成，故又称“温八叉”。性倨傲，放荡不羁，又好讥刺权贵，为时所忌，累举不第，仅做过随县尉、方城尉一类小官，官终国子助教，故世称“温助教”。生平行迹可考者，以关中、金陵为多，江、淮、湘、鄂次之。庭筠工诗善赋，侧艳清丽，韵格清拔，与李商隐齐名，时号“温李”。又与李商隐、段成式号“三才”，三人皆以骈文绮丽著称，又都排行十六，故文号“三十六体”。庭筠为晚唐重要诗人，存诗三百余首，以曾益等编著《温飞卿诗集笺注》较为完备。温庭筠又是第一个着力为词的文人，存词七十余首，是唐代诗人中作词最多的，内容多为绮怀闺怨，风格秾艳绮丽，被奉为“花间鼻祖”。

菩萨蛮①

小山重叠金明灭②，鬓云欲度香腮雪③。懒起画蛾眉④，弄妆梳洗迟。　照花前后镜⑤，花面交相映。新帖绣罗襦⑥，双双金鹧鸪⑦。

中华书局版曾昭岷等编《全唐五代词》正编卷一

①这首词细致刻画一个贵族女子晨起时的仪容情态，而其内心的空虚苦闷自在言外，婉艳精工，如一幅动态的仕女图，正代表了温庭筠词的风格。

②小山：唐代女子画眉的一种样式。杨慎《丹铅续录·十眉图》：“唐明皇令画工画十眉图。一曰鸳鸯眉，又名八字眉；二曰小山眉，又名远山眉。”重叠：形容蹙眉之状。金明灭：指额黄经过一夜已经浓淡不匀。六朝至唐代女子喜于眉际涂黄色为妆饰，称为额黄。一说小山指画屏。许昂霄《词综偶评》：“小山，盖指屏山而言。”金明灭则形容阳光照在叠折的画屏上，明暗辉映。

③鬓云：鬓发缭乱如云。度：掠过，遮过。香腮雪：即香雪腮，白而香的面腮，这里为押韵而将“雪”调整到韵脚上。

④蛾眉：形容女子的眉毛弯曲细长，像蚕蛾的触须。《诗经·卫风·硕人》：“螓首蛾眉。”

⑤“照花”句：用两面镜子前后对照着看头上戴的花是否合适。

⑥帖：同“贴”。此处指盘绣。襦（rú 如）：上衣，短袄。此句《唐宋诸贤绝妙词选》作“新著绮罗襦”。

⑦金鹧鸪：指用金线盘绣的鹧鸪鸟。以鹧鸪成双作结，透出女主人公形单影只、“谁适为容”（《诗经·卫风·伯兮》）的幽怨。

梦江南[1]

梳洗罢，独倚望江楼。过尽千帆皆不是，斜晖脉脉水悠悠[2]。肠断白蘋洲[3]。

中华书局版曾昭岷等编《全唐五代词》正编卷一

①《梦江南》，一名《望江南》，又名《忆江南》。此词晓畅自然而又深情婉转，在绮丽的温词中别具一格。

②斜晖：夕阳的余晖。脉脉：含情欲吐貌。悠悠：连绵不尽貌。

③白蘋洲：泛指长满白色花的汀洲。亦可用作专名。白居易《白蘋洲五亭记》：“湖州城东南二百步，抵霅溪连汀洲。洲一名白蘋。梁吴兴守柳恽于此赋诗云：‘汀洲采白蘋。’因以为名也。”温庭筠曾游湖州（今属浙江），其《江南曲》诗中亦有“妾家白蘋浦”句，此词可能作于湖州。

五三
韦　庄

韦庄（836—910），字端己，京兆杜陵（今陕西西安）人。僖宗中和三年（883），在洛阳应举作《秦妇吟》，一时传诵，人号"《秦妇吟》秀才"。屡试不第，流落江南达十年之久。昭宗乾宁元年（894）始登进士第，先后任校书郎、左补阙。光化三年（900），选杜甫、王维等一百五十人诗为《又玄集》。次年，入蜀为王建掌书记。唐亡，劝王建称帝，国号蜀，以功拜相，官终吏部侍郎兼平章事，谥文靖。生前由其弟韦蔼将其作品编成《浣花集》，世称"韦浣花"。庄工诗，今存诗三百余首，多怀古伤时、离乱感旧之作，诗风清丽飘逸，感慨顿挫。庄尤善词，与温庭筠齐名，世称"温韦"，为"花间派"代表词人。存词五十多首，清简劲直而不浅露，笔直而情曲，辞达而感郁。

菩萨蛮①

人人尽说江南好②，游人只合江南老③。春水碧于天，画船听雨眠。　　垆边人似月④，皓腕凝霜雪⑤。未老莫还乡，还乡须断肠⑥。

中华书局版曾昭岷等编《全唐五代词》正编卷一

①这首词是韦庄避乱江南时所作。作者以清丽的笔触勾勒出江南水乡和佳人特有的美，表达了对江南的爱恋之情和挥之不去的思乡之情。

②江南好：白居易《忆江南》词首句即"江南好"。

③合：应当。

④垆：原作"炉"，《全唐诗》作"垆"，较胜，据改。垆，酒店里安放酒瓮的土台，这里指酒家。《史记·司马相如列传》："令文君当垆。"裴骃《集解》引韦昭曰："垆，酒肆也。"

⑤霜：原作"双"，彊村丛书本《金奁集》作"霜"，较胜，据改。这句是说手腕洁白得像是凝结起来的霜雪一样。

⑥须：应。断肠：指极为伤心。

女冠子①

四月十七，正是去年今日，别君时。忍泪佯低面②，含羞半敛眉③。　　不知魂已断，空有梦相随。除却天边月，没人知。

中华书局版曾昭岷等编《全唐五代词》正编卷一

①这首词写佳人追忆去年与情郎离别的情景，平白如话，又委婉情深。

②佯：假装。

③敛眉：皱眉。

五四

李璟

李璟（916—961），初名景通，改名瑶，后名璟，交泰初（958）因避周讳，又改为景。字伯玉，徐州（今属江苏）人。南唐烈祖李昪长子。十六岁时仕吴为司徒同平章事，后继承父位为南唐中主。曾灭楚，后臣服于后周，改称国主。在位十九年，庙号元宗。性懦弱而多才艺，工诗词，风格明快自然，长于抒情，但偏于感伤。与后主李煜并称“南唐二主”，后人辑有《南唐二主词》。

浣溪沙①

菡萏香销翠叶残，西风愁起绿波间②。还与韶光共憔悴，不堪看③。　　细雨梦回鸡塞远④，小楼吹彻玉笙寒⑤。多少泪珠何限恨⑥，倚阑干⑦。

中华书局版曾昭岷等编《全唐五代词》正编卷三

①这是李璟最有名的一首词，是悲秋怀人的名作。词写秋日萧瑟之景，传达出思妇悲秋之情和彻骨的怀人之思。全词构思奇巧，描写细腻，情景相生，跌宕摇曳，凄婉欲绝，具有极强的感发力量。

②“菡萏（hàn dàn 旱但）”二句：菡萏，荷花的别称。销，通“消”。翠叶，指荷叶。王国维《人间词话》评首二句云：“大有众芳芜秽，美人迟暮之感。”

③“还与”二句：韶，原作“容”，《唐宋诸贤绝妙词选》作“韶”，较胜，据改。韶光，美好的时光。陈廷焯云：“‘还与韶光共憔悴，不堪看。’沉之至，郁之至，凄然欲绝。”（《白雨斋词话》卷一）

④梦回：梦醒。鸡塞：即鸡鹿塞。《汉书·匈奴传下》：“汉遣长乐卫尉高昌侯董忠、车骑都尉韩昌将骑万六千，又发边郡士马以千数，送单于出朔方鸡鹿塞。”颜师古注：“在朔方窳浑县西北。”即今陕西横山县西。此非实指，乃泛指边塞。

⑤吹彻：即吹完最后一曲。彻，大曲中的最后一遍。亦含终止意。玉笙：笙的美称。笙，一种吹乐器。沈际飞云：“‘塞远’、‘笙寒’二句，字字秋矣。”（《草堂诗馀正集》卷一）秋寒，笙寒，人亦感凄清矣。

⑥多少：一作“簌簌”。何限：一作“无限”。

⑦阑干：即栏杆。

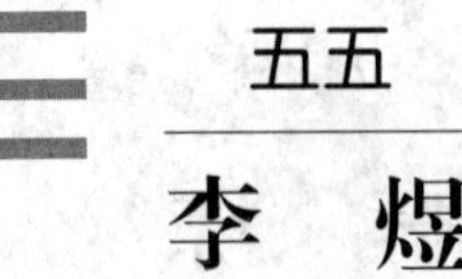

五五

李 煜

李煜（937—978），初名从嘉，即位时更名煜，字重光，号“钟隐”、“莲峰居士”等，南唐中主李璟第六子。宋太祖建隆二年（961）嗣位，在位十五年，史称后主。宋太祖开宝八年（975），宋军攻破金陵（今江苏南京），亡国出降，被俘至汴京（今河南开封），封违命侯，实被软禁，不久被逼服毒而死。后主多才多艺，诗、词、文、书、乐、画皆精，其词尤负盛名，清丽婉转。被俘至汴京后，把亡国之痛和故国之思写进词里，眼界始大而感慨遂深，始变伶工之词为士大夫之词，其“乐府为宋人一代开山祖”（《诗薮·杂编》卷四）。存词近四十首。后人辑有《南唐二主词》。

乌夜啼①

无言独上西楼②，月如钩③。寂寞梧桐深院锁清秋④。　剪不断，理还乱，是离愁。别是一番滋味在心头⑤。

中华书局版曾昭岷等编《全唐五代词》正编卷三

①一作《相见欢》。从此词所表现感情的深痛看，当是亡国之后所作。上阕写景，下阕抒情，情景交融，浑然一体，一片哀婉的情调。

②独：乃独自一人之“独”，表明词人处境与心境的孤寂。无言：正是“独”的表现。不是无话说，而是不能言，不愿言，不知如何言，无人可与言，可见亡国之君处境之险恶。

③钩：弯月，残月。“人有悲欢离合，月有阴晴圆缺”，月缺正见人之孤独。

④“寂寞”句：秋色笼罩着栽满梧桐的寂静院落。“锁”字有力，形容院落深，倍感寂寞。“寂寞”正是全词感情的基调。

⑤别是：另是。是，一作“有”。一番：一作“一般”。俞平伯云：“‘别是一般滋味’也是离愁。剪不断，理还乱，还可形状，这却说不出，是更深一层的写法。”（《唐宋词选释》上卷）

浪淘沙①

帘外雨潺潺②，春意将阑③。罗衾不暖五更寒④。梦里不知身是客⑤，一晌贪欢⑥。　独自莫凭栏，无限关山⑦。别时容易见时难⑧。流水落花归去也，天上人间⑨。

中华书局版曾昭岷等编《全唐五代词》正编卷三

①《浪淘沙》，唐玄宗时教坊曲名，后用为词调。唐人所作都是七言绝句体，如刘禹锡的

九首《浪淘沙》。至李煜始另创新声为长短句，分上下阕。此为国亡入宋被囚时作。蔡绦《西清诗话》："南唐李后主归朝后，每怀江国，且念嫔妾散落，郁郁不自聊，尝作长短句云……含思凄惋，未几下世。"（《苕溪渔隐丛话》前集卷五九引）词借暮春之景，抒发亡国之痛，今昔对比，幽怨悱恻，凄婉欲绝。

②潺（chán 缠）潺：此指雨声。

③将阑：一作"阑珊"。阑，尽。阑珊，衰残。

④罗衾（qīn 亲）：丝绸做的被子。暖：一作"耐"。不耐，经受不住。

⑤身是客：委婉的说法，意即国亡家破，沦为囚徒。

⑥一晌（shǎng 赏）：片刻。此句意谓只有在梦里，才能享有片刻的欢乐。

⑦无限关山：指已沦亡的南唐国土。关，一作"江"。

⑧别时：指国破被俘入宋时。见时难：指现在被囚，不能返国，永无相见之日。曹丕《燕歌行》："别日何易会日难。"《颜氏家训·风操》："别易会难，古人所重。"

⑨"流水"二句：谓胜景难再，今昔有天壤之别，恍如隔世，不堪回首，怆然欲绝。张泌《浣溪沙》："天上人间何处去，旧欢新梦觉来时。"归，一作"春"。

虞美人①

春花秋月何时了②，往事知多少③。小楼昨夜又东风，故国不堪回首月明中④。　　雕阑玉砌依然在⑤，只是朱颜改⑥。问君都有几多愁⑦，恰似一江春水向东流⑧。

中华书局版曾昭岷等编《全唐五代词》正编卷三

①此词为李煜被俘入宋幽囚汴京时所作。词以怕见春花秋月，怕回忆起在故国的美好生活，委婉曲折地道出深藏心底的故国之思与亡国之痛。据说此词传入宋宫，太宗闻之大怒，遂遣人赐酒毒杀后主。这首词确如王国维所云是"以血书者"（《人间词话》），其中凝聚着作者的心血和生命。有人称它为后主的绝命词。

②春花秋月：既实指春天的花，秋天的月，又借指一年中最美好的景物。了：了结，尽头。

③往事：指过去最堪回忆的事情。知多少：不知有多少，亦即很多。以上两句反映了作者复杂矛盾的心情。

④故国：指南唐。回首：回顾，追忆。

⑤雕阑玉砌：雕花的栏杆和玉似的石阶。此泛指南唐宫殿。阑，同"栏"。依然：一作"应犹"。

⑥朱颜：红颜，年轻红润的面容。朱颜改，面容变得憔悴。此借以泛指人事的变迁。以上两句有物是人非意，暗喻亡国为囚。

⑦问君：设问之词，实则问自己。自我设问，暗藏无限沉痛，无限悲愤。都：一作"能"。

⑧江：指长江。此句比喻愁恨绵绵不绝，翻腾不已。谢朓《暂使下都夜发新林至京邑赠西府同僚》："大江流日夜，客心悲未央。"

新编21世纪中国语言文学系列教材

中国古代文学作品选简编（下）

第二版

The Concise Selected Works of Chinese Ancient Literature

袁世硕　主编

中国人民大学出版社
·北京·

目　　录

下　册

第五编　宋代文学

第六编 金元文学

第七编 明代文学

第八编　清代文学

第九编　近代文学

第五编

宋代文学

一

王禹偁

王禹偁（954—1001），字元之，济州钜野（今山东巨野）人，因晚年贬居黄州，故人称“王黄州”。家境贫寒，累代务农。太平兴国八年（983）中进士，历任右拾遗、知制诰、翰林学士等职，因刚直敢谏，屡遭贬谪。在文学上他反对晚唐五代以来华靡颓唐的文风，主张改革。散文提倡学习韩愈、柳宗元，诗歌则学习杜甫、白居易。创作成就亦较为突出，诗文皆卓然可观，风格简淡洗练，平易有味。有《小畜集》、《小畜外集》。

黄州新建小竹楼记①

黄冈之地多竹，大者如椽。竹工破之，刳去其节②，用代陶瓦。比屋皆然③，以其价廉而工省也。

子城西北隅④，雉堞圮毁⑤，蓁莽荒秽⑥。因作小楼二间，与月波楼通⑦。远吞山光，平挹江濑⑧，幽阒辽夐⑨，不可具状。夏宜急雨，有瀑布声；冬宜密雪，有碎玉声；宜鼓琴，琴调虚畅；宜咏诗，诗韵清绝；宜围棋，子声丁丁然；宜投壶⑩，矢声铮铮然，皆竹楼之所助也。

公退之暇，披鹤氅，戴华阳巾⑪，手执《周易》一卷，焚香默坐，销遣世虑。江山之外，第见风帆沙鸟、烟云竹树而已。待其酒力醒，茶烟歇，送夕阳，迎素月，亦谪居之胜概也。

彼齐云、落星⑫，高则高矣，井干、丽谯⑬，华则华矣，止于贮妓女，藏歌舞，非骚人之事，吾所不取。

吾闻竹工云：“竹之为瓦仅十稔⑭，若重覆之，得二十稔。”噫！吾以至道乙未岁自翰林出滁上⑮，丙申移广陵⑯，丁酉又入西掖⑰，戊戌岁除日，有齐安之命⑱，己亥闰三月到郡⑲。四年之间，奔走不暇，未知明年又在何处，岂惧竹楼之易朽乎！幸后之人与我同志，嗣而葺之⑳，庶斯楼之不朽也！

咸平二年八月十五日记。

《四部丛刊》本《小畜集》卷一七

①宋真宗咸平二年（999），王禹偁被贬为黄州刺史，当年于城隅建了一座小竹楼，因作此文。文章借描写小楼环境的清幽闲旷，表达了超逸高洁的情怀。此作骈散相间，声韵并茂，富有意境之美，读来耐人寻味。

②刳（kū 枯）：剔除。

③比屋：相邻近的房屋。

④子城：附属于大城的小城，也即城外之城。

⑤雉堞（dié 蝶）：城上的矮墙，成凹凸之形。圮（pǐ 痞）毁：倒塌毁坏。

⑥蓁莽：杂草丛生。荒秽：二字原脱，据《宋文鉴》卷七七补。

⑦月波楼：在黄州城西北，即今汉川门楼。作者有《月波楼咏怀》诗。

⑧江濑（lài 赖）：湍急的江水。

⑨幽闻：深隔。敻：通“迥”。

⑩投壶：古代宴饮时的一种游戏，众人先后用矢投壶，以投中多少决胜负，负者当饮酒。

⑪鹤氅：用鸟羽制成的披风。华阳巾：道士戴的头巾。据《神仙传》载，韦节，京兆人。卜居华山，号华阳子，名其巾为华阳巾。

⑫齐云：齐云楼，一名月华楼。在苏州市旧城内，唐朝恭王所建。落星：落星楼，在今南京市东北。《金陵地记》：“吴嘉禾元年（232），于桂林苑落星山起三重楼，名曰落星楼。”

⑬井幹：井幹楼，在陕西长安。《史记·孝武本纪》：“乃立神明台、井幹楼，度五十余丈，辇道相属焉。”丽谯：华丽壮大之楼。《白氏六帖事类集》卷三载：“魏武有丽谯楼。”

⑭稔（rěn 忍）：年。一稔即一年。

⑮至道乙未：宋太宗至道元年（995）。翰林：翰林院。滁上：滁州。

⑯丙申：至道二年（996）。广陵：郡名，治所在今江苏扬州市。

⑰丁酉：至道三年（997）。西掖：中书省的别称。王禹偁曾三次入中书省为知制诰。

⑱“戊戌”二句：戊戌，宋真宗咸平元年（998）。齐安，即黄州。南齐时置齐安郡，故城在今黄州市西北。

⑲己亥：咸平二年（999）。

⑳嗣：接续，继承。葺：修缮。

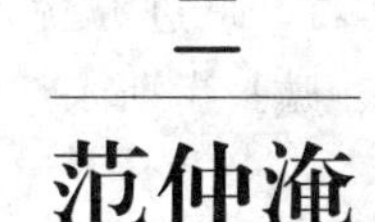

二

范仲淹

范仲淹（989—1052），字希文，吴县（今江苏苏州）人。北宋著名政治家，积极主张改革，在守卫西北边疆时也有突出业绩。官至枢密副使、参知政事。谥号文正。其文学成就亦可观，散文、词皆有名作传世。有《范文正公集》。

渔家傲[①]

塞下秋来风景异，衡阳雁去无留意[②]。四面边声连角起[③]，千嶂里[④]，长烟落日孤城闭。

浊酒一杯家万里，燕然未勒归无计[⑤]。羌管悠悠霜满地，人不寐，将军白发征夫泪。

《彊村丛书》本《范文正公诗馀》

①此词作于作者任陕西经略副使、镇守西北边关期间（1040—1043），据魏泰《东轩笔录》载："范文正公守边日，作《渔家傲》乐歌数阕，皆以'塞下秋来'为首句，颇述边镇之劳苦。"现存仅此一首。作品境界开阔，风格苍凉悲壮，在宋初词坛上别开生面。

②衡阳雁去：塞下的雁向衡阳飞去。湖南衡阳有回雁峰，传说雁飞至此不再南下。无留意：以雁无留意表现边塞的荒寒。

③连角起：军中的号角声与边境上的各种声音，如马鸣、笳笛声等连成一片。

④千嶂：如屏障般重叠的山峰。

⑤燕然未勒：指功业未建。东汉大将窦宪曾大破匈奴，北上至燕然山刻石记功而还。（见《后汉书·窦宪传》）

岳阳楼记[①]

庆历四年春，滕子京谪守巴陵郡[②]。越明年，政通人和，百废俱兴。乃重修岳阳楼，增其旧制[③]，刻唐贤、今人诗赋于其上[④]。属余作文以记之[⑤]。

予观夫巴陵胜状[⑥]，在洞庭一湖[⑦]。衔远山，吞长江，浩浩汤汤[⑧]，横无际涯；朝晖夕阴，气象万千。此则岳阳楼之大观也[⑨]，前人之述备矣[⑩]。然则北通巫峡[⑪]，南极潇湘[⑫]，迁客骚人[⑬]，多会于此，览物之情，得无异乎？

若夫霪雨霏霏[⑭]，连月不开，阴风怒吼，浊浪排空，日星隐耀，山岳潜形，商旅不行，樯倾楫摧[⑮]，薄暮冥冥，虎啸猿啼。登斯楼也，则有去国怀乡[⑯]，忧谗畏讥，满目萧然，感极而悲者矣。

至若春和景明[⑰]，波澜不惊，上下天光，一碧万顷；沙鸥翔集，锦鳞游泳[⑱]，岸芷汀兰[⑲]，郁郁青青。而或长烟一空，浩月千里，浮光耀金[20]，静影沉璧[21]，渔歌互答，此乐何极！登斯楼也，则有心旷神怡，宠辱偕忘，把酒临风，其喜洋洋者矣。

嗟夫！予尝求古仁人之心，或异二者之为[22]。何哉？不以物喜[23]，不以己悲。居庙堂之高[24]，则忧其民；处江湖之远[25]，则忧其君。是进亦忧，退亦忧，然则何时而乐耶？其必曰“先天下之忧而忧，后天下之乐而乐”乎。噫！微斯人[26]，吾谁与归！

时六年九月十五日。

中华书局影印宋本《范文正公集》卷八

①这篇文章作于宋仁宗庆历六年（1046），作者贬知邓州时。全文通过描写洞庭湖壮美之景色引发感慨，继而托出以天下为己任的志向和抱负，层层展开，表现出作者难能可贵的精神境界。文章骈散兼行，铿锵顿挫，精彩纷呈，为传世名篇。

②滕子京：名宗谅，字子京，与范仲淹为同年进士，原任庆州知州，被人诬告，贬知岳州。岳州，古称巴陵郡。

③增其旧制：扩大了原来的规模。

④“刻唐贤”句：滕宗谅在给范仲淹的求记信中提到：“乃分命僚属，于韩（愈）、柳（宗元）、刘（禹锡）、白（居易）、二张（张说、张九龄）、二杜（杜甫、杜牧）逮诸大人集中，摘出登临寄咏，或古或律，歌咏并赋七十八首，暨本朝大笔如太师吕公（端）、侍郎丁公（谓）、尚书夏公（竦）之众作，榜于梁栋间。”（见《全宋文》卷三九六）

⑤属：同“嘱”。

⑥胜状：最出色的景致。

⑦洞庭一湖：即洞庭湖。湖在岳阳城西，中有君山，登岳阳楼，可尽览其胜景。

⑧浩浩汤（shāng 伤）汤：水势盛大之貌。

⑨大观：壮阔宏伟的景象。

⑩前人之述：指上文的唐贤、今人诗赋。

⑪巫峡：长江三峡之一，在湖北巴东县西南。

⑫潇湘：潇水和湘江，二水合流后注入洞庭湖。

⑬迁客：受贬谪的官员。骚人：指失意的诗人，因屈原作《离骚》而得名。

⑭霪（yín 银）雨：连绵不停的雨。

⑮樯倾楫催：指航船被摧毁。樯，桅杆。楫，船桨。

⑯去国：离开国都，也即离开朝廷。

⑰景：阳光。

⑱锦鳞：彩色的鱼鳞，指游鱼。

⑲岸芷汀兰：岸上的香草和水边的兰花。

⑳浮光耀金：月光映在波动的水面上泛出金光。

㉑静影沉璧：月亮映在平静的水面上像圆形的玉璧。

㉒二者：指上述悲喜两种态度。

㉓物：指外在的景物、环境。

㉔庙堂：指朝廷。

㉕江湖：指贬谪在边远地区，或闲居乡间。

㉖微：非。斯人：此人，也即古仁人。

三

晏　殊

晏殊（991—1055），字同叔，抚州临川（今江西抚州）人。少年即有文名，以神童召试，赐同进士出身，宋仁宗时官至同中书门下平章事，兼枢密使。好奖掖人才，一时名臣如范仲淹、韩琦、富弼、欧阳修等皆出其门。卒谥元献。文章赡丽，诗风闲雅，尤工词，风格接近冯延巳，特别善于在离别相思、流连风景中表达对人生的某种感悟和体验。有《珠玉词》。

浣溪沙[①]

一曲新词酒一杯，去年天气旧亭台。夕阳西下几时回？　无可奈何花落去，似曾相识燕归来。小园香径独徘徊[②]。

汲古阁《宋六十名家词》本《珠玉词》

①这首小令在惋惜落花的同时，表达了一种因时光流逝而产生的惆怅之感，历来脍炙人口。也有人认为是写相思之愁的，然而人生况味之体悟当是更为基本的意蕴。

②香径：布满落花的小路。

蝶恋花[①]

槛菊愁烟兰泣露[②]，罗幕轻寒[③]，燕子双飞去。明月不谙离恨苦[④]，斜光到晓穿朱户。　昨夜西风凋碧树，独上高楼，望尽天涯路。欲寄彩笺兼尺素[⑤]，山长水阔知何处。

汲古阁《宋六十名家词》本《珠玉词》

①词牌《蝶恋花》又作《鹊踏枝》。此作以女子的口吻写闺阁的离愁别恨。其中“昨夜”三句，王国维《人间词话》认为与《诗经·蒹葭》一篇意蕴相近，“但一洒落，一悲壮耳”。

②槛菊愁烟：花圃中的秋菊被烟雾笼罩着。槛，栏杆。

③罗幕：丝罗制成的帷幕，借指屋内的环境。

④谙（ān 安）：熟悉，知晓。

⑤彩笺、尺素：都指书信。彩笺，彩色的笺纸。尺素，指供书写用的素绢，通常为一尺。兼，原本缺字，据别本补。

四

柳　永

柳永（约 984—约 1053），始名三变，字耆卿，崇安（今福建崇安）人。早年流连于酒楼舞馆，为歌妓填词，其作品流布于市井间，致使科举失意。晚年（1034）始中进士，官至屯田员外郎，世称柳七、柳屯田。他的词多写都市繁华景象及市民情事，有一部分作品则抒发自己漂泊江湖的感受。艺术上柳永善制新声，开拓了慢词的创作，尤其擅长铺叙，语言更接近俚俗，也有典雅之作，受到不同层次读者的广泛喜爱。有《乐章集》。

望海潮[①]

东南形胜[②]，三吴都会[③]，钱塘自古繁华。烟柳画桥，风帘翠幕，参差十万人家。云树绕堤沙，怒涛卷霜雪[④]，天堑无涯[⑤]。市列珠玑，户盈罗绮，竞豪奢。　　重湖叠巘清嘉[⑥]，有三秋桂子[⑦]，十里荷花。羌管弄晴[⑧]，菱歌泛夜，嬉嬉钓叟莲娃[⑨]。千骑拥高牙[⑩]，乘醉听箫鼓，吟赏烟霞。异日图将好景[⑪]，归去凤池夸[⑫]。

《彊村丛书》本《乐章集》下卷

①据说这首词是赠给两浙转运使孙何的，约作于宋真宗咸平末年。作品描绘了钱塘江和西湖的别致风光，并以此为背景，渲染出杭州的一派繁华气象，一时脍炙人口，传唱甚广。

②形胜：山川壮美的地区。

③三吴：指吴兴（在今浙江）、吴郡（今江苏苏州）和会稽（今浙江绍兴）。原本作“江吴”，据别本改。

④怒涛：形容汹涌奔腾的潮水。钱塘江以大潮闻名天下。

⑤天堑：指钱塘江。

⑥重湖：西湖有里湖、外湖之分，故称重湖。叠巘：重叠的山峰。

⑦三秋桂子：杭州灵隐山一带多桂树，传说为月中所种，夜半往往有籽落下。

⑧羌管：羌笛，这里泛指乐器。

⑨嬉嬉：游乐之貌。莲娃：采莲女。

⑩高牙：军前的大旗。牙，牙旗。《文选》张衡《东京赋》薛综注：“兵书曰：‘牙旗者，将军之旌。’谓古者天子出，建大牙旗，杆上以象牙饰之，故云牙旗。”这里借指高级官员的仪仗。

⑪图：描绘。

⑫凤池：凤凰池，中书省所在地，这里指朝廷。

雨霖铃[①]

寒蝉凄切，对长亭晚[②]，骤雨初歇。都门帐饮无绪[③]，留恋处[④]，兰舟催发。执手相看泪眼，竟无语凝噎。念去去、千里烟波，暮霭沉沉楚天阔[⑤]。　　多情自古伤离别，更哪堪冷落清秋节。今宵酒醒何处？杨柳岸、晓风残月。此去经年[⑥]，应是良辰好景虚设。便纵有千种风情[⑦]，更与何人说[⑧]！

《彊村丛书》本《乐章集》中卷

①这是作者离开汴京、告别情人时所作。全词通过对清秋景物的描写、离别场面的铺叙，以及别后凄凉境遇的想象，创造了一种浓厚的感伤气氛，从而抒发了失去爱情的痛苦和对身世飘零的感慨。

②长亭：古代大路旁供人休息的处所，也是送别之处。

③都门：指汴京城郊。帐饮：在郊外设帐宴饮饯别。无绪：没有兴致。

④留恋处：一作“方留恋处”。

⑤暮霭：傍晚的雾气。楚天：长江中下游一带古为楚地，这里泛指南方。

⑥经年：年复一年。

⑦风情：因爱恋而生的柔情蜜意。

⑧更：一作“待”。

凤栖梧[①]

伫依危楼风细细[②]，望极春愁，黯黯生天际[③]。草色烟光残照里，无言谁会凭阑意。　　拟把疏狂图一醉，对酒当歌，强乐还无味[④]。衣带渐宽终不悔，为伊消得人憔悴[⑤]。

《彊村丛书》本《乐章集》中卷

①《凤栖梧》词调又作《蝶恋花》。作品描写对远方情人的思念，词意含蓄、深沉，与别作不同。其中最后两句为传诵甚广的名句。

②伫（zhù住）：久立。危楼：高楼。

③黯黯：黯然忧伤的样子。

④强（qiǎng抢）乐：勉强地寻欢作乐。

⑤伊：她，指思念之人。消得：须得，值得。

五

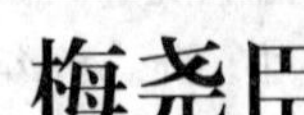

梅尧臣

梅尧臣（1002—1060），字圣俞，宣城（今安徽宣城）人，世称宛陵先生。曾任建德、襄城等处知县，召试，赐进士出身，累迁尚书都官员外郎。以诗著称于世，其作多贴近现实，针砭时事，受到欧阳修等人的高度赞扬。诗风古淡深远，情感挚厚，也间出奇巧，对宋初诗风的转变影响颇大。文学史上与苏舜钦齐名，世称“苏梅”。有《宛陵先生集》。

汝坟贫女[1]

时再点弓手，老幼俱集。大雨甚寒，道死者百余人，自壤河至昆阳老牛陂[2]，僵尸相继。

汝坟贫家女，行哭音凄怆。自言有老父，孤独无丁壮。郡吏来何暴，县官不敢抗。督遣勿稽留[3]，龙钟去携杖[4]。勤勤嘱四邻[5]，幸愿相依傍。适闻闾里归[6]，问讯疑犹强[7]。果然寒雨中，僵死壤河上。弱质无以托[8]，横尸无以葬。生女不如男，虽存何所当[9]！拊膺呼苍天[10]，生死将奈向[11]？

《四部丛刊》本《宛陵先生集》卷七

①此诗和《田家语》作于同一时间，通过一位田家女的哭述，反映了当时百姓家破人亡的悲惨境遇，其中人物的内心自白写得极为沉痛感人，是作者继承唐代新乐府传统最具代表性的一篇作品。汝坟，汝河岸边。汝河，指河南东南部的北汝河。坟，堤岸。

②壤河：不详。或说即瀼河，流经鲁山县，入沙河。昆阳：古县名，北齐曾改名为汝坟，今为河南叶县。

③稽留：停留，拖延。

④龙钟：衰老不便的样子。

⑤勤勤：殷勤地，反复地。

⑥闾里：乡里人。

⑦“问讯”句：一面疑惧着，一面还勉强去询问。

⑧弱质：指贫女自己。

⑨何所当：有什么用。

⑩拊膺：捶胸。

⑪奈向：奈何，何所向。

鲁山山行[1]

适与野情惬[2]，千山高复低。好峰随处改，幽径独行迷。霜落熊升树，林空鹿饮溪。人家在何许[3]，云外一声鸡。

《四部丛刊》本《宛陵先生集》卷七

①鲁山：又名露山，在鲁山县东北，与襄城县西南境接近。此诗作于康定元年（1040）作者任襄城知县时。诗中描写了山野宁静、恬然的景象，表达了作者对大自然的喜爱和对某种美好生活的憧憬。当中两联为传诵颇广的名句。

②适与：恰好，正。野情：爱好山野的情趣。惬：快意，满足。

③何许：何处。

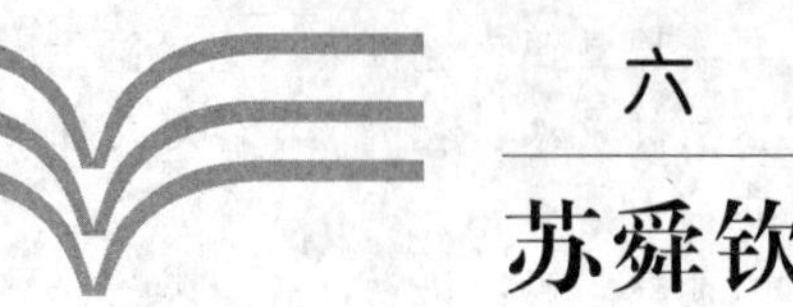

六

苏舜钦

苏舜钦（1008—1048），字子美，梓州桐山（今四川中江）人，生于开封。状貌怪伟，慷慨有大志。仁宗景祐元年（1034）进士，曾任长垣县令，大理评事，以范仲淹荐迁集贤校理，监进奏院。因支持范仲淹改革，触犯权贵，被人借故弹劾除名。退居苏州，筑沧浪亭读书其中。后起复为湖州长史，寻卒。苏舜钦是诗文革新的中坚人物，也是最早写作散文、反对时文的作家之一。其文学成就在诗歌方面表现更突出，风格慷慨磊落、豪迈奔放，多批判现实、抒发爱国情感之作，与梅尧臣齐名。有《苏学士文集》。

庆州败[①]

无战王者师[②]，有备军之志[③]。天下承平数十年，此语虽存人所弃。今岁西戎背世盟[④]，直随秋风寇边城，屠杀熟户烧障堡[⑤]，十万驰骋山岳倾[⑥]。国家防塞今有谁？官为承制乳臭儿[⑦]。酣觞大嚼乃事业，何尝识会兵之机[⑧]！符移火急蒐卒乘[⑨]，意谓就戮如缚尸[⑩]。未成一军已出战，驱逐急使缘崄巇[⑪]。马肥甲重士饱喘，虽有弓剑何所施。连颠自欲堕深谷[⑫]，虏骑笑指声嘻嘻。一麾发伏雁行出[⑬]，山下奄截成重围[⑭]。我军免胄乞死所[⑮]，承制面缚交涕洟[⑯]。逡巡下令艺者全，争献小技歌且吹[⑰]。其余劓馘放之去[⑱]，东走矢液皆淋漓[⑲]。首无耳准若怪兽[⑳]，不自愧耻犹生归。守者沮气陷者苦[㉑]，尽由主将之所为。地机不见欲侥胜[㉒]，羞辱中国堪伤悲！

《四部丛刊》本《苏学士文集》卷一

①仁宗景祐元年（1034）秋，西夏赵元昊进犯庆州（今甘肃庆阳），宋朝环庆路都监齐宗矩率兵抵御，遭遇伏击，战败被俘，后放归。本诗即咏此事。其中对朝廷忽视边防、将帅骄惰无能的状况作了尖锐的批判。该诗情调激昂，刻画生动，很大程度上代表了苏诗的主导风格。

②“无战”句：意谓不战而胜。《荀子·议兵》：“王者有诛而无战。”欧阳修《送任处士归太原》诗：“自古王者师，有征而不战。”

③军之志：指兵书所载。志，记录，记载。

④西戎：指西夏。世盟：世代友好的盟约。

⑤熟户：指被中原习俗同化的西北少数民族居民。障堡：碉堡。

⑥山岳倾：形容西夏兵马来势之猛。

⑦承制：内殿承制，武官名。这里指齐宗矩，齐时以承制出为环庆路都监。

⑧识会：通晓。

⑨符移：调兵的公文。火：原本作“大”，据别本改。蒐（sōu搜）卒乘：聚集军队。蒐，同“搜”。

⑩就戮如缚尸：以为敌人就等着被缚受刑，杀之如同捆绑尸体一样容易。

⑪已：原本作“之”，据别本改。缘崄巇（xiǎn xī 险希）：攀援险峻的山岭。

⑫连颠：跌跌撞撞。

⑬麾：同“挥”。发伏：伏兵突发。雁行出：形容敌兵阵形整齐。

⑭奄截：即“掩截”，出其不意地堵截住。

⑮免胄：摘下头盔，表示服罪。乞死所：请求处分。

⑯面缚：两手缚于后而面向前，表示投降。此句写齐宗矩的狼狈与怯懦。

⑰“逡巡”二句：宋军士正徘徊惶恐之际，敌军首领下令艺人可以免死，于是士卒争献小技，又歌又吹。逡巡，徘徊，不知所措。

⑱劓馘（yì guó 义国）：割鼻和割耳，皆属古代的酷刑。

⑲矢液：指大小便。

⑳准：鼻子。

㉑守者：指守关的宋军队。陷者：指被俘的宋兵。

㉒地机：指地形险阻造成的机宜。侥：侥幸。

淮中晚泊犊头[①]

春阴垂野草青青，时有幽花一树明[②]。晚泊孤舟古祠下，满川风雨看潮生[③]。

《四部丛刊》本《苏学士文集》卷七

①犊头：犊头矶，淮河中游的一个渡口。此诗当作于作者罢官南下途中。诗写泊船淮河一渡口所见的景色，在宁静、孤寂的境界里，寓含了强烈的不平和激情。

②幽花：幽静僻暗之处的花。明：明艳夺目。

③“晚泊”二句：当自韦应物“春潮带雨晚来急，野渡无人舟自横”（《滁州西涧》）化出，而陈衍《宋诗精华录》认为“视‘春潮带雨晚来急’，气势过之”。古祠，古庙。

七

欧阳修

欧阳修（1007—1072），字永叔，号醉翁，晚年又号六一居士，吉州永丰（今属江西）人。仁宗天圣八年（1030）进士，曾任西京推官等职，庆历初年担任谏官，正直敢言，支持范仲淹等人的改革，受到政敌忌恨，招致贬谪，但能泰然处之。官至枢密副使，参知政事。卒谥文忠。

在文学上，欧阳修是北宋诗文革新运动的发起者和领袖人物。他大力倡导写作内容充实的古体散文，反对空泛浮艳的骈体时文，又喜好奖掖优秀文学人才，对转移宋初文风起了重大作用。他的散文平易流畅，婉曲练达，成就最高，成为继韩、柳之后的一大家。其诗一反西昆体的绮靡典缛，风格疏朗豪宕，颇有散文化倾向。其词多写个人情事，富有情韵，与晏殊并称“晏欧”。有《欧阳文忠公集》、《六一词》。

踏莎行[①]

候馆梅残[②]，溪桥柳细，草薰风暖摇征辔[③]。离愁渐远渐无穷，迢迢不断如春水。　　寸寸柔肠，盈盈粉泪[④]，楼高莫近危栏倚。平芜尽处是春山，行人更在春山外。

商务印书馆《国学基本丛书》本《欧阳永叔集·近体乐府》卷一

①这首词抒发离别之情。上片述作者在旅途中的感受，下片推想闺中人对自己的怅望。作品借景抒情，意韵绵长，人称“不厌百回读”。

②候馆：客舍，旅馆。

③薰：香草名，引申为香气。江淹《别赋》：“闺中风暖，陌上草薰。”

④盈盈：泪水充满的样子。

朝中措·送刘仲原甫出守维扬[①]

平山栏槛倚晴空[②]，山色有无中[③]。手种堂前垂柳，别来几度春风。　　文章太守[④]，挥毫万字，一饮千钟。行乐直须年少，樽前看取衰翁[⑤]。

商务印书馆《国学基本丛书》本《欧阳永叔集·近体乐府》卷一

①刘仲原甫：指刘敞，字原甫（一作父），于嘉祐元年（1056）出任扬州知州。欧阳修作此词为其送行。作品抒发了对往事的回忆和怀念，意境开阔，气概豪迈，展现出一种不同以往的新词风。维扬，扬州的别称。

②平山：平山堂，在扬州北郊蜀冈上，作者守扬州时所建，为扬州的名胜。

③“山色”句：用王维《汉江临眺》诗：“江流天地外，山色有无中。”

④文章太守：作者自谓。

⑤“行乐”二句：以自己的衰老劝勉刘敞要及时行乐。

醉翁亭记[①]

环滁皆山也[②]。其西南诸峰，林壑尤美[③]。望之蔚然而深秀者[④]，琅琊也[⑤]。山行六七里，渐闻水声潺潺，而泻出于两峰之间者，酿泉也[⑥]。峰回路转，有亭翼然临于泉上者，醉翁亭也。作亭者谁？山之僧曰智仙也[⑦]。名之者谁？太守自谓也[⑧]。太守与客来饮于此，饮少辄醉，而年又最高，故自号曰醉翁也。醉翁之意不在酒，在乎山水之间也。山水之乐，得之心而寓之酒也。

若夫日出而林霏开[⑨]，云归而岩穴暝[⑩]，晦明变化者，山间之朝暮也。野芳发而幽香，佳木秀而繁阴[⑪]，风霜高洁[⑫]，水落而石出者，山间之四时也。朝而往，暮而归，四时之景不同，而乐亦无穷也。

至于负者歌于途，行者休于树，前者呼，后者应，伛偻提携[⑬]，往来而不绝者，滁人游也。临溪而渔，溪深而鱼肥，酿泉为酒，泉香而酒洌[⑭]，山肴野蔌[⑮]，杂然而前陈者，太守宴也。宴酣之乐，非丝非竹[⑯]，射者中[⑰]，弈者胜，觥筹交错[⑱]，起坐而喧哗者，众宾欢也。苍颜白发，颓然乎其间者，太守醉也。

已而夕阳在山，人影散乱，太守归而宾客从也。树林阴翳[⑲]，鸣声上下，游人去而禽鸟乐也。然而禽鸟知山林之乐，而不知人之乐；人知从太守游而乐，而不知太守之乐其乐也[⑳]。醉能同其乐，醒能述以文者，太守也。太守谓谁？庐陵欧阳修也[㉑]。

《四部丛刊》本《欧阳文忠公集》卷三九

①本文作于庆历六年（1046）作者贬知滁州（今安徽滁县）时。欧阳修虽然受到保守派的排挤和打击，但心情还是泰然和乐观的。他一方面为政清廉，造福于民；另一方面寄情山水，与民同乐。他以这种方式排解了贬谪带来的压抑和愁怨。此文即表现出这样一种心态。全文叙述从容，寄情于景，文笔精练，声调和谐，是广为传诵的名篇。

②环滁：环绕着滁州。此句据《朱子语录》记载，曾修改多次，原来多达数十字，最后改定仅此五字。

③壑（hè贺）：山谷。

④蔚然：草木茂盛的样子。

⑤琅琊：琅琊山，在滁县西南十里，因东晋琅琊王司马睿（元帝）南下渡江时曾住此地而得名。

⑥酿泉：琅琊泉，因水清适于酿酒而得名。酿，原本作“让”，据别本改。

⑦智仙：琅琊寺的僧人。

⑧太守：汉代一郡长官的称号。宋代有州无郡，长官称知州，二者地位相近。这里是泛称。

⑨林霏：树林里的雾气。

⑩云归：古人以为云气出自山中，傍晚又回到山里，故云。

⑪秀：长出新叶。繁阴：变得茂盛浓密。

⑫风霜高洁：天高气爽，露寒霜白。

⑬伛偻：弯腰曲背，指老人。提携：搀扶，指牵带着的孩子。

⑭“泉香”句：一作“泉洌而酒香”。洌，清。

⑮山肴：山中猎来的野味。野蔌：野菜。

⑯丝、竹：指乐器。

⑰射者中：投壶的人投中了。投壶，古代宴饮时的一种娱乐活动，用箭投壶口，以投中多少决胜负，负者饮酒。

⑱觥（gōng 工）筹交错：酒杯和酒筹（计算饮酒数量的筹码）互相错杂。

⑲阴翳：因太阳落山而变得阴暗不明。

⑳乐其乐：乐其所乐。此句谓太守有自己的快乐，他既有与宾客同游之乐，又有不为众人所知的快乐。

㉑庐陵：今江西吉安市。

秋声赋①

欧阳子方夜读书②，闻有声自西南来者，悚然而听之③，曰：“异哉!”初淅沥以萧飒④，忽奔腾而砰湃⑤，如波涛夜惊，风雨骤至。其触于物也，𫓩𫓩铮铮⑥，金铁皆鸣，又如赴敌之兵，衔枚疾走⑦，不闻号令，但闻人马之行声。余谓童子：“此何声也？汝出视之。”童子曰：“星月皎洁，明河在天⑧，四无人声，声在树间。”余曰：“噫嘻悲哉！此秋声也，胡为而来哉？盖夫秋之为状也，其色惨淡⑨，烟霏云敛⑩；其容清明，天高日晶；其气慄冽⑪，砭人肌骨⑫；其意萧条，山川寂寥⑬。故其为声也，凄凄切切，呼号愤发。丰草绿缛而争茂⑭，佳木葱茏而可悦⑮；草拂之而色变，木遭之而叶脱；其所以摧败零落者，乃其一气之余烈⑯。夫秋，刑官也⑰，于时为阴⑱；又兵象也⑲，于行用金⑳；是谓天地之义气㉑，常以肃杀而为心。天之于物，春生秋实，故其在乐也，商声主西方之音㉒，夷则为七月之律㉓。商，伤也，物既老而悲伤；夷，戮也，物过盛而当杀。嗟乎！草木无情，有时飘零。人为动物，惟物之灵，百忧感其心，万事劳其形，有动于中，必摇其精㉔。而况思其力之所不及，忧其智之所不能，宜其渥然丹者为槁木㉕，黟然黑者为星星㉖。奈何以非金石之质，欲与草木而争荣？念谁为之戕贼㉗，亦何恨乎秋声!”童子莫对，垂头而睡。但闻四壁虫声唧唧，如助余之叹息。

《四部丛刊》本《欧阳文忠公集》卷一五

①这篇赋作于仁宗嘉祐四年（1059），它以优美动人的散文化笔触描述了秋季降临时自然界的种种变化，由此引出作者对人生的诸多感慨。全文写景、抒情、议论有机融为一体，一变旧赋那种呆板、凝滞的格式，显现出散文赋自由挥洒的意态。它是宋代文赋的先声。

②欧阳子：作者自称。

③悚（sǒng 耸）然：吃惊的样子。

④淅沥（xī lì 西力）：雨声。萧飒：风声。

⑤砰湃：通“澎湃”，浪涛撞击声。

⑥𫓩（cōng 匆）𫓩铮铮：金属相击的声音。

⑦衔枚：古代行军时为了防止喧哗，让士兵嘴里衔着一根筷子似的小棍，称“衔枚”。

⑧明河：指银河。

⑨惨淡：阴暗凄惨。

⑩霏：烟飞貌。

⑪慄冽：寒冷。

⑫砭（biān边）：古代用以治病的石针。这里用作动词，“刺”的意思。

⑬寂寥：冷落空旷。

⑭绿缛：碧绿而繁茂。

⑮葱茏：树木青翠而茂盛。

⑯一气：指秋气。余烈：余威。

⑰刑官：周代以天地四季之名命六官（六卿），掌刑狱的司寇为秋官。见《周礼·秋官司寇》。

⑱于时为阴：古代以阴阳二气配合四时，春夏为阳，秋冬为阴。

⑲兵象：战争的象征。古代征伐，多在秋季。

⑳于行用金：古人将五行（木、火、土、金、水）分配四季，秋天属金。见《礼记·月令》。

㉑天地之义气：天地形成的尊严之气。见《礼记·乡饮酒义》。

㉒“商声”句：古代将宫、商、角、徵、羽五声分配四时，商属秋。西方，秋天的方位。

㉓“夷则”句：古时以十二音律配十二月，七月与十二律中的夷则相配。《史记·律书》：“夷则，言阴气之贼万物也。”

㉔精：人的精神。

㉕“渥然”句：言红润的面容忽然变得如同枯木。渥然，湿润的样子。

㉖“黟然”句：乌黑的头发很快变白。黟（yī伊）然，黑色的样子。星星，形容鬓发花白。

㉗戕（qiāng抢）贼：戕害。

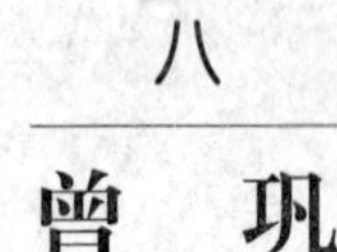

八
曾巩

曾巩（1019—1083），字子固，建昌南丰（今江西南丰）人，世称南丰先生。宋仁宗嘉祐二年（1057）进士，先曾任太平州司法参军、馆阁校勘、集贤校理等职，后又担任越、齐、襄、洪等多处地方官，均有政绩，官至中书舍人。卒后追谥文定。曾巩以文章著称，文学上主张文以明道，散文学习司马迁和韩愈，其文雅正平和，章法谨严，简洁明晰，自成一体。风格略近于欧阳修。有《元丰类稿》、《隆平集》。

墨池记[①]

临川之城东[②]，有地隐然而高，以临于溪，曰新城。新城之上，有池洼然而方以长[③]，曰王羲之之墨池者[④]，荀伯子《临川记》云也[⑤]。羲之尝慕张芝[⑥]，临池学书，池水尽黑，此为其故迹，岂信然邪[⑦]？

方羲之之不可强以仕[⑧]，而尝极东方[⑨]，出沧海[⑩]，以娱其意于山水之间，岂其徜徉肆恣[⑪]，而又尝自休于此邪？

羲之之书晚乃善[⑫]，则其所能，盖亦以精力自致者，非天成也。然后世未有能及者，岂其学不如彼邪[⑬]？则学固岂可以少哉！况欲深造道德者邪？

墨池之上，今为州学舍[⑭]。教授王君盛[⑮]，恐其不章也[⑯]，书“晋王右军墨池”之六字于楹间以揭之[⑰]。又告于巩曰：“愿有记！”推王君之心，岂爱人之善，虽一能不以废[⑱]，而因以及乎其迹邪[⑲]？其亦欲推其事，以勉学者邪？夫人之有一能，而使后人尚之如此，况仁人庄士之遗风余思[⑳]，被于来世者如何哉！

庆历八年九月十二日曾巩记。

中华书局版陈杏珍、晁继周点校《曾巩集》卷一七

①本文是作者应抚州州学教授王盛之请而写的一篇叙记。文章先由墨池的传闻推出王羲之书法系由苦练造就的结论，然后引申到为学修身要靠后天勤奋深造的普遍道理。全文因小见大，语简意深，多设问句，语气委婉，体现了作者独特的文风。

②临川：宋抚州临川郡，即今江西抚州市。

③洼然：低陷的样子。

④王羲之：字逸少，东晋著名书法家，世称王右军，后人号为“书圣”。

⑤荀伯子：南朝宋人，曾任临川内史，有《临川记》。《太平寰宇记》卷一一〇载其记叙王羲之官临川及墨池的事。

⑥张芝：字伯英，东汉著名书法家，善草书，人称“草圣”。

⑦岂信然邪：难道是真的吗？

⑧“方羲之”句：王羲之当时与王述齐名，羲之任会稽内史，朝廷又命王述为扬州刺史，会稽属扬州，羲之耻位于王述下，便辞职隐居，誓不再仕。事见《晋书·王羲之传》。

⑨极：至，达。

⑩出沧海：泛舟东海。据《晋书·王羲之传》载：“羲之既去官，与东土人士尽山水之游，弋钓为娱。又与道士许迈共修服食，采药石不远千里，遍游东中诸郡，穷诸名山，泛沧海。”

⑪徜徉（cháng yáng 常羊）肆恣：纵情遨游。

⑫“羲之”句：王羲之的书法初不如同时庾翼、郗愔，晚年才臻于精妙之境。见《晋书·王羲之传》。

⑬彼：指王羲之。

⑭州学舍：指抚州州府的学舍。

⑮教授：官名，主管学政和教育所属生员。

⑯章：同“彰”。

⑰楹：厅堂前部的柱子。揭之：标明。

⑱不以废：不肯让它埋没。

⑲“而因以及乎”句：因而爱及他的遗迹吗？

⑳仁人庄士：有道德修养、为人楷模的人。遗风余思：留下来的风范，传下来的思想。

九

王安石

王安石（1021—1086），字介甫，号半山，抚州临川（今江西临川）人。宋仁宗庆历二年（1042）进士，曾任鄞县、舒州、常州、饶州等处地方官，体悉下情，慨然有改革之志。神宗熙宁年间为相，主持变法，推行新政。主要在于抑制地方豪强势力，缓和财政危机，以增强国力。由于朝内保守势力的强烈反对，改革虽有成效，但未能成功。王安石被迫辞去相位，退居江宁，封荆国公。卒谥曰文。崇宁间追封舒王。王安石的文学成就卓著，散文长于说理，观点深刻，结构严谨，笔力简劲、奇崛。其诗好为新奇，有散文化倾向，后期一变为婉丽清新，首开宋诗风气。词也有佳作传世。有《临川集》。

登飞来峰[①]

飞来山上千寻塔[②]，闻说鸡鸣见日升[③]。不畏浮云遮望眼[④]，自缘身在最高层[⑤]。

上海古籍出版社版《王荆文公诗李壁注》卷四八

①这首绝句作于皇祐三年（1051）作者由鄞县（今属浙江）任改赴舒州（今安徽安庆）任途中。作品描写诗人登高时所见，表达了青年王安石非凡的抱负和胸襟。飞来峰并非杭州灵隐寺前的飞来峰，而是越州（今浙江绍兴）城南的飞来山，山上有应天塔。

②千寻塔：应天塔。据《宝庆会稽续志》载，塔高三十三丈。千寻，极言其高。八尺为一寻。

③鸡鸣见日升：孟浩然《越中逢天台太一子》诗有“鸡鸣见日出，每与仙人会”句。按，此所谓“鸡鸣”，指天鸡鸣叫。

④浮云：古时往往用来比喻朝中佞人。陆贾《新语》：“邪臣蔽贤，犹浮云之障白日也。”李白《登金陵凤凰台》诗：“总为浮云能蔽日，长安不见使人愁。”

⑤自缘：因为，由于。

明妃曲[①]（二首选一）

明妃初嫁与胡儿，毡车百辆皆胡姬。含情欲说独无处[②]，传与琵琶心自知[③]。黄金捍拨春风手[④]，弹看飞鸿劝胡酒。汉宫侍女暗垂泪，沙上行人却回首。汉恩自浅胡自深，人生乐在相知心。可怜青冢已芜没[⑤]，尚有哀弦留至今。

上海古籍出版社版《王荆文公诗李壁注》卷六

①此诗咏王昭君，作于嘉祐四年（1059）。原诗有两首，这里选其第二首。王昭君，名嫱，字昭君，汉元帝时宫妃，入宫数年，未曾见幸。时匈奴呼韩邪单于入朝，求与汉朝联姻，昭君主动请行，遂远嫁匈奴。晋代为避司马昭讳改称明君，后人遂呼为明妃。这首诗以同情的笔调描写了昭君出塞后的生活以及凄苦悲恻的情怀。作者还站在个人的立场对昭君的境遇作了劝慰和开解，其中“汉恩”两句历来有争议，遭到过严厉的批评。今再观此诗，或能超越政治偏见，对其审美价值予以正确的认识和评价。

②无处：指无人可以倾诉。

③“传与”句：意谓将心中的哀怨寄托在琵琶乐曲中，唯有自己才能理解。

④捍拨：弹奏琵琶的拨子，因质地坚硬得名。春风手：能弹奏出美妙乐曲的高手。

⑤青冢：王昭君的坟墓。相传冢上草色常青。杜甫《咏怀古迹》之三有“独留青冢向黄昏”句。今内蒙古呼和浩特市南尚有昭君墓。

江上[①]

江北秋阴一半开，晚云含雨却低徊[②]。青山缭绕疑无路[③]，忽见千帆隐映来[④]。

上海古籍出版社版《王荆文公诗李壁注》卷四四

①这首绝句写于作者退居江宁期间。诗描绘长江沿岸秋天的景物，在富有情趣的物象变幻当中，似乎寓含着某种哲理。秦观的“菰蒲深处疑无地，忽有人家笑语声”（《秋日》），陆游的“山重水复疑无路，柳暗花明又一村”（《游山西村》），或许都由此生发而来。

②“江北”二句：深秋的浓云略为散开，露出一片明亮，至傍晚，阴云又低垂下来，徘徊不去。

③青山缭绕：江水迂回，故两岸显得遮障缭绕。

④隐映：隐隐约约地自青山丛中浮现出来。

北陂杏花[①]

一陂春水绕花身，身影妖娆各占春[②]。纵被春风吹作雪，绝胜南陌碾成尘[③]。

上海古籍出版社版《王荆文公诗李壁注》卷四二

①此首绝句亦写于作者退居江宁期间。北陂，北边的池塘，当在诗人居所附近。作品借咏杏花表述了自己的处世态度和人格情操。《宋诗精华录》认为，“末二语恰是自己身份”。

②身影：指岸上的杏花和水中的倒影。妖娆：娇美。娆，原本误作“饶”，据别本改。占春：占尽春光。

③碾成尘：指受践踏。

游褒禅山记[①]

褒禅山亦谓之华山，唐浮图慧褒始舍于其址[②]，而卒葬之。以故，其后名之曰褒禅。今所谓慧空禅院者[③]，褒之庐冢也[④]。距其院东五里，所谓华山洞者，以其乃华山之阳名之也[⑤]。距洞百余步，有碑仆道[⑥]，其文漫灭[⑦]，独其为文犹可识，曰“花山”。今言“华”如“华实”之“华”者，盖音谬也[⑧]。

其下平旷[9]，有泉侧出，而记游者甚众[10]，所谓前洞也。由山以上五六里，有穴窈然[11]，入之甚寒，问其深，则其好游者不能穷也，谓之后洞。余与四人，拥火以入[12]，入之愈深，其进愈难，而其见愈奇。有怠而欲出者[13]，曰："不出，火且尽[14]。"遂与之俱出。盖予所至，比好游者尚不能十一[15]，然视其左右，来而记之者已少[16]。盖其又深，则其至又加少矣。方是时[17]，予之力尚足以入，火尚足以明也。既其出[18]，则或咎其欲出者[19]，而予亦悔其随之，而不得极夫游之乐也[20]。

于是予有叹焉。古人之观于天地、山川、草木、虫鱼、鸟兽，往往有得，以其求思之深而无不在也[21]。夫夷以近[22]，则游者众；险以远，则至者少。而世之奇伟、瑰怪、非常之观[23]，常在于险远，而人之所罕至焉，故非有志者不能至也。有志矣，不随以止也[24]，然力不足者，亦不能至也。有志与力，而又不随以怠，至于幽暗昏惑而无物以相之[25]，亦不能至也。然力足以至焉，于人为可讥，而在己为有悔。尽吾志也[26]，而不能至者，可以无悔矣，其孰能讥之乎？此予之所得也。

余于仆碑，又以悲夫古书之不存，后世之谬其传而莫能名者[27]，何可胜道也哉！此所以学者不可以不深思而慎取之也。四人者[28]，庐陵萧君圭君玉[29]，长乐王回深父[30]，余弟安国平父[31]，安上纯父[32]。至和元年七月某日[33]，临川王某记。

中华书局上海编辑所点校本《临川先生文集》卷八三

①本文是王安石任舒州通判时所作的一篇游记，重点不在描写山川景物，而在于对游览经历的理性思考。作者指出，世上奇伟非常之观，多在于道途险远，常人难以达到之处，有志者必须具备不畏艰险的意志、充沛旺盛的体力以及必要的物质条件才能领略。这恰反映了作者锐意进取、勇于探索的精神境界。文章边叙边议，步步深入，前后呼应，结构谨严，表现了王安石散文特有的风格。褒禅山，在今安徽含山县北。

②浮图：梵语音译，又作"浮屠"、"佛图"，指佛、佛徒、佛塔等。这里指僧人。慧褒：唐代僧人。址：指山脚。

③慧空禅院：即华阳寺。

④庐冢：墓旁庐舍。

⑤华山之阳：华山的南面。阳，山南为阳。

⑥仆道：倒在路上。

⑦漫灭：因受磨损、侵蚀而变得模糊不清。

⑧音谬：声音读错了。古汉字原无"花"字，"华"读如"花"。后来"花"字出现，二字才分开。碑文上的"花山"是按"华"之古音而写的今字。今人读"华山"为"华实"的"华"是把音读错了。

⑨其：指前洞。

⑩记游者：在洞壁上题字的游人。

⑪窈（yǎo 咬）然：幽深的样子。

⑫拥火：拿着火把。

⑬怠：怠惰，懒于前行。

⑭且：即将。

⑮尚不能十一：还不到十分之一。

⑯来而记之者：来游并题字的人。

⑰方是时：当决定退出时。

⑱既其出：已经出洞之后。其，语气助词。
⑲咎：埋怨，责怪。
⑳“而不”句：不能尽兴游玩。
㉑“以其”句：因为他们探求、思考得非常深刻，没有触及不到的地方。
㉒夷以近：平坦而且近的地方。
㉓瑰怪：瑰丽奇异。
㉔不随以止：不跟随别人而停止。
㉕物：外物，外力。相：辅助。
㉖尽吾志：尽到自己最大的努力。
㉗谬其传：以讹传讹。名：正确地指称、说明。
㉘四人：指同游的四人。
㉙萧君圭：字君玉。
㉚王回：字深父，宋代理学家。
㉛安国：作者的弟弟，字平父，曾任西京国子监教授、崇文院校书等职。
㉜安上：作者的幼弟，字纯父。
㉝至和元年：公元 1054 年。至和为宋仁宗年号。

一〇

苏 轼

苏轼（1037—1101），字子瞻，号东坡居士，眉州眉山（今四川眉山）人。自幼有报国大志。宋仁宗嘉祐二年（1057）进士。因不赞同王安石的变法主张，先后通判杭州，历知密州、徐州和湖州。在地方任上体恤民情，修堤救灾，广为民众所拥戴。元丰二年（1079），由于作诗讽刺新法，被罗织罪状，逮捕入狱，接着被贬为黄州团练副使。哲宗继位，起用旧党，苏轼入朝，升任翰林学士，兼侍读。因主张"校量利害，参用所长"，不同意完全废除新法，与执政者产生分歧，自请出知杭州、颍州等地。新党再度执政，又被远谪惠州、儋州。后遇赦北还。次年卒于常州。谥文忠。有《经进东坡文集事略》、《苏文忠公诗编注集成总案》。

苏轼一生积极进取，志向坚定，又乐观旷达，坦荡超迈，把传统的儒、道、释思想与本人的个性融会贯通，构成了独特的人生境界。苏轼最大的成就在文学方面，是北宋最杰出的文学家之一，继欧阳修之后成为文坛的领袖。他的散文如行云流水，汪洋恣肆，成就实超过欧阳修。其诗则爽利明快，意境灵动，与黄庭坚并称"苏黄"。词又开创了豪放派风格，对后代影响尤为深刻，与辛弃疾并称"苏辛"。苏轼的出现，标志着宋代文学攀上了一个新的高峰。

游金山寺①

我家江水初发源②，宦游直送江入海③。闻道潮头一丈高，天寒尚有沙痕在。中泠南畔石盘陀④，古来出没随涛波。试登绝顶望乡国⑤，江南江北青山多。羁愁畏晚寻归楫⑥，山僧苦留看落日。微风万顷靴文细⑦，断霞半空鱼尾赤⑧。是时江月初生魄⑨，二更月落天深黑。江心似有炬火明⑩，飞焰照山栖鸟惊。怅然归卧心莫识，非鬼非人竟何物？江山如此不归山⑪，江神见怪惊我顽⑫。我谢江神岂得已，有田不归如江水⑬。

中华书局版孔凡礼点校《苏轼诗集》卷七

①宋神宗熙宁四年（1071），苏轼赴杭州通判任，途经镇江，诗作于此时。作品在景物描写中表达了去国怀乡等政治上受挫后的复杂感受。诗的结构具有跌宕开合之妙，于散文化的形式中别具一种意趣，纪昀评曰："首尾谨严，笔笔矫健，节短而波澜甚阔。"（《纪评苏诗》卷七）金山寺，镇江市的名刹，在金山上。

②"我家"句：古人多以为长江发源于岷山，而岷江流经眉山，固有此语。

③"宦游"句：作者因仕宦而沿江东来，直到距入海口不远的镇江，故云送江入海。李白《渡荆门送别》诗有"仍怜故乡水，万里送行舟"，言江水送人，此处却说人送江水，异曲而

同工。

④中泠（líng 零）：泉名，在金山西北。盘陀：山石高大不平貌。

⑤乡国：家乡。

⑥羁愁：旅愁。归楫：归船。这里指欲归镇江住所。

⑦靴文：形容水波细而密。

⑧断霞：残霞。鱼尾赤：晚霞鲜艳得像赤色的鱼尾。

⑨魄：月缺时光线暗淡模糊的部分。《礼记·乡饮酒义》："象月之三日而成魄也。"孔颖达疏："谓月尽之后三日乃成魄。魄为明生，傍有微光也。"

⑩"江心"句：苏轼自注曰"是夜所见如此"，指浮现于水面上的某种亮光，古人称为"阴火"。

⑪归山：指辞官归隐。

⑫"江神"句：将上述异景归之为江神对自己的惊诧和警谕。见，通"现"。

⑬"我谢"二句：指江水起誓，有田后必归故乡。谢，回答，告诉。

饮湖上初晴后雨[①]（二首选一）

水光潋滟晴方好[②]，山色空濛雨亦奇。欲把西湖比西子[③]，淡妆浓抹总相宜[④]。

中华书局版孔凡礼点校《苏轼诗集》卷九

①此诗作于熙宁六年（1073）苏轼在杭州任上时，原作有两首，这里选其第二首。诗中以西施比西湖，以显其阴晴异态、秀丽多姿之美，创意新奇，颇堪玩味。陈衍《宋诗精华录》云："后二句遂成西湖定评。"

②潋滟：水波盈溢闪动的样子。

③西子：即西施，春秋时越国的美女。欲：原本作"若"，据别本改。

④"淡妆"句：意谓西湖不管在怎样的气候环境下都是美丽的，且美得恰到好处。此句除评论西湖的外在形貌外，实际上还借助与西施的比较，点出了西湖有喜忧哀乐的内在情态。

新城道中[①]（二首选一）

东风知我欲山行，吹断檐间积雨声。岭上晴云披絮帽[②]，树头初日挂铜钲[③]。野桃含笑竹篱短，溪柳自摇沙水清。西崦人家应最乐[④]，煮芹烧笋饷春耕。

中华书局版孔凡礼点校《苏轼诗集》卷九

①这首诗作于熙宁六年春作者在杭州通判任上出巡属县期间。原诗共两首，这里选其第一首。新城，位于杭州西南，今属浙江桐庐。作品描绘乡间秀丽的景色和纯朴的民间风俗，表达了作者愉快的心情。过去有些评论家认为此诗有些譬喻不雅，太俗气，实际上借民间事物比喻乡间风景正是此诗特色所在，意境也因此而显得更亲切，更有风趣。

②絮帽：以絮帽喻晴云，既显云团之轻而白，又把山头写活了。

③铜钲（zhēng 争）：指铜锣。王十朋《苏诗集注》引次公云："铜钲，今所谓锣也。"

④西崦（yān 烟）：西山。

江城子·乙卯正月二十日夜记梦[①]

十年生死两茫茫[②]，不思量，自难忘。千里孤坟[③]，无处话凄凉。纵使相逢应不识，尘满面，鬓如霜[④]。　　夜来幽梦忽还乡，小轩窗，正梳妆。相顾无言，唯有泪千行。料得年年肠断处，明月夜，短松冈[⑤]。

古典文学出版社影印元本《东坡乐府》卷下

①《江城子》词调一名《江神子》。这首词作于熙宁八年（1075）密州任上，是悼念亡妻王弗的。王弗于治平二年（1065）卒于汴京，次年迁葬回眉山故里，作者写作此词距此时正好十年。作品情感深挚，语言朴素，如话家常，具有强烈的打动人的力量。

②两茫茫：双方生死隔绝，互不通消息。

③千里孤坟：妻子的坟在家乡，自己却在千里之外的密州。

④“纵使”三句：写自己在人世间的坎坷和失意。

⑤“料得”三句：乃设想亡妻对自己的苦苦思念。短松冈，指王弗的坟地。

水调歌头[①]

丙辰中秋[②]，欢饮达旦，大醉，作此篇，兼怀子由[③]。

明月几时有[④]？把酒问青天。不知天上宫阙[⑤]，今夕是何年？我欲乘风归去，唯恐琼楼玉宇[⑥]，高处不胜寒。起舞弄清影，何似在人间[⑦]？　　转朱阁，低绮户，照无眠[⑧]。不应有恨[⑨]，何事长向别时圆？人有悲欢离合，月有阴晴圆缺，此事古难全。但愿人长久，千里共婵娟[⑩]。

古典文学出版社影印元本《东坡乐府》卷上

①这首流传甚广的中秋词作于熙宁九年（1076）苏轼知密州期间。词中抒发了超升玉宇、摆脱烦恼的愿望，又表达了眷恋人间、思念亲友的情感，展示出一种心理上的矛盾，而这矛盾最终化作了对未来的美好祝愿。作品风格爽朗，意境清旷。胡仔《苕溪渔隐丛话》说：“中秋词自东坡《水调歌头》一出，余词尽废。”

②丙辰：熙宁九年。

③子由：苏轼胞弟苏辙字。

④“明月”句：李白《把酒问月》诗云：“青天有月来几时？我今停杯一问之。”此处化用其意。

⑤宫阙：宫殿。

⑥唯恐：一本作“又恐”。琼楼玉宇：指月中的宫殿。

⑦“起舞”二句：与前三句比较，意谓月宫高寒，不如在人间舞于月下，清影随人，更为美妙。何似，意即不如。

⑧“转朱阁”三句：写月亮照人，而人不能寐。

⑨“不应”句：意即月亮跟人之间不应该存在什么怨恨。

⑩婵娟：美好的相貌。这里指月亮。

定风波[①]

三月七日沙湖道中遇雨[②]，雨具先去，同行皆狼狈，余不觉。已而遂晴，故作此。

莫听穿林打叶声，何妨吟啸且徐行。竹杖芒鞋轻胜马[3]，谁怕？一蓑烟雨任平生[4]。料峭春风吹酒醒[5]，微冷。山头斜照却相迎。回首向来萧瑟处[6]，归去，也无风雨也无晴。

古典文学出版社影印元本《东坡乐府》卷上

①这首小令作于元丰五年（1082）苏轼贬谪黄州时。词中表现了面对逆境坦然乐观的态度，尤其是抒发人生感悟的句子，写得耐人寻味，意蕴隽永。

②沙湖：在黄州东南三十里，又称螺蛳店（见《东坡志林·游沙湖》）。

③芒鞋：草鞋。

④“一蓑”句：就这样披着蓑衣在风雨中度过我的一生。蓑，原本作“莎”，据别本改。

⑤料峭：春风寒冷、尖利。

⑥萧瑟处：适才遇雨的地方。

念奴娇·赤壁怀古[1]

大江东去，浪淘尽，千古风流人物。故垒西边[2]，人道是，三国周郎赤壁。乱石崩云[3]，惊涛裂岸，卷起千堆雪。江山如画，一时多少豪杰。　遥想公瑾当年[4]，小乔初嫁了[5]，雄姿英发[6]。羽扇纶巾[7]，谈笑间，强虏灰飞烟灭[8]。故国神游，多情应笑我[9]，早生华发。人生如梦[10]，一樽还酹江月[11]。

古典文学出版社影印元本《东坡乐府》卷上

①元丰四年（1081）十月贬居黄州的苏轼漫游赤壁，写下了这首名篇。作品对景怀古，钦慕往昔的英雄豪杰，表达了自己功业未成的感慨。全词气势磅礴，苍凉悲壮，被誉为“千古绝唱”。赤壁，在黄冈城外，一名赤壁矶，非三国周瑜击溃曹操大军的赤壁，真正的古战场在今湖北蒲圻县境内。

②故垒：旧时的营垒。

③乱石崩云：乱石高耸，如剑戟刺穿云层。崩云，一作“穿空”。

④公瑾：周瑜的字，即前面提到的周郎。周瑜年二十四授建威中郎将，时人呼为周郎。

⑤小乔：一作“小桥”。《三国志·周瑜传》载，周瑜从孙策攻皖，“得乔公二女，皆国色也。策自纳大桥，瑜纳小桥”。

⑥雄姿英发：身姿威武，英气勃发。

⑦羽扇纶（guān 关）巾：羽毛制成的扇子和系着青丝带的头巾，这是古代儒将的装束。此句描写周瑜的从容闲雅，镇定自若。

⑧强虏：强敌。一作“樯橹”。灰飞烟灭：指曹军战舰被大火烧成灰烬。

⑨多情应笑我：料想人们应笑我多情、善感。

⑩人生：原作“人间”，据别本改。

⑪酹（lèi 类）：浇酒致奠。

前赤壁赋[1]

壬戌之秋[2]，七月既望[3]，苏子与客泛舟，游于赤壁之下。清风徐来，水波不兴。举酒属客[4]，诵明月之诗[5]，歌窈窕之章[6]。少焉，月出于东山之上，徘徊于斗牛之间[7]。白露横江，水光接天。纵一苇之所如[8]，凌万顷之茫然。浩浩乎如冯虚御风[9]，而不知其所止；飘飘乎如遗世独立[10]，羽化而登仙[11]。

于是饮酒乐甚，扣舷而歌之。歌曰：“桂棹兮兰桨[12]，击空明兮泝流光[13]。渺渺兮予怀，望美人兮天一方[14]。”客有吹洞箫者[15]，倚歌而和之。其声呜呜然，如怨如慕，如泣如诉，余音袅袅[16]，不绝如缕，舞幽壑之潜蛟，泣孤舟之嫠妇[17]。苏子愀然[18]，正襟危坐[19]，而问客曰：“何为其然也?”

客曰：“‘月明星稀，乌鹊南飞’，此非曹孟德之诗乎？西望夏口[20]，东望武昌[21]，山川相缪[22]，郁乎苍苍[23]，此非孟德之困于周郎者乎[24]？方其破荆州[25]，下江陵，顺流而东也，舳舻千里[26]，旌旗蔽空，酾酒临江[27]，横槊赋诗[28]，固一世之雄也，而今安在哉！况吾与子渔樵于江渚之上[29]，侣鱼虾而友麋鹿，驾一叶之扁舟，举匏樽以相属[30]，寄蜉蝣于天地[31]，渺沧海之一粟。哀吾生之须臾，羡长江之无穷。挟飞仙以遨游，抱明月而长终，知不可乎骤得，托遗想于悲风[32]。”

苏子曰：“客亦知夫水与月乎？逝者如斯[33]，而未尝往也；盈虚者如彼，而卒莫消长也。盖将自其变者而观之，则天地曾不能以一瞬[34]；自其不变者而观之，则物与我皆无尽也[35]，而又何羡乎！且夫天地之间，物各有主，苟非吾之所有，虽一毫而莫取。惟江上之清风，与山间之明月，耳得之而为声，目遇之而成色；取之无禁，用之不竭，是造物者之无尽藏也[36]，而吾与子之所共适[37]。”

客喜而笑，洗盏更酌。肴核既尽[38]，杯盘狼藉。相与枕藉乎舟中[39]，不知东方之既白。

中华书局版孔凡礼点校《苏轼文集》卷一

①苏轼的《赤壁赋》有两篇，分前、后，皆作于元丰五年（1082）作者贬谪黄州时，这里选的是《前赤壁赋》。文章记叙月夜泛舟江上的经历和感受，以主客对话的形式表达了内心深沉的苦闷，以及排解这种苦闷，最终达到旷达、解脱境界的过程。全文场面开阔，意境高远，情理相融，悲喜交加，代表了宋代散文赋的最高成就。赤壁，见前《念奴娇·赤壁怀古》注。

②壬戌：即宋神宗元丰五年（1082）。

③既望：阴历十五为望。既望，已过望日，也即十六日。

④属：劝，请。

⑤明月之诗：指曹操的《短歌行》，诗中有“明明如月，何时可掇”之句。

⑥窈窕之章：指《诗经·陈风·月出》，其中第一章有“月出皎兮，佼人僚兮，舒窈纠兮，劳心悄兮”之句。窈纠，即窈窕。

⑦斗牛：星宿名，即斗宿和牛宿。

⑧纵：任，任凭。一苇：苇叶，这里指小船。

⑨冯：同“凭”，凭借，依靠。虚：太虚，天空。御：驾驭。此句谓如腾空驾风而行。

⑩遗世：超脱人世。

⑪羽化：道教称成仙为羽化。

⑫桂棹（zhào 照）、兰桨：指用桂树和木兰制作的划船工具。

⑬空明：指澄明的江水。击空明，船桨击打着澄澈的江水。泝：通“溯”，逆水而上。流光：船向前行，江面上的月光好像向后流去。

⑭美人：指所思慕的人。

⑮“客有”句：指杨世昌，字子京，绵竹道士，善吹箫。见赵翼《陔馀丛考》卷二四。一说为李委。

⑯袅袅：形容乐声婉转悠扬，缭绕不绝。

⑰嫠（lí 离）妇：寡妇。

⑱愀然：忧郁不乐的样子。

⑲正襟：整理衣襟。危坐：端坐。

⑳夏口：今武汉市。

㉑武昌：指今湖北鄂城，在黄州对岸。

㉒缪：通“缭”，环绕的意思。

㉓郁乎苍苍：形容草木苍翠、茂盛。

㉔周郎：即周瑜，见《念奴娇·赤壁怀古》注。

㉕“方其”句：汉献帝建安十三年（208），曹操南下，荆州牧刘表之子刘琮不战而降。曹操遂占有荆州，然后沿江东进。

㉖舳舻：指战船。舳，船后把舵的地方。舻，船前置棹的地方。

㉗酾（shī 师）酒：斟酒。

㉘横槊赋诗：元稹云：“曹氏父子鞍马间为文，往往横槊赋诗。”见《唐故检校工部员外郎杜君（甫）墓系铭并序》。

㉙江渚：江中的沙洲。

㉚匏樽：葫芦制成的酒器。

㉛蜉蝣：一种小昆虫，只能活几个小时。

㉜“挟飞仙”四句：言成仙与长生均不可得，故借箫声寄托悲哀。

㉝逝者如斯：《论语·子罕》曰：“子在川上曰：逝者如斯夫，不舍昼夜。”斯，指水。

㉞曾：乃。

㉟“自其不变者”二句：从万物同一的观点看，我和物都是永恒的。

㊱造物者：指天地，自然界。藏（zàng 葬）：宝藏。

㊲共适：共同享受。适，原本作“食”，据别本改。

㊳肴核：菜肴和果品。

㊴相与枕藉：彼此挨靠着睡觉。

记承天夜游①

元丰六年十月十二日，夜，解衣欲睡，月色入户，欣然起行。念无与为乐者，遂至承天寺寻张怀民②。怀民亦未寝，相与步于中庭。庭下如积水空明，水中藻荇交横③，盖竹柏影也。

何夜无月？何处无竹柏？但少闲人如吾两人者耳④。

黄州团练副使苏某书。

中华书局版孔凡礼点校《苏轼文集》卷七一

①这篇小品文写于苏轼贬官黄州期间。承天，即承天寺，在黄州城南。文章很短，不足一百字，却描绘出一个澄静月光笼罩下的世界，作者因受打击而倍感压抑的心灵也在这世界中得到了慰藉和净化。此类小品文与长篇大作有所不同，展示了苏轼散文的又一侧面。

②张怀民：一说即张梦得，清河（今河北清河县）人，元丰六年贬黄州，寓居承天寺。

③藻荇（xìng 杏）：水藻和荇菜，皆为水中的植物。按，寺院中本无水，因月光的原因，使人感觉如满地积水盈盈，于是竹柏之影也仿佛如水草般在摇曳了。

④闲人：本指无所事事之人，因苏轼当时贬官黄州，实近于流放，故自称“闲人”。

一一 晏几道

晏几道，字叔原，号小山，晏殊第七子，生卒年不详。他早年过的是贵公子的豪华生活，性格高傲，不与世合。以后失意落魄，只做过太常寺太祝、颍昌许田镇监之类的小官。晏几道擅长填词，与其父齐名，号称“二晏”。其词善以华美之思写离情别怨，往往于其中投入自己的生活感受，故带有浓厚的感伤色彩，能摇动人心。风格接近花间派。有《小山词》。

临江仙①

梦后楼台高锁，酒醒帘幕低垂②。去年春恨却来时③，落花人独立，微雨燕双飞④。　　记得小蘋初见⑤，两重心字罗衣⑥。琵琶弦上说相思。当时明月在，曾照彩云归⑦。

《彊村丛书》本《小山词》

①这是一首追忆往事的词，将眼前景物与当年的回忆交织在一起，创造出一种梦境般的艺术氛围，词语华美，音韵和谐。

②“梦后”二句：写梦醒后室内的寂寞景象，暗示醉梦中的欢情消失了。

③“去年”句：去年离别时的怨恨随着春天的到来又涌上心头。

④“落花”二句：写庭院中的景象，以双燕反衬人的孤独。五代翁宏《春残》诗有“又是春残也，如何出翠帏？落花人独立，微雨燕双飞”句，这里为借用。

⑤小蘋：一位歌女的名字。

⑥心字罗衣：领口曲如心字的罗衣。一说用心字香熏过的罗衣。

⑦彩云：指小蘋。此二句谓当时映照小蘋归去的明月如今仍在，而人却不知何处去了。

阮郎归①

天边金掌露成霜②，云随雁字长③。绿杯红袖趁重阳④，人情似故乡。　　兰佩紫，菊簪黄，殷勤理旧狂⑤。欲将沉醉换悲凉，清歌莫断肠⑥。

《彊村丛书》本《小山词》

①这首词借描写京城度重阳节的景况，抒发了词人失意悲凉的感受，在晏几道词中属于厚重深沉之作。

②金掌：汉武帝曾在长安建章宫前造神明台，台上有铜铸仙人像，手托铜盘以承露水。此

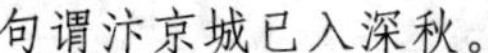

句谓汴京城已入深秋。

③雁字：雁群飞行时组成的形状像字的行列。

④绿杯：指酒。红袖：指歌女。趁：姑且打发的意思。

⑤理旧狂：拿出过去那股疏狂的劲头。况周颐《蕙风词话》："狂者，所谓'一肚皮不合时宜'，发见于外者也。"

⑥清歌：不用乐器伴奏的独唱。《世说新语·任诞》："桓子野每闻清歌，辄唤'奈何'。谢公闻之，曰：'子野可谓一往有深情。'"

一二

黄庭坚

黄庭坚（1045—1105），字鲁直，号山谷道人，又号涪翁，洪洲分宁（今江西修水）人。宋英宗治平四年（1067）进士，曾任叶县、太和县等处地方官，哲宗元祐年间召为校书郎、秘书丞兼国史编修官，为苏门四学士之一。后新党执政，两度被贬，竟卒于宜州（今广西宜山）贬所。黄庭坚在文学上以诗著称，与苏轼齐名，世称“苏黄”。他的创作途径主要是取法杜甫，好在格律、句法上下工夫，务求创新。自立为瘦硬峭拔、奇刻生新之风格，开启诗歌创作的一条新路，风行一时。在他的影响下，有宋一代形成了声势浩大的江西诗派。其后末流一味模拟，走向极端，以文字、学问为诗，在诗坛造成消极的影响。有《山谷集》。

登快阁[①]

痴儿了却公家事[②]，快阁东西倚晚晴。落木千山天远大，澄江一道月分明。朱弦已为佳人绝[③]，青眼聊因美酒横[④]。万里归船弄长笛，此心吾与白鸥盟[⑤]。

《四部备要》本《山谷外集诗注》卷一一

①此诗作于元丰五年（1082）诗人知太和县（今江西泰和）时。诗中描写了秋季壮美的江山景致，流露出清高傲俗的思想感情。其中写景一联清新明快，抑扬顿挫，历来脍炙人口。快阁，在太和县东，赣江（澄江）之上，“以江山广远，景物清华得名”（《清一统志·吉安府》）。

②痴儿：《晋书·傅咸传》：“生子痴，了官事，官事未易了也，了事正作痴，复为快耳。”这里以痴儿自比。

③“朱弦”句：意谓知音不在，无心鼓琴。用伯牙、子期事（见《吕氏春秋·本味》）。朱弦，琴的代称。佳人，指知心朋友。

④青眼：正视状，即眼珠居中，表示有好感。《晋书·阮籍传》记载，阮籍能为青白眼，青眼对人表示爱重，白眼对人表示厌恶。

⑤“此心”句：愿与自由的鸥鸟结盟为朋友。表示隐居之志。

寄黄几复[①]

我居北海君南海[②]，寄雁传书谢不能[③]。桃李春风一杯酒，江湖夜雨十年灯[④]。持家但有四立壁[⑤]，治病不蕲三折肱[⑥]。想得读书头已白，隔溪猿哭瘴溪藤[⑦]。

《四部备要》本《山谷诗集注》卷二

①这首诗是元丰八年（1085）诗人在山东德平任上寄给广东四会县友人黄介的。诗中表达了对朋友的思念，以及对人生聚散的感叹。其中第二联意蕴丰富，对仗工整，是传诵甚广的名句。黄几复，名介，江西南昌人，诗人的同乡和好友。

②北海、南海：作者自跋说："几复在黄州四会，予在德州德平镇，皆海滨也。"实际上这是泛指北方和南方的近海之地。

③"寄雁"句：古人有雁足传书之说。另外，又传说雁南飞不过衡阳回雁峰，黄几复所在的四会处衡阳之南，故云"谢不能"。谢，辞谢。

④"桃李"二句：十年前诗人在京城与黄几复相聚，如今一别就是十年。此两句意谓，相聚是美好而短暂的，漂泊江湖的岁月却漫长而孤独。

⑤四立壁：即家徒四壁，一无所有。

⑥"治病"句：古有"三折肱知为良医"之语（见《左传·定公十三年》），意为黄几复不必经过挫折就能把政事办好。蕲（qí齐），通"祈"。

⑦"想得"二句：想象黄几复满头白发，尚在恶劣环境下读书，以排遣郁闷和寂寞。瘴溪，染有瘴气的溪水。

题竹石牧牛[①]

子瞻画丛竹怪石，伯时增前坡牧儿骑牛[②]，甚有意态，戏咏。

野次小峥嵘[③]，幽篁相依绿[④]。阿童三尺箠[⑤]，御此老觳觫[⑥]。石吾甚爱之，勿遣牛砺角[⑦]。牛砺角尚可，牛斗残我竹。

《四部备要》本《山谷诗集注》卷九

①这是一首题画诗，作于元祐三年（1088）。这年春天苏轼（字子瞻）知贡举，荐黄庭坚和李公麟为其僚属，诗当作于三人共事时。此诗写得新鲜活泼，饶有风趣，其句法与传统格式不同，趋向散化，并体现出鲜明的个性色彩。

②伯时：即李公麟，字伯时，号龙眠居士，宋代著名画家。

③峥嵘：险峻的样子。这里指画中的怪石。

④篁：丛竹。此句谓深翠的竹子与怪石相偎在一起。

⑤箠：竹杖。

⑥觳觫（hú sù胡素）：因害怕而发抖的样子。这里指画中的牛。典出《孟子·梁惠王上》："吾不忍其（将被宰杀而用其血来衅钟的牛）觳觫，若无罪而就死地。"

⑦砺角：在石头上磨角。

雨中登岳阳楼望君山（二首）[①]

投荒万死鬓毛斑，生出瞿塘滟滪关[②]。未到江南先一笑，岳阳楼上对君山。

①作者于宋哲宗绍圣二年（1095）贬职四川，六年后方得放还。这两首诗即作于遇赦后归家途中。岳阳楼，岳阳城的西门楼，面临洞庭湖。君山，又名湘山、洞庭山，在洞庭湖中。这两首绝句感情真挚，语言清新，音韵铿锵，是公认的佳作。

②生出：终于安然渡过险滩，活着回来了。瞿塘：瞿塘峡，长江三峡之一，峡口有巨石，

称滟滪堆，是著名的险滩。联系上句，此处显然为双关语。

满川风雨独凭栏，绾结湘娥十二鬟[①]。可惜不当湖水面，银山堆里看青山[②]。

《四部备要》本《山谷诗集注》卷一六

①“绾（wǎn晚）结”句：君山的形状宛如湘娥（湘水之神）绾结的十二个发鬟。
②银山：喻指银白色的大浪。

一三

秦　观

秦观（1049—1100），字少游，一字太虚，号淮海居士，扬州高邮（今属江苏高邮）人。宋神宗元丰八年（1085）进士，曾任蔡州教授等职。哲宗元祐间除太学博士、秘书省正字、国史院编修官。后坐党籍，屡贬郴州（今湖南郴县）、雷州（今广东海康）等地，卒于放还途中。秦观以文学受知于苏轼，为苏门四学士之一。能诗文，尤其擅长填词，所作多写柔婉之情，往往于相思别怨中掺入个人的身世之感，故有浓厚的感伤色彩。艺术上善于以景传情，构造意境，风格清新雅丽，是北宋婉约派的代表作家。有《淮海集》。

满庭芳①

山抹微云②，天粘衰草③，画角声断谯门④。暂停征棹⑤，聊共引离尊⑥。多少蓬莱旧事⑦，空回首，烟霭纷纷。斜阳外，寒鸦数点⑧，流水绕孤村。　销魂⑨！当此际，香囊暗解⑩，罗带轻分⑪。谩赢得、青楼薄幸名存⑫。此去何时见也？襟袖上、空惹啼痕。伤情处，高城望断，灯火已黄昏。

《彊村丛书》本《淮海居士长短句》卷上

①这是一首离别词，作于词人三十一岁在会稽（今浙江绍兴）与恋人分手之时，爱情方面的伤感与个人功名上的失意掺合在一起，写得缠绵悲伤。此词状景尤为出色，着墨不多，便构造出一个凄清的境界，丰富而复杂的感受都融入这个动人的境界当中。

②抹：涂抹，形容浮云从山峰徐徐飘过。

③粘：远处的秋草仿佛与天边连着。粘，原本作“连”，据别本改。

④谯门：城门上供望远的楼，因下边有门，故称谯门。

⑤征棹：指远行的船。

⑥引：原作“饮”，据别本改。尊：同“樽”。

⑦蓬莱：蓬莱阁，旧址在今浙江绍兴市龙山下。秦观做客会稽时曾居于此，并有过一段感情经历，“旧事”当指此（见胡仔《苕溪渔隐丛话·后记》卷三三引《艺苑雌黄》语）。

⑧数：原本作“万”，据别本改。

⑨销魂：指离别时的黯然情伤。

⑩香囊：盛香料的小袋，是一种配饰。解下为赠给对方作纪念。

⑪罗带轻分：古人以解罗带喻男女幽欢。以上两句当是回忆离别之前会面的情景。

⑫“谩赢得”二句：杜牧《遣怀》诗有“十年一觉扬州梦，赢得青楼薄幸名”句，这是对自己不得已而离别的一种自谴和解释。谩赢得，不经意地得到了这个名声。

鹊桥仙[①]

纤云弄巧[②]，飞星传恨[③]，银汉迢迢暗度[④]。金风玉露一相逢[⑤]，便胜却人间无数。 柔情似水，佳期如梦[⑥]，忍顾鹊桥归路[⑦]！两情若是久长时，又岂在朝朝暮暮。

《彊村丛书》本《淮海居士长短句》卷中

①这首词一题作“七夕”，是咏牛郎织女的。词人另辟新境，提出感情上的忠贞和默契胜过世俗的朝暮厮守，给人耳目一新之感。作品的语言也清新华美，一洗市井之气。

②纤云弄巧：云彩变幻成不同的图像。这是指织女的巧手在天空中织锦。

③飞星：指空中划过的流星，它们似乎在给牛郎织女传递着彼此的离情别恨。

④“银汉”句：指七月七日的鹊桥相会。银汉，即银河。

⑤金风：指秋风。古人以五行与四季相配，秋属金，故曰金风。玉露：白露。金风和玉露皆用来点明七夕的时间。

⑥“柔情”二句：写相会时分的美妙与短暂。

⑦忍顾：不忍回顾。

踏莎行[①]

雾失楼台，月迷津渡[②]，桃源望断无寻处[③]。可堪孤馆闭春寒[④]，杜鹃声里斜阳暮[⑤]。驿寄梅花，鱼传尺素[⑥]，砌成此恨无重数[⑦]。郴江幸自绕郴山，为谁流下潇湘去[⑧]？

《彊村丛书》本《淮海居士长短句》卷中

①这首词一题作“郴州旅舍”，是作者于哲宗绍圣四年（1097）在郴州贬所作的。作品抒发了遭受打击以后孤独、迷惘和凄凉的心情。词以写景为主，情见词外，尤其结尾两句，运思奇妙，苏轼曾为之激赏不已。

②“雾失”二句：楼台被大雾隐没，渡口在淡月中迷失。

③“桃源”句：恬静美好的桃花源无处可寻。陶渊明《桃花源记》中描绘的桃源在武陵郡，与郴州同属湖湘一带，因思及之。

④可堪：哪堪。

⑤杜鹃声：杜鹃鸟鸣声悲切，易引起游子的乡愁。

⑥“驿寄”二句：远方朋友寄来了书信和礼物。陆凯《赠范晔》诗：“折梅逢驿使，寄与陇头人。江南无所有，聊赠一枝春。”古乐府《饮马长城窟行》：“客从远方来，遗我双鲤鱼。呼儿烹鲤鱼，中有尺素书。”

⑦“砌成”句：意谓朋友的关怀反而引起了自己无限的愁绪。砌，堆积。

⑧“郴江”二句：郴江本自环绕着郴山，为什么要流向湘江去呢？郴江，发源于湖南章宜县的黄岑山，流经郴州，北入湘江。此处作者是以郴江自比。潇湘，潇水与湘水合流后称潇湘，这里指湘江。

一四

张耒

张耒（1054—1114），字文潜，号柯山，江苏淮阴人。宋神宗熙宁六年（1073）进士，任过寿安（今河南宜阳）县尉、咸平（今河南陈留）县丞等职，哲宗元祐初迁秘书省正字，官至起居舍人。后坐党籍连续遭贬，尝三至黄州。晚年才退闲陈州。张耒以诗名，青年时即受到苏轼的赏识，为苏门四学士之一。他的诗多反映下层人民的生活以及自己的生活感受，风格平易晓畅，不尚雕琢。晁补之称："君诗容易不着意，忽似春风开百花。"（《题文潜诗册后》）其不足在于锻炼不精，有些作品过于草率。有《柯山集》。

北邻卖饼儿每五鼓未旦即绕街呼卖虽大寒烈风不废而时略不少差也因为作诗且有所警示秬秸[1]

城头月落霜如雪，楼头五更声欲绝[2]。捧盘出户歌一声[3]，市楼东西人未行。北风吹衣射我饼，不忧衣单忧饼冷[4]。业无高卑志当坚，男儿有求安得闲[5]！

《四部丛刊》本《张右史文集》卷一三

①作者在这首诗中通过描写邻居卖饼儿的艰辛勤勉，规警自己的儿子，做任何事都要志向坚定，不怕吃苦，并持之以恒。秬、秸都是张耒的儿子。

②声欲绝：指更声将尽。

③"捧盘"句：卖饼儿托着盛饼的盘子出门叫卖。

④"北风"二句：与白居易《卖炭翁》中的"可怜身上衣正单，心忧炭贱愿天寒"用意相同。

⑤有求：有所追求，也即上句所说的"志"。

夜坐[1]

庭户无人秋月明，夜霜欲落气先清。梧桐真不甘衰谢[2]，数叶迎风尚有声[3]。

《四部丛刊》本《张右史文集》卷三一

①此诗作于诗人晚年。诗中借咏叹梧桐树表达了自己屡遭贬谪，却坚守气节、不甘沉沦的精神境界。

②真：原本作"直"，据别本改。

③"数叶"句：意谓梧桐树虽剩了不多的数片叶子，但仍顽强地在秋风中摆动，发出了不屈服的声音。

一五

陈师道

陈师道（1053—1102），字履常，一字无己，号后山居士，彭城（今江苏徐州）人。受业于曾巩。因苏轼等人推荐入仕，曾任徐州教授、秘书省正字等职。一生贫困，耿介自守，不附权贵。陈师道以诗名世，宗法杜甫，受到黄庭坚较大的影响，尤工五言诗，风格朴拙精警，意味隽永，被归入江西诗派，与黄庭坚并称“黄陈”。其缺点在于构思刻意求深求僻，过分讲究语言技巧，以致一些作品显得艰涩难懂。有《后山集》。

别三子[①]

夫妇死同穴[②]，父子贫贱离；天下宁有此[③]？昔闻今见之。母前三子后，熟视不得追。嗟乎胡不仁[④]，使我至于斯[⑤]！有女初束发[⑥]，已知生离悲；枕我不肯起，畏我从此辞。大儿学语言，拜揖未胜衣[⑦]，唤“爷我欲去”，此语那可思[⑧]！小儿襁褓间，抱负有母慈；汝哭犹在耳，我怀人得知[⑨]？

上海古籍出版社影印宋本《后山居士文集》卷一

①宋神宗元丰七年（1084），陈师道因生活贫困，让妻儿随同岳父入川（时陈的岳父郭概任四川提刑），自己则因母亲年迈，不能同往。这首诗即写夫妇、父子被迫远离的沉痛场面。艺术风格近于杜甫。

②“夫妇”句：《诗经·王风·大车》：“穀则异室，死则同穴。”穀，生也。此句意谓夫妇被迫生离，只有死后方能埋在一起。

③宁：岂。

④胡不仁：天为什么这样残酷？

⑤至于斯：达到这步田地。

⑥初束发：古代女子十五岁时将头发结束起来，用笄插住。这里指刚成年。

⑦“拜揖”句：指不能穿起成人的衣服行礼。

⑧那可思：不忍思。

⑨人得知：别人怎能知道？

一六

贺　铸

贺铸（1052—1125），字方回，卫州共城（今河南卫辉市）人，宋孝惠皇后族孙。性格豪爽，好评论是非，尚义有侠气。以门荫入仕，做过几任武官，后转文职。因不媚附权贵，仕途蹭蹬，只任过泗州通判等职，晚年退居苏州，自号庆湖遗老。贺铸工诗文，尤以词著称。其中有爱国忧时之作，更多的则是咏叹男女情事及抒发个人闲愁的作品。风格多样，具备悲壮与婉丽等对立的特色，好融化前人诗句入词，艺术上有独到之处。有《庆湖遗老集》、《东山词》。

六州歌头①

少年侠气，交结五都雄②。肝胆洞③，毛发耸，立谈中④，死生同，一诺千金重⑤。推翘勇⑥，矜豪纵⑦，轻盖拥⑧，联飞鞚⑨，斗城东⑩。轰饮酒垆⑪，春色浮寒瓮⑫，吸海垂虹⑬。闲呼鹰嗾犬⑭，白羽摘雕弓⑮，狡穴俄空⑯。乐匆匆。　　似黄粱梦⑰，辞丹凤⑱；明月共，漾孤篷⑲。官冗从⑳，怀倥偬㉑，落尘笼，簿书丛㉒。鹖弁如云众㉓，供粗用，忽奇功。笳鼓动，渔阳弄㉔，思悲翁㉕。不请长缨㉖，系取天骄种㉗，剑吼西风。恨登山临水，手寄七弦桐㉘，目送归鸿㉙。

《彊村丛书》本《东山词补》

①此词作于哲宗元祐三年（1088）词人三十七岁在和州（今安徽和县）任上时。作品上片追忆青年时代的任侠生涯，下片抒发长期沉迹冗职，不能驰骋疆场、建功立勋的悲慨，体现了作者对外族（当时为西夏）入侵、国家安危的忧虑。全词激情贯注，悲壮沉郁，被人誉为贺铸的压卷之作，实开启了南宋爱国词的先声。

②“少年”二句：作者十七八岁时到京城，担任侍卫武官，有过六七年豪侠生活的经历，所云即指此。五都，泛指繁盛的大都市。

③肝胆洞：犹言肝胆相照。洞，通，明。

④毛发耸：怒发冲冠。立谈中：站立谈话之间。此二句表现富有正义感，性格豪爽，决断迅速。

⑤一诺千金重：语出《史记·季布栾布列传》：“楚人谚曰：‘得黄金百，不如得季布一诺。’”

⑥翘勇：勇敢。翘，特出。

⑦矜豪纵：狂放不羁。

⑧轻盖拥：轻车簇拥。盖，车盖。

⑨鞚（kòng 控）：马勒，这里指马。

⑩斗（dǒu 抖）城：汉代长安的俗称，因其城南为南斗形，城北为北斗形而得名。这里指汴京。

⑪轰饮：大声喧哗地聚饮。

⑫春色：指美酒的颜色。

⑬吸海垂虹：形容豪饮。相传垂虹能饮。刘敬叔《异苑》载："晋义熙初，晋陵薛愿，有虹饮其釜澳，须臾噏响便竭。愿辇酒灌之，随投随涸。"

⑭嗾（sǒu 叟）：唆使犬的声音。

⑮白羽摘雕弓：搭弓射箭。白羽，箭名。

⑯狡穴：狡兔的洞。

⑰似黄粱梦：指京都的时光梦一样地消逝了。

⑱丹凤：指京城，唐时长安有丹凤门。

⑲漾孤篷：就像一条孤独的小船在水中漂泊。篷，船帆。

⑳冗从：低级侍卫官职。

㉑倥偬（kǒng zǒng 孔总）：因匆忙而困苦。

㉒"落尘"二句：被俗务束缚，埋在文书堆里。

㉓鹖（hé 何）弁：武官的帽子，这里代指武官。如云众：多得像天上的云朵。此句谓大量像自己一样的武官不受朝廷重视。

㉔"笳鼓"二句：指北方少数民族政权挑起战事。笳、鼓，皆为军乐器。渔阳，鼓曲，属军乐。弄，小曲名，也有解作弄兵的。

㉕思悲翁：汉乐府曲名。这里借以表达作者因边事危急而生发的悲慨。

㉖请长缨：古代称请求降敌立功为请缨，典出《汉书·终军传》。

㉗天骄种：指入侵的北方少数民族。《汉书·匈奴传》："胡者，天之骄子也。"

㉘七弦桐：七弦琴，用桐木制成。

㉙目送归鸿：语出嵇康《赠秀才入军》诗："目送归鸿，手挥五弦。"

青玉案①

凌波不过横塘路②，但目送、芳尘去。锦瑟华年谁与度③？月桥花院，琐窗朱户④，只有春知处。　　碧云冉冉蘅皋暮⑤，彩笔空题断肠句⑥。试问闲愁都几许⑦？一川烟草，满城风絮，梅子黄时雨⑧。

《彊村丛书》本《贺方回词》卷一

①这首词一名"横塘路"，作于词人寓居苏州时。词通过对美人的思慕表达出孤寂生活的幽恨闲愁。末三句以景写情，是传送颇广的名句，时人因此称作者为"贺梅子"。

②凌波：形容女子步履的轻盈。曹植《洛神赋》有"凌波微步，罗袜生尘"句。横塘：在苏州城南十里处。

③锦瑟华年：意谓青春时光。李商隐《锦瑟》诗："锦瑟无端五十弦，一弦一柱思华年。"

④月桥花院：一作"月台花榭"。琐窗：有花纹的窗户。此二句写想象中美人的居处。

⑤"碧云"句：写作者身边的实景。蘅皋，长着杜蘅香草的泽边。

⑥彩笔：笔的美称，传说南朝诗人江淹曾梦有五色笔（见《南史·江淹传》）。

⑦都：总共。

⑧一川：满地。梅子黄时雨：江南四五月间细雨连绵，时正值梅子成熟时，故俗称梅雨。此三句化无形为有形，状写愁绪之多。

一七

周邦彦

周邦彦（1056—1121），字美成，号清真居士，钱塘（今浙江杭州）人，宋神宗时因献《汴都赋》被擢为太学正，后交替在地方和京都任职。徽宗时因精通音律，提举大晟府。卒赠宜奉大夫。周邦彦是北宋后期的著名词人，他的作品多写男女情思及羁旅行役，表现了那个时代文人士大夫的压抑和苦闷。艺术上他精通音乐，能自度曲，尤严于格律，平仄之外，又分四声，经他之手，词的声韵变得更为和谐精当。他还发展了柳永开创的铺叙手法，在其改造下，词的章法结构、谋篇布局显得变化多端，跌宕有致，词的表现能力得到了提高，抒情容量也得到了扩充。周邦彦本人的创作风格典雅精丽，受到了后代评论家的高度赞赏，对宋及后代的创作产生了深远影响。有《片玉集》（又名《清真居士集》）。

瑞龙吟[①]

章台路[②]，还见褪粉梅梢，试花桃树[③]。愔愔坊陌人家[④]，定巢燕子，归来旧处[⑤]。黯凝伫[⑥]。因念个人痴小[⑦]，乍窥门户[⑧]。侵晨浅约宫黄[⑨]，障风映袖，盈盈笑语[⑩]。　前度刘郎重到[⑪]，访邻寻里，同时歌舞。惟有旧家秋娘[⑫]，声价如故。吟笺赋笔，犹记《燕台》句[⑬]。知谁伴、名园露饮[⑭]，东城闲步？事与孤鸿去。探春尽是，伤离意绪。官柳低金缕[⑮]。归骑晚、纤纤池塘飞雨。断肠院落，一帘风絮。

《彊村丛书》本《片玉集》卷一

①这首词作于绍圣四年（1097）周邦彦离京十年后重返都城之时。作品抒发故地重游和怀念旧日恋人之情，其中还寄寓了政治上的感慨。全作现实与回忆互相穿插，处处寓含今昔的对比和反衬，形象集中而富有表现力，艺术上颇具特色。

②章台：汉朝长安有章台街，为繁华游冶之地，后泛指妓女聚集之处。

③“还见”二句：谓梅花凋零，桃花初放。

④愔（yīn 因）愔：安静无声。坊陌：一作“坊曲”。明杨慎《词品·坊曲》：“唐制，妓女所居曰坊曲。”这里指汴京坊曲。

⑤“定巢”二句：以旧燕归来比拟自己的重游。定巢，即安巢。

⑥黯凝伫：黯然伫立沉思。

⑦个人：那个人，即作者旧日的情人，一位妓女。

⑧乍窥门户：在门口看街。这是古代妓女的习惯。

⑨侵晨：清晨。浅约宫黄：淡淡地化妆。以黄涂额谓之“约黄”。宫黄，宫人所用的黄色脂粉。

⑩“障风”二句：以袖遮风，笑颜掩映在衣袖之间。

⑪“前度”句：据《幽明录》载，东汉时刘晨、阮肇入天台山采药，遇见仙女，居半载方归，后重入天台访仙，杳不可寻。又，刘禹锡自朗州贬所归长安，有《再游玄都观》诗，中有“种桃道士归何处，前度刘郎今又来”句，借以抒发政治感慨。此处二典合用。

⑫秋娘：唐贞元、元和时期在长安负有盛名的一位妓女。这里指作者昔日的情人。

⑬“犹记”句：语出李商隐《柳枝》诗序。当时洛阳有一位姑娘，名叫柳枝，因听人吟咏李商隐的《燕台》诗而产生了爱慕之情，后两人因故未能结合。这里借此典故追述作者与昔日情人赋诗吟诵的往事。

⑭露饮：在露天饮酒。

⑮官柳：大道两旁的柳树。

苏幕遮[①]

燎沉香[②]，消溽暑[③]。鸟雀呼晴，侵晓窥檐语[④]。叶上初阳干宿雨[⑤]。水面清圆[⑥]，一一风荷举[⑦]。 故乡遥，何日去？家住吴门[⑧]，久作长安旅[⑨]。五月渔郎相忆否，小楫轻舟，梦入芙蓉浦[⑩]。

《彊村丛书》本《片玉集》卷四

①这首词是作者在京任职时所作。上片描写夏季雨后的晨景，下片抒发对故乡的思念。其中写荷叶的三句被王国维《人间词话》评为“真能得荷之神理者”。

②沉香：一种名贵的香料，又名沉水。

③溽（rù入）暑：潮湿而闷热。

④侵晓：天刚亮，破晓。侵，渐近。窥檐语：在屋檐下窥伺着，互作鸣答。

⑤宿雨：经夜之雨。

⑥清圆：指团团的荷叶。

⑦举：舒展挺立起来。

⑧吴门：作者是钱塘人，钱塘古属吴郡，故云。

⑨长安旅：京城的旅客。长安，此处指汴京。

⑩芙蓉浦：即荷花塘。

六丑·落花[①]

正单衣试酒[②]，恨客里，光阴虚掷。愿春暂留，春归如过翼[③]，一去无迹。为问家何在[④]？夜来风雨，葬楚宫倾国[⑤]。钗钿堕处遗香泽[⑥]，乱点桃蹊，轻翻柳陌[⑦]。多情为谁追惜[⑧]？但蜂媒蝶使[⑨]，时叩窗隔[⑩]。 东园岑寂，渐蒙笼暗碧[⑪]。静绕珍丛底[⑫]，成叹息。长条故惹行客，似牵衣待话，别情无极[⑬]。残英小，强簪巾帻[⑭]。终不似、一朵钗头颤袅，向人欹侧[⑮]。漂流处，莫趁潮汐[⑯]，恐断红、尚有相思字[⑰]，何由见得！

《彊村丛书》本《片玉集》卷七

①此作一名“蔷薇谢后作”。它是一首著名的咏物词，当作于词人晚年在南方任职时。词上片写春暮落花的景象，下片写人与花之间的互相怜惜，于惜花的感情中抒发了光阴虚度、青春不再的慨叹。作品回环曲折，兴味多端，人与花互为比兴，艺术上达到了很高的水平。

②试酒：宋代风俗，农历三、四月间，初尝新酒（见《武林旧事》卷三、卷一〇）。

③过翼：指飞鸟。

④家：原本作“花”，据别本改。

⑤楚宫倾国：以南方美人喻蔷薇花。韩偓《哭花》诗有“夜来风雨葬西施”句，此处用其意。

⑥钗钿：将落花的花瓣比作美人坠落的钗钿。

⑦“乱点”二句：描写落英缤纷、四处飞散的样子。

⑧为谁：有谁。

⑨蜂媒蝶使：蜜蜂和蝴蝶在花丛中飞来飞去，像媒人和使者似的。这里用以反衬无人追惜残花。

⑩窗隔：指作者的窗子。隔，一作“槅”。此句意谓蜂蝶催促词人去看蔷薇花。

⑪蒙笼暗碧：树叶成荫，一片深绿。

⑫珍丛：蔷薇花丛。

⑬“长条”三句：带刺的花枝勾住词人的衣裳，似有深情要表达。

⑭强簪巾帻（zé责）：勉强把残花插在头巾上。

⑮“终不似”二句：总不如盛开的花朵戴在头上摇曳多姿。倚侧，这里指媚人、悦人的样子。

⑯“漂流处”二句：劝落花不要随流水而去。

⑰“恐断红”句：引用红叶题诗的故事。卢渥应举，偶临御沟，见一红叶，上有题诗：“水流何太急，深宫尽日闲。殷勤谢红叶，好去到人间。”后宫中放出宫女择配，其中那位归卢渥者竟是题叶之人。见范摅《云溪友议》卷下。红，原本作“鸿”，据别本改。

一八

李清照

李清照（1084—1155?)，号易安居士，章丘（今山东章丘）人。父亲李格非是著名散文家，苏（轼）门后四学士之一，丈夫赵明诚为金石学家。李清照前期生活安逸，夫妇志趣相投，共同从事学术研究和文学创作。后金兵南下，中原沦陷，生活发生了重大变化。丈夫在金陵病逝，大量金石图籍散失。在经历了国破家亡、颠沛流离的重重磨难后，李清照晚年孤独凄凉，寓居杭州。

李清照多才多艺，能文善诗，敢于评论时事，尤以词著称于世。前期所作多以闺情相思为主，后期则转为深沉的身世之叹、故国之思。词风清新婉俊，活泼自然，造语奇警，一一自胸臆流出，富有一种特殊的魅力，人称“易安体”。有《漱玉词》。

如梦令①

昨夜雨疏风骤，浓睡不消残酒②。试问卷帘人③，却道海棠依旧④。知否、知否！应是绿肥红瘦⑤。

人民文学出版社版王仲闻《李清照集校注》卷一

①此词一题作“暮春”或“春晓”，抒发惜花之情，实际上是主人公的自怜自惜。花与人之间存在一种潜在的对应，卷帘人的漠然又从反面映衬了这一点。末句造语新奇，历来为人叹赏。

②“浓睡”句：睡得很沉，醒来却依然有酒意。

③试问：问关于花的消息。卷帘人：指侍女。

④却：反而、竟然，表示对答话的不相信、不满意。

⑤绿肥红瘦：花残叶茂。

一剪梅①

红藕香残玉簟秋②，轻解罗裳，独上兰舟。云中谁寄锦书来③？雁字回时，月满西楼④。

花自飘零水自流，一种相思，两处闲愁。此情无计可消除，才下眉头，却上心头⑤。

人民文学出版社版王仲闻《李清照集校注》卷一

①这首词一题作“秋别”或“闺思”。伊士珍《琅嬛记》卷中载：“易安结褵未久，明诚即负笈远游。易安殊不忍别，觅锦帕书《一剪梅》词以送之。”全篇写离别之情，景物随情感的

变化而转换。其中写心理活动的句子尤为奇警。

②红藕：荷花。玉簟（diàn垫）：光洁的竹席。

③锦书：书信的美称。

④“雁字”二句：大雁飞行时排列成队，形状似字，故云“雁字”。古人相信雁能传书，而此时却徒见月下的雁阵，未见书信。

⑤“才下”二句：范仲淹《御街行》：“都来此事，眉间心上，无计相回避。”此处本范词而拓展之，遂成名句。

声声慢①

寻寻觅觅，冷冷清清，凄凄惨惨戚戚②。乍暖还寒时候③，最难将息④。三杯两盏淡酒，怎敌他、晚来风急。雁过也，正伤心，却是旧时相识⑤。　满地黄花堆积，憔悴损⑥，如今有谁堪摘。守着窗儿，独自怎生得黑？梧桐更兼细雨，到黄昏、点点滴滴。这次第，怎一个愁字了得⑦！

人民文学出版社版王仲闻《李清照集校注》卷一

①这是李清照晚年的名作之一，一题作“秋情”，表现饱经磨难后作者凄凉和孤苦无依的情怀。开头十四个叠字为作者独创，极为新警、妥帖。

②“寻寻”三句：实际上这三句展示了一个心理活动的过程。起先是若有所失，尚在寻觅和期待；接下来变得失望，感到寂寞和冷清；最后则是越来越伤心，以至悲悲切切了。

③“乍暖”句：季节转换，冷暖变化不定的时节。还，通“旋”，如言立即、顷刻。

④将息：调养、保养。

⑤“雁过也”三句：过雁勾起了昔日的回忆。作者早期写给丈夫赵明诚的《一剪梅》词中有“云中谁寄锦书来，雁字回时，月满西楼”句。

⑥损：破败、损坏。

⑦“这次第”二句：这期间哪里是一个“愁”字就能说尽的。

武陵春①

风住尘香花已尽②，日晚倦梳头。物是人非事事休，欲语泪先流。　闻说双溪春尚好③，也拟泛轻舟。只恐双溪舴艋舟④，载不动、许多愁⑤。

人民文学出版社版王仲闻《李清照集校注》卷一

①这首词是词人晚年寓居金华时所作，一题作“春暮”，描写自已失去了一切希望之后的凄苦悲哀的心境。语言自然如流水，却又极耐品味。

②风住尘香：风停之后，满地落花香。

③双溪：江名，在今浙江金华。原为两条溪，至金华合而为一，故名。

④舴艋（zé měng泽猛）舟：像蚱蜢一样的小船。

⑤许多愁：如此之多的愁。

一九 张元幹

张元幹（1091—约 1161），字仲宗，号真隐山人、芦川居士，福建永福（今福建永泰）人。北宋末曾任李纲行营属官，参加过东京保卫战。南渡后，官至将作监丞。因不愿与秦桧同朝，致仕还乡。绍兴中，坐以词送抗战派人士胡铨得罪除名。张元幹以词著称，早年创作多为流连光景、相思怨别之类，风格清丽婉约；南渡以后一变为悲壮慷慨，风节凛然，开启了南宋爱国词人的创作道路。有《芦川归来集》、《芦川词》。

贺新郎·送胡邦衡待制谪新州[①]

梦绕神州路[②]。怅秋风，连营画角，故宫离黍[③]。底事昆仑倾砥柱，九地黄流乱注[④]，聚万落千村狐兔[⑤]？天意从来高难问，况人情、老易悲难诉[⑥]。更南浦[⑦]，送君去。　凉生岸柳催残暑，耿斜河[⑧]，疏星淡月，断云微度。万里江山知何处[⑨]，回首对床夜语[⑩]。雁不到[⑪]，书成谁与？目尽青天怀今古，肯儿曹、恩怨相尔汝[⑫]？举大白[⑬]，唱《金缕》[⑭]。

上海古籍出版社点校本《芦川归来集》卷五

①胡邦衡：即胡铨，高宗绍兴八年（1138）因上书反对宋金和议，请斩王伦、秦桧而遭贬，绍兴十二年（1142）又被除名，送新州（今广东新兴）编管。张元幹时在福州，作此词为他送行。待制，皇帝备以顾问的侍从官。据《宋史·胡铨传》载，孝宗乾道七年（1171）胡铨“除宝谟阁待制”，晚于此时近三十年，故“待制”二字可能为后人追加。这首《贺新郎》是张元幹的代表作，写得慷慨激愤，声韵铿锵。《四库全书总目提要》称其“慷慨悲凉，数百年后，尚想其抑塞磊落之气”。

②神州：这里指中原沦陷地区。

③故宫离黍：《诗经·王风》有《黍离》篇，诗中哀叹西周故都遍地都是禾黍，一片废弃的景象。这里指汴京城已经荒芜。

④“底事”二句：相传昆仑山上有铜柱，上顶于天，称天柱（见《神异经·中荒经》）；又传说共工与颛顼争为帝，共工怒，触不周山，天柱折（见《淮南子·天文训》）；还有大禹治水，破山通河，河水包山而过，一山在水中如柱，因名砥柱（见《水经注·河水》）的说法。此处三个传说合用，以山崩河决比喻北宋王朝的覆灭。九地，九州之地，犹言遍地。

⑤狐兔：此处为双关语，既指中原荒败，野兽遍地，也指金兵的横行。

⑥“天意”二句：这两句出自杜甫的《暮春江陵送马大卿公恩命追赴阙下》诗：“天意高难问，人情老易悲。”天意乃影射皇帝的态度捉摸不透，人情则是指世人改变了从前恢复中原的积极态度。易，变易。难诉，原本为“如许”，据别本改。

⑦南浦：送别的码头。

⑧耿斜河：明亮的银河。

⑨“万里”句：路途遥远，不知贬所在哪里。

⑩“回首”句：回想起过去相对夜语的情景。

⑪雁不到：相传大雁不过衡阳，而贬所在岭南，故云。

⑫恩怨相尔汝：指你我间缠绵悲戚。韩愈《听颖师弹琴》诗：“昵昵儿女语，恩怨相尔汝。”

⑬大白：酒杯名。

⑭《金缕》：《金缕曲》，《贺新郎》的别名。

二〇

张孝祥

张孝祥（1132—1170），字安国，号于湖居士，历阳乌江（今安徽和县）人。宋高宗绍兴二十四年（1154）举进士第一，历官中书舍人，建康留守，广南西路经略安抚使，荆南、荆湖北路安抚使等职。积极主张抗金北伐，曾因此被免职。张孝祥工诗文，尤以词著称，风格雄丽清旷，悲壮慷慨，上承苏轼，下启辛弃疾，在当时有着很高的声誉。有《于湖词》、《于湖居士文集》。

念奴娇·过洞庭[①]

洞庭青草[②]，近中秋，更无一点风色。玉鉴琼田三万顷[③]，着我扁舟一叶。素月分辉，明河共影[④]，表里俱澄澈[⑤]。悠然心会[⑥]，妙处难与君说。　应念岭表经年[⑦]，孤光自照[⑧]，肝肺皆冰雪[⑨]。短发萧骚襟袖冷[⑩]，稳泛沧浪空阔。尽挹西江[⑪]，细斟北斗[⑫]，万象为宾客[⑬]。扣舷独啸[⑭]，不知今夕何夕。

《四部丛刊》本《于湖居士文集》卷三一

①宋孝宗乾道二年（1166），张孝祥在静江府（今广西桂林）任上遭谗言罢官，北归过洞庭湖时，作此词。词描写洞庭月色，同时又是词人心灵世界的真诚剖白，在湖光月色与作者的心境之间存在一种对应和默契的关系。风格接近苏轼。

②青草：青草湖，与洞庭湖相通，总称为洞庭湖。

③玉鉴琼田：形容湖水莹澈，在月光下如同镜面和玉石一样。

④明河：即银河。此句是说天上的银河与水中的银河彼此辉映。

⑤表里：内外、上下。

⑥悠然心会：在心中油然地得到一种领悟。

⑦岭表经年：在岭南度过了一年。岭表，岭外，广西在五岭南面，故云。表，原本作“海”，据别本改。

⑧孤光自照：孤月独照。

⑨肝肺皆冰雪：形容自己光明磊落，心怀坦荡。

⑩萧骚：一作“萧疏”，指头发减少了。

⑪尽挹（yì义）西江：把长江的水当作酒来喝。挹，原本作“吸”，据别本改。西江，长江来自西边，故称西江。

⑫细斟北斗：把北斗星当作舀酒勺子。

⑬万象：这里指天上的星辰。

⑭啸：原本作“笑”，据别本改。

二一

范成大

范成大（1126—1193）字致能，号石湖居士，吴郡（今江苏苏州）人。宋高宗绍兴二十四年（1154）进士。曾奉命使金，冒死守节，不辱使命。先后在静江（今桂林）、成都、明州（今宁波）、金陵（今南京）等处任职，官至参知政事。晚年归隐苏州的石湖。范成大为南宋著名诗人，其诗题材广泛、内容丰富，最突出的是抒发爱国情感和描写乡村生活的作品。艺术上取法唐宋诸名家，而为己所用，风格清新婉峭。与陆游、杨万里、尤袤并称“中兴四大家”。有《范石湖集》。

州桥①

南望朱雀门②，北望宣德楼③，皆旧御路也。

州桥南北是天街④，父老年年等驾回。忍泪失声询使者：“几时真有六军来⑤？”

《四部丛刊》本《石湖居士诗集》卷一二

①作者于乾道六年（1170）出使金朝，所到皆有题咏，得纪行诗七十二首，皆为七言绝句形式。这是其中的一首，乃过汴京时所作。诗中以记述的方式表达中原人民渴望恢复的心情。州桥，正名天汉桥，在汴京宫城南，架于汴河上。

②朱雀门：汴京的正南门。

③宣德楼：宫城正南的门楼，金改称承天门。由宣德楼向南，经州桥至朱雀门，这条路通称为御路。

④天街：即御路。

⑤六军：古代天子有六军，这里指宋朝的军队。

四时田园杂兴①（六十首选四）

淳熙丙午②，沉疴少纾③，复至石湖旧隐。野外即事，辄书一绝，终岁得六十篇，号《四时田园杂兴》。

土膏欲动雨频催④，万草千花一饷开⑤。舍后荒畦犹绿秀，邻家鞭笋过墙来⑥。

①这组诗作于淳熙十三年（1186）作者在家乡养病期间。诗共六十首，按节候分为春日、晚春、夏日、秋日、冬日五组，每组十二首，都取七言绝句的形式，从各个侧面生动地反映出农民全年的劳作和日常生活，表达他们心中的喜乐哀愁，像一幅长卷的农村风俗图画，在反映

农村生活的深度和广度上都突破了前人，成为古代田园诗的一块里程碑。

②淳熙丙午：淳熙十三年（1186）。

③沉疴少纾：重病稍解。纾，缓和，解除。

④土膏欲动：指泥土中的温润之气开始蒸发。这首诗属“春日”。

⑤一饷：同“一晌”，指短暂的时间。

⑥“邻家”句：邻居家的竹笋从地下伸到墙这边冒出头来。鞭笋，竹根叫鞭，横向生长，笋自鞭生，故称鞭笋。赞宁《笋谱》云：“谚云：‘东家种竹，西家理地。’谓其滋蔓而来生也。”

昼出耘田夜绩麻[①]，村庄儿女各当家[②]。童孙未解供耕织[③]，也傍桑阴学种瓜。

①绩麻：捻麻线或麻绳。这首诗属“夏日”。

②各当家：各当一面、各占一行的意思。

③供：从事，参加。

采菱辛苦废犁锄[①]，血指流丹鬼质枯[②]。无力买田聊种水[③]，近来湖面亦收租。

①菱：水中植物，果实外壳有角，肉可食，称菱角。这首诗属“夏日”。

②鬼质：形容颜貌憔悴枯瘦，不像人形。

③种水：在水面种植，如前句言种菱。

新筑场泥镜面平，家家打稻趁霜晴。笑歌声里轻雷动[①]，一夜连枷响到明[②]。

《四部丛刊》本《石湖居士诗集》卷二七

①轻雷：形容打稻子的声音。这首诗属于“秋日”。

②连枷：又作“连耞”，打稻脱粒的农具，有一长柄，以轴连枷板，举而翻枷击稻，使粒脱穗。

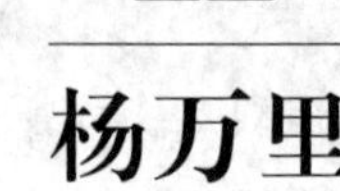

二二

杨万里

杨万里（1127—1206），字廷秀，号诚斋，吉州吉水（今江西吉水）人。宋高宗绍兴二十四年（1154）进士，历任太常博士、秘书监、江东转运副使等职。坚决主张抗金，为人刚直不阿，因触忤权相，退职家居十五年，以忧愤国事而卒。杨万里一生作诗甚富，创作道路曲折多变，初学江西派，再学王安石及晚唐作家，最后一切摒弃，转向师法自然，随兴而发，形成了新鲜活泼、通俗自然的"诚斋体"，在南宋诗坛上独树一帜。作品多以描写自然景物为主，也有表达爱国情感和关心农民疾苦的篇章。有《诚斋集》。

初入淮河四绝句[①]（四首选二）

船离洪泽岸头沙[②]，人到淮河意不佳[③]。何必桑乾方是远[④]，中流以北即天涯。

①淳熙十六年（1189）冬，杨万里奉命北上迎接金朝使者，行到作为宋金分界的淮河时，诗人心潮起伏，难以平静，于是写下了这组诗。原作四首，这里选录第一首和第四首。

②洪泽：湖名，在今江苏与安徽之间，与淮河相通。

③人：原本作"入"，据别本改。佳：原本作"住"，据别本改。

④桑乾：河名，又名永定河，源出山西朔县，东经内蒙古、河北，入运河。过去那里才是边防前线。

中原父老莫空谈[①]，逢着王人诉不堪[②]。却是归鸿不能语，一年一度到江南[③]。

《四部丛刊》本《诚斋集》卷二七

①"中原"句：此句为反话，意为中原父老不要向宋朝使臣诉说盼望恢复之类的话，因为南宋朝廷并无北上抗金的决心，这些诉说只能成为空谈。

②王人：皇帝的使臣，这里包括作者本人在内。

③"却是"二句：以鸿雁的自由来去反衬南北两地人民的失望和怨恨。

桑茶坑道中[①]（八首选一）

清明风日雨干时，草满花堤水满溪。童子柳荫眠正着，一牛吃过柳阴西[②]。

《四部丛刊》本《诚斋集》卷三四

①这首诗作于诗人任职江东期间，原作有八首，这里选其第七首。诗以生动、诙谐的笔触写出了乡村生活那种恬然、纯朴的情趣。桑茶坑，在安徽泾县境内。

②“一牛”句：此句的妙处在于牛和柳阴都在移动，牛由东向西吃草，而柳阴却是由西向东转移，显示日头已经偏西。只有牧童全然不觉，他也许正做着美梦。

二三
陆　游

陆游（1125—1210），字务观，号放翁，越州山阴（今浙江绍兴）人。二十九岁（1153）参加进士考试，名列前茅，因遭秦桧忌恨，被除名。秦桧死后才出仕，先后任枢密院编修、镇江通判等职。四十六岁（1170）入蜀任夔州通判，在蜀中八年，先后于蜀州、嘉州、荣州、成都等地任职，曾一度亲临西北前线。这段生活对其诗歌创作产生了巨大影响，使他真正领略到了“诗家三昧”。东归后担任过福建、江西等处的地方官，因开仓赈济灾民和写诗倡言恢复，两度被罢官。晚年退居家乡。

陆游是南宋伟大的爱国诗人，他的作品贯穿始终的主题和灵魂是爱国。在强烈的现实主义精神和深沉的忧患情结方面，他接近杜甫；而澎湃的热情、瑰丽的想象方面，又与李白相似。陆游一生创作诗篇近万首，风格丰富多样，前期以豪迈为主，后期多写乡村生活，趋于平淡，主导风格则是雄丽奔放。散文和词也取得了很高的成就。有《渭南文集》、《剑南诗稿》。

游山西村①

莫笑农家腊酒浑②，丰年留客足鸡豚③。山重水复疑无路，柳暗花明又一村。箫鼓追随春社近④，衣冠简朴古风存。从今若许闲乘月⑤，拄杖无时夜叩门⑥。

汲古阁本《剑南诗稿》卷一

①乾道二年（1166），陆游因支持抗战、鼓吹北伐，在隆兴通判任上被罢官，返回故乡山阴。此诗作于次年春。诗中赞美乡村优美的风景、古朴的习俗及村民的淳厚热诚，在赞美中作者也表达了对生活的反省和体悟，暗寓着对前途的乐观和信心。其中第二联是被人传诵不绝的名句。

②腊酒：去年腊月里酿制的酒。浑：浑浊，表示酒的质地不纯。

③“丰年”句：以菜肴的丰足表现村民的热诚。豚，小猪。

④春社：古代以立春以后第五个戊日为春社日，在这天祭祀土地神以祈丰年。此句谓人们在箫鼓乐声中来来往往，忙着迎接社日。

⑤闲乘月：晚上乘着月光出外闲游。

⑥无时：随时，无定时。

剑门道中遇微雨①

衣上征尘杂酒痕，远游无处不消魂②。此身合是诗人未？细雨骑驴入剑门③。

汲古阁本《剑南诗稿》卷三

①诗作于宋孝宗乾道八年（1172）冬，陆游离开南郑前线，在成都府赴任途中。词句很通畅，并不难懂，却耐人寻味。作者当时的心情是复杂的，一切复杂的感受都被作者诗意化地表达出来。有人认为这首作品是陆游七绝诗中“最上峰者”（陈衍《石遗室诗话》卷二七）。剑门，亦名剑阁、剑门关，在今四川剑阁县北，处于大剑山和小剑山之间，形势险要。

②消魂：黯然神伤。

③“此身”二句：唐代流传有不少诗人骑驴的故事，如李白、杜甫、孟浩然、李贺、贾岛等，诗人郑綮说“诗思在灞桥风雪中驴子背上”（见计有功《唐诗纪事》卷六五引）。陆游自己在雨中骑驴，便自然而然地联想起了这些故事，于是向自己发问。一个本来以英雄自许的人发现自己只能写写诗发点牢骚，其感受当然是很复杂的。

长歌行[①]

人生不作安期生[②]，醉入东海骑长鲸；犹当出作李西平[③]，手枭逆贼清旧京[④]。金印煌煌未入手[⑤]，白发种种来无情[⑥]。成都古寺卧秋晚[⑦]，落日偏傍僧窗明。岂其马上破贼手，哦诗长作寒螀鸣[⑧]？兴来买尽市桥酒，大车磊落堆长瓶[⑨]。哀丝豪竹助剧饮[⑩]，如巨野受黄河倾[⑪]。平时一滴不入口，意气顿使千人惊。国仇未报壮士老，匣中宝剑夜有声。何当凯还宴将士，三更雪压飞狐城[⑫]。

汲古阁本《剑南诗稿》卷五

①这首诗的题目原是古乐府的篇名。诗作于淳熙元年（1174），诗人在成都任上。当时调离南郑前线已有两年，杀敌报国理想不能实现，诗人内心充满了悲愤，此诗即表达了这种情绪。作品借酒发兴，一气奔泻，意象飞驰，悲而能壮，是作者七言古体的代表作。

②安期生：古代传说中的仙人，秦始皇东游时曾与他交谈，自称住在蓬莱仙山上（见《列仙传》）。

③李西平：唐代名将李晟，德宗时平定朱泚叛乱，收复长安，被封为西平王。

④枭（xiāo 肖）：斩首悬挂以示众。逆贼，指朱泚。旧京：指唐都长安。

⑤煌煌：光辉闪闪貌。

⑥种种：头发短而少的样子。《左传·昭公三年》卢蒲嫳云：“余发如此种种。”杜预注曰：“种种，短也。”

⑦古寺：指成都多福院，时陆游寓居于此。

⑧寒螀：寒蝉，临秋之蝉。

⑨磊落：错落堆积貌。

⑩哀丝豪竹：指悲壮的乐曲。丝、竹，泛指弦管乐器。

⑪巨野：古大泽名，在今山东巨野县东北。据《史记·河渠书》载，汉武帝元光年间，黄河决口，河水东南注入巨野。

⑫飞狐城：古代的关隘，是河北平原与北方边郡间的交通咽喉，在今河北涞源县北、蔚县南，也称飞狐口、飞狐关。

书愤[①]

早岁那知世事艰[②]，中原北望气如山[③]。楼船夜雪瓜洲渡[④]，铁马秋风大散关[⑤]。塞上长城空自许[6]，镜中衰鬓已先斑。《出师》一表真名世，千载谁堪伯仲间[7]！

汲古阁本《剑南诗稿》卷一七

①这首诗作于诗人六十二岁（1186）闲居故乡山阴时。诗中对自己的一生作了回顾，抒发了因壮志未酬鬓发已斑而生的悲愤之情。全诗沉郁顿挫，起伏转折，浑然一气，被称为陆游七律诗的压卷之作。

②世事艰：指抗金复国的事业不断受到投降派的阻挠和破坏。

③气：指收复中原的志气。如山：喻其壮伟坚定。

④“楼船”句：指当年在镇江任通判时的经历。作者本人在《焦山题名》中写道：“烽火未息，望风樯战舰在烟霭间，慨然尽醉。”瓜洲渡，在镇江北岸，运河入长江处。

⑤“铁马”句：指在南郑前线的经历。大散关，在今宝鸡市西南大散岭上。

⑥塞上长城：南朝时刘宋名将檀道济伐北魏有功，自称“万里长城”。这里作者引以自表心迹。

⑦“《出师》”二句：赞颂诸葛亮的知难而进，坚持北伐，千载之下，无人能与他相比。蜀汉后主建兴五年（227），诸葛亮率军伐魏，临行，上《出师表》给刘禅，表明心迹，中有“北定中原”、“兴复汉室”等话语。作者这里是借赞颂诸葛亮来表达自己不甘衰老、依然渴望为国立功的心情；同时，也是借古讽今，讥刺朝中无人主持北伐，致使英雄无用武之地。名世，名传后世。伯仲，兄弟间的长幼次序。长为伯，次为仲，后引申为衡量人物的等次。杜甫《咏怀古迹》：“伯仲之间见伊吕。”

十一月四日风雨大作[1]（二首选一）

僵卧孤村不自哀，尚思为国戍轮台[2]。夜阑卧听风吹雨，铁马冰河入梦来[3]。

汲古阁本《剑南诗稿》卷二六

①这首诗作于绍熙三年（1192），时作者已六十八岁，虽闲居荒村，报国之心却依旧炽热。原诗二首，这里选其第二首。

②轮台：今新疆维吾尔自治区轮台县，自汉以来便成为边防重镇。这里乃泛指边疆。

③“夜阑”二句：作者另一首诗《秋雨渐凉有怀兴元》之三中有“忽闻雨掠蓬窗过，犹作当时铁马看”句，与此处同意。夜阑，夜深。

钗头凤[1]

红酥手，黄縢酒[2]，满城春色宫墙柳[3]。东风恶[4]，欢情薄，一怀愁绪，几年离索[5]。错，错，错！　春如旧，人空瘦，泪痕红浥鲛绡透[6]。桃花落，闲池阁。山盟虽在，锦书难托。莫，莫，莫[7]！

《宋六十名家词》本《放翁词》

①这首词包含着一个悲剧性的爱情故事。据周密《齐东野语》卷一载：“陆务观初娶唐氏，闳之女也，于其母夫人为姑侄。伉俪相得，而弗获于其姑。既出，而未忍绝之，则为别馆，时时往焉。姑知而掩之，虽先知挈去，然事不得隐，竟绝之，亦人伦之变也。唐后改适同郡子（赵）士程。尝以春日出游，相遇于禹迹寺南之沈氏园。唐以语赵，遣致酒肴。翁怅然久之，

为赋《钗头凤》一词，题园壁间。实绍兴乙亥岁（1155）也。”这首词在极尽感伤的同时，对破坏美满婚姻的封建家长制度，表示了极度的愤慨和抗议。

②“红酥手”二句：叙写唐琬以酒肴款待陆游。红酥手，红润而白嫩的手。黄滕酒，又名黄封酒，一种官酿的米酒。

③宫墙柳：绍兴原为古代越国的都城，宋高宗时也一度以此为行都，故称当地柳树为宫墙柳。

④东风恶：喻指其母对美好姻缘的破坏。

⑤离索：离散索居。

⑥“泪痕”句：泪水湿透了手帕。红，指血泪。浥（yì义），润湿。鲛绡，神话传说中鲛人（即美人鱼）所织的丝绢，后人用以指丝织的手帕。

⑦莫，莫，莫：罢了，不再说下去了，表示极度伤心和绝望。

诉衷情①

当年万里觅封侯②，匹马戍梁州③。关河梦断何处④，尘暗旧貂裘⑤。　　胡未灭，鬓先秋⑥，泪空流。此生谁料，心在天山⑦，身老沧洲⑧。

《宋六十名家词》本《放翁词》

①这首词是作者晚年家居时所作。上片回顾当年从军南郑的往事，下片抒发身老田园的悲愤，短短几句写尽了自己爱国的一生。

②觅封侯：寻求建立功勋的机会。

③梁州：今陕西汉中一带，因梁山而得名。以上二句回忆自己四十八岁时在汉中南郑前线的一段战斗生活。

④关河：关塞、河防。

⑤尘暗旧貂裘：貂裘因主人长期闲居南方而成为无用之物，积满了灰尘。

⑥鬓先秋：鬓发早白，如染秋霜。

⑦天山：在今新疆维吾尔族自治区境内，为汉唐时的边疆。这里指南宋西北前线。

⑧沧洲：水边之地，古人常用以指隐居的处所。这里借指诗人家乡的镜湖。

二四
辛弃疾

辛弃疾（1140—1207），字幼安，号稼轩，历城（今山东济南）人。宋高宗绍兴三十一年（1161），中原掀起抗金高潮，辛弃疾聚集两千人，参加耿京领导的抗金起义军，任掌书记之职。不久军中张安国杀耿京降金，辛弃疾星夜急驰，率众闯入金营，生擒张安国归宋。南归后，历任湖北、湖南、江西安抚使等职，力主北上抗金，反对投降、妥协。于湖南任上组建过飞虎军，“雄镇一方，为江上诸军之冠”（《宋史·辛弃疾传》），为当政者忌恨，被劾罢职，退居江西上饶、铅山近二十年。其间曾两度被起用，但时间都不长，最后带着一腔悲恨，抑郁而终。

辛弃疾是南宋伟大的爱国词人，他继承和发展了苏轼的豪放词风，使之成为南宋词坛的主流。辛词题材广泛、内容丰富，充溢着满腔的爱国激情和壮志难酬的悲愤，风格纵横慷慨，沉郁顿挫，富有充沛的气势。艺术上敢于突破前人，借鉴诗、文等艺术手法，大大拓宽了词抒情、写意和状物的范围。在以豪放风格为主的同时，也兼有清新平淡、委婉隽永之作，部分作品刚柔互融相济，艺术上蔚为大观。有一些作品存在过于散文化的偏向。现存词六百余首，有《稼轩长短句》和《稼轩词》，邓广铭作有《稼轩词编年笺注》。

水龙吟·登建康赏心亭[①]

楚天千里清秋[②]，水随天去秋无际。遥岑远目[③]，献愁供恨，玉簪螺髻[④]。落日楼头，断鸿声里[⑤]，江南游子。把吴钩看了[⑥]，栏干拍遍，无人会、登临意。　休说鲈鱼堪鲙，尽西风，季鹰归未[⑦]？求田问舍，怕应羞见，刘郎才气[⑧]。可惜流年，忧愁风雨，树犹如此[⑨]。倩何人、唤取红巾翠袖[⑩]，揾英雄泪。

古典文学出版社影印元本《稼轩长短句》卷五

①此词作于淳熙元年（1174），作者在建康（今南京）担任江东安抚司参议官时。一说作于乾道五年（1169）。南归十年，辛弃疾一直没有施展宏图、复国立功的机会，他的一腔忠愤无人知晓。词人登高眺远，在这首作品中表达了英雄失意的悲慨之情。赏心亭，在建康下水门城楼上，下临秦淮河，是一处观览胜地。

②楚天：长江中下游一带古时属楚国，故云。

③遥岑：远山。

④“献愁”二句：远处的山峦如美人头上的碧玉簪和螺状发髻，尽管妩媚姣好，却只能惹起人的满腹愁绪。

⑤断鸿声：失群孤雁的鸣叫声。

⑥吴钩：古代吴国铸造的一种弯形的刀，极锋利。这里借指词人所带的佩剑。

⑦“休说”三句：表示不愿弃官归隐，享受清闲。季鹰，晋张翰字，他在洛阳做官，见秋风起，思念吴中鲈鱼的美味，于是弃官而归（见《晋书·张翰传》）。鲙，通“脍”，细切鱼肉。

⑧“求田”三句：意谓在国难当头时购置田产，经营安乐窝，当为天下英雄所耻笑。刘郎，指刘备。《三国志·魏书·陈登传》记载，刘备批评许汜说：“君有国士之名，今天下大乱，帝王失所，望君忧国忘家，有救世之意，而君求田问舍，言无可采。”

⑨“可惜”三句：感叹时光流逝，青春不再，而功业尚未成就。树犹如此，晋桓温北伐，途经金城，见当年手植柳树已长至十围，感慨道：“木犹如此，人何以堪!”（见《世说新语·言语》）。

⑩“倩何人”句：再次回应“无人会”的悲慨。红巾翠袖，指歌女。宋时酒席上多用歌妓劝酒，故云。

菩萨蛮·书江西造口壁①

郁孤台下清江水②，中间多少行人泪③！西北望长安④，可怜无数山⑤。　　青山遮不住，毕竟东流去⑥。江晚正愁余，山深闻鹧鸪⑦。

古典文学出版社影印元本《稼轩长短句》卷一一

①造口：在今江西万安县西南六十里，皂口溪入赣江处。此词作于淳熙二年至三年（1175—1176）间，辛弃疾任江西提点刑狱，驻节赣州时。上片追忆四十多年前金兵南下追踪隆祐太后（哲宗皇后，高宗伯母）至造口，大肆侵扰赣西一带的往事，下片表达恢复中原的坚定信心以及壮志未酬、不受重用的苦闷。作品运用了比兴手法，借水怨山，含蓄蕴藉，又悲壮郁勃，艺术上别具一种魅力。

②郁孤台：在今江西赣州市西南，是一座郁然独峙的小山，下临赣江，唐宋时为当地名胜之一。清江：赣江与袁江合流处旧称清江，这里指赣江。

③行人：当年在金兵追赶下奔走流亡的人群。

④长安：指北宋故都汴京。

⑤可怜：可惜、可叹。此句既是实景描写，同时又暗喻抗敌复国的事业阻碍重重。

⑥“青山”二句：意谓青山虽然构成了重重屏障，遮住了人们瞻望故都的视线，但却遮不住江水奔腾向东并最终汇入鄱阳湖的势头。东，原作“江”，据别本改。

⑦“江晚”二句：传说鹧鸪声类“但南不北”，且声调悲凉而凄切，故作者闻而生思乡之愁。北宋张咏《闻鹧鸪》诗云：“北客南来心未稳，数声相对在前村。”

摸鱼儿

淳熙己亥，自湖北漕移湖南，同官王正之置酒小山亭，为赋①。

更能消、几番风雨②，匆匆春又归去。惜春长怕花开早，何况落红无数。春且住③，见说道，天涯芳草无归路④。怨春不语⑤。算只有殷勤，画檐蛛网，尽日惹飞絮⑥。　　长门事，准拟佳期又误。蛾眉曾有人妒。千金纵买相如赋，脉脉此情谁诉⑦？君莫舞。君不见，玉环飞燕皆尘土⑧。闲愁最苦⑨。休去倚危栏，斜阳正在、烟柳断肠处⑩。

古典文学出版社影印元本《稼轩长短句》卷五

①此词一题作“暮春”或“春晚”。淳熙六年（1179）春，辛弃疾奉命由湖北转运副使改

调湖南转运副使，同僚王正之在鄂州（今武汉）官署的小山亭为其治酒饯行，辛弃疾于是写下此词。全篇采用屈原《离骚》香草美人的比兴手法，上片通过抒写对春意阑珊的惋惜之情表达对南宋国势的忧虑，下片以宫怨的形式对朝内得势的小人们进行了斥责。作者在同年所写的《论盗贼札子》中说："臣孤危一身久矣"，"生平刚拙自信，年来不为众人所容，顾恐言未脱口而祸不旋踵。"可见词中所言受人忌恨之辞乃为实况。据罗大经《鹤林玉露》甲编卷一说，孝宗见此词"颇不悦，然终不加罪"。此词风格外柔内刚，沉郁顿挫，颇有回肠荡气之效，是辛词的代表作之一。漕，漕司，宋时称主管漕运的转运使为漕司。

②消：经受。

③且住：暂时留下来。

④"见说"二句：听说芳草生长到了天边，遮断了春天的归路。见说道，听说，据说。

⑤怨春不语：惋惜春在无言中消失。

⑥"算只有"三句：以蛛网沾惹柳絮的无奈举动表示自己的绝望。这里柳絮象征着飘乎而逝的春天。一说为小人装点门面，故作媚春状。算，原本作"等"，据别本改。

⑦"长门事"五句：据《文选·长门赋序》，陈皇后失宠于汉武帝，幽居长门宫，闻司马相如善文，以千金请作《长门赋》。武帝读后感悟，于是陈皇后再度受宠。事实上《长门赋》非司马相如所作，陈皇后也未再度受宠。这里作者只是借以抒怀。娥眉，借指美人。《离骚》："众女嫉余之蛾眉兮，谣诼谓余以善淫。"

⑧玉环：杨贵妃的小名，唐玄宗宠幸的妃子，后死于马嵬坡兵变中。飞燕：赵飞燕，汉成帝宠爱的皇后，失宠后废为庶人，自杀身亡。以上三句乃警告朝廷中当权得势的小人。

⑨闲愁：受人冷落、不被重用的苦恼。

⑩"斜阳"句：喻指南宋国势的衰微。

清平乐①

茅檐低小，溪上青青草②。醉里吴音相媚好③，白发谁家翁媪④？　大儿锄豆溪东，中儿正织鸡笼。最喜小儿亡赖⑤，溪头卧剥莲蓬⑥。

古典文学出版社影印元本《稼轩长短句》卷一〇

①此词一名"村居"，作于词人退居江西上饶时。作品以朴素、自然的语言描绘了一幅南方乡村的生活图画，意境清新，饶有风趣。

②溪上青青草：这是描写茅屋门前的景况。

③吴音：吴地口音，作者居住的信州旧属吴地，故称。相媚好：互相打趣。

④媪（ǎo 袄）：老年妇女。

⑤亡赖：调皮、任性。亡，通"无"。

⑥卧：原本作"看"，据别本改。

破阵子·为陈同甫赋壮词以寄之①

醉里挑灯看剑，梦回吹角连营。八百里分麾下炙②，五十弦翻塞外声③。沙场秋点兵④。　马作的卢飞快⑤，弓如霹雳弦惊⑥。了却君王天下事⑦，赢得生前身后名。可怜白发生！

古典文学出版社影印元本《稼轩长短句》卷八

①陈同甫：即陈亮，作者的挚友。这首词作于淳熙十五年（1188）陈、辛二人在上饶相会之后。词中抒发了英雄迟暮、壮志难酬的悲愤之情。作者采用的是虚实对比的手法，由现实进入梦境，再由梦境跌回现实，反差强烈，郁气回转，艺术上极有特色。

②八百里：牛名。《世说新语·汰侈》载，晋朝王恺有一头心爱的牛，名八百里驳（bó驳），王济与他比射，用此牛作赌。结果王济获胜，遂杀牛作炙。此句是说梦见让部队分食牛肉。八百里也兼指当年军营分布之广，声势之壮大。

③五十弦：即瑟，有五十根弦。这里泛指军中的乐器。翻：演奏。

④沙场秋点兵：秋天在战场上检阅军队。

⑤的卢：一种烈性的快马。相传刘备在荆州遭遇危难时，所骑的卢马一跃三丈，带他脱离了险境。

⑥霹雳：雷声，这里用以比喻弓弦的响声。

⑦天下事：指统一江山的大业。

西江月·夜行黄沙道中①

明月别枝惊鹊[2]，清风半夜鸣蝉。稻花香里说丰年，听取蛙声一片。　　七八个星天外，两三点雨山前。旧时茆店社林边，路转溪桥忽见[3]。

古典文学出版社影印元本《稼轩长短句》卷一○

①这首词作于作者退居上饶期间。黄沙道，在江西上饶的西面。词描写当地农村夏夜的景象，语言活泼而自然，充满着对乡间生活的喜爱。

②“明月”句：指乌鹊因月光明亮而栖止不安。苏轼《次韵蒋颖叔》诗有“月明惊鹊未安枝”句。

③“旧时”二句：转过溪桥之后，原来熟悉的茅店突然出现在眼前。茆，通“茅”。社林，靠近土地庙的树林。见，通“现”。

永遇乐·京口北固亭怀古①

千古江山，英雄无觅，孙仲谋处[2]。舞榭歌台，风流总被，雨打风吹去[3]。斜阳草树，寻常巷陌，人道寄奴曾住[4]。想当年，金戈铁马，气吞万里如虎[5]。　　元嘉草草，封狼居胥，赢得仓皇北顾[6]。四十三年，望中犹记，烽火扬州路[7]。可堪回首，佛狸祠下，一片神鸦社鼓[8]。凭谁问：廉颇老矣，尚能饭否[9]？

古典文学出版社影印元本《稼轩长短句》卷五

①此词作者采用层层铺叙的手法，广泛引用典故，借古喻今，除了抒发老当益壮的英雄情怀之外，还对当权者的轻率冒进表示忧虑。此作内涵深厚，气魄非凡，风格悲壮、沉郁，被人誉为辛词的压卷之作。

②“千古”三句：意谓江山依旧，英雄孙仲谋（孙权）却无处寻觅。

③“舞榭”三句：当年的繁华气象以及英雄的流风余韵都被历史的风雨冲刷掉了。

④寄奴：南朝宋武帝刘裕的小名。刘裕早年在这里起兵北伐，曾收复中原大片国土，后推翻东晋，建立刘宋政权。

⑤“想当年”三句：刘裕当年曾两度北伐，先后灭南燕、后秦，并收复洛阳、长安等地。

⑥元嘉：宋文帝刘义隆年号。刘义隆好大喜功，自称有“封狼居胥意”，命王玄谟仓促北伐，结果大败而归，文帝登楼北望，深感后悔（见《南史·宋文帝纪》）。这里是借古喻今，警告当权者韩侂胄。狼居胥：山名，在内蒙古自治区西北部，汉代大将霍去病曾追击匈奴，至狼居胥，封山而还。

⑦“四十三年”三句：辛弃疾于绍兴三十二年（1162）南归，至写作此词时的开禧元年(1205)，正是四十三年。四十三年前，金兵大举南侵，扬州一带烽火不断。

⑧佛狸（bì lí 毕离）祠：北魏太武帝拓跋焘（小字佛狸）的庙。王玄谟北伐失败，拓跋焘曾率兵追赶至长江北岸的瓜步山（今江苏六合东南），并于山上建立行宫，后改为太武庙，即佛狸祠。神鸦：庙里吃祭品的乌鸦。此句暗喻北方大片地区已长期不属于我所有。

⑨“凭谁问”三句：作者以廉颇自比，谓年岁虽老，雄心犹在，却得不到朝廷的重视。廉颇为赵国名将，后遭人谗害，出奔魏国。秦攻赵，赵王欲起用廉颇，使人前去探问。廉颇一饭斗米、肉十斤，并披甲上马，以示能战。但使者受到仇家贿赂，还报赵王：“廉将军虽老，尚善饭，然与臣坐，顷之，三遗矢（屎）矣。”赵王以为老，遂不召。事见《史记·廉颇蔺相如列传》。

二五

姜夔

姜夔（1155？—1209?），字尧章，号白石道人，饶州鄱阳（今江西鄱阳县）人。终生布衣，未入仕途。早年随父寓居湖北。结识诗人萧德藻后，随萧移居浙江湖州。以后又往来于苏、皖一带，结交名公巨卿、诗人词客，靠人周济为生。虽常困窘，却闲适洒脱，自得其趣。晚年卒于杭州，贫不能葬。姜夔具有多方面的艺术才华，诗、词、书法皆擅长，词的成就最高。其词多写个人情事，间有家国身世之感，风格趋向清空、幽冷。艺术上讲究声律，韵调协美，又受到辛弃疾以及江西诗派的影响，运健笔写柔情，一定程度上融合了刚柔两种词风，在南宋后期影响较大。有《白石道人诗集》、《白石道人歌曲》。

扬州慢①

淳熙丙申至日②，予过维扬③。夜雪初霁，荠麦弥望④。入其城则四顾萧条，寒水自碧。暮色渐起，戍角悲吟。予怀怆然，感慨今昔，因自度此曲。千岩老人以为有《黍离》之悲也⑤。

淮左名都⑥，竹西佳处⑦，解鞍少驻初程⑧。过春风十里⑨，尽荠麦青青。自胡马窥江去后⑩，废池乔木，犹厌言兵⑪。渐黄昏，清角吹寒⑫，都在空城。　杜郎俊赏⑬，算而今、重到须惊。纵豆蔻词工，青楼梦好，难赋深情⑭。二十四桥仍在⑮，波心荡、冷月无声。念桥边红药⑯，年年知为谁生。

上海古籍出版社版夏承焘《姜白石词编年笺校》卷一

①这是姜夔的一首自度曲，描写路经扬州看到的金兵劫掠后的残破、荒败景象，抒发感乱伤时的情怀。此作是姜夔词中现实性较强、艺术造诣较高的名篇。

②淳熙丙申至日：宋孝宗淳熙三年（1176）的冬至日。

③维扬：扬州的别称。

④荠麦：荠菜和麦子。一说为野生麦子。弥望：满眼。

⑤千岩老人：萧德藻，字东夫，晚年自号千岩老人。南宋著名诗人。姜夔是他的侄婿。《黍离》之悲：故国荒废的悲叹。参见前张元幹《贺新郎》注。

⑥淮左名都：扬州在宋朝属淮南东路，又称淮左。

⑦竹西佳处：扬州城东禅智寺附近有竹西亭。杜牧《题扬州禅智寺》："谁知竹西路，歌吹是扬州。"

⑧初程：旅程的最初阶段。

⑨春风十里：形容昔日扬州的繁华。杜牧《赠别》诗有"春风十里扬州路，卷上珠帘总不如"句。

⑩胡马窥江：宋高宗建炎三年（1129），金兵占领扬州，焚劫一空；绍兴三十一年（1161），二次攻占扬州，城池再度被毁坏。此处所指当是第二次，时隔也已有十五年。

⑪“废池”二句：园林荒芜，池台废败，古木残立，仿佛都还在表达对战争的厌恶和恐惧。

⑫清角：声调凄凉的号角。

⑬杜郎：杜牧。俊赏：精于鉴赏、品评。

⑭“纵豆蔻”三句：意谓杜牧虽有出众的诗才，却难以表达今天的悲怆之情。豆蔻词工，杜牧《赠别》诗：“娉娉袅袅十三余，豆蔻梢头二月初。”乃题咏扬州的艳情诗。青楼梦好，杜牧《遣怀》诗：“十年一觉扬州梦，赢得青楼薄幸名。”

⑮二十四桥：唐时扬州本有二十四座桥，传说曾有二十四美人吹箫于此，故名。又一说谓二十四桥（一作廿四桥）即吴家砖桥，一名红药桥，横跨扬州西门街东西两岸。（见沈括《梦溪笔谈·补笔谈》卷三和李斗《扬州画舫录》卷一五）此处所指，与后说相吻合。杜牧《寄扬州韩绰判官》诗有“二十四桥明月夜，玉人何处教吹箫”句。

⑯红药：芍药花，花大而美，类似牡丹。扬州盛产芍药，曾被称为天下奇花。（见刘攽《芍药谱序》）

暗香[①]

辛亥之冬[②]，予载雪诣石湖[③]。止既月[④]，授简索句[⑤]，且征新声[⑥]，作此两曲。石湖把玩不已，使工妓隶习之[⑦]，音节谐婉，乃名之曰《暗香》、《疏影》。

旧时月色，算几番照我，梅边吹笛。唤起玉人，不管清寒与攀摘[⑧]。何逊而今渐老，都忘却、春风词笔[⑨]。但怪得、竹外疏花，香冷入瑶席[⑩]。　江国[⑪]，正寂寂。叹寄与路遥[⑫]，夜雪初积。翠尊易泣，红萼无言耿相忆[⑬]。长记曾携手处，千树压、西湖寒碧[⑭]。又片片、吹尽也，几时见得[⑮]？

上海古籍出版社版夏承焘《姜白石词编年笺校》卷三

①《暗香》与《疏影》是姜夔最有代表性的两首自度曲，二作皆咏梅花，调名取自林逋的《山园小梅》诗：“疏影横斜水清浅，暗香浮动月黄昏。”所选的这首《暗香》借咏梅表达了一种怀旧情绪，其中包含对往日恋人的怀念，对逝去的美好岁月的怀想，也包含了对流失的青春的惋惜。词中回忆和现实交织在一起，梅花和月色互融为一体，境界清幽凄美，弥漫着一股感伤情调，颇为动人。

②辛亥：宋光宗绍熙二年（1191）。

③载雪：冒雪。石湖：范成大晚年居住在苏州西南的石湖，自号石湖居士。

④止既月：在范成大家住了一个月。

⑤授简：授予纸笔。

⑥且征新声：征求新的词调。

⑦隶（yì译）习：学习。隶，通“肄”，学习。

⑧“唤起”二句：在月色清寒、笛声悠扬的深夜里，唤起恋人，一起于美好的月光下攀摘梅花。此番情景的回忆，与开首两句形成呼应。玉人，美人，指作者以前的恋人。

⑨何逊：南朝梁诗人，在扬州任职时有《咏早梅》诗。杜甫《和裴迪登蜀州东亭送客逢早梅相忆见寄》诗有“东阁官梅动诗兴，还如何逊在扬州”句。这里作者以何逊自比，表示年岁

渐老，往日的游赏兴致减退，面对梅花，再也写不出那么美妙的诗句来了。这两句与前两句一盛一衰，形成对比。

⑩香冷入瑶席：梅花的香气侵入室内坐席间。瑶席，坐席的美称。以上两句写竹外梅花，点出引人幽思的所在。

⑪江国：江乡，濒江的地方。

⑫叹寄与路遥：想把梅花寄给远方的爱人，却又感叹路途遥远。

⑬“翠尊”二句：面对绿酒红梅，苦苦思念远方的爱人。

⑭“千树压”句：成片的花枝压在碧绿的湖水上。这里再次引入回忆，将繁花与人之欢会融在一起。

⑮“又片片”二句：以今天梅花的吹落暗喻与情人的分离。结语双关。

二六

吴文英

吴文英（1207？—1269?)，字君特，号梦窗，晚号觉翁，四明（今浙江宁波）人。一生未入科举。青年时曾在苏州做过仓台幕僚，以后一直以游士、清客的身份与官僚权贵交游，往来于苏州、杭州、绍兴等地。晚年困踬以死。其词注重形式美的追求，音律和谐，词采秾丽，意象缜密，章法曲折，往往造成一种雕缋满眼又朦胧凄迷的艺术境界。内容除赠答之类外，多写个人私情，兼有伤时忧国之作。有《梦窗词集》。

八声甘州·灵岩陪庾幕诸公游①

渺空烟四远②，是何年、青天坠长星③？幻苍崖云树，名娃金屋，残霸宫城④。箭径酸风射眼⑤，腻水染花腥⑥。时靸双鸳响，廊叶秋声⑦。　宫里吴王沉醉⑧，倩五湖倦客，独钓醒醒⑨。问苍天无语⑩，华发奈山青⑪！水涵空⑫，栏干高处，送乱鸦斜日落渔汀⑬。连呼酒，上琴台去⑭，秋与云平。

《彊村丛书》本《梦窗词集》

①宋理宗绍定（1228—1233）年间，吴文英在苏州任仓台幕僚，这首词即作于此时。灵岩为山名，在今苏州市西南，上有吴王宫遗址。这首词通过咏叹吴国古迹，曲折地表达了对南宋时局的忧虞之情。全作构想奇特，意境高远，寄托深沉，在吴文英作品中堪称压卷之作。庾幕，即仓台幕府。庾，粮仓。

②“渺空烟”句：极目远望，天空烟云一扫，渺无边际。

③“是何年”句：什么时候天上落下这样一颗巨星。长星，指灵岩山。

④“幻苍崖”三句：谓长星落地，幻化出青山丛林，以及吴国的一段兴衰历史。名娃，出名的美女，这里指西施。金屋，吴王夫差曾在灵岩山上为西施建馆娃宫。用《汉武故事》“金屋藏娇”的典故。残霸，春秋末期，吴王夫差曾经北上，与晋国争霸中原，后为越国所败，霸业半途而废，故云。

⑤箭径：采香径（径，一作“泾”)，在灵岩山前，香山旁，是一条小溪。吴王曾种香于香山，命宫人于溪中泛舟采香。溪笔直如箭，故名箭径。酸风：使人双眼酸痛的冷风。李贺《金铜仙人辞汉歌》：“东关酸风射眸子”。

⑥腻水：带有脂粉的水。染花腥：花也因腻水而沾染上了脂粉气味。杜牧《阿房宫赋》：“渭流涨腻，弃脂水也。”

⑦“时靸”二句：意谓长廊上秋叶的坠地声使人联想起西施步履的声响。灵岩山上有响屧（xiè谢）廊，上铺木板，廊下空虚，相传西施步屧绕廊，曾发出动听的声响（见《吴郡志》卷

八《古迹》)。靸（sǎ洒），拖鞋，这里用作动词。双鸳，指女子的绣鞋。

⑧“宫里”句：指吴王夫差沉溺酒色，不修国政。

⑨“倩五湖”二句：谓只有范蠡一个人是清醒的，所以他能够独善其身。倩（qìng庆），原义为请，用在这里有讽刺意味，暗示吴国为越国所灭，是夫差自己招致的。五湖，即太湖。五湖倦客，指范蠡，他助越灭吴后，乘扁舟泛五湖而去。独钓，借指隐居生活。醒醒，清醒的样子。

⑩“问苍天”句：承起句发问，为何会有这一段幻化的历史？苍天不答。

⑪“华发”句：伤时且自伤之语。人不能长存世间，而历史却像青山，依旧一幕一幕地重复。

⑫水涵空：天空倒映在水中。灵岩山上有涵空阁，下临太湖。

⑬“送乱鸦”句：既是写实景，又是对南宋局势的一种隐括。

⑭琴台：吴国遗迹，在灵岩山西北绝顶。

风入松①

听风听雨过清明，愁草《瘗花铭》②。楼前绿暗分携路③，一丝柳、一寸柔情。料峭春寒中酒④，交加晓梦啼莺⑤。　　西园日日扫林亭，依旧赏新晴⑥。黄蜂频扑秋千索，有当时、纤手香凝⑦。惆怅双鸳不到，幽阶一夜苔生⑧。

《彊村丛书》本《梦窗词集》

①这首词一题作“春晚感怀”，抒发对一位离去的恋人的思念。词将回忆、幻觉与现实交织在一起，构成了一种情痴神迷的境界。

②草：书写。瘗花：葬花。南朝庾信作有《瘗花铭》。此句以葬花、悼花的描写来暗寓与恋人分离的痛苦。

③分携路：当年分手之路。

④料峭：寒风尖利、刺骨。中酒：因饮酒过多而成病，又称“病酒”。

⑤“交加”句：黄莺的啼声相互交杂，使人从晨梦中惊醒。

⑥“依旧”句：赏春景还和往年一样，暗示人事已发生了变化。

⑦“黄蜂”二句：蜂儿不断扑向摇荡的秋千索，只因绳索上还留有当年恋人纤手留下的清香。

⑧“惆怅”二句：盼望恋人的脚步，却总也不到，青苔又在一夜之中长满，遮盖了往日的踪迹。

二七 文天祥

文天祥（1236—1283），字履善，又字宋瑞，号文山，庐陵（今江西吉安）人。宋理宗宝祐四年（1256）状元，官至右丞相，封信国公。曾出使元军谈判，被拘留，不久冒险脱身南归，在国势危殆的形势下，继续组织军队抗元，转战于赣、闽、岭南一带。后兵败被俘，坚贞不屈，于燕京（今北京）从容就义。他的文学成就主要在诗歌方面。其诗分前后两期，以临安（今浙江杭州）陷落为界。后期创作充满了炽热的爱国情感，慷慨激昂，悲凉沉痛，字字血泪写就，具有震撼人心的感染力。有《文山先生全集》。

过零丁洋①

辛苦遭逢起一经，干戈落落四周星②。山河破碎风抛絮，身世飘摇雨打萍③。惶恐滩头说惶恐④，零丁洋里叹零丁⑤。人生自古谁无死，留取丹心照汗青⑥。

《四部丛刊》本《文山先生全集》卷一四

①宋帝赵昺（bǐng丙）祥兴元年（1278）末，文天祥在海丰五坡岭被俘，被押解过零丁洋时，作此诗。次年（1279）春，元军都元帅汉奸张弘范挟文天祥攻厓山（在今广东新会县南大海中，为南宋最后据点），逼迫文天祥招降坚守厓山的张世杰。文天祥抄录了这首诗给他，作为对敌人逼降的回答。此诗写得大义凛然，深沉从容，最后两句笔力千钧，气薄云霄，是流传千古的名句。零丁洋，亦作伶仃洋。广东中山市南有零丁山，山下的海即零丁洋。

②“辛苦”二句：追述自己的经历。遭逢，遭遇朝廷的选拔。此指作者以进士第一人起家。起一经，依靠精通儒家经书而登第。干戈，代指战争。落落，一作“寥落”，荒凉冷落。此指战争造成的破坏，也指自己的孤军奋战。四周星，一年为一周星，也有以十二年为一周星的，此用前者，意即四年。文天祥从德祐元年（1275）起兵勤王，至景炎三年（1278）即祥兴元年被俘，适为四年。

③“山河”二句：国家的局势与个人的处境，恰如风吹柳絮，雨打浮萍，已难以挽救。抛絮，亦作“飘絮”。飘摇，亦作“浮沉”。

④惶恐滩：又名黄公滩，在今江西万安县，水流险急，为赣江十八滩之一。宋端宗景炎二年（1277），文天祥在江西吉水附近兵败，经由惶恐滩，退往福建。此句是对当年往事的回忆。

⑤零丁：孤苦无依的样子。此句是对当前被拘囚状况的感叹。

⑥“人生”二句：表示将以死报国。汗青，史册的代称。上古无纸，记事用竹简。制作竹简时，须用火烤去竹片中的水分，也即竹汗，故称。

二八

张　炎

张炎（1248—1323?），字叔夏，号玉田，又号乐笑翁，临安（今浙江杭州）人。南宋名将张俊后裔，早年生活优裕。宋亡后，家产丧失，落魄纵饮。元世祖年间至元末一度北游大都，失意而归。晚年流落江浙一带，生活贫困，抑郁而终。张炎论词尚清空，重格律，所作多追怀往昔，抒发身世兴衰之感，风格婉丽清疏，凄怆缠绵。有《山中白云词》，另有词学论著《词源》。

解连环·孤雁①

楚江空晚，怅离群万里，恍然惊散②。自顾影、欲下寒塘③，正沙净草枯，水平天远。写不成书，只寄得、相思一点④。料因循误了，残毡拥雪，故人心眼⑤。　谁怜旅愁荏苒⑥？谩长门夜悄，锦筝弹怨⑦。想伴侣、犹宿芦花，也曾念春前，去程应转⑧。暮雨相呼，怕蓦地、玉关重见⑨。未羞他、双燕归来，画帘半卷⑩。

《彊村丛书》本《山中白云词》卷一

①这首词是张炎咏物词的代表作。词中借咏叹离群的孤雁，抒发作者亡国后虽流落不偶，却不愿归附新朝的种种复杂感受。词中的雁与人浑化无迹，达到了高度合一的艺术境界，堪称咏物词的绝唱。

②怳（huǎng 恍）然：恍然，惆怅若失貌。

③自顾影：自怜、自惜之意。欲下寒塘：化用唐崔涂《孤雁》诗："暮雨相呼失，寒塘独下迟。"

④"写不成书"二句：雁群飞行时排成的队形，宛如字样，古人有鸿雁传书的说法。孤雁排不成字，故云"只寄得、相思一点"。

⑤"料因循"三句：意谓自己因循误事，愧对那些在北方坚守操节的故人。《汉书·苏武传》载，匈奴将汉使臣苏武扣留，将其置于大窖中，不予饮食。苏武嚼毡毛就雪，竟不死。这里引用苏武的故事，比喻那些被迫北行、守节不屈的南宋人士。

⑥荏苒（rěn rǎn 忍染）：推移，指时光流逝。

⑦长门：汉官名。汉武帝时，陈皇后失宠，住在长门宫。锦筝：筝的美称，其声调凄清而怨。《晋书·桓伊传》载，桓伊曾为忧国事"抚筝而歌怨诗"。此两句用人世间孤独、哀怨的故事来渲染孤雁的凄苦处境。

⑧"也曾念"二句：意谓孤雁也曾想到春前飞回北方去，与伙伴们团聚。

⑨"暮雨"二句：设想与伙伴重逢时又惊又喜的心情。玉关，玉门关。

⑩"未羞他"二句：意谓孤雁的生活虽然艰辛，但绝不羡慕附在贵人堂前成双的燕子。

第六编

金元文学

一

董解元

董解元，名已佚。解元是金元时对读书人的敬称。元代钟嗣成《录鬼簿》和陶宗仪《辍耕录》都称他是金章宗（1190—1208在位）时人。明代朱权《太和正音谱》有“仕于金”的说法，未必可靠。《西厢记诸宫调》卷首，作者自称：“俺平生情性好疏狂，疏狂的情性难拘束。”又说：“一回家想么？诗魔多，爱选多情曲，比前贤乐府不中听，在诸宫调里却著数。”可以推知，他是一个不拘礼法、擅长通俗文艺创作的文人。仅有《西厢记诸宫调》传于世。

西厢记诸宫调·送别①

后数日，生行②，夫人暨莺送于道③，法聪与焉④。经于蒲西十里小亭置酒⑤。悲欢离合一樽酒，南北东西十里程。

［大石调］［玉翼蝉］蟾宫客⑥，赴帝阙，相送临郊野。恰俺与莺莺，鸳帏暂相守，被功名使人离缺。好缘业⑦！空悒快，频嗟叹，不忍轻离别。早是恁凄凄凉凉⑧，受烦恼，那堪值暮秋时节！　雨儿乍歇，向晚风如漂冽⑨，那闻得衰柳蝉鸣凄切！未知今日别后，何时重见也。衫袖上盈盈，揾泪不绝。幽恨眉峰暗结，好难割舍⑩，纵有千种风情，何处说？

［尾］莫道男儿心如铁，君不见，满川红叶，尽是离人眼中血！

［越调］［上平西缠令］景萧萧，风淅淅，雨霏霏，对此景争忍分离？仆人催促，雨停风息日平西。断肠何处唱《阳关》？执手临岐⑪。　蝉声切，蛩声细，角声韵，雁声悲，望去程依约天涯。且休上马，若无多泪与君垂。此际情绪你争知，更说甚湘妃⑫！

［斗鹌鹑］嘱咐情郎：“若到帝里⑬，帝里酒酽花秾⑭，万般景媚，休取次⑮，共别人便学连理。少饮酒，省游戏，记取奴言语，必登高第。　专听着伊家好消好息。专等着伊家宝冠霞帔⑯。妾守空闺，把门儿紧闭。不拈丝管，罢了梳洗。你咱是必，把音书频寄。”

［雪里梅］“莫烦恼，莫烦恼！放心地，放心地！是必，是必，休恁做病做气⑰。”　“俺也不似别的，你情性俺都识。临去也，临去也，且休去，听俺劝伊⑱。”

［错煞］“我郎休怪强牵衣，问你西行几日归？着路里小心呵⑳，且须在意。省可里晚眠早起㉑，冷茶饭莫吃，好将息。我专倚着门儿专望你！”

生与莺难别。夫人劝曰：“送君千里，终有一别。”

［仙吕调］［恋香衾］冉冉征尘动行陌㉒，杯盘取次安排㉓。三口儿连法聪，外更无别客。鱼水似夫妻正美满，被功名等闲离拆㉔。然终须相见，奈时下难捱。　君瑞啼痕污了衫袖，莺莺粉泪盈腮。一个止不定长吁，一个顿不开眉黛。君瑞道：“闺房里保重！”莺莺道：“途路上宁耐㉕！”两边的心绪，一样的愁怀。

［尾］仆人催促，怕晚了天色，柳堤儿上把瘦马儿连忙解。夫人好毒害㉖，道：“孩儿每回

取个坐车儿来[27]。”

生辞。夫人及聪皆曰：“好行!”夫人登车，生与莺别。

[大石调][蓦山溪]离筵已散，再留恋应无计。烦恼的是莺莺，受苦的是清河君瑞。头西下，控着马，东向驭坐车儿。辞了法聪，别了夫人，把樽俎收拾起。　　临上马，还把征鞍倚，低语使红娘：“更告一盏以为别礼。”莺莺君瑞，彼此不胜愁，厮觑者[28]，总无言，未饮心先醉。

[尾]满酌离杯长出口儿气，比及道得个[29]：“我儿将息!”一盏酒里，白冷冷的滴够半盏来泪。

夫人道：“教郎上路，日色晚矣。”莺啼哭，又赋诗一首赠郎。诗曰：“弃置今何道，当时且自亲。还将旧来意，怜取眼前人[30]。”

[黄钟宫][出队子]最苦是离别，彼此心头难弃舍。莺莺哭得似痴呆，脸上啼痕都是血，有千种恩情何处说？夫人道：“天晚教郎疾去。”怎奈红娘心似铁，把莺莺扶上七香车[31]。君瑞攀鞍空自撷[32]，道得个“冤家宁耐些!”

[尾]马儿登程，坐车儿归舍，马儿往西行，坐车儿往东拽，两口儿一步儿离得远如一步也!

上海古籍出版社影印明刊本《古本董解元西厢记》卷六

①诸宫调是流行于宋、金、元时期的一种讲唱文学形式，串联多种宫调的曲子演唱长篇故事，故名。《西厢记诸宫调》是保存最完整且艺术成就最高的作品，又称《西厢挡弹词》、《弦索西厢》或《董西厢》。故事源出于唐代元稹的《会真记》，作者对其进行了较大的改动，突出反抗封建礼教、追求爱情自由的主题，赋予“西厢”故事以新的生命。作品结构恢弘，人物形象鲜明丰满，语言质朴中兼含文采，艺术上别具一格。本节选自卷六，标题是另加的。王实甫《西厢记》杂剧“长亭送别”一折即据这段情节改编。

②生：即张生，名珙，字君瑞。

③夫人：崔夫人，崔相国的遗孀，崔莺莺的母亲。莺：崔莺莺。

④法聪：普救寺的僧人。与（yù 玉）：参与。

⑤蒲：蒲州（今山西运城）。城东有普救寺。

⑥蟾宫客：蟾宫，指月宫。古人把科举得中比作蟾宫折桂，因而赴考的人也就被称作蟾宫客。这里指张生。

⑦缘业：前生注定的缘分。这里指崔、张的姻缘。

⑧早是：本来已是。

⑨漂冽：当作“凛冽”，寒气刺骨。

⑩舍：原本作“拾”，据六幻本《西厢记》改。

⑪临岐：分别的路口。岐，同“歧”，岔路口。

⑫湘妃：古代神话中的湘水之神。晋罗含《湘川记》：“娥皇、女英，舜之二妃。舜南巡殂于苍梧之野，二妃追之至于洞庭，泪下染竹，竹为之斑。死为湘水神。”

⑬帝里：指京城。

⑭酒釅（yàn 燕）花秾：釅，形容饮料的浓、厚。秾，形容花开得茂盛。此处比喻繁华世界酒色迷人。

⑮取次：随便，轻易。

⑯宝冠霞帔（pèi 佩）：即凤冠霞帔，指受皇帝封号的命妇的冠服。帔，一种披在肩背上无

袖的服饰。

⑰你咱：你。咱，人称代词词尾，无义。

⑱做病做气：惹病惹气。以上七句为张生劝慰莺莺。

⑲“俺也不似别的”六句：为莺莺回应张生语。

⑳着（zhuó 茁）路里：在路上。着，表示命令、吩咐。

㉑省可里：休要，勿要。

㉒冉冉：形容尘土渐渐飞扬起来。

㉓盘：原本作“拌”，据六幻本改。

㉔等闲：轻易，无端。

㉕宁耐：忍耐。这里引申为保重、当心。

㉖毒害：狠心。

㉗孩儿：对仆人的称呼。每：们。坐车儿：车子。

㉘厮觑者：互相注视着。者，通“着”。

㉙比及：等到。

㉚“弃置”四句：移用元稹《会真记》中原诗，表送别之意。这里“眼前人”当为莺莺自指。

㉛七香车：古代妇女乘坐的华贵彩车。

㉜攧（diān 颠）：这里为顿足的意思。

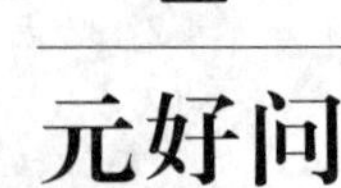

二

元好问

元好问（1190—1257），字裕之，号遗山，太原秀容（今山西省忻州市）人，鲜卑拓跋氏后裔。金宣宗兴定五年（1221）进士，曾任内乡、南阳县令，哀宗正大八年（1231）内迁尚书省椽，擢左司都事、左司员外郎、翰林知制诰。金亡不仕，居家筑野史亭，收集金源一代文献，编有《中州集》，功绩卓著。他是金元之交的杰出诗人，生长于北方，禀性豪健，又值蒙古铁骑南侵、金朝灭亡的历史关头，亲历流亡和战乱，故所作诗苍莽悲壮，跌宕多气。七言律诗为其擅长，笔力雄劲，意象深邃，情感真挚沉痛。清赵翼称："唐以来律诗之可歌可泣者，少陵十数联外，绝无嗣响，遗山则往往有之。"（《瓯北诗话》卷八）兼擅词与散文。有《遗山集》。

岐阳①（三首选一）

百二关河草不横②，十年戎马暗秦京③。岐阳西望无来信④，陇水东流闻哭声⑤。野蔓有情萦战骨⑥，残阳何意照空城。从谁细向苍苍问⑦，争遣蚩尤作五兵⑧？

清刻本《元遗山诗集笺注》卷八

①岐阳：今陕西凤翔。杜甫安史之乱期间所作《喜达行在所》诗中有"西忆岐阳信"，作者因以岐阳为题。金正大八年（1231）正月，蒙古军攻凤翔，四月城破。《岐阳》即咏此事。时作者在南阳县任所。此为第二首。诗中表达对国事艰危、人民受戮的焦虑，以及对战争的极度愤慨。

②"百二关河"句：慨叹金兵防备松懈，有险不能守。百二关河，形容秦地险固。《史记·高祖本纪》："秦，形胜之国，带河山之险，县隔千里，持戟百万，秦得百二焉。"裴骃集解引苏林注云："秦地险固，二万人足当诸侯百万人也。"草不横，《汉书·终军传》："军无横草之功。"颜师古注云："言行草中，使草偃卧。"即军队在草中行走，使草横倒。这里喻指金兵缺少防备。

③"十年"句：蒙古军队自兴定五年（1221）进攻金关中地区，至凤翔陷落，恰为十年。秦京，原指秦国都城咸阳，这里泛指关中地区，这一带古时为秦国之地。此句化用杜甫《愁》诗"十年戎马暗万国"句。

④"岐阳"句：化用杜甫《喜达行在所》之一诗句"西忆岐阳信，无人遂却回"，意谓凤翔已陷落，消息断绝。

⑤"陇水"句：写秦地难民东迁逃难，哭声满路。汉乐府《陇头歌》有"陇头流水，鸣声呜咽"，此用其意。

⑥"野蔓"句：想象凤翔被元兵攻占后的惨相。江淹《恨赋》有"试望平原，蔓草萦骨，拱木

敛魂”句。

⑦苍苍：指苍天。

⑧蚩尤：古代传说中的凶神。五兵：五种兵器，即戈、殳、戟、酋矛、夷矛。这里代指战争。

壬辰十二月车驾东狩后即事①（五首选一）

惨淡龙蛇日斗争②，干戈直欲尽生灵③。高原水出山河改④，战地风来草木腥。精卫有冤填瀚海⑤，包胥无泪哭秦庭⑥。并州豪杰知谁在，莫拟分军下井陉⑦。

清刻本《元遗山诗集笺注》卷八

①壬辰：金哀宗天兴元年（1232）。这年初，蒙古军队围金南京（今开封），城中粮绝。刘祁《归潜志》记载：“百姓食尽，无以自生，米升直银二两，贫民往往食人殍，死者相望。”同年十二月，金哀宗被迫东走，行至黄河北岸，被元军追击，退到归德（今河南商丘南）。“车驾东狩”即指此。当时元好问任左司都事，正在城内。原诗五首，此为第二首。诗中表达对生灵涂炭的悲愤和濒临绝境的痛苦。

②惨淡：天地昏暗貌。龙蛇：喻金元。《阴符经》：“天发杀机，龙蛇起陆。”《周易·坤卦》上六爻辞：“龙战于野，其血玄黄。”此句言金元之间战争频繁、激烈。

③直欲：简直要。生灵：生民。

④高原水出：天兴元年，金曾遣民丁万人决黄河以护京城。（见《金史·哀宗本纪》）

⑤精卫：古代神话中的鸟，一名冤禽。传说炎帝的女儿溺死东海后化作精卫，常衔西山木石，欲填平东海。（见《山海经·北山经》）这里比喻无数生民被杀，却无处申冤。

⑥包胥：春秋时楚国大夫。吴伐楚，攻破郢都，申包胥入秦求救，依庭墙哭七个昼夜，终得秦师救楚。（见《史记·伍子胥列传》）这里比喻金国无处求援。

⑦“并州”二句：指责驻守北方的诸帅坐视不救。并州，包括今山西全境及河北、陕西的部分地区。莫拟，不打算。井陉，在今河北西南部，地形险阻，为军事要地。《资治通鉴》卷二八六载，刘知远“闻晋主（少帝）北迁（为契丹所掳），声言欲出兵井陉，迎归晋阳”。这里借用此典故慨叹当今豪杰已空。

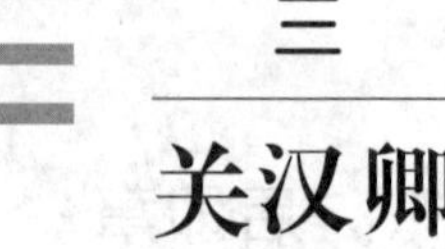

三 关汉卿

关汉卿，号已斋，大都（今北京）人。生卒年代不可确考。元钟嗣成《录鬼簿》列为“前辈已死名公才人有所编传奇行于世者”之首，当为由金入元之杂剧作家；又称其为太医院官。元熊自得《析津志·名宦传》称其“生而倜傥，博学能文，滑稽多智，蕴藉风流，为一时之冠”。其［南吕·一枝花］《不伏老》散套，自述平生多才艺，寄迹娱乐场中，十分风光，矢志不移。是则由文人而走向瓦舍勾栏，终成为“驱梨园领袖”、“捻杂剧班头”，被推为元曲四大家之首。所作杂剧有六十余种，今存十八种。题材多样，曲词亦俗亦雅，富有时代生活气息。亦工散曲，风格率直泼辣。

感天动地窦娥冤[①]

第三折

（外扮监斩官上[②]，云）下官监斩官是也，今日处决犯人，着做公的把住巷口[③]，休放往来人闲走。（净扮公人[④]，鼓三通，锣三下科。刽子磨旗、提刀[⑤]，押正旦带枷上[⑥]，刽子云）行动些，行动些。监斩官去法场上多时了。（正旦唱）

［正宫端正好］没来由犯王法[⑦]，不提防遭刑宪，叫声屈动地惊天，顷刻间游魂先赴森罗殿[⑧]，怎不将天地也生埋怨。

［滚绣球］有日月朝暮悬，有鬼神掌著生死权。天地也，只合把清浊分辨，可怎生糊突了盗跖、颜渊[⑨]？为善的受贫穷更命短，造恶的享富贵又寿延。天地也，做得个怕硬欺软，却元来也这般顺水推船。地也，你不分好歹何为地？天也，你错勘贤愚枉做天！哎，只落得两泪涟涟。

（刽子云）快行动些，误了时辰也。（正旦唱）

［倘秀才］则被这枷纽的我左侧右偏，人拥得我前合后偃。我窦娥向哥哥行有句言[⑩]。（刽子云）你有什么话说？（正旦唱）前街里去心怀恨，后街里去死无冤[⑪]，休推辞路远。

（刽子云）你如今到法场上面，有什么亲眷要见的，可教他过来，见你一面也好。（正旦唱）

［叨叨令］可怜我孤身只影无亲眷，则落的吞声忍气空嗟怨。（刽子云）难道你爷娘家也没的？（正旦云）止有个爹爹，十三年前上朝取应去了，至今杳无音信。（唱）蚤已是十年多不睹爹爹面。（刽子云）你适才要我往后街里去，是什么主意？（正旦唱）怕则怕前街里被我婆婆见。（刽子云）你的性命也顾不得，怕他见怎的？（正旦云）俺婆婆若见我披枷带锁，赴法场餐刀去呵[⑫]，（唱）枉将他气杀也么哥[⑬]！枉将他气杀也么哥！告哥哥，临危好与人行方便。

（卜儿哭上科[14]，云）天哪，兀的不是我媳妇儿[15]！（刽子云）婆子，靠后！（正旦云）既是俺婆婆来了，叫他来，待我嘱咐他几句话咱。（刽子云）那婆子近前来，你媳妇要嘱咐你话哩。（卜儿云）孩儿，痛杀我也！（正旦云）婆婆，那张驴儿把毒药放在羊肚儿汤里，实指望药死了你，要霸占我为妻，不想婆婆让与他老子吃，倒把他老子药死了。我怕连累婆婆，屈招了药死公公，今日赴法场典刑。婆婆，此后遇着冬时年节，月一十五，有瀽不了的浆水饭[16]，瀽半碗儿与我吃，烧不了的纸钱，与窦娥烧一陌儿[17]，则是看你死的孩儿面上。（唱）

［快活三］念窦娥葫芦提当罪愆[18]，念窦娥身首不完全，念窦娥从前已往干家缘[19]，婆婆也，你只看窦娥少爷无娘面。

［鲍老儿］念窦娥伏侍婆婆这几年，遇时节将碗凉浆奠，你去那受刑法尸骸上烈些纸钱，只当把你亡化的孩儿荐[20]。（卜儿哭科，云）孩儿放心，这个老身都记得。天哪，兀的不痛杀我也！（正旦唱）婆婆也，再也不要啼啼哭哭，烦烦恼恼，怨气冲天。这都是我做窦娥的没时没运，不明不暗，负屈衔冤。

（刽子做喝科，云）兀那婆子靠后，时辰到了也。（正旦跪科）

（刽子开枷科）（正旦云）窦娥告监斩大人，有一事肯依，窦娥便死而无怨。（监斩官云）你有什么事？你说。（正旦云）要一领净席，等我窦娥站立；又要丈二白练，挂在旗枪上[21]。若是我窦娥委实冤枉，刀过处头落，一腔热血休半点儿沾在地下，都飞在白练上者。（监斩官云）这个就依你，打什么不紧。（刽子做取席站科，又取白练挂旗上科）（正旦唱）

［耍孩儿］不是我窦娥罚下这等无头愿，委实的冤情不浅，若没些儿灵圣与世人传，也不见得湛湛青天！我不要半星热血红尘洒，都只在八尺旗枪素练悬，等他四下里皆瞧见，这就是咱苌弘化碧[22]，望帝啼鹃[23]。

（刽子云）你还有甚的说话，此时不对监斩大人说，几时说那？（正旦再跪科，云）大人，如今是三伏天道，若窦娥委实冤枉，身死之后，天降三尺瑞雪，遮掩了窦娥尸首。（监斩官云）这等三伏天道，你便有冲天的怨气，也召不得一片雪来，可不胡说！（正旦唱）

［二煞］你道是暑气暄，不是那下雪天，岂不闻飞霜六月因邹衍[24]？若果有一腔怨气喷如火，定要感的六出冰花滚似绵[25]，免着我尸骸现。要什么素车白马[26]，断送出古陌荒阡！

（正旦再跪科，云）大人，我窦娥死的委实冤枉，从今以后，着这楚州亢旱三年[27]。（监斩官云）打嘴！那有这等说话！（正旦唱）

［一煞］你道是天公不可期，人心不可怜，不知皇天也肯从人愿。做什么三年不见甘霖降？也只为东海曾经孝妇冤[28]。如今轮到你山阳县[29]。这都是官吏每无心正法，使百姓有口难言。

（刽子做磨旗科，云）怎么这一会儿天色阴了也？（内做风科，刽子云）好冷风也！（正旦唱）

［煞尾］浮云为我阴，悲风为我旋，三桩儿誓愿明题遍。（做哭科，云）婆婆也，直等待雪飞六月，亢旱三年呵，（唱）那其间才把你个屈死的冤魂这窦娥显！

（刽子手做开刀，正旦倒科）（监斩官惊云）呀，真个下雪了，有这等异事！（刽子云）我也道平日杀人，满地都是鲜血，这个窦娥的血，都飞在那丈二白练上，并无半点落地，委实奇怪。（监斩官云）这死罪必有冤枉。早两桩儿应验了，不知亢旱三年的说话，准也不准？且看后来如何。左右，也不必等待雪晴，便与我抬他尸首，还了那蔡婆婆去吧。（众应科，抬尸下）

涵芬楼影印明刊本《元曲选》壬集下

①《窦娥冤》为关汉卿的悲剧代表作。全剧敷演贫女窦娥为抵债做童养媳，婚后守寡受无

赖欺侮，被诬陷投毒杀人，官府判处斩首种种不幸，反映出元代社会之混乱、黑暗。全剧情节紧凑，悲剧冲突愈演愈烈，扣人心弦。王国维评之曰："列之于世界大悲剧中，亦无愧色。"（《宋元戏曲史》）此处所选为第三折，窦娥赴刑场途中愤诉世无天理，声情激越，传达出普天下受压迫者之心声。

②外：元杂剧角色名，外末的省称，扮演老年男人。

③做公的：公人，衙役。

④净：元杂剧角色名，专扮演反面人物或滑稽人物。

⑤磨旗：应为麾（huī 灰）旗旗，即挥动旗子。

⑥正旦：元杂剧中扮演女主人公的角色，这里指窦娥。

⑦没来由：无缘无故。

⑧森罗殿：传说中的阎罗殿。

⑨盗跖（zhí 直）、颜渊：跖，春秋时期，著名的"大盗"，常被当作坏人的典型。颜渊，名回，孔子的学生，安贫乐道，古人将他视作贤人的典型。

⑩哥哥行（háng 杭）：即哥哥那里。行，用在人称名词或代词后面，表示方位。

⑪冤：这里为怨恨意。

⑫餐刀：挨刀。

⑬也么哥：语助词，用在叠句结尾，起加强语气的作用。元曲［叨叨令］等曲调中多用这种格式。

⑭卜儿：元杂剧角色名，扮演老年妇女。

⑮兀的不：这岂不，怎不。兀的，这，这个。

⑯瀽（jiǎn 简）：泼，倒。这里指浇奠酒浆。

⑰一陌儿：一百张，这里泛指一沓、一叠。陌，通"百"。

⑱葫芦提：糊里糊涂，不明不白。罪愆（qiān 千）：罪过。

⑲干家缘：意为操持家务。

⑳荐：祭奠。

㉑旗枪：旗杆顶端的金属部分。

㉒苌弘化碧：古代传说，周朝的大夫苌弘无辜被杀，其血化为碧玉。事见《左传·哀公三年》。又《庄子·外物》云："苌弘死于蜀，藏其血三年，而化为碧。"后人遂用以借指屈死者的形象。

㉓望帝啼鹃：古代传说，蜀王杜宇，号望帝，被迫传位给臣子，死后化为杜鹃鸟，常在山中悲啼。事见《华阳国志·蜀志》。又左思《蜀都赋》："碧出苌弘之血，鸟生杜宇之魄。"李善注引《蜀记》："蜀人闻子规鸟鸣，皆曰望帝也。"

㉔邹衍：战国时齐人，在燕国为臣，相传他受人陷害，被逮下狱，曾经仰天大哭，竟使六月天飞起霜来。后人便以这个故事代表冤狱。事见《太平御览》卷一四引《淮南子》。又唐张说《狱箴》云："匹夫结愤，六月飞霜。"

㉕六出冰花：指雪花，以其形为六角状的结晶体，故曰"六出"。出，花分瓣。《太平御览》卷一二引《韩诗外传》："凡草木花多五出，雪花独六出。"

㉖素车白马：汉代范式与张劭为友，张劭死，范式乘素车白马驰赴哭吊。事载《后汉书·独行传》。后遂以"素车白马"指吊丧送葬。

㉗亢（kàng 抗）旱：大旱。

㉘东海孝妇：传说汉代东海郡有一寡妇周青，对婆婆十分孝顺，婆婆怕连累媳妇，自缢而

死。其小姑告官，诬嫂以杀人之罪，郡守竟判周青死刑。临刑前，周青指身边竹竿说：我若无罪，血当沿竿向上倒流。行刑后，血果然逆流而上。东海郡接着又大旱三年，后有于公者为其昭雪，天才降下大雨。事见《汉书·于定国传》。

㉙山阳县：今江苏淮安。

四

白 朴

白朴（1226—1306后），字太素，一字仁甫，号兰谷。祖籍隩州（今山西河曲县），生于汴梁（今河南开封）。金天兴元年（1232），蒙古军围攻汴梁，父白华随金哀宗出奔。城破，母死于难，白朴姐弟被元好问携之归真定（今河北正定），并受其教养。及长，长期依人，漂泊南北。晚居金陵，放浪形骸，寄情词曲。词有《天籁集》。以杂剧著称，悲喜剧皆擅长，为元曲四大家之一。所作有十六种，今存《梧桐雨》和《墙头马上》。

唐明皇秋夜梧桐雨[①]

第四折

（高力士上，云）自家高力士是也。自幼供奉内宫，蒙主上抬举，加为六宫提督太监。往年主上悦杨氏容貌，命某取入宫中，宠爱无比，封为贵妃，赐号太真。后来逆胡称兵[②]，伪诛杨国忠为名，逼的主上幸蜀[③]。行至中途，六军不进。右龙武将军陈玄礼奏过，杀了国忠，祸连贵妃。主上无可奈何，只得从之，缢死马嵬驿中。今日贼平无事，主上还国，太子做了皇帝；主上养老，退居西宫，昼夜只是想贵妃娘娘。今日教某挂起真容[④]，朝夕哭奠。不免收拾停当，在此伺候咱。（正末上，云）寡人自幸蜀还京，太子破了逆贼，即了帝位，寡人退居西宫养老，每日只是思量妃子。教画工画了一轴真容供养着，每日相对，越增烦恼也呵！（做哭科，唱）

[正宫端正好] 自从幸西川还京兆[⑤]，甚的是月夜花朝[⑥]！这半年来白发添多少，怎打叠愁容貌[⑦]！

[幺篇] 瘦岩岩不避群臣笑，玉叉儿将画轴高挑；荔枝花果香檀卓[⑧]，目觑了伤怀抱。

（做看真容科，唱）

[滚绣球] 险些把我气冲倒，身谩靠，把太真妃放声高叫，叫不应雨泪嚎咷。这待诏手段高[⑨]，画的来没半星儿差错。虽然是快染能描，画不出沉香亭畔回鸾舞[⑩]，花萼楼前上马娇[⑪]，一段儿妖娆。

[倘秀才] 妃子呵，常记得千秋节华清宫宴乐[⑫]，七夕会长生殿乞巧，誓愿学连理枝比翼鸟，谁想你乘彩凤，返丹霄，命夭！

（带云）寡人越看越添伤感，怎生是好？（唱）

[呆骨朵] 寡人有心待盖一座杨妃庙，争奈无权柄谢位辞朝。则俺这孤辰限难熬[⑬]，更打着离恨天最高[⑭]。在生时同衾枕，不能勾死后也同棺椁。谁承望马嵬坡尘土中，可惜把一朵海棠花零落了。

（带云）一会儿身子困乏，且下这亭子，去闲行一会咱。（唱）

［白鹤子］那身离殿宇[15]，信步下亭皋。见杨柳袅翠蓝丝[16]，芙蓉拆胭脂萼[17]。

［幺］见芙蓉怀媚脸，遇杨柳忆纤腰。依旧的两般儿点缀上阳宫，他管一灵儿潇洒长安道[18]。

［幺］常记得碧梧桐阴下立，红牙箸手中敲[19]；他笑整缕金衣，舞按霓裳乐。

［幺］到如今翠盘中荒草满[20]，芳树下暗香消。空对井梧阴，不见倾城貌。

（做叹科，云）寡人也怕闲行，不如回去来。（唱）

［倘秀才］本待闲散心追欢取乐，倒惹的感旧恨天荒地老。怏怏归来凤帏悄，甚法儿捱今宵，懊恼！

（带云）回到这寝殿中，一弄儿助人愁也[21]。（唱）

［芙蓉花］淡氤氲串烟袅，昏惨剌银灯照，玉漏迢迢，才是初更报。暗觑清霄，盼梦里他来到。却不道口是心苗[22]，不住的频频叫。

（带云）不觉一阵昏迷上来，寡人试睡些儿。（唱）

［伴读书］一会家心焦躁，四壁厢秋虫闹；忽见掀帘西风恶，遥观满地阴云罩。俺这里披衣闷把帏屏靠，业眼难交[23]。

［笑和尚］原来是滴溜溜绕闲阶败叶飘，疏剌剌刷落叶被西风扫，忽鲁鲁风闪得银灯爆。厮琅琅鸣殿铎[24]，扑簌簌动朱箔[25]，吉丁当玉马儿向檐间闹[26]。（做睡科，唱）

［倘秀才］闷打颏和衣卧倒[27]，软兀剌方才睡着[28]。（旦上，云）妾身贵妃是也。今日殿中设宴，宫娥，请主上赴席咱。（正末唱）忽见青衣走来报，道太真妃将寡人邀、宴乐。

（正末见旦科，云）妃子，你在那里来？（旦云）今日长生殿排宴，请主上赴席。（正末云）分付梨园子弟齐备着。（旦下）（正末做惊醒科，云）呀，元来是一梦。分明梦见妃子，却又不见了。（唱）

［双鸳鸯］斜觯翠鸾翘[29]，浑一似出浴的旧风标，映着云屏一半儿娇。好梦将成还惊觉，半襟情泪湿鲛绡[30]。

［蛮姑儿］懊恼，窨约[31]。惊我来的又不是楼头过雁，砌下寒蛩，檐前玉马，架上金鸡，是兀那窗儿外梧桐上雨潇潇。一声声洒残叶，一点点滴寒梢，会把愁人定虐[32]。

［滚绣球］这雨呵，又不是救旱苗，润枯草，洒开花萼，谁望道秋雨如膏。向青翠条，碧玉梢，碎声儿㓮剥，增百十倍歇和芭蕉[33]。子管里珠连玉散飘千颗[34]，平白地瀽瓮番盆下一宵[35]，惹的人心焦。

［叨叨令］一会价紧呵，似玉盘中万颗珍珠落；一会价响呵，似玳筵前几簇笙歌闹；一会价清呵，似翠岩头一派寒泉瀑；一会价猛呵，似绣旗下数面征鼙操[36]。兀的不恼杀人也么哥，兀的不恼杀人也么哥！则被他诸般儿雨声相聒噪。

［倘秀才］这雨一阵阵打梧桐叶凋，一点点滴人心碎了。枉着金井银床紧围绕[37]，只好把泼枝叶做柴烧，锯倒。

（带云）当初妃子舞翠盘时，在此树下；寡人与妃子盟誓时，亦对此树；今日梦境相寻，又被他惊觉了。（唱）

［滚绣球］长生殿那一宵，转回廊，说誓约，不合对梧桐并肩斜靠，尽言词絮絮叨叨。沉香亭那一朝，按霓裳，舞六幺[38]，红牙箸击成腔调，乱宫商闹闹炒炒。是兀那当时欢会栽排下，今日凄凉厮辏着[39]，暗地量度。

（高力士云）主上，这诸样草木，皆有雨声，岂独梧桐？（正末云）你那里知道，我说与你听者。（唱）

［三煞］润濛濛杨柳雨，凄凄院宇侵帘幕；细丝丝梅子雨，妆点江干满楼阁；杏花雨红湿

阑干，梨花雨玉容寂寞；荷花雨翠盖翩翻，豆花雨绿叶萧条，都不似你惊魂破梦，助恨添愁，彻夜连宵。莫不是水仙弄娇[40]，蘸杨柳洒风飘。

［二煞］咪咪似喷泉瑞兽临双沼[41]，刷刷似食叶春蚕散满箔。乱洒琼阶，水传宫漏；飞上雕檐，酒滴新槽。直下的更残漏断，枕冷衾寒，烛灭香消。可知道？夏天不觉，把高风麦来漂[42]。

［黄钟煞］顺西风低把纱窗哨，送寒气频将绣户敲。莫不是天故将人愁闷搅，度铃声响栈道[43]，似花奴羯鼓调[44]，如伯牙水仙操[45]。洗黄花，润篱落；渍苍苔，倒墙角；渲湖山，漱石窍；浸枯荷，溢池沼。沾残蝶粉渐消，洒流萤焰不着，绿窗前促织叫，声相近雁影高。催邻砧处处捣，助新凉分外早。斟量来这一宵，雨和人紧厮熬，伴铜壶点点敲，雨更多泪不少，雨湿寒梢，泪染龙袍，不肯相饶，共隔着一树梧桐直滴到晓。

题目　安禄山反叛兵戈举　陈玄礼拆散鸾凰侣

正名　杨贵妃晓日荔枝香　唐明皇秋夜梧桐雨

涵芬楼影印明刊本《元曲选》丙集上

①《梧桐雨》敷演天宝遗事，即唐玄宗与杨玉环的爱情故事。剧作重在通过安史之乱后唐玄宗在深宫独自怀念死去的杨贵妃，浓墨重彩地表达了一种荒寂凄凉、乐极哀来的悲痛，个中寓含作者本人在国破家亡后的思想感情。全剧唱辞优美、缠绵，意境动人，具有强烈的抒情气氛。这里选的是第四折。

②逆胡称兵：指安禄山举兵叛乱。

③幸蜀：指唐玄宗避乱奔蜀。古代将帝王到某处称为“幸”。

④真容：画像。

⑤京兆：京兆府，长安周围的地区。这里指京都长安。

⑥甚的是：意谓何曾度过。

⑦打叠：收拾、安排。

⑧卓：通“桌”。

⑨待诏：唐代翰林院设有待诏所，蓄备词学、经术、僧道、医卜、艺术等人才，称翰林待诏，这里指画工。

⑩沉香亭：在长安兴庆宫御花园内。回鸾舞：六朝舞曲名，这里代指《霓裳羽衣舞》。

⑪花萼楼：花萼相辉楼，亦在兴庆宫内。上马娇：宋元时有《杨妃上马娇图》，这里以图名与舞名相对，形容杨贵妃娇美的身姿。

⑫千秋节：唐玄宗八月五日的诞辰，开元十七年（729）由百官上表奏定为“千秋节”。华清宫：唐宫名，在今陕西临潼骊山上，其地有温泉。唐玄宗与杨贵妃常游乐于此。天宝十五载（756），宫殿毁于兵火。

⑬孤辰限：孤寡不吉的岁月。孤辰，星相说指不吉之星，主孤寡。

⑭离恨天：根据佛教的传说，天有三十三层，离恨天为最高一层。这里借以表现爱人之间不得相见的痛苦。

⑮那：通“挪”。

⑯袅（niǎo 鸟）：轻柔地摆动。

⑰拆：绽开。

⑱管：包管、准是。一灵儿：指魂灵。潇洒：凄凉、冷落之意。

⑲红牙筯（zhù 住）：红檀木做的形似筷子、用来调节乐曲节拍的打击乐器。

⑳翠盘：宋元时期表演技艺用的场地称盘子，翠盘可能是用碧玉砌成的舞盘。

㉑一弄儿：一味地。

㉒口是心苗：言为心声之意。

㉓业眼：罪孽之眼。“业”本为佛教用语。

㉔殿铎：殿中的铃铎。

㉕朱箔（bó 博）：珍珠串成的帘子。

㉖玉马儿：又称“铁马”，殿角檐间悬挂的风铃，以玉片或铁片制成，风吹互相撞击出声。

㉗打颏（hái 孩）：语助词。闷打颏，闷厌厌地。

㉘软兀刺：软搭搭地。兀刺，语助词。

㉙軃（duǒ 朵）：下垂。翠鸾翘：妇女的首饰。

㉚鲛（jiāo 交）绡：丝织的手帕。鲛，鲛人，神话中的人鱼，传说能织绡。

㉛窨（yìn 印）约：思量、忖度。

㉜定虐：又作“定害”，打搅、扰乱。

㉝厮和：聚合、协合。此四句意为，雨打在柳梢、芭蕉以及梧桐叶上的声音交织在一起，使原有的雨声增大了许多倍。

㉞子管里：只管、一味地。

㉟瀽（jiǎn 简）瓮番盆：倾罐倒盆。

㊱征鼙（pí 皮）：军鼓。

㊲金井银床：宫庭园林中有雕饰的井架及其井栏，又称玉栏金井。

㊳六幺：唐代舞曲名，又作绿腰。

㊴厮辏（còu 凑）：相凑、交集。

㊵水仙：天上司掌降雨的神仙。

㊶咮（chuáng 床）咮：雨声。瑞兽：用石头雕刻成兽形的喷泉口。

㊷高凤：东汉时的隐士，读书十分专心，大雨把他家曝晒的麦子漂走了也不知道。事见《后汉书·逸民传》。

㊸“度铃”句：玄宗在蜀中避难时，雨中闻栈道铃声，勾起悼念贵妃之情，因采其声为《雨霖铃》曲。

㊹花奴：唐汝阳王李琎小名，擅长击羯鼓。

㊺伯牙：周代音乐家，善鼓琴。水仙操：琴曲名。传说伯牙在东海蓬莱山，闻海水、山林之声，因制此曲。事见《琴苑要录》。又《列子·汤问》：“伯牙游于泰山之阴，卒逢暴雨，止于岩下，心悲，及援琴而鼓之，初为《霖雨》之操，更造崩山之音。”与本折情事颇切近。

五

王实甫

王实甫，名德信，大都人，生平事迹不详。《录鬼簿》归入“前辈已死名公才人有所编传奇行于世者”之列。有［商调集贤宾］《退隐》散套，自述曾为官，后归隐林下，悠然自乐。元苏天爵《滋溪文稿》载《元故资政大夫中书左丞知经筵事王公行状》，记传主王结父名德信及王德信仕履，与《退隐》颇相合，或即为曲家王实甫。实甫作有杂剧十四种，以儿女风情题材居多。今存三种，以《西厢记》一剧擅曲坛，名存史册。剧作风格秀丽婉约，明朱权评其曲词“如花间美人，铺叙委婉，深得骚人之趣”。

西厢记①

第三本第二折

（旦上，云）红娘伏侍老夫人，不得空，偌早晚敢待来也②。起得早了些儿，困思上来，我再睡些儿咱③。（睡科）（红上，云）奉小姐言语，去看张生，因伏侍老夫人，未曾回小姐话去。不听得声音，敢又睡哩。我入去看一遭。（红唱）

［中吕粉蝶儿］风静帘闲，透纱窗麝兰香散，启朱扉摇响双环。绛台高，金荷小，银釭犹灿④。比及将暖帐轻弹，先揭起这梅红罗软帘偷看⑤。

［醉春风］则见他钗亸玉横斜⑥，髻偏云乱挽。日高犹自不明眸，畅好是懒、懒⑦。（旦做起身长叹科）（红唱）半晌抬身，几回搔耳，一声长叹。

（红云）我待便将帖儿与他，恐俺小姐有许多假处哩。我则将这简帖儿放在妆盒儿上，看他见了说甚么。（旦做照镜科，见帖看科）（红唱）

［普天乐］晚妆残，乌云亸，轻匀了粉脸，乱挽起云鬟。将简帖儿拈，把妆盒儿按，开拆封皮孜孜看⑧，颠来倒去不害心烦。（旦怒叫）红娘！（红做意云）呀，决撒了也⑨！（红唱）厌的早扢皱了黛眉⑩。（旦云）小贱人，不来怎么！（红唱）忽的波低垂了粉颈，氲的呵改变了朱颜⑪。

（旦云）小贱人，这东西那里将来的？我是相国的小姐，谁敢将这简帖来戏弄我？我几曾惯看这等东西？告过夫人，打下你个小贱人下截来。（红云）小姐使将我去，他著我将来，我不识字，知他写著甚么？（红唱）

［快活三］分明是你过犯，没来由把我摧残；使别人颠倒恶心烦⑬。你不“惯”，谁曾“惯”？

（红云）姐姐休闹，比及你对夫人说呵，我将这简帖儿，去夫人行出首去来！（旦做揪住科，云）我逗你耍来。（红云）放手，看打下下截来！（旦云）张生两日如何？（红云）我则不说。（旦云）好姐姐，你说与我听咱！（红唱）

［朝天子］张生近间，面颜，瘦得来实难看。不思量茶饭，怕见动弹，晓夜将佳期盼，废寝忘餐。黄昏清旦，望东墙淹泪眼。（旦云）请个好太医看他证候咱[13]。（红云）他证候吃药不济。（红唱）病患、要安，则除是出几点风流汗。

（旦云）红娘，不看你面时，我将与老夫人看，看他有何面目见夫人！虽然我家亏他，只是兄妹之情，焉有外事。红娘，早是你口稳哩，若别人知呵，甚么模样！（红云）你哄著谁哩！你把这个饿鬼弄的他七死八活，却要怎么？（红唱）

［四边静］怕人家调犯[14]，"早共晚夫人见些破绽，你我何安"。问甚么他遭危难？撺断得上竿，掇了梯儿看[15]。

（旦云）将描笔儿过来[16]，我写将去回他，著他下次休是这般。（旦做写科）（起身科，云）红娘，你将去说："小姐看望先生，相待兄妹之礼如此，非有他意。再一遭儿是这般呵，必告夫人知道。"和你个小贱人都有说话！（旦掷书下）（红唱）

［脱布衫］小孩儿家口没遮拦，一迷的将言语摧残[17]。把似你使性子[18]，休思量秀才，做多少好人家风范。（红做拾书科）

［小梁州］他为你梦里成双觉后单，废寝忘餐。罗衣不奈五更寒，愁无限，寂寞泪阑干[19]。

［幺篇］似这等辰勾空把佳期盼[20]，我将这角门儿世不曾牢拴[21]，则愿你做夫妻无危难。我向这筵席头上整扮[22]，做一个缝了口的撮合山[23]。

（红云）我若不去来，道我违拗他，那生又等我回报，我须索走一遭。（下）（末上，云）那书倩红娘将去，未见回话。我这封书去，必定成事。这早晚敢待来也。（红上，云）须索回张生话去。小姐，你性儿忒惯得娇了！有前日的心，那得今日的心来？（唱）

［石榴花］当日个晚妆楼上杏花残[24]，兀自怯衣单；那一片听琴心清露月明间。昨日个向晚，不怕春寒，几乎险被先生馔[25]。那其间岂不胡颜[26]为一个不酸不醋风魔汉，隔墙儿险化做了望夫山。

［斗鹌鹑］你用心儿拨雨撩云，我好意儿传书寄简。不肯搜自己狂为，则待要觅别人破绽。受艾焙权时忍这番[27]，畅好是奸。（云）"张生是兄妹之礼，焉敢如此！"（唱）对人前巧语花言；没人处便想张生，背地里愁眉泪眼。

（红见末科）（末云）小娘子来了，擎天柱，大事如何了也？（红云）不济事了，先生休傻。（末云）小生简帖儿是一道会亲的符箓[28]，则是小娘子不用心，故意如此。（红云）我不用心？有天哩，你那简帖儿好听！（唱）

［上小楼］这的是先生命悭[29]，须不是红娘违慢。那简帖儿倒做了你的招状，他的勾头[30]，我的公案。若不是觑面颜，厮顾盼，担饶轻慢[31]。（云）先生受罪，礼之当然。贱妾何辜？（唱）争些儿把你娘拖犯[32]！

［幺篇］从今后相会少，见面难。月暗西厢，凤去秦楼[33]，云敛巫山[34]。你也赸[35]，我也赸，请先生休讪[36]，早寻个酒阑人散。

（红云）只此，再不必申诉足下肺腑，怕夫人寻，我回去也。（末云）小娘子此一遭去，再著谁与小生分剖？必索做一个道理，方可救得小生一命。（末跪下，揪住红科）（红云）张先生是读书人，岂不知此意，其事可知矣。（唱）

［满庭芳］你休要呆里撒奸[37]。你待要恩情美满，却教我骨肉摧残。老夫人手执著棍儿摩娑看[38]，粗麻线怎透得针关？直待我拄著拐帮闲钻懒[39]，缝合唇送暖偷寒。待去呵，小姐性儿撮盐入火[40]，消息儿踏著泛[41]；待不去呵，（末跪哭云）小生这一个性命，都在小娘子身上。（红唱）禁不得你甜话儿热趱[42]，好著我两下里做人难。

（红云）我没来由分说，小姐回与你的书，你自看者。（末接科，开读科，云）呀，有这场喜事！撮土焚香，三拜礼毕。早知小姐简至，理合远接，接待不及，勿令见罪。小娘子，和你也欢喜。（红云）怎么？（末云）小姐骂我都是假，书中之意，著我今夜花园里来，和他“哩也波，哩也啰”哩[43]！（红云）你读书我听。（末云）“待月西厢下，迎风户半开。隔墙花影动，疑是玉人来。”（红云）怎见得他著你来？你解与我听咱。（末云）“待月西厢下”，著我月上来；“迎风户半开”，他开门待我；“隔墙花影动，疑是玉人来”，著我跳过墙来。（红笑云）他著你跳过墙来，你做下来[44]。端的有此说么？（末云）俺是个猜诗谜的社家[45]，风流隋何，浪子陆贾[46]。我那里有差的勾当？（红云）你看我姐姐，在我行也使这般道儿。（唱）

［耍孩儿］几曾见寄书的颠倒瞒著鱼雁[47]，小则小心肠儿转关。写著道“西厢待月”等得更阑，著你跳东墙“女”字边“干”[48]。元来那诗句儿里包笼著三更枣，简帖儿里埋伏著九里山[49]，他著紧处将人慢。恁会云雨闹中取静，我寄音书忙里偷闲。

［四煞］纸光明玉板[50]，字香喷麝兰，行儿边湮透非春汗？一缄情泪红犹湿[51]，满纸春愁墨未干。从今后休疑难，放心波玉堂学士[52]，稳情取金雀鸦鬟[53]。

［三煞］他人行别样的亲，俺根前取次看[54]，更做道孟光接了梁鸿案[55]。别人行甜言美语三冬暖，我根前恶语伤人六月寒。我为头儿看[56]。看你个离魂倩女[57]，怎发付掷果潘安[58]。

（末云）小生读书人，怎跳得那花园过也？（红唱）

［二煞］隔墙花又低，迎风户半拴，偷香手段今番按[59]。怕墙高怎把龙门跳？嫌花密难将仙桂攀。放心去，休辞惮。你若不去呵，（唱）望穿他盈盈秋水[60]，蹙损了淡淡春山[61]。

（末云）小生曾到那花园里，已经两遭，不见那好处。这一遭，知他又怎么？（红云）如今不比往常。（唱）

［煞尾］你虽是去了两遭，我敢道不如这番。你那隔墙酬和都胡侃[62]，证果的是今番这一简[63]。（红下）

（末云）万事自有分定，谁想小姐有此一场好处。小生是猜诗谜的社家，风流隋何，浪子陆贾，到那里扢扎帮便倒地[64]。今日颓天百般的难得晚[65]，天，你有万物于人，何故争此一日？疾下去波！读书继晷怕黄昏，不觉西沉强掩门。欲赴海棠花下约，太阳何苦又生根？（看天云）呀，才晌午也，再等一等。（又看科）今日万般的难得下去也呵！碧天万里无云，空劳倦客身心。恨杀鲁阳贪战[66]，不教红日西沉。呀，却早倒西也，再等一等咱。无端三足乌[67]，团团光烁烁。安得后羿弓[68]，射此一轮落！谢天地，却早日下去也。呀，却早发擂也[69]！呀，却早撞钟也！拽上书房门，到得那里，手挽著垂杨，滴流扑跳过墙去[70]。（下）

①《西厢记》杂剧是据董解元《西厢记诸宫调》改编而成，表现男女主人公张生与莺莺冲破礼教、家规的束缚，终结连理的故事。剧本在突出严守家规的崔夫人与年轻人之间矛盾的同时，也展现出莺莺、张生和红娘之间的微妙冲突，从而写活了这三个人物。该剧构思精巧，语言华美而活泼，既富有抒情性，又具有喜剧气氛，成为这一题材最高成就的代表。全剧五本二十一折，这里所选的第三本第二折，又题作《赖柬》，表现莺莺与张生之间由传递信柬引起的一段感情纠葛，其中惟妙惟肖地刻画了莺莺的内心矛盾、红娘的热情与聪慧。此折主唱者是红娘。

②偌早晚：这时候。

③“起得”三句：“起得早了些儿”及“我”字原本无，据弘治本增。

④绛台：红色的烛台。金荷：烛台上承接蜡油的铜盘，状如荷叶。银釭（gāng 刚）：烛灯。

⑤梅红罗软帘：紫红色的罗帐，即前句所说的“暖帐”。

⑥亸（duǒ 朵）：下垂。下文“乌云亸”句，“亸”读 dǎn（胆），指下垂貌。元杂剧中有此

读法。玉：指玉钗。

⑦畅好是：真正是。

⑧孜孜：注视的样子。

⑨决撒了：犹言坏事了。

⑩扢（gē 哥）皱：皱起。

⑪氲（yūn 晕）的：脸色变红的样子。

⑫别人：红娘自指。恶心烦：烦恼的意思。

⑬证候：通“症候”。

⑭调犯：嘲弄。

⑮“撺断”二句：为当时成语，意谓诱骗他人上当，使其出丑。撺断，怂恿，撺掇。掇（duō 多），拿，搬走。

⑯描笔儿：妇女描图刺绣用的笔。

⑰一迷的：一味地。

⑱把似：这里作“若是”、“与其”解。

⑲阑干：眼泪纵横的样子。

⑳辰勾：即水星。因为肉眼很难见到，故古人往往把盼佳期比作盼辰勾。

㉑角门儿：旁门。世不曾：从来不曾。

㉒整扮：装扮。《智勇定齐》第四折：“正旦整扮领侍女上。”

㉓撮合山：媒人之谓。

㉔“当日个”句：与下面“昨日个”句同指本剧第二本中莺莺夜听张生弹琴的情节。

㉕先生馔：借用《论语·为政》“有酒食，先生馔”语，表调侃。

㉖胡颜：无颜、丢脸之意。

㉗受艾焙（bèi 倍）：用微燃的艾草烤人体的患部。本为中医的一种治疗方法，这里红娘借以形容莺莺假意训斥张生之语。

㉘符箓：道教的符咒。这是喻指其所授之简很有效力。

㉙命悭（qiān 谦）：命运不佳。悭，欠缺，不圆满。

㉚勾头：拘捕犯人的文书。

㉛“若不是”三句：意谓如果不是莺莺看面子，相照顾，宽恕轻率简慢，差点儿把我也连累了。担饶，饶恕。

㉜争些儿：险些儿。你娘：红娘自指，调侃语。

㉝凤去秦楼：传说秦穆公女儿弄玉嫁给了萧史，萧史善吹箫，教弄玉吹作凤鸣，凤凰纷纷来集，后两人骑凤凰飞上天去了。见刘向《列仙传·萧史》。

㉞云敛巫山：宋玉《高唐赋序》中说，楚王曾梦与巫山神女相会，神女自称：“妾在巫山之阳，高丘之阻，旦为朝云，暮为行雨。”云敛巫山与上句“凤去秦楼”句均谓相会无望。

㉟赸（shàn 扇）：走开、散伙之意。

㊱讪（shàn 扇）：这里作埋怨解。

㊲呆里撒奸：表面卖傻，心怀奸诈。

㊳摩娑：抚摸。

㊴拄著拐帮闲钻懒：意谓挨了打我还要帮你们去传递信息。拄着拐帮，意谓被打得跛了腿。

㊵撮盐入火：盐入火即爆，这里比喻性情急躁。

㊶消息儿：又名转关儿、泛子，一种能够转动的机关，误踏上便会为暗器所伤。这里比喻莺莺要计谋捉弄人。

㊷热趱（zǎn 攒）：一味地央求、催逼。

㊸哩也波，哩也啰：用歌曲腔调指代男女交合之意，犹如说“如此这般”。

㊹做下来：指男女幽会。

㊺社家：宋元时代从事各种技艺活动的人组成的团体称社会或商社，猜谜为其中的一种。社家即行家的意思。

㊻“风流”二句：隋何、陆贾都是汉初的机敏善辩之士，“风流”、“浪子”为张生自谓。

㊼鱼雁：这里代指传递书信的人。

㊽“女”字边“干”（gān 竿）：属拆字格，即“奸”字。

㊾三更枣：又作三粳枣，为三更早来的暗语，出自《传灯录》。禅宗五祖弘忍传法于六祖慧能，给他三粒粳米、一枚枣，慧能即悟：“师令我三更早来也。”九里山：在彭城（今江苏徐州市），传说韩信于此设下埋伏，把项羽打败了。

㊿玉板：一种宣纸名，光洁而匀厚，又作“玉版”。

51情泪：原本作“满泪”，据弘治本改。

52玉堂学士：翰林学士，翰林院又称“玉堂”。此处指张生，调侃语。

53金雀鸦鬟：指莺莺，李绅《莺莺歌》有“金雀鸦鬟年十七”句。

54取次：等闲、随便之意。

55孟光接了梁鸿案：梁鸿、孟光是汉代相敬如宾的一对恩爱夫妻，《后汉书·逸民传·梁鸿》记载：“（鸿）每归，妻为具食，不敢于鸿前仰视，举案齐眉。”这里用以取笑崔、张二人瞒过了别人，自结良缘。

56为头儿看：从头看，从此开始看着你。

57离魂倩女：唐代陈玄祐的传奇小说《离魂记》中云，倩娘与王宙相爱至深，王宙赴京，倩娘的魂魄竟然追随王宙而去，二人在外同居两年。后归家，倩娘魂与身才合为一体。元代郑光祖据此改编为杂剧《倩女离魂》。这里以倩女喻指莺莺。

58掷果潘安：晋代的诗人潘岳英俊风雅，每外出，妇女们都以果掷之。见《晋书·潘岳传》。这里指张生。

59按：实行。

60秋水：喻女子明亮的眼睛。

61春山：喻女子细弯而长的眉毛。

62胡侃：胡闹、调笑之意。

63证果：佛家语，意谓苦心修行必能成佛、成菩萨，位登圣果。这里比喻达到目的，取得成功。

64扢（gē 哥）扎帮：形容动作快捷、利落。

65颓：骂人语，指男子生殖器。

66鲁阳贪战：传说楚国人鲁阳公与韩国人酣战，会日暮，鲁阳公举戈挥日，太阳倒退九十里。事见《淮南子·览冥训》。这里嫌太阳下落太慢。鲁阳，原本作“太阳”，据王季思注本改。

67三足乌：古代传说太阳中有三只脚的乌鸦，这里代指太阳。

68后羿（yì 议）：上古神话中射落九个太阳的英雄，见《淮南子·本经训》。

69发擂（lèi 累）：击鼓起更。

70滴流扑：物体落地的声音。

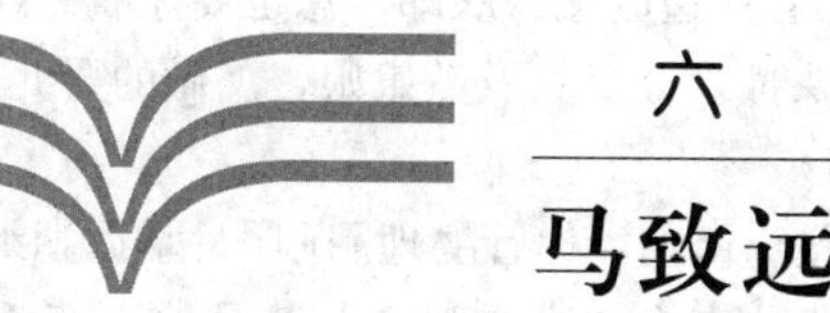

六

马致远

马致远，号东篱，大都人，生卒年不详，属元代前期作家。早年有过二十年漂泊生涯，中年任江浙行省务官，晚年归隐田园。马致远在大都时参加过元贞书会，与民间艺人一起写过杂剧，当时已“姓名香贯满梨园”（贾仲明语），为元曲四大家之一。所作剧本有十五种，今存七种。最著名的是《汉宫秋》。散曲成就亦很高，有“曲状元”的美称。今人辑有《东篱乐府》一卷。

破幽梦孤雁汉宫秋[①]

第三折

（番使拥旦上，奏胡乐科，旦云）妾身王昭君，自从选入宫中，被毛延寿将美人图点破，送入冷宫。甫能得蒙恩幸，又被他献与番王形像。今拥兵来索，待不去，又怕江山有失；没奈何将妾身出塞和番。这一去，胡地风霜，怎生消受也！自古道：“红颜胜人多薄命，莫怨春风当自嗟[②]。”（驾引文武内官上云）[③]今日灞桥饯送明妃，却早来到也。（唱）

［双调新水令］锦貂裘生改尽汉宫妆，我则索看昭君画图模样[④]。旧恩金勒短，新恨玉鞭长，本是对金殿鸳鸯，分飞翼，怎承望！

（云）您文武百官，计议怎生退了番兵，免明妃和番者。（唱）

［驻马听］宰相们商量，大国使还朝多赐赏。早是俺夫妻悒怏[⑤]，小家儿出外也摇装[⑥]。尚兀自渭城衰柳助凄凉，共那灞桥流水添惆怅。偏您不断肠。想娘娘那一天愁都撮在琵琶上。

（做下马科）（与旦打悲科[⑦]）（驾云）左右慢慢唱者，我与明妃饯一杯酒。（唱）

［步步娇］您将那一曲阳关休轻放，俺咫尺如天样[⑧]。慢慢的捧玉觞，朕本意待尊前捱些时光。且休问劣了宫商，您则与我半句儿俄延着唱。

（番使云）请娘娘早行，天色晚了也。（驾唱）

［落梅风］可怜俺别离重，你好是归去的忙。寡人心先到他李陵台上[⑨]。回头儿却才魂梦里想，便休题贵人多忘。

（旦云）妾这一去，再何时得见陛下？把我汉家衣服都留下者。（诗云）正是：今日汉宫人，明朝胡地妾。忍着主衣裳，为人作春色[⑩]！（留衣服科）（驾唱）

［殿前欢］则甚么留下舞衣裳，被西风吹散旧时香。我委实怕宫车再过青苔巷，猛到椒房[⑪]，那一会想菱花镜里妆，风流相，兜的又横心上。看今日昭君出塞，几时似苏武还乡？

（番使云）请娘娘行罢，臣等来多时了也。（驾云）罢罢罢，明妃，你这一去休怨朕躬也。（做别科。驾云）我那里是大汉皇帝！（唱）

［雁儿落］我做了别虞姬楚霸王，全不见守玉关征西将。那里取保亲的李左车，送女客的

萧丞相[12]？

（尚书云）陛下不必挂念。（驾唱）

［得胜令］那里也架海紫金梁[13]，枉养着那边庭上铁衣郎。您也要左右人扶侍，俺可甚糟糠妻下堂[14]？您但提起刀枪，却早小鹿儿心头撞。今日央及煞娘娘，怎做的男儿当自强！

（尚书云）陛下，咱回朝去罢。（驾唱）

［川拨棹］怕不待放丝缰，咱可甚鞭敲金镫响。你管燮理阴阳[15]，掌握朝纲，治国安邦，展土开疆。假若俺高皇[16]，差你个梅香[17]，背井离乡，卧雪眠霜，若是他不恋恁春风画堂，我便官封你一字王[18]。

（尚书云）陛下，不必苦死留他，着他去了罢。（驾唱）

［七弟兄］说甚么大王，不当恋王嫱，兀良[19]，怎禁他临去也回头望！那堪这散风雪旌节影悠扬，动关山鼓角声悲壮。

［梅花酒］呀！俺向着这迥野悲凉，草已添黄，兔早迎霜[20]，犬褪得毛苍，人搠起缨枪，马负着行装，车运着糇粮[21]，打猎起围场。他、他、他，伤心辞汉主，我、我、我，携手上河梁[22]。他部从入穷荒，我銮舆返咸阳。返咸阳，过宫墙；过宫墙，绕回廊；绕回廊，近椒房；近椒房，月昏黄；月昏黄，夜生凉；夜生凉，泣寒螀；泣寒螀，绿纱窗；绿纱窗，不思量！

［收江南］呀！不思量，除是铁心肠，铁心肠也愁泪滴千行！美人图今夜挂昭阳，我那里供养，便是我高烧银烛照红妆。

（尚书云）陛下，回銮罢，娘娘去远了也。（驾唱）

［鸳鸯煞］我只索大臣行说一个推辞谎，又则怕笔尖儿那火编修讲[23]。不见他花朵儿精神，怎趁那草地里风光[24]？唱道伫立多时[25]，徘徊半晌，猛听的塞雁南翔，呀呀的声嘹亮，却原来满目牛羊，是兀那载离恨的毡车半坡里响。（下）

（番王引部落拥昭君上，云）今日汉朝不弃旧盟，将王昭君与俺番家和亲。我将昭君封为宁胡阏氏[26]，坐我正宫。两国息兵，多少是好。众将士，传下号令，大众起行，望北而去。（做行科）（旦问云）这里甚地面了？（番使云）这是黑龙江，番汉交界去处，南边属汉家，北边属我番国。（旦云）大王，借一杯酒，望南浇奠，辞了汉家，长行去罢。（做奠酒科，云）汉朝皇帝，妾身今生已矣，尚待来生也。（做跳江科）（番王惊救不及，叹科，云）嗨！可惜，可惜！昭君不肯入番，投江而死。罢、罢、罢，就葬在此江边，号为青冢者。我想来，人也死了，枉与汉朝结下这般仇隙，都是毛延寿那厮搬弄出来的。把都儿[27]，将毛延寿拿下，解送汉朝处治。我依旧与汉朝结和，永为甥舅，却不是好？（诗云）则为他丹青画误了昭君，背汉主暗地私奔，将美人图又来哄我，要索取出塞和亲。岂知道投江而死，空落的一见消魂。似这等奸邪逆贼，留着他终是祸根。不如送他去汉朝哈喇[28]，依还的甥舅礼两国长存。（下）

涵芬楼影印明刊本《元曲选》甲集上

①《汉宫秋》敷演汉代王昭君出塞和亲的故事。王昭君本事载《汉书》中《元帝纪》和《匈奴传》，经后世传说、歌咏而故事化，至唐代基本定型。此剧以汉元帝为主角，表现他在匈奴之武力威胁下，送出心爱的昭君时之无奈，以及失去昭君后之悲哀。剧中汉元帝除显得软弱、无能之外，亦十分多愁善感，笃于感情，某种程度上已被作者平民化了。此剧的抒情气氛浓厚，曲辞优美动人。这里选的是第三折，叙写汉元帝送别昭君，以及昭君的投江殉国。剧中爱国情感与两人依依惜别之意交织在一起，唱辞委婉曲折，历来为人们所激赏。此剧主唱者为汉元帝。

②“红颜”二句：出自欧阳修《明妃曲》诗中。

③驾：元杂剧称扮演帝王的角色为“驾”。

④则索：只得，只好。

⑤早是：本是。悒（yì义）快：忧愁不安。

⑥摇装：或作“遥装”，古代的一种习俗，出远门之前，亲友选择吉日，到江边设宴送行，远行者登舟即返，另日再正式出发。

⑦打悲科：做出极悲伤的样子。打，装。

⑧咫尺如天样：形容离情难忍，移动一步都极困难。

⑨李陵台：李陵的坟墓。《旧唐书·地理志》载，云中都护府燕然山有李陵台。李陵，汉武帝时名将，后战败投降匈奴。

⑩“今日”四句：前两句出于李白《王昭君》诗，后两句出于宋陈师道《妾薄命》诗。

⑪青苔巷：当是昭君以前所住的冷宫清巷。椒房：皇后居住的地方，据说以香椒和泥涂壁，故称。

⑫李左车：汉初著名谋士。萧丞相：萧何，汉初名相。这里是汉元帝借以讽刺朝臣们无计驱除强虏、安邦定国，却只会干保媒送亲的勾当。

⑬那里也：原本作“他去也不沙”，据《古今名剧合选》本改。架海紫金梁：比喻国家栋梁之臣。

⑭可甚：算什么，为什么。糟糠妻：贫贱时患难与共的妻子。汉代宋弘有“贫贱之交不可忘，糟糠之妻不下堂”之说，见《后汉书·宋弘传》。

⑮燮（xiè）理阴阳：指治理协调国家大事。燮理，调和的意思。

⑯高皇：指汉高祖刘邦。

⑰梅香：宋元戏曲、话本中对婢女的通称，这里汉元帝借以指大臣们的侍妾。

⑱一字王：辽代封爵以一字王为地位最尊，如赵王、魏王。金、元仅亲王得封。汉代并无此制度，这里为借用。

⑲兀良：语气词，这里表感叹，犹言“天哪”。

⑳兔：原本作“色”，据《雍熙乐府》、《词林摘艳》所引曲文改。兔早迎霜，指兔褪去了黄灰色的毛，换上了又白又厚的毛。元人惯称白兔为迎霜兔。

㉑糇（hóu侯）粮：干粮。

㉒河梁：河上的桥梁，古人多用以指分别之处。《文选·李少卿与苏武诗》：“携手上河梁，游子暮何之。徘徊蹊路侧，悢悢不得辞。”

㉓“我只索”二句：意谓我只要在大臣们面前说句推托的话，又怕那伙掌笔头儿的编修唠叨。只索，只要。原本作“煞”，据《古今名剧合选》本改。

㉔趁：追随。

㉕唱道：又作“畅道”，犹言正是。

㉖阏氏（yān zhī烟支）：匈奴王正妻的称号。

㉗把都儿：蒙古语，又译为巴都儿、拔都，意为勇士。

㉘哈喇：蒙古语，杀头的意思。

越调·天净沙·秋思①

枯藤老树昏鸦，小桥流水人家，古道西风瘦马。夕阳西下，断肠人在天涯②。

《散曲丛刊》本《东篱乐府》

①这是马致远最为人称道的一首小令，在萧瑟凄凉的秋景描写中抒发了天涯游子的漂泊感受，语言简洁洗练，全以意象叠加而成，含有丰富的人生意蕴和广阔的联想空间。元周德清誉之为“秋思之祖”。

②断肠：形容极度思念或悲伤。曹丕《燕歌行》：“念君客游思断肠，慊慊思归恋故乡。”

七

康进之

康进之，棣州（今山东滨州市）人，元代前期杂剧作家，生平事迹不详。贾仲明为其所作挽词云："编集《鬼簿》治安时，收得贤人康进之，偕朋携友莺花市。编《老收心》李黑厮，《负荆》是小斧头儿。行于世，写上纸，费骚人，和曲填词。"其所作杂剧两种，《黑旋风老收心》已佚，今存《梁山泊李逵负荆》一种。

梁山泊李逵负荆[①]

第一折

（冲末扮宋江，同外扮吴学究，净扮鲁智深领卒子上[②]。宋江诗云）涧水潺潺绕寨门，野花斜插渗青巾[③]。杏黄旗上七个字，替天行道救生民。某，姓宋名江，字公明，绰号顺天呼保义者是也。曾为郓州郓城县把笔司吏，因带酒杀了阎婆惜，迭配江州牢城[④]，路经这梁山过，遇见晁盖哥哥，救某上山。后来哥哥三打祝家庄身亡，众兄弟推某为头领。某聚三十六大夥，七十二小夥，半垓来的小偻㑩[⑤]，威镇山东，令行河北。某喜的是两个节令：清明三月三，重阳九月九。如今遇这清明三月三，放众弟兄下山上坟祭扫。三日已了，都要上山，若违令者，必当斩首。（诗云）俺威令谁人不怕，只放你三日严假。若违了半个时辰，上山来决无干罢。（下）

（老王林上云）曲律竿头悬草稕[⑥]，绿杨影里拨琵琶。高阳公子休空过[⑦]，不比寻常卖酒家。老汉姓王名林，在这杏花庄居住，开着一个小酒务儿[⑧]，做些生意。嫡亲的三口儿家属。婆婆早年亡化过了，止有一个女孩儿，年长十八岁，唤做满堂娇，未曾许聘他人。俺这里靠着这梁山较近，但是山上头领，都在俺家买酒吃。今日烧的镟锅儿热着[⑨]，看有什么人来。（净扮宋刚，丑扮鲁智恩上）（宋刚云）柴又不贵，米又不贵，两个油嘴，正是一对。某乃宋刚，这个兄弟叫做鲁智恩。俺与这梁山泊较近，俺两个则是假名托姓，我便认做宋江，兄弟便认做鲁智深，来到这杏花庄老王林家买一钟酒吃。（见王林科，云）老王林，有酒么？（王林云）哥哥，有酒有酒，家里请坐。（宋刚云）打五百长钱酒来[⑩]。老王林，你认得我两人么？（王林云）我老汉眼花，不认的哥哥们。（宋刚云）俺便是宋江，这个兄弟便是鲁智深。俺那山上头领，多有来你这里打搅，若有欺负你的，你上梁山来告我，我与你做主。（王林云）你山上头领，都是替天行道的好汉，并没有这事。只是老汉不认的太仆[⑪]，休怪休怪。早知太仆来到，只合远接，接待不及，勿令见罪。老汉在这里多亏了头领哥哥照顾老汉。（做递酒科，云）太仆请满饮此杯。（宋刚饮科）（王林云）再将酒来。（鲁智恩饮酒科，云）哥哥，好酒。（宋刚云）老王，你家里还有什么人？（王林云）老汉家中并无什么人，有个女孩儿，唤做满堂娇，年长一十八岁，未曾许聘他人。老汉别无什么孝顺，着孩儿出来与太仆递钟酒儿，也表老汉一点心。

（宋刚云）既是闺女，不要他出来罢。（鲁智恩云）哥哥怕什么，着他出来。（王林云）满堂娇孩儿，你出来。（旦儿扮满堂娇上，云）父亲唤我做什么？（王林云）孩儿，你不知道，如今有梁山上宋公明亲身在此，你出来递他一钟儿酒。（旦儿云）父亲，则怕不中么！（王林云）不妨事。（旦儿做见科）（宋刚云）我一生怕闻脂粉气，靠后些。（王林云）孩儿，与二位太仆递一钟儿酒。（旦做递酒科）（宋刚云）我也递老王一钟酒。（做与王林酒科）（宋刚云）你这老人家，这衣服怎么破了？把我这红绢褡膊与你[12]，补这破处。（老王接衣科）（鲁智恩云）你还不知道，才此这杯酒是肯酒[13]，这褡膊是红定[14]，把你这女孩儿与俺宋公明哥哥做压寨夫人。只借你女孩儿去三日，第四日便送来还你，俺回山去也。（领旦下）（王林云）老汉眼睛一对，臂膊一双，只看着这个女孩儿，似这般可怎么了也？（做哭科）（正末扮李逵做带醉上，云）吃酒不醉，不如醒也。俺梁山泊上山儿李逵的便是，人见我生得黑，起个绰号叫俺做黑旋风。奉宋公明哥哥将令，放俺三日假限，踏青赏玩。不免下山去老王林家再买几壶酒，吃个烂醉也呵。（唱）

［仙吕点绛唇］饮兴难酬，醉魂依旧，寻村酒，恰问罢王留[15]。（云）俺问王留道：那里有酒？那厮不说便走。俺喝道：走那里去？被俺赶上，一把揪住张口毛[16]，恰待要打，那王留道：休打休打，爹爹，有。（唱）王留道兀那里人家有。

［混江龙］可正是清明时候，却言风雨替花愁。和风渐起，暮雨初收，俺则见杨柳半藏沽酒市，桃花深映钓鱼舟。更和这碧粼粼春水波纹绉，有往来社燕，远近沙鸥。

（云）人道我梁山泊无有景致，俺打那厮的嘴！（唱）

［醉中天］俺这里雾锁着青山秀，烟罩定绿杨洲。（云）那桃树上一个黄莺儿，将那桃花瓣儿啖呵啖呵[17]，啖的下来，落在水中，是好看也！我曾听的谁说来？我试想咱，哦！想起来了也，俺学究哥哥道来。（唱）他道是轻薄桃花逐水流[18]。（云）俺绰起这桃花瓣儿来，我试看咱，好红红的桃花瓣儿。（做笑科，云）你看我好黑指头也。（唱）恰便是粉衬的这胭脂透。（云）可惜了你这瓣儿，俺放你趁那一般的瓣儿去。我与你赶，与你赶，贪赶桃花瓣儿，（唱）早来到这草桥店垂杨的渡口。（云）不中，则怕误了俺哥哥的将令，我索回去也。（唱）待不吃呵，又被这酒旗儿将我来相迤逗[19]，他，他，他，舞东风在曲律竿头。

（云）兀那王林，有酒么？不则这般白吃你的，与你一抄碎金子[20]，与你做酒钱。（王林做采泪科，云）要他那碎金子做什么！（正末笑科，云）他口里说不要，可揣在怀里。老王将酒来。（王林云）有酒，有酒。（做筛酒科）（正末云）我吃这酒在肚里，则是翻也翻的，不吃更待干罢！（唱）

［油葫芦］往常时酒债寻常行处有，十欠着九。（带云）老王也，（唱）则你这杏花庄压尽他谢家楼[21]。你与我便熟油般造下春醅酒，你与我花羔般煮下肥羊肉。一壁厢肉又熟，一壁厢酒正笃[22]，抵多少锦封未拆香先透，我则待乘兴饮两三瓯。

［天下乐］可正是一盏能消万种愁。（云）老王也，咱吃了这酒呵，（唱）把烦恼都也波丢，都丢在脑背后，这些时吃一个没了休。（带云）我醉了呵，（唱）遮莫我倒在路边，遮莫我卧在瓮头。（做吐科，云）老王俫，（唱）直醉的来在这搭里呕。

（云）老王，这酒寒，快镟热酒来。（王林云）老汉知道。（做换酒科，哭云）我那满堂娇儿也！（正末云）快酾热酒来[23]。（王林又哭云）我那满堂娇儿也。（正末云）老王，我不曾与你酒钱来？你怎么这般烦恼？（王林云）哥哥，不干你事。我自有撇不下的烦恼哩，你则吃酒。（正末唱）

［赏花时］咱两个每日尊前语话投，今日呵为甚将咱佯不睬？（王林云）你不知道，我自嫁我的女孩儿，为此着恼。（正末唱）哎！你个呆老子畅好是忒㧐搜[24]。（云）比似你这般烦恼，

休嫁他不的。（王林哭科，云）哎哟！我那满堂娇儿也。（正末唱）你何不养着他到苍颜皓首？（云）你晓的世上有三不留么？（王林云）哥，是那三不留？（正末云）蚕老不中留，人老不中留，（唱）呆老子，常言道："女大不中留。"

（云）我问你，那女孩儿嫁了个什么人？（王林云）哥，我那女孩儿嫁人，我怎么烦恼？则是悔气[25]，被一个贼汉夺将去了！（正末做打科，云）你道是贼汉，是我夺了你女孩儿来？（唱）

［金盏儿］我这里猛睁眸，他那里巧舌头，是非只为多开口。但半星儿虚谬，恼翻我，怎干休。一把火将您那草团瓢烧成为腐炭[26]，盛酒瓮摔做碎瓷瓯。（带云）绰起俺两把板斧来，（唱）砍折你那蟠根桑枣树，活杀您那阔角水黄牛。

（云）兀那老王，你说的是，万事皆休；说的不是，我不道的饶你哩！（王林云）太仆停嗔息怒，听老汉漫漫的说与你听。有两个人来吃酒，他说我一个是宋江，一个是鲁智深。老汉便道，正是梁山泊上太仆，我无甚孝顺，我只一个十八岁女孩儿，叫做满堂娇，着他出来拜见，与太仆递一杯儿酒，也表老汉的一点心。我叫出我那女孩儿来，与那宋江、鲁智深递了三杯酒。那宋江也回递了我三钟酒，他又把红褡膊揣在我怀里。那鲁智深说：这三钟酒是肯酒，这红褡膊是红定，俺宋江哥哥有一百八个头领，单只少一个人哩。你将这十八岁的满堂娇与俺哥哥做个压寨夫人，则今日好日辰，俺两个便上梁山泊去也。许我三日之后，便送女孩儿来家。他两个说罢，就将女孩儿领去了。老汉偌大年纪，眼睛一对，臂膊一双，则觑着我那女孩儿。他平白地把我女孩儿强抢将去，哥，教我怎么不烦恼！（正末云）有什么见证？（王林云）有红绢褡膊便是见证。（正末云）我待不信来，那个士大夫有这东西！老王，你做下一瓮好酒，宰下一个好牛犊儿，只等三日之后，我轻轻的把着手儿，送将你那满堂娇孩儿来家，你意下如何？（王林云）哥，你若送将我那女孩儿来家，老汉莫要说一瓮酒，一个牛犊儿，便杀身也报答大恩不尽！（正末唱）

［赚煞］管着你目下见仇人，则不要口似无梁斗[27]，一句句言如劈竹。（带云）宋江俫，（唱）不争你这一度风流，倒出了一度丑。暂今番泼水难收，到那里问缘由，怎敢便信口胡诌[28]！则要你肚囊里揣着状本熟，不要你将无来作有，则要你依前来依后[29]。（云）我如今回去，见俺宋公明，数说他这罪过，就着他辞了三十六大夥，七十二小夥，半垓来小偻㑩，同鲁智深一径离了山寨，到你庄上。那时节我若叫你出来，你可休似乌龟一般，缩了头再也不肯出来。（王林云）老汉若不见他，万事休论；我若见了他，我认的他两个，恨不的咬掉他一块肉来，我怎么肯不出见他？（正末云）老王，兀的不是俺宋江哥哥，他道没也。老儿，俺逗你耍哩。（唱）你可也休翻做了镴枪头[30]！（下）

（王林云）李逵哥哥去了，我也收拾过铺面，专等三日之后，送满堂娇孩儿来家。满堂娇孩儿，则被你痛杀我也！（下）

涵芬楼影印明刊本《元曲选》壬集下

①《梁山泊李逵负荆》敷演梁山泊李逵误信宋江、鲁智深抢夺民女，大闹忠义堂，待弄明真相后又负荆请罪的故事。后出之《水浒传》百回本第七十三回叙此事，情节近似，意旨却不同。剧作者构思独特，以一场误会显示出李逵憨厚、鲁莽的性格，以及善善恶恶的正义基质，开创了借否定以肯定的喜剧类型。这里选的是第一折。

②冲末：元杂剧角色名，扮演剧中最先出场的男性次要人物。外：外末，元杂剧角色名，扮演剧中次要的男性人物，地位不及冲末。净：元杂剧角色名，扮演性格粗犷、具有一定喜剧色彩的男性人物，或者扮演反面人物。

③渗青巾：一种青色的头巾。

④迭配：充军。

⑤半垓（gāi该）：古代数目名，指五千万。《太平御览》卷七五〇引汉代应劭《风俗通》云：“十万谓之亿，十亿谓之兆，十兆谓之经，十经谓之垓。”这里是夸张的说法，用以显示声势浩大。

⑥曲律：弯曲的样子。草稕（zhùn）：用草绑缚成的草把或草圈儿，系在竿上，挂在店门口，作为酒店的标志。

⑦高阳公子：即高阳酒徒。汉初郦食其自称“高阳酒徒”，受到刘邦重用。以后人们以此作为好酒者的代称。

⑧酒务儿：宋代掌酒税的官称酒务官，人们因称酒店为酒务儿。

⑨镟锅儿：烫酒用的锅子。

⑩长钱：古代有长钱、短钱之分。以不足百文而当百文使用的钱为短陌，又称短钱；十足的一百文为足陌，又称长钱。

⑪太仆：古代官名，元杂剧中多用作对绿林好汉的敬称。

⑫褡（dā搭）膊：长方形的布袋，可系在腰间，也可搭在肩上，里面可放钱物。

⑬肯酒：即订婚酒，这是宋元时订婚的一种仪式。

⑭红定：订婚时所下的聘礼，多为红色的绸缎。

⑮王留：元代通俗文学中对乡巴佬的通称。

⑯张口毛：指胡须。

⑰啖（dàn旦）：吃，咬。

⑱轻薄桃花逐水流：出自杜甫《绝句漫兴九首》：“颠狂柳絮随风去，轻薄桃花逐水流。”

⑲迤（yǐ以）逗：挑逗，招惹。

⑳抄：古量器名。《孙子·算经》：“十撮为一抄，十抄为一勺，十勺为一合，十合为一升。”

㉑谢家楼：指谢朓楼。李白《宣城谢朓楼饯别校书叔云》诗中有“长风万里送秋雁，对此可以酣高楼”之句。后用来代指酒楼。

㉒篘（chōu抽）：滤酒的器具，这里作动词用，指过滤酒。

㉓釃（shāi筛）：斟、倒。

㉔㨨（chōu抽）搜：固执、呆板的意思。

㉕悔气：即晦气。

㉖草团瓢：顶似圆形的茅草屋。

㉗口似无梁斗：斗是古代盛酒的器具，上有提梁，供持拿用。无梁斗，比喻说话没有凭据。

㉘胡哼：即胡诌，胡说。

㉙依前来依后：指说话前后一致。

㉚镴（là辣）枪头：比喻表面上好看，实际上不中用。铅与锡的合金称镴，质地不坚硬。

八 张养浩

张养浩（1270—1329），字希孟，号云庄，山东济南人。历官监察御史、礼部尚书，曾因直言敢谏而屡遭风险。后罢官家居。著有散曲集《云庄休居自适小乐府》，多写山林隐居之趣，而忧民之心终不能忘。晚年接受征召，入关中赈灾，因积劳成疾，死于任所。

中吕·山坡羊·潼关怀古①

峰峦如聚，波涛如怒，山河表里潼关路②。望西都③，意踟蹰。伤心秦汉经行处④，宫阙万间都做了土。兴，百姓苦；亡，百姓苦。

清顺治刻本《张文忠公乐府》

①这首小令是作者入关中赈灾途中所作。它以高度概括的语言，对古代王朝的兴衰史作了全面、深刻的反省，气势雄伟，感叹深沉，为元散曲中所少见。潼关，古关名，在今陕西潼关县北，地势险要，历来为军事要地。

②“山河”句：潼关外有黄河，内有华山，故称表里山河。

③西都：指故都长安，也称西京。

④“伤心”句：一路行经秦汉故地，满目凄凉，令人伤感。

九

睢景臣

睢景臣，一作舜臣，字景贤，又作嘉贤，扬州人，生卒年不详。元成宗大德七年(1303)移居杭州，与《录鬼簿》作者钟嗣成相识。心性聪明，酷嗜音律，而仕途不得志。著有杂剧《屈原投江》等三种，今不传。散曲尚存三套，其中《高祖还乡》制作新奇，被人推为绝唱。

般涉调·哨遍·高祖还乡①

［哨遍］社长排门告示②，但有的差使无推故③。这差使不寻俗④，一壁厢纳草除根⑤，一边又要差夫，索应付。又言是车驾，都说是銮舆⑥，今日还乡故。王乡老执定瓦台盘⑦，赵忙郎抱着酒葫芦⑧，新刷来的头巾⑨，恰糨来的绸衫⑩，畅好是妆幺大户⑪。

［耍孩儿］瞎王留引定火乔男女⑫，胡踢蹬吹笛擂鼓⑬。见一彪人马到庄门，匹头里几面旗舒：一面旗白胡阑套住个迎霜兔⑭，一面旗红曲连打着个毕月乌⑮，一面旗鸡学舞⑯，一面旗狗生双翅⑰，一面旗蛇缠葫芦⑱。

［五煞］红漆了叉⑲，银铮了斧⑳，甜瓜苦瓜黄金镀㉑。明晃晃马蹬枪尖上挑㉒，白雪雪鹅毛扇上铺㉓。这几个乔人物，拿着些不曾见的器仗，穿着些大作怪衣服㉔。

［四］辕条上都是马㉕，套顶上不见驴。黄罗伞柄天生曲㉖。车前八个天曹判㉗，车后若干递送夫。更几个多娇女，一般穿着，一样妆梳。

［三］那大汉下的车，众人施礼数。那大汉觑得人如无物。众乡老屈脚舒腰拜，那大汉挪身着手扶。猛可里抬头觑，觑多时认得，险气破我胸脯。

［二］你须身姓刘，你妻须姓吕㉘。把你两家儿根脚从头数㉙：你本身做亭长耽几盏酒㉚，你丈人教村学读几卷书。曾在俺庄东住，也曾与我喂牛切草，拽坝扶锄㉛。

［一］春采了桑，冬借了俺粟，零支了米麦无重数。换田契强秤了麻三秤，还酒债偷量了豆几斛。有甚胡突处？明标着册历，见放着文书。

［尾］少我的钱，差发内旋拨还㉜；欠我的粟，税粮中私准除㉝。只道刘三，谁肯把你揪捽住㉞，白甚么改了姓，更了名，唤作汉高祖！

《四部丛刊》本《太平乐府》

①这篇散套选取汉高祖刘邦返乡的史实，假愚陋的村民口吻，辛辣嘲讽至尊无上的封建帝王，给刘邦一个乡里无赖的面目。作者将散曲泼辣、诙谐的艺术特性发挥到了极致，鲜明地表现出元代带叛逆倾向的时代精神。

②社长：元代乡村组织以五十家为一社，选乡绅为社长。排门告示：挨家挨户地告知。

③无推故：不得推托。

④不寻俗：不同寻常。

⑤一壁厢：一边，一面。纳草除根：原本为“纳草也根”，此从《雍熙乐府》改。

⑥车驾、銮舆：都是皇帝所坐的车子，常被用作皇帝的代称。

⑦乡老：有地位而又年长的乡绅。

⑧忙郎：对年轻乡民的称呼。

⑨新刷来的：刚洗刷过的。

⑩糨来的：用米汁或面汤给洗净的衣服上浆，使之晾干捶捣后显得平整。糨，同“浆”。

⑪妆幺大户：装模作样地冒充大户人家。

⑫王留：元曲中常见的乡巴佬名。火：指若干人结合的一群。乔男女：不三不四的人。

⑬胡踢蹬：瞎闹腾。一说为乡民的诨名。

⑭胡阑：“环”的复音，指月亮。迎霜兔：传说月中有白兔捣药。此句写月旗。

⑮曲连：“圈”的复音，指太阳。毕月乌：传说日中有三只脚的金乌。此句指日旗。

⑯鸡学舞：指凤凰旗。

⑰狗生双翅：指飞虎旗。

⑱蛇缠葫芦：指龙戏珠旗。以上均为乡民眼中的皇家仪仗旌旗图形。

⑲红漆了叉：指画戟。

⑳银铮了斧：指钺斧。

㉑“甜瓜”句：指金瓜锤。

㉒“明晃晃”句：指仪仗中的朝天镫。

㉓“白雪雪”句：指鹅毛制的官扇，也叫障扇。

㉔大作怪：非常奇特。

㉕辕条：车前驾牲口的木杆。都是马：与下句“不见驴”均表示不寻常，因乡间少马。

㉖黄罗伞：即曲盖，是皇帝乘舆的车盖，其形状像一把弯柄大伞。

㉗天曹判：天庭上的判官。此处比喻威严的侍从人员。

㉘你妻须姓吕：刘邦的妻子叫吕雉，即吕后。

㉙根脚：根底。

㉚“你本身”句：秦时十里为一亭，设有亭长。刘邦在秦末曾为泗水亭长，爱喝酒。见《史记·高祖本纪》。

㉛坝：通“耙”，一种碎土的农具。

㉜差发：即官差，当时可以出钱代替，故云。旋：快，立即。

㉝私准除：私下里允许扣除。

㉞捽（zuó 昨）：捉。

㉟白：平白，无缘无故地。

一〇
乔　吉

乔吉（约1280—约1345），一名乔吉甫，字梦符，号笙鹤翁，又号惺惺道人，山西太原人，流寓杭州。有《正宫·绿幺遍》小令，自述生平诗酒作生涯，漂泊江湖四十年。作有杂剧十一种，今存三种。散曲尤著名，风格清丽，雅俗交融，与张可久并称。有《惺惺道人乐府》、《乔梦符小令》等。

越调·凭阑人·金陵道中[1]

瘦马驮诗天一涯，倦鸟呼愁村数家。扑头飞柳花，与人添鬓华[2]。

《散曲丛刊》本《梦符散曲·摭遗》

①此曲作于暮春时节往赴金陵的路上。作者的漂泊感受和无边的哀愁都在寥寥数笔景物描画中传出，语言接近白话，而情思绵长不绝。

②“扑头”二句：借柳絮飘飞的描写巧妙地表达因春暮触发的忧愁。鬓华，两鬓的白发。

一一 张可久

张可久（1280—1348以后），一名久可，号小山，庆元（浙江鄞县）人。做过路吏、典史、幕宾，一生沉迹下僚。致力于散曲创作，传世作品之多，为元代散曲作家之冠。内容多是描绘自然风光，以及抒写个人怀抱，风格秀丽典雅，格律工整谨严，明清以来受到曲家推崇。有《小山乐府》。

南吕·金字经·春晚①

惜花人何处？落红春又残②。倚遍危楼十二阑③。弹，泪痕罗袖斑。江南岸，夕阳山外山。

《散曲丛刊》本《小山乐府·前集》

①此曲写暮春时分的忧愁，既是怀人，也是自伤。作品音韵谐美，意境清佳，将人的思绪带得很远。

②春又残：春天将尽。

③阑：栏杆。

南吕·一枝花·湖上晚归①

［一枝花］长天落彩霞，远水涵秋镜。花如人面红，山似佛头青②。生色围屏③，翠冷松云径，嫣然眉黛横④。但携将旖旎浓香⑤，何必赋横斜瘦影⑥。

［梁州］挽玉手留连锦裀⑦，据胡床指点银瓶⑧。素娥不嫁伤孤零⑨。想当年小小⑩，问何处卿卿⑪？东坡才调，西子娉婷，总相宜千古留名⑫。吾二人此地私行。六一泉亭上诗成⑬，三五夜花前月明⑭，十四弦指下风生⑮。可憎⑯，有情，捧红牙合和《伊州令》⑰。万籁寂，四山静，幽咽泉流水下声⑱。鹤怨猿惊。

［尾］岩阿禅窟鸣金磬⑲，波底龙宫漾水精⑳。夜气清，酒力醒。宝篆销㉑，玉漏鸣㉒。笑归来仿佛二更，煞强似踏雪寻梅灞桥冷㉓。

《散曲丛刊》本《小山乐府·补集》

①这首套曲叙述与恋人携手游西湖的情景，风雅的举动、愉悦的心情和清幽恬静的景色和谐地结合在一起，语言精练，佳句迭出，被人誉为“古今绝唱”。

②佛头青：一种颜料名，即石青，为深青色。林逋《西湖》诗：“春水净于僧眼碧，晚山

浓似佛头青。”

③生色围屏：指景色好似彩色的屏风。生色，生动鲜明的色彩。

④嫣然：形容女性美好的样子。眉黛：用女子画就的黛色的眉形容远山的形状。

⑤旖旎（yǐ nǐ 已你）浓香：代指同行的美人。旖旎，娇柔的样子。

⑥横斜瘦影：林逋《梅花》诗有“疏影横斜水清浅，暗香浮动月黄昏”，这里借以指梅。

⑦锦裀：如锦褥般鲜艳的花丛。

⑧胡床：即交椅，又称交床，可以折叠。指点银瓶：意即索要酒喝。杜甫《少年行》：“指点银瓶索酒尝。”

⑨“素娥”句：写月。素娥，即嫦娥。

⑩小小：苏小小，南齐时钱塘的名妓。《春渚纪闻》记录她的《蝶恋花》词一首，中有“妾本钱塘江上住，花落花开，不管流年度”的句子。

⑪卿卿：通常指相互爱昵之称，语本《世说新语·惑溺》。以上三句用孤月和苏小小反衬主人公自己的美满。

⑫“东坡才调”三句：化用苏轼诗句，指出才子美人合当相配，并千古留名。苏轼《饮湖上初晴后雨》有“欲把西湖比西子，淡妆浓抹总相宜”句。

⑬六一泉：在杭州孤山南，是苏轼为纪念欧阳修而命名的。欧阳修号六一居士。

⑭三五夜：即农历十五的晚上。

⑮十四弦：古代的一种弦乐器。宋孟珙《蒙鞑备录》：“国王出师，亦以女乐随行，率十七八美女，极慧黠，多以十四弦等弹大官乐。”

⑯可憎：可爱的意思。

⑰红牙：檀木制的拍板。《伊州令》：曲牌名，这里泛指乐曲。

⑱“幽咽”句：形容乐曲声如泉水在山石间流动发出的声响。白居易《琵琶行》有“幽咽泉流水下滩”句。

⑲“岩阿”句：山寺响起了钟磬之声。岩阿，山岩丛中。禅窟，指佛寺。

⑳“波底”句：月光下，湖上的景物倒映在水中，如水晶龙宫在波底荡漾。

㉑宝篆（zhuàn 转）：篆字形的熏香。

㉒玉漏：古代计时的工具，以滴水的方式计算时间。

㉓踏雪寻梅灞桥冷：唐代诗人孟浩然曾在大雪天骑着驴到灞桥赏梅，寻找诗兴。

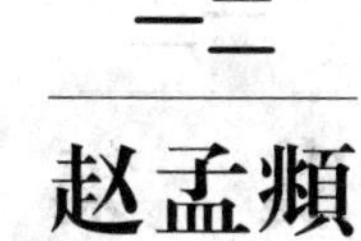

赵孟頫

赵孟頫（1254—1322），字子昂，号松雪道人，吴兴（今浙江湖州）人。宋太祖赵匡胤的十一世孙，南宋末官真州司户参军。入元，经人荐举入朝，官至翰林学士承旨。以宋宗室的身份仕元，受到社会的非议，惭悔而无从解脱，于是将精力投入艺术创作中。他具有多种艺术才能，书法和绘画均“冠绝当时”，诗也享有较高声誉，真正有审美价值的作品是那些抒写内心痛苦的诗篇。有《松雪斋文集》。

纪旧游[①]

二月江南莺乱飞[②]，百花满树柳依依[③]。落红无数迷歌扇，嫩绿多情妒舞衣[④]。金鸭焚香川上暝[⑤]，画船挝鼓月中归[⑥]。如今寂寞东风里，把酒无言对夕晖。

《四部丛刊》本《松雪斋文集》卷四

①这首诗是诗人在北方为宦期间追忆当年南方春游之乐而作的，美好的回忆中寄托了深深的故国之思，以及屈节仕元的苦涩之情。此作采用“齐”、“微”二韵，与传统律诗有所不同，然历代评选家均将其视作一首七律。

②“二月”句：语出丘迟《与陈伯之书》：“暮春三月，江南草长，杂花生树，群莺乱飞。”

③依依：柳条随风摇摆，似向人传情貌。

④“落红”二句：歌女和舞女们在明媚的春光中尽兴表演，以至于红花、绿草均为之失色。

⑤金鸭：铜制鸭形香炉。暝：日暮。

⑥挝（zhuā 抓）：敲打。

一三

虞集

虞集（1272—1348），字伯生，号道园，人称邵庵先生。宋丞相虞允文五世孙，祖籍仁寿（今属四川），宋亡侨居临川崇仁（今属江西）。大德初，以荐授大都路儒学教授，累官集贤修撰、奎章阁侍书学士。以诗称名于世，风格典雅老沉，被推为“元诗四大家”之首。有《道园学古录》、《道园遗稿》。

挽文山丞相[1]

徒把金戈挽落晖[2]，南冠无奈北风吹[3]。子房本为韩仇出[4]，诸葛宁知汉祚移[5]。云暗鼎湖龙去远[6]，月明华表鹤归迟[7]。不须更上新亭望，大不如前洒泪时[8]。

《元诗选》本《道园遗稿》甲集

①这首诗是悼念南宋爱国志士文天祥的。文曾任右丞相，于宋末组织抗元斗争而被捕，后遭杀害。本诗歌颂英雄，并流露出缅怀宋朝的情绪。

②金戈挽落晖：《淮南子·览冥训》载：“鲁阳公与韩构难，战酣日暮，援戈而抝之，日为之反三舍。”这里指文天祥已无力挽回南宋败局。

③南冠：春秋时楚人戴的帽子。《左传·成公九年》：“晋侯观于军府，见钟仪，问之曰：‘南冠而絷者，谁也?’有司对曰：‘郑人所献楚囚也。’”这里喻指文天祥，他曾两次被元军拘囚。北风：喻指元军。

④子房：即张良，字子房，他的上辈是韩国丞相。秦灭韩，张良力图为韩复仇，曾募壮士行刺秦始皇于博浪沙，误中副车。后辅佐刘邦取得天下。

⑤诸葛：指诸葛亮。宁知：岂知、怎知。汉祚（zuò 作）：汉朝的国运。杜甫《咏怀古迹五首》之五咏诸葛亮：“运移汉祚终难复，志决身歼军务劳。”以上两句以张良、诸葛亮喻指文天祥，既是称颂，又含惋惜。

⑥鼎湖：传说黄帝铸鼎于荆山之下，鼎成，有龙下垂接他上天，后人便名其地为鼎湖。见《史记·封禅书》。古代诗文中多以“鼎湖龙去”比皇帝之死，这里兼指南宋末代皇帝之死及南宋政权的灭亡。

⑦华表鹤归：据《搜神后记》载，汉代辽东人丁令威学仙于灵虚山，后化鹤归还，立于城门华表柱上。这里借喻文天祥之魂，谓其迟迟不归。

⑧“不须”二句：《世说新语·言语》载，西晋灭亡后，南下的北方诸臣常聚会于江宁的新亭饮酒。一次，周颉于座中叹息云：“风景不殊，正自有山河之异。”一座皆流泪。东晋丞相王导厉声说：“共当戮力王室，克复神州，何至作楚囚相对!”此二句是说宋亡之后，还不如东晋当时的局面，连半壁江山都没有了。

一四

萨都剌

萨都剌（1272—1355），字天锡，号直斋，回族人，祖父镇守云、代，遂定居雁门（今山西代县）。曾官江南御史台掾、闽海廉访知事，游历甚广。所作诗多记游，及状写山川风物之美，也有宫词和艳情乐府。风格多样，以清丽俊逸为主。有《雁门集》。

上京即事①（十首选二）

牛羊散漫落日下，野草生香乳酪甜。卷地朔风沙似雪，家家行帐下毡帘②。

①此组诗共十首，作于元顺帝元统年间，以生动、真切的笔触描绘漠北的草原风光以及蒙古族人民的生活境况。这里选其第一、第二首。上京，即元朝上都，在今内蒙古自治区正蓝旗境内，闪电河北岸。

②行（xíng形）帐：可以迁移的帐篷，即俗称的蒙古包。

紫塞风高弓力强①，王孙走马猎沙场②。呼鹰腰箭归来晚③，马上倒悬双白狼④。

《四部丛刊》本《萨天锡诗集》前集

①紫塞：原指长城。晋崔豹《古今注·都邑》："秦筑长城，土色皆紫，汉塞亦然，故称紫塞焉。"这里泛指塞北地区。

②王孙：指蒙古族的贵族子弟。

③呼鹰：呼鹰逐兽，指打猎。《新唐书·姚崇传》："帝曰：'公知猎乎?'对曰：'少所习也。臣年二十，居广成泽，以呼鹰逐兽为乐。'"

④白狼：象征祥瑞的猎物。梁孙柔之《瑞应图》："白狼，王者仁德明哲则见。"唐欧阳詹《珍祥论》："殷汤上感，实获白狼。"

一五 高明

高明（1307？—1359），字则诚，号菜根道人，温州瑞安（今属浙江）人。元至正五年（1345）进士，历任处州录事、江浙行省丞相掾、福建行省都事。元末弃官，隐居明州（今浙江宁波）栎社，潜心词曲创作。朱元璋即位，征其出山，佯狂不出。有《柔克斋集》，今已散佚。最负盛名的作品是晚年创作的南戏《琵琶记》，后人将其与王实甫的《西厢记》并提。另有一剧《闵子骞单衣记》，今已失传。

琵琶记[1]

第二十出

（旦上唱）

［山坡羊］乱荒荒不丰稔的年岁[2]，远迢迢不回来的夫婿。急煎煎不耐烦的二亲，软怯怯不济事的孤身己[3]。衣尽典，寸丝不挂体。几番要卖了奴身己，争奈没主公婆教谁管取？（合）思之，虚飘飘命怎期？难捱，实丕丕灾共危[4]。

［前腔］滴溜溜难穷尽的珠泪，乱纷纷难宽解的愁绪。骨崖崖难扶持的病体[5]，战钦钦难捱过的时和岁[6]。这糠呵，我待不吃你，教奴怎忍饥？我待吃呵，怎吃得？（吃介）苦，思量起来不如奴先死，图得不知他亲死时。（合前）

（白）奴家早上安排些饭与公婆，非不欲买些鲑菜[7]，争奈无钱可买。不想婆婆抵死埋冤，只道奴家背地吃了甚么。不知奴家吃的却是细米皮糠，吃时不敢教他知道，只得回避。便埋冤杀了，也不敢分说。苦！真实这糠怎的吃得。（吃介）（唱）

［孝顺歌］呕得我肝肠痛，珠泪垂，喉咙尚兀自牢嗄住[8]。糠，遭砻被舂杵[9]筛你簸扬你，吃尽控持[10]。俏似奴家身狼狈[11]，千辛万苦皆经历。苦人吃着苦味，两苦相逢，可知道欲吞不去。（吃吐介）（唱）

［前腔］糠和米，本是两倚依，谁人簸扬你作两处飞？一贱与一贵，好似奴家共夫婿，终无见期。丈夫，你便是米么，米在他方没寻处。奴便是糠么，怎的把糠救得人饥馁？好似儿夫出去，怎的教奴，供给得公婆甘旨？（不吃放碗介）（唱）

［前腔］思量我生无益，死又值甚的！不如忍饥为怨鬼。公婆年纪老，靠着奴家相依倚，只得苟活片时。片时苟活虽容易，到底日久也难相聚。谩把糠来相比，这糠尚兀自有人吃，奴家骨头，知他埋在何处？

（外、净上探[12]，白）媳妇，你在这里说甚么？（旦遮糠介）（净搜出，打旦介）（白）公公，你看么，真个背后自逼逻东西吃[13]，这贱人好打！（外白）你把他吃了，看是什么物事？（净慌吃介）（吐介）（外白）媳妇，你逼逻的是甚么东西？（旦介）（唱）

[前腔] 这是谷中膜，米上皮，将来逼逻堪疗饥。（外、净白）这是糠，你却怎的吃得？（旦唱）尝闻古贤书，狗彘食人食[14]，公公，婆婆，须强如草根树皮。（外、净白）这的不嗄杀了你？（旦唱）嚼雪餐毡，苏卿犹健[15]，餐松食柏到做得神仙侣[16]，纵然吃些何虑？（白）公公，婆婆，别人吃不得，奴家须是吃得。（外，净白）胡说！偏你如何吃得？（旦唱）爹妈休疑，奴须是你孩儿的糟糠妻室[17]！

（外、净哭介，白）原来错埋冤了人，兀的不痛杀了我！（倒介）（旦叫介，唱）

[雁过沙] 他沉沉向迷途，空教我耳边呼。公公，婆婆，我不能尽心相奉事，番教你为我归黄土。公公，婆婆，人道你死缘何故？公公，婆婆，你怎生割舍抛弃了奴？

（白）公公，婆婆。（外醒介，唱）

[前腔] 媳妇，你耽饥事公姑[18]。媳妇，你耽饥怎生度？错埋冤你也不肯辞，我如今始信有糟糠妇。媳妇，我料应不久归阴府。媳妇，你休便为我死的把生的受苦。（旦叫婆婆介，唱）

[前腔] 婆婆，你还死，教奴家怎支吾[19]？你若死教我怎生度？我千辛万苦回护丈夫[20]，如今到此难回护。我只愁母死难留父，况衣衫尽解，囊箧又无。（外叫净介，唱）

[前腔] 婆婆，我当初不寻思，教孩儿往皇都。把媳妇闪得苦又孤，把婆婆送入黄泉路，只怨是我相耽误。我骨头未知埋在何处所。

（旦白）婆婆都不省人事了，且扶入里面去。正是：青龙共白虎同行[21]，吉凶事全然未保。（并下）（末上白[22]）福无双至犹难信，祸不单行却是真。自家为甚说这两句？为邻家蔡伯喈妻房，名唤作赵氏五娘子，嫁得伯喈秀才，方才两月，丈夫便出去赴选。自去之后，连年饥荒，家里只有公婆两口，年纪八十之上，甘旨之奉，亏杀这赵五娘子，把些衣服首饰之类尽皆典卖，籴些粮米做饭与公婆吃，他却背地里把些细米皮糠逼逻充饥。唧唧[23]，这般荒年饥岁，少什么有三五个孩儿的人家，供膳不得爹娘。这个小娘子，真个今人中少有，古人中难得。那公婆不知道，颠倒把他埋怨。今来听得他公婆知道，却又痛心，都害了病[24]。俺如今去他家里探取消息则个。（看介）这个来的却是蔡小娘子，怎生恁地走得慌？（旦慌走上介，白）天有不测风云，人有旦夕祸福。（见末介）公公，我的婆婆死了。（末介）我却要来[25]。（旦白）公公，我衣衫首饰尽行典卖，今日婆婆又死，教我如何区处？公公可怜见，相济则个。（末白）不妨，婆婆衣衾棺椁之费皆出于我，你但尽心承值公公便了[26]。（旦哭介，唱）

[玉包肚] 千般生受[27]，教奴家如何措手？终不然把他骸骨，没棺椁送在荒丘？（合）相看到此，不由人不珠泪流，正是不是冤家不聚头[28]。（末唱）

[前腔] 不须多忧，送婆婆是我身上有。你但小心承值公公，莫教又成不救。（合前）（旦白）如此，谢得公公！只为无钱送老娘，（末白）娘子放心，须知此事有商量。（合）正是：归家不敢高声哭，只恐人闻也断肠。（并下）

《古本戏曲丛刊初集》本《琵琶记》

①《琵琶记》一剧为改编南戏早期作品《赵贞女蔡二郎》而成，敷演的是赵五娘和蔡伯喈的故事。这一故事在宋元时期广泛流传于民间。作品改变了原来蔡伯喈“弃亲背妇”、赵五娘遭马踹踏的情节，以“三不从”（即蔡不愿赴考，父亲不从；辞去官职，皇帝不从；京城辞婚，牛丞相不从）的安排，开脱了蔡二郎不孝不义的罪名，并制造了一个大团圆的结局。作者的原意是通过此剧宣扬封建孝道，但客观上却揭露了封建伦理道德的荒谬。剧中最成功的是赵五娘形象的塑造，她身上集中了中国劳动妇女善良坚韧、忍辱负重以及自我牺牲的精神，其遭遇和行为给人留下了难以磨灭的印象。全剧一共四十二出，这里选的是第二十出，叙写赵五娘私吞皮糠的事，其中对赵五娘的心理刻画特别精彩，乃全剧最动人的一幕。

②不丰稔（rěn 忍）：庄稼歉收。

③身已：即身体。南戏《宦门子弟错立身》第四出："我身已不快，去不得。"

④实丕丕：实实在在。

⑤骨崖崖：瘦骨嶙峋的样子。

⑥战钦钦：战战兢兢的样子。

⑦鲑（xié 斜）菜：鱼类菜肴。

⑧尚兀自：还，还是。牢嗄（shà 霎）住：紧紧地噎塞着。

⑨砻（lóng 龙）：磨去稻壳。舂杵：用杵臼捣碎谷物。

⑩控持：折磨、磨难。

⑪俏似：恰似。

⑫外：外末，角色名，此处扮演蔡公。净：角色名，此处扮演蔡婆。

⑬逼逻：安排、搜罗。

⑭狗彘（zhì 志）食人食：语出《孟子·梁惠王》，原意是猪狗吃人的食物，这里反其意而用之，指猪和狗吃的东西人却在吃。

⑮苏卿：即汉代的苏武，字子卿。武帝时出使匈奴，匈奴逼降不成，将其囚禁大窖中，嚼雪餐毡，得不死。十九年后全节而归。

⑯"餐松食柏"句：古代传说山中神仙不食人间烟火，以松柏籽为食，而得长寿。事出《列仙传》。

⑰糟糠妻室：贫困时患难与共的妻子。语见《后汉书·宋弘传》。

⑱耽饥：即担饥、忍饥。

⑲支吾：撑持、应付。

⑳回护：袒护、为之辩解。

㉑青龙共白虎同行：青龙与白虎皆为星宿名，星相家以青龙为吉星，以白虎为凶星。

㉒末：角色名，此处扮邻居张大公。

㉓唧唧：赞叹声，犹"啧啧"。

㉔痛心：原本作"用心"，又原本无"病"字，义不可通。据明改本补正。

㉕却要来：正要来。

㉖承值：承待、照应。

㉗生受：这里作困难、困苦解。

㉘不是冤家不聚头：一般指夫妻关系而言，此处泛指一家骨肉，意谓今世能成为一家人，乃是前世里的缘分。冤家，给自己带来苦恼而又舍不得的人。

一六
元话本

简帖和尚[①]

入话《鹧鸪天》：

白苎千袍入嫩凉[②]，春蚕食叶响长廊。禹门已准桃花浪[③]，月殿先收桂子香。　鹏北海，凤朝阳，又携书剑路茫茫。明年此日青云去，却笑人间举子忙。

大国长安一座县[④]，唤做咸阳县，离长安四十五里。一个官人，复姓宇文，名绶，离了咸阳县，来长安赴试，一连三番试不过。有个浑家王氏[⑤]，见丈夫试不中归来，把复姓为题，做个词儿，专说丈夫试不中，名唤做《望江南》。词道是：

公孙恨，端木笔俱收。枉念歌馆经数载，寻思徒记万余秋，拓跋泪交流。　村仆固，闷独驾孤舟。不望手勾龙虎榜，慕容颜老一齐休，甘分守闾丘[⑥]。

那王氏意不尽，看着丈夫，又做四句诗儿：

良人得得负奇才，何事年年被放回？君面从今羞妾面，此番归后夜间来。

宇文解元从此发忿道："试不中，定是不归！"到得来年，一举成名了，只在长安住，不归去。浑家王氏，见这丈夫不归，理会得，道："我曾做诗嘲他，可知道不归。"修一封书，叫当直王吉来："你与我将这封书去四十五里，把与官人。"书中前面略叙寒暄，后面做只词儿，名做《南柯子》。词道是：

鹊喜噪晨树，灯开半夜花。果然音信到天涯，报道玉郎登第出京华。　旧恨消眉黛，新欢上脸霞。从前都是误疑他，将谓经年狂荡不归家。

去这词后面，又写四句诗道：

长安此去无多地，郁郁葱葱佳气浮。良人得意正年少，今夜醉眠何处楼？

宇文绶接得书，展开看，读了词，看罢诗，道："你前回做诗，教我从今归后夜间来；我今试过了，却要我回！"就旅邸中取出文房四宝，做了只曲儿，唤做《踏莎行》：

足蹑云梯，手攀仙桂，姓名高挂登科记[⑦]。马前喝道状元来，金鞍玉勒成行缀。　宴罢归来，恣游花市，此时方显平生志。修书速报凤楼人[⑧]，这回好个风流婿。

做毕这词，取张花笺，折叠成书，待要写了付与浑家。正研墨，觉得手重，惹翻砚，水滴儿打湿了纸。再把一张纸折叠了，写成封家书，付与当直王吉，教分付家中孺人[⑨]："我今在长安试过了，到夜了归来。急去传语孺人，不到夜，我不归来！"王吉接得书，唱了喏，四十五里田地，直到家中。

话里且说宇文绶发了这封家书，当日天色晚，客店中无甚底事，便去睡。方才朦胧睡着，梦见归去，到咸阳县家中，见当直王吉在门前，一壁脱下草鞋洗脚[10]。宇文绶问道："王吉，你早归了？"再四问他不应。宇文绶焦躁，抬起头来看时，见浑家王氏，把着蜡烛入去房里。宇文绶赶上来，叫："孺人，我归了。"浑家不睬。他又说两声，浑家又不睬。宇文绶不知身是梦里，随浑家入房去。看这王氏时，放烛灯在桌子上，取早间一封书，头上取下金篦儿一剔[11]，剔开封皮看时，却是一幅白纸。浑家底笑[12]，就灯烛下把起笔来，就白纸上写了四句诗：

碧纱窗下启缄封，一纸从头彻底空。知尔欲归情意切，相思尽在不言中。

写毕，换个封皮，再来封了。那妇女把金篦儿去剔那蜡烛灯，一剔剔在宇文绶敛上[13]，吃一惊，撒然睡觉，却在客店里床上睡，灯犹未灭。桌子上看时，果然错封了一幅白纸归去，着一幅纸写这四句诗。到得明日早饭后，王吉把那封书来，拆开看时，里面写着四句诗，便是夜来梦里见那浑家做底一般。当便安排行李，即时归家去。这便唤做"错封书"。下来说底便是"错下书"。

有个官人，夫妻两口儿，正在家坐地，一个人送封简帖儿来，与他浑家。只因这封简帖儿，变出一本跷蹊作怪底小说来[14]。正是：

尘随马足何年尽？事系人心早晚休。

淡画眉儿斜插梳，不忺拈弄绣工夫[15]。云窗雾阁深深处，静拂云笺学草书。　多艳丽，更清姝，神仙标格世间无。当时只说梅花似，细看梅花却不如。

东京汴州开封府枣槊巷里[16]，有个官人，复姓皇甫，单名松，本身是左班殿直[17]，年二十六岁。有个妻子杨氏，年二十四岁。一个十三岁的丫环，名唤迎儿。只这三口，别无亲戚。当时皇甫殿直官差去押衣袄上边[18]，回来是年节第二节[19]。

去枣槊巷口一个小小底茶坊，开茶坊人唤做王二。当日茶市方罢，相是日中，只见一个官人入来。那官人生得：

浓眉毛，大眼睛，蹶鼻子，略绰口[20]。头上裹一顶高样大桶子头巾，着一领大宽袖斜襟褶子，下面衬贴衣裳，甜鞋净袜。

入来茶坊里坐下。开茶坊的王二，拿着茶盏，进前唱喏奉茶。那官人接茶吃罢，看着王二，道："少借这里等个人。"王二道："不妨。"等多时，只见一个男女[21]，托个盘儿，口中叫卖鹌鹑馉饳儿[22]。官人把手打招，叫："买馉饳儿。"僧儿见叫，托盘儿入茶坊内，放在桌上，将条篾篁穿那馉饳儿[23]，捏些盐放在官人面前，道："官人，吃馉饳儿。"官人道："我吃。先烦你一件事。"僧儿道："不知要做什么？"那官人指着枣槊巷里第四家，问僧儿："认得这人家么？"僧儿道："认得，那里是皇甫殿直家里。殿直押衣袄上边，方才回家。"官人问道："他家有几口？"僧儿道："只是殿直，一个小娘子，一个小养娘。"官人道："你认得那小娘子也不？"僧儿道："小娘子寻常不出帘儿外面，有时叫僧儿买馉饳儿，常去，认得。问他做甚么？"官人去腰里取下版金线篋儿[24]，抖下五十来钱，安在僧儿盘子里。僧儿见了，可煞喜欢，叉手不离方寸："告官人，有何使令？"官人道："我相烦你则个。"袖中取出一张白纸，包着一对落索环儿[25]，两只短金钗子，一个简帖儿，付与僧儿，道："这三件物事，烦你送去适间问的小娘子。你见殿直，不要送与他。见小娘子时，你只道官人再三传语，将这三件物来与小娘子，万望笑留。你便去，我只在这里等你回报。"

那僧儿接了三件物事，把盘子寄在王二茶坊柜上。僧儿托着三件物事入枣槊巷来，到皇甫殿直门前，把青竹帘掀起，探一探。当时皇甫殿直正在前面校椅上坐地[26]，只见卖馉饳的小厮儿掀起帘子[27]，猖猖狂狂，探一探了便走。皇甫殿直看着那厮，震威一喝，便是：

当阳桥上张飞勇，一喝曹公百万兵。

喝那厮一声，问道："做什么?"那厮不顾便走。皇甫殿直拽开脚，两步赶上，捽那厮回来[28]，问道："甚意思，看我一看了便走?"那厮道："一个官人，教我把三件物事与小娘子，不教把来与你。"殿直问道："什么物事?"那厮道："你莫问，不教把与你。"皇甫殿直捁得拳头没缝[29]，去顶门上屑那厮一㨃[30]，道："好好的把出来教我看!"那厮吃了一㨃，只得怀里取出一个纸裹儿，口里兀自道："教我把与小娘子，又不教把与你。"皇甫殿直劈手夺了纸包儿，打开看，里面一对落索环儿，一双短金钗，一个简帖儿。皇甫殿直接得三件物事，拆开简子看时：

某皇恐再拜，上启小娘子妆前：即日孟春谨时[31]，恭惟懿候起居万福。某外日荷蒙持杯之款，深切仰思，未尝少替。某偶以薄干，不及亲诣，聊有小词，名《诉衷情》，以代面禀，伏乞懿览。

词道是：

知伊夫婿上边回，懊恼碎情怀。络索环儿一对，简子与金钗。　伊收取，莫疑猜，且开怀。自后别后[32]，孤帏冷落，独守书斋。

皇甫殿直看了简贴儿，劈开眉下眼，咬碎口中牙，问僧儿道："谁交你把来?"僧儿用手指着巷口王二哥茶坊里道："有个粗眉毛、大眼睛、蹶鼻子、略绰口的官人，教我把来与小娘子，不教我把与你。"皇甫殿直一只手捽住僧儿狗毛，出这枣槊巷，径奔王二哥茶坊前来。僧儿指着茶坊道："恰才在这楼里面打底床铺上坐地的官人[33]，教我把来与小娘子，又不交把与你，你却打我!"皇甫殿直再捽僧儿回来，不由开茶坊的王二分说。

当时到家里，殿直焦躁，把门来关上，搋来搋了[34]，諕得僧儿战做一团。殿直从里面叫出二十四岁花枝也似浑家出来，道："你且看这件物事!"那小娘子又不知上件因依，去交椅上坐地。殿直把那简帖儿和两件物事度与浑家看[35]，那妇人看着简帖儿上言语，也没理会处。殿直道："你见我三个月日押衣袄上边，不知和甚人在家中吃酒!"小娘子道："我和你从小夫妻，你去后，何曾有人和我吃酒?"殿直道："既没人，这三件物从那里来?"小娘子道："我怎知?"殿直左手指，右手举，一个漏风掌打将去。小娘子则叫得一声，掩着面，哭将入去。皇甫殿直叫将十三岁迎儿出来，去壁上取下一把箭篾子竹来[36]，放在地上，叫过迎儿来。看着迎儿，生得：

短胳膊，琵琶腿。劈得柴，打得水。会吃饭，能屙屎。

皇甫松去衣架上取下一条绦来，把妮子缚了两只手，掉过屋梁去，直下打一抽，吊将妮子起去。拿起箭篾子竹来，问那妮子道："我出去三个月，小娘子在家中和甚人吃酒?"妮子道："不曾有人。"皇甫殿直拿起箭篾子竹，去妮子腿下便摔，摔得妮子杀猪也似叫。又问又打，那妮子吃不得打，口中道出一句来："三个月殿直出去，小娘子夜夜和个人睡。"皇甫殿直道："好也!"放下妮子来，解了绦，道："你且来，我问你，是和兀谁睡[37]?"那妮子揩着眼泪，道："告殿直，实不敢相瞒，自从殿直出去后，小娘子夜夜和个人睡，不是别人，却是和迎儿睡。"皇甫殿直道："这妮子，却不弄我!"喝将过去。带一管锁，走出门去，拽上那门，把锁锁了。

走去转弯巷口，叫将四个人来，是本地方所由[38]，如今叫做"连手"，又叫做"巡军"，张千、李万、董霸、薛超四人。来到门前[39]，用钥匙开了锁，推开门，从里面扯出卖馉饳的僧儿来，道："烦上名收领这厮[40]。"四人道："父母官使令，领台旨。"殿直道："未要去，还有人哩。"从里面叫出十三岁的迎儿和二十四岁花枝的浑家，道："和他都领去。"薛超唱喏道："父母官，不敢收领孺人。"殿直道："你遮不敢领他[41]，这件事干人命。"諕得四个所由，则得领小娘子和迎儿并卖馉饳儿的僧儿三个同去。

解到开封钱大尹厅下，皇甫殿直就厅下唱了大尹喏，把那简帖儿呈复了。钱大尹看见，即时教押下一个所属去处，叫将山前行山定来[42]。当时山定承了这件文字，叫僧儿问时，应道："则是茶坊里见个粗眉毛、大眼睛、蹶鼻子、略绰口的官人，交把这封简子来与小娘子，打杀后也只是恁地供!"问这迎儿，迎儿道："即不曾有人来同小娘子吃酒，亦不知付简帖儿来的是何人，打死也只是恁么供招!"却待问小娘子，小娘子道："自从小年夫妻，都无一个亲戚来去，只有夫妻二人，亦不知把简帖儿来的是何等人。"山前行山定看着小娘子，生得怎地瘦弱[43]，怎禁得打勘[44]？怎地讯问他？从里面交拐将过来两个狱子，押出一个罪人来。看这罪人时：

面长皴轮骨[45]，胲生渗癞腮[46]。有如行病鬼，到处降人灾。

小娘子见这罪人后，两只手掩着面，那里敢开眼。山前行看着静山大王，道声与狱子："把枷梢一纽!"枷梢在上，道士头向下，拿起把荆子来，打得杀猪也似叫。山前行问道："你曾杀人也不曾?"静山大王应道："曾杀人!"又问："曾放火不曾?"应道："曾放火!"教两个狱子把静山大王押入牢里去。山前行回转头来，看着小娘子道："你见静山大王，吃不得几杖子，杀人放火都认了。小娘子，你有事，只好供招了。你却如何吃得这般杖子?"小娘子簌地两行泪下，道："告前行，到这里隐讳不得。觅幅纸和笔，只得与他供招。"小娘子供道："自从小年夫妻，都无一个亲戚来往，即不知把简帖儿来的是甚色样人。如今看要教侍儿吃甚罪名[48]，皆出赐大尹笔下。"见恁么说，五回三次问他，供说得一同。

似此三日，山前行正在州衙门前立，倒断不下。猛抬头看时，却见皇甫殿直在面前相揖，问及这件事："如何三日理会这件事不下？莫是接了寄简帖的人钱物，故意不予决这件公事?"山前行听得，道："殿直，如今台意要如何？"皇甫松道："只是要休离了。"当日山前行入州衙里，到晚衙，把这件文字呈了钱大尹。大尹叫将皇甫殿直来，当厅问道："捉贼见赃，捉奸见双，又无证佐，如何断得他罪?"皇甫松告钱大尹："松如今不愿同妻子归去，情愿当官休了。"大尹台判："听从夫便。"殿直自归。僧儿、迎儿喝出，各自归去。

只有小娘子见丈夫不要他，把他休了，哭出州衙门来，口中自道："丈夫又不要我，又没一个亲戚投奔，教我那里安身？不若我自寻死后休!"上天汉州桥[49]，看着金水银堤汴河，恰待要跳将下去，则见后面一个人，把小娘子衣裳一捽捽住。回转头来看时，恰是一个婆婆，生得：

眉分两道雪，髻挽一窝丝。眼昏一似秋水微浑，发白不若楚山云淡。

婆婆道："孩儿，你却没事寻死做甚么？你认得我也不?"小娘子道："不识婆婆。"婆婆道："我是你姑姑。自从你嫁了老公，我家寒，攀陪你不着，到今不来往。我前日听得你与丈夫官司，我日逐在这里伺候。今日听得道休离了，你要投水做甚么?"小娘子道："我上无片瓦，下无卓锥，老公又不要我，又无亲戚投奔，不死更待何时?"婆婆道："如今且同你去姑姑家里后如何?"妇女自思量道："这婆子，知他是我姑姑也不是。我如今没投奔处，且只得随他去了，却理会。"当时随这姑姑家去看时，家里没甚么活计，却好一个房舍，也有粉青帐儿，有交椅、桌凳之类。

在这姑姑家里过了三两日，当日方才吃罢饭，则听得外面一个官人高声大气叫道："婆子，你把我物事去卖了，如何不把钱来还？”那婆子听得叫，失张失志[50]，出去迎接来叫的官人，请入来坐地。小娘子着眼看时，见入来的人：

粗眉毛，大眼睛，蹶鼻子，略绰口。抹眉裹顶高装大带头巾，阔上领皂褙儿[51]，下面甜鞋净袜。

小娘子见了，口喻心，心喻口，道：“好似那僧儿说的寄简贴儿官人。”只见官人入来，便坐在凳子上，大惊小怪道：“婆子，你把我三百贯钱物事去卖了，经一个月日，不把钱来还。”婆子道：“物事自卖在人头，未得钱。支得时，即便付还官人。”官人道：“寻常交关钱物东西[52]，何尝推许多日？讨得时，千万送来。”官人说了自去。婆子入来，看着小娘子，簌地两行泪下，道：“却是怎好？”小娘子问道：“有什么事？”婆子道：“这官人元是蔡州通判，姓洪。如今不做官，却卖些珠翠头面[53]。前日一件物事教我把去卖，吃人交加了[54]，到如今没这钱还他，怪他焦燥不得。他前日央我一件事，我又不曾与他干得。”小娘子问道：“却是甚么事？”婆子道：“交我讨个细人[55]，要生得好的。若得一个似小娘子模样去嫁与他，那官人必喜欢。小娘子，你如今在这里，老公又不要你，终不为了，不若姑姑说合，你去嫁官人，不知你意如何？”小娘子沉吟半晌，不得已，只得依姑姑口，去这官人家里来。

逡巡过了一年[56]，当年是正月初一日。皇甫殿直自从休了浑家，在家中无好况。正是：

时间风火性，烧了岁寒心。

自思量道：“每年正月初一日，夫妻两人双双地上本州大相国寺里烧香。我今年却独自一个，不知我浑家那里去？”簌地两行泪下，闷闷不已。只得勉强着一领紫罗衫，手里把着银香盒，来大相国寺里烧香。到寺中烧香了，恰待出寺门，只见一个官人领着一个妇女。看那官人时，粗眉毛，大眼睛，蹶鼻子，略绰口，领着的妇女却便是他浑家。当时丈夫看着浑家，浑家又觑着丈夫，两个四目相视，只是不敢言语。那官人同妇女两个入大相国寺里去。

皇甫松在这山门头正恁沉吟，见一个打香油钱的行者[57]，正在那里打香油钱。看见这两人入去，口里道：“你害得我苦！你这汉如今却在这里！”大踏步赶入寺来。皇甫殿直见行者赶这两人，当时叫住行者道：“五戒[58]，你莫待要赶这两个人上去？”那行者道：“便是。说不得，我受这汉苦，到今日抬头不起，只是为他。”皇甫殿直道：“你认得这个妇女？”行者道：“不识。”殿直道：“便是我的浑家。”行者问：“如何却随着他？”皇甫殿直把送简帖儿和休离的上件事，对行者说了一遍。行者道：“却是怎地[59]！”行者却问皇甫殿直：“官人认得这个人？”殿直道：“不认得。”行者道：“这汉元是州东墦台寺里一个和尚，苦行便是墦台寺里行者[60]。我这本师，却是墦台寺监院[61]，手头有百十钱，剃度这厮做小师[62]。一年已前时，这厮偷了本师二百两银器，不见了，吃了些个情拷[63]。如今赶出寺来，讨饭吃处。罪过！这大相国寺里知寺厮认[64]，留苦行在此间打化香油钱。今日撞见这厮，却怎地休得！”方才说罢，只见这和尚将着他浑家从寺廊下出来。行者牵衣带步，却待去捽这厮。皇甫殿直扯住行者，闪那身已在山门一壁[65]，道：“且不得捽他。我和你尾这厮去，看那里着落，却与他官司。”两个后地尾将来。

话分两头。且说那妇人见了丈夫，眼泪汪汪，入去大相国寺里烧香了出来。这汉一路上却问这妇女道：“小娘子，你如何见了你丈夫便眼泪出？我不容易得你来！我当初从你门前过，见你在帘子下立地，见你生得好，有心在你处。今日得你做夫妻，也不通容易。”两个说来说去，恰到家中门前。入门去，那妇人问道：“当初这个简帖儿，却是兀谁把来？”这汉道：“好交你得知，便是我交卖馉饳儿的僧儿把来。你的丈夫中我计，真个便把你休了。”妇人听得说，捽住那汉，叫声屈，不知高低。那汉见那妇人叫将起来，却荒，就把只手去克着他脖项，指望坏他性命。外面皇甫殿直和行者尾着他两人，来到门首，见他濂入去，听得里面大惊小怪，跄将入去看时，见克着他浑家，[illegible]性命[66]。皇甫殿直和这行者两个，即时把这汉来捉了，解到开封府钱大尹厅下。[67]

出则壮士携鞭，入则佳人捧臂。世世靴踪不断，子孙出入金门[68]。

他是：

两浙钱王子，吴越国王孙。

大尹升厅，把这件事解到厅下。皇甫殿直和这浑家，把前面说过的话，对钱大尹历历从头说了一遍。钱大尹大怒，交左右索长枷把和尚枷了，当厅讯一百腿花，押下左司理院，交尽情根勘这件公事。勘正了，皇甫松责领浑家归去，再成夫妻。行者当厅给赏。和尚大情小节，一一都认了：不合设谋奸骗，后来又不合谋害这妇人性命。准“杂犯”断[69]，合重杖处死。这婆子不合假装姑姑，同谋不首，亦合编管邻州[70]。当日推出这和尚来。一个书会先生看见[71]，就法场上做了一只曲儿，唤做《南乡子》：

怎见一僧人，犯滥铺模受典刑[72]。案款已成招状了，遭刑，棒杀髡囚示万民。　　沿路众人听，尤念高王观世音。护法喜神齐合掌，低声，果谓金刚不坏身。

话本说彻，且作散场。

文学古籍刊行社影印本《清平山堂话本》

①《简帖和尚》载《清平山堂话本》，一名《胡姑姑》，又名《错下书》，冯梦龙辑入《古今小说》，删去篇末“话本说彻，且作散场”八字，题目改作《简帖僧巧骗皇甫妻》。篇首的“头回”《错封书》本之于宋罗烨《醉翁谈录》乙集卷二“王氏诗回吴上舍”，可断此话本小说写定于元代。正话所叙和尚骗占人妻故事，框架与洪迈《夷坚志·再补》“义妇复仇”条相类，表明此类故事宋代流传较多。此篇值得注意处是其叙事与一般话本迥异，采用控制视角，投帖离间人家夫妻之和尚及其用心直到结局处方才由自己和另一和尚揭出，叙事者未做任何解说，可说是话本向小说转化的征兆。简帖，书信。

②白苎（zhù住）：细白的麻布。嫩凉：微凉，初凉。

③禹门：在山西河津县西北，又称龙门，相传为夏禹所凿。

④大国：指国都。

⑤浑家：妻子。

⑥《望江南》词：这首词每句中都含着一个复姓：公孙、端木、哥舒（歌馆经数载）、司徒（思徒）、拓跋、仆固、独孤（闷独驾孤舟）、勾龙、慕容、闾丘。

⑦登科记：新科进士的名册。

⑧凤楼：指妇女的居处。

⑨孺人：古代大夫的妻子称孺人，此处是对对方妻子的尊称。

⑩一壁：一边，一旁。

⑪金篦（bì币）儿：妇女掠发用的一种饰物。

⑫底笑：“底”字疑误，《古今小说》作“含”。

⑬敛：当为“脸”之形误。

⑭跷蹊：奇怪，可疑。

⑮忺（xiān鲜）：喜欢，愿意。

⑯东京：北宋建都在汴梁（今河南开封），称东京。陪都河南府（今河南洛阳），称西京；

应天府（河南商丘），称南京；大名府（河北大名），称北京。

⑰左班殿直：宋代宫廷里供役使的武职官。

⑱押衣袄上边：押送军装往边境，供给边防军士。

⑲年节第二节：即正月十五，元宵节。正月初一为年节。

⑳略绰口：阔口。

㉑男女：古代对社会地位低下的人的称呼。

㉒馉饳（gǔ tuǒ 古妥）儿：饺子。

㉓篾篁：竹签。

㉔箧（qiè 怯）儿：小盒子。

㉕落索环儿：手镯。

㉖校椅：交椅。

㉗小厮儿：小男孩。

㉘捽（zuó 昨）：抓住。

㉙搙（nuò 懦）：紧握。

㉚屑：即捎。瀑（bào 暴）：用食指弯起敲击人的头顶。

㉛孟春：即初春。旧时每个季节的三个月依次称为孟、仲、季，孟春也即正月。谨时：《古今小说》作"初时"。孟春谨时指正月初。

㉜自后：《古今小说》作"自从"。

㉝拶（zā 匝）：这里当指木栅栏。

㉞摞（shuān 栓）：前一个"摞"作名词用，同"栓"；后一个"摞"作动词用，同"拴"。

㉟度与：递给。

㊱箭簝（liáo 僚）子竹：竹子的一种，干细，坚韧，可用来制箭杆。

㊲兀谁：即"谁"，"兀"是发语的词头。

㊳所由：指有关官吏。此处指负责巡查、捕盗的吏卒，即下文之连手、巡军。

㊴闩：《古今小说》作"门"。

㊵上名：对吏卒的尊称。

㊶你懑：你们。

㊷前行：掌审案的官员。

㊸怎地：即恁地，如此地。

㊹打勘：刑讯。

㊺皴（cūn 村）：皮肤皴裂。

㊻胲（gāi 该）：颊上肉。渗濑：凹凸不平，丑陋难看。

㊼道士头：唐宋时的枷一头宽，另一头有窄长的枷梢，宽的一头叫做"道士头"。

㊽侍儿：婢女。这里是妇女的自称。

㊾天汉州桥：又称天汉桥、州桥，位于开封城内汴河上。

㊿失张失志：惊慌失措的样子。

(51)皂褙（bèi）儿：黑色的上衣。

(52)交关：交易，此处为"介绍"的意思。

(53)头面：首饰。

(54)交加：诓骗去了。

(55)细人：姬妾。

(56)逡巡：勉强挨过去。

(57)行者：此指在寺院中服杂役而未剃发出家的人。

(58)五戒：本指佛教在家男女教徒所应遵守的五条戒律。此指未剃发出家的佛教徒，与“行者”所指相同。

(59)怎地：即“恁地”的意思。

(60)苦行：此指在寺院中专事劳作的净人（即未出家），为行者的自称。

(61)监院：寺院里主持事务的僧人。

(62)剃度：佛家语，即剃发为僧而得到超度的意思。这里指和尚收徒弟。小师：受戒不满十年的和尚。

(63)情拷：拷问。

(64)知寺：寺院里的一种职务名，专司对外应接，招待施主。

(65)身己：身体。

(66)阐闼：同“挣挫”，挣扎的意思。

(67)“解到”句：此句后，《古今小说》有“这钱大尹是谁”句。

(68)金门：汉代未央宫门前有铜马，称金马门，简称金门。后泛指官门。

(69)杂犯：古代法典的一篇，也叫杂纪律、杂律。

(70)编管邻州：把犯人送到邻近的州县里管制。

(71)书会先生：宋元时代通俗文艺作家自发组成的行会称书会。书会先生，书会里的成员。

(72)犯滥铺模：作奸犯科。

第七编

明代文学

一

施耐庵

施耐庵，元人，事迹无考。明人著录及《水浒传》早期刊本，题“钱塘施耐庵的本，罗贯中编次”，一曰“施耐庵集撰，罗贯中纂修”，公认施耐庵为《水浒传》原初作者。参照宋元瓦舍说话人多有以“庵”字为名号者及“的本”即真本之义，可推断施耐庵为杭州以说水浒故事著称之说话名家，或为书会才人。近世江苏兴化、大丰发现有关施耐庵文物文献，可大致认定施耐庵原籍。

水浒传·智取生辰纲①

话休絮繁。似此行了十四五日，那十四个人，没一个不怨怅杨志②。当日客店里，辰牌时分③，慢慢地打火吃了早饭行。正是六月初四日时节，天气未及晌午，一轮红日当天，没半点云彩。其日十分大热。古人有八句诗道：

祝融南来鞭火龙④，火旗焰焰烧天红。日轮当午凝不去，万国如在红炉中。五岳翠干云彩灭⑤，阳侯海底愁波竭⑥。何当一夕金风起⑦，为我扫除天下热。

当日行的路，都是山僻崎岖小径，南山北岭。却监着那十一个军汉，约行了二十余里路程。那军人们思量要去柳阴树下歇凉，被杨志拿着藤条打将来，喝道：“快走！教你早歇。”众军人看那天时，四下里无半点云彩，其时那热不可当。但见：

热气蒸人，嚣尘扑面⑧。万里乾坤如甑⑨，一轮火伞当天。四野无云，风寂寂波翻海沸⑩；千山灼焰，必剥剥石裂灰飞。空中鸟雀命将休，倒攧入树林深处⑪；水底鱼龙鳞角脱，直钻入泥土窖里。直教石虎喘无休，便是铁人须汗落。

当时，杨志催促一行人在山中僻路里行。看看日色当午，那石头上热了，脚疼走不得。众军汉道：“这般天气热，兀的不晒杀人⑫。”杨志喝着军汉道：“快走！赶过前面冈子去，却再理会⑬。”正行之间，前面迎着那冈子。众人看这冈子时，但见：

顶上万株绿树，根头一派黄沙。嵯峨浑似老龙形⑭，险峻但闻风雨响。山边茅草，乱丝丝攒遍地刀枪⑮；满地石头，磣可可睡两行虎豹⑯。休道西川蜀道险，须知此是太行山。

当时一行十五人奔上冈子来，歇下担仗，那十四人都去松阴树下睡倒了。杨志说道：“苦也！这里是甚么去处，你们却在这里歇凉！起来，快走！”众军汉道：“你便剁做我七八段，其实去不得了。”杨志拿起藤条，劈头劈脑打去。打得这个起来，那个睡倒，杨志无可奈何。只见两个虞候和老都管气喘急急⑰，也巴到冈子上松树下坐了喘气。看这杨志打那军健，老都管见了，说道：“提辖⑱，端的热了走不得，休见他罪过⑲。”杨志道：“都管，你不知，这里正是强人出没的去处，地名叫做黄泥冈。闲常太平时节，白日里兀自出来劫人[20]，休道是这般光景，谁敢在这里停脚！”两个虞候听杨志说了，便道：“我见你说好几遍了，只管把这话来惊吓人。”老都管道：“权且教他们众人歇一歇，略过日中行如何？”杨志道：“你也没分晓了[21]，如何使得！这里下冈子去，兀自有七八里没人家。甚么去处，敢在此歇凉！”老都管道：“我自坐一坐了走，你自去赶他众人先走。”杨志拿着藤条喝道：“一个不走的，吃俺二十棍。”众军汉一齐叫将起来。数内一个分说道[22]：“提辖，我们挑着百十斤担子，须不比你空手走的。你端的不把人当人！便是留守相公自来监押时[23]，也容我们说一句。你好不知疼痒，只顾逞辩[24]！”杨志骂道：“这畜生不呕死俺[25]，只是打便了。”拿起藤条，劈脸便打去。老都管喝道：“杨提辖且住，你听我说。我在东京太师府里做奶公时，门下官军见了无千无万[26]，都向着我喏喏连声[27]。不是我口浅[28]，量你是个遭死的军人[29]，相公可怜，抬举你做个提辖，比得草芥子大小的官职，直得恁地逞能[30]。休说我是相公家都管，便是村庄一个老的，也合依我劝一劝[31]，只顾把他们打，是何看待！”杨志道：“都管，你须是城市里人，生长在相府里，那里知道途路上千难万难。”老都管道：“四川、两广也曾去来，不曾见你这般卖弄。”杨志道：“如今须不比太平时节。”都管道：“你说这话该剜口割舌，今日天下怎地不太平？”

杨志却待再要回言，只见对面松林里影着一个人在那里舒头探脑价望[32]。杨志道：“俺说甚么，兀的不是歹人来了！”撇下藤条，拿了朴刀，赶入松林里来，喝一声道：“你这厮好大胆，怎敢看俺的行货[33]！”只见松林里一字儿摆着七辆江州车儿，七个人脱得赤条条的在那里乘凉。一个鬓边老大一搭朱砂记[34]，拿着一条朴刀，望杨志跟前来。七个人齐叫一声：“呵也！”都跳起来。杨志喝道：“你等是甚么人？”那七人道：“你是甚么人？”杨志又问道：“你等莫不是歹人？”那七人道：“你颠倒问[35]，我等是小本经纪，那里有钱与你。”杨志道：“你等小本经纪人，偏俺有大本钱。”那七人问道：“你端的是什么人？”杨志道：“你等且说那里来的人？”那七人道：“我等弟兄七人，是濠州人[36]，贩枣子上东京去，路途打从这里经过，听得多人说，这里黄泥冈上时常有贼打劫客商。我等一面走，一头自说道：我七个只有些枣子，别无甚财货，只顾过冈子来。上得冈子，当不过这热，权且在这林子里歇一歇，待晚凉了行。只听得有人上冈子来，我们只怕是歹人，因此使这个兄弟出来看一看。”杨志道：“原来如此，也是一般的客人。却才见你们窥望，惟恐是歹人，因此赶来看一看。”那七个人道：“客官请几个枣子了去。”杨志道：“不必。”提了朴刀，再回担边来。

老都管道：“既是有贼，我们去休[37]。”杨志道：“俺只道是歹人，原来是几个贩枣子的客人。”老都管别了脸对众军道[38]：“似你方才说时，他们都是没命的[39]。”杨志道：“不必相闹，俺只要没事便好。你们且歇了，等凉些走。”众军汉都笑了。杨志也把朴刀插在地上，自去一边树下坐了歇凉。没半碗饭时，只见远远地一个汉子，挑着一副担桶，唱上冈子来。唱道：

赤日炎炎似火烧，野田禾稻半枯焦。农夫心内如汤煮，公子王孙把扇摇。

那汉子口里唱着，走上冈子来，松林里头歇下担桶，坐地乘凉。众军看见了，便问那汉子道：“你桶里是甚么东西？”那汉子应道：“是白酒。”众军道：“挑往那里去？”那汉子道：“挑去村里卖。”众军道：“多少钱一桶？”那汉子道：“五贯足钱。”众军商量道：“我们又热又渴，何不买些吃？也解暑气。”正在那里凑钱，杨志见了，喝道：“你们又做甚么？”众军道：“买碗酒吃。”杨志调过朴刀杆便打，骂道：“你们不得洒家言语，胡乱便要买酒吃[40]，好大胆！”众军道：“没事又来鸟乱[41]。我们自凑钱买酒吃，干你甚事，也来打人。”杨志道：“你这村鸟理会的甚么[42]！到来只顾吃嘴，全不晓得路途上的勾当艰难[43]。多少好汉，被蒙汗药麻翻了。”那挑酒的汉子看着杨志冷笑道：“你这夯官好不晓事，早是我不卖与你吃[44]，却说出这般没气力的话来[45]。”

正在松树边闹动争说，只见对面松林里那伙贩枣子的客人，都提着朴刀走出来问道：“你们做甚么闹?”那挑酒的汉子道：“我自挑这酒过冈子村里卖，热了在此歇凉。他众人要问我买些吃，我又不曾卖与他。这个客官道我酒里有甚么蒙汗药。你道好笑么？说出这般话来!”那七个客人说道：“我只道有歹人出来，原来是如此。说一声也不打紧[46]。我们倒着买一碗吃。既是他们疑心，且卖一桶与我们吃。”那挑酒的道：“不卖！不卖!”这七个客人道：“你这鸟汉子也不晓事，我们须不曾说你[47]。你左右将到村里去卖[48]，一般还你钱。便卖些与我们，打甚么不紧。看你不道得舍施了茶汤[49]，便又救了我们热渴。”那挑酒的汉子便道：“卖一桶与你不争[50]，只是被他们说的不好，又没碗瓢舀吃。”那七人道：“你这汉子忒认真，便说了一声打甚么不紧。我们自有椰瓢在这里。”只见两个客人去车子前取出两个椰瓢来，一个捧出一大捧枣子来。七个人立在桶边，开了桶盖，轮替换着舀那酒吃，把枣子过口[51]。无一时，一桶酒都吃尽了。七个客人道：“正不曾问得你多少价钱?”那汉道：“我一了不说价[52]，五贯足钱一桶，十贯一担。”七个客人道：“五贯便依你五贯，只饶我们一瓢吃[53]。”那汉道：“饶不的，做定的价钱。”一个客人把钱还他，一个客人便去揭开桶盖，兜了一瓢，拿上便吃。那汉去夺时，这客人手拿半瓢酒，望松林里便走，那汉赶将去。只见这边一个客人从松林里走将出来，手里拿一个瓢，便来桶里舀了一瓢酒。那汉看见，抢来劈手夺住，望桶里一倾，便盖了桶盖，将瓢望地下一丢，口里说道：“你这客人好不君子相[54]！戴头识脸的[55]，也这般啰唣[56]!”

那对过众军汉见了[57]，心内痒起来，都待要吃。数中一个看着老都管道：“老爷爷，与我们说一声。那卖枣子的客人买他一桶吃了，我们胡乱也买他这桶吃，润一润喉也好。其实热渴了，没奈何，这里冈子上又没讨水吃处。老爷方便!”老都管见众军所说，自心里也要吃得些，竟来对杨志说：“那贩枣子客人已买了他一桶酒吃，只有这一桶，胡乱教他们买了避暑气。冈子上端的没处讨水吃。”杨志寻思道：“俺在远远处望，这厮们都买他的酒吃了，那桶里当面也见吃了半瓢，想是好的。打了他们半日，胡乱容他买碗吃罢。”杨志道：“既然老都管说了，教这厮们买吃了便起身。”众军健听了这话，凑了五贯足钱来买酒吃。那卖酒的汉子道：“不卖了，不卖了!”便道：“这酒里有蒙汗药在里头。”众军陪着笑说道：“大哥，直得便还言语[58]。”那汉道：“不卖了，休缠!”这贩枣子的客人劝道：“你这个鸟汉子，他也说得差了[59]，你也忒认真，连累我们也吃你说了几声[60]。须不关他众人之事，胡乱卖与他众人吃些。”那汉道：“没事讨别人疑心做甚么。”这贩枣子客人把那卖酒的汉子推开一边，只顾将这桶酒提与众军去吃。那军汉开了桶盖，无甚舀吃，陪个小心[61]，问客人借这椰瓢用一用。众客人道：“就送这几个枣子与你们过酒。”众军谢道：“甚么道理[62]。”客人道：“休要相谢，都是一般客人，何争在这百十个枣子上。”众军谢了，先兜两瓢，叫老都管吃一瓢，杨提辖吃一瓢。杨志那里肯吃。老都管自先吃了一瓢。两个虞候各吃一瓢。众军一发上[63]，那桶酒登时吃尽了。杨志见众人吃了无事，自本不吃，一者天气甚热，二乃口渴难熬，拿起来，只吃了一半，枣子分几个吃了。那卖酒的汉子说道：“这桶酒被那客人饶两瓢吃了，少了你些酒，我今饶了你众人半贯钱罢。”众军汉把钱还他。那汉子收了钱，挑了空桶，依然唱着山歌，自下冈子去了。

只见那七个贩枣子的客人，立在松树旁边，指着这一十五人说道：“倒也，倒也!”只见这十五个人：头重脚轻，一个个面面厮觑[64]，都软倒了。那七个客人从松树林里推出这七辆江州车儿，把车子上枣子都丢在地上，将这十一担金珠宝贝，却装在车子内，叫声：“聒噪[65]!”一直望黄泥冈下推去了。杨志口里只是叫苦，软了身体，挣扎不起。十五人眼睁睁地看着那七个人都把这金宝装了去，只是起不来，挣不动，说不的。

我且问你：这七人端的是谁[66]？不是别人，原来正是晁盖、吴用、公孙胜、刘唐、三阮这七个[67]。却才那个挑酒的汉子，便是白日鼠白胜[68]。却怎地用药？原来挑上冈子时，两桶都是好酒。七个人先吃了一桶，刘唐揭起桶盖，又兜了半瓢吃，故意要他们看着，只是叫人死心塌地。次后，吴用去松林里取出药来，抖在瓢里，只做赶来饶他酒吃，把瓢去兜时，药已搅在酒里，假意兜半瓢吃，那白胜劈手夺来，倾在桶里。这个便是计策。那计较都是吴用主张[69]。这个唤做"智取生辰纲"。

原来杨志吃的酒少，便醒得快，爬将起来，兀自捉脚不住[70]。看那十四个人时，口角流涎，都动不得。正应俗语道："饶你奸似鬼，吃了洗脚水。"杨志愤闷道："不争你把了生辰纲去[71]，教俺如何回去见得梁中书！这纸领状须缴不得！"就扯破了。"如今闪得俺有家难奔，有国难投，待走那里去？不如就这冈子上寻个死处！"撩衣破步[72]……却待望黄泥冈下跃身一跳，猛可醒悟[73]，拽住了脚，寻思道："爹娘生下洒家，堂堂一表，凛凛一躯。自小学成十八般武艺在身[74]，终不成只这般休了[75]？比及今日寻个死处[76]，不如日后等他拿得着时，却再理会。"回身再看那十四个人时，只是眼睁睁地看着杨志，没个挣扎得起。杨志指着骂道："都是你这厮们不听我言语，因此做将出来[77]，连累了洒家！"树根头拿了朴刀，挂了腰刀，周围看时，别无物件，杨志叹了口气，一直下冈子去了。

人民文学出版社中国古典文学读本丛书本《水浒传》

①《水浒传》叙写的是北宋末年梁山起义军形成、发展和最后投降而遭毁灭的过程。这里选的是《水浒传》百回本第十六回后半段"吴用智取生辰纲"。开始的故事是：大名府留守梁中书一年一度向岳父蔡京祝寿，一次奉献的金珠宝贝价值十万贯之多。鉴于前一年财宝半路被劫，便特别派遣"十分了得"的杨志押送。杨志把礼物装做十余条担子，只做客人的货物，命十几个装做脚夫的厢军挑着，悄悄上路了。生辰纲，指运送生辰礼物的运输组织。

②怨怅：埋怨，恼恨。

③辰牌时分：上午七点到九点之间。

④祝融：古代传说中帝喾的火官，后世称为火神。

⑤翠干：指绿色的植物都被太阳晒干了。

⑥阳侯：传说中的波涛之神。愁波竭：忧虑海水被晒干。

⑦金风：西风，秋风。

⑧嚣（xiāo 肖）尘：肮脏的尘土。

⑨甑（zèng 赠）：古代蒸食的炊器。

⑩穾（yào 要）：象声词，形容风声。

⑪攧（diān 颠）：跌。

⑫兀的：这。

⑬理会：商量，考虑。

⑭嵯峨（cuó é 痤俄）：高峻的样子。浑似：很像是。

⑮攒：聚集。

⑯碜（chěn）可可：丑陋的样子。

⑰虞候：较高地位的侍从官。

⑱提辖：宋代一路或一州所置的武官，是"提辖兵甲盗贼公事"的简称。

⑲休见他罪过：不要怪罪他。

⑳兀自：尚且。

㉑没分晓：不明白事理。

㉒数内：其中。

㉓留守相公：指梁中书。

㉔逞辩：卖弄口舌。

㉕呕（òu 怄）：怄气。

㉖无千无万：不知多少。

㉗喏（rě 惹）喏连声：连连唱喏，表示敬意。喏，古代礼节，见面拱手，口中唱“喏”。

㉘口浅：说话刻薄。

㉙遭死的军人：杨志以前曾失陷过花石纲和因卖刀杀死过地痞牛二，这里是揭他犯过死罪，以表蔑视。

㉚恁（nèn 嫩）地：这样地。

㉛合依我：应该依我。

㉜影着：遮掩着。

㉝行货：商品、货物。这里是杨志故意掩饰珠宝。

㉞一搭：一处，一块。

㉟颠倒问：意思是你是歹人，却问我们是不是歹人。

㊱濠州：在今安徽省凤阳市境内。

㊲去休：去吧。休，用于句末，是语助词。

㊳别了脸：扭过脸去，表示不满。

㊴没命的：指亡命之徒，强盗。

㊵洒家：咱家，我。

㊶鸟乱：胡搗乱。

㊷村鸟：蠢货。鸟，骂人的话。

㊸勾当：事情。

㊹早是：幸亏。

㊺没气力的话：不带劲的话。

㊻不打紧：不要紧。

㊼须：却，又。

㊽左右：横竖，反正。将：拿。

㊾不道得：不至于。施舍了茶汤：意思是白白送给人喝。

㊿不争：不要紧。

(51)过口：就着吃。

(52)一了：一向，从来。不说价：不讲价，即不要虚价。

(53)饶：让。

(54)好不君子相：好不规矩。

(55)戴头识脸的：有头有脸的。

(56)啰唣（zào 皂）：麻烦。

(57)对过：对面。

(58)直得：值得。

(59)说得差了：说得大不对了。

(60)吃你：被你。

(61)陪个小心：说句客气话。

㉒什么道理：不过意的话，即哪有这个道理。

㉓一发：一齐。

㉔面面厮觑：你看着我，我看着你，无可奈何的样子。

㉕聒噪（guā zào 瓜灶）：打搅了，麻烦了。

㉖端的：到底，究竟。

㉗三阮：指阮小二、阮小五、阮小七兄弟三人。

㉘却才：刚才。

㉙计较：计划，计策。

㉚捉脚不住：站立不稳。

㉛不争：只因为。把了：被人抢了。

㉜破步：踉踉跄跄的样子。

㉝猛可：猛然间。

㉞十八般武艺：会使用十八种兵器。

㉟终不成：难道说。休了：死了。

㊱比及：与其。

㊲做将出来：干出这等事来。

二

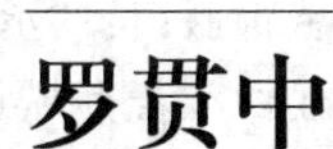

罗贯中

罗贯中（约1315—1385），名本，原籍东原（今山东东平），流寓杭州，别号湖海散人。“乐府、隐语极为清新”。《录鬼簿续编》著录杂剧三种，今存《赵太祖龙虎风云会》。编撰小说数种，《三国志演义》“据正史，来小说，证文辞，通好尚”，“陈叙百年，该括万世”，开历史小说之先河。

三国志演义·孔明智退司马懿[1]

却说孔明自令马谡等守街亭去后，犹豫不定，忽报王平使人赍图本至[2]。孔明唤入，左右呈上图本，孔明就文几上拆开视之。孔明看毕，拍案大惊曰：“马谡真匹夫[3]，坑陷吾军[4]，早晚必有长平之祸也[5]。”急欲差人去换马谡回还。长史杨仪问曰[6]：“丞相何大惊乎?”孔明曰：“吾观此图本，失却要路[7]，占山为寨。倘魏兵大至，四面围合，断其汲水道路[8]，不须二日，军自乱矣。若街亭有失，吾等何归也?”仪曰：“某虽不才，愿替马幼常回[9]。”孔明将安营之法，一一分付与杨仪。恰待要行，忽报马到来，说街亭、列柳城尽皆失了[10]。孔明跌足长叹曰[11]：“大事去矣！吾之过也!”急唤关兴、张苞分付曰[12]：“汝二人各引三千精兵，投武功山小路而行[13]，如遇魏兵，不可大击，只鼓噪呐喊[14]，为疑兵惊之，彼自走矣，亦不可追之，待军退尽，便投阳平去[15]。”又令张翼先去引军修理剑阁[16]，以备走路。又传令，教大军暗暗收拾行装，以备起程。又令马岱、姜维断后[17]，先伏于山谷中，待诸军退尽，方始收兵。又令马忠引兵去搦曹真厮杀[18]。又差心腹人，分投报与天水、南安、安定三郡官吏军民，皆入汉中。

孔明分拨已定，先引五千精兵退去西城县，连夜催并各处兵皆归汉中。此时孔明正在西城县搬运粮草，忽然十余次飞报马到[19]，说司马懿引大军十五万，望西城蜂拥而来[20]。孔明身边别无大将，止有一班儿文官，所引五千军已分了一半先运粮草去讫[21]，只有二千五百军在城中。众官听得这般声息[22]，尽皆失色。孔明登城望之，果然尘土冲天，两路分兵望西城县而来。只见西城之分[23]，雨土纷纷[24]，红日昏暗。遂传令：“教将旌旗尽皆隐匿，诸军各守城铺[25]，如有妄行出入及高言大语者[26]，斩之；大开四门，每一门用二十军士，扮作百姓，洒扫街道，如魏兵到时，不可擅动[27]，吾自有计。”孔明乃披鹤氅[28]，戴华阳巾[29]，引二小童携琴一张，于城上敌楼前凭栏而坐[30]，焚香操琴。

却说司马懿前军到城下，见了如此模样，皆不敢进，急报与司马懿。懿笑而不信，遂止住三军，自飞马远远望之。正见孔明坐于城楼之上，笑容可掬[31]，焚香操琴，左有一童，手捧宝剑，右有一童，手执麈尾[32]；城门内外，有二十余百姓，低头洒扫，傍若无人。懿看毕大疑，便到中军，教后军作前军，前军作后军，望北山路而退。次子司马昭笑曰[33]：“莫非诸葛亮无军，故作此态？父亲何太持疑而退兵也[34]?”懿曰：“亮平生谨慎，不曾弄险，今大开城门，必有埋伏，我兵若进，中其计也。汝辈岂知，可宜速退。”因此，两路兵尽皆退去。

孔明见魏兵远去，拊掌而笑[35]。众官无不骇然[36]，乃请问孔明曰：“司马懿乃魏之名将，今统十五万精兵到此，见了丞相，便速退去，何也？”孔明曰：“此人料吾平生谨慎，必不弄险，见如此规模[37]，疑有伏兵，故退去。吾非行险，盖因不得已而用之。此人必引兵投山北小路而去也，吾已令兴、苞二人在彼等候。”众皆惊服曰：“丞相之机，神鬼莫测。若以某等之心，必弃城而走矣。”孔明曰：“吾兵止有二千五百，若弃城而走，必不能远遁[38]，皆被司马懿所擒也。”言讫拍手大笑曰：“吾若是司马懿，必有别论矣[39]！”遂下令：“教西城百姓尽随军入汉中，司马懿不久复来也。”于是，孔明遂离西城望汉中而走。天水、南安、安定三郡官吏军民，陆续而来。

却说司马懿望武功山小路而走，忽然山坡后鼓声震地，喊杀连天。懿回顾二子曰[40]：“吾若不走，必中诸葛亮之计矣。”只见大路上一军杀来，旗上大书“右护卫使虎翼将军张苞”。魏兵皆弃甲抛戈而逃。行不到一程[41]，山谷中喊声震地，鼓角喧天，前面一杆大旗，上书“左护卫使龙骧将军关兴”。山谷应声，不知蜀兵多少，更兼魏军心中惊疑，不敢久停，只得尽弃辎重而去[42]。兴、苞二人，皆遵将令，不敢追袭，多得军器粮草而归。当时司马懿见山谷中皆有蜀兵，不敢出大路，遂回街亭。此时曹真听知孔明退兵，急引军追赶。山背后喊声震地，鼓角喧天，蜀兵漫野而来，为首大将乃是姜维、马岱。真大惊，急退军时，先锋陈造早被马岱斩之[43]。真引兵鼠窜而还。蜀兵连夜皆奔回汉中。

却说赵云、邓芝伏兵于箕谷道中，听的孔明传令回军，二人商议曰：“魏兵知吾军退，必来追也。吾先引一军伏于其后，公却引军打吾旗号，徐徐而退，吾一步步自有护送也。”却说郭淮提兵再回箕谷道中[44]，乃唤先锋苏颙分付曰[45]：“蜀将赵云，世之英雄，非等闲之辈，汝可小心提防。彼军若退，必有计也。”苏颙忻然曰[46]：“都督若肯接应，某当生擒赵云。”遂引前部三千兵，径奔箕谷，看看赶上蜀兵，只见山坡后闪出红旗白字，上书“常山赵云”。苏颙急收兵退走，行不到数里，忽喊声大震，一彪军撞出[47]，为首大将，挺枪跃马，大喝曰：“汝见赵子龙否？”苏颙大惊曰：“这里又有赵云，吾不能生矣！”措手不及，被子龙一枪刺死于马下，余军溃散。子龙迤逦前进[48]，背后又一军到，乃郭淮部将万政也[49]，来与苏颙报仇。子龙见魏兵追急，乃勒马挺枪，立于路口，待来将交锋。蜀兵约行三十余里，魏兵尚然不到。万政认的是子龙，不敢前进。子龙等的天色黄昏，方才拨回马缓缓而进。郭淮兵到，万政言子龙英雄如旧[50]，因此不敢近前。淮传令，教军急赶，政领数百骑壮士赶来，行至一大林，忽听得背后大喝一声曰：“赵子龙在此！”惊得魏兵落马者百余人，余者皆越岭而去。万政勉强来敌，被子龙一箭射中盔缨，惊跌于涧中。子龙以枪指之曰：“吾饶汝性命回去！快教郭淮赶来！”万政脱命而回，子龙护送车仗人马，望汉中而去，沿途并无失遗。曹真、郭淮复夺三郡以为己功。

却说司马懿分兵而进，此时蜀兵尽回汉中去了。懿引一军复到西城，因问遗下居民及山僻隐者[51]，皆言孔明止有二千五百军在城中，又无武将，只有几个文官，别无埋伏。武功山土民告曰[52]：“关兴、张苞各引三千军，转山呐喊，鼓噪惊追，又无别军，并不敢厮杀。”懿悔之不及，仰天叹曰：“吾不如孔明也。”遂安抚了诸处军民，引兵径回长安[53]，朝见魏主[54]。

影印明嘉靖刊本《三国志通俗演义》卷十九

①《三国志演义》据正史，采小说，叙写史称“三国时代”的魏、蜀、吴三家之间错综复杂的政治和军事的斗争，到西晋统一的全过程。其倾向性是尊刘蜀贬曹魏，抑孙吴，叙述纵横捭阖的斗争，则凸显仁义和智勇，瑰玮动人，启人心智。这里选的“孔明智退司马懿”是《三国志演义》卷十九第十则的一部分。在此以前的故事是：诸葛亮率军出祁山，准备进攻长安。

魏平西都督司马懿统领军队争夺街亭。由于蜀将马谡（sù素）盲目自信，不听指挥，用兵不当，失掉了街亭。司马懿乘胜向西城进军，当时西城军力空虚，诸葛亮设空城计智退魏军，表现了诸葛亮超强的军事智慧。孔明，诸葛亮，字孔明，当时任蜀汉丞相。司马懿，字仲达，当时任魏帅、平西都督。

②王平：和马谡一同守街亭的蜀将。赍（jī击）：携带。图本：按照孔明吩咐，到街亭以后画的驻军态势图。

③匹夫：本指寻常人，这里是说愚蠢的家伙。

④坑陷：坑害。

⑤长平：地名，在今山西省高平县西。战国秦昭襄王四十七年（前260），秦将白起大破赵军于长平，俘虏赵兵四十五万，全部坑死，这就是历史上有名的长平之祸。

⑥杨仪：字公威，襄阳人，蜀丞相府的长史。

⑦失却要路：意思是没注意要路上的驻守。

⑧汲（jí级）水：取水。取水于井为汲。

⑨马幼长：马谡，字幼长。

⑩列柳城：街亭东北面的一座城。

⑪跌足：跺脚。

⑫关兴：蜀将关羽之子。张苞：蜀将张飞之子。

⑬武功山：在今陕西省武功县南。

⑭鼓噪呐喊：擂鼓呐喊。

⑮阳平关：在四川、陕西交界处，是由陕至蜀的要道。

⑯张翼：字伯恭，蜀将。剑阁：由阳平关往南，在四川省北部，有栈道三十里，是进入蜀地的门户之地。

⑰马岱：蜀将，马超之弟。姜维：字伯约，原是魏将，诸葛亮用计招降，为蜀汉大将。

⑱马忠：蜀将。搦（nuò诺）：挑惹，即挑战。曹真：魏国大将军。

⑲飞报马：火速传递消息的骑兵。

⑳蜂拥而来：像一窝蜂一样地赶来。

㉑去讫：走光了。讫，完了，终了。

㉒声息：信息，消息。

㉓西城之分：西城一带地方。分，分野。

㉔雨土：指尘土。

㉕城铺：城上的哨位。

㉖妄行出入：随便出入西城。

㉗擅动：擅自行动。

㉘鹤氅（chǎng敞）：羽毛织成的披风，也指道服。

㉙华阳巾：道冠。

㉚城上敌楼：即城楼。

㉛笑容可掬（jū鞠）：满面笑容，好像可以用手捧起来。这里写孔明欢快、自在的样子。

㉜麈（zhǔ主）尾：拂尘。麈，像鹿的一种动物，它的尾巴常做拂尘用。

㉝司马昭，司马懿次子，公元260年杀魏帝曹髦，立曹奂为帝。不久他的儿子司马炎灭魏建晋。

㉞持疑：持疑虑态度。

㉟拊（fǔ 俯）掌：拍掌。
㊱骇（hài 亥）然：惊惶的样子。
㊲规模：样子。
㊳远遁：逃得很远。
㊴别论：另外的说法，意即不像司马懿这么做。
㊵二子：指司马师、司马昭。
㊶一程：指三十里。
㊷辎（zī 姿）重：军用品的统称。
㊸陈造：魏将。
㊹郭淮：字伯济，太原人，魏将。
㊺苏颙（yóng 喁）：魏将。
㊻忻（xīn 欣）：同“欣”。
㊼彪：通“标”。一彪军，即一队人马。
㊽迤逦（yǐ lǐ 以李）：曲折缓慢。
㊾万政：魏将。
㊿英雄如旧：和过去一样英勇。
51山僻隐者：在山中偏僻地方隐居的人。
52土民：当地居民。
53径回：直接回到。
54魏主：指魏明帝曹睿（ruì 锐）。

三

宋濂

宋濂（1310—1381），字景濂，号潜溪，浙江金华人。早年受学于元末吴莱、柳贯、黄溍，以学问文章闻名于世。元顺帝至正年间，辟为翰林院编修，以亲老固辞，入龙门山，为道士，闭门著书十年。朱元璋取婺州（今金华市），征为郡学五经师，明年召至南京，为儒学提举。洪武二年（1369）修《元史》，任总裁官，仕至翰林学士承旨兼太子赞善大夫。洪武十三年（1380）因长孙宋慎坐胡惟庸党，贬茂州（今四川茂县），病卒于途。宋濂以文章受知于明太祖，明初典章制诰多出其手，号称开国文臣之首。生平以古文名世，所作今存千余篇，其中写人记事摹景的文章，宗法唐宋古文，笔法生动，有较高的文学性。有《宋文宪公全集》。

秦士录[①]

邓弼，字伯翊，秦人也。身长七尺，双目有紫棱[②]，开合闪闪如电。能以力雄人，邻牛方斗不可擘[③]，拳其脊，折仆地；市门石鼓，十人舁[④]，弗能举，两手持之行。然好使酒[⑤]，怒视人，人见辄避，曰："狂生不可近，近则必得奇辱。"

一日，独饮娼楼，萧、冯两书生过其下，急牵入共饮。两生素贱其人，力拒之。弼怒曰："君终不我从[⑥]，必杀君，亡命走山泽耳，不能忍君苦也[⑦]！"两生不得已，从之。弼自据中筵，指左右，揖两生坐，呼酒歌啸以为乐。酒酣，解衣箕踞[⑧]，拔刀置案上，铿然鸣。两生雅闻其酒狂，欲起走，弼止之曰："勿走也！弼亦粗知书，君何至相视如涕唾？今日非速君饮，欲少吐胸中不平气耳。四库书从君问[⑨]，即不能答，当血是刃。"两生曰："有是哉？"遽摘七经数十义叩之[⑩]，弼历举传疏[⑪]，不遗一言。复询历代史，上下三千年，缅缅如贯珠[⑫]。弼笑曰："君等伏乎未也？"两生相顾惨沮，不敢再有问。弼索酒，被发跳叫曰："吾今日压倒老生矣！古者学在养气，今人一服儒衣，反奄奄欲绝，徒欲驰骋文墨，儿抚一世豪杰[⑬]。此何可哉！此何可哉！君等休矣[⑭]。"两生素负多才艺，闻弼言，大愧，下楼，足不得成步。归，询其所与游，亦未尝见其挟册呻吟也[⑮]。

泰定末[⑯]，德王执法西御史台[⑰]，弼造书数千言，袖谒之。阍卒不为通[⑱]，弼曰："若不知关中有邓伯翊耶？"连击踣数人[⑲]，声闻于王。王令隶人捽入[⑳]，欲鞭之。弼盛气曰："公奈何不礼壮士？今天下虽号无事，东海岛夷[㉑]，尚未臣顺，间者驾海舰，互市于鄞[㉒]，即不满所欲，出火刀斫柱[㉓]，杀伤我中国民。诸将军控弦引矢[㉔]，追至大洋，且战且却，其亏国体为已甚。西南诸蛮[㉕]，虽曰称臣奉贡，乘黄屋左纛[㉖]，称制与中国等[㉗]，尤志士所同愤。诚得如弼者一二辈，驱十万横磨剑伐之[㉘]，则东西止日所出入，莫非王土矣。公奈何不礼壮士！"庭中人闻之，皆缩颈吐舌，舌久不能收。王曰："尔自号壮士，解持矛鼓噪，前登坚城乎？"曰："能。""百万军中，可刺大将乎？”曰：“能。”“突围溃阵，得保首领乎？”曰：“能。”王顾左右曰：“姑试之。”问所须，曰：“铁铠良马各一，雌雄剑二。”王即命给与，阴戒善槊者五十人[29]，驰马出东门外，然后遣弼往。王自临观，空一府随之[30]。暨弼至，众槊并进；弼虎吼而奔，人马辟易五十步[31]，面目无色。已而烟尘涨天，但见双剑飞舞云雾中，连斫马首堕地，血涔涔滴[32]。王抚髀欢曰[33]：“诚壮士！诚壮士！”命勺酒劳弼，弼立饮不拜。由是狂名振一时，至比之王铁枪云[34]。

王上章荐诸天子，会丞相与王有隙[35]，格其事不下[36]。弼环视四体，叹曰：“天生一具铜筋铁肋，不使立勋万里外，乃槁死三尺蒿下[37]，命也，亦时也。尚何言！”遂入王屋山为道士，后十年终。

史官曰：弼死未二十年，天下大乱，中原数千里，人影殆绝。玄鸟来降[38]，失家，竞栖林木间。使弼在，必当有以自见。惜哉！弼鬼不灵则已，若有灵，吾知其怒发上冲也。

《四部备要》本《宋文宪公全集》卷三八

①此文重点截取邓弼饮娼楼强与儒生较文艺，闯王府陈识见、比武艺等片断，笔力遒劲，虎虎有生气，使其超俗之性情、文武才能，以及不为时所用之愤懑心态，并现于纸上，结尾唱叹有情，令人遐思。

②双目有紫棱：形容眼光锐利有神。紫棱，唐刘恂《岭表录异》：“陇川山中多紫石英，其色淡紫，其质莹彻，随其大小皆五棱，两头如箭镞。”紫石英，即紫水晶。

③擘（bò 檗）：分开。

④舁（yú 余）：抬。

⑤使酒：借酒使性。

⑥不我从：不从我。

⑦忍君苦：忍受你们的轻视。

⑧箕踞：两腿前伸岔开，手据膝，形如箕状。傲慢不敬之姿。

⑨四库书：指经、史、子、集四部。《新唐书·艺文志》：“两都（长安、洛阳）各聚书四部，以甲、乙、丙、丁为次，列经、史、子、集四库。”后称四部书为四库书。

⑩七经：汉代以来推崇的七种儒家经典。东汉《一字石经》以《易》、《诗》、《书》、《仪礼》、《春秋》、《公羊》、《论语》为七经；宋刘敞《七经小传》以《书》、《诗》、“三礼”、《公羊》、《论语》为七经；王应麟《小学绀珠》有《易》、《书》、《诗》、“三礼”、《春秋》和《诗》、《书》、《春秋》、“三礼”、《论语》两说。文中泛指儒家经典。

⑪传疏：注释经文的叫“传”，解释传文的叫“疏”。

⑫缅（sǎ 洒）缅：洋洋洒洒，次序井然。《韩非子·难言》：“言顺比滑泽，洋洋缅缅然。”宋郭彖《睽车志》卷一：“书辞数百言，缅缅有条理。”注：“缅缅，有编次也。”

⑬儿抚一世豪杰：把一世豪杰当小儿一样看待。

⑭休矣：罢了，算了。

⑮挟册呻吟：拿着书籍吟咏诵读。

⑯泰定：元泰定帝年号（1324—1328）。

⑰德王：即马札儿台，泰定四年（1327）拜陕西行台治书侍御史。至元六年（1340）封忠王，死后改封德王。

⑱阍（hūn 昏）卒：守门的兵士。

⑲击踣（bó 泊）：击倒。踣，仆倒。

⑳捽（zuó 昨）：揪。

㉑东海岛彝：指日本人。彝，通“夷”。

㉒鄞（yín 银）：鄞县，属宁波。

㉓火刀：一种兵器。

㉔控弦引矢：拉弓射箭。

㉕诸蛮：各种少数民族。蛮，古代对南方少数民族的泛称。

㉖黄屋左纛（dào 道）：古代帝王所乘的车上以黄缯为里的车盖，名黄屋。帝王车上立在车衡左边的大旗，名左纛。

㉗称制：行使皇帝的权力。

㉘横磨剑：喻精锐善战的士卒。《旧五代史·景延广传》：“告戎王曰：‘……晋朝有十万口横磨剑，翁若要战则早来。’”

㉙阴戒：暗中命令。槊（shuò 朔）：长矛。

㉚空一府：一府的人全部出动。

㉛辟易：惊退。《史记·项羽本纪》：“是时赤泉侯为骑将，追项王，项王瞋目叱之，赤泉侯人马俱惊，辟易数里。”张守节《正义》：“言人马俱惊，开张易旧处，乃至数里。”

㉜血涔涔滴：血不断流下。

㉝抚髀（bì 必）：拍着大腿。

㉞王铁枪：王彦章，字子明，五代梁人。骁勇有力，持铁枪，驰骋如飞，军中号“王铁枪”。

㉟丞相：其时左丞相为倒剌沙，右丞相为塔失帖木儿。

㊱格：阻遏。《史记·梁孝王世家》：“窦太后议格。”司马贞《索引》引张晏语：“格，止也。”

㊲槁死：指无为而死。槁，干枯。

㊳玄鸟：燕子。《诗经·商颂·玄鸟》：“天命玄鸟，降而生商。”毛传：“玄鸟，鳦也。”《尔雅·释鸟》：“燕燕，鳦。”

四

刘 基

刘基（1311—1375），字伯温，处州青田（今属浙江）人。元至顺间进士，任高安县丞、江浙儒学副提举、浙江元帅府都事，因反对招安方国珍，与朝廷大臣意见不合，一度被羁管于绍兴，后隐居于青田山中著书立说。元至正二十年（1360）为朱元璋所招揽，辅佐其成就统一大业，朱元璋称之为“吾之子房也”。入明历任太史令、御史中丞兼太史令、弘文馆学士，封诚意伯。其文闲深朴茂，识见俊卓；诗亦古朴雄放，沉郁磊落。有《诚意伯文集》。

卖柑者言①

杭有卖果者，善藏柑，涉寒暑不溃②，出之烨然③，玉质而金色④。置于市，贾十倍⑤，人争鬻之⑥。予贸得其一⑦，剖之，如有烟扑口鼻；视其中，则干若败絮⑧。予怪而问之曰：“若所市于人者⑨，将以实笾豆⑩，奉祭祀，供宾客乎？将衒外以惑愚瞽也⑪？甚矣哉为欺也！”

卖者笑曰：“吾业是有年矣⑫，吾赖是以食吾躯⑬。吾售之，人取之，未尝有言，而独不足子所乎⑭？世之为欺者不寡矣，而独我也乎？吾子未之思也⑮。今夫佩虎符、坐皋比者⑯，洸洸乎干城之具也⑰，果能授孙、吴之略耶⑱？峨大冠、拖长绅者⑲，昂昂乎庙堂之器也⑳，果能建伊、皋之业耶㉑？盗起而不知御，民困而不知救，吏奸而不知禁，法斁而不知理㉒，坐縻廪粟而不知耻㉓。观其坐高堂，骑大马，醉醇醴而饫肥鲜者㉔，孰不巍巍乎可畏，赫赫乎可象也㉕？又何往而不金玉其外、败絮其中也哉！今子是之不察，而以察吾柑！”

予默然无以应。退而思其言，类东方生滑稽之流㉖。岂其愤世嫉邪者耶？而托于柑以讽耶㉗？

《四部丛刊》本《诚意伯文集》卷七

①本文以寓言讽世，取喻贴切，议论犀利。“金玉其外，败絮其中”，已成经典话语。

②涉：经过。溃：腐烂。

③烨然：新鲜的样子。

④玉质而金色：柑子的表皮滋润如玉，色泽黄亮。

⑤贾：同“价”，即价钱。

⑥鬻（yù玉）：购买。

⑦贸：买。

⑧败絮：破旧的棉絮。

⑨若：代词，你。市：卖。

⑩实笾（biān边）豆：盛在祭祀或宴会时用的容器里。笾豆，古代祭祀或宴会用的礼器。

笾用竹制，盛果脯等。豆用木制，也有铜制或陶制的，盛齑酱等。

⑪衒：同“炫”，炫耀。

⑫业是：以这个为职业，即做这样的买卖。

⑬食（sì 饲）吾躯：养活我自己。

⑭不足子所：不能满足你的要求。所，意愿。《汉书·周亚夫传》：“此非不足君所乎?”杨树达《古书疑义举例续补》卷二：“所者，意也。不足君所者，于君意有不足也。”

⑮吾子：对对方的尊称。

⑯虎符：古代调兵遣将的凭证，虎形。皋比（pí 皮）：披在椅子上的虎皮，这里指武将的坐席。

⑰洸（guāng 光）洸：威武的样子。《诗经·大雅·江汉》：“江汉汤汤，武夫洸洸。”干城之具：保卫国家的将才。《诗经·周南·兔罝》：“纠纠武夫，公侯干城。”具，才具。

⑱孙、吴：指春秋时的孙武和战国时的吴起。孙武，字长卿，齐国人，曾辅吴王阖闾西破强楚，北威齐晋，著有《孙子兵法》。吴起，卫国左氏（今山东曹县北）人。曾为鲁将，大破齐军；后为魏将，“击秦，拔五城”，封西河守；复奔楚，实行变法，使楚国富兵强，北胜魏国，南收扬越，取得苍梧。二人事迹见《史记·孙子吴起列传》。

⑲峨大冠：戴着高耸的帽子。峨，高耸。拖长绅：垂挂着长长的衣带。绅，古代士大夫在衣外束的带子。大冠、长绅均是文官的装束。

⑳昂昂：轩昂自负的样子。庙堂之器：朝廷中善于理政的人才。

㉑伊、皋：伊尹和皋陶（yáo 摇）。伊尹，名挚，商朝名臣。皋陶，虞舜时贤臣。业：功业。

㉒法斁（dù 妒）：法律、法令败坏。理：整顿。

㉓坐縻廪粟：白白地耗费国家的俸禄。縻，通“靡”，耗费。廪粟，官府给大臣的薪俸。

㉔醇醴：味道醇厚的美酒。饫（yù 欲）肥鲜：饱食肥美鲜香的食品。饫，饱食。

㉕巍巍：《论语·泰伯》：“子曰：‘巍巍乎，舜禹之有天下也，而不与焉。’”巍巍，形容山势高峻，喻人格伟大崇高。赫赫：显耀的样子。象：法式、楷模。《楚辞·九章·橘颂》：“行此伯夷，置以为象兮。”

㉖类：类似。东方生：即东方朔，字曼倩，汉武帝时为金马门侍中，常以滑稽的言谈讽谏皇帝，褚少孙把他的事迹补入《史记·滑稽列传》。滑（gǔ 古）稽：风趣多智。

㉗“岂其”二句：莫非他是个不满现实、痛恨邪恶的人，在假借柑子进行讽喻？

郁离子[①]（一则）

楚有养狙以为生者[②]，楚人谓之狙公。旦日[③]，必部分众狙于庭[④]，使老狙率以之山中[⑤]，求草木之实，赋什一以自奉[⑥]；或不给，则加鞭箠焉[⑦]。群狙皆畏苦之，弗敢违也。

一日，有小狙谓众狙曰：“山之果，公所树与[⑧]？”曰：“否也，天生也。”曰：“非公不得而取与?”曰：“否也，皆得而取也。”曰：“然则吾何假于彼而为之役乎[⑨]？”言未既，众狙皆寤[⑩]。其夕，相与伺狙公之寝，破栅毁柙[⑪]，取其积，相携而入于林中，不复归。狙公卒馁而死[⑫]。

郁离子曰：世有以术使民而无道揆者[⑬]，其如狙公乎？惟其昏而未觉也，一旦有开之[⑭]，其术穷矣！

①《郁离子》为刘基元末隐居于青田山中时所写的寓言性杂文集。全书共十八章一百九十五则。郁离子是书中多数杂文里发表议论者，实际是作者的化身。作者友人徐一夔为此书所作之序云："离为火，文明之象；用之其文，郁郁然为盛世文明之治，故曰郁离子。"全书以寓言故事的形式讽刺是非颠倒、愚昧腐朽的现实，或表述某种立身处世的哲理，或审时度势，指陈政术。

②狙（jū 居）：一种猴子。《庄子·齐物论》有"朝三暮四"的故事："狙公赋芧，曰：'朝三而暮四。'众狙皆怒。曰：'然则朝四而暮三。'众狙皆悦。"本文改写为狙公养狙自奉，众狙皆悟而逸去，狙公饿死，讽刺统治者以术役使民众而无法度，必将败亡。

③旦日：早晨。

④部分：部署分配任务。

⑤之：去，往。

⑥赋什一以自奉：征收十分之一的果实供养自己。什一，十分之一。

⑦鞭箠（chuí 垂）：鞭打杖击。箠，同"棰"，杖。

⑧树：种植。

⑨假：假借、依靠。为之役：供他役使。

⑩寤（wù 物）：明白，觉悟。

⑪柙（xiá 侠）：关兽的木笼。

⑫卒馁而死：最终饿死了。卒，终于。馁，饥饿。

⑬以术使民而无道揆者：用权术去役使人民，却没有一定的法度限制。无道揆者，语本《孟子·离娄上》："上无道揆也，下无法守也。"揆，度量。

⑭开之：启发他们，使他们开悟。

梁甫吟①

谁谓秋月明？蔽之不必一尺翳②。谁谓江水清？淆之不必一斗泥③。人情旦暮有翻覆，平地倏忽成山溪④。君不见桓公相仲父，竖刁终乱齐⑤。秦穆信逢孙，遂违百里奚⑥。赤符天子明见万里外⑦，乃以薏苡为文犀⑧。停婚仆碑何震怒⑨，青天白日生虹霓⑩。明良际会有如此，而况童角不辨粟与稊⑪。外间皇父中艳妻，马角突兀连牝鸡⑫。以聪为聋狂作圣，颠倒衣裳行蒺藜⑬。屈原怀沙子胥弃⑭，魑魅叫啸风凄凄⑮。梁甫吟，悲以凄。岐山竹实日稀少，凤凰憔悴将安栖⑯？

《四部丛刊》本《诚意伯文集》卷一〇

①梁甫吟：乐府曲调名，也作"梁父吟"。古辞相传为诸葛亮所作。这首诗由现实联想到历史，又用历史阐明现实，感慨遇合之难。沈德潜评曰："拉杂成文，极烦冤瞶乱之致，此《离骚》之意也。"（《明诗别裁集》）

②翳（yì 义）：云雾。

③淆：搅乱，搞混。

④倏（shū 书）忽：疾速，指极短的时间。山溪：山峰和溪谷，形容高低之差异。

⑤"君不见"二句：齐桓公以管仲为相，并尊其为仲父，成就霸业，后来桓公宠信侍从竖刁等奸人，导致齐国大乱。事见《史记·管晏列传》。

⑥"秦穆"二句：秦穆公因听信逢孙，而拒听百里奚的意见。逢孙，本秦将，秦郑结盟，

留郑助守卫。百里奚，原为虞大夫，晋灭虞，秦穆公闻其贤，委以国政，助秦穆公成就霸业。僖公三十二年（前626)，逢孙等潜邀秦国袭郑，穆公咨询百里奚、蹇叔，二人均表示反对，穆公不听，大败而返。事见《左传·僖公三十三年》、《史记·秦本纪》。

⑦赤符天子：汉光武帝刘秀。赤符，即赤伏符，新莽末年流行的一种谶语，谓刘秀上应天命，当继汉统为帝。事见《后汉书·光武帝纪上》。

⑧以薏苡（yì yǐ 亿已）为文犀：把薏苡草看成是犀角。薏苡，植物名，多年生草本，其果实即薏米，可食。《后汉书·马援传》：马援征交阯，尝饵薏苡实，用能轻身省欲，以胜瘴气。南方薏苡实大，援欲以为种，军还，载之一车。及卒后，有上书谮之者，以为前所载还，皆明珠文犀。刘秀大怒，致使“援妻孥惶惧，不敢以丧还旧茔”。文犀，有文理的犀角。

⑨停婚仆碑：魏征以直谏深得唐太宗敬重。魏征临终时，太宗将公主许魏征子叔玉；魏征死，太宗亲撰碑文。贞观十七年（643）罢婚，还推倒魏征的墓碑。事见《资治通鉴》唐纪十二、十三。

⑩虹霓（ní 泥）：相传虹有雌雄之别，色鲜亮者为雄，色暗淡者为雌；雄曰虹，雌为霓。《史记·鲁仲连邹阳列传》：“昔者荆轲慕燕丹之义，白虹贯日，太子畏之。”此处说荆轲的诚信感动天地，白虹为之贯日，而燕丹却疑其不去刺秦。

⑪“明良”二句：明君与良臣的遇合尚且如此，更何况遇到那些童昏无识的君主？明良，指上文提到的齐桓、秦穆、汉光武、唐太宗、燕丹和管仲、百里奚、马援、魏征、荆轲。际会，遇合。童角，指少儿、儿童。古代未成年者头顶两侧束发为髻，形如牛角，也称总角。稊（tí 提），草名，此处泛指草。

⑫“外间”二句：唐肃宗时，飞龙厩供役使李辅国与肃宗宠爱的张良娣内外勾结，把持朝政，人称马生角母鸡鸣。皇父，指李辅国。唐肃宗尊称其为“皇父”。艳妻，指张良娣。𠙶角突兀，马生角原本指不可能之事，故曰突兀。王充《论衡·感虚》：“传书言燕太子丹朝于秦，不得去，从秦王求归。秦王执留之，与之誓曰：‘使日再中，天雨粟；令乌白头，马生角，厨门木象生肉足，乃得归。’”牝（pìn 聘）鸡，母鸡。古代称女性掌权为牝鸡司晨。《尚书·牧誓》：“牝鸡无晨，牝鸡之晨，惟家之索。”

⑬“以聪”二句：唐代宗时，李辅国更被尊为尚父，政无巨细，皆委参决。这时是非颠倒，有听觉的倒成了聋子，狂徒反成了圣人。终于导致广德元年（763）吐蕃攻陷长安，代宗仓皇逃至陕州（今河南三门峡市陕县）。颠倒衣裳，本指手忙脚乱，仓皇无章。《诗经·齐风·东方未明》：“东方未明，颠倒衣裳。”郑笺：“挈壶氏失漏刻之节，东方未明而以为明，故群臣促遽，颠倒衣裳。”蒺藜，草名，生长于沙地。诗中代指陕州。

⑭怀沙：《楚辞·九章》中的篇名，屈原作。相传是屈原的绝命词。此处指怀抱石头自沉。子胥：伍子胥，原楚大夫伍奢次子，因伍奢被杀，逃至吴，辅佐阖闾夺取王位，富国强兵，破楚复仇。夫差时，因劝夫差拒绝接受越国求和并停止伐齐而触怒夫差，被赐剑命自尽。

⑮魑魅（chī mèi 吃媚）：传说中山林里害人的鬼怪。

⑯“岐山”二句：岐山竹实日渐稀少，凤凰们将去哪里安身呢？岐山，在陕西岐山县东北，山状如柱，故又称天柱山。相传周古公亶父自豳迁此。《国语·周语》：“周之兴也，鸑鷟（yuè zhuó 月浊）鸣于岐山。”韦昭注：“鸑鷟，凤之别名也。”因此岐山又称凤凰堆。竹实，又称竹米，竹子所结的子实。相传凤凰以之为食。

五

高　启

高启（1336—1373），字季迪，长洲（今江苏苏州）人。元末张士诚据吴称王，高启曾为淮南行省参政饶介所物色，出入其幕，不久依外家居于吴淞江之青丘，自号青丘子。洪武二年（1369），召修《元史》，授翰林院国史编修。翌年史成，擢为户部侍郎，以“年少不敢当重任”固辞，后得赐白金还，仍居青丘，授书自给。洪武七年（1374），苏州知府魏观因修复张士诚旧宫作府衙获罪，他曾为之作《郡治上梁文》，坐罪被腰斩。

其诗出入汉魏盛唐宋元诸家，天才高逸，为明初诗人中创作成就最高者，与杨基、张羽、徐贲并称“吴中四杰”。著有《吹台集》、《江馆集》、《凤台集》、《娄江吟辞》、《姑苏杂咏》等诗集，凡二千余首。自选得《缶鸣集》，九百余首。清人金檀辑注《高青丘诗集注》，并附文集《凫藻集》和词集《扣舷集》。

青丘子歌①

江上有青丘，予徙家其南，因自号青丘子。闲居无事，终日苦吟，间作《青丘子歌》言其意，以解诗淫之嘲②。

青丘子，臞而清③，本是五云阁下之仙卿④。何年降谪在世间⑤，向人不道姓与名。蹑屩厌远游⑥，荷锄懒躬耕。有剑任羞涩，有书任纵横。不肯折腰为五斗米⑦，不肯掉舌下七十城⑧。但好觅诗句⑨，自吟自酬赓⑩。

田间曳杖复带索⑪，旁人不识笑且轻。谓是鲁迂儒、楚狂生⑫。青丘子，闻之不分意，吟声出吻不绝咿咿鸣。朝吟忘其饥，暮吟散不平。当其苦吟时，兀兀如被酲⑬。头发不暇栉⑭，家事不及营。儿啼不知怜，客至不果迎⑮。不忧回也空⑯，不慕猗氏盈⑰。不惭被宽褐⑱，不羡垂华缨⑲。不问龙虎苦战斗⑳，不管乌兔忙奔倾㉑。向水际独坐，林中独行。

斫元气，搜元精㉒，造化万物难隐情，冥茫八极游心兵㉓，坐令无象作有声㉔。微如破悬虱㉕，壮若屠长鲸㉖，清同吸沆瀣㉗，险比排峥嵘㉘。霭霭晴云披，轧轧冻草萌㉙。高攀天根探月窟㉚，犀照牛渚万怪呈㉛。妙意俄同鬼神会㉜，佳景每与江山争。星虹助光气，烟露滋华英。听音谐《韶》乐㉝，咀味得大羹㉞。世间无物为我娱，自出金石相轰铿㉟。

江边茅屋风雨晴，闭门睡足诗初成。叩壶自高歌㊱，不顾俗耳惊。欲呼君山老父携诸仙所弄之长笛，和我此歌吹月明㊲。但愁欻忽波浪起㊳，鸟兽骇叫山摇崩。天帝闻之怒，下遣白鹤迎㊴。不容在世作狡狯㊵，复结飞珮还瑶京㊶。

《四部丛刊》本《高太史大全集》卷一一

①诗人以诗自状其耽于吟咏之狂态、心与物游之妙趣，运笔矫健奔放，游止自如，表露出

一种炽烈的豪情。

②诗淫：诗迷，深嗜诗者。淫，沉溺。

③臞（qú 渠）而清：清瘦貌。臞，清瘦。

④五云阁：神仙居住的宫殿楼阁，有五色瑞云缭绕。仙卿：仙官。白居易《长恨歌》："忽闻海上有仙山，山在虚无缥缈间。楼阁玲珑五云起，其中绰约多仙子。"

⑤降谪：谴罚贬降。

⑥蹑屩（niè juē 聂撅）：谓远行。蹑，踩。屩，用麻、草做的鞋。《史记·范雎列传》："夫虞卿蹑屩檐簦，一见赵王，赐白璧一双，黄金百镒。"

⑦"不肯"句：不肯为微薄的俸禄而趋奉于官场。五斗米，低级官吏的薪俸。《晋书·陶潜传》载，（潜）为彭泽令，郡遣督邮至县，吏白应束带见之，潜叹曰："吾不能为五斗米折腰，拳拳事乡里小人！"

⑧掉舌：卖弄口才，摇唇鼓舌，指游说。《史记·淮阴侯列传》载，蒯通尝谓韩信曰："郦生（郦食其）一士，伏轼掉三寸舌，下齐七十余城。"

⑨但好：只喜欢。觅诗句：苦吟，寻找诗句。杜甫《又示宗武》："觅句新知律，摊书解满床。"

⑩酬赓：以诗词酬唱应和。

⑪"田间"句：在田野里拄着拐杖，垂着衣带边走边吟。《列子·天瑞》载，孔子游于泰山，见荣启期"鹿裘带索，鼓琴而歌"。

⑫鲁迂儒：鲁地迂腐的儒生。《汉书·叔孙通传》载，汉王并天下，叔孙通征鲁诸生三十余人制定朝仪，鲁有两生不肯行，曰："礼乐所由起，百年积德而后可兴也。吾不忍为公所为。公所为不合古，吾不行。公往矣，毋污我！"通笑曰："若真鄙儒，不知时变。"楚狂生：指佯狂避世的隐者。《论语·微子》："楚狂接舆歌而过孔子，曰：'凤兮凤兮，何德之衰！'"邢昺疏："接舆，楚人，姓陆名通。昭王时政令无常，乃披发佯狂不仕，时人谓之楚狂。"后常用来通指狂士。李白《庐山谣寄卢侍御虚舟》："我本楚狂人，凤歌笑孔丘。"

⑬兀兀如被酲（chéng 澄）：昏昏沉沉如同醉酒。兀兀，昏沉貌。酲，病酒。

⑭栉（zhì 治）：梳理。

⑮果：竟然。

⑯不忧回也空：不会因像颜回那样贫穷而心忧。《论语·先进》："子曰：'回也其庶乎，屡空。'"屡空，经常贫穷。《史记·仲尼弟子列传》："孔子曰：'贤哉回也！一箪食，一瓢饮，在陋巷，人不堪其忧，回也不改其乐。"

⑰不慕猗氏盈：不羡慕猗顿那样的巨富。猗氏，猗顿。《史记·货殖列传》："猗顿用盬盐起。"裴骃集解：《孔丛子》曰："猗顿，鲁之穷士也。耕则常饥，桑则常寒。闻朱公富，往而问术焉。朱公告之曰：'子欲速富，当畜五牸。'于是乃适西河，大畜牛羊于猗氏之南，十年之间其息不可计，赀拟王公，驰名天下。以兴富于猗氏，故曰猗顿。"

⑱不惭被宽褐：不因为穿着宽大的粗布衣服而羞惭。褐，古代卑贱之人所穿的衣服，也用来代指卑贱的人。《孟子·公孙丑上》："不受于褐宽博，亦不受于万乘之君。"

⑲不羡垂华缨：不羡慕仕宦者华美的衣冠。华缨，彩色的冠缨，古代仕宦者的冠带。

⑳龙虎：喻乱世的英雄豪杰。

㉑乌兔：指日月。古代神话传说：日中有乌，月中有兔。左思《吴都赋》："笼乌兔于日月，穷飞走之栖宿。"

㉒"斫元气"二句：元气、元精，指天地间的精气。王充《论衡·超奇》："天禀元气，人

受元精。”

㉓“冥茫”句：谓作者的神思驰骋于苍茫无际之间。冥茫、八极，均指极远无际。心兵，为文为诗的神思。心感物而动，如应外敌，故曰心兵。韩愈《秋怀》：“诘屈避语穽，冥茫触心兵。”

㉔“坐令”句：使难以形容的情景有声有色。坐令，致使。

㉕破悬虱：击中空中悬挂的微如虱样的东西。《列子·汤问》：纪昌学射于飞卫，飞卫曰：“学视而后可。”昌以氂悬虱于牖，南面望之。“三年之后，如车轮焉”。“乃以燕角之弧，朔蓬之簳射之，贯虱之心而悬不绝”。

㉖长鲸：鲸鱼。

㉗沆瀣（hàng xiè 巷泄）：夜间的露气。屈原《远游》：“飡六气而饮沆瀣兮，漱正阳而含朝霞。”

㉘峥嵘：高峻的山峰。

㉙轧轧：生机始发貌。

㉚天根：星名，即氐宿。月窟：传说中月的归宿处。扬雄《长杨赋》：“西厌月窟，东震日域。”刘良注：“月窟，月出穴也，在西。”

㉛“犀照”句：《晋书·温峤传》：“至牛渚矶，水深不可测，世云其多怪物，峤遂燬犀角而照之。须臾，见水族覆火，奇形异状，或乘马车著赤衣者。峤其夜梦人谓己曰：‘与君幽明道别，何意相照也?’意甚恶之。”犀照，燃烧犀牛角照明。牛渚，山名，在安徽当涂县西北，山脚伸入长江部分为采石矶，也称牛矶。

㉜俄：瞬间。

㉝听音谐《韶》乐：诗歌的音韵犹如《韶》乐一样和谐优美。《韶》，相传为虞舜时的乐曲名。《论语·述而》：“子在齐闻《韶》，三月不知肉味。”

㉞大羹：古代祭祀时所用的肉汁。

㉟金石：钟磬类乐器。轰铿：发出轰鸣铿锵的声音。

㊱叩壶自高歌：《晋书·王敦传》：“每酒后辄咏魏武帝乐府歌曰：‘老骥伏枥，志在千里。烈士暮年，壮心不已。’以如意打唾壶为节，壶边尽缺。”叩，击打。

㊲“欲呼”四句：据《博异志》载，“贾客吕乡筠善吹笛，月夜泊君山侧，命酒吹笛。忽有老父挐舟而来，袖出笛三管，其一大如合拱，次如常，其一绝小，如细笔管。乡筠请老父一吹，老父曰：‘大者合上天之乐，次合仙乐，小者老身与朋侪所乐者，庶类杂而听之，未知可终曲否?’言毕，抽笛吹三声，湖上风动，波涛沆瀁，鱼鳖跳喷。五声、六声，君山上鸟兽叫噪，月色昏暗。舟人大恐，老父遂止。引满数杯，棹舟而去，隐隐没于波间。”诗即用此典。

㊳欻（xū 虚）忽：忽然，形容迅疾。

㊴白鹤：传说中的仙鸟。

㊵狡狯（kuài 快）：嬉戏，变化。《神仙传》说麻姑掷米成珠，王远笑曰：“姑故年少。吾老矣，了不喜复作此狡狯变化也。”

㊶瑶京：传说中天帝的京城，为神仙世界。

登金陵雨花台望大江①

大江来从万山中，山势尽与江流东。钟山如龙独西上，欲破巨浪乘长风②。江山相雄不相让，形胜争夸天下壮。秦皇空此瘗黄金，佳气葱葱至今王③。我怀郁塞何由开，酒酣走上城南台[④]。坐觉苍茫万古意，远自荒烟落日之中来。石头城下涛声怒[⑤]，武骑千群谁敢渡[⑥]？黄旗入洛竟何祥[⑦]，铁锁横江未为固[⑧]。前三国[⑨]，后六朝[⑩]，草生宫阙何萧萧！英雄乘时务割据，几度战血流寒潮。我生幸逢圣人起南国[⑪]，祸乱初平事休息[⑫]。从今四海永为家[⑬]，不用长江限南北。

《四部丛刊》本《高太史大全集》卷一一

①诗作于明洪武二年（1369），时作者应诏入京修《元史》。诗首段赞颂南京形胜；中段发怀古幽思，感叹建都于此的六朝之覆亡；末段颂扬明之初兴，讽喻之意，蕴而不露。雨花台，在南京聚宝门外，据冈阜最高处，相传梁武帝时，云光法师讲经于此。凡讲经，天雨花如雪片，故以名其台。

②“钟山”二句：钟山，一名紫金山，在南京市中山门外。这两句说沿江的山势都是向东的，只有钟山由东向西，好像逆江流而上。破巨浪乘长风，用《南史·宗慤传》“愿乘长风破万里浪”语。

③“秦皇”二句：秦始皇曾用埋金之法镇压此地的王气，但此地仍是佳气葱葱，为龙盘虎踞之地。《丹阳记》：“秦始皇埋金玉杂宝以压天子气，故曰金陵。”《后汉书·光武帝纪论》：“后望气者苏伯阿为王莽使至南阳，遥望见舂陵郭，唶曰：‘气佳哉！郁郁葱葱然！’”瘗（yì义），掩埋。

④城南台：即雨花台。

⑤石头城：故址在今南京市清凉山。初为楚金陵邑，孙权重筑改名。六朝时负山面江，为攻守必争之地。

⑥“武骑”句：南朝陈末，贺若弼、韩擒虎率领数十万大军准备渡江，佞臣孔范却对陈后主说：长江天堑，古来限隔，虏军岂能飞渡？事见《南史·孔范传》。

⑦“黄旗”句：《三国志·吴书·孙皓传》裴松之注引《江表传》云：“初，丹阳刁玄使蜀，得司马徽与刘廙论运命历数事。玄诈增其文诳国人曰：‘黄旗紫盖见于东南，终有天下者，荆、扬之君乎！’又得中国降人，言寿春有童谣曰：‘吴天子当上。’皓闻之，喜曰：‘此天命也。’即载其母、妻、子及后宫数千人，从牛渚陆道西上，云青盖入洛阳，以顺天命。行遇大雪，道途陷坏，兵士被甲持杖，百人共引一车，寒冻殆死。兵人不堪，皆曰：‘若遇敌，便当倒戈耳。’皓闻之，乃还。”祥，吉凶的征兆。

⑧“铁锁”句：《晋书·王濬传》：“吴人于江险碛要害之处，并以铁锁横截之。又作铁锥长丈余，暗置江中，以逆距船。……濬乃作大筏数十，亦方百余步，缚草为人，被甲持杖，令善水者以筏先行。筏遇铁锥，锥辄著筏去。又作火炬，长十余丈，大数十围，灌以麻油，在船前。遇锁，燃炬烧之，须臾，融液断绝，于是船无所碍。”

⑨三国：本指魏、蜀、吴，诗中专指吴。

⑩六朝：本指吴、东晋、宋、齐、梁、陈六个朝代，这六个朝代都以金陵为都。诗中专指南朝宋、齐、梁、陈四代，与吴对举。

⑪圣人起南国：指朱元璋于江南起事，终成大业。圣人，指朱元璋，安徽凤阳人，初从郭子兴起兵于濠州，后夺取天下，建立了明朝。

⑫休息：休养生息。

⑬“从今”句：用刘禹锡《西塞山怀古》诗“从今四海为家日”句意。

六

瞿佑

瞿佑（1341—1427），字宗吉，钱塘（今杭州）人。少时才思敏捷，曾被杨维桢称赞为“千里驹”。元末以善作艳体诗、风月词而闻名。洪武年间，被荐出任仁和、临安、宜阳等县训导，后为开封周王府长史。永乐十三年（1415），因诗祸被充军陕西保安十年。生平秉承家学，博览群书，著述很多，其文言短篇小说集《剪灯新话》共四卷二十篇，附录一篇，多写元末动乱背景下的幽冥灵怪故事，有意模仿唐人传奇，故事中穿插诗词文赋，逞才炫采。其后仿作者有明永乐时李昌祺之《剪灯馀话》、万历时邵景詹之《觅灯因话》。《剪灯新话》于15世纪中叶传入韩国，金时习仿作《金鳌新话》，为韩国小说之始祖。16世纪又传入日本、越南，影响了两国的小说创作。

修文舍人传

夏颜，字希贤，吴之震泽人也[①]。博学多闻，性气英迈，幅巾布裘，游于东西两浙间。喜慷慨论事，亹亹不厌[②]，人每倾下之。然而命分甚薄，日不暇给，尝喟然长叹曰：“夏颜，汝修身谨行，奈何不能润其家乎？”则又自解曰：“颜渊困于陋巷[③]，岂道义之不足也？贾谊屈于长沙[④]，岂文章之不赡也[⑤]？校尉封拜而李广不侯[⑥]，岂智勇之不逮也？侏儒饱死而方朔苦饥[⑦]，岂才艺之不敏也？盖有命焉，不可幸而致。吾知顺受而已，岂敢非理妄求哉！”至正初，客死润州[⑧]，葬于北固山下[⑨]。

友人有与之契厚者[⑩]，忽遇之于途，见颜驱高车，拥大盖，峨冠曳珮，如侯伯状，从者各执其物，呵殿而随护，风采扬扬，非复往日，投北而去。友人不敢呼之。一日，早作，复遇之于里门，颜遽搴帷下车而施揖曰[⑪]：“故人安否？”友人遂与叙旧，执手款语，不异平生。乃问之曰：“与君隔别未久，而能自致青云[⑫]，立身要路[⑬]。车马仆从，如此之盛；衣服冠带，如此之华，可谓大丈夫得志之秋矣！不胜健羡之至[⑭]！”颜曰：“吾今隶职冥司，颇极清要[⑮]。故人下问，何敢有隐，但途路之次，未暇备述，如不相弃，可于后夕会于甘露寺多景楼[⑯]，庶得从容时顷，少叙间阔[⑰]，不知可乎？望勿以幽冥为讶，而负此诚约也。”友人许之，告别而去。是夕，携酒而往，则颜已先在，见其至，喜甚，迎谓曰：“故人真信士，可谓死生之交矣！”乃言曰：“地下之乐，不减人间，吾今为修文舍人[⑱]，颜渊、卜商旧职也[⑲]。冥司用人，选擢甚精，必当其才，必称其职，然后官位可居，爵禄可致，非若人间可以贿赂而通，可以门第而进，可以外貌而滥充，可以虚名而躐取也。试与君论之：今夫人世之上，仕路之间，秉笔中书者[⑳]，岂尽萧、曹、丙、魏之徒乎[㉑]？提兵阃外者[㉒]，岂尽韩、彭、卫、霍之流乎[㉓]？馆阁摛文者[㉔]，岂皆班、扬、董、马之辈乎[㉕]？郡邑牧民者，岂皆龚、黄、召、杜之俦乎[㉖]？骐骥服盐车而驽骀厌刍豆[㉗]，凤凰栖枳棘而鸱鸮鸣户庭[㉘]，贤者槁项黄馘而死于下[㉙]，不贤者比肩接迹而显于世，故治日常少，乱日常多，正坐此也。冥司则不然，黜陟必明[30]，赏罚必公，昔日负君之贼，败国之臣，受穹爵而享厚禄者[31]，至此必受其殃；昔日积善之家，修德之士，阨下位而困穷途者[32]，至此必蒙其福。盖轮回之数，报应之条，至此则莫逃矣。”遂引满而饮，连举数觥[33]，凭栏观眺，口占律诗二章，吟赠友人曰：

笑拍阑干扣玉壶[34]，林鸦惊散渚禽呼。一江流水三更月，两岸青山六代都。富贵不来吾老矣，幽明无间子知乎？旁人若问前程事，积善行仁是坦途。

满身风露夜茫茫，一片山光与水光。铁瓮城边人玩月[35]，鬼门关外客还乡。功名不博诗千首，生死何殊梦一场！赖有故人知此意，清谈终夕据藤床。

吟讫，搔首而言曰：“太上立德，其次立功，其次立言[36]。仆在世之日，无德可称，无功可述，然而著成集录，不下数百卷；作为文章，将及千余篇，皆极深研几，尽意而为之者。奄忽以来[37]，家事零替[38]，内无应门之童，外绝知音之士，盗贼之所攘窃，虫鼠之所毁伤，十不存一，甚可惜也。伏望故人以怜才为念，恤交为心，捐季子之宝剑[39]，付尧夫之麦舟[40]，用财于当行，施德于不报，刻之桐梓[41]，传于好事，庶几不与草木同腐，此则故人之赐也。兴言及此，惭愧何胜！”友人许诺。颜大喜，捧觞拜献，以致丁宁之意[42]。已而，东方渐曙，告别而去。友人归吴中，访其家，除散亡零落外，犹得遗文数百篇，并所著《汲古录》、《通玄志》等书，亟命工锓版，鬻之于肆，以广其传。颜复到门致谢。自此往来无间，其家吉凶祸福，皆前期报之。三年之后，友人感疾，颜来访问，因谓曰：“仆备员修文府，日月已满，当得举代。冥间最重此职，得之甚难。君若不欲，则不敢强；万一欲之，当与尽力。所以汲汲于此者，盖欲报君锓版之恩耳。人生会当有死，纵复强延数年，何可得居此地也？”友人欣然许之，遂处置家事，不复治疗，数日而终。

上海古籍出版社版周楞伽校注《剪灯新话》卷四

①震泽：湖名，即今之太湖。今江苏震泽镇滨太湖。

②亹（wěi 伟）亹：勤勉不倦貌。《诗经·大雅·文王》：“亹亹文王，令闻不已。”

③颜渊：孔子的弟子，天资聪颖，有才学，居陋巷，箪食瓢饮，早逝。

④贾谊：汉洛阳人，西汉政论家。青年时就以才学著称，汉文帝召为博士，迁太中大夫，为朝中大臣所排挤，贬为长沙王太傅，又为梁王太傅，卒时仅三十二岁。

⑤赡：富足，丰富。

⑥校尉：古代中下级武官。李广：西汉名将，善骑射，历守陇西、上谷、雁门、云中、代郡、北地、右北平，与匈奴作战七十余次，靖边卫国，人称“飞将军”。后随大将军卫青攻匈奴，迷失道路，幕府对簿时，愤而自杀。

⑦侏儒：矮小的人。方朔：东方朔，字曼倩，西汉人。性诙谐滑稽，常在笑话中暗含讽谏。“侏儒饱欲死，臣朔饥欲死”是其讽谏中的名言。

⑧润州：今江苏镇江市。

⑨北固山：在镇江北。

⑩契厚：交情深厚。

⑪搴帷：揭开车上的帐幔。

⑫青云：比喻高的地位。《史记·范雎蔡泽列传》：“不意君能自致于青云之上。”

⑬要路：显要的地位。

⑭健羡：非常羡慕。元稹《遣病》诗之三：“忆作孩稚初，健羡成人列。”

⑮清要：地位显贵而政务不繁。

⑯甘露寺：在北固山第一峰，相传是三国时孙吴所建，唐朝李德裕扩建。多景楼：甘露寺中一楼。

⑰间阔：久别不见。

⑱修文舍人：冥间负责文牍的官职。修文，古代称文人死为修文。杜甫《哭李常侍峄》："一代风流尽，修文地下深。"

⑲卜商：即子夏，孔子弟子，长于文学，相传曾讲学西河，序《诗》传《易》，为魏文侯师。

⑳中书：宰相。

㉑萧、曹、丙、魏：萧指萧何，秦末辅佐刘邦起义，起义军进入咸阳，他收取秦朝的律令图书。楚汉之争中，任丞相，在关中转输粮饷，支持战场。韩信弃楚归汉，不被重用，亡走，萧何追回，拜为大将。刘邦即位后，萧何封酂侯，后协高祖灭异姓诸王。曹指曹参，秦末从刘邦起义，屡立战功，封平阳侯。萧何死后继任宰相。丙指丙吉，字少卿，汉宣帝时封博阳侯，代魏相为宰相。魏指魏相，字弱翁，汉宣帝时为丞相，封高平侯。

㉒阃（kǔn 捆）外：指在外掌握兵权的人。阃，国门。《史记·冯唐列传》："阃以内者，寡人制之；阃以外者，将军制之。"

㉓韩、彭、卫、霍：韩指韩信。楚汉之争中，攻取关中，破赵取齐，消灭项羽于垓下，他都立有大功，后为吕后所杀。彭指彭越，楚汉之争中，率楚兵归汉，略定梁室，断项羽粮道，参加了垓下之战，封梁王，后被杀。卫指卫青，本为平阳公主家奴，后为汉武帝重用，官至大将军，封长平侯，前后七次出击匈奴。霍指霍去病，卫青姊的儿子，伐匈奴有功，封骠骑将军，加冠军侯。

㉔摛（chī 吃）文：撰写典章文诰。摛，舒展，铺张。

㉕班、扬、董、马：班指班固，东汉历史学家，《汉书》的作者。扬指扬雄，擅长辞赋，东汉文学家。董指董仲舒，精于《春秋》，汉朝名儒。马指司马相如，擅辞赋，汉代文学家。

㉖龚、黄、召、杜：龚指龚遂，汉宣帝时渤海太守，劝人民种田栽桑，境内大治。黄指黄霸，汉宣帝时为颍川太守，扬州刺史，治绩称天下第一。召指召信臣，汉元帝时任零陵、南阳太守，兴修水利，溉田三万多顷。杜指杜诗，汉光武时为南阳太守，政治清平，人称"前有召父（召信臣），后有杜母"。

㉗骐骥：良马。服盐车：拉运盐的车。贾谊《吊屈原赋》："骥垂两耳服盐车兮。"比喻才不得用。驽骀（nú tái 奴台）：劣马。驽、骀都是劣马，喻庸才。厌刍豆：饱食草料。厌，同"餍"，饱食。刍豆，牲口吃的草和豆。

㉘枳棘：有棘刺的灌木。鸱鸮（chī xiāo 吃消）：恶鸟，喻奸邪之人。《汉书·贾谊传》："鸾凤伏窜兮，鸱鸮翱翔。"

㉙槁项黄馘（xù 叙）：面目枯槁。语出《庄子·列御寇》：（曹商）见庄子曰："夫处穷闾阨巷，困窘织屦，槁项黄馘者，商之所短也。"项，脖子。馘，脸。

㉚黜陟（chù zhì 处置）：进退人才。黜，降级。陟，升官。

㉛穹爵：高贵的爵位。穹，高、大。

㉜阨（è 饿）：同"厄"。

㉝觥（gōng 官）：饮酒的器皿。

㉞玉壶：计时之器，也叫官漏。

㉟铁瓮城：镇江的内城，三国时孙权所筑。

㊱“太上”三句：语出《左传·襄公二十四年》：“太上有立德，其次有立功，其次有立言，虽久不废，此之谓不朽。”

㊲奄忽：倏忽。这里作“死去”讲。

㊳零替：凋落，残破。

㊴捐季子之宝剑：季子即季札。吴王余祭四年（前544），他出使各国，到徐国，徐君爱季札的佩剑，但没有启齿。季札正在出使，不便送剑，后回到徐国，徐君已死，季札把宝剑挂在徐君坟前的树上。见刘向《新序·节士》。

㊵付尧夫之麦舟：尧夫，范仲淹子纯仁。尧夫至姑苏运麦，到丹阳遇石曼卿，曼卿语及无资改葬亲人，纯仁以麦助葬。见惠洪《冷斋夜话》十。

㊶刻之桐梓：即镂版印书。桐梓是适于镂版的木材。

㊷丁宁：同“叮咛”。

七
李东阳

李东阳（1447—1516），字宾之，号西涯，湖南茶陵人。少有神童之誉，景帝曾三次召见，并准入顺天府学。十八岁中进士，授翰林院编修，入仕四十余年，入阁十八年，官至太子太保、礼部尚书兼文渊阁大学士。以宰臣领袖文坛，奖掖后学，挽引才俊，天下翕然宗之。论诗宗法杜甫，对诗歌的声调音节、用字结构颇有体会。诗文随事抒写，浑雅劲健，法度森严。在明前期的诗文演变中，王世贞谓“长沙之于何、李，犹陈涉之启汉高”。有《怀麓堂集》。

寄彭民望[①]

斫地哀歌兴未阑[②]，归来长铗尚须弹[③]。秋风布褐衣犹短[④]，夜雨江湖梦亦寒。木叶下时惊岁晚[⑤]，人情阅尽见交难。长安旅食淹留地[⑥]，惭愧先生苜蓿盘[⑦]。

清刻本《怀麓堂集》卷一二

①彭民望，名泽，湖南攸县人，景泰间举人，曾任顺天通判，后失意归。还乡后，生计艰难，李东阳闻知，写此诗表示不平与同情。

②“斫地”句：化用杜甫《短歌行赠王郎司直》“王郎酒酣拔剑斫地歌莫哀”句。阑，残，尽。

③“归来”句：《战国策·齐策四》载，冯谖为孟尝君食客，左右贱之，他倚柱弹剑，歌曰：“长铗归来乎，食无鱼。”铗（jiá 颊），长剑。

④布褐：粗布衣服，古代平民所穿。

⑤木叶下：树叶飘落，指秋季。屈原《楚辞·九歌·湘夫人》：“袅袅兮秋风，洞庭波兮木叶下。”

⑥长安：汉、唐的都城，后代指京城。诗中指北京。淹留：滞留。

⑦苜蓿（mù xu 木须）盘：形容清苦冷落的生活。《唐摭言·闽中进士》：“薛令之……累迁左庶子。时开元东宫官僚清淡，令之以诗自悼，复纪于公署，曰：‘朝旭上团团，照见先生盘。盘中何所有？苜蓿长阑干。’”苜蓿，一种多年生草本植物，可作饲草，其嫩芽人可食。

八

马中锡

马中锡（1446—1512），字天禄，号东田，故城（今河北故城）人。成化十年（1474）乡试第一，第二年中进士，授刑科给事中，历迁兵部侍郎。为人耿介，宪宗、武宗时，多次弹劾贵戚宦官，被刘瑾逮捕入狱，解送辽东。刘瑾伏诛后，起为大同巡抚。正德六年（1511），河北爆发刘六、刘七兄弟领导的起义，马中锡以右都御史、提督军务前往镇压。因其主张对义军进行招抚，并曾亲往刘营劝降，起义军至故城，戒“毋犯马中锡家”，谤遂大起，朝廷以“纵贼”罪将其逮捕入狱，致其瘐死狱中。生平有文名，李梦阳、康海、王九思曾师从于他。著有《东田集》。

中山狼传[1]

赵简子大猎于中山[2]，虞人导前[3]，鹰犬罗后[4]，骇禽鸷兽应弦而倒者不可胜数[5]。有狼当道，人立而啼[6]。简子唾手登车[7]，援乌号之弓[8]，挟肃慎之矢[9]，一发饮羽[10]，狼失声而逋[11]。简子怒，驱车逐之，惊尘蔽天，足音鸣雷，十里之外，不辨人马。

时，墨者东郭先生[12]，将北适中山以干仕[13]，策蹇驴[14]，囊图书[15]，夙行失道[16]，望尘惊悸。狼奄至[17]，引首顾曰[18]：“先生岂有志于济物哉[19]？昔毛宝放龟而得渡[20]，隋侯救蛇而获珠[21]，龟蛇固弗灵于狼也[22]。今日之事，何不使我得早处囊中，以苟延残喘乎？异时倘得脱颖而出[23]，先生之恩，生死而肉骨也[24]，敢不努力以效龟蛇之诚[25]！”先生曰：“嘻！私汝狼以犯世卿[26]，忤权贵[27]，祸且不测，敢望报乎？然墨之道[28]，兼爱为本[29]，吾终当有以活汝[30]，脱有祸[31]，固所不辞也[32]！”乃出图书，空囊橐[33]，徐徐焉实狼其中[34]，前虞跋胡，后恐疐尾[35]，三纳之而未克[36]，徘徊容与[37]，追者益近。狼请曰：“事急矣！先生果将揖逊救焚溺，而鸣銮避寇盗耶[38]？惟先生速图[39]！”乃跼蹐四足[40]，引绳而束缚之，下首至尾[41]，曲脊掩胡[42]，猬缩蠖屈[43]，蛇盘龟息[44]，以听命先生[45]。先生如其指[46]，内狼于囊[47]，遂括囊口[48]，肩举驴上[49]，引避道左[50]，以待赵人之过。

已而简子至，求狼弗得，盛怒，拔剑斩辕端示先生[51]，骂曰：“敢讳狼方向者[52]，有如此辕！”先生伏踬就地[53]，匍匐以进[54]，跽而言曰[55]：“鄙人不慧，将有志于世，奔走遐方，自迷正途[56]，又安能发狼踪以指示夫子之鹰犬也[57]！然尝闻之，大道以多歧亡羊[58]。夫羊，一童子可制之，如是其驯也，尚以多歧而亡；狼非羊比，而中山之歧，可以亡羊者何限？乃区区循大道以求之[59]，不几于守株缘木乎[60]？况田猎，虞人之所事也，君请问诸皮冠[61]。行道之人何罪哉？且鄙人虽愚，独不知夫狼乎？性贪而狠，党豺为虐[62]，君能除之，固当窥左足以效微劳[63]，又肯讳之而不言哉！”简子默然，回车就道。先生亦驱驴，兼程而进[64]。

良久，羽旄之影渐没[65]，车马之音不闻。狼度简子之去已远[66]，而作声囊中曰：“先生可留意矣[67]，出我囊，解我缚，拔矢我臂，我将逝矣[68]。”先生举手出狼。狼咆哮谓先生曰：“适为虞人逐[69]，其来甚速，幸先生生我[70]。我馁甚[71]，馁不得食，亦终必亡而已。与其饥死道路，为群兽食，毋宁毙于虞人[72]，以俎豆于贵家[73]。先生既墨者，摩顶放踵[74]，思一利天下，又何吝一躯啖我而全微命乎[75]？”遂鼓吻奋爪[76]，以向先生。先生仓卒以手搏之，且搏且却，引蔽驴后，便旋而走[77]。狼终不得有加于先生[78]，先生亦极力拒，彼此俱倦，隔驴喘息。先生曰：“狼负我！狼负我！”狼曰：“吾非固欲负汝，天生汝辈，固需吾辈食也！”相持既久，日晷渐移[79]，先生窃念，天色向晚，狼复群至，吾死矣夫！因绐狼曰[80]：“民俗，事疑必询三老[81]。第行矣[82]，求三老而问之。苟谓我当食即食，不可即已。”狼大喜，即与偕行。

逾时，道无人行。狼馋甚，望老木僵立路侧，谓先生曰：“可问是老！”先生曰：“草木无知，叩焉何益[83]？”狼曰：“第问之，彼当有言矣！”先生不得已，揖老木，具述始末，问曰：“若然，狼当食我邪？”木中轰轰有声，谓先生曰：“我杏也。往年老圃种我时，费一核耳。逾年华[84]，再逾年实[85]，三年拱把[86]，十年合抱，至于今二十年矣。老圃食我，老圃之妻子食我，外至宾客、下至奴仆皆食我。又复鬻实于市[87]，以规利于我[88]。其有功于老圃甚巨。今老矣，不能敛华就实[89]。贾老圃怒[90]，伐我条枚[91]，芟我枝叶，且将售我工师之肆取直焉[92]。噫！樗朽之材[93]，桑榆之景[94]，求免于斧钺之诛而不可得[95]。汝何德于狼，乃觊免乎[96]？是固当食汝[97]。”言下，狼复鼓吻奋爪，以向先生。先生曰：“狼爽盟矣[98]！矢询三老[99]，今值一杏，何遽见迫耶[100]？”复与偕行。

狼愈急，望见老牸[101]，曝日败垣中[102]，谓先生曰：“可问是老！”先生曰：“向者草木无知，谬言害事。今牛，禽兽耳，更何问焉？”狼曰：“第问之。不问，将咥汝[103]！”先生不得已，揖老牸，再述始末以问。牛皱眉瞪眼，舐鼻张口[104]，向先生曰：“老杏之言不谬矣！老牸茧栗少年时[105]，筋力颇健，老农卖一刀以易我，使我贰群牛、事南亩[106]。既壮，群牛日益老惫，凡事我都之[107]。彼将驰驱，我伏田车，择便途以急奔趋；彼将躬耕，我脱辐衡[108]，走郊坰以辟榛荆[109]。老农视我犹左右手，衣食仰我而给[110]，婚姻仰我而毕，赋税仰我而输，仓庾仰我而实[111]。我亦自谅可得帷席之敝如马狗也[112]。往年家储无担石[113]，今麦收多十斛矣[114]；往年穷居无顾藉[115]，今掉臂行村社矣[116]；往年尘卮罂[117]，涸唇吻[118]，盛酒瓦盆，半生未接[119]，今酝黍稷[120]，据樽罍[121]，骄妻妾矣[122]；往年衣短褐[123]，侣木石[124]，手不知揖，心不知学，今持《兔园册》[125]，戴笠子[126]，腰韦带[127]，衣宽博矣[128]。一丝一粟，皆我力也。顾欺我老弱[129]，逐我郊野；酸风射眸[130]，寒日吊影[131]；瘦骨如山，老泪如雨；涎垂而不可收，足挛而不可举[132]；皮毛具亡，疮痍未瘥[133]。老农之妻妒且悍，朝夕进说曰：‘牛之一身，无废物也。肉可脯[134]，皮可鞟[135]，骨、角可切蹉为器[136]。’指大儿曰：‘汝受业庖丁之门有年矣[137]，胡不砺刃硎以待[138]？’迹是观之，是将不利于我，我不知死所矣！夫我有功、彼无情乃若是，行将蒙祸；汝何德于狼，觊幸免乎？”言下，狼又鼓吻奋爪以向先生。先生曰：“毋欲速！”

遥望老子杖藜而来[139]，须眉皓然[140]，衣冠闲雅[141]，盖有道者也[142]。先生且喜且愕，舍狼而前，拜跪啼泣，致辞曰：“乞丈人一言而生。”丈人问故，先生曰：“是狼为虞人所窘[143]，求救于我，我实生之。今反欲咥我，力求不免，我又当死之[144]，欲少延于片时，誓定是于三老。初逢老杏，强我问之，草木无知，几杀我。次逢老牸，强我问之，禽兽无知，又几杀我。今逢丈人，岂天之未丧斯文也[145]。敢乞一言而生。”因顿首杖下[146]，俯伏听命。丈人闻之，欷歔再三[147]，以杖叩狼曰[148]：“汝误矣！夫人有恩而背之，不祥莫大焉[149]。儒谓受人恩而不忍背者，其为子必孝；又谓虎狼之父子[150]。今汝背恩如是，则并父子亦无矣[151]！”乃厉声曰：“狼，速去！不然，将杖杀汝！”狼曰：“丈人知其一未知其二，请愬之[152]，愿丈人垂听[153]。初，先生救我时，束缚我足，闭我囊中，压以诗书，我鞠躬不敢息；又蔓辞以说简子[154]，其意盖将死我于囊，而独窃其利也。

是安可不咥?”丈人顾先生曰:“果如是,是羿亦有罪焉[155]!”先生不平,具状其囊狼怜惜之意。狼亦巧辩不已以求胜。丈人曰:“是皆不足以执信也[156]。试再囊之,我观其状,果困苦否。”狼欣然从之。信足先生[157],先生复缚置囊中,肩举驴上,而狼未之知也[158]。丈人附耳谓先生曰:“有匕首否?”先生曰:“有。”于是出匕。丈人目先生,使引匕刺狼。先生曰:“不害狼乎?”丈人笑曰:“禽兽负恩如是,而犹不忍杀。子固仁者,然愚亦甚矣[159]!从井以救人[160],解衣以活友[161],于彼计则得,其如就死地何[162]?先生其此类乎?仁陷于愚[163],固君子之所不与也[164]。”言已大笑,先生亦笑,遂举手助先生操刃,共殪狼[165],弃道上而去。

《丛书集成》本《东田文集》卷三

①本文以寓言故事的形式讲对像狼一样本性凶残的坏人绝不能怜悯的道理。宋代谢良曾写过一篇内容相近的文章,此文是马中锡在谢文的基础上增补润饰而成。据说此文是讽刺李梦阳对康海的忘恩负义(见何良俊《四友斋丛说》卷一五、梁维枢《玉剑尊闻》卷一〇、王士禛《池北偶谈》),这个故事超越了个人恩怨,具有广泛的概括性。此外康海、王九思还据此写成了杂剧《东郭先生误救中山狼》和院本《中山狼》。万历年间,陈与郊、汪廷讷也分别创作了《中山狼》和《中山救狼》(佚)杂剧。

②赵简子:名鞅,春秋时晋国大夫。中山:今河北定县一带。

③虞人:古代掌管山泽、苑囿、田猎的官。

④罗后:散布在后面。

⑤骇禽鸷兽:凶猛的飞禽走兽。

⑥“人立”句:像人一样立着嚎叫。

⑦唾手:往手上吐唾沫,表示将用力拉弓。一作“垂手”,手下垂,从容不迫的样子。

⑧援:拿起。乌号:古代良弓名。

⑨肃慎:古族名,其地在东北地区。周武王时,曾进贡该地的名箭。矢:箭。

⑩一发饮羽:一箭射出,箭羽都钻进猎物肉里。饮,吞没。

⑪失声:忍不住叫出声音。逋(bū 晡):逃跑。

⑫墨者东郭先生:信奉墨学的东郭先生。东郭,复姓。

⑬北适:向北边去。干仕:谋求官职。

⑭策蹇(jiǎn 检)驴:赶着跛足的驴子。策,本指鞭子,此处指用鞭子赶。蹇,跛足,行走艰难。

⑮囊:口袋,文中用作动词,即用口袋装着图书。

⑯夙(sù 诉)行:清晨赶路。失道:迷路。

⑰奄(yǎn 眼)至:突然到来。

⑱引首:抬起头。顾:看。

⑲岂:表示估计、揣测的语气副词。济物:接济、救助别人。

⑳“昔毛宝”句:《搜神记》载,毛宝任豫州刺史时,有军士献白龟,他放归江中。后来,他打了败仗,投江逃命,虽身披铠甲,却不沉溺,觉水下有浮物托引他前进,登岸视之,原来是那只白龟。毛宝,东晋人,字贞硕,官至刺史。

㉑“隋侯”句:隋,西周时的古国名。《淮南子·览冥训》:“譬如隋侯之珠,和氏之璧,得之者富,失之者贫。”据高诱注,隋国国君曾见一条大蛇受伤,就给它敷药,后来这条蛇衔来一颗名贵的大珍珠送给他。

㉒固:本来。弗灵于狼:不若狼有灵性。

㉓异时：他日，将来。脱颖而出：这里指脱离灾难，重新出头。脱颖，显露头角。

㉔生死而肉骨：使死者复生，使枯骨长肉。

㉕效龟蛇之诚：仿效龟、蛇的诚心，报答恩情。

㉖私：包庇。犯：冒犯。世卿：世代承袭的卿大夫，这里指赵简子。

㉗忤：不顺从，触怒。

㉘墨之道：墨家的学说。

㉙兼爱：指墨子提出的爱无等差的思想。

㉚有以活汝：有办法救你。

㉛脱：倘若，即使。

㉜固：本来，固然。

㉝空囊橐（tuó 陀）：空出口袋。

㉞徐徐焉：慢慢地。实：装。

㉟“前虞”二句：前面担忧踩压着狼颔下的垂肉，后面又怕压着狼尾巴。虞，担心。跋，踩。胡，颔下的肉。疐（zhì 志），践压。《诗经·豳风·狼跋》：“狼跋其胡，载疐其尾。”毛传：“老狼有胡，进则躐其胡，退则疐其尾，进退有难。”

㊱三纳：装了多次。克：成功。

㊲徘徊容与：犹豫不决，动作迟疑。

㊳“先生”二句：先生果真打算像在救火、救溺时还打躬作揖，在逃避强盗时还摇响车铃那样慢悠悠的吗？揖逊，打躬作揖，谦虚礼让。銮，系在马勒上的铃铛。

㊴惟：希望，但愿。图：设法。

㊵跼蹐（jú jí 局吉）：蜷缩，弯曲。

㊶下首至尾：把头弯到下面尾巴处。

㊷曲脊掩胡：弯着脊梁掩盖着颏下的肉。

㊸猬缩蠖（huò 或）曲：像刺猬那样团着身体，像尺蠖那样弯曲。尺蠖，一种爬虫。

㊹蛇盘龟息：像蛇一样盘起来，像乌龟一样缩进头项。

㊺听命先生：听从东郭先生的摆布。

㊻如其指：按照它的意思。

㊼内：同“纳”。

㊽括：扎紧。

㊾肩举：用肩扛起。

㊿引避道左：躲在路旁。

51辕端：车辕的前端。

52讳：隐瞒。

53伏踬（zhì 质）：趴倒。

54匍匐以进：伏地而行。

55跽（jì 忌）：长跪。

56自迷正途：自己都迷失了路。

57安能：怎能。夫子：古代对男子的尊称。

58“大道”句：大道因岔道多，羊容易走失。歧，岔路。亡，丢失。语本《列子·说符》第八：“杨子（指杨朱）之邻人亡羊，既率其党，又请杨子之竖追之。杨子曰：‘嘻！亡一羊，何追者之众？’邻人曰：‘多歧路。’既反，问：‘获羊乎？’曰：‘亡之矣！’曰：‘奚亡之？’曰：

‘歧路之中又有歧焉。吾不知所之，所以反也。’”

(59)区区：仅仅。

(60)几于：近于，差不多等于。守株：守株待兔。缘木：缘木求鱼。二者都是比喻不顾客观实际，违反常识行事，必然劳而无功。前者本《韩非子·五蠹》：“宋人有耕者，田中有株，兔走触株，折颈而死。因释其耒而守株，冀复得兔。兔不可复得，而身为宋国笑。”后者见《孟子·梁惠王》：“以若所为，求若所欲，犹缘木而求鱼也。”

(61)皮冠：古人田猎时戴的帽子。这里指虞人。

(62)党豺为虐：与豺结伙为害。党，朋党，结党。豺，一种近似狼的恶兽。

(63)窥左足：谓举足之劳。窥，通“跬”，半步，一举足。《汉书·息夫躬传》：“京师虽有武蜂精兵，未有能窥左足而先应者也。”

(64)兼程：加速赶路。

(65)羽旄（máo 毛）：旗子上的装饰。

(66)度（duó 夺）：估计，料想。

(67)留意：注意。

(68)逝：离去。

(69)适：刚才。

(70)幸：幸亏，多亏。生我：使我活下来。

(71)馁：饥饿。

(72)毋宁：还不如。

(73)俎（zǔ 祖）豆于贵家：作为贵族之家的祭品。俎、豆都是古代祭祀时装供品的器皿。俎用来盛牺牲腈肉，豆用以盛果酱濡汁。

(74)摩顶放踵（zhǒng 肿）：从头顶到脚跟都磨伤。《孟子·尽心上》：“墨子兼爱，摩顶放踵，利天下为之。”赵岐注：“摩突其顶，下至于踵。”

(75)“又何吝”句：又何必吝惜你的躯体不给我吃，使我难保小命呢？

(76)鼓吻奋爪：张牙舞爪。吻，嘴巴。

(77)便（pián 骈）旋：团团转。

(78)有加：加害。

(79)日晷（guǐ 轨）：日影。

(80)绐（dài 待）：诳骗。

(81)事疑必询三老：事情难以决断一定要请教三位老者。三老，三位老者。

(82)第行矣：只管走。第，但，只。

(83)叩焉何益：问它有什么用？叩，问。

(84)逾年华：过了一年开花。华，同“花”，用作动词。

(85)实：结果实。

(86)拱把：两只手合拢那样粗。

(87)鬻（yù 玉）实于市：把果实拿到街市上卖。

(88)规利于我：从我身上谋求财利。规，谋求。

(89)敛华就实：开花结果。

(90)贾（gǔ 古）：头。这里引申为招致，引得。

(91)伐我条枚：砍伐我的枝和干。

(92)工师之肆：工匠的店铺。肆，作坊，铺子。取直：换钱。直，同“值”。

㉓樗（chū 初）朽之材：没用的树木。樗，落叶乔木，木质粗松，俗称臭椿。

㉔桑榆之景：暮年时光。日落时，残光留在桑树和榆树上，所以用桑榆之景指代傍晚，又用来比喻晚景。景，通“影”。

㉕斧钺之诛：刀斧之砍伐。钺，大斧。

㉖觊（jì 计）：觊觎，非分地想。

㉗“是固”句：这么看实在应当吃掉你。

㉘爽盟：失信，背约。

㉙矢：发誓，约定。

⑩遽（jù 巨）：急忙。见迫：相迫。

⑩老牸（zì 字）：老母牛。

⑩曝日：晒太阳。败垣（yuán 元）：破墙。

⑩啀（dié 迭）：咬。

⑩舐（shì 世）：舔。

⑩茧栗：牛角初生时，形状似茧、似栗，指代小牛。

⑩贰群牛：协助别的牛在田地里耕作。贰，副。《礼记·少仪》：“乘贰车则式，佐车则否。”郑玄注：“贰车、佐车皆副车也。”南亩：田亩。《诗经·豳风·七月》：“馌彼南亩。”胡承珙《毛诗后笺》：“冯氏《名物疏》曰：‘古之治田者，大抵因地势水势而为之，其在南者谓之南亩。’”后泛指田地为南亩。

⑩都：总领。

⑩脱辐衡：卸掉车辕。脱，脱卸。辐，车辐。衡，车辕。

⑩郊坰（jiōng 扃）：郊野。辟榛荆：开垦荒地。榛、荆，灌木名，泛指各种野草杂树。

⑩仰：仰仗，依靠。给（jǐ 挤）：供给。

⑪仓庾：谷仓。庾，露天的积谷处。

⑪自谅：自信。帷席之敝：用布或席子掩蔽尸体。

⑪担石：容量单位。十斗为一石，两石为一担。

⑪斛（hú 胡）：古代量器，方形，口小而底大，容量为十斗，后改为五斗。

⑪无顾藉：无人看顾，意为人不与之交往。

⑪掉臂：甩着臂膀，逍遥神气的样子。社：古时二十五家为一社，或以方圆六里为一社。

⑪尘卮罂（zhī yīng 织英）：酒杯酒坛因长年不用，覆满了灰尘。卮，酒杯。罂，酒罐。

⑪涸（hé 河）唇吻：嘴唇干渴，文中形容喝不到酒。涸，水干竭。

⑪半生未接：半辈子也没有接触。

⑫酝黍稷：酿酒。黍，黏米。稷，谷子。

⑫据樽罍（léi 擂）：拿着酒器。樽、罍，均是盛酒的器具。

⑫骄妻妾：向妻妾摆架子。

⑫衣短褐（hè 贺）：穿粗布短衣。

⑫侣木石：以木石为伴。

⑫《兔园册》：古代村塾中学童用的浅显课本，也叫《兔园册》。《郡斋读书志》说《兔园册》十卷，为唐代虞世南所撰。《宋史·艺文志》和《困学纪闻》说是唐代杜嗣先所撰。此处指老农的家庭开始识字读书。

⑫笠子：一种用竹篾或棕皮编织的帽子。

⑫腰韦带：腰上系着柔软的皮带。韦，熟皮子。

⑫衣宽博：穿着宽大的衣服。

⑫顾：但是。

⑬酸风射眸：冷风射痛眼睛。李贺《金铜仙人辞汉歌》："东关酸风射眸子。"

⑬吊影：自吊其影，形容孤单。

⑬挛（luán 栾）：筋肉蜷曲，不能伸直。

⑬疮痍未瘥（chài 虿）：疮伤尚未痊愈。疮痍，创伤。瘥，病愈。

⑬脯：肉干。这里谓制肉干。

⑬鞟（kuò 阔）：去毛的皮。这里言制革。

⑬切蹉：磨治。

⑬受业庖丁之门：在厨师那里学习屠宰烹饪技术。庖丁，厨师。

⑬砺刃硎（xíng 形）：在石上磨刀。硎，磨刀石。

⑬老子：老先生，老头儿。杖藜：策杖。藜，一种草本植物，茎长老后可以为杖。原本作"扶藜"，据别本改。

⑭皓然：雪白的样子。

⑭闲雅：优雅大方。

⑭有道者：有学问、有修养的人。

⑭窘：围困。

⑭死之：被它杀害。

⑭"岂天"句：莫非苍天有意不叫我这个读书人死。斯文，读书人。

⑭顿首：叩头。

⑭欷歔（xī xū 希虚）：叹息。

⑭叩：敲打。

⑭不祥莫大焉：没有比这更不吉利的。

⑮之："知"的音误。

⑮"则并"句：连父子情分也不讲了。并，连。

⑮愬：同"诉"。

⑮垂听：请别人听自己讲话的敬辞。

⑮蔓辞：节外生枝，无关紧要的废话。说（shuì 税）：劝说，说服。

⑮是羿亦有罪焉：羿是传说中一个善射的人。逄（páng 旁）蒙向他学射，学成后，逄蒙认为天下只有羿的射术能胜过自己，于是把羿杀死了。孟子说："是羿亦有罪焉。"意思是说羿不能识人，不仅把本领授给坏人，还自招其祸。事见《孟子·离娄》。

⑮执信：作为凭据，让人相信。

⑮信（shēn 申）：同"伸"。

⑮未之知：不知道这样做的用意。

⑮"子固"二句：你固然是一个仁慈的人，但也太愚蠢了。

⑯从井以救人：跳进井里去救人。语出《论语·雍也》："宰我问曰：'仁者虽告之曰，井有仁焉，其从之也？'子曰：'何为其然也！君子可逝也，不可陷也。'"意思是说，君子可以想办法救出被困在井里的人，但不能自己也跟着跳下去。

⑯解衣以活友：脱下衣服救快要冻死的朋友。语出《列士传》，说战国时燕人左伯桃与羊角哀同往楚国，途中衣粮不足，左伯桃对羊角哀说："吾所学不如子，子往矣！"于是把衣粮交给羊角哀，自己躲在空树中，冻饿而死。羊角哀到楚国后，位拜上卿，备礼改葬

左伯桃。

⑯“于彼”二句：这样做于对方而言是得利了，可自己陷于绝境又怎么办呢？

⑯仁陷于愚：讲仁义到了愚蠢的地步。

⑯与：赞同。

⑯殪（yì 意）：杀死。

九

李梦阳

李梦阳（1473—1530），字献吉，号空同子，甘肃庆阳人，后徙居河南开封。弘治六年（1493）举陕西乡试第一，明年成进士，授户部主事，迁郎中，因代人草疏弹劾刘瑾下狱。刘瑾伏诛后，迁江西提学副使，以“陵轹同列，挟制上官”（《明史·文苑传》）罪免职。当台阁体风行之时，他抨击其庸弱，倡言“文必秦汉，诗必盛唐”，与何景明、徐祯卿、边贡、康海、王九思、王廷相号称“七子”。创作上重在格调、气象和音节模拟古人，七言古诗纵横排挞，七言近体开合变化，皆师法杜甫，然唯模拟过甚，有时“如婴儿之学语，如桐子之洛诵”（何景明《与李空同论诗书》）。著有《空同集》。

秋望①

黄河水绕汉宫墙②，河上秋风雁几行。客子过壕追野马③，将军弢箭射天狼④。黄尘古渡迷飞挽⑤，白月横空冷战场。闻道朔方多勇略，只今谁是郭汾阳⑥。

明万历刻本《空同集》卷三二

①这首诗的题目，钱谦益《列朝诗集》作《出使云中》，汪端《明三十家诗选》作《出塞》。此据明万历邓云霄、潘之恒校刻本《空同集》。明弘治十三年（1500）诗人为户部主事时，曾奉命犒榆林军，诗写河套地方景象，抒忧患之情。

②汉宫墙：指明代为防鞑靼侵扰而修筑的九边长城。榆林为九边之一，榆林边墙即陕西边外之长城，东北起府谷县的黄甫川堡，西至定边县的盐场堡。

③客子：作者自谓。壕：即壕沟。野马：《庄子·逍遥游》：“野马也，尘埃也，生物之以息相吹也。”此指飞扬之沙尘。

④弢（tāo涛）箭：带着弓箭。弢，弓袋。天狼：星名。旧说以天狼星出现为有外来侵略的天象。

⑤迷飞挽：尘土飞扬，运送粮草的车辆也模糊不清。飞挽，飞刍挽粟的省语，即用车船急运粮草。《汉书·主父偃传》：“又使天下飞刍挽粟，起于黄、腄、琅邪负海之郡，转输北河，率三十钟而致一石。”颜师古注：“运载刍藁，令其疾至，故曰飞刍也。挽谓引车船也。”

⑥“闻道”二句：人常说北方多勇武谋略兼备的将军，而今谁是郭子仪呢？郭汾阳，即郭子仪。平定安史之乱后，郭子仪被封为汾阳郡王。

一〇
何景明

何景明（1483—1521），字仲默，号大复山人，河南信阳人。弘治十五年（1502）进士，官至陕西提学副使。为官耿介，尚节义，鄙荣利，敢于直论时政。与李梦阳倡导复古，谓“文靡于隋，韩力振之，然古文之法亡于韩；诗弱于陶，谢力振之，然古诗之法亦亡于谢”（《与李空同论诗书》）。其诗歌行近体，取法于李、杜及盛唐诗人，古体取法于汉魏，与李梦阳为“前七子”之领袖，人称“李何”。然二人才分各殊，取径稍异，景明主“舍筏登岸”之论，其诗多清新之作。有《大复集》。

鲥鱼①

五月鲥鱼已至燕②，荔枝卢橘未应先③。赐鲜遍及中珰第④，荐熟谁开寝庙筵⑤。白日风尘驰驿骑，炎天冰雪护江船⑥。银鳞细骨堪怜汝，玉箸金盘敢望传⑦！

清刻本《何大复先生集》卷二六

①该诗讽刺皇帝宠信宦官，平和中不乏愤激。鲥（shí 时）鱼，产于长江下游的一种名贵鱼类，肉味鲜美，春夏之交由东海溯江产卵。

②“五月”句：谓鲥鱼贡入京城非常及时。燕，燕京，即北京。

③卢橘：《广州记》云，卢橘，皮厚，大如柑，酢多，至夏熟。“罗浮山橘夏熟，实大如柿。”

④赐鲜：皇帝把时鲜食品赏赐给朝臣。中珰（dāng 当）：宦官。汉代宦官称中人、中官，以貂珰为冠饰，后以貂珰代称宦官。

⑤“荐熟”句：谁用时鲜食品去祭献祖庙呢？荐熟，也叫荐新，以新谷或鲜果祭献国君祖庙。祖庙分庙与寝，庙在前，寝在后。

⑥“白日”二句：写江南进贡鲥鱼之艰难，驿马飞奔，冰雪护船，以防变味腐烂。

⑦“银鳞”二句：鲥鱼鲜美，却不敢有分赐到的奢望。怜，爱。玉箸金盘，指皇帝赐予臣下食物时的器皿。杜甫《野人送朱樱》：“金盘玉筯无消息，此日尝新任转蓬。”

一一

李开先

李开先（1502—1568），字伯华，号中麓，山东章丘（今属山东济南市）人。嘉靖八年（1529）进士，累官至太常寺少卿。嘉靖二十年（1541）太庙失火，上疏自请乞休，遂罢归。盛年赋闲，放浪自适，寄情于文艺，诗文而外，尤致力于戏曲、散曲、小曲，收藏极富，有“词山曲海”之称；编订元人杂剧、散曲数百卷，于戏曲、歌曲之搜集、整理、刊印卓有贡献。剧作有传奇三种、杂剧院本六种，今存《宝剑记》最著称。诗文有《闲居集》。

宝剑记·夜奔[1]

[点绛唇][2]（生上唱）数尽更筹，听残银漏[3]，逃秦寇[4]，好教我有国难投，那搭儿相求救[5]！

（白）欲送登高千里目，愁云低锁衡阳路[6]。鱼书不至雁无凭[7]，几番欲作悲秋赋。回首西山日又斜，天涯孤客真难度。丈夫有泪不轻弹[8]，只因未到伤心处。念我一时忿怒，杀死奸细，幸得深夜，无人知觉，密投柴大官人庄上隐藏[9]。昨闻故人公孙胜使人报知，今遣指挥徐宁领兵沧州地界捉拿[10]。亏承柴大官人怜我孤穷，写书荐达，径往梁山逃命。日里不敢前行，今夜路经济州地界，恰才天明月朗，霎时雾暗云迷，况山路崎岖，高低不辨，教我怎生行蓦[11]！那前边黑洞洞的，想是村店，只得紧行几步。呀！原来是一座禅林[12]，夜深无人，我向伽蓝殿前[13]，暂憩片时。（生作睡介）（净扮神上，白）生前能护国，没世号伽蓝；眼观十万里，日赴九千坛[14]。吾乃本庙护法之神，今有上界武曲星受难[15]，官兵追急，恐伤他性命。兀那林冲[16]，休推睡梦，今有官兵过了黄河，咫尺赶上，急急起来逃命去罢。吾神去也！凡人心不昧，处处有灵神；但愿人行早，神天不负人。（生醒白）唬死我也！刚才合眼，忽见神像指着道：“林冲急急起来，官兵到了！”想是伽蓝神圣指引迷途，我林冲若得一步之地，重修宝殿，再塑金身，撇得脚步去也！（唱）

[新水令] 按龙泉血泪洒征袍[17]，恨天涯一身流落。专心投水浒，回首望天朝，急走忙逃，顾不的忠和孝。

[驻马听] 良夜迢迢[18]，投宿休将门户敲。遥瞻残月，暗度重关，急步荒郊。身轻不惮路迢遥，心忙只恐人惊觉。魄散魂消，魄散魂消，红尘误了武陵年少[19]。

[水仙子] 一朝谏诤触权豪[20]，百战勋名做草茅[21]，半生勤苦无功效。名不将青史标，为家国总是徒劳！再不得倒金樽杯盘欢笑，再不得歌金缕筝琶络索[22]，再不得谒金门环珮逍遥[23]。

[折桂令] 封侯万里班超[24]，生逼做叛国的红巾[25]，背主的黄巢[26]。恰便似脱扣苍鹰，离笼狡兔，摘网腾蛟[27]。救急难谁诛正卯[28]，掌刑罚难得皋陶[29]。鬓发萧骚[30]，行李萧条，这一去博得个斗转天回[31]，须教他海沸山摇。

[雁儿落] 望家乡去路遥，想妻母将谁靠？我这里吉凶未可知，他那里生死应难料。

[得胜令] 呀！唬的我汗浸浸身上似汤浇，急煎煎心内类油调[32]。幼妻室今何在？老尊堂恐丧了[33]。劬劳[34]，父母恩难报；悲嚎，英雄气怎消。

[沽美酒] 怀揣着雪刃刀[35]，行一步哭号咷[36]。拽长裾急急蓦羊肠路，且喜这灿灿明星下照。

[太平令] 忽然间昏惨惨云迷雾罩，疏喇喇风吹叶落，振山林声声虎啸，绕溪涧哀哀猿叫。吓的我魂飘，胆消，百忙里走不出山前古庙。

[收江南] 呀！又只见乌鸦阵阵起松梢，数声残角断渔樵[37]，忙投村店伴寂寥。想亲帏梦杳[38]，空随风雨度良宵。

故国徒劳梦，思归未得归；

此身无所托，空有泪沾衣。

《古本戏曲丛刊初集》本《宝剑记》

①《宝剑记》演林冲被权奸迫害投奔梁山的故事，情节依《水浒传》改编。作者把林冲与高俅、高衙内的冲突写成忠奸斗争，林冲也士大夫化了，借此抒发作者对现实政治的愤慨。《夜奔》为第三十七出，写林冲火烧草料场后投奔梁山途中的悲壮情怀，为人们所激赏。

②[点绛唇]：原为北曲仙吕宫，常用作第一支曲的曲调，这里借作“引子”，和下面的[新水令] 一套曲文没有音乐上的关系。这也是明传奇通常的用法。

③更筹：古时夜间用作报时的竹签，也叫更签。银漏：指漏壶，为古代的报时器。在特别的铜壶中盛水，水从底部的小孔中逐渐滴出，壶中刻着度数的立箭也渐次显露，可以据此知道时间。

④秦寇：指高俅之流的奸党。古代常用秦指虐政。

⑤那搭儿：口语，哪里，什么地方。

⑥衡阳路：衡阳在湖南，那里有回雁峰，据说雁南飞至此便回头。这里形容离京城路远，音信难通。

⑦鱼书：书信。古乐府《饮马长城窟行》：“呼儿烹鲤鱼，中有尺素书。”后用“鱼书”代指书信。雁无凭：没有鸿雁传书。《汉书·苏武传》说苏武被匈奴扣留，汉使对匈奴说：皇帝射得一雁，足上系着帛书，知苏武尚在，后世遂有鸿雁传书之说。

⑧“丈夫”句：说男子汉心硬，不轻易掉眼泪。弹，抹。

⑨柴大官人：柴进，《水浒传》中人物。林冲投柴进故事，见《水浒传》第九回。

⑩“昨闻”二句：公孙胜、徐宁均是《水浒传》中的人物，但这里的事不见于《水浒传》。

⑪行蓦：急行。蓦，越、登。

⑫禅林：禅院，僧寺。《智度论》：“僧聚居处得名丛林。”禅院称禅林本此。

⑬伽（qié 茄）蓝：伽蓝神的略称。伽蓝神为佛教的护法神。《敕修清规念诵》：“伽蓝土地，护法护人。”

⑭日赴九千坛：谓每日到处享用祭坛的祭品。

⑮武曲星：古时认为主掌人间武事的人为天上星宿。这里指林冲。

⑯兀那：指点词，意即“那”。张相《诗词曲语辞汇释》：“那字本为指点词，冠以兀字，则指点之语气加强而益觉得劲矣。”

⑰龙泉：古剑名。《晋书·张华传》载，张华见斗牛间有紫气，雷焕说：“丰城宝剑之精，上彻于天耳！”后雷焕为丰城令，果掘得双剑，一曰龙泉，一曰太阿。这里泛指剑。

⑱迢迢：形容漫长。

⑲武陵年少：应为“五陵年少”。五陵，汉朝每立陵墓，都把四方富家豪族和外戚迁至陵墓附近居住，最著名的是五陵。后常以“五陵”指豪门贵族聚居之地。林冲在剧中出生于士大夫之家，身为京城八十万禁军教头，故云。

⑳“一朝”句：指剧中林冲弹劾朱勔进花石纲媚上害民，因而遭到童贯、高俅陷害的情节。

㉑草茅：没有官职的平民。《仪礼·士相见礼》：“在野则曰草茅之臣。”这里指成了草莽之人。

㉒歌金缕：唱《金缕曲》。络索：指筝、琵琶等乐器上的装饰物。这句是说不能再听伶人演唱歌曲，弹奏音乐。

㉓谒金门：进宫上朝。金门，汉朝的宫门名。这里泛指朝门。环珮逍遥：形容上朝时佩玉叮叮，安闲自得。环珮，也作“环佩”，衣服上的佩玉。

㉔班超：东汉名将，投笔从戎，出使西域，功勋卓著，封定远侯。这里是林冲的自许。

㉕红巾：元末农民起义军有红巾军。

㉖黄巢：唐末农民起义军领袖。

㉗“恰便似”三句：“脱扣苍鹰”、“离笼狡兔”、“摘网腾蛟”都是形容林冲挣脱奸臣的迫害。摘网，挣脱了罗网。

㉘“救急难”句：自己危急时没有人像孔子杀少正卯那样除掉奸臣。正卯，指少正卯，春秋时鲁国人，传说为孔子所杀。

㉙“掌刑罚”句：难得有像皋陶那样清正的法官来为自己澄清冤狱。皋陶，虞舜时造律立狱的贤臣。

㉚萧骚：这里形容头发蓬乱。

㉛斗转天回：天翻地覆。

㉜油调：油煎一样。调，取“烹调”之意。

㉝老尊堂：老母亲。

㉞劬（qú 渠）劳：劳苦。《诗经·小雅·蓼莪》：“哀哀父母，生我劬劳。”后来以“劬劳”专指父母养育子女之劳苦。

㉟雪刃刀：形容刀口明亮如雪。

㊱号咷（háo táo 豪桃）：大声地哭喊。

㊲残角：远远飘来的号角声。

㊳想亲帷梦杳（yǎo 咬）：想念家里的亲人，梦里也难见。杳，无影无声。

一二
谢　榛

谢榛（1495—1575），字茂秦，号四溟山人，山东临清人。家贫，自幼一目失明，有诗才，勤苦读书，特锐意于诗，闻名于乡里。嘉靖十三年（1534），赵康王朱厚煜延其至府中，遂长期居彰德（今河南安阳）。河南卢柟得罪县令，受诬下狱。谢榛入京城为之申冤，终得昭雪。是时，李攀龙、王世贞结诗社，谢榛以布衣居首。后李攀龙负盛名，论诗与之不尽相合，王世贞等右李，遂削其名于七子之列。因其游道日广，豫、晋诸藩王争相延请，大河南北皆称谢榛“先生”。诗作工于近体，句烹字炼，声律圆稳，居七子之冠。有《四溟集》、《诗家直说》。

榆林道中言怀[①]

秋风吹短褐[②]，长啸过居庸[③]。羸马有归思[④]，枯蓬无定踪。山横边色断[⑤]，日没野阴重。旅鬓成衰飒，谁知阮嗣宗[⑥]？

《四库全书》本《四溟集》卷三

①诗写作者在榆林道中所生的漂泊之感。榆林，榆林堡，在河北怀来县东。

②短褐：古代平民穿的粗布衣服。短，“裋”字的假借。裋（shù 树），粗布衣服。质地粗陋，且短而狭，为劳役者所服，故谓之短褐。褐，粗麻布衣。

③居庸：即居庸关，在北京以北的昌平，为长城的重要关口。

④羸（léi 雷）马：瘦马。羸，瘦弱。

⑤边色：边塞的景色。

⑥阮嗣宗：西晋著名诗人阮籍，字嗣宗，曾为步兵校尉，世称阮步兵。因不满司马氏的政治，纵酒谈玄，每至穷途，辄恸哭。此是自喻。

送谢武选少安犒师固原因还蜀会兄葬[①]

天书早下促星轺[②]，二月关河冻欲消。白首应怜班定远[③]，黄金先赐霍嫖姚[④]。秦云晓渡三川水[⑤]，蜀道春通万里桥[⑥]。一对郫筒肠欲断[⑦]，鹡鸰原上草萧萧[⑧]。

《四库全书》本《四溟集》卷四

①谢武选少安，谢少安，名东山，自号高泉子，射洪（今四川射洪县）人。历官贵州提学副使，累迁右副都御史。犒师，犒赏军队。固原，即今宁夏回族自治区固原县。会兄葬，正遇

上亡兄安葬。诗中将题意逐层表出，出语蕴藉，一气转折，了无痕迹。

②天书：皇帝诏书。星轺（yáo 姚）：古代帝王使者称星使，星使乘车叫星轺。轺，小车。

③班定远：即汉代名将班超。

④霍嫖姚：即霍去病。

⑤三川水：指陕西境内的泾河、渭河、讷河。

⑥万里桥：桥名，在今四川成都。杜甫《狂夫》诗："万里桥西一草堂，百花潭水即沧浪。"此处用以代指蜀地。

⑦郫（pí 皮）筒：酒名，郫县所产。截大竹二尺以上，留一节为底，外边刻上花纹，绘上图案，用来盛酒。相传晋时的山涛曾为郫县令，用竹筒酿酒，香闻百步。杜甫《将赴成都草堂途中有作先寄严郑公》："鱼知丙穴由来美，酒忆郫筒不用沽。"

⑧鹡鸰（jí líng 及伶）：鸟名，大如鹨雀，巢于沙上，在水边觅食。《诗经·小雅·常棣》："脊令（鹡鸰）在原，兄弟急难。"此处用典，以鹡鸰原指谢氏兄之葬处。

一三
归有光

归有光（1506—1571），字熙甫，号震川，江苏昆山人。九岁能文，弱冠通五经、三史，嘉靖十九年（1540）举乡试。后八次会试不第，徙居嘉定之安亭（今属上海市），授书传业，从者常数百人。嘉靖四十四年（1565）成进士，授长兴知县，有政绩，为有司构陷，改任顺德府（今河北邢台）通判。隆庆四年（1570），大学士高拱荐为南京太仆寺丞，留掌内阁制敕房，修《世宗实录》，次年病卒。生当王世贞主盟文坛，倡导复古之际，他以一老举子与之抗衡，其散文得《史记》之神理，唐宋文之情韵，叙事抒怀，不事雕饰，雅洁自然，欢愉惨恻之情溢于言表，是“唐宋派”在创作上最受当时和后世推崇的古文家。有《震川先生集》。

项脊轩记[①]

项脊轩，旧南阁子也[②]。室仅方丈，可容一人居。百年老屋，尘泥渗漉[③]，雨泽下注[④]；每移案，顾视无可置者[⑤]。又北向，不能得日，日过午已昏。余稍为修葺[⑥]，使不上漏。前辟四窗，垣墙周庭[⑦]，以当南日。日影反照，室始洞然[⑧]。又杂植兰桂竹木于庭，旧时栏楯[⑨]，亦遂增胜[⑩]。积书满架，偃仰啸歌，冥然兀坐[⑪]，万籁有声，而庭阶寂寂，小鸟时来啄食，人至不去。三五之夜，明月半墙，桂影斑驳[⑫]，风移影动，珊珊可爱[⑬]。然予居于此，多可喜，亦多可悲。

先是，庭中通南北为一，迨诸父异爨[⑭]，内外多置小门，墙往往而是[⑮]。东犬西吠，客逾庖而宴[⑯]，鸡栖于厅。庭中始为篱，已为墙，凡再变矣。家有老妪，尝居于此。妪，先大母婢也[⑰]。乳二世[⑱]，先妣抚之甚厚[⑲]。室西连于中闺[⑳]，先妣尝一至。妪每谓予曰：“某所，而母立于兹[㉑]。”妪又曰：“汝姊在吾怀，呱呱而泣；娘以指扣门扉[㉒]，曰：‘儿寒乎？欲食乎？’吾从板外相为应答[㉓]。”语未毕，余泣，妪亦泣。

余自束发读书轩中[㉔]。一日，大母过余曰：“吾儿，久不见若影，何竟日默默在此，大类女郎也？”比去[㉕]，以手阖门，自语曰：“吾家读书久不效，儿之成，则可待乎？”顷之，持一象笏至[㉖]，曰：“此吾祖太常公宣德间执此以朝[㉗]，他日汝当用之。”瞻顾遗迹，如在昨日，令人长号不自禁[㉘]。

轩东故尝为厨，人往，从轩前过。余扃牖而居[㉙]，久之能以足音辨人。

轩凡四遭火，得不焚，殆有神护者。

项脊生曰[㉚]：蜀清守丹穴，利甲天下，其后秦皇帝筑女怀清台[㉛]。刘玄德与曹操争天下，诸葛孔明起陇中[㉜]。方二人之昧昧于一隅也[㉝]，世何足以知之？余区区处败屋中[㉞]，方扬眉瞬目[㉟]，谓有奇景，人知之者，其谓与埳井之蛙何异[㊱]？

余既为此《志》[37]，后五年，吾妻来归[38]。时至轩中，从余问古事，或凭几学书。吾妻归宁[39]，述诸小妹语曰："闻姊家有阁子，且何谓阁子也?"

其后六年，吾妻死，室坏不修。其后二年，余久卧病无聊，乃使人复葺南阁子，其制稍异于前。然自后余多在外，不常居。

庭有枇杷树，吾妻死之年所手植也，今已亭亭如盖矣[40]。

清刻本《归震川先生全集》卷一七

①本文记述与项脊轩有关的人事变迁，流露出对家庭盛衰的感慨和对祖母、母亲、妻子的怀念。项脊轩，作者的书房。归有光祖父归隆道，曾居住太仓县之项脊泾，故以项脊名轩。记，另本作"志"。

②阁子：指小屋。

③渗漉（lù 鹿）：即渗漏，水从孔隙漏下。

④雨泽下注：雨水如注而下。

⑤顾视：环顾四周。

⑥修葺（qì 气）：修补。葺，修补房屋。

⑦垣墙周庭：在庭院的四周筑起围墙。

⑧洞然：明亮的样子。

⑨栏楯（shǔn 吮）：栏杆。楯，栏杆的横木。

⑩增胜：增加美观。

⑪冥然兀坐：静静地独自坐着。冥然，静默的样子。

⑫桂影斑驳：桂树的影子错落成斑。

⑬珊珊：亦作"姗姗"，女子缓缓行动的样子。

⑭迨：及，到。诸父：几位伯父、叔父。异爨（cuàn 窜）：各自起灶烧火做饭，指分家。

⑮往往而是：指到处都是门墙。

⑯逾庖而宴：穿过厨房去赴宴。庖，厨房。

⑰先大母：已故的祖母。

⑱乳二世：喂养过两代人。

⑲先妣：已故的母亲。

⑳中闺：妇女住的内室。

㉑而：同"尔"，你。

㉒门扉：门扇。

㉓板外：门外。

㉔束发：成童。或说八岁，或说十五岁，成童时把头发束于头顶为髻，因以之为成童的代称。

㉕比去：临走。

㉖象笏（hù 户）：象牙笏板。笏，笏板，亦称手板，古时官僚朝见皇帝时手中所持的狭长板子，用以记事。用玉或象牙制成。

㉗吾祖太常公：归有光祖母的祖父夏昶，永乐进士，官至太常寺卿。宣德：明宣宗朱瞻基年号（1426—1435）。

㉘长号（háo 嚎）：引声长哭。

㉙扃牖（jiōng yǒu 坰友）：关着窗户。扃，门窗、箱柜上的插销。这里用作动词。

㉚项脊生：作者自称。

㉛“蜀清”三句：《史记·货殖列传》：“巴蜀寡妇清，其先得丹穴，而擅其利数世家亦不訾。清，寡妇也，能守其业，用财自卫，不见侵犯。秦始皇以为贞妇而客之，为筑女怀清台。”丹穴，丹砂矿。客之，待以宾客之礼。

㉜陇中：当作“隆中”，山名，在今湖北襄樊市西。诸葛亮未遇到刘备前，隐居于隆中。

㉝方：当，正在。昧昧：不明，指不出名。一隅：一个角落。

㉞区区：渺小的样子。这里是谦词。

㉟扬眉瞬目：神采飞扬，形容得意。

㊱埳（kǎn 坎）井之蛙：《庄子·秋水篇》中说：埳井之蛙向东海之鳖夸耀它所处的水坑很宽广。后来比喻孤陋寡闻的人。《荀子·正论》：“浅不足与测深，愚不足与谋和，坎井之蛙不可与语东海之乐。”埳井，小水洼。埳，同“坎”。

㊲此《志》：即这篇《项脊轩志》（《项脊轩记》）。自此以下是补写。

㊳吾妻：即作者妻子魏氏。来归：嫁过来。

㊴归宁：回娘家探亲。

㊵亭亭：高高直立的样子。如盖：形容枝叶繁盛，树冠如盖。盖，伞。

一四

李攀龙

李攀龙（1514—1570），字于鳞，自号沧溟，历城（今山东济南）人。嘉靖二十三年（1544）进士，授刑部主事，晋员外郎、郎中。嘉靖三十二年（1553）出守顺德（今河北邢台市），有善政，擢陕西提学副使，谢病归。还乡后，赋闲白雪楼将十年。隆庆元年（1567），荐起浙江副使，改参政，又擢为河南按察使，以病卒。与王世贞等结诗社，号为“后七子”。其论“谓文自西京，诗自天宝而下，俱无足观，于本朝独推李梦阳”（《明史·李攀龙传》）。其文章“聱牙戟口”，诗七言律绝被人称道，但重复较多，乐府、五古临摹太过。有《沧溟先生集》。

干郡城送明卿之江西[①]（四首选一）

青枫飒飒雨凄凄，秋色遥看入楚迷[②]。谁向孤舟怜逐客[③]？白云相送大江西[④]。

清刻本《沧溟先生集》卷一二

①明卿：吴国伦，字明卿，“后七子”之一。嘉靖三十四年（1555），杨继盛弹劾严嵩，被严嵩构陷，处死。时任兵部主事的吴国伦倡众为杨继盛送葬，也被严嵩假他事贬为江西按察司知事，过顺德时，李攀龙为之送行。诗以景语写别情，含蓄深沉。

②“秋色”句：向南极目望去，一片秋色。楚，泛指长江中下游一带。迷，迷茫。

③逐客：指吴国伦。

④“白云”句：李白《白云歌送刘十六归山》：“楚山秦山皆白云，白云处处长随君，长随君，君入楚山里，云亦随君渡湘水。”大江西，即江西。

一五

宗臣

宗臣（1525—1560），字子相，江苏兴化人。嘉靖二十九年（1550）进士，授刑部主事，改吏部考功司主事，晋吏部稽勋司员外郎。因得罪严嵩，外调为福建参议，以御倭有功，擢福建提学副使，卒于官。在“后七子”中，散文较少模拟堆砌，较畅达流利。有《宗子相集》。

报刘一丈书①

数千里外，得长者时赐一书，以慰长想②，即亦甚幸矣，何至更辱馈遗③，则不才益将何以报焉？

书中情意甚殷④，即长者之不忘老父⑤，知老父之念长者深也。至以“上下相孚，才德称位”语不才⑥，则不才有深感焉。夫才德不称，固自知之矣；至于不孚之病，则尤不才为甚。

且今世之所谓孚者何哉？日夕策马候权者之门，门者故不入⑦，则甘言媚词作妇人状，袖金以私之⑧。即门者持刺入⑨，而主者又不即出见，立厩中仆马之间，恶气袭衣袖，即饥寒毒热不可忍，不去也。抵暮，则前所受赠金者出，报客曰：“相公倦⑩，谢客矣。客请明日来。”即明日，又不敢不来。夜披衣坐，闻鸡鸣即起盥栉，走马抵门⑪。门者怒曰：“为谁？”则曰：“昨日之客来。”则又怒曰：“何客之勤也！岂有相公此时出见客乎？”客心耻之，强忍而与言曰：“亡奈何矣⑫，姑容我入。”门者又得所赠金，则起而入之，又立向所立厩中。幸主者出，南面召见⑬，则惊走匍匐阶下⑭。主者曰：“进。”则再拜，故迟不起，起则上所上寿金⑮。主者故不受，则固请。主者故固不受，则又固请；然后命吏纳之。则又再拜，又故迟不起，起则五六揖始出。出揖门者曰：“官人幸顾我⑯；他日来，幸亡阻我也。”门者答揖。大喜，奔出。马上遇所交识，即扬鞭语曰：“适自相公家来，相公厚我，厚我！”且虚言状⑰。即所交识，亦心畏相公厚之矣。相公又稍稍语人曰：“某也贤，某也贤。”闻者亦心计交赞之⑱。此世所谓上下相孚也。长者谓仆能之乎？

前所谓权门者，自岁时伏腊一刺之外⑲，即经年不往也。间道经其门⑳，则亦掩耳闭目，跃马疾走过之，若有所追逐者。斯则仆之褊哉㉑。以此常不见悦于长吏㉒，仆则愈益不顾也。每大言曰：“人生有命，吾惟守分尔矣㉓。”长者闻此，得无厌其为迂乎㉔？

乡园多故㉕，不能不动客子之愁。至于长者之抱才而困㉖，则又令我怆然有感。天之与先生者甚厚，亡论长者不欲轻弃之㉗，即天意亦不欲长者之轻弃之也，幸宁心哉㉘！

明刻本《宗子相集》卷二〇

①刘一丈是宗臣父亲宗周友人，名玠，字国珍，号墀石，“一”是其排行，“丈”是对长辈的尊

称。此信以叙代议，摹写朝中钻营者奔走权门，卑躬屈膝，摇尾乞怜之丑态，形神毕现于纸上。

②长想：长久的思念。

③馈遗（kuì wèi 溃位）：赠送礼品。

④殷：深切。

⑤老父：宗臣父宗周，字维翰，号履庵。初仕山东金乡，官至四川马湖府太守。

⑥“至以”句：“上下相孚，才德称位”，当为刘一丈信中勉励作者的话。孚，信任。才德称（chèn 衬）位，才干、品德和职位相符。称，适合，相符。不才，对自己的谦称。

⑦门者：看门的仆役。故不入：故意不让进去。

⑧“袖金”句：意谓向门者行贿。古人携带小物品、少数银钱都装在袖子里，故说“袖金”。私，给门者一点好处。

⑨即：即使。刺：名片。古代削木以书姓名，供相互拜见时投送用，称刺。明代改用红纸书写，叫名帖。

⑩相公：旧时对人的尊称。这里指宰相严嵩。

⑪盥栉（guàn zhì 贯质）：洗面梳头。走马：骑马小跑。

⑫亡：通“无”。

⑬南面召见：古时以面南为尊位。

⑭惊走：惶恐地小跑。匍匐：双手着地，膝行而前。

⑮上寿金：以祝寿为名进献金钱。

⑯官人：唐时称做官的人为官人，引申为有地位的人。这里指门者。幸顾：垂顾。

⑰虚言状：虚夸地讲述面见权贵的情况。

⑱心计交赞：心领神会地交口称赞。

⑲岁时伏腊：逢年过节。岁时，年节。伏腊，夏伏与冬腊，古时两个节日名。

⑳间（jiàn 见）：偶或，有时。

㉑褊（biǎn 扁）：偏狭，心胸狭隘。

㉒见悦于长吏：被上级喜欢。

㉓守分：守本分。

㉔得无：该不会。迂：迂腐，不通世故。

㉕多故：多灾，多变故。

㉖抱才而困：刘一丈少负俊才，曾多次参加科举考试，均落选，以布衣而终，故云。

㉗亡论：不用说。

㉘幸宁心：希望安心等待时机。

一六

王世贞

王世贞（1526—1590），字元美，号凤洲，晚号弇（yǎn掩）州山人，太仓（今属江苏）人。嘉靖二十六年（1547）进士，授兵部主事，迁郎中，出为青州兵备副使。父王忬以兵部侍郎兼副都御史总督蓟辽军务，以滦河失守被严嵩处死。他自劾罢职。隆庆元年（1567），兄弟伏阙讼冤，使父冤得昭雪。起复为大名兵备副使，累官至南京兵部尚书。王世贞学识渊博，著述极丰。早年与李攀龙结社，倡言“文必西汉，诗必盛唐，大历以后书勿读”，同为“后七子”领袖。李攀龙死后，操文柄二十年，“一时士大夫及山人、词客、衲子、羽流，莫不奔走门下”（《明史·王世贞传》）。有《弇州山人四部稿》、《艺苑卮言》。

登太白楼[①]

昔闻李供奉[②]，长啸独登楼。此地一垂顾，高名百代留[③]。白云海色曙，明月天门秋[④]。欲觅重来者，潺湲济水流[⑤]。

明万历刻本《弇州山人四部稿》卷二五

①太白楼：在今山东济宁。济宁，唐为任城。李白曾客居其地，有《任城县厅壁记》、《赠任城卢主簿》诗。相传李白曾饮于楼上。唐咸通中，沈光作《李白酒楼记》，遂名于世。后世增修，历代名流过此，多有题咏。王世贞此诗前实写，后虚写，表无限追慕之情。

②李供奉：即李白。《新唐书·李白传》：“贺知章见其文，叹曰：‘子谪仙人也。’言于玄宗，召见金銮殿，论当世事，奏颂一篇。帝赐食，亲为调羹。有诏供奉翰林。”

③“此地”二句：此楼自经李白一登之后，遂扬名千古。垂顾，光顾，屈尊光临。

④“白云”二句：以天高海阔、白云明月，喻李白心胸博大、高朗。曙，黎明色。天门，星名，属室女座，此指天空。

⑤潺湲（chán yuán 缠元）：水缓缓流动貌。济水：古水名，源出河南王屋山，东北流经曹卫齐鲁之地入海，下游后为黄河所占，今不存。济宁为古济水流经地域，金代为济州治所，故由此得名。

钦鸡行[①]

飞来五色鸟[②]，自名为凤凰，千秋不一见，见者国祚昌[③]。飨以钟鼓坐明堂[④]，明堂饶梧竹[⑤]，三日不鸣意何长[⑥]。晨不见凤凰，凤凰乃在东门之阴啄腐鼠[⑦]，啾啾唧唧不得哺[⑧]。夕不见凤凰，凤凰乃在西门之阴媚苍鹰[9]："愿尔肉攫分遗腥[10]。梧桐长苦寒，竹实长苦饥。"众鸟惊相顾，不知凤凰是钦䲹。

明万历刻本《弇州山人四部稿》卷一〇

①诗以钦䲹冒充凤凰讥刺严嵩。钦䲹（pí 皮），传说中的恶鸟。《山海经·西山经》载，钟山之神有子曰鼓，与钦䲹杀葆江于昆仑之阳，被天帝杀戮。钦䲹化为大鹗，其状如雕而黑文、白首、赤喙、虎爪，出现时则有兵灾。

②五色鸟：相传凤凰备五色，此处指假冒凤凰的钦䲹。

③见者国祚昌：传说凤凰出现，天下太平，国运昌盛。国祚（zuò 作），国运。

④"飨以"句：奏着鼓乐把假凤凰请到明堂上。飨，款待。明堂，周代天子明政教、朝诸侯、祭祀、选士的殿堂。

⑤饶：富有。梧竹：相传凤凰栖梧桐，食竹实。

⑥三日不鸣：《史记·滑稽列传》载，淳于髡以隐语说曰："国中有大鸟，止王之庭，三年不飞又不鸣，王知此鸟何也?"王曰："此鸟不飞则已，一飞冲天；不鸣则已，一鸣惊人。"意何长：意思深长，令人不可了解。

⑦啄腐鼠：《庄子·秋水》："鸱（恶鸟）得腐鼠，鹓鶵过之，（鸱）仰而视之曰：'吓!'"

⑧"啾啾"句：写假凤凰吃腐鼠不满足，啾啾唧唧地叫唤。

⑨媚苍鹰：讨好苍鹰。

⑩"愿尔"句：乞求你把攫取来的荤腥分一点给我。肉攫，抓捕到的禽兽。遗腥，剩余的荤腥食物。

⑪"梧桐"二句：栖宿在梧桐上感到苦寒，以竹实为食感到肚子空饥。

一七
王　磐

王磐（1455？—1530），字鸿渐，号西楼，江苏高邮人。少有俊才，好读书，秉性洒脱，厌弃科举考试。一生纵情于山水诗画度曲之间。有《王西楼乐府》一卷，存长短散曲七十余首，多抒写闲适的生活，部分取材于社会现实，抨击黑暗腐败的现象。

北中吕·朝天子·咏喇叭

喇叭，锁哪[②]，曲儿小腔儿大[③]，官船来往乱如麻，全仗你抬声价。军听了军愁，民听了民怕。那里去辨什么真共假[④]？眼见的吹翻了这家，吹伤了那家，只吹的水尽鹅飞罢[⑤]！

《散曲丛刊》本《王西楼乐府》

①蒋一葵《尧山堂外纪》："正德间，阉寺当权，往来河下者无虚日。每到，辄吹号头，齐丁夫，民不堪命。"此曲以喇叭为题，讽刺宦官装腔作势，横行扰民，取象、寓意、选声三者浑然天成，饶有韵致。

②锁哪：即唢呐，木管铜口管乐器。

③"曲儿"句：喇叭、唢呐吹奏的音乐很简短，但声响却很大。讽刺宦官倚仗帝王的宠信狐假虎威。

④"那里"句：无法辨别是皇帝旨意，还是宦官巧立名目，搜刮民财。

⑤水尽鹅飞：大家都倾家荡产。

一八

陈　铎

陈铎（约1460—约1521），字大声，号秋碧、七一居士，下邳（今江苏新沂市）人，后徙居南京。其曾祖父陈文辅佐朱元璋开国，封睢宁伯。他于正德初年世袭济州卫指挥。倜傥豪爽，淹贯经传子史，通百家九流，工诗画，精通音律，擅长制曲，并以散曲名世。散曲集有《梨云寄傲》、《秋碧乐府》、《月香亭稿》、《滑稽馀韵》，另有戏曲三种。作品题材广泛，特别是《滑稽馀韵》描写社会上各个行业以及不同的生活方式，体贴人情，描写物态，发前人所未发。艺术上集散曲诸格于一身，雅俗各臻其极。

北双调・雁儿落带过得胜令・机匠[①]

[雁儿落] 双臂坐不安，两腿登不办[②]。半身入地牢[③]，间口味荤饭[④]。

[得胜令] 逢节暂松闲，折耗要赔还。络纬常通夜[⑤]，抛梭直到晚。捋一样花扳[⑥]，出一阵馊酸汗[⑦]。熬一盏油灯，闭一回瞌睡眼。

《饮虹簃所刻曲》本《滑稽馀韵》

①机匠：指作坊机织工匠。此曲写其辛苦。

②登不办：不停地蹬。登，同“蹬”。不办，方言，不休，不停。

③“半身”句：形容织工坐在织机里操作，极不自如，犹如坐地牢。

④间口：本义是“闲话”。间，闲。此处指机匠全身都忙，只有嘴是空闲的。味(chuáng床)：“噇”字的俗写，谓吞食。

⑤络纬：把纬线绕在线架上。

⑥捋（lǚ吕）：整理。花扳（bān班）：织花纹的扳机。

⑦馊酸：汗的酸臭味。

一九
冯惟敏

冯惟敏（1511—1580），字汝行，号海浮山人，青州临朐（今山东临朐县）人。父冯裕家居讲学，好吟诗。受其父影响，冯惟敏与兄冯惟健、弟冯惟讷俱以诗文名。嘉靖十六年（1537）中举，后屡试不第，营别墅于临朐海浮山下，有终焉之志。嘉靖四十一年（1562）入京谒选，得涞水知县。为官清廉介直，抑豪扶贫，豪族嫉恨之，谤诟四起，谪迁镇江府学教授，五年后调保定通判，六十二岁时辞官归乡。冯惟敏“聪颖博学，诗文雅丽，尤善乐府”（《山东通志》），著有《海浮山堂辑稿》、《海浮山堂词稿》、《击节馀音》、《石门集》等，还有杂剧《梁状元不伏老》、《僧尼共犯》两种行世。现存散曲四百余首，有浓郁的生活气息，贯注着耿介之怀抱，和对自由真情的追恋，才气横溢，笔锋爽利。

北双调·胡十八·刈麦有感[①]（四首选二）

八十岁老庄稼，几曾见今年麦，又无颗粒又无柴。三百日旱灾，二千里放开[②]。偏俺这卧牛城[③]，四下里忒毒害[④]。

①万历元年（1573）山东大旱，时作者辞官居家。组曲即写天灾小麦歉收，农民犹受官府追逼租税的社会现实。这里选的是第一首和第三首。刈（yì 义）麦，割麦。

②放开：指旱灾到处蔓延。

③卧牛城：地名。

④忒（tuī 推）：太。毒害：指灾害严重。

穿和吃不索愁[①]，愁的是遭官棒。五月半间便开仓[②]，里正哥过堂[③]。花户每比粮[④]，卖田宅无买的，典儿女陪不上[⑤]。

《散曲丛刊》本《海浮山堂词稿》卷二

①索：须。

②“五月”句：谓官府提前开仓纳粮。

③里正：唐代百户为一里，设里正。这里指乡村头目。过堂：指里正被上级官吏弄到衙门大堂去受审问。

④花户：古代称户口册上的人家为花户。这里指老百姓。每：同“们”。比粮：追征拖欠的租粮。

⑤典：抵押。陪不上：谓不够交官府所征的粮食数额。

南正宫·玉芙蓉·喜雨[①]

初添野水涯[②]，细滴茅檐下，喜芃芃遍地桑麻[③]。消灾不数千金价[④]，救苦重生八口家。都开罢，荞花、豆花[⑤]，眼见的葫芦棚结了个赤金瓜。

《散曲丛刊》本《海浮山堂词稿》卷二

①此曲写农村雨足之可喜景象，表达喜雨之快感，意境鲜活，声调传情。

②野水涯：雨水积成的水洼。

③芃（péng 朋）芃：形容草木茂盛。

④不数：不亚于。

⑤荞花：荞麦花。

二〇

薛论道

薛论道（约1531—1600），字谈德，号莲溪居士，保定定兴（今河北易县）人。家贫，早年丧父，一足残废，发愤读书，尤喜读兵书，都下公卿称为“刖先生”。中年从军，军旅三十多年，官至参将。后受人排挤，解甲归田。所作散曲，多达千首，描写边塞风光，讽时嫉俗，慷慨豪放。存有《林石逸兴》。

南商调·黄莺儿·塞上重阳[①]

荏苒又重阳[②]，拥旌旄[③]，倚太行，登临疑是青霄上。天长地长，云茫水茫，胡尘尽扫山河壮[④]。望遐荒[⑤]，王庭何处[⑥]，万里尽秋霜。

《全明散曲》本《林石逸兴》

①此曲写在重阳佳节，作者随军征行，登高远望，生发“匈奴未灭，何以家为”的豪情壮怀。

②荏苒（rěn rǎn 忍染）：时间渐渐过去。

③旌旄（jīng máo 京毛）：军中的大旗。

④胡尘：指北地边关少数民族政权的侵扰。

⑤遐荒：广远的地方。

⑥王庭：指少数民族设幕立朝的地方。《后汉书·匈奴传》：“是后匈奴远遁，而漠南无王庭。”

二一

徐 渭

徐渭（1521—1593），初字文清，后改字文长，号天池山人、青藤道人，山阴（今浙江绍兴）人。少颖异，十九岁成诸生，有盛名。后屡应乡试不中。嘉靖三十七年（1558），胡宗宪总督浙江，慕名将其招至幕府。督府势重，将吏莫敢仰视，徐渭角巾布衣，长揖纵谈，时出奇计。胡宗宪被捕，惧祸发狂，数次自杀未果。后因杀继妻入狱，论死，张元忭力救得免。出狱后纵游诸边厄塞。晚年穷困潦倒，抑郁而死。他天才超逸，诗、书、画均有成就，自言“吾书第一，诗次之，文次之，画又次之”（《明史·文苑传》）。戏曲创作也相当出色，其杂剧《四声猿》被剧论家王骥德称为“天地间一种奇绝文字”。有《徐渭集》。

狂鼓史渔阳三弄[1]

（外扮判官引鬼上）咱这里算子忒明白[2]，善恶到头来撒不得赖，就如那少债的，会躲也躲不得几多时，却从来没有不还的债。咱家姓察名幽，字能平，别号火珠道人。平生以善断持公，在第五殿阎罗天子殿下，做一个明白洒落的好判官[3]。当日，祢正平先生与曹操老瞒对讦[4]，那一宗案卷是咱家所掌。俺殿主向来以祢先生气概超群，才华出众，凡一应文字，皆属他起草，待以上宾。昨日晚衙[5]，殿主对咱家说：“上帝旧用一伙修文郎[6]，并皆迁次别用[7]，今拟召劫满应补之人[8]，祢生亦在数中。汝可预备装送之资，万一来召，不得有误时刻。”我想起来，当时曹瞒召客，令祢生奏鼓为欢，却被他横睛裸体[9]，掉板掀槌，翻古调作《渔阳三弄》，借狂发愤，推哑装聋，数落得他一个有地皮没躲闪[10]。此乃岂不是踢弄乾坤[11]，提大傀儡的一场奇观[12]。他如今不久要上天去了，俺待要请将他来，一并放出曹瞒，把旧日骂座的情状，两下里演述一番，留在阴司中做个千古的话靶[13]，又见得善恶到头就是少债还债一般，有何不可！手下，与我请过祢先生，就一面放出曹操，并他旧使唤的一两个人，在左壁厢伺候指挥。（鬼）领台旨[14]。（下）（引生扮祢，净扮曹从二人上）（曹从留左边[15]）（鬼）禀上爷：祢先生请到了。（相见介。祢上座，判下陪云）先生当日借打鼓骂曹操，此乃天下大奇。下官虽从鞫问时左证得闻一二[16]，终以未曾亲睹为歉。（判立云）又一件，而今恭喜先生为上帝所知，有请召修文的消息，不久当行，而此事缺然，终为一生耿耿。这一件尚是小事。阴司僚属，并那些诸鬼众，传流激劝，更是少此一桩不可。下官斗胆[17]，敢请先生权做旧日行径，把曹操也扮做旧日规模，演述那旧日骂座的光景，了此夙愿。先生意下如何？（祢）这个有何不可！只是一件，小生骂座之时，那曹瞒罪恶尚未如此之多，骂将来冷淡寂寥，不甚好听。今日要骂呵，须直捣到铜雀台分香卖履[18]，方痛快人心。（判）更妙，更妙！手下，带曹操与他的从人过来。曹操，今日要你仍旧扮做丞相，与祢先生演述旧日打鼓骂座那一桩事。你若是乔做那等小心畏惧[19]，藏过了那狠恶的模样，手下就与他一百铁鞭，再从头做起。（曹众扮介）（祢）判翁大人，你一向谦厚，必不肯坐观，就不成一场戏耍。当日骂座，原有宾客在座。今日就权屈大人，为曹瞒之宾，坐以观之，方成一个体面[20]。（判）这也见教得是。（揖云）先生告罪，却斗胆了也。（判左曹右，举酒坐，祢以常衣进前将鼓）（曹喝云）野生！你为鼓史，自有本等服色，怎么不穿？快换！（校喝云）还不快换！（祢脱旧衣，裸体向曹立）（校喝云）禽兽！丞相跟前，可是你裸体赤身的所在？却不道驴膝子朝东[21]，马膝子朝西！（祢）你那颓丞相膝子朝南，我的膝子朝北。（校喝云）还不换上衣服，买什么嘴[22]！（祢换锦巾绣服扁绦介）

[点绛唇] 俺本是避乱辞家，遨游许下[23]，登楼罢[24]。回首天涯，不想到屈身躯扒出他们胯[25]。

[混江龙] 他那里开筵下塌，教俺操槌按板把鼓来挝。正好俺借槌来打落，又合着鸣鼓攻他。俺这骂一句句锋芒飞剑戟，俺这鼓一声声霹雳卷风沙。曹操！这皮是你身儿上躯壳，这槌是你肘儿下肋巴[26]，这钉孔儿是你心窝里毛窍，这板仗儿是你嘴儿上獠牙，两头蒙总打得你泼皮穿，一时间也酹不尽你亏心大[27]。且从头数起，洗耳听咱。

（鼓一通）（曹）狂生！我教你打鼓，你怎么指东话西，将人比畜？我这里铜槌铁刃，好不利害！你仔细你那舌头和那牙齿！（判）这生果是无礼！（祢）

[油葫芦] 第一来逼献帝迁都[28]，又将伏后来杀，使郗虑去拿[29]。唉！可怜那九重天子，救不得一浑家[30]。帝道：后，少不得你先行，咱也只在目下。更有那两个儿，又不是别树上花，都总是姓刘的亲骨血，在宫中长大，却怎生把龙雏凤种做一瓮鲊鱼虾[31]！

（鼓一通）（曹）说着我那一桩事了。（祢）

[天下乐] 有一个董贵人[32]，是汉天子第二位美娇娃。他该甚么刑罚？你差也不差？他肚子里又怀着两三月小娃娃，既杀了他的娘[33]，又连着胞一搭，把娘儿们两口砍做血虾蟆。

（鼓一通）（曹）狂生！自古道："风来树动。""人害虎，虎也要害人。"伏后与董承等阴谋害俺，我故有此举。终不然是俺先怀歹意害他[34]？（判）丞相说得是。（祢）你也想着，他们要害你为着甚么来？你把汉天子逼迁来许昌，禁得就是这里的鬼一般，要穿没有，要吃没有，要使用的没有，要传三指大一块纸条儿，鬼也没得理他。你又先杀了董贵人，他们急了，不谋你待几时？你且说，就是天子无故要杀一个臣下，那臣下可好就去当面一把手采将他妈妈过来，一刀就砍做两段，世上可有这等事么？（判）这又是狂生说得有理，且请一杯解嘲！（祢）

[哪吒令] 他若讨吃么，你与他几块歪刺[35]。他若讨穿么，你与他一匹茼麻[36]。他有时传旨么，教鬼来与拿。是石人也动心，总痴人也害怕，羊也咬人家。

（鼓一通）（判）丞相，这却说他不过。（曹）说得他过，我倒不到这田地了。（祢）

[鹊踏枝] 袁公那两家[37]，不留他片甲。刘琮那一答[38]，又逼他来献纳。那孙权呵[39]，几遍几乎[40]，玄德呵两遍价抢他妈妈[41]。是处儿城空战马[42]，递年来尸满啼鸦[43]。

（鼓一通）（曹）大人，那时节乱纷纷，非只我曹操一人如此。（判）这个，俺阴司各衙门也都有案卷。（祢）

[寄生草] 仗威风只自假，进官爵不由他。一个女孩儿竟坐中宫驾[44]，骑中郎直做了侯王霸[45]，铜雀台直把那云烟架[46]，僭车旗直按倒朝廷胯[47]。在当时险夺了玉皇尊[48]，到如今还使得阎罗怕。

（鼓一通）（判低声分付小鬼，令扮女乐鼓吹介）（判）丞相女儿嫁做皇后，造房子大了些，这还较不妨。打鼓的且停了鼓。俺闻得丞相有好女乐，请出来劳一劳。（曹）这是往事，如今那里讨！（判）你莫管，叫就有，只要你好生纵放着使用他。（曹）领台命，分付手下叫我那女乐出来。（二女持乌悲词乐器上[49]）（曹）你两人今日却要自造一个小令[50]，好生弹唱着，劝俺们三杯酒。（祢对曹踢地坐介）（女唱）

那里一个大鹈鹕[51]，呀一个低都，呀一个低都；变一个花猪低打都，打低都，唱《鹧鸪》[52]。呀一个低都，呀一个低都。唱得好时犹自可，呀一个低都，呀一个低都；不好之时低打都，打低都，唤王屠。呀一个低都，呀一个低都。

（曹）怎说唤王屠？（女）王屠杀猪。（进判酒）（又一女唱）

丞相做事太心欺[53]，呀一个跷蹊[54]，呀一个跷蹊；引惹得旁人跷打蹊，打跷蹊，说是非。呀一个跷蹊，呀一个跷蹊。雪隐鹭鸶飞始见，呀一个跷蹊，呀一个跷蹊；柳藏鹦鹉跷打蹊，打跷蹊，语方知。呀一个跷蹊，呀一个跷蹊。

（曹）这两句是旧话。（女）虽是旧话，却贴题。（曹）这妮子朝外叫。（女）也是道其实，我先首免罪[55]。（进曹酒）（一女又唱）

抹粉搽脂只一会而红，呀一个冬烘[56]，呀一个冬烘；（又一女唱）报恩结怨烘打冬，打冬烘，落花的风。呀一个冬烘，呀一个冬烘。（二女合唱）万事不由人计较，呀一个冬烘，呀一个冬烘；算来都是烘打冬，打冬烘，一场空。呀一个冬烘，呀一个冬烘。

（二女各进酒）（判）这一曲才妙，合着咱们天机。（曹）女乐且退。我倦了。（判笑介）（祢起立云）你倦了，我的鼓儿骂儿可还不了。

［六幺序］哄他人口似蜜，害贤良只当耍。把一个杨德祖，立断在辕门下[57]，碜可可血𠸿零喇[58]。孔先生是丹鼎灵砂[59]，月邸金蟆[60]，仙观琼花[61]。《易》奇而法，《诗》正而葩[62]。他两人嫌隙，于你只有针尖大，不过是口唠噪[63]，有甚争差[64]！一个为忒聪明，参透了“鸡肋”话，一个则是一言不洽，都双双命掩黄沙[65]。

（鼓一通）（判）丞相这一桩却去不得。（曹）俺醉了，要睡了。

（打顿介）（判）手下采将下去，与他一百铁鞭，再从头做起。

（曹慌介。云）我醒我醒。（判）你才省得哩。（祢）

［幺］哎！我的根芽也没大兜搭[66]，都则为文字儿奇拔，气概儿豪达，拜贴儿长拿，没处儿投纳。绣斧金挝，东阁西华，世不曾挂齿沾牙[67]。唉！那孔北海没来由也。说有些缘法，送在他家[68]，井底虾蟆也，一言不洽，怒气相加。早难道投机少话，因此上暗藏刀，把我送与黄江夏[69]。又逢着鹦鹉撩咱，彩毫端满纸高声价，竞躬身持觞劝酒，俺掷笔还未了杯茶[70]。

（鼓一通）（判）这祸从这上头起。唉！仔细《鹦鹉赋》害事。（祢）

［青哥儿］日影移窗棂，窗棂一罅[71]。赋草掷金声[72]，金声一下。黄祖的心肠忒狠辣，陡起鳞甲[73]，放出槎枒[74]。香怕风刮，粉怪娼搽，士忌才华，女妒娇娃。昨日菩萨，顷刻罗刹[75]。哎！可怜俺祢衡的头呵，似秋尽壶瓜[76]，断藤无计再生发，霜簷挂[77]。

（鼓一通）（判）这贼元来这每巧弄了这生[78]！（曹）大人，这也听他不得。俺前日也是屈招的。（判）这般说，这生的头也是自家掉下来的？（曹）祢的爷饶了罢么！（判）还要这等虚小心。手下！铁鞭在那里？（曹慌作怒介）狂生！俺也有好处来。俺下令求贤[79]，让还三州县[80]，也埋没了俺？（祢）

［寄生草］你狠求贤为自家，让三州直什么大！缸中去几粒芝麻罢，馋猫哭一会慈悲诈，饥鹰饶半截肝肠挂，凶屠放片刻猪羊假。你如今还要哄谁人？就还魂改不过精油滑。

（鼓一通）（判）痛快！痛快！大杯来一杯，先生尽着说。（祢）

［葫芦草混］你害生灵呵，有百万来的还添上七八，杀公卿呵，那里查！借廒仓的大斗来斛芝麻[81]，恶心肝生就在刀枪上挂，狠规模描不出丹青的画[82]，狡机关我也拈不尽仓猝里骂[83]。曹操，你怎生不再来牵犬上东门[84]，闲听唳鹤华亭坝[85]？却出乖弄丑，带锁披枷。

（鼓一通）（判）老瞒，就教你自家处此，也饶自家不过了。先生尽着说。（祢）

［赚煞］你造铜雀要锁二乔[86]，谁想道梦巫峡羞杀[87]，靠赤壁那火烧一把[88]。你临死时和些

歪剌们活离别[89]，又卖履分香待怎么！亏你不害羞，初一十五，教望着西陵，月月的哭他[90]。不想这些歪剌们呵，带衣麻就搂别家[91]。曹操，你自说么！且休提你一世的贤达，只临了这一桩呵，也该几管笔题跋[92]。咳，俺且饶你罢，争奈我渔阳三弄的鼓槌儿乏！

（末扮阎罗鬼使上）（判）手下！快把曹操等收监。（鬼）禀上老爹，玉帝差人召祢先生。殿主爷说，刻限甚急，教老爹这里径自厚赍远饯，记在殿主爷的支应薄上。爷呵，会勘事忙，不得亲送，教老爹多上覆先生，他日朝天，自当谢过。（判）知道了。你自去回话。（鬼应下）（判）叫掌薄的，快备第一号的金帛与饯送果酒伺候。（内应介）（小生扮童，旦扮女，捧书节上云）汉阳江草摇春日，天帝亲闻鹦鹉笔[93]。可知昨夜玉楼成，不用陇西李长吉[94]。咱俩人奉玉帝符命[95]，到此召请祢衡，不免径入宣旨。那一个是第五殿判官？（判跪介）玉帝有旨，召祢衡先生。你请他过来，待俺好宣旨。（祢同判跪，二使付书介）祢先生，上帝有旨召你，你可受了这符册自看[96]，临到却要拜还。就此起行，不得有违时刻。（童唱）

［耍孩儿］文章自古真无价，动天廷玉皇亲迓[97]，飞凫降鹤踏红霞[98]。请先生即便登遐[99]。修葺了旧衔螭首黄金阁[100]，准办着新鲊麟羔白玉叉[101]。倒琼浆三奏钧天罢[102]，校书郎侍玉京香案[103]，支机女倚银汉仙槎[104]。

（内作细乐）（女唱）

［三煞］祢先生，你挟鸿名懒去投[105]，赋鹦哥点不加，文光直透俺三台下[106]。奇禽瑞兽虽嘉兆，倚马雕龙却祸芽[107]。祢先生，谁似你这般前凶后吉？这好花样谁能搨[108]？待枣儿甜口，已橄榄酸牙！（祢）

［二煞］向天门渐不遥，辞地主痛愈加，几时再得陪清话[109]！叹风波满狱君为主，已后呵，倘裘马朝天我即家[110]。小生有一句说话。（判）愿闻。（祢）大包容，饶了曹瞒罢！（判）这个可凭下官不得。（祢）我想眼前业景[111]，尽雨后春花。（判）

［一煞］谅先生本太山，如电目一似瞎[112]。俺此后呵，扫清斋[113]，图一幅尊容挂。你那里飞仙作队游春圃，俺这里押鬼成群闹晚衙，怎再得邀文驾[114]？又一件，倘三彭诬枉[115]，望一笔涂抹。

这里已到阴阳交界之处，下官不敢越境再送。（祢）就请回。（判）俺殿主有薄贶[116]，令下官奉上，伏望俯纳。下官自有一个小果酒，也要仰屈三杯，表一向侍教的薄意。（祢）小生叨向天廷[117]，要贶物何用，仰烦带回，多多拜上殿主；携榼该领[118]，却不敢稽留天使[119]。（判）这等就此拜别了。（各磕头共唱）

［尾］自古道：胜读十年书，与君一夕话。提醒人多因指驴说马[120]，方信道曼倩诙谐不是耍[121]。（祢下）

判曰：看了这祢正平渔阳三弄，
　　　笑得我察判官眼睛一缝。
　　　若没有狠阎罗刑法千条，
　　　都只道曹丞相神仙八洞[122]。（下）

《盛明杂剧》本《四声猿》

①本剧是《四声猿》中的第一种。《四声猿》由四种单折子戏组成，它们是《狂鼓史渔阳三弄》、《玉禅师翠乡一梦》、《雌木兰替父从军》、《女状元辞凰得凤》。四声猿，语本《水经注·江水》："巴东三峡巫峡长，猿鸣三声泪沾裳。"四声，言其过甚。清顾公燮《消夏闲记》解释："盖猿丧子，啼四声而肠断，文长有感而发焉，皆不得意于时之所为也。"《狂鼓史渔阳三弄》以冥间为背景，重新搬演祢衡击鼓骂曹的场面，抒发作者对黑暗政治的愤慨。狂鼓史，

掌鼓的官吏，此指祢衡。渔阳三弄，即渔阳参挝（càn zhuā 灿抓），鼓曲名。《后汉书·文苑传》：“（曹操）闻衡善击鼓，乃召为鼓史，因大会宾客，阅试音节……次至衡，衡方为《渔阳参挝》，蹀躞而前，容态有异，声节悲壮，听者莫不慷慨。”李贤注：“参挝是击鼓之法。”

②算子：计算用的筹，这里作“计算”解。忒：特，很。

③明白洒落：是非分明，潇洒坦率。

④祢正平：即祢衡，字正平，平原般（今山东临邑东）人。少有才辩，文采出众，刚傲尚气。曹操召他为鼓史，本想当众羞辱他，结果他裸身辱操。操曰：“本欲辱衡，衡反辱孤。”遂把他送给荆州刘表，刘表又转送黄祖，终为黄祖所杀。事见《后汉书·文苑传》。老瞒：曹操的小名阿瞒。“老瞒”是对他的蔑称。对讦（jié 劫）：互相对质、辨明是非。

⑤晚衙：古代官府上午、下午两次坐衙理事，下午的一次叫晚衙。

⑥修文郎：传说在天上或阴司起草文书典章的官员。

⑦迁次：升迁调动。

⑧劫满应补：厄运已满期，等待递补缺任。

⑨横睛：横眉怒目。

⑩数落：责备。

⑪踢弄：摆弄。

⑫提大傀儡：即演傀儡戏。因演木偶戏时要用手来提线，故云。

⑬话靶：话柄，谈资。

⑭台旨：领旨的敬称。台，汉有御史台，晋宋朝廷禁省为台，明有藩台、臬台。

⑮从：随从。

⑯鞫（jū 拘）问：审讯，查问。

⑰斗胆：胆气大。此为谦辞。语本《三国志·姜维传》：“魏将士愤发，杀会及维。”裴松之注引《魏晋世语》：“（姜）维死时见剖，胆如斗大。”

⑱铜雀台：古台名，曹操于建安十五年（210）冬建，故址在今河北临漳县西南。分香卖履：曹操临终时写下《遗令》：“余香可分与诸夫人。诸舍中无所为，可学作组履卖也。”见陆机《吊魏武帝文》序。诸舍中，指众妾。组履，做鞋。

⑲乔：装模作样。

⑳体面：体统，场面。

㉑膫子：即阴茎。骂人的粗话。

㉒买嘴：即卖嘴，耍嘴皮子。元曾瑞《喜春来·闺怨》曲：“世间你是负心贼。休卖嘴，暗有鬼神知。”徐渭《女状元》：“倒也不是我春桃卖嘴，春桃若肯改妆一战，管倩取唾手魁名。”

㉓许下：即许昌。

㉔登楼：用王粲《登楼赋》典故。东汉末年，天下大乱，王粲依荆州刘表，不为表重用，偶登当阳县（在今湖北）城楼，作《登楼赋》，抒发乱离飘零的惆怅和渴望建功立业的抱负。

㉕“不想到”句：用韩信少年时受胯下之辱的典故。

㉖肋巴：肋骨。

㉗酹（lèi 累）：以酒浇地表示祭奠。这里反其意而用之，表示数落、讥讽。

㉘献帝：东汉皇帝刘协。建安元年（196）被曹操挟持，迁都于许昌，成为号令诸侯的傀儡。曹丕代汉称帝，献帝被废为山阳公。

㉙伏后：汉献帝的皇后，名寿。曹操杀董贵人后，她写密信给父伏完，要伏完密谋对策，

事泄，伏后及其二子被曹操派郗虑等人杀害。事见《后汉书·皇后纪下》。

㉚浑家：妻子。

㉛龙雏凤种：古代用龙凤喻帝王。帝王的子孙叫龙雏凤种。鲊（zhǎ 眨）：用盐和其他作料腌制的鱼。

㉜董贵人：汉献帝的嫔妃，董承之女。她在怀孕期间被曹操杀害。

㉝爷：指董贵人的父亲董承。其他本子作“娘”。

㉞终不然：难道。

㉟歪刺：牛角中的臭肉。

㊱苘（qǐng 顷）麻：麻类植物。这里指粗麻布。

㊲袁公那两家：指袁绍、袁术兄弟两家，都是东汉末年割据集团首领，先后被曹操消灭。

㊳刘琮：荆州太守刘表的儿子。他继任荆州太守时，为曹操所逼，投降了曹操。

㊴孙权：东汉末年江东割据势力首领。

㊵几乎：差点遭到危险。

㊶玄德：刘备的字。妈妈：对年长已婚妇女的称呼。此指刘备的两位夫人。

㊷是处儿：到处。

㊸递年来：连年。

㊹“一个”句：曹操杀了伏皇后，把自己的女儿嫁给汉献帝做了皇后。中宫驾，皇后坐的车子。

㊺骑中郎：侍卫。曹操在汉灵帝时为典军校尉。后连年混战，曹操青云直上，官至丞相，封魏公，在汉末割据中，势力最强大。

㊻云烟架：形容铜雀台之崇高宏丽。左思《魏都赋》云：“周轩中天，丹墀临猋，增构峨峨，清尘飘飘，云雀踶甍而矫首，壮翼摛镂于青霄。”铺叙铜雀台的高峻峥嵘。

㊼“僭（jiàn 箭）车旗”句：说曹操的车旗仪仗超过了本分，压倒了皇帝。僭，超越本分。

㊽玉皇尊：汉皇的尊崇。

㊾乌悲词：疑指琴曲名《乌啼引》。

㊿小令：小曲。

(51)鹈鹕（tí hú 提胡）：水鸟名。《诗经·曹风·候人》以鹈鹕在梁比喻小人在朝，后用之喻用不正当手段谋得官位。

(52)《鹧鸪》：小曲名。

(53)太心欺：太违背良心。

(54)跷蹊（qiāo qī 敲七）：奇怪，可疑。也可作蹊跷。

(55)先首：先行出头，率先承认。

(56)冬烘：糊涂。五代王定保《唐摭言》记载，唐代郑薰主持考试，误认颜标为鲁公（颜真卿）的后代，把他取为状元，时人嘲笑云：“主司头脑太冬烘，错认颜标作鲁公。”

(57)杨德祖：即杨修，字德祖，有俊才，曾任曹操的主簿，后被曹操杀害。立断：杀头。辕门：军营的营门。

(58)碜（chěn 墋）可可：悲惨可怕的样子。元王伯成《哨遍·项羽自刎》曲：“子见红飘飘光的的绛缨先偏侧了金盔顶，碜可可湿浸浸鲜血早淋漓了战袍领。”

(59)孔先生：指孔融。建安七子之一，字文举，山东曲阜人，孔子二十世孙。有清才高名，性宽少忌，望重于时，因触怒曹操而被杀。丹鼎：道士炼丹的器具。灵砂：旧传为不死药。这里喻孔融有仙才。

(60)月邸金蟆：月宫中的金蛤蟆。

(61)仙观：指扬州的蕃厘观。《扬州府志》和朱显祖《琼花志》载，扬州后土祠有一株琼花，世传为唐人所植，故又称琼花观。后土祠在宋代改为蕃厘观。琼花：泛指仙界珍贵的花。

(62)"《易》奇而法"二句：语出韩愈《进学解》，这里用来形容杨修和孔融的品质、才学。

(63)唠噪：多嘴，啰唆。

(64)争差：差错。元张国宾《合汗衫》："倘或间有些儿争差，儿也，将您这一双老爹娘可便看个甚么？"

(65)"一个"四句：曹操与刘备相拒于汉中，久而无功，欲还，出令曰"鸡肋"。杨修由此窥到了曹操的心理，即"食之无味，弃之可惜"，不想继续相持下去。曹操借口他扰乱军心，把他杀死。见《三国志·武帝纪》裴松之注。东汉末年，曹操拥有废立大权。孔融以名士派领袖的地位对曹操的行径多次进行抨击。曹操唆使路粹罗织罪名，弹劾孔融，孔融终被杀害。

(66)根芽：原由，原委。兜搭：曲折。元马致远《青衫泪》："还乡去长安，避甚水路兜搭。"

(67)"都则为"七句：叙述祢衡游许昌的经历。《后汉书·文苑传》云：祢衡"少有才辩，而尚气刚傲，好矫时慢物。……建安初，来游许下，始达颍川，乃阴怀一刺，既而无所之适，至于刺字漫灭。"拜贴儿，即祢衡带的推荐书函。绣斧，指皇帝特遣的执法大吏。《汉书·武帝纪》：天汉二年（前99），遣直指使暴胜之等衣绣衣、杖斧至各地巡捕群盗。金挝（zhuā抓），执法者用的杖、鞭。东阁，皇帝款待宾客的地方。《汉书·公孙弘传》："于是起宾馆，开东阁，以延贤人。"西华，京师紫禁城的西门。"绣斧金挝"、"东阁西华"二句指京城中显赫的权贵们。

(68)他家：指曹操府上。

(69)黄江夏：即黄祖，时任江夏太守。

(70)"又逢着"四句：《后汉书·文苑传》载，黄祖的儿子黄射善于祢衡。射大会宾客，有献鹦鹉者，射举杯劝衡作赋娱宾。祢衡"揽笔而作，文无加点；辞采甚丽"，成《鹦鹉赋》。

(71)罅（xià下）：缝隙。这里形容时间过得很快。

(72)金声：晋孙绰作《天台山赋》成，示友人范荣期，云："卿试掷地，当作金石声也。"后形容文辞精美。

(73)鳞甲：喻心机峻深。《三国志·陈震传》："诸葛亮与长史蒋琬、侍中董允书曰：'孝起（陈震字）前临至吴，为吾说正方（李严字），腹中有鳞甲，乡党以为不可近。'"

(74)槎枒（chá yá查牙）：树枝横出貌，这里指露出杀机。

(75)罗刹：梵文音译，泛指恶人恶事，此指吃人的恶鬼。

(76)壶瓜：葫芦。壶，通"瓠"。

(77)篸：同"楂"。

(78)这每：这么。

(79)下令求贤：曹操于建安十五年（210）、十九年（214）、二十二年（217）三次颁布求贤令，下令"唯才是举"。

(80)让还三州县：天下三分后，汉献帝赏封曹操四县。曹操作《让县自明本志令》，奉还三县，只享一县。

(81)厫仓：秦汉魏时，在敖山（今河南荥阳）修谷仓，名厫仓。后世称国家的粮库为厫仓。斛（hú胡）：古量器名，这里用作动词。

(82)狠规模：凶狠的模样。

㊽狡机关：狡诈的心机。

㊾牵犬上东门：《史记·李斯列传》："（李斯）与其中子俱执，顾谓其中子曰：'吾欲与若，复牵黄犬，俱出上蔡东门逐狡兔，岂可得乎？'"

㊿唳鹤华亭：《晋书·陆机传》载，陆机被陷有异志，处斩。遇害前说："华亭鹤唳，岂可复闻乎！"陆机为华亭人。以上两句说曹操在地狱受罪，再也不能恣意妄为。

86二乔：指东汉末年桥公的两个女儿，有国色。大乔嫁给了孙策，小乔嫁给了周瑜。见《三国志·周瑜传》。杜牧《赤壁》诗："东风不与周郎便，铜雀春深锁二乔。"乔，通"桥"。后《三国演义》诸葛亮舌战群儒也持是说，认为曹操攻打江南的目的是为了夺取二乔。实前者为假设之语，后者为小说家言。

87梦巫峡：楚襄王游高唐，昼寝，梦中与巫山神女幽会。见宋玉《高唐赋》。

88赤壁那火：指赤壁之战打破了曹操"锁二乔"的美梦。因赤壁之战靠的是火攻，故云。

89歪剌：本是牛角中的臭肉，旧时常用作对妇女的贱称。这里指曹操的妻妾。

90"初一十五"三句：据《乐府诗集·相和歌辞》六引《邺都故事》：曹操临死时遗命诸子把他的遗体埋在邺之西岗，妾伎住在铜雀台上，早晚供食，初一、十五在灵帐前奏乐歌唱，诸子时时瞻望西陵墓田。

91带衣麻：穿着丧服。

92题跋：这里指评论。

93鹦鹉笔：祢衡作《鹦鹉赋》，下笔立成，文不加点。故以鹦鹉笔指祢衡的才情。

94"可知"二句：李商隐《李贺小传》载，李贺将死时，昼见一绯衣人相请，曰："帝成白玉楼，立召君为记。"遂卒。长吉，李贺字。

95符命：玉帝旨意的凭证。

96符册：符命。

97迓（yà 轧）：迎接。

98飞凫：飞翔的凫鸟。传说东汉时叶县令王乔有神术，常自县至京师，而不见车骑，临至，必有双凫飞来，人用网得之，则是王乔所穿的鞋。事见《后汉书·方术列传》。这里指仙人。降鹤：意谓仙人降落。鹤，古时道教的仙鸟。

99登遐：犹言仙去。《墨子·节葬下》："其亲戚死，聚柴薪而焚之，熏上，谓之登遐。"

100修葺（qì 气）：修缮。螭（chī 痴）首：龙首。此指殿柱、殿阶、屋脊上所刻的龙形图饰。

101准办：备办，准备。新鲊麟羔：新做好的嫩麟。麟，传说中的动物，即麒麟。这里形容玉皇招待祢衡的宴席，尽为奇珍美馔。白玉叉：用白玉做成的叉筷之类。

102琼浆：美酒。钧天：即钧天广乐，传说中天上的仙乐。

103校书郎：掌管校勘书籍、订正讹误的官。玉京：天阙。《魏书·释老志》："道家之原，出于老子……上处玉京，为神王之宗；下在紫微，为飞仙之主。"道家称三十二帝之都，在无为之天。香案：朝堂上置放的几案，上有香炉。元稹《以州宅夸于乐天》诗："我是玉皇香案吏，谪居犹得住蓬莱。"

104"支机"句：晋张华《博物志》、南朝梁宗懔《荆楚岁时记》均载，汉张骞奉命出使西域探河源，乘槎经月，到一城市，见一女在室内织布，一男子牵牛饮河，因带回织女送他的支机石。后以其事问严君平，君平说："某年月日有客星犯牵牛宿"，正相合。支机女，即织女，仙女。银汉，天河，传说天河与海通。仙槎，进入天河的仙船。

105鸿名：高名，大名。

⑯三台：汉代称尚书为中台，御史为宪台，谒者为外台，合称“三台”。此处指天庭。

⑰倚马雕龙：形容文思敏捷，文章华美。倚马，语本《世说新语·文学》：“桓宣武北征，袁虎时从，被责免官。会须露布文，唤袁倚马前令作。手不辍笔，俄得七纸，殊可观。”后因以“倚马”比喻文思快捷。雕龙，语本《史记·孟子荀卿列传》裴骃集解引刘向《别录》：“饰若雕镂龙文。”后以之喻善为文辞。南朝刘勰取其义，名其文论为《文心雕龙》。

⑱搨（tà 沓）：用纸墨从铸刻器物上捶印出文字或图画。

⑲清话：高雅的言谈。陶渊明《与殷晋安别》诗：“信宿酬清话，益复知为亲。”

⑩“倘裘马”句：意为判官如盛服上天朝见玉帝，就以我处为家。

⑪业景：所作所为。

⑫“如电目”句：如电光一样明亮的眼睛也看不透先生，如同瞎子一样。说自己有眼不识泰山。

⑬清斋：本指清心素食，此处指清静的斋房。

⑭遨文驾：追随您的大驾遨游。

⑮三彭：即三尸。道家认为在人体内的神，上尸为彭倨，在头中；中尸名彭质，在腹中；下尸名彭矫，在足中。三尸伺人隐微失误，即向天帝报告。

⑯薄赆（jìn 尽）：微薄的礼物。赆，离别时赠的礼物。

⑰叨：叨光。

⑱榼（kē 苛）：古代盛酒的器皿。

⑲稽留：延滞。

⑳指驴说马：用比喻的手法来教育人。

㉑曼倩：西汉文学家东方朔，字曼倩，性诙谐滑稽，常以比喻、寓言讽谏汉武帝。事见《史记·滑稽列传》。

㉒神仙八洞：指传说中吕洞宾等八洞神仙。此句意为人们误以为曹操死后像神仙般快活。

二二
李贽

李贽（1527—1602），号卓吾，别号温陵居士，泉州晋江（今福建晋江）人。二十六岁中举，谒选除河南共城县（今辉县）教谕，宦游二十五年，历任南京国子监教官、北京国子监博士、礼部司务、南京刑部主事、云南姚安知府。五十四岁坚求去职，先后寓居湖北黄安、麻城、武昌等地，讲学著书。万历二十八年（1600）湖广签事冯应京驱逐李贽出境，李贽弟子马经纶迎其至北京通州。万历三十年（1602）被诬以“敢倡乱道，惑世诬民”罪，逮捕下狱，以剃头刀自刭死。

李贽受王阳明心学影响，潜心研究性理之学，以“异端”自命，提出“是非”相对的观点，反对以孔子之是非为是非，认为儒家的经典不是“万世之至论”，已成为“道学之口实，假人之渊薮”（《童心说》），尤抨击“口谈道德，而志在穿窬”的假道学（《又与焦弱侯》）。文学上，提倡抒写真性情，反对贵古贱今，肯定戏曲小说的地位。对晚明公安派文学理论有直接影响，对清中叶、近代的文学启蒙也有相当大的影响。著有《焚书》、《续焚书》、《藏书》、《续藏书》、《李温陵集》等。

童心说[①]

龙洞山农叙《西厢》[②]，末语云：“知者勿谓我尚有童心可也。”夫童心者，真心也。若以童心为不可，是以真心为不可也。夫童心者，绝假纯真[③]，最初一念之本心也[④]。若失却童心，便失却真心；失却真心，便失却真人。人而非真，全不复有初矣[⑤]。

童子者，人之初也；童心者，心之初也。夫心之初曷可失也！然童心胡然而遽失也[⑥]？盖方其始也，有闻见从耳目而入，而以为主于其内而童心失[⑦]。其长也，有道理从闻见而入，而以为主于其内而童心失。其久也，道理闻见日以益多，则所知所觉日以益广，于是焉又知美名之可好也，而务欲以扬之而童心失；知不美之名之可丑也，而务欲以掩之而童心失。夫道理闻见，皆自多读书识义理而来也。古之圣人，曷尝不读书哉！然纵不读书，童心固自在也；纵多读书，亦以护此童心而使之勿失焉耳，非若学者反以多读书识义理而反障之也。夫学者既以多读书识义理障其童心矣，圣人又何用多著书立言以障学人为耶？童心既障，于是发而为言语，则言语不由衷；见而为政事[⑧]，则政事无根柢[⑨]；著而为文辞，则文辞不能达。非内含以章美也[⑩]，非笃实生辉光也[⑪]，欲求一句有德之言，卒不可得。所以者何？以童心既障，而以从外入者闻见道理为之心也。

夫既以闻见道理为心矣，则所言者皆闻见道理之言，非童心自出之言也。言虽工，于我何与？岂非以假人言假言，而事假事、文假文乎？盖其人既假，则无所不假矣。由是而以假言与假人言，则假人喜；以假事与假人道，则假人喜；以假文与假人谈，则假人喜。无所不假，则无所不喜。满场是假，矮人何辩也[12]？然则虽有天下之至文，其湮灭于假人而不尽见于后世者，又岂少哉！何也？天下之至文，未有不出于童心焉者也。苟童心常存，则道理不行，闻见不立，无时不文，无人不文，无一样创制体格文字而非文者[13]。诗何必古选[14]，文何必先秦。降而为六朝，变而为近体[15]，又变而为传奇[16]，变而为院本[17]，为杂剧，为《西厢曲》，为《水浒传》，为今之举子业[18]，皆古今至文，不可得而时势先后论也。故吾因是而有感于童心者之自文也，更说甚么六经[19]，更说甚么《语》、《孟》乎[20]？

夫六经、《语》、《孟》，非其史官过为褒崇之词，则其臣子极为赞美之语。又不然，则其迂阔门徒[21]，懵懂弟子[22]，记忆师说，有头无尾，得后遗前，随其所见，笔之于书。后学不察，便谓出自圣人之口也，决定目之为经矣，孰知其大半非圣人之言乎？纵出自圣人，要亦有为而发，不过因病发药，随时处方，以救此一等懵懂弟子，迂阔门徒云耳。医药假病，方难定执[23]，是岂可遽以为万世之至论乎？然则六经、《语》、《孟》，乃道学之口实[24]，假人之渊薮也，断断乎其不可以语于童心之言明矣。呜呼！吾又安得真正大圣人童心未曾失者而与之一言文哉[25]！

中华书局点校本《焚书》卷三

①本文论述童心在为人作文中的重要地位，抨击虚伪的道学和贵古贱今的复古派。全文汪洋恣肆，论辩深邃。

②龙洞山农：李贽的别号，也有人说是颜钧，字山农。

③绝假：与假隔绝。

④一念：指极短促的时间。《翻译名义集·时分》："一念中有九十刹那。"本心：天性。

⑤初：指人的自然本性。

⑥胡然：为什么。遽：突然。

⑦内：人的内心。

⑧见：通"现"，表现。

⑨根柢：草木的根，引申为事业、学问的基础。

⑩章：同"彰"，表现。

⑪笃实：实在、厚实。《周易·大畜》："大畜刚健，笃实辉光，日新其德。"

⑫矮人何辩：这里以演戏为喻，说矮人根本看不到，无法分辨真假。

⑬创制体格：指文学的体裁风格。

⑭古选：指萧统编的《文选》，又叫《昭明文选》。

⑮近体：指近体诗，包括律诗绝句。

⑯传奇：指唐宋传奇小说。

⑰院本：金代戏剧艺人演出的底本。

⑱举子业：指科举考试的文章，也就是八股文。

⑲六经：儒家的六种经典著作，有《诗》、《书》、《礼》、《乐》、《易》、《春秋》。

⑳《语》、《孟》：指《论语》、《孟子》。

㉑迂阔：迂腐、不切实际。

㉒懵懂：糊涂。

㉓"医药"二句：根据病症开出药方，药方难以固定。假，依凭，根据。方，药方。定执，固定。

㉔道学：道学家。口实：谈话讲学的资料、根据。

㉕安得：怎样得到。

题孔子像于芝佛院[①]

人皆以孔子为大圣，吾亦以为大圣；皆以老、佛为异端[②]，吾亦以为异端。人人非真知大圣与异端也，以所闻于父师之教者熟也；父师非真知大圣与异端也，以所闻于儒先之教者熟也[③]；儒先亦非真知大圣与异端也，以孔子有是言也。其曰“圣则吾不能”[④]，是居谦也[⑤]。其曰“攻乎异端”[⑥]，是必为老与佛也。

儒先臆度而言之[⑦]，父师沿袭而诵之，小子蒙聋而听之[⑧]。万口一词，不可破也；千年一律，不自知也。不曰“徒诵其言”，而曰“已知其人”；不曰“强不知以为知”，而曰“知之为知之”[⑨]。至今日，虽有目，无所用矣。

余何人也，敢谓有目？亦从众耳[⑩]。既从众而圣之[⑪]，亦从众而事之[⑫]，是故吾从众事孔子于芝佛之院。

中华书局点校本《续焚书》卷四

①芝佛院：湖北麻城龙湖北岸的一座寺院，李贽辞官后，曾在此著书讲学。此文抨击儒学传统中知“从众”，而不知用目用脑的风气。题小意深，发人深省。

②老：指老聃，俗称老子，春秋时期道家学说的创始人，后世道教也尊其为始祖。

③儒先：儒家的先辈。

④圣则吾不能：圣人，我做不到。语见《孟子·公孙丑上》：“昔者子贡问于孔子曰：‘夫子圣矣乎?’孔子曰：‘圣则吾不能，我学不厌而教不倦也。’”

⑤居谦：表示自己谦虚。

⑥攻乎异端：批评抨击不合正道的思想。语见《论语·为政》：“子曰：‘攻乎异端，斯害也已。’”

⑦臆度：主观猜测。

⑧小子：后生晚辈。蒙聋：糊里糊涂。蒙，指看不见。

⑨知之为知之：语见《论语·为政》：“子曰：‘由，诲女知之乎？知之为知之，不知为不知，是知也。’”

⑩从众：语见《论语·子罕》：“俭，吾从众。”

⑪圣之：以之为圣。

⑫事之：敬奉。

二三

汤显祖

汤显祖（1550—1616），字义仍，号若士、海若，晚年号清远道人，江西临川人。少负才名，二十一岁中举，因拒绝张居正的结纳，直到万历十一年（1583）才中进士，又因不受新要张四维、申时行的笼络，而仕居下僚，曾任南京太常博士、南京詹事府主簿、南京礼部祠祭司主事。万历十九年（1591）因上疏抨击朝廷，贬广东徐闻典史，后迁转浙江遂昌县令。万历二十六年（1598）自劾去官还乡，归隐于临川玉茗堂中。汤显祖以戏剧名世，先后作有《牡丹亭》、《南柯记》、《邯郸记》和以前创作的《紫钗记》，合称“临川四梦”，以《牡丹亭》最为著名。诗文有《玉茗堂诗文集》。

牡丹亭·游园[①]

[绕池游]（旦上）梦回莺啭，乱煞年光遍[②]。人立小庭深院。（贴）炷尽沉烟[③]，抛残绣线，恁今春关情似去年[④]？

（乌夜啼）（旦）“晓来望断梅关[⑤]，宿妆残[⑥]。（贴）你侧著宜春髻子恰凭阑[⑦]。（旦）剪不断，理还乱[⑧]，闷无端。（贴）已分付催花莺燕借春看。”（旦）春香，可曾叫人扫除花径？（贴）分付了。（旦）取镜台衣服来。（贴取镜台衣服上）“云髻罢梳还对镜，罗衣欲换更添香[⑨]。”镜台衣服在此。

[步步娇]（旦）袅晴丝吹来闲庭院[⑩]，摇漾春如线。停半晌、整花钿[⑪]，没揣菱花，偷人半面[⑫]，迤逗的彩云偏[⑬]。（行介）步香闺怎便把全身现。

（贴）今日穿插的好！

[醉扶归]（旦）你道翠生生出落的裙衫儿茜[⑭]，艳晶晶花簪八宝填[⑮]，可知我常一生儿爱好是天然[⑯]。恰三春好处无人见[⑰]。不隄防沉鱼落雁鸟惊喧，则怕的羞花闭月花愁颤[⑱]。

（贴）早茶时了，请行。（行介）你看：“画廊金粉半零星，池馆苍苔一片青；踏草怕泥新绣袜，惜花疼煞小金铃[⑲]。”（旦）不到园林，怎知春色如许！

[皂罗袍]原来姹紫嫣红开遍[⑳]，似这般都付与断井颓垣[㉑]。良辰美景奈何天，赏心乐事谁家院[㉒]！恁般景致，我老爷和奶奶再不提起。（合）朝飞暮卷，云霞翠轩[㉓]，雨丝风片，烟波画船。锦屏人忒看的这韶光贱[㉔]。

（贴）是花都放了[㉕]，那牡丹还早。

[好姐姐]（旦）遍青山啼红了杜鹃[㉖]，荼蘼外烟丝醉软[㉗]。春香呵，牡丹虽好，他春归怎占的先[㉘]！（贴）成对儿莺燕呵。（合）闲凝眄[㉙]，生生燕语明如翦[㉚]，呖呖莺歌溜的圆[㉛]。

（旦）去罢！（贴）这园子委是观之不足也[㉜]。（旦）提他怎的。（行介）

［隔尾］观之不足由他缱[33]，便赏遍了十二亭台是枉然。到不如兴尽回家闲过遣[34]。

（作到介）（贴）开我西阁门，展我东阁床[35]；瓶插映山紫[36]，炉添沉水香。小姐，你歇息片时，俺瞧老夫人去也。（下）

人民文学出版社版徐朔方、杨笑梅校注《牡丹亭》

①《牡丹亭》是我国戏剧史上一部浪漫主义杰作。主人公杜丽娘挣脱封建理学在形体和精神上为青年男女设置的樊篱，与柳梦梅在梦中相爱，因情而死；死后又在冥中与柳梦梅相会，为情而复生，历经波折，终成眷属。全剧五十五出，第十出《惊梦》由“游园”和“惊梦”两段组成，这里选的是前半部分。“游园”这出戏写杜丽娘久闭深闺，一旦游园，大好春光引发了她青春的觉醒，小憩时梦中与男青年柳梦梅相会，非常深刻细腻地表现了封建礼教禁锢下青春少女的苦闷和对爱情的渴望。

②乱煞年光遍：令人眼花缭乱的春光到处都是。乱煞，乱甚。

③炷（zhù住）尽：烧尽。沉烟：沉香，也叫沉水香，一种薰香的香料。

④恁：恁地，如此，这样。关情：牵动情怀。

⑤梅关：在广东、江西交界的大庾岭上。杜丽娘住在江西南安府（府治在今大庾县），地处梅关之北，而她将在梦中与之相爱的柳梦梅，则居于岭南。

⑥宿妆：隔夜的妆饰。此句言清晨起来尚未梳洗打扮。

⑦宜春髻子：《荆楚岁时记》载，古时立春日，妇女剪彩作燕子形，戴在发髻上，并贴上“宜春”二字。

⑧“剪不断”二句：语出李煜《相见欢》。

⑨“云髻”二句：借用唐人薛逢《宫词》“十二楼中尽晓妆”中的五、六两句。见《全唐诗》卷二〇。

⑩袅（niǎo鸟）晴丝：春日空中飘动的游丝、飞丝，于晴朗的日子里最容易看到。袅，细长柔软，飘动的样子。闲庭院：寂静的庭院。

⑪花钿（diàn电）：指嵌有金花珠宝的妇女首饰。

⑫没揣：不料，不意，含突然的意思，元杂剧中常用。菱花：古时因铜镜背面常铸有菱花花纹而称镜子为菱花镜，所以也用“菱花”作镜子的代称。偷人半面：谓镜子偷偷摄入了人的面孔。

⑬迤逗：挑逗，撩拨。彩云：形容美丽的发卷。偏：歪到一边。此句意思是说，由于看到自己镜子中的面庞，感到不好意思，把发卷也弄歪了。

⑭翠生生：形容色彩鲜艳、明亮。出落：常用来赞美人容貌长得比以前更好。茜（qiàn欠）：茜草。因茜草根可作红色染料，故常用以指称红色。如唐李群玉《黄陵庙》诗：“黄陵女儿茜裙新。”

⑮艳晶晶：光彩闪烁。花簪八宝填：镶着多种宝石的簪子。填，嵌饰。

⑯爱好：爱美。天然：天性使然，犹本性如此。作者《紫箫记》第十一出李十郎曾云：“小生从来带一种爱好的性子。”

⑰三春好处：比喻自己正当妙龄，容颜美丽。

⑱“不隄防”二句：形容自己的美貌。沉鱼落雁，《庄子·齐物论》：“毛嫱、丽姬，人之所美也，鱼见之深入，鸟见之高飞，麋鹿见之决骤，四者孰知天下之正色哉！”羞花闭月，形容女子美貌使花儿自惭，月儿躲避。

⑲惜花疼煞小金铃：《开元天宝遗事》：“天宝初，宁王至春日，于后园中纫红丝为绳，密

缀金铃，系于花梢之上，每有鸟鹊翔集，则令园吏掣铃索以惊之。盖惜花之故也。”疼煞，言小金铃常常被拉响，致使疼煞。

⑳姹（chà 岔）紫嫣红：形容各色鲜花灿烂美丽。

㉑付与：支付与。断井颓垣：指破败的园林。杜丽娘家之后花园已荒芜，本剧第十一出“慈戒”中杜夫人曾云：“后花园窣静无边阔，亭台半倒落。”

㉒“良辰美景”二句：语本谢灵运《拟魏太子邺中集诗序》：“天下良辰、美景、赏心、乐事，四者难并。”这里是说徒有良辰美景，却没有赏心乐事。

㉓“朝飞”二句：用唐王勃《滕王阁》诗：“画栋朝飞南浦云，珠帘暮卷西山雨。”描写楼台亭阁的高耸壮丽。

㉔锦屏人：指幽居深闺、不能领略自然风光的人。忒（tè 特）：太。韶光：好时光，春光。

㉕是：凡是。放：开放。

㉖啼红了杜鹃：言杜鹃花开得十分艳丽。古代有杜鹃啼血的故事。这里是双关语，既写花，也写鸟。

㉗荼蘼：落叶灌木，晚春开重瓣白花。烟丝：晴丝，游丝。

㉘“牡丹虽好”二句：牡丹虽美，但开花太迟，怎能占春花中的第一呢？这里杜丽娘表达自己的青春被耽误的忧伤。

㉙凝眄（miǎn 免）：凝视。

㉚生生：形容燕子叫声清脆动听。明如翦：也是形容燕子的叫声清脆。

㉛呖呖：莺声。溜的圆：形容莺鸣声非常婉转。

㉜委是：实在是。观之不足：看不够。

㉝缱：留恋，牵连。

㉞遣：消遣，遣怀。

㉟“开我”二句：用《木兰词》“开我东阁门，坐我西阁床”两句。

㊱映山紫：映山红的别名。

二四

袁宏道

袁宏道（1568—1610），字中郎，号石公，湖北公安人。万历二十年（1592）进士，三年后选为吴县知县，一年余告病回家。万历二十六年（1598）起为顺天府教授，迁国子监助教，补礼部主事，数月，借口有病告假回家。万历三十四年（1606）由于老父督迫，入京补吏部封验司主事，转吏部考功员外郎，升吏部稽勋郎中。与长兄宗道、弟中道并称“三袁”，为“公安派”的中坚，他的成就最突出。袁宏道反对前后七子的拟古主义，其散文清新活泼，秀逸洁净，抒情写景，不拘一格；其诗轻巧本色，不事雕饰。但由于主张信手信口，不避俚俗，诗作有时戏谑嘲笑，间杂俚语，又生弊端。有《袁中郎集》。

戏题斋壁[①]

一作刀笔吏[②]，通身埋故纸[③]。鞭笞惨容颜[④]，簿领枯心髓[⑤]。奔走疲马牛，跪拜羞奴婢[⑥]。复衣炎日中，赤面霜风里[⑦]。心若捕鼠猫，身似近膻蚁[⑧]。举眼尽无欢，垂头私自鄙。南山一顷豆，可以没余齿[⑨]。千钟曲与糟[⑩]，百城经若史[⑪]。结庐甑箪峰，系艇车台水[⑫]。至理本无非，从心即为是[⑬]。岂不爱热官，思之烂熟尔[⑭]。

上海古籍出版社版钱伯城《袁宏道集笺校》卷三

①诗作于万历二十三年（1595）吴县令任上。其中抒发做官大违其志趣的苦恼。作者致沈凤翔书曰：“人生作吏甚苦，而作令为尤苦，若作吴令则其苦万万倍，直牛马不若矣。何哉？上官如云，过客如雨，簿书如山，钱谷如海，朝夕趋承检点，尚恐不及，苦哉，苦哉！”斋壁，江苏吴县衙署书斋之壁。

②刀笔吏：指主办文案的官吏。古代记事最早用刀刻于龟甲或竹木简上，有笔以后，又用笔写在简帛上，故刀笔合称。

③通身：全身心。故纸：指文牍。《北齐书·韩轨传》：“朝廷处之贵要之地，必以疾辞，告人云：‘废人饮美酒、对名胜，安能作刀笔吏返披故纸乎？’”

④鞭笞（chī吃）：鞭打。这里指县衙鞭打百姓。

⑤簿领：官衙的文簿。魏刘桢《杂诗》：“沉迷簿领书，回回自昏乱。”《文选》李善注：“簿领，谓文簿而记录之。”

⑥“跪拜”句：跪拜上司时奴颜婢膝，让人羞惭。

⑦“复衣”二句：形容小官吏在炎炎夏日要穿着庄重的官服，寒冷的冬天也要奔走在霜风里。复衣，两层布做成的夹衣。此处指穿外衣。

⑧“心若”二句：描写小官吏身心的劳累，像捕鼠猫一样小心紧张，像虫蚁围着腥膻一样

团团转。膻，荤腥的气味。

⑨“南山”二句：在乡间种上一些田地，足可以养我以终生。陶渊明《归园田居》诗：“种豆南山下，草盛豆苗稀。”没余齿，指度过余生。

⑩千钟：即千盅。曲：酒曲。糟：酒滓。此处都是指酒。《晋书·刘伶传》：“先生于是……枕曲藉糟，无思无虑，其乐陶陶。”

⑪百城：《魏书·李谧传》：“丈夫拥书万卷，何假南面百城？”后因以百城书或百城喻指丰富的藏书。

⑫结庐：构筑居室。陶渊明《饮酒》诗：“结庐在人境，而无车马喧。”甑箄（zèng bēi 憎卑）峰、车台水：山名与水名，不详。

⑬至理：根本的道理。从心：任性。

⑭“岂不”二句：语见《北齐书·王昕传》：“帝欲以晞为侍中，苦辞不受。或劝晞勿自疏。晞曰：‘且性实疏缓，不堪时务，人主恩私，何由可保，万一披猖，求退无地。非不爱作热官，但思之烂熟耳。’”热官，有权势的官。烂熟，极其熟悉、熟练，或精神不振、令人沮丧。此处二意兼有。

虎丘[1]

虎丘去城可七八里[2]，其山无高岩邃壑[3]，独以近城故，箫鼓楼船[4]，无日无之。凡月之夜，花之晨，雪之夕，游人往来，纷错如织[5]，而中秋为尤胜。

每至是日，倾城阖户[6]，连臂而至。衣冠士女[7]，下迨蔀屋[8]，莫不靓妆丽服[9]，重茵累席[10]，置酒交衢间[11]。从千人石上至山门[12]，栉比如鳞[13]，檀板丘积[14]，樽罍云泻[15]。远而望之，如雁落平沙，霞铺江上，雷辊电霍[16]，无得而状[17]。

布席之初[18]，唱者千百，声若聚蚊，不可辨识。分曹部署[19]，竞以歌喉相斗，雅俗既陈，妍媸自别[20]。未几而摇头顿足者[21]，得数十人而已。已而明月浮空，石光如练[22]，一切瓦釜[23]，寂然停声，属而和者[24]，才三四辈。一箫，一寸管，一人缓板而歌[25]，竹肉相发[26]，清声亮彻，听者魂销。比至夜深，月影横斜，荇藻凌乱[27]，则箫板亦不复用。一夫登场，四座屏息，音若细发，响彻云际，每度一字[28]，几尽一刻[29]，飞鸟为之徘徊，壮士听而下泪矣。

剑泉深不可测[30]，飞岩如削。千顷云得天池诸山作案[31]，峦壑竞秀[32]，最可觞客[33]。但过午则日光射人，不堪久坐耳。文昌阁亦佳[34]，晚树尤可观。面北为平远堂旧址[35]，空旷无际，仅虞山一点在望[36]。堂废已久，余与江进之谋所以复之[37]，欲祠韦苏州、白乐天诸公于其中[38]；而病寻作[39]，余既乞归，恐进之兴亦阑矣[40]。山川兴废，信有时哉！

吏吴两载，登虎丘者六。最后与江进之、方子公同登[41]，迟月生公石上[42]，歌者闻令来[43]，皆避匿去。余因谓进之曰：“甚矣，乌纱之横[44]，皂隶之俗哉[45]！他日去官，有不听曲此石上者如月[46]。”今余幸得解官，称“吴客”矣，虎丘之月，不知尚识余言否耶？

上海古籍出版社版钱伯城《袁宏道集笺校》卷四

①万历二十三年（1595）作者曾任吴县令，这期间六次游览虎丘。万历二十四年（1596），解职离吴前，留恋虎丘胜景，写下这篇描写吴中民俗的散文。虎丘，苏州名胜之一。相传春秋时吴王阖闾葬在这里，三日有虎来踞其上，故名。

②可：约。

③邃壑：幽深的山谷。

④箫鼓楼船：配有音乐弹唱的游船。

⑤纷错如织：形容游人很多，杂乱纷扰。纷错，杂乱。

⑥阖户：指全家。阖，通“合”。

⑦衣冠士女：指上层社会的男男女女。

⑧迨：至、到。蔀（bù部）屋：草席盖顶的屋子，指贫者之居，此处代指穷人。

⑨靓（jìng敬）妆：化妆。

⑩重茵累席：游人席地而坐，铺着一层又一层席褥。茵，席子，垫子。

⑪交衢：四通八达的大路。

⑫千人石：虎丘山中一块大磐石。传说唐代高僧生公在此说法，石上坐千人听讲，故称。

⑬栉比如鳞：即鳞次栉比，像鱼鳞梳齿一样紧密排列。

⑭檀板：唱歌时伴奏用的拍板，用檀木制成。丘积：堆积如小土丘。

⑮樽罍（léi雷）：酒杯与酒壶。云泻：像云雾一样倾泻。

⑯雷辊（gǔn滚）：雷鸣。辊，车轮声。电霍：闪电的光亮。

⑰无得而状：不能加以描述。

⑱布席：安排座位。

⑲分曹部署：分批安排演出。

⑳妍媸（chī吃）：美丑。此处指优劣。

㉑摇头顿足：形容歌者按节拍点头顿足。

㉒练：洁白的绢纱。

㉓瓦釜：比喻粗俗的音乐。《楚辞·卜居》：“黄钟（高雅的乐声）毁弃，瓦釜雷鸣。”

㉔属（zhǔ主）：跟着。

㉕缓板：慢慢地击着歌板。

㉖竹肉：管乐声和歌唱声。语见《晋书·孟嘉传》：“丝（弦）不如竹（箫），竹不如肉（歌喉）。”

㉗荇（xìng杏）藻：水草。此处形容月下的树影。苏轼《记承天寺夜游》：“庭下如积水空明，水中藻荇交横，盖竹柏影也。”

㉘度：按谱歌唱。

㉙几尽一刻：形容歌声的曼妙悠长。

㉚剑泉：又名剑池，在千人石北。传说为吴王洗剑之处。

㉛千顷云：山名，在虎丘山上。天池：又叫华山，在苏州城西六十里。案：几案。

㉜峦壑竞秀：山峰和峡谷逞奇斗秀。

㉝最可觞客：言如此美景最适合邀客饮酒共赏。觞，原指酒杯，这里指请客饮酒。

㉞文昌阁：供奉主持文运的星神。文昌星共六星，传说第四星即大熊星座中的小星，主文运。

㉟平远堂：古迹名，初建于宋代，取“平林远野”之意，元代改建。

㊱虞山：在江苏常熟西北。

㊲江进之：江盈科，字进之，湖南桃源人，公安派作家。万历二十年（1592）进士，时任长洲知县，与吴县相邻。

㊳祠：祭祀，供奉。韦苏州、白乐天：唐代诗人韦应物、白居易，他们均曾任苏州刺史。

㊴寻：不久。

㊵阑：尽，消失。

㊶方子公：方文僎，字子公，新安（今安徽歙县）人，为袁宏道文友。
㊷迟月：等待月亮出来。生公石：在千人石北，曾为生公讲坛。
㊸令：县令，作者自称。
㊹乌纱：古代官员的帽子用黑纱绸制成。横：蛮横。
㊺皂隶：衙门差役，着黑衣，故称。皂，黑色。
㊻如月：有月为证。

二五

钟　惺

钟惺（1574—1624），字伯敬，竟陵（今湖北天门）人。万历三十八年（1610）进士，授行人司行人，迁工部主事，改南京礼部主事，进郎中。天启初年（1621），升任福建提学签事，以丁父忧归，卒于家。他在前后七子和公安派之后，想矫正复古派的肤熟格套和公安派的俚俗莽荡，另辟"幽深孤峭"之径。为此和同邑谭元春编选《诗归》五十一卷，风行明末三十年间。其诗文流于冷僻晦涩，文气支离，词句险怪，当时称"钟谭体"或"竟陵体"。作为一时文坛名流，诗文也有一些佳作。著有《隐秀轩集》。

浣花溪记①

出成都南门，左为万里桥②。西折，纤秀长曲，所见如连环，如玦如带③，如规如钩④；色如鉴⑤，如琅玕⑥，如绿沉瓜⑦，窈然深碧⑧，潆回城下者⑨，皆浣花溪委也⑩。然必至草堂而后浣花有专名⑪，则以少陵浣花居在焉耳⑫。

行三四里，为青羊宫⑬。溪时远时近，竹柏苍然，隔岸阴森者尽溪⑭，平望如荠⑮，水木清华⑯，神肤洞达⑰。自宫以西，流汇而桥者三，相距各不半里。舁夫云，通灌县⑱，或所云"江从灌口来"是也⑲。

人家住溪左，则溪蔽不时见，稍断，则复见溪，如是者数处。缚柴编竹，颇有次第⑳。

桥尽，一亭树道左㉑，署曰"缘江路"。过此则武侯祠㉒，祠前跨溪为板桥一，覆以水槛㉓，乃睹"浣花溪"题榜㉔。过桥，一小洲横斜插水间如梭。溪周之㉕，非桥不通。置亭其上，题曰"百花潭水"。由此亭还，度桥，过梵安寺㉖，始为杜工部祠㉗。像颇清古㉘，不必求肖㉙，想当尔尔㉚。石刻像一，附以本传㉛，何仁仲别驾署华阳时所为也㉜。碑皆不堪读。

钟子曰：杜老二居㉝，浣花清远，东屯险奥㉞，各不相袭。严公不死㉟，浣溪可老㊱，患难之于友朋大矣哉！然天遣此翁增夔门一段奇耳㊲。穷愁奔走，犹能择胜㊳，胸中暇整㊴，可以应世。如孔子微服主司城贞子时也㊵。

时万历辛亥十月十七日㊶，出城欲雨，顷之霁㊷。使客游者㊸，多由监司郡邑招饮㊹，冠盖稠浊㊺，磬折喧溢㊻，迫暮趣归㊼。是日清晨，偶然独往。楚人钟惺记㊽。

上海古籍出版社版李光耕、崔重庆点校《隐秀轩集》卷二〇

①浣花溪：在四川成都西南郊区，又名百花潭。此文沿溪绘景，移步换形，杜工部祠摇曳而出；又由杜甫生发感慨，僻景曲境与幽人寂怀浑然一体。

②万里桥：在成都南锦江上。《元和郡县图志》："蜀使费祎聘吴，诸葛祖（饯）之。祎叹曰：'万里之路，始于此行。'"因名。杜甫诗中多次提及，如《狂夫》："万里桥西一草堂，百

花潭水即沧浪。”

③玦（jué 决）：环形有缺口的佩玉。

④规：圆形。

⑤鉴：镜子。

⑥琅玕（láng gān 郎干）：美石，似玉，呈青绿色。

⑦绿沉瓜：一种颜色深绿的瓜。

⑧窈然：幽深的样子。

⑨潆回：水流回旋曲折。

⑩委：水流汇聚处。

⑪草堂：指杜甫旧居浣花溪草堂。

⑫“则以少陵”句：因为杜甫的居所在浣花溪。

⑬青羊宫：又名青羊观，道观名。传说老子与尹喜作别时，相约说：“千日后寻我于成都青羊肆。”（见《寰宇记》）

⑭尽溪：到溪尽头。

⑮荠（jì 计）：荠菜。此句形容草木丛生。

⑯水木清华：即水清木华。华，繁茂。

⑰神肤洞达：身心都感通达清爽。

⑱舁（yú 余）夫：轿夫。灌县：四川灌县，古代为灌口镇。

⑲江从灌口来：杜甫《野望因过常少仙》中的诗句。江，指锦江。锦江是岷江的支流，从灌口流来，流经成都城南。浣花溪又是锦江的支流，故如此说。

⑳次第：次序。

㉑树：建立。

㉒武侯祠：诸葛亮祠。因其生前为武乡侯，故称。

㉓水槛（jiàn 见）：临水的栏杆。

㉔榜：木牌。

㉕溪周之：溪水环绕着小洲。

㉖梵安寺：本名浣花寺，宋改称梵安寺，因与杜甫草堂相近，俗称草堂寺。

㉗杜工部祠：宋人吕大防就杜甫草堂故址建祠，因杜甫曾任工部员外郎，称杜工部祠。

㉘清古：清瘦古朴。

㉙肖：像。

㉚想当尔尔：谓想象中的杜甫大概是这个样子。尔尔，如此。

㉛本传：指《唐书》的《杜甫传》。

㉜别驾：官名，“别驾从事”的简称，唐以前为刺史的佐吏。宋代于诸州置通判，类别驾之职，后因称通判为别驾。署：代理。华阳：今四川华阳县。

㉝二居：两处居所。

㉞东屯：在四川夔州（今奉节县）东白帝城附近。《舆地纪胜》：“西汉末，公孙述于东瀼水滨垦稻田，因号东屯。”唐代宗大历元年（766），杜甫滞留夔州，次年由瀼西移居东屯，住到第二年离开夔州时，其间有《东屯北崦》、《东屯月夜》等诗。东屯一带山川阻塞，比较荒僻，所以说“东屯险奥”。

㉟严公：指严武。杜甫漂泊四川，依镇守成都的严武，在浣花溪构筑草堂，安居了几年。代宗永泰元年（765）四月，严武死，杜甫离开成都，准备出川。

㊱可老：可以终老。

㊲“然天遣此翁”句：但天意让此翁经历夔门一段不平凡的经历，并写下了不平凡的作品。

㊳择胜：选择名胜地居住。

㊴暇整：即“好整以暇”，形容遇事从容不迫。《左传·成公十六年》：“日臣之使于楚也，子重问晋国之勇，臣对曰：‘好以众整。’曰：‘又何如?’臣对曰：‘好以暇。’”

㊵“如孔子”句：孔子至宋国，宋司马桓魋欲杀他。弟子让他快逃走，孔子说：“天生德于予，桓魋其如予何?”孔子到了郑国，郑人形容他“若丧家之狗”，他不介意。到了陈国，住大夫司城贞子家。事见《史记·孔子世家》。

㊶万历辛亥：万历三十九年（1611）。

㊷顷之霁（jì济）：一会儿天晴了。霁，天放晴。

㊸使客：朝廷派的使臣。

㊹监司：监察州郡的官。郡邑：郡县的地方官。

㊺冠盖：冠服和车盖。稠浊：繁乱，汇聚。

㊻磬折：鞠躬作揖，弯腰如磬之背。喧溢：喧嚣声四处洋溢。

㊼趣：同“促”，急速。

㊽楚人：竟陵战国时为楚地，因此钟惺自称楚人。

二六

吴承恩

《西游记》小说是据元末《西游记》平话再创作而成，初刊于明万历年间，无作者署名。清人吴玉《山阳志选》推定作者为吴承恩，近世鲁迅、胡适等人认定其说。有学者提出质疑，然亦无确凿证据推翻其说。

吴承恩（1507—1582），字汝忠，号射阳山人，淮安山阳（今江苏淮安市）人。早年科举屡试不第，四十多岁始补岁贡生，选授长兴县丞，因与长官不和，拂袖辞归。后补荆工府纪善。晚年以诗酒自娱，终老于家。有《射阳先生存稿》四卷。

西游记·尸魔三戏唐三藏　圣僧恨逐美猴王[①]

却说三藏师徒，次日天明，收拾前进。那镇元子与行者结为兄弟，两人情投意合，决不肯放；又安排管待，一连住了五六日。那长老自服了草还丹[②]，真是脱胎换骨，神爽体健。他取经心重，那里肯淹留，无已，遂行。

师徒别了上路，早见一座高山。三藏道："徒弟，前面有山险峻，恐马不能前，大家须仔细仔细。"行者道："师父放心，我等自然理会。"好猴王，他在马前，横担着棒，剖开山路，上了高崖。看不尽：

> 峰岩重迭，涧壑湾环。虎狼成阵走，麂鹿作群行。无数獐豝钻簇簇[③]，满山狐兔聚丛丛。千尺大蟒，万丈长蛇。大蟒喷愁雾，长蛇吐怪风。道旁荆棘牵漫[④]，岭上松楠秀丽。薜萝满目，芳草连天。影落沧溟北，云开斗柄南。万寻古含元气老，千峰巍列日光寒。

那长老马上心惊，孙大圣布施手段，舞着铁棒，哮吼一声，唬得那狼虫颠窜，虎豹奔逃。师徒们入此山，正行到嵯峨之处[⑤]，三藏道："悟空，我这一日，肚中饥了，你去那里化些斋吃。"行者陪笑道："师父好不聪明。这等半山之中，前不巴村[⑥]，后不着店，有钱也没买处，教往那里寻斋？"三藏心中不快，口里骂道："你这猴子！想你在两界山，被如来压在石匣之内，口能言，足不能行；也亏我救你性命，摩顶受戒[⑦]，做了我的徒弟。怎么不肯努力，常怀懒惰之心！"行者道："弟子亦颇殷勤，何尝懒惰？"三藏道："你既殷勤，何不化斋我吃？我肚饥怎行？况此地山岚瘴气，怎么得上雷音[⑧]？"行者道："师父休怪，少要言语。我知你尊性高傲，十分违慢了你，便要念那话儿咒。你下马稳坐，等我寻那里有人家处化斋去。"

行者将身一纵，跳上云端里，手搭凉篷，睁眼观看，可怜西方路甚是寂寞，更无庄堡人家；正是多逢树木，少见人烟去处。看多时，只见正南上有一座高山。那山向阳处，有一片鲜红的点子。行者按下云头道："师父，有吃的了。"那长老问甚东西。行者道："这里没人家化饭，那南山有一片红的，想必是熟透了的山桃，我去摘几个来你充饥。"三藏喜道："出家人若有桃子吃，就为上分了！快去。”行者取了钵盂，纵起祥光，你看他觔斗幌幌[9]，冷气飕飕，须臾间，奔南山摘桃不题。

却说常言有云：“山高必有怪，岭峻却生精。”果然这山上有一个妖精。孙大圣去时，惊动那怪。他在云端里，踏着阴风，看见长老坐在地下，就不胜欢喜道：“造化！造化！几年家人都讲东土的唐和尚取‘大乘’[10]，他本是金蝉子化身，十世修行的原体。有人吃他一块肉，长寿长生。真个今日到了。”那妖精上前就要拿他，只见长老左右手下有两员大将护持，不敢拢身。他说两员大将是谁？说是八戒、沙僧。八戒、沙僧，虽没甚么大本事，然八戒是天蓬元帅，沙僧是卷帘大将。他的威气尚不曾泄，故不敢拢身，妖精说：“等我且戏他戏，看怎么说。”

好妖精，停下阴风，在那山凹里，摇身一变，变做个月貌花容的女儿，说不尽那眉清目秀，齿白唇红，左手提着一个青砂罐儿，右手提着一个绿磁瓶儿，从西向东，径奔唐僧：

> 圣僧歇马在山岩，忽见裙钗女近前。翠袖轻摇笼玉笋[11]，湘裙斜拽显金莲。汗流粉面花含露，尘拂蛾眉柳带烟。仔细定睛观看处，看着行至到身边。

三藏见了，叫：“八戒，沙僧，悟空才说这里旷野无人，你看那里不走出一个人来了？”八戒道：“师父，你与沙僧坐着，等老猪去看看来。”那呆子放下钉钯，整整直裰，摆摆摇摇，充作个斯文气象，一直的觌面相迎[12]。真个是远看未实，近看分明。那女子生得：

> 冰肌藏玉骨，衫领露酥胸。柳眉积翠黛，杏眼闪银星。月样容仪俏，天然性格清。体似燕藏柳，声如莺啭林。半放海棠笼晓日，才开芍药弄春情。

那八戒见他生得俊俏，呆子就动了凡心，忍不住胡言乱语。叫道：“女菩萨，往那里去？手里提着是甚么东西？”——分明是个妖怪，他却不能认得。——那女子连声答应道：“长老，我这青罐里是香米饭，绿瓶里是炒面筋。特来此处无他故，因还誓愿要斋僧。”八戒闻言，满心欢喜，急抽身，就跑了个猪颠风[13]，报与三藏道：“师父！‘吉人自有天报！’师父饿了，教师兄去化斋，那猴子不知那里摘桃儿耍子去了。桃子吃多了，也有些嘈人，又有些下坠。你看那不是个斋僧的来了？”唐僧不信道：“你这个夯货胡缠！我们走了这向[14]，好人也不曾遇着一个，斋僧的从何而来！”八戒道：“师父，这不到了？”

三藏一见，连忙跳起身来，合掌当胸道：“女菩萨，你府上在何处住？是甚人家？有甚愿心，来此斋僧？”——分明是个妖精，那长老也不认得。——那妖精见唐僧问他来历，他立地就起个虚情，花言巧语，来赚哄道：“师父，此山叫做蛇回兽怕的白虎岭。正西下面是我家。我父母在堂，看经好善，广斋方上远近僧人[15]；只因无子，求神作福；生了奴奴，欲扳门第，配嫁他人，又恐老来无倚，只得将奴招了一个女婿，养老送终。”三藏闻言道：“女菩萨，你语言差了。圣经云：‘父母在，不远游；游必有方。’[16]你既有父母在堂，又与你招了女婿，——有愿心，教你男子还，便也罢，怎么自家在山中行走？又没个侍儿随从。这个是不遵妇道了。”那女子笑吟吟，忙陪俏语道：“师父，我丈夫在山北凹里，带几个客子锄田[17]。这是奴奴煮的午饭，送与那些人吃的。只为五黄六月，无人使唤，父母又年老，所以亲身来送。忽遇三位远来，却思父母好善，故将此饭斋僧。如不弃嫌，愿表芹献[18]。”三藏道：“善哉！善哉！我有徒弟摘果子去了，就来，我不敢吃；假如我和尚吃了你饭，你丈夫晓得，骂你，却不罪坐贫僧也？”那女子见唐僧不肯吃，却又满面春生道：“师父啊，我父母斋僧，还是小可；我丈夫更是个善人，一生好的是修桥补路，爱老怜贫。但听见说这饭送与师父吃了，他与我夫妻情上，比寻常更是不同。”三藏也只是不吃。旁边子恼坏了八戒。那呆子努着嘴，口里埋怨道：“天下和尚也无数，不曾像我这个老和尚罢软[19]！现成的饭，三分儿，倒不吃，只等那猴子来，做四分才吃！”他不容分说，一嘴把个罐子拱倒，就要动口。

只见那行者自南山顶上，摘了几个桃子，托着钵盂，一筋斗，点将回来；睁火眼金睛观看，认得那女子是个妖精，放下钵盂，掣铁棒，当头就打。唬得个长老用手扯住道："悟空！你走将来打谁？"行者道："师父，你面前这个女子，莫当做个好人；他是个妖精，要来骗你哩。"三藏道："你这个猴头，当时倒也有些眼力，今日如何乱道！这女菩萨有此善心，将这饭要斋我等，你怎么说他是个妖精？"行者笑道："师父，你那里认得。老孙在水帘洞内做妖魔时，若想人肉吃，便是这等：或变金银，或变庄台[20]，或变醉人，或变女色。有那等痴心的，爱上我，我就迷他到洞内，尽意随心，或蒸或煮受用；吃不了，还要晒干了防天阴哩！师父，我若来迟，你定入他套子，遭他毒手！"那唐僧那里肯信，只说是个好人。行者道："师父，我知道你了。你见他那等容貌，必然动了凡心。若果有此意，叫八戒伐几棵树来，沙僧寻些草来，我做木匠，就在这里搭个窝铺，你与他圆房成事，我们大家散了，却不是件事业？何必又跋涉，取甚经去！"那长老原是个软善的人，那里吃得他这句言语，羞得光头彻耳通红。

三藏正在此羞惭，行者又发起性来，掣铁棒，望妖精劈脸一下。那怪物有些手段，使个"解尸法"，见行者棍子来时，他却抖擞精神，预先走了，把一个假尸首打死在地下。唬得个长老战战兢兢，口中作念道："这猴着然无礼！屡劝不从，无故伤人性命！"行者道："师父莫怪，你且来看看这罐子里是甚东西。"沙僧搀着长老，近前看时，那里是甚香米饭，却是一罐子拖尾巴的长蛆；也不是面筋，却是几个青蛙、癞虾蟆，满地乱跳。长老才有三分儿信了。怎禁猪八戒气不忿，在旁漏八分儿唆嘴道："师父，说起这个女子，他是此间农妇，因为送饭下田，路遇我等，却怎么栽他是个妖怪？哥哥的棍重，走将来试手打他一下，不期就打杀了；怕你念甚么'紧箍儿咒'，故意的使个障眼法儿，变做这等样东西，演幌你眼，使不念咒哩。"

三藏自此一言，就是晦气到了：果然信那呆子撺唆[21]，手中捻诀，口里念咒。行者就叫："头疼！头疼！莫念！莫念！有话便说。"唐僧道："有甚话说！出家人时时常要方便，念念不离善心，扫地恐伤蝼蚁命，爱惜飞蛾纱罩灯。你怎么步步行凶！打死这个无故平人，取将经来何用？你回去罢！"行者道："师父，你教我回那里去？"唐僧道："我不要你做徒弟。"行者道："你不要我做徒弟，只怕你西天路去不成。"唐僧道："我命在天，该那个妖精蒸了吃，就是煮了，也算不过。终不然，你救得我的大限[22]？你快回去！"行者道："师父，我回去便也罢了，只是不曾报得你的恩哩。"唐僧道："我与你有甚恩？"那大圣闻言，连忙跪下叩头道："老孙因大闹天宫，致下了伤身之难，被我佛压在两界山；幸观音菩萨与我受了戒行，幸师父救脱吾身；若不与你同上西天，显得我'知恩不报非君子，万古千秋作骂名。'"原来这唐僧是个慈悯的圣僧。他见行者哀告，却也回心转意道："既如此说，且饶你这一次，再休无礼。如若仍前作恶，这咒语颠倒就念二十遍！"行者道："三十遍也由你，只是我不打人了。"却才伏侍唐僧上马，又将摘来桃子奉上。唐僧在马上也吃了几个，权且充饥。

却说那妖精，脱命升空。原来行者那一棒不曾打杀妖精，妖精出神去了。他在那云端里，咬牙切齿，暗恨行者道："几年只闻得讲他手段，今日果然话不虚传。那唐僧已是不认得我[23]，将要吃饭。若低头闻一闻儿，我就一把捞住，却不是我的人了。不期被他走来，弄破我这勾当，又几乎被他打了一棒。若饶了这个和尚，诚然是劳而无功也。我还下去戏他一戏。"

好妖精，按落阴云，在那前山坡下，摇身一变，变作个老妇人，年满八旬，手拄着一根弯头竹杖，一步一声的哭着走来。八戒见了，大惊道："师父！不好了！那妈妈儿来寻人了！"唐僧道："寻甚人？"八戒道："师兄打杀的，定是他女儿。这个定是他娘寻将来了。"行者道："兄弟莫要胡说！那女子十八岁，这老妇有八十岁，怎么六十多岁还生产？断乎是个假的，等老孙去看来。”好行者，拽开步，走近前观看，那怪物：

> 假变一婆婆，两鬓如冰雪。走路慢腾腾，行步虚怯怯。弱体瘦伶仃，脸如枯菜叶。颧骨望上翘，嘴唇往下别。老年不比少年时，满脸都是荷叶摺。

行者认得他是妖精，更不理论，举棒照头便打。那怪见棍子起时，依然抖擞，又出化了元神，脱真儿去了；把个假尸首又打死在路旁之下。唐僧一见，惊下马来，睡在路旁，更无二话，只是把“紧箍儿咒”颠倒足足念了二十遍。可怜把个行者头，勒得似个亚腰儿葫芦[24]，十分疼痛难忍，滚将来哀告道：“师父莫念了！有甚话说了罢！”唐僧道：“有甚话说！出家人耳听善言，不堕地狱。我这般劝化你，你怎么只是行凶？把平人打死一个，又打死一个，此是何说？”行者道：“他是妖精。”唐僧道：“这个猴子胡说！就有这许多妖怪！你是个无心向善之辈，有意作恶之人，你去罢！”行者道：“师父又教我去？回去便也回去了，只是一件不相应。”唐僧道：“你有甚么不相应处？”八戒道：“师父，他要和你分行李哩。跟着你做了这几年和尚，不成空着手回去？你把那包袱内的甚么旧褊衫[25]，破帽子，分两件与他罢。”

行者闻言，气得暴跳道：“我把你这个尖嘴的夯货！老孙一向秉教沙门，更无一毫嫉妒之意，贪恋之心，怎么要分甚么行李？”唐僧道：“你既不嫉妒贪恋，如何不去？”行者道：“实不瞒师父说，老孙五百年前，居花果山水帘洞大展英雄之际，收降七十二洞邪魔，手下有四万七千群怪，头戴的是紫金冠，身穿的是赭黄袍，腰系的是蓝田带[26]，足踏的是步云履，手执的是如意金箍棒：着实也曾为人。自从涅槃罪度[27]，削发秉正沙门，跟你做了徒弟，把这个‘金箍儿’勒在我头上，若回去，却也难见故乡人。师父果若不要我，把那个‘松箍儿咒’念一念，退下这个箍子，交付与你，套在别人头上，我就快活相应了。也是跟你一场。莫不成这些人意儿也没有了？”唐僧大惊道：“悟空，我当时只是菩萨暗受一卷‘紧箍儿咒’，却没有甚么‘松箍儿咒’。”行者道：“若无‘松箍儿咒’，你还带我去走走罢。”长老又没奈何道：“你且起来，我再饶你这一次，却不可再行凶了。”行者道：“再不敢了。再不敢了。”又伏侍师父上马，剖路前进。

却说那妖精，原来行者第二棍也不曾打杀他。那怪物在半空中，夸奖不尽道：“好个猴王，着然有眼！我那般变了去，他也还认得我。这些和尚，他去得快，若过此山，西下四十里，就不伏我所管了。若是被别处妖魔捞了去，好道就笑破他人口，使碎自家心。我还下去戏他一戏。”好妖精，按耸阴风，在山坡下摇身一变，变做一个老公公，真个是：

> 白发如彭祖，苍髯赛寿星。耳中鸣玉磬，眼里幌金星。手拄龙头拐，身穿鹤氅轻。数珠掐在手，口诵南无经。

唐僧在马上见了，心中欢喜道：“阿弥陀佛！西方真是福地！那公公路也走不上来，逼法的还念经哩。”八戒道：“师父，你且莫要夸奖。那个是祸的根哩。”唐僧道：“怎么是祸根？”八戒道：“师兄打杀他的女儿，又打杀他的婆子，这个正是他的老儿寻将来了。我们若撞在他的怀里呵，师父，你便偿命，该个死罪；把老猪为从，问个充军；沙僧喝令，问个摆站[28]；那师兄使个遁法走了，却不苦了我们三个顶缸？”

行者听见道：“这个呆根，这等胡说，可不唬了师父？等老孙再去看看。”他把棍藏在身边，走上前，迎着怪物，叫声：“老官儿，往那里去？怎么又走路，又念经？”那妖精错认了定盘星[29]，把孙大圣也当做个等闲的，遂答道：“长老啊，我老汉祖居此地，一生好善斋僧，看经念佛。命里无儿，止生得一个小女，招了个女婿。今早送饭下田，想是遭逢虎口。老妻先来找寻，也不见回去。全然不知下落，老汉特来寻看。果然是伤残他命，也没奈何，将他骸骨收拾回去，安葬茔中。”行者笑道：“我是个做婴虎[30]的祖宗，你怎么袖子里笼了个鬼儿来哄我？你瞒了诸人，瞒不过我！我认得你是个妖精！”那妖精唬得顿口无言。行者掣出棒来，自忖思道：“若要不打他，显得他倒弄个风儿；若要打他，又怕师父念那话儿咒语。”又思量道：“不打杀他，他一时间抄空儿把师父捞了去，却不又费心劳力去救他？……还打的是！就一棍子打杀他，师父念起那咒，常言道：‘虎毒不吃儿。’凭着我巧言花语，嘴伶舌便，哄他一哄，好道也罢了。”好大圣，念动咒语，叫当坊土地、本处山神道：“这妖精三番来戏弄我师父，这一番却要打杀他。你与我在半空中作证，不许走了。”众神听令，谁敢不从，都在云端里照应。那大圣棍起处，打倒妖魔，才断绝了灵光。

那唐僧在马上，又唬得战战兢兢，口不能言。八戒在旁边又笑道：“好行者！风发了[31]！只行了半日路，倒打死三个人！”唐僧正要念咒，行者急到马前，叫道：“师父，莫念！莫念！你且来看看他的模样。”却是一堆粉骷髅在那里。唐僧大惊道：“悟空，这个人才死了，怎么就化作一堆骷髅？”行者道：“他是个潜灵作怪的僵尸，在此迷人败本；被我打杀，他就现了本相。他那脊梁上有一行字，叫做‘白骨夫人’。”唐僧闻说，倒也信了；怎禁那八戒旁边唆嘴道：“师父，他的手重棍凶，把人打死，只怕你念那话儿，故意变化这个模样，掩你的眼目哩！”唐僧果然耳软，又信了他，随复念起。行者禁不得疼痛，跪于路旁，只叫：“莫念！莫念！有话快说了罢！”唐僧道：“猴头！还有甚说话！出家人行善，如春园之草，不见其长，日有所增；行恶之人，如磨刀之石，不见其损，日有所亏。你在这荒郊野外，一连打死三人，还是无人检举，没有对头；倘到城市之中，人烟凑集之所，你拿了那哭丧棒，一时不知好歹，乱打起人来，撞出大祸，教我怎的脱身？你回去罢！”行者道：“师父错怪了我也。这厮分明是个妖魔，他实有心害你。我倒打死他，替你除了害，你却不认得，反信了那呆子谗言冷语，屡次逐我。常言道：‘事不过三。’我若不去，真是个下流无耻之徒。我去！我去！——去便去了，只是你手下无人。”唐僧发怒道：“这泼猴越发无礼！看起来，只你是人，那悟能、悟净，就不是人？”

那大圣一闻得说他两个是人，止不住伤情凄惨，对唐僧道声：“苦啊！你那时节，出了长安，有刘伯钦送你上路；到两界山，救我出来，投拜你为师，我曾穿古洞，入深林，擒魔捉怪，收八戒，得沙僧，吃尽千辛万苦；今日昧着惺惺使糊涂，只教我回去：这才是‘鸟尽弓藏，兔死狗烹’！——罢！罢！罢！但只是多了那‘紧箍儿咒’。”唐僧道：“我再不念了。”行者道：“这个难说：若到那毒魔苦难处不得脱身，八戒、沙僧救不得你，那时节，想起我来，忍不住又念诵起来，就是十万里路，我的头也是疼的；假如再来见你，不如不作此意。”

唐僧见他言言语语，越添恼怒，滚鞍下马来，叫沙僧包袱内取出纸笔，即于涧下取水，石上磨墨，写了一纸贬书，递于行者道：“猴头！执此为照！再不要你做徒弟了！如再与你相见，我就堕了阿鼻地狱！”行者连忙接了贬书道：“师父，不消发誓，老孙去罢。”他将书摺了，留在袖内，却又软款唐僧道[32]：“师父，我也是跟你一场，又蒙菩萨指教；今日半涂而废，不曾成得功果，你请坐，受我一拜，我也去得放心。”唐僧转身不睬，口里唧唧哝哝的道：“我是个好和尚，不受你歹人的礼！”大圣见他不睬，又使个身外法，把脑后毫毛拔了三根，吹口仙气，叫：“变！”即变了三个行者，连本身四个，四面围住师父下拜。那长老左右躲不脱，好道也受了一拜。

大圣跳起来，把身一抖，收上毫毛，却又吩咐沙僧道：“贤弟，你是个好人，却只要留心防着八戒詀言詀语[33]，途中更要仔细。倘一时有妖精拿住师父，你就说老孙是他大徒弟：西方毛怪，闻我的手段，不敢伤我师父。”唐僧道：“我是个好和尚，不题你这歹人的名字。你回去罢。”那大圣见长老三番两复，不肯转意回心，没奈何才去。你看他：

噙泪叩头辞长老，含悲留意嘱沙僧。一头拭进坡前草[34]，两脚蹬翻地上藤。上天下地如轮转，跨海飞山第一能。顷刻之间不见影，霎时疾返旧途程。

你看他忍气别了师父，纵筋斗云，径回花果山水帘洞去了。独自个凄凄惨惨，忽闻得水声聒耳。大圣在那半空里看时，原来是东洋大海潮发的声响。一见了，又想起唐僧，止不住腮边泪坠，停云住步，良久方去。

人民文学出版社中国古典文学读本丛书《西游记》

①《西游记》叙写的是唐僧西天取经故事。它原本是佛家自炫其教的，但在宋元时期流传中，取经主角由三藏法师逐渐转变为猴精孙悟空，神魔斗法的趣味性冲淡了弘扬佛法的旨意。百回本小说《西游记》，以热情洋溢的笔调扩写了孙悟空的出世和大闹天宫的情节，取经路上与妖魔斗法的“八十一难”，也注入了世俗的内容和揶揄神佛的细节，弘佛的原旨基本未变，内里却闪现出离经叛道的人文主义光芒。这里选的是第二十七回。这段孙悟空三打白骨精而被逐的情节，显示出虔诚佛徒及其所持的教义的迂阔、愚昧。

②草还丹：即前回书中所写的人参果。

③獐犯（zhāng bā 章巴）：獐子和野猪。

④牵漫：应作“牵蔓”，荆棘枝蔓交叉连接。

⑤嵯峨（cuó é 矬鹅）：山势高峻。

⑥巴：靠近。

⑦摩顶：佛教受戒的仪规。

⑧雷音：本指佛教传经说法的声音。此指西天雷音寺。

⑨觔斗：亦作“筋斗”。

⑩大乘：佛教教派，强调利他，普度众生。这里是指大乘佛经。

⑪玉笋：指女子的手。下句“金莲”指女人的脚。

⑫觌（dí 迪）面：见面、当面。

⑬猪颠风：猪发疯似的狂窜，形容兴奋地疾跑。

⑭向：疑应作“晌”，犹说半天时间。

⑮广斋：广泛施舍饮食。方上：犹方外，尘世之外，指佛地、仙境。

⑯圣经：指《论语》，下面引文见《论语·里仁篇》。

⑰客子：这里是雇工的意思。

⑱芹献：赠送礼物的谦词。

⑲罴（pí 疲）软：庸弱，做事无主见。

⑳庄台：不知是何物。疑为庄田或妆台之误。

㉑撺唆：怂恿、挑唆。

㉒大限：这里指寿期、死期。

㉓不认得我：意思是没有认出我是妖魔。

㉔亚腰儿葫芦：形容中间细、两头粗的形状。

㉕褊（pián 偏）衫：僧服，开脊接领，斜披在左肩上。

㉖蓝田带：玉带。陕西蓝田产美玉，故名。

㉗涅槃：佛教语，又译作“灭度”、“圆寂”，意为超越尘世诸苦的境界，后作为死亡的美称。

㉘摆站：古代流放罪人到指定的地方服劳役。

㉙定盘星：旧式戥子或秤上的第一星，重量为零。通常用以比喻正确的标准。

㉚䝟（qiā 掐）虎：吓人的怪物。

㉛风发了：即发疯了。

㉜软款：柔和。这里用作动词，“软化”的意思。

㉝谵（zhān 沾）言谵语：胡言乱语。

㉞拭：口语，“擦过”的意思。

二七

冯梦龙

冯梦龙（1574—1646），字犹龙，别号龙子犹、墨憨斋主人、姑苏词奴等，长洲（今江苏苏州）人。早年屡试不中，直到崇祯三年（1630）才考取贡生，任丹徒县训导。崇祯七年（1634）擢福建寿宁县知县，政简刑清，《寿宁府志》列为“循吏”。崇祯十一年（1638）离任还乡。明亡后参加过反清斗争。他搜集、整理、出版了话本小说集《喻世明言》、《警世通言》、《醒世恒言》，民歌集《挂枝儿》和《山歌》，散曲集《太霞新奏》，笔记小说《古今谭概》等，对通俗文学的保存、整理有很大的贡献。

“三言”共有白话短篇小说一百二十篇，有的是宋元话本，有的是明代拟话本，其中还有冯梦龙自己创作的小说，比较广泛地反映了市民阶层的生活和思想，艺术上代表了白话短篇小说的最高成就。

金玉奴棒打薄情郎[1]

话说故宋绍兴年间[2]，临安虽然是个建都之地[3]，富庶之乡，其中乞丐的依然不少。那丐户中有个为头的，名曰“团头”，管着众丐。众丐叫化得东西来时，团头要收他日头钱；若是雨雪时，没处叫化，团头却熬些稀粥，养活这伙丐户；破衣破袄，也是团头照管。所以这伙丐户，小心低气，服着团头，如奴一般，不敢触犯。那团头见成收些常例钱[4]，一般在众丐户中放债盘利，若不嫖不赌，依然做起大家事来。他靠此为生，一时也不想改业。只是一件，“团头”的名儿不好，随你挣得有田有地，几代发迹，终是个叫化头儿，比不得平等百姓人家[5]，出外没人恭敬，只好闭着门，自屋里做大[6]。虽然如此，若数着“良贱”二字，只说娼、优、隶、卒四般为贱流[7]，到数不着那乞丐。看来乞丐只是没钱，身上却无疤瘢[8]。假如春秋时伍子胥逃难[9]，也曾吹箫于吴市中乞食；唐时郑元和做歌郎唱莲花落[10]，后来富贵发达，一床锦被遮盖。这都是叫化中出色的。可见此辈虽然被人轻贱，到不比娼优隶卒。

闲话休题。如今且说杭州城中一个团头姓金，名老大，祖上到他，做了七代团头了，挣得个完完全全的家事[11]，住的有好房子，种的有好田园，穿的有好衣，吃的有好食，真个廒多积粟[12]，囊有余钱，放债使婢。虽不是顶富，也是数得着的富家了。那金老大有志气，把这团头让与族人金癞子做了，自己见成受用，不与这伙丐户歪缠[13]。然虽如此，里中口顺，还只叫他是团头家，其名不改。金老大五十余，丧妻无子，止存一女，名唤玉奴。那玉奴生得十分美貌。怎见得？有诗为证：

无瑕堪比玉，有态欲羞花。只少宫妆扮，分明张丽华[14]。

金老大爱此女如同珍宝，从小教他读书识字，到十五六岁时，诗赋俱通，一写一作，信手而成。更兼女工精巧，亦能调筝弄管，事事伶俐。金老大倚着女儿才貌，立心要将他嫁个士人。论来就名门旧族中，急切要这一女子，也是少的；可恨生于团头之家，没人相求。若是平常经纪人家[15]，没前程的，金老大又不肯扳他了[16]，因此高低不就，把女儿直挨到一十八岁，尚未许人。

偶然有个邻翁来说："太平桥下有个书生，姓莫名稽，年二十岁，一表人才，读书饱学，只为父母双亡，家贫未娶。近日考中，补上太学生，情愿入赘人家。此人正与令爱相宜，何不招之为婿？"金老大道："就烦老翁作伐何如[17]？"邻翁领命，径到太平桥下寻那莫秀才，对他说了："实不相瞒，祖宗曾做个团头的，如今久不做了，只贪他好个女儿；又且家道富足。秀才若不弃嫌，老汉即当玉成其事。"莫稽口虽不语，心下想道："我今衣食不周，无力婚娶，何不俯就他家，一举两得？也顾不得耻笑。"乃对邻翁说道："大伯所言虽妙，但我家贫乏聘，如何是好？"邻翁道："秀才但是允从，纸也不赏一张，都在老汉身上。"邻翁回复了金老大，择个吉日，金家倒送一套新衣穿着，莫秀才过门成亲。莫稽见玉奴才貌，喜出望外，不费一钱，白白的得了个美妻，又且丰衣足食，事事称怀。就是朋友辈中，晓得莫稽贫苦，无不相谅，倒也没人去笑他。

到了满月，金老大备下盛席，教女婿请他同学会友饮酒，荣耀自家门户，一连吃了六七日酒。何期恼了族人金癞子[18]。那癞子也是一班正理，他道："你也是团头，我也是团头，只你多做了几代，挣得钱钞在手；论起祖宗一脉，彼此无二，侄女玉奴招婿，也该请我吃杯喜酒。如今请人做满月，开宴六七日，并无三寸长、一寸阔的请帖儿到我。你女婿做秀才，难道就做尚书宰相？我就不是亲叔公，坐不起凳头？直恁不觑人在眼里[19]！我且去蒿恼他一场[20]，教他大家没趣！"叫起五六十个丐户，一齐奔到金老大家里来。但见：

> 开花帽子，打结衫儿。旧席片对着破毡条；短竹根配着缺糙碗[21]。叫爹叫娘叫财主，门前只见喧哗；弄蛇弄狗弄猢狲，口内各呈伎俩。敲板唱杨花[22]，恶声聒耳；打砖搽粉脸，丑态逼人。一班泼鬼聚成群，便是钟馗收不得[23]。

金老大听得闹吵，开门看时，那金癞子领着众丐户，一拥而入，嚷做一堂。癞子径奔席上，拣好酒好食，只顾吃，口里叫道："快教侄婿夫妻来拜见叔公！"唬得众秀才跼脚不住，都逃席去了。连莫稽也随着众朋友躲避。金老大无可奈何，只得再三央告道："今日是我女婿请客，不干我事，改日专治一杯，与你陪话。"又将许多钱钞，分赏众丐户；又抬出两瓮好酒和些活鸡、活鹅之类，教众丐户送去癞子家，当个折席[24]。直乱到黑夜，方才散去。玉奴在房中气得两泪交流。这一夜，莫稽在朋友家借宿，次早方回。金老大见了女婿，自觉出丑，满面含羞。莫稽心中未免也有三分不乐。只是大家不说出来。正是：

> 哑子尝黄柏[25]，苦味自家知。

却说金玉奴只恨自己门风不好，要挣个出头，乃劝丈夫刻苦读书。凡古今书籍，不惜价钱，买来与丈夫看；又不吝供给之费，请人会文会讲；又出赀财，教丈夫结交延誉。莫稽由此才学日进，名誉日起，二十三岁发解，连科及第[26]。这日琼林宴罢[27]，乌帽宫袍，马上迎归。将到丈人家里，只见街坊上一群小儿争先来看，指道："金团头家女婿做了官也。"莫稽在马上听得此言，又不好揽事，只得忍耐；见了丈人，虽然外面尽礼，却包着一肚子忿气，想道："早知有今日富贵，怕没王侯贵戚招赘成婚；却拜个团头做岳丈，可不是终身之玷！养出儿女来，还是团头的外孙，被人传作话柄！如今事已如此，妻又贤慧，不犯七出之条[28]，不好决绝得。正是事不三思，终有后悔。"为此心中怏怏，只是不乐。玉奴几遍问而不答，正不知甚么意故。好笑那莫稽，只想着今日富贵，却忘了贫贱的时节，把老婆资助成名一段功劳，化为春水，这是他心术不端处。

不一日，莫稽谒选[29]，得授无为军司户[30]，丈人治酒送行。此时众丐户，料也不敢登门闹炒了。喜得临安到无为军是一水之地，莫稽领了妻子，登舟赴任。行了数日，到了采石江边[31]，维舟北岸[32]。其夜月明如昼，莫稽睡不能寐，穿衣而起，坐于船头玩月，四顾无人，又想起团头之事，闷闷不悦。忽然动一个恶念，除非此妇身死，另娶一人，方免得终身之耻。心生一计，走进船舱，哄玉奴起来看月华。玉奴已睡了，莫稽再三逼他起身。玉奴难逆丈夫之意，只得披衣，走至马门口[33]，舒头望月，被莫稽出其不意，牵出船头，推堕江中。悄悄唤起舟人，分付快开船前去，重重有赏，不可迟慢。舟子不知明白，慌忙撑篙荡桨，移舟于十里之外。住泊停当，方才说："适间奶奶因玩月堕水，捞救不及了。"却将三两银子赏与舟人为酒钱。舟人会意，谁敢开口？船中虽跟得有几个蠢婢子，只道主母真个堕水，悲泣了一场，丢开了手，不在话下。有诗为证：

只为"团头"号不香，忍因得意弃糟糠[34]。天缘结发终难解，赢得人呼薄幸郎[35]。

你说事有凑巧，莫稽移船去后，刚刚有个淮西转运使许德厚，也是新上任的，泊舟于采石北岸，正是莫稽先前推妻坠水处。许德厚和夫人推窗看月，开怀饮酒，尚未曾睡，忽闻岸上啼哭，乃是妇人声音，其声哀怨，好生不忍，忙呼水手打看，果然是个单身妇人，坐于江岸。便教唤上船来，审其来历。原来此妇正是无为军司户之妻金玉奴。初坠水时，魂飞魄荡，已拚着必死；忽觉水中有物托起两足，随波而行，近于江岸。玉奴挣扎上岸，举目看时，江水茫茫，已不见了司户之船，才悟道丈夫贵而忘贱，故意欲溺死故妻，别图良配，如今虽得了性命，无处依栖，转思苦楚，以此痛哭。见许公盘问，不免从头至尾，细说一遍。说罢，哭之不已。连许公夫妇都感伤堕泪，劝道："汝休得悲啼，肯为我义女，再作道理。"玉奴拜谢。许公分付夫人，取干衣替他通身换了，安排他后舱独宿，教手下男女都称他小姐；又分付舟人不许泄漏其事。

不一日，到淮西上任。那无为军正是他所属地方，许公是莫司户的上司，未免随班参谒。许公见了莫司户，心中想道："可惜一表人才，干恁般薄幸之事！"约过数月，许公对僚属说道："下官有一女，颇有才貌，年已及笄[36]，欲择一佳婿赘之。诸君意中，有其人否？"众僚属都闻得莫司户青年丧偶，齐声荐他才品非凡，堪作东床之选[37]。许公道："此子我亦属意久矣。但少年登第，心高望厚，未必肯赘吾家。"众僚属道："彼出身寒门，得公收拔，如蒹葭倚玉树[38]，何幸如之？岂以入赘为嫌乎？"许公道："诸君既酌量可行，可与莫司户言之。但云出自诸君之意，以探其情，莫说下官，恐有妨碍。"众人领命，遂与莫稽说知此事，要替他做媒。莫稽正要攀高，况且联姻上司，求之不得，便欣然应道："此事全仗玉成，当效衔结之报[39]。"众人道："当得，当得。"随即将言回复许公。许公道："虽承司户不弃，但下官夫妇钟爱此女，娇养成性，所以不舍得出嫁。只怕司户少年气概，不相饶让，或致小有嫌隙，有伤下官夫妇之心。须是预先讲过，凡事容耐些，方敢赘人。"众人领命，又到司户处传话，司户无不依允。此时司户不比做秀才时节，一般用金花彩币为纳聘之仪。选了吉期，皮松骨痒，整备做转运使的女婿。

却说许公先教夫人与玉奴说："老相公怜你寡居，欲重赘一少年进士，你不可推阻。"玉奴答道："奴家虽出寒门，颇知礼数。既与莫郎结发，从一而终。虽然莫郎嫌贫弃贱，忍心害理，奴家各尽其道，岂肯改嫁，以伤妇节！"言毕，泪如雨下。夫人察他志诚，乃实说道："老相公所说少年进士，就是莫郎。老相公恨其薄幸，务要你夫妻再合，只说有个亲生女儿，要招赘一婿，却教众僚属与莫郎议亲。莫郎欣然听命，只今晚入赘吾家。等他进房之时，须是如此如此，与你出这口呕气[40]。”玉奴方才收泪，重匀粉面，再整新妆，打点结亲之事。

到晚，莫司户冠带齐整，帽插金花，身披红锦，跨着雕鞍骏马，两班鼓乐前导，众僚属都来送亲，一路行来，谁不喝采！正是：

鼓乐喧阗白马来[41]，风流佳婿实奇哉。团头喜换高门眷，采石江边未足哀！

是夜，转运司铺毡结彩，大吹大擂，等候新女婿上门。莫司户到门下马，许公冠带出迎。众官僚都别去。莫司户直入私宅，新人用红帕覆首，两个养娘扶将出来。掌礼人在槛外喝礼，双双拜了天地，又拜了丈人、丈母，然后交拜，礼毕，送归洞房做花烛筵席。

莫司户此时心中，如登九霄云里，欢喜不可形容，仰着脸昂然而入。才跨进房门，忽然两边门侧里走出七八个老妪、丫鬟，一个个手执篱竹细棒，劈头劈脑打将下来，把纱帽都打脱了，肩背上棒如雨下，打得叫喊不迭，正没想一头处[42]。莫司户被打，慌做一堆蹭倒[43]，只得叫声："丈人丈母救命！"只听房中娇声宛转分付道："休打杀薄情郎，且唤来相见。"众人方才住手。七八个老妪、丫鬟，扯耳朵、拽胳膊，好似六贼戏弥陀一般[44]，脚不点地，拥到新人面前。司户口中还说道："下官何罪?"开眼看时，花烛辉煌，照见上边端端正正坐着个新人，不是别人，正是故妻金玉奴。莫稽此时魂不附体，乱嚷道："有鬼！有鬼！"众人都笑起来。只见许公自外而入，叫道："贤婿休疑。此乃吾采石江头所认之义女，非鬼也。"莫稽心头方才住了跳，慌忙跪下，拱手道："我莫稽知罪了！望大人包容之。"许公道："此事与下官无干，只吾女没说话就罢了。"玉奴唾其面，骂道："薄幸贼！你不记宋弘有言：'贫贱之交不可忘，糟糠之妻不下堂。'当初你空手赘入吾门，亏得我家资财，读书延誉，以致成名，侥幸今日。奴家亦望夫荣妻贵，何期你忘恩负本，就不念结发之情，恩将仇报，将奴推堕江心。幸然上天可怜，得遇恩爹提救，收为义女。倘然葬江鱼之腹，你别娶新人，于心何忍！今日有何颜面再与你完聚?"说罢，放声而哭，千薄幸，万薄幸，骂不住口。莫稽满面羞惭，闭口无言，只顾磕头求恕。

许公见骂得够了，方才把莫稽扶起，劝玉奴道："我儿息怒。如今贤婿悔罪，料然不敢轻慢你了。你两个虽是旧日夫妻，在我家只算新婚花烛。凡事看我之面，闲言闲语，一笔都勾罢。"又对莫稽说道："贤婿，你自家不是，休怪别人。今宵只索忍耐，我教你丈母来解劝。"说罢出房。少刻夫人来到，又调停了许多说话，两个方才和睦。

次日，许公设宴，管待新女婿，将前日所下金花彩币，依旧送还，道："一女不受二聘。贤婿前番在金家已费过了，今番下官不敢重叠收受。"莫稽低头无语。许公又道："贤婿常恨令岳翁卑贱，以致夫妇失爱，几乎不终。今下官备员如何？只怕爵位不高，尚未满贤婿之意。"莫稽涨得面皮红紫，只是离席谢罪。有诗为证：

痴心指望缔高姻，谁料新人是旧人；打骂一场羞满面，问他何取岳翁新?

自此莫稽与玉奴夫妇和好，比前加倍。许公共夫人待玉奴如真女，待莫稽如真婿。玉奴待许公夫妇，亦与真爹妈无异。连莫稽都感动了，迎接团头金老大在任所，奉养送终。后来许公夫妇之死，金玉奴皆制重服[45]，以报其恩。莫氏与许氏世世为通家兄弟，往来不绝。诗云：

宋弘守义称高节，黄允休妻骂薄情[46]。试看莫生婚再合，姻缘前定枉劳争。

上海古籍出版社影印天许斋刊《古今小说》

①本篇选自《古今小说》卷二七，删掉了正文前的"入话"。这个故事久已流传，既见于田汝成《西湖游览志馀》卷二三《委巷丛谈》，亦见于冯梦龙所编《情史》。这篇小说写一场互相迁就、取长补短的婚姻，当事过境迁，短处得到弥补后，婚姻就出现了问题。小说从生活实

际出发，又按照生活逻辑展开情节，有浓厚的生活气息。最后的“棒打”，惩罚了负心汉，令人感到快意。大团圆的结局既是现实的无奈，也落入了戏曲小说的俗套。

②故宋：即宋朝，这是元、明间的口气。绍兴：南宋高宗赵构的年号。

③临安：杭州，南宋建都时的名称。

④见成：即现成。见，通“现”。常例：定例。

⑤平等：这里是平常、一般的意思。

⑥做大：摆架子，充体面人。

⑦娼、优、隶、卒：分别指娼妓、优伶、奴仆、隶卒。

⑧疤瘢（bā bān巴班）：本义是指生疮或创伤后皮肤上落下疤痕，引申为短处、缺陷。

⑨伍子胥：伍员，春秋时楚人。父兄被楚平王杀害，逃到吴国，曾在吴市吹箫乞食，后辅佐吴王成就霸业。事见《史记·伍子胥列传》。

⑩郑元和：元杂剧《李亚仙花酒曲江池》里的主要人物，故事及人物原型本于唐传奇《李娃传》。他曾沦落市井，靠唱莲花落和丧歌为生。莲花落：民间的一种曲调，乞丐唱之行乞。

⑪家事：家私，家业。

⑫廒（áo熬）：粮仓。

⑬歪缠：纠缠，搅和。

⑭张丽华：南朝陈后主妃，容颜艳丽，宠冠后庭。陈亡，为隋军所杀。

⑮经纪：经营买卖。

⑯扳（pān攀）：攀亲，议婚。

⑰作伐：做媒。《诗经·豳风·伐柯》：“伐柯如何？匪斧不克。取妻如何？匪媒不得。”后称做媒为“作伐”、“伐柯”、“执柯”。

⑱何期：岂料，不料。

⑲直恁：元明时口语，意为竟然如此。

⑳蒿恼：找麻烦，打扰。

㉑缺糙碗：没有经过糙漆加工的碗。制作瓷器，先用生漆涂浆，然后才可加漆釉。这里指粗糙的碗。

㉒杨花：疑为“莲花”，即“莲花落”。

㉓钟馗（kuí奎）：相传唐代捉鬼除邪的人物。见沈括《梦溪笔谈·补笔谈》。小说《捉鬼传》专写他的故事。

㉔折席：用钱物抵充酒席，多借此向人赠送礼品。《水浒传》第八十回：“再设筵宴送行，抬出金银彩缎之类，约数千金，专送太尉为折席之礼。”

㉕黄柏：即黄檗，木名，可入药，味苦。

㉖发解：唐宋时，应贡举合格者由州郡送至京师参与礼部会试，称发解。明代在各省举行乡试，中试者称为举人，考中举人第一名称发解。连科及第：指在科试、殿试中连续考中。

㉗琼林宴：北宋都城汴京有琼林苑，常在那里设宴款待新进士，后世因称殿试放榜后赐宴新进士为琼林宴。

㉘七出之条：古代男子休妻的七条理由，即无子、淫逸、不事公婆、犯口舌、盗窃、妒忌、有恶疾。见《仪礼·丧服》贾公彦疏。

㉙谒选：为得到官职去吏部应选。

㉚无为军：宋代行政区划，路下有州、府、军、监等。无为军在今安徽无为县。司户：掌管户籍、钱粮的官。

㉛采石：采石矶，在今安徽当涂县境长江边上。

㉜维舟：系舟，即停泊。

㉝马门：船舱之门。宋曾三异《因话录·马门》：“舟之设屋开门而入者，其门谓之马门。必先闯首而后能入，因其字义，析而称之也。”

㉞糟糠：即糟糠妻，贫贱时的结发妻子。东汉时，阳湖公主新寡，光武帝欲让她嫁给宋弘。宋弘拒绝说：“贫贱之交不可忘，糟糠之妻不下堂。”见《后汉书·宋弘传》。

㉟薄幸：薄情，负心。杜牧《遣怀》诗：“十年一觉扬州梦，赢得青楼薄倖名。”幸，通“倖”。

㊱及笄（jī击）：指女子到了结婚年龄。笄，绾头发的簪子。《仪礼·士婚礼》：“女子许嫁，笄而醴之，称字。”

㊲东床之选：候选女婿。语本《晋书·王羲之传》：太尉“郗鉴使门生求女婿于（王）导，导令就东厢遍观子弟。门生归，谓鉴曰：‘王氏诸少并佳，然闻信至，咸自矜持，唯一人在东床坦腹食，独若不闻。’鉴曰：‘此正佳婿邪。’访之，乃羲之也。遂以女妻之。”后世因称女婿为东床。

㊳蒹葭（jiān jiā兼家）倚玉树：《世说新语·容止》：“魏明帝使后弟毛曾与夏侯玄共坐，时人谓蒹葭倚玉树。”意即平庸之辈依结有才之士。这里指出身寒微的人依附富贵者。蒹葭，芦苇之类，比喻平庸之辈或出身寒微的人。玉树，比喻美才或富贵者。

㊴衔结之报：衔环结草报答之省称。衔环，相传东汉杨震的父亲杨宝救了一只黄雀，夜梦黄衣童子赠予白环四只，谓当使其子孙洁白显贵。后果如此。事见《后汉书·杨震传》李贤注引《续齐谐记》。结草，春秋时，晋大夫魏武子临死命其子魏颗以妾殉葬，颗不从命而嫁妾。后颗与力士杜回战，见一老人结草使回仆地，遂获之。颗夜梦老人曰：“余，而所嫁妇人之父也。”事见《左传·宣公十五年》。后以衔结表达报恩。

㊵呕气：这里指怒气、恶气。

㊶阗（tián田）：盛，满。

㊷正没想一头处：正感到莫名其妙，不知为什么。

㊸蹭倒：跌倒。

㊹六贼戏弥陀：佛家谓色、声、香、味、触、法为六尘。《涅槃经》：“菩萨摩诃萨观比六尘如六贼。”弥陀，即阿弥陀佛。此句本谓尘世的快乐诱惑了阿弥陀佛，这里比喻莫稽被婆子丫头纠缠戏弄。

㊺制重服：按制着最重的孝服。

㊻黄允休妻：黄允，东汉人。他听说袁隗要将侄女嫁给他，便休了原来的妻子。他妻子临走时，在众亲友面前揭发他的隐私，黄允因此被罢官。

二八

张岱

张岱（1597—1684 或 1689），字宗子，又字石公，号陶庵，又号蝶庵。浙江山阴（今绍兴）人。出身于仕宦家庭，青年时生活豪奢，自云："好精舍，好美婢，好娈童，好鲜衣，好美食，好骏马，好华灯，好烟火，好梨园，好鼓吹，好古董，好花鸟，兼以茶淫桔疟，书蠹诗魔。"（《自为墓志铭》）明亡，携家人逃难，居嵊县西白山中，生活艰难，布衣蔬食，常至断炊。以气节自重，发愤著述，著有《石匮书》、《石匮书后集》、《三不朽图赞》等。能诗善文，兼通戏曲、音乐、书画、篆刻等，尤以小品文著名。明亡后所著《陶庵梦忆》、《西湖梦寻》，追寻前朝风俗人情，寄寓故国之思，行文灵巧，极富情韵。

西湖七月半[①]

西湖七月半，一无可看，止可看看七月半之人。看七月半之人，以五类看之。其一，楼船箫鼓[②]，峨冠盛筵[③]，灯火优傒[④]，声光相乱，名为看月而实不见月者，看之。其一，亦船亦楼，名娃闺秀[⑤]，携及童娈[⑥]，笑啼杂之，环坐露台[⑦]，左右盼望，身在月下而实不看月者，看之。其一，亦船亦声歌，名妓闲僧，浅斟低唱[⑧]，弱管轻丝[⑨]，竹肉相发[⑩]，亦在月下，亦看月，而欲人看其看月者，看之。其一，不舟不车，不衫不帻[⑪]，酒醉饭饱，呼群三五，跻入人丛[⑫]，昭庆、断桥[⑬]，嘄呼嘈杂[⑭]，装假醉，唱无腔曲，月亦看，看月者亦看，不看月者亦看，而实无一看者，看之。其一，小船轻幌[⑮]，净几暖炉，茶铛旋煮[⑯]，素瓷静递，好友佳人，邀月同坐，或匿影树下，或逃嚣里湖[⑰]，看月而人不见其看月之态，亦不作意看月者[⑱]，看之。

杭人游湖，巳出酉归[⑲]，避月如仇。是夕好名，逐队争出，多犒门军酒钱[⑳]，轿夫擎燎[㉑]，列俟岸上。一入舟，速舟子急放断桥[㉒]，赶入胜会。以故二鼓以前[㉓]，人声鼓吹，如沸如撼，如魇如呓[㉔]，如聋如哑，大船小船一齐凑岸，一无所见，止见篙击篙，舟触舟，肩摩肩，面看面而已。少刻兴尽，官府席散，皂隶喝道去[㉕]。轿夫叫船上人，怖以关门[㉖]，灯笼火把如列星，一一簇拥而去。岸上人亦逐队赶门，渐稀渐薄，顷刻散尽矣。

吾辈始舣舟近岸[㉗]。断桥石磴始凉[㉘]，席其上，呼客纵饮。此时，月如镜新磨，山复整妆，湖复颒面[㉙]，向之浅斟低唱者出，匿影树下者亦出，吾辈往通声气，拉与同坐。韵友来[㉚]，名妓至，杯箸安，竹肉发。月色苍凉，东方将白，客方散去。吾辈纵舟，酣睡于十里荷花之中，香气拍人，清梦甚惬[㉛]。

作家出版社版立人校订《陶庵梦忆》卷七

①本文描述七月半杭州人游湖赏月的盛况，分类述之，雅俗并陈，让人如置其境。语言清新别致，如珍珠错落。

②楼船箫鼓：配有声乐的游船。

③峨冠：高耸的帽子，指高官。刘基《卖柑者言》："峨大冠，拖长绅者，昂昂乎庙堂之器也。"

④优傒：歌妓和婢仆。优，优伶。傒，随身仆人。

⑤名娃闺秀：指大家闺秀。名娃，美女。

⑥童娈（luán 恋）：即娈童，漂亮的男童。

⑦露台：楼船上的平台。

⑧浅斟低唱：慢慢斟酒，轻声地歌唱。

⑨管：管乐。丝：弦乐。

⑩竹肉相发：箫笛声伴着歌唱声。竹，指管乐器。肉，指歌喉。

⑪帻（zé 责）：头巾。

⑫跻（jī 机）：此处通"挤"。

⑬昭庆：昭庆寺，在杭州西湖东北角岸上，为宋明以来的著名僧寺。断桥：西湖名胜之一，在苏堤上。

⑭嘄（jiāo 交）呼：大声叫喊。

⑮轻幌：轻薄的帷幔。

⑯茶铛：煮茶的器具。旋：频繁地。

⑰逃嚣：逃避喧嚣。里湖：西湖苏堤以北的部分。

⑱作意：着意，特意。

⑲巳：巳时，约指上午九点到十一点。酉：酉时，约指下午五点到七点。

⑳犒门军酒钱：犒赏守城门的军士酒钱。

㉑擎燎：举着火把。

㉒速：催促。

㉓二鼓：二更，约指夜晚九点到十点。

㉔如魇（yǎn 演）如呓：好像人在梦中的惊叫、梦话。

㉕皂隶：官署中的差役，因穿黑衣，称皂隶。喝道：呼喝着让人肃静让路。

㉖怖以关门：用要关城门了来吓唬游人。

㉗舣（yǐ 乙）舟：停船靠岸。

㉘石磴：石阶。

㉙颒（huì 会）面：洗面。此处形容湖面恢复了明净。

㉚韵友：气味相投的朋友。

㉛惬：快意。

柳敬亭说书[①]

南京柳麻子[②]，黧黑[③]，满面疤瘤[④]，悠悠忽忽，土木形骸[⑤]，善说书。一日说书一回，定价一两。十日前先送书帕下定[⑥]，常不得空。南京一时有两行情人[⑦]：王月生、柳麻子是也[⑧]。

余听其说"景阳冈武松打虎"白文[⑨]，与本传大异[⑩]。其描写刻画，微入毫发，然又找截干净[⑪]，并不唠叨，㘞夬声如巨钟[⑫]。说至筋节处[⑬]，叱咤叫喊，汹汹崩屋。武松到酒店沽酒，店内无人，謈地一吼[⑭]，店中空缸空甓[⑮]，皆瓮瓮有声[⑯]。闲中着色[⑰]，细微至此。

主人必屏息静坐，倾耳听之，彼方掉舌[⑱]。稍见下人呫哔耳语[⑲]，听者欠伸有倦色[⑳]，辄不言，故不得强。每至丙夜[21]，拭桌剪灯，素瓷静递[22]，款款言之[23]。其疾徐轻重，吞吐抑扬，入情入理，入筋入骨，摘世上说书之耳而使之谛听，不怕其不齰舌死也[24]。

柳麻子貌奇丑，然其口角波俏[25]，眼目流利，衣服恬静，直与王月生同其婉娈[26]，故其行情正等。

作家出版社版立人校订《陶庵梦忆》卷五

①柳敬亭：本名曹逢春，江苏泰州人，明末清初著名说书艺人。曾以其才识为左良玉所赏识，留幕中。明亡，仍以说书为生，晚年贫困。当时的钱谦益、黄宗羲、吴伟业等人都为其写过文章。

②柳麻子：即柳敬亭，面黑而麻，故称。

③黧（lí 离）黑：黑中带黄的颜色。

④疤瘤（lěi 磊）：天花疤痕。瘤，皮肤上的小疙瘩。

⑤“悠悠”二句：形容随便，不受拘束，不肯修饰。《世说新语・容止》：“刘伶身长六尺，貌甚丑顇，而悠悠忽忽，土木形骸。”刘孝标注引《魏国统》云：“刘伶，字伯伦，形貌丑顇，身长六尺，然肆意放荡，悠焉独畅，自得一时，常以宇宙为狭。”

⑥书帕：请柬和聘金。用帕子包裹聘金和礼物，连带聘书送去，叫送书帕。下定：约定。

⑦行情：商业用语，市价。此指有行市。

⑧王月生：与柳敬亭同时的名妓。《陶庵梦忆》卷八《王月生》写其身价之贵：“富商权胥得其主席半晌，先一日送书帕，非十金则五金。”

⑨白文：南方说书分“大书”、“小书”。“大书”全是白文，只说无唱；“小书”则唱白兼有。

⑩本传：指《水浒传》。

⑪找截干净：补充照应，删繁就简，干净利落。找，指插叙补述。截，停止，引而不发。

⑫哱夬（guài 怪）：指昂扬果绝处。哱，气势昂扬貌。夬，果绝貌。《周易・夬》：“君子夬夬。”王弼注：“君子处之，必能弃夫情累，决之不疑，故曰夬夬。”

⑬筋节：关键的地方。

⑭謈（pó 婆）：痛极喊叫。疑为“謈”字之误。

⑮甓（pì 辟）：陶瓷类容器。

⑯瓮瓮：即“嗡嗡”。

⑰闲中着色：在不紧张处从容加以渲染。

⑱掉舌：动舌，指开始说书。

⑲呫哔（chè bì 彻毕）：小声说话。

⑳欠伸：打哈欠的样子。

㉑丙夜：夜晚三更时，即半夜。

㉒素瓷：白色的茶碗。

㉓款款：从容缓慢地。

㉔齰（zé 责）舌：咬舌，自愧的样子。

㉕波俏：形容口齿流利。

㉖婉娈（luán 銮）：美好。《诗经・齐风・甫田》：“婉兮娈兮，总角丱兮。”

二九

陈子龙

陈子龙（1608—1647），字卧子，号大樽，松江华亭（今属上海市）人，崇祯十年（1637）进士，任绍兴推官，擢兵科给事中。明亡后，结纳反清义师，在松江起兵，事败后，遁迹嘉兴水月庵为僧。清顺治四年（1647），与钱栴、夏完淳再谋倡义，事泄被逮，在押往南京途中，赴水而死。陈子龙生活于明王朝风雨飘摇之际，讲求经世致用之学，与夏允彝等以复兴古学相号召，组织几社——“几者，绝学有再兴之几，而得几其神之义也”（杜登春《社事始末》），并编选《皇明经世文编》五百余卷。文学上，主张与前后七子相近，但忧时念乱，使其诗作苍凉遒劲，慷慨悲壮。词也有相当的成就，开启清词中兴的帷幕。有《陈忠裕公全集》。

秋日杂感[①]（十首选一）

行吟坐啸独悲秋[②]，海雾江云引暮愁[③]。不信有天常似醉[④]，最怜无地可埋忧[⑤]。荒荒葵井多新鬼[⑥]，寂寂瓜田识故侯[⑦]。见说五湖供饮马[⑧]，沧浪何处着渔舟[⑨]？

上海古籍出版社版施蛰存、马祖熙点校本《陈子龙诗集》卷一五

①诗约作于顺治三年（1646），时作者抗清兵败，避居在嘉兴武塘一带。诗共十首，这里选的是第四首，写其抵抗失败无所归依的哀愁。

②行吟：边走边吟咏。《楚辞·渔父》：“屈原既放，游于江潭，行吟泽畔。”坐啸：闲坐清吟。悲秋：宋玉《九辩》：“悲哉！秋之为气也，萧瑟兮，草木摇落而变衰。”

③海雾江云：暗指福建的唐王朱聿键和浙东鲁王朱以海的抗清政权。

④“不信”句：不相信天帝会长久昏瞆如醉下去。语本张衡《西京赋》，赋写春秋时代，秦穆公梦朝天帝，天帝沉醉，赐鹑首之地（今湖北襄阳、安陆诸地）予秦。

⑤无地可埋忧：仲长统《述志》诗：“寄愁天上，无地埋忧。”这里用其意，说清朝已占领了明朝的大片土地。

⑥“荒荒”句：言抗清义士们惨遭杀害，故云“多新鬼”。葵井，生满野葵的井，表现景象之荒凉。古诗《十五从军征》：“井上生旅葵。”梁何逊《行经范仆射故宅》诗：“旅葵生蔓井。”

⑦“寂寂”句：写明朝的公侯们在新朝沦落为农夫。瓜田故侯，秦亡后，秦东陵侯邵平沦为庶民，曾在长安城东种瓜为生。事见《三辅皇图》。

⑧见说：据说。五湖：指太湖。供饮马：指被清兵占领。

⑨“沧浪”句：没有江湖可去泛舟隐居。沧浪，水青色。《孟子·离娄上》：“沧浪之水清兮，可以濯我缨；沧浪之水浊兮，可以濯我足。”

三〇
夏完淳

夏完淳（1631—1647），字存古，号玉樊，华亭（今属上海）人，夏允彝子。生而早慧，五岁读五经，七岁能诗文，十二岁时，已“博极群书，为文千言立就，如风发泉涌；谈军国事，凿凿奇中”（王弘撰《夏孝子传》）。明亡，夏允彝起兵抗清，兵败投水殉难。夏完淳与其师陈子龙、岳父钱栴再度倡义，顺治四年（1647）被捕，解往南京，英勇就义。他是明末有成就的作家，只就诗文而言，亦可睥睨一代，辉耀千秋。有《夏完淳集》。

细林野哭①

细林山上夜乌啼，细林山下秋草齐。有客扁舟不系缆②，乘风直下松江西③。却忆当年细林客④，孟公四海文章伯⑤。昔日曾来访白云，落叶满山寻不得。始知孟公湖海人⑥，荒台古月水粼粼。相逢对哭天下事，酒酣睥睨意气亲⑦。去岁平陵鼓声死，与公同渡吴江水⑧。今年梦断九峰云，旌旗犹映暮山紫。潇洒秦庭泪已挥，仿佛聊城矢更飞⑨。黄鹄欲举六翮折⑩，茫茫四海将安归⑪！天地跼蹐日月促⑫，气如长虹葬鱼腹⑬。肠断当年国士恩⑭，剪纸招魂为公哭⑮。烈皇乘云御六龙⑯，攀髯控驭先文忠⑰。君臣地下会相见，泪洒阊阖生悲风⑱。我欲归来振羽翼，谁知一举入罗弋⑲！家世堪怜赵氏孤⑳，到今竟作田横客㉑。呜呼！抚膺一声江云开㉒，身在罗网且莫哀。公乎，公乎！为我筑室傍夜台㉓，霜寒月苦行当来㉔！

上海古籍出版社版白坚笺校本《夏完淳集》卷四

①细林：山名，在今上海青浦南二十里，为松江九峰之一。明亡后，陈子龙避居于西泖，往来于细林、佘山之间。顺治四年（1647），陈子龙抗清事败殉国。不久，作者也被逮，在被押往南京的途中，经过细林山，以诗致哀，表尽节相从之心。

②有客：指作者自己。不系缆：夏完淳被押，船只不能停留。

③松江：吴淞江。

④细林客：指陈子龙。

⑤孟公：陈子龙晚号於陵孟公。文章伯：谓文坛领袖。

⑥湖海人：意气豪迈的人。《三国志·陈登传》：“陈元龙湖海之士，豪气不除。”陈贞慧《山阳录·陈给谏子龙》：“卧子湖海人豪，云间名秀。”

⑦睥睨（pì nì 辟逆）：斜视，目空一切。

⑧“去岁”二句：指顺治三年（1646），吴易等人起兵太湖，利用太湖水域和四通八达的水上航路，数次攻入吴江县，给清兵以沉重的打击。陈子龙、夏完淳亦曾参与其事。平陵，即乐府曲名《平陵东》。相传王莽罢权，翟义起兵，事败被杀，义门客为其作哀歌。

⑨“今年”四句：指顺治四年吴胜兆反正事。吴胜兆提督松江，长洲诸生戴之儁说服其反正，并暗中联络舟山黄斌卿策应，订于顺治四年四月十五、十六两日起事。事泄，吴被杀。九峰，指松江九峰，即凤凰山、陆宝山、佘山、细林山、薛山、机山、横云山、干山、昆山，皆位于城之西北。暮山紫，语本王勃《滕王阁序》：“烟光凝而暮山紫。”秦庭泪，春秋时吴破楚，申包胥入秦乞师，哀哭七日。这里喻联络舟山水师配合松江起兵之事。聊城矢，战国时燕攻齐，齐城几尽降。田单破燕复齐，唯聊城久不下。鲁仲连附书箭上射入城中，晓谕燕将，燕将果弃城去。事见《战国策·齐策》。这里指策反吴胜兆反正归明事。

⑩黄鹄：传说中的大鸟，一举千里。六翮：鸟类双翅中的正羽，代指鸟的双翼。

⑪“茫茫”句：吴易兵败后，陈子龙曾慨叹：“茫茫天地，将安之乎?”（见王沄撰《年谱》）

⑫天地跼蹐（jú jí局极）：形容环境恶劣。《诗经·小雅·正月》：“谓天盖高，不敢不局；谓地盖厚，不敢不蹐。”跼，也作“局”，曲身、弯腰。蹐，小步行走，形容小心戒惧。

⑬葬鱼腹：指陈子龙赴水自尽事。

⑭国士恩：陈子龙对作者的称许。国士，国中才能出众的人。《战国策·赵策一》：豫让为智伯刺赵襄子，说：“智伯国士遇我，臣故国士报之。”

⑮剪纸招魂：语本杜甫《彭衙行》：“剪纸招我魂。”招魂，召唤死者的灵魂。

⑯烈皇：崇祯皇帝朱由检谥庄烈愍皇帝。乘云御六龙：《史记·封禅书》载有黄帝乘龙升天的传说。《周易·乾卦·彖辞》：“时乘六龙以御天。”这里指崇祯之死。

⑰攀髯控驭：黄帝乘龙升天，小臣则攀持龙髯。见《史记·封禅书》。先文忠：指作者的父亲夏允彝。“文忠”是南明唐王朱聿键加给他的谥号。

⑱阊阖：天门。

⑲罗弋：捕鸟用具。

⑳赵氏孤：春秋时，晋屠岸贾陷害忠良，杀害赵盾全家，程婴、公孙杵臼救抚孤儿赵武成人。事见《史记·赵世家》。这里以赵氏孤儿自比。

㉑田横客：田横，秦末人，自立为齐王。汉高祖即位，田横率五百壮士逃亡入海。高祖招降，田横赴死，属下也自杀。

㉒抚膺：捶胸，表示慨叹、愤恨。

㉓室：墓室。《诗经·唐风·葛生》：“百岁之后，归于其室。”夜台：指坟墓。陆机《挽歌》：“按辔遵长薄，送子长夜台。”

㉔行当：即将，将要。

第八编

清代文学

一

钱谦益

钱谦益（1582—1664），字受之，号牧斋，江苏常熟人。明万历进士，崇祯间官礼部侍郎，被劾罢官。福王在南京监国，召为礼部尚书。清兵渡江，迎降，授官礼部侍郎，充修《明史》副总裁官，旋自请归里，隐与东南地区的抗清复明运动。在文学上，力排明前后七子之拟古、公安派之粗率和竟陵派之孤峭，主灵心、世运、学养并举，为清代文风之转变起了先导作用。诗作甚丰，工于近体，取材宏富，沉郁流丽。有《初学集》、《有学集》、《投笔集》。

金陵秋兴八首次草堂韵①（八首选一）

龙虎新军旧羽林②，八公草木气森森③。楼船荡日三江涌④，石马嘶风九域阴⑤。扫穴金陵还地肺，埋胡紫塞慰天心⑥。长干女唱平辽曲，万户秋声息捣砧⑦。

风雨楼排印本《投笔集笺注》卷上

①作者于清顺治十六年（1659）至康熙二年（1663）五年间，相继依杜甫《秋兴八首》韵作诗，凡十三叠，加上第十二叠末附《吟罢自题长句拨闷二首》、第十三叠末附《癸卯中夏六日重题长句二首》，共一百零八首，取班超投笔从戎意，总题《投笔集》。此大型组诗，效杜甫《秋兴八首》诗法，假典故、隐喻、自然意象言事抒怀，写郑成功水师入长江反攻南京、败退入海，以及南明永历政权覆灭诸事发生时其哀乐心态及隐秘行迹，典丽蕴藉，歌哭情深。此为第一叠之第一首，题下自注："己亥七月初一日作。"己亥为顺治十六年（1659）。是时，郑成功、张煌言率水师入长江，破瓜州、镇江，围南京，东南大震。诗写作者欢欣鼓舞之情。

②龙虎新军：指郑成功水军。程大昌《雍录》：唐睿宗时置龙虎军。唐祖讳虎，故曰龙武。"龙武者，龙虎也，言其人材质、服饰，有似龙虎。"羽林：汉武帝时选诸郡良家子弟宿卫建章宫，名羽林骑，后世称禁卫军为羽林军。诗曰"旧羽林"，乃谓郑成功水师本为南明之禁卫军。

③八公草木：《晋书·苻坚载记》言，前秦苻坚在淝水战败，登寿春城望晋军，阵容整齐，将士精锐；又望八公山上，草木皆类人形，有惧色。森森：威严可畏貌。此谓郑成功水军令清军惊畏。

④"楼船"句：用杜甫《秋兴八首》之一"江间波涛兼天涌"意，形容水军气势强大。楼船，高大的战船。荡日，震动天中之日。三江，有多种指说，钱曾《投笔集笺注》引晋庾仲初（阐）《扬都赋》注，指太湖水东注之于吴淞江、娄江、南江。涌，波浪腾起。

⑤"石马"句：唐太宗昭陵有浮雕石刻太宗生前所骑骏马六匹。相传，安史之乱中，唐军败于潼关，人见有一彪黄旗军与叛军战，俄不知所在。后守陵人奏，是日灵宫前石人马汗流。

参见姚汝能《安禄山事迹》。韦庄《闻再幸梁洋》诗："昭陵石马夜嘶空。"此处用其意，谓反攻水军犹有神助。九域，犹九州，全国。阴，谓肃杀之气密布。

⑥"扫穴"二句：拟想一举收复南京，进而消灭清兵于塞外。扫穴，扫除敌方巢穴。还地肺，意即恢复南京之形胜、气象。地肺，大地之灵秀处。南朝陶弘景《许长史旧坛碑》："旁枕雷车，前瞰下泊，东际连冈，北横长岭，柳汧阳谷，俱会四垂，四域之内，皆金陵地肺也。"紫塞，北方边塞。崔豹《古今注·都邑》："秦筑长城，土色皆紫，汉塞亦然，故称紫塞焉。"

⑦"长干"二句：拟想南京收复后，民众欢庆。长干，南京里巷名，有大长干、小长干，屡为诗人所咏及，所以用以指代南京。平辽曲，清王朝兴起于辽东，故拟此曲名。捣砧（zhēn真），捣衣石。古人咏捣衣多为表达闺妇思念远征丈夫之意。李白《子夜吴歌》："长安一片月，万户捣衣声。秋风吹不尽，总是玉关情。何日平胡虏，良人罢远征。"此处反用其意。息捣砧，喻闺妇无思征夫之怨。

后秋兴[①]（十三首选一）

海角崖山一线斜，从今也不属中华[②]。更无鱼腹捐躯地[③]，况有龙涎泛海槎[④]。望断关河非汉帜，吹残日月是胡笳[⑤]。嫦娥老大无归处，独倚银轮哭桂花[⑥]。

风雨楼排印本《投笔集笺注》卷下

①题下原注："自壬寅七月至癸卯五月，讹言繁兴，鼠忧泣血，感恸而作，犹冀其言之或诬也。"壬寅为康熙元年（1662）。上年冬，清军入缅甸，南明永历帝朱由榔被俘，旋遇害，南明最后一个政权告亡。这首诗即就其事而抒发亡国之痛。

②"海角"二句：用南宋事喻南明之亡。崖山，在广东新会大海中。南宋末，张世杰奉帝昺令退守崖山，元兵追击，陆秀夫负帝昺投海溺死，宋亡。中华，古代指华夏族，此处指明朝。

③"更无"句：谓清王朝已统治全国，故臣无葬身之地。鱼腹，原出《楚辞·渔父》："宁赴湘流，葬于江鱼之腹中。"钱曾《投笔集笺注》引元方回《挽陆君实（秀夫）》诗："曾微一抔土，鱼腹葬君臣。"

④"况有"句：谓清王朝亦已交通海外。龙涎（xián贤），名贵香料，鲸鱼胃病分泌物之结石。钱曾笺注引元汪大渊《岛夷志略》："龙涎屿，值天气清和，群龙游戏，时吐涎于其上，故以得名"；"其地前代无人居之，间有他番之人，用完木凿舟，驾驶以拾之，转鬻于他国"。槎（chá查），木筏。

⑤"望断"二句：谓天下尽归清王朝。关河，犹山河。吹残日月，写意兼寓意。日月，可喻天地、帝后，合之则为"明"字。胡笳，古代北方民族军中乐器，比喻清军。

⑥"嫦娥"二句：唐罗浮《咏月》："嫦娥老大应惆怅，泣倚苍苍桂一轮。"此处化用其意，以嫦娥自喻。日月既"残"，故云"无归处"。哭桂花，喻哭吊永历帝。朱由榔原为桂王。

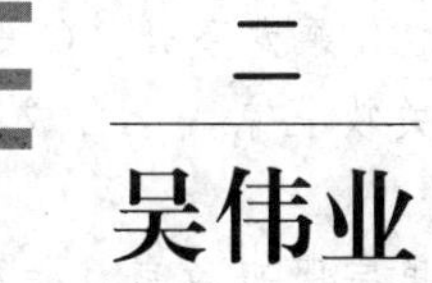

二 吴伟业

吴伟业（1609—1671），字骏公，号梅村，江苏太仓人。明崇祯四年（1631）会元、榜眼，官南京国子监司业。弘光朝，召授少詹士，旋假归。清顺治十年（1653）被迫应征入京，授秘书院侍读，晋国子监祭酒，不久以丁嗣母忧辞归。

吴伟业是清初杰出诗人。诗宗法唐人，大抵早年所作以才情胜，藻思清丽；及经丧乱，感时伤世，忏悔失节，沉郁苍凉，情词悱恻。其歌行专取明清之际人物之浮沉，感慨盛衰，映照兴亡，叙事俯仰多姿，伸缩有致，辞藻富丽，情韵悠然，开拓了中国古代叙事诗的艺术境界。有《梅村家藏稿》。

圆圆曲[1]

鼎湖当日弃人间[2]，破敌收京下玉关[3]；恸哭六军俱缟素[4]，冲冠一怒为红颜[5]。红颜流落非吾恋，逆贼天亡自荒宴[6]；电扫黄巾定黑山[7]，哭罢君亲再相见[8]。

相见初经田窦家[9]，侯门歌舞出如花。许将戚里箜篌伎，等取将军油壁车[10]。家本姑苏浣花里，圆圆小字娇罗绮[11]；梦向夫差苑里游，宫娥拥入君王起[12]。前身合是采莲人[13]，门前一片横塘水[14]。横塘双桨去如飞，何处豪家强载归[15]？此际岂知非薄命，此时只有泪沾衣。薰天意气连宫掖，明眸皓齿无人惜[16]。夺归永巷闭良家[17]，教就新声倾坐客。坐客飞觞红日暮，一曲哀弦向谁诉？白皙通侯最少年，拣取花枝屡回顾[18]。早携娇鸟出樊笼，待得银河几时渡[19]？恨煞军书底死催，苦留后约将人误[20]。相约恩深相见难，一朝蚁贼满长安[21]；可怜思妇楼头柳，认作天边粉絮看[22]；遍索绿珠围内第，强呼绛树出雕栏[23]。若非壮士全师胜，争得蛾眉匹马还[24]？蛾眉马上传呼进，云鬟不整惊魂定；蜡炬迎来在战场，啼妆满面残红印[25]。专征箫鼓向秦川，金牛道上车千乘[26]；斜谷云深起画楼，散关月落开妆镜[27]。

传来消息满江乡，乌桕红经十度霜[28]；教曲妓师怜尚在，浣纱女伴忆同行[29]。旧巢共是衔泥燕，飞上枝头变凤凰[30]。长向尊前悲老大，有人夫婿擅侯王[31]。

当时只受声名累[32]，贵戚名豪竞延致；一斛明珠万斛愁，关山漂泊腰支细[33]。错怨狂风扬落花[34]，无边春色来天地[35]。常闻倾国与倾城，翻使周郎受重名[36]。妻子岂应关大计[37]，英雄无奈是多情；全家白骨成灰土[38]，一代红妆照汗青[39]。

君不见，馆娃初起鸳鸯宿，越女如花看不足[40]。香径尘生乌自啼，屧廊人去苔空绿[41]。换羽移宫万里愁，珠歌翠舞古梁州[42]。为君别唱吴宫曲[43]，汉水东南日夜流[44]！

涌芬室刻本《梅村家藏稿》卷三

①诗咏陈圆圆身世，讽刺吴三桂为爱姬而叛明降清行径。此为明清鼎革中一大关节，清初

人多有记载。吴伟业此诗约作于顺治八年（1651）前后，所叙与陆次云《圆圆传》、钮琇《觚剩》卷四所记大体相同。诗用春秋笔法，叙述宛转，声情兼胜，咏叹中伏有刺骨冷语，获得当时及后世诗家一致称赞。

②鼎湖：传说黄帝铸鼎于荆山，鼎成，乘龙飞升。(《史记·封禅书》）此处指明思宗之死。

③“破敌”句：指吴三桂引清兵入关攻北京，李自成军败走。玉关，本为玉门关之简称，此处指山海关。

④“恸哭”句：指原明朝将士为明思宗服丧致哀。六军，指朝廷军队。《周礼·夏官·司马》：“凡军制，万有二千五百人为军，王六军，大国三军，次国二军，小国一军。”缟素，指丧服。

⑤红颜：指陈圆圆。

⑥“红颜”二句：与下面两句，模拟吴三桂自辩语。红颜流落，指陈圆圆为李自成部将所俘。逆贼，对李自成军之蔑称。荒宴，耽于宴乐。

⑦电扫：扫荡迅疾如闪电。黄巾：汉末张角所领导之起义军，以黄巾为标志，称黄巾军。黑山：汉末张燕所领导的起义军，活跃于常山一带，号黑山军。这里均指李自成起义军。

⑧君：指明思宗。亲：指吴三桂父吴襄。史载，李自成陷北京，要吴襄致书吴三桂劝降，吴三桂拒降，吴襄被杀。再相见：再与陈圆圆相见。

⑨“相见”句：叙吴三桂初见陈圆圆于贵戚家。田窦，汉武安侯田蚡和魏其侯窦婴。田蚡是汉景帝王皇后同母弟，窦婴是汉文帝窦皇后之侄。这里指代明思宗田贵妃父田弘遇。一说为思宗周后父周奎。

⑩“许将”二句：贵戚将陈圆圆许给吴三桂，等待迎娶。戚里，汉代长安城中外戚所住的地方，这里指贵戚家。箜篌妓，弹箜篌的乐妓，指陈圆圆。箜篌，乐器，体长而曲，二十三弦。油壁车，用青油涂饰车壁的车子。古乐府《苏小小歌》：“我乘油壁车，君乘青骢马。”后用以指美女所乘之车。

⑪“家本”二句：陈圆圆原为苏州歌妓。据陆次云《圆圆传》，陈圆圆名沅，字畹芬，圆圆为小字，色艺超群。浣花里，唐蜀中名妓薛涛居浣花溪，此处是借以点明陈圆圆身份。小字，小名。娇罗绮，取江淹《别赋》“罗与绮兮娇上春”句意，形容陈圆圆服饰华丽，容颜娇美。

⑫“梦向”二句：拟写陈圆圆梦想进入皇宫，为皇帝所宠爱。夫差苑，春秋吴王宫苑。夫差宠爱西施，故以之为喻。

⑬合：当。采莲人：西施。李白《子夜吴歌》：“镜湖三百里，菡萏发荷花。五月西施采，人见隘若耶。回舟不待月，归去越王家。”

⑭横塘：在苏州西南。

⑮“何处”句：指崇祯十五年（1642），贵戚在苏州物色到陈圆圆，强载北去。豪家，指田弘遇，一说指周奎。

⑯“熏天”二句：陈圆圆入宫，不为后妃所容，思宗不纳。熏天意气，谓宫中后妃竞宠，气焰冲天。宫掖，犹“掖庭”、“后宫”。明眸皓齿，指陈圆圆美貌。

⑰夺归：斥退。永巷：宫中嫔妃所居处。良家：用《玉台新咏序》中“四姓良家，驰名永巷”句意，指贵戚家。

⑱“白皙（xī析）”二句：言吴三桂在贵戚筵上为陈圆圆声容所动。通侯，汉代爵位最尊者。当时，吴三桂受思宗信任，召对平台，赐蟒、玉，命出守山海关，继封平西伯，故云。花枝，喻陈圆圆。屡回顾，频频顾盼。

⑲“早携”二句：谓陈圆圆希望吴三桂早日迎娶。樊笼，喻在贵戚家为家妓的处境。银河，用牛郎织女故事，以渡银河喻结婚。

⑳“恨煞”二句：怨军情紧急，迫使吴三桂赴山海关，仅与陈圆圆相约而去。底死催，拼命地催促。孙洙《菩萨蛮》词：“楼头尚有三通鼓，何须底死催人去。”后约，相约以后迎娶。

㉑蚁贼：对起义军的蔑称。蚁，形容极多。满长安，指李自成军占领北京。

㉒“可怜”二句：李自成部下误将陈圆圆当作风尘无主女子。思妇楼头柳，喻征人之妇。王昌龄《闺怨》诗：“闺中少妇不知愁，春日凝妆上翠楼。忽见陌头杨柳色，悔教夫婿觅封侯。”陈圆圆已为吴三桂所聘，故用王昌龄诗意为喻。天边粉絮，喻风尘女子。

㉓“遍索”二句：李自成部下搜索得陈圆圆。绿珠，晋石崇爱妾。内第，大家内宅。绛树，魏文帝曹丕所宠舞伎。曹丕《与繁钦书》：“今之妙舞，莫过于绛树。”绿珠、绛树，均指陈圆圆。

㉔“若非”二句：谓吴三桂反攻北京获胜，方找回陈圆圆。壮士，指吴三桂军队。争得，同“怎得”，唐宋人多以“争”作“怎”。蛾眉，妇女，指陈圆圆。

㉕“蛾眉”四句：据《觚剩》卷四记载，吴三桂追李自成至山西，尚不知陈圆圆存亡，部下于北京访得，飞骑传送。吴三桂结彩楼，箫鼓三十里，亲往迎接。此四句即写其事。传呼，喝道。残红印，指脸上的胭脂被泪痕冲毁。

㉖“专征”二句：吴三桂携陈圆圆进军陕西。专征，受命专司一方面之征伐。秦川，今陕西关中地区。金牛道，川陕间栈道之一段，由陕西沔县至四川剑阁。

㉗“斜谷”二句：写吴三桂携陈圆圆所至之地方，为陈造楼安置。斜谷，褒斜谷，在今陕西眉县西南。散关，大散关，在今陕西宝鸡市西南大散岭上。

㉘“传来”二句：谓陈圆圆消息传至苏州，时间已过去了十年。江乡，指苏州。乌桕（jiù旧），乌桕树，落叶乔木，秋叶经霜变红。十度霜，谓十年。

㉙“教曲”二句：昔日曲师、同伴闻圆圆消息而感叹。怜尚在，以陈圆圆经离乱而尚存为幸。浣纱女伴，西施未入吴宫前曾浣纱于若耶溪。王维《西施咏》：“当时浣纱伴，莫得同车归。”此指陈圆圆昔日同伴。同行（háng杭），同伴。

㉚“旧巢”二句：同伴感叹陈圆圆荣贵。衔泥燕，喻地位低贱之人。变凤凰，由贱变贵。刘宋时王微与王僧绰书曰：“吾得若此（原指隐居），则鸡鹜变凤凰。”（《宋书·王微传》）

㉛“长向”二句：亦同伴感叹语，自伤年老色衰，而陈圆圆却成为侯王夫人。尊前，指饮酒时，含借酒浇愁意。尊，通“樽”。擅侯王，据有侯王之爵位。

㉜当时：指崇祯十五年（1642）陈圆圆被购致时。声名累：谓陈圆圆以色艺擅名天下，遭遇许多颠沛。

㉝“一斛（hú狐）”二句：谓陈圆圆赢得极多缠头，也招来无穷愁苦。斛，量器，古时以十斗或五斗为一斛。腰支细，言其因愁苦而消瘦。腰支，即腰肢。

㉞狂风扬落花：喻陈圆圆所经历的坎坷。

㉟“无边”句：喻陈圆圆终得非常之荣贵。

㊱“尝闻”二句：用周瑜有美妻小乔故事，谓吴三桂因得有艳色的陈圆圆而有大名。倾国倾城，语出汉李延年《李夫人歌》：“北方有佳人，绝世而独立。一顾倾人城，再顾倾人国。宁不知倾城与倾国，佳人难再得。”后世遂以“倾城倾国”形容绝色女子。周郎，指三国时吴国周瑜，他年纪很轻就做了吴国都督。相传曹操为抢夺小乔及其姐姐大乔而发兵攻吴，被周瑜在赤壁击败，周瑜因此名声大震。此处以周瑜隐喻吴三桂。

㊲关大计：关系军国大事。

㊳“全家”句：史载，李自成劝降不成，与得清兵之助的吴三桂战于一片石，大败，遂杀吴襄全家。

㊴红妆：陈圆圆。照汗青：光耀史册。汗青，古时记事用竹简，竹简须火炙出汗（水）方可书写，遂用以称史册。

㊵“馆娃”二句：仍借夫差宠西施故事兴叹。馆娃，宫名，代指西施。西施由越至吴，夫差为之于灵岩山筑馆娃宫。（见《吴越春秋》）越女，亦指西施。

㊶“香径”二句：喻人逝楼空。香径，采香径，又名箭径，在苏州香山上。屧（xiè 泄）廊，响屧廊，吴宫中长廊，传说西施着屧行其上有声响。屧，一种空心木底鞋。

㊷“换羽”二句：谓吴三桂与陈圆圆于社会动乱中歌舞宴乐。换羽移宫，指奏乐。古梁州，包括陕西西南部和四川。顺治五年（1648），吴三桂移驻汉中。汉中古属梁州。

㊸别唱吴宫曲：指作本诗。此以吴王夫差比拟吴三桂，暗示他不会有好下场。吴宫曲，指吴王夫差时的宫曲。

㊹“汉水”句：李白《白头江上吟》：“功名富贵若长在，汉水亦应西北流。”汉中临汉水上游，故化用其诗意，言功名富贵之无常。

过淮阴有感①（二首选一）

登高怅望八公山②，琪树丹崖未可攀③。莫想《阴符》遇黄石④，好将《鸿宝》驻朱颜⑤。浮生所欠止一死⑥，尘世无繇识九还⑦。我本淮王旧鸡犬⑧，不随仙去落人间⑨。

诵芬室刻本《梅村家藏稿》卷一五

①诗作于清顺治十年（1653）作者被迫应诏入京途中，借汉淮南王刘安故事，抒写无奈出仕新朝的悲哀。原诗共两首，此选其第二首。

②八公山：在安徽寿县北。相传，刘安遇“八公”于此，后白日升天。

③琪树丹崖：仙境木石。琪树，犹“玉树”。丹崖，崖石赤如丹砂。

④“莫想”句：反用张良遇黄石公故事，表示已不能作抗清复明的想法。《史记·留侯世家》载，张良于下邳遇黄石公，得《太公兵法》，后辅汉灭秦。《阴符》，《阴符经》，太公兵书。

⑤“好将”句：用刘安学仙故事，谓只求健康长寿。《汉书·刘向传》载，刘安有《枕中鸿宝苑秘书》，“言神仙使鬼物为金之术”。驻朱颜，使青春长驻。

⑥所欠止一死：语本《宋史·范质传》：“惜其欠世宗一死耳!”谓未为旧君主死节。

⑦无繇：靳荣藩《吴梅村诗集笺注》本作“无缘”。繇，同“由”。九还：亦称“九转”，道家炼丹，循环九次为最佳。葛洪《抱朴子·金丹》：“九转之丹，服之三日得仙。”唐吕岩《七言诗》：“九转九还功若就，定将衰老返长春。”

⑧淮王旧鸡犬：据王充《论衡·道虚》载，相传淮南王刘安得道成仙后，连他的鸡犬也随之升天。此以刘安喻崇祯帝，以鸡犬自比，说明自己本是崇祯帝旧臣。

⑨不随仙去：言其未随崇祯帝而死。

三
黄宗羲

黄宗羲（1610—1695），字太冲，号南雷，世称梨洲先生，浙江余姚人。早年即关心政治，为明末复社领袖之一。清兵渡江，于家乡募兵抵抗，依附于绍兴监国之鲁王政权，授兵部主事，升左副都御史。事败后，屏居家乡，著书立说，著有《明夷待访录》、《明儒学案》、《宋元学案》等，在政治学、经济学、学术史诸方面，卓有建树，为我国17世纪卓越的思想家、史学家。强调文学之社会功用，文章质朴、犀利；诗宗宋人，不事雕琢。有《南雷文定》等。

山居杂咏[①]（六首选一）

锋镝牢囚取次过[②]，依然不废我弦歌[③]。死犹未肯输心去，贫亦其能奈我何[④]！廿两棉花装破被，三根松木煮空锅。一冬也是堂堂地[⑤]，岂信人间胜著多[⑥]！

《四部丛刊》本《南雷诗历》卷一

①清顺治十六年（1658），郑成功、张煌言水师反攻长江，旋失败。时作者避居四明山中，感复明无望，作此诗以排解苦闷。此为第一首，写历经危难而心终不改、贫穷终老亦心甘之心境，沉郁苍劲。

②锋镝（dí狄）：刀锋和箭镞，喻战争。牢囚：被囚禁。取次：挨次，一个接一个。作者自明末二十余年来，多次经历危难，故云。

③弦歌：歌咏，诵读。《孔子家语·在厄》：“绝粮七日，外无所通，藜羹不充，从者皆病。孔子愈慷慨讲诵，弦歌不绝。”诗本此。

④其：岂。

⑤一冬：一死，终其身。冬，《说文》：“古‘终’字。”段玉裁注：“冬之谓终也。”马王堆汉墓帛书《老子·道经》：“飘风不冬朝，暴雨不冬日。”通行本“冬”均作“终”。堂堂：光明正大貌。

⑥胜著：一作“胜着”，成功之举动。

原君[①]

有生之初[②]，人各自私也，人各自利也[③]，天下有公利而莫或兴之，有公害而莫或除之[④]。有人者出[⑤]，不以一己之利为利，而使天下受其利；不以一己之害为害，而使天下释其害[⑥]，此其人之勤劳，必千万于天下之人。夫以千万倍之勤劳，而己又不享其利，必非天下之人情所欲居也[7]。故古之人君，量而不欲入君者[8]，许由、务光是也[9]；入而又去之者，尧、舜是也[10]；初不欲入而不得去者，禹是也[11]。岂古之人有所异哉？好逸恶劳，亦犹夫人之情也[12]。

后之为人君者不然。以为天下利害之权皆出于我，我以天下之利尽归于己，以天下之害尽归于人，亦无不可；使天下之人，不敢自私，不敢自利，以我之大私为天下之大公[13]。始而惭焉，久而安焉。视天下为莫大之产业，传之子孙，受享无穷。汉高帝所谓“某业所就，孰与仲多”者[14]，其逐利之情，不觉溢之于辞矣。此无他，古者以天下为主，君为客，凡君之所毕世而经营者[15]，为天下也。今也以君为主，天下为客，凡天下之无地而得安宁者，为君也。是以其未得之也[16]，屠毒天下之肝脑[17]，离散天下之子女，以博我一人之产业[18]，曾不惨然[19]，曰：“我固为子孙创业也。”其既得之也，敲剥天下之骨髓，离散天下之子女，以奉我一人之淫乐，视为当然，曰：“此我产业之花息也[20]。”然则为天下之大害者，君而已矣！向使无君[21]，人各得自私也，人各得自利也。呜呼！岂设君之道固如是乎[22]？

古者天下之人爱戴其君，比之如父，拟之如天，诚不为过也。今也天下之人怨恶其君，视之如寇仇[23]，名之为独夫[24]，固其所也[25]。而小儒规规焉[26]，以君臣之义无所逃于天地之间[27]，至桀、纣之暴[28]，犹谓汤、武不当诛之[29]，而妄传伯夷、叔齐无稽之事[30]，乃兆人万姓崩溃之血肉[31]，曾不异夫腐鼠！岂天地之大，于兆人万姓之中，独私其一人一姓乎！是故，武王，圣人也；孟子之言[32]，圣人之言也。后世之君，欲以如父如天之空名，禁人之窥伺者[33]，皆不便于其言[34]，至废孟子而不立[35]，非导源于小儒乎？

虽然，使后之为君者果能保此产业，传之无穷，亦无怪乎其私之也。既以产业视之，人之欲得产业，谁不如我[36]？摄缄縢，固扃鐍[37]，一人之智力，不能胜天下欲得之者之众，远者数世，近者及身，其血肉之崩溃在其子孙矣。昔人愿世世无生帝王家[38]，而毅宗之语公主，亦曰：“若何为生我家！”[39]痛哉斯言！回思创业时其欲得天下之心，有不废然摧沮者乎[40]？是故，明乎为君之职分[41]，则唐、虞之世[42]，人人能让，许由、务光非绝尘也[43]；不明乎为君之职分，则市井之间，人人可欲[44]，许由、务光所以旷后世而不闻也[45]。然君之职分难明，以俄顷淫乐[46]，不易无穷之悲[47]，虽愚者亦明之矣。

《四部备要》本《明夷待访录》

①本文是作者《明夷待访录》之首篇。《明夷待访录》成书于康熙二年（1663），包括《原君》、《原臣》、《原法》等二十余篇政论文，基本思想是反封建君主专制主义。作者认为封建君主以天下为私有，掌天下利害之权，实为天下之“大害”，应破除以“君臣之义”为至上的观念。论说简明、犀利，逻辑性较强，行文中含有痛切之情。

②有生之初：从有人类社会开始。

③“人各”二句：谓人人都为生存而自私自利。

④莫或：没有人。或，代词，指人。

⑤人者：仁者。人，通“仁”。这里指下面要说的“古之人君”。

⑥释：解脱。

⑦居：处，引申为担任。

⑧量：衡量，考虑。入君：指为君。

⑨许由、务光：传说中的高士。许由，亦作“许繇”，相传尧欲让位给他，他拒不接受，隐居箕山，自耕而食。（见《高士传》）务光，传说商汤要让位给他，他力辞，后负石自沉于蓼水。（见《列仙传》）

⑩尧、舜：传说中的古贤君。《吕氏春秋·去私》：“尧有子十人，不与其子而授舜；舜有

子九人，不与其子而授禹。至公也。”

⑪禹：原为夏后氏部落领袖，奉舜命治理洪水，功业卓著，后继舜位，为夏代开国国君。(见《尚书》中《禹典》、《禹贡》等篇)

⑫夫：语助词。

⑬为：当作，充作。

⑭汉高帝：刘邦。“某业所就，孰与仲多”，出自《史记·高祖本纪》，是刘邦得天下后，以质问的口吻向其父矜夸所得家业比其兄大得多。孰与仲多，即与仲孰多。仲，指刘邦善于经营的二兄。

⑮毕世：终生。

⑯未得：未得天下。

⑰屠毒：即荼毒，残害。肝脑：指人的身体或生命。

⑱博：讨取。

⑲曾：竟，从来。惨：羞惭。唐李愿《观翟玉妓》：“艳粉宜斜烛，羞蛾惨向人。”

⑳花息：利息。

㉑向使：假设之词，犹“假若”。

㉒设君之道：设立国君之理由。

㉓视之如寇仇：语出《孟子·离娄下》：“君之视臣如土芥，则臣视君如寇仇。”寇仇，仇敌。

㉔独夫：残害万民、众叛亲离之国君。《尚书·泰誓》：“独夫受（商封），洪惟作威，乃汝世仇。”

㉕固其所也：本是其所应得的。所，宜，适当。《易·系辞下》：“交易而退，各得其所。”

㉖规规焉：浅薄、拘束貌。《庄子·秋水》：“子乃规规然而求之以察，索之以辨，是直用管窥天，用锥指地也。”

㉗“以君臣之义”句：谓天地间君主主宰臣民、臣民效忠君主之伦理关系，是绝对的。

㉘桀：夏朝末代君主。纣：商朝末代君主。两人都是古代暴君。

㉙汤：又名成汤。传说夏桀暴虐，汤兴兵伐夏，将桀流放。武，周武王，继周文王遗志，兴兵灭商，纣自焚。诛：杀。

㉚伯夷、叔齐：传说为商朝孤竹君之子，周武王伐纣，曾扣马谏阻；武王灭商后，耻食周粟，饿死于首阳山。(见《史记·伯夷列传》)作者认为其事不可信，故说“妄传”“无稽之事”。

㉛兆人万姓：千万百姓。兆，一百万。崩溃之血肉：指被残害之臣民。

㉜孟子之言：见《孟子·梁惠王下》：“贼仁者谓之贼，残义者谓之残。残贼之人，谓之一夫。闻诛一夫纣矣，未闻弑君也。”

㉝窥伺：犹“觊觎”，指对君位抱有非分之想。

㉞“皆不”句：谓都认为孟子的话对自己不利。

㉟“至废”句：指明太祖朱元璋曾认为《孟子》中“民为贵，社稷次之，君为轻”一类话语过激，下诏撤除孟子在孔庙中的配享地位。(见《南雍志》卷一《事纪》)

㊱如我：像我一样。

㊲“摄缄縢（téng滕）”二句：语出《庄子·胠箧》：“将为胠箧探囊发匮之盗，而为守备，则必摄缄縢，固扃鐍，此世俗之所谓知也。”摄，紧收。缄，结。縢，绳子。扃鐍（jiōng jué坰决），门窗、箱子之锁钥。

㊳“昔人”句：指南朝宋顺帝被逼退位，“一泣而弹指，唯愿后身生生世世不复天王作因缘。”（《南史·王敬则传》）

㊴“而毅宗”三句：明崇祯帝于李自成将陷北京时，用剑砍长平公主，说：“若何为生我家！”（《明史·公主列传》）毅宗，崇祯帝朱由检死后士民所谥之号。

㊵废然：灰心貌。摧沮：沮丧。

㊶职分：职责。

㊷唐、虞之世：尧、舜时代。唐，尧之国号。虞，舜之国号。

㊸绝尘：超越世俗。

㊹人人可欲：人人都想做君主。

㊺旷后世：后世空缺。

㊻俄顷：犹瞬间，指极短暂的时间。

㊼不易：不换取。

四

顾炎武

顾炎武（1613—1682），初名绛，后改炎武，字宁人，学者称亭林先生，江苏昆山人。少年即持清议，重名节，为复社成员。清兵渡江，在家乡一带参加抗清义军。清兵初定江南，出走北方，考察山川边塞形势，曾垦田于山东章丘、山西雁北，以待有变。晚年卜居陕西华阴。生平治学主经世致用，于古代典制、地理沿革、河漕兵农、音韵训诂之学，均悉心研讨，开有清一代学术风气。论文主“文须有益于天下”，论诗“主性情”。诗作感事抒怀，沉郁工稳，典雅矜练，字字贴实，“真合靖节、浣花于一手”（汪端《明三十家诗钞》评语）。著有《日知录》、《天下郡国利病书》、《亭林诗文集》。

五十初度时在昌平①

居然濩落念无成②，隙驷流萍度此生③。远路不须愁日暮，老年终自望河清④。常随黄鹄翔山影⑤，惯听青骢别塞声⑥。举目陵京犹旧国，可能钟鼎一扬名⑦？

《四部丛刊》本《亭林诗文集》卷三

①康熙元年（1662）五月，作者在昌平（今北京郊区）逢五十岁生日。有人馈赠致贺，先生作《与友人辞祝书》，中云：“鄙人生丁不造，情事异人，流离四方，偷存视息”，“知我者当悯其不幸而吊慰之，不当施之以非礼之礼，使之拂其心而夭其性也”。诗自抒心声，于俯仰身世中，重在明其心志，所以其感慨更加幽愤深广。对仗工整，无斧凿之迹；转笔多用常语，气势灵活而上下贯通，声情并壮。

②“居然”句：化用杜甫《自京赴奉先县咏怀》“居然成濩落”原句。濩（huò货）落，大而无用。

③隙驷：喻易逝之时光。《礼记·三年问》：“则三年之丧，二十五月而毕，若驷之过隙。”流萍：喻人生漂泊无定。

④“远路”二句：谓抱定“河清”之志愿，其路漫长，故无日暮途穷之感。河清，鲍照有《河清颂》，喻天下太平，此指恢复故国。

⑤“常随”句：谓自己长期为谋求复国而奔走。黄鹄，喻高人志士。《楚辞·卜居》：“宁与黄鹄比翼乎？将与鸡鹜争食乎？”此用其意。

⑥“惯听”句：言自己多年进出塞北，对兵马过往，习以为常。

⑦“举目”二句：谓心怀故国，不求功名富贵。陵京，指明十三陵。钟鼎，钟鸣鼎列之省文，喻高官、富贵之人。曹操《陈损益表》：“臣以区区之质，而当钟鼎之任。”杜甫《清明》诗：“钟鼎山林各天性。”

又酬傅处士次韵[①]（二首）

清切频吹越石笳[②]，穷愁犹驾阮生车[③]。时当汉腊遗臣祭[④]，义激韩仇旧相家[⑤]。陵阙生哀回夕照，河山垂泪发春花[⑥]。相将便是天涯侣，不用虚乘犯斗槎[⑦]。

①傅处士：傅山，字青主，太原人，著名学者。明亡后，改衣道装，隐居山中，以行医为业。曾拒绝博学鸿词之考试。著有《霜红龛集》。康熙二年（1663），顾炎武游太原，与之相晤，先有《赠傅处士山》，傅山有《晤言宁人先生还村途中叹息有诗》。此诗二首是和其韵之作。诗抒写二人不忘复国，彼此相慰藉、激励之情怀，用典娴熟，熨帖自然。

②清切：声调清冷凄切。越石笳：晋刘琨，字越石，曾在晋阳（太原）为胡骑所围困。他夜吹胡笳，胡骑闻之动乡思，解围而去。（见《晋书·刘琨传》）这里借以写傅山隐居清吟，抒故国之思。

③阮生车：晋阮籍常驾车独出，不由路径，辄穷途，恸哭而返。（见《晋书·阮籍传》）傅山坚守名节，曾牵连一叛逆案而下狱受刑（见全祖望《阳曲傅先生事略》），仍不降志屈节，故曰“穷愁”“犹驾”。

④汉腊：汉制，十二月戌日行腊祭，祭百神。遗臣祭：西汉末，王莽篡位，原尚书令陈咸与三子弃官归里，腊祭仍依汉制，人问其故，曰：“我先人岂知王氏腊乎?”（见《后汉书·陈宠传》）喻傅山仍奉明朝正朔。

⑤“义激”句：张良先人五世相韩，秦灭韩，张氏散尽家产，“求客刺秦王，为韩复仇”（《史记·留侯世家》）。喻傅山仍怀复明之志。

⑥“陵阙”二句：抒亡国之痛。上句用李白《忆秦娥》“西风残照，汉家宫阙”词意，下句用杜甫《春望》“感时花溅泪”诗意。

⑦“相将”二句：谓有志同道合者在，千里为侣，不必为乘槎浮海之行。相将，携手，相偕。王安石《次韵答平甫》：“物物此时皆可赋，悔予千里不相将。”犯斗槎（chá查），张华《博物志》：“天河与海通，近世有人居海渚者，年年八月有浮槎去来，不失期。”后有人乘槎至天河，见一人牵牛饮于渚次，归访蜀郡严君平，则曰：“某年月日，有客星犯牵牛宿。”计其年月，恰是此人到天河时也。斗，星宿名。槎，木筏，筏子。

愁听关塞遍吹笳，不见中原有战车[①]。三户已亡熊绎国[②]，一成犹启少康家[③]。苍龙日暮还行雨，老树春深更著花[④]。待得汉庭明诏近，五湖同觅钓鱼槎[⑤]。

《四部丛刊》本《亭林诗文集》卷四

①“愁听”二句：谓清朝已征服天下，战事基本平息。

②“三户”句：反用《史记·项羽本纪》中“楚虽三户，亡秦必楚”语，喻明桂王等抗清政权已败亡。三户，春秋战国时楚国昭、屈、景三大家族。熊绎国，指楚国，熊绎为楚武王名。周成王时，赏开国有功勋者之后嗣，封熊绎于楚地，是为楚武王。（见《史记·楚世家》）

③“一成”句：用夏少康中兴故事，喻有志者事竟成，复明有望。《左传·哀公元年》载：

夏代，过国浇灭夏帝后相，后相子少康长大，奔于有虞，虞君妻以二女，予以一邑，“有田一成，有众一旅，能布其德，而兆其谋，以收夏众，抚其官职”，终于灭过，兴复夏朝。杜预注：“方十里为成，五百人为旅。”启，开拓。

④“苍龙”二句：言自己年虽老而复明的志气不衰。

⑤“待得”二句：用范蠡助越灭吴功成身退故事，谓恢复故国后，再优游江湖。范蠡事见《史记·货殖列传》。

五

王夫之

王夫之（1619—1692），字而农，号薑斋，湖南衡阳人。明末举人，明亡，起兵衡阳抗清，事败，走依南明桂王，授行人司行人。清顺治七年（1650），潜身湘西石船山土屋中，著书四十年，学者称船山先生。博通经史，思想深邃，志节文章与顾炎武、黄宗羲并立。论诗以“导性情”为核心，精湛而成体系。诗作步武《离骚》，喜托喻以抒其遗民心思，造语奇瑰，含意幽曲。生平著作，后人辑为《船山遗书》。

正落花诗①（十首选一）

弱羽殷勤亢谷风②，息肩迟暮委墙东③。销魂万里生前果④，化血三年死后功⑤。香老但邀南国颂⑥，青留长伴小山丛⑦。堂堂背我随余子⑧，微许知音一叶桐⑨。

《四部丛刊》本《薑斋诗文集》

①作者作有数组咏落花诗，此为第一组。据题后小序，诗作于顺治十七年（1660）冬，题曰《正落花诗》，“正”取“雅正”之义。所选为第一首，以花落而树青果香为喻，抒写身虽隐而爱国志节不衰之心迹。

②“弱羽”句：用苏轼《次韵答子由》“平生弱羽寄冲风”句意。弱羽，飞行力弱之鸟，喻力量薄弱。亢，通“抗”。谷风，语本《诗经·邶风·谷风》：“习习谷风，以阴以雨。”谓山谷中之风。作者曾参加抗清活动，故云。

③息肩：喻卸除负担，此指放弃抗清斗争。迟暮：衰老。委：弃置。墙东：语出《后汉书·逸民传》：“君公遭乱独不去，侩牛自隐。时人谓之论曰：‘避世墙东王君公。’”后用以指隐居之地。

④销魂万里：指作者为抗清曾奔走于湖广、云贵数省。生前果：犹说“命定”。果，佛教所谓“因果”。

⑤“化血”句：《庄子·外物》：“苌弘死于蜀，周人藏其血，三年化而为碧。”后以“碧血”喻为国家而牺牲的精神。此云“死后功”，谓忠贞之志生死不渝。

⑥“香老”句：屈原《橘颂》：“受命不迁，生南国兮。深固难徙，更壹志兮。”朱熹《楚辞集注》云：“原自比志节如橘，不可移是也。”此谓志节不移，如《橘颂》之所颂。

⑦青留：谓花落而树犹青。小山丛：汉淮南小山《招隐士》云：“桂树丛生兮山之幽。”又云：“攀桂枝兮聊淹留。”诗用以喻桂王。作者矢志心系桂王，故云“长伴”。

⑧堂堂背我：语本唐薛能《春日使府寓怀》诗：“青春堂堂背我去。”堂堂，公然貌。余子：《后汉书·祢衡传》载，祢衡尝称曰：“大儿孔文举，小儿杨德祖。余子碌碌，莫足数也。”此指庸碌之人。

⑨“微许”句：稍称知音者为桐树。一叶，宋唐庚《文录》云：“山僧不解甲子数，一叶落知天下秋。”此用其意。

六

屈大均

屈大均（1630—1696），初名绍隆，字翁山，中年改名大均，广东番禺（今属广州市）人。少年逢明清易代，曾参加武装抗清，广州陷，削发为僧，仍图恢复，奔走四方，曾入越，密谋响应郑成功水师之反攻，事后走秦、晋、燕、齐等地，联络志士，还俗易服。吴三桂叛清，曾一度入其军。生平所至皆有诗，多感时吊古，抒亡国之愤与不屈之志。诗初祖屈原，继兼学李白、杜甫，时而激昂奔放，时而沉郁苍劲，夭矫多变，不拘一格。与陈恭尹、梁佩兰并称“岭南三大家”。有《翁山诗外》、《翁山文外》等。

云州秋望[①]

白草黄羊外[②]，空闻觱篥哀[③]。遥寻苏武庙，不上李陵台[④]。风助群鹰击，云随万马来。关前无数柳，一夜落龙堆[⑤]。

国学扶轮社印本《翁山诗外》卷五

①诗作于康熙七年（1668），时作者游晋北。云州，唐地名，今山西大同市。诗写塞北秋日景象，寓情志于其中。

②白草黄羊：北方草原景物。白草，牧草的一种。《汉书·西域传上·鄯善国》：“地沙卤，少田……多葭苇、柽柳、胡桐、白草。”颜师古注：“白草似莠而细，无芒，其干熟时正白色，牛马所嗜也。”黄羊，沙漠草原中一种野生羊，毛棕黄色，腹下白色，亦称蒙古羚。《唐书·回鹘传》：“黠戛斯，古坚昆国也。其兽有野马……黄羊。”

③觱篥（bì lì 必立）：古北方簧管乐器，截竹为管，卷芦为首，又名葭管，其声悲。（见《文献通考·乐考·竹属》）

④“遥寻”二句：就游踪言志，敬重汉代出使匈奴持节不屈之苏武，鄙视降志屈节之李陵。云州燕然山（今名杭爱山）上有李陵台，故言及。

⑤“关前”二句：言云州秋气肃杀，树木一夜就凋零殆尽。龙堆，白龙堆的简称，本为新疆南部古沙丘名，后泛指塞外沙漠地方。

壬戌清明作[①]

朝作轻寒暮作阴，愁中不觉已春深。落花有泪因风雨，啼鸟无情自古今[②]。故国江山徒梦寐，中华人物又销沉[③]。龙蛇四海归无所，寒食年年怆客心[④]。

国学扶轮社印本《翁山诗外》卷一〇

①壬戌：康熙二十一年（1682）。此时，以吴三桂为主的三藩已先后败亡，退居台湾的郑氏尽失福建沿海据点，行将覆灭，清王朝基本统治全国。作者俯仰形势，痛感恢复无望，归依无所，作此诗抒其悲哀。诗以情运笔，如泣如诉，词婉意切。

②“落花”二句：自杜甫《春望》“感时花溅泪，恨别鸟惊心”化出，翻作实写，寓伤国变世移之意。

③人物：指杰出人士。范成大《送通守林彦强寺丞还朝》：“地灵境秀有人物，新安府丞今第一。”

④“龙蛇”二句：借寒食节传说，慨叹有志复国的志士无处可归。龙蛇，《易·系辞》：“龙蛇之蛰，以存身也。”《汉书·扬雄传》：“君子得时则大行，不得时则龙蛇。”遂以龙蛇喻隐居自处、待时而出的贤人志士。又，春秋时，介子推从晋公子重耳出亡齐国，重耳返晋为国君，是为晋文公，赏赐从亡诸臣，独未及介子推。介子推作《龙蛇歌》，归隐绵上。文公欲烧山迫使其出山，介子推不出，被烧死。（见《史记·晋世家》）后来相传为纪念介子推，其死日禁火寒食，称寒食节。寒食节在清明节前一日，一说后二日，再后又谓清明即寒食。

七

侯方域

侯方域（1618—1654），字朝宗，号雪苑，河南商丘人。祖、父皆为明末朝官、东林党人。及冠，应试南京，交结复社名流，流连秦淮妓馆，与方以智、冒襄、陈贞慧并称“四公子”。南明弘光朝，执政兴党狱，逮复社中坚，遂避难依史可法、高杰。明亡，归里。清顺治八年（1651），被迫应乡试，中副榜，旋抑郁而死。少有文名，为文师法唐之韩柳、明之归有光，染有晚明率易恣肆文风，传记文多写小人物之奇行异事，被称为“以小说为古文辞”（汪琬《跋王于一遗集》。有《壮悔堂文集》、《四忆堂诗集》。

李姬传[①]

李姬者，名香，母曰贞丽[②]。贞丽有侠气，尝一夜博，输千金立尽；所交接皆当世豪杰，尤与阳羡陈贞慧善也[③]。姬为其养女，亦侠而慧，略知书，能辨士大夫贤否[④]。张学士溥、夏吏部允彝急称之[⑤]。少风调皎爽不群[⑥]。十三岁，从吴人周如松受歌[⑦]，玉茗堂四传奇皆能尽其音节[⑧]；尤工《琵琶词》[⑨]，然不轻发也[⑩]。

雪苑侯生[⑪]，己卯来金陵[⑫]，与相识。姬尝邀侯生为诗，而自歌以偿之。初，皖人阮大铖者[⑬]，以阿附魏忠贤论城旦[⑭]，屏居金陵[⑮]，为清议所斥[⑯]。阳羡陈贞慧、贵池吴应箕实首其事[⑰]，持之力[⑱]。大铖不得已，欲侯生为解之，乃假所善王将军[⑲]，日载酒食与侯生游。姬曰：“王将军贫，非结客者[⑳]，公子盍叩之[㉑]？”侯生三问，将军乃屏人述大铖意[㉒]。姬私语侯生曰：“妾少从假母识阳羡君[㉓]，其人有高义，闻吴君尤铮铮[㉔]，今皆与公子善，奈何以阮公负至交乎！且以公子之世望[㉕]，安事阮公[㉖]？公子读万卷书，所见岂后于贱妾耶[㉗]？”侯生大呼称善，醉而卧，王将军者殊怏怏[㉘]，因辞去，不复通[㉙]。

未几，侯生下第[㉚]。姬置酒桃叶渡[㉛]，歌《琵琶词》以送之，曰：“公子才名文藻，雅不减中郎[㉜]。中郎学不补行[㉝]，今《琵琶》所传词固妄[㉞]，然尝昵董卓[㉟]，不可掩也。公子豪迈不羁，又失意，此去相见未可期，愿终自爱，无忘妾所歌《琵琶词》也[㊱]！妾亦不复歌矣。”

侯生去后，而故开府田仰者[㊲]，以金三百锾[㊳]，邀姬一见。姬固却之。开府惭且怒，且有以中伤姬[㊴]。姬叹曰：“田公岂异于阮公乎[㊵]？吾向之所赞于侯公子者谓何[㊶]？今乃利其金而赴之，是妾卖公子矣！”卒不往。

《四部备要》本《壮悔堂文集》卷五

①李姬，指李香，明末南京秦淮名妓。南京是明朝之陪都，江南第一大都会，金粉繁华，江南文士多流连歌馆酒楼，声气相求，议论时事。妓女亦多知书，不乏善绘、工诗者，以附丽清流名士为荣幸。崇祯末，侯方域以世家公子游学南京，入复社，参与复社反阉党余孽阮大铖

的活动，介入弘光朝之政治斗争，遂使其所宠爱之李香也卷入其中。后侯方域缅怀往事，感其品节之可贵，作成此传。文章以实事为主，叙事简洁，不失史传文笔法，然亦不全遵传记文体，只叙出侯生所见李香品节之二三事，结末无论赞，又类乎记逸事之文。论者谓“近唐人小说”（宋荦《国朝三家文钞·凡例》）。

②贞丽：姓李，字淡如，秦淮名妓，李香假母。

③阳羡：江苏宜兴旧名。陈贞慧：字定生，宜兴人，为复社重要成员，明亡不仕，有《皇明语林》。

④贤否（pǐ 匹）：贤与恶。

⑤张学士溥：张溥，字天如，江苏太仓人，进士及第，复社发起人，著有《七录斋诗文合集》、《汉魏六朝百三名家集》。夏吏部允彝：夏允彝，字彝仲，华亭（今属上海市）人，崇祯进士，官福建长乐知县，与陈子龙组织几社，与复社相呼应。南明弘光朝，官吏部主事。清兵渡江，于家乡起兵抵抗，兵败投水死。著有《幸存录》。

⑥风调：风度、格调。皎爽：纯洁爽朗。

⑦周如松：苏昆生原名，本河南固始人，精通音律，善歌，为著名昆曲教习。明亡后，流落苏州。

⑧玉茗堂四传奇：即汤显祖的《紫钗记》、《牡丹亭》、《邯郸记》、《南柯记》。玉茗堂是汤显祖书斋名。

⑨《琵琶词》：即高明《琵琶记》。

⑩不轻发：不轻易演唱。

⑪雪苑侯生：作者自称。雪苑，汉梁孝王林苑，初名兔园，规模甚大，司马相如等名士曾为座上客，故著名，也称梁苑。南朝谢惠连作《雪赋》，描绘梁苑雪景，传诵极广，故梁苑亦称雪苑。故址在今河南商丘东南。侯方域为商丘人，故称雪苑侯生。

⑫已卯：明崇祯十二年（1639），时侯方域二十二岁。

⑬皖人阮大铖：字圆海，安徽省怀宁人。明天启朝为京官，依附权阉魏忠贤。崇祯初，削职为民，流寓南京，作戏曲，蓄声伎，结纳文士、游侠。南明弘光朝，依附马士英，官至兵部尚书。清兵渡江，出降，从清兵南侵，死于仙霞关。作有《春灯谜》、《燕子笺》等传奇。事具《明史·奸臣传》。

⑭论城旦：被定罪判刑。城旦，古代刑罚名。《墨子·号令》：“以令为除死罪二人，城旦四人。”孙诒让《墨子间诂》引应劭语：“城旦者，旦起行治城，四岁刑也。”后指徒刑或流放。阮大铖被判处“赎徒为民”，故云。

⑮屏（bǐng 丙）居：退居。

⑯为清议所斥：指复社陈贞慧、吴应箕等人在南京联合发布《留都防乱揭帖》，揭发阮大铖为阉党余孽，蓄意再起。清议，在野士人对时政之评议。

⑰首其事：首先发起那件事情。

⑱持之力：态度坚决。

⑲假：借，委托。所善：所交好的人。王将军：事迹不详。

⑳非结客者：不是有能力广交宾客的人。

㉑盍：何不。叩：询问。

㉒屏人：让周围人退避。

㉓阳羡君：指陈贞慧。

㉔吴君：指吴应箕。铮铮：正直刚强貌。

㉕世望：家世和名望。侯方域祖执蒲、父恂、叔恪，在明末天启、崇祯间为朝官，均立身正直，未阿附权阉魏忠贤，属东林党人。

㉖安：如何。事：为之服务。

㉗后于：低于，不如。

㉘怏怏：失意貌。

㉙不复通：不再交往。通，往来。

㉚下第：指侯方域应江南乡试未中。

㉛桃叶渡：在南京秦淮河口，相传因晋王献之送其爱妾桃叶于此而得名。

㉜雅：甚。中郎：《琵琶记》演蔡伯喈与赵五娘故事，系据宋元间民间传说而作成，附会为东汉蔡邕之事。蔡邕字伯喈，官左中郎将，以职称名中郎。

㉝学不补行：谓学问虽富，而品行有缺陷。补，修补，引申为掩盖。

㉞《琵琶》所传词固妄：谓《琵琶记》所写并非蔡邕实有之事。固，诚然。

㉟尝昵董卓：汉献帝时，董卓擅政，征蔡邕为侍中，再拜中郎将，封高阳乡侯。王允诛董卓，独蔡邕哭之，坐董卓党下狱死。（见《后汉书·蔡邕传》）昵，亲近。

㊱“无忘”句：勿忘所以歌之意，即勉之以蔡中郎为鉴。

㊲开府：古代高级官员设立官署，自选僚属，称“开府”。明清两代用以指称方面大员，如总督、巡抚。田仰：字百源，贵州人，与马士英有亲，弘光朝官淮扬巡抚。

㊳锾（huán还）：货币量词。《书·吕刑》：“墨辟疑赦，其罚百锾。”孙星衍《尚书今古文注疏》：“一说为六两，一说为十铢二十五分之十三。”后借用为钱币数，三百锾，即三百金。

㊴有以：因此。中伤姬：诬陷李香。侯方域有《答田中丞书》，驳斥田仰声称李香却金拒招是受其指使。此所谓“中伤”，当是指田仰羞怒，诬陷李香拒招有复社人物反马士英、阮大铖擅政之政治背景。

㊵岂异于：何异于。

㊶向：前时。赞：支持。谓何：为了什么。谓，通“为”。

八

魏　禧

魏禧（1624—1681），字冰叔，一字叔子，世称勺庭先生，江西宁都人。少年成诸生，弱冠逢明清鼎革，遂隐居本邑翠微峰，与兄祥（后改际瑞）、弟礼，研读经史，肆力于古文。中年一度出游江淮，广泛结识文人奇士。平生抱忧患意识，为文以砥砺士风、恢弘志气为宗旨。论策以识见卓越见长，碑传文叙中有评议，笔端带有感情，皆凌厉雄放。有《魏叔子文集》、《魏叔子诗集》。

大铁椎传①

庚戌十一月②，予自广陵归③，与陈子灿同舟④。子灿年二十八，好武事，予授以左氏兵谋兵法⑤，因问数游南北，逢异人乎？子灿为述大铁椎，作《大铁椎传》。

大铁椎，不知何许人也，北平陈子灿省兄河南⑥，与遇宋将军家。宋，怀庆青华镇人⑦，工技击⑧，七省好事者皆来学⑨。人以其雄健，呼宋将军云。宋弟子高信之，亦怀庆人，多力善射，长子灿七岁，少同学，故尝与过宋将军⑩。时座上有健啖客⑪，貌甚寝⑫，右胁夹大铁椎⑬，重四五十斤，饮食拱揖不暂去⑭。柄铁折叠环复如锁上练⑮，引之长丈许⑯。与人罕言语，语类楚声⑰，扣其乡及姓字，皆不答。既同寝，夜半，客曰："吾去矣。"言讫不见。子灿见窗户皆闭，惊问信之。信之曰："客初至，不冠不袜，以蓝手巾裹头，足缠白布，大铁椎外，一物无所持，而腰多白金⑱。吾与将军俱不敢问也。"子灿寐而醒，客则鼾睡炕上矣⑲。一日，辞宋将军曰："吾始闻汝名，以为豪⑳，然皆不足用。吾去矣！"将军强留之㉑，乃曰："吾数击杀响马贼㉒，夺其物，故雠我㉓。久居，祸且及汝㉔。今夜半，方期我决斗某所㉕。"宋将军欣然曰："吾骑马挟矢以助战。"客曰："止！贼能且众㉖，吾欲护汝，则不快吾意㉗。"宋将军故自负，且欲观客所为，力请客。客不得已，与偕行。将至斗处，送将军登空堡上，曰："但观之，慎弗声㉘，令贼知汝也。"时鸡鸣月落，星光照旷野，百步见人。客驰下，吹觱篥数声㉙。顷之，贼二十余四面集，步行负弓矢从者百许人。一贼提刀突奔客。客大呼挥椎，贼应声落马，马首裂。众贼环而进㉚，客奋椎左右击，人马仆地，杀三十许人。宋将军屏息观之㉛，股栗欲堕㉜。忽闻客大呼曰："吾去矣。"尘滚滚东向驰去。后遂不复至。

魏禧论曰：子房得力士，椎秦皇帝博浪沙中。大铁椎其人欤㉝？天生异人，必有所用之。予读陈同甫《中兴遗传》㉞，豪俊、侠烈、魁奇之士，泯泯然不见功名于世者㉟，又何多也！岂天之生才不必为人用欤？抑用之自有时欤？子灿遇大铁椎为壬寅岁㊱，视其貌当年三十，然则大铁椎今年四十耳。子灿又尝见其写市物帖子㊲，甚工楷书也。

易堂原版《魏叔子文集》卷一七

①本文属作者所谓"布衣独行士"传。铁椎（chuí 垂），古兵器。传主姓名无考，传其勇

武，以其兵器名之，题曰《大铁椎传》。传文主体部分采用传中特定人物的视点，叙写传主之非常相貌、诡秘行动、搏斗场面，活现一位隐身民间的豪侠形象，有神龙见首不见尾之致。结末论赞亦留有不尽之意。

②庚戌：康熙九年（1670）。

③广陵：扬州古名。

④陈子灿：生平不详。

⑤左氏兵谋兵法：指《左传》中记述战事的文字。

⑥北平：北京。明初改元大都为北平，成祖永乐元年（1403）改名北京。此用明初名称。

⑦怀庆：府名，今河南沁阳。

⑧工技击：擅长搏斗术。

⑨七省：指河南及周边相邻各省。

⑩过：访问。

⑪健啖（dàn 淡）：食量很大。

⑫貌甚寝：相貌甚丑陋。寝，貌丑。

⑬右胁：右腋下。

⑭“饮食”句：谓椎不离身。

⑮“柄铁”句：椎之铁柄可折叠环绕，如同锁链。练，通“链”。

⑯引：伸开。

⑰类楚声：像湖北地方口音。

⑱白金：银子。

⑲鼾（hān 酣）睡：熟睡。鼾，打呼噜。炕：用土坯搭制的床。

⑳豪：豪杰。

㉑彊：同“强”。

㉒响马贼：结伙拦路抢劫的强盗，抢劫时先打呼哨或放响箭，故云。

㉓雠：同“仇”。

㉔且：将。

㉕期：约定。

㉖能：有本领。

㉗不快吾意：不能让我痛快搏斗。

㉘慎弗声：千万勿出声。

㉙觱篥（bì lì 必栗）：古簧管乐器，本出西域龟兹，又名羌管，其声悲。

㉚环而进：围攻。

㉛屏息：因恐惧不敢大喘气。屏，抑制。

㉜股栗：两腿发抖。栗，通“慄”，瑟缩。

㉝“子房”三句：谓大铁椎与汉张良所得力士为一类人。子房，张良，字子房。秦灭韩，张良欲为韩复仇，得力士，为铁椎重百二十斤，狙击秦始皇于博浪沙，中副车。（见《史记·留侯世家》）

㉞陈同甫：南宋陈亮，字同甫，文学家，著有《龙川文集》、《龙川词》。其所著《中兴遗传》，为宋南渡前后大臣、大将、死节、能臣、能将各类人物立传，其中有侠士、义勇两门，人物类似大铁椎，故言之，以引出下文之感慨。

㉟泯泯然：形容纷纷消亡。

㊱壬寅岁：康熙元年（1662）。

㊲市物帖子：购物单。

九

汪琬

汪琬（1624—1691），字苕文，号钝庵，世称尧峰先生，江苏长洲（今苏州市）人。顺治间进士，官刑部郎中、户部主事。康熙九年（1670）辞官归里，筑尧峰山庄，专事著述。康熙十八年（1679）举博学鸿词，授编修，与修《明史》，旋辞归。擅古文辞，与侯方域、魏禧齐名，而思想较正统，文风称雅正，碑传文以叙议有法、简当不繁著称。著有《钝翁类稿》，晚年自订为《尧峰文钞》。

江天一传①

江天一，字文石，徽州歙县人②。少丧父，事其母，及抚弟天表，具有至性③。尝语人曰："士不立品者④，必无文章。"前明崇祯间，县令傅岩奇其才⑤，每试辄拔置第一⑥。年三十六，始得补诸生⑦。家贫屋败⑧，躬畚土筑垣以居⑨。覆瓦不完，盛暑则暴酷日中⑩。雨至，淋漓蛇伏⑪，或张敝盖自蔽⑫。家人且怨且叹，而天一挟书吟诵自若也⑬。

天一虽以文士知名，而深沉多智，尤为同郡金佥事公声所知⑭。当是时，徽人多盗，天一方佐佥事公，用军法团结乡人子弟，为守御计⑮。而会张献忠破武昌⑯，总兵官左良玉东遁⑰，麾下狼兵哗于途⑱，所过焚掠。将抵徽，徽人震恐，佥事公谋往拒之，以委天一。天一腰刀帓首⑲，黑夜跨马，率壮士驰数十里，与狼兵鏖战于祁门，斩馘大半⑳，悉夺其马牛器械，徽赖以安。

顺治二年夏五月，江南大乱㉑，州县望风内附㉒，而徽人犹为明拒守。六月，唐藩自立于福州㉓，闻天一名，授监纪推官㉔。先是，天一言于佥事公曰："徽为形胜之地㉕，诸县皆有阻隘可恃㉖，而绩溪一面当孔道㉗，其地独平迤㉘，是宜筑关于此，多用兵据之，以与他县相犄角㉙。"遂筑丛山关㉚。已而清师攻绩溪㉛，天一日夜援兵登陴不少息㉜，间出逆战㉝，所杀伤略相当。于是，清师以少骑缀天一于绩溪㉞，而别从新岭入㉟，守岭者先溃，城遂陷。

大帅购天一甚急㊱。天一知事不可为，遽归，嘱其母于天表㊲，出门大呼："我江天一也。"遂被执。有知天一者㊳，欲释之，天一曰："若以我畏死邪㊴？我不死，祸且族矣㊵。"遇佥事公于营门，公目之曰："文石，女有老母在㊶，不可死。"笑谢曰："焉有与人共事而逃其难者乎㊷？公幸勿为我母虑也㊸。"至江宁㊹，总督者欲不问㊺，天一昂首曰："我为若计，若不如杀我；我不死，必复起兵。"遂牵诣通济门㊻。既至，大呼高皇帝者三㊼，南向再拜讫，坐而受刑。观者无不叹息泣下。越数日，天表往收其尸，瘗之㊽。而佥事公亦于是日死矣。

当狼兵之被杀也，凤阳督马士英怒㊾，疏劾徽人杀官军状㊿，将致佥事公于死。天一为赍辨疏[51]，诣阙上之[52]，复作《吁天说》[53]，流涕诉诸贵人[54]，其事始得白[55]。自兵兴以来，先后治乡兵三年，皆在佥事公幕。是时幕中诸侠客号知兵者以百数[56]，而公独推重天一，凡内外机事悉取决焉。其后竟与公同死，虽古义烈之士无以尚之[57]。予得其始末于翁君，汉津遂为之传。

汪琬曰：方胜国之末[58]，新安士大夫死忠者[59]，有汪公伟、凌公駉与佥事公三人[60]，而天一独以诸生殉国。予闻天一游淮安，淮安民妇冯氏者，刲肝活其姑[61]，天一征诸名士作诗文表章之[62]，欲疏于朝，不果。盖其人好奇尚气类如此[63]。天一本名景，别自号石嫁樵夫，翁君汉津云。

《四部丛刊》本《尧峰文钞》卷三四

①作者为明清鼎革之际抗清义士江天一立传，重点叙其智谋和失败被执、慷慨就义的经过，以顺叙为主，间用补叙、插叙，有详有略，笔法灵活有致。

②徽州：清代徽州府，辖歙（shè 设）县、休宁、祁门、绩溪等六县，府治在歙县。

③具：通“俱”。至性：善良天性，指孝顺父母、友爱兄弟。

④立品：树立良好品德。

⑤傅岩：字野清，浙江义乌人，崇祯初年进士，授歙县令，官至监察御史。

⑥试：指童生岁试。

⑦补诸生：考取秀才，成为县学生员。

⑧败：破、坏。

⑨躬畚（běn 本）土筑垣：亲自取土筑墙。畚，竹制或木制撮土工具。此处作动词用。

⑩暴（pù 瀑）：通“曝”，晒。

⑪蛇伏：像蛇一样蜷伏着。

⑫敝盖：破伞。

⑬自若：自如，像平常一样。

⑭金佥事：金声，字正希，休宁人，崇祯间进士，授庶吉士，辞归，后授山东佥事，未就。清兵南下，于家乡起兵守御，相持累月，失败被俘，被杀于南京。休宁与歙县同属徽州府，故称“同郡”。知：赏识。

⑮为守御计：作防御的打算。

⑯会：逢、遇。张献忠：农民起义军领袖。他率军破武昌，时在明崇祯十六年（1643）五月。

⑰左良玉：明末为总兵，驻军武昌，崇祯十六年以缺粮就食为名，移兵九江，沿途掳掠。事载《明史》本传。然《明史》、温睿临《南疆逸史》两书《金声传》，谓金声率徽州民击破的是凤阳总督马士英的黔军。此传所记，可能是传闻之误。

⑱狼兵：以广西东兰、那地、南丹等地人组成的军队。该地少数民族强悍善斗，历史上称狼人，亦作俍人。明后期，该地土司兵可由朝廷调用，世称狼兵。（见《明史·兵志三》、清陆次云《洞溪纤志·狼人》）谇：同“哗”，哗变之省文，指军队叛乱。

⑲帓（mò 末）首：以巾裹头。帓，头巾。

⑳斩馘（guǒ 国）：杀死杀伤。馘，原义为作战时割下所杀敌人的左耳，用以计功。《诗经·鲁颂·泮水》：“在泮献馘。”郑玄笺：“馘，所格者之左耳。”

㉑江南大乱：指清兵渡江，南京弘光小王朝覆灭。

㉒内附：归附本方，指降清。汪琬为清朝官员，故如此说。

㉓唐藩：明唐王朱聿键。弘光王朝覆灭后，原礼部尚书黄道周等在福州拥立唐王为帝，改元隆武。古代称分封各地之王为藩王。朱聿键八世祖为朱元璋第二十二子，分封于南阳，藩号为唐。

㉔监纪推官：明代无此官名。推官为府级掌刑狱的官。当时，唐王政权遥授金声为右都御史、兵部左侍郎、提督南直军务。这里所谓“监纪推官”，当为其属下掌监察司法之官职。

㉕形胜之地：地势险要的地方。《史记·高祖本纪》：“秦形胜之国。”裴骃集解引张晏曰：“秦地带山河，得形势之胜便也。”

㉖阻隘：险阻要隘。

㉗孔道：通道。

㉘平迤（yí夷）：平坦。

㉙相犄（jī机）角：相互牵制，攻击敌方。《左传·襄公十四年》：“譬如捕鹿，晋人角之，诸戎犄之。”犄，捉住脚；角，抓住角。后遂以“犄角”喻从不同方向辖制、攻击敌人。

㉚丛山关：在绩溪县北。

㉛已而：不久。

㉜援兵：引兵。陴（pí皮）：城上矮墙，也叫女墙。

㉝逆战：迎战。

㉞少骑：少数骑兵。骑，一兵一马之合称。缀：牵制。

㉟新岭：在休宁县南。

㊱大帅：指清派往攻击金声义军的总兵张天禄。购：悬赏捉拿。

㊲嘱：托付。

㊳知天一者：指知道江天一之为人的清官兵。

㊴若：你。

㊵祸且族：将遭灭族之祸。族，灭族。《尚书·泰誓上》：“罪人以族。”孔安国传：“一人有罪，刑及父母兄弟妻子。”

㊶女：通“汝”。

㊷焉：哪里。逃其难：指遇难而逃。

㊸幸：敬辞。

㊹江宁：清顺治二年（1645），改南京应天府为江宁府，今南京。

㊺总督：指洪承畴。洪承畴原为明三边总督，被俘降清，顺治二年，以内阁学士、兵部尚书总督军务，招抚江南各省。不问：不问罪。

㊻通济门：南京城南面偏西之门，当时为刑场。

㊼高皇帝：明太祖朱元璋谥号。

㊽瘗（yì意）：埋葬。

㊾马士英：明天启间进士，崇祯末官兵部侍郎，总督庐州凤阳道军务，曾遣使者征调贵州兵抵抗农民军。

㊿疏劾：上疏弹劾。状：情状、罪状。

51赍（jī机）：携带。

52诣阙：到朝廷上。

53《吁天说》：传主所写的说明真相的文字。吁天，向天呼吁。

54贵人：指朝廷之权贵。

55白：澄清冤诬。

56号知兵者：号称懂兵法之人。

57无以尚之：没有人超过他。尚，通“上”。

58胜国：已亡之国。《周礼·地官·媒氏》：“凡男女之阴讼，听之于胜国之社。”郑玄注：

“胜国，亡国也。”谓为今国所胜之国。此处指明朝。

⑲新安：古新安郡，即徽州。死忠者：为国家而死者。

⑳汪公伟：汪伟，休宁人，崇祯末官翰林院检讨，李自成破北京，自缢死。凌公駉（jiōng 扃）：凌駉，休宁人，崇祯末官兵部主事；弘光朝，巡抚河南，守归德，清兵破城，自缢死。

㉑刲（kuī 亏）肝活其姑：割下自己之肝为药，治好婆母之病。此显然是不经之传说。

㉒征：征集。表章：表彰。章，通“彰”。

㉓好奇尚气：喜做非常之事，崇尚气节。类如此：如同这样。

一〇

宋 琬

宋琬（1614—1673），字玉叔，号荔裳，山东莱阳人。顺治四年（1647）进士。顺治末，官浙江按察使，以家乡于七起义事，株连下狱。遇赦后，避居江南。晚年起复为四川按察使。适吴三桂反清，四川亦有响应，遂返北京，惊惫旋卒。以诗名，与施闰章并称“南施北宋”。诗宗杜甫、陆游，沉稳淡雅，抚时触事，多悲愤激宕之词。有《安雅堂诗集》。

清水道中①

陇阪高无极②，清秋望更赊③。石林千叠水④，板屋几人家⑤。古驿羊酥饭⑥，空山燕麦花⑦。停骖问耆旧⑧，井税说频加⑨。

《四部备要》本《安雅堂诗集·五言律》

①此诗作于顺治十三年（1656），时作者任甘肃分巡陇右道佥事，驻秦州（今甘肃天水市）。清水，秦州所辖县名，清水河发源于境内。诗写行清水道中所见风土民情，着笔简淡，可见其地方特色。

②陇阪：甘肃陇山。张衡《四愁诗》：“我所思兮在汉阳，欲往从之陇阪长。”李善注：“应劭曰：‘天水有大阪，名曰陇阪。’《秦州记》曰：‘陇阪九曲，不知高几里。’”

③赊（shē奢）：远。

④千叠水：水流多而曲折。叠，重叠，曲折。

⑤板屋：一作“版屋”，我国古代西部地区简陋屋舍。《诗经·秦风·小戎》：“在其板屋。”左思《三都赋》：“见‘在其版屋’，则知秦野西戎之宅。”

⑥羊酥饭：用羊奶制成的酥油糌粑。

⑦燕麦：似小麦而穗细粒小，野生，西北地区亦种植作饲料。《本草纲目·谷一》集解：“子亦细小，春去皮，作面蒸食，及作饼食，可以救荒。”

⑧停骖（cān餐）：驻马。耆旧：老人。

⑨“井税”句：说是租税频频增加。井税，田税。

一

施闰章

施闰章（1618—1683），字尚白，号愚山，安徽宣城人。顺治六年（1649）进士，历官山东学道、江西参议分守湖西道，以裁缺归里。康熙十八年（1679）举博学鸿词，授翰林院检讨，擢侍读。诗宗法唐人，多叹息民间疾苦，而质朴醇厚，格调平和，论者谓其以温柔敦厚胜。五言律诗有空灵隽永之韵致。有《施愚山先生全集》。

浮萍兔丝篇①

李将军言②：部曲尝掠人妻③，既数年，携之南征，值其故夫，一见恸绝；问其夫已纳新妇，则兵之故妻也。四人皆大哭，各反其妻而去。予为作《浮萍兔丝篇》。

浮萍寄洪波，飘飘东复西。兔丝罥乔柯④，袅袅复离披⑤。兔丝断有日，浮萍合有时；浮萍语兔丝，离合安可知！健儿东南征，马上倾城姿；轻罗作障面⑥，顾盼生光仪。故夫从旁窥，拭目惊且疑；长跪问健儿："毋乃贱子妻⑦？贱子分已断，买妇商山陲⑧；但愿一相见，永诀从此辞。"相见肝肠绝，健儿心乍悲，自言"亦有妇，商山生别离，我戍十余载，不知从阿谁？尔妇既我乡，便可会路歧。"宁知商山妇⑨，复向健儿啼："本执君箕帚⑩，弃我忽如遗。"黄雀从乌飞，比翼长参差，雄飞占新巢，雌伏思旧枝。两雄相顾诧，各自还其雌。雌雄一时合，双泪沾裳衣。

康熙刻本《愚山先生诗集》卷二

①诗写战乱中两家夫妇错位之悲剧。此类事明清兴替战乱中多有，小说中曾写之。诗人前用兴起，末以比结，中间截取两家夫妇相遇的场面，写出其辛酸苦涩，格调似汉乐府。诗约作于顺治十五年（1658）前后作者任山东学政期间。兔丝，菟丝子，蔓生植物，多缠绕在其他植物上。《古诗十九首·冉冉孤生竹》"菟丝生有时，夫妇会有宜"，即此诗取喻所本。

②李将军，不详。

③部曲：军队，此指部下。

④罥（juàn 倦）：缠挂。乔柯：高枝。

⑤离披：形容分散。

⑥障面：面纱。

⑦贱子：男子谦称。

⑧商山：疑指山东桓台东南之商山，亦称铁山。

⑨宁知：哪知，不料。

⑩执箕帚：意即做妻子。箕、帚，均为扫除工具。

太白祠[①]

太白骑鲸去[②]，空留采石祠。当轩千里水[③]，绕屋万松枝。山月长清夜，江云无尽时[④]。谁将一尊酒，把臂共论诗[⑤]。

康熙刻本《愚山先生诗集》卷二六

①太白祠，亦称谪仙楼，在安徽当涂采石矶。唐代宗宝应元年（762），李白病卒于当涂。后传说李白醉后入水捉月溺死于采石江中，于此建祠。诗写祠外远近景，空旷清幽，含“念天地之悠悠”意，追慕之心即寓其中。

②“太白”句：谓李白仙逝。骑鲸，原出扬雄《羽猎赋》：“乘巨鳞，骑京（鲸）鱼。”后因以喻隐遁或游仙。杜甫《送孔巢父归游江东兼呈李白》“南寻禹穴见李白”句，一作“若逢李白骑鲸去”（据清仇兆鳌《杜诗详注》）。后有李白捉月溺死之传说，又常用以喻李白之死。宋周必大《二老堂诗话》引梅圣俞诗：“采石月下逢谪仙，夜披锦袍坐钓船”，“不应暴落饥蛟涎，便当骑鲸上青天”。明李东阳《李太白》诗：“人间未有升腾地，老去骑鲸却上天。”

③千里水：指长江。采石祠位于长江岸边，故云。

④“山月”二句：山川永在，喻诗人千古同心。

⑤“谁将”二句：向往能与大诗人一起论诗，寓敬慕之意。把臂，手拉手，亲近之态。

一二

陈维崧

陈维崧（1625—1682），字其年，号迦陵，江苏宜兴人。明末家世清贵，祖父陈于廷官左都御史，东林党人；父陈贞慧，为南京“四公子”之一，复社中坚，明亡埋身土室，离群索居。维崧少逢国变，又遭地方侵夺，外出依如皋冒襄，应乡试不中，中年落拓走南北。康熙十八年（1679），举博学鸿词，授翰林院检讨，不四年而卒。

陈维崧性豪迈，自负才情，诗、骈文皆工，尤擅填词，生平所作达一千八百余首。词宗苏、辛，感时怀古，记游赠答，多牢落不平之气，词情激烈，骨力遒劲，大大开拓了词之境界。有《湖海楼全集》。

点绛唇·夜宿临洺驿[①]

晴髻离离，太行山势如蝌蚪[②]。稗花盈亩[③]，一片霜皮厚。　赵魏燕韩[④]，历历堪回首[⑤]。悲风吼，临洺驿口，黄叶中原走[⑥]。

《四部备要》本《湖海楼词集》卷一

①临洺（míng名）驿：在今河北永平临洺镇。词作于康熙七年（1668）作者自北京赴河南途中。词写景开阔，运笔遒劲，寓落泊之感于其中，蕴含苍凉之气。

②“晴髻”二句：写遥望太行山山势之所见。髻，喻山峰。离离，若续若断貌。

③稗花：一种杂草，此指田野枯草。

④赵魏燕韩：战国四个诸侯国，在今河北、河南北部一带，即作者所经过的地方。

⑤“历历”句：谓这些地方历史的兴替可清晰回顾、寻味。历历，清晰貌。回首，回顾。

⑥“黄叶”句：写景，假以自喻身世如风中黄叶。

醉落魄·咏鹰[①]

寒山几堵[②]，风低削碎中原路[③]。秋空一碧无今古。醉袒貂裘，略记寻呼处[④]。　男儿身手和谁赌[⑤]？老来猛气还轩举[⑥]，人间多少闲狐兔！月黑沙黄，此际偏思汝[⑦]。

《四部备要》本《湖海楼词集》卷五

①词借咏鹰抒壮怀，言其欲像雄鹰搏击狐兔一样，消除恶人、小人，声色俱厉，可见作者在郁闷中迸发之愤慨。词作于作者旅寓河南期间。

②堵：一般为用于墙的量词，词中形容山高。

③“风低”句：写鹰在广阔平原上迅疾低飞。削碎，犹“划破”。

④寻呼处：行猎地方。寻呼，即呼鹰逐兽。杜甫《壮游》：“呼鹰皂枥林，逐兽云雪冈。”

⑤身手：指才能、本领。和谁赌：没有机会与别人比高低。

⑥轩举：昂扬貌。

⑦汝：指鹰。

贺新郎·纤夫词①

战舰排江口②，正天边、真王拜印，蛟螭蟠钮③。征发棹船郎十万④，列郡风驰雨骤⑤。叹闾左、骚然鸡狗⑥。里正前团催后保⑦，尽累累、锁系空仓后。捽头去⑧，敢摇手？　稻花恰趁霜天秀⑨。有丁男、临岐诀绝，草间病妇⑩。“此去三江牵百丈，雪浪排樯夜吼。背耐得、土牛鞭否⑪？”“好倚后园枫树下，向丛祠、亟倩巫浇酒。神佑我，归田亩⑫。”

《四部备要》本《湖海楼词集》卷二七

①康熙十二年（1673），吴三桂于云南举兵反清，贵州、湖广、四川相继响应，清王朝派大兵征讨。词写清王朝于江南强征民夫助军运，给百姓造成之痛苦。全词基本用白描手法，后半阕叙写被征民夫与病妇诀别之惨状，真切动人。

②江口：长江与他水汇合处。

③“正天边”二句：谓吴三桂自立反清。天边，指云南。真王，语出《史记·淮阴侯列传》：韩信平齐，欲称王，借口齐人诡诈，请为“假王”以镇服。刘邦说：“大丈夫定诸侯，即为真王可耳，何以假为？”吴三桂降清后初封平西王，后进亲王，举兵反清，自号周王、天下都招讨兵马大元帅。此处说“真王拜印”，含讥刺意。蛟螭（chī 痴）蟠钮，印钮上雕刻着蛟螭形状。蛟螭，即螭龙，古传说中一种独角龙，器物上多刻有其形，以示华贵。钮，印鼻。

④棹船郎：船夫。

⑤列郡：诸郡府，各州县。风驰雨骤：形容各州县雷厉风行地强征民夫，其势凶猛。

⑥闾左：闾里的左侧，指贫民居住的地方。《史记·陈涉世家》索引：“凡居，以富强为右，贫弱为左。”

⑦里正：犹后来之地保。团、保：均为旧时户籍单位名称。

⑧捽（zuó 昨）头：揪住头发。捽，揪。

⑨“稻花”句：写景，点出强征民夫的季节，也为后文作铺垫，见得影响农事，波及被征民夫的家庭生活。恰称（chèn 趁），正值。秀，农作物扬花。

⑩“有丁男”二句：有一农夫被强征，临行时与有病的妻子作别。岐：通“歧”。丁男，成丁的男子。诀绝，永别。这里是极言难于重聚。

⑪“此去”三句：病妇语，是说此去江上拉纤，艰苦自不必说，士兵的鞭打也难受得住。三江，异说甚多，这里指鄱阳湖一带。百丈，牵引船的纤绳。“百”字极言其长。如施闰章《牵船夫行》：“十八滩头石齿齿，百丈青绳可怜子。”排樯，浪高激打着船上的桅杆。土牛鞭，打春牛的鞭子。土牛，土作的牛，即春牛。在封建时代，立春之日，举行劝农的仪式，官吏在祭农神后，用彩鞭抽打春牛。这里指一般鞭子。

⑫“好倚”四句：夫嘱妇语，要病妇向神祠祈祷，保佑他平安归来。丛祠，树木掩映的神庙。亟（qì 气）多次。倩（qiàn 欠），请人去做。浇酒，泼酒于地，表示祭祀。

一三

朱彝尊

朱彝尊（1629—1709），字锡鬯，号竹垞，浙江秀水（今嘉兴）人。青年逢明清易代，社会动乱，居家致力于经史、古文辞，曾载书客游南北。康熙十八年（1679），举博学鸿词，授翰林院检讨，与修《明史》。罢归后，专心著述。博学多识，诗词并负盛名。诗清新浑朴，与王士禛并称。词宗南宋姜夔、张炎，空灵清疏，讲究字句声律，开浙西词派。有《曝书亭集》。

哭王处士[①]（六首选一）

相送悲长别[②]，还家惨独行。流连简书札[③]，次第念交情[④]。自有《箧中》作[⑤]，何难身后名。泉台应快意，未必似平生[⑥]。

《四部备要》本《曝书亭集》卷二

①王处士：指王翃（hóng 洪），字介人，作者同邑友人，能诗，终身未仕。顺治十年（1653），王翃病卒，作者作此诗，抒丧友之痛，伤其终身落拓，诗意朴实真切。

②相送：指送葬。长别：永别。

③简：检看。《周礼·地官·遂大夫》："正岁简稼器。"

④次第：犹"一一"。

⑤《箧中》作：指足以为名家所赏识并采录编集的优秀诗作。唐代元结曾选辑沈千运、孟云卿等七位"无禄位"、"久贫贱"的诗人之诗，名曰《箧中集》，序云："已长逝者，遗文失散；方阻绝者，不见近作。尽箧中所有，总编次之。"

⑥"泉台"二句：以慰藉语哀王翃坎坷不遇。

卖花声·雨花台[①]

衰柳白门湾[②]，潮打城还[③]。小长干接大长干[④]。歌板酒旗零落尽，剩有渔竿。　秋草六朝寒[⑤]，花雨空坛[⑥]。更无人处一凭栏。燕子斜阳来又去[⑦]，如此江山[⑧]！

《四部备要》本《曝书亭集》卷二四

①雨花台：在南京中华门（旧称聚宝门）外。相传，梁武帝时云光法师于此讲经，上感于天，为之雨花，故名。（见宋周应合《建康志·台观》）词写清初南京萧条景象，中间融合前人诗中意象，和谐自然，意境清疏。

②白门湾：南京临江地方。白门，本古建康城外门，后指代南京。

③“潮打”句：用刘禹锡《石头城》诗“潮打空城寂寞回”句意。城，指石头城，在今南京清凉山一带。《文选》谢灵运《初发石首城》诗李善注引伏韬《北征记》：“石头城，建康西界临江城也。”

④小长干、大长干：均为南京旧里巷名，故址在城南。《渔洋精华录·宿长干寺》惠栋注引《梁京寺记》：“建康南五里，有山岗，其间地平，庶民杂居，有大长干、小长干、东长干，并是地名。”

⑤寒：荒凉。

⑥“花雨”句：雨花台空空，一无所有。

⑦燕子斜阳：化用刘禹锡《乌衣巷》诗意。原诗是：“朱雀桥边野草花，乌衣巷口夕阳斜。旧时王谢堂前燕，飞入寻常百姓家。”

⑧“如此”句：慨叹语，谓江山依旧，而人事已非。

解珮令·自题词集①

十年磨剑②，五陵结客③，把平生涕泪都飘尽。老去填词，一半是空中传恨，几曾围燕钗蝉鬓④。　　不师秦七，不师黄九⑤，倚新声玉田差近⑥。落拓江湖，且分付歌筵红粉⑦。料封侯白头无分。

《四部备要》本《曝书亭集》卷二五

①作者晚年作此词，自述蹉跎，填词寄托忧愤，风格近似宋末张炎。词写得朴实而不失清逸。

②十年磨剑：唐贾岛《剑客》诗：“十年磨一剑，霜刃未曾试。”喻多年研讨经世学问。

③五陵结客：结交豪杰。五陵，西汉高祖、武帝等五位皇帝陵墓，地址在今陕西咸阳附近。汉早期每立皇帝陵墓，即迁豪富、贵戚居其地。后以“五陵少年”、“五陵客”指豪迈有志之士。

④“一半是”二句：谓填词多是自抒忧愤，并非男女艳歌。宋僧惠洪《冷斋夜话》载：“法秀师曾谓鲁直（黄庭坚）曰：‘诗多作无害，艳歌小词可罢之。’鲁直曰：‘空中语耳，非偷非杀，终不坐此恶道。’”此是借以自谓。燕钗蝉鬓，指华丽女子。

⑤“不师”二句：不学秦观、黄庭坚。陈师道《后山诗话》：“今代词手，惟秦七、黄九耳。”皆以其行第称之。一般认为，秦观词柔弱，黄庭坚词生硬。

⑥倚新声：按照新的曲子填词，这里指一般的填词。玉田：张炎，号玉田。他生活于宋末元初，身经国亡家破之患难，论词尚清空，词作多身世之感、故国之思。

⑦“且分付”句：交给唱曲女子传唱。

一四

王士禛

王士禛（1634—1711），字贻上，号阮亭，又号渔洋山人。生长于山东新城（今桓台）世家，顺治十四年（1657）进士，初官扬州推官，入为部曹，转翰部台垣，官至刑部尚书。

王士禛未仕时赋《秋柳》诗，崭露头角；官扬州五年，得江山之助，诗名大起。后名位日高，不改名士风流，朝野名流多出其门，被尊为诗坛领袖。论诗本之于严羽，以盛唐为宗，标举“神韵”，以含蓄蕴藉、意在言外为最佳境界。诗作多流连风景，咏怀古迹，赠答友朋，大都着墨简淡，意境清远，饶有韵致，尤以七言绝句最富此特色。诗文集为《带经堂集》，又删订其诗为《渔洋精华录》。

秋柳[①]（四首选一）

秋来何处最销魂？残照西风白下门[②]。他日差池春燕影，只今憔悴晚烟痕[③]。愁生陌上黄骢曲[④]，梦远江南乌夜村[⑤]。莫听临风三弄笛，玉关哀怨总难论[⑥]。

康熙刻本《渔洋精华录》卷一

①此诗为作者成名之作。作者自云：顺治十四年（1657）秋，与诸名士集饮济南大明湖水面亭，见亭下杨柳千余株，“乍染秋色，若有摇落之态，予怅然有感”，赋诗四章，和者数十人，不数年传至大江南北，和者益众，遂为“艺苑口实”。（见《菜根堂诗集序》）全诗别出一格，融入众多秋柳摇落之自然意象和有关的历史人事意象，并与春日之诸般意象相映照，传达出一种浓郁的青春不再、繁华已逝的感伤情绪，故能引起明清鼎革后怀有亡国之痛的人们的广泛共鸣。此为第一首。

②“秋来”二句：以问答形式，谓最使人感伤的是南京秋柳。残照西风，出自李白《忆秦娥》：“西风残照，汉家宫阙。”白下门，白下城门。白下，故址在今南京市西北。李白《金陵白下亭留别》：“驿亭三杨树，正当白下门。”

③“他日”二句：写杨柳之春、秋景象。乐府诗《阳春曲》：“杨柳垂地燕差池。”差（cī 呲）池，高低不齐貌。语本《诗经·邶风·燕燕》：“燕燕于飞，差池其羽。”

④“愁生”句：旧注谓用《乐府杂录》记唐太宗征辽，其所乘爱马毙，惜之，命乐工谱《黄骢叠》事。疑“愁生陌上”，隐用乐府《折杨柳枝歌》“上马不捉鞭，反拗杨柳枝。下马吹长笛，愁杀行客儿”意。《宋书·五行志》：“晋太康末，京洛为《折杨柳》之歌，其曲有兵革苦辛之辞。”

⑤“梦远”句：旧注引范成大《吴郡志》，晋穆宗后诞生时，有群乌惊鸣，所居遂名乌夜村。疑不确。乐府有《杨叛儿》：“暂出白门前，杨柳可藏乌。”又有《乌夜啼》，多写男女恋情离思，亦有思征夫者。李白《乌栖曲》：“姑苏台上乌栖时，吴王宫里醉西施。”寓乐极悲生之

意。清初余怀《板桥杂记·轶事》："为唱当时《乌衣啼》，青衫泪满江南客。"亦为此意。

⑥"莫听"二句：用王之涣《凉州词》"羌笛何须怨杨柳，春风不度玉门关"诗意。总难论，谓其中愁苦至深，难以尽言。

秦淮杂诗[①]（十四首选三）

年来肠断秣陵舟[②]，梦绕秦淮水上楼[③]。十日雨丝风片里[④]，浓春烟景似残秋[⑤]。

①秦淮河流贯南京城中，明末河畔歌馆舞榭特盛。顺治十八年（1661），王士禛以扬州推官奉命至南京谳狱，居河侧，感秦淮旧事，作此组诗，抒盛衰兴亡之感。诗流丽悱恻，情韵悠远。原作二十首，《渔洋精华录》删六首。此乃组诗之第一首，写作此组诗之缘由。

②秣陵：南京古名。

③梦绕：往事萦怀。

④雨丝风片：细雨微风，多指春景。汤显祖《牡丹亭·惊梦》："雨丝风片，烟波画船，锦屏人忒看的这韶光贱!"

⑤"浓春"句：情语，谓春光依旧，而人事凋零。

青溪水木最清华[①]，王谢乌衣六代夸[②]。不奈更寻江总宅，寒烟已失段侯家[③]。

①此乃组诗之第六首，诗写秦淮河畔昔日的世家皆荡然不存。青溪：东吴时所开沟渠，泄玄武湖水入秦淮河。水木最清华，语本晋谢混《游西池》诗："水木湛清华。"谓风景极清秀美丽。

②王谢乌衣：金荣注引《方舆胜览》："乌衣巷，在秦淮南，去朱雀桥不远，（东晋）王、谢子弟所居。"后人咏金陵诗词，多用此典。六代：即六朝。

③"不奈"二句：宋朝段侯家已消失，更不必寻找南朝的江总宅矣。不奈，即不耐。奈，通"耐"。江总，南朝人，仕陈，为仆射尚书令，世称江令。段侯，宋人段约之。张敦颐《六朝事迹类编》："江令宅在秦淮，今段大夫约之宅，即其故第也。"王安石《招约之职方并示达甫书记》："昔时江总宅，近在青溪曲"，"故人晚得此，心事付草木。"

傅寿清歌沙嫩箫[①]，红牙紫玉夜相邀[②]。而今明月空如水[③]，不见青溪长板桥[④]。

康熙刻本《渔洋精华录》卷二

①此乃组诗之第十首，诗中感叹昔时繁华之消失。傅寿、沙嫩：皆明末秦淮旧院名妓。傅寿能弦索，喜登台演剧。沙嫩，名宛在，字嫩儿，善吹箫，为曲中第一。（见徐釚《本事诗》）

②红牙：红牙拍板，唱曲用以整饬节奏。紫玉：箫。箫多用紫竹制成，故多称"紫玉箫"。

③如水：形容月色空旷清彻。苏轼《记承天寺夜游》："庭下如积水空明，水中藻荇交横，盖竹柏影也。"

④长板桥：桥名，跨青溪上。徐釚《本事诗》："旧院有长板桥为最胜，今院址为菜圃，独板桥尚存。"

真州绝句[1]（五首选一）

江干多是钓人居[2]，柳陌菱塘一带疏[3]。好是日斜风定后，半江红树卖鲈鱼[4]。

康熙刻本《渔洋精华录》卷二

①组诗作于康熙元年（1662），时作者任扬州推官。真州，今江苏仪征，在扬州西南，南临长江。这首诗咏真州江边景致，全取远景，明丽如画，“江淮间多写为图画”（《渔洋诗话》）。

②江干：江边。钓人：渔民。

③疏：稀疏。

④“好是”二句：写傍晚景象。日斜，日西下。红树，夕阳映照下，树呈红色，故云。欧阳修《丰乐亭游春》：“红树青山日欲斜。”鲈鱼，鱼名，长江下游所产，味甚鲜美，故名贵。

一五

赵执信

赵执信（1662—1744），字伸符，号秋谷，晚号饴山，青州颜神镇（今山东淄博市博山区）人。康熙十八年（1679）进士，官至右春坊右赞善兼翰林院检讨。康熙二十八年（1689），因在佟皇后国丧期间观演《长生殿》，被削职。嗣后居里，间出游岭南、吴越，寄情诗文。论诗服膺常熟冯班，主“诗以言志”、“诗之中须有人在”、“诗之外须有事在”，而对王士禛神韵说大加非议。诗作质实奔放，思路峭拔。有《饴山诗文集》、《谈龙录》。

萤火①

和雨还穿户②，经风忽过墙。虽缘草成质③，不借月为光。解识幽人意，请今聊处囊④。君看落空阔⑤，何异大星芒⑥。

《四部备要》本《饴山诗集》卷一

①诗作于康熙二十七年（1688），时作者居北京为右赞善。诗假咏物以抒怀抱，言其自有禀赋、志节，不借权贵名流援引，亦自有其光辉。

②和雨：细雨。《后汉书·西南夷传》：“冬多霜雪，夏多和雨。”

③缘草成质：因《礼记·月令》云：“腐草为萤。”故云。其实这是没有根据的说法。

④“解识”二句：喻志节高洁，虽居下位而无怨。幽人，隐士，高士。处囊，晋车胤家贫，不常得油，“夏月则练囊盛数十萤火以照书，以夜继日”（《晋书·车胤传》）。又，战国时，毛遂自荐于平原君，平原君曰：“夫贤士之处世也，譬若锥之处囊中，其末立见。”毛遂曰：“臣乃今日请处囊中耳。使遂早得处囊中，乃颖脱而出，非特其末见而已。”（《史记·平原君虞卿列传》）此处兼用二事。

⑤空阔：天空。

⑥芒：光芒。

一六
查慎行

查慎行（1650—1727），原名嗣琏，字夏重，浙江海宁人。少时曾入贵州军幕，继为太学生，因观演《长生殿》与洪昇同除名。是以改名慎行，字悔馀，号初白。康熙四十二年（1703）成进士，官翰林院编修，受知康熙帝，以老病乞休归里。雍正四年（1726），坐弟嗣庭文字狱，全家罹罪，独以其原居官端谨赦免放归，旋卒。幼曾受学黄宗羲，诗宗法苏轼、陆游，诗作多写行旅闻见感受与地方风土，长于素描，清新隽永，以字句稳惬见称。有《敬业堂诗集》、《苏诗补注》等。

中秋洞庭湖对月歌①

长风霾云莽千里②，云气蓬蓬天冒水③。风收云散波乍平，倒转青天作湖底④。初看落日沉波红，素月欲升天敛容⑤；舟人回首尽东望，吞吐故在冯夷宫⑥。须臾忽自波心上，镜面横开十余丈⑦；月光浸水水浸天，一派空明互回荡。此时骊龙潜最深，目眩不敢衔珠吟⑧；巨鱼无知作腾踔⑨，鳞甲一动千黄金。人间此境知难必⑩，快意翻从偶然得。遥闻渔父唱歌来，始觉中秋是今夕。

《四部丛刊》本《敬业堂诗集》卷四

①康熙二十一年（1682），作者自贵州回故乡，船过洞庭湖作此诗，写湖上月出景象，逐次展现，声色俱摄录其间。

②霾云：阴云。莽：迷茫无际。

③蓬蓬：云气蒸腾貌。冒：笼罩。

④“倒转”句：写青天映入湖中景象。

⑤天敛容：指日已落、月未升时，天空暂时昏暗无光。

⑥故：原来。冯夷宫：古代传说中的水府，水神冯夷所居。此指湖水中。

⑦“镜面”句：形容月初升处水面一片光亮。

⑧“此时”二句：《庄子·列御寇》载，在九重之渊，骊龙颔下有“千金之珠”。此借用其说，以骊龙深藏不敢出声，喻湖上非常寂静。

⑨腾踔（chuō 戳）：飞腾跳跃。

⑩难必：难以料定，不必然有。

秦邮道中即目①

不知淫潦啮城根②，但看泥沙记水痕。去郭几家犹傍柳③，边淮一带已无村④。长堤冻裂功难就[5]，淘浪侵南势易奔[6]。贱买河鱼还废箸，此中多少未招魂[7]。

《四部丛刊》本《敬业堂诗集》卷二二

①秦邮，今江苏高邮，以秦代于此置邮亭而得名。高邮处淮河下游，运河纵贯，境内有高邮湖，地势低洼，清初长期泛滥成灾。康熙三十五年（1696）十月作者途经高邮，诗写所见水灾景象，感慨系之，朴实无华。

②淫潦：洪水。啮（niè 聂）：咬，引申为浸没。

③去郭：城外一带地方。郭，本为外城，此处泛指城。傍（bàng 棒）：靠。

④边淮：淮河边。

⑤功：指固堤工程。

⑥侵南：高邮在淮水之南，故云。势易奔：水势甚猛，容易决口。

⑦“贱买”二句：就食鱼而发感叹。废箸，不动筷子，喻心情悲哀。未招魂，指被洪水淹死的黎民百姓。古有招魂之礼，死于洪水之百姓，无人为之招魂，故云“未招魂”。

一七

曹贞吉

曹贞吉（1634—1689），字升六，号实庵，山东安丘人。康熙三年（1664）进士，授内阁中书，出为徽州府同知，内迁礼部郎中，以疾辞湖南学政，归里。工诗，王士禛选其诗入《十子诗略》；而以词著称，吴绮选名家词，推为压卷。词多咏物、怀古，尚寄托，运笔惝恍夭矫，论者谓“如蜃气结成楼阁”。有《珂雪诗》、《珂雪词》。

留客住·鹧鸪[①]

瘴云苦[②]！遍五溪、沙明水碧[③]。声声不断，只劝行人休去[④]。行人今古如织，正复何事关卿[⑤]？频寄语。空祠废驿，便征衫湿尽，马蹄难驻[⑥]。　风更雨。一发中原，杳无望处[⑦]。万里炎荒，遮莫摧残毛羽[⑧]。记否越王春殿，宫女如花，只今惟剩汝[⑨]？子规声续[⑩]，想江深月黑，低头臣甫[⑪]。

《四部备要》本《珂雪词》卷上

①康熙十二年（1673）冬，吴三桂于云南起兵反清，贵州提督响应，时作者胞弟曹申吉为贵州巡抚，行踪不明，被举报为附逆。（见蒋良骐《东华录》）作者对胞弟之遭难，生死未卜，忧心如焚，焦虑万端。原在曹申吉幕中之浙西词人李良年，先期出黔，有《鹧鸪怨·怀渠丘（安丘古称）公》诗，又有《留客住·鹧鸪》词，哀念曹申吉。此词是与李良年相酬之作。词假光怪离奇之语，拟想曹申吉陷身南瘴祸难之苦况，寓为之传幽怨、代申辩之意。

②瘴云：瘴气。此代指瘴气较多的云贵地方。

③五溪：汉武陵郡有雄溪、蒲溪、无溪、酉溪、辰溪，在今湖南西部、贵州东部。古为偏远之地。

④“声声”二句：指鹧鸪声。因鹧鸪鸣声类人语“行不得也哥哥”，故云。

⑤“行人”二句：质问鹧鸪语，以启下文。卿，你，指鹧鸪。

⑥马蹄难驻：指无可居停之处。

⑦“一发”二句：化用苏轼《澄迈驿通潮阁》诗“杳杳天低鹘没处，青山一发是中原”句意，拟想曹申吉在苦难中心系中原家乡，哀苦无奈。

⑧“万里”二句：谓曹申吉在炎热荒远的地方备遭摧残。遮莫，任凭。

⑨“记否”三句：化用李白《越中览古》诗：“越王勾践破吴归，义士还家尽锦衣。宫女如花满春殿，只今惟有鹧鸪飞。”哀念曹申吉尚在黔中受苦。汝，明指鹧鸪，隐喻曹申吉。

⑩子规：杜鹃别名，传为蜀望帝所化，其鸣声类人语“不如归去”。梅尧臣《杜鹃》诗：“蜀帝何年魄，千春化杜鹃。不如归去语，亦自古来传。”

⑪“想江深”二句：谓曹申吉如陷贼时之杜甫一样忠贞。低头臣甫，指杜甫。杜甫《北征》：“东胡反未已，臣甫愤所切。”此用其意。

一八

顾贞观

顾贞观（1637—1714），字华峰，号梁汾，江苏无锡人。康熙十一年（1672）举人，为内阁中书。喜填词，与纳兰性德交情甚笃。词善抒情，真挚委婉，有与陈维崧、朱彝尊“称词家三绝”之誉。有《弹指词》。

金缕曲（二首选一）

寄吴汉槎宁古塔，以词代书。丙辰冬，寓京师千佛寺，冰雪中作①。

季子平安否②？便归来、平生万事，那堪回首！行路悠悠谁慰藉③，母老家贫子幼④。记不起、从前杯酒。魑魅搏人应见惯，总输他、覆雨翻云手⑤。冰与雪，周旋久。　泪痕莫滴牛衣透⑥。数天涯、依然骨肉，几家能够⑦？比似红颜多命薄，更不如今还有⑧。只绝塞、苦寒难受。廿载包胥承一诺⑨，盼乌头、马角终相救⑩。置此札，君怀袖。

《四部备要》本《弹指词》卷下

①汉槎：吴兆骞字。吴兆骞，江苏吴江人，少有诗名，为吴伟业所赏识。顺治十四年（1657）因江南科场案受牵连，流放宁古塔（今黑龙江宁安）。作者与之友谊甚笃，并曾代其求助于纳兰性德，使得释归里。康熙十四年（1675）冬，作者怀念吴兆骞，作此词寄之，表深切同情和关切之意，发自肺腑，婉转动人。词后附注：“二词，容若见之，为泣下数行”，并许诺尽力设法使吴兆骞放归。纳兰性德后来在祭吴兆骞文中说：“《金缕》一章，声与泣随，我誓返子，实由此词。”（《通志堂集》卷十四）丙辰，康熙十四年。

②季子：春秋时吴王寿梦子季札，不受君位，有贤名，封于延陵，称延陵季子，省称“季子”。（见《史记·吴太伯世家》）此借称吴兆骞。

③行路：路人。《后汉书·范滂传》：“行路闻之，莫不流涕。”悠悠：形容路人众多，各不相关。何景明《赠李献吉》：“悠悠行路子，谁为识其音。”

④母老家贫：此时，吴兆骞尚有老母在家，其《寄母书》云：“更逢凶岁，殊难度日。”（《秋笳集·后集》）吴兆骞流放后，其妻曾赴宁古塔与之同住，康熙三年（1664）生子振臣，这年方十三岁，故云“子幼”。

⑤“魑魅（chī mèi 吃妹）”二句：谓吴兆骞于江南科场案中定罪流放，是遭反复无常之小人陷害。吴振臣《秋笳集跋》称其父“为仇家所中，遂至遣戍”。搏，抓。覆雨翻云手，本杜甫《贫交行》“翻手作云覆手雨”句。

⑥牛衣：粗劣衣裳。牛衣原指供牛御寒之物。《汉书·王章传》：“章疾病，无被，卧牛衣中。”后遂以之喻贫寒，或指粗劣衣物。

⑦“数天涯”二句：虽然流徙荒远之地，尚骨肉团聚，流徙者中少有。吴兆骞与妻子同在宁古塔，生有一男四女，故云。

⑧“比似”二句：比起同案中身遭不幸者还算不幸中有幸。红颜多命薄，喻身死而妻寡者多有。

⑨廿载：自江南科场案发至今恰二十年。包胥承一诺：春秋时，伍子胥避难逃出楚国，为报父兄之仇，曾向其好友楚大夫申包胥发誓灭楚，申包胥曰：“我必存之。”后伍子胥引吴兵陷郢都，申包胥入秦乞兵，终复楚国。（见《史记·伍子胥列传》）此借喻作者此前所许欲救助吴兆骞之诺言。

⑩乌头、马角：战国末，燕太子丹为质于秦，求归，秦王说：“乌头白，马生角，乃许耳！”太子丹仰天长叹，乌头变白，马亦生角。（见《史记·刺客列传》荆轲传赞“索引”）此喻吴兆骞必能得到有力者的救助，脱离流放地。

一九

纳兰性德

纳兰性德（1654—1685），字容若，满洲正黄旗籍。大学士明珠子。少好读书，博通经史，喜结交朝野文士，以才学贡入国子监肄业。康熙十五年（1676）进士，官至一等侍卫，颇受皇帝宠信，然与其志向不合，心情郁闷。能诗文，尤以词著称。词作多抒写扈驾出巡之凄苦、与妻子之离情别绪，以及“羁栖良苦”之人生感受，感情真切，着笔自然，风格婉丽清新。陈维崧评其词：“哀感顽艳，得南唐二主之遗。”（《饮水词序》）有《通志堂集》行世。其词集另题《饮水词》。

长相思①

山一程，水一程，身向榆关那畔行②。夜深千帐灯③。　风一更，雪一更，聒碎乡心梦不成④。故园无此声。

《四部备要》本《纳兰词》卷一

①作者为清圣祖玄烨之侍卫，常扈从出行。此词当作于康熙二十一年（1682）扈从出山海关祀长白山途中。词写宿营夜中感受，景象开阔，传达出其人其境中之一种哀愁，真切自然。

②榆关：山海关。那畔：那边。

③千帐：极言帐幕之多。

④聒（guō 郭）碎：被嘈杂声音搅乱。乡心：思乡之情。

蝶恋花①

辛苦最怜天上月，一昔如环，昔昔长如玦②。但似月轮终皎洁，不辞冰雪为卿热③。　无那尘缘容易绝④，燕子依然，软踏帘钩说⑤。唱罢秋坟愁未歇⑥，春丛认取双栖蝶⑦。

《四部备要》本《纳兰词》卷三

①词悼念亡妻卢氏，前片说生前，后片说死后，情挚词婉，哀感动人。约作于康熙十六年（1677）前后。

②“辛苦”三句：以月之暂圆常缺，感叹人生会少离多。昔，通“夕”。《庄子·天运》：“蚊虻噆肤，则通昔不寐矣。”郭庆藩集释：“昔，犹夕。”玦（jué 决），古玉器，环形，有缺口。

③“不辞”句：《世说新语·惑溺》：“荀奉倩与妇至笃，冬月妇病热，乃出中庭自取冷，

还以身熨之。”此用其意。

④无那（nuò 诺）：无奈。王昌龄《从军行》：“更吹羌笛关山月，无那金闺万里愁。”尘缘：本佛家语，谓人身所受多种感官欲求的牵累。此指姻缘，即夫妇之情。

⑤“燕子”二句：梁间燕子不知人亡，依旧呢喃诉说往事。

⑥“唱罢”句：李贺《秋来》诗：“秋坟鬼唱鲍家诗，恨血千年土中碧。”此用其意。

⑦“春丛”句：愿如古传说中韩凭夫妇化为双蝶，永世相伴。韩凭本事载干宝《搜神记》卷十一。春丛，春日花丛。认取，认从，表示意向。

二〇

蒲松龄

蒲松龄（1640—1715），字留仙，别号柳泉，山东淄川（今属淄博市）人。十九岁进学，后屡应乡试不中，晚年仅得岁贡。家贫不足自给，除四十岁时到江苏宝应县作幕一年，大半生在本县缙绅人家作塾师。一生著述甚富，有诗、词、文、俚曲、杂著等集，近人辑为《蒲松龄集》；使他名著文学史册的是其所著之文言短篇小说集《聊斋志异》。

蒲松龄作《聊斋志异》历时四十余年，凡四百九十余篇，大抵记奇闻异事，叙狐鬼花妖神仙故事。创作的基本特征是将六朝志怪小说之神秘思维及其故事模式化作文学的审美和表现方式，又发展了唐人传奇小说的叙事艺术，针砭现实，抒写忧愤，寄托心迹，成为中国古代志怪传奇小说中最富有现实内容和艺术创造性的文学名著，影响深远。现已有三十多个语种的译本，流传海内外。

公孙九娘[①]

于七一案[②]，连坐被诛者[③]，栖霞、莱阳两县最多。一日俘数百人，尽戮于演武场中。碧血满地，白骨撑天[④]。上官慈悲，捐给棺木，济城工肆[⑤]，材木一空[⑥]。以故伏刑东鬼[⑦]，多葬南郊。

甲寅间[⑧]，有莱阳生至稷下[⑨]。有亲友二三人，亦在诛数，因市楮帛，酹奠榛墟[⑩]，就税舍于下院之僧[⑪]。

明日，入城营干[⑫]，日暮未归。忽一少年，造室来访[⑬]，见生不在，脱帽登床，着履仰卧。仆人问其谁何[⑭]，合眸不对。既而生归，则暮色朦胧，不甚可辨[⑮]，自诣床下问之。瞠目曰[⑯]：“我候汝主人，絮絮逼问，我岂暴客耶？”生笑曰：“主人在此。”少年急起着冠[⑰]，揖而坐，极道寒暄。听其音，似曾相识。急呼灯至，则同邑朱生，亦死于七之难者。大骇，却走。朱曳之云：“仆与君，文字交[⑱]，何寡于情？我虽鬼，故人之念[⑲]，耿耿不去心。今有所渎[⑳]，愿无以异物遂猜薄之[㉑]。”生乃坐，请所命[㉒]。曰：“令女甥寡居无耦[㉓]，仆欲得主中馈[㉔]。屡通媒妁，辄以无尊长之命为辞。幸无惜齿牙余惠[㉕]。”先是，生有甥女，早失恃[㉖]，遗生鞠养[㉗]，十五始归其家。俘至济南，闻父被刑，惊恸而绝。生曰：“渠自有父，何我之求[㉘]？”朱曰：“其父为犹子启榇去[㉙]，今不在此。”问：“女甥向依阿谁[㉚]？”曰：“与邻媪同居。”生虑生人不能作鬼媒，朱曰：“如蒙金诺[㉛]，还屈玉趾[㉜]。”遂起握生手。生固辞，问：“何之？”曰：“第行[㉝]。”勉从与去。

北行里许，有大村落，约数十百家。至一第宅，朱叩扉。即有媪出，豁开二扉，问朱何为。曰：“烦达娘子，阿舅至。”媪旋反，须臾复出，邀生入。顾朱曰：“两椽茅舍子[㉞]，大隘，劳公子门外少坐候。”生从之入，见半亩荒庭，列小室二。甥女迎门啜泣，生亦泣。室中灯火蛩然。女貌秀洁如生时，凝眸含涕[35]，遍问妗、姑。生曰："俱各无恙，但荆人物故矣[36]。"女又呜咽，曰："儿少受舅妗抚育，尚无寸报，不图先葬沟渎[37]，殊为恨恨。旧年，伯伯家大哥迁父去，置儿不一念[38]，数百里外，伶仃如秋燕[39]。舅不以沉魂可弃[40]，又蒙赐金帛，儿已得之矣。"生乃以朱言告，女俛首无语。媪曰："公子曩托杨姥三五返[41]。老身谓是大好，小娘子不肯自草草，得舅为政[42]，方此意慊得[43]。"

言次，一十七八女郎，从一青衣[44]，遽掩入；瞥见生，转身欲遁。女牵其裾曰[45]："勿烦尔！是阿舅，非他人。"生揖之，女郎亦敛衽[46]。甥曰："九娘，栖霞公孙氏。阿爹故家子，今亦'穷波斯'[47]，落落不称意[48]。旦晚与儿还往。"生睨之[49]，笑弯秋月，羞晕朝霞[50]，实天人也，曰："可知是大家，蜗庐人那如此娟好[51]！"甥笑曰："且是女学士，诗词俱大高。昨儿稍得指教。"九娘微哂曰[52]："小婢无端败坏人，教阿舅齿冷也[53]。"甥又笑曰："舅断弦未续[54]，若个小娘子[55]，颇能快意否？"九娘笑奔出，曰："婢子颠疯作也[56]！"遂去。言虽近戏，而生殊爱好之。甥似微察，乃曰："九娘才貌无双，舅倘不以粪壤致猜[57]，儿当请诸其母。"生大悦，然虑人鬼难匹。女曰："无伤，彼与舅有夙分。"生乃出。女送之，曰："五日后，月明人静，当遣人往相迓[58]。"

生至户外，不见朱。翘首西望，月啣半规[59]，昏黄中犹认旧径。见南向一第，朱坐门石上，起逆曰[60]："相待已久。寒舍即劳垂顾[61]。"遂携手入，殷殷展谢。出金爵一、晋珠百枚[62]，曰："他无长物[63]，聊代禽仪[64]。"既而曰："家有浊醪，但幽室之物[65]，不足款嘉宾，奈何？"生㧑谢而退[66]。朱送至中途，始别。生归，僧、仆集问。生隐之，曰："言鬼者妄也，适赴友人饮耳。"

后五日，果见朱来，整履摇箑[67]，意甚忻适；才至户庭，望尘即拜[68]。少间，笑曰："君嘉礼既成[69]，庆在今夕，便烦枉步。"生曰："以无回音，尚未致聘，何遽成礼？"朱曰："仆已代致之矣。"生深感荷，从与俱去。直达卧所，则甥女华妆迎笑。生问："何时于归[70]？"朱云："三日矣。"生乃出所赠珠，为甥助妆[71]。女三辞乃受，谓生曰："儿以舅意白公孙老夫人，夫人作大欢喜，但言老耄无他骨肉[72]，不欲九娘远嫁，期今夜舅往赘诸其家。伊家无男子，便可同郎拜也。"朱乃导去。村将尽，一第门开，二人登其堂。俄白："老夫人至。"有二青衣扶妪升阶。生欲展拜，夫人云："老朽龙钟，不能为礼，当即脱边幅[73]。"乃指画青衣[74]，进酒高会[75]。朱乃唤家人，另出肴俎[76]，列置生前；亦别设一壶，为客行觞[77]。筵中进馔，无异人世，然主人自举，殊不劝进。

既而席罢，朱归，青衣导生去。入室，则九娘华烛凝待。邂逅含情[78]，极尽欢昵。初，九娘母子原解赴都，至郡[79]，母不堪困苦死，九娘亦自刭。枕上追述往事，哽咽不成眠，乃口占两绝云："昔日罗裳化作尘，空将业果恨前身[80]。十年露冷枫林月，此夜初逢画阁春[81]。""白杨风雨绕孤坟，谁想阳台更作云[82]？忽启镂金箱里看[83]，血腥犹染旧罗裙。"天将明，即促曰："君宜且去，勿惊厮仆[84]。"自此昼来宵往，嬖惑殊甚[85]。一夕，问九娘："此村何名？"曰："莱霞里[86]。里中多两处新鬼，因以为名。"生闻之欷歔。女悲曰："千里柔魂，蓬游无底[87]；母子零孤，言之怆恻。幸念一夕恩义，收儿骨归葬墓侧[88]，使百世得所依栖，死且不朽。"生诺之。女曰："人鬼路殊，君亦不宜久滞。"乃以罗袜赠生，挥泪促别。生凄然而出，忉怛若丧[89]，心怅怅不忍归，因过拍朱氏之门。朱白足出逆[90]；甥亦起，云鬓笼鬆[91]，惊来省问。生怊怅移时，始述九娘语。女曰："妗氏不言，儿亦夙夜图之。此非人世，久居诚非所宜。"于是相对汍澜[92]。生亦含涕而别。叩寓归寝，展转申旦[93]。欲觅九娘之墓，则忘问志表[94]。及夜复往，则千坟累累，竟迷村路，叹恨而返。展视罗袜，着风寸断，腐如灰烬，遂治装东旋。

半载不能自释，复如稷门，冀有所遇。及抵南郊，日势已晚，息驾庭树[95]。趋诣丛葬所，但见坟兆万接[96]，迷目榛荒，鬼火狐鸣，骇人心目，惊悼归舍。失意遨游，返辔遂东。行里许，遥见女郎独行丘墓间，神情意致，怪似九娘。挥鞭就视，果九娘。下骑欲语，女竟走，若不相识，再逼近之，色作努目[97]，举袖自障。顿呼“九娘”，则烟然灭矣[98]。

异史氏曰：香草沉罗[99]，血满胸臆；东山佩玦[100]，泪渍泥沙。古有孝子忠臣，至死不谅于君父者。公孙九娘岂以负骸骨之托，而怨怼不释于中耶[101]？脾鬲间物[102]，不能掬以相示[103]，冤乎哉！

文学古籍刊行社影印手稿本《聊斋志异》第二册

①本篇以当时胶东于七起义遭残酷镇压为背景，虚构莱阳一书生入鬼村为株连致死的甥女主婚，与同死于非命的公孙九娘相爱的故事，为死难者一掬同情之泪，凄怆动人。结末以莱阳生之疏忽而不见谅于公孙九娘作结，寄寓深邃。

②于七一案：清顺治五年（1649）山东栖霞县民于七聚众起义，以锯齿山为依托，先后攻占莱阳、栖霞、蓬莱等县，持续十余年。清廷派大军围剿，康熙元年（1662）始败，于七突围，不知所终。嗣后大肆搜捕，株连极广。（见《山东通志·兵防志·国朝兵事》）

③连坐：株连获罪。

④“碧血”二句：极言杀戮之多。碧血，原出《庄子·外物篇》：“苌弘死于蜀，藏其血，三年而化为碧。”后用以称冤死、死于国事者之血。

⑤济城：济南。工肆：指棺材铺。

⑥材木一空：指棺材全被卖光。

⑦伏刑：被判刑处死。栖霞、莱阳在山东东部，故称被逮来在济南杀戮的于七一案中的人为“东鬼”。

⑧甲寅：康熙十三年（1674）。因该故事是虚构的，故年代当是就近随意拈出。

⑨稷（jì寄）下：此指济南。春秋战国时，齐都临淄有稷山、稷门。《史记·田敬仲完世家》：“（齐）宣王喜文学游说之士”，“是以稷下学士复盛。”集解引刘向《别录》：“齐有稷门，城门也。谈说之士期会于稷下也。”济南北魏时为齐州，唐为临淄郡。（见《济南府志·沿革》）后来诗文中也常以“稷下”、“稷门”指称济南。

⑩楮（chǔ楚）帛：祭鬼神时焚化的纸钱，也称楮钱、冥钱。榛墟：荆棘丛生的荒野，指野葬坟地。

⑪税舍：租房居停。下院：大佛寺的分院。

⑫营干：办事。

⑬造室：到房里来。造，到。

⑭谁何：谁，何人。《庄子·应帝王》：“吾虚而与之委蛇（yí夷），不知其谁何。”

⑮辨：辨认。

⑯瞠（chēng撑）目：瞪眼。

⑰着冠：戴帽子。

⑱文字交：以诗文相交的朋友。

⑲故人之念：对旧友故交的思念。

⑳渎（dú独）：冒犯，轻漫，这里是“烦劳”之意。

㉑“愿无”句：希望勿以我为已死之人而有所猜疑、嫌弃。猜薄，猜疑、轻视。

㉒请所命：问对方有何事吩咐。命，吩咐。

㉓女甥：外甥女。

㉔主中馈：主办家务饮食，意即做主妇。

㉕“幸无惜”句：希望多说成全话。《南史·谢朓传》：谢朓好奖掖人才，对人说：“士子声名未立，应共奖成，无惜牙齿余论。”即此句所本。

㉖失恃：丧母。语本《诗经·小雅·蓼莪》：“无母何恃。”

㉗遗生鞠养：交给莱阳生抚养。鞠养，抚育。

㉘“渠自”二句：彼自有父亲，为何求我。渠，她，指甥女。

㉙犹子：《礼记·丧服》：“兄弟之子，犹子也。”启榇：开棺取骨殖，谓迁葬。

㉚阿谁：即谁，什么人。

㉛金诺：由“一诺千金”化出，对对方诺言之敬语。

㉜屈玉趾：请委屈走一趟。玉趾，对人行止的敬辞。《左传·僖公二十六年》：“闻君亲举玉趾，将辱于敝邑。”

㉝第行：只管去。第，但，只。

㉞椽（chuán 船）：屋梁上支架屋顶的木棍，亦作房屋间数之量词。

㉟凝眸：眼神呆滞。涕：泪。

㊱荆人：称妻子的谦词，取东汉梁鸿妻孟光“荆钗布裙”故事。物故：死亡。《汉书·苏武传》：“前以降及物故，凡随武还者九人。”颜师古注：“物故谓死也，言其同于鬼物而故也。”

㊲葬沟渎：谓死。

㊳“置儿”句：承上句，谓对自己完全不问。儿，甥女自指。

㊴伶仃：孤独无依貌。

㊵沉魂：沉冥、沉冤之鬼魂。

㊶曩（nǎng 攮）：往日。

㊷为政：主持。

㊸慊（qiè 窃）：满足。

㊹青衣：古时地位低下者着青衣，后用作婢女之代称。

㊺裾（jū 居）：衣前襟。

㊻敛衽（rèn 认）：整整衣襟，表示恭敬。原为古代一种拜礼，元以后专指妇女行礼。（见赵翼《陔馀丛考》）

㊼穷波斯：唐代俗语。波斯，古西域国名，即今伊朗。唐代长安等大城市居住着许多经营珠宝的波斯富商。李商隐《义山杂纂》有“不相称”条，列举“瘦人相扑”、“屠家念经”、“先生不识字”等其人与其行事不相合的现象，“穷婆（波）斯”为其中一项。此处用其意，谓公孙氏原为故家大族，现已零落，如同“波斯人”而“穷”，名实不相称了。

㊽落落：零落，落寞。

㊾睨（nì 腻）：斜视。

㊿“笑弯”二句：形容公孙九娘美丽而带娇羞之态。秋月，喻眉。朝霞，喻脸颊红晕。

51蜗庐人：乡村小户人家。《古今注·鱼虫》：“野人结圆舍，如锅牛之壳，曰蜗舍。”

52微哂（shěn 审）：微笑。

53齿冷：耻笑。

54继弦未续：《风俗编·妇女·续弦》：“丧妻曰断弦，再娶曰续弦。”未续，即未续娶。

55若个：这个。

56颠疯作：犹发疯。

57粪壤：粪土，泉壤，引申为死去的人。曹丕《与吴质书》：“观其姓名（指徐幹、陈琳等）已为鬼录，追思昔游，犹在心区，而此诸子，化为粪壤，可复道哉！”

(58)迓：迎。

(59)月啣半规：月亮半圆。啣，含。规，圆。

(60)逆：相迎。

(61)垂顾：对来访的敬语。

(62)晋珠：晋地（山西）产的珠玉。《尔雅·释地》："西方之美者，有霍山之多珠玉焉。"霍山在山西霍县境。

(63)长（zhàng 丈）物：多余之物。《世说新语·德行》：王大索取了王恭所坐竹席，王恭无余席，便坐草垫上。后王大闻之，甚惊曰："吾本谓卿多，故求耳。"王恭对曰："恭作人无长物。"

(64)禽仪：聘婚礼物。古时订婚以雁为聘礼，称"委禽"。仪，礼品。

(65)幽室：指阴间。

(66)㧑（huī 挥）谢：谦谢。㧑，谦逊，退让。

(67)箑（shà 霎）：扇子。《淮南子·精训》："知冬日之箑，夏日之裘，无用于己。"高诱注："箑，扇也。"

(68)望尘即拜：谓迎候权贵，望见其车尘即叩拜，喻卑躬屈膝或敬畏之态。语出《晋书·潘岳传》："（岳）与石崇等谄事贾谧，每候其出，与崇辄望尘而拜焉。"这里表极其感激恭敬之意。

(69)嘉礼：古代五礼（吉、凶、军、宾、嘉）之一。《周礼·春官·大宗伯》："以嘉礼，亲万民。"后世多专指婚礼。

(70)于归：《诗经·周南·桃夭》云："之子于归，宜其家室。"后遂称女子出嫁为"于归"。

(71)助妆：女子出嫁，亲友赠送衣饰。

(72)老耄（mào 茂）：老年。古称大约七十至九十的年纪曰耄。

(73)脱边幅：不拘礼节。

(74)指画：指挥、布置。

(75)追酒高会：语出唐沈亚之《秦梦记》，谓开筵。

(76)肴：荤菜。俎：本为祭器，泛指食具。

(77)行觞（shāng 商）：行酒。觞，酒杯。

(78)邂（xiè 懈）逅：欢悦貌。语出《诗经·唐风·绸缪》："今夕何夕，见此邂逅！子兮子兮，如此邂逅何！"亦指不期之遇。

(79)郡：指济南。

(80)"昔日"二句：空自怨恨遭惨死之不幸。业果，佛教语，谓前世之业必有后世之果报。

(81)"十年"二句：十年沉魂荒野，今逢新婚之喜。画阁，装饰华美之楼阁，指闺房。春，此喻新婚之喜。

(82)阳台：宋玉《高唐赋序》：楚襄王游高唐，梦一妇人来会，自云："妾在巫山之阳，高丘之阻，朝为行云，暮为行雨，朝朝暮暮，在阳台之下。"后因指"阳台"为男女欢爱之所。

(83)镂金箱：饰有雕金花纹的箱子。

(84)厮仆：仆人。

(85)嬖（bì 闭）惑：宠爱迷恋。

(86)莱霞里：承本篇开头所说："于七一案，连坐被诛者，栖霞、莱阳两县最多。"此作者臆造鬼村名，后竟流传世间。

(87)蓬游无底：喻漂泊无依归。底，归宿。

⑱“收儿骨”句：古时风俗，夫妇合葬。白居易《赠内》云：“生为同室亲，死为同穴尘。”公孙九娘要莱阳生收其骨殖“归葬墓侧”，表达终有所“归”之意。儿，古代年轻女子的自称。《乐府诗集·木兰诗》：“木兰不用尚书郎，愿驰千里足，送儿还故乡。”

⑲忉怛（dāo dá 刀达）：哀伤貌。

⑳白足：赤脚，谓出迎仓促，不及着履。

㉑笼鬆：蓬松散乱的样子。

㉒汍（wán 完）澜：流泪貌。

㉓展转申旦：通宵未入睡。申旦，自夜达旦。宋玉《九辩》：“独申旦而不寐兮，哀蟋蟀之宵征。”李周翰注：“申，至也。”

㉔志表：碑志、墓表。此指墓前标志。

㉕息驾庭树：谓停车马于（下院）庭中，顾不上解装。

㉖坟兆：坟地。

㉗努目：犹怒目。《太平广记》卷一七四引宋庞元英《谈薮·薛道衡》：“何为金刚努目？菩萨何为低眉？”

㉘烟然：如烟貌。青柯亭本作“湮”。

㉙香草沉罗：屈原受谗被放，自沉汨罗江。屈原《离骚》中以香草喻忠贞之士，这里指屈原。

⑩⓪东山佩玦：晋太子申生为晋献公所恶，命之伐东山皋落氏，临行佩之金玦，表示决绝。（见《左传·闵公二年》）玦，佩器，圆形而有缺，古时又用作表示决绝。

⑩①怨怼（duì 队）：怨恨。中：通“衷”，内心。

⑩②脾鬲间物：指心。鬲，同“膈”。

⑩③掬（jū 居）：捧出。

二一

洪 昇

洪昇（1645—1704），字稗畦，钱塘（今杭州）人。出身于败落的名门之家。康熙七年（1668）入国子监肄业，从王士禛、朱彝尊、李天馥、王泽弘等名流联吟唱酬，有诗名。由于同父母失和，加之其父曾“被诬遣戍”（被赦免），家道愈衰落，在京贫甚，以卖文为活。康熙二十七年（1688），撰成《长生殿》传奇。次年，因赵执信等在佟皇后丧期观演《长生殿》，遭朝廷议处，被革去国子监籍。康熙四十三年（1704），于吴兴舟中酒醉落水死。有《稗畦集》、《啸月楼诗集》。所作戏曲除《长生殿》外，尚存《四婵娟》杂剧。

长生殿·惊变①

（丑上）“玉楼天半起笙歌②，风送宫嫔笑语和③，月殿影开闻夜漏④，水晶帘卷近秋河⑤。”咱家高力士，奉万岁爷之命，着咱在御花园中，安排小宴，要与贵妃娘娘同来游赏，只得在此伺候！（生、旦乘辇⑥，老旦、贴随后，二内侍引上）

[北中吕·粉蝶儿⑦] 天淡云闲，列长空数行新雁。御园中秋色斓斑⑧，柳添黄，蘋减绿，红莲脱瓣。一抹雕栏⑨，喷清香桂花初绽。

（到介）（丑）请万岁爷、娘娘下辇。（生、旦下辇介）（丑同内侍暗下）（生）妃子，朕与你散步一回者。（旦）陛下请。（生携旦手介）（旦）

[南泣颜回] 携手向花间，暂把幽怀同散。凉生亭下，风荷映水翩翻⑩；爱桐阴静悄，碧沉沉并绕回廊看。恋香巢秋燕依人，睡银塘鸳鸯蘸眼⑪。

（生）高力士，将酒过来⑫，朕与娘娘小饮数杯。（丑）宴已排在亭上，请万岁爷、娘娘上宴。（旦作把盏，生止住介）妃子坐了。

[北石榴花] 不劳你玉纤纤高捧礼仪烦⑬，子待借小饮对眉山⑭。俺与你浅斟低唱互更番，三杯两盏，遣兴消闲。妃子，今日虽是小宴，倒也清雅。回避了御厨中、回避了御厨中烹龙炰凤堆盘案⑮，呫呫哑哑乐声催趱⑯；只几味脆生生，只几味脆生生蔬和果清肴馔，雅称你仙肌玉骨美人餐⑰。

妃子，朕与你清游小饮，那些梨园旧曲⑱，都不耐烦听他。记得那年在沉香亭上赏牡丹⑲，召翰林李白草《清平调》三章⑳，命李龟年度成新谱㉑，其词甚佳。不知妃子还记得么？（旦）妾还记得。（生）妃子可为朕歌之，朕当亲倚玉笛以和㉒。（旦）领旨。（老旦进玉笛，生吹介）（旦按板介）

[南泣颜回] 花繁，秾艳想容颜。云想衣裳光璨㉓。新妆谁似，可怜飞燕娇懒㉔。名花国色，笑微微常得君王看。向春风解释春愁，沉香亭同倚阑干㉕。

（生）妙哉！李白锦心，妃子绣口㉖，真双绝矣！宫娥，取巨觞来㉗，朕与妃子对饮。（老

旦、贴送酒介）（生）

[北斗鹌鹑] 畅好是喜孜孜驻拍停歌[28]，喜孜孜驻拍停歌，笑吟吟传杯送盏。妃子干一杯！（作照干介）不须他絮烦烦射覆藏钩[29]，闹纷纷弹丝弄板[30]。（又作照杯介）妃子，再干一杯！（旦）妾不能饮了。（生）宫娥每，跪劝。（老旦、贴）领旨。（跪旦介）娘娘请上这一杯。（旦勉饮介）（老旦、贴作连劝介）（生）我这里无语持觞仔细看，早子见花一朵上腮间[31]。（旦作醉介）妾真醉矣。（生）一会价软哈哈柳亸花欹[32]，软哈哈柳亸花欹，困腾腾莺娇燕懒。

妃子醉了，宫娥每，扶娘娘上辇进宫去者。（老旦、贴）领旨。（作扶旦起介）（旦作醉态呼介）万岁！（老旦、贴扶旦行）（旦作醉态介）

[南扑灯蛾] 态恹恹轻云软四肢[33]，影濛濛空花乱双眼[34]；娇怯怯柳腰扶难起，困沉沉强抬娇腕，软设设金莲倒褪[35]，乱松松香肩亸云鬟[36]，美甘甘思寻凤枕，步迟迟，倩宫娥搀入绣帏间[37]。

（老旦、贴扶旦下）（丑同内侍暗上）（内击鼓介）（生惊介）何处鼓声骤发？（副净急上[38]）"渔阳鼙鼓动地来，惊破霓裳羽衣曲[39]。"（问丑介）万岁爷在那里？（丑）在御花园内。（副净）军情紧急，不免径入。（进见介）陛下，不好了。安禄山起兵造反，杀过潼关，不日就到长安了。（生大惊介）守关将士何在？（副净）哥舒翰兵败[40]，已降贼了。（生）

[北上小楼] 呀！你道失机的哥舒翰，称兵的安禄山，赤紧的离了渔阳[41]，陷了东京[42]，破了潼关。唬得人胆战心摇，唬得人胆战心摇，肠慌腹热，魂飞魄散，早惊破月明花粲。

卿有何策，可退贼兵？（副净）当日臣曾再三启奏，禄山必反，陛下不听，今日果应臣言。事起仓卒，怎生抵敌？不若权时幸蜀[43]，以待天下勤王[44]。（生）依卿所奏。快传旨：诸王百官，即时随驾幸蜀便了。（副净）领旨。（急下）（生）高力士，快些整备军马。传旨令右龙武将军陈元礼，统领御林军士三千[45]，扈驾前行[46]。（丑）领旨。（下）（内侍）请万岁爷回宫。

（生转行叹介）唉！正尔欢娱，不想忽有此变，怎生是了也！

[南扑灯蛾] 稳稳的宫廷宴安，扰扰的边廷造反。冬冬的鼙鼓喧，腾腾的烽火黫[47]。的溜扑碌臣民儿逃散[48]，黑漫漫乾坤覆翻，磣磕磕社稷摧残[49]，磣磕磕社稷摧残。当不得萧萧飒飒西风送晚，黯黯的，一轮落日冷长安。

（向内问介）宫娥每，杨娘娘可曾安寝？（老旦、贴内应介）已睡熟了。（生）不要惊他，且待明早五鼓同行。（泣介）天那！寡人不幸，遭此播迁[50]；累他玉貌花容，驱驰道路，好不痛心也！

[南尾声] 在深宫兀自娇慵惯，怎样支吾蜀道难[51]。（哭介）我那妃子呵。愁杀你玉软花柔，要将途路趱。

宫殿参差落照间（卢纶）[52]，渔阳烽火照函关（吴融）[53]。

遏云声绝悲风起（胡曾）[54]，何处黄云是陇山（武元衡）[55]。

稗畦草堂刻本《长生殿》卷上

①《长生殿》是洪昇的代表作。它本于白居易《长恨歌》及陈鸿《长恨歌传》，参以白朴《梧桐雨》杂剧和有关传说，重新演绎唐明皇、杨贵妃的故事，从中展现深邃的历史内蕴，寄寓"乐极哀来，垂戒来世"（《自序》）的思想。该剧场面壮阔，虚实相生，章法井然，排场有致，语言精美，音律和谐，是明清传奇中的上品。《惊变》是其中第二十四出，写李隆基和杨玉环在《密誓》之后，爱情发展到高潮，正在忘情欢乐之际，"渔阳鼙鼓动地来"，安史叛军杀过潼关，李隆基吓得"魂飞魄散"，决定入蜀避乱。这是全剧剧情发展中的关键一出，集中表现了作者的寓意。

②玉楼：华丽的高楼，指宫殿。天半：犹言半空中，形容极高。

③宫嫔：宫女。嫔是宫廷中的女官。

④夜漏：古代计时的工具。器中贮水下滴，有声，故曰“闻”。

⑤水晶帘：珠帘。秋河：银河。以上四句引用唐马逢《宫词二首》其二。

⑥生：扮李隆基。旦：扮杨玉环。下面之老旦、贴，扮宫女念奴、永新。辇（niǎn 拈）：人拉的车。此指帝王所乘的便车。

⑦北中吕：指北曲中吕宫。《粉蝶儿》曲，属北中吕宫。这出戏用南北曲合套，北曲由李隆基唱，南曲由杨玉环唱。

⑧斓（lán 兰）斑：亦作斑斓，颜色错杂灿烂。

⑨一抹：一带。

⑩风荷：风中的莲花。翩翻：飘忽摇曳貌。

⑪蘸（zhàn 占）眼：招眼，引人注目。

⑫将：拿。

⑬玉纤纤：喻洁白纤细的手。

⑭子待：只待。眉山：用青色画过的眉毛，其色、状与远山相似，故称为眉山、眉峰。

⑮烹龙炰（páo 袍）凤：指烹制的珍贵食品。炰，同“炮制”的“炮”。

⑯催趱（zǎn 攒）：各种乐器竞奏。

⑰雅称：非常适合、相称。雅，极、甚。

⑱梨园：唐玄宗设置的教练伶人的机构。《新唐书·礼乐志》：“明皇既知音律，又酷爱法曲，选坐部伎子弟三百，教于梨园。”

⑲沉香亭：亭名，在唐兴庆宫内。

⑳“召翰林”句：天宝初，李白在长安供奉翰林。唐玄宗与杨贵妃在兴庆宫沉香亭前赏牡丹，命李白进新词，李白宿醉未醒，援笔写成《清平调词》三章。（见《松窗杂录》）

㉑李龟年：唐玄宗时著名乐人，精音律，受到玄宗的宠遇。（见《明皇杂录》）度：作曲。

㉒倚玉笛以和：用玉笛来伴奏。

㉓“花繁”三句：化用李白《清平调词》其一“云想衣裳花想容，春风拂槛露华浓”两句。

㉔“新妆”二句：化用《清平调词》其二“借问汉宫谁得似？可怜飞燕倚新装”两句。可怜，可爱。飞燕，赵飞燕，西汉成帝的皇后赵飞燕，以貌美著称。

㉕“名花”四句：化用《清平调词》其三：“名花倾国两相欢，长得君王带笑看。解释春风无限恨，沉香亭畔倚阑干。”名花，指牡丹。国色，国中最美的女子。《公羊传·昭公三十一年》：“颜夫人者，国色也。”旧注：“谓颜色一国之选也。”解释，解除，消除。

㉖“李白”二句：谓李白文思美妙，杨妃歌喉优雅。锦心，形容写文章的人的文心。绣口，指文章辞藻富丽。这里指声音优美。语出柳宗元《乞巧文》：“骈四俪六，锦心绣口。”

㉗觞（shāng 商）：古代酒器。

㉘畅好是：正好是。驻：同“住”。

㉙射覆藏钩：古代两种游戏。射覆，《汉书·东方朔传》：“上尝使诸数家射覆。”颜师古注：“数家，术数之家也。于覆器之下而置诸物，令暗射之，故云射覆。”即让人猜出器物覆盖的东西。后世称猜谜语为射覆。藏钩，《艺经》：“腊日饮祭之后，叟妪儿童为藏钩之戏，分为二曹（两队），以较胜负。”即寻找物件藏匿之处。

㉚弹丝弄板：弹奏乐器。

㉛早子见：早见。子为语助词，无义。

㉜软咍（hāi 嗨）咍：软绵绵。柳亸（duǒ 朵）花攲（qī 七）：形容杨贵妃醉后不能支持，身体软得如柳条低垂，花枝倾斜。亸，垂下。攲，倾斜。

㉝恹恹：软弱无力的样子。

㉞“影濛濛”句：形容杨贵妃醉眼蒙胧，看不清楚。空花，佛教语。本指隐现于病眼者视觉中繁花状的虚影，常以之喻纷繁的妄想和假相。

㉟软设设：软绵绵。金莲：指女子的脚。

㊱云鬟：形容妇女发鬟如云。

㊲倩：使，请。

㊳副净：扮杨国忠。

㊴“渔阳”二句：借用白居易《长恨歌》原句。渔阳，郡名，今河北冀县、平谷一带，安禄山盘踞之地。鼙（pí 皮）鼓，古代军中的一种小鼓。霓裳羽衣曲，唐乐曲名。来自西凉，名《婆罗门曲》，经玄宗润色，天宝十三载（754）改为《霓裳羽衣曲》。后附会为玄宗游月宫闻仙乐，归而记之，乃为此曲。

㊵哥舒翰：唐天宝年间，任河西节度使。安史之乱，李隆基委命驻守潼关，失败被俘。新旧《唐书》有传。

㊶赤紧的：曲中习用语，形容时间短促，犹言转眼间。

㊷东京：唐代以洛阳为东都。

㊸幸：皇帝到某地的专用词。

㊹勤王：指封建时代由地方出兵援救王朝。

㊺“传旨”二句：陈元礼，陈玄礼，为避清圣祖玄烨讳而改为“元”。皇帝的亲军有四军，即左右龙武军和左右羽林军。陈玄礼是右龙武军的将领。御林军，泛指皇帝卫军。

㊻扈（hù 户）驾：即“护驾”，保卫皇帝。

㊼黫（yān 烟）：黑色，指烽烟的颜色。

㊽的溜扑碌：口语，形容慌乱。

㊾碜（chěn）磕磕：也作“碜可可”，曲中常用语，凄惨可怕的意思。

㊿播迁：迁徙、流移。

51支吾：应付，支应。

52“宫殿”句：摘自卢纶《长安春望》。

53“渔阳”句：摘自吴融《华清宫四首》其二。函关，函谷关，在今河南灵宝西南。

54“遏云”句：摘自胡曾《咏史诗·铜雀台》。遏云，谓乐声高入云霄。

55“何处”句：摘自武元衡《摩诃池送李侍御之凤翔》诗。黄云，黄色云气。此指天子之气。陇山，山名，在陕西甘肃一带。唐玄宗由长安奔成都，途经陇山。

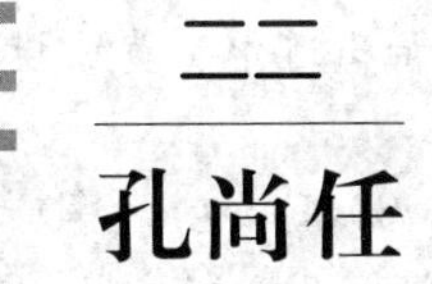

二二 孔尚任

孔尚任（1648—1718），字季重，号东塘、岸堂，山东曲阜人。青年时，困于乡试。康熙二十三年（1684）清圣祖玄烨南巡，返程过曲阜祭孔子，以讲经、导驾观览孔庙孔林，破格任用为国子监博士。不久，奉使淮扬疏浚下河海口，居留三年，结识冒襄、杜濬、邓汉仪、蒋易等前朝遗老，获悉南明弘光朝始末。康熙二十九年（1690）返京，转官户部，至广东清吏司员外郎。康熙三十八年（1699）作成《桃花扇》，次年春以“疑案”罢官。诗文有《湖海集》、《长留集》等，今人辑为《孔尚任诗文集》。戏曲除《桃花扇》，另与顾彩合著有《小忽雷》。

桃花扇·骂筵[①]

[缕缕金]（副净扮阮大铖吉服上[②]）风流代[③]，又遭逢，六朝金粉样[④]，我偏通[⑤]。管领烟花[⑥]，衔名供奉[⑦]，簇新新帽乌衬袍红，皂皮靴绿缝，皂皮靴绿缝。

（笑介）我阮大铖，亏了贵阳相公破格提挈[⑧]，又取在内廷供奉，今日到任回来，好不荣耀。且喜今上性喜文墨[⑨]，把王铎补了内阁大学士[⑩]，钱谦益补了礼部尚书[⑪]。区区不才，同在文学侍从之班，天颜日近，知无不言。前日进了四种传奇[⑫]，圣上大悦，立刻传旨，命礼部采选宫人，要将《燕子笺》被之声歌[⑬]，为中兴一代之乐。我想这本传奇，精深奥妙，倘被俗手教坏，岂不损我文名，因而乘机启奏：生口不如熟口，清客强似教手[⑭]。圣上从谏如流[⑮]，就命广搜旧院，大罗秦淮[⑯]，拿了清客妓女数十余人，交与礼部拣选。前日验他色艺，都只平常，还有几个有名的，都是杨龙友旧交[⑰]，求情免选，下官只得勾去。昨见贵阳相公说道：“教演新戏是圣上心事，难道不选好的，倒选坏的不成。”只得又去传他，尚未到来。今乃乙酉新年人日佳节[⑱]，下官约同龙友，移樽赏心亭[⑲]，邀俺贵阳师相，饮酒看雪。早已吩咐把新选的妓女，带到席前验看。正是：花柳笙歌隋事业[⑳]，谈谐裙屐晋风流[㉑]。（下）

[黄莺儿]（老旦扮卞玉京道妆背包急上[㉒]）家住蕊珠宫，恨无端业海风，把人轻向烟花送[㉓]。喉尖唱肿，裙腰舞松，一生魂在巫山洞[㉔]。俺卞玉京，今日为何这般打扮，只因朝廷搜拿歌妓，逼俺断了尘心。昨夜别过姊妹，换上道装，飘然出院，但不知那里好去投师。望城东云山满眼，仙界路无穷。

（飘飘下）（副净、外、净扮丁继之、沈公宪、张燕筑三人同上）[㉕]

[皂罗袍]（副净）正把秦淮箫弄，看名花好月，乱上帘栊。凤纸签名唤乐工[㉖]，南朝天子春心动。我丁继之年过六旬，歌板久抛；前日托过杨老爷，免我前往，怎的今日又传起来了。（外、净）俺两个也都是免过的，不知又传，有何话说。（副净拱介）两位老弟，大家商量，我们一班清客，感动皇爷，召去教歌，也不是容易的。（外、净）正是。（副净）二位青年上进，

该去走走，我老汉多病年衰，也不望什么际遇了[27]。今日我要躲过，求二位遮盖一二。（外）这有何妨，太公钓鱼，愿者上钩[28]。（净）是，是！难道你犯了王法，定要拿去审问不成？（副净）既然如此，我老汉就回去了。（回行介）急忙回首，青青远峰；逍遥寻路，森森乱松。（顿足介）若不离了尘埃[29]，怎能免得牵绊。（袖出道巾、黄绦换介）（转头呼介）二位看俺打扮罢，道人醒了扬州梦[30]。

（摇摆下）（外）咦！他竟出家去了，好狠心也。（净）我们且坐廊下晒暖，待他姊妹到来，同去礼部过堂。（坐地介）（小旦扮寇白门，丑扮郑妥娘，杂扮差役跟上）（小旦）桃片随风不结子。（丑）柳绵浮水又成萍[31]。（望介）你看老沈老张不约俺一声儿，先到廊下向暖，我们走去，打他个耳刮子。（作见，诨介）（外问杂介）又传我们到那里去？（杂）传你们到礼部过堂，送入内庭教戏。（外）前日免过俺们了。（杂）内阁大老爷不依，定要借重你们几个老清客哩。（净）是那几个？（杂）待我瞧瞧票子[32]。（取票看介）丁继之、沈公宪、张燕筑。（问介）那姓丁的如何不见？（外）他出家去了。（杂）既出了家，没处寻他，待我回官罢！（向净、外介）你们到了的，竟往礼部过堂去。（净）等他姊妹们到齐着。（杂）今日老爷们秦淮赏雪，吩咐带着女客，席上验看哩。（外、净）既是这等，我们先去了。正是：传歌留乐府，孯笛傍宫墙[33]。（下）（杂看票问小旦介）你是寇白门么？（小旦）是。（杂问丑介）你是卞玉京么？（丑）不是，我是老妥。（杂）是郑妥娘了。（问介）那卞玉京呢？（丑）他出家去了。（杂）咦！怎么出家的都配成对儿。（问介）后边还有一个脚小走不上来的，想是李贞丽了？（小旦）不是，李贞丽从良去了！（杂）我方才拉他下楼，他说是李贞丽，怎的又不是？（丑）想是他女儿顶名替来的。（杂）母子总是一般，只少不了数儿就好了。（望介）他早赶上来也。

［忒忒令］（旦）下红楼残腊雪浓。过紫陌早春泥冻。不惯行走，脚儿十分痛。传凤诏，选蛾眉，把丝鞭，骑骄马，催花使乱拥[34]。

奴家香君，被捉下楼，叫去学歌，是俺烟花本等[35]，只有这点志气，就死不磨[36]。（杂喊介）快些走动！（旦到介）（小旦）你也下楼了，屈尊，屈尊。（丑）我们造化，就得服侍皇帝了。（旦）情愿奉让罢。（同行介）（杂）前面是赏心亭了，内阁马老爷，光禄阮老爷[37]，兵部杨老爷，少刻即到。你们各人整理伺候。（杂同小旦、丑下）（旦私语介）难得他们凑来一处，正好吐俺胸中之气。

［前腔］赵文华陪着严嵩[38]，抹粉脸席前趋奉，丑腔恶态，演出真《鸣凤》[39]。俺做个女祢衡，挝渔阳[40]，声声骂，看他懂不懂。

（净扮马士英，副净扮阮大铖，末扮杨文骢，外、小生扮从人喝道上）（旦避下）（副净）琼瑶楼阁朱微抹。（末）金碧峰峦粉细勾[41]。（净）好一派雪景也。（副净）这座赏心亭，原是看雪之所。（净）怎么原是看雪之所？（副净）宋真宗曾出周昉雪图[42]，赐与丁谓，说道："卿到金陵，可选一绝景处张之。"因建此亭。（净看壁介）这壁上单条，想是周昉雪图了。（末）非也。这是画友蓝瑛新来见赠的[43]。（净）妙！妙！你看雪压钟山，正对图画，赏心胜地，无过此亭矣。（末吩咐介）就把炉、榼、游具[44]，摆设起来。（外、小生设席坐介）（副净向净介）荒亭草具，恃爱高攀，着实得罪了。（净）说那里话。可笑一班小人，奉承权贵，费千金盛设，十分丑态，一无所取，徒传笑柄。（副净）晚生今日扫雪烹茶，清谈攀教，显得老师相高怀雅量，晚生辈也免了几笔粉抹[45]。（净）阿呀！那戏场粉笔[46]，最是利害，一抹上脸，再洗不掉；虽有孝子慈孙，都不肯认做祖父的。（末）虽然利害，却也公道，原以儆戒无忌惮之小人，非为我辈而设。（净）据学生看来，都吃了奉承的亏。（末）为何？（净）你看前辈分宜相公严嵩，何尝不是一个文人，现今《鸣凤记》里抹了花脸，着实丑看。岂非赵文华辈奉承坏了。（副净打恭介）是！是！老师相是不喜奉承的，晚生惟有心悦诚服而已。（末）请酒！（同举杯介）（副净问外介）选的妓女，可曾叫到了么！（外禀介）叫到了。（杂领众妓叩头介）（净细看介）（吩咐介）今日雅集，用不着他们，叫他礼部过堂去罢。（副净）特令到此伺候酒席的。（净）留下那个年小的罢。（众下）（净问介）他唤什么名字？（杂禀介）李贞丽。（净笑介）丽而未必贞也。（笑向副净介）我们扮过陶学士了，再扮一折党太尉何如[47]？（副净）妙！妙！（唤介）贞丽过来斟酒唱曲。（旦摇头介）（净）为何摇头？（旦）不会。（净）阿呀！样样不会，怎称名妓？（旦）原非名妓。（掩泪介）（净）你有甚心事，容你说来。

[江儿水]（旦）妾的心中事，乱似蓬[48]，几番要向君王控[49]。拆散夫妻惊魂迸，割开母子鲜血涌[50]，比那流贼还猛。做哑装聋，骂着不知惶恐。

（净）原来有这些心事。（副净）这个女子却也苦了。（末）今日老爷们在此行乐，不必只是诉冤了。（旦）杨老爷知道的，奴家冤苦，也值当不的一诉[51]。

[五供养] 堂堂列公，半边南朝，望你峥嵘[52]。出身希贵宠，创业选声容[53]，《后庭花》又添几种[54]。把俺胡撮弄，对寒风雪海冰山，苦陪觞咏[55]。

（净怒介）哇！这妮子胡言乱道，该打嘴了。（副净）闻得李贞丽，原是张天如、夏彝仲辈品题之妓[56]，自然是放肆的。该打！该打！（末）看他年纪甚小，未必是那个李贞丽。（旦恨介）便是他待怎的！

[玉交枝] 东林伯仲[57]，俺青楼皆知敬重。干儿义子从新用，绝不了魏家种[58]。（副净）好大胆，骂的是哪个？快快采去[59]，丢在雪中。（外采旦推倒介）（旦）冰肌雪肠原自同，铁心石腹何愁冻。（副净）这奴才，当着内阁大老爷这般放肆，叫我们都开罪了。可恨可恨！（下席踢旦介）（末起拉介）（净）罢！罢！这样奴才，何难处死，只怕妨了俺宰相之度[60]。（末）是！是！丞相之尊，娼女之贱，天地悬绝，何足介意。（副净）也罢！启过老师相，送入内庭，检着极苦的脚色，叫他去当。（净）这也该的。（末）着人拉去罢！（杂拉旦介）（旦）奴家已拼一死。吐不尽鹃血满胸，吐不尽鹃血满胸。

（拉旦下）（净）好好一个雅集，被这奴才搅乱坏了。可笑！可笑！（副净、末连三揖介）得罪！得罪！望乞海涵[61]，另日竭诚罢。（净）兴尽宜回春雪棹[62]。（副净）客羞应斩美人头[63]。（净、副净从人喝道下）（末吊场介）可笑香君才下楼来，偏撞两个冤对[64]，这场是非免不了的；若无下官遮盖，香君性命也有些不妥哩。罢！罢！选入内庭，倒也省了几日悬挂，只是媚香楼无人看守，如何是好？（想介）有了，画友蓝瑛托俺寻寓，就接他暂住楼上，待香君出来，再作商量。

赏心亭上雪初融，煮鹤烧琴宴钜公[65]。

恼杀秦淮歌舞伴，不同西子入吴宫[66]。

康熙刻本《桃花扇》卷三

①《桃花扇》以秦淮名妓李香君和复社文人侯方域的悲欢离合为线索，反映南明福王政权的兴亡始末，具有高度的历史真实性，人物形象鲜明生动，情节曲折紧凑，结构严密而脉络分明，语言随人物性格而雅俗相间。《骂筵》是剧本的第二十四出，为全剧高潮之一。这出戏表现了李香君的坚强性格，还通过让马士英、阮大铖现身说法的手法，辛辣地揭露了他们的丑恶嘴脸。

②阮大铖：本剧主要反面人物，人物性格基本上忠实于历史。大铖字圆海，号百子山樵，安徽怀宁人。明崇祯时，以依附魏忠贤，名列逆案，避居南京。福王朱崧立，马士英当政，阮大铖为兵部侍郎，晋兵部尚书，对清流人物大肆迫害。清兵南下，迎降，从攻仙霞岭，触石死。他擅长词曲，作有《燕子笺》、《春灯谜》等传奇。吉服：喜庆服装。

③风流代：风流时代，指奢华淫靡之世。

④六朝金粉样：像六朝那样繁华绮丽。

⑤通：精通。这里指精通文艺、伎艺之类的事。

⑥烟花：妓女之代称。

⑦衔名供奉：有内廷供奉的官衔。供奉，指以文艺、伎艺服务于内廷的官。

⑧贵阳相公：指马士英，他是贵州贵阳人，福王小朝廷的内阁大学士，所以称作“贵阳相公”。提挈（qiè 妾）：提拔。

⑨今上：当今皇帝，指福王。

⑩王铎：字觉斯，原属东林党，曾为南京礼部尚书。福王立，为东阁大学士。清兵南下，降清。

⑪钱谦益：见本书作家小传。

⑫四种传奇：指《石巢传奇四种》，即《燕子笺》、《春灯谜》、《牟合尼》、《双金榜》。

⑬被之声歌：指付诸演唱。

⑭清客：指富贵家豢养的门客。他们有些文墨，与一般艺人不同，所以说“强似教手”。

⑮从谏如流：谓皇帝能虚心接受臣子的意见。如流，极言迅速。在这出戏里，作者让阮大铖等讲这类话，是为了让他们作自我讽刺。

⑯大罗秦淮：大肆搜罗秦淮河艺妓。

⑰杨龙友：名文骢，贵阳人，福王时，他任常州、镇江二府的巡抚，清兵渡江，他从唐王朱聿键起兵衢州，兵败被杀。在本剧里，杨龙友周旋于马、阮和复社文人两派之间。旧交：这里指过去相好的妓女。

⑱乙酉：南明福王弘光元年（1645）。人日：旧历正月初七日。

⑲赏心亭：在南京下水城门上，下临秦淮河，为北宋丁谓出镇金陵时所建。

⑳隋：隋朝。隋炀帝贪于声色之好，是历史上有名的荒淫皇帝。所以这里说“花柳笙歌隋事业”。

㉑裙屐（jī 机）：指六朝贵族富家子弟衣着。屐，木底有齿的鞋。晋：指六朝的东晋。

㉒卞玉京：明末秦淮名妓。

㉓“家住”三句：卞玉京自谓本有仙缘，遭无缘故的业报，堕入烟花柳巷。这是表示要出家的心情。蕊珠宫，道家所谓神仙所居宫名。《黄庭内景经》：“太上大道玉晨君，闲居蕊珠作七言。”业海，佛家语，谓众生所造之业（善或恶）无边，故称。后往往指恶业，等于罪孽。

㉔“一生”句：承上文，谓一生在追欢赔笑的烟花生涯中度过。巫山洞，用宋玉《高唐赋》中神女故事。楚襄王到高唐，梦神女，她说：“妾在巫山之阳，高丘之阻，朝为行云，暮为行雨，朝朝暮暮，阳台之下。”后用巫山、云雨、阳台指男女之事。

㉕丁继之、沈公宪、张燕筑：都是当时南京著名的曲坛艺人。

㉖凤纸：凤诏，皇帝诏书。

㉗际遇：犹遭遇，多指好的机遇。

㉘“太公”二句：民间成语，相传姜太公（吕望）未遇周文王姬昌前，在渭水滨钓鱼，说上天有好生之德，愿者上钩。

㉙尘埃：指红尘、尘世。

㉚醒了扬州梦：在歌舞繁华生涯中觉醒。扬州梦，用杜牧《遣怀》诗“十年一觉扬州梦，赢得青楼薄幸名”句意。

㉛“柳绵”句：古代有柳绵（柳絮）入水化为萍之说。这句与上句“桃片随风不结子”，

均比喻妓女在风尘中无依靠、无归宿。

㉜票子：指封建官府的传票。

㉝“擪（yè夜）笛”句：用元稹《连昌宫词》“李謩擪笛傍宫墙”句。擪，手按。

㉞催花使：这里指传唤妓女的吏役。

㉟本等：犹本分。

㊱不磨：不灭。磨，磨灭。

㊲光禄阮老爷：指阮大铖，曾为光禄寺丞。

㊳赵文华陪着严嵩：赵文华是明嘉靖间人，依附权相严嵩，曾总督浙闽军务。《鸣凤记》传奇中写到过他逢迎严嵩的事。

㊴《鸣凤》：《鸣凤记》传奇，演杨继盛、夏言等与奸相严嵩作斗争的故事。

㊵“俺做个”二句：祢衡，字正平，东汉末人。有文才，性刚傲。孔融荐之于曹操，曹操命为鼓史，在大宴宾客时击鼓。他为《渔阳参挝（zhuā抓）》，并当众裸体易衣，“复三挝而去”。曹操笑曰：“本欲辱衡，衡反辱孤。”（《后汉书·文苑列传下》）后人常用这个故事作为正直文人反抗当权者的范例，明徐渭有《渔阳弄》杂剧，近世有京剧《击鼓骂曹》。这里李香君说“做个女祢衡，挝渔阳”，即取其意。挝，敲打。

㊶“琼瑶”二句：为阮大铖、杨龙友上场词，赞美雪后楼台、山景美如图画。琼瑶，美玉。金碧，指颜色富丽。抹、勾，国画的两种笔法。

㊷宋真宗：北宋第三代皇帝，名恒。下句所说丁谓，是其宠臣，专门讲所谓天书符瑞迷信之说。周昉，唐代著名画家，善画人物。雪图，指《袁安卧雪图》。宋真宗赐给丁谓《袁安卧雪图》的故事，见《渑水燕谈录》、《湘山野录》。

㊸蓝瑛：明末画家，字田叔，钱塘人，善画山水，人物花鸟亦负时誉。

㊹榼（kē苛）：古代盛酒器具。

㊺几笔粉抹：我国旧戏曲舞台上，饰反面人物往往要在脸上抹些白粉，以示其奸恶。这里阮大铖说自己“免了几笔粉抹”，是作者让其作自我丑化，以显示其虽不粉抹，依然是小丑。

㊻戏场粉笔：也是“粉抹”的意思。舞台上粉笔抹脸的形象代表奸凶，给观众留下印象，影响后世，所以让马士英说出下面几句害怕“粉抹”的话。

㊼“我们”二句：陶学士，宋代陶谷。他为翰林学士时，曾得到太尉党进的家姬。一天他以雪水烹茶，问家姬说：党家有这样的风味吗？家姬回答：“彼但能销金帐底浅斟低唱，饮羊羔美酒耳！”（见《事文类聚》引《通鉴长编》）马士英既说要扮陶谷，又要作党进，这是作者让他自我暴露其灵魂之卑鄙无耻。

㊽乱似蓬：犹乱如麻。蓬，蓬草，多年生草本植物，枯时连根折断，随风翻滚，状甚散乱，亦称飞蓬。

㊾控：控诉、控告。

㊿“拆散”二句：指拆散了李香君和侯方域的夫妻生活及其与假母李贞丽的母女关系。

51值当不的：口语，不值得。

52“堂堂”三句：谓马士英、阮大铖等南明小朝廷的执政者，百姓本希望他们能振作图强。你，指马士英一伙。

53“出身”二句：斥责马士英一伙只图个人的荣贵与得宠，以替皇帝挑选歌妓为业。出身，犹立身行事。声容，指能歌善舞、容貌美丽的妓女。

54《后庭花》：歌曲名。南朝陈后主耽于声色，经常和贵妃、学士写诗听曲，不理政事，最后亡国。《后庭花》，即陈后主所作歌曲，后人常用以代表亡国之音。

(55)觞咏：饮酒赋诗。

(56)张天如：张溥，见本书作者小传。夏彝仲：夏允彝，江苏华亭（今上海淞江）人。张溥是明末进步社团复社的领袖，夏允彝是与复社相呼应的几社的领袖。

(57)东林伯仲：明末东林党，同以阉党为核心的政治势力相对抗。复社、几社都是继东林党后与阉党余孽作斗争的社团，所以称为“东林伯仲”。伯仲，犹兄弟。

(58)“干儿”二句：骂马士英、阮大铖一伙阉党余孽。权阉魏忠贤当道时，许多官僚曾卖身投靠，自认作魏忠贤的干儿义子。崇祯初年，魏忠贤及重要阉党头子被诛，其党徒也列入逆案论罪。福王朱由崧立，又重新任用了马士英、阮大铖之流，所以这里说“从新用”。

(59)采：这里是“抓”的意思。

(60)度：度量，气量。

(61)海涵：海量包涵。

(62)“兴尽”句：用晋王子猷的故事。王子猷在雪夜乘船去剡溪访问戴安，船将到时，他让船夫掉转船头而归，说：“乘兴而来，兴尽而返。”（《世说新语·任诞》）

(63)“客羞”句：用战国平原君故事。平原君的美人在楼上望见邻人是个跛子，不觉笑出声来。跛子要求平原君斩美人，平原君置之不理。后来门客认为他“爱色而贱士”，他便斩了美人，向跛子谢罪。（见《史记·平原君列传》）这里指阮大铖为取媚马士英，要他杀掉李香君。

(64)冤对：冤家对头。

(65)煮鹤烧琴：指煞风景的事。《义山杂纂》：“杀风景：花间喝道，背山起楼，煮鹤焚琴，清泉濯足。”

(66)“不同”句：谓李香君被强迫入宫，与古代的西施之入吴宫不同。西子，西施。

二三

沈德潜

沈德潜（1673—1769），字确士，号归愚，长洲（今苏州市）人。长期科举不利，设馆授徒。乾隆四年（1739）年近古稀，始成进士，改庶吉士，散馆授翰林院编修，入直南书房，以能诗为皇帝宠幸，不数年五迁内阁学士。论诗以儒家诗教为本，倡格调说，古体以汉魏、近体以盛唐为宗，“一归于温柔敦厚”（《说诗晬语》）。曾评选《古诗源》、《唐诗别裁集》等，示人诗法。诗作一如其诗论，平正朴实。有《沈归愚诗文全集》。

江村①

苦雾寒烟一望昏②，秋风秋雨满江村。波浮衰草遥知岸③，船过疏林竟入门④。俭岁四邻无好语⑤，愁人独夜有惊魂⑥。子桑卧病经旬久，裹饭谁令古道存⑦。

乾隆刻本《沈归愚诗钞》卷一六

①该诗为作者未入仕之前作。诗写乘船去探视江村中一贫病友人，逐次由远及近，从凄凉景象中显示出对友人的同情，词婉意切。

②一望：犹“举目”，一眼看去。

③“波浮”句：看到水上浮有衰草，知是已近岸边。

④“船过”句：江村农家房屋临水而造，无院无门。亦可见其友人之贫。

⑤俭岁：歉收之年。无好语：谓因歉收而忧苦、烦躁。

⑥惊魂：写惊惧不安状。

⑦“子桑”二句：《庄子·大宗师》：“子舆与子桑友，而霖雨十日。子舆曰：‘子桑殆病矣。’裹饭而往食之。”此用其事。谁令古道存，感慨友人卧病，无人“裹饭”而至，古之友道不存。

二四

厉 鹗

厉鹗（1692—1752），字太鸿，号樊榭，钱塘（今杭州）人。康熙五十九年（1720）举人，乾隆元年（1736）举博学鸿词，被罢，以授徒、吟咏终老。工诗、词，继朱彝尊之后，主盟浙派。诗宗陶渊明、谢灵运及王维、孟浩然，间入宋人诗风；词宗姜夔、张炎，尚淳雅、求清空。诗词均多记游、写景之作，风格幽逸奇隽。有《樊榭山房集》、《宋诗纪事》。

忆旧游①

辛丑九月既望②，风日清霁，唤艇自西堰桥③，沿秦亭、法华④，湾洄以达于河渚⑤。时秋芦作花，远近缟目⑥。回望诸峰，苍然如出晴雪之上。庵以秋雪名，不虚也。乃假僧榻，偃仰终日。唯闻棹声掠波往来，使人绝去世俗营竞所在⑦。向晚宿西溪田舍⑧，以长短句纪之。

溯溪流云去，树约风来，山剪秋眉⑨。一片寻秋意，是凉花载雪⑩，人在芦埼⑪。楚天旧愁多少，飘作鬓边丝⑫。正浦溆苍茫⑬，闲随野色，行到禅扉⑭.忘机⑮。悄无语，坐雁底焚香⑯，蛩外弦诗⑰。又送萧萧响，尽平沙霜信，吹上僧衣⑱。凭高一声弹指⑲，天地入斜晖。已隔断尘喧⑳，门前弄月渔艇归。

《四部丛刊》本《樊榭山房集》卷九

①该词为作者游杭州西溪作。词中写景、抒怀，完全着意于秋色、秋意，极其自然和谐。

②辛丑：康熙六十年（1721）。既望：指阴历每月十六日。

③西堰桥：地址不详，当距西湖灵隐山不远。

④秦亭：山名，在灵隐山后约一里。法华：秦亭山之支脉。

⑤湾洄：河道曲折。

⑥缟目：满眼白色。

⑦绝去世俗营竞所在：完全忘掉功名利禄。营竞，钻营竞争。

⑧西溪：在灵隐山西北，曲水湾环，群山四绕，为杭州风景胜地。

⑨“溯溪”三句：泛舟而行，溪水云影、岸边树、远山，逐渐进入望中。秋眉，谓秋山如眉。

⑩凉花载雪：秋天芦花开时，白如覆雪。故云。

⑪芦埼（qí 奇）：生长芦荻之溪岸。埼，曲折的堤岸。

⑫“楚天”二句：谓芦花引人愁思，点染鬓边。自宋玉《九辩》开悲秋之主题，历代有各种内容的悲秋之作，故云“楚天旧愁多少”。

⑬浦溆：水边。

⑭禅扉：僧舍，即序中所云之秋雪庵。

⑮忘机：没有机心，指淡泊宁静之心态。

⑯“坐雁底”句：焚香默坐，听雁过声。

⑰“蛩（qióng穷）外”句：伴蟋蟀鸣声而唱诗。

⑱“又送”三句：写风吹芦荻作响，飘落僧人衣上，都预告着霜降消息。霜信，霜将降之信息。

⑲一声弹指：犹说一刹那。弹指，佛家语，喻时间短暂。

⑳隔断尘喧：谓清幽如在世外，无尘世之喧嚣。

灵隐寺月夜①

夜寒香界白②，涧曲寺门通。月在众峰顶③，泉流乱叶中。一灯群动息④，孤磬四天空⑤。归路畏逢虎，况闻岩下风。

《四部丛刊》本《樊榭山房集》卷一

①灵隐寺：在杭州灵隐山东南麓，寺前有飞来峰，寺中有冷泉亭诸名胜，环境清幽。诗写灵隐寺月夜景象、感觉，意境清冷。

②香界：指佛寺。明杨慎《丹铅总录·琐语》：“佛寺曰香界。”白：谓如雪如霜，喻清冷。

③“月在”句：灵隐寺周围有北高峰、南高峰、飞来峰，故云。

④一灯：指佛殿中的长明灯。群动息：语本陶渊明《饮酒》诗：“日入群动息。”谓万物俱息。

⑤“孤磬”句：以佛殿孤磬之声，反衬万籁俱寂之幽静。四天，四方天空。沈佺期《从幸香山寺应制》：“岭上楼台千地起，城中钟鼓四天闻。”空，空寂。

二五

方 苞

方苞（1668—1749），字凤九，号灵皋，又号望溪，安徽桐城人。康熙三十八年（1689）举乡试第一，四十五年（1706）中进士。受戴名世《南山集》案株连，被逮下狱，论死，得李光地力救，获免。后历仕康、雍、乾三朝，官至礼部右侍郎。少时家贫力学，博究六经百氏之书，古文上规《史》、《汉》，下仿韩、欧，清真洁净。论文主“义法”，“义”即“言有物”，“法”即“言有序”，要求文章内容充实，讲究章法，语言雅洁。此后由刘大櫆扩充，姚鼐完善，形成桐城派系统的古文理论。有《望溪文集》。

左忠毅公逸事①

先君子尝言②：乡先辈左忠毅公视学京畿③，一日，风雪严寒，从数骑出微行，入古寺，庑下一生伏案卧④，文方成草；公阅毕，即解貂覆生⑤，为掩户。叩之寺僧，则史公可法也⑥。及试，吏呼名至史公，公瞿然注视⑦，呈卷，即面署第一。召入，使拜夫人，曰：“吾诸儿碌碌，他日继吾志者，惟此生耳。”

及左公下厂狱⑧，史朝夕狱门外，逆阉防伺甚严，虽家仆不得近。久之，闻左公被炮烙⑨，旦夕且死，持五十金，涕泣谋于禁卒，卒感焉。一日，使史更敝衣草屦，背筐，手长镵⑩，为除不洁者。引入，微指左公处，则席地倚墙而坐，面额焦烂不可辨，左膝以下，筋骨尽脱矣。史前跪，抱公膝而呜咽。公辨其声而目不可开，乃奋臂以指拨眦，目光如炬，怒曰：“庸奴！此何地也？而汝来前！国家之事，糜烂至此。老夫已矣，汝复轻身而昧大义⑪，天下事谁可支拄者！不速去，无俟奸人构陷，吾今即扑杀汝！”因摸地上刑械，作投击势。史噤不敢发声，趋而出。后常流涕述其事，以语人曰：“吾师肺肝，皆铁石所铸造也！”

崇祯末，流贼张献忠出没蕲、黄、潜、桐间⑫。史公以凤庐道奉檄守御⑬。每有警，辄数月不就寝，使壮士更休，而自坐幄幕外。择健卒十人，令二人蹲踞而背倚之，漏鼓移⑭，则番代⑮。每寒夜起立，振衣裳，甲上冰霜迸落，铿然有声。或劝以少休，公曰：“吾上恐负朝廷，下恐愧吾师也。”

史公治兵，往来桐城，必躬造左公第⑯，候太公、太母起居⑰，拜夫人于堂上。

余宗老涂山⑱，左公甥也，与先君子善，谓狱中语，乃亲得之于史公云。

《四部丛刊》本《望溪先生文集》卷九

①左忠毅：即左光斗，字遗直，安徽桐城人。万历进士，官至左佥都御史。天启四年（1624），因上疏弹劾魏忠贤，被诬下狱，备受酷刑，死于狱中。弘光时追谥“忠毅”。文记左光斗奖掖、爱护史可法，以及史可法克承师志事，重在具体细节，味淡而淳。叙事有章法，有

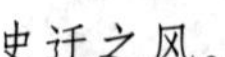

史迁之风。

②先君子：作者称已去世之父亲方仲舒。

③视学京畿：负责京城附近地区的学政。京畿，指京城所辖地区。

④庑（wǔ伍）下：廊屋下。

⑤解貂：脱下貂皮外衣。

⑥史可法：字宪之，又字道邻，明末祥符（今河南开封）人。崇祯年间进士，历任西安府推官、右佥都御史、南京兵部尚书。南明弘光时，开府扬州，以身殉城。

⑦瞿然：惊视貌。

⑧厂狱：明代东厂监狱。东厂是明代特务机构，由亲信太监掌管。

⑨炮烙：用烧红的铁烙犯人的酷刑。

⑩手长镵（chǎn产）：手持长柄铲子。镵，同“铲”。

⑪昧：不明，糊涂。

⑫张献忠：明末农民起义领袖。崇祯三年（1630）在陕西起事，转战中原各省，后进军四川，建立大西政权。清顺治三年（1646）战死。蕲（qí祈）：今湖北蕲春。黄：今湖北黄冈。潜：今安徽潜山。桐：今安徽桐城。

⑬凤庐道：统辖凤阳府、庐州府的道员。檄：用于讨伐或征召的文书。

⑭漏鼓移：指过了一个更次。漏，计时的漏壶。鼓，军中报时的更鼓。

⑮番代：替换。

⑯躬造：亲自拜访。躬，身体，引申为“亲身”。造，拜访。

⑰“候太公”句：指问候左光斗父母饮食寝兴等日常生活状况。

⑱宗老：同宗中的前辈。涂山：方文，字尔止，号涂山，明遗民。方苞族祖父。

二六

姚鼐

姚鼐（1731—1815），字姬传，世称惜抱先生，安徽桐城人。乾隆二十八年（1763）中进士，选庶吉士，散馆授礼部主事。三十三年（1768）充山东乡试副考官，擢员外郎。三十五年（1770）充湖南乡试副考官，次年充会试同考官，升刑部郎中。后任四库馆纂修。四十九年（1784）辞官。后历主扬州梅花、安庆敬敷、歙县紫阳、江宁钟山诸书院，“士子得以及门为幸”，门下方东树、梅曾亮、管同、姚莹号称四大弟子，有“天下文章其在桐城乎”之说。姚鼐继方苞、刘大櫆之后为桐城派三祖之一。论文主张义理、考证、辞章三者合一，兼汉宋之学和辞章之学。将“所以为文者”分为“神、理、气、味，格、律、声、色”八个方面，又将文章风格分为“阳刚”“阴柔”两大类，发展了方苞的“义法”说和刘大櫆的“神气音杰”说。又选《古文辞类纂》为学古文的范本，影响很大。有《惜抱轩全集》。

登泰山记[①]

泰山之阳[②]，汶水西流[③]。其阴，济水东流[④]。阳谷皆入汶[⑤]，阴谷皆入济，当其南北分者，古长城也[⑥]。最高日观峰[⑦]，在长城南十五里。

余以乾隆三十九年十二月[⑧]，自京师乘风雪[⑨]，历齐河、长清[⑩]，穿泰山西北谷，越长城之限[⑪]，至于泰安。是月丁未[⑫]，与知府朱孝纯子颖由南麓登[⑬]。四十五里[⑭]，道皆砌石为磴，其级七千有余。泰山正南面有三谷，中谷绕泰安城下，郦道元所谓环水也[⑮]。余始循以入，道少半，越中岭，复循西谷，遂至其巅。古时登山，循东谷入，道有天门[⑯]。东谷者，古谓之天门溪水，余所不至也。今所经中岭及山巅崖限当道者[⑰]，世皆谓之天门云。道中迷雾冰滑，磴几不可登。及既上，苍山负雪，明烛天南，望晚日照城郭，汶水、徂徕如画[⑱]，而半山居雾若带然[⑲]。

戊申晦五鼓[⑳]，与子颖坐日观亭[㉑]，待日出。大风扬积雪击面。亭东自足下皆云漫[㉒]。稍见云中白若樗蒱数十立者[㉓]，山也。极天[㉔]，云一线异色[㉕]，须臾成五采，日上，正赤如丹[㉖]，下有红光，动摇承之，或曰：“此东海也。”回视日观以西峰，或得日，或否，绛皜驳色[㉗]，而皆若偻[㉘]。

亭西有岱祠[㉙]，又有碧霞元君祠[㉚]。皇帝行宫在碧霞元君祠东[㉛]。是日，观道中石刻，自唐显庆以来[㉜]，其远古刻尽漫失[㉝]。僻不当道者皆不及往。

山多石，少土，石苍黑色，多平方，少圜[㉞]。少杂树，多松，生石罅[㉟]，皆平顶。冰雪，无瀑水，无鸟兽音迹。至日观，数里内无树，而雪与人膝齐。

桐城姚鼐记。

《四部备要》本《惜抱轩文集》卷一四

①泰山：在山东泰安北，古称岱宗，又称东岳，为五岳之长。本文融考证于辞章，布局精严，描写生动，行文洁净明快，为描写泰山景观的名篇。

②阳：山南为阳。

③汶水：今称大汶河，源于山东莱芜东北之原山，向西南流，汇入东平湖。

④济水：源于河南济源县西之王屋山，流经山东。清代末年，济水河道为黄河所占。

⑤阳谷：指山南的谷水。

⑥古长城：战国时齐国修筑的长城，西起平阴，经泰山北冈，东至诸城。

⑦日观峰：泰山顶峰，观日出之胜地。

⑧乾隆三十九年：公元1774年。但十二月初一，已是公元1775年。

⑨乘：冒。

⑩齐河、长清：山东两县名，在泰安西北。

⑪限：界限。

⑫丁未：该月二十八日。

⑬朱孝纯：字子颖，号海愚，山东历城人，曾为泰安知府，姚鼐挚友。

⑭四十五里：古时估测泰山从下至顶四十多里，但实测为二十余里。

⑮郦道元：字善长，北魏范阳（今河北涿县）人，著有《水经注》。

⑯天门：泰山有南天门、东天门、西天门。

⑰崖限：像门槛一样的山崖。

⑱徂徕（cú lái 殂来）：山名，在泰安东南四十里。

⑲“而半山”句：停留在半山腰的云雾像带子一样。

⑳戊申：二十九日。晦：农历每月最后一日。五鼓：五更。

㉑日观亭：亭名，在日观峰。

㉒“亭东”句：亭子以东从脚下始都是迷漫的云雾。

㉓樗（chū 出）蒲：赌博工具，即骰（tóu 投）子，俗称色（shǎi 筛上声）子。

㉔极天：天的尽头，天边。

㉕云一线异色：一缕云颜色很特别。

㉖正赤如丹：纯红如同朱砂。

㉗绛：红色。皜（hào 浩）：白色。驳：杂。

㉘偻（lǚ 吕）：曲背。形容日观峰以西的山峰都低于日观峰，如同弯腰曲背地站着。

㉙岱祠：一名岱庙，祭祀东岳大帝的庙宇。

㉚碧霞元君祠：祭祀东岳大帝女儿碧霞元君的庙，俗称娘娘庙。

㉛皇帝行宫：指乾隆去泰山住过的房宇。行宫，皇帝出巡时的住所。

㉜显庆：唐高宗李治的年号（656—661）。

㉝漫失：石碑经过风雨剥蚀，字迹模糊不清。

㉞圜：同“圆”。

㉟石罅（xià 下）：石缝。

二七

郑　燮

郑燮（1693—1756），字克柔，号板桥，江苏兴化人。幼年丧母，家境贫穷，读书饶别解，性洒脱不羁，好放言高论，因得狂名。雍正十年（1732）中举，乾隆元年（1736）成进士，任山东范县、潍县知县十三年，有政声。乾隆十八年（1753）因请赈忤上官被罢。归里后，以鬻书画为生。善诗，工书、画，时称"郑虔三绝"。诗词文不拘体格，取道性情，言情述事，恻恻动人。画以兰竹石最为精妙，为"扬州八怪"之一。著有《板桥诗钞》、《词钞》、《家书》、《题画诗》、《道情》。今人辑为《郑板桥集》。

潍县署中画竹呈年伯包大中丞括①

衙斋卧听萧萧竹②，疑是民间疾苦声。些小吾曹州县吏③，一枝一叶总关情④。

上海古籍出版社点校本《郑板桥集·诗钞》

①潍县：今山东潍坊市区。年伯：本指与父亲同年登科的长辈，明以后泛指父辈。包大中丞括：包括，钱塘人，曾任山东布政使，署理巡抚，故称大中丞。诗约作于乾隆十一年（1746）作者任潍县知县之初，借画竹表述对百姓疾苦的关切心情。

②衙斋：官署书房。萧萧：竹枝叶摇动声。

③些小：小小，一点儿。吾曹：我辈。

④关情：牵动感情。

竹石①

咬定青山不放松②，立根原在破岩中。千磨万击还坚劲③，任尔东西南北风！

上海古籍出版社点校本《郑板桥集·诗钞》

①此为题画诗，作者性情宛在其中。

②青山：画中青色岩山。

③坚劲：坚强有力，不屈不挠。

二八

袁　枚

袁枚（1716—1798），字子才，号简斋，晚号小仓山房居士、随园老人，钱塘（今杭州）人。乾隆四年（1739）进士，选庶吉士，外放江南，先后任溧阳、江浦、沭阳、江宁知县，有政声。十四年（1749）引病辞官，退居所购江宁小仓山之随园，诗酒自娱，广交文士，或出游南方山水。秉性通脱疏放，思想活跃，“敢于进退六经，非圣无法”（章学诚《文史通义·书坊刻诗话后》），具有反道学、反礼教的人文精神。文学上树“性灵”之帜，主张诗“必本于性情”。诗作独抒己意，思致新颖，笔调活泼，语言平易晓畅，呈现出一种突破传统格调的趋势。散文不依傍桐城门户，生动清新。有《小仓山房诗集》、《小仓山房文集》、《随园诗话》、《子不语》等。

马嵬①（四首选一）

莫唱当年《长恨歌》②，人间亦自有银河③。石壕村里夫妻别④，泪比长生殿上多⑤。

上海古籍出版社点校本《小仓山房诗集》卷八

①马嵬：马嵬坡，在今陕西兴平县西。唐天宝十四年（756），安禄山叛乱，陷潼关，玄宗出逃四川，经马嵬坡时，禁军哗变，杀杨国忠，迫玄宗命杨贵妃自缢。自白居易始，历代诗人、剧作家多咏叹敷演其事。此诗放眼人间夫妻之生离死别，可谓别出心裁。

②《长恨歌》：白居易著名长诗。诗中对李、杨爱情悲剧表示同情，诗末云：“天长地久有时尽，此恨绵绵无绝期。”

③银河：据民间故事，牛郎和织女夫妻相爱，却被银河隔开，每年只能在农历七月七日相会一次。这里喻夫妻不得团圆。

④石壕村：杜甫《石壕吏》诗中地点。《石壕吏》写安史之乱中，“有吏夜捉人”，“老翁逾墙走”，老妇被带到兵营服役事。

⑤长生殿：唐玄宗在天宝元年（742）修筑的祭祀天神的宫殿。《长恨歌》中有“七月七日长生殿，夜半无人私语时。在天愿作比翼鸟，在地愿为连理枝”的诗句，以长生殿为李、杨密誓的地方。

独秀峰①

来龙去脉绝无有②，突然一峰插南斗③。桂林山水奇八九，独秀峰尤冠其首。三百六级登其巅，一城烟水来眼前④。青山尚且直如弦⑤，人生孤立何伤焉⑥！

上海古籍出版社点校本《小仓山房诗集》卷三〇

①独秀峰：亦名独秀山、紫金山，在桂林市中心王城内，以平地孤拔、无他峰相属而得名。乾隆四十九年（1784），作者重游桂林，写下此诗。诗由山之奇崛写到人生之独立，转接自然，意旨深邃。

②来龙去脉：旧时堪舆家（俗称风水先生）以山势为龙，起伏连绵为脉。

③南斗：星宿名，在南天。此处形容山势高峻。

④烟水：云烟缭绕，水波荡漾。

⑤直如弦：汉桓帝时童谣："直如弦，死道边；曲如钩，反封侯。"这里说独秀峰孤立无依托。

⑥伤：妨害。

蠹鱼①

不买芸香置五车②，公然老蠹作生涯。分明纸角牙须动③，陡觉书中点画差④。未必风骚供吐属，空贪糟粕失精华⑤。劝君嚼我终无味，速往鱼虫注疏家⑥。

上海古籍出版社点校本《小仓山房诗集》卷三〇

①蠹鱼：蛀蚀书籍的小虫。诗借咏蠹鱼，嘲谑当时考据学者。作者另有《考据之学莫盛于宋以后而今为尤余厌之戏仿太白嘲鲁儒一首》，末云："招来此辈与一餐，锁向书仓管书蠹。"可参看。

②芸香：香草名，花叶香气浓郁，可驱虫。唐杨巨源《酬令狐员外直夜书怀见寄》诗："芸香能护字，铅椠善呈书。"五车：五车书，谓书多。《庄子·天下》："惠子多方，其书五车。"

③牙须动：指蠹鱼蛀书状。

④点画差：谓书中文字笔画残缺。差，短少。

⑤"未必"二句：以蠹鱼蛀书喻考据家注书，专事章句之考证，而不讲诗文之文采韵味，弃精华而就糟粕。风骚，指诗文之精神风貌。

⑥"劝君"二句：以劝蠹鱼去考据家之家，比喻自己对考据无兴趣。鱼虫注疏，因《尔雅》中有"释鱼"、"释虫"诸篇，后遂以"鱼虫"指文字训诂考证。注疏，注释古书字句曰注，注释注文曰疏。

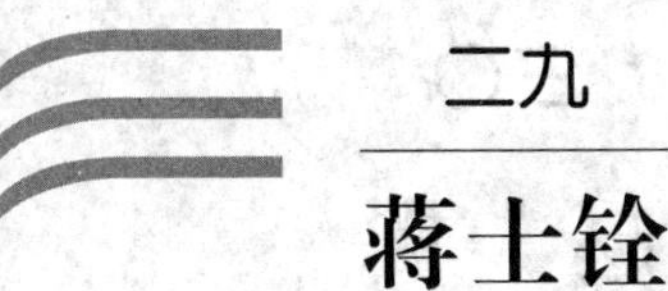

二九

蒋士铨

蒋士铨（1725—1785），字心馀，一字苕生，号清容，又号藏园，江西铅山人。幼从母学六经三传及唐宋人诗，随父游幕，遍历齐、鲁、燕、赵。乾隆十二年（1747）举于乡，官内阁中书。二十二年（1757）成进士，授翰林院编修，充武英殿纂修官，与修《续文献通考》。后乞假奉母归乡，先后主讲绍兴蕺山书院、杭州崇文书院、扬州安定书院。工诗文、词曲。诗表彰忠义，留意民事，叙事抒怀，发诸性分，不主故常。乾隆中与袁枚、赵翼以诗齐名，称“三大家”。有《忠雅堂诗文集》、《藏园九种曲》。

梅花岭吊史阁部①

号令难安四镇强②，甘同马革自沉湘③。生无君相兴南国④，死有衣冠葬北邙⑤。碧血自封心更赤⑥，梅花人拜土俱香。九原若遇左忠毅⑦，相向留都哭战场⑧。

嘉庆刻本《忠雅堂诗集》卷二

①梅花岭：在扬州旧广储门外。史阁部：即史可法，南明弘光时官东阁大学士、兵部尚书，督师扬州，抗击清兵南下，城破殉难，有衣冠冢在梅花岭。诗作于乾隆十三年（1748），颂扬史可法督师殉国，丹心照千秋。

②四镇：弘光时江北分为四镇，由黄得功、刘良佐、刘泽清、高杰四人分别统领。他们拥兵自重，不听调度，互相倾轧。

③甘同马革：谓史可法甘愿捐躯沙场。《后汉书·马援传》：“男儿要当死于边野，以马革裹尸还耳。”沉湘：屈原忠而被谤，遭谗流放，看到楚国衰灭，自沉于汨罗江。这里用屈原沉湘比史可法沉江。关于史可法的死，有多种说法，一说他兵败后投水自尽。

④“生无”句：说史可法生前没有遇到兴国的君主和辅臣。南国，指南明弘光王朝。

⑤北邙：即邙山，在今河南洛阳市北，为东汉、北魏时期王侯公卿的葬地。这里指梅花岭。

⑥“碧血”句：语本《庄子·外物篇》：“苌弘死于蜀，藏其血，三年而化为碧。”后常指忠臣志士杀身成仁。

⑦九原：犹言九泉，地下。左忠毅：左光斗，明末官御史，因弹劾魏忠贤而遭迫害，死于狱中，后追谥“忠毅”。史可法是左光斗的学生。左光斗曾对其寄予国家栋梁的厚望。参见本书方苞《左忠毅公逸事》。

⑧留都：指南京。古代王朝迁都后，在旧都置官留守，称留都。明代朱元璋以南京为国都，后成祖朱棣夺权后迁都北京，以南京为留都。

三〇
赵 翼

赵翼（1727—1814），字云崧，号瓯北，阳湖（今江苏常州）人。乾隆十五年（1750）举人，十九年（1754）中明通榜，为内阁中书，入军机处任章京，进奉文字多出其手。二十六年（1761）一甲第三名进士，授编修，后出为广西镇安知府，曾入滇南军幕赞画军事，擢贵西兵备道。三十八年（1773）辞官归里，曾主讲扬州安定书院。晚年专心著述，著有《陔馀丛考》、《二十二史札记》，与钱大昕、王鸣盛并称三大史学家。论诗主性灵，反对"荣古虐今"，强调创新。诗作多咏史、评诗、论世之作，议论精辟，笔锋锐利，格调明快，歌咏西南山川之诗，雄奇豪放。有《瓯北集》。

题元遗山集①

身阅兴亡浩劫空②，两朝文献一衰翁③。无官未害餐周粟④，有史深愁失楚弓⑤。行殿幽兰悲夜火，故都乔木泣秋风⑥。国家不幸诗家幸，赋到沧桑句便工⑦。

嘉庆刻本《瓯北集》卷三三

①元遗山集：金末元初元好问之诗文集。元好问，字裕之，号遗山。事迹见本书作家小传。诗中评论元好问入元后辑存金代文献之志节与诗作之成功，知人论世，切中肯綮。

②身阅兴亡：言元好问曾经历金元易代之变。浩劫空：大灾难，破坏严重。佛家谓世界由成、住到坏、空为四劫，空指世界毁灭。后遂以"劫"指灾难。

③"两朝"句：谓元好问集两朝文献于一身。金亡于哀宗天兴二年（1233），元好问已四十余岁，此后近三十年，致力于搜集整理金代文献，编有《壬辰杂编》、《中州集》，并作有大量诗文，为一代文宗。

④"无官"句：元好问在金为尚书省左司员外郎，入元不仕，无损大节。周粟，周武王灭商后，殷商贵族伯夷、叔齐隐居首阳山，采薇而食，不食周粟，最后饿死。（见《史记·伯夷列传》）元好问虽未如伯夷、叔齐之饿死，但却未仕元，故曰"未害"。

⑤"有史"句：谓元好问担心有金一代文献之遗亡。失楚弓，据《孔子家语》载：楚共王出游，遗失一良弓，从人要寻找，他说："楚人失弓，楚人得之，又何求焉！"孔子认为楚共王心胸还不大，说："人遗之，人得之，何楚也。"这里以"楚弓"喻金代文献。

⑥"行殿"二句：拟想金亡后宫殿凄凉，抒亡国之悲。行殿，行宫，指金之南京汴梁。作者《汴京杂咏》中咏金亡事一首有"幽兰轩已火光红"句，幽兰似为金汴京行宫轩名。夜火，鬼火。故都，指金中都燕京。金迁汴梁前之京都。乔木，高大的树木，多用以喻故国、故里。《文选》颜延之《还至梁城作》："故国多乔木。"李善注："《论衡》曰：'观乔木，知旧都。'"

⑦“国家”二句：作者《瓯北诗话》卷八评元好问：“值金源亡国，以社稷丘墟之感，发为慷慨悲歌，有不求工而自工者。此固地为之也，时为之也。”这里即用其意。赋，吟咏、描写。沧桑，沧海桑田之省文，此指金之易代。

论诗[①]（五首选一）

李杜诗篇万口传，至今已觉不新鲜。江山代有才人出[②]，各领风骚数百年[③]。

嘉庆刻本《瓯北集》卷二八

①作者晚年广泛研讨唐宋以来诸家诗，著成《瓯北诗话》，并常以诗论诗，或评论诗人，或写其感知。此为其所作组诗《论诗》中的第二首。第一首说诗“天工人巧日争新”，随时代而变易。此首以最负盛名的李白、杜甫为例，作具体说明，表明其文学发展观。

②江山：天地间。

③各领风骚：各自领袖诗坛，开一代风气。风骚，风，指《诗经》中之“国风”；骚，指《离骚》。后人常用以合指诗界、诗风。

三一 黄景仁

黄景仁（1749—1783），字仲则，一字汉镛，江苏武进（今常州）人。少孤家贫，十六岁应童生试，以第一名进学，嗣后屡应乡试未中，长期为人作幕。乾隆四十一年（1776），皇帝东巡，召试各省士子，取二等，为武英殿书签官，贫病以终。生平诗名卓著，一时著名文人如洪亮吉、翁方纲、朱筠、毕沅、蒋士铨、程晋芳等，均与定交。诗作传者二千余首，多幽苦语，抒写穷愁不遇、寂寞凄凉之情，沉挚清奇，意境幽深。洪亮吉评之曰："如咽露秋虫，舞风病鹤。"（《北江诗话》）有《两当轩全集》。

杂感[①]

仙佛茫茫两未成[②]，只知独夜不平鸣[③]。风蓬飘尽悲歌气[④]，泥絮沾来薄幸名[⑤]。十有九人堪白眼[⑥]，百无一用是书生。莫因诗卷愁成谶[⑦]，春鸟秋虫自作声[⑧]！

光绪重刻本《两当轩全集》卷一

①乾隆三十三年（1768），作者首次应江南乡试落选，心怀忧愤。诗后小注曰："或戒以吟苦非福，谢之而已。"诗就此而发，抒愤世、自伤之情。

②"仙佛"句：以不能成仙成佛为喻，谓不能排除落拓不遇之苦恼。

③独夜：深夜独处。不平鸣：语本韩愈《送孟东野序》："大凡物不得其平则鸣。"此指吟诗抒愤。

④风蓬：风中蓬草，喻漂泊生涯。悲歌气：慷慨悲歌之气，指壮志豪情。

⑤泥絮：沾泥柳絮。宋僧参（shēn 申）寥赠妓诗云："禅心已作沾泥絮，不逐东风上下狂。"（赵令畤《侯鲭录》卷三）喻内心沉寂无动。此谓沉抑世间，不能飞举。薄幸名：语本杜牧《遣怀》诗："十年一觉扬州梦，赢得青楼薄幸名。"此谓自己坎坷不遇，却招致不虞之毁。

⑥"十有九人"句：愤慨语，谓世上极少自己看得上眼的人。白眼，用阮籍故事。阮籍"能为青白眼，见凡俗之士，以白眼对之"（《世说新语·简傲》刘孝标注）。

⑦"莫因"句：不要因诗中多愁苦语而视之为不祥之兆。谶（chèn 衬），预言，征兆。

⑧春鸟秋虫：韩愈《送孟东野序》："以鸟鸣春，以雷鸣夏，以虫鸣秋，以风鸣冬，四时之相推夺，其不得其平者乎！"此用其意，谓自己作诗亦为不平之鸣。

癸巳除夕偶成[①]（二首选一）

千家笑语漏迟迟[②]，忧患潜从物外知[③]。悄立市桥人不识，一星如月看多时[④]。

光绪重刻本《两当轩全集》卷九

①癸巳：乾隆三十八年（1773）。这年冬，作者辞幕返家。除夕夜，忧从中来，以“偶成”命题，赋二绝句。此为第一首，抒写彼时萌生的忧患心态。

②漏迟迟：谓时间过得很慢。漏，古代计时器具，名“滴漏”。

③“忧患”句：超越事物表象可窥知所隐伏之患难。物外，事物形态之外。

④“悄立”二句：写夜中悄立凝神幽思之状。

三二
张问陶

张问陶（1764—1814），字仲冶，号船山，四川遂宁人。乾隆五十三年（1788）中乡试，五十五年（1790）成进士，改翰林院庶吉士，散馆授检讨，入史馆，奉派教习庶吉士，历官御史、郎中、山东莱州知府，因违忤上司，借病辞官，侨居于苏州虎丘。禀赋卓异，工诗文，擅书画，名重一时。徐世昌称："有清二百余年，蜀中诗人无出其右者。"（《晚晴簃诗汇》）其诗主性灵，尚真情，不拘唐宋，独辟新境。有《船山诗草》。

芦沟①

芦沟南望尽尘埃，木脱霜寒大漠开②。天海诗情驴背得③，关山秋色雨中来。茫茫阅世无成局，碌碌因人是废才④。往日英雄呼不起，放歌空吊古金台⑤。

嘉庆刻本《船山诗草》卷二

①芦沟：卢沟桥，在北京南郊，跨永定河（原名卢沟河），为入京必经之地。诗作于乾隆四十九年（1784）作者初入北京时，委婉地抒发了要有所作为的怀抱。

②木脱：树木叶落，树干裸露。

③天海：本指浩渺的天空，此处指无边的诗情。驴背得：唐郑綮善作诗，自道："吾诗思在灞桥风雪中驴背上。"（《全唐诗话》）

④"茫茫"二句：感慨自己不得志。无成局，棋局没有结果。作者好以棋局比喻人生，如《感事》诗"惊心万事无长局"，《悼亡》诗"半局残棋已廿春"。碌碌因人，《史记·平原君列传》："毛遂招十九人曰：'公等碌碌，所谓因人成事者也。'"碌碌，平凡，无大作为。

⑤"往日"二句：感慨圣贤寂寞，古风不再。英雄，指战国时的郭隗、乐毅等人。《史记·燕世家》载：燕昭王欲招揽人才，向郭隗问计。郭隗说："请先自隗始。"昭王为其筑宫而敬以为师，于是乐毅等相继而来。金台，又称黄金台、燕台，故址在今河北易县东南。相传燕昭王筑台于此，置千金于台上，延请天下士，故名。

斑竹塘车中①

翕翕红梅一树春②，斑斑林竹万枝新。车中妇美村婆看③，笔底花浓醉墨匀④。理学传应无我辈⑤，香奁诗好继风人⑥。但教弄玉随萧史⑦，未厌年年踏软尘⑧。

嘉庆刻本《船山诗草》卷九

①诗作于乾隆五十八年（1793）正月，时作者偕妻子赴北京，路经湖北荆门。斑竹塘，在由荆门至襄樊途中。诗写对妻子的爱恋之情，宣称与理学无缘，表现出蔑视礼教的精神。

②翕（xī夕）翕：和合繁盛貌。

③妇美：写作者妻子林韵征，美而能诗。村婆：指路旁农村妇女。

④“笔底”句：写自己诗兴勃发，笔底生花。浓，艳丽。醉墨，犹“醉笔”，醉中作诗画。匀，匀称，和谐。

⑤“理学”句：谓自己不是理学家。理学，宋明儒学，致力于阐释义理，以封建伦理规范人之行为。

⑥香奁诗：专写女子闺房琐事之诗。严羽《沧浪诗话》：“香奁体：韩偓之诗，皆裾裙脂粉之语，有《香奁集》。”风人：风人体，指乐府《吴歌》、《子夜歌》一类民歌。

⑦弄玉随萧史：相传春秋秦穆公女弄玉，嫁善吹箫之萧史，后夫妻乘凤升仙。（见刘向《列仙传》）此喻夫妻和美相伴。

⑧未厌：不厌。踏软尘：喻在京都热闹场中。软尘，亦曰“软红尘”，常前接“东华”二字，指都市繁华。

三三
汪 中

汪中（1774—1794），字容甫，江都（今江苏扬州）人。幼孤家贫，曾受雇于书商，得以遍览群籍。年二十，补诸生，三十四岁拔贡，嗣后绝意仕进，过着幕僚和卖文的生活。性亢直，恃才傲物，好臧否当代人，鄙视时俗，被目为狂生。治学私淑顾炎武，着眼于古今沿革，生民利病；对先秦诸子之研究，深邃独到，开近代诸子研究之风；还以骈文擅名一代，刘台拱评为："钩贯经史，熔铸汉唐，宏丽渊雅，卓然自成一家。"（《容甫先生遗诗题辞》）著作除经学、小学多种，另有《述学》内外篇、《广陵通典》、《容甫遗诗》等。

哀盐船文①

乾隆三十五年十二月乙卯②，仪征盐船火③，坏船百有三十，焚及溺死者千有四百。是时盐纲皆直达④，东自泰州⑤，西极于汉阳⑥，转运半天下焉。惟仪征绾其口⑦。列樯蔽空⑧，束江而立，望之隐若城郭。一夕并命⑨，郁为枯腊⑩，烈烈厄运，可不悲邪！

于时，玄冥告成⑪，万物休息；穷阴涸凝⑫，寒威凛慄；黑眚拔来⑬，阳光西匿。群饱方嬉，歌咢宴食⑭。死气交缠，视面惟墨⑮。夜漏始下⑯，惊飙勃发⑰。万窍怒号⑱，地脉荡决⑲。大声发于空廓，而水波山立。

于斯时也，有火作焉。摩木自生⑳，星星如血㉑，炎光一灼，百舫尽赤。青烟睒睒㉒，熛若沃雪㉓。蒸云气以为霞，炙阴崖而焦爇㉔。始连楫以下碇㉕，乃焚如以俱没㉖。跳踯火中，明见毛发，痛謈田田㉗，狂呼气竭。转侧张皇㉘，生涂未绝㉙。倏阳焰之腾高㉚，鼓腥风而一吷㉛。洎埃雾之重开㉜，遂声销而形灭㉝。齐千命于一瞬，指人世以长诀。发冤气之焄蒿㉞，合游氛而障日㉟。行当午而迷方㊱，扬沙砾之嫖疾㊲。衣缯败絮㊳，墨查炭屑㊴，浮江而下，至于海不绝。

亦有没者善游，操舟若神，死丧之威，从井有仁㊵。旋入雷渊㊶，并为波臣㊷。又或择音无门㊸，投身急濑㊹，知蹈水之必濡㊺，犹入险而思济㊻。挟惊浪以雷奔，势若济而终坠㊼。逃灼烂之须臾，乃同归乎死地。积哀怨于灵台㊽，乘精爽而为厉㊾。出寒流以浃辰㊿，目睊睊而犹视[51]。知天属之来抚[52]，憖流血以盈眦[53]，诉强死之悲心[54]，口不言而以意[55]。若其焚剥支离[56]，漫漶莫别[57]，圜者如圈[58]，破者如玦[59]。积埃填窍[60]，攦指失节[61]。嗟狸首之残形[62]，聚谁何而同穴[63]，收然灰之一抔[64]，辨焚余之白骨。呜呼哀哉！

且夫众生乘化[65]，是云天常。妻孥环之[66]，气绝寝床；以死卫上[67]，用登明堂[68]；离而不惩[69]，祀为国殇[70]。兹也无名，又非其命；天乎何辜，罹此冤横！游魂不归，居人心绝[71]，麦饭壶浆[72]，临江呜咽。日堕天昏，凄凄鬼语，守哭迍邅[73]，心期冥遇。惟血嗣之相依[74]，尚腾哀而属路[75]。或举族之沉波，终狐祥而无主[76]。悲夫！丛冢有坎[77]，泰厉有祀[78]，强饮强食，冯其气类[79]。尚群游之乐[80]，而无为妖祟。

人逢其凶也邪？天降其酷也邪？夫何为而至于此极哉！

《四部丛刊》本《述学·补遗》

①乾隆三十五年（1770），扬州仪征沙漫洲附近江面凑泊之盐船失火，惨不忍睹。作者描写其况，深致哀痛。杭世骏称其文“惊心动魄，一字千金”（《哀盐船文·序》）。

②“乾隆”句：《嘉庆扬州府志》作“乾隆三十六年十月”，《道光仪征县志》记为“乾隆三十六年十二月十九日”，记年异。乙卯，即农历十九日。

③仪征：清属扬州府，长江下游重要河运转运码头。

④盐纲：明清盐业实行统销，由列名纲册的盐商赴盐场运销。这里指盐纲运盐船。

⑤泰州：盐产地，清属扬州府。

⑥汉阳：今武汉汉阳区。

⑦绾（wǎn挽）其口：控扼盐运之通道。绾，勾连，绾结。

⑧列樯蔽空：船上的桅杆排列，遮蔽天空。

⑨并命：同时丧命。

⑩郁为枯腊（xī昔）：烤成干肉。郁，通“燠”（yù郁），烤。枯腊，干肉。

⑪玄冥：主冬令之神。《礼记·月令》：“冬季之月，其神玄冥。”告成：完成使命。此句谓冬令将尽。

⑫穷阴：指极其阴沉之气。李华《吊古战场文》：“至若穷阴凝闭，凛冽海隅，积雪没胫，坚冰在后。”涸（hé河）凝：指阴气极盛，几至凝结。

⑬黑眚（shěng省）：古代谓五行中由水气而生的灾祸。五行中水为黑色，故称。拔来：突然而来。

⑭歌咢（è厄）：犹歌呼。《诗经·大雅·行苇》：“或歌或咢。”高亨《诗经今注》：“唱而有曲调为歌，唱而无曲调为咢。”

⑮视面惟墨：脸上呈现晦气之色。墨，黑气。

⑯夜漏始下：黑夜刚来。夜漏，因古代用铜壶滴漏计时，故云。

⑰飙（biāo标）：暴风。

⑱万窍怒号：形容暴风大作，地上千穴万孔都发出吼叫声。

⑲地脉：地的脉络，此指长江。荡决：震荡涌溢。

⑳摩木自生：《庄子·外物篇》：“木与木相摩则然（燃）。”

㉑星星如血：形容星星之火显明刺目。

㉒睒（shǎn闪）睒：光焰闪烁貌。

㉓熛（biāo标）若沃雪：火焰迸飞入水，如同沸水浇雪一样。熛，迸飞的火焰。沃雪，枚乘《七发》：“如汤沃雪。”

㉔阴崖：阴暗潮湿的堤岸。焦爇（ruò若）：烧焦。爇，灼热。

㉕连樯：船连在一起。樯，船桨，代指船。下碇：犹今言抛锚。碇，停泊时稳定船身用的石墩。

㉖焚如以俱没：一起焚烧而沉没。如，语助词。

㉗痛謈（pò破）：疼痛地呼叫。田田：哀哭声。《礼记·问丧》：“妇人不宜袒，故发胸、击心、爵踊，殷殷田田，如坏墙然，悲哀痛疾之至也。”

㉘张皇：慌张，惊慌。

㉙生涂：生路。

㉚倏（shū 舒）：迅疾。阳焰：明亮的火焰。

㉛“鼓腥风”句：腥风吹过，发出一种轻微的声音。吷（xuè 血），轻微的气流声。《庄子·则阳》：“吹剑首者，吷而已矣。”司马彪注：“吷，吷然如风过。”

㉜洎（jì 寄）：及，到。

㉝声销而形灭：火灭后，人不但没有喊声，形体也消失了。

㉞焄蒿（xūn hāo 熏薅）《礼记·祭义》：“众生必死，死必归土……其气发扬于上为昭明，焄蒿凄怆，此百物之精也。”注：“焄，谓香臭也；蒿，谓气蒸出貌也。”此指死人的冤气散发。

㉟游氛：游荡于空中的凶气。氛，凶气。

㊱当午：正午。方：方向。

㊲嫖（piāo 漂）疾：轻捷。

㊳衣缯（zēng 增）败絮：指衣服的碎片。缯，丝织品的总称。

㊴查：烧焦的木头。查，同“楂”。

㊵从井有仁：下井救人。此指涉险救人。语出《论语·雍也》：“宰我问曰：‘仁者，虽告之曰：井有仁焉。其从之也?’子曰：‘何其为然也？君子可逝也，不可陷也。’”孔颖达注：“仁者必济人于患难，故问有仁者堕井，将自投下从而出之不乎?”

㊶雷渊：有雷神的深渊。《楚辞·招魂》：“旋（xuàn 渲）入雷渊，靡散而不可止些。”

㊷波臣：犹言水族。《庄子·外物》：“（鲋鱼曰）我东海之臣也，君岂有升斗之水活我乎?”

㊸择音无门：找不到避火的地方。音，通“荫”，遮蔽，可以躲避的地方。

㊹急濑（lài 赖）：湍急的水流。

㊺濡（rú 如）：沾湿，这里指淹没。

㊻思济：希望得到援救。

㊼跻（jī 基）：上升。

㊽灵台：指内心。《庄子·庚桑》：“不可内于灵台。”

㊾乘：依恃。精爽：灵魂。厉：厉鬼。《左传·昭公七年》：“是以有精爽至于神明，匹夫匹妇强死，其魂魄犹能冯依于人，以为淫厉。”

㊿“出寒流”句：谓遇难者的尸体从冰冷的江水中漂浮出来，已有十二天了。浃（jiā 夹）辰，古代以干支纪日，自子至亥一周为十二天，称之为浃辰。浃，周匝。

[illegible]localhost51睊（juàn 倦）睊：侧目相视的样子。这里说死者死不瞑目。

52天属：即天性之亲，指父子、兄弟、姐妹等有血缘关系的亲属。抚：抚慰，悼念。

53“慭（yìn 印）流血”句：说死者眼眶流血。据说人暴死后，亲人临尸，尸体会眼、鼻出血，以示泣诉。慭，又作“憖”，伤痛。眦（zì 自），眼眶。

54强死：横死，暴死。

55意：表情，示意。

56焚剥支离：肢体被烧得残缺不全。支离，分散。

57漫漶（huàn 换）：模糊不清。

58圜（yuán 圆）：同“圆”。

59玦（jué 决）：环形而有缺口的玉器。

60积埃填窍：尸体七窍充满泥土灰尘。窍：七窍，指口、鼻、眼、耳七孔。

61捩（lì 丽）指：手指折断。节：骨节。

62狸首：指形体残缺。韩愈《残形操序》：“《残形操》，曾子所作。曾子梦一狸，不见其首，而作此曲也。”

⑥③“聚谁何”句：谓不知姓名的人被同葬在一个坑穴里。谁何，谁人。

⑥④然：同“燃”。一抔（póu 剖阳平）：一掬，一捧。

⑥⑤乘化：顺应自然规律而死。

⑥⑥妻孥：妻子和儿女。

⑥⑦以死卫上：因保卫国君而死。

⑥⑧用：因而。登明堂：指受尊敬，享祭祀。明堂，古代帝王宣政教、行祭典的地方。

⑥⑨离而不惩：《楚辞·九歌·国殇》：“首身离兮心不惩。”不惩，不悔。

⑦⓪国殇：为国事而死的人。

⑦①居人：留存者，指活着的亲人。

⑦②麦饭壶浆：带着酒饭来祭祀。麦饭，麦子做的饭，引申为粗粝的饭食。

⑦③迍邅（zhūn zhān 谆沾）：难行貌。

⑦④血嗣：嫡亲的儿孙。

⑦⑤腾哀：放声大哭。属路：路上接连不断。属，连续。

⑦⑥狐祥：语出《战国策·楚策》：“父子老弱俘虏，相随于路，鬼狐祥而无主。”狐祥，谓彷徨、徘徊无依之意。

⑦⑦“丛冢”句：那些无主的死者在乱葬的坟中也有自己的坑穴。坎，坑，墓穴。

⑦⑧泰厉：死而无后的鬼。《礼记·祭法》：“王为群姓立七祀：曰司命，曰中霤，曰国门，曰国行，曰泰厉……”疏：“曰泰厉者，谓古帝王无后者。此鬼无所依归，好为民作祸，故祀之也。”

⑦⑨“强饮”二句：勉强吃点喝点，凭借着鬼友之间的气味相投而度日。冯，同“凭”，凭借。类，一致，投合。这里是安慰鬼魂的话。

⑧⓪“尚群游”句：表示劝勉之词。祭中常用“尚飨”一语，此即仿用之。

三四

恽 敬

恽敬（1757—1817），字子居，号简堂，江苏阳湖（今常州）人。乾隆四十八年（1783）举人，选浙江富阳县令，以南昌府同知罢。与同邑张惠言共同致力于古文，兼采清初古文与桐城派古文之长，别为阳湖派，以博雅恣肆取胜。为文有气势，不拘死法，讲求辞采。有《大云山房文稿》。

游庐山记①

庐山据浔阳、彭蠡之会[2]，环三面皆水也。凡大山得水，能敌其大以荡潏之[3]，则灵。而江湖之水，吞吐夷旷[4]，与海水异。故并海诸山多壮郁[5]，而庐山有娱逸之观[6]。

嘉庆十有八年三月己卯[7]，敬以事绝宫亭[8]，泊左蠡[9]。庚辰，杈星子[10]，因往游焉。

是日，往白鹿洞[11]，望五老峰[12]，过小三峡[13]，驻独对亭，振钥顿文会堂[14]。有桃一株，方花；右芭蕉一株，叶方茁。月出后，循贯道溪，历钓台石、眠鹿场，右转，达后山，松杉千万为一桁[15]，横五老峰之麓焉。

辛巳，由三峡涧[16]，陟欢喜亭。亭废，道险甚，求李氏山房遗址[17]，不可得。登含鄱岭[18]，大风啸于岭背，由隧来[19]。风止，攀太乙峰[20]，东南望南昌城[21]，迄北望彭泽[22]，皆隔湖，湖光湛湛然[23]。顷之，地如卷席[24]，渐隐；复顷之，至湖之中；复顷之，至湖壖[25]，而山足皆隐矣。始知云之障，自远至也。于是四山皆蓬蓬然[26]。而大云千万成阵，起山后，相驰逐，布空中，势且雨，遂不至五老峰，而下窥玉渊潭[27]，憩栖贤寺[28]。回望五老峰，乃夕日穿漏[29]，势相倚负[30]。返，宿于文会堂。

壬午，道万杉寺[31]，饮三分池，未抵秀峰寺里所[32]，即见瀑布在天中[33]。既及门[34]，因西瞻青玉峡[35]，详睇香炉峰[36]。盥于龙井，求太白读书堂[37]，不可得。返，宿秀峰寺。

癸未，往瞻云[38]，迂道绕白鹤观，旋至寺，观右军墨池[39]。西行，寻栗里卧醉石[40]，石大于屋，当涧水。途中访简寂观[41]，未往。返，宿秀峰寺，遇一微头陀[42]。

甲申，吴兰雪携廖雪鹭、沙弥朗圆来[43]，大笑，排闼入[44]。遂同上黄岩[45]，侧足逾文殊台[46]，俯玩瀑布下注，尽其变。叩黄岩寺，跐乱石[47]，寻瀑布源，溯汉阳峰[48]，径绝而止。复返，宿秀峰寺。兰雪往瞻云，一微头陀往九江。是夜大雨。在山中五日矣。

乙酉，晓望瀑布，倍未雨时。出山五里所，至神林浦[49]，望瀑布益明，山沈沈苍酽一色[50]，岩谷如削平。顷之，香炉峰下，白云一缕起，遂团团相衔出；复顷之，遍山皆团团然；复顷之，则相与为一。山之腰皆弇之[51]，其上下仍苍酽一色，生平所未睹也。

夫云者，水之征[52]，山之灵所泄也[53]。敬故于是游所历，皆类记之[54]，而于云独记其诡变，足以娱性逸情如是，以诒后之好事者焉[55]。

《四部丛刊》本《大云山房文稿》二集卷四

①庐山：在江西西北部，北临长江南岸之九江，东南为鄱阳湖，三面环水，诸峰蝉联，各负其盛，自古为我国著名风景胜地，故多名胜。嘉庆十八年（1813），作者任南昌府同知，驻吴城镇，因得遍游庐山。此文记述其游庐山南麓数日经历之景地，对重点景观稍作描写，说明庐山因得水而有云气、瀑布之盛，足以娱情逸兴。文笔简练、灵活，记逐日游踪，却有一个主旨。

②浔阳：浔阳江，指长江流经九江市之一段。因九江古为浔阳，故名。彭蠡（lí离）：古彭蠡泽，即今鄱阳湖。会：汇合处。

③“能敌”句：谓山与水流之冲激，水势喷涌荡漾相当，则有山水之奇美。荡潏（jué决），水流激荡涌动貌。

④吞吐：指江水、湖水在交汇处彼此忽进忽退。夷旷：平坦广阔，谓水面之大。

⑤并：通“傍”，靠近。壮郁：雄壮而草木繁盛。

⑥娱逸之观：使人愉悦舒畅之景象。

⑦有：同“又”，常用以连接整数和零数。三月己卯：古代常用干支纪年、纪日。此指那年三月十二日。下文“庚辰”、“辛巳”、“壬午”等，为此后数日。

⑧绝：渡过。官亭：《寰宇记》：“鄱阳湖南归南昌界者，曰官亭湖。”

⑨左蠡：鄱阳湖北部亦名左蠡湖，湖滨有左蠡镇。

⑩杈（yǐ以）：通“舣”，泊船。星子：县名，濒鄱阳湖西岸。

⑪白鹿洞：在星子县北庐山五老峰下。唐李渤与兄李涉读书庐山，蓄白鹿以自随，后李渤为江州刺史，于故处建台榭，名白鹿洞。宋朱熹曾讲学于此，后为有名的书院。

⑫五老峰：庐山最高峰，山石耸峙，如五老人骈肩而立。

⑬小三峡：涧名，以其小于三峡涧，故名。

⑭振钥：用钥匙开锁。顿：停留。文会堂：在白鹿洞书院西北海会寺内。

⑮桁（háng航）：量词，用于成横行排列之物。韦庄《灞陵道中作》诗：“一桁晴山倒碧峰。”

⑯三峡涧：在五老峰西南，承诸峰之水，水流石间，汹涌腾跃，喷珠溅沫。（见《庐山志》）

⑰李氏山房：宋李常藏书处。李常，江西建昌人，少时读书庐山，哲宗、神宗时为御史中丞。出仕时，藏书于此，称李氏山房。

⑱含鄱岭：在五老峰西，以面向鄱阳湖而得名。

⑲隧：指山谷。

⑳太乙峰：在含鄱岭西，为庐山著名山峰。

㉑南昌城：指南昌旧城。

㉒彭泽：县名，今为湖口。

㉓湛湛然：清澈貌。

㉔地如卷席：大地逐次隐没，如同被卷起的席子。

㉕湖壖（ruán软阳平）：湖岸边。

㉖蓬蓬然：模糊不清貌。《庄子·秋水》：“子蓬蓬然起于北海。”

㉗玉渊潭：在三峡涧东南，涧水急流落入其中，“悉凝作玻璃色”，故名。（见《庐山志》）

㉘憩（qì气）：休息。栖贤寺：在五老峰下，南齐参军张希之建，唐李渤曾读书于其中。为庐山五大丛林之一。

㉙夕日穿漏：夕阳透过云隙照下。

㉚势相倚负：比喻五老峰的形状。

㉛万杉寺：在五老峰西南鹤鸣岭下，本南唐中主李璟书堂，后为寺，名开先，清康熙帝游庐山，改名秀峰寺。为庐山五大丛林之一。

㉜里所：约一里。所，通“许”，约计之词。

㉝瀑布：据《庐山志》，瀑布水“土人谓之泉湖，水出山腹中，挂流三四百丈，飞湍出林表，望之如悬索”。黄宗羲《庐山游记》谓李白《望庐山瀑布》诗“挂流三百丈，喷壑数十里”，即咏此。

㉞门：指秀峰寺山门。

㉟青玉峡：在秀峰寺前，碧山削立，水色莹洁，风景秀丽，壁石上多刻名人题咏。

㊱详睇：注目观看。香炉峰：《太平寰宇记》：“香炉峰在庐山西北，其峰尖圆，烟云聚散，如博山炉之状。”

㊲太白读书堂：李白性喜名山，以庐山水石俱佳，卜筑五老峰下，有书堂旧址。（见《方舆胜览》卷十五）

㊳瞻云：瞻云寺。在金轮峰下。

㊴右军墨池：在瞻云寺内。相传东晋书法家王羲之曾于池中洗墨砚。

㊵栗里：地名。在今江西九江市西南。据《南史·陶潜传》载：陶渊明游庐山，江州刺使王弘令渊明故人庞通之携酒具，于栗里邀之。后讹传为陶渊明故居。醉卧石：在栗里附近，石大可坐数十人。相传陶渊明曾醉卧石上，故名。

㊶简寂观：又名太虚观。相传南朝宋代道士陆修静曾隐居于此。

㊷微头陀：小和尚。头陀，和尚的别称，多指行脚僧。

㊸廖雪鹭、沙弥朗圆：均为人名，生平不详。沙弥，亦为和尚之别称。

㊹排闼（tà 榻）：推门。

㊺黄岩：庐山地名，其地有黄岩寺。

㊻侧足：侧足而行，谓山路极窄狭。

㊼跐（cǐ 此）：踩。

㊽汉阳峰：为庐山北部绝顶，登之可俯视江汉，故名。

㊾神林浦：指庐山下神林湖滨。

㊿沈（tán 坛）沈：幽深貌。苍酽：深青色。

51弇（yǎn 演）：遮蔽。

52征：表征。

53“山之灵”句：谓云为山之灵秀的表露。泄，宣泄，表露。

54类记之：犹说一一记之。类，全，依次。

55诒（yí 夷）：通“贻”，留给。

三五

张惠言

张惠言（1761—1802），原名一鸣，字皋文，江苏武进人。嘉庆四年（1799）进士，选庶吉士，授翰林院编修，仅一年，因病而死。早年工辞赋骈文，后受桐城派刘大櫆弟子王灼、钱伯坰影响，致力于古文，调和汉、宋之学，兼采古文、骈文之长，与恽敬开创阳湖古文派。尤以词著称，为常州词派创始人。所编《词选》刊行，针对阳羡词、浙西词之末流，提出词要缘情造端，兴于微言，以道贤人君子幽约怨悱不能自言之情，强调比兴寄托。清词至常州词而体格一变，影响所及，至于清末。有《茗柯文》、《茗柯词》。

书山东河工事①

嘉庆二年，河决曹州②，山东巡抚伊江阿临塞之③。

伊江阿好佛，其客王先生者④，故僧也，曰明心，聚徒京师之广慧寺，诖误士大夫⑤，有司杖而逐之⑥，蓄发养妻子。伊江阿师事之谨⑦。王先生入则以佛家言耸惑巡抚⑧，出则招纳权贿，倾动州县，官吏之奔走巡抚者⑨，争事王先生⑩。河工调发薪刍夫役之官⑪，非王先生言不用也。不称意，张目曰："奴敢尔，吾撤汝也！"其横如此。内阁侍读学士蒋予浦⑫，王先生广慧寺之徒也，以母忧去官⑬，游于山东。伊江阿延之幕中，相得甚⑭，奏请留视河工⑮，有旨许之。

巡抚择良日，筑坛于公馆之左⑯，僧、道士绕坛诵经者数十人。巡抚日再至⑰，蒋学士、王先生从。及坛，蒋学士北面拜，巡抚亦北面拜；王先生冠毗卢冠⑱，袈裟偏袒，升坛坐，学士、巡抚立坛下，诵经毕，乃去。如是者数月，河屡塞，辄复决。

其明年正月，王先生曰："堤所以不固，是其下有孽龙⑲，吾以法镇之，某日当合龙⑳，速具扫㉑！"巡抚曰："诺！"先期一日，扫具，役夫数百人维扫以须㉒。巡抚至，王先生佛衣冠，手铁长数寸㉓，临决处，呗音诵经咒㉔。良久，投铁于河，又诵又投，三投，举手贺曰："龙镇矣！"巡抚合掌曰："如先生言。"明日，水大甚，巡抚命下扫㉕，众皆谏，不许，扫下，数百人皆死。居数日，王先生又至，投铁者又三，扫又下，死者又数百人，堤卒不合。

张惠言曰：余居江南，辄闻山东河工事，未审㉖；及来京师，杂询之㉗，多目击者。呜呼！佛氏之中人，至此极哉！书其事，使来者有所儆焉㉘！

王先生既蓄发，名树勋，以赀入㉙，待选通判㉚。本扬州人，或曰常州之宜兴人㉛。当其为僧时，故有妻子也，僧号嘿然。嘿然者，亦其未为僧时号。伊江阿谪戍伊犁㉜，王先生送之戍所。闻其将归谒选云㉝。

《四部丛刊》本《茗柯文续编》卷上

①嘉庆二年（1797），山东曹州黄河决口，山东巡抚伊江阿任用劣僧王树勋，以迷信手段

治河堵决，徒然葬送数以百计民工。作者据闻实录，冷峻客观，叙事简洁，讲求章法。

②曹州：清代曹州府，约为今山东菏泽地区。

③伊江阿：满族人。嘉庆元年（1796）任山东巡抚。后结交权臣和珅，因和珅下狱，被夺职，又追论在山东佞佛宽盗，命戍伊犁。临塞之：到曹州堵决口。

④客：幕宾。

⑤诖（guà 挂）误：贻误，连累。

⑥有司：有关衙门。

⑦师事之：以之为师。谨：恭敬。

⑧耸惑：鼓动、迷惑。

⑨奔走：趋奉，巴结。

⑩事：讨好，侍奉。

⑪薪刍（chú 锄）：柴草，指河工所用粮草、器物。

⑫蒋予浦：河南睢州人，乾隆间进士，历官吏部主事、郎中、内阁侍读学士。

⑬以母忧去官：因母亲去世而离职。

⑭相得甚：相处得非常融洽。

⑮留视：留下来办理河工的事。

⑯坛：祭神祈祷的台子。公馆：指伊江阿在曹州的馆第。

⑰日再至：每天来两次。

⑱冠毗（pí 疲）卢冠：戴着有毗卢佛像的帽子。毗卢，佛名，“毗卢舍那”的省称，即大日如来。

⑲孽龙：作恶的妖龙。

⑳合龙：封合龙口，即堵塞决口最后的工程。

㉑速具扫：赶快准备合龙用物。扫，同“埽”，指用石块、树枝等捆扎而成的堵决口用的填塞物。

㉒维扫以须：依照“扫”的需要配置役夫。维，通“惟”。须，需要。

㉓手：拿。

㉔呗（bài 败）音诵经咒：用和尚念佛经的声调念经文咒语。呗，指梵音赞歌。

㉕下扫：投下堵决口的器物。

㉖未审：不知虚实。

㉗杂询之：向许多方面的人询问。

㉘儆：警戒。

㉙以赀入：交纳银钱，取得做官资格。

㉚待选通判：等候吏部选授通判的官职。通判，清朝为府的僚属。

㉛宜兴：今江苏宜兴，清代属常州府。

㉜“伊江阿”句：嘉庆四年（1799），伊江阿以结交权臣和珅等罪被革职，当年六月贬谪新疆伊犁。戍，戍边。

㉝谒选：去吏部等候选派。

水调歌头·春日赋示杨生子掞[1]（五首选一）

今日非昨日，明日复何如？竭来真悔何事[2]，不读十年书。为问东风吹老，几度枫江兰径，千里转平芜[3]？寂寞斜阳外，渺渺正愁予！　　千古意，君知否？只斯须[4]。名山料理身后，也算古人愚[5]。一夜庭前绿遍，三月雨中红透，天地入吾庐[6]。容易众芳歇，莫听子规呼[7]。

《四部备要》本《茗柯文编》附录

①《水调歌头·春日赋示杨生子掞》共五首，这是第四首。词由春光易老，感慨岁月不居，事业无成，语意凄婉。

②朅（qiè 怯）来：尔来，迄今。陆游《幽栖》诗："朅来三十载，吾鬓固宜霜。"

③"为问"三句：从景物变化，感慨去日苦多。

④"千古"三句：说千古不过是须臾。斯须，一会儿，须臾。

⑤"名山"二句：言以著书立说传名后世，也是古人不明达处。名山，语本司马迁《报任少卿书》："仆诚以著此书，藏之名山。"

⑥"一夜"三句：言一夜间芳草盈庭，三月好花带雨，此时天地全部映入我庐舍中。

⑦子规：鸟名，又称杜鹃、杜宇。相传子规的啼声为"不如归去"。

三六

吴敬梓

吴敬梓（1701—1754），字敏轩，号文木，安徽全椒人。曾、祖两辈六人进士及第，曾祖吴国对殿试一甲第三名，俗称探花，官翰林院读学士，有文名。嗣父吴霖起以拔贡官江苏赣榆县教谕。他幼习举子业，十八岁进学，嗣后厌弃科举，曾以病笃辞博学鸿词试。三十三岁移家南京，靠变卖祖产、卖文为生，广泛结识学者、文人及市井诸色人物，受到颜（元）李（塨）学派传人程廷祚的思想影响。晚年在穷苦落寞生涯中，就所经见浮沉于科举内外的诸色人物的境况，作成一部《儒林外史》小说。著作尚存《文木山房诗集》、《诗说》及佚诗若干首。

儒林外史·胡屠户逞凶闹捷报[1]

范进进学回家[2]，母亲、妻子俱各欢喜。正待烧锅做饭，只见他丈人胡屠户，手里拿着一副大肠和一瓶酒，走了进来。范进向他作揖，坐下。胡屠户道："我自倒运，把个女儿嫁与你这现世宝穷鬼，历年以来，不知累了我多少。如今不知因我积了甚么德，带挈你中了个相公，我所以带个酒来贺你。"范进唯唯连声，叫浑家把肠子煮了[3]，烫起酒来，在茅草棚下坐着。母亲自和媳妇在厨下造饭。胡屠户又吩咐女婿道："你如今既中了相公，凡事要立起个体统来。比如我这行事里[4]，都是些正经有脸面的人，又是你的长亲，你怎敢在我们跟前装大？若是家门口这些做田的，扒粪的，不过是平头百姓，你若同他拱手作揖，平起平坐，这就是坏了学校规矩，连我脸上都无光了。你是个烂忠厚没用的人，所以这些话我不得不教导你，免得惹人笑话。"范进道："岳父见教的是。"胡屠户又道："亲家母也来这里坐着吃饭。老人家每日小菜饭，想也难过。我女孩儿也吃些，自从进了你家门，这十几年，不知猪油可曾吃过两三回哩！可怜！可怜！"说罢，婆媳两个都来坐着吃了饭。吃到日西时分，胡屠户吃的醺醺的。这里母子两个，千恩万谢。屠户横披了衣服，腆着肚子去了。

次日，范进少不得拜拜乡邻。魏好古又约了一班同案的朋友[5]，彼此来往。因是乡试年，做了几个文会[6]。不觉到了六月尽间，这些同案的人约范进去乡试。范进因没有盘费，走去同丈人商议，被胡屠户一口啐在脸上，骂了一个狗血喷头，道："不要失了你的时了！你自己只觉得中了一个相公，就'癞虾蟆想吃起天鹅肉'来！我听见人说，就是中相公时，也不是你的文章，还是宗师看见你老，不过意，舍与你的。如今痴心就想中起老爷来[7]！这些中老爷的都是天上的文曲星！你不看见城里张府上那些老爷，都有万贯家私，一个个方面大耳？像你这尖嘴猴腮，也该撒抛尿自己照照[8]！不三不四，就想天鹅屁吃！趁早收了这心，明年在我们行事里替你寻一个馆，每年寻几两银子，养活你那老不死的老娘和你老婆是正经！你问我借盘缠，我一天杀一个猪还赚不得钱把银子，都把与你去丢在水里，叫我一家老小嗑西北风！"一顿夹七夹八，骂的范进摸门不着。辞了丈人回来，自心里想："宗师说我火候已到，自古无场外的举人⑨，如不进去考他一考，如何甘心？"因向几个同案商议，瞒着丈人，到城里乡试。出了场，即便回家。家里已是饿了两三天。被胡屠户知道，又骂了一顿。

到出榜那日，家里没有早饭米，母亲吩咐范进道："我有一只生蛋的母鸡，你快拿集上去卖了，买几升米来煮餐粥吃，我已是饿的两眼都看不见了。"范进慌忙抱了鸡，走出门去。才去不到两个时候⑩，只听得一片声的锣响，三匹马闯将来。那三个人下了马，把马拴在茅草棚上，一片声叫道："快请范老爷出来，恭喜高中了！"母亲不知是甚事，吓得躲在屋里；听见中了，方敢伸出头来说道："诸位请坐，小儿方才出去了。"那些报录人道⑪："原来是老太太。"大家簇拥着要喜钱。正在吵闹，又是几匹马，二报、三报到了，挤了一屋的人，茅草棚地下都坐满了。邻居都来了，挤着看。老太太没奈何，只得央及一个邻居去寻他儿子。

那邻居飞奔到集上，一地里寻不见⑫；直寻到集东头，见范进抱着鸡，手里插个草标，一步一踱的，东张西望，在那里寻人买。邻居道："范相公，快些回去！你恭喜中了举人，报喜人挤了一屋里。"范进道是哄他，只装不听见，低着头往前走。邻居见他不理，走上来，就要夺他手里的鸡。范进道："你夺我的鸡怎的？你又不买。"邻居道："你中了举了，叫你家去打发报子哩。"范进道："高邻，你晓得我今日没有米，要卖这鸡去救命，为甚么拿这话来混我？我又不同你顽，你自回去罢，莫误了我卖鸡。"邻居见他不信，劈手把鸡夺了，掼在地下，一把拉了回来。报录人见了道："好了，新贵人回来了。"正要拥着他说话，范进三两步走进屋里来，见中间报帖已经升挂起来，上写道："捷报贵府老爷范讳进高中广东乡试第七名亚元⑬。京报连登黄甲。"

范进不看便罢，看了一遍，又念一遍，自己把两手拍了一下，笑了一声道："噫！好了！我中了！"说着，往后一交跌倒，牙关咬紧，不省人事。老太太慌了，慌将几口开水灌了过来。他爬将起来，又拍着手大笑道："噫！好！我中了！"笑着，不由分说，就往门外飞跑，把报录人和邻居都吓了一跳。走出大门不多路，一脚踹在塘里，挣起来，头发都跌散了，两手黄泥，淋淋漓漓一身的水，众人拉他不住，拍着笑着，一直走到集上去了。众人大眼望小眼，一齐道："原来新贵人欢喜疯了。"老太太哭道："怎生这样苦命的事！中了一个甚么举人，就得了这个拙病⑭！这一疯了，几时才得好？"娘子胡氏道："早上好好出去，怎的就得了这样的病！却是如何是好？"众邻居劝道："老太太不要心慌。我们而今且派两个人跟定了范老爷。这里众人家里拿些鸡蛋酒米，且管待了报子上的老爹们，再为商酌。"

当下众邻居有拿鸡蛋来的，有拿白酒来的，也有背了斗米来的，也有捉两只鸡来的。娘子哭哭啼啼，在厨下收拾齐了，拿在草棚下。邻居又搬些桌凳，请报录的坐着吃酒，商议"他这疯了，如何是好？"报录的内中有一个人道："在下倒有一个主意，不知可以行得行不得？"众人问："如何主意？"那人道："范老爷平日可有最怕的人？他只因欢喜狠了，痰涌上来，迷了心窍。如今只消他怕的这个人来打他一个嘴巴，说：'这报录的话都是哄你，你并不曾中。'他吃这一吓，把痰吐了出来，就明白了。"众邻都拍手道："这个主意好得紧，妙得紧！范老爷怕的，莫过于肉案子上胡老爹。好了！快寻胡老爹来。他想是还不知道，在集上卖肉哩。"又一个人道："在集上卖肉，他倒好知道了；他从五更鼓就往东头集上迎猪⑮，还不曾回来。快些迎着去寻他。"

一个人飞奔去迎，走到半路，遇着胡屠户来，后面跟着一个烧汤的二汉⑯，提着七八斤肉，四五千钱，正来贺喜。进门见了老太太，老太太大哭着告诉了一番。胡屠户诧异道："难道这等没福？"外边人一片声请胡老爹说话。胡屠户把肉和钱交与女儿，走了出来。众人如此这般，同他商议。胡屠户作难道："虽然是我女婿，如今却做了老爷，就是天上的星宿。天上的星宿是打不得的！我听得斋公们说[17]：打了天上的星宿，阎王就要拿去打一百铁棍，发在十八层地狱，永不得翻身。我却是不敢做这样的事！”邻居内一个尖酸人说道：“罢么！胡老爹，你每日杀猪的营生，白刀子进去，红刀子出来，阎王也不知叫判官在簿子上记了你几千条铁棍；就是添上这一百棍，也打甚么要紧？只恐把铁棍子打完了，也算不到这笔帐上来。或者你救好了女婿的病，阎王叙功，从地狱里把你提上第十七层来，也不可知。”报录的人道：“不要只管讲笑话。胡老爹，这个事须是这般，你没奈何，权变一权变。”屠户被众人局不过[18]，只得连斟两碗酒喝了，壮一壮胆，把方才这些小心收起，将平日的凶恶样子拿出来，卷一卷那油晃晃的衣袖，走上集去。众邻居五六个都跟着走。老太太赶出来叫道：“亲家，你只可吓他一吓，却不要把他打伤了！”众邻居道：“这自然，何消吩咐。”说着，一直去了。

来到集上，见范进正在一个庙门口站着，散着头发，满脸污泥，鞋都跑掉了一只，兀自拍着掌[19]，口里叫道：“中了！中了！”胡屠户凶神似的走到跟前，说道：“该死的畜生！你中了甚么？”一个嘴巴打将去。众人和邻居见这模样，忍不住的笑。不想胡屠户虽然大着胆子打了一下，心里到底还是怕的，那手早颤起来，不敢打到第二下。范进因这一个嘴巴，却也打晕了，昏倒于地。众邻居一齐上前，替他抹胸口，捶背心，舞了半日，渐渐喘息过来，眼睛明亮，不疯了。众人扶起，借庙门口一个外科郎中“跳驼子”板凳上坐着[20]。胡屠户站在一边，不觉那只手隐隐的疼将起来；自己看时，把个巴掌仰着，再也弯不过来。自己心里懊恼道：“果然天上文曲星是打不得的[21]，而今菩萨计较起来了。”想一想，更疼的狠了，连忙问郎中讨了个膏药贴着。

范进看了众人，说道：“我怎么坐在这里？”又道：“我这半日，昏昏沉沉，如在梦里一般。”众邻居道：“老爷，恭喜高中了。适才欢喜的有些引动了痰，方才吐出几口痰来，好了。快请回家去打发报录人。”范进说道：“是了。我也记得是中的第七名。”范进一面自绾了头发[22]，一面问郎中借了一盆水洗洗脸。一个邻居早把那一只鞋寻了来，替他穿上。见丈人在跟前，恐怕又要来骂。胡屠户上前道：“贤婿老爷，方才不是我敢大胆，是你老太太的主意，央我来劝你的。”邻居内一个人道：“胡老爹方才这个嘴巴打的亲切，少顷范老爷洗脸，还要洗下半盆猪油来！”又一个道：“老爹，你这手明日杀不得猪了。”胡屠户道：“我那里还杀猪！有我这贤婿，还怕后半世靠不着也怎的？我每常说，我的这个贤婿，才学又高，品貌又好，就是城里头那张府、周府这些老爷，也没有我女婿这样一个体面的相貌。你们不知道，得罪你们说，我小老这一双眼睛，却是认得人的。想着先年，我小女在家里长到三十多岁，多少有钱的富户要和我结亲，我自己觉得女儿像有些福气的，毕竟要嫁与个老爷，今日果然不错！”说罢，哈哈大笑，众人都笑起来。看着范进洗了脸，郎中又拿茶来吃了，一同回家。范举人先走，屠户和邻居跟在后面。屠户见女婿衣裳后襟滚皱了许多，一路低着头替他扯了几十回。

到了家门，屠户高声叫道：“老爷回府了！”老太太迎着出来，见儿子不疯，喜从天降。众人问报录的，已是家里把屠户送来的几千钱打发他们去了。范进拜了母亲，也拜谢丈人。胡屠户再三不安道：“些须几个钱，不够你赏人。”范进又谢了邻居。正待坐下，早看见一个体面的管家，手里拿着一个大红全帖[23]，飞跑了进来：“张老爷来拜新中的范老爷。”说毕，轿子已是到了门口。胡屠户忙躲进女儿房里，不敢出来。邻居各自散了。

范进迎了出去，只见那张乡绅下了轿进来，头戴纱帽，身穿葵花色圆领，金带、皂靴。他是举人出身，做过一任知县的，别号静斋，同范进让了进来，到堂屋内平磕了头[24]，分宾主坐下。张乡绅先攀谈道，“世先生同在桑梓[25]，一向有失亲近。”范进道：“晚生久仰老先生，只是无缘，不曾拜会。”张乡绅道：“适才看见题名录[26]，贵房师高要县汤公，就是先祖的门生，我和你是亲切的世弟兄。”范进道：“晚生侥幸，实是有愧。却幸得出老先生门下，可为欣喜。”

张乡绅四面将眼睛望了一望，说道："世先生果是清贫。"随在跟的家人手里拿过一封银子来，说道："弟却也无以为敬，谨具贺仪五十两，世先生权且收着。这华居其实住不得，将来当事拜往[27]，俱不甚便。弟有空房一所，就在东门大街上，三进三间，虽不轩敞，也还干净，就送与世先生；搬到那里去住，早晚也好请教些。"范进再三推辞，张乡绅急了，道："你我年谊世好，就如至亲骨肉一般，若要如此，就是见外了。"范进方才把银子收下，作揖谢了。又说了一会，打躬作别。胡屠户直等他上了轿，才敢走出堂屋来。

范进即将这银子交与浑家打开看，一封一封雪白的细丝锭子，即便包了两锭，叫胡屠户进来，递与他道："方才费老爹的心，拿了五千钱来。这六两多银子，老爹拿了去。"屠户把银子攥在手里紧紧的，把拳头舒过来，道："这个，你且收着。我原是贺你的，怎好又拿了回去?"范进道："眼见得我这里还有这几两银子，若用完了，再来问老爹讨来用。"屠户连忙把拳头缩了回去，往腰里揣，口里说道："也罢，你而今相与了这个张老爷，何愁没有银子用？他家里的银子，说起来比皇帝家还多些哩！他家就是我卖肉的主顾，一年就是无事，肉也要用四五千斤，银子何足为奇!"又转回头来望着女儿说道："我早上拿了钱来，你那该死行瘟的兄弟还不肯，我说：'姑老爷今非昔比，少不得有人把银子送上门来给他用，只怕姑老爷还不希罕。'今日果不其然！如今拿了银子家去骂这死砍头短命的奴才!"说了一会，千恩万谢，低着头，笑迷迷的去了。

自此以后，果然有许多人来奉承他：有送田产的，有送店房的，还有那些破落户，两口子来投身为仆图荫庇的。到两三个月，范进家奴仆、丫环都有了，钱、米是不消说了。

张乡绅家又来催着搬家。搬到新房子里，唱戏、摆酒、请客，一连三日。到第四日上，老太太起来吃过点心，走到第三进房子内，见范进的娘子胡氏，家常戴着银丝鬏髻[28]，——此时是十月中旬，天气尚暖——穿着天青缎套，官绿的缎裙，督率着家人、媳妇、丫环，洗碗盏杯箸。老太太看了，说道："你们嫂嫂、姑娘们要仔细些，这都是别人家的东西，不要弄坏了。"家人媳妇道："老太太，那里是别人的！都是你老人家的。"老太大笑道："我家怎的有这些东西?"丫环和媳妇一齐都说道："怎么不是？岂但这个东西是，连我们这些人和这房子都是你老太太家的。"老太太听了，把细磁碗盏和银镶的杯盘逐件看了一遍，哈哈大笑道："这都是我的了!"大笑一声，往后便跌倒。忽然痰涌上来，不省人事。

人民文学出版社整理出版《儒林外史》

①《儒林外史》的主旨是显示科举制度造成文人群体的腐败，真实生动地叙写了浮沉于科举功名内外的文人的种种"无文无行"的形态。中间也有摆脱科举功名、讲求"礼乐兵农"的人物，却无法改变社会状况和文人的厄运。在对这两种文人的观照中，隐伏着改变教育体制、扩大实学知识诉求的人文主义思想。这里选的是《儒林外史》第三回后半部分，叙写的是五十多岁的穷书生乡试后听到中举的喜报竟然一时神经错乱，在人们眼里也由"穷鬼"变成了"老爷"。

②进学：科举初级考试，录取后便成为府县学的生员，称进学。

③浑家：旧时俗语，妻子。

④行（háng杭）事：行业，行当。

⑤同案：同一年进学的。

⑥文会：这里指秀才们自行切磋制艺文的聚会。

⑦老爷：当时一般人称举人为老爷。

⑧抛：应写作"泡"。

⑨无场外的举人：意为不经过科举考试成不了举人。场，指科举考场。

⑩时候：通常说“时辰”。古时一天为十二个时辰。两个时辰，相当于四个小时。

⑪报录人：俗称“报子”，专门给得官升官和科举中试的人送喜报的人。

⑫一地里：一路上。

⑬讳：避讳。旧时行文，在尊长的名字前加个“讳”字，表示不敢直书又不能不书。亚元：举人第二名。范进中的是第七名，不是亚元，报帖上写作亚元，是故意奉承。

⑭拙病：倒霉的病。

⑮迎猪：去收购猪。

⑯二汉：雇用的帮手。

⑰斋公：信佛吃斋的人。

⑱局：逼迫。

⑲兀自：仍然在。

⑳跳驼子：章太炎《新方言·释言》：“吴扬间以虚语欺人曰‘跳驼子’”。

㉑文曲星：古代文昌星的俗名，传说主文运；亦指文才盖世的人。

㉒绾（wǎn宛）：挽起。

㉓全帖：古时拜客用的帖子，单幅的叫单帖；大幅折叠成折子的叫全帖，表示郑重和尊敬。

㉔平：平等地。

㉕世先生：对有世交的同辈的称呼。这里是张静斋有意与本无交往的范进拉关系。桑梓：故乡的代称。

㉖题名录：这里指同科考中举人的名册，前面载有主考官、同考官的姓名。

㉗当事：指地方官。

㉘鬏（jiū纠）髻：妇女装饰戴的假发髻。

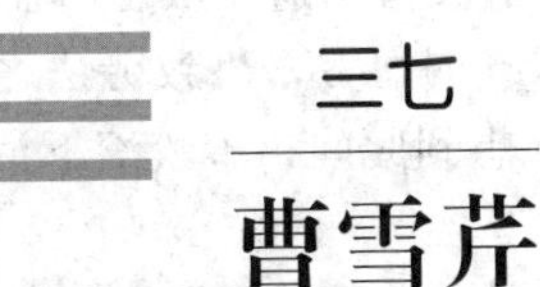

三七

曹雪芹

曹雪芹（1715？—1763），名霑，字梦阮，又号芹溪。祖籍辽阳，明末归属满洲旗籍。入清，自曾祖曹玺起三代四人相继官江宁织造。祖父曹寅还兼任两淮巡盐史，又擅诗文，喜结交文化名流，集富贵风流于一身，曾主持辑刻《全唐诗》，校刊古籍汇为《楝亭十种》，著有《楝亭诗钞》。雍正继位后，父辈曹頫以"款项亏空"、"行为不端"罢职、被抄家。曹雪芹年十余岁，随败落之家回到北京，行迹不详。晚年住在西郊，穷困潦倒，作《红楼梦》未成而病逝。

红楼梦·诉肺腑心迷活宝玉[①]

正说着，有人来回说："兴隆街的大爷来了，老爷叫二爷出去会。"宝玉听了，便知是贾雨村来了，心中好不自在。袭人忙去拿衣服。宝玉一面蹬着靴子，一面抱怨道："有老爷和他坐着就罢了，回回定要见我。"史湘云一边摇着扇子，笑道："自然你能会宾接客，老爷才叫你出去呢。"宝玉道："那里是老爷，都是他自己要请我去见的。"湘云笑道："主雅客来勤，自然你有些警他的好处[②]，他才只要会你。"宝玉道："罢，罢，我也不敢称雅，俗中又俗的一个俗人，并不愿同这些人往来。"湘云笑道："还是这个情性不改。如今大了，你就不愿读书去考举人进士的，也该常常的会会这些为官做宰的人们[③]，谈谈讲讲些仕途经济的学问[④]，也好将来应酬世务，日后也有个朋友。没见你成年家只在我们队里搅些什么！"宝玉听了道："姑娘请别的姊妹屋里坐坐，我这里仔细污了你知经济学问的。"袭人道："云姑娘快别说这话。上回也是宝姑娘也说过一回，他也不管人脸上过的去过不去，他就咳了一声，拿起脚来走了。这里宝姑娘的话也没说完，见他走了，登时羞的脸通红，说又不是，不说又不是。幸而是宝姑娘，那要是林姑娘，不知又闹到怎么样，哭的怎么样呢。提起这个话来，真真的宝姑娘叫人敬重，自己讪了一会子去了[⑤]。我倒过不去，只当他恼了。谁知过后还是照旧一样，真真有涵养，心地宽大。谁知这一个反倒同他生分了。那林姑娘见你赌气不理他，你得赔多少不是呢。"宝玉道："林姑娘从来说过这些混帐话不曾[⑥]？若他也说过这些混帐话，我早和他生分了。"袭人和湘云都点头笑道："这原是混帐话。"

原来林黛玉知道史湘云在这里，宝玉又赶来，一定说麒麟的原故。因此心下忖度着，近日宝玉弄来的外传野史，多半才子佳人都因小巧玩物上撮合，或有鸳鸯，或有凤凰，或玉环金珮，或鲛帕鸾绦[⑦]，皆由小物而遂终身。今忽见宝玉亦有麒麟，便恐借此生隙，同史湘云也做出那些风流佳事来。因而悄悄走来，见机行事，以察二人之意。不想刚走来，正听见史湘云说经济一事，宝玉又说："林妹妹不说这样混帐话，若说这话，我也和他生分了。"林黛玉听了这话，不觉又喜又惊，又悲又叹。所喜者，果然自己眼力不错，素日认他是个知己，果然是个知己。所惊者，他在人前一片私心称扬于我，其亲热厚密，竟不避嫌疑。所叹者，你既为我之知己，自然我亦可为你之知己矣；既你我为知己，则又何必有金玉之论哉；既有金玉之论，亦该你我有之，则又何必来一宝钗哉！所悲者，父母早逝，虽有铭心刻骨之言，无人为我主张。况近日每觉神思恍惚，病已渐成，医者更云气弱血亏，恐致劳怯之症⑧。你我虽为知己，但恐自不能久待；你纵为我知己，奈我薄命何！想到此间，不禁滚下泪来。待进去相见，自觉无味，便一面拭泪，一面抽身回去了。

这里宝玉忙忙的穿了衣裳出来，忽见林黛玉在前面慢慢的走着，似有拭泪之状，便忙赶上来，笑道："妹妹往那里去？怎么又哭了？又是谁得罪了你？"林黛玉回头见是宝玉，便勉强笑道："好好的，我何曾哭了。"宝玉笑道："你瞧瞧，眼睛上的泪珠儿未干，还撒谎呢。"一面说，一面禁不住抬起手来替他拭泪。林黛玉忙向后退了几步，说道："你又要死了！作什么这么动手动脚的！"宝玉笑道："说话忘了情，不觉的动了手，也就顾不的死活。"林黛玉道："你死了倒不值什么，只是丢下了什么金，又是什么麒麟，可怎么样呢？"一句话又把宝玉说急了，赶上来问道："你还说这话，到底是咒我还是气我呢？"林黛玉见问，方想起前日的事来，遂自悔自己又说造次了，忙笑道："你别着急，我原说错了。这有什么的，筋都暴起来⑨，急的一脸汗。"一面说，一面禁不住近前伸手替他拭面上的汗。宝玉瞅了半天，方说道"你放心"三个字。林黛玉听了，怔了半天，方说道："我有什么不放心的？我不明白这话。你倒说说怎么放心不放心？"宝玉叹了一口气，问道："你果不明白这话？难道我素日在你身上的心都用错了？连你的意思若体贴不着，就难怪你天天为我生气了。"林黛玉道："果然我不明白放心不放心的话。"宝玉点头叹道："好妹妹，你别哄我。果然不明白这话，不但我素日之意白用了，且连你素日待我之意也都辜负了。你皆因总是不放心的原故，才弄了一身病。但凡宽慰些，这病也不得一日重似一日。"林黛玉听了这话，如轰雷掣电⑩，细细思之，竟比自己肺腑中掏出来的还觉恳切，竟有万句言语，满心要说，只是半个字也不能吐，却怔怔的望着他。此时宝玉心中也有万句言语，不知从那一句上说起，却也怔怔的望着黛玉。两个人怔了半天，林黛玉只咳了一声，两眼不觉滚下泪来，回身便要走。宝玉忙上前拉住，说道："好妹妹，且略站住，我说一句话再走。"林黛玉一面拭泪，一面将手推开，说道："有什么可说的。你的话我早知道了！"口里说着，却头也不回竟去了。

宝玉站着，只管发起呆来。原来方才出来慌忙，不曾带得扇子，袭人怕他热，忙拿了扇子赶来送与他，忽抬头见了林黛玉和他站着。一时黛玉走了，他还站着不动，因而赶上来说道："你也不带了扇子去，亏我看见，赶了送来。"宝玉出了神，见袭人和他说话，并未看出是何人来，便一把拉住，说道："好妹妹，我的这心事，从来也不敢说，今儿我大胆说出来，死也甘心！我为你也弄了一身的病在这里，又不敢告诉人，只好掩着。只等你的病好了，只怕我的病才得好呢。睡里梦里也忘不了你！"袭人听了这话，吓得魄消魂散，只叫："神天菩萨，坑死我了！"便推他道："这是那里的话！敢是中了邪？还不快去？"宝玉一时醒过来，方知是袭人送扇子来，羞的满面紫涨，夺了扇子，便忙忙的抽身跑了。

这里袭人见他去了，自思方才之言，一定是因黛玉而起，如此看来，将来难免不才之事⑪，令人可惊可畏。想到此间，也不觉怔怔的滴下泪来，心下暗度如何处治方免此丑祸。正裁疑问，忽有宝钗从那边走来，笑道："大毒日头地下，出什么神呢？"袭人见问，忙笑道："那边两个雀儿打架，倒也好玩，我就看住了。"宝钗道："宝兄弟这会子穿了衣服，忙忙的那去了？我才看见走过去，倒要叫住问他呢。他如今说话越发没了经纬⑫，我故此没叫他了，由他过去罢。"袭人道："老爷叫他出去。"宝钗听了，忙道："嗳哟！这么黄天暑热的⑬，叫他做什么！别是想起什么来生了气，叫出去教训一场。"袭人笑道："不是这个，想是有客要会。"宝钗笑道："这个客也没意思，这么热天，不在家里凉快，还跑些什么！"袭人笑道："倒是你说说罢。"

宝钗因而问道："云丫头在你们家做什么呢？"袭人笑道："才说了一会子闲话。你瞧，我前儿粘的那双鞋，明儿叫他做去。"宝钗听见这话，便两边回头，看无人来往，便笑道："你这么个明白人，怎么一时半刻的就不会体谅人情。我近来看着云丫头神情，再风里言风里语的听起来，那云丫头在家里竟一点儿作不得主。他们家嫌费用大，竟不用那些针线上的人，差不多的东西多是他们娘儿们动手。为什么这几次他来了，他和我说话儿，见没人在跟前，他就说家里累的很。我再问他两句家常过日子的话，他就连眼圈儿都红了，口里含含糊糊待说不说的。想其形景来，自然从小儿没爹娘的苦。我看着他，也不觉的伤起心来。"袭人见说这话，将手一拍，说："是了，是了。怪道上月我烦他打十根蝴蝶结子，过了那些日子才打发人送来，还说'打的粗，且在别处能着使罢；要匀净的，等明儿来住着再好生打罢'。如今听宝姑娘这话，想来我们烦他他不好推辞，不知他在家里怎么三更半夜的做呢。可是我也糊涂了，早知是这样，我也不烦他了。"宝钗道："上次他就告诉我，在家里做活做到三更天，若是替别人做一点半点，他家的那些奶奶太太们还不受用呢。"袭人道："偏生我们那个牛心左性的小爷⑭，凭着小的大的活计，一概不要家里这些活计上的人作。我又弄不开这些。"宝钗笑道："你理他呢！只管叫人做去，只说是你做的就是了。"袭人道："那里哄的信他，他才是认得出来呢。说不得我只好慢慢的累去罢了。"宝钗笑道："你不必忙，我替你作些如何？"袭人笑道："当真的这样，就是我的福了。晚上我亲自送过来。"

中国艺术研究院《红楼梦》研究所版《红楼梦》

①《红楼梦》叙写一个贵族大家庭的衰败毁灭，占据中心的是贾宝玉和林黛玉、薛宝钗的爱情婚姻的悲剧，具有内涵深广的人文意蕴。这里选的是第三十二回，叙写贾宝玉和林黛玉爱而不能言说，时时转变为反唇相讥，被逼到不能不言说的境况下，爆发出一次无限痛苦的心灵的沟通。

②警：警发、警策的意思，也就是能够给人以警醒、启示。

③做宰：就是做官。宰，古代官吏的通称。

④仕途：指做官的途径。经济：经世济民的简称。经世，即治理国事。济民，救济百姓。

⑤讪（shàn 扇）：难为情的样子。

⑥混帐话：无理又不正经的话。这里是贾宝玉用以指称劝他去读书做官、讲仕途经济学问的话。

⑦鲛（jiāo 交）帕鸾绦（tāo 掏）：精美的手帕和丝带。鲛帕，鲛绡做的手帕。传说南海中有鲛人，即人鱼，能织绡。（见《述异记》）后用以泛称薄纱。鸾绦，上面绣有鸾凤图案的丝带。

⑧劳：同"痨"，即痨病，严重贫血或患肺结核。怯：身体怯弱，也指血气不足。

⑨暴：突出，鼓起。

⑩如轰雷掣电：形容猛烈的刺激。

⑪不才之事：没出息的事情。这里指男女私情。

⑫经纬：织布机上的竖线叫经，横线叫纬。这里引申为道理、规矩的意思。

⑬黄天：疑指夏日正午时候。

⑭牛心左性：俗语，脾气执拗、倔强的意思。小爷：少爷，语气中含奈何不得的意思。

第九编

近代文学

一

龚自珍

龚自珍（1792—1841），又名巩祚，字璱人，号定庵，浙江仁和（今杭州市）人。道光进士，曾官内阁中书、礼部祠祭司行走、宗人府主事等。他是中国近代杰出的思想家、文学家。自幼天资颖慧，又受过系统的汉学教育和良好的文学熏陶，自觉地以诗文创作来经世匡时，干预时政，宣传变革，在当时社会上产生过振聋发聩的作用。龚诗多属于政治抒情诗，在艺术上具有独创性，想象丰富，比喻新颖，语言警辟，运用意蕴丰富的意象来描绘、抒写现实，奇境独辟，别开生面。从“诗界革命”派到南社，乃至整个近代诗坛，无不受到他的影响。有《定庵文集》等。

漫感[①]

绝域从军计惘然[②]，东南幽恨满词笺[③]。一箫一剑平生意，负尽狂名十五年[④]。

中华书局上海编辑所版王佩诤辑校《龚自珍全集》第九辑

①此诗写于道光三年（1823）。龚自珍面对西北边疆动乱及东南沿海一带殖民主义者入侵的现实，怀着抑郁而悲愤的心情，唱出了自己欲仗剑从军、赋诗忧国、积极拯救祖国危亡的慷慨悲歌。

②绝域：隔绝的地域，言其远。此指我国边疆。惘然：失志的样子，指从军的愿望未能实现。

③东南：指我国东南沿海一带。当时英、美、葡等国已开始在东南沿海一带的广州、漳州（今属厦门）、宁波进行经济掠夺。词笺：写诗词的纸，亦可作“诗词”看。笺，古代小幅而极精致的纸。

④“一箫”二句：可与诗人是年所写词《丑奴儿令》互参。其上阕云：“沉思十五年中事，才也纵横，泪也纵横，双负箫心与剑名。”箫，指赋诗忧国的哀怨幽情。剑，指报国的雄心壮志。剑名、箫心，是龚自珍诗词中经常对举出现的两个意象。稍后三年他写的《秋心三首》中的“气寒西北何人剑，声满东南几处箫”，与此诗首二句意同。

夜坐[①]（二首选一）

春夜伤心坐画屏，不如放眼入青冥[②]。一山突起丘陵妒[③]，万籁无言帝坐灵[④]。塞上似腾奇女气，江东久陨少微星[⑤]。平生不蓄湘累问，唤出姮娥诗与听[⑥]。

中华书局上海编辑所版王佩诤辑校《龚自珍全集》第九辑

①道光三年（1823）诗人第四次参加会试落第，有感于政治黑暗，写了《夜坐》二首。这里选的是第一首，写诗人春夜独坐，面对清王朝的高压政策和思想界“万马齐喑”的局面而产生的愤慨。

②“春夜”二句：春夜愁伤地坐在屏风之内，尤觉烦恼，倒不如走出室外，放眼高空。青冥，天空。

③“一山”句：隐喻诗人受庸俗之辈的嫉视。

④“万籁”句：夜空景象，喻清王朝政治思想界的高压局面。诗意可与“万马齐喑究可哀”（《己亥杂诗》）句互参。康有为的“高峰突出诸山妒，上帝无言百鬼狞”（《出都留别诸公》）二句，即由龚诗脱化而出。万籁，自然界万物发出的声响。帝坐，亦称帝星，指北极第二星，古代星象家以此星象征帝王，龚诗用此意。

⑤“塞上”二句：诗人一方面揭露清王朝扼杀人才，感叹江东这样人才辈出的地方也已无人才可见；另一方面将希望寄托于在野的革新派。他歌颂“山中之民”（《尊隐》），寄期望于“无数湘南剑外民”（《秋心三首》），均可与此互参。塞上，指边远地区。奇女气，《汉书·外戚传》：赵婕妤“家在河间。武帝巡狩过河间，望气者言此有奇女，天子亟使使召之”。这里借指奇才将要出现的预兆。江东，长江下游一带。少微星，星名，古代星象家认为是象征士大夫的星。《晋书·天文志》：“少微四星在太微西，士大夫之位也。”此处喻指贤才。

⑥“平生”二句：我平生从不像屈原那样，对天发问，而只是把自己的满腔忧愤，写成诗词，倾诉于嫦娥罢了。此可与“天问有灵难置对”（《秋心三首》）句互参。湘累问，指屈原的《天问》。湘累，指屈原。扬雄《反离骚》：“叙吊楚之湘累。”《汉书·扬雄传》颜师古注引李奇曰：“诸不以罪死曰累……屈原赴湘死，故曰湘累也。”按，屈原实投汨罗江而死，因汨罗江和湘水都注入洞庭湖，古人便误认为汨罗江流入湘水。姮（héng 恒）娥，即嫦娥。

西郊落花歌并序①

出丰宜门一里②，海棠大十围者八九十本③。花时车马太盛，未尝过也。三月二十六日，大风；明日风少定，则偕金礼部应城、汪孝廉潭、朱上舍祖毂、家弟自谷，出城饮而有此作④。

西郊落花天下奇⑤，古来但赋伤春诗。西郊车马一朝尽，定庵先生沽酒来赏之。先生探春人不觉，先生送春人又嗤⑥。呼朋亦得三四子，出城失色神皆痴⑦。如钱唐潮夜澎湃⑧；如昆阳战晨披靡⑨；如八万四千天女洗脸罢⑩，齐向此地倾胭脂。奇龙怪凤爱漂泊，琴高之鲤何反欲上天为⑪？玉皇宫中空若洗，三十六界无一青蛾眉⑫。又如先生平生之忧患，恍惚怪诞百出难穷期⑬。先生读书尽三藏⑭，最喜《维摩》卷里多清词⑮。又闻净土落花深四寸⑯，冥目观想尤神驰⑰。西方净国未可到，下笔绮语何漓漓⑱！安得树有不尽之花更雨新好者⑲，三百六十日长是落花时！

中华书局上海编辑所版王佩诤辑校《龚自珍全集》第九辑

①这是一首富有奇情壮采的咏物诗，作于道光七年（1827）春末。作者以奇特丰富的想象，赞美落花的奇丽壮观，笔墨酣畅，热情洋溢。龚自珍在诗词中多次以落花、落红自比。此诗“又如先生平生之忧患”数句，亦点明诗是写心之作，落花是被朝廷排斥压抑的无数奇才的写照。

②丰宜门：金代京城（中都）南面有三门，西边之一是丰宜门。旧址约在北京右安门（俗呼南西门）外西南，即今右安门与丰台间。

③“海棠”句：这里所咏的当是北京西郊丰宜门外三官庙的海棠。作者在《己亥杂诗》中有忆丰宜门外花之寺海棠一首，诗云：“记得花阴文宴屡，十年春梦寺门南。”当是赋此事。寺，指花之寺。据作者同年杨懋建《京尘杂录》载，花之寺在三官庙内。本，株。

④金礼部应城：礼部官员金应城，浙江钱塘人，其兄应麟，均与作者友善。汪孝廉潭：举人汪潭，字印三，号寄松，浙江钱塘人。孝廉，清代举人的别称。朱上舍祖毂：监生朱祖毂。上舍，清代监生的称呼。家弟自谷：作者的族弟龚自谷。

⑤西郊：三官庙在北京西郊。

⑥嗤：讥笑。

⑦“出城”句：出城看到落花景象，令人惊讶若痴。痴，此为发呆意。

⑧钱唐：即钱塘江，浙江流经杭州东南一段。钱塘江入海处，潮汐汹涌，蔚为奇观。唐，通“塘”。

⑨“如昆阳”句：指历史上著名的昆阳之战。昆阳，地名，故址在今河南叶县境内。公元23年，刘秀在此以少胜多，战胜了王莽。披靡，以草木随风倒喻兵士四散溃败的样子。此喻落花满地。

⑩八万四千：佛家语。佛经中凡言物之众多，皆举八万四千之数。天女：佛教说法，为欲界六天中的女性，即《法华经》和《维摩经》中的所谓散花天女。

⑪“奇龙”二句：天上的奇龙怪凤欣喜若狂地漂泊到人间，琴高的赤鲤为什么反而要上天呢？上句喻落花飞舞而下，下句反用琴高传说。《清一统志》：“汉琴高居泾北山岩，修炼得道，乘赤鲤上升。”梅尧臣《宣州杂诗》云：“古有琴高者，骑鱼上碧天。”何……为，即为何，干什么。

⑫“玉皇”二句：以仙女翩翩下凡，喻落花时的艳丽动人、丰姿多彩。玉皇，玉皇大帝。三十六界，据道教说法，指玉皇宫和人世之间的三十六层天。（见《云笈七签》）青蛾眉，这里指仙女。

⑬“又如”二句：此为明喻。言落花的奇幻，像自己平生的忧患一样，荒诞古怪，绵无绝期。

⑭尽三藏（zàng 葬）：读完了三藏。三藏，佛家语，指佛教的经藏、律藏、论藏三类佛典，包含了佛教的全部法义。

⑮维摩：即《维摩经》，全名为《维摩诘所说经》。《维摩经·问疾品》中有天女散花的故事，所以诗人在这首咏落花的诗里特别提及《维摩经》。

⑯“又闻”句：黄遵宪《樱花歌》“又闻净土落花深四寸”，全借用此句。净土，即佛国，亦即下文的“西方净国”。据《大乘义章》云，佛经中所说的佛地、佛界、佛国、佛土，或净刹、净国、净土，均为同义，即所谓西方的“极乐世界”。落花深四寸，《无量寿经》：“又风吹散花，遍满佛土，随色次第，而不杂乱，柔软光泽，馨香芬烈。足履其上，陷下四寸，随举足矣，原复如故。”

⑰“冥目”句：凝神闭目，更令人心往神驰。冥，闭上眼睛。

⑱“西方”二句：西方净国的境界是难以达到的，难怪绮丽的词句像流水一样涌进我的笔端。绮语，本佛家语，指一切杂秽不正的言辞。《大乘义章》七：“邪言不正，其犹绮色，从喻立称，故名绮语。”后凡文人诗词之香艳者，皆称绮语。此处指华美的语句。漓漓，水流貌，此喻文词的滔滔不绝。

⑲安得：怎能得到。安，疑问词，怎能。更雨新好者：落下更多新的好的花来。雨，此处用为动词，引申为落。黄遵宪《樱花歌》：“天雨新好花，长是看花时。”即本此二句。

己亥杂诗[①]（三百一十五首选四）

浩荡离愁白日斜[②]，吟鞭东指即天涯[③]。落红不是无情物[④]，化作春泥更护花。

①己亥，为道光十九年（1839）。是年四月二十三日，诗人怀着难言之痛，辞官南归，七月初九抵家，九月十五日又北上迎接眷属，于腊月二十六日将家属安置在海西羽琌山馆。在“往返九千里”的旅途生活中。诗人以七言绝句的形式，写了三百一十五首传记体式的大型组诗，其中既有现实的观感，又有生平经历的回忆，多方面反映了诗人前半生的生活、思想、著述、交游情况，以及社会问题，有强烈的现实感。

②此为第五首，是离别京师时的一首诗。诗人不为统治者所重用，并遭顽固派的排挤和诋毁，怀着抑郁和激愤难言的心情离开了北京。从京师走向民间虽如“落红”，但诗人仍不忘故国。末二句表示作者仍要为国家效力。浩荡，广阔无边，此为形容愁深愁多。

③吟鞭：诗人的马鞭。按，吟，咏也，凡与诗人相属的器物称吟，如吟灯、吟鞭之类。

④落红：落花，喻指自己。诗人常以落花自比，如“莫怪怜他，身世依然是落花”（《减兰·人天无据》），“终是落花心绪好，平生默感玉皇恩”（《己亥杂诗》），以及《西郊落花歌》中的“落花”形象，均可与此句互参。

只筹一缆十夫多[①]，细算千艘渡此河。我亦曾糜太仓粟[②]，夜闻邪许泪滂沱[③]。

①此为第八十三首。漕运是清王朝的一项大政，每年都要从南方各省运粮四百万担到北京，称“漕粮”。诗人途经淮浦，看到运河中北上的粮船，深夜听到纤夫们沉重的劳动号子，回想起自己也曾吃过这些漕米，深表内疚和自责。筹，计数的竹牌，这里用为动词，计算的意思。缆，系船用的粗绳子，此指缆绳，代船。十夫多，十人之多。清人邹在衡《观船艘过闸》诗：“漕船造作异，高大过屋脊……头工与水手，十人有定额。”

②糜：消耗、浪费。太仓：封建王朝在京都设置的粮仓。

③邪许（yé hǔ 爷虎）：纤夫低沉的号子声。《淮南子·道应训》：“今夫举大木者，前呼邪许，后亦应之，此举重劝重力之歌也。”泪滂沱（páng tuó 旁驼）：泪流如雨。邹在衡《观船艘过闸》：“短绳齐挽臂，绕向缴轮密。邪许万口呼，共拽一绳直。死力各挣前，前起或后跌。”这几句诗有助于我们理解龚诗。

不论盐铁不筹河[①]，独倚东南涕泪多[②]。国赋三升民一斗[③]，屠牛那不胜栽禾[④]。

①此为第一百二十三首。清王朝曾规定不增加赋税项目，美其名曰“永不加赋”，实则征收时，利用加成色、打折扣、贿赂勒索，使“浮收之数，有数倍于正额者，且有私收折价至十数倍者”（转引自戴逸《中国近代史稿》第一卷）。“国赋三升民一斗”，正是对清王朝赋税繁重、横征暴敛的真实揭露。盐铁，指盐、铁生产和税收。我国古代多实行盐铁专营，清代盐务仍实行官督商销。筹河，筹划治理黄河，这里泛指兴修水利。

②“独倚”句：韩愈有“赋出天下，而江南居十九”之说，诗本此。

③“国赋”句：清初大清户律规定：民田每亩收税三升三合五勺。清中叶后远远超过此数。据冯桂芬揭露，苏州地区“每亩科平粮三斗七升，以次不等。折实粳米，多者几及二斗，

少者一斗五六升”[《皇朝经世文续编》卷三一《请减苏松太浮粮疏（代作）》]。

④“屠牛”句：赋税如此惨重，宰杀耕牛，另求活路，做什么不比种田好啊！栽禾，从事农业生产。

陶潜酷似卧龙豪[①]，万古浔阳松菊高[②]。莫信诗人竟平淡，二分《梁甫》一分《骚》[③]。

中华书局上海编辑所版王佩诤辑校《龚自珍全集》第一〇辑

①此为第一百三十首，为诗人舟中读陶诗有感而作。陶潜，即陶渊明。酷似，甚似。卧龙，即诸葛亮。

②“万古”句：陶渊明酷爱菊花，他诗中屡见不鲜。龚在此是以松、菊傲霜耐寒的特性比喻陶渊明坚强高傲的品格。浔阳，郡名，属江州，下辖浔阳、柴桑二县。陶为浔阳郡柴桑县人。此代陶渊明。

③“莫信”二句：不要相信诗人表面上似乎极其肃穆平淡，其实骨子里含有《梁甫吟》和《离骚》的精神实质，即兼有豪情壮志和悲愤不平。《梁甫》，即《梁甫吟》，古乐府楚调曲名。《三国志·蜀志·诸葛亮传》说：“亮躬耕陇亩，好为《梁父吟》。”内容多为感慨世事之作。

己亥六月重过扬州记[①]

居礼曹[②]，客有过者曰：“卿知今日之扬州乎？读鲍照《芜城赋》[③]，则遇之矣[④]！”余悲其言。

明年，乞假南游，抵扬州。属有告籴谋[⑤]，舍舟而馆[⑥]。既宿[⑦]，循馆之东墙步游，得小桥，俯溪，溪声讙[⑧]。过桥，遇女墙啮可登者[⑨]，登之。扬州三十里，首尾屈折高下见[⑩]。晓雨沐屋，瓦鳞鳞然，无零甃断甓[⑪]。心已疑礼曹过客言不实矣。

入市求熟肉，市声讙。得肉，馆人以酒一瓶、虾一筐馈。醉而歌，歌宋元长短言乐府[⑫]。俯窗呜呜[⑬]，惊对岸女夜起，乃止。

客有请吊蜀冈者[⑭]，舟甚捷。帘幕皆文绣，疑舟窗蠡觳也，审视，玻璃五色具[⑮]。舟人时时指两岸曰：“某园故址也”，“某家酒肆故址也”，约八九处。其时独倚虹园圮无存[⑯]。曩所信宿之西园[⑰]，门在，题榜在，尚可识。其可登临者尚八九处，阜有桂[⑱]，水有芙蕖菱芡[⑲]，是居扬州城外西北隅，最高秀。南览江，北览淮，江淮数十州县治，无如此治华也。忆京师言，知有极不然者。

归馆，郡之士皆知余至，则大欢。有以经义请质难者[⑳]；有发史事见问者；有就询京师近事者；有呈所业若文、若诗、若笔、若长短言、若杂著、若丛书，乞为序、为题辞者[㉑]；有状其先世事行乞为铭者[㉒]；有求书册子、书扇者[㉓]；填委塞户牖[㉔]，居然嘉庆中故态。谁得曰今非承平时耶？惟窗外船过，夜无笙琶声；即有之，声不能彻旦。然而女子有以栀子华发为贽求书者[㉕]，爰以书画环瑱互通问[㉖]，凡三人。凄馨哀艳之气，缭绕于桥亭舰舫间。虽澹定[㉗]，是夕魂摇摇不自持[㉘]。余既信信[㉙]，拿流风，捕余韵，乌睹所谓风号雨啸，鼯狖悲、鬼神泣者[㉚]！

嘉庆末，尝于此和友人宋翔凤侧艳诗[㉛]，闻宋君病，存亡弗可知。又问其所谓赋诗者[㉜]，不可见，引为恨。卧而思之，余齿垂五十矣。今昔之慨，自然之运[㉝]，古之美人名士富贵寿考者，几人哉？此岂关扬州之盛衰，而独置感慨于江介也哉！抑予赋侧艳则老矣，甄综人物[㉞]，搜辑文献，仍以自任，固未老也。

天地有四时，莫病于酷暑[㉟]，而莫善于初秋。澄汰其繁缛淫蒸[㊱]，而与之为萧疏澹荡[㊲]，冷然瑟然[38]，而不遽使人有苍莽寥泬之悲者[39]，初秋也。今扬州，其初秋也欤？予之身世，虽乞籴，自信不遽死，其尚犹丁初秋也欤[40]？作《已亥六月重过扬州记》。

中华书局上海编辑所版王佩诤辑校《龚自珍全集》第一二辑

①道光十九年（1839），作者辞官南归，道经扬州，抚今追昔，写下了这篇文章。这是一篇游记体散文，描写扬州外观繁荣而内里衰朽的景象，流露了作者的忧国之情。文章意蕴深厚，感情真挚。重过，作者于嘉庆二十五年（1820）由北京南还时曾路过扬州，故云。

②居礼曹：在礼部任职。作者曾任礼部主客司主事兼祠祭司行走。

③《芜城赋》：南朝宋孝武帝孝建三年（456），竟陵王刘诞据广陵（即扬州）叛。广陵几被兵火，荒芜破败。鲍照在广陵收复后登城远眺，作《芜城赋》，描写广陵乱后的荒凉景象。

④遇之：得之，感受到。

⑤属（zhǔ主）：适逢。告籴：告，请求。籴，买粮。《国语・鲁语上》："国有饥馑，卿出告籴，古之制也。"按，龚自珍于1838年因忤逆上司而被"夺俸钱"，不得不求友人资助。

⑥馆：旅舍。这里用作动词，住旅舍。

⑦既宿：住了一夜后。

⑧讙（huān欢）：喧哗。

⑨女墙：城墙上的矮墙。啮（niè聂）：咬。此以咬痕喻因侵蚀而成的豁口。

⑩见：同"现"。

⑪甃（zhòu昼）：井壁，这里泛指墙壁。甓（pì僻）：砖头。

⑫长短言乐府：词。词又称长短句，宋元之词入乐，故云。

⑬呜呜：象声词，指歌声。

⑭蜀冈：土岗名，在今扬州市西北，瘦西湖北，为唐代古城遗址。

⑮"疑舟窗"三句：谓看见舟窗晶莹透亮，五彩缤纷，疑为贝壳所饰，细看才知是五颜六色的玻璃。蠃蚮（luó què罗鹊），螺壳。此指贝壳。蠃，通"螺"。

⑯倚虹园：扬州名胜，因靠近大虹桥而得名。圮（pǐ匹）：毁坏。

⑰信宿：连住两夜。西园：原名芳圃，在平山堂西，建于清乾隆十六年（1751）。

⑱阜：土山。

⑲芙蕖：荷花。菱：菱角。芡：水草名，花紫色，实如刺球，可食。

⑳经义：经书的内容、意义。质难：询问疑难的问题。

㉑笔：散文。古时"笔"与"文"相对，有韵者为文，无韵者为笔。

㉒状其先世事行：指拿着自己为先人撰写的行状。为铭：撰写墓志铭。

㉓书册子：在书册、画册上题字。书扇：在扇面上题字。

㉔填委：纷集，充满。

㉕栀子：花名。栀子花中有同心栀子，常被用作定情之物。唐韩翃《送王少府归杭州》诗："栀子同心好赠人。"华发：据孙钦善《龚自珍诗文选》，"发"当为"鬘"，为舞妓之花饰。贽：礼物。

㉖爰：乃。环：玉镯之类的饰物。瑱（diàn电）：玉做的耳环。

㉗澹定：恬澹镇定。

㉘"是夕"句：是说自己为声色所动，心绪不定。

㉙信信：连住四夜。

㉚"乌睹"句：谓并无鲍照所写之凄凉景象。鲍照《芜城赋》中有"泽葵依井，荒葛罥

涂。坛罗虺蜮，阶斗麇鼯。木魅山鬼，野鼠城狐。风嗥雨啸，昏见晨趋”句。鼯（wú 吴），鼯鼠，形似鼠，前后两肢间有膜，能飞树上。狖（yòu 右），长尾猿。

㉛宋翔凤（1776—1860）：字虞庭，一字于庭，长洲（今苏州）人。清代著名的学者、诗人。侧艳诗：艳丽轻佻之诗。

㉜其所谓赋诗者：指当年与宋氏及作者和诗的妓女。

㉝自然之运：自然界的运动、变化。

㉞甄综：综合分析，鉴定品评。

㉟病：弊害。

㊱澄汰：犹淘汰。淫蒸：酷热。

㊲萧疏澹荡：淡远空寂。

㊳冷然瑟然：清凉爽洁貌。

㊴苍莽寥泬（jué 决）：萧条清冷。

㊵丁：当，值。

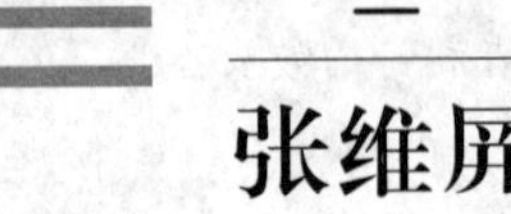

二

张维屏

张维屏（1780—1859），字子树，号南山，别号松心子，晚号珠海老渔，广东番禺（今属广州市）人。道光二年（1822）进士，官至南康知府。他四任县令，于地方民情有所了解。早年创作即关注民间疾苦，有较强的现实性。鸦片战争后，目睹外国侵略者的罪行和中国人民的英勇斗争，写出了一些歌颂中国人民反抗殖民主义侵略的诗篇，具有昂扬的爱国热情和战斗精神。他的诗“出入汉魏唐宋诸大家，取材富而酝酿深，气体则伉爽高华，味致则沉郁顿挫”（林昌彝《射鹰楼诗话》卷二）。著有《听松庐诗钞》、《松心诗集》等。

新雷①

造物无言却有情②，每于寒尽觉春生；千红万紫安排著③，只待新雷第一声。

广东高等教育出版社版《张南山全集》卷一一

①这首诗作于道光四年（1824）初春，写春将到的喜悦。诗人以自然喻人事，在对新雷的期待和春天的欢呼中，透露出作者渴望社会新变的心情。小诗短短四句，寓理于情，清丽可喜，耐人寻味。

②“造物”句：《论语·阳货》：“天何言哉，四时行焉，百物生焉。”诗本此。造物，指天。

③著：同“着”，助词。

三元里①

三元里前声若雷②，千众万众同时来；因义生愤愤生勇，乡民合力强徒摧。家室田庐须保卫，不待鼓声群作气③；妇女齐心亦健儿，犁锄在手皆兵器④。乡分远近旗斑斓，什队百队沿溪山。众夷相视忽变色⑤，黑旗死仗难生还⑥！夷兵所恃惟枪炮⑦，人心合处天心到⑧。晴空骤雨忽倾盆，凶夷无所施其暴。岂特火器无所施，夷足不惯行滑泥；下者田塍苦踯躅⑨，高者冈阜愁颠挤⑩。中有夷酋貌尤丑，象皮作甲裹身厚⑪。一戈已椿长狄喉，十日犹悬郅支首⑫。纷然欲遁无双翅，歼厥渠魁真易事⑬。不解何由巨网开，枯鱼竟得攸然逝⑭。魏绛和戎且解忧⑮，风人慷慨赋同仇⑯。如何全盛金瓯日，却类金缯岁币谋⑰？

广东高等教育出版社版《张南山全集》卷三

①这首诗写于道光二十一年（1841）。是年五月二十七日，《广州和约》签订，激起了广东

人民的义愤。英军经过三元里时，又抢劫行凶，调戏妇女，三元里人民忍无可忍，联合附近一百零三乡群众对英军进行反击。这就是历史上著名的三元里抗英斗争。这首诗歌颂三元里人民英勇反抗外来侵略的战斗精神和爱国热情。三元里，村名，在广州城北，距广州约五里。

②声若雷：喻声势之大。

③“不待”句：《左传·庄公十年》：“夫战，勇气也，一鼓作气。”诗本此而有变化。

④“妇女”二句：“逆夷由三元里过牛栏岗抢劫，予闻锣声不绝……不转眼间，来会者众数万，刀斧犁锄，在手即成军器，儿童妇女，喊声亦助军威。”（李福祥《三元里打仗日记》）

⑤夷：古代用以泛指西方的少数民族，也用以称外国人。这里指英国侵略军。

⑥“黑旗”句：“夷打死仗则用黑旗，适有执神庙七星旗者，夷惊曰：‘打死仗者至矣！’”

⑦恃（shì 侍）：依赖，凭借。

⑧“人心”句：意为人心齐，老天也来保佑。指下文的天降大雨，英军的火炮失灵、行走不便等。

⑨塍（chéng 惩）：田间的土埂子。踯躅（zhí zhú 直烛）：徘徊不前，比喻走路艰难。

⑩“高者”句：在高处的人又提心吊胆地怕掉下来。冈阜，山脊，山坡。颠挤，应作“颠隮”。《尚书·微子》：“今尔无指告予，颠隮，若之何其。”颠，头顶，引申为最高处。隮，坠落。

⑪“中有”二句：梁廷楠《夷氛闻记》卷三：“伯麦身肥体健，首大如斗。”夷酋，指英国侵略军军官。

⑫“一戈”二句：英军少校毕霞等被刺死，悬首数日。《左传·文公十一年》：“获长狄侨如，富父终甥摏其喉以戈，杀之。”摏（chōng 充），通“椿”，撞击。长狄，古代北狄的一种。悬郅支首，汉元帝时，西城都护甘延寿及副校尉陈汤等人，杀匈奴郅支骨都侯单于，悬其首于蛮夷邸门。车骑将军许嘉、右将军王商以为“宜悬十日”。（见《汉书·陈汤传》）

⑬歼厥渠魁：语出《尚书·胤征》。渠魁，首领。

⑭“不解”二句：英军龟缩四方炮台，数万群众团团围住，正待全歼敌人时，英军派汉奸混出重围，带信恐吓清廷派往广东的靖逆将军奕山，奕山派广州知府余保纯，用各种欺骗手段将村民驱散，英军得以解围。诗写此事。枯鱼，语出《庄子·外物》，困于涸辙中的鱼，此指英军。这句诗以枯鱼很快游入水的深处，喻敌人得以解围逃脱。

⑮“魏绛”句：指清政府投降派与敌人议和事。魏绛，即魏庄子，春秋时晋国大夫，力主与戎族和好，认为和戎有五利；意见为晋悼公所采纳，与诸戎族订盟，从而保证了晋国国势的强盛。（见《左传·襄公四年》）诗人这里是反用其事，谓与英议和只顾解眼前之忧，无益于国事，故才有下文“赋同仇”云云。

⑯风人：诗人。古代太史陈诗以观民风，故称诗人为“风人”。同仇：《诗经·秦风·无衣》：“修我戈矛，与子同仇。”这里指人民同仇敌忾，奋勇杀敌。

⑰“如何”二句：斥责投降派在国家强盛的情况下，像北宋对待辽、金一样，每年输纳大量钱物，屈膝求和。金瓯，喻国家疆土完固。《南史·朱异传》：“我国家犹若金瓯，无一伤缺。”金缯，金银丝绢。岁币，指朝廷每年向外族输纳的银两。按，1841 年 5 月 17 日的《广州和约》议定：七日之内，向英国侵略军缴“广州赎城费”六百万元，赔偿英国商馆损失三十万元，清军退出广州城六十英里之外。

三

林则徐

林则徐（1785—1850），字元抚，一字少穆，晚号竣村老人，福建侯官（今福州）人，嘉庆十六年（1811）进士，历官翰林院编修、道台。道光十八年（1838），以钦差大臣赴广东查禁鸦片，抗击英军。战后，被诬革职，谪戍伊犁。后放还，任云贵总督。他是近代杰出的政治家和爱国主义者，曾与龚自珍、魏源、黄爵滋等人提倡经世致用之学。写诗虽系余事，但写得情深意浓，诗意盎然，从严谨的格律和深厚的功力中表现出诗人豪爽俊逸的艺术风格。著有《云左山房诗钞》。

赴戍登程口占示家人[①]（二首选一）

力微任重久神疲，再竭衰庸定不支[②]。苟利国家生死以，岂因祸福避趋之[③]。谪居正是君恩厚[④]，养拙刚于戍卒宜[⑤]。戏与山妻谈故事，试吟断送老头皮[⑥]。

海峡文艺出版社版郑丽生校笺《林则徐诗集》

①此诗作于道光二十二年（1842）。是题二首，此为第二首。是年夏历七月，林则徐自西安启程赴伊犁，作诗留别家人。诗表现了作者以国事为重、不顾个人安危的高贵品质和他面临遣戍时的旷达胸怀。

②衰庸：意近“衰朽”，衰老而无能，自谦之词。

③“苟利”二句：郑国大夫子产改革军赋，受到时人的诽谤，子产曰：“何害！苟利社稷，死生以之。”（《左传·昭公四年》）诗语本此。

④“谪居”句：自我宽慰语。谪居，因有罪被遣戍远方。

⑤养拙：犹言藏拙，有守本分、不显露自己的意思。刚：正好。戍卒宜：做一名戍卒更为适当。这句诗谦恭中含有愤激与不平。

⑥“戏与”二句：林则徐自注：“宋真宗闻隐者杨朴能诗，召对，问：‘此来有人作诗送卿否?’对曰：‘臣妻有一首云：更休落魄耽杯酒，且莫猖狂爱咏诗。今日捉将官里去，这回断送老头皮。’上大笑，放还山。东坡赴诏狱，妻子送出门，皆哭，坡顾谓曰：‘子独不能如杨处士妻作一首诗送我乎?’妻子失笑，坡乃去。”这两句诗用此典故，表达林则徐的旷达胸襟。山妻，对自己妻子的谦称。故事，旧事，典故。

四

魏　源

魏源（1794—1857），原名远达，后改源，字默深，湖南邵阳金潭（今隆回县）人。道光进士，官内阁中书，晚年任高邮知州。近代著名思想家，与龚自珍齐名，时称“龚魏”。他主张学习西方，提出“师夷长技以制夷”，倡导变革。魏源不以诗名，但他的诗具有丰富的思想内容，鸦片战争时期的许多名篇，感情炽烈，洋溢着浓郁的爱国主义激情。他还有许多山水诗写得气象雄伟，瑰丽悦目，有的还具哲理意味。魏源的诗风格遒劲，激越奔放，但律诗用典较多，显得费解，韵味不足。著有《古微堂诗集》和《清夜斋诗稿》。

江南吟①（十首选一）

阿芙蓉②，阿芙蓉，产海西③，来海东。不知何国香风过④，醉我士女如醇酴⑤。夜不见月与星兮，昼不见白日，自成长夜逍遥国⑥。长夜国，莫愁湖⑦，销金锅里乾坤无⑧。溷六合，迷九有，上朱邸，下黔首⑨，彼昏自痼何足言，藩决膏殚付谁守⑩？语君勿咎阿芙蓉⑪，有形无形瘾则同⑫。边臣之瘾曰养痈⑬，枢臣之瘾曰中庸⑭，儒臣鹦鹉巧学舌⑮，库臣阳虎能窃弓⑯。中朝但断大官瘾，阿芙蓉烟可立尽！

中华书局点校本《魏源集》

①《江南吟》组诗共十首，作期不明。一说作于道光十一年（1831），一说作于道光二十九年（1849）。由诗的内容看，约作于鸦片战争前夕。作者继承白居易诗的现实主义精神，深刻地揭示了鸦片战争前夕江南农村的社会现实。这里选的是组诗的第八首。诗中描写鸦片烟流毒全国的严重情况，进而指出：政府屡言禁烟，而鸦片之所以不能禁绝，主要在于朝中当权者有养痈遗患、折中调和、人云亦云和贪污盗窃等等顽症。

②阿芙蓉：即鸦片。明朝李挺《医学入门》：“鸦片，亦名阿芙蓉。”

③海西：指当时盛产鸦片的英国殖民地印度。

④香风：指吸鸦片时的香味。

⑤士女：成年男女。《楚辞·招魂》：“士女杂坐，乱而不分些。”醇酴：酒性浓烈，此指味浓性烈的酒。

⑥“夜不见”三句：谓吸鸦片的人，不分昼夜，侧卧烟榻，吞云吐雾，逍遥自在，如进入逍遥国。

⑦莫愁湖：在今南京市水西门外。相传南齐时，有洛阳少女莫愁远嫁江东卢家，住在湖滨，因而得名。这里用其字面义，指吸食鸦片的人沉湎于毒品之中，忘记了忧愁，意含讥讽。

⑧销金锅：称极浪费金钱的处所。《武林旧事》云：“贵珰（宦官）要地，大贾豪民，买笑

千金，呼卢百万，以至痴儿骏子，密约幽期，无不在焉。日糜金钱，靡有纪极，故杭谚有‘销金锅儿’之号。”本喻西湖游船，此处借指吸毒的烟馆。乾坤无：因沉湎于吸毒，忘记了世界万物。

⑨“溷（hún浑）六合”四句：谓烟毒弥漫全国各地，上自官吏，下迄百姓，均有吸毒之人。黄爵滋《请严塞漏卮以培国本折》云：自鸦片烟流入中国，“其初不过纨绔子弟习为浮靡，嗣后上自官府缙绅，下至工商优隶，以及妇女僧尼道士，随在吸食”。溷，同“浑”，混浊。六合，上下四方，泛指天地。九有，九州，泛指全国。《诗经·商颂·玄鸟》：“方命厥后，奄有九有。”朱邸（dǐ抵），古代诸侯、王的住宅要用朱红漆门，故称朱邸，后泛指贵族、官僚之家。黔（qián前）首，老百姓。

⑩“彼昏”二句：他们自己糊里糊涂养成吸毒的习惯，本不足道；但国家边防失守、民财枯竭，这样的局面将靠谁来收拾呢？林则徐《钱票无甚关碍宜重禁吃烟以杜弊源片》云：“迨流毒于天下，则为害甚巨……是使数十年后，中原几无可以御敌之兵，且无可以充饷之银。”可与此互参。痼（gù固），积久难治的病，比喻长期养成不易改正的恶习、嗜好。藩决，边境失守。藩，篱笆，可引申为边防。膏，脂肪、油脂，引申为财富。殚（dān丹），尽，竭。

⑪咎：此处作动词用，加罪、责怪。

⑫“有形”句：言有形的瘾和无形的瘾，危害同样严重。有形的指烟瘾，无形的指下文所说的官场中的恶习。这首诗中的“瘾”字，《古微堂诗集》均作“引”。诗人于篇末自注云：“俗语烟瘾之瘾，字书无之。《说文》：‘引，病瘢也。’今借用之。”

⑬边臣：镇守边防的大官。瘾：此为“弊病”之意。下同此。痈（yōng庸）：一种毒疮，不治即化脓溃烂，故有“养痈遗患”之说。此谓对外国侵略者和鸦片贩子，姑息容忍，妥协投降，必成大患。

⑭枢（shū叔）臣：指掌握枢要的大臣，如当时的大学士、军机大臣之类。枢，指政府发号施令的机构。中庸：不偏之谓中，不易（变）之为庸。这里指朝中大臣在禁烟问题上采取折中调和的态度。

⑮儒臣：泛指科举出身的有学问的大臣。鹦鹉巧学舌：人云亦云意。

⑯库臣：掌国库（财政）的大臣。阳虎：又作阳货，春秋时鲁国人，他是季孙氏的家臣，掌握国权，势力极大。周敬王十八年（前502），他在和鲁国三大贵族作战时，于宫中窃取国宝宝玉大弓。（见《左传·定公八年》）这里指清朝官僚贪污成风。

五

西林春

西林春（1799—1877?），原姓西林觉罗氏，后改姓顾，字梅仙，号太清，满洲镶蓝旗人，乾隆玄孙贝勒奕绘侧室。才思敏捷，聪慧美丽，与奕绘诗词唱和，时人比之于赵松雪与管仲姬。奕绘死后，被赶出王府，晚境凄苦。著有《天游阁集》、《东海渔歌》。词深婉清丽，浑然天成。王鹏运有“男中成容若，女中太清春”之说。况周颐评曰：“太清词其佳处在气格，不在字句，当于全体大段求之，不能以一二阕为论定，一声一字为工拙。”（《〈东海渔歌〉序》）

江城梅花引·雨中接云姜信①

故人千里寄书来，快些开，慢些开，不知书中安否费疑猜。别后炎凉时序改，江南北，动离愁，自徘徊。　　徘徊，徘徊，渺予怀。天一涯②，水一涯，梦也，梦也，梦不见，当日裙钗。谁念碧云凝伫费肠回③。明岁君归重见我，应不是，别离时，旧形骸。

西泠印社活字本《东海渔歌》卷三

①云姜：即许云姜，浙江德清人，女诗人梁德绳之女。能诗善画，是太清的挚友。云姜从北京回德清，太清对她非常思念、牵挂。这是太清收到许云姜到达德清的信后作的一首词，语言平易，生动鲜活地描摹出对挚友的关切之情状。况周颐评云：“情文相生，自然合拍。”（《东海渔歌》序）

②涯：边际。《古诗十九首》：“相去万余里，各在天一涯。”

③碧云：晴空之云望去呈碧绿色，称碧云，多用于描写离别景象。如《西厢记·长亭送别》：“碧云天，黄花地……晓来谁染霜林醉，总是行人泪。”凝伫，出神、发愣。肠回，愁肠万转，形容满腹愁绪。

六

姚燮

姚燮（1805—1864），字梅伯，号复庄，又号大梅山民，浙江镇海人。道光十四年（1834）举人，三应会试不第。他多才多艺，诗、词、曲、骈文、绘画俱工，成就最大的是诗。他身经鸦片战争甬东之役，所写诗篇具有诗史的意义。他继承了乐府诗缘事而发的精神，采用比较通俗易晓的语言，许多歌谣体的诗，叙事性强，富有形象性。著有诗集《复庄诗问》、《疏影楼词》等。

卖菜妇①

卖菜妇，街头行，上有白发姑②，下有三岁婴。“卖菜！卖菜！”叫遍前街后街无一应。昨日宜单衣，今日宜棉衣。棉衣已典③，无钱不可赎，娇儿瑟缩抱娘哭④。娘胸贴儿当儿衣，娘背风凄凄。但愿儿暖儿弗哭，儿哭剜娘肉。莫道赎衣无钱，床头有钱；床头有钱三十余，买得一升米，煮粥供堂上姑，余钱买麦饼为儿餔⑤。得过且过，明日如何？明日天晴，卖菜街头行。明日天雨，妾苦不足语⑥，姑苦儿苦！

上海古籍出版社点校本《复庄诗问》卷四

①这首诗是道光十三年（1833）前的作品。作者以极大的同情，描写一位劳动妇女的苦难生活，诗特就上养姑婆、下育婴儿着笔，体贴入微，感人至深。

②姑：此指婆母。古代称丈夫的母亲为姑。王建《新嫁娘》诗：“未谙姑食性，先遣小姑尝。”

③典：抵押，典当给当铺。

④瑟缩：哆嗦，因天冷冻得发抖。

⑤餔（bǔ补）：吃。

⑥不足语：不值得说。

双鸩篇①

郎心爱妾千黄金②，妾身事郎无二心。郎年十七妾十六，圆转朱轮得华毂③。与郎生小闾门里，与郎结褵在燕市④。阿耶爱妾娘爱郎⑤，但看郎欢为妾喜。与郎为水同一池，与郎为木同一枝，与郎为带同一结，与郎为茧同一丝⑥。郎命妾所依，妾命郎所与。不愿与郎分，但愿与郎聚。郎为飞雁妾作云，郎作垂杨妾为雨。妾身金缕衣⑦，比郎光与辉；妾腕玉条脱⑧，比郎颜与色；妾佩明月珰⑨，比郎不断宛转肠。妾妆郎共肩，芙蓉出渌摇晚妍⑩；妾眠郎共枕，鸳鸯回波落春影。东邻窈窕女[11]，对郎盈盈眉欲语[12]；西邻轻薄儿，对妾依依神为驰[13]。郎但知有妾，妾但知有郎；明镜不掩帏灯光[14]，牡丹不夺兰草香。郎心与妾相始终，妾心与郎相终始。不必同日生，但愿同日死；不必同日死，但愿郎生妾先死，不愿郎死遗妾生。妾为影，郎为形，妾如珠，郎手擎[15]，妾为郎妇身分明。妾为郎妇天鉴之，为郎之妇千人知。郎饱妾共饱，郎饥妾共饥；一饥一饱与郎共，山崩川竭无更移。

阿耶日久嫌郎贫，日日要郎离妾门。阿娘恨郎不赚钱，要郎远客三城边[16]。三城何嵯峷[17]，三城何岧峣[18]，三城溪水深，水毒溪无桥。三城黑沙黑，黑沙同鸣髇[19]。三城多劫贼，劫贼凶咆哮；劫贼杀人如杀獒[20]，白骨堆积城门高。三城多白杨，白杨风萧萧。萧萧飒飒啼怪鸮[21]，其下有穴狐狸嗥。老客停马不敢过，年轻出门郎奈何！摘妾胸前玑[22]，为郎换棉衣；脱妾足下履，为郎易食米；典妾金缠臂[23]，为郎市鞍辔[24]；卖妾珊瑚翘[25]，为郎置宝刀。思郎光与辉，妾身尚有金缕衣；念郎颜与色，妾腕尚有玉条脱。忆郎不断宛转肠，妾佩尚有明月珰[26]。出门七月期，初六是良吉[27]，置得一杯酒，与郎作离别。杯中一滴酒，心中一滴血。不饮愁郎饥，饮之恐郎咽。秋烟在镜芙蓉凋，秋风在衾鸳鸯影，秋云不行雁影独，秋雨不雨杨枝憔[28]。阿耶向郎訾[29]："不得千金弗还里！"阿娘从郎嗤："千金不得毋来归！"妾手掩面啼声低，妾手不敢牵郎衣；向郎不语心依依，欲语又恐耶娘疑。见郎屈一指，似郎为妾经年期[30]。十月开梅花，二月开桃李，六月菱荷香，青青出蒲苇。但愿郎得千金归，先向耶娘买欢喜。卸妾玉条脱，何有颜色强！何有辉与光，解妾明月珰！脱妾金缕衣，为郎折叠空竹箱[31]。譬如生小不嫁郎，见之徒令心悲伤。视妾双眉蛾，归来记取青不多[32]；记妾领中扣，归来与郎验肥瘦。为郎不下堂，为郎不出房；为郎安慰耶，为郎安慰娘；为郎日焚香，焚香祝告天苍苍。正月梅花残，三月桃李红，七月落菱荷，蒲苇青茸茸[33]。日高听铃马，铃马辚辚过，楼下日落闻行车，行车却向东南驰[34]。半年得一信，一年不得郎边书。有客三城来，闻之欲语还嗫嚅[35]。三城多白杨，三城多劫贼，三城溪水深，三城黑沙黑。老客停马不敢过，年轻出门那归得[36]！阿耶从妾言："负汝青春年！"阿娘向妾语："是汝命生苦。怜汝命生苦，为汝重剪红罗襦，紫为绣凤青天吴[37]。复帐六尺八[38]，菡萏四角季流苏[39]。画簟六尺三[40]，缘以鸾锦椒泥涂[41]。东家郎，好光辉，劝汝弗爱金缕衣；劝汝弗爱玉条脱[42]，西家郎，好颜色。东家西家郎，手中累累千金黄；心中不断宛转肠，汝还弗爱明月珰。"稽首耶娘前[43]，耶娘听妾语："耶娘之爱何敢逾[44]！妾心区区当鉴取[45]。妾心区区天可盟[46]，妾为郎妇身分明。不能郎生妾先死，忍因郎死偷妾生[47]！"与郎不终始，妾身尚何俟？不得郎骨归，妾心犹狐疑[48]。沉沉白日鸺鹠啼[49]，暗暗夜色蝙蝠飞。梦郎向妾笑，如郎同居时；梦郎向妾哭，如忧出门无还期。梦郎三城归，黄金百笏青骄骊[50]；梦郎流落不得归，面目黧黑无完衣。阿耶逼妾嫁，朝呵暮骂相摧靡[51]；阿娘逼妾嫁，长荆短棘来鞭笞[52]。耶呵骂，岂不恫[53]！娘鞭笞，岂不痛！思郎生死犹未明，妾不轻生为郎重[54]。

前门鸣乌鸦[55]，后门鹊声喜，乌鸦何悲鹊何喜？十月开梅花，二月开桃李，今年六月无荷菱，蒲苇凋残北风起。见郎入门来，见郎如梦里。视囊不得米[56]，视衣衣无襟；马死弃鞍辔，茧足徒步如炮焊[57]；顾彼腰下刀，霸无光彩生愁雾[58]。郎归不止黄金千，那愿郎得千黄金[59]。记妾领中扣，与郎量肥瘦；记妾双眉蛾，为郎憔悴青不多；为郎憔悴青不多，郎真死矣还如何[60]！望郎减光辉，光辉不如金缕衣；望郎苦颜色，颜色不如玉条脱。幸郎不断宛转肠，佩之还似明月珰。耶娘怨郎身手穷，囚妾不使郎衾同[61]。生不同衾死同穴，妾虽无言妾已决。含笑语耶娘："妾有玉条脱，亦有明月珰。簇新金缕衣，折叠空竹箱。为郎市卖赎郎罪，抵郎归有千金装。"阿耶笑语妾："还尔鸳鸯飞。"阿娘笑语妾："看尔连理芙蓉枝[62]。"鸳鸯遭网罗，安能到头白？芙蓉经狂飙[63]，狂飙摧之易狼籍。朱绳三尺垂，不得高挂梧桐枝；下有千丈池，可惜池水多污泥[64]。为郎置鸩酒，鸩酒甘如饴；但得生死常追随，此酒不减同心杯[65]。妾饮琉璃杯，郎饮白玉盏。以斧斧木木不离，以刀断水水不断；同茧之丝不可剪，同结之带两头绾[66]。稽首谢阿耶：阿耶不必悲咨嗟。稽首辞阿娘：阿娘不必中心伤。有婿常贫贱，有女不遂耶娘愿[67]；但愿耶娘寿考同百年[68]。郎死不值千黄金，妾死不值黄金千。西邻来看妾，密纫条条罗裤褶[69]；东邻来看郎，仪容皎皎明月光。东邻西邻长叹息："虾蟆抱桂光彩蚀[70]，朽绠龙渊黝谁测[71]！"

东邻西邻语我前，要我制作《双鸩篇》。天缺不得女娲补[72]，海缺不得精卫填[73]，闻我歌者当涕涟。郎年二十妾十九，郎姓黄，妾姓柳，郎揭畚[74]，妾箕帚[75]。双芙蓉，何恻恻[76]。双鸳鸯，地下守。朝打孔雀夜逐狗，孔雀雌雄狗牝牡，天上所无陌路有，陌路何能避梃杻[77]！闻我歌者泪一斗，不谱吴筝谱燕缶[78]。

上海古籍出版社点校本《复庄诗问》卷一〇

①这是一首长篇叙事诗，全诗三百零二句，一千七百九十五字，作于道光十六年（1836），时作者因会试居京。诗写一对青年男女在重金钱的家长的逼迫下双双殉情的悲剧。全诗用殉情女子口吻叙出，叙事抒情，多用俳句做铺张，又前后反复照应，极尽跌宕之致。

②千黄金：喻极其珍爱。

③"圆转"句：喻两人匹配相当和婚姻的圆满。朱轮，红色的车轮。华毂（gǔ 谷），有文采装饰的毂。毂，车轮中心的圆木，其周围与车辐的一端相连接，中有圆孔，用以插轴。

④"与郎"二句：二人生长在苏州，结婚在北京。阊门，苏州的西门，此代指苏州。结缡，古代女子出嫁的一种仪式。女子临嫁前，其母为她系结佩巾，以表示到夫家后竭力操劳家务，此指结婚。缡，佩在胸前的巾。燕市，这里指北京，战国时代燕国的京都在今北京城西南隅，称蓟。

⑤阿耶：即阿爷，此指父亲。

⑥"与郎"四句：喻夫妻恩爱、形影不离。

⑦金缕衣：用金线织成的衣服，此借指华美的服饰。

⑧条脱：手镯。

⑨明月珰：镶有明珠的耳饰。

⑩渌：此指清澈的水。

⑪窈窕（yǎo tiǎo 咬挑）：美好貌。

⑫盈盈：仪态美好貌。眉欲语：眉目传情。

⑬依依：恋恋不舍。神为驰：神思为之飞驰。

⑭帏灯：装有纱罩的灯。

⑮擎（qíng 情）：举。

⑯三城：在四川松潘县城外西山下。这里泛指边远荒僻之地。

⑰崷（qiú 求）崒：高峻貌。

⑱岧峣：高峻。

⑲鸣髇（xiāo 肖）：响箭。

⑳獒（áo 敖）：一种猛犬。

㉑鸮（xiāo 消）：猫头鹰。

㉒玑：不圆的珠。《楚辞·七谏·谬谏》："玉与石其同匮兮，贯鱼眼与珠玑。"王逸注："圜泽为珠，廉隅为玑。"古典诗词中，一般珠玑不分，都指珍珠。

㉓缠臂：手镯。

㉔市鞍辔（pèi 配）：买马。市，买，换取。鞍、辔（缰绳），都是马具，此代指马。

㉕珊瑚翘：古代妇女戴的用珊瑚制作的一种首饰。

㉖“思郎”六句：与上文“妾身金缕衣”六句相呼应。

㉗“初六”句：旧俗多以农历每月的三、六、九日为吉日。良吉，良辰吉日。

㉘“秋烟”四句：与上文“芙蓉出渌摇晚妍”、“鸳鸯回波落春影”、“郎为飞雁妾作云，郎作垂杨妾为雨”数句相呼应。秋烟，秋气。芙蓉凋，喻女主人公玉容憔悴。彯（piāo 飘），飘散。

㉙訾（zǐ 子）：责骂。

㉚经年期：以一年的时间为期限。

㉛“卸妾”六句：再次与上文呼应。中间的两句，疑为有意倒置，句式上有所变化。

㉜青不多：（丈夫走后）不再画眉。古代妇女用黛画眉，黛系青黑色。

㉝“正月”四句：与上文“十月开梅花”四句对应，一开一谢正是一年。

㉞“日高”四句：写相思之深，盼夫之切。

㉟嗫嚅：想要说话而又顿住。

㊱“三城”六句：再次写三城环境的恶劣。

㊲“为汝”二句：要为女主人公重制嫁衣。红罗襦上绣上紫凤和青天吴。杜甫《北征》诗：“天吴及紫凤，颠倒在短褐。”天吴，古代神话中的一种水神，八首人面，虎身，八足八尾，系青黄色（见《山海经·海外东经》和《山海经·大荒东经》），故诗中云“青天吴”。紫凤，古代神话中一种神鸟，此指古代绣在上衣上的凤鸟花纹。

㊳复帐：古代冬季用的一种华丽的帐子。一般表用色锦，并绣有花，里用白绢，故名复帐。

㊴“菡萏（dàn 淡）”句：帐上绣有荷花，四角垂有穗子。菡萏，荷花。《尔雅·释草》：“荷，芙渠……其华菡萏。”流苏，下垂的穗子，大多用丝线制成。

㊵簟：竹席。

㊶“缘以”句：席子以绣有鸾凤图案的锦缘边，再涂上椒，使其芳香。

㊷“劝汝”二句：句式变化同本诗注㉛“何有”二句。

㊸稽（qǐ 起）首：古代的一种跪拜礼，叩头到地，是九拜中最恭敬的一种礼节。

㊹逾：过，引申为违背。

㊺“妾心”句：女儿专一之爱，二老应当看到。区区，此指爱情专一。古乐府《孔雀东南飞》：“新妇谓府吏：‘感君区区怀。’”

㊻盟：古代诸侯于神前立誓缔约，盟誓以天为证，此处可引申为“作证”。

㊼忍：哪忍。偷妾生：即妾偷生。

㊽狐疑：怀疑，多疑。《汉书·文帝纪》：“方大臣诛诸吕迎朕，朕狐疑。”颜师古注：“狐之为兽，其性多疑，每渡冰河，且听且渡。故言疑者，而称狐疑。”

㊾鸺鹠（xiū liú 休留）：猫头鹰。与枭同类，古人认为这类鸟叫是报凶。

㊿黄金百笏（hù 户）：喻黄金之多。笏，条、块，古代大臣上朝言事时手执的一种狭长的板子，其形状类金条，故借用。青騧（guā 瓜）骊：良马。騧，黑嘴的黄马。骊，纯黑色的马。

51呵（hē 喝）：大声呵斥。摧靡：逼迫折磨。

52“长荆”句：用树条鞭挞。

53恫（dòng 冻）：恐惧。

54“妾不”句：我不轻生（指自杀、寻死），是为爱人保重自己的身体。

55鸣乌鸦：有乌鸦在叫。

(56)“视囊”句：以下二十句与上文“摘妾胸前玑”十四句相呼应。

(57)茧足徒步：即徒步茧足。因马死了只好徒步，故脚上磨起了厚皮。茧，通“趼”，手脚因摩擦而生的硬皮。如炮焊（xún 荀）：指因长途步行，脚上磨起了泡，如火烧烤一样痛。

(58)“顾彼”二句：看他那腰下的刀，已生锈无光，如愁云蔽日。霨（duì 对），云聚集，可引申为暗淡。霠（yīn 阴），云蔽日。

(59)“郎归”二句：郎君能回家，比黄金千两还珍贵。我哪里愿意郎君得到千两黄金后才回家呢？

(60)“郎真死矣”句：这句承上启下。谓郎君生还，比什么都好；倘若真的死在外边，其他一切还有什么价值呢？故才有下面的“望郎”六句。

(61)“囚妾”句：把女主人公关起来，不让她与丈夫同居。衾，被子，特指大被。

(62)连理：不同根的草木，但其枝干连在一起。旧时认为这是一种吉祥的征兆，古典诗词中常用以喻夫妇和美。

(63)狂飙（biāo 彪）：大风暴。

(64)“朱绳”四句：夫妇准备寻死，但认为上吊、投河都不好。《孔雀东南飞》：“徘徊庭树下，自挂东南枝”；“揽裙脱丝履，举身赴清池”。这里反用其意。

(65)同心杯：指交杯酒。旧式结婚仪式上，双方互饮一杯酒，称同心杯。

(66)绾（wǎn 晚）：旋绕打结。

(67)遂：顺应，符合。

(68)寿考：犹言高寿。

(69)褶（xí 习）：上衣。

(70)虾蟆抱桂：喻月食。《淮南子·说林训》：“月照天下，蚀于詹诸。”高诱注：“詹（通蟾）诸，月中虾蟆。”民间传说，月中有桂树。这句诗喻爱情被摧残。

(71)“朽绠（gěng 梗）”句：《荀子·荣辱》：“短绠不可汲深井之泉。”绠，提汲水桶的绳索。黝（yǒu 友），暗黑色，此作“深”解。此句意为他们势单力弱，难以承受封建礼教的重压。

(72)女娲：神话中的女神名，相传曾炼五色石补天。

(73)精卫：神话中的鸟名，相传为炎帝的女儿，因游东海淹死，化为精卫，经常衔西山的木石去填东海。（见《山海经·北山经》）

(74)挶畚（jū běn 居本）：两种盛土的器具，亦可指农田劳动。

(75)箕：簸箕。帚（zhǒu 肘）：笤帚。两种扫地的工具，亦可指操持家务。

(76)悯悯：美好。

(77)“陌路”句：人间的异性相爱，如何能避免遭受迫害呢？陌路，此指人间。陌，街道。梃杻，两种刑具。梃，棍棒。杻，手铐。《旧唐书·刑法志》：“又系囚之具，有枷、杻、钳、鏁（同锁），皆有长短广狭之制。”

(78)吴筝：指南方的乐曲，代表婉转清丽之声。筝，古代拨弦乐器。燕缶（fǒu 否）：指北方的乐曲，代表慷慨悲壮之声。缶，古代的打击乐器。

七

郑珍

郑珍（1806—1864），字子尹，晚号柴翁，贵州遵义人。道光十七年（1837）举人，曾先后任古州厅学训导和荔波县学教谕。家境清苦，一生困厄，对现实社会和人民疾苦有一定的体察。他的诗题材较广阔，内容亦较充实，特别是后期作品具有较深刻的社会内容。郑诗的风格有两类，一是“生涩奥衍”，二是深挚淳厚，平易自然，多数诗还是属于后者。有《巢经巢全集》行世。

经死哀①

虎卒未去虎隶来②，催纳捐欠声如雷。雷声不住哭声起，走报其翁已经死③。长官切齿目怒瞋④：“吾不要命只要银！若图作鬼即宽减，恐此一县无生人！”促呼捉子来⑤，且与杖一百⑥：“陷父不义罪何极⑦，欲解父悬速足陌⑧！”呜呼，北城卖屋虫出户⑨，南城又报缢三五！

贵州人民出版社版杨元桢《郑珍巢经巢诗集校注》卷四

①这首诗写于咸丰十一年（1861）。诗通过官府逼捐的悲剧场面，反映出在清王朝苛捐杂税、横征暴敛威逼下广大劳动人民的悲惨命运，深刻地揭露了封建统治阶级的狰狞面目。

②虎卒、虎隶：都是指凶暴的差役和衙役。卒，泛指差役。隶，特指衙役。

③走：急趋，跑。翁：这里指父亲。经死：吊死。

④怒瞋（chēn 抻）：怒目而视。瞋，瞪着眼睛。

⑤促呼：急喊。

⑥杖：古代的一种刑罚，用大荆条、大竹板或棍打人的臀部、腿或背。

⑦陷父不义：使父亲陷于不义，指让父亲担上未能完税的罪名。此句写官府催捐，逼死人命，反将罪名加在受害者身上。

⑧足陌（mò 末）：古代以一百钱为“陌”，不足一百钱为“短陌”，实足一百钱谓“足陌”。这里指凑足所欠的钱数。陌，通“百”，亦作“佰”。

⑨虫出户：人死无钱葬殓，尸体腐烂，虫都爬出户外。《管子·小称》云：齐桓公死，多日未葬，“虫出于户”。

八

薛福成

薛福成（1838—1894），字叔耘，号庸盦，江苏无锡人。同治间副贡，参与曾国藩军幕。光绪间曾出使英、法、意、比等国。他提倡洋务，出使西方国家后，倡导发展民族资本企业，并期待中国政体向君主立宪制转化，成为早期的改良主义者。薛福成和黎庶昌是近代桐城派作家中有较大突破的两位文学家。其散文多为议政之作，亦有部分记事记游的文章，文笔简洁生动，流畅细腻，域外游记尤为脍炙人口。著有《庸盦全集》。

观巴黎油画记[①]

光绪十六年春闰二月甲子[②]，余游巴黎蜡人馆[③]，见所制蜡人，悉仿生人[④]，形体态度，发肤颜色，长短丰瘠[⑤]，无不毕肖。自王公卿相以至工艺杂流，凡有名者，往往留像于馆：或立，或卧，或坐，或俯，或笑，或哭，或饮，或博[⑥]，骤视之，无不惊为生人者，余亟叹其技之奇妙[⑦]。译者称西人绝技，尤莫逾油画，盍驰往油画院[⑧]，一观《普法交战图》乎[⑨]？

其法为一大圜室[⑩]，以巨幅悬之四壁，由屋顶放光明入室。人在室中，极目四望，则见城堡、冈峦、溪涧、树林，森然布列[⑪]。两军人马杂遝[⑫]：驰者，伏者，奔者，追者，开枪者，燃炮者，搴大旗者[⑬]，挽炮车者，络绎相属[⑭]。每一巨弹堕地，则火光迸裂，烟焰迷漫。其被轰击者，则断壁危楼，或黔其庐[⑮]，或赭其垣，而军士之折臂断足、血流殷地[⑯]、偃仰僵仆者，令人目不忍睹。仰视天，则明月斜挂，云霞掩映；俯视地，则绿草如茵，川原无际；几自疑身外即战场，而忘其在一室中者。迨以手扪之[⑰]，始知其为壁也，画也，皆幻也。

余闻法人好胜，何以自绘败状，令人丧气若此？译者曰："所以昭炯戒[⑱]，激众愤，图报复也。"则其意深长矣。

夫普法之战，迄今虽为陈迹，而其事信而有征[⑲]。然则此画果真邪？幻邪？幻者而同于真邪？真者而托于幻邪？斯二者盖皆有之[⑳]。

光绪刻本《庸盦文外编》卷四

①这是一篇域外游记，由观巴黎蜡人馆引出观油画，重点描绘《普法交战图》所画战场景象之逼真，并赞扬法人"自绘败状"以激励民众的爱国精神。语言简练，描写真切，含义隽永，富有针对性。

②光绪十六年：即 1890 年。闰二月甲子：即闰二月二十四日。

③蜡人馆：蜡塑人像展览馆。

④悉：皆，完全是。生人：活生生的人。

⑤长短：高矮。丰瘠：胖瘦。

⑥博：赌博。

⑦亟（qì 气）叹：再三地赞叹。亟，屡次。

⑧盍（hé 何）：何不。

⑨普法交战：指1870年发生的普鲁士和法国的战争。这次战争法国大败，法帝拿破仑三世被俘。次年，法临时政府投降，割地赔款。

⑩圜：同“圆”。

⑪森然：繁密貌。

⑫杂遝（tā 塌）：纷乱的样子。

⑬搴（qiān 牵）：本为“拔”的意思，这里是“擎”、“举”的意思。

⑭络绎相属（zhǔ 主）：接连不断。

⑮黔：黑色，这里用如动词。“黔其庐”即把房子熏黑。后句“赭”字用法相同，“赭其垣”即把墙壁变成深褐色。

⑯殷（yān 烟）：黑红色。这里用如动词，即把地染成黑红色。

⑰迨（dài 代）：等到。扪（mén 门）：摸。

⑱昭炯戒：提供鲜明的鉴戒。昭，显示。炯，鲜明。

⑲信而有征：真实有据。

⑳盖：大概。

九

黄遵宪

黄遵宪（1848—1905），字公度，别署人境庐主人、东海公、观日道人等，广东嘉应州（今梅县）人。光绪二年（1876）举人，任驻日本、美国使节，官至湖南按察使，曾协助巡抚陈宝箴创办新政。

黄遵宪是近代维新时期重要诗人，“诗界革命”实绩的体现者，梁启超谓“近世诗人，能熔铸新理想以入旧风格者，当推黄公度”（《饮冰室诗话》）。他思想先进，视野广阔，加之丰富的生活阅历，这些赋予他的诗歌创作以丰富的社会内容。诗有反映民生疾苦的，反映资产阶级民主政治的，描绘海外风光的，特别是抒写甲午战争的爱国诗篇更具有浓重的历史感，被人称为“诗史”。他在艺术上继承了古典诗歌的艺术传统，而又有所创新，形成了自己独特的艺术风格。沉博弘丽，雄健多变，活用口语和新名词，是其突出特点。著有《人境庐诗草》。

冯将军歌①

冯将军，英名天下闻。将军少小能杀贼②，一出旌旗云变色。江南十载战功高，黄褂色映花翎飘③。中原荡清更无事④，每日摩挲腰下刀⑤。何物岛夷横割地⑥，更索黄金要岁币⑦。北门管钥赖将军⑧，虎节重臣亲拜疏⑨。将军剑光方出匣，将军谤书忽盈箧⑩：将军卤莽不好谋，小敌虽勇大敌怯。将军气涌高于山，看我长驱出玉关⑪。平生蓄养敢死士，不斩楼兰今不还⑫！手执蛇矛长丈八⑬，谈笑欲吸匈奴血⑭；左右横排断后刀，有进无退退则杀。奋梃大呼从如云⑮，同拼一死随将军。将军报国期死君，我辈忍孤将军恩。将军威严若天神，将军有命敢不遵，负将军者诛及身⑯。将军一叱人马惊，从而往者五千人。五千人马排墙进⑰，绵绵延延相击应⑱。轰雷巨炮欲发声，既戟交胸刀在颈⑲。敌军披靡鼓声死⑳，万头窜窜纷如蚁。十荡十决无当前㉑，一日横驰三百里。吁嗟乎！马江一败军心慑㉒，龙州蹙地贼氛压㉓。闪闪龙旗天上翻，道咸以来无此捷㉔。得如将军十数人，制梃能挞虎狼秦㉕，能兴灭国柔强邻㉖，呜呼安得如将军！

上海古籍出版社版钱仲联《人境庐诗草笺注》卷四

①这首诗作于光绪十一年（1885）。诗人以散文笔法，全篇十六次迭用“将军”二字，塑造了冯子材这位身经百战、英勇无敌的老将形象，歌颂了他抗击法国侵略者的功绩。诗末表现了希望有将才继起、抗御外侮的爱国主义思想。冯子材，字南干，号萃亭（一作翠亭），广东钦州（今属广西）人，行伍出身，早年曾参加镇压太平天国革命运动，同治间，官广西提督、贵州提督，后“称疾”退职。光绪十年（1884），法国进攻滇、桂边境，马尾战败，镇南关

（今名友谊关）失守，形势危急。次年春，两广总督张之洞推荐起用七十岁的冯子材任前敌主帅。冯子材率粤军赶赴前线，大力重整溃军，准备收复镇南关。法军分三路来攻，冯子材临前敌拼杀，击毙法军千余人，敌军全线崩溃。这便是威震中外的镇南关大捷。之后，冯子材又乘胜率兵出关，连克文渊、谅山等地。后因清政府妥协，冯子材被调回关内，清政府与法国签订了屈辱的和约。

②贼：作者称太平军。以下五句写冯子材早年镇压太平天国运动的事。

③“黄褂”句：据《清史稿·冯子材传》载，咸丰元年（1851）因冯氏“征剿有功”，先后保奏至守备，赏戴蓝翎，后又赏换花翎。同治初，冯子材率三千人守镇江，太平天国军攻城百余次未破，以此擢广西提督，赏黄马褂。黄褂，即黄马褂。清代的一种官服，一般巡行扈从大臣皆例准穿黄马褂，有功的大臣也赏穿黄马褂。花翎，清代官员的冠饰，用孔雀翎饰于冠后，以翎眼多少为品阶高低，有功勋及蒙特恩者才被赏戴。

④“中原”句：谓太平天国被清政府残酷镇压下去，天下“太平”。又据《清史稿·冯子材传》，光绪八年（1882），冯子材称疾归乡。

⑤摩挲：用手抚摸。

⑥岛夷：此指法国侵略者。鸦片战争后，多以岛夷指英国，因英系岛国。这里借指法国。

⑦“更索”句：光绪十年（1884），法国驻北京代公使谢满禄向清政府横索无名军费，恣意要挟，并提出最后通牒。（见罗惇曧《中法兵事本末》）岁币，北宋政府为屈辱求和，每年向辽、金纳钱物，称岁币。

⑧北门管钥：宋代王君玉《国老谈苑》：“寇准镇大名府，北使路由之，谓公曰：‘相公望重，何以不在中书?’准曰：‘主上以朝廷无事，北门锁钥，非准不可。’”按，北门之管（钥），始见于《左传·僖公三十二年》。这里指冯子材为抗法被起用，担当扼守镇南关的重任。

⑨“虎节”句：指光绪十一年（1885）一月两广总督张之洞奏请朝廷任命冯氏为广西关外军务帮办事。虎节重臣，此称张之洞。虎节，封建时代皇帝给掌握兵权重臣的信符。拜疏，臣子向帝王上疏言事，当恭敬有礼，故称拜疏。

⑩谤书忽盈箧：战国时魏将军乐羊伐中山，遭时人毁谤，但魏文侯不为所动。直至乐羊得胜回朝，论功时，魏文侯才示以谤书一箧。（见《战国策·秦策二》）谤书，诽谤、攻击别人的信函、文书，此指诽谤冯子材的文字。

⑪玉关：即玉门关，此借指镇南关。古代玉门关是通西域的北方要道，镇南关是通南方的要道。

⑫“不斩”句：王昌龄《从军行》：“黄沙百战穿金甲，不斩楼兰终不还。”楼兰，古西域国名，在今新疆若羌县境。汉武帝时遣使西域，楼兰当道，勾结匈奴数次杀害汉朝使者。汉昭帝时，派遣傅介子斩楼兰王，更名为鄯善。（见《汉书·西域传》及《傅介子传》）此借指法国侵略者。

⑬蛇矛：古代的一种兵器。《晋书·刘曜载记》：“陈安左手奋七尺大刀，右手执丈八蛇矛。”

⑭“谈笑”句：岳飞《满江红》词：“壮志饥餐胡虏肉，笑谈渴饮匈奴血。”匈奴，此代指法国侵略者。

⑮“奋梃”句：苏轼《表忠观碑》：“奋梃大呼，从者如云。”梃，木棍。

⑯“负将军者”句：徐珂《清稗类钞·战事类》：“将战，队长请以藤牌队冲锋，而后以大军继之。子材嘉之，且曰：‘若毋怯乎?’对曰：‘平日受公豢养之谓何？今事亟矣，吾侪有不循是而行者，当刎颈以谢。’”

⑰排墙进：军队横排成墙形一齐前进。

⑱相击应：指作战时各部互相接应、援助。《孙子·九地篇》："率然者，常山之蛇也。击首则尾应，击尾则首应，击中则首尾俱应。"

⑲"轰雷"二句：写法军正要发炮，即被我军将炮手击毙。

⑳披靡：形容军队溃败，不能立足。鼓声死：俗谓"兵败鼓声死"。

㉑"十荡"句：《古乐府·陇上歌》："丈八蛇矛左右盘，十荡十决无当前。"这句诗是以洪水所到之处，堤岸就被冲决，比喻冯氏作战极其英勇，冲杀到哪里，哪里的敌人就溃败。无当前：谁也不敢在前面抵挡。

㉒马江一败：追述去年法军舰队攻击福州马尾，马江舰队大败事。慑：恐慌。

㉓"龙州"句：指广西巡抚潘鼎新胆小畏敌、望风而逃，法军气焰嚣张。龙州，清代乾隆五十六年（1791）置厅，在广西边境，治所在今广西壮族自治区龙州北，清代后期为中越通商要地。蹙地，损失国土。蹙，原作"拓"，此据《岭南诗存》改。以上二句追溯1884年马尾战后的形势。

㉔"道咸"句：《清史稿·冯子材传》："法越之役，克镇南，复谅山，实为中西战争第一大捷。"

㉕"制梃"句：《孟子·梁惠王上》："可使制梃以挞秦楚之坚甲利兵矣。"制，执。虎狼秦，借指外国侵略者。

㉖兴灭国：使已经灭亡的国家复兴。柔强邻：安抚强大的邻国，使其顺服。

今别离[①]（四首选一）

开函喜动色，分明是君容[②]。自君镜奁来[③]，入妾怀袖中。临行剪中衣[④]，是妾亲手缝。肥瘦妾自思，今昔得毋同[⑤]？自别思见君，情如春酒浓[⑥]；今日见君面，仍觉心忡忡[⑦]。揽镜妾自照[⑧]，颜色桃花红；开箧持赠君[⑨]，如与君相逢。妾有钗插鬓，君有襟当胸[⑩]；双悬可怜影，汝我长相从。虽则长相从，别恨终无穷；对面不解语[⑪]，若隔山万重。自非梦来往，密意何由通[⑫]。

上海古籍出版社版钱仲联《人境庐诗草笺注》卷六

①这组诗写于光绪十六年（1890），时作者在伦敦，任驻英公使馆二等参赞。组诗就近代科学知识和新事物如轮船、火车、电报、照相、东西半球昼夜相反等，假抒写男女别情以咏之，别开生面，独具韵味，是"以旧风格含新意境"的新尝试，陈三立推为"千古绝作"。这里所选为第三首，是咏照相的。

②"开函"二句：写从信中收到男方的照片。

③镜奁（lián连）：镜匣。

④中衣：内衣。

⑤得毋同：或者还相同吧？得毋，推想其或然之词。

⑥春酒：冬天所酿至春始熟的酒。

⑦忡（chōng冲）忡：忧愁不安的样子。

⑧揽：取，持。

⑨箧（qiè妾）：小箱子。

⑩钗：指男方所赠的金钗。襟：指女方亲手缝的中衣。襟为衣的前幅，故云"襟当胸"。

⑪"对面"句：对着照片，虽似相逢，但不能通话。

⑫密意：秘密之心意。李白《相逢行》诗：“持此道密意，毋令旷佳期。”

书愤[①]（五首选一）

一自珠崖弃[②]，纷纷各效尤[③]。瓜分惟客听[④]，薪尽向予求[⑤]。秦楚纵横日[⑥]，幽燕十六州[⑦]。未闻南北海，处处扼咽喉[⑧]！

上海古籍出版社版钱仲联《人境庐诗草笺注》卷八

①甲午战争后，世界列强掀起了瓜分清的热潮，纷纷划定其势力范围，向清政府强行租借。光绪二十三年（1897）冬，德国派海军强占胶州湾，沙俄舰队强占旅顺口和大连湾，随之，法、英等国接踵而来，分别向清政府强迫租借广州湾和威海卫。诗人面此现实，悲愤异常，光绪二十四年（1898）写了《书愤》五首，抒发对列强瓜分中国的愤慨和忧虑，谴责清政府的妥协投降政策，表现了诗人浓郁的反殖民主义的爱国思想。这里所选的是第一首。

②珠崖弃：汉初元元年（前48），汉元帝准备派军队镇压珠崖等郡的起义，贾捐之阻元帝说：珠崖（相当于今海南岛东北部地区）非冠带之国，可以弃之。（见《汉书·贾捐之传》）后便以“弃珠崖”作为抛弃国家领土之意。这里指清政府允许德国强租胶州湾。珠崖，作者自注：“胶州。”

③“纷纷”句：指列强纷纷效法德国，强占中国领土。效尤，仿效坏的行为。《左传·庄公二十一年》：“郑伯效尤，其亦将有咎。”作者自注：“旅顺、大连湾、威海卫、广州湾。”按，1898年，沙俄强租旅顺口、大连湾，英国强租威海卫，法国强租广州湾。

④客听：即听客之所为，典出《左传·成公二年》。这句是谴责清政府听任列强瓜分中国。

⑤薪尽：《庄子·养生主》：“指穷于为薪，火传也，不知其尽也。”意思是柴火一烧便完，但火种却可以不断添薪而传下去。比喻列强对中国领土的欲求将没有止境。

⑥秦楚纵横：战国七雄并存，其中秦、楚两国势力最强，都想用自己的武力统一全国。秦国在西，楚等六国在东（当时的地理观念，南北为纵、东西为横）。秦国争取东方六国分别与秦和好的政策，叫连横，楚国谋求六国联合抗秦而以自己为盟主的政策，叫合纵。

⑦幽燕十六州：五代时，石敬瑭任后唐河东节度使，勾结契丹贵族灭后唐，受契丹册封为帝，建立后晋。他称契丹为“父皇帝”，自称“儿皇帝”，并将幽州、云州等十六州割给契丹。按，石敬瑭割给契丹者，史称燕云十六州，燕指幽州，云指云州。诗中说“幽燕十六州”，意同。

⑧扼咽喉：卡住咽喉，比喻世界列强占领了沿海要塞之地。诗末四句意谓就在秦楚纵横之日、契丹占据燕云十六州之时，也未听说像今天这样，连南海、北海的咽喉要地，都被侵略者霸占控制了。

一〇

王鹏运

王鹏运（1849—1904），字幼霞，一字佑遐，号半塘老人，广西临桂（今桂林市）人，原籍浙江绍兴。同治九年（1870）举人，历官内阁侍读、监察御史、礼科给事中。他忧心国事，积极参加变法维新，因上疏指陈时事，几遭杀身之祸。辞官后主讲扬州仪董学堂，后客死苏州。其词宗苏、辛，多家国之痛，黍离之感，气势雄浑。叶恭绰曰："半塘气势宏阔，笼罩一切，蔚为词宗。"（《广箧中词》）被誉为晚清四大词人之首。自刻所作词《袖墨》、《秋虫》、《味梨》等集，晚年删定为《半塘定稿》。

点绛唇·饯春[①]

抛尽榆钱[②]，依然难买春光驻[③]。饯春无语[④]，肠断春归路。　　春去能来，人去能来否？长亭暮，乱山无数，只有鹃声苦[⑤]。

光绪刻本《味梨集》

①这首词作于光绪二十一年（1895）。当时，甲午战败，《马关条约》签订，诗人有大势已去、国事难以收拾之感，作此以寄托失望、苦闷的情怀。

②榆钱：榆树所结之实。

③驻：留下，停住。

④饯：送行，送别。

⑤鹃声：杜鹃的啼声。

一一
林 纾

林纾（1852—1924），字琴南，号畏庐，别署冷红生，福建闽侯（今福州）人。光绪八年（1882）中举，其后屡试不第，遂致力于古文，曾在北京、福建等地学堂讲授古文。戊戌变法前关心国事，倾向于维新。辛亥革命后逐渐落伍，以清朝遗老自居。“五四”时期反对新文化运动。他用文言翻译了大量的世界名著，尤其在译介西方小说方面功绩卓著，在当时有很大的影响。在小说、散文、诗歌的创作方面也有较高的成就。著有《畏庐文集》、《闽中新乐府》、《畏庐漫录》等。

苍霞精舍后轩记①

建溪之水②，直趋南港，始分二支，其一下洪山③，而中洲适当水冲④。洲上下联二桥⑤，水穿桥抱洲而过，始汇于马江⑥。苍霞洲在江南桥右偏，江水之所经也。

洲上居民百家，咸面江而门。余家洲之北，湫溢苦水⑦，乃谋适爽垲⑧，即今所谓苍霞精舍者。屋五楹，前轩种竹数十竿，微飔略振⑨，秋气满于窗户，母宜人生时之所常过也⑩；后轩则余与宜人联楹而居，其下为治庖之所。宜人病，常思珍味，得则余自治之。亡妻纳薪于灶，满则苦烈，抽之又莫适于火候。亡妻笑，母宜人谓曰：“尔夫妇呶呶何为也？⑪我食能几，何事求精，尔烹饪岂亦有古法耶？”一家相传以为笑。

宜人既逝，余始通二轩为一。每从夜归，妻疲不能起。余即灯下教女雪诵杜诗，尽七八首始寝。亡妻病革⑫，屋适易主，乃命舆至轩下，藉鞯舆中⑬，扶掖以去。至新居，十日卒。

孙幼穀太守、力香雨孝廉即余旧居为苍霞精舍⑭，聚生徒课西学，延余讲《毛诗》、《史记》，授诸生古文，间五日一至。栏楯楼轩⑮，一一如旧，斜阳满窗，帘幔四垂，乌雀下集，庭墀阒无人声⑯。余微步廊庑，犹谓太宜人昼寝于轩中也。轩后严密之处，双扉阖焉。残针一，已锈矣，和线犹注扉上，则亡妻之所遗也。

呜呼！前后二年，此轩景物已再变矣。余非木石之人，宁能不悲？归而作后轩记。

商务印书馆一九二二年本《畏庐文集》

①苍霞精舍：在福州城外南台的苍霞洲畔，原是林纾的故居，依山傍水，风景秀丽。林纾与母亲、妻子在这里生活了十几年。后来，母亲去世，旧房易主，妻子在迁居十天后也病逝，这里又成为林纾缅怀亲人的地方。光绪二十三年（1897），孙葆晋、力钧就其旧居的前轩改建精舍，授徒讲学，遂名苍霞精舍。林纾受聘在此讲授古文，抚今追昔，见景生情，写下这篇文章。文笔清雅，追忆家人琐事，纡徐平淡，欢愉惨恻之思，溢于言表。精舍，学舍，书斋。

②建溪：闽江的北源。此实指闽江。

③洪山：在福州城西。

④中洲：在福州城南的南台江中。

⑤二桥：中洲北面的万寿桥和南面的江南桥。

⑥马江：闽江的下游。因江中有一暗礁状类石马而得名。

⑦湫溢：当作“湫隘”，低洼狭窄。

⑧爽垲（kǎi 楷）：高阔干爽。

⑨微飔（sī 思）：微风。

⑩母宜人：林纾之母陈氏。宜人，原是封建社会对官吏母、妻的封赠，后来也通指读书人的母、妻。

⑪呶（náo 挠）呶：喧闹的声音。

⑫病革：病重。

⑬韉（jiān 煎）：垫子。

⑭孙幼穀：名葆晋，字幼穀，号石叟，光绪丁酉（1897）举人，官至补用知府。力香雨：力钧，字香雨，一字轩举，光绪己丑（1889）举人，后为医。

⑮栏楯（shǔn 吮）：栏杆。

⑯阒（qù 去）：寂静。

一二

文廷式

文廷式（1856—1904），字道希，号芸阁，晚号纯常子，江西萍乡人。以父官高廉兵备道，侨居广州。光绪十六年（1890）进士，殿试一甲第二名及第，授翰林编修，擢侍读学士。文廷式忧心国事，是戊戌变法的中坚人物。变法失败，他几遭不测，逃往日本。回国后穷愁潦倒，卒于萍乡。著有《纯常子枝语》、《云起轩词钞》。词作意境浑厚，笔力恣肆，于清代浙西、常州两派之外独树一帜。胡先骕曰："《云起轩词》，意气飙发，笔力横恣，诚可上拟苏、辛，俯视龙洲（刘过）。其令词浓丽婉约，则又直人《花间》之室。盖其风骨遒上，并世罕睹，故不从时贤之后，局促于南宋诸家范围之内，诚所谓美矣善矣。"（《评云起轩词钞》）

水龙吟①

落花飞絮茫茫，古来多少愁人意！游丝窗隙，惊飙树底，暗移人世②。一梦醒来，起看明镜，二毛生矣③！有葡萄美酒④，芙蓉宝剑⑤，都未称，平生志。　我是长安倦客⑥，二十年软红尘里⑦。无言独对，青灯一点，神游天际。海水浮空，空中楼阁，万重苍翠⑧。待骖鸾归去⑨，层霄回首，又西风起⑩。

上海古籍出版社版龙榆生《近三百年名家词选》

①这首词是戊戌变法失败文廷式逃往日本后所作。作者迭经挫折，飘零于异国他乡，仍为国家的前途深感忧虑。词中深蕴着作者对国事凋敝、壮志难酬的抑郁愤懑之情，词情隐约曲折，凄婉冷峻，耐人寻味。王瀣《手批云起轩词钞》云："思涩笔超，后片字字奇幻，使人神寒。"

②"游丝"三句：谓春秋代序，人世变迁。游丝，用以象征春。惊飙（biāo 彪），用以象征秋。李白《古风》："八荒驰惊飙，万物尽凋落。"

③二毛：头发黑白相间。潘岳《秋兴赋》："余三十有二，始见二毛。"

④葡萄美酒：唐王瀚《凉州曲》："葡萄美酒夜光杯，欲饮琵琶马上催。醉卧沙场君莫笑，古来征战几人回。"

⑤芙蓉宝剑：古代名剑。袁康《越绝书》："客有能相剑者名薛烛，王取纯钩示之，薛烛手振拂，扬其华，淬如芙蓉始出。"

⑥长安：指京城。

⑦软红尘：指繁华之地。苏轼《次韵蒋颖叔钱穆父从驾景灵宫》诗："软红犹恋属车尘。"

⑧"海水"三句：谓自己的理想如海市蜃楼，美好而难以实现。

⑨骖（cān 参）鸾：乘鸾凤。骖，驾三马，此指车驾。鸾，凤凰之类的鸟。江淹《别赋》："驾鹤上汉，骖鸾腾天。"归去：指返回祖国。

⑩西风起：喻局势恶化。

一三

康有为

康有为（1858—1927），原名祖诒，字广厦，号长素，广东南海人。光绪进士。授工部主事，未就职。在民族危亡日益深重之际，曾多次给皇帝上书，阐述其改良主义的政治主张和变法的具体措施，影响极大，成为近代维新运动中的领袖人物。他是著名诗人。诗作题材广泛，记录诗人的政治活动和时代风云的变迁，抒发他变法图强的思想。戊戌政变失败，流亡海外，足迹遍及亚、欧、非、美四大洲，丰富的生活阅历，给他的诗增添了新的内容。诗作远法杜甫，近接龚自珍，意象瑰丽，气势磅礴，风格雄浑，富有瑰玮色彩。著有《南海先生诗集》。

过昌平城望居庸关①

城堞逶迤万柳红②，西山岧嵽霁明虹③。云垂大野鹰盘势，地展平原骏走风④。永夜驼铃传塞上，极天树影递关东⑤。时平堡堠生青草⑥，欲出军都吊鬼雄⑦。

上海人民出版社版《万木草堂诗集》卷二

①这首诗写于光绪十四年（1888）秋。康有为是年夏历五月赴北京顺天乡试，不第。八月出京，过卢沟桥，游明十三陵、居庸关、万里长城等处，写诗十多首，这是其中一首。诗描写居庸关周围的形势和塞上风光，诗笔雄健，富有概括力。末二句借眼前景物抒发了作者对边防松弛的忧虑。昌平，当时为州名，属顺天府。今区名，在北京西北，属北京市。居庸关就在此县境内。居庸关，又称军都关、蓟门关，系长城重要关口之一，两旁高山屹立、翠嶂重叠，形势险要。

②堞（dié 叠）：城墙上如齿状的矮墙。逶迤（wēi yí 威仪）：弯弯曲曲、绵延不绝的样子。

③“西山”句：西山远处艳丽的晚霞如雨后的彩虹。西山，北京西郊群山的总称。岧嵽（tiáo dié 条蝶），高远貌。霁，雨后和雪后放晴。

④“云垂”二句：在辽阔的原野上，密云低垂，雄鹰空中盘旋；无边的平原伸展到远处，骏马奔驰。

⑤“永夜”二句：长夜中骆驼的铃声传遍塞上；伸向天边的树影，延展到关东。永夜，长夜。极天，天的尽头。关东，此指居庸关以东的地区。

⑥“时平”句：因为时代承平日久，碉堡上长满了青草。堡堠生青草，象征着边防松弛。诗言“承平”，反语。因为此时正是外侮日迫、国家多难之秋。堡堠，碉堡。堠，古代瞭望敌情的土堡。

⑦军都：军都关，居庸关的古名。鬼雄：鬼中之雄杰，多指为国牺牲的将士。屈原《九

歌·国殇》："身既死兮神以灵，魂魄毅兮为鬼雄。"

出都留别诸公[①]（五首选二）

沧海惊波百怪横[②]，唐衢痛哭万人惊[③]。高峰突出诸山妒，上帝无言百鬼狞[④]。岂有汉廷思贾谊[⑤]？拼教江夏杀祢衡[⑥]！陆沉预为中原叹，他日应思鲁二生[⑦]。

①这组诗写于光绪十五年（1889）。诗人自注："吾以诸生请变法，开国未有。群疑交集，乃行。"诗人首次上书失败，并备受封建顽固派的攻击和诽谤。他翌年九月间出都，临行写了这组诗赠留京友人。诗抒发了作者在民族危亡之际对封建顽固派的愤慨，以及他的雄心壮志。这是第一首。

②"沧海"句：写列强虎视眈眈，欲图瓜分中国。诗人忧虑国事，他在同年一月代屠仁守所上《乞赐面对折》中云："俄筑铁路，将至珲春而逼盛京，英窥滇藏，法伺粤滇，日本蕞尔小岛，其君睦仁与其臣岩仓具视发愤改纪。比已富强，日夜谋我。四封近邻，皆逼强敌……"这便是诗中所说的"百怪横"的形势。

③唐衢痛哭：唐衢，唐中叶诗人，应进士试，终身不第。他为文多感发，读他人诗文有所伤叹者，必哭，世有"唐衢善哭"之称。（见《旧唐书·唐衢传》）此为诗人自喻。

④"高峰"二句：首句谓因言行高超而遭嫉，次句感叹光绪无权，后党飞扬跋扈。龚自珍《夜坐》："一山突起丘陵妒，万籁无言帝坐灵。"康诗由此变化而来。

⑤"岂有"句：以贾谊自比，愤不为清廷所用。贾谊，西汉文帝时年轻的政治家、文学家，为大臣周勃、灌婴所排挤，被贬长沙，始终未得重用。

⑥"拼教"句：以祢衡自比，不惧顽固派的迫害。祢衡，字正平，平原般（今山东临邑东北）人。少有才辩，长于笔札，性刚傲，曹操欲见之，自称狂病不见。后又当众辱曹，曹操于是借江夏太守黄祖手杀之。

⑦"陆沉"二句：意谓等到国家沦丧时，总会想到他当日的警告。陆沉，比喻国土沉沦，不是由于天灾，而是出自祸乱。《晋书·桓温传》："与诸僚属登平乘楼，眺瞩中原，慨然曰：'遂使神州陆沉，百年丘墟，王夷甫诸人不得不任其责！'"鲁二生，汉初，叔孙通为博士，曾征召鲁国诸生三十余人共立朝仪，鲁有二生不前往应召。（见《史记·叔孙通传》）诗人以不随波逐流之鲁二生自喻。

天龙作骑万灵从，独立飞来缥缈峰[①]。怀抱芳馨兰一握，纵横宙合雾千重[②]。眼中战国成争鹿[③]，海内人才孰卧龙[④]？抚剑长号归去也[⑤]，千山风雨啸青峰[⑥]。

上海人民出版社版《万木草堂诗集》卷二

①"天龙"二句：以天龙为坐骑，后有众神相从，独立于缥缈的奇峰之上，喻自己的超出流俗。作骑（jì记），作为坐骑。万灵，如言"百神"。飞来缥缈峰，极言山峰奇峻，如天外飞来，隐现于云雾中。此为第二首。

②"怀抱"二句：自己的品德虽然芬芳高洁，但所处时代却阴霾混浊（黑暗）。芳馨（xīn新），芳香，指香草。古典诗词中常以怀香佩兰喻志趣、品德高洁。宙合，《荀子》篇名，原指古往今来天地四方无所不包，犹今所谓宇宙。此指天下。

③“眼中”句：指列强竞相瓜分中国。战国，秦始皇统一中国之前，有燕、赵、韩、魏、齐、楚、秦七国。此指殖民主义列强。争鹿，即逐鹿。《汉书·蒯通传》：“秦失鹿，天下共逐之。”本指封建时代争夺天下，这里指列强瓜分中国。

④孰：谁。卧龙：《三国志·蜀志·诸葛亮传》：“（徐庶）谓先主曰：‘诸葛孔明者，卧龙也……’”此为诗人自喻。

⑤“抚剑”句：变法为顽固派所阻，抚剑长叹，不如归去。

⑥“千山”句：宝剑怒啸激起群山风雨，喻自己雄心未渝，等待时机，仍为变法事业而战斗。青峰，指剑。

一四

丘逢甲

丘逢甲（1864—1912），又名秉渊，字仙根，又字吉甫，号蛰仙、仲阏，后改号仓海，世称“仓海先生”。祖籍广东镇平（今蕉岭），生于台湾苗栗县。梁启超称他为“诗界革命一巨子”（《饮冰室诗话》），黄遵宪谓“此君诗真天下健者”（《壬寅与任公书》）。他的诗作以怀念故土、收复台湾、统一祖国为基本主题，表现了强烈的爱国精神，字里行间洋溢着洗雪国耻、反帝抗日的战斗激情。诗多慷慨悲歌，于苍凉悲壮中闪露出豪气，读后给人一种振奋的力量。著有《岭云海日楼诗钞》。

春愁①

春愁难遣强看山，往事惊心泪欲潸②。四百万人同一哭③，去年今日割台湾。

上海古籍出版社版《岭云海日楼诗钞》卷二

①这首诗写于光绪二十二年（1896）。上年春，清政府因甲午战败与日本签订《马关条约》，条约规定将台湾及所属岛屿并澎湖列岛割让给日本。诗人痛定思痛，回首往事，悲愤填膺，泪水纵横交流。此诗抒发作者这种悲愤的感情。

②往事：指割让台湾及诗人组织义军抗日保台的情景。潸（shān 山）：泪流的样子。

③四百万人：指当时台湾的人口。据丘逢甲《岭云海日楼诗钞》原注：“台湾人口合闽、粤籍（台湾人），约四百万人也。”

一五

谭嗣同

谭嗣同（1865—1898），字复生，号壮飞，别署东海褰冥氏，湖南浏阳人。他是变法维新运动中的激进派，为之献出了自己的生命。他又是近代著名的思想家，猛烈抨击君主专制制度和清王朝的反动统治，并对封建纲常伦理进行了犀利的批判，其思想之激进和深刻，达到了同时代的最高水平。谭氏富有文学才华，诗文都写得有气势，有词采。诗作表现了丰富的时代内容和强烈的爱国主义思想，有些山水诗融入了个人的生命感受，抒发了他冲破网罗、追求个性解放的积极进取精神。诗风恢弘豪迈、刚健遒劲，自谓“拔起千仞、高唱入云”（谭嗣同《报刘淞芙书》），带有浓烈的浪漫特色。有《谭嗣同全集》。

潼关①

终古高云簇此城②，秋风吹散马蹄声。河流大野犹嫌束③，山入潼关不解平④。

中华书局版《谭嗣同全集》卷一

①这首诗系诗人青年时自浏阳至兰州途经潼关时所写，时年十八岁（1882）。潼关，在陕西潼关县北，古为桃林塞，东汉时设潼关。潼关关城雄踞山腰，下临黄河。诗通过壮阔的背景，把潼关的形势写活了。后二句融入了作者的豪情壮怀。

②终古：久远意。《楚辞·九歌·礼魂》：“春兰兮秋菊，长无绝兮终古。”簇（cù促）：簇拥，紧紧围着。

③“河流”句：黄河在辽阔的平原上奔腾而下，但仍嫌受到大堤的束缚。河，指黄河。

④“山入”句：山脉走入潼关（以西），峰峦更加突兀高峻。不解，不知道。

崆峒①

斗星高被众峰吞②，莽荡山河剑气昏③。隔断尘寰云似海④，划开天路岭为门⑤。松拏霄汉来龙斗，石负苔衣挟兽奔⑥。四望桃花红满谷，不应仍问武陵源⑦。

中华书局版《谭嗣同全集》卷一

①光绪十五年（1889），诗人自家乡浏阳赴兰州父亲任所，途经崆峒，写了这首诗。诗赞美群峰高耸、奇险壮美的崆峒山，取喻灵动，富有气势；末二句寓有诗人关心时事、不甘寂寞的进取精神。崆峒，山名，在今甘肃省平凉市，为道教名山。

②“斗星”句：喻崆峒山之高。斗星，北斗星。

③“莽荡”句：广大山河笼罩在兵气中。莽荡，旷远貌。剑气，宝剑的精气。《太平御览》卷三四三引《雷焕别传》：“晋司空张华夜见异气起牛斗，华问焕见之乎，焕曰：此谓宝剑气。”这里喻天色。

④“隔断”句：言峰顶突出于白云之上。尘寰，尘世，人世间。李群玉《送隐者游罗浮》：“自此尘寰音信断，山川风月永相思。”

⑤“划开”句：安维俊《游崆峒题》诗：“天门可阶升。”崆峒山有天门，是通往山顶的一道狭口，十分陡险。“天门铁柱”，是崆峒山的十二景之一。以上两句仍写山之高。

⑥“松拏”二句：言松树之高可拏霄汉，松枝盘曲犹如龙斗；生满青苔的山石像群兽奔跑。这两句诗，形象飞动，富诗情画意。安维俊《游崆峒题》“松柏高摩云”，可与“松拏霄汉”互参。挟兽奔，喻山上群石布列的险奇。挟，夹在腋下。

⑦武陵源：即桃花源，指陶渊明《桃花源记》中所描绘的桃花源。这里是用以反衬崆峒山景色之美。

一六

梁启超

梁启超（1873—1929），字卓如，号任公，又号饮冰室主人，广东新会人，一生致力于社会变革和西学的宣传，先后创办《时务报》、《清议报》、《新民丛报》和《新小说》，为传播西方资产阶级的政治、哲学、历史、法学、教育和文学作出过巨大的贡献。他还领导了近代文学革新运动，倡导诗界革命、文界革命、小说界革命和戏剧改良，有力地推进了中国文学的革新和近代化。在创作上，他的新文体诗歌、小说、戏剧和翻译，在中国近代文学史上都有一定的地位。著有《饮冰室合集》。

少年中国说[①]

日本人之称我中国也，一则曰老大帝国，再则曰老大帝国。是语也，盖袭译欧西人之言也[②]。呜呼！我中国其果老大矣乎？梁启超曰：恶[③]，是何言！是何言！吾心目中有一少年中国在。

欲言国之老少，请先言人之老少。老年人常思既往，少年人常思将来。惟思既往也，故生留恋心；惟思将来也，故生希望心。惟留恋也，故保守；惟希望也，故进取。惟保守也，故永旧；惟进取也，故日新。惟思既往也，事事皆其所已经者，故惟知照例；惟思将来也，事事皆其所未经者，故常敢破格。老年人常多忧虑，少年人常好行乐。惟多忧也，故灰心；惟行乐也，故盛气。惟灰心也，故怯懦；惟盛气也，故豪壮。惟怯懦也，故苟且；惟豪壮也，故冒险。惟苟且也，故能灭世界；惟冒险也，故能造世界。老年人常厌事，少年人常喜事。惟厌事也，故常觉一切事无可为者；惟好事也，故常觉一切事无不可为者。老年人如夕照，少年人如朝阳。老年人如瘠牛，少年人如乳虎。老年人如僧，少年人如侠。老年人如字典，少年人如戏文。老年人如鸦片烟，少年人如泼兰地酒。老年人如别行星之陨石，少年人如大洋海之珊瑚岛。老年人如埃及沙漠之金字塔[④]，少年人如西伯利亚之铁路。老年人如秋后之柳，少年人如春前之草。老年人如死海之潴为泽[⑤]，少年人如长江之初发源。此老年与少年性格不同之大略也。梁启超曰：人固有之，国亦宜然。

梁启超曰：伤哉，老大也！浔阳江头琵琶妇，当明月绕船，枫叶瑟瑟，衾寒于铁，似梦非梦之时，追想洛阳尘中春花秋月之佳趣[⑥]。西宫南内，白发宫娥，一灯如穗，三五对坐，谈开元天宝间遗事，谱霓裳羽衣曲[⑦]。青门种瓜人，左对孺人，顾弄孺子，忆侯门似海、珠履杂遝之盛事[⑧]。拿破仑之流于厄蔑[⑨]，阿剌飞之幽于锡兰[⑩]，与三两监守吏，或过访之好事者，道当年短刀匹马，驰骋中原，席卷欧洲，血战海楼，一声叱咤，万国震恐之丰功伟烈[⑪]，初而拍案，继而抚髀[⑫]，终而揽镜：呜呼，面皴齿尽，白发盈把，颓然老矣！若是者，舍幽郁之外无心事[⑬]，舍悲惨之外无天地，舍颓唐之外无日月，舍叹息之外无音声，舍待死之外无事业。美人豪杰且然，而况于寻常碌碌者耶？生平亲友，皆在墟墓；起居饮食，待命于人。今日且过，遑知他日；今年且过，遑恤明年。普天下灰心短气之事，未有甚于老大者。于此人也，而欲望以拏云之手段[14]，回天之事功[15]，挟山超海之意气[16]，能乎不能？

呜呼，我中国其果老大矣乎？立乎今日以指畴昔，唐虞三代[17]，若何之郅治[18]；秦皇汉武，若何之雄杰；汉唐来之文学，若何之隆盛；康乾间之武功，若何之烜赫。历史家所铺叙，词章家所讴歌，何一非我国民少年时代、良辰美景赏心乐事之陈迹哉！而今颓然老矣！昨日割五城，明日割十城，处处雀鼠尽，夜夜鸡犬惊。十八省之土地财产[19]，已为人怀中之肉；四百兆之父兄子弟[20]，已为人注籍之奴[21]。岂所谓"老大嫁作商人妇"者耶[22]？呜呼，凭君莫话当年事，憔悴韶光不忍看！楚囚相对[23]，岌岌顾影；人命危浅，朝不虑夕。国为待死之国，一国之民为待死之民。万事付之奈何，一切凭人作弄，亦何足怪！

梁启超曰：我中国其果老大矣乎？是今日全地球之一大问题也。如其老大也，则是中国为过去之国，即地球上昔本有此国，而今渐澌灭[24]，他日之命运殆将尽也。如其非老大也，则是中国为未来之国，即地球上昔未现此国，而今渐发达，他日之前程且方长也。欲断今日之中国为老大耶？为少年耶？则不可不先明国字之意义。夫国也者，何物也？有土地，有人民，以居于其土地之人民，而治其所居之土地之事，自制法律而自守之，有主权，有服从，人人皆主权者，人人皆服从者。夫如是斯谓之完全成立之国。地球上之有完全成立之国也，自百年以来也。完全成立者，壮年之事也；未能完全成立而渐进于完全成立者，少年之事也。故吾得一言以断之曰：欧洲列邦在今日为壮年国，而我中国在今日为少年国。

大古昔之中国者，虽有国之名，而未成国之形也。或为家族之国，或为酋长之国，或为诸侯封建之国，或为一王专制之国。虽种类不一，要之，其于国家之体质也，有其一部而缺其一部。正如婴儿自胚胎以迄成童，其身体之一二官支[25]，先行长成，此外则全体虽粗具，然未能得其用也。故唐虞以前为胚胎时代，殷商之际为乳哺时代，由孔子而来至于今为童子时代，逐渐发达，而今乃始将入成童以上少年之界焉。其长成所以若是之迟者，则历代之民贼有窒其生机者也。譬犹童年多病，转类老态。或且疑其死期之将至焉，而不知皆由未完全未成立也；非过去之谓，而未来之谓也。

且我中国畴昔，岂尝有国家哉，不过有朝廷耳。我黄帝子孙，聚族而居，立于此地球之上者既数千年，而问其国之为何名，则无有也。夫所谓唐、虞、夏、商、周、秦、汉、魏、晋、宋、齐、梁、陈、隋、唐、宋、元、明、清者，则皆朝名耳。朝也者，一家之私产也；国也者，人民之公产也。朝有朝之老少，国有国之老少。朝与国既异物，则不能以朝之老少而指为国之老少明矣。文、武、成、康[26]，周朝之少年时代也；幽、厉、桓、赧[27]，则其老年时代也。高、文、景、武[28]，汉朝之少年时代也；元、平、桓、灵[29]，则其老年时代也。自余历朝，莫不有之。凡此者谓为一朝廷之老也则可，谓为一国之老也则不可。一朝廷之老且死，犹一人之老且死也，于吾所谓中国者何与焉？然则，吾中国者，前此尚未出现于世界，而今乃始萌芽云尔。天地大矣，前途辽矣，美哉我少年中国乎！

玛志尼者[30]，意大利三杰之魁也。以国事被罪，逃窜异邦。乃创立一会，名曰"少年意大利"，举国志士，云涌雾集以应之。卒乃光复旧物，使意大利为欧洲之一雄邦。夫意大利者，欧洲第一之老大国也。自罗马亡后[31]，土地隶于教皇，政权归于奥国，殆所谓老而濒于死者矣。而得一玛志尼，且能举全国而少年之，况我中国之实为少年时代者耶？堂堂四百余州之国土，凛凛四百余兆之国民，岂遂无一玛志尼其人者！

龚自珍氏之集有诗一章，题曰《能令公少年行》[32]。吾尝爱读之，而有味乎其用意之所存。我国民而自谓其国之老大也，斯果老大矣；我国民而自知其国之少年也，斯乃少年矣。西谚有之曰："有三岁之翁，有百岁之童。"然则，国之老少，又无定形，而实随国民之心力以为消长者也。吾见乎玛志尼之能令国少年也，吾又见乎我国之官吏士民能令国老大也。吾为此惧。夫以如此壮丽浓郁翩翩绝世之少年中国，而使欧西日本人谓我为老大者，何也？则以握国权者皆老朽之人也。非哦几十年八股，非写几十年白折[33]，非当几十年差，非挨几十年俸，非递几十年手本[34]，非唱几十年诺[35]，非磕几十年头，非请几十年安，则必不能得一官，进一职。其内任卿贰以上[36]，外任监司以上者[37]，百人之中，其五官不备者[38]，殆九十六七人也。非眼盲，则耳聋；非手颤，则足跛；否则半身不遂也。彼其一身饮食步履视听言语，尚且不能自了，须三四人在左右扶之捉之，乃能度日，于此而乃欲责之以国事，是何异立无数木偶而使之治天下也！且彼辈者，自其少壮之时，既已不知亚细、欧罗为何处地方，汉祖、唐宗是那朝皇帝，犹嫌其顽钝腐败之未臻其极，又必搓磨之[39]，陶冶之，待其脑髓已涸，血管已塞，气息奄奄，与鬼为邻之时，然后将我二万里山河，四万万人命，一举而畀于其手。呜呼！老大帝国，诚哉其老大也！而彼辈者，积其数十年之八股、白折、当差、挨俸、手本、唱诺、磕头、请安，千辛万苦，千苦万辛，乃始得此红顶花翎之服色[40]，中堂大人之名号[41]，乃出其全副精神，竭其毕生力量，以保持之。如彼乞儿拾金一锭，虽轰雷盘旋其顶上，而两手犹紧抱其荷包，他事非所顾也，非所知也，非所闻也。于此而告之以亡国也，瓜分也，彼乌从而听之[42]，乌从而信之！即使果亡矣，果分矣，而吾今年既七十矣八十矣，但求其一两年内，洋人不来，强盗不起，我已快活过了一世矣；若不得已，则割三头两省之土地[43]，奉申贺敬，以换我几个衙门，卖三几百万之人民作仆为奴，以赎我一条老命，有何不可，有何难办！呜呼！今之所谓老后老臣老将老吏者，其修身齐家治国平天下之手段，皆具于是矣。西风一夜催人老，凋尽朱颜白尽头。使走无常当医生[44]，携催命符以祝寿，嗟乎痛哉！以此为国，是安得不老且死，且吾恐其未及岁而殇也。

梁启超曰：造成今日之老大中国者，则中国老朽之冤业也；制出将来之少年中国者，则中国少年之责任也。彼老朽者何足道？彼与此世界作别之日不远矣，而我少年乃新来而与世界为缘。如僦屋者然[45]，彼明日将迁居他方，而我今日始入此室处。将迁居者，不爱护其窗栊，不洁治其庭庑[46]，俗人恒情，亦何足怪。若我少年者，前程浩浩，后顾茫茫，中国而为牛为马为奴为隶，则烹脔鞭箠之惨酷[47]，惟我少年当之；中国如称霸宇内，主盟地球，则指挥顾盼之尊荣，惟我少年享之，于彼气息奄奄与鬼为邻者何与焉！彼而漠然置之，犹可言也；我而漠然置之，不可言也。使举国之少年而果为少年也，则吾中国为未来之国，其进步未可量也；使举国之少年而亦为老大也，则吾中国为过去之国，其澌亡可翘足而待也。故今日之责任，不在他人，而全在我少年。少年智则国智，少年富则国富，少年强则国强，少年独立则国独立，少年自由则国自由，少年进步则国进步，少年胜于欧洲则国胜于欧洲，少年雄于地球则国雄于地球。红日初升，其道大光[48]；河出伏流[49]，一泻汪洋；潜龙腾渊，鳞爪飞扬；乳虎啸谷，百兽震惶；鹰隼试翼[50]，风尘吸张；奇花初胎，矞矞皇皇[51]；干将发硎[52]，有作其芒[53]；天戴其苍，地履其黄[54]；纵有千古，横有八荒[55]，前途似海，来日方长。美哉我少年中国，与天不老；壮哉我中国少年，与国无疆！

"三十功名尘与土，八千里路云和月。莫等闲白了少年头，空悲切。"此岳武穆《满江红》词句也[56]。作者自六岁时即口受记忆，至今喜诵之不衰。自今以往，弃"哀时客"之名，更自名曰："少年中国之少年。"作者附识。

中华书局影印本《饮冰室合集》第二册

①本文作于光绪二十六年（1900），文章从驳斥日本和西方列强污蔑我国为"老大帝国"

入手，说明中国是一个正在成长的少年中国。本文所说的“国”，是理想的资产阶级共和国。文章认为封建专制制度和封建官吏已经腐朽，希望寄托在中国少年身上，并且坚信中国少年必有志士，能使国家富强，雄立于地球。这反映了作者渴望祖国繁荣昌盛的爱国思想和积极乐观的民族自信心。文章紧扣主题，运用排比句，层层推进，逐次阐发，写得极有感情，极有气势。

②欧西：指欧美西方世界。

③恶（wū 乌）：叹词，犹“唉”，含有否定的意思。

④金字塔：古代埃及王墓，以石筑成，底面为四方形，侧面作三角形之方尖塔，望之状如“金”字，故译名“金字塔”。金字塔与下句“西伯利亚铁路”对举，取其古雅而无实用意。

⑤死海：湖名，一名咸海。因水中含盐量高，鱼类不生，故名。在约旦、以色列和巴基斯坦间。潴（zhū 诸）：聚积的水流。

⑥“浔阳”六句：用白居易《琵琶行》诗所写的故事。琵琶妇原是长安歌女（此处误为洛阳歌女），老大嫁作商人妇。商人离她经商而去。在浔阳江头的夜晚，枫叶瑟瑟，她回想往事，有不胜零落之感。浔阳江，在今九江市北，长江流经九江市的一段。

⑦“西宫”六句：就白居易《长恨歌》所咏唐玄宗与杨贵妃事，用元稹《行宫》“白头宫女在，闲坐说玄宗”诗意，谓安史之乱后，白头宫人忆及当年事，倍感凄凉。西宫，唐太极宫；南内，唐兴庆宫。李隆基自四川返京后，先居兴庆宫，后迁西宫。霓裳羽衣曲，本名《婆罗门》，源出印度，开元中传入中国。传说李隆基梦游月宫，听诸仙奏曲，默记其调，醒后令乐工谱成。

⑧“青门”四句：用汉初邵平故事。邵平在秦末为东陵侯。秦亡后，在长安东门外种瓜为生。（见《三辅黄图》）此句谓邵平回想当年的繁华，颇为感伤。青门，汉长安东门。孺人，古代大夫之妻称孺人，明、清两代七品官的妻子封孺人。珠履，用珠子装饰的鞋。杂遝（tà 踏），杂乱。

⑨拿破仑：即拿破仑一世。法国资产阶级政治家、军事家。他于 1804 年为法国皇帝，曾称霸欧洲。1814 年各国联军攻破巴黎，拿破仑被流放于厄尔巴岛。厄蔑：即厄尔巴岛，在意大利半岛和法国科西嘉岛之间。

⑩阿剌飞：指埃及民族解放运动领袖阿拉比，曾率众推翻英、法殖民统治。1882 年，英国侵略军进攻埃及，阿拉比领导军队抗击，战败被流放于锡兰。

⑪丰功伟烈：丰功伟绩。烈，功绩。贾谊《过秦论》：“及至始皇，奋六世之余烈，振长策而御宇内。”

⑫抚髀（bì 婢）：《三国志·蜀志·先主传》裴注引《九州春秋》：“备住荆州数年，尝于（刘）表坐起至厕，见髀里肉生，慨然流涕。还坐，表怪问备，备曰：‘吾常身不离鞍，髀肉皆消；今不复骑，髀里肉生。日月若驰，老将至矣，而功业不建，是以悲耳！’”髀，大腿。

⑬幽郁：深沉的忧郁。

⑭拏云：上干云霄之意。李贺《致酒行》诗：“少年心事当拏云。”

⑮回天：使天地倒转，喻改变局势。

⑯挟山超海：喻英雄壮举。《孟子·梁惠王上》云“挟泰山以超北海”。

⑰唐虞三代：指唐尧、虞舜和夏、商、周三代。

⑱郅（zhì 至）治：至治，把国家治理得太平强盛。郅，极，至。

⑲十八省：清初全国共分十八个省。光绪末年增至二十三省，但人们习惯上仍称十八省。

⑳四百兆：即四亿，当时中国有四亿人口。

㉑注籍之奴：注入户籍的奴隶。这里指中国人失去自由。

㉒老大嫁作商人妇：白居易《琵琶行》中的诗句。

㉓楚囚相对：喻遇到强敌，窘迫无计。《晋书·王导传》载，晋元帝时，国家动乱，中州人士纷纷避乱江左。“过江人士，每至暇日，相要出新亭饮宴。周觊中坐而叹曰：‘风景不殊，举目有江河之异。’皆相视流涕。惟（王）导愀然变色曰：‘当共戮力王室，克复神州，何至作楚囚相对泣邪?’”

㉔澌灭：消亡，消失。

㉕官支：五官、四肢。

㉖文、武、成、康：周朝初年的几代帝王。周文王奠定了灭商的基础；周武王灭商建立周朝；成王、康王把国家治理得非常强盛，史称“成康之治”。所以下句将其比作周朝的少年时代。

㉗幽、厉、桓、赧（nǎn 蝻）：指周幽王、厉王、桓王、赧王。幽王宠褒姒，废申后，申侯联合犬戎攻周，幽王被杀，西周灭亡。周厉王暴虐，被流放于彘（今山西霍县）。周桓王时，东周王室衰落。周赧王死后不久，东周灭亡。

㉘高、文、景、武：指汉初四代皇帝。汉高祖灭秦、楚，建立汉王朝。文帝、景帝发展生产，国家强盛，史称“文景之治”。武帝重武功，国力强盛。

㉙元、平、桓、灵：汉元帝、平帝、桓帝、灵帝。汉元帝时，西汉开始衰落；汉平帝死后不久，王莽篡国，西汉灭亡。桓帝、灵帝是东汉末年的两代帝王，其执政期间外戚、宦官专权，政治黑暗，为东汉灭亡种下了祸根。

㉚玛志尼（1805—1872）：意大利爱国者。罗马帝国灭亡后，意大利受奥地利帝国奴役，玛志尼创立“少年意大利党”，创办《少年意大利报》，发动和组织资产阶级革命，完成意大利的独立统一事业。他与同时的加里波的、喀富尔并称“意大利三杰”。下文“旧物”，指国家原有的基业。

㉛罗马亡后：罗马帝国曾跨欧亚两洲，后分裂为二。西罗马亡于476年，东罗马亡于1453年。下文“土地隶于教皇，政权归于奥国”，是指1815年后，意大利分为几个邦国，其中罗马教皇国势力甚大，都受奥地利的控制。

㉜《能令公少年行》：龚自珍抒怀之诗，收入《定庵全集》，原意是说一个人不追求名利，放宽胸怀，就能长葆青春。这里取其长葆青春意。

㉝白折：清代科举应试的试卷之一。殿试取中进士后，还要进行朝考，以分别授予官职。朝考用白折，即用工整的楷书写在白纸制的折子上。

㉞手本：明清官场中下级晋见上级时用的名帖。

㉟唱诺（rě 惹）：古代的一种礼节。对人打躬作揖，口中出声，叫唱喏。诺，当作“喏”。下文“请安”，系清代问候的礼节，男子打千儿，即右膝微跪，隆重时，双膝跪地，呼“请某某安”。

㊱卿贰：卿是朝廷各部的长官，贰指副职。

㊲监司：清代通称各省布政使、按察使及各道道员为监司。

㊳五官不备：指五官功能不全。

㊴搓磨：磋磨，切磋琢磨。原是精益求精之意，这里指磨去棱角、锋芒。

㊵红顶花翎：大官的帽饰。清代官员帽顶上顶珠的颜色、质料，标志着官阶的品级，一品官用红宝石顶珠。花翎，用孔雀翎做的帽饰，以翎眼多者为贵，五品以上用花翎，六品以下用蓝翎。

㊶中堂：明清时对大学士的称呼，明代大学士实际掌握宰相的权力，在内阁办公，中书居东、西两房，大学士居中，故称“中堂”。清代包括协办大学士均用此称。

㊷乌：何，哪里。

㊸三头两省：闽粤方言，三两个省。

㊹走无常：迷信说法，阴司用活人为鬼役，摄取后死者的魂。充当这种鬼差者，称走无常。

㊺僦（jiù就）屋：租赁房屋。

㊻庭庑（wǔ五）：庭院走廊。

㊼脔（luán峦）：切成小块的肉，这里用作动词，宰割之意。箠：棍杖。这里用作动词，捶打之意。

㊽其道大光：语出《周易·益》：“自上下下，其道大光。”光，广大，发扬。

㊾伏流：水流地下。《水经注·河水》：“河出昆仑，伏流地中万三千里。”

㊿鹰隼（sǔn笋）：指鹰类猛禽。

(51)矞（yù玉）矞皇皇：形容艳丽。《太玄经·交》：“物登明堂，矞矞皇皇。”司马光集注引陆绩曰：“矞皇，休美貌。”

(52)干将：古剑名，后泛指宝剑。发硎（xíng刑）：刀刃新磨。硎，磨刀石。

(53)有作其芒：发出光芒。

(54)“天戴”二句：是说少年中国如苍天之大，如地之广阔。

(55)八荒：八方荒远之地。《说苑·辨物》：“八荒之内有四海，四海之内有九州。”

(56)岳武穆：岳飞，死后谥武穆。

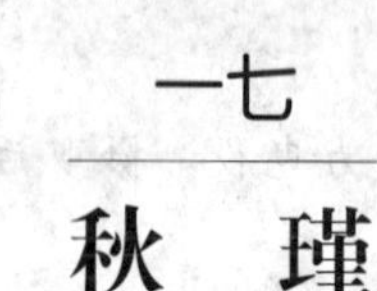

一七 秋瑾

秋瑾（1877—1907），原名闺瑾，字璿卿，别署鉴湖女侠，留学日本时改名瑾，易字竞雄，浙江山阴（今绍兴）人。光绪三十年（1904）夏赴日本留学，次年参加光复会和同盟会，同年年底回国，宣传革命并组织光复军起义。光绪三十三年（1907）徐锡麟起义失败，同年六月六（公历7月15日）殉难。她还是近代著名的女诗人，其诗具有丰富的时代内容，悲叹淋漓，慷慨激昂，闪烁着绚丽的爱国主义和革命英雄主义的光辉，风格雄浑豪放。著有《秋瑾集》。

日人石井君索和即用原韵[①]

漫云女子不英雄[②]，万里乘风独向东[③]。诗思一帆海空阔，梦魂三岛月玲珑[④]。铜驼已陷悲回首[⑤]，汗马终惭未有功[⑥]。如许伤心家国恨，那堪客里度春风[⑦]？

上海古籍出版社版《秋瑾集》

①这首诗约作于光绪三十一年（1905），秋瑾在日本。日人石井索和，诗人便写了这首七律。诗抒写赴日留学，国势艰危，忧心如焚。沉郁顿挫，工稳而流畅。石井，疑指日人石井菊次郎，他曾在清政府外务部任职。（见《徐锡麟信札》其三）索和（hè贺），作诗而要求别人和诗。

②漫云：如今言“甭说”。

③乘风：即乘风而行的意思。此用列子乘风的典故，兼用宗悫“愿乘长风破万里浪”的典故。（见《宋史·宗悫传》）

④“诗思”二句：横渡大海发人诗兴，三岛夜月又萦人梦魂。诗思，如今言作诗的灵感。三岛，日本本部是由本洲、四国、九州三大岛组成，故又称日本为“三岛”。《明史·外国三·日本》：“日本……有五畿、七道、三岛。”

⑤“铜驼”句：言1900年八国联军攻陷北京事。铜驼，《晋书·索靖传》：“靖有先识远量，知天下将乱，指洛阳宫门铜驼叹曰：会见汝在荆棘中耳！”后借喻河山破碎，国家沦亡。

⑥“汗马”句：言自己尚未为祖国立下什么功绩。汗马，因战马疾驰而流汗，故称战功为汗马功劳。这里诗人以“汗马”自喻。语出《韩非子·五蠹》：“弃私家之事，而必汗马之劳。”

⑦“那堪”句：哪允许我袖手旁观、虚度年华呢？客里，指客居日本。

对酒[①]

不惜千金买宝刀，貂裘换酒也堪豪[②]。一腔热血勤珍重，洒去犹能化碧涛[③]。

上海古籍出版社版《秋瑾集》

①吴芝瑛《记秋女侠遗事》提到，秋瑾在日本留学时曾购一宝刀，诗当写于此时。这首诗表现了秋瑾轻视金钱的豪侠性格和杀身成仁的革命精神。

②貂裘换酒：以貂皮制成的衣裘换酒喝，多用来形容名士或富贵者的风流放诞和豪爽。秋瑾以一女子，而作如此语，其豪侠形象跃然纸上。

③“一腔”二句：要珍惜自己的满腔热血，将来献出它时，定能化成碧绿的波涛（意即掀起革命的风暴）。勤，常常，多。碧涛，用《庄子·外物》典：“苌弘死于蜀，藏其血，三年而化为碧。”苌弘是周朝的大夫，忠于祖国，遭奸臣陷害，自杀于蜀，当时的人把他的血用石匣藏起来，三年后化为碧玉。后世多以碧血指烈士流的鲜血。

黄海舟中日人索句并见日俄战争地图[①]

万里乘风去复来[②]，只身东海挟春雷[③]。忍看图画移颜色[④]，肯使江山付劫灰[⑤]！浊酒不销忧国泪[⑥]，救时应仗出群才[⑦]。拼将十万头颅血，须把乾坤力挽回[⑧]。

上海古籍出版社版《秋瑾集》

①这首诗约作于光绪三十一年（1905）夏历十二月秋瑾第二次由日归国途中。去年末爆发的日俄战争刚结束。船过黄海，见日俄战图，她心有所感，适值日人索句，于是写了这首诗。诗抒发对日俄帝国在中国领土上进行争夺战争的气愤和誓死投入革命、拯救民族危机的决心。

②乘风：见前《日人石井君索和即用原韵》注。去复来：秋瑾光绪三十年仲夏东渡，翌年春回国；是年六月再次赴日，同年十二月返国。

③春雷：借指启聩振聋的革命道理。

④忍看：反诘之词，意为“哪忍看”。图画：指地图。移颜色：指中国的领土被日俄帝国主义国家侵吞。

⑤“肯使”句：岂能让祖国河山被日、俄帝国主义国家的侵略炮火化为灰烬！劫灰，劫火之灰，佛家语。这里指被战火毁坏。

⑥“浊酒”句：言其忧国忧民的愁苦之深。

⑦出群才：出类拔萃的人物。出群，犹超群。

⑧乾坤：天地，此指中国危亡的局势。

一八
高旭

高旭（1877—1925），字天梅，又字剑公、钝剑，江苏金山（今上海金山县）人。早年即倾向革命，光绪三十年（1904）留学日本东京政法大学，后参加同盟会，任同盟会江苏分会会长。他在南社诸子中很激进，把作诗作为唤醒民众奋起反清反帝的“觉世书”。诗作率直抒写，突破传统格律，属于“诗界革命”范围的新派诗。著有《天梅遗集》。

海上大风潮起作歌[①]

弄三寸管现活剧[②]，此何人哉亚之豪。一自凤鸟鸣高冈，天下不敢啼鸱鸮[③]。困顿压抑风尘底，悲凉萧瑟员吹箫[④]。亡国惨状不堪说，奔走海上狂呼号。非种未锄气益奋[⑤]，雄心郁勃胸中烧[⑥]。拟将大网罗天鹏，安得阔斧斫海鳌？鼠子跳梁豺狼横，中原万里莽蓬蒿[⑦]。危哉死矣痞痡夫[⑧]，盍进大黄与芒硝[⑨]。

翻倒鹦鹉碎黄鹤[⑩]，趋迫上途乘风鏖[⑪]。打破局面贵速拙[⑫]，昭苏万象权我操[⑬]。相期创造新世界，簸山荡海吼蒲牢[⑭]。沐日浴月热潮涌，鱼鳖瑟缩魍魉逃[⑮]。自由钟铸声初发[⑯]，独夫台上风萧萧[⑰]。当头殷殷飞霹雳[⑱]，鲁易十四心旌摇[⑲]。

何来咄咄此妖孽[⑳]，助桀为虐狐狸骄。文明有例购以血，愿戴我头试汝刀[㉑]。有倡之者必有继，掷万骷髅剑花飘[㉒]。中夏侠风太冷落[㉓]，自此激出千卢骚[㉔]。要使民权大发达[㉕]，独立独立呼声嚣。全国人民公许可，从兹高涨红锦潮[㉖]。

嗟哉丑虏剧凶恶[㉗]，百计凌虐心何劳。割我公产赠与人，台、青、旅、大亲手交[㉘]。东三省地今又送[㉙]，联虎狼秦如漆胶[㉚]。绞我膏血恣淫乐，忍使遍地哀鸿嗷。天崩地岌云惨淡，苍鹰搏击饥乌哮[㉛]。俎上之肉终啖尽[㉜]，日掀骇浪飞惊涛。两重奴隶苦复苦[㉝]，恨不灭此而食朝[㉞]。扬州十日痛骨髓[㉟]，嘉定三屠寒发毛[㊱]。以杀报杀未为过，复九世仇公义昭[㊲]。

堂堂大汉干净土，不许异类污腥臊[㊳]。还我河山日再中[㊴]，犁庭扫穴倾其巢[㊵]。作人牛马不如死，淋漓血灌自由苗。独立檄文《民约论》，谁敢造此无乃妖[㊶]！少所见应多所怪，猘猘跖犬纷吠尧[㊷]。冷血动物悉蠕蠕[㊸]，鸡鸣风雨独嘐嘐[㊹]。请看后人铸铜像，壁立万仞干云霄。廿一纪首廿纪末，伟人名姓全球标[㊺]。香花供养买丝绣[㊻]，笔舌突过汗马劳。一战华戎从此决[㊼]，万年福祉庆同胞。冬冬法鼓震东海[㊽]，横跨中原昆仑高。

民国刊本《天梅遗集》

①这首诗作于光绪三十年（1904）。作者以海上大风潮起，喻民主革命风暴的到来，热烈地歌颂革命者的战斗精神，揭露封建专制的暴虐和残酷，喊出了中国人民不愿做双重奴隶的呼声，充满信心地预示着革命胜利的前景。诗感情充沛，热情奔放，有浓郁的战斗气息，体现了

革命鼓动诗的艺术特色，是高旭的代表作之一。

②“弄三寸管”二句：写革命者。三寸管，毛笔。活剧，指现实活生生的事情。

③“天下”句：即“天下鸱鸮不敢啼”。鸱鸮，猫头鹰一类的鸟。

④员：伍员，即伍子胥。吹箫：用春秋时代伍子胥吹箫乞于吴市的故事比喻革命者的处境。

⑤非种未锄：汉代刘章《耕田歌》：“非其种者，锄而去之。”此指清王朝未被推翻。

⑥郁勃：郁积蓬勃。

⑦莽蓬蒿：一片荒芜衰落景象。

⑧痞痟夫：此喻中国积弱不振的病夫形象。痞，一种病症。《玉篇·疒部》：“痞，腹内结病。”痟，痟积，一种病症。病者面黄肌瘦，肚腹膨大，精神萎靡不振。

⑨“盍进”句：诗人自注：“用吉田松阴语。”按，吉田松阴即日本维新志士吉田矩方。盍，何不。大黄、芒硝，两种泻药猛剂，此喻革命的暴力手段。

⑩“翻倒”句：意谓革命应敢于打破一切障碍。李白《江夏赠韦南陵冰》：“我且为君捶碎黄鹤楼，君亦为我倒却鹦鹉洲。”诗用此语。

⑪鏖（áo 敖）：苦战。

⑫“打破”句：诗人自注：“亦吉田语。”《天梅遗集》卷一《题松阴先生幽室文稿》自注：“公有‘何如轻快拙速，打破局面，然后徐图占地布石之为胜乎’云云。”速拙，即拙速。《孙子·作战》：“兵闻拙速，未睹巧之久也。”谓用兵宁拙，而贵在神速。

⑬昭苏万象：万象苏醒、万象更新。此含推翻封建制度、改造旧世界意。权我操：“我操权”的倒置。

⑭“簴山”句：形容巨大的革命声势。蒲牢，古代传说中的兽名，善鸣，声势大。班固《东都赋》：“于是发鲸鱼，铿华钟。”《文选》李善注引薛综曰：“海中有大鱼曰鲸，海边又有兽名蒲牢。蒲牢素畏鲸，鲸鱼击蒲牢，辄大鸣。凡钟欲令声大者，故作蒲牢于上。”按，今日本钟上多作兽纽，即蒲牢的图形。

⑮鱼鳖、魍魉：均喻反动势力。瑟缩：局缩畏惧。

⑯自由钟：悬于美国费城独立宫外广场中。1776 年，美国颁布《独立宣言》，曾撞此钟致敬。这句诗谓革命胜利意。

⑰独夫：此指封建专制君主。

⑱殷殷：震动声。

⑲鲁易十四：今通译“路易十四”，法国封建专制暴君。他亲政后，加强专制统治，宣称“朕即国家”，强化中央集权。按，依法国资产阶级革命时间言，此处应作路易十六。

⑳妖孽：此指外国侵略者。

㉑“文明”二句：谓历史表明，革命要有流血牺牲，革命者不怕杀头。

㉒骷髅：头骨。剑花：剑的光芒。

㉓中夏：犹中原。《晋书·王珣传》：“时温经略中夏，竟无宁岁。”此指中国。侠风：豪侠、勇武之风。

㉔卢骚：法国资产阶级启蒙思想家，其《民约论》（现通译作《社会契约论》）在近代中国影响很大。此泛指资产阶级革命者。

㉕民权：孙中山提倡的人民管理国家的权力，包括选举权、罢免权、创制权和复决权，又称“四权”。欧美资产阶级所提倡的人权，亦有此类含义，但不尽相同。

㉖红锦潮：指革命的浪潮。

㉗丑虏：此指清统治者。

㉘“台、青、旅、大”句：1895年，《马关条约》规定，将台湾全岛及所有附属各岛屿、澎湖列岛和辽东半岛割让给日本；1898年，德国强租胶州湾，俄国强租旅顺和大连。青，指青岛，在胶州湾。

㉙“东三省”句：指1900年沙俄出兵侵占东北三省；1902年虽签订了《中俄交收东三省条约》，但沙俄根本不履行条约，拒不撤兵。

㉚“联虎”句：喻清政府与列强勾结起来，亲密无间。虎狼秦，屈原说秦国是“虎狼之国”（见《史记·屈原贾生列传》）。这里借喻世界列强。

㉛“苍鹰”句：喻人民惨遭清王朝的凌虐迫害。

㉜俎上之肉：砧板上的肉。比喻受人宰割，无逃避的余地。《晋书·孔坦列传》：“今犹俎上肉，任人脍截耳。”

㉝两重奴隶：指中国人民同时为清王朝和帝国主义的奴隶。

㉞灭此而食朝（zhāo 招）：迫切盼望早日推翻清王朝。《左传·成公二十年》：“齐侯曰：‘余姑剪灭此而朝食！’”意谓消灭了敌人以后再吃早饭。

㉟扬州十日：顺治二年（1645），清军南下，明将史可法与全城人民誓死坚守扬州，城破后，清兵大肆屠杀十天。

㊱嘉定三屠：顺治二年，清军下江南，嘉定（今属上海市）人民坚决反抗，曾遭到三次大屠杀。

㊲复九世仇：春秋时，齐襄公灭纪，为其远祖哀公复仇。《公羊传·庄公四年》论此事：“远祖者几世乎？九世矣。九世犹可复仇乎？虽百世可也。”按，从顺治至光绪恰九朝。

㊳异类：指满洲贵族。按，此处含大汉族民族主义偏见。

㊴日再中：此谓国复兴。《周易·丰》：“日中则昃，月盈则食。”此反用其意。

㊵犁庭扫穴：即犁庭扫闾。《汉书·匈奴传》：“固已犁其庭，扫其闾，郡县而置之。”意谓平其庭以为田，扫荡其闾以为墟，喻灭亡其国家。

㊶“谁敢”句：这是顽固派对《民约论》的诋毁之词。

㊷狺（yín 吟）狺：《楚辞·九辩》：“猛犬狺狺而迎吠兮。”朱熹注：“狺，犬争吠声。”底本原作“唁”，误，径改。跖犬纷吠尧：《战国策·齐策》：“跖之狗吠尧，非贵跖而贱尧也，狗固吠非其主也。”此喻少见多怪。

㊸冷血动物：当时为斥责不关心国事、怯懦退缩者的习用语。

㊹“鸡鸣”句：《诗经·郑风·风雨》：“风雨潇潇，鸡鸣胶胶。”诗化用其句，写革命者不怕风险，坚持斗争。嘐嘐，亦作“胶胶”，鸡叫声。

㊺标：表彰。

㊻买丝绣：李贺《浩歌》：“买丝绣作平原君。”诗本此，极言革命者为人所景仰。

㊼华：华夏，此代指汉族。戎：中原人对西北各族的泛称，此代指满族人。

㊽法鼓：佛教名词，一种法器。佛教于法堂设两面鼓，东北角者称法鼓，西北角者称茶鼓。末二句以法鼓声震东海喻革命声威之广远。

一九

苏曼殊

苏曼殊（1884—1918），名戬，字子谷，后改名玄瑛，原籍广东香山县（今珠海市），出身富商之家，母亲是日本人。他青年时代即倾向革命，参加过中国留日学生革命团体青年会和拒俄义勇队。后削发为僧，但仍与革命志士交往，并参加南社。他多才多艺，能诗善画，又写小说，还精通多种外文。诗多是抒写爱情之作，缠绵悱恻，哀感顽艳，一往情深，在近代知识青年中曾产生过较大影响。有些诗表现了对国家民族命运的关注，表现了一定的爱国情感和民主革命思想，风格丽色天然，优美和谐，别具神韵。柳亚子曾概括为“思想的轻灵，文辞的自然，音节的和谐”。有《曼殊全集》、《燕子龛诗》。

以诗并画留别汤国顿[①]（二首）

蹈海鲁连不帝秦[②]，茫茫烟水着浮身[③]。国民孤愤英雄泪[④]，洒上鲛绡赠故人[⑤]。

①这两首诗作于光绪二十九年（1903），系诗人现存最早的作品。作者是年二十岁，离日本归国，是诗系留别汤国顿之作。汤国顿，即汤睿。国顿，一作觉钝、觉顿，号荷庵，广东番禺人，是诗人居留日本时的好友。辛亥革命时任中国银行总裁。1916年被军阀龙济光刺杀。

②“蹈海”句：典出《史记·鲁仲连邹阳列传》。鲁仲连，战国时齐人，尝周游各国。一次他到赵国游历，正碰上秦兵围攻赵国都城邯郸，魏国使者新垣衍劝赵王尊秦为帝，鲁仲连坚决反对，并表示，如秦国“肆然而为帝，则连有蹈东海而死耳！吾不忍为之民也”。这里是作者借来表达他不愿为清王朝之民。

③“茫茫”句：承上句，谓寄身于日本。着，安置，寄托。

④孤愤：本系《韩非子》篇名，后指孤高、嫉俗而生发的愤慨。

⑤鲛绡（xiāo 消）：传说中鲛人所织的绡。《述异志》卷上：“南海出鲛绡纱，泉室（鲛人）潜织，一名龙纱，其价百余金。以为服，入水不濡。”此指绘有画的生绢。故人：老朋友，此指汤国顿。

海天龙战血玄黄[①]，披发长歌览大荒[②]。易水萧萧人去也[③]，一天明月白如霜。

花城出版社版马以君编注《苏曼殊文集》

①“海天”句：《周易·坤》：“龙战于野，其血玄黄。”诗用此典，借喻帝国主义侵略战争所造成的悲惨局面。龙战，群雄并峙，互相争夺，此喻列强侵略中国。

②“披发”句：苏轼《潮州修韩文公庙记》：“公不少留我涕滂，翩然披发下大荒。”曼殊

由此变化而来，用以抒发诗人无边的哀愁。大荒，广野，极言其旷远。

③“易水”句：荆轲至易水上曾有歌曰：“风萧萧兮易水寒，壮士一去兮不复还!”这里诗人以荆轲自喻，借以表示他归国反清的决心。

过蒲田[①]

柳阴深处马蹄骄，无际银沙逐退潮[②]。茅店冰旗知市近[③]，满山红叶女郎樵[④]。

花城出版社版马以君编注《苏曼殊文集》

①这首诗写于宣统元年（1909）夏秋作者旅居日本期间。诗中画面是动态的，清丽隽永。蒲田，日本本州地名。

②银沙：白沙。

③冰旗：挑在店门外标志卖冰的旗子。按，曼殊极喜食冰，有时“日饮冰水五六斤”（章炳麟《曼殊遗画弁言》）。

④樵：樵采。此指收集落叶。

二〇

柳亚子

柳亚子（1887—1958），原名慰高，字安如；更名人权，字亚卢；再更名弃疾，字亚子，后遂以亚子行。江苏吴江人。宣统元年（1909）与陈去病发起神交社，后又与陈去病、高旭等人组织南社，为南社中最活跃、成就和影响最大的诗人。他极富民族思想，推崇明末清初的顾炎武、陈子龙、夏完淳和近代诗人龚自珍的作品。论诗尚“唐音”，对清末形式主义和拟古主义诗派及淫靡的诗风极力排斥。诗作大多是政治抒情诗，风格豪放，凌厉雄迈，受龚自珍的影响极大，尝自称“我亦当年龚定庵”，又慷慨悲壮似陆游。著有《磨剑室文集》、《磨剑室诗集》、《磨剑室词集》。

吊鉴湖秋女士①（四首选一）

漫说天飞六月霜②，珠沉玉碎不须伤③。已拚侠骨成孤注④，赢得英名震万方。碧血摧残酬祖国⑤，怒潮呜咽怨钱塘⑥。于祠岳庙中间路，留取荒坟葬女郎⑦。

上海人民出版社版《磨剑室诗词集》卷五

①光绪三十三年（1907）六月六日（7月15日），秋瑾因发动皖浙起义，失败被捕，英勇就义于绍兴轩亭口。噩耗传来，诗人赋诗四章哭之。诗赞扬秋瑾为革命而献身的精神，对烈士表示崇高的敬意和深深的悼念。这首诗于昂扬的旋律中流露出哀悼深情，意浓情真，倍加感人。鉴湖秋女士，秋瑾别署鉴湖女侠，故称。此为第四首。

②漫说：甭说。六月霜：《太平御览》卷一四引《淮南子》云：“邹衍事燕惠王尽忠，左右谮之王，王系之狱。仰天哭，夏五月，天为之下霜。”张说《狱箴》：“匹夫结愤，六月飞霜。”柳诗取其含冤之意。

③珠沉玉碎：喻秋瑾的死。珠沉，黄庭坚有悼秦少游词《千秋岁》云：“重感慨，波涛万顷珠沉海。”玉碎，喻坚贞不屈而死。《南史·王僧达传》：“大丈夫宁当玉碎，安可以没没求活。”以上二句意思是，不必说秋瑾是含冤而死，也无须为她的死而悲伤。按，秋瑾殉国后，悼词甚多，但多是从“冤”字着眼。柳亚子强调了秋瑾为祖国自觉献身的爱国主义精神。

④“已拚”句：豁出性命，组织起义，为革命作最后一次的努力。秋瑾有诗云：“拼将十万头颅血，须把乾坤力挽回。”（《黄海舟中日人索句并见日俄战争地图》）可帮助理解此句诗意。孤注，即孤注一掷。《元史·伯颜传》：“今日我宋天下，犹赌博孤注，输赢在此一掷耳。”比喻在情况危急时用尽全力做最后一搏。柳诗意指秋瑾为拯救祖国危亡做最后的努力。

⑤“碧血”句：将一腔热血献给祖国。

⑥“怒潮”句：钱塘江的潮水也为秋瑾的牺牲而饮泣、怒吼。《论衡·书虚篇》：“吴王夫

差杀伍子胥……投之于江。子胥恚恨，驱水为涛，以溺杀人。今时会稽、丹徒大江，钱塘浙江，皆立子胥之庙。盖欲慰其恨心，止其猛涛也。"

⑦"于祠"二句：于祠，于谦祠堂；岳庙，岳飞庙，均在杭州西子湖畔。于谦曾抗击蒙古瓦剌入侵，岳飞是抗金的民族英雄，与秋瑾均系爱国主义者，故三人并举；而秋瑾原墓亦在西湖畔，恰处于祠、岳庙的中间。

孤愤①

孤愤真防决地维②，忍抬醒眼看群尸③？美新已见扬雄颂④，劝进还传阮籍词⑤。岂有沐猴能作帝⑥？居然腐鼠亦乘时⑦。宵来忽作亡秦梦⑧，北伐声中起誓师。

上海人民出版社版《磨剑室诗词集》卷三

①这首诗作于民国四年（1915）。袁世凯自1912年窃取临时大总统职位后，积极推行独裁专制，并进而复辟帝制，妄想做皇帝。是诗以"孤愤"为题，对袁世凯的倒行逆施表示极大的愤慨，同时对杨度、刘师培之流的劝进活动也予以讥讽。"孤愤"系《韩非子》书中篇名，言正直、有才能之士不见容于世的愤慨。

②决地维：《列子·汤问》："共工氏与颛顼争为帝，怒而触不周之山，折天柱，绝地维。"诗本此。此句极言愤慨之甚。地维，地的四角。古人以为天圆地方，天有九柱支持，地有四维系缀。

③群尸：指为袁世凯称帝出谋划策、摇旗呐喊的一群人物。尸，行尸走肉，言其无灵魂。

④"美新"句：王莽称帝，国号"新"。扬雄上《剧秦美新》，歌颂王莽的功德。这里指杨度等人组织"筹安会"，准备上书劝进。

⑤"劝进"句：魏帝封司马昭为晋公，进相国，加九锡。司马昭伪辞不受，阮籍代众公卿撰表劝进。（见《晋书·阮籍传》）这里指梁士诒等组织全国请愿联合会，要求变更国体，拥护袁世凯称帝。

⑥"岂有"句：断言袁世凯称帝必败。沐猴，猕猴。《汉书·项籍传》："人谓楚人沐猴而冠耳，果然。"比喻外表虽装扮得很像样，但却掩盖不了本质。后常以此讽刺窃据名位之人。这里比喻袁氏梦想做皇帝。

⑦"居然"句：喻小人乘机作祟。腐鼠，腐烂的死老鼠，后用为贱物之称，典出《庄子·秋水》。

⑧亡秦：指群起反对袁世凯。

二一

刘　鹗

刘鹗（1857—1909），字铁云，江苏丹徒（今属镇江市）人。平生注重实学，演习数学、医学，曾先后在河南、山东参与治理黄河。主张引进外资修铁路、开煤矿，曾任德国福公司在华经理。庚子事变，八国联军侵占北京，京津粮荒，他筹资进京，从占领军购得太仓米，平价出售给市民。光绪三十四年（1908）以“私售仓粟”罪流放新疆，次年病死于戍所。著有《黄河历代变迁图考》、《治河七说》、《铁云藏龟》、《铁云诗存》。

老残游记·明湖湖边美人绝调

自从那日起，又过了几天，老残向管事的道：“现在天气渐寒，贵居停[①]的病也不会再发，明年如有委用之处，再来效劳。目下鄙人要往济南府去看看大明湖的风景。”管事的再三挽留不住，只好当晚设酒饯行，封了一千两银子奉给老残，算是医生的酬劳。老残略道一声“谢谢”，也就收入箱笼[②]，告辞动身上车去了。一路秋山红叶，老圃黄花，颇不寂寞。到了济南府，进得城来，家家泉水，户户垂杨，比那江南风景，觉得更为有趣。到了小布政司街，觅了一家客店，名叫高升店，将行李卸下，开发了车价酒钱，胡乱吃点晚饭，也就睡了。

次日清晨起来，吃点儿点心，便摇着串铃满街踅了一趟[③]，虚应一应故事[④]。午后便步行至鹊华桥边，雇了一只小船，荡起双桨。朝北不远，便到历下亭前。下船进去，入了大门，便是一个亭子，油漆已大半剥蚀[⑤]。亭子上悬了一副对联，写的是“历下此亭古，济南名士多[⑥]”，上写着“杜工部句”，下写着“道州何绍基书[⑦]”。亭子旁边虽有几间群房[⑧]，也没有什么意思。复行下船，向西荡去，不甚远，又到了铁公祠畔。你道铁公是谁？就是明初与燕王为难的那个铁铉[⑨]。后人敬他的忠义，所以至今春秋时节，土人[⑩]尚不断的来此进香。

到了铁公祠前，朝南一望，只见对面千佛山上，梵宇僧楼[⑪]，与那苍松翠柏，高下相间，红的火红，白的雪白，青的靛青，绿的碧绿，更有那一株半株的丹枫夹在里面，仿佛宋人赵千里的一幅大画[⑫]，做了一架数十里长的屏风。正在叹赏不绝，忽听一声渔唱[⑬]。低头看去，谁知那明湖业已澄净的同镜子一般。那千佛山的倒影映在湖里，显得明明白白。那楼台树木，格外光彩，觉得比上头的一个千佛山还要好看，还要清楚。这湖的南岸，上去便是街市，却有一层芦苇，密密遮住。现在正是着花的时候[⑭]，一片白花映着带水气的斜阳，好似一条粉红绒毯，做了上下两个山的垫子，实在奇绝。

老残心里想道：“如此佳景，为何没有什么游人？”看了一会儿，回转身来，看那大门里面楹柱上有副对联，写的是“四面荷花三面柳，一城山色半城湖[⑮]”，暗暗点头道：“真正不错！”进了大门，正面便是铁公享堂[⑯]，朝东便是一个荷池。绕着曲折的回廊，到了荷池东面，就是个圆门。圆门东边有三间旧房，有个破匾，上题“古水仙祠”四个字。祠前一副破旧对联，写的是“一盏寒泉荐秋菊[17]，三更画船穿藕花”。过了水仙祠，仍旧上了船，荡到历下亭的后面。两边荷叶荷花将船夹住，那荷叶初枯，擦的船嗤嗤价响；那水鸟被人惊起，格格价飞；那已老的莲蓬，不断的绷到船窗里面来[18]。老残随手摘了几个莲蓬，一面吃着，一面船已到了鹊华桥畔了。

到了鹊华桥，才觉得人烟稠密，也有挑担子的，也有推小车子的，也有坐二人抬小蓝呢轿子的[19]。轿子后面，一个跟班的戴个红缨帽子，膀子底下夹个护书[20]，拼命价奔，一面用手巾擦汗，一面低着头跑。街上五六岁的孩子不知避人，被那轿夫无意踢倒一个，他便哇哇的哭起。他的母亲赶忙跑来问：“谁碰倒你的？谁碰倒你的？”那个孩子只是哇哇的哭，并不说话。问了半天，才带哭说了一句道：“抬轿子的！”他母亲抬头看时，轿子早已跑的有二里多远了。那妇人牵了孩子，嘴里不住咭咭咕咕的骂着，就回去了。

老残从鹊华桥往南，缓缓向小布政司街走去，一抬头，见那墙上贴了一张黄纸，有一尺长，七八寸宽的光景，居中写着“说鼓书”三个大字[21]，旁边一行小字是“二十四日明湖居”。那纸还未十分干，心知是方才贴的，只不知道这是什么事情，别处也没有见过这样招子[22]，一路走着，一路盘算。只听得耳边有两个挑担子的说道：“明儿白妞说书，我们可以不必做生意，来听书罢。”又走到街上，听铺子里柜台上有人说道：“前次白妞说书是你告假的，明儿的书，应该我告假了。”一路行来，街谈巷议，大半都是这话，心里诧异道：“白妞是何许人？说的是何等样书？为甚一纸招帖，便举国若狂如此？”信步走来[23]，不知不觉已到高升店口。

进得店去，茶房便来回道：“客人，用什么夜膳？”老残一一说过，就顺便问道：“你们此地说鼓书是个什么顽意儿？何以惊动这们许多的人？”茶房说：“客人，你不知道。这说鼓书本是山东乡下的土调，用一面鼓，两片梨花简[24]，名叫‘梨花大鼓’，演说些前人的故事[25]，本也没甚稀奇。自从王家出了这个白妞黑妞姊妹两个，这白妞名字叫做王小玉，此人是天生的怪物！他十二三岁时就学会了这说书的本事。他却嫌这乡下的调儿没什么出奇，他就常到戏园里看戏，所有什么西皮、二黄、梆子腔等唱[26]，一听就会；什么余三胜、程长庚、张二奎等人的调子[27]，他一听也就会唱。仗着他的喉咙，要多高有多高；他的中气要多长有多长。他又把那南方的什么昆腔、小曲[28]，种种的腔调，他都拿来装在这大鼓书的调儿里面。不过二三年工夫，创出这个调儿，竟至无论南北高下的人，听了他唱书，无不神魂颠倒。现在已有招子，明儿就唱，你不信，去听一听就知道了。只是要听还要早去，他虽是一点钟开唱，若到十点钟去，便没有坐位的。”老残听了，也不甚相信。

次日六点钟起，先到南门内看了舜井[29]，又出南门，到历山脚下[30]，看看相传大舜昔日耕田的地方。及至回店，已有九点钟的光景，赶忙吃了饭，走到明湖居，才不过十点钟时候。那明湖居本是个大戏园子，戏台前有一百多张桌子。那知进了园门，园子里面已经坐的满满的了，只有中间七八张桌子还无人坐，桌子却都贴着“抚院定”、“学院定”等类红纸条儿[31]。老残看了半天，无处落脚，只好袖子里送了看坐儿的二百个钱[32]，才开了一张短板凳，在人缝里坐下。看那戏台上，只摆了一张半桌[33]，桌子上放了一面板鼓，鼓上放了两个铁片儿，心里知道这就是所谓梨花简了，旁边放了一个三弦子，半桌后面放了两张椅子，并无一个人在台上。偌大的个戏台，空空洞洞，别无他物，看了不觉有些好笑。园子里面，顶着篮子卖烧饼油条的有一二十个，都是为那不吃饭来的人买了充饥的。

到了十一点钟，只见门口轿子渐渐拥挤，许多官员都着了便衣，带着家人，陆续进来。不到十二点钟，前面几张空桌俱已满了，不断还有人来，看坐儿的也只是搬张短凳，在夹缝中安插。这一群人来了，彼此招呼，有打千儿的[34]，有作揖的，大半打千儿的多。高谈阔论，说笑自如。这十几张桌子外，看来都是做生意的人，又有些像是本地读书人的样子，大家都嘁嘁喳喳的在那里说闲话。因为人太多了，所以说的什么话都听不清楚，也不去管他。

到了十二点半钟，看那台上，从后台帘子里面，出来一个男人，穿了一件蓝布长衫，长长的脸儿，一脸肐瘩[35]，仿佛风干福橘皮似的[36]，甚为丑陋。但觉得那人气味到还沉静，出得台来，并无一语，就往半桌后面左手一张椅子上坐下慢慢的将三弦子取来，随便和了和弦[37]，弹了一两个小调，人也不甚留神去听。后来弹了一枝大调，也不知道叫什么牌子；只是到后来，全用轮指[38]，那抑扬顿挫，入耳动心，恍若有几十根弦，几百个指头，在那里弹似的。这时台下叫好的声音不绝于耳，却也压不下那弦子去。这曲弹罢，就歇了手，旁边有人送上茶来。

停了数分钟时，帘子里面出来一个姑娘，约有十六七岁，长长鸭蛋脸儿，梳了一个抓髻[39]，戴了一副银耳环，穿了一件蓝布外褂儿，一条蓝布裤子，都是黑布镶滚的[40]。虽是粗布衣裳，到十分洁净。来到半桌后面右手椅子上坐下。那弹弦子的便取了弦子，铮铮鏦鏦弹起[41]。这姑娘便立起身来，左手取了梨花简，夹在指头缝里，便丁丁当当的敲，与那弦子声音相应；右手持了鼓捶子，凝神听那弦子的节奏。忽羯鼓一声[42]，歌喉遽发，字字清脆，声声宛转，如新莺山谷，乳燕归巢。每句七字，每段数十句，或缓或急，忽高忽低；其中转腔换调之处，百变不穷，觉一切歌曲腔调俱出其下，以为观止矣。

旁坐有两人，其一人低声问那人道："此想必是白妞了罢?"其一人道："不是。这人叫黑妞，是白妞的妹子。他的调门儿都是白妞教的，若比白妞，还不晓得差多远呢！他的好处人说得出，白妞的好处人说不出。他的好处人学的到，白妞的好处人学不到。你想，这几年来，好顽耍的谁不学他们的调儿呢？就是窑子里的姑娘，也人人都学，只是顶多有一两句到黑妞的地步，若白妞的好处，从没有一个人能及他十分里的一分的。"说着的时候，黑妞早唱完，后面去了：这时满园子里的人，谈心的谈心，说笑的说笑。卖瓜子、落花生、山里红、核桃仁的[43]，高声喊叫着卖，满园子里听来都是人声。

正在热闹哄哄的时节，只见那后台里，又出来了一位姑娘，年纪约十八九岁，装束与前一个毫无分别，瓜子脸儿，白净面皮，相貌不过中人以上之姿，只觉得秀而不媚，清而不寒，半低着头出来，立在半桌后面，把梨花简丁当了几声，煞是奇怪：只是两片顽铁，到他手里，便有了五音十二律似的[44]。又将鼓捶子轻轻的点了两下，方抬起头来，向台下一盼。那双眼睛，如秋水，如寒星，如宝珠，如白水银里头养着两丸黑水银，左右一顾一看，连那坐在远远墙角子里的人，都觉得王小玉看见我了；那坐得近的，更不必说。就这一眼，满园子里便鸦雀无声，比皇帝出来还要静悄得多呢，连一根针掉在地下都听得见响！

王小玉便启朱唇，发皓齿，唱了几句书儿。声音初不甚大，只觉入耳有说不出来的妙境：五脏六腑里，像熨斗熨过，无一处不伏贴；三万六千个毛孔，像吃了人参果[45]，无一个毛孔不畅快。唱了十数句之后，渐渐的越唱越高，忽然拔了一个尖儿，像一线钢丝抛入天际，不禁暗暗叫绝，那知他于那极高的地方，尚能回环转折；几啭之后[46]，又高一层，接连有三四叠，节节高起。恍如由傲来峰西面[47]，攀登泰山的景象：初看傲来峰削壁千仞，以为上与天通；及至翻到傲来峰顶，才见扇子崖更在傲来峰上[48]；及至翻到扇子崖，又见南天门更在扇子岸上[49]：愈翻愈险，愈险愈奇。

那王小玉唱到极高的三四叠后，陡然一落，又极力骋[50]，其千回百折的精神，如一条飞蛇在黄山三十六峰半中腰里盘旋穿插，顷刻之间，周匝数遍[51]。从此以后，愈唱愈低，愈低愈细，那声音渐渐的就听不见了。满园子的人都屏气凝神[52]，不敢少动。约有两三分钟之久，仿佛有一点声音从地底下发出。这一出之后，忽又扬起，像放那东洋烟火[53]，一个弹子上天，随化作千百道五色火光，纵横散乱。这一声飞起，即有无限声音俱来并发。那弹弦子的亦全用轮指，忽大忽小，同他那声音相和相合，有如花坞春晓[54]，好鸟乱鸣。耳朵忙不过来，不晓得听那一声的为是。正在缭乱之际[55]，忽听霍然一声[56]，人弦俱寂。这时台下叫好之声，轰然雷动。

停了一会，闹声稍定，只听那台下正座上，有一个少年人，不到三十岁光景，是湖南口音，说道："当年读书，见古人形容歌声的好处，有那'余音绕梁，三日不绝'的话，我总不懂。空中设想，余音怎样会得绕梁呢？又怎会三日不绝呢？及至听了小玉先生说书，才知古人措辞之妙。每次听他说书之后，总有好几天耳朵里无非都是他的书，无论做什么事，总不入神，反觉得'三日不绝'，这'三日'二字下得太少，还是孔子'三月不知肉味'，'三月'二字形容得透彻些！"旁边人都说道："梦湘先生论得透辟极了！'于我心有戚戚焉！'"

人民文学出版社整理排印版《老残游记》

①贵居停：对对方主人的尊称。居停，原义是寄居处，也指寄居处之主人。

②箱笼：行李箱包。方形的叫箱，圆形的叫笼。

③踅（xué学）了一趟：来回走了一次。

④虚应一应故事：照例做了做本职的事情，意思是走走形式。故事，旧例。这里指上街行医。

⑤剥蚀：腐蚀脱落。

⑥"历下此亭古"二句：原出杜甫《陪李百海宴历下亭》诗，诗中原为"海右此亭古"，后人擅改"海右"为"历下"。

⑦何绍基：湖南道州人，清代著名书法家，曾为济南泺源书院主讲。

⑧群房：正房之外的其他房屋。

⑨铁铉：明初人，官山东参政。朱元璋死，建文帝继位，燕王朱棣发兵南下。铁铉坚守济南，屡败燕兵，后兵败被杀。

⑩土人：当地人。

⑪梵宇僧楼：佛教寺院。

⑫赵千里：名伯驹，字千里，南宋著名画家，擅长山水和花鸟人物。

⑬渔唱：犹渔歌，渔人的歌声。

⑭着花：开花。着，附着。

⑮"四面荷花三面柳"二句：清代学者刘凤诰撰书。

⑯享堂：即祠堂，祭祀的堂屋。

⑰荐：供奉，举出。

⑱绷：猛然弹起。

⑲蓝呢轿子：用蓝色呢子做轿围的轿子。清制，四品以下官员乘蓝呢轿。

⑳护书：旧时官吏用以存放文书、拜帖的多层夹袋，用皮子或漆布做成，外出由随从人员挟带。

㉑说鼓书：演唱大鼓书。大鼓书也简称"大鼓"，北方流行的曲艺，这里写的是山东流行的梨花大鼓。

㉒招子：海报。下文作"招帖"。

㉓信步：随意地走。

㉔梨花简：也名"犁铧片"，梨花大鼓的乐器，为两片半月形的小铁片，演员夹在左手手指中间，使之碰撞发出有节奏的声音。

㉕演说：即说唱、演唱。

㉖西皮、二黄、梆子腔：不同地方的戏曲唱腔。当时西皮、二黄已成为京剧并用的腔调。

㉗余三胜、程长庚、张二奎：都是当时著名的京剧演员。

㉘昆腔：又叫“昆山腔”、“昆曲”，经明代戏曲音乐家魏良辅吸收海盐腔、弋阳腔等曲调加工创造而成，腔调婉转柔美，伴奏用箫、笛、琵琶等乐器。

㉙舜井：传说为古帝王大舜所掘。

㉚历山：《史记·五帝本纪》：“舜耕历山。”《水经注》卷八谓历城“城南对山，山上有舜祠，山下有大穴，谓之舜井”。“舜耕历山，亦云在此。”似即今之千佛山。

㉛抚院：巡抚衙门。巡抚为一省最高军政长官。学院：学道衙门。学道亦称“提督学政”，主管一省文教及科举考试。

㉜袖子里：犹说私下里。

㉝半桌：一般方桌的一半，即条桌。

㉞打千儿：清代流行的便礼，也叫“请安”，男子下级见上级、晚辈见长辈屈左膝，垂右手，上身稍向前俯，

㉟肐瘩：即“疙瘩”。

㊱福橘：福建出产的橘子。

㊲和了和弦：调了调弦音，使之和谐。

㊳轮指：弹奏弦乐器的指法。几个手指连续交替弹、拨、挑动弦索，奏出错综音响。

㊴抓髻：旧时未婚妇女的一种发型，先梳成发辫，再盘在头顶上。

㊵镶滚：妇女衣服周围加边饰的缝纫工艺，加宽边叫镶，窄细的包边叫滚。

㊶铮（zhēng 争）铮锹（cōng 匆匆）锹：形容弹三弦的声音清脆，如金器撞击声。

㊷羯（jié 杰）鼓：古代打击乐器。《通志·乐四》：“羯鼓，正如漆桶，两头俱击。以出羯中，故号羯鼓：又谓之两杖鼓。”羯，古西域民族。

㊸山里红：山楂。

㊹五音十二律：古时音乐名称，五音为宫、商、角、徵（zhǐ 止）、羽五个音阶。十二律也称“律吕”，为黄钟、应钟、大吕、无射、南吕等十二调。这里是指声调和谐动听。

㊺人参果：神话传说中形状如同婴儿的仙果。《西游记》写它“三千年开花，三千年结果，三千年成熟”，人吃一个可长生不老。

㊻啭：声音转折。

㊼傲来峰：泰山西峰。

㊽扇子崖：在傲来峰下面，巉（chán 禅）崖峭壁，状如扇面。此处说在傲来峰上，不确。

㊾南天门：泰山十八盘上登岱顶的入口，门楼建于元代中统年间。

㊿骋（chěng 逞）：原义为奔跑，引申为极力施展、发挥。

51周匝（zā 咂）：环绕；

52屏（bǐng 丙）气：闭着气，止住呼吸。

53东洋烟火：日本的烟花。

54花坞（wù 物）：花圃。

55缭乱：纷乱。

56霍然：骤然、突然的意思。

图书在版编目（CIP）数据

中国古代文学作品选简编：全2册 / 袁世硕主编．—2版．—北京：中国人民大学出版社，2014.11
新编21世纪中国语言文学系列教材
ISBN 978-7-300-20262-4

Ⅰ．①中… Ⅱ．①袁… Ⅲ．①中国文学-古典文学-作品综合集-高等学校-教材 Ⅳ．①I212.01

中国版本图书馆CIP数据核字（2014）第252803号

新编21世纪中国语言文学系列教材
中国古代文学作品选简编（第二版）（上下）
袁世硕 主编
Zhongguo Gudai Wenxue Zuopinxuan Jianbian

出版发行	中国人民大学出版社		
社　　址	北京中关村大街31号	邮政编码	100080
电　　话	010－62511242（总编室）		010－62511770（质管部）
	010－82501766（邮购部）		010－62514148（门市部）
	010－62515195（发行公司）		010－62515275（盗版举报）
网　　址	http://www.crup.com.cn		
经　　销	新华书店		
印　　刷	北京市鑫霸印务有限公司		
规　　格	185 mm×260 mm　16开本	版　　次	2015年1月第1版
印　　张	55.25	印　　次	2022年4月第8次印刷
字　　数	1 399 000	定　　价	129.00元

关联课程教材推荐

ISBN	书名	作者	单价
978-7-300-22073-4	古代汉语（第二版）	殷国光 赵　彤	39.80
978-7-300-22534-0	汉语史纲要（第二版）	殷国光 等	48.00
978-7-300-29629-6	汉语音韵学概论（第二版）	赵　彤	35.00
978-7-300-25462-3	唐诗宋词鉴赏（第二版）	张明非 等	39.00
978-7-300-20707-0	文学欣赏	金元浦	32.00
978-7-300-18421-0	新编中国文学批评发展史（第三版）	袁济喜	42.00
978-7-300-22115-1	中国传统文化概要（第三版）	冯希哲	35.00
978-7-300-14070-4	中国古代文学史（上下册）	郭英德 过常宝	128.00
978-7-300-18523-1	中国文学史（第二版）（上下）	袁世硕 张可礼	80.00
978-7-300-27997-8	中国文化概论（第四版）	金元浦	49.80
978-7-300-21232-6	中国现当代文学（第三版）	刘　勇	69.80
978-7-300-22348-3	中国现当代文学史（1898—2015）（第三版）上下	曹万生	89.00
978-7-300-29638-8	中文学科论文写作（第三版）	卢卓群	49.00

配套教学资源支持

尊敬的老师：

衷心感谢您选择人大版教材！相关的配套教学资源，请到中国人民大学出版社官网（www.crup.com.cn）下载。部分教学资源需要验证您的教师身份后，才可以下载。请您登录出版社官网后，点右上角“注册”，填写“会员中心”的“我的教师认证”项目，等待后台审核。我们将尽快为您开通下载权限。

如您急需教学资源或教材样书，也可以直接与我们的编辑联系。

联系人：龚洪训　　电话：010-62515637　　电子邮箱：6130616@qq.com

欢迎加入全国汉语言文学教师群（QQ群号：1062057602），交流教学心得，分享教学资源。

俯仰天地　心系人文

www.crup.com.cn
中国人民大学出版社
欢迎登录浏览，了解图书信息，下载教学资源

好想我男朋友怎么办？